D1859089

BASTEI
LÜBBE

Von Barbara Goldstein ist bei Bastei Lübbe Taschenbücher lieferbar

15281 Der Maler der Liebe

Barbara Goldstein

Die Kardinälin

BASTEI LÜBBE

BASTEI LÜBBE TASCHENBUCH
Band 15 467

1. Auflage: März 2006

Vollständige Taschenbuchausgabe

Bastei Lübbe Taschenbücher und Gustav Lübbe Verlag
in der Verlagsgruppe Lübbe

Originalausgabe
© 2006 by Verlagsgruppe Lübbe GmbH & Co. KG,
Bergisch Gladbach
Einbandgestaltung: Gisela Kullowatz
Titelbild: getty-images/The Bridgeman Art Library
Satz: hanseatenSatz-bremen, Bremen
Druck und Verarbeitung: Ebner & Spiegel, Ulm
Printed in Germany
ISBN-13: 978-3-404-15467-8 (Ab 01.01.2007)
ISBN-10: 3-404-15467-3

Sie finden uns im Internet unter
www.luebbe.de

Der Preis dieses Bandes versteht sich einschließlich
der gesetzlichen Mehrwertsteuer.

Und Gott sprach zum Menschen:

»Ich habe dich geschaffen,
damit du dich frei, aus eigener Macht,
selbst modellierend und bearbeitend,
zu der von dir gewollten Form ausbilden kannst.
Du kannst in die Unterwelt der Tiere entarten.
Und du kannst, wenn du es willst,
dich in die Welt des Göttlichen erheben.«

Giovanni Pico della Mirandola

Über die Würde des Menschen

Kapitel 1

Ich bin der ich bin

Was werde ich sagen, wenn ich ihm gegenüberstehe?, fragte ich mich wohl zum hundertsten Mal an diesem Morgen. Und: Wird man mich überhaupt mit ihm sprechen lassen? Oder werde ich schon am Tor von einem Schreiber abgewiesen, wenn ich um eine Audienz bitte? Ich konnte ihm doch nicht einmal meinen Namen nennen – ich meine: meinen wirklichen Namen. Er würde mich auslachen oder mit Gewalt aus dem Palazzo entfernen. Eine zweite Chance würde ich dann nicht mehr bekommen …

Ungeduldig und – ich gestehe – zitternd vor Anspannung wartete ich auf der Steinbank neben dem großen Portal des Palazzo Medici, dass der Portier die Torflügel öffnete und die Besucher in den Innenhof einließ. Immer wieder zupfte ich an den Ärmeln meines Samtkleides herum, korrigierte ich den Faltenwurf des weiten Rocks, als wollte ich hier noch stundenlang sitzen und mich anstarren lassen. An diesem Septembermorgen des Jahres 1491 hatte ich mein bestes Kleid angezogen – aber was war diese Maskerade mehr als ein lächerlicher Versuch, meinen Worten bei Lorenzo de' Medici mehr Nachdruck zu verleihen! Was ich ihm zu sagen hatte, würde ausreichen, ihn zu beeindrucken.

Die neugierigen Blicke der anderen Besucher – Geschäftspartner und Freunde des Magnifico – ignorierte ich. Sie warteten wie ich seit Sonnenaufgang, saßen in Gruppen auf der Steinbank, unterhielten sich angeregt über Savonarolas letzte Predigt, verglichen die Zinssätze der Kredite der Banca Medici und ihre Gewinne aus dem Seidenhandel, spazierten die Via Larga auf und ab, bis das Tor geöffnet wurde – wie jeden Morgen. Aber an diesem Morgen war etwas anders: Ich, Caterina, saß neben ihnen und wartete.

Immer wieder streiften mich ihre neugierigen Blicke. Wer ist die junge Frau?, fragten sie sich. Was will sie im Palazzo Medici? Sie ist fünfzehn oder sechzehn Jahre alt. Warum lässt sie sich in ihren Anliegen nicht vom Vater, Bruder oder Cousin vertreten? Oder, wenn es nicht um persönliche, sondern um geschäftliche Angelegenheiten geht, von einem bekannten Notar wie Piero da Vinci?

Ich sprach mit keinem der Wartenden. Weder über mein Anliegen bei Lorenzo de' Medici, meine Ängste und meine Hoffnungen, noch über Bankkredite, Seidenlieferungen oder über den Seehandel, obwohl ich mich darin fast so gut auskannte wie Amerigo. Seit Monaten hatten wir bei den Mahlzeiten selten ein anderes Thema als Amerigos Arbeit im Medici-Kontor.

Ich sprach mit keinem von ihnen, weil ich auf keine ihrer Fragen eine Antwort wusste. Warum war ich hier? Was versprach ich mir von einer Audienz bei Lorenzo – falls er überhaupt geruhte, mich zu empfangen? Nach allem, was in den Jahren seit der Pazzi-Verschwörung und der Ermordung seines Bruders Giuliano zwischen unseren Familien vorgefallen war: Hass, Verfolgung, Verbannung. Und falls er mir zuhörte – würde er mir glauben?

Wie oft hatte ich in den vergangenen Monaten vor dem Portal des Palazzo Medici gestanden – seit ich ahnte, wer ich wirklich war. Wie oft hatte ich vor diesem Schritt gezögert. Wie oft war ich abends in das Haus nahe der Kirche Santa Trinità zurückgekehrt, wo ich mit Amerigo wohnte – dem Cousin meines Stiefvaters und Freund des Mannes, den ich für meinen Vater hielt.

In diesem Augenblick wurde das schwere Tor des Palazzo Medici aufgeschoben und der Portier trat hervor, um die Wartenden in den Hof des Palastes zu bitten. Ich sprang auf und eilte zum Portal hinüber. Die Besucher drängelten am Eingang, als wollten sie die besten Plätze beim Palio auf der Piazza Santa Croce ergattern.

Dann stand ich zwischen den kleinen Lorbeerbäumen unter den Arkaden des Innenhofs und schaute zu den Fenstern im ersten Stock hinauf. Unzählige Kerzen funkelten durch die Glasscheiben. Welch eine Pracht! Selbst der Palazzo della Signoria wirkte bescheiden neben dem Palast des Magnifico.

Dem Portal gegenüber bewachte ein marmorner *Herakles* das Tor zum Garten. Unter den Arkaden des Hofes fand ich den Eingang zu einer Schreibstube, in der ein paar bewaffnete Leibwächter des Magnifico Karten spielten. Ein Schreiber sprach mit den Besuchern, die um einen Termin bei Francesco Sassetti baten, dem Generaldirektor der Banca Medici und Leiter des Handelskontors, die mit Piero da Vinci wegen eines Rechtsstreits verhandeln oder Rechnungen für Fleisch, Fisch, Brot, Obst, Gemüse, Schuhe, Handschuhe oder Schmuckstücke beglichen haben wollten.

»Ihr wünscht?«, fragte der Schreiber, als ich endlich vor seinen Tisch trat.

»Eine Audienz bei Seiner Exzellenz«, sagte ich selbstbewusst.

Er steckte die Feder ins Tintenfass und lehnte sich auf seinem Stuhl zurück. »Was wollt Ihr von ihm?«, fragte er, während er sich die von der Tinte geschwärzten Finger an einem Tuch abwischte.

Das war die befürchtete, alles entscheidende Frage: Wer bist du, und was willst du? Die Frage, die über mein Leben und meine Zukunft entschied. Die Frage, die mich in den Abgrund stürzen konnte oder die Treppe hinauf zu Lorenzo de' Medici brachte. »Nichts«, sagte ich zu seiner Verblüffung. »Ich will nichts von ihm – außer einer Antwort.«

»Und Ihr glaubt, dass er die Frage hören will, auf die er antworten soll?«, zweifelte der Schreiber. Er gab den Versuch auf, die Tinte von seinen Fingern zu wischen, und warf das Tuch auf seinen Schreibtisch.

»Ja«, lächelte ich verschmitzt. »Er weiß es nur noch nicht.«

Der Schreiber lachte über meine Schlagfertigkeit. »Nun, dann sollten wir Seine Magnifizenz wissen lassen, dass Ihr ihn zu sprechen wünscht.« Er griff zur Feder und zog ein unbeschriebenes Pergament zu sich heran. »Wie ist Euer Name?«

»Caterina.«

»Caterina – und weiter?« Die Hand mit der Feder schwebte abwartend über dem Pergament, und als ich nicht sofort antwortete, sah er ungeduldig auf. Ein Tropfen schwarzer Tinte fiel von der Federspitze auf das Pergament hinter meinen Namen. Ein ungewollter Tintenklecks: Das war mein Name! Unbeabsichtigt und unerfreulich – wie meine Geburt. »Wie ist Euer Name?«

»Das ist die Antwort auf meine Frage an Lorenzo de' Medici«, erklärte ich mit rätselhaftem Lächeln.

Der Schreiber starrte mich verblüfft an und zog die Stirn in Falten. Die Frage, ob er mich vorlassen sollte, stand ihm ins Gesicht geschrieben. Doch dann winkte er seinen Adlatus heran, der dem Sekretär des Magnifico das Pergament mit meinem Namen überbringen sollte. Mochte der entscheiden, ob ich von Lorenzo empfangen wurde oder nicht.

»Geht die Treppe auf der rechten Seite der Hofarkaden hinauf bis zum ersten Stock, Madonna Caterina. Ihr werdet in einen Warteraum geleitet werden.« Ich nickte und wollte mich schon abwenden, als er mir »Viel Glück!« wünschte.

Dankend verließ ich mit seinem Adlatus die Schreibstube. Rechts neben dem Eingangsportal des Palazzo befand sich ein schmiedeeisernes Gitter, das von mehreren Bewaffneten bewacht wurde. Plötzlich verstand ich, warum Amerigo den Palazzo die

Fortezza – die Festung – nannte: Niemand kam unbemerkt mit einem verborgenen Dolch hinein … oder lebendig wieder heraus.

Zwei Wachen traten mir entgegen, als ich mich dem Treppenaufgang näherte: »Waffen?«

»Nur mein Lächeln«, antwortete ich schlagfertig. »Und das wird den Magnifico nicht umbringen.«

Ich zog meinen Dolch aus dem Ärmel und reichte ihn den Leibwächtern. Dann durfte ich die Stufen zum ersten Stock hinaufsteigen. Der Gehilfe des Schreibers geleitete mich in einen Saal, wo bereits zwei Dutzend Männer warteten.

Der Warteraum war so groß wie ein Bankettsaal. Auf einer Tafel in der Mitte des Raumes waren silberne Obstschalen mit Äpfeln und Trauben, getrockneten Feigen und süßem Mandelgebäck arrangiert worden, daneben standen Karaffen mit gewürztem Wein und Zinnbecher. An den Wänden und um den großen Tisch herum gruppierten sich Stühle mit Lederpolsterung, die gemütlicher aussahen als Amerigos Lesesessel in seinem Studierzimmer.

»Wie lange wird es dauern, bis ich von Seiner Exzellenz empfangen werde?«, fragte ich den jungen Mann, der mich die Treppe hinaufbegleitet hatte.

Er zuckte mit den Schultern. »Vielleicht bis nach dem Mittagessen, vielleicht bis nach Sonnenuntergang.« Er wies mit einer weit ausholenden Geste auf die Wartenden im Raum. »Diese Signori wollen vor Euch mit ihm sprechen – falls er sie empfängt.«

»*Falls* er sie empfängt?«, fragte ich.

»Seine Exzellenz hatte gestern einen sehr schmerzhaften Gichtanfall, sodass er das Bett nicht verlassen konnte. Heute Morgen ist er noch nicht aufgestanden. Ich weiß nicht, ob er heute überhaupt Besucher empfängt.« Der Adlatus verschwand und brachte das Pergament mit meinem Namen zu Lorenzos Sekretär.

Die endlose Wartezeit verbrachte ich lesend: Paolo Toscanellis

Manuskript seines unveröffentlichten Buches *Imago Mundi.* Der berühmte Astronom hatte es seinem Schüler Amerigo geschenkt, der es mit unzähligen Marginalien versehen hatte: in Worte gegossene Träume von einer Seereise nach Westen, um Indien zu finden. Im Westen! Amerigos Visionen waren fast so verrückt wie meine eigenen.

Zwei Stunden vergingen, bevor der erste Bittsteller in das Arbeitszimmer Seiner Exzellenz geführt wurde. Nach einer Stunde erschien der Adlatus erneut und rief den nächsten Namen auf. Wie lange würde ich mich gedulden müssen? Würde er mich überhaupt empfangen? Ich hatte ja nicht einmal meinen Namen genannt … oder was ich mir von ihm erhoffte. Unruhig rutschte ich auf dem Sessel herum. So viel hing für mich von diesem Treffen ab!

Das dreigängige Mittagessen, das der Magnifico seinen Gästen servieren ließ, um ihnen die Wartezeit zu verkürzen, war köstlich: Agnelotti mit Lammfüllung, gebratene Flusskrebse in Weinsauce, Pasteten, Torten, Obst und Marzipankonfekt. Mit einem Zinnbecher Wein zog ich mich nach dem Mahl in meinen Sessel zurück und blätterte in einer Handschrift der *Divina Commedia*, die auf einem der Tische gelegen hatte.

Die Stunden verwelkten im Licht der untergehenden Sonne wie Herbstlaub. Es war später Nachmittag und der Magnifico hatte erst sechs der Bittsteller zu sich rufen lassen, als sein Sekretär den Saal betrat: »Seine Magnifizenz empfängt heute nicht mehr. Er bittet die Signori, ihn zu entschuldigen und morgen erneut um eine Audienz nachzusuchen.«

Enttäuschung: Das war es, was ich in diesem Augenblick empfand – ein schmerzhaftes Gefühl und die Erkenntnis, mich einer Illusion hingegeben zu haben. Lorenzo de' Medici hatte die Signori nicht empfangen, obwohl er wusste, wer sie waren und was sie von ihm wollten. Warum sollte er mich zu sich bitten, da er doch nicht einmal meinen Namen kannte?

Alles vergebens: all die Hoffnungen, all die Ängste! Ich hatte die weiteste Reise angetreten, die ein Mensch machen kann, weiter als die Seereise, die Amerigo plante: den Weg in den Palazzo Medici, den Weg in ein anderes, glücklicheres Leben, eine Reise ohne Wiederkehr. Ich war nach wenigen Schritten gescheitert, musste umkehren und dorthin zurückgehen, woher ich gekommen war.

Ich erhob mich zusammen mit den Signori, die unwillig murmelnd aus dem Raum strömten.

Der Sekretär winkte mich zu sich. »Bitte folgt mir, Madonna Caterina«, murmelte er leise und ging voran.

»Wohin?«, fragte ich verwirrt.

»Zu Seiner Exzellenz: Er wird Euch empfangen.«

»Aber er hat doch alle Signori wegschicken lassen«, wandte ich überrascht ein, während ich ihm durch den Palazzo folgte.

»Seine Magnifizenz war neugierig, als ich ihm berichtete, dass eine junge Madonna, die ihren Namen nicht nennen wollte, ihn zu sprechen wünscht. ›Bringt diese geheimnisvolle Caterina zu mir‹, befahl er mir.« Der Sekretär öffnete eine Tür und ließ mich eintreten. »Bitte wartet hier, Madonna Caterina! Seine Exzellenz spricht noch mit Generaldirektor Francesco Sassetti und den Filialleitern der Banca Medici in Rom, Mailand und Lyon. Sobald die Unterredung beendet ist, wird er Euch hier in seinem Studierzimmer empfangen.«

Er schloss die Tür hinter sich und ließ mich allein. Im Allerheiligsten des Medici-Imperiums! Ich konnte ein triumphierendes Lächeln nicht unterdrücken: Lorenzo de' Medici würde mich empfangen! In wenigen Minuten würde ich ihm gegenüberstehen. Meine Knie zitterten vor Aufregung.

Da ich sowieso nicht stillsitzen konnte, sah ich mich im Studierzimmer um. Die Kerzen waren wegen der herabsinkenden Dämmerung bereits entzündet worden und tauchten den Raum in ein geheimnisvolles Licht. In der Luft hing ein feiner Duft nach kostbaren Pergamenten, nach Tinte und eleganter Gelehrsamkeit.

Vor dem Fenster bog sich ein Schreibtisch mit wertvollen Intarsienarbeiten unter einem Berg von Pergamentrollen, illustrierten Handschriften, Briefen, Gedichten und hingekritzelten Notizen, einem Tintenfass, Federn, Siegelwachs und einem Petschaft mit dem Wappen der Medici. Davor stand ein mit rotem Leder bezogener Stuhl.

Ein Stapel Bücher lag auf dem Lesepult neben dem Kamin. Mein Blick glitt über die Buchrücken, doch meine Griechisch-Kenntnisse reichten gerade aus, um den Titel auf Platons *Apologie des Sokrates* zu entziffern. Einige der anderen Werke, wie Senecas Schrift über das glückliche Leben, kannte ich aus Amerigos Bibliothek. Der dickste Foliant auf dem Lesepult, halb verborgen unter einem chaotischen Haufen anderer Werke, war Giovanni Pico della Mirandolas *Conclusiones*. Von diesem geheimnisvollen Werk hatte ich bisher nur durch die Buchhändler gehört. Die *Conclusiones* waren vor vier Jahren von Papst Innozenz als häretisches Werk verboten worden. Also gab es doch noch Exemplare, die nicht verbrannt wurden! Lorenzo de' Medici besaß eines – Giovanni Pico war einer seiner besten Freunde.

Eine lebensgroße Bronzebüste von Giuliano de' Medici lächelte mir ermutigend zu. Seine Augen funkelten im Licht des Kaminfeuers, als wüsste er eine Antwort auf die Frage, die ich seinem Bruder stellen wollte. Mit den Fingern strich ich sanft über seine Wangen und die sinnlichen Lippen. Einen solchen Mann zu lieben, ihm nahe zu sein … Ich ließ die Hand sinken und wandte mich ab.

Gegenüber dem purpurfarbenen Sessel hing ein Gemälde an der Wand: Sandro Botticellis *Geburt der Aphrodite*. Wie oft hatte ich von diesem herrlichen Bild gehört und von der wundervollen Gestalt der Frau, die als nackte Göttin der Liebe in der Muschel zu sehen war.

Wie schön die junge Frau mit den im Wind fliegenden roten Haaren war! Schöner, als ich sie mir vorgestellt hatte. Wie jung! Kaum älter als ich. Verzaubert stand ich vor der *Geburt der Aphrodite*, als sich die Tür des Studierzimmers öffnete und Lorenzo de' Medici den Raum betrat.

Ich fuhr herum und – brachte kein Wort heraus. Vor lauter Aufregung vergaß ich sogar, ihm durch einen Knicks meine Ehrerbietung zu erweisen. Auf die Idee, ihm die Hand zu reichen, kam ich gar nicht erst. Wie eine unvollendete Marmorstatue stand ich mitten im Raum und starrte ihn an.

Schon oft hatte ich den Magnifico gesehen: während der prächtigen Staatsempfänge auf der Piazza della Signoria, in der festlichen Prozession anlässlich des Neujahrsfestes, beim Gottesdienst im Dom und einmal maskiert während des Karnevals in den Straßen von Florenz – aber immer nur von weitem, umgeben von seinem Gefolge und seinen Leibwächtern.

Als ich ihm nun gegenüberstand, nur eine Armlänge von ihm entfernt, verstand ich plötzlich nicht mehr, warum im Laufe seiner Regentschaft aus der ehrerbietigen Anrede »Magnifico Lorenzo« Lorenzo il Magnifico – Lorenzo der Prächtige – geworden war. Wenn der Stoff seiner langen Robe auch schwerer, mit feinen Goldfäden durchwirkter Atlas war, so kleidete er sich doch in schlichtes Schwarz und trug keine der Juwelen, mit denen sich die Reichen und Mächtigen schmückten, um ihren Wohlstand zu zeigen – nicht einmal ein goldener Siegelring mit dem Wappen der Medici schmückte seine Finger. Wenn man Lorenzo de' Medici ohne sein Gefolge auf der Straße begegnete – man würde ihn nicht als einen der reichsten und mächtigsten Männer Italiens erkennen.

Er war nicht schön, aber er verstand es, mit einem charmanten Lächeln und selbstbeherrschten Gesten die Aufmerksamkeit auf sich zu ziehen. Lorenzos Schönheit war keine körperliche – eine ernste Würde umgab ihn wie ein Glorienschein.

Wahrscheinlich war er es gewohnt, angestarrt zu werden. Jedenfalls ertrug er mit einem feinen Lächeln das kurze Schweigen, bis er wortlos auf den Stuhl gegenüber seinem Schreibtisch deutete und ich Platz nahm.

Auf einen Stock gestützt humpelte er zu dem Sessel hinter seinem Schreibtisch, auf dem er sich so vorsichtig niederließ, als würde jede Bewegung ihm unerträgliche Schmerzen bereiten. »Wir können uns noch eine Weile anschweigen, Madonna Caterina. Ich kann ein kultiviertes Schweigen ebenso genießen wie eine geistreiche Unterhaltung. Aber ich würde es vorziehen, wenn Ihr mir verratet, was Ihr von mir wollt«, gab er mit einem Lächeln zu. »Die Neugier quält mich. Bitte erlöst mich.«

»Vergebt mir, Euer Exzellenz! Ich wollte nicht unhöflich sein …«

»So unverschämt wie der Mailänder Botschafter vor wenigen Minuten könnt Ihr gar nicht sein, Madonna Caterina«, versicherte er mir. »Wir haben alles andere getan, als uns anzuschweigen.«

Der Magnifico bekleidete kein öffentliches Amt, obwohl er Florenz regierte. Die Außenpolitik oblag der Signoria, den Ratsherren von Florenz. Aber es war kein Geheimnis, dass er die Gesandten der Dogen von Venedig und Genua, der Herzöge von Mailand, Ferrara und Urbino, des Königs von Neapel und des Papstes im Palazzo Medici empfing, bevor sie um einen Termin beim Gonfaloniere, dem Bannerträger von Florenz, nachsuchten.

»Mein Sekretär sagte mir, dass Ihr seit dem frühen Morgen auf eine Audienz wartet. Auf die Frage des Schreibers habt Ihr Euren Namen genannt: Caterina. Euren Familiennamen wolltet Ihr ihm nicht nennen. ›Das ist die Antwort auf meine Frage an Lorenzo‹, habt Ihr ihm gesagt. Ich bin beeindruckt von Eurem selbstbewussten Auftreten. Stellt also Eure Frage an mich.«

»Die Frage lautet: Wer bin ich?«

Er bedachte mich mit einem erstaunt-amüsierten Blick, den er wohl der Sokrates-Büste neben dem Fenster abgeschaut hatte. »Eine interessante Frage, Madonna Caterina. Diese Frage haben sich schon Platon und Aristoteles gestellt.«

»Ich kenne die Antworten der beiden Philosophen, Euer Exzellenz. Ich fragte jedoch nicht nach dem *Ich*, sondern nach dem *Wer?*«

Lorenzo lehnte sich auf seinem Stuhl zurück und betrachtete mich neugierig. »Welche Namen stehen denn zur Auswahl?«

Die Stunde der Wahrheit! Ich holte tief Luft. »Vespucci ist der eine Name und …«

»Dieser Name ist in diesem Haus lange nicht genannt worden«, unterbrach er mich unwillig. »Seid Ihr verwandt mit Piero und seinem Sohn Marco?« Das Lächeln war auf seinen Lippen erfroren.

»Piero Vespucci war mein Großvater«, erklärte ich. »Marco ist mein Stiefvater.«

»Piero Vespucci«, sagte er gedehnt, als müsste er sich nach Jahren erst wieder an den Klang des Namens gewöhnen. »Piero Vespucci war nach einer erfolglosen Verschwörung gegen Cosimo de' Medici nach Neapel ausgewandert, wo er in den Diensten des Hauses Aragón Karriere gemacht hat. Aber getreu den Worten von Bernardo Cennini – ›Dem florentinischen Geist ist nichts unmöglich‹ – zog es ihn nach Florenz, um die Grenzen des Möglichen zu erforschen. Piero und sein Sohn Marco waren 1478 in die Verschwörung von Papst Sixtus und der Familie Pazzi gegen mich verwickelt: Sie halfen den Attentätern, die meinen Bruder Giuliano im Dom ermordet hatten, zu entkommen.«

»Ihr hattet Piero Vespucci nach zwei Jahren im Kerker Euren Großmut bewiesen und ihn begnadigt, Euer Magnifizenz«, erinnerte ich ihn. »Und Marco ist trotz lebenslänglicher Verbannung aus Venedig zurückgekehrt …«

Mit einer Geste wie ein Schwerthieb schnitt er mir das Wort ab. Offensichtlich hatte er keine Lust, mit mir über Schuld und Sühne der Familie Vespucci zu diskutieren. »Marco ist also Euer Stiefvater«, fasste er ungnädig zusammen. »Wer ist Eure Mutter, Signorina Vespucci?«

Ohne ein Wort zu sagen, deutete ich auf Sandro Botticellis *Geburt der Aphrodite* an der Wand gegenüber seinem Schreibtisch.

»Simonetta war …?«, fragte Lorenzo de' Medici ungläubig.

»… meine Mutter«, ergänzte ich.

Er schüttelte den Kopf. »Das kann nicht sein! Simonetta starb im April 1476 an der Schwindsucht. Ich war in Pisa. Ich hatte ihr von dort aus meinen Arzt geschickt, als ich von ihrem Zusammenbruch erfuhr. Aber es war zu spät. Simonetta war tot, bevor der Medicus Florenz erreichte.« Sein Blick ruhte auf Botticellis Bild, als könnte er sich nach fünfzehn Jahren nicht mehr daran erinnern, wie seine geliebte Simonetta ausgesehen hatte.

Er hatte sie geliebt! Ich musste ihn nur ansehen, um seine Liebe zu spüren und den Schmerz, den er bei ihrem Tod empfand. Ich konnte ihm die Wahrheit nicht ersparen, so sehr sie ihm wehtun würde. »Ja, es ist wahr: Simonetta starb an der Schwindsucht. Aber das ist eben nur ein Teil der Wahrheit. Sie starb während meiner Geburt.«

Lorenzo de' Medici starrte mich an. »Simonettas Tochter …«, flüsterte er fassungslos, die Hand an den Lippen. »Ich habe Simonetta geliebt. Als ich durch Piero Vespucci die Nachricht von ihrem Tod erhielt, habe ich die ganze Nacht geweint …«

»Vier Sonette habt Ihr in dieser Nacht an Simonetta geschrieben«, erinnerte ich ihn. »Ich bewahre Eure Verse wie Reliquien. Sie sind das Einzige, was mir von meiner Mutter geblieben ist: Eure Worte, Gedanken und Gefühle. Sie schenkte mir ihr Leben und hauchte ihre Seele aus, als ich zum ersten Mal meine Augen öffnete. Ich weiß fast nichts von meiner Mutter. Bis ich vorhin das Gemälde sah, wusste ich nicht einmal, wie sie aussah. Wie schön sie war!«

»Ihr seid Simonettas Tochter …«, wiederholte der Magnifico, als müsste er sich erst mit diesem unerwarteten – erschreckenden? – Gedanken vertraut machen. Sein Blick irrte von meinem Gesicht zur *Geburt der Aphrodite* hinter mir an der Wand. »Ihr habt dieselben Augen, dieselben Haare in der Farbe der untergehenden Sonne, dieselben sinnlichen Lippen. Ihr erinnert mich an Simonetta – und doch wieder nicht.«

»Ich bin nicht Simonetta«, sagte ich. »Ich bin ich. Und ich will von Euch wissen: *Wer* bin ich?«

»Vespucci ist der eine Name. Wie lautet der andere?«, fragte er leise, als fürchtete er die Antwort.

»De' Medici, Euer Exzellenz.«

Lorenzo schwieg und betrachtete mich, als wären wir uns eben erst begegnet. »De' Medici?«, flüsterte er.

»Euer Bruder Giuliano liebte Simonetta. Ganz Florenz verfolgte die Affäre der beiden, und selbst der betrogene Gemahl, mein Stiefvater Marco, schwieg dazu. Sein Hass auf Giuliano war der Anlass, dass er sich zwei Jahre später an der Pazzi-Verschwörung gegen Euch beteiligte. Simonettas unverhoffte Schwangerschaft wurde von Piero Vespucci nicht nur wegen ihrer Krankheit geheim gehalten, sondern auch wegen des befürchteten Skandals. Nicht einmal der Vater wurde über die Geburt in Kenntnis gesetzt.«

»Der Vater …?«, fragte Lorenzo.

Der Gedanke, dass Giuliano mit Simonetta ein Kind der Liebe

gezeugt hatte, schien ihn zu verletzen. Beide, Lorenzo und Giuliano, waren in Simonetta verliebt gewesen. Wegen Giulianos Affäre mit ihr war zwischen den Brüdern ein eifersüchtiger Streit entbrannt, der – angefacht durch Gerüchte aus den Gassen von Florenz und Unwahrheiten aus dem Freundeskreis – zum erbitterten Bruderkrieg zu werden drohte. Lorenzo und Giuliano hatten sich erst an Simonettas Grab wieder die Hand gereicht.

»Ich glaube, dass Euer Bruder mein Vater war«, sagte ich.

Der Magnifico schwieg und starrte erst mich, dann Giulianos Bronzebüste an. Welche Gedanken mochten jetzt durch seinen Kopf gehen? Glaubte er mir? Und wenn er mir glaubte: Was würde er tun? Eine Anerkennung von Caterina Vespucci als illegitime Tochter von Giuliano de' Medici und Simonetta Vespucci würde in Florenz einen Skandal verursachen. Fünfzehn Jahre alte Gerüchte über Giulianos Affäre mit Simonetta und Lorenzos Zuneigung zur Geliebten seines Bruders würden hervorgekramt und aus allen Windrichtungen diskutiert werden. Simonettas Tod. Giulianos Ermordung während der Pazzi-Verschwörung. Die Verurteilung von Piero und Marco Vespucci als Verräter. Eine Menge schmutziger Wäsche würde gewaschen werden …

Niemand in Florenz hätte über ein uneheliches Kind auch nur ein Wort verloren – aber bei der illegitimen Tochter eines Medici war das etwas anderes. Die Medici waren reich, mächtig und berühmt – berüchtigt auch dafür, dass sie nicht selten in anderen Betten als ihren eigenen schliefen. Cosimo hatte aus seiner Affäre mit einer dunkelhäutigen Sklavin einen Sohn, Piero beglückte mehrere Geliebte gleichzeitig, und auch Lorenzo hatte nicht nur Sonette vorgetragen, wenn er nachts in den Straßen von Florenz unterwegs war …

Die Medici kümmerten sich um ihre Kinder – ganz gleich, welchen Namen sie trugen. Wenn Lorenzo de' Medici mich formell als die Tochter seines Bruders anerkannte und mich damit zu einer Medici machte, konnte das eine wahre »Sündflut« hervorrufen: Anklagen und Prozesse gegen ihn und seinen verstorbenen Bruder. Der Trick, mit dem er seinen Neffen Giulio legitimierte, indem er erklärte, Giuliano und dessen Geliebte Fioretta Gorini hätten sich 1478 heimlich trauen lassen, hatte schon damals ungläubiges Gelächter hervorgerufen. Wenn also mein Bruder Giulio legitim war, dann konnte *ich* es nicht sein.

Lorenzo de' Medici schwieg noch immer. Er schien die Alternativen zu durchdenken, um zu einem Entschluss zu kommen. Wie konnte ich nur vergessen, dass auch er ein paar Zeilen unseres Dialoges zu sprechen hatte, dass auch er eine Entscheidung treffen musste! Und die war nicht leichter als meine. Was sollte ich tun, wenn er mir nicht glaubte? Was würde *er* tun? Mich aus dem Palazzo werfen lassen? Mich aus Florenz verbannen, weil ich den ungerechtfertigten Anspruch erhob, eine Medici zu sein?

Es war Wahnsinn gewesen, hierher zu kommen! Diese Erkenntnis traf mich wie ein Faustschlag – unerwartet und umso schmerzhafter. Ich war wie aus einem schönen Traum erwacht: noch etwas benommen, aber schon wieder klar denkend. Wie hatte ich nur für einen Augenblick annehmen können, dass Lorenzo mir glaubte! Verzweifelt hielt ich mich an den Armlehnen des Stuhls fest wie an den Planken eines sinkenden Schiffes. Mein Traum von der Freiheit versank in den Fluten des Schweigens zwischen Lorenzo und mir, und eigentlich war ich froh, dass er nichts sagte.

Er erhob sich von seinem Sessel, und einen Augenblick lang dachte ich, die Audienz sei beendet und er würde mich auffordern, aus seinem Palazzo und aus seinem Leben zu verschwinden. Doch er kam um den Schreibtisch herum und zog mich von meinem Stuhl, um mit mir zu Giulianos Bronzebüste hinüberzugehen.

Im Licht der flackernden Kerzen verglich er meine Gesichtszüge mit denen seines Bruders. Die Augen, die Nase, die Lippen. Mit der Hand strich er mir ein paar widerspenstige Haare aus der Stirn, um das Profil zu vergleichen. Schließlich ließ er die Hand sinken und zog mich an sich. Er umarmte mich und hielt mich fest, als wollte er um jeden Preis verhindern, dass ich so schnell aus seinem Leben verschwand, wie ich hineingeraten war:

Ich, Caterina de' Medici.

»... und als mein Stiefvater Marco Vespucci nach der Pazzi-Verschwörung gegen Lorenzo und Giuliano aus Florenz verbannt worden war, wurde ich meinem Cousin Amerigo anvertraut«, setzte ich eine Stunde später meinen Bericht über meine Kindheit im Hause Vespucci fort. »Amerigo arbeitete damals schon im Kontor des Medici-Unternehmens, während seine beiden älteren Brüder die Universitäten von Florenz und Bologna besuchten und sich nicht um die Stieftochter ihres verbannten Cousins Marco kümmern konnten.« Oder wollten, fügte ich im Stillen an.

Die Familie Medici saß beim Abendessen im Bankettsaal. Die lange Tafel war an einem Ende gedeckt, das kostbare Tafelsilber und die Weingläser aus Empoli funkelten im Kerzenschein, aber das Essen, das die Diener auftrugen, war einfach: Brot, Wurst, Käse, Oliven und Rotwein.

An diesem Abend war keiner der üblichen Gäste anwesend – Lorenzo bewirtete in seinem Palazzo regelmäßig ein Dutzend oder mehr Personen, die ohne Rücksicht auf Rang und Stand und ohne jede höfische Förmlichkeit nebeneinander an seiner Tafel saßen: Botschafter, Professoren, Künstler und seine Freunde von der Platonischen Akademie. Von diesen Freunden war an diesem Abend nur Angelo Poliziano anwesend, der Erzieher von Lorenzos Söhnen. Er wohnte im Palazzo Medici. Die anderen – wie der Gesandte aus Mailand, der im Gästetrakt logierte – hatten sich wegen

Lorenzos schlechtem Gesundheitszustand höflich entschuldigen lassen.

»Amerigos Vater war vor der Pazzi-Verschwörung der Notar der Medici. Ich kenne Amerigo gut«, warf Lorenzo ein – er hatte darauf bestanden, dass ich ihn so und nicht anders nannte. Er hasste die Anrede Magnifico Lorenzo und verbot seinen Kindern und Freunden, ihn anders als bei seinem Namen zu nennen. Was mich aber noch mehr erstaunte, war der vertraute Umgang innerhalb der Familie: Die Söhne sprachen den Herrn von Florenz mit dem vertrauten Du an, als wäre der Vater ihr bester Freund.

»Amerigo ist zwei Jahre jünger als ich«, fuhr Lorenzo fort, während er sich eine Scheibe Ziegenkäse auf das noch warme Haselnussbrot legte. »Wir hatten einige Jahre lang dieselben Lehrer, unter vielen anderen den berühmten Astronom und Kartenzeichner Paolo Toscanelli. Amerigo war erst vor wenigen Wochen bei mir, um mich um Geld für eine Expedition nach Indien zu bitten. Ich habe ihn weggeschickt.«

»Weil er nach Westen segeln will, um nach Indien und China zu gelangen?«, fragte ich. Wie oft hatte ich mit Amerigo über seinen Traum gesprochen, zur See zu fahren, um Toscanellis These zu beweisen, dass die Erde rund ist und der kürzeste Weg nach Indien nach Westen führt!

»Nein, nicht deshalb, denn ich kenne Toscanellis Weltkarte«, widersprach Lorenzo. »Sondern weil ich keinen Fiorino übrig habe, um seine Expedition auszustatten. Erst vor wenigen Wochen sind drei Schiffe meiner Flotte in einem Sturm vor Alexandria gesunken – mit der Ladung.«

»Da du, Caterina, im Hause Vespucci mit Seekarten, Astrolabien und nautischen Instrumenten aufgewachsen bist, hättest du doch sicher Lorenzos Schiffe aus dem Sturm heraussegeln können«, stellte Piero fest. Er hatte sich auf seinem Sessel zurückgelehnt, stemmte das Knie gegen die Tischkante und imitierte mit seinem Stuhl den Seegang an Bord eines Schiffes.

Wie sollte ich auf Pieros höhnische Bemerkung reagieren? Als Lorenzo mich vor einer Stunde seinen Söhnen Piero und Giuliano und seinem Neffen Giulio vorstellte, hatte mein Cousin mich nur mit einem verächtlichen Blick bedacht. Meine Anwesenheit im Palazzo missfiel ihm, und er gab sich nicht die geringste Mühe, seinen Widerwillen hinter einem Lächeln zu verbergen.

Während des Abendessens hatte ich im Mittelpunkt der Aufmerksamkeit gestanden – doch das war für Piero nicht das Schlimmste gewesen. Eine meiner Verfehlungen war es, nicht dumm zu sein. Aber mein größter Fehler war *zu wissen*, dass ich nicht dumm war. Dass ich es jederzeit mit ihm, dem Kronprinzen von Florenz, aufnehmen konnte. Piero tat mir Leid, wenn er seine Vorherrschaft als Lorenzos ältester Sohn durch mich bedroht sah und wenn er es für unerlässlich hielt, mich mit Ironie und Sarkasmus auf den mir zustehenden Platz in der dritten Reihe hinter Lorenzo und sich selbst zu verweisen.

Pieros Gemahlin, die Römerin Alfonsina Orsini, schien sich mit ihrem Platz abgefunden zu haben. Alfonsina war eine Cousine von Pieros Mutter Clarice und von Virginio, dem Oberhaupt der Orsini. Sie hatte den Stolz und die Überheblichkeit eines alten römischen Adelsgeschlechts geerbt, nicht jedoch die notwendige Intelligenz, um eines Tages als *Prima donna* von Florenz an Pieros Seite zu stehen.

Mein Bruder Giulio, der am Tisch neben mir saß, spürte meine Anspannung. Er legte mir die Hand auf den Arm: Ich sollte mich von Pieros Sticheleien nicht herausfordern lassen. Noch vor einer Stunde hatte Giulio nicht gewusst, wie er auf meine Anwesenheit im Palazzo reagieren sollte. Er hatte mich umarmt und auf die Wange geküsst, als wären wir zusammen aufgewachsen, als hätten wir uns nicht gerade erst kennen gelernt. Seine Lippen hatten gelächelt – und doch war da ein Ausdruck in seinen Augen gewesen, den ich nicht gleich deuten konnte: ein vages Gefühl nur – war es Traurigkeit? Oder Mitleid?

Piero war Giulios Geste, die mich zur Zurückhaltung ermahnen sollte, nicht entgangen. »Und das erste Buch, das du gelesen hast, war vermutlich Plinius' *Historia Naturalis*«, fuhr er fort, als sei ein solch bedeutendes Werk keine angemessene Lektüre für eine Frau, als würde er mir nicht zutrauen, auch nur die Einleitung in lateinischer Sprache zu verstehen.

Wenn Piero glaubte, dass ich meine Bildung besser auf Francesco Petrarcas Sonette beschränken sollte, weil die Naturwissenschaft meinen Verstand überstieg, hatte er sich in mir getäuscht! Ich *musste* ihm widersprechen, denn es ärgerte mich, dass er mit seiner Vermutung Recht hatte – ich hatte Plinius gelesen, als ich neun Jahre alt war. Amerigo hatte mir Latein mit der Weidenrute beigebracht.

»Nein, Piero: Mein erstes Buch war Marco Polos Reisebeschreibung von China und Indien«, korrigierte ich meinen Cousin mit einem charmanten Lächeln. Dass ich mit diesem Buch lesen gelernt hatte, verriet ich ihm nicht.

»Wozu liest eine junge Frau Marco Polo?«, plusterte sich Piero auf, um sein schützendes Gefieder neu zu ordnen. Ohne mich eines Blickes zu würdigen, zupfte er wie gelangweilt an den Brokatärmeln seiner Jacke herum. »Du wirst doch nie in deinem Leben die Stadtmauern von Florenz verlassen. Außer Lorenzo verheiratet dich mit einem Orsini in Rom oder einem Sforza in Mailand, um ein neues Bündnis zu schließen.«

»Piero!«, ermahnte Lorenzo seinen Sohn scharf. »Caterina ist noch keine zwei Stunden deine Cousine, und schon beunruhigst du sie mit der Erwähnung ihrer Eheschließung.«

»Ich bin nicht beunruhigt ...«, begann ich.

Doch Piero unterbrach mich, scheinbar unbeeindruckt vom Zorn seines Vaters: »Lorenzo, hast du nicht selbst gestern von der Bedeutung der Beziehungen zwischen Florenz und Mailand gesprochen? Hat der mailändische Botschafter heute Nachmittag nicht von Ludovico il Moros Wunsch gesprochen, die Familien Medici und Sforza enger zu verbinden, um den Frieden und die Freundschaft zwischen dem Herzogtum Mailand und der Republik Florenz zu garantieren? Hast du ihm gegenüber nicht dein Bedauern geäußert, dass du neben Lucrezia, Maddalena und Contessina keine weitere Tochter hast, die du mit einem Sforza verheiraten könntest?«

»Ich danke dir für die Belehrung, Piero, aber ich bin nicht senil. Noch nicht«, entgegnete Lorenzo in einem Tonfall, der mich frösteln ließ. »Du dagegen scheinst vergessen zu haben, dass *ich* keinen Unterschied zwischen legitimen und illegitimen Kindern mache. Tommaso Inghirami, der zusammen mit deinem Bruder Giovanni in Pisa studiert, Bernardo da Bibbiena und Michelangelo Buonarroti sind keine Medici. Trotzdem sind sie wie Mitglieder unserer Familie. Wie Angelo.« Lorenzo deutete auf seinen Freund Angelo Poliziano. Piero verzog die Lippen, aber sein Vater fuhr fort: »Und ich mache schon gar keinen Unterschied zwischen meinen eigenen Kindern und denen meines Bruders Giuliano. Das galt für Giulio ebenso, wie es für Caterina gilt! Habt ihr mich verstanden?«

»Ja, Lorenzo«, nickten Giulio und Giuliano.

»Dann war es ja ein glücklicher Zufall, dass Caterina in dem Augenblick im Palazzo auftauchte, als dir eine Tochter fehlte, die du einem Sforza ins Bett legen kannst ...«, fauchte Piero.

Lorenzo beherrschte sich mit einem eisigen Lächeln, als Angelo Poliziano ihm beschwichtigend die Hand auf den Arm legte. Piero spielte mit der Flamme der Kerze auf dem Tisch – und mit dem Feuer – und ignorierte Lorenzos Zorn.

»Keines meiner Kinder werde ich zwingen, meine Ratschläge zu befolgen. Eure Schwester Maddalena hat Franceschetto Cibò aus freiem Willen geheiratet. Euer Bruder Giovanni hat sich vor zwei Jahren selbst dafür entschieden, das Amt des Kardinals anzunehmen, als Papst Innozenz unserer Familie diese hohe Ehre anbot. Und auch du, Piero, hast dich bisher nicht dagegen gewehrt, mir eines Tages als Oberhaupt der Familie Medici nachzufolgen …«, sagte Lorenzo ernst. »Keiner von euch muss meine Entscheidungen gutheißen, aber jeder muss mit den Konsequenzen leben, wenn er es nicht tut.«

Lorenzos Worte versickerten im Schweigen bei Tisch, dann wandte er sich mir zu: »Caterina, du wolltest etwas sagen, als Piero dich so taktlos unterbrach.«

»Ich sagte: Ich habe keine Angst«, erwiderte ich, selbst überrascht über die Entschlossenheit in meiner Stimme. Meine Worte klangen so, als fürchtete ich mich vor gar nichts. Schon gar nicht vor Piero.

»Furcht solltest du auch nicht haben, wenn du eine Medici bist, Caterina«, warnte mich Lorenzo. »Ich weiß nicht mehr, wie viele Verschwörungen gegen unsere Familie geplant wurden, wie viele Attentate ich überlebt habe. Piero ist neunzehn Jahre alt, Giovanni ist sechzehn, Giulio wird bald vierzehn, und Giuliano ist zwölf. Ihr alle werdet irgendwann Opfer von Attentaten oder Giftanschlägen werden. Und wenn eure Feinde nicht versuchen, euch umzubringen, dann werden sie euren Namen in den Schmutz ziehen und euch Dinge nachsagen, die ihr nie tun würdet, wenn ihr bei Verstand seid.

Wir Medici leben gefährlich. Unsere Macht in Florenz, unser Einfluss in der Signoria, unser Ansehen in Mailand, Venedig, Rom und Neapel, unsere Macht unter den größten Banken Europas ruht auf einem geborstenen Marmorsockel.

Ich, Lorenzo de' Medici, bin nur ein einfacher florentinischer Bürger. Ich bin nicht der Bannerträger der Republik. Ich bin nicht einmal Mitglied der Signoria. Ich habe keine offiziellen Aufgaben und Ämter in der Republik Florenz. Ich tue einfach nur das, was getan werden muss. Mit all meiner Kraft, die Gott mir gegeben hat. Viele Florentiner glauben, ebenso gut oder besser regieren zu können als ich. Einflussreiche Familien wie die Pazzi und – wie du weißt, Caterina – auch die Vespucci haben sich gegen uns Medici verschworen, um uns zu stürzen.« Lorenzo sah mich scharf an. »Ein Medici zu sein bedeutet zu lächeln, obwohl du weißt, dass dein Feind hinter seinem Rücken einen Dolch verbirgt. Ein Medici zu sein bedeutet, keine Angst haben zu dürfen.«

»Ich *bin* eine Medici«, sagte ich und es klang wie eine Kriegserklärung.

An Piero.

Und an die Furcht.

Nach dem Abendessen zog sich Lorenzo, auf seinen Vertrauten Angelo Poliziano gestützt, in sein Schlafzimmer zurück. Er hatte Angelo gebeten, ihm noch einige seiner Gedichte vorzulesen, um ihn von seinen furchtbaren Schmerzen abzulenken. Der Gichtanfall vom Vortag quälte ihn noch immer.

»Wir werden uns morgen unterhalten«, hatte Lorenzo gesagt, als er mir eine gute Nacht wünschte. »Es gibt viel zu besprechen.« Ich konnte mir vorstellen, worüber wir uns unterhalten würden: über mich. Und Piero.

Giulio brachte mich zu meinem Schlafzimmer. Lorenzo hatte Anweisung gegeben, das Zimmer meiner Cousine Maddalena für mich herzurichten. Maddalena war mit Papst Innozenz' Sohn Franceschetto Cibò verheiratet und lebte in Rom. Ihre Schwester Lucrezia war mit dem Florentiner Jacopo Salviati vermählt, und Lorenzos jüngste Tochter Contessina war vor vier Jahren ihrem Gemahl Piero Ridolfi in dessen Palazzo gefolgt. Nur Lorenzos Söhne Piero, Giovanni, der in Pisa studierte, Giuliano und sein Neffe Giulio lebten noch in dem großen Haus an der Via Larga.

Mit einem Kerzenleuchter in der Hand führte mich mein Bruder durch die dunklen Gänge des Palazzo. »Wie fühlst du dich nach deiner Unabhängigkeitserklärung?«, fragte Giulio.

»Gut!«, log ich. In Wirklichkeit fühlte ich mich miserabel.

Giulio sah mir in die Augen. »Weißt du, dass Piero dir heute Abend das größte Kompliment gemacht hat, zu dem er fähig ist?«

»Wie bitte?«, fragte ich verblüfft. »Ich dachte, er hätte mir mit dem Fehdehandschuh ins Gesicht geschlagen.«

»Das hat er auch getan – auf eine bemerkenswert ungalante Weise. Piero legt sich niemals mit einem Schwächeren an. Das ist unter seiner Würde, weil er weiß, dass er nicht wegen seiner intellektuellen Überlegenheit, sondern allein wegen der Tatsache, dass er Lorenzos Sohn ist, den Kampf gewinnen wird. Stattdessen liefert sich Piero erbitterte Wortgefechte mit seinem Vater und reizt Angelo Poliziano bis zum Funkenflug. Doch Angelo gibt die Hoffnung nicht auf, Piero doch noch Manieren beizubringen. Pieros Kriegserklärung an dich ist also so etwas wie eine Auszeichnung. Er hat dich akzeptiert – nicht als seine Cousine, aber als würdigen Gegner.«

Wir hatten mein Zimmer erreicht. Giulio öffnete und ließ mich eintreten. Der Raum war viel größer als mein Schlafzimmer in der Casa Vespucci. Vor einem fröhlich flackernden Kaminfeuer standen zwei gepolsterte Sessel.

Am Fenster, dessen Innenläden noch nicht für die Nacht geschlossen waren, entdeckte ich einen Schreibtisch mit verschließbaren Schubladen und zwei Kerzenleuchtern aus Silber. Neben einem silbernen Tintenfass, einem Bündel gespitzter Federn und einer Ledermappe mit geschnittenem Pergament lag ein Stapel Bücher auf dem Tisch.

Die Wände des Raumes waren mit indigoblauen Seidentapeten geschmückt, den Fliesenboden bedeckte ein orientalischer Teppich – welch ein Luxus! Über den aufgeschlagenen weißen Seidenlaken und den Kissen des Bettes wölbte sich der goldgewirkte Betthimmel wie ein Segel im Wind.

Mit erhobenem Kerzenleuchter blieb Giulio in der offenen Tür stehen. Das Feuer im Kamin tauchte sein Gesicht in einen purpurfarbenen Schein. Seine schwarzen Augen mit den langen Wimpern verbargen sich hinter schwermütig gesenkten Lidern. Seine Lippen waren zu einem gequälten Lächeln gepresst, als könnte er auf diese Weise sein schönes Gesicht weniger begehrenswert – weniger sinnlich? – erscheinen lassen. Trotz der unbeschwerten Herzlichkeit, mit der er mich als seine Schwester begrüßt hatte, wirkte er distanziert – unnahbar wie ein heiliger Eremit, der sich vor den Menschen in die wärmende, schützende Höhle seines Selbst zurückgezogen hatte. Wovor fürchtete er sich?

»Hat Lorenzo dir die Zehn Gebote erklärt?«, fragte Giulio.

Verblüfft fragte ich: »Was meinst du, Giulio? So etwas wie ›Lächele und schweige während der Staatsempfänge für ausländische Botschafter und vergiss nie: Du repräsentierst die Republik Florenz‹ oder ›Der schönste Schmuck einer Medici sind nicht Perlen und Diamanten, sondern Zitate von Platon‹?«

Giulio schloss mit einem Tritt die Tür hinter sich und lehnte sich herzlich lachend dagegen. Wie sich sein Gesicht veränderte, als er die unbeschwerte Lebenslust und das Lachen nicht mehr unterdrücken konnte! Seine sinnlichen Lippen waren geöffnet, seine schwarzen Augen glänzten. Wann hatte er zuletzt so ungezwungen gelacht?

»Lass das nicht Lorenzo hören!«, prustete er und wischte sich eine Träne aus dem Augenwinkel. »Er bittet Angelo Poliziano, dein Lehrer zu werden, damit du während der Empfänge eben gerade *nicht* den Mund zu halten brauchst. Und er wird ein Vermögen in Juwelen investieren, damit du sie mit Stolz trägst.« Er nahm meine Hand und führte mich zum Bett, wo wir uns nebeneinander auf die Brokatdecke setzten. »Mit den Zehn Geboten meinte ich nicht die höfische Etikette, die Angelo Poliziano und Giovanni Pico dich lehren können. Es gibt ein paar einfache Gesetze hier im Palazzo. Befolge sie, und du wirst überleben. Das erste Gebot lautet: Halte Sicherheitsabstand zu Seiner Überheblichkeit!«

»Ich werde mich bemühen, Giulio«, versprach ich seufzend und freute mich im Stillen über das Grinsen, das ich auf das Gesicht meines Bruders zauberte. »Ich werde mich nicht mit Piero anlegen, ihm nicht widersprechen. Ich werde in seiner Gegenwart meinen Stolz und meine Selbstachtung vergessen, werde mich um Demut und Unterwürfigkeit bemühen ...«

»Versprich nichts, was du nicht halten kannst, Caterina«, winkte Giulio ab. »Wir Medici erkranken im Laufe unseres Lebens an zwei Leiden: an der Gicht, die unsere Körper erstarren lässt, und am Zynismus. Lorenzos Großvater Cosimo und sein Vater Piero starben beide an der Gicht, und auch Lorenzo ist mit zweiundvierzig Jahren schwer krank. Du, Caterina, scheinst von unserem Vater Giuliano die unbesiegbare Lebenslust und die Schlagfertigkeit geerbt zu haben.«

»Amerigo nennt mich respektlos, ungehorsam, eigensinnig ...« Ich erinnerte mich an mein trotziges Nein, als Amerigo mir am Abend zuvor vorgeschlagen hatte, ins Kloster zu gehen.

Giulio schmunzelte. »Zweites Gebot: Bemühe dich um die Freundschaft Seiner Strebsamkeit!«

»Wer ist das: Seine Strebsamkeit?«, fragte ich verwirrt.

»Seine Eminenz, Kardinal Giovanni de' Medici. Unser Cousin Gianni studiert in Pisa und wird nächstes Jahr den Doktorgrad in Kanonischem Recht mit einem *summa cum laude* erhalten. Dann wird ihm im März offiziell der Purpur verliehen. Er hat den Ehrgeiz, mit sechzehn Jahren nicht nur der einzige Kardinal in Rom zu sein, der eine Universität von innen gesehen, sondern auch den Doktorgrad in Kirchenrecht erworben hat. Aus Gianni wird noch einmal etwas …«

»Was?«, fragte ich.

»Wer mit dreizehn zum Kardinal ernannt wird und mit sechzehn seinen Doktorgrad erwirbt, hat jede Chance, Papst zu werden.«

»Was fordert das dritte Gebot?«, fragte ich.

»Lerne die Kunst des Krieges! Verrate niemandem deine Stärke oder deine wahren Absichten, nicht einmal denjenigen, die du für deine Freunde hältst. Greif an, wenn der Feind am wenigsten damit rechnet. Zieh dich zurück, wenn du nicht gewinnen kannst. Und falls du im Kampf siegst: Vernichte deinen Feind! Ich werde dir morgen das Schlachtfeld zeigen – der Palazzo Medici hat mehr verborgene Türen und Geheimtreppen, als du vermutest.« Giulio nahm meine Hand, als er mein betroffenes Gesicht sah. »Du verstößt gegen das vierte Gebot, Caterina.«

»Wie lautet es?«

»Lächle!«, sagte er ernst und hielt sich selbst nicht daran.

Die Kerze auf dem Tisch neben dem Bett war heruntergebrannt, und nur das Licht der Fackeln an der Palastfassade zur Gartenloggia erhellte den Raum. Giulio hatte erst lange nach Mitternacht seinen Vortrag über die Kunst zu überleben beendet und mich verlassen. Ich lag angekleidet zwischen den Seidenkissen auf dem Bett und starrte in das verglimmende Kaminfeuer.

Caterina de' Medici: Das war ich. An den neuen Namen würde

ich mich erst gewöhnen müssen. Er klang so stolz, so mächtig und reich, dass ich froh war, im Palazzo nur mit meinem Vornamen angesprochen zu werden.

Erst vor wenigen Stunden hatte Caterina Vespucci vor dem Palast auf Einlass gewartet, um eine Audienz beim Magnifico zu erbitten. Ich hatte es geschafft, mit Lorenzo zu sprechen und ihn zu überzeugen, dass ich die Tochter seines Bruders war. Wie sehr hatte ich mir all die Jahre gewünscht, eine Familie und ein Zuhause zu haben! Und als Amerigo mir eines Tages erklärte, wer meine Mutter und mein Vater waren, sehnte ich mich danach, ihnen so nah wie möglich zu sein. Meine Mutter Simonetta war bei meiner Geburt gestorben, mein Vater Giuliano zwei Jahre später ermordet worden. Wo konnte ich ihnen denn nah sein?

Der Palazzo Vespucci in der Nähe der Kirche Santa Trinità, in dem Simonetta mit ihrem Gemahl Marco gelebt hatte, war nach der Verbannung meines Stiefvaters verkauft worden. Die Vespucci ließen mich spüren, dass ich ein illegitimes Kind war: ein Kind der Liebe zwischen der schönen Simonetta und dem Bruder des mächtigsten Mannes von Florenz. Sie erinnerten mich daran, dass ich schuldig war am Tod meiner Mutter. Sie ließen mich wissen, dass sich die Vespucci mit den Pazzi gegen die Medici erhoben hatten, und wie Lorenzo sich an ihnen gerächt hatte.

Ich war am Ziel meiner Träume. Ich hätte glücklich sein können. Aber ich war es nicht. Denn in dem Augenblick, als ich meine Träume verwirklichte, stellten sie sich als Illusionen heraus.

Die Familie, nach der ich mich gesehnt hatte, gab es nicht. Lorenzo und seine Söhne inszenierten ein Theaterstück, und Florenz war die Bühne. Jeder der Medici kannte seine Rolle. Auf der Bühne der Politik und des Geldes spielten sie die glückliche Familie, reich und erfolgreich, unersetzlich für die Republik Florenz, für den Papst und für Italien – und hinter den Kulissen? Da vergaßen einige von ihnen ihren Text. Würde *ich* meine Rolle jemals lernen?

Im Hause Vespucci war ich eine Medici – hier im Palazzo Medici war ich für Piero eine Vespucci. Eines Tages sollte er seinem Vater nachfolgen. Bis dahin würde er mir das Leben zur Hölle machen – dann das Letzte Gericht: Piero würde mich aus dem Palazzo fortjagen …

Hellwach, wie aus einem tiefen Traum hochgeschreckt, setzte ich mich auf und strich mir mit beiden Händen über das Gesicht.

War es nicht besser, das Inferno zu verlassen, bevor meine Seele brannte? War das Fegefeuer von Amerigos anklagenden Blicken nicht der Hölle vorzuziehen? Er würde fragen, wo ich gewesen war. Ich würde ihm sagen, ich hätte einen Mann kennen gelernt, den ich nie mehr vergessen könnte. Denn niemals würde ich vergessen, wie Lorenzo mich umarmte, küsste und »meine Caterina« nannte.

Noch konnte ich der Hölle entfliehen! Es war ganz einfach: durch die Tür, die Treppe hinunter, durch den Innenhof zum Tor. Niemand würde mich aufhalten, wenn ich den Portier bat, das Portal für mich zu öffnen. Auf dem Weg durch die nächtlichen Straßen, am Dom vorbei zur Piazza della Signoria und weiter zur Kirche Santa Trinità, würde ich von Schatten zu Schatten huschen, um nicht einer Schar Nachtschwärmer in die Hände zu fallen.

Entschlossen schwang ich die Beine über den Rand des Bettes, wollte mich schon erheben, um zur Tür zu schleichen. Doch dann blieb ich sitzen. Ich wollte nicht aufgeben – nicht in dieser Nacht und in keiner der folgenden Nächte! Ich würde meinen Text und meine Rolle lernen! Nicht für mich – sondern für Lorenzo.

Im Morgengrauen weckte mich das Gurren der Tauben auf dem Sims neben dem Fenster, aber ich war zu müde, um ernsthaft ans Aufstehen zu denken. Ich hatte die halbe Nacht wach gelegen und nachgedacht. Und so drehte ich mich seufzend um und schlief wieder ein.

Das nächste Mal erwachte ich, als eine Dienerin leise mein Schlafzimmer betrat, um das Feuer im Kamin zu schüren. Ich sprang aus dem Bett, um ihr dabei zu helfen, und kniete mich neben sie, um die Asche aus dem Kamin zu entfernen.

»Lasst nur, das ist meine Aufgabe«, murmelte das Mädchen, das sich mir als Ginevra vorstellte. Sie nahm mir den Schürhaken aus der Hand und stocherte in den verkohlten Holzscheiten herum.

»Bitte entschuldige! Ich bin es gewohnt, jeden Morgen selbst Feuer zu machen und das Wasser zum Waschen aus dem Brunnen im Hof zu holen«, erklärte ich.

Amerigo hatte nur Violetta als Bedienstete angestellt, um für uns zu kochen. Die meisten anderen Arbeiten wie die Führung des Hauses hatte ich selbst erledigt. Nicht zuletzt deswegen hatte Amerigo mir vorgeschlagen, in den Konvent von Santa Croce zu gehen: Er wollte mir die schwere Arbeit ersparen und mir ein angemessenes Studium ermöglichen – er nannte es Studium, wenn eine junge Frau die Werke von Boccaccio und die Sonette von Petrarca las und die Kunst der anmutigen Konversation lernte. Und die Demut! Ich war nicht demütig, und ich war nicht dankbar, obwohl es mehr war, als ich erwarten durfte – wir Vespucci waren nicht reich. Nicht mehr. Amerigo wollte mir eine standesgemäße Verbindung ermöglichen – wenn ich schon kein Vermögen oder einen bekannten Namen mit in die Ehe brachte, so doch wenigstens Gelehrsamkeit. Wir Vespucci hatten kein Gold, aber Visionen – mehr als genug. Ich wollte wie Amerigo meinen Traum zu Ende träumen … eines Tages.

Ginevra lächelte verlegen: »Im Palazzo Medici müsst Ihr nicht arbeiten, Madonna Caterina. Gleich werde ich Euch das Waschwasser bringen, und dann werde ich Euch beim Anziehen helfen.

Ihr habt doch nicht etwa in diesem Kleid geschlafen?«, fragte sie missbilligend.

Bevor ich antworten konnte, hatte sie sich erhoben und den Raum verlassen. Ich zog mein Kleid aus und legte es ordentlich aufs Bett. Es hatte über Nacht ein paar Knitterfalten bekommen, aber vielleicht konnte Ginevra mir ein heißes Eisen bringen, um die Falten zu glätten. Als sie zurückkehrte, wusch ich mich mit heißem, mit Rosenblüten parfümiertem Wasser. Inzwischen hatte Ginevra eine von Maddalenas Brokatroben aus einer Truhe geholt und auf dem Bett ausgebreitet.

»Der meergrüne Atlas wird gut zu Euren Haaren passen«, entschied das Mädchen und half mir in das kostbare Kleid.

»Ich bekomme keine Luft«, schnaufte ich, als Ginevra die Schleifen des Mieders zuzog. Die Robe war schwer – wie viele Ellen Seide, wie viel Brokat und Spitze sollte ich künftig tragen?

Ginevra zupfte an den Ärmeln herum, bis das seidene Unterkleid durch jeden Ärmelschlitz zu sehen war. Schließlich steckte sie mir meine langen Haare auf und befestigte sie mit einer perlenbestickten Ghirlanda. Dann führte sie mich, begeistert von ihrem Werk, vor den Spiegel.

Eine Fremde starrte mich aus dem Spiegel an. Sie war wie ich fünfzehn Jahre alt, aber sie war eine junge Frau, kein Mädchen mehr. Das Mieder betonte ihre schlanke Taille, und der Ausschnitt des Kleides überließ nur wenig der Fantasie des Betrachters. Die hochgesteckten Haare mit den in Kaskaden herabfallenden Locken umschmeichelten Hals und Schultern. Im Spiegel sah ich größer aus, als ich in Wirklichkeit war, würdevoller, eleganter. Und doch fühlte ich mich irgendwie verkleidet. Wie für eine Rolle …

Aus dem Augenwinkel nahm ich wahr, wie Ginevra mein blaues Kleid in den Kamin warf. Es fing sofort Feuer und brannte lichterloh. Eines war sicher: Jetzt konnte ich nicht mehr zurück!

Während Ginevra mir Maddalenas Schatulle mit dem Schmuck zeigte, den meine Cousine nach ihrer Hochzeit zurückgelassen hatte, und ich ein Halsband mit funkelnden Diamanten auswählte, erläuterte sie mir die täglichen Gepflogenheiten im Palazzo: »Die Familie nimmt das Frühstück nur selten gemeinsam ein. Seine Exzellenz steht oft schon vor dem Morgengrauen auf, während sein Sohn Piero sich erst gegen Mittag erhebt. Das erste gemeinsame Mahl der Familie ist das Abendessen, das nach Sonnenuntergang serviert wird. Oft sind ein Dutzend oder mehr Tischgäste eingeladen.«

»Wohnen zurzeit Gäste im Palazzo?«, fragte ich, während Ginevra mir das Diamantkollier umlegte.

»Der Gesandte des Regenten von Mailand residiert mit seinem Gefolge für einige Tage im Gästetrakt«, erwiderte Ginevra, während sie in der Schatulle nach dem passenden Saphirring suchte.

»Ich habe ihn noch nicht kennen gelernt«, sagte ich. »Er war gestern nicht beim Abendessen im Speisesaal …«

Ginevra wandte verlegen den Blick ab. »Der Conte zog es vor, in seinem Schlafzimmer zu speisen.«

Ich musste nicht weiter fragen, um zu ahnen, dass Ginevra ihm während des Essens und der süßen Stunden danach Gesellschaft geleistet hatte. Dass die Hausherren die Mädchen in ihre Betten befahlen, war üblich – aber dass die Gäste sich dasselbe Vorrecht herausnahmen, empfand ich als ungewöhnlich.

»In den nächsten Wochen werden noch weitere Gäste erwartet: eine Gesandtschaft des Dogen von Venedig, der Conte von Concordia und die Freunde des Magnifico von der Platonischen Akademie …«, zählte Ginevra an den Fingern ihrer Hand auf. »Es wird während der nächsten Wochen fast jeden Tag ein Bankett mit Musik und Tanz geben. Und an Weihnachten wird Kardinal Giovanni nach Hause kommen …«

Ich bat Ginevra, Amerigo eine handschriftliche Nachricht von mir zukommen zu lassen, damit er sich keine unnötigen Sorgen um mich machte. Dann ging ich hinunter zum Speisesaal, um zu frühstücken, in der Hoffnung, dass Piero sich noch nicht erhoben hatte. Lorenzo hatte gesagt, dass er mit mir sprechen wollte. Ich hielt es für das Beste, diese Unterredung hinter mich zu bringen, bevor Piero zum Frühstück erschien.

»Ist Seine Exzellenz schon aufgestanden?«, fragte ich einen Diener, der neben der Tür zum Speisesaal stand. Bereits beim Abendessen war mir aufgefallen, dass die Dienerschaft die unglaubliche Fähigkeit besaß, sich unsichtbar zu machen. Lorenzos Familie und seine Gäste speisten allein – ohne Heerscharen von Bediensteten, die bei Tisch aufwarteten. Aber sie waren da, wenn sie gebraucht wurden – ohne einen Wink oder ein Händeklatschen.

»Seine Exzellenz frühstückt.« Der Lakai öffnete mir die Tür des Speisesaals, und ich trat ein. Überrascht blieb ich stehen – ich hatte erwartet, mit Lorenzo allein zu sein.

Bei ihm am Tisch saß ein Mann in einer mit Edelsteinen bestickten Brokatjacke mit Hermelinbesatz. Die kostbare Kleidung des Fremden und sein Smaragdring schimmerten in den leuchtenden Farben eines Pfaus, und er schien sich wie einer dieser stolzierenden Vögel darin zu gefallen, sich größer zu machen, als er war: mit einer wippenden Feder am schwarzen Samtbarett und Haaren, die ihm bis auf die Schultern fielen.

»Ich bitte um Entschuldigung«, murmelte ich und wollte schon den Rückzug antreten, um Lorenzo nicht bei einem augenscheinlich offiziellen Termin zu stören.

»*Buon giorno*, Caterina«, begrüßte mich Lorenzo und winkte mich zum Tisch. »Setz dich zu uns!«

Während der Fremde sich höflich erhob, um mir beim Hinsetzen zu helfen, machte Lorenzo uns bekannt: »Caterina, ich möchte dir Giovanni Sforza vorstellen, den Neffen des Regenten Ludovico Sforza von Mailand. Der Conte von Pesaro ist für einige Tage als Gesandter seines Onkels in Florenz. Euer Gnaden, das ist meine Nichte Caterina, die Tochter meines verstorbenen Bruders.«

Lorenzo stellte mich in einem Tonfall vor, als müsste der Conte bereits von mir gehört haben. Glaubte er, den drohenden Skandal wegen meiner Aufnahme im Palazzo Medici ignorieren zu können, indem er so tat, als lebte ich schon seit Jahren hier? Doch dann kam mir ein anderer Gedanke, eine erschreckende Vorstellung: Hatte er vielleicht keine andere Wahl? Der Skandal in Florenz war so unvermeidlich wie ein Erdbeben und konnte ebenso vernichtend sein. Die Erschütterungen am Fundament seiner Macht würden bis Mailand zu spüren sein. Das Einzige, was ihm blieb, war, so zu tun, als ginge ihn das alles nichts an. Als seien seine Macht in Florenz, sein Status und sein Name unzerstörbar.

In diesem Augenblick wurde mir klar: Sie waren es nicht!

Giovanni Sforza beugte sich tief über meine Hand. Noch tiefer senkte er seinen Blick in den Ausschnitt meines Kleides. »Ich bin verzaubert von Euch«, murmelte er. »Der Morgenstern ist heute Früh vom Himmel herabgefallen.«

War es die höfische Etikette der Sforza in Mailand oder war er beeindruckt von Maddalenas kostbarem Diamantkollier? Dass er *mich* mit dem Morgenstern verglich, kam mir keinen Augenblick in den Sinn. Ich dankte ihm für sein Kompliment, und er nahm wieder Platz – aber nicht auf dem Sessel, auf dem er zuvor gesessen hatte, sondern auf dem Stuhl neben meinem, als könnte er es nicht ertragen, mehr als eine Elle entfernt von mir zu sitzen.

Während er und Lorenzo sich wieder in ihr Gespräch über ein Bündnis zwischen Florenz und Mailand vertieften, nahm ich mir ein wenig Fasanenpastete, Käse und Oliven und begann zu essen.

Der Conte von Pesaro erinnerte Lorenzo an die jahrzehntealte Freundschaft der Familien Sforza und Medici: »Mein Großvater, der große Condottiere Francesco Sforza, war ein Freund Eures Großvaters Cosimo, Exzellenz. Nur mithilfe der Goldfiorini des Hauses Medici war es ihm 1450 gelungen, die Visconti zu beerben und als Herzog den Thron von Mailand zu besteigen.

Cosimo hatte so viel Vertrauen in diese Freundschaft, dass er zwei Jahre später die Filiale der Banca Medici in Mailand gründete. Herzog Francescos Sohn, Galeazzo Maria Sforza, wurde oft hier im Palazzo Medici empfangen, bevor er 1476 im Dom von Mailand ermordet wurde. Und Ihr, Exzellenz, wart mehrmals ein geehrter Gast im Castello Sforzesco in Mailand. Ihr seid der Taufpate des jungen Herzogs Gian Galeazzo und der Freund des Regenten Ludovico il Moro. Was steht denn einem Bündnis zwischen Florenz und Mailand im Weg?«, fragte Giovanni Sforza mit zunehmender Ungeduld.

»Der Papst«, erwiderte Lorenzo und biss in ein Stück Pecorino, das er auf der Spitze seines Dolches balancierte.

»Papst Innozenz ist Euer Schwager, Exzellenz«, warf der Conte in einem Tonfall ein, als wäre Lorenzo diese Tatsache entfallen.

»Wie Ihr wisst, war ich bereits einmal exkommuniziert: Im Jahr 1478, nach dem Pazzi-Attentat, hat Papst Sixtus mich gebannt. Florenz litt damals monatelang unter dem Interdikt. Es gab keine Gottesdienste, keine Sakramente, keine Absolution. Ich werde die Stadt kein zweites Mal dem Interdikt aussetzen. Papst Innozenz wird den Kirchenbann gegen Florenz schleudern, sobald er auch nur den Verdacht hat, dass ich mit dem Regenten Ludovico ein Bündnis schließe. Der Sturz der Medici wäre nicht mehr aufzuhalten. Das, was *Il Moro* mit seinem Bündnis erreichen will – Frieden und Sicherheit –, wird also genau das bewirken, was wir beide *nicht* wollen: Unruhen in Florenz und Machtkämpfe der großen und reichen Familien. Damit sind die Florentiner kein verlässlicher Bündnispartner für Mailand.«

Ungestüm stellte Giovanni Sforza sein Weinglas auf den Tisch. Ein paar Tropfen des Chianti färbten die weiße Tischdecke aus Seidenbrokat blutrot. »Wenn Ihr nicht bereit seid, Ludovico die Hand zu reichen, wird er sich an den König von Frankreich oder Maximilian von Habsburg wenden«, knirschte er, offensichtlich unzufrieden mit Lorenzos Antwort. »Venedigs Expansionspolitik bedroht das Herzogtum Mailand. Es wird Krieg geben.«

Lorenzo blieb erstaunlich ruhig angesichts dieser Drohung. »Krieg? Macht Euch nicht lächerlich! Seit dem Frieden von Lodi 1454 zwischen Mailand und Venedig herrscht Krieg in Italien. Und er wird erst enden, wenn eine der beiden Mächte siegt.«

»Wünscht Ihr einen Sieg Venedigs?«, brauste Giovanni Sforza auf. Seine Faust hieb auf den Tisch und ließ die Weingläser erzittern.

»Nein, Conte: Die Handelsrepublik Venedig ist der größte Konkurrent von Florenz im Seidenhandel und bei den Gewürzimporten aus Indien und China. Aber Florenz hat außer Pisa keinen eigenen Seehafen. Florenz kann also ohne Venedig nicht existieren – ebenso wenig wie Venedig ohne die Zölle der florentinischen Händler. Ich wünsche keinen Sieg Venedigs …«

»Dann sind wir ja einer Meinung, Exzellenz«, lächelte Giovanni Sforza siegesgewiss und lehnte sich auf seinem Stuhl zurück.

»… aber ich will auch keine Vorherrschaft Mailands«, fuhr Lorenzo unbeirrt fort, während die Gesichtszüge des Conte erfroren. »Das Gleichgewicht der Mächte in Italien darf nicht gestört werden: Der Herzog von Mailand und der Doge von Venedig, der Herzog von Ferrara und der Herzog von Urbino, der König von Neapel und der Papst belauern sich gegenseitig, damit keiner von ihnen stärker wird als alle anderen. Denn dann würde das Fundament Italiens zerbrechen.«

»Italien?«, fragte Giovanni Sforza spöttisch. »Wer ist Italien?«

»Wir alle sind Italien«, erklärte Lorenzo geduldig. »Die Hauptstadt von Italien ist nicht Mailand oder Florenz oder Rom. Italien ist eine Idee – eine Idee vom Frieden …«

»Ihr seid ein Träumer«, entgegnete der Conte von Pesaro verächtlich.

Lorenzo ließ sich nicht provozieren. »Ja, ich bin ein Träumer. Ich träume vom Frieden in Italien. Eine wunderschöne Vision!«

»Ludovico Sforza will ebenfalls Frieden. Deshalb schlägt er ein Bündnis zwischen Florenz und Mailand vor …«

»… um Venedig den Krieg erklären zu können«, ergänzte Lorenzo. »Ich werde meinem Freund Ludovico kein florentinisches Heer schicken, damit er die Serenissima angreifen kann.«

»Ihr sollt ihm keine Truppen schicken, Exzellenz. *Il Moro* hat das stärkste Heer südlich der Alpen, und seine Condottieri schließen bereits Wetten ab, wer als Erster auf venezianischem Boden stehen wird. Er will einen Bund, gegen den nicht einmal Papst Innozenz etwas einzuwenden haben wird: ein zartes Band der Liebe …«

Giovanni Sforza legte seine Hand auf meinen Arm, und ich erstarrte. Sein Lächeln galt mir. In meinem ohnmächtigen Zorn ließ ich meinen Dolch mit der aufgespießten Olive sinken.

Lorenzo sah mich nachdenklich an, dann wandte er sich an den Conte. »Ich habe Euch bereits gestern gesagt, dass meine Töchter verheiratet sind. Papst Innozenz wird sicherlich keinen Dispens erteilen, damit Lucrezia, Maddalena oder Contessina einen Sforza heiraten«, erklärte er kühl.

»Es muss keine *Tochter* sein, Exzellenz …«, begann Giovanni Sforza, und seine Finger ergriffen meine Hand, um sie zu küssen. »Ihr habt mir verschwiegen, dass Ihr eine begehrenswerte Nichte habt, die …«

Genug gehört! Ich sprang auf und warf beinahe meinen Stuhl um.

»Bitte entschuldigt mich«, flüsterte ich atemlos und floh aus dem Raum. Es war mir unerträglich, dem Gespräch – diesem Aushandeln meines Verkaufspreises – weiter zuzuhören.

Der Conte erhob sich, um mich aufzuhalten, aber ich war schneller. Ich schlug die Tür hinter mir zu.

Wenn ich nur geahnt hätte, welche Intrigen, welche diplomatischen Verwicklungen meine unbeherrschte Reaktion im Castello Sforzesco in Mailand und in den vatikanischen Palästen in Rom hervorrufen würde!

Während ich durch die Gänge und Loggien irrte, versuchte ich meine Tränen zurückzuhalten und meinen Zorn zu beherrschen, aber es gelang mir nicht. Ich floh – vor wem eigentlich? Ich riss eine Tür auf und fand mich in der Bibliothek des Palazzo wieder.

In der Mitte des Saals standen mehrere Lesepulte mit Folianten und antiken Pergamentrollen, an den Wänden ragten Bücherregale bis unter die hohe Decke. Ich ließ mich auf einer Sitzbank nieder, lehnte die Stirn gegen ein aufgeschlagenes Buch auf dem Lesepult und barg mein tränennasses Gesicht in den Händen. Meine Gedanken und Gefühle entluden sich wie ein Gewitter über den Bergen von Fiesole – mein Gesicht in das Buch gepresst, weinte ich hemmungslos in die Pergamentseiten hinein.

Ich hatte die Beherrschung verloren und Lorenzo durch mein ungestümes Verhalten kompromittiert. Giovanni Sforzas Handkuss hatte mich aus der Fassung gebracht.

Pesaro war zwar nur ein kleiner Staat zwischen der Republik Venedig und dem Herzogtum Urbino, aber Giovanni Sforza war ein Conte, der Neffe des mächtigen Regenten von Mailand, ein Sforza, und er war wohlhabend – mit einem Wort: Ich musste irrsinnig sein, ihn zurückzuweisen! Nein, meine Träume waren nicht verrückt, nur sehr eigensinnig, nach Amerigos Meinung geradezu extravagant. Aber ich war bereit zu kämpfen!

Mit dem Taschentuch trocknete ich meine Tränen, als Giulio wenig später die Bibliothek betrat. »Lorenzo schickt mich …«, begann mein Bruder, als er sich neben mich setzte. Er schien zu überlegen, ob er mich in die Arme nehmen sollte, um mich zu beruhigen. Aber er entschied sich dagegen, als er sah, dass ich einen dicken Folianten im Arm hielt wie einen Geliebten. Liebevoll wischte er mir eine Träne aus dem Gesicht.

Lorenzo!, dachte ich. Gewiss war er wütend über mein unbeherrschtes Verhalten. Meine Flucht musste den Conte verärgert haben.

»Er will wissen, wie es dir geht«, flüsterte Giulio.

»Fantastisch«, versuchte ich ihn zu überzeugen.

Giulio lächelte und glaubte mir kein Wort. »Er will dich sprechen. Ich soll dich zu ihm bringen. Sofort!«

»Ist er zornig?«, fragte ich.

»Ja, und wie! Er tobt.«

Meine Unterredung mit Lorenzo würde denkbar kurz sein. Zweifellos würde er mich aus dem Palazzo werfen, weil ich den Gesandten von Mailand beleidigt hatte. Was war ich anderes als eine dahergelaufene Verwandte, das Kind einer stürmischen Affäre, die vor fünfzehn Jahren das Stadtgespräch von Florenz gewesen war! Ich hatte keine Manieren, keine Bildung und nicht die nötige Selbstbeherrschung, einfach still lächelnd sitzen zu bleiben, wenn die Signori de' Medici und Sforza über Bündnispolitik sprachen. Nein, ich war nicht geschaffen für dieses Leben zwischen Intrigen und Maskenbällen, zwischen Duell und Tanz. Je früher ich wieder in mein altes Leben zurückkehrte, desto besser!

Lorenzos Zorn würde ich überstehen und auch die Schande, aus dem Palazzo Medici gewiesen zu werden. Es war unabwendbar, und ich würde mich wortlos fügen. Lorenzo würde ein Skandal erspart bleiben und mir der unvermeidliche Krieg mit Piero. Eine Nacht lang war ich eine Medici gewesen, und ich würde es niemals wieder sein. Das alles war zu ertragen. Es war etwas anderes, was mich schmerzte: Ich würde Lorenzo nie wiedersehen, nie wieder sprechen, und er würde wieder der Magnifico sein, unnahbar und unerreichbar für Caterina Vespucci.

Giulio nahm mir das schwere Buch aus der Hand, und wir verließen die Bibliothek. Während des ganzen Weges durch die Gänge des Palazzo ließ er meine Hand nicht los. Es war ein beruhigendes Gefühl. Was auch immer geschehen würde: Ich hatte einen Bruder!

Dann öffnete Giulio die Tür zu Lorenzos Studierzimmer und ließ mich eintreten. Hinter mir schloss er sie leise.

Lorenzo saß reglos hinter seinem Schreibtisch und erwartete mich. Er war immer noch zornig.

»Es tut mir Leid, Euer Exzellenz«, versuchte ich seinem Wutausbruch zuvorzukommen. »Ich erbitte Eure Vergebung für mein Verhalten gegenüber dem Conte von Pesaro.«

Lorenzo schwieg und ließ mich nicht aus den Augen.

Was will er noch von mir hören?, fragte ich mich irritiert. Soll ich auf die Knie fallen und ihn um Vergebung anflehen? Wahrscheinlich erwartete er so etwas, denn ich hatte durch mein Verhalten gegenüber dem Gesandten den Frieden zwischen Mailand und Florenz gefährdet. Nein, ich würde mich vor ihm nicht demütigen! Niemals! Denn Giovanni Sforza hatte mich ebenso brüskiert wie ich ihn. Wenn ich schon gehen musste, dann mit dem trotzigen Stolz einer Vespucci.

»Ich bin mit der höfischen Etikette nicht vertraut, Euer Magnifizenz. Ich kann nicht einmal die Tanzschritte eines Passamezzo von denen einer Pavane unterscheiden«, sagte ich in sein Schweigen hinein.

»Wenn ich ehrlich sein soll: Ich auch nicht. Dafür beherrsche ich den Tanz auf dem spiegelglatten Parkett der europäischen Politik. Er ist gefährlicher als ein Passamezzo. Man kann leicht stürzen.«

Die Doppeldeutigkeit seiner Worte war mir nicht entgangen. Fürchtete er, dass mein Benehmen Ludovicos Zorn schürte? Dass seine Herrschaft in Florenz bedroht war, wenn *Il Moro* ihm den Krieg erklärte? Ich senkte den Blick und schwieg.

»Zunächst solltest du dich allerdings mit dem Passamezzo und der Pavane begnügen, Caterina. Mein Freund Angelo Poliziano ist ein guter Tänzer. Er wird sie dich lehren. Gleich nach der ersten Lektion in Stillsitzen.«

»Ihr schickt mich nicht fort?«, fragte ich.

Nun war er überrascht. »Fortschicken, Caterina? Wohin?«

»Dorthin, wo ich hingehöre, Euer Exzellenz.«

»Du gehörst hierher, Caterina. Du bist eine Medici.«

»Aber Ihr seid zornig …«

»Auf den Conte von Pesaro und seine unglaubliche Impertinenz, sich über bereits getroffene Entscheidungen hinwegzusetzen! Ich bin verärgert über seinen Vorschlag, dass du einen Sforza heiraten sollst. Gestern erst habe ich ihm gesagt, dass eine solche Ehe für mich nicht infrage kommt. Offensichtlich hat er nicht zugehört. Ebenso wenig wie du, Caterina.«

»Ich?«

»Gestern Abend habe ich erklärt, dass ich niemanden zwingen werde, eine Ehe einzugehen, die unerträglich ist. Meine Gemahlin Clarice Orsini und ich haben in den ersten Jahren unserer Ehe fast täglich gestritten – und was brachte mir das Bündnis mit den Orsini? Nichts als Ärger. Kämpfe im Bett, Streit beim Abendessen und

Forderungen von unersättlichen Verwandten, die gern Geld ausgeben, das ihnen nicht gehört – wie Gian Giordano Orsini, Clarices unerträglicher Cousin –, und die nach Ämtern streben, die sie nicht in Würde ausfüllen können – wie der Erzbischof von Florenz, Rinaldo Orsini. Auf ›Familienbande‹, die meine Freiheit und Souveränität als Herr von Florenz einschränken, kann ich gern verzichten.«

»Ich muss also nicht heiraten?«, fragte ich vorsichtig.

»Nein«, beruhigte mich Lorenzo. »Nicht, bevor ich eine Medici aus dir gemacht habe.«

Eine Medici zu sein – was Lorenzo darunter verstand, erklärte mir eine Stunde später Angelo Poliziano in der Bibliothek.

Angelo war der Sohn eines berühmten Anwaltes aus der Stadt Montepulciano, der ermordet worden war, als er sich offen zu den Medici bekannt hatte. Lorenzos Vater hatte den jungen Angelo im Palazzo aufgenommen und ihn zusammen mit Lorenzo und Giuliano erziehen lassen. Seit jener Zeit waren Lorenzo und Angelo unzertrennlich. Während des Pazzi-Attentates im April 1478 hatte Angelo seinen Freund vor dem Tode bewahrt. Er hatte ihn in die Sakristei des Domes gedrängt, um ihn vor den Dolchen der Attentäter zu schützen, die meinen Vater Giuliano getötet hatten.

Angelo war Mitte dreißig, Leiter der Bibliothek des Palazzo, Mitglied der Platonischen Akademie und seit elf Jahren Professor für lateinische und griechische Rhetorik und Poetik an der Universität von Florenz. Nebenbei unterrichtete er Lorenzos Kinder in der klassischen Sprache der Griechen und der lateinischen Dichtkunst, die er selbst wie kein anderer beherrschte. Fasziniert hatte ich als Zehnjährige sein berühmtes Gedicht *La Giostra di Giuliano* gelesen, ein Epos über das prunkvolle Turnier meines Vaters, mit dem er Simonetta Vespucci seine Liebe erklärte. Angelo war gerührt, als ich ihm gestand, wie sehr mich das Epos beeindruckt hatte.

Und er war beeindruckt, als ich ihm erklärte, welche Bücher ich gelesen hatte und über welches Wissen ich mit fünfzehn Jahren bereits verfügte. Amerigo hatte keine Kosten und Mühen gescheut, die besten Lehrer für mich zu finden, die mich in Latein, Geschichte und den Naturwissenschaften unterrichtet hatten.

Angelo erklärte mir seine Aufgabe, eine Medici aus mir zu machen, in kurzen, unpoetischen Worten. Italienische Dichtkunst: Dante Alighieri, Francesco Petrarca, Giovanni Boccaccio. Lateinische Sprache: Vergilius und Cicero. Griechische Grammatik: Homer und Pindar. Philosophie: die Griechen Platon und Aristoteles, dann die Römer Seneca und Marcus Aurelius. Naturwissenschaft: Ptolemaios und Plinius und später Ibn Sina. Römische Historie und die Geschichte der Republik Florenz als geistige Nachfolgerin der *Res Publica Romana*. Nicht zu vergessen: Französisch. Und als sei das alles noch nicht genug: Passamezzo und Pavane, Saltarello und Tarantella. Dass das nur der Lehrplan für das erste Jahr war, verriet er mir mit einem Lächeln erst am Ende seines Monologs.

»Soll ich vielleicht auch noch die Evangelien auswendig lernen?«, rief ich mit gespielter Verzweiflung aus. *Deo gratias* hatte er den Gesangsunterricht und das Lautenspiel nicht erwähnt …

Angelo Poliziano lehnte sich von seinem Lesepult zurück und lachte herzlich. »Nein, Caterina. Die Evangelien gehören nicht zu meinem humanistischen Lehrplan. Lorenzo hat beschlossen, dass du sonntags den Gottesdienst in San Marco besuchen sollst. Der Prior Savonarola wird dir in seinen Predigten mit zum Himmel erhobenen Fäusten wieder auszutreiben versuchen, was ich dir an heidnischen Ideen in den Kopf gesetzt habe.«

»Warum soll ich die griechischen und römischen Philosophen

lesen, wenn sie doch von Savonarola verdammt werden?«, fragte ich. »Und warum soll ich mir seine apokalyptischen Predigten anhören, wenn ich weiß, dass sie allem widersprechen, was die Naturwissenschaftler Plinius und Aristoteles gesagt haben?«

Und warum sollte ich überhaupt Fra Girolamo Savonarolas Predigten in San Marco hören? Der Augustiner Fra Mariano da Genazzano war ein Freund der Familie, und er predigte in San Lorenzo, der Kirche der Medici.

»Weil du lernen sollst, Caterina.«

»*Was* soll ich lernen, Angelo?«

»Dich zu entscheiden: zwischen Wissen und Glauben, zwischen Verstand und Gefühl. Lorenzo will, dass du lernst, Entscheidungen zu treffen und mit den Konsequenzen zu leben.«

»Welche Konsequenzen?«, fragte ich.

»Dass dein Verhalten niemandem gefallen *muss*. Deine humanistische Bildung wird Savonarola zornig machen. Er wird dir mit dem siebten apokalyptischen Engel drohen. Er wird dir sagen, dass du verdammt bist, wenn du nicht glaubst. Und dein unreflektierter Glaube an einen Gott – welchen auch immer du dir erwählst – wird mich wütend machen.«

»Dann werde ich also in jedem Fall verlieren«, stellte ich fest.

»Nein, Caterina, du wirst gewinnen«, versprach mir Angelo. »Einer meiner Professoren hat mir einmal vorgeworfen, dass ich jahrelang Cicero studiert habe und mich immer noch nicht in seinem eleganten Latein ausdrücken kann. Ich habe ihm gesagt: ›Ich bin nicht Cicero!‹ Denn während ich ihn so genau studierte, habe ich gelernt, *ich selbst* zu sein.«

Am späten Nachmittag, nach den Lehrstunden in Griechisch, Philosophie und Tanz, zeigte mir Giulio wie versprochen den Palazzo und stellte mich dem Majordomus Pier Luigi und Lorenzos Sekretär Filippo vor, den ich bereits vor meiner Audienz getroffen hatte. Einige der Bediensteten des Palazzo, die Pier Luigi und Filippo unterstanden – Kammerdiener, Sekretäre, Leibwächter –, würde ich im Lauf der nächsten Wochen kennen lernen, sobald mir Pier Luigi mein Gefolge zugeteilt hatte. Die Bemerkung des Majordomus nahm ich hin und machte mir keine Gedanken, was das für mich bedeuten könnte. Dass es sich bei meinem Gefolge um Menschen handelte, die mir Tag und Nacht *folgten,* wohin ich auch ging, die mich umsorgten und vor Attentaten beschützten, die von mir und meinen Launen abhängig waren und für die ich Verantwortung zu tragen hatte, wurde mir erst später bewusst.

Nach dem Treffen mit dem Majordomus und Lorenzos Sekretär lernte ich Francesco Sassetti kennen, den Generaldirektor des Medici-Handelsunternehmens und Leiter der Banca Medici. Er kam aus seinem Kontor, um mir seine Aufwartung zu machen.

Es war dieses Treffen mit Sassetti in der großen Loggia, das mir die Augen öffnete. Sassetti regierte das Finanzimperium der Medici. Er war einer der mächtigsten Männer von Florenz: Er gebot über ein Heer von Mitarbeitern, und durch seine Hände liefen täglich tausende von Fiorini, römischen Dukaten, venezianischen Zechinen und französischen Goldmünzen. Doch nicht ich bat um einen Termin bei Francesco Sassetti, sondern er kam zu mir, um sich mir vorzustellen.

Langsam begann ich zu begreifen, was es bedeutete, eine Medici zu sein: Pflichten, Verantwortung und Disziplin! Der Reichtum der Medici war nicht vom Himmel gefallen, sondern war das Ergebnis der Anstrengungen von drei Generationen: Cosimo, Piero und Lorenzo. Ich, das schwor ich mir in diesem Augenblick, würde meinen Beitrag leisten.

Nachdem Francesco Sassetti sich verabschiedet hatte – nicht ohne mich aus reiner Höflichkeit zu einem Besuch im Handelskontor einzuladen –, zeigte mir Giulio den Ostflügel des Palazzo mit der Antikensammlung, den Repräsentationsräumen und der Kapelle.

»Angelo ist beeindruckt von deinen lateinischen Sprachkenntnissen«, verriet er, während wir nebeneinander durch die Loggia schritten, in der Lorenzos antike Skulpturen ausgestellt waren.

»Waren das seine Worte?«, fragte ich. Giulio hatte kurz allein mit Angelo gesprochen, als er mich in der Bibliothek abholte, um mir den Palazzo zu zeigen.

»Nicht genau. Er sagte, für die Weihe würde es reichen.«

»Ich will nicht Priester werden«, lachte ich.

»Ich schon«, gestand mir Giulio leise, während wir vor einem *David* aus Bronze stehen blieben. »Gianni wird nächstes Jahr sein Studium in Pisa beenden und als Kardinal nach Rom gehen. Ich würde ihn gern begleiten, um an der ehrwürdigen Universität zu studieren, aber es gibt in Rom derzeit keine Professoren für Theologie. Ist das nicht absurd? Rom ist das Zentrum der christlichen Welt, die Universität, an der sogar der große Thomas von Aquino gelehrt hat, liegt nicht einmal tausend Schritte vom Vatikan entfernt. Aber ich kann in Rom nicht Theologie studieren! Lorenzo unterstützt die Sapienza von Pisa so großzügig, dass die Professoren ihre Talare in die Reisetruhen gepackt haben, um in Pisa zu lehren.«

»Das heißt, du willst studieren?«, fragte ich enttäuscht.

Endlich hatte ich einen Bruder gefunden, und nun sollte ich ihn schon in wenigen Wochen wieder verlieren! Eigentlich hätte ich mich für ihn freuen sollen: Giulio wollte dasselbe tun wie ich.

Er sah meinen niedergeschlagenen Gesichtsausdruck: »Auch du wirst irgendwann aus Florenz weggehen, Caterina. Du wirst …«

»… heiraten?«, unterbrach ich ihn lauter als beabsichtigt. »Ich werde an irgendeinen Marchese oder Conte von Nirgendwo verkauft werden! Ich werde im Bett eines Mannes liegen, den ich nicht liebe. Ich werde darum beten, dass ich schwanger werde, damit er mich in Ruhe lässt. Und nach acht oder neun Geburten bin ich am Ende. Ich bin dann erst fünfundzwanzig!«

Pflichten, Verantwortung und Disziplin!, dröhnte es wie die Glocken von Santa Maria del Fiore durch meinen Kopf. War ein Ehebündnis das Opfer, das zu bringen ich geschworen hatte? War *ich selbst* das Opfer – meine Träume, meine Hoffnungen, meine Sehnsucht nach Liebe?

»Das sind die Regeln«, seufzte Giulio.

»Ich habe die Regeln nicht gemacht. Also muss ich mich nicht daran halten«, rief ich zornig aus. »Warum, glaubst du, spreche ich so gut Latein? Eine Gelehrte will ich werden!«

Giulio starrte mich an, als hätte ich ihm erklärt, dass ich einen neuen Orden der Gelehrsamkeit gründen und anstelle von Glaube, Gehorsam, Armut und Keuschheit das Gelübde des Wissens, der Kreativität und des undogmatischen Denkens ablegen wollte.

»Eine Gelehrte?«, fragte mein Bruder zweifelnd.

»Wie Leonardo da Vinci in Mailand. Oder Giovanni Pico della Mirandola hier in Florenz.«

»Aber warum?«, fragte mein Bruder verständnislos.

»Wieso malt Sandro Botticelli? Wieso dichtet Angelo Poliziano? Wieso erforscht Leonardo da Vinci die irdische Welt und Giovanni Pico della Mirandola die göttliche? Weil es ihnen Lust bereitet, ihren Wissensdurst zu stillen. Weil sie ihre Grenzen erforschen wollen – die der Fantasie, der Kreativität, des Glaubens und Wissens. Weil sie, wenn sie tun, was sie tun, *sie selbst* sind.«

Giulio schüttelte den Kopf – mitleidig, wie mir schien. »Willst du vielleicht auch studieren? Philosophie, Theologie und Medizin? In Bologna, Padua und Paris?«, fragte er.

Giulios Tonfall erinnerte mich an Pieros Affront. Vielleicht machte mich seine Bemerkung deshalb so ungehalten. »Warum nicht?«, fragte ich in möglichst herausforderndem Tonfall.

»Du hast heute von Angelo eine Überdosis Philosophie bekommen: ›Werde, der du bist!‹ Das hat dir den Kopf verdreht. Piero hat Recht: Du solltest nicht Griechisch lernen. Es bringt dich auf dumme Gedanken.«

»*Das* hat Piero gesagt?« Wie ich meinen Cousin hasste! Wie konnte er es wagen …

»Du kannst nicht studieren, weil es gegen die Regeln ist«, erklärte Giulio geduldig. »Frauen sind an den Universitäten nicht zugelassen. Weder tagsüber in den Vorlesungen der Professoren noch nachts in den Betten der Studenten. Sei zufrieden, wenn Lorenzo dir in seiner humanistischen Großzügigkeit gestattet, bei Angelo Poliziano Pindar und Homer zu lesen. Weder Maddalena noch Lucrezia oder Contessina hatten das Glück, Griechisch oder Latein zu lernen. Sie lernten bei Pier Luigi, den umfangreichen Haushalt eines Palazzo zu führen. Sie übten Singen, Tanzen und Lautespielen, sie exerzierten das höfische Benehmen, sie lernten zu schweigen und wie sie ihren Männern gefallen, indem sie bescheiden *hinter* ihnen stehen.«

»Ich werde weder formvollendet schweigen lernen noch mich mit einem Platz in der zweiten Reihe zufrieden geben, Giulio«, versprach ich ihm temperamentvoll. »Ich brauche niemanden, der mich festhält – ich habe den aufrechten Gang schon als Kind gelernt. Und ich brauche erst recht niemanden, der versucht, mich vor mir selbst zu schützen. Er wird scheitern! Ich will in meinem Leben keine andere Rolle spielen als *mich selbst*, Caterina de' Medici. Denn ich bin der ich bin!«

Giulio sah mich lange an, sagte aber nichts. Seine Lippen waren fest zusammengekniffen, als könnte er so verhindern, dass ihm Worte entglitten, die er nicht sagen wollte. Noch nicht …

Schweigend gingen wir durch die Antikensammlung, blieben hin und wieder vor einer Marmorstatue stehen, um sie zu betrachten. Die Schatten der Abenddämmerung senkten sich wie schwarze Tücher über die Skulpturen, denn die Kerzen in den Leuchtern waren noch nicht entzündet worden. Schließlich erreichten wir die Cappella dei Magi neben der Treppe, die zum Hof hinabführte. Giulio öffnete die Tür und ließ mich eintreten.

Auf dem kleinen Altar in der Wandnische brannten vier Kerzen, die den Raum in ein goldenes Licht tauchten. Die Wände der Kapelle waren mit herrlichen Fresken bemalt, die die Reise der Drei Magier nach Bethlehem zeigten.

»Ich komme gern hierher«, gestand Giulio, als ich mich staunend umsah. Er setzte sich auf die geschnitzte Bank in der Wandnische, zog die Beine an und umschlang die Knie mit seinen Armen. »Diese Kapelle ist mein Refugium. Manchmal sitze ich hier und lese in den Evangelien. Oder ich spreche mit Ihm.«

»Du meinst, du betest …«

»Nein, Caterina. Ich sagte: Ich spreche mit Ihm.«

»Und antwortet Er dir?«, fragte ich.

»Ja, Er antwortet mir«, erwiderte Giulio ernst.

»Und was habt ihr beide zu besprechen, du und Gott?«

»Alles, was mich bewegt. Heute Morgen habe ich Ihn gefragt, ob ich mich zum Priester weihen lassen soll.«

»Und was hat Gott geantwortet?«, fragte ich gespannt.

»Er sagte: Wenn du willst.«

»Nichts weiter? Kein brennender Dornbusch, keine Erzengel, die dir Seine Nachricht überbrachten?«

»Machst du dich über mich lustig?«, fragte Giulio leise.

»Nein, Giulio. Bitte verzeih mir! Ich wollte dich nicht verletzen.«

»Gianni amüsiert sich immer über mich, wenn ich ihm von meinen Visionen berichte. Er nennt mich einen Propheten.«

»Florenz hat schon einen Propheten: Fra Girolamo Savonarola. Willst du ihm Konkurrenz machen?«

»Nein, Caterina. Ich nehme sonntags an seinen Gottesdiensten teil. Und manchmal besuche ich ihn zusammen mit Giovanni Pico im Kloster von San Marco. Giovanni und Fra Girolamo sind befreundet. Sie diskutieren in San Marco über Dinge, die selbst Thomas von Aquino zur Verzweiflung treiben würden. Meist sitze ich schweigend neben ihnen und höre fasziniert zu.«

Noch während Giulio mir von seiner Beziehung zu seinem Beichtvater Fra Girolamo erzählte, betrat Lorenzos Sekretär Filippo die kleine Kapelle und wandte sich an ihn: »Seine Magnifizenz wünscht Euch zu sprechen!«

»Ich werde kommen«, sagte mein Bruder, während er sich erhob. »Caterina, bitte entschuldige mich. Ich habe Lorenzo um eine Unterredung gebeten. Ich möchte ihm meinen Entschluss mitteilen, Priester zu werden.«

»Das wird ihn nicht freuen«, wandte ich ein.

Giulios schönes Gesicht verfinsterte sich. »Ich weiß. Lorenzo hat kein Vertrauen zu Piero als seinem Nachfolger. Sein zweiter Sohn Gianni ist Kardinal und kann ihm nicht nachfolgen. Und Giuliano ist noch sehr jung. Lorenzo setzt seine Hoffnungen auf mich. Es wird ihm überhaupt nicht gefallen, was ich ihm zu sagen habe.«

»Und wenn er dir seine Zustimmung verweigert?«

Giulio lächelte verkniffen. »Wenn er zornig ist, wird er mir vielleicht sogar das Studium verbieten …«

»Ich werde für dich beten, Giulio«, versprach ich.

»Danke, Caterina.« Dann drehte mein Bruder sich um und verließ die Kapelle. Ich blieb allein zurück.

Vor dem Altar kniete ich nieder. Ich wollte Gott bitten, meinen Bruder den Weg zu Ende gehen zu lassen, den Er ihm gezeigt hatte.

Ich war so in mein Gebet versunken, dass ich nicht bemerkte, wie jemand die Kapelle betrat.

Erst ein verlegenes Räuspern ließ mich aufschrecken. Hinter mir stand Giovanni Sforza. »Ich bitte um Vergebung. Ich wollte Euch nicht stören …«

»Ihr stört nicht, Euer Gnaden«, versicherte ich ihm, obwohl ich lieber allein geblieben wäre. »Ich habe mein Gebet eben beendet.«

Der Conte kniete sich neben mich – so nah, dass wir uns beinahe berührten. Ich wollte mich erheben. Doch er zog meine Hand zu sich heran und hauchte einen Kuss auf meine Finger. »Ehrlich gesagt, wollte ich mit Euch sprechen«, gab er zu. »Ich habe Euch und Euren Bruder in der Loggia gesehen, und ich wusste, dass Ihr allein seid.«

»Und was haben wir *allein* zu besprechen?«, fragte ich kühl.

Seine Nähe beunruhigte mich. Er kniete zwischen mir und der halb geschlossenen Tür der Kapelle. Dieses Mal konnte ich nicht vor ihm fliehen – ich musste ihn anhören.

»Ich bin sechsundzwanzig Jahre alt, verwitwet und habe keine Kinder. Mein Onkel, der Regent von Mailand, hat mich zum Conte von Pesaro ernannt, und ich reise hin und wieder als Ludovicos Gesandter an die Höfe von Florenz, Ferrara, Mantua und Urbino. Ich bin wohlhabend – ich meine: nicht so reich wie die Familie Medici –, aber ich bringe ein ansehnliches Vermögen mit in die Ehe. Ungefähr fünfzigtausend Dukaten und einen großen Palazzo in Pesaro mit einem herrlichen Blick auf das Meer, in dem wir zusammen wohnen würden«, erklärte er.

»Wir?«, fragte ich.

»Caterina, bitte hört mich an! Ich habe mich in Euch verliebt, als ich Euch heute Morgen zum ersten Mal sah. Ich war wie von Sinnen! Ich habe Euren Onkel erzürnt. Ich habe mich bei ihm für mein undiplomatisches Verhalten entschuldigt. Ich will auch Euch um Vergebung bitten.«

»Liebe ist nichts, was vergeben werden muss.« Ich entzog ihm meine Hand und stand auf.

»Ich bitte Euch, *bellissima* Caterina …«, flehte er mich an, als er sich ebenfalls erhob. »Es geht nicht um ein Bündnis zwischen Mailand und Florenz. Es geht nur um uns. Ich liebe Euch.«

Er schloss mich ungestüm in seine Arme, um mich zu küssen. Seine Hände und seine Lippen liebkosten mein Haar, meine nackten Schultern, meine Brüste, meine Lippen.

Ich war verwirrt … erregt. Noch nie hatte mir ein Mann seine Liebe gestanden! Noch nie hatte mir irgendjemand gesagt, dass er mich gern hatte! Nicht einmal Amerigo.

Ich spürte die Hitze seines Körpers, die Kraft seiner Arme, die mich an ihn pressten. Für einen Augenblick ließ ich mich fallen, gab seinem Drängen nach und erwiderte seinen Kuss. Er war erregt, das spürte ich. Er küsste mich heißblütig, und seine Zunge fuhr fordernd über meine Lippen, bis ich sie öffnete. Giovanni Sforza nahm von mir Besitz wie ein halb verhungerter Löwe, dem ein Stück Fleisch vorgeworfen wird.

Wie oft hatte ich meine Freiheit gegen Amerigo verteidigt, der mich gegen meinen Willen in ein Kloster stecken wollte, nur um sie jetzt, in einem unbeherrschten Augenblick, Giovanni Sforza in die gierigen Hände zu legen? Nein! Niemals!

Als ich versuchte, mich ihm zu entwinden, lachte er nur und küsste mich umso leidenschaftlicher. Mein Widerstand erregte ihn nur noch mehr.

»Bitte hört auf!«, flüsterte ich atemlos zwischen zwei Küssen, und es klang vermutlich nicht sehr überzeugend, denn er hörte nicht auf mit dem, was er tat – ganz im Gegenteil! Er tat mit mir, was ihm gefiel …

… und ich schlug ihm ins Gesicht.

Giovanni Sforza war so erschrocken über den unerwarteten Schlag, dass er mich losließ. Seine Wange brannte, wo ihn meine Hand mit dem Saphirring getroffen hatte. Mit geballten Fäusten stand er vor mir – um seine Würde und ein paar Worte ringend, an denen er sich aufrichten konnte. Ein schmales Rinnsal von Blut lief ihm über die Wange in den Kragen seines Hemdes.

»Es … es tut mir Leid, Euer Gnaden!«, stotterte ich, während er sich mit dem Handrücken das Blut aus dem Gesicht wischte. Doch ich konnte nicht anders: Ich musste lachen.

»Was amüsiert Euch so?«, fragte er irritiert.

»Ihr seht aus, als hättet Ihr Euch gerade duelliert«, lachte ich.

Er fuhr erneut mit der Hand über die blutende Wunde. »Aber das habe ich doch eben getan«, antwortete er mit gespieltem Erstaunen. Auch er konnte nicht länger ernst bleiben. »Mit Euch!«

Ich zog mein Taschentuch aus dem Ärmel und presste es auf die Wunde. »Ihr seid verletzt und blutet, Euer Gnaden«, scherzte ich. »Wollt Ihr Euch nach diesem … bitte entschuldigt! … nach diesem Blutvergießen vielleicht ein wenig hinlegen und ausruhen? Ich werde einen Diener rufen, der Euch …«

Er schüttelte den Kopf und hielt mich fest, damit ich nicht entfliehen konnte. »Außer meinem Stolz ist nichts verletzt«, flüsterte er. Dann nahm er meine Hand mit dem Taschentuch und küsste meine Finger. »Nichts, was sich mit einem charmanten Lächeln von Euch nicht wieder mit Freude aufrichten würde …«

Ich wusste, was er meinte. Sollte ich über seine Unverschämtheit hinwegsehen? Er war der mailändische Gesandte! Meine Antwort auf seine ungestellte Frage durfte weder Ja noch Nein lauten. Ein geflüstertes Ja hätte eine Nacht in seinem Bett bedeutet, das Ende meiner Freiheit – ein entschiedenes Nein hätte einen weiteren Eklat verursacht. Nein, ich wollte seine Impertinenz nicht ignorieren! Er hatte den ersten Zug in diesem Spiel gemacht, und ich würde mitspielen – nach meinen Regeln.

»Wollt Ihr Euch erneut mit mir duellieren? Vielleicht in Eurem Bett?«, neckte ich ihn mit einem verführerischen Lächeln.

»Die Wahl des Ortes und der Zeit überlasse ich mit Freuden Euch, Caterina. Es wird mir ein Vergnügen sein, mich von Euch im Kampf überwältigen zu lassen. Aber zuerst werde ich erbittert Widerstand leisten, damit auch Ihr unser kleines Handgemenge genießen könnt«, versprach er anzüglich.

»Ich bin beeindruckt von Eurer geradezu selbstverleugnenden Höflichkeit, mir den Sieg zuzusprechen, bevor wir uns über die Wahl der Waffen einig geworden sind«, lächelte ich verschmitzt.

»Welche Waffen bevorzugt Ihr denn?«, fragte er misstrauisch.

Wie eine Maske setzte ich mein strahlendstes Lächeln auf. »Der Ehering gehört jedenfalls nicht dazu!«

Hoffnungslos verwirrt ließ ich ihn in der Kapelle zurück und fragte mich, wie lange er in dieser Nacht auf mich warten würde …

Giulio lag auf seinem Bett, als ich wenig später sein Schlafzimmer betrat. Wie ein Toter lehnte mein Bruder in den Kissen und starrte mit gefalteten Händen hinauf in den Brokathimmel. Er war blass und sprach kein Wort – jedenfalls nicht mit mir.

»Giulio?«, sprach ich ihn an.

Als ich näher an das Bett trat, wäre ich fast über eine zertrümmerte Laute gestolpert, deren Splitter auf dem Boden verstreut lagen. Was hatte meinen Bruder derart erzürnt, dass er das Instrument zerstört hatte?

Giulio stöhnte und wandte sich ab. Ich sollte seine Tränen nicht sehen. Neben ihm auf der Bettdecke lag aufgeschlagen das Matthäus-Evangelium, Kapitel 16. Ich zog das Buch zu mir heran und las den Vers, den Giulio unterstrichen hatte: »Jesus sagte zu seinen Jüngern: Wer mein Anhänger sein will, der verleugne sich selbst, nehme sein Kreuz auf sich und folge mir nach.«

Er hatte sich zur Wand gedreht und seine Schultern zuckten, aber er sagte kein Wort – nicht einmal ein Schluchzen kam über seine Lippen. Ich setzte mich auf den Rand des Bettes und legte ihm tröstend die Hand auf den Arm.

»Lass mich in Ruhe!« Mit einer heftigen Geste wischte er meine Finger von seiner Schulter.

»Ich werde gehen, Giulio«, versprach ich ihm. »Sobald du mir gesagt hast, warum du weinst.«

Er drehte sich auf den Rücken und sah mich an. Tränen liefen ihm über die Wangen, sein Mund war fest zusammengekniffen, als müsste er sich mühsam beherrschen, um nicht laut loszuschreien. »Er hat Nein gesagt«, schluchzte Giulio. »Er will nicht, dass ich Priester werde! Es ist ungerecht! Gianni ist Kardinal und will es nicht sein, und ich will Priester werden und darf es nicht. Lorenzo wünscht, dass ich Piero eines Tages bei der Regentschaft unterstütze. So wie unser Vater Giuliano Lorenzo geholfen hat.« Giulio schniefte und fuhr sich mit dem Ärmel über die Augen.

»Was ist mit deinem Studium?«, fragte ich.

»Lorenzo hat mir verboten, Theologie zu studieren. Ich soll nach Weihnachten für zwei Jahre nach Bologna gehen und dort Kenntnisse des Rechts erwerben.«

Tröstend ergriff ich seine Hand. »Was wirst du tun, Giulio?«

»Was *kann* ich denn tun, wenn der Allmächtige befiehlt?«, rief er, und ich fragte mich, wen er als den Allmächtigen bezeichnete: Gott oder Lorenzo.

Eine Weile lag Giulio schweigend auf dem Bett. Dann versprach er schicksalsergeben: »Ich werde mein Kreuz auf mich nehmen!«

Giovanni Sforza hatte für diesen Abend eine Einladung des Bannerträgers zum Abendessen im Palazzo della Signoria angenommen. Ich nahm an, dass er nur zu gern einer Fortsetzung des Gespräches mit Lorenzo über die Bündnispolitik der Sforza entging – und dem damit unweigerlich verbundenen Funkenflug.

Giulio hatte mich gebeten, ohne ihn zum Abendessen hinunterzugehen. Er habe noch ein paar Dinge zu ordnen – unter anderem seine eigenen Gedanken. In seinem aufgelösten Zustand hätte er Lorenzo ohnehin nicht unter die Augen treten können. Ich hatte meinen Bruder umarmt und ihn dann allein gelassen.

Das Abendessen fand in gewittriger Atmosphäre statt, mit Blitz und Donnergrollen.

Lorenzo schien furchtbare Schmerzen zu haben. Er hatte sich von seinem Arzt ein Fläschchen Opium geben lassen, um einige Tropfen in den Wein zu tun. Seine Wut über den diplomatischen Fehltritt des Conte und den Wunsch seines Neffen, Priester zu werden, war noch nicht verraucht. Er aß schweigend.

Neben ihm saß ein junger Mann von sechzehn Jahren. Lorenzo hatte mir Michelangelo Buonarroti als Schüler des Malers Domenico Ghirlandaio vorgestellt, der seit einigen Monaten im Skulpturengarten von San Marco als Bildhauer arbeitete. Lorenzo war auf ihn aufmerksam geworden, als er die Statue eines antiken Fauns so genau nachbildete, dass er das Original nicht von der Kopie unterscheiden konnte. Er hatte Michelangelo vor einigen Monaten eingeladen, im Palazzo zu wohnen, und der junge Mann war in einen der leer stehenden Räume im zweiten Stock gezogen.

Michelangelo war schlank und muskulös, seine Bewegungen waren kraftvoll und beherrscht, seine Hände grazil … und blutig von der Bearbeitung des Marmors. Seine Nase war gebrochen – vielleicht in einer Schlägerei? – und schillerte in allen Farben der Palette von Maestro Ghirlandaio. Die Verletzung war noch nicht verheilt und musste ihm bei jedem Atemzug Schmerzen verursachen. Hielt Michelangelo deshalb den Kopf gesenkt und sprach bei Tisch kein Wort? Schämte er sich seines Aussehens? Er hatte mich nicht einmal angesehen, als ich ihm die Hand reichte.

Piero saß mir gegenüber an der Tafel und beobachtete mich.

»Wo ist eigentlich Giulio?«, fragte er nach einer Weile, während er von der Trüffelpastete naschte.

Lorenzo sah von seinem Teller hoch, als fiele ihm jetzt erst auf, dass Giulio nicht bei Tisch erschienen war. Er sah mich an, als erwartete er eine Antwort von mir – oder eine Entschuldigung für das Verhalten meines Bruders. Gab Lorenzo mir die Schuld an Giulios Trotz? Seit ich im Palazzo aufgetaucht war, hatte es nur Ärger gegeben. Als ich Lorenzos Blick standhielt, widmete er seine Aufmerksamkeit wieder der Trüffelpastete auf seinem Teller.

Angelo beobachtete seinen Freund besorgt, während er Brot in kleine Stücke zerriss, um sie auf seinen Teller fallen zu lassen. Offensichtlich hatte er keinen Hunger.

»Vielleicht macht Giulio die Exerzitien und bereitet sich auf seine Weihe zum Priester vor«, lästerte Piero mit vollem Mund. »Oder wird er wie Gianni gleich zum Kardinal ernannt?«

»Hast du uns belauscht, Piero?«, fragte ich ungläubig.

»Ich war zufällig in der Loggia, als ihr hereinkamt. Ich saß am Fenster und habe gelesen. Euer Gespräch war nicht zu überhören. Ebenso wie dein kleines Intermezzo mit Giovanni Sforza. Gesprochen habt ihr nicht viel, aber offenbar wusstet ihr zu handeln. Der Conte schien sehr erregt, als er nach dir die Kapelle verließ. War das die Vorfreude auf weitere erotische Abenteuer?«

Für einen Augenblick war ich sprachlos! Es war bisher nicht oft vorgekommen, dass mir spitze und scharfkantige Worte fehlten, mit denen ich mich treffsicher wehren konnte, aber in diesem Moment wusste ich nicht, was ich sagen sollte.

Angelo erhob sich abrupt und verließ den Speisesaal – nicht ohne uns ironisch einen angenehmen Abend zu wünschen und Piero einen verächtlichen Blick zuzuwerfen. Dem sensiblen Angelo musste die Spannung bei Tisch unerträglich gewesen sein.

Lorenzo trank einen Schluck des mit Opium versetzten Weins und starrte ins Feuer des Kamins. Er sah nicht einmal auf, als auch Piero den Teller von sich schob und aufstand.

»Einen angenehmen Abend wünschte Angelo uns und wahrscheinlich auch sich selbst, bevor er zu seinem Geliebten entschwand. Ich werde jetzt dasselbe tun. Und dir, Caterina, wünsche ich heute Nacht ebenfalls viel Vergnügen! *Buona notte*«, sagte Piero und knallte die Tür hinter sich zu, bevor einer der Diener sie leise schließen konnte.

Das Schweigen zwischen Lorenzo, Michelangelo und mir war unerträglich. Selbst das Knacken der glühenden Holzscheite im Kamin schien für einen Augenblick zu verstummen.

»Ist es wahr, was Piero gesagt hat?«, fragte Lorenzo nach einer Weile leise. »Dass du mit Giulio über seinen Wunsch, Priester zu werden, gesprochen hast?«

Ich zögerte. Das Letzte, was ich an diesem Abend wollte, war noch ein Wutanfall Lorenzos und eine weitere Dosis Opium in seinem Weinglas.

»Ich habe ihm verboten, Priester zu werden.«

»Giulio war sehr traurig über deine Entscheidung«, gestand ich.

»Du hast mit ihm gesprochen, nachdem er bei mir war?«

»Er weinte. Und er sagte: ›Ich werde mein Kreuz auf mich nehmen‹.«

Lorenzo stöhnte, als würde ich ihm Schmerzen zufügen. Er sprang so ungestüm auf, dass sein Stuhl hintenüber kippte. »Komm mit!«, befahl er mir und humpelte aus dem Speisesaal. Er stützte sich auf mich, während wir die Treppe hinauf zu Giulios Zimmer eilten. Dann stieß er die Tür auf und stürmte in das Schlafzimmer.

Es herrschte ein unglaubliches Chaos, als hätte mitten im Zimmer ein Wirbelsturm getobt. Die Kleidertruhen waren geöffnet und Jacken, Hosen, Strümpfe und Schuhe lagen über den Boden verstreut. Folianten waren aus dem Regal gefallen, als Giulio offensichtlich in Eile einige Bücher eingepackt hatte.

Wie versteinert stand Lorenzo mitten im Raum. In der Hand hielt er ein Pergament, das er vom Schreibtisch genommen hatte.

Es war eine Seite aus dem Matthäus-Evangelium, die Giulio aus der Bibel herausgerissen hatte. Ich kannte den Spruch, der in goldverzierten Lettern auf dem Pergament stand – ich hatte ihn erst vor einer Stunde gelesen: »Jesus sagte zu seinen Jüngern: Wer mein Anhänger sein will, der verleugne sich selbst, nehme sein Kreuz auf sich und folge mir nach.« Giulio hatte mit seinem Dolch die Tinte des restlichen Evangeliumstextes und seiner Marginalien vom Pergament gekratzt. Wie verzweifelt musste er gewesen sein, dass er den heiligen Text zerstörte, um seine Nachricht mit zitternder Hand und widerspenstiger Feder unter die Worte Jesu zu setzen:

»Lorenzo, verzeih mir! Ich konnte nicht anders handeln. Denn ich bin der ich bin!«

Kapitel 2

»Die Würfel sind gefallen!«

Herr, unser Gott, wohin hast Du uns geführt?«

Mit zum Himmel erhobener Faust stand der Dominikaner auf der Kanzel. Drohte er den Menschen? Oder Gott, der die Menschen so unvollkommen erschaffen hatte?

»Herr, in Deiner Weisheit hast Du uns die Freiheit geschenkt. Und siehe, was wir daraus gemacht haben«, rief er in das Echo seiner eigenen Worte hinein.

Wie ein Hagelsturm prasselten die zornigen Mahnrufe des Predigers auf die Gläubigen hernieder, wie Blitz und Donner fuhr seine Faust auf uns herab, um uns zu strafen, zu läutern und unsere Seelen zu retten. Moses hätte sein Volk wegen des Goldenen Kalbes nicht derart angebrüllt, wie es Fra Girolamo Savonarola mit seinem Auserwählten Volk, den Florentinern, tat. Die Israeliten hätten Moses gesteinigt – die Florentiner hörten andächtig zu, wenn der Prior von San Marco ihnen die Offenbarung des Johannes auslegte.

Während einer Atempause des Priors sah ich mich in der Basilika von San Marco um. Die Menschen drängten sich in der Kirche, als sollten sie nach dieser Predigt nie wieder Gottes Wort hören.

Der Mönch stand allein auf der Kanzel wie auf dem vom Sturm umtosten Bug eines Schiffes, unter ihm die wogende Menge, die er mit seinen Worten teilte wie Moses das Meer – in Gläubige, die andächtig an seinen Worten hingen, und in Ungläubige, die den Frater als einen verrückten Fanatiker bezeichneten.

»Ihr habt gehört, dass gesagt worden ist: Seid bescheiden, demütig und gottesfürchtig! Ich aber sage euch: Diejenigen, die sich eure Bischöfe nennen und sich anmaßen, euch Vorbild zu sein, sind stolz und hochmütig, und sie fürchten Gott nicht so sehr wie Papst Innozenz' Zorn«, donnerte Fra Girolamo von der Kanzel herab. »Die Kirche wird durch den Antichrist vernichtet werden. Aber Gott wird sie neu errichten. Auf einem stärkeren Fels, als es der Apostel Petrus war.« Plötzlich hielt er in seiner leidenschaftlichen Rede inne, blickte nach oben, schloss die Augen, bebend, schweigend, als lauschte er der Stimme Gottes. Dann fuhr er wie im Schmerz aufstöhnend mit seiner Predigt fort.

Fra Girolamo verkündete das Wort Gottes wie ein Mann, der mit letzter Kraft um sein Leben kämpft, der um das Heil seiner unsterblichen Seele ringt. Er focht mit den Armen, den geballten Fäusten, ermahnte, beschwor, drohte. Die Worte, heiß wie Feuer und scharf wie Schwerter, flogen über die Menge hinweg. Dann lehnte er sich über die Kanzel, als ob er herabspringen wollte zu den Menschen, um jeden Einzelnen von ihnen auf den rechten Weg zurückzuführen. Er zwang sie, mit ihm zu denken und zu fühlen, und er hielt sie fest mit einer fast dämonischen Verlockung. Er bezauberte sie, verführte sie, bezwang sie, wie Satan Jesus versucht hatte. Er ließ keinen Zweifel daran, wer die Geißel Gottes war, der erwartete Prophet, der die Kirche mit Feuer und Schwert reformieren sollte: er selbst.

Fra Girolamo zog mich in seinen Bann. Es war kein unangenehmes Gefühl – ganz im Gegenteil, es war eine herrliche Vorstellung, mich in seine starken Hände fallen zu lassen. Er würde um mich kämpfen, mich Satan entreißen, aus dem Höllenfeuer herausführen, er würde meine Hand nehmen und mir den rechten Weg weisen und ihn ein Stück weit mit mir gehen. Welch unglaubliche Präsenz dieser kleine, unscheinbare Frater hatte! Nur widerwillig riss ich mich von seinem Anblick los und erforschte erneut die Gesichter, in denen die feurigen Worte des Priors nachglühten.

Nein, Giulio war nicht hier – weder unter den Gläubigen noch im schwarz-weißen Habit eines Mönchs in den Reihen der Dominikaner. *Quo vadis,* Giulio? Wohin bist du geflohen? Hast du dein Ziel schon erreicht? Wann wirst du zurückkommen?

Seit dem Abend, an dem Giulio so überstürzt den Palazzo Medici verließ, hatte ich ihn nicht mehr gesehen. Er war am nächsten Morgen nicht zum Frühstück erschienen und kam auch zum Abendessen nicht zurück. Die Dienerschaft wusste nicht, wohin er verschwunden war. Er war mit einer Tasche über der Schulter zu den Ställen gegangen, hatte sich selbst sein Pferd gesattelt und war die Via Larga entlanggeritten – als wollte er nur schnell etwas vor dem Abendessen erledigen: einem Freund ein paar geliehene Bücher zurückbringen oder ein Besuch im Konvent von San Marco …

Nein, Giulio war nicht in der Kirche. Vielleicht hielt er sich aus Furcht vor Lorenzos Zorn im Konvent verborgen? Es gab dort oberhalb des Kreuzganges eine Zelle, die der Familie Medici gehörte – Lorenzos Großvater Cosimo hatte sich oft von seinen Staatsgeschäften dorthin zurückgezogen, und auch sein Vater Piero hatte dort einige Wochen gewohnt.

Der Frater setzte seine Predigt mit erhobenen Händen fort, als wollte er seinen Schöpfer um Vergebung anflehen, dass er, Girolamo Savonarola, die Menschen zur Buße aufrief und nicht Gott selbst: »Ich geißele die Verderbtheit der Priester! Ich verdamme die Habgier der Reichen! Ich verfluche die Zügellosigkeit unserer Generation!«, brüllte er.

Giulio hatte mir vor seiner Flucht in der Cappella dei Magi von

Fra Girolamo erzählt. Mein Bruder bewunderte den Bußprediger aus Ferrara, und so klangen seine Worte wie ein fünftes Evangelium: Girolamo Savonarola war 1452 in Ferrara geboren worden, wo sein Großvater Michele Savonarola an der Universität Professor für Medizin, Arzt des Herzogs Niccolò d'Este und Erzieher der herzoglichen Söhne war. Nach dem Medizinstudium war Girolamo in den Orden der Dominikaner in Bologna eingetreten, um einige Jahre später in seine Heimatstadt Ferrara zurückzukehren.

Im Jahr 1482 war Fra Girolamo zum ersten Mal nach Florenz gekommen, um in der Kirche San Lorenzo die Fastenpredigten zu halten – mit bemerkenswert geringem Erfolg. Sein ferraresischer Akzent und die heftigen Gesten, mit denen er seine Worte unterstrich, machten auf die humanistisch gebildeten Florentiner, die von der Kanzel einen Vortrag im eleganten Latein Ciceros mit einigen intelligenten Bezügen zu Platons Philosophie erwarteten, keinen Eindruck. Noch während seiner Predigten verließen die Gläubigen die Kirche. Für Fra Girolamo waren die Ignoranz der Florentiner und die leeren Gotteshäuser, in denen er predigte, ein deutliches Zeichen für den Niedergang der christlichen Welt und den sittlichen Verfall in Florenz, aber es war kein Grund aufzugeben! Er hatte Florenz verlassen, um als Wanderprediger durch die Lombardei zu ziehen – so wie sein großes Vorbild Jesus Christus durch Galilaea gezogen war. Doch dann war er plötzlich wieder in Florenz erschienen und begann als Prior von San Marco seine eigene Tempelreinigung …

Fra Girolamo nannte keine Namen, als er die Reichen verdammte. Er rief nicht: »Seht die Strozzi, die Tornabuoni, die Medici!« Er sprach von einem Tyrannen – und jeder wusste, wer gemeint war. Er kritisierte Missstände in der Regierung, sprach über die offensichtliche Vernachlässigung der zu erfüllenden Pflichten, von Stolz und Arroganz und Ungerechtigkeit.

Der Prior griff Lorenzo offen an! Die Predigt war eine Kriegserklärung an den Herrn von Florenz! Er nannte Lorenzo einen machtbesessenen Tyrannen, warf ihm Wahlbetrug und Veruntreuung von Steuergeldern vor, den Kauf des Kardinalats für seinen Sohn Giovanni – der noch nicht einmal die höheren Weihen erhalten hatte – und die geheimen Absprachen mit seinem Schwager Papst Innozenz über den Ablasshandel.

Ich war beschämt und traurig, wie Lorenzos Rolle als Regent von Florenz öffentlich diffamiert wurde – in der Kirche des Konvents, der von den Medici unterstützt wurde. Ich war zornig, weil Fra Girolamo die Worte Wahlbetrug und Korruption, Simonie und Vetternwirtschaft wie einen Fehdehandschuh hinwarf, Lorenzo aber keine Gelegenheit gab, zu erklären, warum Medici-Anhänger in der Signoria saßen, um Lorenzos Interessen zu vertreten, warum der Magnifico die Kosten für seine aufwändige Hofhaltung und die Empfänge für Herzöge und Botschafter in der Steuererklärung gegen die zu zahlenden Steuern aufrechnete, oder welchen Vorteil es hatte, wenn Kardinal Giovanni de' Medici in Rom die Interessen von Florenz vertrat.

Fra Girolamo wütete derart gegen die Medici, dass ich mich zornig fragte, ob es sinnvoll war, überhaupt mit ihm zu reden. Doch was sollte ich tun? Ich hatte es Lorenzo versprochen …

Giovanni Sforza trat von einem Fuß auf den anderen. Das lange Stehen bereitete ihm offenbar ebenso viel Unbehagen wie die Predigt des Dominikaners. Er stand so dicht neben mir, dass wir uns beinahe berührten. Mehr als einmal hatte ich seine irrende Hand an meiner Seite gespürt, die meine Hand suchte und nicht fand. Er langweilte sich furchtbar – er wusste ja nicht, weshalb ich hier war. Giovanni Sforza wollte mich dazu bringen, mit ihm in den Palazzo zurückzukehren … zu einem üppigen Mittagessen mit gebratenem Fasan … einem Herbstspaziergang durch den Skulpturengarten von San Marco … einer gelehrten Unterhaltung bei einem Glas Wein am Kamin … und einer leidenschaftlichen Nacht in seinem Bett.

Der Conte und ich spielten dieses Spiel seit einigen Tagen. Jeden Tag machte er einen Spielzug mehr: Am ersten Tag lud er mich zu einem köstlichen Mittagessen zu zweit ein, am zweiten Tag ritten wir nach dem Essen am Arno spazieren, am dritten Tag diskutierten wir fast drei Stunden lang über ein Sonett von Petrarca. Um zu erahnen, wie er den heutigen Nachmittag geplant hatte, brauchte ich nicht viel Fantasie …

Fra Girolamo war von der Verderbtheit der Priester und der Habgier der Reichen nun zur Zügellosigkeit der Florentiner übergegangen, die in seinen Augen nichts anderes verdienten als einen Tyrannen wie Lorenzo de' Medici. Er verglich Florenz und Rom mit den Städten Sodom und Gomorrha, auf die Gott Feuer und Schwefel regnen ließ, um sie von der Erde zu tilgen.

»Aber weh euch, die ihr reich seid, denn ihr habt keinen Trost mehr zu erwarten! Weh euch, die ihr satt seid, denn ihr werdet hungern! Und weh euch, die ihr lacht, denn ihr werdet klagen und weinen!«, brüllte der Frater die Worte der Bergpredigt von der Kanzel. »Ich werde meinen Weg durch die Finsternis unserer Zeit finden. Durch Verschwendung, Überfluss und Selbstgefälligkeit werde ich gehen – bis ich das Feuer erreiche, das Sodom und Gomorrha vertilgt hat und das Florenz erleuchten wird. Kehrt um! Wer den Mut hat, folge mir! Wer zurückbleibt, ist verdammt!«

Die Predigt war beendet. Kein dramatisches Zuschlagen der Evangelien, kein ›*Pax vobiscum*‹, kein Amen.

Der Frater verharrte einige Augenblicke schweigend auf der Kanzel, den Kopf geneigt, die Hände zum Gebet gefaltet. Dann zog er die schwarze Kapuze seines Skapuliers über den Kopf, drehte sich abrupt um und stieg die engen Stufen hinab.

Mit fanatischem Eifer drängten die Gläubigen zum Kirchenportal, um sich mit selbstverleugnender Hingabe den Sünden der Völlerei, der Trunkenheit und unbeherrschten Wollust zu unterwerfen – zum letzten Mal! Denn der gebratene Kapaun stand auf der Tafel, wenn die Signori vom Gottesdienst zurückkehrten, und die Geliebte wartete sicher schon ungeduldig …

Ich zwängte mich an ihnen vorbei, um zu Fra Girolamo zu gelangen, der wie ein Fels in der Brandung der vorbeiströmenden Menschen stand. Ich sprach ihn an, und er drehte sich zu mir um.

»Was kann ich für Euch tun?«, fragte er leise, fast schüchtern.

Ist er es nicht gewohnt, mit Menschen zu sprechen, die nicht während der Beichte vor ihm in die Knie gehen oder zu ihm auf der Kanzel emporsehen?, fragte ich mich, erstaunt über die Verwandlung des brüllenden Löwen in eine Kirchenmaus.

Ein Mann eilte an mir vorbei zum Portal und drängte mich gegen den Frater, der einen Schritt zurückwich. Er, der vor wenigen Minuten auf der Kanzel den Zorn Gottes beschwor und das Ende der Welt verkündete, hatte Furcht, dass ich ihm zu nahe kam?

»Ich bitte um ein paar Minuten Eurer kostbaren Zeit, Prior«, brachte ich vor.

»Wenn Ihr beichten wollt, könnt Ihr Euch an die Fratres dort drüben wenden.« Er deutete in die Apsis der Kirche, wo sich die Gläubigen um die Dominikanermönche drängten, dann wandte er sich ab und verließ fluchtartig die Kirche.

Durch eine kleine Tür folgte ich ihm in den angrenzenden Kreuzgang des Konvents. Am Ärmel seines Habits hielt ich ihn zurück. »Ich suche meinen Bruder! Ich will von Euch wissen, ob er hier im Kloster ist.«

Fra Girolamo blieb stehen, drehte sich aber nicht zu mir um. »Wer ist Euer Bruder?«, fragte er leise.

»Giulio de' Medici.«

Er zögerte, doch dann wandte er sich um. »Dann seid Ihr Caterina. Euer Bruder erwähnte Euren Namen. Giulio ist nicht mehr hier.«

Der Prior wollte gehen, doch dann sah er meine Enttäuschung: Giulio war in San Marco gewesen! Er blieb stehen, schon halb abgewandt. »Er bedeutet Euch sehr viel.« Ein Lächeln huschte über Fra Girolamos bleiches, ausgezehrtes Gesicht, umspielte seine zerbissenen Lippen und blieb in seinen unergründlichen blauen Augen hängen, ein Lächeln, das seine harten Züge sanfter erscheinen ließ. »Für mich ist Giulio der Sohn, den ich nie haben werde«, gestand der Prior. »Ich weiß, es fällt Euch schwer, das zu glauben – nach all dem, was Ihr während der Predigt gehört habt. Aber ich liebe Giulio wie meinen Sohn. Ich wollte, dass er es besser macht als ich …« Der Frater hielt inne, schien mit sich zu ringen, was er mir erzählen sollte.

»Wo ist Giulio?«, fragte ich in das Schweigen hinein.

»Er wollte zum Priester geweiht werden«, erklärte Fra Girolamo. »Er bat mich, seinen Beichtvater, um meinen Segen. Ich habe ihn zum Erzbischof von Florenz geschickt, denn ich bin nicht berechtigt, die Priesterweihe durchzuführen. Das war vor vier Tagen. Inzwischen ist Giulio wohl in Rom angekommen.«

»In Rom?«, fragte ich.

»Er brach auf, um mit Erzbischof Orsini zu sprechen. Und der ist zurzeit im Vatikan, um dem Papst die Füße zu küssen, damit er ihn zum Kardinal ernennt. Vielleicht ist er auch schon Kardinal und nur so erschöpft von seinen vielen Verpflichtungen im Vatikan, dass er kaum das Bett verlassen kann, um es Florenz mitzuteilen.« Fra Girolamos Ironie ließ keinen Zweifel daran, wie er über die Aufsehen erregende Affäre des Erzbischofs dachte, über die sich Florenz seit Wochen amüsierte.

»Verdammt!«, fluchte ich unbeherrscht und schlug bestürzt die

Hand vor den Mund, als ich Fra Girolamos Gesicht sah. Es kam wohl nicht oft vor, dass in seiner Gegenwart geflucht wurde.

Aber der Frater lachte herzlich über meinen Zorn. Das Eis zwischen uns schien zu tauen: »*Wen* verdammt Ihr, Caterina? Die unheilige Kirche oder Euren nach Heiligkeit strebenden Bruder?«

»Euch, Fra Girolamo, verdamme ich«, rief ich zu seiner Überraschung. »Weil Ihr ihn gehen ließet.«

Der Frater ging einige Schritte den Kreuzgang entlang, und als ich ihm nicht folgte, blieb er stehen und drehte sich zu mir um. »Ich habe ihn gehen lassen«, nickte er. »Giulio hat mir seine Seelenqualen gestanden – und seinen Wunsch, Priester zu werden. Ich habe ihm die Absolution erteilt und ihn nach Rom geschickt. Das ist die Wahrheit – Eure Version der Wahrheit. Meine Version ist ein wenig ausführlicher.«

»Ich würde sie gern hören.«

»Giulio hat gebeichtet, nachdem er zu mir kam, und ich habe das *Ego te absolvo* gesprochen. Danach sind wir im Garten von San Marco spazieren gegangen, und ich habe versucht, Giulio zur Vernunft zu bringen. Unser Gespräch dauerte vier Stunden. Es war Mitternacht, als Giulio sich entschloss, die Nacht im Kloster zu verbringen und im Morgengrauen nach Rom aufzubrechen, um den Erzbischof um seine Weihe zu bitten. Ich habe Giulio gehen lassen.« Er schwieg einen Augenblick und sah mir in die Augen. »Aber Ihr, Caterina, habt dasselbe getan.«

»Ich?«, entfuhr es mir.

»Ihr sagtet zu Giulio: ›Ich brauche niemanden, der versucht, mich vor mir selbst zu schützen – er wird scheitern! Ich will in meinem Leben keine andere Rolle spielen als *mich selbst.* Denn ich bin der ich bin!‹« Bestürzt sah ich den Prior an, aber er lächelte geheimnisvoll: »Über das alttestamentliche Zitat ›Ich bin der ich bin‹ werden wir im Garten von San Marco sprechen, Caterina. Ich freue mich auf unsere Dispute und hoffe, dass Angelo Polizianos heidnische Ideen Euren Verstand nicht verwirrt haben. Denn ich würde gern herausfinden, wer das ist: ›Der Ich Bin‹.«

Er trat zu mir und ergriff meinen Arm, um mich durch den Kreuzgang zu führen. Während wir nebeneinander gingen, nahm er die Kapuze seines Skapuliers ab und verschränkte die Hände in den Ärmeln seines Habits. Die schwarzen Perlen des Rosenkranzes an seinem Gürtel klickten bei jedem Schritt.

»Ich möchte Euch eine Geschichte erzählen. Es ist keine Heiligenlegende, keine Berufung eines Propheten, kein Evangelium. Die Geschichte heißt ›Die Leiden des jungen Girolamo‹. Es gab einmal eine Zeit, da hatte ich Angst, furchtbare Angst vor dem Leben. Ich war unglücklich verliebt gewesen, hatte wegen einer jungen Frau mein Medizinstudium abgebrochen. Ich war leidenschaftlich ergriffen …«

»*Ihr* wart verliebt, Frater?«, fragte ich verblüfft.

»Ich, Girolamo Savonarola, bekenne, verliebt gewesen zu sein«, gestand er in einem Tonfall, als wollte er mir die Beichte ablegen. »Sie wies mich ab. Ich fürchtete mich vor weiteren Demütigungen und floh ins Kloster. Ich hoffte, der Welt entsagen zu können. Es war ein endloser und furchtbarer Kampf. Ich war der Verlierer, obwohl ich siegte. Ich ließ alles hinter mir zurück, was mir in meinem Leben etwas bedeutet hatte: die junge Frau, in die ich mich verliebt hatte, meinen Vater, meine Brüder, meine Heimatstadt Ferrara. Ich fühlte mich wie mein großes Vorbild Thomas von Aquino. Auch er trat gegen den Widerstand seiner Familie in den Dominikanerorden ein.

Nichts war mir geblieben – außer Gott. Und den Vorwürfen meines Vaters, der nicht verstehen wollte, warum ich ins Kloster gegangen war. Er schrieb mir Briefe, die mich zu Tränen rührten und mich zweifeln ließen. So sehr, dass ich ihn mit verletzenden Worten bat, mich nicht länger mit seinem Unverständnis zu quälen. Stattdessen quälte ich mich selbst: Ich geißelte mich blutig, fastete und meditierte, studierte die Heilige Schrift, bis ich in meiner Zelle ohnmächtig vom Stuhl fiel. Ich verrichtete glücklich die niedrigsten Dienste im Kloster: Ich wartete bei Tisch auf, wusch die Füße der anderen Fratres, reinigte die Latrinen.

In meinem Eifer ging ich so weit, dass der Prior mir verbot, mich weiter zu demütigen. Ich verstieß gegen die Ordensregeln, denn ich hielt mich nicht an sein Verbot: Ich war ungehorsam. Aber ich konnte nicht anders. Ich geißelte mich jede Nacht, schlief nur noch drei oder vier Stunden und lieferte sogar meinen Crucifixus beim Prior ab, als er mir allzu lieb zu werden drohte. Ich kannte keine Grenzen mehr, keinen Zweifel, keine Schwäche, keine Niederlage. Deshalb verlor ich meinen inneren Kampf.«

»Ihr habt … verloren?«, fragte ich verwirrt.

»Ja, ich habe verloren, Caterina! In meinem grenzenlosen Stolz habe ich mein Leben mit dem der anderen Fratres verglichen. Ihre Halbherzigkeit machte mich zornig. Ich habe mein Leben an dem der Heiligen Domenico und Francesco von Assisi gemessen und hielt es für unwürdig. Ich habe mich verschlissen in dem Wunsch, vollkommen zu sein. Aber die Welt ist nicht vollkommen. Mein Leben lang habe ich gekämpft, um etwas zu sein, was ich nicht sein konnte. Jeden Tag habe ich mich gequält, aus Liebe zu Gott und aus Verbitterung, weil Er mich so unvollkommen erschaffen hatte. Ich habe verloren. Ich habe *mich selbst* verloren.

Ich war so unglücklich, wie ein Mensch nur sein kann, bis mein Prior mich eines Tages in seine Zelle bat. Er sagte mir, er verstehe mich nicht, weder mein Unglück noch meine Verzweiflung. Er fände keinen Schatten einer Sünde an mir. Ich sei vollkommen, *unerträglich vollkommen.* Ich war zufrieden.

Auf diesem Weg konnte ich nicht weitergehen, das wusste ich.

Ich war so demütig, dass ich stolz wurde. Ich war so vollkommen, dass ich selbstgefällig wurde. Dieser Weg führt nirgendwohin. Das habe ich auch Giulio gesagt.«

»Und was hat mein Bruder darauf geantwortet?«, fragte ich.

»Er hat gelacht und gesagt, er sei ein Medici. Von Demut verstehe er nichts, sehr viel aber von Stolz und Selbstgefälligkeit. Außerdem wolle er Priester werden und kein Heiliger. Ich ließ Giulio gehen, weil er in Rom seinen Weg zu Ende gehen kann – und weil für ihn im Vatikan keine Gefahr besteht, ein Heiliger zu werden. In Rom wären selbst San Domenico und San Francesco von Assisi gescheitert – wie vor ihnen der Apostel Petrus.«

Auf dem Rückweg zum Palazzo Medici verschonte mich Giovanni Sforza nicht mit seinen Ansichten zu Fra Girolamos Auftreten. Er nannte den Dominikaner anmaßend und gefährlich. Wie konnte solch ein Mann Prior in einem von den Medici unterstützten Kloster werden! Und wie konnte ich Fra Girolamo zu meinem Beichtvater wählen! Ich ignorierte Giovanni Sforzas Herablassung und ließ ihm das Vergnügen, mich zu belehren, denn ich war froh, dass er keine Fragen stellte, die ich nicht beantworten konnte.

Giulios Verschwinden vor fünf Tagen war bisher im Palazzo geheim gehalten worden. Angelo Poliziano hatte Giovanni Sforza erklärt, Lorenzo habe seinen Neffen für ein paar Wochen nach Bologna geschickt, um die Professoren kennen zu lernen, die Bibliothek der Universität zu erforschen und sich auf das bevorstehende Studium vorzubereiten. Die Eskorte, die Giulio angeblich begleitete, seine Diener und Pferdeknechte waren für einige Zeit zur Villa in Poggio a Caiano geschickt worden, um die Täuschung glaubhaft zu machen.

Von San Marco zum Palazzo Medici war es nicht weit. Als wir den Hof erreichten, verabschiedete ich mich bis zum Mittagessen vom Conte und begab mich zu Lorenzos Sekretär. Filippo saß an seinem Schreibtisch und formulierte einen Brief, als ich sein Arbeitszimmer betrat. Er steckte die Feder ins Tintenfass und erhob sich, als er mich erkannte.

»Ich muss mit Lorenzo sprechen«, verlangte ich.

»Es tut mir Leid: Seine Exzellenz ist beschäftigt. Er spricht mit …«

»Er ist *immer* beschäftigt«, unterbrach ich ihn ungeduldig und ging an ihm vorbei zur Tür von Lorenzos Audienzraum. Jeder seiner Tage war zum Bersten ausgefüllt mit Regierungsgeschäften, Staatsempfängen, Banketten, Bankgeschäften, philosophischen Diskussionen mit seinen Freunden von der Platonischen Akademie, Disputen mit Künstlern wie Michelangelo und Sandro Botticelli über ihre neuesten Werke, mit Musik und Tanz und Poesie, großen Entscheidungen der Politik und kleinen Entscheidungen über den Wert einer kunstvoll geschnittenen Gemme. *Carpe diem* – nutze den Tag!

Lorenzo saß in einem Sessel neben dem flackernden Kaminfeuer, als ich den Raum betrat. Ein Diener hatte trotz der infernalischen Hitze der Flammen eine Decke aus Hermelinpelz über seine Knie gebreitet. Die Wärme linderte Lorenzos Schmerzen ein wenig. Er hatte es abgelehnt, schon zum Frühstück Opium zu nehmen.

Mitten im Raum stand ein junger Mann mit einigen Pergamentblättern in der Hand und trug Lorenzo ein Gedicht vor. Er hielt mitten in der Verszeile inne, als ich den Raum betrat.

»Caterina!«, begrüßte mich Lorenzo. »Ich möchte dir Niccolò Machiavelli vorstellen, einen sehr begabten Poeten, den ich fördere. Niccolò, das ist meine Nichte Caterina.«

Machiavelli hauchte einen Kuss auf meine Hand.

Er war Anfang zwanzig. Sein schlanker Körper wirkte so zerbrechlich, dass ich vermutete, seine Stärke wäre seine Geisteskraft und seine schärfste Waffe sein Verstand – damit konnte er jeder körperlichen Gewalt trotzen. Seine Augen waren schwarz wie schimmernder Obsidian und seinem forschenden Blick schien nichts zu entgehen: Mimik, Gestik, Haltung, Intention und Willenskraft.

»Setz dich zu mir, Caterina!«, bat mich Lorenzo und wies auf den Sessel neben sich. »Niccolò hat mir gerade eines seiner Gedichte vorgetragen. Ich habe ihm versprochen, in meiner Druckerei einen Band seiner Werke zu verlegen.«

»Kann ich dich einen Augenblick allein sprechen, Lorenzo?« Ich warf Machiavelli ein entschuldigendes Lächeln zu.

Er trat einen Schritt näher und verbeugte sich. »Wenn Ihr erlaubt, Euer Exzellenz, werde ich im Vorzimmer warten.«

Der Magnifico entließ ihn, und er schloss die Tür hinter sich.

Lorenzo beugte sich auf seinem Sessel vor, um ein Kissen im Rücken zu verschieben. Dann ließ er sich wieder zurücksinken, als hätte ihn diese kleine Bewegung seine ganze Kraft gekostet. Seit dem Abend, an dem Giulio verschwunden war und er einen furchtbaren Gichtanfall hatte, litt Lorenzo an Körper und Seele. Er quälte sich, machte sich Vorwürfe, zu hart zu Giulio gewesen zu sein, zu ungeduldig, zu gereizt, und gab sich die Schuld an seiner überstürzten Flucht.

Ich zog mir einen Stuhl heran und nahm neben Lorenzo Platz.

»Du wirkst verstört«, stellte er fest. »Was ist geschehen? Hat Giovanni Sforza dir einen Heiratsantrag gemacht?« Als ich ihn überrascht ansah, fuhr er nachsichtig lächelnd fort: »Glaubst du, dass ich nicht weiß, was in meinem Haus geschieht? Dass ich die Blicke und Gesten während des Abendessens nicht bemerke, die Spaziergänge im Garten, die stundenlangen Diskussionen in der Bibliothek …«

»Giovanni Sforza bemüht sich unter Einsatz all seiner geistigen Fähigkeiten und körperlichen Vorzüge, unter ständiger Betonung seiner Herkunft und seines Standes als Conte von Pesaro, mich in sein Bett zu bekommen.«

Lorenzo verzog sein Gesicht zu einem amüsierten Grinsen. »Mit anderen, undiplomatischeren Worten: Er läuft dir hinterher.«

»Er lässt mich keine Minute allein«, seufzte ich. »Er hat mich zum Gottesdienst nach San Marco begleitet.«

»Hast du mit Fra Girolamo gesprochen?«, fragte Lorenzo gespannt. Er hatte mich gebeten, den Prior nach Giulio zu fragen. Lorenzo selbst hatte sich geweigert, mit Savonarola zu sprechen.

Nach seiner Rückkehr nach Florenz war Fra Girolamo zum Prior des Dominikanerklosters ernannt worden, das die Medici erbaut und über Jahrzehnte durch großzügige Schenkungen unterstützt hatten. Der Tradition entsprechend hätte ein neuer Prior Lorenzo als Regenten der Republik in seinem Palazzo aufsuchen müssen, um sich ihm vorzustellen. Aber Fra Girolamo hatte sich geweigert. Er habe Gott und nicht Lorenzo sein Amt zu verdanken. Einem »Heidenchristen« – er verwendete tatsächlich diese Bezeichnung – und Anhänger Platons wollte er nicht huldigen. Als Lorenzo von dem Ausbruch des Priors erfahren hatte, war er bestürzt gewesen.

Lorenzo lag viel an einer Aussöhnung mit dem Dominikaner. Er kam ihm fast den ganzen Weg die Via Larga hinauf entgegen: bis in den Garten von San Marco. In den folgenden Wochen war Lorenzo mehrmals im Skulpturengarten spazieren gegangen, um Fra Girolamo Gelegenheit zu geben, ihn »rein zufällig« zu treffen. Aber der Prior hatte eine informelle Begegnung vermieden, obwohl viele Fratres ihn auf Lorenzos stundenlange Anwesenheit bei Michelangelo im Skulpturengarten hinwiesen. »Hat Lorenzo de' Medici nach mir gefragt?«, wollte er wissen. – »Nein!« – »Dann soll er allein weiter spazieren gehen.«

Lorenzos nächster Versuch einer Kontaktaufnahme mit dem

eigensinnigen Prior von San Marco war eine großzügige Schenkung an das Kloster gewesen. Fra Girolamo verwendete die Fiorini jedoch nicht ihrer Bestimmung entsprechend, sondern spendete sie für die Armenspeisung. Er wollte Lorenzo beweisen, dass er unbestechlich war. Wenn er die Schenkung für San Marco angenommen hätte, wäre er Lorenzo Dank schuldig gewesen – so wie er sich herzlich bei Giovanni Pico für dessen Donation bedankt hatte. Lorenzo war in seinem Stolz gekränkt: »Wenn dieser Mönch nichts anderes zu tun hat, als mir den Krieg zu erklären – von mir aus! Ich habe einen Staat zu regieren.«

Seit jener Zeit schwelte der Konflikt zwischen dem Prior von San Marco und dem Herrn von Florenz wie ein Vulkan vor dem Ausbruch: hin und wieder ein Donnergrollen, ein paar Rauchwolken, aber noch war die heiße Lava nicht ausgebrochen.

»Ist Giulio im Kloster?«, fragte Lorenzo.

»Er war dort.«

Lorenzos Faust umklammerte die Armlehne. Wie sehr musste Giulios Verhalten seinen Onkel verletzen! In seinen Augen war es ein unverzeihlicher Verrat, dass Giulio zu Savonarola geflohen war.

»Er hat bei Fra Girolamo seine Beichte abgelegt und ist nach Rom aufgebrochen, um sich durch Erzbischof Rinaldo Orsini weihen zu lassen. Der Frater sagte, sein Entschluss, Priester zu werden, stand unumstößlich fest.«

»O mein Gott«, entfuhr es Lorenzo. Er barg sein Gesicht in den Händen, verharrte einige Minuten unbeweglich, nachdenklich, schweigend. Dann seufzte er schicksalsergeben und schüttelte den Kopf.

Sollte ich ihm erzählen, was Fra Girolamo über ihn gesagt hatte? Lorenzo wirkte so verletzlich, dass ich ihm die Tiraden des Priors gern erspart hätte. Aber – durfte ich es? War es nicht meine Pflicht, ihn über Savonarolas Angriffe in Kenntnis zu setzen?

»Es gibt da noch etwas, was du wissen solltest …«, fasste ich Fra Girolamos Predigt in kurzen, prosaischen Sätzen zusammen.

Lorenzo starrte mich an. »Es war nicht das erste Mal, dass man mich einen Tyrannen nennt. Dieser Vorwurf hat sich im Lauf der Jahre abgenutzt, und ich höre nicht mehr hin. Über die Beschuldigungen der Wahlmanipulation und der Veruntreuung von Staatseigentum kann ich nur lachen.

Glaubt dieser Mönch im Ernst, dass ich Florenz nur so zum Spaß in meiner Freizeit regiere, wie andere Signori Boccia spielen? Dass ich die Staatsempfänge aus eigener Tasche bezahle?« Lorenzo schüttelte den Kopf und seufzte. »Lass ihn reden, Caterina! Er weiß nicht, was er tut. Die Florentiner werden sich seine Tiraden eine Zeit lang anhören wie ein neues Theaterstück auf der Piazza Santa Croce. Aber irgendwann werden sie sich langweilen, und die Kirche von San Marco wird leer sein, wenn der Prior die Kanzel betritt. So lange werde ich mich in Geduld üben, denn ich habe wichtigere Probleme als diesen Mönch: Giulio, meinen ›verlorenen Sohn‹.«

Lorenzo überlegte, wie er Giulio finden konnte: Papst Innozenz war Maddalenas Schwiegervater. Er würde Giulio nach Florenz zurückschicken, wenn Lorenzo ihn darum bat. Doch Giulios überstürzte Flucht nach Rom und seine unfreiwillige Heimkehr wären das Stadtgespräch von Florenz. Nicht nur Giulio würde lächerlich gemacht werden, sondern auch Lorenzo. Zunächst musste also festgestellt werden, ob sich Giulio in Rom aufhielt, wer von seiner Ankunft im Vatikan wusste, und ob er bereits eine Audienz beim Erzbischof hatte.

Dann fasste Lorenzo einen Entschluss: »Ich werde einen Boten zu den Orsini in Rom schicken. Virginio, das Oberhaupt der Familie, ist ein Cousin meiner verstorbenen Gemahlin Clarice. Er schuldet mir einen Gefallen. Er kann unauffällig feststellen, ob sich

Giulio im Vatikan aufhält und ob er schon mit seinem Cousin Rinaldo gesprochen hat. Wenn nicht, soll Virginio dafür sorgen, dass er Giulio nicht empfängt. Vielleicht können wir deinen Bruder zur Vernunft bringen, damit er nach Florenz zurückkehrt, ohne Aufsehen zu erregen.«

»Glaubst du im Ernst, dass Giulio auf die Weihe verzichtet und nach Florenz zurückkehrt?«, fragte ich.

»Nein, denn ich habe ihn als einen Medici erzogen. Er kann sich meine Ratschläge anhören und sie dann ignorieren. Ich habe seine Entscheidungen zu respektieren, aber ich muss mit ihnen nicht einverstanden sein.«

Ich fragte nicht, was geschah, wenn Lorenzo il Magnifico, der Herr von Florenz, einem der mächtigsten Staaten in Italien, der Freund Ludovico Sforzas, des Regenten von Mailand, der Bündnispartner von Guidobaldo da Montefeltro, des Herzogs von Urbino, der Schwager von Papst Innozenz, mit dem Verhalten seines Neffen nicht einverstanden war. Giulio wäre nicht nur eine Karriere im Vatikan verwehrt, sondern auch die freundliche Aufnahme an den Höfen von Mailand, Ferrara, Mantua, Urbino und Neapel. Ich erhob mich, um Filippo da Gagliano zu Lorenzo zu bitten, damit er den Brief an Virginio Orsini diktierte.

Furchtbar fühlte ich mich – als hätte ich Giulio verraten. Aber was hätte ich anderes tun können, als Lorenzo zu sagen, wo sich mein Bruder aufhielt und was er zu tun beabsichtigte? Vielleicht konnte so das Schlimmste verhindert werden ... aber: Was war das? Giulios Priesterweihe? Oder das Scheitern seines Traumes? Die unvermeidliche Auseinandersetzung zwischen Lorenzo und seinem ungehorsamen Neffen?

Filippo eilte zu Lorenzo und ließ mich im Vorzimmer mit Niccolò Machiavelli allein. Der junge Mann hielt noch immer die gerollten Pergamentbögen mit seinen Gedichten in der Hand.

»Signor Machiavelli, es tut mir sehr Leid: Mein Onkel lässt sich entschuldigen. Er hätte gern Eure Gedichte gehört, aber er hat dringende Staatsgeschäfte zu erledigen.«

»Ich hatte mit Seiner Exzellenz gerade über die Sonette gesprochen, die in dem Gedichtband erscheinen sollen. Wollt Ihr mir an seiner Stelle bei der Auswahl behilflich sein?«

Ich mochte Niccolò Machiavelli. Der Vortrag seiner Gedichte würde mir Freude machen. Und er hatte noch einen unschlagbaren Vorteil: Er würde mir den aufdringlichen Giovanni Sforza auf Distanz halten.

»Es wird mir ein Vergnügen sein.« Ich reichte ihm die Hand. »Ich würde mich freuen, wenn Ihr mich ganz informell mit meinem Namen ansprecht. Und ich werde Euch Niccolò nennen.«

Es war ein amüsanter Nachmittag, besonders für mich. Nach dem Mittagessen mit Giovanni Sforza und Niccolò Machiavelli, zu dem Lorenzo nicht erschien, zog ich mich mit beiden in einen der Empfangsräume zurück.

Piero verschonte uns mit seiner Anwesenheit: Er war mit einigen seiner unerträglichen Freunde ausgeritten, um zu jagen, und wollte in einer der Villen außerhalb von Florenz übernachten. Das Ende der Treibjagd konnte ich mir vorstellen: Eine Schar junger Mädchen aus den umliegenden Dörfern, die den umschwärmten Kronprinzen von Florenz kennen lernen wollten. Piero war bekannt dafür, dass er während seiner Abendessen in einer der Villen mit Fiorini um sich warf und dass er oft eines oder mehrere der Mädchen und manchmal auch einen seiner Freunde mit in sein Schlafzimmer nahm.

Giovanni Sforzas Stimmung sank unaufhaltsam, als ich Niccolòs Vortrag bewunderte. Er las zehn seiner Sonette vor, die im Stil Francesco Petrarcas verfasst waren und mir gut gefielen. Mein Lob machte Niccolò verlegen, während Giovanni Sforza sich nur mühsam beherrschen konnte. Besonders aufgebracht schien der Conte darüber, dass Niccolò und ich uns ungezwungen bei den Vornamen anredeten, als würden wir uns schon seit Jahren kennen, während ich ihn förmlich mit seinem Titel ansprach.

Tagelang hatte der Conte mich mit Geschenken erfreut – ein Perlenhalsband, ein Flakon mit kostbarem Rosenöl, ein Paar seidene Handschuhe, ein Rubinring –, die ich nicht ablehnen konnte, ohne ihn zu verärgern. Er hatte ein Vermögen ausgegeben, um diese »Kleinigkeiten« für mich zu besorgen. Er hatte selbst die Läden der Goldschmiede, Handschuhmacher und Apotheker aufgesucht und die besten Schmuckstücke, die schönsten Brokatstoffe und teuersten Parfums gekauft. Die Kisten und Körbe, die Schachteln und Seidenballen wurden abends von den Lieferanten in den Palazzo gebracht und in seinen Räumen im Gästetrakt abgestellt – damit er sie mir in den nächsten Tagen mit einem charmanten Lächeln überreichen konnte.

Ich fragte mich, wie lange er zu bleiben gedachte. Glaubte er im Ernst, mich mit seinen Geschenken kaufen zu können? Offensichtlich! Und als ich ihn an diesem Sonntagmorgen bat, mich zum Gottesdienst zu begleiten, als ich an seinem Arm von San Marco in den Palazzo zurückkehrte, da sah er sich schon als Sieger unseres Duells. Aber hatte Giovanni Sforza mir nicht in der Cappella dei Magi die Wahl der Waffen überlassen?

Nun, ich hatte gewählt: Niccolò Machiavelli!

Es war ein wirklich vergnüglicher Nachmittag mit Poesie und Lautenspiel, Gesang und Tanz, fröhlicher Verliebtheit und quälender Eifersucht. Als Niccolò sich gegen Abend von Giovanni Sforza und mir verabschiedete, bat ich ihn, uns am nächsten Tag weitere Sonette vorzutragen.

Wenn ich nur geahnt hätte, auf was ich mich mit dieser harmlosen Einladung einließ! Der von Amors Pfeilen schwer verwundete Niccolò würde mir in den nächsten Jahren ein so liebevoller und treuer Freund werden, dass nicht nur Giovanni Sforza auf ihn eifersüchtig sein würde …

Ich hatte einen Fehler begangen, einen furchtbaren Fehler! Aus Gewohnheit, Gedankenlosigkeit – ich konnte es nennen, wie ich wollte: Ich war am Sonntag am Arm von Giovanni Sforza von der Messe in San Marco in den Palazzo zurückgekehrt. Heute wusste es Florenz, morgen die ganze Welt.

Der Weg vom Palazzo Medici zur Casa Vespucci war mir noch nie so lang erschienen wie an diesem Abend. Nach Niccolòs Besuch hatte ich den Palazzo verlassen, ohne die besorgten Blicke des Portiers zu beachten, ohne eine Leibwache mitzunehmen. Die alarmierten Rufe der Bewaffneten am Gittertor hatte ich ignoriert. Durch das offen stehende Portal war ich auf die Via Larga hinausgetreten, dann war ich zur Piazza del Duomo gelaufen und wollte über den Mercato Vecchio zur Kirche Santa Trinità gehen.

Bevor die Bewaffneten mich einholen und in den Palazzo zurückbringen konnten, war ich im Gewühl der Via Larga, zwischen Ochsenkarren und mit Kisten und Körben beladenen Eseln, zwischen Studiosi und Fratres, Marktfrauen und Bettlern verschwunden. Die ersten hundert Schritte waren die einfachsten. Niemand beachtete mich, weil niemand ernsthaft annahm, dass ich so dumm sein würde, allein, ohne Gefolge und ohne Leibwache, zu Fuß den Palazzo Medici zu verlassen.

Zugegeben: Es war nicht gerade die vernünftigste Entscheidung, die ich in meinem Leben getroffen habe – aber was wäre alles *nicht* geschehen, wenn ich an diesem Abend zu Hause geblieben wäre! Es hätte keine Notwendigkeit bestanden, am nächsten Morgen so überstürzt nach Pisa aufzubrechen. Ich hätte *ihn* nicht getroffen.

Jahre später hat Niccolò geschrieben: »Über die Hälfte unserer Handlungen entscheidet das Glück. Die andere Hälfte unterliegt unserem freien Willen …«

Die blauschwarzen Schatten der Abenddämmerung krochen langsam am Dom Santa Maria del Fiore empor, dessen Ziegel im Schein der untergehenden Sonne glühten. Erst das untere Drittel der neuen Fassade aus weißem, grünem und rotem Marmor war fertig gestellt. Die Kathedrale war unter einem gigantischen Gerüst aus Holz und Segeltuch verborgen. Der Dom von Florenz, die größte Kirche der Welt, sah aus wie ein gestrandetes Schiff mit zerrissenen, im Wind flatternden Segeln.

Auf der Piazza del Duomo hatte die abendliche Passeggiata begonnen, als ich am Baptisterium vorbei in die Straße zum Mercato Vecchio einbog. Verliebte flanierten Hand in Hand über den Domplatz. Auf den Stufen des Domportals saßen ein paar junge Männer und spielten Karten. Von weitem erkannte ich Michelangelo mit einem Skizzenblock auf den Knien. Er zeichnete einen Jungen, der ein paar Schritte entfernt die Tauben aufscheuchte. Kinder rannten über die Piazza und ließen einen Drachen steigen, und am Stand des Krapfenbäckers herrschte wie üblich großes Gedränge. Ein herrlicher Duft nach gebrannten Mandeln wehte über die Piazza.

Eine Frau, die in Florenz allein unterwegs ist, erregt Aufsehen. Einige junge Männer, die vor der Loggia del Bigallo Boccia spielten, drehten sich nach mir um, flüsterten, lachten. Ich ignorierte sie. Sie betrachteten mich genauer: das Kleid, den Schmuck, das Gesicht.

»Ist das nicht …?«, hörte ich jemanden hinter mir flüstern.

»Ja, das ist sie! Sie war am Sonntag in San Marco. Ich habe gesehen, wie sie in den Palazzo Medici zurückkehrte.«

Ich ging schneller, aber es half nichts. Sie folgten mir.

»Sie ist Giulianos Tochter«, hörte ich ein paar Schritte hinter mir.

»Sie wird sicher Giovanni Sforza heiraten. Hast du nicht gesehen, wie die beiden am Sonntag Arm in Arm von San Marco zurückkehrten? Wie zwei Verliebte!«

Beinahe wäre ich auf dem Kopfsteinpflaster der Via Calimala gestolpert. Was für Gerüchte wurden denn über mich erzählt?

»Rede keinen Unsinn! Sie wird nicht diesen Conte von Nirgendwo heiraten, sondern den Herzog von Urbino.«

»Herzog Guido ist doch schon verheiratet!«

»Na und? Er ist jung, reich, gebildet und der Condottiere von Florenz. Er sieht sogar gut aus. Für den Magnifico ist kein päpstlicher Dispens zu teuer.«

Ich wagte einen Blick über die Schulter. Sie gingen mir nach, verfolgten mich! Sie wussten, wer ich war. Sie wollten wissen, wohin ich ging. Und wenn sie es herausgefunden hatten? Neue Gerüchte. Unsinn, gefährliche Halbwahrheiten, Lügen – alles, was irgendwie nach Skandal roch.

Was sie sich über mich erzählten, war beschämend und schmerzhaft genug. Aber sie würden auch diejenigen nicht verschonen, die ich liebte und die mich gern hatten. Sie würden über sie herziehen. Über Niccolò, der mich während der letzten Woche täglich besucht hatte. Über Amerigo. Das konnte ich ihm nicht antun! Aber was sollte ich tun? In den Palazzo zurückkehren? Oder sollte ich einfach weitergehen und so tun, als ob ich meine Verfolger und ihr bösartiges Gerede nicht wahrnahm?

Eine halbe Stunde später – es war mittlerweile dunkel geworden – erreichte ich Amerigos Haus. Ich war allein, meine Verfolger hatte ich in dem Labyrinth der Gassen um Santa Trinità abgehängt.

Nichts rührte sich, als ich klopfte. Niemand öffnete. Ich trat einen Schritt zurück auf das Pflaster der Straße und blickte zu den erleuchteten Fenstern empor. Die Innenläden waren nicht geschlossen, und es brannten drei oder vier Kerzen. Also war jemand zu Hause! Das energische Hämmern meiner Faust gegen die Eingangstür hörten dieses Mal sogar die Nachbarn.

Violetta, Amerigos Haushälterin, öffnete die Tür. Als sie mich erkannte, fiel sie mir um den Hals und zog mich ins Haus. »Caterina!«, rief sie. »Welch eine Überraschung! Wie geht es dir?« Violetta schlug sich erschrocken die Hand vor den Mund. »Vergebt mir, Signorina! Das Du ist mir so herausgerutscht.«

»Schon gut, Violetta. Ich bin immer noch Caterina«, lachte ich.

»Nein, nein, Ihr seid jetzt eine Medici. Und bald eine Sforza …«

»Wie bitte?« Waren die Gerüchte über meine angebliche Heirat mit dem Conte von Pesaro schon bis in dieses Haus gedrungen?

»Ihr wart doch am Sonntag mit Giovanni Sforza in der Kirche von San Marco. Ganz Florenz spricht darüber«, gestand Violetta.

»Deshalb bin ich hier, Violetta«, seufzte ich. »Ich muss mit Amerigo reden. Er wird sich in den letzten Tagen große Sorgen um mich gemacht haben. Mein Brief an ihn …«

»Er ist nicht hier«, erklärte Violetta.

»Wie?« Ich glaubte mich verhört zu haben. Es war schon dunkel. Amerigo musste längst aus dem Kontor zurückgekehrt sein – wie jeden Abend.

»Er ist nicht hier. Ihr habt den Weg vergebens gemacht. Der Signore ist seit letztem Freitag in der Villa Castello. Signor Sassetti, der Generaldirektor der Banca Medici und Leiter des Handelskontors, hat ihn über das Wochenende in die Medici-Villa eingeladen.«

Beinahe hätten meine Knie nachgegeben. Meine Hand tastete nach der offenen Tür. Amerigo war nicht zu Hause! Ich konnte nicht mit ihm sprechen, ihm nichts erklären!

»Er hat ihn doch noch nie eingeladen«, staunte ich. »Noch nicht einmal zum Essen!«

»Der Signore erwähnte bei seiner Abreise, dass er einiges mit Signor Sassetti zu besprechen hätte. Irgendetwas wegen der Filiale in Sevilla. Er war ja im Mai schon einmal in Spanien gewesen. Er sagte, er würde einige Tage fortbleiben.«

Was, zum Teufel, hatte Amerigo mit Francesco Sassetti in der Villa Castello zu besprechen? Am Wochenende, wenn dort Maskenbälle und Bankette stattfanden. Am Sonntag, wenn dort die einflussreichen Freunde der Medici, Bankiers und Handelsherren aus Florenz und Venedig, Mailand und Sevilla zusammenkamen, um über Geschäfte zu reden.

»Ihr seht blass aus«, sagte Violetta. »Soll ich Euch einen Becher heiße Milch bringen? Ich habe nichts vorbereitet, denn der Signore ist ja verreist.«

»Danke, Violetta! Aber ich habe keinen Hunger. Ich muss zurück in den Palazzo, bevor …«

»… bevor das Abendessen serviert wird?«, ergänzte sie beleidigt. »Taubenpastete und Marzipankonfekt waren leider heute Früh auf dem Markt nicht zu bekommen. Wenn ich gewusst hätte, dass wir heute Abend eine Signorina de' Medici zu Gast haben …«

Was war bloß in sie gefahren? Ihre Augen funkelten zornig, und sie hätte mir wohl am liebsten die Tür vor der Nase zugeschlagen, wenn sie es gekonnt hätte. Aber ich stemmte meinen Fuß dagegen, und sie bemühte sich vergeblich, mich auf die Straße zu drängen.

Was hatte ich getan, um sie so zu beleidigen? Ich hatte doch lediglich gesagt, dass ich keinen Hunger hatte. Dass ich in den Palazzo zurückkehren wollte, weil man mich dort erwartete. Vielleicht sogar schon suchte …

Nichts hatte ich getan. Gar nichts. Ich hatte auch nichts gesagt, nichts Falsches. Es war die Tatsache, dass ich eine Medici war, was Violetta gegen mich aufbrachte.

Lorenzo wollte, dass ich Griechisch und Latein, Philosophie und Geschichte, Passamezzo und Pavane lernte, damit ich mich auf dem gefährlichen Parkett der florentinischen Politik elegant und würdevoll bewegen konnte. Verschwenderischer Reichtum, eine profunde humanistische Bildung und die Freiheit, eigene Entscheidungen zu treffen – das bedeutete es, eine Medici zu sein. Aber auch Pflicht, Verantwortung und Disziplin. Ein Lächeln, um den Zorn über Piero nicht zu zeigen, und sehr viel Fantasie, um aufdringliche Verehrer wie Giovanni Sforza in Schach zu halten.

Für Violetta war ich nun eine von *denen.* Eine von denen, die glaubten, sich alles erlauben zu können, weil sie genug Geld hatten. Eine von denen, auf die man aus der Entfernung mit dem Finger zeigte und über die man sich die unsinnigsten Gerüchte erzählte. Eine von den Unerreichbaren, den Unantastbaren …

Nichts würde so sein wie früher! In diesem Haus, wo ich fünfzehn Jahre meines Lebens verbrachte, hatte ich nichts mehr verloren. Es gab keinen Grund mehr, jemals wieder hierher zurückzukehren. Ich ließ meine Vergangenheit unwiderruflich hinter mir zurück, als ich auf die Straße hinaustrat und leise die Tür zuzog, bevor Violetta sie hinter mir zuschlagen konnte.

Weinend vor Enttäuschung lief ich die dunkle Straße hinunter. Ich irrte durch die nächtlichen Gassen, setzte mich auf die Stufen der Kirche Santa Trinità und trocknete meine Tränen. Eine Weile hockte ich da und starrte zum Mond hinauf, der sich hin und wieder hinter einer Wolke versteckte.

Ein Geräusch ließ mich aufhorchen. Schritte auf dem Kopfsteinpflaster, geflüsterte Kommandos, das Rasseln von Degen. Ich dachte, ich wäre meinen Verfolgern entkommen! Meine Flucht durch Florenz war lächerlich gewesen. Wovor lief ich denn davon? Vor ein paar bösartigen Gerüchten! Hatte ich denn nicht von Anfang an gewusst, worauf ich mich einließ, als ich beschloss, eine Medici zu sein? Nein, ich hatte nie darüber nachgedacht.

Und wenn es nun doch Bewaffnete waren, die mich verfolgten, um mich zu entführen? Durch meinen Leichtsinn, meine grenzenlose Dummheit war Lorenzo erpressbar geworden. Worum ging es – um Geld? Er würde jedes Lösegeld zahlen. Um politische Macht in der Signoria? Um seinen Sturz?

Nein, es ging um mich! Es wäre nicht das erste Mal gewesen, dass in Florenz eine Frau von ihrem Liebhaber entführt wurde. In den meisten Fällen konnte man nicht von Entführung sprechen, denn die Frauen nutzten die Gelegenheit, ihren ungeliebten Ehemännern für einige Monate zu entkommen. Aber manchmal wurden Frauen auch gegen ihren Willen verschleppt.

Giovanni Sforza!, schoss es mir durch den Kopf. Er will mich gefügig machen. Er will mich unterwerfen. Und es wird ihn amüsieren, wenn ich um Gnade flehe.

Ich hatte ihn herausgefordert. Niccolò war seit unserer ersten Begegnung täglich im Palazzo Medici gewesen. Zuerst brachte er weitere Sonette, die ich für die Veröffentlichung auswählen sollte. Sein nächster Vorwand war eine Besprechung der Auflage seines Buches mit dem Drucker, die er auch am Vortag hätte erledigen können, und danach stattete er mir einen Höflichkeitsbesuch ab. Sein dritter Besuch galt der umfangreichen Bibliothek, wo er sich bei Angelo ein Buch über Poetik ausleihen wollte, das Lorenzo ihm empfohlen hatte. Danach besuchte er mich, und wir gingen im Garten spazieren. Seine nächste Visite begründete Niccolò schon gar nicht mehr: Er brachte das Buch zurück, das er so schnell gar nicht gelesen haben konnte, und widmete mir den Rest des Nachmittags.

Niccolò machte mir den Hof – so gewissenhaft und gründlich,

dass er damit im Palazzo eine Menge Staub aufwirbelte. Ich genoss die Rivalität zwischen Giovanni Sforza und Niccolò Machiavelli. Ein reicher Conte von Pesaro, Neffe des mächtigen Regenten von Mailand, gegen einen florentinischen Poeten ohne Vermögen und ohne Position. Es war ein ungleicher Kampf – und ich war die Beute.

Die Schritte kamen näher. Flüstern, kein Gelächter. Und dann hörte ich meinen Namen: Caterina.

Voller Panik rannte ich die Straße entlang in Richtung der Kirche San Lorenzo, huschte in eine der schmalen Gassen, die zum Dom führten – die Piazza del Duomo war menschenleer, bis auf einen Nachtwächter, der auf den Domstufen neben dem Campanile döste. Dann bog ich vor dem Baptisterium links ab, überquerte den verlassenen Strohmarkt und lief nach Atem ringend den Borgo San Lorenzo hinauf bis zur Kirche. Vor mir, auf der anderen Seite der kleinen Piazza, ragte der von Fackeln hell erleuchtete Palazzo Medici in den Nachthimmel. Ich verschmolz mit den Schatten von San Lorenzo und lauschte, ob ich verfolgt wurde.

Schritte! Waffengeklirr! Ich hielt den Atem an. Sie waren auf der Via Larga, nur ein paar Schritte entfernt! Hatten sie mich verfolgt?

Erschöpft ließ ich mich zu Boden gleiten und setzte mich auf die Treppenstufe in den tiefen Schatten des Kirchenportals. Dann wartete ich – ich weiß nicht, wie lange. Alles blieb ruhig. Sie hatten mich nicht gefunden!

Lautlos tastete ich mich Schritt für Schritt voran, bis zur Ecke der Via Larga. Die Straße lag verlassen vor mir. Bis zum Portal des Palazzo waren es nur noch ein paar Schritte um die Straßenecke …

Das Tor war verschlossen! Wie erstarrt stand ich vor dem Portal, sah mich unruhig um. Wo waren meine Verfolger?

Sollte ich mit den Fäusten gegen das schwere Tor der Fortezza Medici hämmern, das einer Belagerung und dem Angriff feindlicher Truppen standgehalten hätte? Der Portier würde mich nicht hören. Ich konnte rufen! Doch damit würde ich auch die Aufmerksamkeit in den benachbarten Häusern erregen.

Der Palazzo hatte keinen zweiten Eingang, das wusste ich von Giulio, der mir das ganze Haus und die Gartenloggia gezeigt hatte. Der Garten – das war es! Der Garten hatte ein Tor zur Via San Gallo. Ich schlich zur Rückseite des Palastes und die Straße hinauf bis zum Gartentor, das ebenso verschlossen war wie das Portal.

Aufgeben? Niemals! Ich würde eben über die Gartenmauer klettern. Aber das war leichter gesagt als getan. Die Mauer bestand aus glatt verputzten Steinen und war so hoch, dass ich das Mauersims nicht erreichen konnte, um mich daran hochzuziehen.

Ein paar Schritte weiter lagen Blätter auf dem Kopfsteinpflaster: Herbstlaub, das von einem Baum gefallen war. Die kahlen Äste einer alten Eiche ragten über die Mauer.

Ich zerkratzte mir das Gesicht und riss mir die Hände blutig, aber ich schaffte es, mich an einem der Zweige hochzuziehen. Der Ast war so morsch, dass er brach, als ich mich über die Mauer schwang. Blutend und schmutzig, aber mit erhobenem Kopf trat ich aus den Schatten des Gartens in den von Fackeln erleuchteten Innenhof des Palazzo, ging an den Karten spielenden Wachen vorbei, die mich sprachlos vor Verblüffung anstarrten, und stieg gemessenen Schrittes die Treppe hinauf. Ohne Umweg begab ich mich zu Lorenzos Studierzimmer.

Lorenzo saß an seinem Schreibtisch über einen Stadtplan von Florenz gebeugt. Angelo stand neben ihm und sah überrascht auf, als er mich plötzlich vor sich stehen sah.

»Ich werde es nicht wieder tun«, sagte ich. »Ich verspreche es!«

Lorenzo schloss mich in seine Arme. »Ich hatte Angst«, gestand er leise. Er sagte nicht: »Ich bin zornig!«, und er machte mir auch keine Vorwürfe. »Ich hatte furchtbare Angst, du hättest wie Giulio deine Sachen gepackt und wärest verschwunden.«

»Warum hätte ich das tun sollen?«

»Wegen Giovanni Sforza. Hat er denn nicht mit dir gesprochen?«

»Nein, ich habe den Nachmittag mit Niccolò Machiavelli verbracht. Weswegen hätte ich denn vor ihm fliehen sollen?«

»Die Würfel sind gefallen! Heute Mittag kam ein Bote von Ludovico il Moro für Giovanni Sforza im Palazzo an. Der Conte hat eine Stunde später offiziell bei mir um deine Hand angehalten. Er hat einen Hochzeitstermin noch im November vorgeschlagen.«

Meine Knie zitterten so stark, dass ich mich setzen musste. Giovanni Sforza hatte Lorenzo um meine Hand gebeten? Damit lag die Entscheidung nicht mehr bei mir. Ich hatte es vermieden, Ja oder Nein zu sagen, und hatte ihn mit einem Vielleicht hingehalten, aber Lorenzo würde dazu nicht in der Lage sein. Er konnte seinen Freund Ludovico il Moro nicht verärgern.

»Ziehst du ein Ehebündnis zwischen Florenz und Mailand ernsthaft in Betracht?«, fragte ich Lorenzo mit schwacher Stimme.

»Darüber sprechen wir morgen, Caterina! Jetzt will ich von dir wissen, wo du gesteckt hast. Ich habe Wachen losgeschickt, die dich suchen sollten. Sie kamen vor wenigen Minuten zurück, ohne dich gefunden zu haben.«

Die Bewaffneten, die mich verfolgt hatten – das waren Lorenzos Wachen gewesen, die mich zum Palazzo Medici zurückbringen sollten! Und ich war vor ihnen geflohen.

»Ich hatte Angst, als ich erfuhr, dass du ohne Eskorte den Palazzo verlassen hattest …«

»Es wird nicht wieder vorkommen«, versprach ich ihm.

»… aber noch erschrockener bin ich darüber, dass du wieder hineingekommen bist. Die Tore sind geschlossen. Der Palazzo wird bewacht.«

»Ich bin über die Gartenmauer geklettert«, erklärte ich müde. »Ich habe mich an den Ästen einer Eiche hochgezogen. Das war der leichtere Teil des Weges. Der weitaus schwierigere Teil führte die Treppe hinauf in dein Studierzimmer.«

Lorenzo wusste, was ich meinte. Ich schämte mich für meinen lebensgefährlichen Leichtsinn, nachts allein durch Florenz zu laufen. Er wandte sich an Angelo: »Würdest du bitte dem Majordomus Bescheid sagen, dass Caterina wieder hier ist?«

Angelo nickte und verschwand.

»Wohin wolltest du eigentlich?«, fragte Lorenzo, nachdem sein Freund die Tür hinter sich geschlossen hatte.

»Ich wollte Amerigo besuchen. Aber er war nicht zu Hause«, gestand ich enttäuscht, ihn nicht angetroffen zu haben.

»Den Weg hättest du dir sparen können, denn er ist hier im Palazzo. Seit zwei Stunden wartet er in meinem Audienzzimmer auf deine Rückkehr. Er hat etwas mit dir zu besprechen.«

Amerigo erhob sich von dem Sessel vor dem Kaminfeuer, als ich das Audienzzimmer betrat. »Wie schön, dich zu sehen, meine kleine Windbö!«, rief er und umarmte mich. »Wo warst du?«

»Ich wollte dich besuchen, Amerigo! Violetta hat mir erzählt, dass du für ein paar Tage bei Francesco Sassetti in der Villa Castello bist. Sie wusste nicht, wann du zurückkommst.«

»Wir hatten einiges zu besprechen«, verriet er mit einem geheimnisvollen Lächeln. »Ich will, dass du die Erste bist, die es erfährt. Ich bin gekommen, um mich zu verabschieden, Caterina.«

Ich glaubte, mich verhört zu haben. »Verabschieden?«

»Du erinnerst dich, dass ich im Mai für einige Wochen in Sevilla war? Francesco Sassetti hatte mich dorthin entsandt, um finanzielle Transaktionen mit dem spanischen Königshaus zu überwachen. Ich werde noch einmal nach Spanien gehen! Dieses Mal für immer.«

»Für immer? Heißt das, dass du Florenz verlassen wirst?«

»Signor Sassetti hat mich zum Generalbevollmächtigten eines selbstständigen Kontors in Sevilla ernannt.«

»Das ist eine hohe Auszeichnung«, freute ich mich. »Aber es ist nicht der wirkliche Grund, dass du nach Spanien gehst, nicht wahr?«

»Nein, Caterina!«, sagte Amerigo ernst. »Der wirkliche Grund ist, dass mein Freund Cristoforo Colombo in Spanien ist. Er hat mir geschrieben, dass Königin Isabel ihm endlich, nach Monaten des ungeduldigen Wartens, eine Audienz gewährt hat. Sie hat ihm Geld versprochen, um drei Schiffe auszurüsten, die nach China segeln sollen. Er wird in einigen Monaten in See stechen.«

»Nach Westen?«, fragte ich atemlos.

»Natürlich nach Westen!«, lachte Amerigo fröhlich und so begeistert, als wollte er selbst an Bord gehen. »Das Medici-Kontor in Sevilla wird die Schiffe ausrüsten.«

Ich war wie benommen. Der Mann, der mir fünfzehn Jahre lang ein Vater gewesen war, verließ mich! Amerigo würde nach Spanien gehen. In Sevilla war er dem Meer keinen Schritt näher als in Florenz … aber sein Freund Cristoforo Colombo war dort … und Königin Isabel hatte der Expedition nach Westen zugestimmt … und … Mein Kopf schwirrte. Amerigo würde seinen Traum verwirklichen: Eines Tages würde er selbst an Bord eines Schiffes gehen, um die längste Reise seines Lebens anzutreten.

»Wann wirst du abreisen?«, fragte ich.

»Mein Schiff von Pisa nach Spanien geht morgen Mittag.«

»Morgen!«, stöhnte ich. Es war kaum Zeit für einen Abschied. »Werden wir uns wiedersehen?«, fragte ich mit einem gequälten Lächeln. Amerigo sah so glücklich aus! Für ihn ging ein Traum in Erfüllung. Ich hatte kein Recht, sein Glück zu zerstören, indem ich an mich und meinen Schmerz dachte, ihn zu verlieren. Ich hatte ihn doch selbst ohne Abschied verlassen.

»Ich glaube nicht, dass ich nach Florenz zurückkehren werde.«

»Wenn du Leiter des Medici-Kontors in Khanbalik geworden bist, dann schick mir deine Reisebeschreibungen aus China«, bat ich ihn im Scherz. Tränen liefen über meine Wangen. »Ich werde sie mit Marco Polos Abenteuern vergleichen und wissen, wo du bist.«

»Ich werde dir aus China schreiben, Caterina! Und aus Indien. Von den Gewürzinseln und vom Ende der Welt. Versprochen!«, lachte er und drückte mich zum Abschied an sich.

»Die Würfel sind gefallen!«, hatte Lorenzo gesagt.

Schlaflos lag ich auf meinem Bett. Ich war viel zu aufgeregt, um einen klaren Gedanken zu fassen, viel zu erschöpft, um einschlafen zu können.

Amerigo wollte am nächsten Tag nach Spanien segeln. Und in einigen Monaten vielleicht bis in eine Gegend, die nicht einmal auf Toscanellis Karten verzeichnet war: an den Rand der Welt. Ich betete darum, dass er eines Tages von dort zurückkehren würde. Giovanni Sforza dagegen wünschte ich genau dorthin: ans Ende der Welt. Nach Pesaro – diesem winzigen Tintenfleck auf der Landkarte Italiens. Wie konnte er es wagen, Lorenzo um meine Hand zu bitten! Nicht nur seine unglaubliche Impertinenz, mich vor vollendete Tatsachen zu stellen, sondern auch die Aussicht, nach einer Heirat mit Giovanni Sforza meinen Traum – meine Karriere als Gelehrte – aufgeben zu müssen, machte mich wütend. Sollte ich den Rest meines Lebens damit verbringen, lächelnd Glück und Zufriedenheit vorzutäuschen, im Bett stillzuliegen und zu stöhnen, wenn mein ungeliebter Gemahl seine Lust an mir stillte? Ich würde alle zehn Monate schwanger sein und dann mit fünfundzwanzig tapfer lächelnd zusehen, wie mein Gemahl sich mit einer jüngeren Geliebten amüsierte, während ich seinen Kindern Manieren beibrachte.

Nein, die Würfel waren nicht gefallen. Noch nicht!

Ich würde so lange würfeln, bis mir das Ergebnis gefiel …

Kapitel 3

Amors Pfeile

Stöhnend drehte ich mich auf die andere Seite. Es war noch zu früh, um aufzustehen. Die Sonne war ja noch nicht aufgegangen …

»Madonna Caterina«, flüsterte Ginevra erneut, während sie versuchte, mir sanft die Decke wegzuziehen.

»Lass mich in Ruhe!«, brummte ich und umarmte mein Kissen.

Was für ein schöner Traum! Seine Hände hatten mich gestreichelt, sanft, fordernd, seine Lippen hatten mich geküsst, meine Brüste, die Stelle hinter dem Ohr, die so furchtbar kitzelig war … Er war so stark, so leidenschaftlich und dabei so zärtlich! Er war schön wie ein griechischer Held, gezeichnet von Michelangelo.

Nur nicht aufwachen!, dachte ich und vergrub mein Gesicht in dem Kissen, von dem ich wünschte, es wäre er. Mein Geliebter im Traum hatte wirklich eine verblüffende Ähnlichkeit mit der Skizze, die Michelangelo mir vor einigen Tagen gezeigt hatte …

»Seine Exzellenz bittet Euch in sein Studierzimmer«, bestellte mir Ginevra, während sie zum zweiten Mal erfolglos versuchte, mir die Decke wegzuziehen.

»Aber es ist mitten in der Nacht!«, protestierte ich.

»Seine Magnifizenz bat mich, Euch mitzuteilen, dass Gian Giordano Orsini aus Rom gekommen ist.«

Virginio Orsinis Sohn! Aus Rom, mit Nachrichten von Giulio!

Ich sprang aus dem Bett, warf mir ein Kleid über und wusch das

Gesicht, während Ginevra an den Schleifen des Mieders herumnestelte. Für das Aufstecken der Haare blieb keine Zeit. Mit ungebändigten Locken rauschte ich durch die Gänge des Palazzo und die Treppe hinab zu Lorenzos Studierzimmer.

Lorenzo saß, das Kinn in die Hand gestützt, hinter seinem Schreibtisch und starrte in das prasselnde Kaminfeuer. Er war wohl gerade erst gekommen und erwartete mich voller Ungeduld.

Der junge Mann auf dem Sessel vor Lorenzos Schreibtisch erhob sich bei meinem Eintreten.

»*Buon giorno,* Caterina!«, begrüßte mich Lorenzo. »Das ist Gian Giordano, der Sohn von Virginio Orsini, dem Conte von Bracciano. Er ist vor einer halben Stunde aus Rom eingetroffen.«

Gian Giordano Orsini war zwei oder drei Jahre älter als ich. Er war hoch gewachsen und muskulös. Seine sonnengebräunten Gesichtszüge konnte ich nicht anders als klassisch römisch nennen. Seine Kleidung war einem Sohn, Enkel und Urenkel eines Conte Orsini angemessen: eleganter Schnitt, erlesene Stoffe, aber aufgeplustert wie eine Elster in der Mauser. Allein die Goldkette um seinen Hals mit dem daran befestigten Orden von San Michele musste ein Vermögen wert sein. Wenn Gian Giordano Orsini mit siebzehn oder achtzehn Jahren – älter war er nicht – bereits dieses begehrteste aller Ehrenzeichen trug, musste er sich auf dem Schlachtfeld ausgezeichnet haben.

»Ihr werdet sehnsüchtig erwartet, Signor Orsini«, gestand ich.

Ich reichte ihm die Hand zum Kuss, aber Gian Giordano Orsini nahm sich gleich alles, was er bekommen konnte: Er schloss mich in die Arme und küsste mich auf die Wange. Einen Augenblick lang fragte ich mich, ob der Orden von San Michele nur für Unerschrockenheit in der Schlacht oder auch für Unverfrorenheit in gesellschaftlichem Umgang verliehen wurde.

»Nicht so förmlich, Caterina! Wir sind mehr oder weniger Cousins. Bitte nenne mich Gian Giordano.« Er nutzte unsere Verwandtschaft schamlos aus und küsste mich auch noch auf die andere Wange.

»Kommt Ihr ... kommst du direkt aus Rom?«, fragte ich, während ich mich vor dem flackernden Kamin niederließ.

»Vorgestern im Morgengrauen bin ich von Rom aufgebrochen. Ich bin die Via Cassia entlang über Viterbo nach Siena geritten, wo ich gestern Abend ankam. Ich habe das Pferd gewechselt und bin gleich nach Florenz weitergeritten.« Gian Giordano hatte sich wieder auf dem Sessel vor Lorenzos Schreibtisch niedergelassen. Nun lehnte er sich zurück und sah mich erwartungsvoll an, als wartete er gespannt auf meine nächste Frage.

Seine Selbstsicherheit, seine Überheblichkeit, seine unglaubliche Unverfrorenheit reizten mich, aber ich blieb höflich: »Du bist die ganze Nacht geritten? Du musst müde sein.«

Gian Giordano lächelte artig, als hätte ich einen Scherz gemacht. »Ich kommandiere als Condottiere das Söldnerheer meines Vaters. Es war nicht die erste Nacht, die ich im Sattel verbracht habe.«

»Hast du Nachrichten von Giulio?«, fragte Lorenzo ungeduldig.

»Ich habe ihn in Rom gesucht. Ich war bei meinem Cousin Rinaldo, dem Erzbischof von Florenz. Aber Rinaldo wusste von nichts. Giulio ist nicht bei ihm gewesen.«

»Er war nicht bei Rinaldo?« Lorenzo war plötzlich sehr blass.

»Ich habe Monsignor Burkhard aufgesucht, den päpstlichen Zeremonienmeister. Johannes Burkhard weiß alles, was im Vatikan vorgeht – wer Kardinal wird und wer mit wem ins Bett geht. Ich fragte ihn, ob er etwas über Giulio wüsste ...«

»Und?«, unterbrach ich Gian Giordano ungeduldig mit einem besorgten Seitenblick auf Lorenzo, der wie versteinert hinter seinem Schreibtisch saß.

»Giulio ist nicht im Vatikan gewesen. Weder bei Rinaldo, um ihn um die Weihe zu bitten, noch beim Papst. Vielleicht hatte er die Pilgerfahrt durch die sieben Kirchen Roms machen wollen, um Absolution für seine Sünden zu erlangen, bevor er sich zum Priester weihen ließ. Die Wallfahrt dauert ein paar Tage. Also ließ ich meine Männer die Kirchen und die Pilgerunterkünfte im Borgo Sant'Angelo durchsuchen. Nichts! Dann habe ich diskrete Nachforschungen in den Palazzi der Kurtisanen angestellt. Ich war bei Fiammetta und Beatrice …«

Ich konnte ein spöttisches Lächeln nicht unterdrücken, als ich mir vorstellte, wie Gian Giordano Orsini in geheimer Mission die berühmtesten Kurtisanen von Rom aufsuchte. Seine »Nachforschungen« dauerten wahrscheinlich die ganze Nacht. Er hatte wirklich keine Anstrengungen gescheut, meinen Bruder zu finden!

»Sie wussten nichts von Giulio …« Mein Lächeln irritierte Gian Giordano, und er verzog ärgerlich den Mund. »Ich habe die ganze Stadt nach ihm durchsuchen lassen. Meine Razzia hat für einiges Aufsehen gesorgt, besonders als ich die Cloaca Maxima absuchen ließ. Einige Römer verwechseln die Cloaca mit dem Fluss Styx und entsorgen ihre Leichen dort.«

Erschrocken fragte ich: »Hast du etwas gefunden?«

»Ich fand tatsächlich eine Leiche. Es war kein schöner Anblick. Wir hatten einige Schwierigkeiten, den Toten zu identifizieren. Aber schließlich erkannte ihn Johannes Burkhard. Es war ein Kardinal, der seit Monaten vermisst wurde. Im Vatikan erzählte man sich das Gerücht, er sei vor Papst Innozenz geflohen, aber offensichtlich kam er nicht einmal bis zur Porta Flaminia …«

Die nächste Frage fiel mir schwer. Gian Giordanos Antwort würde mir nicht gefallen, kein bisschen! »Und … wo ist Giulio?«

»Er ist nicht in Rom, Caterina. Und er war auch nie in Rom.«

Mein erster Gedanke war: Hat Fra Girolamo mich angelogen? War Giulios angebliche Reise zu Erzbischof Orsini nach Rom nur eine Täuschung? Hielt der Prior Giulio im Kloster von San Marco versteckt, um ihn vor Lorenzos Zorn zu beschützen? Der Frater hatte mir erzählt, wie er selbst unter den Vorwürfen seines Vaters gelitten hatte, als er in den Orden der Dominikaner eintrat. Wollte er seinem »Sohn« Giulio die Seelenqual der Zweifel ersparen?

Der Prior von San Marco hasste Lorenzo de' Medici. Konnte Savonarola Lorenzo eine größere Niederlage beibringen, als ihm seinen Neffen Giulio, der Piero künftig bei seiner Herrschaft über Florenz unterstützen sollte, zu entreißen, um ihn zu einem Dominikaner zu machen?

Beim Frühstück mit Lorenzo und Gian Giordano war ich so mit meinen Gedanken beschäftigt, dass ich nicht auf ihre Unterhaltung achtete. Sie warfen mir besorgte Blicke zu, weil ich nachdenklich auf meinem Teller herumstocherte, ohne etwas zu essen.

Nein, Giulio war nicht in San Marco! Er hatte nicht davon gesprochen, ins Kloster zu gehen. Er wollte Priester werden! Und wenn Fra Girolamo nun *nicht* gelogen hatte? Wenn Giulio wirklich an diesem Morgen von San Marco aufgebrochen war: Wohin war er geritten, wenn nicht nach Rom?

Hatte Giulio geahnt, dass Lorenzo ihn vor den Toren des Vatikans aufhalten würde? Hatte er Fra Girolamo gebeten, Lorenzo in dem Glauben zu lassen, er wäre nach Rom aufgebrochen? Ich dachte diesen Gedanken zu Ende: Giulio hatte nie die Absicht gehabt, nach Rom zu reiten, um Rinaldo aufzusuchen, denn der hätte erst Lorenzo um sein Placet gebeten. Nein, Giulio war nicht im Vatikan. Ich ahnte, wohin mein Bruder gegangen war.

Es fiel mir schwer, ein triumphierendes Lächeln zu unterdrücken.

Nein, ich *wusste,* wo ich Giulio finden konnte. Denn er hatte es mir selbst gesagt …

»*Was* willst du?«, fragte Lorenzo verblüfft, als ich die Tür seines Studierzimmers hinter mir schloss und mich dagegen lehnte.

Er ließ sich auf die Sitzbank vor seinem Lesepult sinken, als hätte er nicht mehr genug Kraft, es bis hinter seinen Schreibtisch zu schaffen. Seit der Nachricht, dass Gian Giordano meinen Bruder nicht gefunden hatte, war er sehr blass. Und zittrig.

»Ich will mich von Amerigo verabschieden«, wiederholte ich.

»Aber er war doch erst gestern Abend hier!«, protestierte er.

»Ich habe noch Paolo Toscanellis *Imago Mundi.* Es gehört Amerigo. Er will es sicher zurückhaben.« Ich zeigte Lorenzo das Manuskript, das ich aus meinem Zimmer geholt hatte, während er nach dem Frühstück in sein Studierzimmer zurückkehrte.

»Amerigos Schiff sticht heute Mittag in See«, erinnerte er mich, während er in dem Werk seines alten Lehrers blätterte.

»Der Ritt nach Pisa dauert höchstens vier Stunden. Ich kann es schaffen, wenn ich sofort aufbreche«, versicherte ich.

Das Argument »Das alles wegen eines Buches?« kam Lorenzo nicht in den Sinn: Dieses Manuskript war das einzige Exemplar von Paolo Toscanellis handschriftlichen Notizen. Und das Argument »Giovanni Sforzas Heiratsantrag!« schien er selbst nicht so ernst zu nehmen, um mir die Reise auszureden. Offenbar bereitete es Lorenzo sogar Freude, den Conte durch meine unerwartete Abreise hinzuhalten und die unvermeidliche Antwort auf den Antrag bis zu meiner Rückkehr hinauszuschieben.

»… wenn *ihr* sofort aufbrecht«, korrigierte er mich. »Du wirst nicht allein nach Pisa reiten, Caterina. Nein, widersprich mir nicht! Ich werde dir ein paar Bewaffnete mitgeben, die auf dich aufpassen. Sie werden dich zum Hafen begleiten und dann zum Palazzo Medici bringen, wo du übernachten kannst. Gianni wohnt dort während seines Studiums. Da er erst während der Weihnachtsfeiertage nach Florenz zurückkommen wird, ist das für dich eine gute Gelegenheit, deinen Cousin kennen zu lernen.«

»Ich freue mich schon darauf«, sagte ich. Vor allem war ich neugierig auf Giannis Gesicht, wenn ich ihm die eine Frage stellte, deren Antwort ich schon kannte …

»Du könntest ein paar Tage bei Gianni in Pisa bleiben und in Ruhe über alles nachdenken. Der Conte von Pesaro wird nicht abreisen, ohne die erwartete Antwort erhalten zu haben.«

»Für die Formulierung meiner Antwort an Giovanni Sforza brauche ich nicht einmal *einen* Tag. Sie lautet: Nein!«

Lorenzo sah mich nachdenklich an. »In diesem Fall werde *ich* ein paar Tage benötigen, um dem Conte unsere Entscheidung mitzuteilen. Genieße deinen Aufenthalt in Pisa.«

»Das werde ich.«

»Und grüße Gianni von mir.« Lorenzo reichte mir eine gedruckte Ausgabe von Thomas von Aquinos *Summa Theologica,* die auf dem Bücherstapel auf seinem Lesepult gelegen hatte. »Gib ihm dieses Buch. Er bat mich in seinem letzten Brief vor ein paar Tagen, es ihm zu senden.«

Ich schlug den Folianten auf und blätterte durch die Seiten, deren schmale Ränder mit zierlichen Marginalien versehen waren, so fein, dass man ein Augenglas benötigte, um sie lesen zu können. Das Buch enthielt mehr Kommentare als gedruckten Text! Eine wirklich wertvolle Ausgabe für den, der die Anmerkungen verfasst hatte – und unentbehrlich für einen Studiosus der Theologie. Ich schlug das Titelblatt auf und fand den Namen des Kommentators in feinen, wie gedruckt wirkenden Lettern: Giulio de' Medici.

Meine Mundwinkel zuckten, und nur mühsam unterdrückte ich ein Grinsen. Giulio, du verdammter …!

»Ich werde Gianni dieses Buch geben«, versprach ich Lorenzo.

Eine halbe Stunde später war ich auf dem Weg nach Pisa.

Ich ritt, als wären die vier apokalyptischen Reiter hinter mir her. Und ich vergewisserte mich immer wieder, dass die beiden Bücher immer noch in meiner Satteltasche steckten. Ich ritt so schnell, dass mir meine Begleiter mit ihren schweren Brustharnischen und Helmen, den Armbrüsten und Schwertern kaum folgen konnten.

Als wir den Hof des Palazzo Medici verließen, waren meine Reisetruhen gerade auf einen Wagen verladen worden, der uns langsamer über die Straße nach Pisa folgen sollte – meine Leibwachen und ich nahmen den schnellsten Weg. Wir galoppierten durch Olivenhaine in den toskanischen Hügeln, überquerten Felder und ritten einen schmalen Pfad am Arno entlang. Ohne Rast ritten wir bis Pisa.

Die Sonne überschritt ihren Zenit, als wir die Porta Fiorentina erreichten. Vor dem östlichen Stadttor herrschte ein solches Gedränge, dass wir kaum die Stadt betreten konnten – es war Viehmarkt. Die toskanischen Bauern hatten ihre Kühe, Schweine, Lämmer und Tauben nach Pisa gebracht, um sie hier zu verkaufen. Ein Pfau stolzierte über die Straße, ein Händler stürzte ihm laut fluchend hinterher und versuchte ihn einzufangen. Die Luft war erfüllt vom Blöken der Lämmer, vom Geschnatter der Hühner und vom Feilschen der Bauern. Da am Stadttor Zoll erhoben wurde, bauten die Händler ihre Pferche und Käfige, ihre Obstkisten und Gemüsestände außerhalb der Stadtmauer auf.

Ich ließ einen meiner Begleiter zurück, der die Zollformalitäten erledigen und meine Ankunft im Palazzo Medici ankündigen sollte. An der Fortezza vorbei ritten wir in die Stadt.

Pisa, die einstmals große Seerepublik, auf die Venedig mit Neid geblickt hatte, die Beherrscherin des Tyrrhenischen Meeres, gehörte seit 1405 zur Republik Florenz. Während jedoch in der Metropolis Florenz die zerfallenen Mauerreste vergangener Jahrhunderte der Idee des *Rinascimento* – der Wiedergeburt der Antike – weichen mussten, während breite Straßen und großartige Palazzi errichtet wurden, war in Pisa die Zeit stehen geblieben. Irgendwann vor hundert Jahren.

Die windschiefen Häuser sahen aus, als könnten sie jeden Moment über uns einstürzen. In den engen und ungepflasterten Gassen wurden wir von Eselskarren und spielenden Kindern aufgehalten und kamen nur langsam voran. Also entschied ich mich für den längeren Weg auf dem befestigten Arno-Ufer, aber hier war das Gedränge der Menschen noch größer.

Pisa schien sich auf ein Fest vorzubereiten. Die größte Brücke der Stadt war mit Girlanden und den Flaggen der Stadtviertel geschmückt, Tribünen waren am Fluss errichtet worden, um den Zuschauern einen Blick auf die Arnobrücke zu ermöglichen. Die Pisanerinnen trugen ihre aufwändigsten Kleider, den auffälligsten Schmuck und schienen sich im Übrigen darin überbieten zu wollen, wer von ihnen den am schlechtest gekleideten Gemahl hatte. Verblüfft stellte ich fest, dass die Männer in hautengen Hosen, Stiefeln und offenen Hemden herumliefen. Einige hatten sogar die Ärmel ihrer Leinenhemden hochgekrempelt, als wollten sie zur Feier des Tages an einem Pferderennen teilnehmen, wie es in Siena üblich war, oder an einem Wettlauf durch die Straßen der Stadt, wie in Rom. Kein Florentiner Bürger, der dem Gebot des *fare una bella figura* huldigte, hätte sich in der Öffentlichkeit derart nachlässig gekleidet gezeigt.

Kreischende Möwen, die schwerelos in der leichten Brise über dem Arno schwebten, und der unverkennbare Geruch nach Algen und Meer wiesen uns den Weg zum Hafen.

Ein Dutzend Schiffe drängte sich am Quai: Spanische Galeonen, Koggen der Hanse, französische Karavellen, türkische Dhaus, Boote, die ihre Ladung löschten, Barken, die beladen wurden, und Schiffe, die gerade ihre Leinen losgemacht hatten, um in See zu stechen. Wie sollte ich in diesem Durcheinander aus schwankenden Masten, geblähten Segeln und im Wind flatternden Flaggen Amerigo finden? In der Hafenmeisterei verlor ich kostbare Minuten, als ich mich nach dem Schiff nach Sevilla erkundigte. Doch schließlich nannte man mir den Liegeplatz der spanischen Galeone ganz am Ende des Quais.

Ich war zu spät gekommen! Amerigos Schiff hatte schon die Leinen losgemacht und von der Hafenmole abgelegt! Ein paar Jungen in einem Ruderboot am Bug des Schiffes drehten die Galeone langsam in Richtung Meer – bis die Segel sich im Wind blähten.

»Amerigo!«, rief ich, »Amerigo Vespucci!«, und sprang aus dem Sattel.

Gelächter brandete mir entgegen. Einige Matrosen lehnten sich über die Reling und starrten neugierig zu mir herüber. Ihre anzüglichen Bemerkungen und die Handküsse, die sie mir zuwarfen, ignorierte ich. Ich holte Toscanellis Buch aus der Satteltasche. Ich hatte es vorsorglich in ein Stück Leder gewickelt und fest verschnürt, damit es während der Überfahrt nach Spanien keinen Schaden nahm.

Endlich erschien Amerigo an Deck. Einer der Matrosen hatte ihn gerufen. Überrascht lehnte er sich über die Reling. »Caterina! Was tust du denn hier?«

»Du hast etwas vergessen, Amerigo.« Ich hob das Päckchen mit dem Buch hoch, damit er es sehen konnte. »Das ist das *Imago Mundi* mit Toscanellis Karten. Du wirst sie brauchen. Wie willst du sonst vom Ende der Welt zurückfinden?«

Die Entfernung zwischen uns betrug nun mehr als zehn Schritte und vergrößerte sich ständig.

»Das Schiff hat abgelegt«, erinnerte mich Amerigo.

Zwölf Schritte. Mit all meiner Kraft warf ich ihm den Folianten zu und betete, er möge nicht im Hafenbecken landen.

Mit einem dumpfen Schlag rutschte das Buch über das Deck der Galeone. Amerigo hob es auf, presste es an seine Brust und kam zurück zur Reling. »Ich danke dir«, rief er herüber, und dann auf Spanisch: *»¡Vaya con Dios!«*

»Gott beschütze dich, Amerigo! Und vergiss nicht, mir zu schreiben!« Tränen liefen über meine Wangen.

Weinte ich oder stach mir die frische Brise vom Meer in die Augen? Ich hockte mich auf ein zusammengerolltes Tau auf der Hafenmole und sah ihm nach. Er stand winkend an der Reling der Galeone, bis das Schiff die Hafeneinfahrt erreicht hatte, bis die Segel den Wind einfingen, bis die Wellen des Meeres gegen den Bug drückten. Dann wandte er sich um und blickte nach Westen. Nach Spanien … und China.

Die Bewaffneten eskortierten mich zurück in die Stadt. Wir ritten am Arno entlang, vorbei an der kleinen Kirche Santa Maria della Spina, überquerten den Fluss über den Ponte della Citadella und ritten an der Universität vorbei zum Palazzo Medici.

Lorenzos Haus in Pisa war nicht so großartig wie der Palazzo in der Via Larga, aber es war doch eines der größten und eindrucksvollsten Häuser der Stadt. Die Prachtfassade spiegelte sich im gemächlich dahinfließenden Arno. Mit einem Wort: Der Palazzo war eine angemessene Residenz für Kardinal Giovanni de' Medici, den Sohn des Magnifico.

Wir wurden erwartet. Der Majordomus eilte die breite Treppe hinunter, als wir in den Hof ritten. Er wollte mir vom Pferd helfen, doch ich sprang aus dem Sattel, bevor er die Zügel ergreifen konnte. Stirnrunzelnd stellte er fest, dass ich ohne Damensattel ritt.

»Ich bin Giorgio. Ich habe die Ehre, den Haushalt dieses Palazzo zu führen«, stellte er sich vor, als ich ungeduldig Thomas von Aquinos *Summa Theologica* aus der Satteltasche zerrte. »Ich habe Euch erwartet, Madonna Caterina! Es ist alles vorbereitet. Ich werde Euch Eure Räume zeigen, denn Ihr wollt sicher ein wenig ausruhen nach dem anstrengenden Ritt. Der Wagen mit dem Gepäck wird allerdings nicht vor Sonnenuntergang eintreffen …«

»Ich bin nicht müde, Giorgio. Wo kann ich den Kardinal finden?«

»Seine Eminenz ist in seinen Räumen. Er hat …«

»Wo ist das?«, unterbrach ich den Majordomus.

»Die Treppe hinauf, links die Loggia entlang, die zweite Tür …«

Mit dem Buch unter dem Arm rannte ich die Treppe hinauf.

»Madonna Caterina! Ich bitte Euch: Das könnt Ihr nicht tun! Seine Eminenz ist beschäftigt …«, rief er mir nach.

Ich stürmte die Gänge entlang, bis ich Giannis Tür erreichte. Als mein energisches Klopfen mit einem »Komm herein!« beantwortet wurde, betrat ich den Raum.

Er saß an einem Schreibtisch vor dem Fenster und las. Nein, eigentlich saß er nicht, sondern er lag in dem Ledersessel. Er hatte die Stiefel auf den Tisch gelegt und schaukelte mit dem Stuhl hin und her, während er in einem Buch blätterte. Überrascht sah er auf, als ich plötzlich vor ihm stand.

Er war sechzehn, ein junger Mann mit fein geschnittenen Zügen, sinnlichen Lippen und dunklen, mandelförmigen Augen. Sein Blick war aufmerksam und lauernd wie der eines hungrigen Tigers. Seine Haut hatte den schimmernden Bronzeton antiker Statuen, und wenn seine schulterlangen dunklen Haare nicht einen feurigen Stich ins Rötliche gehabt hätten, hätte ich ihn für einen Mauren aus dem Emirat Granada oder dem mittlerweile christlichen Málaga gehalten. Seine schwarze Samtjacke war eng geschnitten und brachte seinen schlanken Körper großartig zur Geltung.

Schwungvoll knallte ich die *Summa Theologica* auf den Schreibtisch. Einige Pergamente wehten zu Boden, die Feder kippte aus dem Tintenfass und hinterließ auf der mit Intarsien geschmückten Tischplatte einen schwarzen Fleck. Dann ließ ich mich wortlos auf dem Stuhl vor dem Schreibtisch nieder.

Mehr amüsiert als zornig zog er das Buch zu sich heran, ohne seine bequeme Haltung aufzugeben, und schlug die erste Seite auf.

»Das wird ihn aber freuen«, schmunzelte er.

»Dann ist es also nicht für dich?«, fragte ich.

Er schüttelte den Kopf: »Thomas von Aquino habe ich bereits in meinem letzten Semester in Perugia gelesen.«

»Wo ist er?«

»Wer?«

»Giulio.«

Er lehnte sich auf seinem Sessel zurück und betrachtete mich neugierig – und ein wenig amüsiert, wie mir schien. »Wenn du mich so fragst, dann weißt du doch, wo er ist.«

In diesem Augenblick öffnete sich die Tür, und Giulio kam in den Raum gestürmt: »Cesare, ich bin …« Wie vom Donner gerührt blieb er stehen und starrte mich an. »Caterina!«, flüsterte er.

Giulio trug eine schwarze Soutane, und auf seiner Brust funkelte ein goldener Crucifixus. Also hatte er sein Versprechen wahr gemacht und sein Kreuz auf sich genommen! Giulio hatte sich in Pisa zum Priester weihen lassen!

»Salve, Pater Giulio«, begrüßte ich ihn, während ich mich erhob.

Giulio sah mir in die Augen und versuchte zu ergründen, ob Lorenzo mich geschickt hatte, um ihn nach Florenz zurückzubringen.

Im Stillen fragte ich mich, wie er Giorgio bestochen hatte, damit dieser seine Anwesenheit in Pisa nicht an Lorenzo meldete.

»Herzlichen Glückwunsch zur Priesterweihe, Giulio!« Ich umarmte meinen Bruder. »Ich hoffe, ich komme nicht zu spät, um deine erste Messe mitzuerleben?«

»Nein, nein, Caterina. Die Primiz werde ich erst nach Weihnachten halten … in Capua«, stotterte Giulio.

»In Capua?«

»Ich bin Prior eines Klosters in Capua. Dort werde ich meine erste Messe halten. Cesare hat mir die Stelle besorgt.« Giulio deutete über meine rechte Schulter.

»Cesare?« Ich fuhr herum und betrachtete den jungen Mann hinter dem Schreibtisch, der mittlerweile die Füße vom Tisch genommen hatte.

»Das ist Cesare Borgia, der Bischof von Pamplona«, stellte ihn mein Bruder vor. »Er ist der Sohn von Kardinal Rodrigo Borgia, dem Vizekanzler der Kirche. Kardinal Borgia hat mir die Stelle als Prior in Capua besorgt, und Cesare hat mich vor wenigen Tagen im Dom von Pisa ordinieren lassen.«

Der Bischof von Pamplona reichte mir seine Hand, und ich wollte auf die Knie fallen, um seinen Ring zu küssen, doch er winkte lässig ab. »Lass den Unsinn mit dem Handkuss, Caterina!«

»Wäre es Euch lieber, wenn ich Eure Füße küsse, Euer Exzellenz, weil Ihr meinem Bruder seinen sehnlichsten Wunsch erfüllt habt?«, fragte ich in einem Tonfall, der einer Begegnung mit einem Bischof nicht angemessen war, wohl aber meinem Zorn. Er hatte mich getäuscht, indem er mich in dem Glauben ließ, er sei Gianni!

»Si tu quieres – Wenn du willst! Mein ganzer Körper steht zu deiner Verfügung«, antwortete er mit einem amüsierten Grinsen. »Ich habe schon viel von dir gehört und freue mich, dich kennen zu lernen.«

»Und was habt Ihr von mir gehört?«, fragte ich zweifelnd.

»Du bist eines Tages wie ein Engel Gottes im Palazzo Medici erschienen und hast Giulio an seine Berufung erinnert.« Er nahm meine Hand und küsste sie, ohne mich aus den Augen zu lassen.

»Euer Exzellenz …«, begann ich, aber er unterbrach mich:

»Wir können beim Du bleiben. Gianni und ich sind befreundet. Es spricht also nichts dagegen, wenn wir auf unnötige Formalitäten verzichten. So haben wir mehr Zeit für andere Dinge.«

Bevor ich ihn fragen konnte, welche »anderen Dinge« er meinte, betrat Gianni den Raum.

»Na endlich!«, stöhnte Cesare Borgia. »Du brauchst zum Umziehen länger als der Heilige Vater, wenn er den Krönungsornat anlegt.«

Gianni war so groß wie alle Medici. Aber im Gegensatz zu seinen Brüdern Piero und Giuliano, die beide schlank und athletisch waren, schien Gianni die *Dolce Vita* als Studiosus in Pisa in vollen Zügen zu genießen – vor allem die üppigen Bankette, die er als designierter Kardinal in seinem Palazzo gab. Er hatte sich in eine schlichte, schwarze Samtjacke gezwängt. Auf dem Kopf trug er ein Barett mit einer einzelnen Feder. Gianni war sechzehn. Er studierte seit drei Jahren an der Sapienza von Pisa und sollte im nächsten Jahr den Doktorgrad und dann offiziell den Purpur verliehen bekommen.

Gianni umarmte mich herzlich. »Wenn du mich mit Euer Eminenz anredest, lasse ich dich aus dem Palazzo werfen«, drohte er mir.

Cesare Borgia warf Giulio die *Summa Theologica* zu. »Schluss mit scholastischen Haarspaltereien! Du kannst noch jahrelang Thomas von Aquinos Definition von Engeln studieren, Giulio. Sie existieren. Lass uns lieber ein paar praktische Übungen machen.«

Giulio starrte Cesare Borgia verblüfft an. »Was für Übungen?«

»Engel *verführen*«, lächelte der Bischof von Pamplona, und er sah mich dabei an. »Zieh dich um, Giulio! Wenn du in deiner schwarzen Soutane durch Pisa läufst, sieht dir kein Mädchen hinterher. Und beeile dich – wir müssen bald aufbrechen!«

»Wohin wollt ihr?«, fragte ich.

»Zum *Gioco di Ponte.* Heute Nachmittag findet das Brückenfest auf dem Ponte di Mezzo statt. Normalerweise wird das Spiel am ersten Sonntag im Juni durchgeführt, aber wegen der Pestepidemie im Sommer wurde es verschoben. Das *Gioco di Ponte* wird zwischen den Stadtvierteln nördlich und südlich des Arno ausgetragen. Auf dem Ponte di Mezzo steht ein Wagen, der auf die gegnerische Seite geschoben werden muss. Meist entwickelt sich dieser Wettstreit nach nur wenigen Minuten zu einer erbitterten Schlacht.«

»Das klingt interessant«, bemerkte ich.

»Ja, es ist sicher interessant, wenn man vom Ufer aus zusieht«, lächelte Cesare Borgia herausfordernd. »Aber es ist viel spannender, wenn man mitspielt. Kannst du schwimmen?«

»Caterina will sicher erst ein heißes Bad nehmen. Der Ritt von Florenz hierher war anstrengend«, wandte Gianni ein.

»Nein, gar nicht, Gianni! Ich bin nicht müde. Ich würde gern mitgehen«, versicherte ich meinem Cousin, um mich dann Cesare Borgia zuzuwenden: »Ich *kann* schwimmen.«

»Cesare! Es ist keine gute Idee, Caterina mitzunehmen. Das ist viel zu gefährlich«, protestierte Giulio. »Sie kann doch von einem der Fenster des Palazzo zusehen.«

Cesare Borgia ignorierte Giulios Vorschlag. »Wenn du uns begleiten willst, Caterina, dann zieh dich um! So kannst du nicht am Brückenspiel teilnehmen.«

»Warum nicht?«

»Weil es ein Spiel für Männer ist …«

Giulio lieh mir – unter Protest – eine enge Hose, hohe Lederstiefel, ein weißes Seidenhemd, eine Samtjacke und ein schwarzes Barett, unter dem ich meine langen Haare verstecken konnte. Vor dem Spiegel in seinem Schlafzimmer, wo ich mich umgezogen hatte, zupfte ich an der fremden Kleidung herum. Es war ungewohnt, kein Mieder zu tragen, das mir den Atem nahm und mich in meinen Bewegungen behinderte. Und es war geradezu gewagt, dass die Form meiner Beine durch die hautenge Hose zu erkennen war. Aber irgendwie gefiel mir die Idee, für ein paar Stunden ein junger Mann zu sein.

Gemeinsam verließen wir den Palazzo und schlenderten am Arno entlang zum Ponte di Mezzo. Am Arno-Ufer waren dutzende von Verkaufsständen und Garküchen aufgebaut. Es roch verführerisch nach Spanferkel, in Schmalz gebackenen Krapfen und heißem Mandelgebäck. Ich hatte kein Geld bei mir, und so kaufte mir Cesare Borgia eine Hand voll Mandelkonfekt, das ich genüsslich verzehrte. Ich war hungrig.

Auf dem Ponte di Mezzo herrschte ein unglaubliches Gedränge und Geschiebe. Hunderte von Signori hatten auf der jeweiligen Seite der Brücke, die sie zu verteidigen hatten, wie auf einem Schlachtfeld Aufstellung genommen. Die Stimmung war ausgelassen. Scherze und Drohungen flogen mit den Möwen zur anderen Seite des Arno, ein höhnisches Gelächter war die Antwort.

Am Holzkarren in der Mitte der Brücke blieb Cesare Borgia stehen und wandte sich zu mir um: »Jetzt kommt der Augenblick der Wahrheit, Caterina! Du musst dich entscheiden, auf welcher Seite du kämpfen willst. Der Palazzo Medici steht am Nordufer des Arno, ich wohne auf der Südseite.«

»Was für eine Frage, Cesare! Caterina ist eine Medici«, warf Gianni ein, während er seine Ärmel hochkrempelte. »Selbstverständlich wird sie auf unserer Seite …«

»Drei Medici gegen einen Borgia! Das ist ein wirklich ausgewogenes Kräfteverhältnis«, lachte der Bischof von Pamplona. »Passt auf, dass ich euch drei nicht in den Fluss werfe!«

»Bevor das passiert, Exzellenz, wirst du Bekanntschaft mit dieser Faust machen«, neckte ich ihn übermütig und zeigte ihm meine Hand mit dem Saphirring, der schon Giovanni Sforza eine Verletzung im Gesicht beigebracht hatte.

»Ich bin beeindruckt«, grinste er frech. »Ich hoffe, du versorgst nach der Schlacht meine Wunden.«

Das Spiel begann, und Cesare Borgia verschwand in der Menge.

Auf ein Zeichen stürmten die Männer los und stürzten sich auf den Holzkarren, um ihn auf die gegnerische Flussseite zu schieben.

Ich warf mich in ein Gewühl aus schwitzenden Körpern, fuchtelnden Armen und zutretenden Beinen, spürte Giulios Atem in meinem Nacken, wurde nach vorn geschoben, von hinten gestoßen und nach Atem ringend zwischen den streitenden Parteien fast zerdrückt. Ich stemmte meine Füße gegen das unebene Steinpflaster der Brücke, wäre fast gestolpert und gestürzt, als die Ledersohlen meiner Stiefel ausglitten, fing mich wieder und ließ mich vergnügt auflachend gegen meinen Vordermann fallen, um den Karren auf die andere Seite zu schieben.

Es war ein herrliches Vergnügen, trotz der Prellungen!

Ich erhielt mehrere Schläge von Gegnern, aber auch aus meinen eigenen Reihen, und fast wäre mir das Barett vom Kopf gefallen – meine langen Haare hätten mich verraten! Aber ich drängte weiter, Giulio neben mir, Gianni hinter mir, und ganz langsam gelang es uns unter großen Anstrengungen, Gelächter und Geschrei, den Wagen ein paar Ellen in Richtung Südufer zu schieben. Sofort ging die andere Seite zu einem Gegenangriff über und schob den Karren, der unter dem Druck zu zerbrechen drohte, über die Kreidemarkierung in der Brückenmitte auf unsere Seite.

Eine Weile wogte der Kampf zwischen den beiden Parteien hin

und her – einmal stand der Wagen ein paar Ellen auf der Nordseite, einmal mehrere Schritte auf der Südseite. Irgendwann war Giulio von meiner Seite verschwunden, und auch Gianni war nirgendwo zu sehen, weder vor mir noch hinter mir. Immer mehr Männer fielen von der Brücke in das kalte Wasser des Arno und schwammen prustend ans Ufer.

Ich drängelte mich in der Nähe des steinernen Brückengeländers in Richtung des Südufers, als ich plötzlich Cesare vor mir auftauchen sah. Er kämpfte sich durch die Reihen der schiebenden und stoßenden Männer, als scherte er sich nicht im Mindesten um den Karren, der mittlerweile die Südseite der gewölbten Brücke hinabrollte.

»Du wirst verlieren!«, prophezeite ich lachend und wollte mich an ihm vorbeidrängen.

»Du irrst, *mi amor!* Ich verliere nie«, sagte er ernst.

»Dieses Spiel wirst du verlieren«, beharrte ich.

»Wenn ich an diesem Spiel nicht mehr teilnehme, *kann* ich gar nicht verlieren«, flüsterte er mir ins Ohr, umfasste mit beiden Armen meine Hüfte, zog mich zur Brüstung, hob mich mühelos hoch und stieß mich vom Ponte di Mezzo.

Ich stürzte in das kalte Wasser des Arno. Prustend tauchte ich aus den Fluten auf und schnappte nach Luft. Die Brücke war zwanzig Ellen über mir. Cesare Borgia war verschwunden!

Schließlich tauchte er neben mir aus dem Wasser auf. Er war mir nachgesprungen. Dieser verdammte …!

»Geht es dir gut?«, fragte er mich, während wir ans Südufer schwammen.

»Mir ging es nie besser«, fauchte ich.

»*¡Muy bien!* Dann haben wir ja *beide* gewonnen«, lachte er.

Ich watete ans Ufer und kletterte, ohne ihn eines Blickes zu würdigen, die Böschung hinauf.

Er folgte mir, hielt mich am Arm zurück. »Es tut mir Leid«, entschuldigte er sich.

»Mir tut es auch Leid«, gab ich zurück. »Aber ich muss ein Versprechen einlösen!« Dann schlug ich zu.

Völlig unerwartet traf ihn meine Hand ins Gesicht, und er stolperte zwei Schritte rückwärts. Verblüfft sah er mich an, dann trat er auf mich zu, schlang seine Arme um mich, zog mich an sich und küsste mich hart und fordernd auf die Lippen. Ich rang nach Atem, als ich mich fast widerwillig aus seiner Umarmung befreite.

»Können wir jetzt mit den Friedensverhandlungen beginnen?«, fragte er.

»Ich bin tropfnass«, beschwerte ich mich. »Außerdem ist mir kalt. Wie wäre es mit einem Waffenstillstand?«

»Einverstanden! Über die Bedingungen können wir verhandeln, während ich dich in meinen Palazzo bringe und du dir etwas Trockenes anziehst.«

Was für einen Anblick müssen wir in diesem Moment geboten haben! Zwei junge Männer, die sich erst prügelten und dann küssten, um anschließend Arm in Arm wegzugehen. Glücklicherweise war die Aufmerksamkeit der Zuschauer noch immer auf die Schlacht auf dem Ponte di Mezzo gerichtet.

Ich zögerte. Was sollte ich tun? Giulio und Gianni waren noch auf der Brücke. Ich war allein mit Cesare. Und ich war tropfnass und brauchte trockene Kleidung, wenn ich nicht eine Erkältung und ein paar langweilige Tage im Bett riskieren wollte. Ich kannte mich in Pisa nicht aus, und der Weg zurück zum Palazzo Medici über den Ponte di Mezzo war mir versperrt. Was sollte ich denn anderes tun, als ihm zu folgen? Das klingt wie eine Rechtfertigung – und eigentlich war es das auch. Ein paar Schritte den Arno hinauf führte eine zweite Brücke über den Fluss. Ich hätte den Weg ohne Probleme finden können, wenn ich gewollt hätte …

Aber ich hatte keine Lust, in den Palazzo zurückzukehren, mein Kleid anzuziehen und wieder Caterina de' Medici zu sein. Trotz der Kälte fühlte ich mich sehr wohl in Giulios Kleidern. Ich genoss es, mich wie ein junger Mann zu benehmen und wie einer behandelt zu werden. Es war ein bisschen wie Karneval, und ich wollte meine Narrenfreiheit noch ein wenig auskosten.

Und was sollte mir im Palazzo des Bischofs von Pamplona schon geschehen? Er war ein Freund von Gianni, ein Student der Universität, der Sohn des Vizekanzlers, Kardinal Borgia. Was, um Himmels willen, sollte denn passieren …?

Also folgte ich ihm.

»Was willst du eigentlich in Pisa?«, fragte er nach einer Weile, als wir am Arno entlanggingen. Der Wind wehte vom Hafen herüber und ließ mich in meiner nassen Kleidung frösteln. Cesare legte mir den Arm um die zitternden Schultern.

»Ich wollte nach Giulio sehen – ob es ihm gut geht.«

»Seit wann weißt du, dass Giulio in Pisa ist? Er sagte mir, er hätte niemandem verraten, wo er hingeht …«

»Ich ahnte es seit heute Morgen«, gestand ich. »Seit ich wusste, dass Giulio nicht in Rom ist, um Erzbischof Orsini um die Priesterweihe zu bitten.«

»Und dann hast du beschlossen, nach Pisa zu reiten, um nachzusehen, ob dein Bruder hier ist.« Cesares Augen funkelten. »Und wenn du Giulio hier nicht gefunden hättest? Weder an der Sapienza noch im Palazzo Medici?«

»Dann wäre ich nach Rom geritten«, erwiderte ich, als wäre das die selbstverständlichste Sache der Welt.

Er grinste. »Und wenn du ihn auch dort nicht gefunden hättest – würdest du Papst Innozenz mit erhobener Faust drohen: ›Gib mir meinen Bruder zurück, Heiliger Vater, sonst kommt mein Zorn über dich‹?«

»Ich würde ihn nicht schlagen«, lachte ich, amüsiert von der absurden Vorstellung einer Audienz bei Papst Innozenz.

»Mich hast du geschlagen! Ich bin Bischof von Pamplona – er ist Bischof von Rom.«

»Es wird nicht wieder vorkommen«, versicherte ich ihm.

»Versprochen?«, fragte er, als glaubte er mir kein Wort.

Cesare Borgias Palazzo lag in der Nähe der Kirche San Paolo. Es war ein prachtvolles Gebäude mit einem eleganten Innenhof und einem herrlichen Rosengarten. Eine Treppe aus weißem Marmor führte in den ersten Stock, wo der Majordomus uns erwartete.

»Ein heißes Bad!«, befahl Cesare. »In meinem Schlafzimmer!«

Der Majordomus verneigte sich und verschwand, nicht ohne mir, dem jungen Mann an der Seite des Bischofs, einen neugierigen Blick zugeworfen zu haben.

Cesare führte mich durch den prächtig ausgestatteten Palast und zeigte mir die mit antiken Statuen geschmückten Loggien, die Fresken an der Wand des Speisesaals und die Bibliothek, während die Bediensteten in der Küche Wasser erhitzten, um es dann zur Badewanne im ersten Stock zu schleppen.

Schließlich brachte er mich in sein Schlafzimmer.

Nein, es war kein Schlafgemach, sondern der Thronsaal eines Sultans! In der Mitte des Raumes stand kein Himmelbett, sondern ein türkischer Diwan mit bestickten Seidenkissen. Ein Baldachin aus Goldbrokat schimmerte im Kerzenlicht wie der Sternenhimmel über Florenz. Die Wände waren mit purpurroter chinesischer Seide drapiert – ich erkannte im gewirkten Stoff schimmernde Drachen und Phoenixe, die miteinander rangen. Über einem Paravent hing achtlos hingeworfen eine violette Soutane. Ein leiser Duft nach Moschus und Sandelholz hing im Raum.

»Bist du der Emir von Granada?«, fragte ich atemlos, während ich mich staunend umsah.

Zwei Mädchen gossen die letzten Krüge mit heißem Wasser in eine Badewanne, die in einer Ecke des Raumes stand, genau gegenüber dem Bett.

»Als ich heute Morgen aufwachte, war ich es noch nicht. Aber wenn Granada eines Tages spanisch ist … warum nicht?«, lachte er. »Gefällt es dir?«

»Es ist … überwältigend!«

»*Das* glaube ich dir nicht: dass du dich von irgendetwas oder irgendjemand überwältigen lässt«, grinste er. »Zieh dich aus!«

»Ausziehen?«, fragte ich verdutzt.

»Willst du mit Giulios Jacke und Hose ins Badewasser steigen?«

Die beiden Dienerinnen standen abwartend neben der Wanne, um mir aus der nassen Kleidung zu helfen und sie am Kamin in der Küche zu trocknen.

Zögernd nahm ich mein Barett ab, und meine langen Haare fielen über meine Schultern. Ich knöpfte die Samtjacke auf, zog sie aus und riss dabei versehentlich das Seidenhemd aus der engen Hose. Erschrocken stellte ich fest, dass die nasse Seide auf meiner Haut klebte und nur wenig der Fantasie des Betrachters überlassen blieb.

Cesare lag ausgestreckt auf dem Bett und sah ungeniert zu, wie ich mich auszog, um in seiner Wanne ein Bad zu nehmen.

»Würde es dir etwas ausmachen, wenn du mich einen Augenblick lang *nicht* anstarrst?«, fragte ich ihn wütend.

»Wenn ich ehrlich sein soll: Es macht mir etwas aus! Aber wenn du es wünschst, werde ich mich einen Moment umdrehen und auf einen wundervollen Anblick verzichten.« Cesare erhob sich theatralisch seufzend vom Bett und wandte mir den Rücken zu.

»Herzlichen Dank!«, fauchte ich, während ich mir Giulios Hemd über den Kopf zog. Dann zerrte ich an der engen Hose, die ich schließlich einem der Mädchen zum Trocknen gab. Die beiden verschwanden und schlossen leise die Tür hinter sich.

Während ich in die dampfend heiße Wanne stieg, begann Cesare, sich das Hemd auszuziehen. »Was tust du?«, fragte ich alarmiert.

»Ich ziehe mich aus.«

»Das sehe ich. Was hast du vor?«, fragte ich unruhig.

»Mir ist kalt. Ich werde ein Bad nehmen.«

»In dieser Wanne?«

»Sie ist groß genug für uns beide«, sagte er, während er sich seine Hosen auszog. Dann stand er nackt vor mir, und ich starrte ihn an.

»Das ist nicht dein Ernst!«, flüsterte ich.

»Mir war selten etwas ernster.« Er stieg in die Wanne und ließ sich seufzend in das heiße Wasser gleiten.

Ich richtete mich auf und zog die Beine an. Das Badewasser schwappte über den Rand der Wanne und bildete eine schimmernde Pfütze auf den Steinfliesen. Mir war plötzlich sehr warm, und das lag nicht nur an der Hitze des Wassers.

»Ist das die praktische Übung, von der du vorhin im Palazzo Medici gesprochen hast? Die Verführung eines Engels? Du hast mich gemeint, nicht wahr?«

»Ja«, sagte er und ließ sich tiefer ins Wasser gleiten. Seine schlanken Beine streiften meine Schenkel, als er sie in der schmalen Wanne ausstreckte.

»Und du glaubst, dass ich mich von dir verführen lasse?«

»Ja«, sagte er selbstsicher. »Deshalb bist du doch hier.«

Für einen Augenblick war ich sprachlos. Doch dann fragte ich: »Du hältst dich wohl für unwiderstehlich, nicht wahr?«

»Bisher gab es keine, die mir widerstanden hätte.«

»Dann bin ich also zu deinem Vergnügen hier«, stellte ich verbissen fest.

»Mir wäre es lieber, wenn wir *beide* ein wenig Spaß hätten …«

»Ich bin kein Spielzeug, mit dem du ein wenig herumtändelst, um es dann wegzuwerfen.«

»Ich habe dir vorhin gesagt, dass es mir noch nie so ernst war …«

»Bedeutet das, dass du mich gehen lässt?«, fragte ich nach.

»Natürlich, wann immer du willst. Steig aus der Wanne, zieh Giulios nasse Sachen an und verschwinde! Lauf zurück in den Palazzo Medici, hör dir Kardinal Giannis Bußpredigt an, beichte bei Pater Giulio, wo du während der letzten Stunden gewesen bist, dann leg dich auf dein Bett, starre ins verglimmende Kaminfeuer und sei wütend, weil du nicht den Mut hattest, bei mir zu bleiben.«

Schon wollte ich mich erheben, doch ich zögerte, als er meine Hand ergriff und sie zart küsste. »Ich verspreche dir, dass ich nichts tun werde, was du nicht auch willst.«

»Ich akzeptiere deine bedingungslose Kapitulation, Cesare …«

»Wie bitte?«, fragte er verblüfft.

»… und verlange, dass du sofort die Wanne verlässt!«

»Du wirfst mich aus meiner eigenen Badewanne?« Er verkniff sich das Lachen, um mich nicht weiter zu provozieren.

»Du hast versprochen, dass du tust, was ich will«, erinnerte ich ihn.

»Ich habe gesagt, dass ich nichts tue, was du nicht willst.«

»Das ist dasselbe«, winkte ich großzügig ab.

»Nur in dem Fall, dass du mit allen meinen Handlungen einverstanden bist«, belehrte er mich.

»Das ist die Logik des Cesare Borgia, nicht die des Aristoteles«, neckte ich ihn. Irgendwie reizte mich unser kleiner Machtkampf.

»Du hast Aristoteles' *Metaphysik* gelesen?«, fragte er beeindruckt. »Dann können wir ja nachher, während wir uns vor dem Kamin aufwärmen, ein bisschen über das *Tertium non datur* disputieren.«

Ich wusste, was er meinte. Es gab zwei Möglichkeiten: Ich konnte mich anziehen und gehen – er würde mich nicht aufhalten. Dann würde ich die ganze Nacht schlaflos auf meinem Bett liegen, am nächsten Morgen nach Florenz zurückkehren und ihn nie wiedersehen. Oder ich konnte bleiben und mit ihm über Sokrates' Rede über die erotische Liebe diskutieren, während er versuchte, mich in sein Bett zu bekommen. *Tertium non datur* – eine dritte Möglichkeit gab es nicht.

»Über das *Tertium non datur* zu diskutieren ist Zeitverschwendung, findest du nicht?«, fragte ich, während ich mich erhob. Er sah mir wortlos dabei zu, wie ich aus der Wanne stieg und nach einem Leinentuch griff, um mich darin einzuwickeln. »Aber noch viel unsinniger ist eine Diskussion über Alternativen, wenn man sich bereits für eine entschieden hat.« In mein Leinentuch gehüllt, ließ ich mich auf dem Rand des Bettes nieder.

Cesare stieg aus der Wanne, wand ein Tuch um seine Hüften und kam zu mir herüber. Direkt vor mir blieb er stehen.

»Tust du alles, was ich will?«, fragte ich ihn, als hätten wir diesen Punkt nicht eben schon diskutiert.

»Alles«, versprach er.

»Küss mich!«, befahl ich.

Er kniete sich auf das Bett und beugte sich über mich. Ganz leicht senkten sich seine Lippen auf meine – zarter als ein Windhauch. Seine Zunge streichelte meine Lippen, bis ich sie öffnete, dann drang sie ein und erforschte meinen Mund, drängte meine Zunge zurück, spielte mit ihr, provozierte sie, bis sie sich auf dieses lustvolle Spiel einließ, dann zog er sich zurück.

»Ist alles zu deiner Zufriedenheit?«, fragte er spöttisch.

»Hör auf zu reden«, forderte ich und ließ mich auf das Bett zurücksinken.

»Zu Befehl!«, lachte er, während er sich wieder über mich beugte.

Sein nächster Kuss war fordernder. Ungeduldiger. Ich spürte seine Erregung, während seine Zunge meinen Mund in Besitz nahm und jeden Widerstand zurückdrängte. Seine Lippen saugten sich an meinen fest, sein heißer Atem strich über meine Wangen, aber er tat nichts, als mich zu küssen.

»Darf ich einen Vorschlag machen?«, flüsterte er, während er spielerisch an meinem Ohr knabberte. »Wenn wir uns die nächsten Stunden darauf beschränken, uns bis zur Ekstase zu küssen, wäre es doch bequemer, wenn wir nebeneinander liegen. Darf ich mich neben dich legen?«

Ich lachte. »Ja.«

Er zog zwei Kissen heran, auf denen er sich abstützte, während er sich erneut über mich beugte. »Als du sagtest: Küss mich! – meintest du nur deine Lippen, oder sind Küsse auf deine Stirn, deine Wangen und deine Ohren ebenfalls gestattet?«

»Sie sind sogar erwünscht.«

Seine Nase und seine Lippen huschten wie ein leiser Lufthauch über meine Wangen. Dann vergrub er sein Gesicht an meinem Hals, an der Stelle, die so furchtbar kitzelig ist. Ich lag mit geschlossenen Augen auf dem Bett und seufzte.

»Solltest du irgendwann im Laufe des Abends auf die Idee kommen, auch meine Brüste küssen zu wollen – ich erlaube es dir«, flüsterte ich.

»Ich hatte nicht gewagt, danach zu fragen«, lächelte er mit gespielter Zurückhaltung, während er mein Leinentuch zurückschlug und seine Hände wie zufällig meine Rosenknospen berührten.

Dann beugte er sich über meine Brüste und begann sie zu küssen. Seine Zunge umspielte die aufgerichteten Knospen, die unter seinen Lippen hart wurden und sich ihm entgegenreckten wie Blüten der aufgehenden Sonne. Ich strich ihm über das Haar, während er mich liebkoste, und seufzte vor lustvoller Erregung.

»Spricht etwas dagegen, wenn ich meine Hand hierher lege?«, fragte er und strich sanft über meinen Bauch.

»Nein, nichts«, hauchte ich.

Seine rechte Hand lag auf meinem Leib und glitt mit jedem Kuss auf meinen Brüsten, meinem Hals, meinen Lippen unaufhaltsam tiefer, bis sie schließlich zwischen meinen Beinen lag. Seine Finger massierten mich sanft, und Wogen der Lust stiegen wie heiße Lava in mir auf. Ich schloss die Augen und räkelte mich wollüstig in den Kissen. Ganz behutsam drang sein Finger vor, fühlte die Feuchtigkeit und zog sich zurück, als ich mich verkrampfte und nach ihm schlug.

»Ich tue nichts, was du nicht willst«, hauchte er in mein Ohr, und ich entspannte mich.

Erneut wagte er einen Vorstoß, weiter als je zuvor. Sein Finger drang in mich ein, sanft und doch nicht mehr aufzuhalten, und begann mit langsamen, rhythmischen Bewegungen. Ich zitterte vor Erregung, vor Lust und schlang meine Arme um seine Schultern, um ihn auf meinen heißen Körper zu ziehen, damit er mich endlich, endlich erlöste.

»Bist du sicher, dass du es willst?«, fragte er.

»Ich will es.«

Er löste das Leinentuch, das er um seine Hüften geschlungen hatte, und ließ es zu Boden gleiten. Dann legte er sich vorsichtig auf mich, seine stolze Männlichkeit pulsierte heiß zwischen meinen Schenkeln. Langsam, ganz langsam glitt er in mich hinein, bis er auf einen Widerstand stieß. Er schloss die Augen, legte sein Gesicht auf das Kissen neben meinem Kopf und atmete schwer.

Was für eine Selbstbeherrschung!, dachte ich, während ich über sein Haar strich. Jeder andere Mann hätte längst die Geduld verloren und sich genommen, wonach ihm der Sinn stand.

»Es wird wehtun«, warnte er mich.

»Ich weiß«, flüsterte ich und küsste ihn.

Er richtete sich auf und stützte sich auf seine Arme, die neben meinen Schultern auf der Matratze ruhten. Ein winziger Ruck, eine kleine Bewegung, dann hielt er inne und begann mich mit Lippen und Zunge zu liebkosen.

Der stechende Schmerz in meinem Leib verging, als Cesare mich küsste, ohne sich aus mir zurückzuziehen. Er schien mich auszufüllen bis zur letzten Nische meines glühenden Körpers, bis zum letzten Winkel meines Verstandes. Ich wollte ihn, nur ihn, jetzt gleich!

Langsam begann er sich auf mir zu bewegen. Ich umfasste mit beiden Händen seine Schenkel und schob ihn tiefer in mich hinein. Er lachte über meine Ungeduld und wurde schneller. Ich zog die Beine an, um ihn besser aufzunehmen.

Die heiße Lava in mir stieg höher, durch meinen Bauch, meine Brust, durch die Kehle, und ich stöhnte wollüstig. Seine Bewegungen erschütterten mich wie ein Erdbeben, und ich hielt mich an ihm fest, während er den Rhythmus beschleunigte.

In Ekstase wanden wir uns auf dem Bett, unsere Körper untrennbar miteinander verwoben. Gemeinsam erreichten wir den Ort, wo die Zeit stillsteht, wo es keine Zukunft und keine Vergangenheit gibt, nichts – außer uns beiden. In einem Funkenregen der Lust sanken wir zurück in die Wirklichkeit.

Eine Weile lag Cesare schwer atmend auf mir. Sein Gesicht ruhte an meiner Schulter, und sein heißer Atem streifte meine Wange. Schließlich zog er sich aus mir zurück und ließ sich erschöpft neben mir in die Kissen fallen. Er hatte die Augen geschlossen. Versuchte er das entschwundene Empfinden zurückzuholen? Dachte er nach? Nach einer Weile legte er sich auf die Seite und küsste mich. »Darf ich dich etwas fragen?«

»Was?«

»Liebst du mich?«

Ich drehte mich zu ihm um und umarmte ihn: »Stell mir bitte keine so komplizierte Frage!«

Um Mitternacht weckte er mich mit einem atemberaubenden Kuss, und wir liebten uns noch einmal. Dieses Mal war es anders als beim ersten Mal: fordernder, leidenschaftlicher, wilder. Wir rangen miteinander im Rhythmus der Lust, prallten in Ekstase aufeinander, schlugen uns und hielten uns aneinander fest.

Dann lagen wir still, bebend vor Begierde, und lauschten unseren Atemzügen und dem Schlag unserer Herzen, schwiegen, lächelten, küssten, neckten uns und begannen von neuem, uns aneinander zu entzünden, bis wir im Feuer der Lust lichterloh brannten.

Wir waren wie besessen voneinander. Und fasziniert von der Vorstellung, den anderen zähmen zu können. Was für eine irrsinnige Idee!

»Du bist unersättlich«, seufzte Cesare, als er sich ermattet in die Kissen fallen ließ. Wir hatten uns im Morgengrauen zum dritten Mal geliebt. Dieses Mal hatte ich ihn verführt.

»Ich dachte, du hättest deinen Spaß gehabt«, sagte ich frech und wickelte mich in das seidene Bettlaken.

Er murmelte etwas in das Kopfkissen, in dem er sein Gesicht vergraben hatte. Ich drehte mich auf den Bauch, stopfte ein Kissen unter meine Arme und strich ihm über das Haar. »Wann wirst du mit Lorenzo sprechen?«

Er wandte sich um und sah mich verdutzt an. »Wieso sollte ich mit ihm reden?«

»Aber du musst mit ihm sprechen, wenn du um meine Hand anhältst«, protestierte ich nachdrücklich.

»Um deine Hand …? Caterina, ich kann dich nicht heiraten!

Ich bin Bischof von Pamplona ...« Er wirkte ziemlich verwirrt, als ich zu lachen begann. »Das war ein Scherz, nicht wahr?«

»Ich würde dich nie heiraten«, lachte ich. »Bischof von Pamplona? Ein Herzog oder ein Kardinal – das ist angemessen für eine Medici! Dich spanischen Verführer kenne ich ja nicht einmal.«

»Und ich dachte, wir hätten uns heute Nacht sehr gut kennen gelernt«, neckte er mich und küsste mich.

»Und doch weiß ich gar nichts von dir, Cesare.«

Er drehte sich auf den Rücken und schob ein Kissen unter seinen Kopf. Dann räkelte er sich seufzend. »Die Borgia sind eine uralte Familie. Wo soll ich anfangen?«

»Die Genesis kannst du auslassen«, gestand ich ihm gnädig zu.

»*¡Muchas gracias!* Wir Borgia stammen von König Ramiro ab, dem ersten Herrscher von Aragón, der vor vierhundert Jahren in Borja regierte. Unser spanischer Name lautet de Borja, und wir dienten den Aragón als Gefolgsleute. Die de Borja befreiten Valencia von den Mauren und wurden zu *Caballeros de la Conquista* ernannt. Als Lehen erhielten sie Jativa und Gandía und Landbesitz in der Nähe von Valencia.«

»De Borja«, neckte ich ihn. »Das klingt würdevoll!«

»Eigentlich heiße ich César de Borja. Mein Vater nennt mich hin und wieder so, wenn wir Spanisch sprechen. Mein Bruder Juan glaubt mich zu provozieren, wenn er mich Julio César nennt.«

»Aber es ärgert dich nicht?«

»Nein, Julius Caesar ist mein Idol. Er war ein Eroberer, wie meine Vorfahren. Auch er brach von Spanien auf, um Rom zu erobern – wie mein Großonkel Alonso de Borja: Papst Calixtus III.

Alonsos Neffe Rodrigo Borgia wurde 1455, am Tag von Calixtus' Papstkrönung, Erzbischof von Valencia und Kardinal und übernahm so das Amt und die damit verbundenen Einkünfte seines Onkels. Zwei Jahre später war er Vizekanzler der Kirche und behielt dieses Amt auch unter den folgenden Päpsten Pius II., Paulus II., Sixtus IV. und Innozenz VIII. Wenn mein Vater Papst wird, werde ich Erzbischof von Valencia und Kardinal.«

»Und damit ist deine Karriere als Sohn deines unheiligen Vaters vorgezeichnet.«

Cesare schwieg eine Weile, als müsste er sich seines kometenhaften Aufstiegs in den vatikanischen Himmel erst bewusst werden. »Ich war noch nicht ganz sieben Jahre alt, als Papst Sixtus mich auf Drängen seines Vizekanzlers zum Apostolischen Protonotar ernannte«, erzählte er. »Ich wurde Kanoniker der Kathedrale von Valencia, dem Bistum meines Vaters, Erzdiakon von Jativa, Rector von Gandía, und Papst Innozenz ernannte mich zum Schatzmeister von Cartagena, wo mein Vater Bischof war. Darauf folgten ansehnliche Ämter in den Kathedralen von Mallorca, Tarragona und Lerida.

Vor drei Jahren schickte mein Vater mich zum Studium der Rechtswissenschaften an die Universität von Perugia, wo ich zwei Jahre blieb. Letztes Jahr kam ich an die Sapienza von Pisa, um mein Studium der Theologie und des Kanonischen Rechts zu absolvieren. Am Tag meiner Investitur zum Bischof von Pamplona legte ich mein Examen ab.«

»Ich nehme an, mit *summa cum laude*?«

»Ich lebe nach dem Wort: Alles oder nichts!«

»Dann bist du jetzt Doktor? Ich verneige mich in Ehrfurcht! Und warum bist du noch hier in Pisa und nicht in Rom, um bei Papst Innozenz deine Heiligsprechung voranzutreiben?«, fragte ich mit gespieltem Erstaunen.

Cesare lachte herzlich. »Ich bin nicht heilig, Caterina! Wenn ich nach Rom zurückgehe, wird mein Vater mich herumkommandieren. Hier in Pisa kann ich tun, was ich will. Ich besuche ein paar historische Vorlesungen über Julius Caesar, spreche Italienisch, Spanisch, Französisch, Latein und Griechisch, besuche meine Freunde und genieße mein Leben.«

»Und wenn dir zufällig langweilig sein sollte, lässt du Priester weihen.«

»Ich habe Giulio einen Gefallen getan.«

»Ich bin nicht sicher, ob du ihm mit der Weihe und dem Priorat von Capua wirklich einen Gefallen getan hast. Lorenzo wird darüber ziemlich wütend sein.«

»Der allmächtige, allwissende Lorenzo de' Medici wird zornig sein«, lachte Cesare übermütig, um sofort wieder ernst zu werden. »Caterina, tu dir selbst und deinem Bruder einen Gefallen, und lass ihn seine Entscheidungen selbst treffen.«

»Ich habe nur diesen einen Bruder – und den kenne ich erst seit ein paar Tagen«, verteidigte ich mich. »Hast du Geschwister?«

»Mehr als genug! Mein älterer Bruder Pedro Luis war Herzog von Gandía, als er vor drei Jahren starb. Juan ist ein Jahr jünger als ich, also fünfzehn, Lucrezia ist elf und Jofré spielt noch mit Holzpferdchen. Die anderen kenne ich nicht. Und eigentlich will ich sie auch nicht kennen lernen.«

»Das ist keine große Familie – ich meine: für einen Kardinal«, zog ich ihn auf. »Papst Innozenz hat acht Kinder, Kardinal della Rovere hat drei, Kardinal Piccolomini hat sogar zwölf Kinder. Da muss sich dein unheiliger Vater aber noch ein bisschen mehr amüsieren, damit er vor den Signori della Rovere oder Piccolomini Papst werden kann.«

Cesare grinste über meine freche Bemerkung über das Liebesleben seines Vaters. Doch dann wurde er ernst. »So sehr er sich auch anstrengt, er wird keine Familie aus uns machen, Caterina. Wir Kinder sind nicht zusammen aufgewachsen. Wir haben nicht dieselben Mütter. Wir haben einen Kardinal als Vater, die rechte Hand des Stellvertreters Gottes – unfehlbar wie der Papst und unerreichbar wie Gott. Mein Vater hat ständig neue Geliebte. Die Liebe ist das Lebenselixier, das ihm ewige Jugend verspricht. Er ist derart in Giulia Farnese verliebt, dass ich an seinem Verstand zweifle – Giulia ist nur ein Jahr älter als ich!

Die Einzige, mit der ich mich hin und wieder treffe, ist meine Schwester Lucrezia. Aber sie soll bald heiraten – einen spanischen Conte. Dann wird sie nach Spanien gehen.«

Ich lehnte in den Kissen und strich über sein Haar.

»*Mea culpa!*«, sagte er plötzlich. »Ich bekenne mich schuldig der Todsünde der Langeweile!«

»*Diese* Sünde wirst du wohl nie begehen, Cesare.«

»Ich könnte es nicht ertragen, wenn du mich eines Tages verlässt, weil du dich mit mir gelangweilt hast. Lass uns aufstehen: Die Sonne ist schon aufgegangen. Ich bringe dich zurück in den Palazzo Medici.«

»Willst du Pater Giulio deine Sünden beichten?«, neckte ich ihn.

»Nein, denn ich habe keine Sünde begangen.«

»Du hast mit mir geschlafen, Exzellenz«, erinnerte ich ihn.

»Das war keine Sünde, sondern ein Vergnügen. Und ich würde es jederzeit wieder tun.«

Mir war feierlicher zumute als während einer Ostermesse im Florentiner Dom, als ich eine Stunde später auf der ehrwürdigen Sitzbank Platz nahm. Das alte Holz knarzte. Mit beiden Händen fuhr ich liebevoll über das Lesepult vor mir. Ich saß im Auditorium der Sapienza von Pisa, der berühmtesten Universität Italiens!

Cesare hatte mich hierher geführt. »Ich hoffe, du bist angemessen beeindruckt«, rief er zu mir herauf. Er hatte in der Mitte des großen Hörsaals auf dem Rand des Dozentenpults Platz genommen und beobachtete mich mit verschränkten Armen.

»Ich bin überwältigt! Es war schon immer mein Traum, eine Universität zu besuchen. Das Studio von Florenz, vielleicht. Aber hier in der Sapienza von Pisa zu sein … das ist einzigartig.«

»Und was willst du in einer Universität?«, fragte Cesare.

»Studieren.«

»Die *Artes Liberales?* Welche? Das Trivium: Grammatik, Rhetorik und Dialektik? Oder das Quadrivium: Arithmetik, Geometrie, Astronomie und Musik? Wie wäre es mit der *Historia Naturalis?* Dann: Medizin? Philosophie? Theologie?«

»Alles oder nichts!«, lachte ich übermütig. Es klang wie ein Schlachtruf.

»Dann willst du also ein *Doctor Universalis* werden wie vor zweihundert Jahren Albertus Magnus?«, fragte Cesare. Schwang da Spott in seiner Stimme?

»Warum nicht?«, fragte ich in einem möglichst herausforderndem Tonfall zurück. Die männliche Überheblichkeit, die sich darin gefiel, mich ständig zu erinnern, dass ich eine Frau war, machte mich jeden Tag wütender. Eines Tages würde ich diesen eingebildeten Signori beweisen, dass ich es mit ihnen – mit *jedem* von ihnen – aufnehmen konnte.

»Du kannst tun, was dir Spaß macht«, sagte Cesare zu meiner Überraschung. Hatte er gescherzt? Nein, sein Gesicht war ernst, als meinte er wirklich, was er sagte. »Der Mensch kann alles tun und werden, wenn er es nur will. *Sola fide* – allein durch den Glauben, den Glauben an sich selbst. Er muss nur der Göttin Fortuna ein paar Opfer bringen.«

»Welche Opfer?«

»Seine Zweifel und Hemmungen.«

Amen!, stimmte ich ihm im Stillen zu.

Cesare, der immer noch am Katheder lehnte, rief zu mir herauf: »Die Lehrstunde ist beendet. Komm herunter, Caterina! Ich will dir zeigen, wovon *ich* träume, wenn ich nachts wach liege.«

Ich stieg die Stufen des Auditoriums hinab und folgte ihm durch die Gänge der Sapienza hinaus auf die Piazza. Arm in Arm, wie zwei gute Freunde, gingen Cesare und ich an diesem Morgen durch die Straßen von Pisa. Man hätte uns für Studiosi halten können, die am Sonntag nach der Messe in der umfangreichen Bibliothek der Universität gewesen waren, um ein Zitat von Thomas von Aquino oder Aurelius Augustinus nachzuschlagen.

Cesare und ich waren hungrig, und so kauften wir am Stand eines Krapfenbäckers auf der Piazza Dante eine Hand voll köstlicher Pasticcini, die wir genüsslich verspeisten, während wir durch die Straßen von Pisa schlenderten. Wir hatten es nicht eilig, in den Palazzo Medici zurückzukehren.

Auf der Piazza Dante wurde ich zum ersten Mal auf den Mann aufmerksam, der an diesem Sonntagmorgen auf einem Mauervorsprung neben dem Portal der Sapienza gesessen hatte, als würde er auf uns warten.

Cesare und ich schlenderten Arm in Arm die Via San Frediano hinauf zur Piazza dei Cavalieri, wo ich den Fremden wieder sah. »Wir werden verfolgt«, flüsterte ich, als ich mich erneut umwandte.

»Das macht das Leben spannend«, sagte Cesare in normaler Lautstärke, als würde es ihn nicht stören, wenn unser Verfolger uns hörte.

Noch einmal blickte ich über die Schulter zurück. Der Fremde musste bemerkt haben, dass ich ihn gesehen hatte – aber er schien sich nichts daraus zu machen. Ungeniert folgte er uns in zwanzig Schritten Abstand über die Piazza dei Cavalieri. Er gab sich nicht die geringste Mühe, wie ein Kirchgänger auszusehen und unauffällig in der Kapelle neben dem Palazzo della Carovana zu verschwinden oder in einer der dunklen Gassen, die von der Piazza dei Cavalieri wegführten.

»Wie sieht er denn aus?«, fragte Cesare, ohne sich umzudrehen.

»Wie ein Racheengel Gottes.«

»Das ist Micheletto, mein Schutzengel«, grinste Cesare über meine Einschätzung von Michelettos Charakter. »Mein Vater bezahlt ihn, damit er auf mich aufpasst.«

»Damit du keine Dummheiten machst?«, hakte ich nach.

»Damit niemand anders die Dummheit begeht, sich mit mir anzulegen. Er ist mein Leibwächter. Er folgt mir überall hin.«

»Überall?«

»Heute Nacht hat er vor der Tür meines Schlafzimmers geschlafen.«

»Du meinst, er hat gelauscht.«

»Vermutlich. Ich gönne ihm sein Vergnügen.«

»Und wenn er deinem Vater erzählt, wie du in Pisa die Nächte mit dem ›Studium der Anatomie‹ verbringst?«, fragte ich nach.

Cesare zuckte mit den Schultern, als ginge ihn nichts von dem an, was Micheletto tat. »Das wird er nicht! Ich zahle ihm mehr als mein Vater. Er ist mir treu ergeben.«

Ich warf einen Blick über die Schulter und winkte Micheletto freundlich zu, doch er verzog keine Miene.

Wir gingen am Palazzo des Erzbischofs vorbei und erreichten die Piazza dei Miracoli, den Domplatz von Pisa. Vor uns ragten das Baptisterium, der Dom und der Schiefe Campanile in den tiefblauen Himmel. Die Piazza dei Miracoli war nicht gepflastert, sondern eine blühende Wiese. Ein herrlicher Kontrast zu der weißen Kathedrale! Piazza dei Miracoli – dieses großartige Forum trug seinen Namen zu Recht: Platz der Wunder.

»Das ist es, was ich dir zeigen wollte: den Schiefen Turm von Pisa«, erklärte Cesare, während er zum Campanile deutete.

»Er sieht wirklich aus, als würde er jeden Augenblick umkippen«, bemerkte ich staunend und beschattete die Augen gegen die hoch stehende Sonne. Es war bald Mittag.

»Vielleicht tut er das eines Tages. Einer meiner Professoren behauptet, die Neigung nehme jedes Jahr zu, und eines Tages werde er einstürzen. Wie die Kirche.«

Überrascht wandte ich mich zu ihm um. »Wie die Kirche? Du meinst …«

»Der schiefe Campanile ist ein Symbol für die *Ecclesia Dei.* Auch sie wird eines Tages einstürzen. Sie steht auf einem weicheren Fundament als dieser Turm.«

»Du meinst eine Basis wie Petrus: der Fels, auf dem Christus seine Kirche errichten wollte?«

»Petrus war ein Versager. Wie die meisten seiner Nachfolger, die von Machtpolitik nicht die leiseste Ahnung hatten, hat er sich von weltlichen Herrschern abhängig gemacht, hat seine Macht an den Meistbietenden verkauft. Zum ersten Mal, als er Jesus verleugnete, um sein Leben zu retten. Zum letzten Mal, als er sich in Rom als Märtyrer ans Kreuz nageln ließ und sich opferte, anstatt Nero erbitterten Widerstand zu leisten. Welch ein sinnloser Tod!

Im Kampf gegen die Kaiser haben die Päpste jahrhundertelang Kirchenbesitz – Städte und Lehen des Patrimonium Petri – an Herzöge verschenkt, um sie zu ihren Gefolgsleuten zu machen. Damit legten sie den Grundstein für die Macht der Sforza in Mailand, der d'Este in Ferrara und der Montefeltro, die es in wenigen Jahren geschafft haben, von Feldherren der Kirche zu Herzögen von Urbino aufzusteigen. Die Kaiser spielten das Spiel nur zu gern mit. Auch sie verschenkten Kirchenbesitz an ihre Gefolgsleute.

Die Herrschaft über den Kirchenstaat, der im Süden bis zum Königreich Neapel reicht und im Norden Umbrien, die Marken, die Emilia und die Romagna umfasst, macht den Papst zu einem der mächtigsten Fürsten Italiens – theoretisch! Die Montefeltro tragen den Titel eines päpstlichen Vikars – Federico da Montefeltro war Condottiere der Kirche, sein Sohn Guido, der jetzige

Herzog von Urbino, strebt nach dem Titel des Bannerträgers, des Oberbefehlshabers der päpstlichen Heere. Er regiert sein Reich souverän, hält sich für unabhängig und würde den Heiligen Vater zum Teufel jagen, falls er es wagte, ihm in seine Angelegenheiten hineinzureden. Wenn die Kirche sich auf der Basis der Herrschaft der d'Este, Gonzaga, Sforza und Montefeltro weiter neigt, wird dieses Fundament zerbersten, und die *Sancta Ecclesia* wird einstürzen.«

Ich betrachtete den schiefen Campanile, der stabil erschien, obwohl er auf Treibsand stand. »Und die Priester, die Bischöfe, Kardinäle … der Papst. Sie bilden zusammen mit den Gläubigen die *Ecclesia Dei.* Wenn sie, wie am Anfang die Apostel, den Turm stützen …«

»Nicht mit Patres wie Girolamo Savonarola als Apostel, Caterina! Er zerschlägt mit seinen Worten die Säulen, die das einsturzgefährdete Gebäude zusammenhalten. Er wettert gegen alles und jeden: gegen den Besitz, ohne den die Kirche sich als weltliches Unternehmen nicht finanzieren kann, gegen die menschliche Fehlbarkeit der Priester, selbst gegen den Papst.«

Durch ein kleines Tor betraten wir das Innere des Campanile und begannen mit dem Aufstieg. Die Stufen führten steil hinauf, wurden nach ein paar Schritten flacher, um dann unmerklich abwärts zu führen. Wenige Schritte weiter wurde die schmale Treppe wieder steiler. Die Neigung des Turms verursachte die in sich schwingende, schlingernde Bewegung der Stufen.

Schweigend folgte ich Cesare die Treppe hinauf.

Auf der Turmspitze, zwischen den sieben gigantischen Glocken, bot sich uns ein fantastischer Ausblick über Pisa. Unter uns lagen die Kathedrale und die Piazza dei Miracoli, weiter südlich der schöne Palazzo della Carovana an der Piazza dei Cavalieri, die Universität und die drei Arnobrücken. Von hier oben wirkte alles, auch die

Menschen, die nach der Sonntagsmesse aus der Kathedrale strömten, wie ... wie Spielzeug!

Mit weit ausgebreiteten Armen stand ich dort oben und atmete tief die nach Meer ... nach Freiheit duftende Luft ein.

»Wer, außer Gott, kann diesen Schiefen Turm wieder aufrichten?«, fragte ich nach einer Weile.

»Ich«, sagte er. »Ich werde es tun, indem ich das Fundament stärke. Ich werde die d'Este, die Sforza, die Montefeltro an ihre Pflichten erinnern – wenn nötig mit Feuer und Schwert! Wenn die Kirche auf sicherem Boden steht, werde ich mich um die geborstenen Säulen kümmern, die den Thron meines Vaters tragen. Allen voran Kardinal Giuliano della Rovere, der sich mit dem Herzog von Urbino verschwägert hat, dem mächtigsten Lehnsfürsten der Kirche.«

»Der Thron deines Vaters? Du meinst: den Thron Gottes ...«

»Nein, Caterina: meines Vaters Thron. Es steht ohne jeden Zweifel fest, dass mein Vater, Kardinal Rodrigo Borgia, der nächste Papst sein wird. Und ich Kardinalerzbischof von Valencia.«

»Aber Papst Innozenz lebt noch ...«, wandte ich ein.

»Das kann sich in seinem Alter über Nacht ändern.«

»Die Kardinäle wählen den Papst im Konklave ...«

»Ich bin Doktor des Kanonischen Rechts, Caterina«, erinnerte er mich mit einem gequälten Lächeln. »Das ist pure Theorie! Die Praxis sieht so aus, dass ein umsichtiger Kardinal eine Menge Dukaten ausgibt, um sich vor Überraschungen im Konklave zu schützen. Mein Vater ist seit vierunddreißig Jahren Vizekanzler der Kirche und *de facto* trifft er die Entscheidungen, nicht dieser Possenreißer auf dem Stuhl Petri, dem es Spaß bringt, Dekrete meines Vaters zu revidieren. Mein Vater hat die Geduld verloren und beschlossen, dass Kardinal Ascanio, der Bruder Ludovico Sforzas, sein Nachfolger als Vizekanzler der Kirche werden soll.«

Ich musste mich für einen Augenblick auf die Mauerbrüstung setzen, um Ordnung in meine Gedanken zu bringen.

Papst Innozenz war Lorenzos Schwager. Er war eine wichtige Stütze der Macht der Medici in Florenz. Wenn er starb ... das konnte den Sturz der Medici bedeuten! Das von Lorenzo angestrebte Gleichgewicht der Mächte zwischen Mailand und Florenz, Venedig und Neapel war bedroht, die Verteilung der Herrschaft zwischen den Sforza, den Medici, den Aragón und den um Macht und Einfluss ringenden Borgia stand auf dem Spiel. Und damit der Frieden in Italien!

Und dann? Kardinal Rodrigo Borgia als Papst? Cesare als Kardinal? Mein Cousin Gianni im nächsten Konklave! Wem würde er wohl seine Stimme geben – nachdem der Vizekanzler Giulio so großzügig das Priorat in Capua mit den damit verbundenen Einkünften verschafft hatte und Cesare meinen Bruder zum Priester weihen ließ! Pater Giulio de' Medici würde sicherlich eine kometenhafte Karriere machen, wenn ... ja, wenn ...

Mir stockte der Atem.

Die Borgia hatten die Stimmen der Medici *gekauft!* Und sie hatten keinen einzigen Fiorino dafür ausgegeben. Gianni würde im Konklave für Kardinal Borgia stimmen. Er konnte gar nicht anders, wenn er nicht irgendwann als eine der »geborstenen Säulen« aus der Hierarchie entfernt werden wollte. Und sollten ihn wider Erwarten Zweifel quälen, würde Pater Giulio dafür sorgen, dass sein Cousin sich dankbar zeigte. Oder ich! Hatte Cesare mich verführt, um mich in der Hand zu haben? Siedend heiß rann die Scham durch meine Adern und setzte mich in Flammen. Hatte er mich *benutzt?* Ich schüttelte den Kopf. Er war so leidenschaftlich gewesen, so zärtlich, als wäre er in mich verliebt. Nein, ich wollte diesen Gedanken nicht zu Ende denken.

»Aber erst muss Papst Innozenz sterben«, flüsterte ich, um mich selbst zu beruhigen und um mich von der Unsinnigkeit meiner eigenen Mutmaßungen zu überzeugen.

Cesare lächelte rätselhaft. »Du hast Recht. Zuerst muss er sterben!«

Wie ein Verrückter rannte Cesare wenige Minuten später die Stufen des Turms hinunter. Ich konnte kaum mit ihm Schritt halten.

»Der Abstieg geht immer schneller als der Aufstieg«, lachte Cesare übermütig, als er mit Micheletto unten auf der Piazza dei Miracoli auf mich wartete.

Er wollte mich in die Arme nehmen, aber ich entzog mich ihm. »Und am schnellsten geht es, wenn man stolpert und fällt«, bemerkte ich wütend. Ich meinte *nicht* den Sturz vom Campanile!

Cesare verstand mich. »Wenn man stolpert, ist man so gut wie tot. Den Sturz aus dieser Höhe überlebt niemand.«

Eines Tages würden wir uns seiner Worte erinnern – zwölf Jahre später in Rom. Er würde versuchen, mich festzuhalten, sich an mir aufzurichten. Aber dann wäre er schon gestolpert und gestürzt – über den Leichnam seines Vaters.

Cesare nahm meine Hand und führte mich zum Palazzo Medici, wo Kardinal Giovanni de' Medici nach der Sonntagsmesse im Dom, die Cesare und ich verpasst hatten, den Erzbischof von Pisa zum Essen empfing.

Nach meiner Ankunft im Palazzo verschwand ich in Giulios Schlafzimmer, zog die bequemen Hosen aus und zwängte mich fluchend in eines meiner Kleider aus den Reisetruhen, die ein Wagen aus Florenz gebracht hatte. Ich war wieder Caterina de' Medici, schlüpfte wortlos in die Rolle der Gastgeberin an der Seite meines Cousins, des Kardinals, der in seinem Palazzo Hof hielt.

Gianni und Giulio saßen an der Tafel und sahen überrascht auf, als ich an Cesares Arm zum Mahl erschien.

Cesare begrüßte den Erzbischof von Pisa und sein Gefolge, während mir ein Diener einen Stuhl neben Gianni zurechtrückte.

»Wo, zum Teufel, warst du, Caterina? Giulio und ich haben dich gestern nach dem Fest gesucht«, fragte Gianni unwillig.

»In Cesares Palazzo«, erklärte ich ihm, während ein Diener mein Weinglas füllte und ein anderer einen Teller mit gefülltem Fasan in Maronensauce und Pastinaken vor mir platzierte. Durstig leerte ich das Glas. »Ich war während des Gerangels auf dem Ponte di Mezzo in den Arno gestürzt, und Cesare hat mich wieder herausgezogen.«

»Du warst die ganze Nacht bei ihm?« Giulio sah mich missbilligend an. »Caterina, wenn du beichten willst, stehe ich dir nach dem Essen gern zur Verfügung …«

»Das wird nicht nötig sein, Giulio! Denn wir werden sicherlich heute noch einmal sündigen.«

Giulio sah mich entsetzt an. »Hat er dich verführt?«

»Nein, Giulio. Ich habe *ihn* verführt«, erklärte ich in dem sinnlosen Versuch, mir einen Rest von Selbstachtung und Stolz zu bewahren.

»Caterina, wie konntest du? Wenn Lorenzo davon erfährt …«

»Wer sollte ihm davon erzählen, Giulio?«, triumphierte ich. »Willst du nach dem Bankett nach Florenz reiten und Lorenzo alles berichten? Dass ich deine Hosen anhatte und auf dem Ponte di Mezzo mit Cesare gerungen habe? Dann warte mit deiner Rückkehr nach Florenz bitte so lange, bis ich dir deine Hosen zurückgegeben habe, denn in einer schwarzen Soutane würde ich an deiner Stelle nicht zu Hause auftauchen.«

Giulio schnappte nach Luft, und Gianni starrte mich ungläubig an, als ich fortfuhr: »Wenn du mein kleines Geheimnis nicht an das Domportal in Florenz nagelst, Giulio, werde ich Lorenzo nicht verraten, dass du gegen seinen Willen in Pisa studierst. Oder dass

Gianni seinen Freund, den Bischof von Pamplona, gebeten hat, dich zum Priester weihen zu lassen.«

»Lass mich da raus!«, verlangte Gianni.

»Du steckst am tiefsten drin«, antwortete ich. Wie tief, verriet ich ihm nicht.

Nach dem mehrgängigen Mahl spielte eine Gruppe von Musikern ein paar fröhliche Stücke der Komponisten Josquin Desprez und Antoine Brumel, und ich tanzte mit dem Erzbischof von Pisa eine Pavane nach der anderen. Cesare saß am Tisch und sah mir dabei zu, während er sich mit Gianni und Giulio unterhielt. Je länger ich mit dem Erzbischof tanzte, desto wütender wurde Cesare – und umso fröhlicher wurde ich. Wenn Cesare zornig wurde, weil ich mit einem anderen tanzte, dann hatte er mich nicht einfach nur benutzt! Dann liebte er mich!

Schließlich rauschte ein eifersüchtiger Bischof quer durch den Saal, drängte den verdutzten Erzbischof mit einem »Vergebt mir, Frater!« zur Seite, ergriff meine Hand und tanzte mit mir.

»Tu so etwas nie wieder!«, fauchte er, während wir unsere Pirouetten drehten.

»*Was* soll ich nie wieder tun?«, fragte ich gereizt.

»Mich provozieren, indem du mit anderen flirtest. *¡Te quiero!* Ich liebe dich! Du gehörst mir und niemand anderem!«

In dieser Nacht gehörte ich ihm mit Leib und Seele, wie in den folgenden Tagen und Nächten. Wir waren wie berauscht voneinander, weil wir im anderen uns selbst erkannten. Unser Temperament. Unsere Leidenschaft. Unsere Sehnsucht. Alles, was wir sein konnten. Alles, was wir sein wollten.

Cesare brachte mir ein paar Sätze Spanisch bei – die Art von Formulierungen, mit denen ich nicht in höfischer Gesellschaft angeben konnte. Er sang schwermütige Lieder aus Spanien und nahm mich einmal mit zu einer *Corrida de Toros*, einem Stierkampf, den sein spanisches Gefolge auf der Piazza dei Cavalieri veranstaltete. Cesare und ich ruderten auf dem Arno bis zum Hafen, speisten inkognito in einer heruntergekommenen Hafenspelunke und diskutierten die halbe Nacht mit Matrosen und Huren über den Sinn und Unsinn des Lebens. Wir lachten Tränen und genossen jeden Atemzug unseres Seins.

Carpe diem! An jene unbeschwerten Tage in Pisa erinnere ich mich noch heute mit Vergnügen – trotz allem, was Cesare und ich uns in den folgenden Jahren angetan haben, um den anderen zu demütigen und in die Knie zu zwingen. Wir genossen diese Tage der Sinnlichkeit, der Lust und der Freude in vollen Zügen.

Fünf Tage blieb ich in Pisa, dann kehrte ich nach Florenz zurück, ohne Cesares Frage – »*Tu me quieres?* – Liebst du mich?« – beantwortet zu haben. Ich ritt zurück zu Giovanni Sforza, der auf mich wartete, weil er dachte, ich würde ihn heiraten.

Amors Pfeile hatten mich getroffen und rissen eine tiefe, schmerzhafte Wunde, als ich mich von Cesare verabschiedete. Dass der Gott der Liebe mit seinen Pfeilen mehr als eine zum Scheitern verurteilte Affäre verursacht hatte, konnte ich nicht ahnen …

… noch nicht …

Kapitel 4

La Gloire Immortelle

Am 3. Oktober 1491 wurde die Welt neu erschaffen, schöner und geheimnisvoller, als ich sie je wahrgenommen hatte. Und wie Gott brachte Giovanni Pico della Mirandola sein Werk auch gleich zur Vollendung – in nur dreizehn Tagen! Dabei ahnte er nicht einmal, was er am Anfang unwissentlich angerichtet hatte.

Die kleine Phiole mit ein paar Tropfen goldschimmernder Flüssigkeit in seiner Hand – für Uneingeweihte sah es aus wie Honig. Für mich aber enthielt sie das große Mysterium, den Sinn meines Lebens. Sie war das Symbol meiner geistigen Pilgerfahrt durch das Leiden, geführt von der Hoffnung und der Sehnsucht nach Liebe, auf der Suche nach mir selbst. Die Reise, die ich an jenem Tag antrat, war die längste, die ein Mensch machen kann: Sie dauerte mein Leben lang und ist noch immer nicht beendet. Es ist ein gefährlicher Weg, der mich meine Unschuld, meine Illusionen, meinen Glauben, meinen Namen und meine Identität kostete. Aber am Ende habe ich das Wertvollste gefunden, was ein Mensch finden kann …

»Heute Abend werden der Bannerträger von Florenz und einige seiner Ratsherren zu Gast sein. Das ist eine wunderbare Gelegenheit für dich, die Signori kennen zu lernen.« Lorenzo hielt inne und beobachtete mich. Als ich schwieg und weiter ins Feuer starrte, fuhr er fort: »Das Bankett zu Ehren des Botschafters von Venedig wird dich auf andere Gedanken bringen, Caterina.«

Erschrocken sah ich ihn an. »Was meinst du?«

»Seit deiner Rückkehr aus Pisa vor einigen Tagen sprichst du kein Wort. Ist etwas geschehen, wovon ich wissen sollte?« Lorenzo sah mir in die Augen, in die Seele. Ich wich ihm aus, wandte den Blick ab.

Schweigend starrte ich auf das Muster des orientalischen Teppichs in Lorenzos Studierzimmer. Ich erinnerte mich an Giovanni Sforzas verletzten Stolz und seine überstürzte Abreise, als ich ihm endgültig zu verstehen gab, dass ich ihn nicht heiraten würde. Und ich dachte an meinen Cousin Gian Giordano Orsini, der nach Giovanni Sforzas Kapitulation und kampflosem Rückzug einen Schlachtplan entwarf, um mein Bett zu erobern. Dass ich seinen Vorstößen seit zwei Tagen erbittert Widerstand leistete, schien ihn nicht zu beunruhigen. Wenn Gian Giordano glaubte …

»Hast du jemanden kennen gelernt?«, unterbrach Lorenzo meine Überlegungen.

… wenn er glaubte, es mit Cesare Borgia aufnehmen zu können, seinem charmanten Lächeln, seinen leidenschaftlichen Küssen, seinen zärtlichen Händen auf meiner Haut …

Ich muss Lorenzo die Wahrheit sagen!, dachte ich.

»Ja, ich habe jemanden kennen gelernt«, sagte ich. »Mich selbst.«

Er wartete ab, was ich ihm zu sagen hatte.

Ich holte tief Luft: »Gianni hält als Kardinal in Pisa Hof wie Seine Heiligkeit persönlich. Fast jeden Tag gibt er ein Bankett für die Signori, den Erzbischof von Pisa und seine Freunde.«

»Er vertritt die Medici und die Republik Florenz«, warf Lorenzo ein. »Und als Kardinal repräsentiert er Rom.«

Wie sollte ich bloß anfangen, wie Lorenzo verständlich machen, was mich seit meinem Besuch in der Sapienza bewegte, erschütterte, aufwühlte? Was in den Tagen seit meiner Rückkehr aus Pisa wie ein unstillbares Feuer in mir loderte, heller und heißer als je zuvor, und mich wie Phoenix zu verbrennen drohte?

»Und das macht Gianni sehr gut«, versicherte ich Lorenzo. »Er disputiert mit seinen Professoren über Philosophie und Theologie, als hätte Angelo ihm ein Buch von Platon in die Wiege gelegt. Er spricht über florentinische Außenpolitik, er …« Ich stockte, begann von vorn. »Während meines Aufenthaltes in Pisa war ich die *Prima donna* im Palazzo Medici …« O Lorenzo, sieh mich bitte nicht so an! »Es war eine Ehre, Florenz zu vertreten und die für die Medici wichtigen Personen bei Laune zu halten, indem ich mich mit ihnen unterhielt, mit ihnen tanzte und flirtete, aber …«

»Aber …?«, bohrte er nach.

»Es ist nicht das, was ich tun will«, sprudelte es aus mir hervor. »Ich meine: Ich will nicht den Rest meines Lebens mit Botschaftern tanzen, die ihre Hände nicht bei sich behalten können oder mir auf die Füße treten. Ich will mir nicht geduldig die Belanglosigkeiten anhören, die das Leben ihrer Gemahlinnen ausmachen. Ich will auch nicht charmant lächelnd die diplomatischen Fehltritte eines Giovanni Sforza ertragen oder mit Gian Giordano ausreiten, um mir stundenlang seine Heldentaten auf den Schlachtfeldern Italiens anzuhören. Ich will etwas *tun*, Lorenzo!«

»Und was willst du tun, Caterina? Die Banca Medici leiten? Oder Florenz regieren?«, fragte er ernst. War da ein spöttischer Unterton in seiner Stimme? Nein, sicher nicht!

»Ich will studieren. An der Sapienza in Pisa«, sagte ich entschlossen.

»Nein!«, verbot mir Lorenzo. »Unmöglich!«

»Das ist es nicht«, rief ich. »Du finanzierst die Universität. Du hast die Bibliothek zusammentragen lassen, du zahlst die Gehälter der Professoren. Wenn du es wünschst, wird niemand etwas dagegen einwenden können, wenn ich …«

»Nein! Das ist mein letztes Wort in dieser Angelegenheit«, unterbrach er mich. War er zornig? Nein, er war bestürzt über meinen Wunsch.

»Aber …«, protestierte ich. »Ich will etwas *tun*.«

Bevor Lorenzo antworten konnte, betrat Angelo das Studierzimmer. »Giovanni ist angekommen! Er hat eine ganze Maultierkarawane mit Kisten mitgebracht«, rief er und war schon wieder verschwunden.

»Endlich ist er wieder da!«, freute sich Lorenzo. Er reichte mir seine kalte Hand. »Caterina, hilf mir! Ich muss hinunter in den Hof, um meinen Freund Giovanni Pico zu begrüßen.«

War dies der Schlussstrich unter unserer Diskussion? Das Ende meines Traumes?

Ich half Lorenzo aus seinem Sessel, und er stützte sich auf mich, als wir langsam, Stufe für Stufe, die Treppe zum Hof des Palazzo hinabstiegen. Ich spürte sein Zittern, als er den Arm um meine Schultern legte. Unser Disput hatte ihn erschüttert. Glaubte er denn, dass ich ihn verlassen wollte? Meinem Blick wich er aus.

Der Hof sah aus wie eine orientalische Karawanserei. Dreißig, fünfunddreißig, vierzig Maultiere drängten sich unter den Arkaden. Jedes von ihnen war mit zwei schweren Holzkisten beladen, die seitlich am Packsattel festgeschnallt waren. Die ersten Truhen wurden bereits abgeladen und von Dienern neben der Treppe aufgestapelt.

Angelo wühlte ungeduldig im Stroh einer der Kisten und zog ein dickes Buch hervor, das er so andächtig betrachtete, als sei es eine kostbare Reliquie. Dann zupfte er ein paar Strohhalme zwischen den Pergamentseiten heraus. »Ein Buch von Gerbert d'Aurillac!«, staunte er. »Wo hast du es gefunden, Giovanni?«

»In einem Kloster in Padua«, erwiderte der Mann, der neben ihm kniete, mit beiden Händen Stroh aus der Truhe riss und es auf den Boden warf. Ein Maultier machte sich darüber her.

»Wie hast du den Abt dazu gebracht, es dir zu geben?«

Der Fremde grinste verschmitzt. »Ich habe ihm verschwiegen, *wer* Gerbert d'Aurillac war. Er hatte keine Ahnung. Mit einem Kompendium der Alchemie konnte er nichts anfangen, und so überließ er es mir für zwanzig Fiorini – weil es so alt und schon halb zerfallen ist. Ein fünfhundert Jahre altes, handgeschriebenes Buch von Papst Silvester II. hätte mich ein Vermögen gekostet …«

Als der Fremde Lorenzos Anwesenheit bemerkte, drehte er sich zu uns um und erhob sich.

Giovanni Pico della Mirandola, der Conte von Concordia, war achtundzwanzig Jahre alt und von einer fast überirdischen Schönheit. Seine sanften Augen hatten die Farbe des Himmels über Florenz, seine goldblonden Locken fielen bis über seine Schultern, sein Körper war schlank und so grazil, als hätte er nie etwas Schwereres mit sich herumgetragen als einen Stapel Bücher – oder die gewichtigen Gedanken in seinem Kopf, die er in den neunhundert Thesen seiner berühmten *Conclusiones* niedergeschrieben hatte.

Ich war wie verzaubert. Ich stand ein paar Schritte entfernt und starrte ihn an, als befürchtete ich, dass diese wundervolle Erscheinung jeden Augenblick wieder verschwinden könnte, wenn ich den Blick abwandte. Ich war überwältigt von ihm, von seiner Schönheit, von seinem sanften Lächeln, von seiner Ausstrahlung. Auch er sah mich an, unfähig, auch nur ein Wort zu sagen, unfähig, sich von mir abzuwenden. Da war etwas zwischen uns, was ich nicht in Worte fassen konnte: Vielleicht war es Magie! Es war ein endloser, ein unvergesslicher, ein magischer Augenblick voller Gefühle, die keiner von uns in ihrer unermesslichen Tiefe und ihrer fast schmerzhaften Intensität verstand … jetzt noch nicht …

»Salve, Giovanni«, begrüßte Lorenzo seinen Freund. Er hatte den Blickwechsel zwischen uns bemerkt. »Wie schön, dass du endlich wieder da bist!«

Giovanni Pico schwankte, schien aus einem Traum zu erwachen, dann riss er sich von mir los und wandte sich an Lorenzo, umarmte und küsste ihn wie einen älteren Bruder auf beide Wangen. »Wie geht es dir, Lorenzo *mio?* Du siehst blass aus.«

»Die Schmerzen sind unerträglich«, seufzte Lorenzo, als er sich auf seinen lang vermissten Freund stützte, der mir einen weiteren langen Blick zuwarf.

»Ich habe dir etwas mitgebracht«, flüsterte der Conte so leise, dass ich ihn kaum verstehen konnte. Giovanni Pico meinte offensichtlich nicht die Truhen, die immer noch von den Maultieren abgeladen wurden. Er griff in die Tasche seines weiten Faltenmantels und zog eine kleine Phiole aus Glas hervor, die ein paar Tropfen flüssigen Goldes zu enthalten schien. Er drückte sie Lorenzo unauffällig in die Hand, sodass niemand sie sehen konnte. Niemand – außer mir!

»Du hast es geschafft? Du hast es wirklich geschafft?«, fragte Lorenzo aufgeregt.

»Und mein Laboratorium ist dieses Mal nicht explodiert«, grinste Giovanni Pico.

Neugierig trat ich näher, und Lorenzo sagte: »Caterina, ich möchte dir Giovanni Pico vorstellen, den Conte von Concordia. Giovanni war während des letzten halben Jahres in Italien unterwegs, um kostbare Bücher und seltene Manuskripte für meine Bibliothek zu suchen und nach Florenz zu bringen. Giovanni, das ist meine Nichte Caterina. Sie wird dir und Angelo helfen, die Bücher so zu ordnen, dass dieser Stapel mit Stroh gefüllter Kisten den Namen Biblioteca Laurenziana verdient.«

»Ich soll …«, stotterte ich. Die restlichen Worte waren mir irgendwie abhanden gekommen.

Wie sehr Lorenzo seine kostbare Bibliothek am Herzen lag, deren Leitung er seinem Freund Angelo übertragen hatte, wusste ich. Ich sollte Angelo und Giovanni unterstützen! Das war eine wundervolle Aufgabe. Ich würde mit den beiden größten Gelehrten Italiens zusammenarbeiten. Das war besser, viel besser als ein Studium in Pisa!

»Hast du nicht vorhin gesagt, dass du etwas Sinnvolles tun willst?«, fragte Lorenzo lächelnd. »Wenn du unbedingt Staub aufwirbeln willst, dann fang in der Laurenziana damit an.«

Ungestüm umarmte ich ihn und küsste ihn auf die Wange. »Danke, Lorenzo«, lachte ich glücklich und umarmte auch gleich noch Giovanni Pico, der meinen Kuss sehr zart erwiderte. Seinen Arm hielt er länger als nötig um meine Schultern geschlungen, doch schließlich ließ er mich unter Lorenzos Blicken zögernd los.

Angelo trat mit zwei dicken Folianten in den Händen zu uns. »Du hast ja wirklich Schätze ausgegraben, Giovanni«, freute er sich. »Schriften von Roger Bacon, einen Codex von Mohammed ar-Rasi, eine illustrierte Handschrift des *Roman de la Rose.* Du bist nicht zufällig in einem verfallenen Kloster auf ein fünftes Evangelium gestoßen?«

»Leider nicht«, lachte Giovanni. »Ich habe etwas viel Besseres: die handschriftlichen Notizen von Bernardus Trevisanus zum Opus Magnum. Ich glaube, er hat gefunden, wonach ich suche.«

»Dann kann ich die Bücherkisten wohl allein auspacken«, stöhnte Angelo in gespielter Verzweiflung, »während du mit dem Buch in deiner qualmenden und zischenden Hexenküche verschwindest.«

»Ich werde nicht vor dem nächsten Vollmond mit dem Opus beginnen, Angelo! Wir haben also noch zwei Wochen Zeit, die Bücher gemeinsam mit Caterina auszupacken.«

Mir schwirrte der Kopf: Laboratorium – Vollmond – Opus Magnum! Wer war Bernardus Trevisanus? Und was hatte er gefunden? War es möglich …? O mein Gott!

Während ich Lorenzo, Angelo und Giovanni die Treppe hinauf in die Bibliothek folgte, wo die ersten Büchertruhen ausgepackt wurden, dachte ich an die kleine Phiole mit goldschimmernder Flüssigkeit, die Giovanni Lorenzo gegeben hatte – wie ich annahm, gegen seine unaufhaltsam fortschreitende Krankheit. War es eine Medizin gewesen, die er für ihn in seinem Laboratorium hergestellt hatte? Nein, die Gicht war nicht heilbar, und die furchtbaren Schmerzen konnten nur mit einer immer größeren Dosis Opium zurückgedrängt werden – bis die Dosis eines Tages zu groß war.

Und wenn er nun … Nein, das war undenkbar! … Aber wenn Giovanni nun doch … ein Eingeweihter war? Ein Alchemist!

Eine Stunde später drängten sich achtundsiebzig mit Büchern gefüllte Truhen in der Bibliothek. Die meisten waren geöffnet, das Stroh quoll hervor und verteilte sich auf den Terrakotta-Fliesen, während Angelo, Lorenzo, Giovanni und ich mit leuchtenden Augen in den Schatztruhen wühlten.

Überall auf den hastig leer geräumten Lesepulten und Sitzbänken stapelten sich schmale, in Leder gebundene Bücher, dicke Folianten aus schwerem Pergament, herrliche Codices mit handgemalten Illustrationen in leuchtendem Blau, Rot und Gold, handschriftliche Notizen auf Folio, manche davon notdürftig mit einem halb zerrissenen Faden gebunden, Pergamentrollen, die so brüchig waren, als stammten sie noch aus der Antike, Manuskripte in griechischer Sprache, mehrere Codices mit seltsam verschlungenen Zeichen – war es Arabisch? – hebräische Texte, und ein paar Schnipsel, deren Schrift mir völlig unbekannt war.

Vorsichtig öffnete ich eine endlos lange Rolle aus einem Material, das ich noch nie zuvor gesehen hatte. Pflanzenfasern, die wie gespleißtes Schilf aussahen, waren in zwei Schichten übereinander geklebt und geglättet worden. Das ist Papyrus, das Schreibmaterial der alten Ägypter!, dachte ich aufgeregt. Die Schrift auf dem Papyrus war mit einer schlecht geschnittenen Feder oder einer weichen Schreibbinse geschrieben worden. Durch Wind, Staub und Sonne war die dicke schwarze Tinte im Lauf der Jahrhunderte verblichen. Ich versuchte, die ersten Worte zu lesen – es war Griechisch.

Ich zeigte Giovanni Pico die Rolle. »Was heißt das?«

»εν αρχηι ην ο λογος, και ο λογος ην προς του θεου, και θεος ην ο λογος«, las er mir in flüssigem Griechisch vor. »›Im Anfang war das Wort, und das Wort war bei Gott und das Wort war Gott‹. Das ist der Beginn des Johannes-Evangeliums.«

»Wie alt mag dieser Papyrus sein?«, fragte ich. »Er ist sehr zerbrechlich.«

»Alt, Caterina. *Sehr* alt. Deshalb werden wir ihn in den nächsten Tagen kopieren«, erklärte Giovanni.

Angelo kam zu uns herüber. »Wir werden unseren täglichen Griechischunterricht in die Bibliothek verlegen, Caterina. Hier kannst du mit Original-Handschriften arbeiten. Vielleicht willst du das Evangelium kopieren?«

»Und ob ich will«, rief ich und legte die Papyrusrolle zu den lateinischen Büchern auf meinem Lesepult. Das waren die Bände, die Giovanni mir zur Durchsicht gegeben hatte.

Lorenzo half uns unermüdlich, die Büchertruhen auszupacken. Für einen Augenblick schien er seine Schmerzen zu vergessen. Sein Gesicht strahlte verzückt, während er im Stroh wühlte. Dann rief er plötzlich: »Das ist völlig unmöglich! Das ist …«

Giovanni ging zu ihm und sah ihm über die Schulter.

»Das ist eine der Büchertruhen aus dem persönlichen Besitz des griechischen Kaisers Ioannis Palaiologos! Sieh nur das kaiserliche Siegel«, rief Lorenzo erstaunt. »Dann stimmt das Gerücht, dass er kostbare griechische Handschriften mitbrachte, als er 1439 zum Unionskonzil nach Florenz kam, um den Papst um Unterstützung gegen die Türken anzuflehen. Während des monatelangen Konzils schloss er Freundschaft mit meinem Großvater Cosimo.« Lorenzo hob vorsichtig ein in weißes Leder gebundenes Buch aus dem Stroh. »Seine Geschenke halfen Kaiser Ioannis nicht, denn 1453 wurde Konstantinopolis von Sultan Mehmet II. erobert. Wo hast du bloß diese Truhe gefunden, Giovanni?«

Giovanni reichte seinem Freund den Arm, um ihm aufzuhelfen. »Wie wäre es, wenn du dich ein bisschen schonst, Lorenzo *mio?*«, sagte er leise. Zärtlich klopfte er mit der flachen Hand gegen Lorenzos Brust – auf die eingenähte Innentasche mit der Glasphiole. Mit sanfter Gewalt schob Giovanni seinen Freund zur Tür des Lesesaals.

Lorenzo protestierte: »Willst du mich aus meiner eigenen Bibliothek werfen?«

»Denk zur Abwechslung einmal an dich selbst! Und schlaf ein paar Stunden! Danach wirst du dich fühlen wie der wiedergeborene Herakles«, versprach Giovanni, schob Lorenzo durch die Tür und schloss sie hinter ihm.

Seufzend über Lorenzos Ungeduld kam Giovanni zu mir herüber. Ich zeigte ihm einen zerfaserten Fetzen Pergament, der nicht größer war als meine flache Hand. »Welche Sprache ist das?«

Giovanni trat ganz nah neben mich, sodass sich unsere Körper berührten, und warf einen Blick auf das Pergament. »Das ist Hebräisch.«

»Kannst du das lesen?«, fragte ich ungläubig.

Angelo trat zu uns. »Giovanni liest und spricht *jede* Sprache – Latein, Griechisch, Französisch, Arabisch, Hebräisch! Nur eine Sprache hat er nie gelernt: die der Poesie«, grinste er. »Das Einzige, was ›San Giovanni‹ nicht an den Universitäten gelernt hat, ist, mit dem erworbenen Wissen nach Herzenslust anzugeben, um eine schöne Madonna zu beeindrucken.« Angelo sah mich mit einem geheimnisvollen Lächeln an. Spürte er, was zwischen Giovanni und mir vorging? Welche Funken des Gefühls wir aus dem anderen schlugen?

»*Das* kannst du viel besser als ich, du größter aller Poeten!«, lachte Giovanni. »Dabei brichst du die Herzen der schönen Madonnen, weil du in antiker Tradition junge Männer liebst. Sag mal, hast du eine Affäre mit Michelangelo?«

Angelo seufzte: »Er will mich nicht. Er ist verliebt in seinen Marmor und nur glücklich, wenn sein Meißel Funken sprüht und die Steinsplitter fliegen …«

Angelo zog Giovanni mit sich fort. Während die beiden Freunde sich unterhielten, ging ich zu dem Lesepult hinüber, das Giovanni während der nächsten Wochen für sich reserviert hatte. Diese Werke wollte er lesen! Ob das geheimnisvolle Buch von Bernardus Trevisanus darunter war?

Meine Hand glitt an den Buchrücken entlang, dann fand ich, was ich suchte: ein in schwarzes Leder gebundenes Notizbuch, wie man es bei jedem Papierhändler kaufen kann. Es lag ganz unten im Stapel, und ich zog es unauffällig hervor.

Die Notizen enthielten Skizzen von Laborgeräten, astrologische Zeichen, Tabellen, Diagramme, Formeln und seitenweise kaum leserliche lateinische und italienische Kritzeleien – nachts im flackernden Schein des Feuers hingeworfen. »Die sieben Transmutationen der Seele«, las ich auf einer Seite, auf einer anderen *Coniunctio,* die Vereinigung, darunter ungeduldig hingekritzelt das Wort *Athanasie,* die Unsterblichkeit, und weiter unten auf demselben Blatt: »Verdammt! Ich bin dem Ziel so nah … ich zweifele und verzweifele!«

Auf dem Titelblatt prangte der Name Bernardo, Conte von Treviso, und der Titel seines Werkes. Ich war so erschrocken, dass ich die Handschrift beinahe fallen gelassen hätte. Der apokalyptische Titel lautete *Die sieben Siegel der Welt.*

Lorenzo aß an diesem Abend, als wäre gerade die Fastenzeit zu Ende gegangen. Er saß neben mir und genoss die zwanzig Gänge des Banketts, als hätte er seit Wochen nichts gegessen. Er hatte ein paar Stunden geschlafen und sah um Jahre jünger aus.

Angeregt unterhielt er sich mit dem Gesandten der Republik Venedig, Signor Giacomo Foscari, der ihm gegenüber an der festlich gedeckten Tafel saß. Piero, der zwischen Lorenzo und dem Bannerträger von Florenz Platz genommen hatte, beteiligte sich an der Diskussion über florentinische Bündnispolitik mit Mailand und Venedig und über das bis an die Lagune gewehte Gerücht meiner Heirat mit dem Conte von Pesaro. Der venezianische Botschafter hatte seine Ankunft in Florenz so lange verschoben und in der Medici-Villa in Poggio a Caiano Lorenzos Gastfreundschaft genossen, bis der verhasste Giovanni Sforza endlich – wie nannte er es? – »endlich die Belagerung des Palazzo Medici aufgegeben hatte«.

Die lange Tafel des Bankettsaals war mit silbernem Geschirr gedeckt. Auf einem goldgestickten Damasttischtuch funkelten geschliffene Weingläser aus dunkelblauem Empoli-Glas und Kristallkaraffen mit gewürztem Wein. Dazwischen prangten durchscheinende Alabastervasen mit Lilien und Lorbeerzweigen.

Die Tafel im Speisesaal war an diesem Abend bis auf den letzten Platz besetzt. Die Gästeliste dieses Banketts zu Ehren des venezianischen Botschafters umfasste die gesamte Nobiltà von Florenz. Lorenzos Freunde von der Platonischen Akademie waren vollzählig erschienen. Neben Angelo und Giovanni saßen der Philosoph Marsilio Ficino, der seit einigen Tagen im Palazzo wohnte, der Poet Luigi Pulci, Cristoforo Landino, Bernardo Rucellai und Gentile Becchi, der Bischof von Arezzo. Ich konnte nicht verstehen, worüber sie so angeregt diskutierten: Sie sprachen Griechisch.

Ein Diener entfernte meinen Teller mit den Resten des vierzehnten Ganges und platzierte schwungvoll ein weiteres Silbergedeck vor mir auf dem Tisch. Ich hatte schon längst keinen Appetit mehr und bestaunte Lorenzo, der sich wie ein Verhungernder auf die gegrillte Fasanenbrust stürzte, sie ungeduldig mit seinem Dolch zerlegte und mit fettigen Fingern in seinen Mund stopfte.

Giovanni, der zwei Plätze neben mir saß, warf Lorenzo einen besorgten Blick zu, doch dann widmete er sich wieder dem Braten auf seinem Teller und seiner Unterhaltung mit Marsilio Ficino. Zwei Maestros der Alchemie – worüber sprachen sie? Über Bernardo da Trevisos geheimnisvolles Buch?

Angelo, berauscht vom Chianti, flirtete hemmungslos mit Michelangelo, dem das sichtlich peinlich war. Er starrte konzentriert auf seinen Teller und bearbeitete den Fasanenbraten mit seinem Dolch wie einen seiner Marmorblöcke.

Niccolò Machiavelli ergriff meine Hand. »Du bist so nachdenklich, Caterina! Darf ich dich nach dem Essen auf andere Gedanken bringen? Versprich mir einen Tanz!«

»Niccolò, ich …«

»Entscheide dich, Caterina! Er oder ich.« Niccolò verzog den Mund und deutete mit seinem Dolch auf den Botschafter der Serenissima.

Giacomo Foscari, ein wohlbeleibter, gut gelaunter Mann in den besten Jahren, warf mir ein strahlendes Lächeln zu. Er hatte mir durch seinen Sekretär bereits mitteilen lassen, dass er sich auf den ersten Tanz mit mir freute. Keine Frage, keine Bitte – eine Forderung war das! Aber noch mehr als über den selbstgefälligen Botschafter hatte ich mich über Pieros Gemahlin Alfonsina geärgert. Ihrer Meinung nach stand der erste Tanz mit Giacomo Foscari allein der *Prima donna* von Florenz zu. Sie hatte ihren Gemahl Piero an die Front geschickt, um mich auf den mir zustehenden Platz zu verweisen. Meine Auseinandersetzung mit Piero in Lorenzos Studierzimmer war kurz und heftig gewesen.

»Da muss ich nicht lange nachdenken, Niccolò«, lächelte ich und ließ meinen Freund im Unklaren, für wen von beiden ich mich entschieden hatte.

Während des sechzehnten und siebzehnten Ganges schwieg ich. Meine Gedanken irrten immer wieder zu dem geheimnisvollen Buch in der Bibliothek: Bernardo da Trevisos *Die sieben Siegel der Welt*. Giovanni hatte mir das Buch aus der Hand gerissen, als er merkte, dass ich darin blätterte. »Das ist nichts für dich, Caterina!«, hatte er gesagt. »Du wirst es nicht verstehen!« Aber wenn ich Trevisanus' Geheimnisse ohnehin nicht entschlüsseln konnte, obwohl die Notizen in verständlichem Italienisch und Latein verfasst waren, warum musste Giovanni es mir wegnehmen?

»Die Wahrheit ist ein scharfes Schwert – sie schützt und stärkt den, der die Klinge zu führen weiß, aber sie verletzt den, der ungeschickt mit ihr hantiert«, hatte er meinen Protest niedergeredet. Aber anstatt mir erschrocken über meine Unerschrockenheit und entgeistert über meine Begeisterung das Schwert aus der Hand zu nehmen, sollte er mich lieber den schlagkräftigen Umgang mit der Wahrheit lehren!

Während des achtzehnten Ganges – Hühnchen in einer köstlichen süßsauren Kapernsauce – und einer euphorischen Rede des Botschafters Foscari, der Florenz als neues Athen und *Il Magnifico* als zweiten Perikles rühmte, beschloss ich, bei nächster Gelegenheit die Feier zu verlassen, um in die Bibliothek zu verschwinden. Ich wollte in diesem geheimnisvollen Buch von Trevisanus blättern. Vielleicht fand ich einen Hinweis auf die Glasphiole mit der goldenen Flüssigkeit …

Endlich war das Bankett beendet, die Teller abgeräumt, die Weinbecher gefüllt! Die Musiker, die bisher getragene Stücke von Guillaume Dufay gespielt hatten, um die Unterhaltung bei Tisch nicht zu stören, stimmten nun einen fröhlichen Saltarello an.

Viele der Gäste erhoben sich, um zu tanzen. Bevor ich unauffällig den Speisesaal verlassen konnte, hielt Niccolò mich auf und führte mich zur Tanzfläche. Glücklicherweise hatte Cesare mir die Schritte des Saltarello beigebracht – wir hatten während meines Aufenthalts in Pisa nie etwas anderes getanzt.

Niccolò und ich wirbelten ausgelassen durch den Saal, als sich uns der Sekretär des Botschafters in den Weg stellte. Mit den Worten »Wenn Ihr erlaubt, Signorina …« ergriff er meine Hand und schleppte mich durch die Reihen der Tanzenden zu Giacomo Foscari, der am Rand der Tanzfläche auf mich wartete. Er gönnte mir ein wohl dosiertes Lächeln – ein nachsichtiges Schmunzeln über meine offensichtliche Unkenntnis höfischer Etikette, wie ich zornig feststellte – und führte mich schwungvoll durch den Saal.

Alfonsina, die offensichtlich erwartet hatte, dass der Gesandte sie zum ersten Tanz bitten würde, stand mit geballten Fäusten am Fenster. Piero, der sich sonst nicht einmal für die Wünsche seiner Gemahlin interessierte, wenn er zu ihr ins Bett kroch, funkelte mich zornig an. Eine erneute Auseinandersetzung mit ihm schien unvermeidlich.

Ich war erstaunt, als plötzlich Lorenzo neben uns auftauchte. Er führte Lucrezia Donati mit formvollendeten Tanzschritten durch den Saal. Lorenzo, der sich noch vor wenigen Stunden auf mich stützen musste, um Giovanni im Hof begrüßen zu können, tanzte! Und er flirtete ungeniert mit Lucrezia Donati, der schönsten Madonna von Florenz – seiner Geliebten Lucrezia, von der er sich vor wenigen Jahren getrennt hatte!

Giovanni hatte gesagt, Lorenzo würde sich fühlen wie der wiedergeborene Herakles. Ich fragte mich, ob Herakles ein so guter und ausdauernder Tänzer gewesen war wie Lorenzo, der Madonna Lucrezia, ihrem verzückten Gesichtsausdruck nach zu urteilen, wohl eher wie der vom Himmel herabgestiegene Liebesgott Amor erschien.

Außer Atem kehrte ich nach dem Saltarello an meinen Platz zurück, um einen Schluck Chianti zu trinken – und lief Gian Giordano Orsini in die Arme. Er reichte mir den Weinbecher und flüsterte verschwörerisch: »Soll ich dich retten, liebste Cousine?«

»Retten, Gian Giordano? Wovor?«

»Vor der Langeweile, Caterina! Machiavelli wird vor Verlegenheit über seine eigenen Füße stolpern, wenn du mit ihm tanzt. Sieh mal, er wartet dort drüben auf dich! Ich weiß wirklich nicht, warum du dich überhaupt herablässt, mit ihm zu sprechen.«

Bevor ich antworten konnte, nahm er mir den Becher aus der Hand und zog, nein: *zerrte* mich energisch in die Mitte des Saals, um eine Pavane mit mir zu tanzen.

Was auch immer man über Gian Giordanos »römische« Manieren sagen konnte: Er tanzte wirklich gut! Die Pavane, die anschließende Tarantella, den Passamezzo und den Tourdion zu einer Komposition von Josquin Desprez absolvierte er *magna cum laude.* Gian Giordano entließ mich erst aus seiner Umarmung, als ich ihm einen weiteren Tanz versprach, später am Abend.

Ich zwängte mich durch die engen Reihen, wich einigen Tänzern aus, die schwungvoll ihre Pirouetten drehten, und wäre beinahe mit Lorenzo zusammengestoßen, der sprühend vor Lebenslust Madonna Lucrezia herumwirbelte. Ich glaubte meinen Augen nicht zu trauen: War das eben ein verstohlener Kuss gewesen, ein geflüstertes Versprechen?

Was war in der Glasphiole?, fragte ich mich wohl zum hundertsten Mal an diesem Abend.

Und wo war eigentlich Giovanni? Er war nirgendwo zu sehen …

Seufzend schloss ich die Tür der Bibliothek hinter mir. Es war kurz vor Mitternacht. Ich war müde und noch immer ein wenig außer Atem von den ausgelassenen Tänzen mit Niccolò, Gian Giordano, mit Fra Mariano da Genazzano und dem Erzbischof von – woher kam er doch gleich?

Giovanni saß im Schein einer Kerze an seinem Lesepult. Ich konnte also nicht unbeobachtet in Trevisanus' Buch blättern. Wie gehetzt kratzte seine Feder über das Pergament. Er machte Notizen, während er las.

Was für ein ungewöhnlicher Mensch er war: Er redete dreimal mehr und dreimal schneller als andere Menschen, als ob sein Geist unter einem unvorstellbaren Druck stand, der die Worte – Thesen, keine Trivialitäten – mit Gewalt aus ihm herauspresste. Er trug ein Notizbuch bei sich, in das er alles hineinkritzelte, was ihm wertvoll erschien: in Worte gegossene Fragmente der Welt – Sinn, nicht Sinnlichkeit.

Als ich die Tür hinter mir schloss, sah Giovanni überrascht auf. »Caterina! Was suchst du hier um diese Zeit?«

»Dasselbe wie du: Ruhe und Besinnung.« Ich trat näher in den Lichtschein und setzte mich ihm gegenüber an das Lesepult. »Und Antworten.«

»Antworten?« Er sah mich verblüfft an und ließ die Feder sinken. Als die Tinte auf seine Notizen zu tropfen begann, steckte er die Feder ungeduldig in das Tintenfass und wischte sich die geschwärzten Finger an einem Tuch ab. »Auf welche Fragen?«

»Die erste Frage lautet: Was war in der Glasphiole, die du Lorenzo gegeben hast? Du hast ihm während des Essens so besorgte Blicke zugeworfen, als hätte er eine zu große Dosis dieser goldgelben Flüssigkeit genommen. Er hat keine Schmerzen, tanzt wie ein junger Mann und bemüht sich gerade, Lucrezia Donati in sein Bett zu bekommen. Ich habe ihn noch nie so ausgelassen gesehen.«

Giovanni starrte mich an, schwieg aber.

»Als du Lorenzo die Phiole in die Hand gedrückt hast, fragte er dich: ›Du hast es wirklich geschafft?‹, und du hast genickt. Sag mir die Wahrheit, Giovanni: Hast du das Lebenselixier gefunden?«

»Nein«, sagte er. »Noch nicht.« Er wich meinem Blick nicht aus.

»Aber du suchst es«, triumphierte ich. »Was war in der Phiole?«

»*Aurum potabile* – trinkbares Gold«, sagte Giovanni.

»Ist das etwas Ähnliches wie diese seltsamen Pillen, die Lorenzo schluckt? Zerstoßene Perlen und pulverisierte Diamanten, die sein Leben verlängern sollen?«

»Um Gottes willen! Welcher Medicus hat ihm denn diesen gefährlichen Unsinn verschrieben? Diamanten!«, stöhnte Giovanni und lehnte sich auf seinem Sitz zurück. »*Aurum potabile* ist keine Tinktur aus flüssigem Gold, Caterina. Sie sieht nur so aus und bringt uns Alchemisten seit Jahrhunderten in den Ruf, wir könnten Gold herstellen. *Aurum potabile* ist das sechste der sieben Siegel der Welt – so nannte es Bernardus Trevisanus –, die vorletzte Transmutation der Elemente, deren letzte, vollkommenste Wandlung der Stein der Weisen ist, der *Lapis philosophorum,* das *Elixirium vitae,* das geheimnisvolle *al-Iksir* der arabischen Wissenschaftler. Und im Augenblick ist das *Aurum potabile* die Grenze *meines Wissens*«, sagte er ehrlich.

»Meine zweite Frage lautet: Warum darf ich das Buch von Bernardo da Treviso nicht lesen?«

»Weil du es nicht verstehen wirst …«

»Weil ich eine Frau bin?«, fuhr ich auf wie eine Sturmbö, die den Rest seiner Antwort mit sich riss.

Giovanni sah mich überrascht an. »Nein … *nein!* Nicht deshalb, Caterina! Die Sprache der Alchemisten ist missverständlich, weil sie in Symbolen und nicht in Worten niedergeschrieben ist. Ein Maestro der Alchemie wie Trevisanus, der das *al-Iksir* gefunden hat, wird seine Notizen so verschlüsseln, dass jemand, der seine Sprache nicht kennt, Fehler macht. Tödliche Fehler.«

»Woher weißt du, dass er das *al-Iksir* gefunden hat? Hat er es dir gesagt?«

Giovanni schüttelte langsam den Kopf. Er schien zu überlegen, wie viel er mir sagen durfte, um meine Frage zufrieden stellend zu beantworten, und wie wenig, um nicht hundert weitere Fragen heraufzubeschwören. Doch dann hatte er sich entschieden – ich sah es daran, wie er einen Augenblick amüsiert die Lippen verzog – und er antwortete: »Maestro Bernardo starb letztes Jahr.« Giovannis Augen funkelten im Schein der Kerze, und er sah mich an, als wollte er fragen: Was willst du als Nächstes wissen?

Ich tat ihm den Gefallen und fragte: »Wenn er tot ist, woher weißt du dann, dass er den Stein der Weisen gefunden hat?«

»Meine Nachforschungen ergaben, dass Bernardo 1406 in Padua geboren wurde. Er war also vierundachtzig Jahre alt, als er verschwand …«

»Er verschwand? Du hast doch gerade gesagt, dass er letztes Jahr starb«, wandte ich ein.

»Sein Laboratorium explodierte. Seine Leiche verbrannte zu Asche. Das jedenfalls stand im Untersuchungsbericht der venezianischen Behörden.«

»Und was glaubst du?«, fragte ich gespannt.

»Ich glaube, dass Trevisanus das *al-Iksir* gefunden hat. Ich habe die Ruinen seines Laboratoriums untersucht.« Giovanni griff in die Tasche seines Faltenmantels und zog eine kleine Glasflasche hervor, die kaum größer war als einer meiner Finger. »Das hier ist nicht die Asche eines Menschen.«

Er zog den Korken heraus und ließ mir ein paar Staubkörner in die Hand rinnen, die ich im Schein der Kerze betrachtete. Nein, wie die Asche eines Menschen sah es wirklich nicht aus. Der feine Staub schimmerte in allen Farben des Lebens.

Giovanni ergriff meine offene Hand, zog sie sanft an seine geöffneten Lippen und blies den feinen Staub in die Luft. Ein Feuerwerk aus bunt schillernden Lichtfunken – ein Traum in Purpurrot, Kobaltblau und Indischgelb – wehte durch den Raum und schneite leise zu Boden. Ein zauberhafter Anblick!

»Wenn es keine menschlichen Überreste sind, was ist es dann?«, fragte ich fasziniert und ein wenig erregt von der Berührung seiner Hand.

»Asche aus einem Alambic, einem alchemistischen Glaskolben, der im Feuer erhitzt wird, um Substanzen zu tingieren – also um Tinkturen herzustellen. Die Explosion des Laboratoriums ist das sicherste Indiz dafür, dass der Adept versucht, das siebte Siegel der Welt zu entschlüsseln: die Fusion der Elemente. Entweder der Alchemist stirbt bei dieser gewaltigen Explosion – oder er verschwindet spurlos und täuscht seinen Tod vor, um sein Leben in Ruhe genießen zu können, denn das Große Werk ist vollbracht.«

»Ja, aber …«, begann ich, die Worte schneller als die Gedanken: »… die Asche und das Buch …«

»Dieser Staub und Bernardos Notizbuch sind der beste Beweis, dass er noch lebt. Seine Notizen sind sorgfältig aufgezeichnet – bis zu dem Zeitpunkt, als er die Flamme des Athanors, seines Alchemistenfeuers, für die letzte Transmutation entzündete. Wenn ihn die Explosion, die sein Laboratorium zerstörte, überrascht hätte, wäre das Notizbuch, das während des Experimentes neben den Laborgeräten gelegen haben muss, verbrannt. Aber es existiert noch! Das bedeutet, dass er es in Sicherheit gebracht hatte, um es später, nach der Explosion, mitzunehmen. Ich fand es in den Ruinen seines Hauses.«

»Aber … warum ist er nie zurückgekommen und hat es geholt?«, fragte ich zweifelnd.

»Weil er Erfolg hatte! Das Buch nützt ihm nichts mehr«, triumphierte Giovanni. »Denn der Alambic war verschwunden. Nicht eine Scherbe des Glaskolbens habe ich in den Ruinen gefunden! Bernardo da Treviso hat ihn mitgenommen – mit seinem kostbaren Inhalt – und das Buch hat er liegen gelassen, weil er es nicht mehr benötigt. Das ewige Leben und *la gloire immortelle,* der unsterbliche Ruhm, sind ihm sicher. Jeder Adept weiß, was sein Aufsehen erregendes Verschwinden zu bedeuten hat. Und jeder Uneingeweihte hält ihn für einen Märtyrer auf der Suche nach der ewigen Wahrheit.«

»Und nun hast du seine Notizen. Und du wirst sie lesen …«

»Worauf du dich verlassen kannst!«

»… und am nächsten Vollmond mit deinem Opus beginnen …«

Er zögerte mit seiner Antwort.

»… und ich werde dir assistieren«, versprach ich.

Es wäre eine Möglichkeit, Lorenzo zu danken, indem ich ihm half, seine Schmerzen zu überwinden. Er hatte so viel für mich getan!

»Nein!« Giovanni schlug energisch das Buch zu, in dem er gelesen hatte, und die Feder kippte aus dem Tintenfass. »Nein, das wirst du nicht tun!«

»Warum nicht?«, fragte ich verzweifelt.

»Weil du nicht studiert hast, Caterina«, erklärte Giovanni geduldig, die Hand auf dem Buch. »Weil dir das nötige Wissen fehlt, um …«

»Ich wusste nicht, dass Alchemie an den Universitäten von Pavia oder Padua gelehrt wird«, unterbrach ich ihn enttäuscht und zornig zugleich.

»Das wird sie auch nicht«, versuchte Giovanni mich zu besänftigen. »Paris ist die Nachfolgerin des antiken Alexandria als Metropolis der Alchemie. Die berühmtesten Magister lehren an der Sorbonne, der Universität von Paris. Die bedeutendsten Adepten haben dort studiert oder sogar doziert. Gerbert d'Aurillac, der später als Papst Silvester II. den Stuhl Petri bestieg – sein Laboratorium stand der Legende nach an der Stelle, wo Papst Sixtus vor zehn Jahren die Sixtinische Kapelle errichten ließ: ein wirklich geweihter Ort. Papst Silvester starb an einer im Vatikan bis dato unerforschten Substanz …«

»Gift?«

»Weisheit!«

Ich lachte, und mein Zorn verrauchte, während Giovanni fortfuhr: »Gerbert d'Aurillac war einer der größten Gelehrten seiner Zeit: Er führte die arabischen Zahlen in Europa ein. Und er fand das *al-Iksir.* Der *Doctor Universalis* Albertus Magnus, der das Wissen der Welt in seinem Kopf hatte, und sein Schüler, der *Doctor Angelicus* Thomas von Aquino, haben ebenso an der Sorbonne studiert und gelehrt wie der *Doctor Mirabilis* Roger Bacon oder Guillaume d'Auvergne, der Erzbischof von Paris und Erbauer der Kathedrale Notre-Dame de Paris …«

»Woher weißt du das alles?«, fragte ich verwirrt.

»Weil ich selbst an der Sorbonne studiert habe«, sagte er ruhig und ließ seine Worte in meinen Verstand einsickern.

In diesem Augenblick setzte sich in mir der unmögliche Wunsch fest, eines Tages Vorlesungen in Paris zu hören. Scheinbar unmöglich – und doch nicht undurchführbar. Jedenfalls nicht für mich. Denn ich würde wirklich eines Tages nach Paris reisen und den Worten des unsterblichen Maître Nicolas Flamel lauschen …

»Ich begann mein Studium in Bologna, als ich vierzehn Jahre alt war«, fuhr Giovanni fort. »Ich studierte zwei Jahre lang Kanonisches Recht, weil mein älterer Bruder Galeotto mir den Titel eines Apostolischen Protonotars gekauft hatte. Als ich sechzehn war, legte ich das Examen mit einem *summa cum laude* ab, aber anstatt mich zum Priester weihen zu lassen, setzte ich mein Studium fort. Ich ging für ein Jahr nach Ferrara, für zwei Jahre nach Padua, für drei weitere Semester nach Pavia und studierte dort alles, was die Professoren lehrten: das Trivium, das Quadrivium, Philosophie und Theologie, Medizin und Naturwissenschaften. In Ferrara lernte ich Angelo kennen und meinen Freund Fra Girolamo.«

»Savonarola und du, ihr seid befreundet?«

»Ja, auch wenn unsere innige Freundschaft Lorenzo verletzt. Girolamo versucht mich bei jedem meiner Besuche in San Marco.«

»Er versucht dich? Du meinst: Wie Satan in der Wüste Jesus?«

Giovanni lachte über meinen Vergleich. »Er bemüht sich, mich zu überreden, endlich doch noch die Gelübde abzulegen und Dominikaner zu werden.«

»Und was sagst du? *Vade retro, Satanas* – Weiche von mir, Satan!«

»Girolamo als Satan? Die Rolle würde ihm nicht einmal im Karneval stehen, Caterina. *Ihn* versucht Satan, wenn Girolamo in der Sprache der Menschen und der Engel von der Kanzel herab predigt. Nein, ich lehne die dominikanischen Gelübde ab, weil ich dann nicht mehr durch die Welt reisen könnte, wie ich es gewohnt bin, weil ich mir nicht mehr alle Bücher dieser Welt kaufen oder jede Sprache lernen könnte, nach der mir der Sinn steht, um die Texte im Original zu lesen. *Alle* Texte: die christlichen, muslimischen, jüdischen, gnostischen und kabbalistischen Werke, verfasst von

Ketzern auf dem Stuhl Petri und Propheten auf dem Scheiterhaufen.«

»Und deine Gedanken hast du in den neunhundert Thesen der *Conclusiones* zusammengefasst.«

»Woher kennst du dieses Buch?«, fragte Giovanni argwöhnisch. »Alle Exemplare sind verbrannt worden!«

»Nein, nicht alle! Lorenzo hat ein Exemplar.«

Giovanni Pico schnappte nach Luft. »Das ist leichtsinnig! Die *Conclusiones* sind von Papst Innozenz verboten worden. Wenn er herausfindet, dass sein Schwager noch ein Exemplar hat, riskiert Lorenzo erneut den Kirchenbann.«

»Was ist damals in Rom passiert, Giovanni?«

Er seufzte und versuchte sich zu erinnern. Mit geschlossenen Augen lehnte er eine Weile schweigend auf seiner Bank, lauschte längst vergessenen Gesprächen, spürte verloren geglaubten Gefühlen nach. Und überlegte, ob er mir überhaupt von all dem erzählen sollte, was damals geschehen war …

»Ich war dreiundzwanzig Jahre alt, als ich vor fünf Jahren, im November 1486, voller Hoffnung und Zuversicht in Rom ankam«, begann er schließlich. »Ich hatte die großartige Idee, das von mir zusammengetragene Wissen der Welt mit den größten Gelehrten unserer Zeit zu disputieren, so wie es an den Universitäten oder zwischen den Orden der Franziskaner und Dominikaner üblich ist.

Ich ließ eine Hand voll meiner neunhundert Thesen drucken und schlug sie an die Kirchenportale in Rom. Das ist die übliche Vorgehensweise bei öffentlichen Disputationen. Die Veröffentlichung meiner Thesen war gleichzeitig eine Einladung an alle Philosophen, Theologen und Gelehrten Europas. Ich erklärte mich bereit, Disputanten, die aus fernen Ländern anreisen wollten, um mit mir zu streiten und mich zu widerlegen, die Kosten für Reise und Unterkunft in Rom zu erstatten.

Aber nicht einmal die Kardinäle in Rom ließen sich herab, mit mir zu sprechen. Der Termin für den Disput wurde verschoben: von Januar 1487 auf Februar, dann auf März. Und weißt du, warum, Caterina? Nicht wegen der Thesen – die hatten sie nicht einmal gelesen. Wegen meines Alters! Die hohen Herren im Vatikan fürchteten, ihr Ruf als Gelehrte könnte darunter leiden, wenn sie mit einem Dreiundzwanzigjährigen über Theologie und Philosophie stritten. Damit hätten sie ihre eigene Unfehlbarkeit *ad absurdum* geführt. Aber ich gab nicht auf.«

»Das hatte ich auch nicht erwartet …«, lächelte ich.

»Papst Innozenz berief eine Kommission ein, die meine Thesen überprüfen sollte. Endlich!, dachte ich, endlich kann ich disputieren. Irrtum! Die Kardinäle griffen sich dreizehn Thesen heraus und verurteilten sie als ketzerisch. Das war der einzige Weg, mich zum Schweigen zu bringen. Jedes Mal, wenn ich vor die Kommission zitiert wurde, versuchten sie mich zu widerlegen. Jedes Mal mussten sie eine Niederlage einstecken, weil ich mir das Wort nicht verbieten ließ. Aber nicht sie, sondern ich irrte! *Per definitionem infallibilitatis*. Mit anderen Worten: *Basta!* Ende der Diskussion!

Wenn du einen Irrtum zerstören willst, verbrenne das Buch! Oder den Verfasser. Papst Innozenz ließ die *Conclusiones* verbieten. Innerhalb von zwanzig Tagen verfasste ich eine Verteidigungsschrift, die wenigstens Teile meiner neunhundert Thesen vor der Verdammung retten sollte. Es war zu spät! Ich veröffentlichte die Schrift Ende März, aber die Exkommunikationsbulle war bereits drei Wochen zuvor gesiegelt worden, als der Disput mit den Kardinälen noch nicht beendet war. In Unkenntnis dieser Bulle und des darin enthaltenen Gebotes des Stillschweigens hatte ich die Apologie veröffentlicht. Am 6. Juni 1487 berief Papst Innozenz ein Inquisitionstribunal gegen mich – nicht wegen der angeblich ketzerischen Thesen, sondern weil ich es gewagt hatte, der Kirche zu trotzen und mich zu verteidigen.«

»O mein Gott!«, flüsterte ich.

»Ich gab auf, unterwarf mich und unterschrieb am 13. Juli einen Widerruf, um die Exkommunikation aufheben zu lassen. Mein Unglückstag war tatsächlich ein Freitag der Dreizehnte.

Das Tribunal kam zu dem weisen Schluss, dass *alle* meine Thesen ketzerisch waren oder Irrtümer enthielten. Die einzige Befriedigung, die ich aus diesem Verdikt zog, war, dass *irgendjemand* wohl endlich einmal alle Thesen gelesen haben musste. Ich wurde dazu verurteilt, der öffentlichen Verbrennung aller Exemplare der *Conclusiones* auf der Piazza San Pietro zuzusehen. Das war demütigend! Fast ein Jahr war ich in Rom gewesen, um meine Disputation vorzubereiten, und am Ende – ein lodernder Scheiterhaufen!«

Giovanni spielte mit der Schreibfeder, als wäre er versucht, seine Geschichte neu zu schreiben. Schließlich steckte er die Feder ins Tintenfass und lehnte sich mit verschränkten Armen auf seinem Sitz zurück:

»Ich verließ Rom im November 1487, kurz vor der Veröffentlichung der päpstlichen Bulle, die meine Thesen verdammte. Ich wollte zurück an die Sorbonne und mich dem Studium der Alchemie widmen. Noch bevor ich im Januar 1488 in Lyon ankam, waren die neunhundert Thesen ohne mein Wissen und ohne meine Erlaubnis in Ingolstadt gedruckt worden. Papst Innozenz musste reagieren, erklärte mich zum Häretiker und ließ mich festnehmen und in Vincennes einkerkern.

Aber es fand kein weiterer Inquisitionsprozess gegen mich statt – und so protestierten der Erzbischof von Paris und die Professoren der Sorbonne gegen meine Inhaftierung, und die Sforza in Mailand, die d'Este in Ferrara und Lorenzo il Magnifico erhoben laut ihre Stimmen. Ich wurde freigelassen, durfte Frankreich verlassen und nach Florenz zurückkehren. Der Kirchenbann wurde jedoch nicht aufgehoben.« Giovanni schwieg eine Weile und beobachtete mich.

»Wirst du irgendwann in die Kirche zurückkehren können? Fra Girolamo ist dein Freund. Wenn er …«

»Nicht, solange Papst Innozenz, dieser verdammte Kreuzritter, lebt. Seine Pläne zur Rückeroberung des Heiligen Landes sind gescheitert, aber er wird niemals zulassen, dass ein Kirchentribunal gegen seine heiß geliebte Hexenbulle verstößt. Wenn schon nicht die Ungläubigen in Jerusalem auf dem Scheiterhaufen brennen, dann doch wenigstens ein paar Häretiker in Rom! Du willst also einem Ketzer, einem Ungläubigen, einem von der Kirche Gebannten assistieren, wenn er das *Opus Diaboli,* das Werk des Satans, vollbringt?«, fragte Giovanni mit einem bitteren Unterton.

Wieso brachte er selbst das Gespräch zurück auf diese Frage? Erwartete er allen Ernstes ein Nein von mir?

Ich hatte vom *Malleus Maleficarum* gehört, dem Hexenhammer, den zwei deutsche Mönche, Jakob Sprenger und Heinrich Institoris, Papst Innozenz vorgelegt hatten. Die Schrift war das Grausamste und Niederträchtigste, was ein Mensch sich ausdenken kann! Niccolò hatte mir erzählt, dass der *Malleus Maleficarum* verfasst worden war, um Menschen zu verfolgen, zu quälen und zum Schweigen zu bringen. Das Gesetz lautete: Der Leib muss brennen, auf dass die Seele gerettet werde! Weise Frauen, die bei Vollmond unterwegs waren, um Heilkräuter zu suchen, wurden ebenso verfolgt wie Humanisten, die sich nicht den Lehren der Kirche unterwarfen, oder getaufte Juden, die angeblich ihrer alten Religion anhingen … und Alchemisten, die in dem Ruf standen, Magier zu sein und einen Pakt mit Satan abgeschlossen zu haben. Nur das Gerücht, dass sie aus unedlen Metallen Gold herstellen konnten, bewahrte die meisten vor dem Scheiterhaufen …

»Das *Opus Diaboli?*«, lachte ich. »Nein, Giovanni! Ich habe nicht vor, Satansmessen mit dir zu zelebrieren! Ich will dem größten Gelehrten unserer Zeit helfen, das *Aurum potabile* herzustellen, das Lorenzo retten kann.«

»Retten? Das Mittel kann ihn nicht *retten*«, sagte Giovanni leise.

Ungläubig starrte ich ihn an. Aber Lorenzo hatte ausgelassen getanzt und war so lebenslustig! »Ich dachte … Wie lange wirkt das *Aurum potabile?*«, stotterte ich.

»Zwei, vielleicht drei Wochen«, erklärte Giovanni ernst.

»Und dann?«, flüsterte ich tonlos.

»Dann kehren die Schmerzen zurück, und er braucht mehr.«

»Und …?«

»… dann braucht er *noch* mehr«, ergänzte Giovanni. »Und eines Tages nimmt er zu viel.«

»Aber wo ist dann der Unterschied zwischen Opium und dem *Aurum potabile,* wenn Lorenzo am Ende daran stirbt?«, fragte ich.

»Er bleibt bei klarem Verstand und kann jeden Augenblick seines Lebens genießen, Caterina. Seinen Tod kann das *Aurum potabile* nicht aufhalten. Nur das *Elixirium vitae* könnte das.«

»Wann …?«, fragte ich schwach.

Es tat mir so Leid um Lorenzo!

»In ein paar Monaten«, erwiderte Giovanni traurig. »Deshalb muss ich so schnell wie möglich das *al-Iksir* finden.«

Entsetzen war nicht der treffende Ausdruck für das stechende Gefühl in meiner Brust. Ich hatte Angst. Was würde geschehen, wenn Kardinal Rodrigo Borgia auf dem Stuhl Petri saß und Kardinal Ascanio Sforza, der Onkel des von mir zurückgewiesenen Giovanni Sforza, Vizekanzler der Kirche war? Wenn Lorenzo starb, dann würde Piero Regent von Florenz sein – ein aufbrausender, arroganter Neunzehnjähriger. Piero würde Rodrigo Borgia nicht in seinem Sinne beeinflussen können, wie es Lorenzo in den letzten Jahren mit Papst Innozenz getan hatte. Mein Cousin besaß ein unvergleichliches Talent, sich Feinde zu machen. Giulio, der Piero bei seiner Regentschaft helfen sollte, war in Pisa. Und Gianni würde nach Weihnachten als Kardinal nach Rom gehen – ins Konklave. Der Sturz der Medici wäre eine Frage der Zeit … und die drängte.

»Bitte lass mich dir helfen, das *Aurum potabile* herzustellen und nach dem *al-Iksir* zu suchen, um Lorenzo das Leben zu retten«, flehte ich Giovanni an.

Er sah, wie ernst es mir war, und trotzdem …

»Ich verspreche dir: Ich werde dich nicht enttäuschen«, kam ich seiner Ablehnung zuvor. »Bitte, Giovanni, gib mir eine Chance!«

Er schüttelte still den Kopf und hatte das Nein schon auf den Lippen, als ich erneut ansetzte:

»Gib mir die Chance, die du in Rom nicht hattest«, verlangte ich.

Giovanni zuckte zusammen, als hätte ich ihn geschlagen.

»Lass mich dir beweisen, dass ich es kann!«, setzte ich nach. »Trotz meines Alters und ungeachtet der Tatsache, dass ich nicht studiert habe.« Wie denn auch, wenn man mich nicht lässt?, dachte ich bitter.

Schließlich nickte er zögernd: »Unter einer Bedingung, Caterina.«

»Welche?«, fragte ich demütig.

»*Quid pro quo!* Ein Vergnügen gegen ein anderes«, forderte er.

»Ein … *Vergnügen?*«, fragte ich. Was hatte er im Sinn? Wollte er mich verführen, wie Cesare es getan hatte? Unsere Unterhaltung bei Kerzenschein in der nächtlichen Bibliothek wäre der passende Ort für eine Verführung. Nun, das wäre nicht das größte aller Opfer, die ich zu erbringen hätte … denn Cesare war unerreichbar weit entfernt, und Giovanni Pico war mir mehr als nur *simpàtico* …

»Ich würde gern mit dir über die *Conclusiones* disputieren. Es wäre mir ein Vergnügen, wenn meine Arbeit nicht völlig vergeblich gewesen wäre. Die *Conclusiones* enthalten das Wissen, das ich in neun Jahren Studium erworben habe. Wenn du es schaffst, die neunhundert Thesen bis zum nächsten Vollmond zu lesen und zu verstehen, darfst du mir assistieren – der Disput kann dann während unserer Arbeit im Laboratorium stattfinden. Wenn das Examen zu meiner Zufriedenheit verläuft, nehme ich dich als Schülerin auf. Einverstanden?«

Mir stockte der Atem, nicht nur weil die *Conclusiones* verboten waren und ich, wenn ich sie las, meine Exkommunikation riskierte.

»Es ist …«, begann ich, und beinahe hätte ich gesagt: unmöglich! Aber war es nicht dieses kleine, unsinnige Wort »unmöglich«, das mich an diesem Morgen so erregt hatte? Ich dachte an Cesare und seinen ehrgeizigen Vater: »Nichts ist unmöglich!«, hatte er gesagt. Aber die Aufgabe, die Giovanni mir stellte, war … schwierig.

Ich musste die *Conclusiones* aus Lorenzos Studierzimmer stehlen, den ganzen Folianten innerhalb der nächsten dreizehn Nächte lesen und verstehen. Dabei durfte ich meine Arbeit in der Bibliothek nicht vernachlässigen, denn sonst würde mir Lorenzo nie wieder eine solche Aufgabe übertragen. Ich würde die dreizehn Tage und Nächte durcharbeiten müssen. Ich würde mit dem Schlaf ringen, mit dem Hunger, mit dem Gewissen und mit dem Zweifel, ob ich es schaffen konnte. Aber ich freute mich darauf. Denn ich *wollte* es schaffen!

»Ich werde die *Conclusiones* lesen«, sagte ich entschlossen. »Wir werden deine Thesen diskutieren, während ich dir assistiere. Es ist mir eine Ehre, die Schülerin des größten Gelehrten unserer Zeit zu werden. *Das* ist für mich *la gloire immortelle*!«

Leise zog ich die Tür meines Schlafzimmers hinter mir ins Schloss. Dann stand ich bewegungslos in der Loggia und lauschte auf Schritte oder Atemzüge, aber alles blieb still.

Es war die vierte Stunde nach Mitternacht, und endlich war Ruhe in den Palazzo eingekehrt. Das Fest zu Ehren des Botschafters der Republik San Marco war zu Ende gegangen. Einige der Gäste schienen allerdings in ihren Räumen weiterzufeiern – so wie Lorenzo, der kurz nach meiner Rückkehr aus der Bibliothek mit Lucrezia Donati im Arm in seinem Schlafzimmer verschwand.

Lautlos schlich ich den Gang hinunter zur Treppe.

Mein Plan war einfach – zumindest in der Theorie. Ich wollte aus der Bibliothek ein Buch holen, das Giovannis Folianten ähnlich sah, um anschließend im Studierzimmer jenes Buch gegen die *Conclusiones* auf dem Lesepult zu vertauschen, damit Lorenzo das Verschwinden nicht bemerkte, jedenfalls nicht sofort …

Mit nackten Füßen tastete ich mich Stufe für Stufe durch die Dunkelheit. Von unten wehten leise Stimmen zu mir herauf. Ich verharrte auf der untersten Stufe der Treppe, verschmolz mit den Schatten, hielt den Atem an und lauschte. Waren es die Diener, die den Festsaal aufräumten und für das Frühstück in drei Stunden herrichteten oder die letzten Gäste auf ihre Zimmer begleiteten? Nein, im Speisesaal war alles ruhig. Es waren die Wachen im Hof, die sich Karten spielend die Zeit vertrieben.

Ein paar Schritte noch, dann hatte ich die Tür der Bibliothek erreicht. Ob Giovanni wohl schon ins Bett gegangen war? Oder saß er noch immer über seine Notizen gebeugt und schrieb wie ein Besessener? Er schien keinen Schlaf zu benötigen.

Ich ergriff die Klinke und drückte sie nach unten, dann schob ich lautlos die Tür auf und spähte in den Lesesaal, an dessen Ende eine einzelne Kerze brannte. Es war jemand hier!

Im flackernden Schein erkannte ich Michelangelo, der fasziniert in einem der neuen Bücher blätterte, die Giovanni mitgebracht hatte: Leon Battista Albertis Traktat über die Architektur. Ich erkannte das Buch am roten Ledereinband. Neben ihm saß ein Mann, der ihm den Arm um die Schulter gelegt hatte und ebenfalls einen Blick in Albertis Buch warf. Es war Piero!

Unschlüssig blieb ich stehen. Was sollte ich tun? Im Lesesaal brannte nur eine Kerze, und der Raum jenseits dieser winzigen Insel aus Licht war ein Meer tiefschwarzer Schatten. Aber das Buch, das ich suchte, lag auf meinem Lesepult, fünfzehn Schritte von der Tür entfernt, fünfzehn Schritte in Richtung des Lichts. Wenn einer der beiden vom Buch aufsah, würde er mich erkennen, wenn ich mich bewegte.

Im Augenblick waren die beiden zu sehr mit Leon Battista Alberti beschäftigt, um auch nur daran zu denken, hochzusehen. Michelangelo las andächtig Albertis berühmtes Zitat vor, das ich selbst erst vor wenigen Stunden entdeckt hatte: »Der Mensch kann alles, wenn er es nur will!«

Piero lachte leise und beugte sich über das Buch, um ungeduldig weiterzublättern. Seit wann interessierte sich mein Cousin für die Kunst? Oder reizte ihn mehr die Kunst der Verführung? Sein Arm um Michelangelos Schultern …

Ich machte den ersten Schritt in Richtung meines Lesepultes: eins, dann den nächsten: zwei. Nur nicht auf einen der Strohhalme treten, die aus den Büchertruhen gefallen waren! Das knisternde Geräusch würde mich trotz meiner nackten Füße verraten. Ich ließ Piero und Michelangelo nicht aus den Augen. Gemeinsam betrachteten sie Albertis Zeichnungen. Fünf. Sechs. Würde ich in der Dunkelheit das Buch, das ich an mich nehmen wollte, überhaupt finden? Lag es noch auf meinem Lesepult? Im Gegenlicht der Kerze versuchte ich es zu erkennen, aber vergeblich. Das Licht war zu diffus. Zehn. Elf. Nur noch vier Schritte!

Piero zog Michelangelo an sich und küsste ihn zart in den Nacken.

Michelangelo schob ihn mit einer energischen Bewegung von sich und blätterte weiter, offensichtlich fasziniert von Albertis Skizzen. Dreizehn. Vierzehn. Meine Hände berührten Marsilio Ficinos *Theologia Platonica,* als Piero Michelangelo zu küssen versuchte. Seine Lippen senkten sich auf den Mund des Jüngeren, und ich glaubte Pieros geflüsterte Worte zu verstehen: »Komm in mein Bett, *mio caro!* Lass uns …«

Und ich hielt das Buch in der Hand, als Michelangelo Piero zurückstieß und so ungestüm vom Lesepult aufsprang, dass Albertis Traktat mit einem lauten Knall zu Boden fiel. Beinahe hätte er mich umgerannt, als er überstürzt in Richtung Tür flüchtete. Im letzten Augenblick wich ich ihm aus und verschwand mit meinem Buch zwischen zwei Pulten.

Michelangelo hatte mich in der Finsternis nicht gesehen!

Piero war aufgesprungen und rief ihm nach: »Warte! Lauf nicht weg! Ich bitte dich …«

Ich vernahm noch ein unterdrücktes Schluchzen – ob vor Scham oder vor Zorn vermochte ich nicht zu sagen. Dann fiel die Tür der Bibliothek mit einem dumpfen Knall ins Schloss. So laut, dass ich im ersten Augenblick dachte, der halbe Palazzo würde aus dem Schlaf gerissen. Ob jemand mit einem Kerzenleuchter nachsehen kam, wer sich nachts in der Bibliothek herumtrieb?

Piero ließ sich fluchend auf die Sitzbank fallen, dann stützte er beide Arme auf das Lesepult und barg sein Gesicht in den Händen. Weinte er? Vor Zorn oder vor enttäuschter Liebe? Ich war erstaunt, dass es einen Menschen auf dieser Welt gab, den Piero liebte – ich meine: außer sich selbst. Und ich war betroffen über die Unbeherrschtheit seiner Reaktion nach Michelangelos Flucht.

Mit dem Buch im Arm hockte ich frierend auf dem Steinboden des Saals, spähte um das Lesepult herum und wartete ab.

Schließlich erhob sich Piero, nahm die Kerze und kam in meine Richtung, um zornig und enttäuscht in sein Zimmer zurückzukehren. Oder in Alfonsinas … Obwohl sie sich mir gegenüber arrogant verhielt, tat sie mir doch in diesem Augenblick Leid. *Das* hatte sie nicht verdient.

Atemlos rutschte ich auf allen vieren ein paar Schritte weiter und kroch unter einen der großen Tische im Mittelgang.

Mit der Kerze in der Hand ging Piero an mir vorbei, ohne mich zu bemerken. Bevor er durch die Tür verschwand, sah ich, wie er sich mit der Hand über die Wange wischte. Er hatte also tatsächlich geweint! Michelangelo hatte Pieros empfindlichen Stolz verletzt, als er ihn zurückwies. Pieros Rache würde fürchterlich sein!

Als ich allein war, begann ich wieder zu atmen. Nach einer Weile erhob ich mich vom kalten Steinboden und schlich zur Tür. Ich lauschte, aber alles war ruhig. Ein Blick in den Gang bestätigte mir: Piero war verschwunden.

Die Loggia entlang eilte ich zu Lorenzos Studierzimmer. Im Kamin glühte noch die Asche des Feuers. Ich nahm Giovannis *Conclusiones* vom Bücherstapel auf Lorenzos Lesepult, legte Marsilios *Theologia Platonica* an dessen Stelle und huschte auf dem schnellsten Weg zurück in mein Schlafzimmer. Die Zeit drängte, der größte Teil der Nacht war bereits vergangen.

Fröstelnd wickelte ich mich in meine Bettdecke, schlich zu dem Sessel vor dem Kamin, legte die Füße auf den Stuhl mir gegenüber und begann zu lesen. Meine Hand strich über die Seite mit der offiziellen Einladung an die Gelehrten der Welt, die neunhundert Thesen öffentlich mit Giovanni Pico zu disputieren.

Worauf hatte ich mich eingelassen? Die größten Gelehrten hatten es nicht gewagt, mit dem Conte von Concordia über Dialektik, Moral, Physik, Mathematik, Metaphysik, Theologie, Magie und die Kabbala zu diskutieren. Das gesamte Wissen der Ägypter, Griechen, Juden und Römer, der Kirchenväter und der Muslime stand, komprimiert in neunhundert Thesen, in diesem Buch. Und ich wollte wirklich …? Ja, verdammt! Ich war so vermessen. Ich *wollte* es!

Ich blätterte um und las weiter. Auf der nächsten Seite folgte die nie gehaltene Einführungsrede für das größte Konzil der Wissenschaften, das nie stattgefunden hatte. Der Titel lautete *Oratio ad Laudes Philosophiae* – Eine Laudatio auf die Philosophie. Der Verleger, der im Gegensatz zu den Kardinälen in Rom die Oratio offenbar gelesen hatte, setzte einen zweiten Titel darunter: *Über die Würde des Menschen.*

Die Rede handelte vom Menschen und seiner einzigartigen Stellung in der Weltordnung. Von seiner Erschaffung durch Gott: »Weder himmlisch noch irdisch, weder sterblich noch unsterblich« erschuf Gott den Menschen und gewährte ihm »das zu haben, was er haben will« und »das zu sein, was er sein will.«

Innerlich aufgewühlt blätterte ich die Seiten um. Ein Satz am Ende der Rede fasste Giovannis revolutionäre Gedanken zusammen: »Es steht dem Menschen frei, sich durch seinen eigenen Willen in die Welt des Göttlichen zu erheben.« Durch seinen eigenen Willen! Nicht durch Vermittlung der Priester oder der Sakramente! Ein Papst, der »*nulla salus extra ecclesiam* – kein Heil außerhalb der Kirche« auf seine Fahnen geschrieben hatte, musste Giovanni Pico zum Schweigen bringen – und ihm eben dieses Heil verweigern, indem er ihn mit dem Bann bestrafte!

Ich erbebte, aber nicht vor Kälte. Ich hatte Feuer gefangen – wie Giovannis Bücher auf dem Scheiterhaufen der Piazza San Pietro in Rom. Fasziniert las ich weiter.

Die ersten sechzehn Thesen der *Conclusiones* behandelten die Lehren des Albertus Magnus. Schon über die zweite Aussage stolperte ich: »*Homo est animal.*« Was, bei allen Weisen des Abendlandes, meinte Giovanni damit – oder besser gesagt: Albertus Magnus? Dass der Mensch ein Tier ist, das sich nur durch seinen aufrechten Gang von den anderen Tieren unterscheidet? Dass der Mensch ein Geschöpf Gottes ist, und dass er von seinem Schöpfer eine *anima*, eine Seele, erhalten hat – einen Funken von Seinem Geist und damit die Berufung zur Erkenntnis und die Begabung des freien Willens?

Verwirrt schüttelte ich den Kopf. Hatte Giovanni nicht geschrieben, dass Gott den Menschen erschaffen hatte, damit er »den Sinn des Großen Werkes begreift, dessen Schönheit liebt und dessen Erhabenheit bewundert«? Hatte nicht Platon gesagt … und Aristoteles …

Mit einem Mal wurde mir klar: Ich konnte dieses Buch nicht einfach nur lesen, wie man eben Giovanni Boccaccios *Decamerone* durchblättert, sich hier und da über ein paar Anekdoten amüsiert, es dann weglegt und schlafen geht. Ich würde die *Conclusiones* These für These durcharbeiten, mir Notizen machen und vor allem die zitierten Werke lesen müssen. Ohne zu wissen, was Albertus Magnus selbst geschrieben hatte, konnte ich Giovannis Werk niemals verstehen!

Verzweifelt fuhr ich mir mit beiden Händen über das Gesicht. Die Aufgabe, die Giovanni mir gestellt hatte, war hundertmal größer, als ich sie mir vorgestellt hatte! Tränen der Enttäuschung liefen über meine Wangen. Es war nicht zu schaffen! Nicht in dreizehn Tagen und Nächten und nicht in einem Jahr. Giovanni hatte neun Jahre lang in Bologna, Ferrara, Padua, Pavia und Paris studiert, hatte mit den berühmtesten Professoren disputiert, Hebräisch, Griechisch und Französisch gelernt … und ich bildete mir ein, zwischen Neumond und Vollmond zu verstehen, was die Welt zusammenhielt?

Warum hatte Giovanni mir diese Aufgabe gestellt? Wollte er mich demütigen, weil ich es gewagt hatte, ihm beim Opus Magnum assistieren zu wollen? Wollte er mich auf den Platz verweisen, der mir seiner Meinung nach als Frau zustand? Hatte er mir von seinem Leben erzählt, damit ich erkannte, wie unüberwindlich der Abgrund des Wissens zwischen mir und ihm war? Nein, das glaubte ich nicht!

Giovanni wollte tatsächlich mit mir disputieren. *Quid pro quo* – ein Vergnügen für ein anderes. Aber wenn er sich von unserem Disput in der Vollmondnacht eine sinnvolle Unterhaltung versprach, dann musste er mir doch zutrauen, die *Conclusiones* zu verstehen …

Trotzig wischte ich mir die Tränen aus dem Gesicht. Nun gut, dann würde ich eben auch noch Albertus Magnus lesen und Duns Scotus und Ibn Ruschd und all die anderen, die Giovanni zitierte. Jedes Buch in der Bibliothek werde ich lesen!, versprach ich mir selbst. Ich wollte ihm beweisen, dass ich es schaffen konnte. Ich wollte es mir selbst beweisen.

Von meinem Schreibpult holte ich Feder, Tintenfass und Pergament und fertigte eine Liste der Bücher, die ich lesen und enträtseln wollte. Dann hockte ich, mit angezogenen Beinen in meine Decke gewickelt, auf meinem Sessel vor dem Feuer und las und las …

… und so saß ich noch immer, als Ginevra mich bei Sonnenaufgang fand. »*Dio mio!* Madonna Caterina, Ihr habt doch hoffentlich nicht die ganze Nacht hier gesessen«, rief sie aus.

Benommen schreckte ich hoch. »Ich … ich habe gelesen, Ginevra. Dabei bin ich wohl eingeschlafen.«

Schwungvoll klappte ich das Buch zu und presste es an mich,

als ich zum Bett hinüberging. Sobald Ginevra verschwand, um das heiße Wasser zum Waschen zu holen, versteckte ich den Folianten unter der Matratze.

Als ich zum Frühstück im Speisesaal erschien, war ich allein mit Michelangelo. Unwillig stocherte er im Essen herum, aber er aß nicht. Wie viele Stunden hatte *er* geschlafen? Nicht viel mehr als ich vermutlich …

Lorenzo war noch nicht aufgestanden und – wie Filippo mir wenige Minuten später mitteilte – Madonna Lucrezia auch nicht. Ich lächelte: Lorenzo hatte die Nacht mit seiner ehemaligen Geliebten verbracht! Endlich konnte er sein Leben wieder genießen! Doch dann dachte ich an Giovannis Worte, dass die wunderbare Wirkung des *Aurum potabile* nicht länger als zwei oder drei Wochen anhielt. Dann würde Lorenzo die nächste, größere Dosis benötigen, um seine Schmerzen vergessen zu können. Wusste er das?

Angelo und Giovanni waren früh aufgestanden. Ich fand beide in der Bibliothek bei der Arbeit … während des gemeinsamen Frühstücks an dem Tisch, unter dem ich mich vor wenigen Stunden vor Piero versteckt hatte. Sie blätterten in einem uralten Codex und diskutierten mit vollem Mund über dessen faszinierenden Inhalt.

»Gut geschlafen?«, fragte Angelo, als ich den Lesesaal betrat.

»Ja, aber ein paar Stunden zu wenig«, gestand ich, und Giovanni grinste wissend.

Nach dem Frühstück wies mich Angelo in meine Aufgabe ein.

Giovanni hatte während seiner monatelangen Reise durch Italien hunderte von Büchern, Manuskripten, Pergamenten, Notizbüchern und Papyrusrollen gefunden und zur Erweiterung der Laurenziana gekauft, der größten Bibliothek Italiens und bedeutendsten Schriftensammlung seit der Zerstörung der Bibliothek von Alexandria. Die Neuerwerbungen mussten durchgesehen werden – das heißt mit einfachen Worten: Sie mussten gelesen, bewertet, nach Fachgebieten geordnet und katalogisiert werden. Anschließend wurden die Werke auf die Lesepulte verteilt, und ein Kalligraf aus der Kopierwerkstatt, die zur Druckerei des Palazzo Medici gehörte, ergänzte den Titel des Buches mit schönen Lettern auf einem Schild, das am Lesepult befestigt war. Sobald wir unsere Arbeit beendet hatten, würde die Laurenziana wieder den Professoren der Universität von Florenz und allen anderen Gelehrten zur Verfügung stehen, die einen Blick in die märchenhaften Schätze des Wissens werfen wollten.

Der Haufen von einhundertzweiunddreißig lateinischen Büchern, die sich rund um mein Lesepult stapelten, hätte eigentlich schon ausgereicht, um mich verzweifeln zu lassen. Wenn ich aber an meine Liste mit den Werken dachte, die ich in den nächsten dreizehn Nächten lesen wollte, um die *Conclusiones* zu verstehen, hätte ich heulen können. Und was war mit dem Griechisch-Unterricht bei Angelo und dem Abschreiben der Papyrusrolle mit dem Johannes-Evangelium? Wie sollte ich die Arbeit in der Bibliothek so zuverlässig erledigen, dass Lorenzo mit meinen Leistungen zufrieden war – wenn ich versagte, würde er mir niemals wieder eine solch verantwortungsvolle Arbeit anvertrauen! Wie sollte ich mir gleichzeitig das nötige Wissen erwerben, um Giovannis Examination zu überstehen und ihm beim Opus Magnum zu assistieren?

Ich durfte keine Zeit verlieren! Keine Minute.

Den ganzen Vormittag kämpfte ich mich durch ein Werk von Abu Ali Ibn Sina, der Kommentare zu Aristoteles' Schriften verfasst hatte. Angelo sah nicht einmal auf, als ich mehrmals zu den Regalen an der Wand ging, um mir Aristoteles' *Metaphysik* an mein Lesepult zu holen … und ein paar Bücher von Albertus Magnus, Ibn Ruschd und Duns Scotus, die den ganzen Morgen unauffällig neben mir lagen …

Während Angelo und Giovanni sich in den Speisesaal begaben, um am Mittagessen mit der venezianischen Delegation teilzunehmen, eilte ich mit den Büchern unter dem Arm in mein Zimmer und schob sie unter mein Bett, wo ich auch Giovannis Werk versteckt hatte. Ich würde sie in dieser Nacht lesen …

Elf Tage und elf Nächte arbeitete ich wie besessen, las, machte Notizen, repetierte, lernte auswendig.

Elf Tage und elf Nächte ignorierte ich Lorenzos neugierige Blicke und Pieros gehässige Bemerkungen zu Gian Giordanos Versuchen, mich zu einem Ausritt am Arno zu überreden. Jeden Morgen überhörte ich geflissentlich Ginevras Fragen zu meinem unglaublichen Verbrauch von sechs dicken Wachskerzen pro Nacht. Ich aß kaum etwas, schlief noch weniger, beobachtete von meinem Sessel aus den Mond, der sich immer mehr rundete, und las und las und las, bis meine Augen tränten.

Bis ich zu verstehen glaubte.

Und dem Zusammenbruch nahe war.

Es war in der zwölften Nacht. Ich brütete kurz vor Mitternacht über zwei Thesen von Thomas von Aquino – »*Beatitudo est essentialiter in actu intellectu* – Glückseligkeit ist wesentlich ein Akt des Intellekts« und »*Tota libertas est in ratione* – Alle Freiheit existiert im Verstand« –, als ich erschöpft einschlief.

Ich war so müde, dass ich nicht einmal aufschreckte, als die *Conclusiones* mit einem lauten Knall zu Boden fielen, das volle Tintenfass von meinen Knien rutschte und auf den Steinfliesen zerschellte …

Im Morgengrauen erwachte ich, müder als je zuvor. Ich richtete mich auf und starrte auf die Pfütze schwarzer Tinte auf dem Boden unter meinem Sessel. Das Papier mit meinen Notizen lag wie ein gesunkenes Segelschiff mitten in diesem Meer aus ungeschriebenen Worten. Meine Notizen waren unleserlich. Tinte und Pergament waren vergeudet – wie die Zeit, die ich in dem sinnlosen Versuch vertan hatte, zu verstehen …

Eines war klar: So konnte ich nicht weitermachen! In zwölf Nächten hatte ich nicht einmal ein Drittel der neunhundert Thesen durchgearbeitet. Und noch etwas war erschreckend deutlich: Ich würde die Examination nicht bestehen. Nie und nimmer!

Was sollte ich bloß tun? Was *konnte* ich denn sinnvollerweise tun?

Mit schmerzhaft steifen Gliedern erhob ich mich von meinem Stuhl und ließ mich erschöpft auf mein Bett fallen. Ich wickelte mich in meine Decke und wollte nur noch schlafen, aufgeben, mich fallen lassen …

Schon im Schlaf versunken dachte ich: Es ist egal, im wahrsten Sinn des Wortes »… *gleichgültig*!« Überrascht von dieser einfachen Erkenntnis setzte ich mich im Bett auf. Ich ahnte, nein: ich *wusste*, welche Frage Giovanni mir in wenigen Stunden stellen wollte. Auf diese Frage gab es nur eine Antwort, nicht neunhundert verschiedene. Sokrates hatte sie gewusst …

Mit einem Lächeln auf den Lippen ließ ich mich in die weichen Kissen sinken und war sofort eingeschlafen.

Still und dunkel, wie verlassen, lag Giovannis Villa in den Hügeln oberhalb von Fiesole.

Die Läden waren nicht geschlossen, und in den Fenstern spiegelte sich das helle Mondlicht. Aber nirgendwo in der Villa war auch nur ein Schimmer Kerzenlicht zu erkennen. Oder ein Geräusch zu hören. Keine Fackel brannte neben dem Portal. Kein Diener empfing mich, als ich vor der Treppe, die zum Portal hinaufführte, vom Pferd sprang.

Die Einzigen, die pünktlich am vereinbarten Ort erschienen, waren der Mond und ich.

Wo war Giovanni?

Hatte er es sich anders überlegt? Nein, sicher nicht. Er hatte doch gesehen, wie gebrechlich Lorenzo an diesem Morgen nach dem Zusammenbruch gewesen war – wie gelähmt sein Körper und sein Geist waren. Lorenzo hatte zwei Wochen lang über seine Kräfte gelebt, hatte sich verschlissen, als hätte er Jahre seines Lebens nachzuholen und doch nur noch ein paar Tage zu leben. Giovanni hatte seinen kranken Freund doch selbst ins Bett gebracht und ihm traurig die Flasche mit dem Opium in die Hand gedrückt. Dann war er in seine Villa vor den Toren der Stadt aufgebrochen, um mit dem Opus zu beginnen. »Wir sehen uns heute Nacht«, hatte er mir beim Abschied im Hof versprochen.

Wenn Giovanni mir nicht entgegeneilte, dann gehörte das zum Examen. Er wollte sehen, ob ich zweifelte, ob ich Angst hatte, ob ich aufgab und zurück nach Florenz ritt. Nein, das werde ich sicher nicht tun!, schwor ich mir selbst: Ich würde nicht den ganzen Weg von Fiesole nach Florenz zurückreiten, eine halbe Stunde durch die Dunkelheit irren und noch einmal mit den Wachen an der Porta San Gallo herumstreiten.

Ich trat an das Portal und wollte schon den Türklopfer betätigen, doch dann zögerte ich. Wenn mir kein Diener vom Pferd half, würde mir vermutlich auch keiner öffnen. Mit beiden Händen drückte ich vorsichtig gegen das Tor, und tatsächlich, es schwang fast lautlos auf. War da nicht ein Geräusch gewesen? Ich blieb stehen und lauschte.

Irgendetwas zischte und fauchte wie eine aufgebrachte Katze. Ich trat einen Schritt zur Seite, aber kein schwarzer Kater huschte an mir vorbei in die Nacht. Hatte ich durch das Öffnen des Portals einen geheimen Mechanismus ausgelöst? Schließlich trat ich ein und schloss die Tür hinter mir.

In diesem Augenblick geschah es.

Eine Kerze entzündete sich direkt vor meinen Füßen. Sie stand in einer Lache aus getrocknetem Wachs auf dem Boden. Ein Wunder, dass ich sie beim Eintreten nicht umgestoßen hatte! Die Kerze brannte für die Dauer eines Atemzuges, dann entzündete sich eine feine Lunte, die am brennenden Docht festgebunden war. Ein kleiner, aber sehr heller Funke wanderte fauchend und zischend zu einer zweiten Kerze, die einen Schritt entfernt in der Loggia stand. Ein leiser Geruch von Schwefel stieg mir in die Nase. Als die zweite Kerze brannte, wanderte der Funke weiter und entzündete ein drittes, ein viertes, ein fünftes Licht.

Der Weg der Erleuchtung!, dachte ich vergnügt, als ich vor mir die endlose Reihe der Kerzen sah, die wie eine Lichterkette durch Giovannis Villa führte. Ich soll also meinen Weg durch die Finsternis finden, indem ich dem Lichtfunken folge!

Wegen der langsam brennenden Lunten zwischen den Kerzendochten kam ich nicht besonders schnell voran. Und so hatte ich Zeit, mich umzusehen und nachzudenken. Ich fühlte mich beobachtet. Giovanni versteckte sich vermutlich hinter einem der schweren Brokatvorhänge oder hinter einer der nur angelehnten Türen und amüsierte sich, wie ich Schritt für Schritt dem Pfad der Erleuchtung folgte. Erwartete er vielleicht, dass ich vom Weg abwich, um ihn zu suchen? Aber wo sollte ich ihn finden? Ich kannte mich in seiner Villa nicht aus, würde durch zwanzig oder dreißig Räume irren und mich lächerlich machen. Nein, ich würde dem Licht folgen!

Und das war eine gute Entscheidung. Wenn ich einen anderen Weg gewählt hätte, wäre mir etwas entgangen. Giovanni hatte sich wirklich Mühe gegeben.

Meine Initiationsreise führte mich durch die meisten Räume der Villa und durch die dreiunddreißig Stufen der Weisheit. Ich erkannte die Symbole, die zwischen den Kerzen angeordnet waren:

die zwei Masken, das Zeichen für die Erkenntnis der Zweiheit; den Drachen und den Phoenix, der sich aus der Asche des ewigen Feuers erhebt; die Taube, das Wahrzeichen der Reinheit; die Schlange, Sinnbild der handelnden Intelligenz; und schließlich: den Engel, den Menschen mit göttlichen Zügen. Zum Glück hatte ich an diesem Mittag das Buch von Guillaume d'Auvergne, dem Erbauer der Kathedrale von Paris, in der Bibliothek gefunden … und es war wirklich seltsam, dass es in meinem Lesepult lag, als hätte es jemand absichtlich dort hingelegt, damit ich es fand …

Während ich an dem kleinen Engel aus bemaltem Pappmaché vorbeiging, dachte ich an Giovannis Worte: »Es steht dem Menschen frei, sich durch seinen eigenen Willen in die Welt des Göttlichen zu erheben«. Eigentlich hätte der Initiationsweg hier enden sollen, aber die Lichterkette führte weiter in den nächsten Raum und endete in einem großen Kreis, der in sich selbst geschlossen war. Was bedeutete das?

Der Kreis war das Symbol für die ewige Wiederkehr. Aber auch dafür, dass es keinen Fortschritt mehr geben konnte.

Giovannis Laboratorium war von den Kerzen am Boden hell erleuchtet. In der Mitte des Raumes erhob sich ein gemauerter Kamin, der als Athanor, als Alchemistenfeuer, diente. Direkt über der Feuerstelle schwebte ein Alambic. Ich kannte die unverwechselbare Form dieses Glaskolbens von den Zeichnungen aus Trevisanus' Notizbuch. Schimmernde Glasröhren führten vom Alambic zu anderen Gefäßen, die sternförmig – wie ein magisches Pentagramm – um ihn herum angeordnet und untereinander verbunden waren. Alle Glaskolben waren leer, bis auf den Alambic. An seinem gläsernen Boden schimmerte eine transparente Flüssigkeit im Licht der Kerzen.

Der Athanor war noch nicht entzündet! Der Weg der Erkenntnis endete in diesem Laboratorium, führte auf sich selbst zurück, statt das Feuer im Athanor zu entfachen, damit das Experiment beginnen konnte. Und vor allem: Der Alchemist selbst fehlte – Giovanni war nicht da.

Erwartete er, dass ich eine Kerze nahm und eigenmächtig das Feuer im Athanor entzündete? Nein, das durfte ich nicht tun! Ich musste Giovanni suchen, wo auch immer er sich versteckt hielt. Wahrscheinlich beobachtete er mich, wie ich verwirrt in seinem Laboratorium stand und den Athanor anstarrte.

Ich war dem Weg des Lichts durch fast alle Räume dieser Villa gefolgt. Nur in einem Raum war ich nicht gewesen. Und wie ich Giovanni in den letzten Tagen kennen gelernt hatte, lag dieser Raum im Augenblick in tiefster Dunkelheit! Also machte ich mich auf den Weg zur Terra incognita, dem unerforschten Land, das jenseits des Lichts, jenseits des Offensichtlichen, liegt. Welch eine Symbolik!

Ich tastete mich durch dunkle Gänge, stieß in der Finsternis an Sessel und Truhen, blieb an irgendetwas hängen und hätte mir beinahe das Samtkleid zerrissen. Aber schließlich fand ich Giovanni.

Er erwartete mich in der Bibliothek. Es war so finster in dem Raum, dass ich seine Silhouette und die der anderen mehr erahnte als erkannte. Er war nicht allein! Mit ihm saßen drei Männer an einem großen Tisch – wie ein Inquisitionstribunal. Alle Anwesenden schienen schwarze Talare und Masken zu tragen, mehr konnte ich trotz des silbrigen Mondlichts in der Finsternis nicht erkennen.

Wer waren die anderen? Wer auch immer Giovannis Freunde waren: Sie wollten mir Angst machen. Sie wollten sehen, ob ich die Beherrschung verlor und aus der Villa floh.

Durfte ich ängstlich sein, wenn ich die Wahrheit suchte? Nein!

»Ich bin gekommen«, sagte ich, als ich mitten im Raum stand. Ich war selbst erstaunt, wie selbstbewusst meine Stimme klang.

»Wozu?«, flüsterte einer der Männer von der anderen Tischseite. Er wollte offensichtlich nicht an der Stimme erkannt werden.

Die Frage irritierte mich. Giovanni wusste doch, wozu ich hier war. Ich holte tief Luft: »Um die Wahrheit zu finden.«

Das hätte ich nicht sagen sollen! Denn auf die nächste Frage war ich nicht vorbereitet. An ihr hätten sich auch Sokrates und Thomas von Aquino die Zähne ausgebissen …

»Die Wahrheit? Was ist die Wahrheit?«, kam die geflüsterte Frage durch die Finsternis geweht.

»Die Philosophie sucht die Wahrheit, die Theologie findet sie, die Religion besitzt sie«, zitierte ich Giovanni, ohne mich festzulegen, was genau denn nun diese Wahrheit ist.

Das Echo meiner Worte war ein amüsiertes Schnaufen von der anderen Seite des Raumes. Offensichtlich war das nicht die erwartete Antwort. Aber was wollten die Signori im schwarzen Talar denn von mir hören? Einen Beweis nach den Regeln der Logik des Aristoteles? Ein triumphierendes *Quod erat demonstrandum?* Was, zum Teufel, *ist* die Wahrheit?

Ich kam mir unendlich dumm vor, unwissend und auf eine erschreckende Weise auch unbedarft – obwohl ich fast ein Drittel der *Conclusiones* gelesen hatte, dazu Bücher von Platon, Albertus Magnus, Thomas von Aquino, Abu Ali Ibn Sina und einigen anderen der größten Gelehrten der Welt. Aber ich hatte beim besten Willen keine Ahnung, was die Wahrheit war. Es gab so viele Wahrheiten! Platon hatte ebenso intelligente Dinge geschrieben wie Aristoteles. Albertus Magnus hatte mehr gewusst als sein Schüler Thomas von Aquino, aber war er ihm deshalb überlegen? Waren seine Bücher deshalb *wahrer?* Und was war mit den Kirchenvätern? Waren sie den muslimischen Gelehrten überlegen, nur weil sie sich im Besitz der »Einen Wahrheit« glaubten? Auch unter den christlichen Gelehrten gab es von der Kirche Verdammte: die Gnostiker.

Aber ihre Thesen waren doch deshalb nicht *unwahr!* Der Einzige, der mit Sicherheit *eine* Wahrheit gefunden hatte, war Sokrates …

Ich holte tief Luft und sprach aus, was ich in diesem Moment aus tiefstem Herzen fühlte: »οιδα ουδεν ειδοσ – Ich weiß, dass ich nichts weiß«, zitierte ich Sokrates – es war das einzige Zitat, das ich auf Griechisch konnte. »Ich habe erkannt, dass es unermesslich viel gibt, von dem ich nichts weiß. Und ich ahne, dass da noch unendlich viel mehr ist, von dem ich nie wissen werde, dass es überhaupt existiert. Ich glaube, aber ich will wissen – so viel wie möglich! Ich will lernen! Alles, was es zu lernen gibt!«

Ein unruhiges Geflüster unterbrach mich, aber ich ließ mich nicht beirren. »Was willst du lernen?«, wollte einer der Schatten wissen.

»Alle Wahrheiten. Denn die ›Eine Wahrheit‹ gibt es nicht«, sagte ich mit fester Stimme.

Schweigen. Dann erhob sich der Erste der Schatten und verließ ohne ein Wort zu sagen die Bibliothek. Die anderen folgten ihm still. Nur ein Schatten blieb mit mir zurück.

Habe ich die Examination bestanden?, fragte ich mich beunruhigt. Aber warum lässt sich niemand herab, mir das mitzuteilen? Oder hatten die Männer in den schwarzen Talaren resigniert den Raum verlassen, weil sie meine Unwissenheit und meine Vermessenheit, das auch noch bekannt zu geben, nicht länger ertragen konnten?

Ich war sicher, dass Giovanni mir gegenübersaß. Warum sagte er nichts? Schämte er sich für mich, weil ich ihn vor seinen Freunden blamiert hatte? Wenn ich doch nur sein Gesicht sehen könnte!

»Ich habe eine Bitte«, sagte ich in das Schweigen hinein.

»Welche Bitte?«, fragte Giovanni aus der Dunkelheit. Er flüsterte nicht mehr.

»Meine Antworten waren wahrscheinlich nicht das, was du oder deine Freunde erwartet hattet. Aber es war das, was ich in den letzten dreizehn Nächten lernen konnte. Ich habe mich bemüht, die *Conclusiones* zu lesen und zu verstehen …«

»Du hast dich gequält: Nacht für Nacht«, sagte Giovanni. »Es ist mir nicht entgangen.« War das ein Schimmer von Anerkennung in seiner Stimme?

»… ich habe Albertus Magnus gelesen und Thomas von Aquino, Platon und Aristoteles und all die anderen Bücher. ›*Facere quod in se est* – Jeder Mensch soll seine Bestimmung erfüllen‹, hast du geschrieben. Ich weiß jetzt, was ich tun will, was ich tun muss. Bitte, Giovanni, bitte sag mir, dass das alles nicht vergeblich war.«

»Es war nicht vergeblich«, antwortete er ruhig.

»Wirst du mich lehren, die Wahrheit zu suchen und zu finden?«

»Ja«, versprach er.

»Wirst du mich leiten, wenn ich vom rechten Weg abkomme?«

Er lachte: »Ja.«

»Willst du mich lehren und als deine Schülerin aufnehmen?«

»Ja, ich will«, sagte er, als er sich von seinem Sessel erhob.

Ich riss ihn fast um, als ich in der Finsternis um den Tisch herumstolperte, um ihn stürmisch zu umarmen.

Meinen Kuss beantwortete er mit aller Leidenschaft für die Wahrheit.

Kapitel 5

… und du wirst sein wie Gott

Mit seinem Kuss hatte Giovanni den Funken entfacht, der seit dreizehn Nächten in mir glühte. Und nun, da er mich entzündet hatte, brannte ich lodernd. Während seine Freunde nach Florenz zurückritten, verschwanden wir in seinem Schlafzimmer. Ungeduldig schloss er die Tür mit einem Tritt und fiel mit mir auf das Bett, um das fortzusetzen, was er auf dem Weg von der Bibliothek zu seinem Schlafzimmer begonnen hatte.

Giovanni zerrte ungeduldig an meiner Kleidung, und ich half ihm lachend, bevor er sie mir unbeherrscht vom Körper riss. Dann zog ich ihm nicht weniger erregt Hemd und Hose aus und legte mich neben ihn.

»Nur Gott weiß, wie sehr ich dich liebe«, hauchte er in mein Ohr und genoss selig lächelnd meine Lippen auf seiner Haut, meine Hände in seinen Haaren. Dann richtete er sich auf, drückte mich ungeduldig in die Kissen und öffnete sanft meine Beine mit seinen Knien. Ich zitterte vor Lust und seufzte, als er sich vorsichtig auf mich legte und langsam in mich hineinglitt.

Er schloss seine Augen und genoss das Gefühl der Vereinigung.

Ich schlang meine Arme um seine Schultern und zog ihn näher an mich heran, tiefer in mich hinein. Ich hielt ihn fest. Er lächelte verzückt und begann, sich auf mir zu bewegen. Ich umfasste seine Schenkel, um seinen Rhythmus zu beschleunigen. Seine fordernden Stöße, seine Hände, seine Lippen, seine lodernde Leidenschaft raubten mir den Atem.

»Endlich!«, hauchte ich zwischen zwei ungeduldigen Liebkosungen. »Endlich! Ich habe so sehr gehofft, dass du mich liebst …«

Er küsste mir meine Worte von den Lippen. »Ich habe dich vom ersten magischen Augenblick an geliebt und so sehr begehrt, dass es mir fast den Verstand zerriss!«, flüsterte er und küsste mich ungestüm.

Ich war so unglaublich glücklich! So *ekstatisch* glücklich!

Die Wogen der Freude, der Glückseligkeit und der lustvollen Verzückung rissen mich mit sich fort, und ich ließ mich in den Himmel hinauffallen, wo die Liebe uns erwartete und uns in ihre wärmenden Strahlen einhüllte wie in goldenes Licht.

Ihn zu lieben war wie eine heilige Handlung.

Wir suchten im anderen, was wir in uns selbst nicht finden konnten. Wir schenkten einander mit Leib und Seele, schwebten hinauf zum göttlichen Licht, verschmolzen, wurden eins und stürzten zurück in die Wirklichkeit.

Erschöpft lag Giovanni auf mir und rang nach Atem. Sein Gesicht ruhte in meinen Haaren. Ich strich ihm über die Stirn und küsste ihn zärtlich. Ich war entspannt und so glücklich wie noch nie in meinem Leben.

Er sah mich an, als wäre er eben aus einem schönen Traum erwacht, dessen lustvolle Erinnerungen er noch in seinem Körper spürte. Dann schloss er seufzend die Augen, glitt aus mir heraus und rollte sich neben mich, ohne mich anzusehen.

»O Gott, was haben wir getan!«, stöhnte er und fuhr sich über die Augen. Er lag nicht einmal eine Handbreit von mir entfernt, aber er hätte am anderen Ende der Welt sein können.

Ich drehte mich zu ihm um und zog das seidene Laken über uns. »Bereust du es?«, fragte ich leise.

»Ja. Nein. Ich weiß es nicht«, seufzte er. »Es war so … wunderschön, Caterina. Ich habe es sehr genossen, dich zu lieben. Aber es hätte nie geschehen dürfen.«

… niemals geschehen dürfen? Meine Betroffenheit über seine verletzenden Worte verbarg ich hinter einem Lächeln.

»Weil du nicht weißt, wie du es Lorenzo erklären sollst? Oder ist es wegen des Altersunterschiedes, weil du achtundzwanzig bist und ich …«

Er wandte sein Gesicht ab, als ich ihn küssen wollte. Meinen Arm, den ich über seine Brust gelegt hatte, schob er mit einer ungeduldigen Bewegung zur Seite. »Nein, Caterina, das ist es nicht. Auch nicht, dass ich vor vier Jahren geschworen habe, nie mehr eine Frau zu begehren, weil ich jeden, der mich liebt, in Gefahr bringe.«

»Ich habe keine Angst, dich zu lieben, Giovanni«, versicherte ich ihm.

»Es hätte nicht passieren dürfen, weil verwirrte Gefühle und eine Beziehung zwischen uns das Opus verhindern. Alchemie ist ein magischer Prozess, der die Konzentration der Geisteskräfte des Adepten fordert. Sie ist Meditation, eine heilige Handlung, eine Missa solemnis. Der Alchemist ist während der Liturgie des Opus ein Priester, denn auch er führt eine Wandlung durch. Eine Liebe, sei sie auch noch so befriedigend …« Giovanni wandte mir das Gesicht zu und ein leises Lächeln huschte über seine Lippen. »… und so vollkommen wie unsere, stört die heiligen Handlungen und gefährdet das Ergebnis.«

»Das wusste ich nicht …«, stotterte ich.

»Aber *ich* wusste es, Caterina, und das macht das Ganze umso schlimmer«, seufzte er. »*Amor perfectissimus* – die vollkommene Liebe, so nennen wir Eingeweihten die außerordentliche Hingabe, die notwendig ist, um das Große Werk zu vollbringen. Ich habe die Beherrschung verloren. Es beunruhigt mich, weil mir das noch nie zuvor passiert ist. Und es macht mir panische Angst, weil es während des Opus zu keiner Zeit geschehen darf.«

Ich wagte es nicht, ihn zu berühren, als ich mich über ihn beugte, um in seine Augen zu sehen. »Warum nicht?«

»Weil der Alchemist die Kontrolle über die brennende Materie im Alambic verliert, wenn er nicht einmal sich selbst beherrschen kann. Und weißt du, was geschieht, wenn sich die unkontrollierte Materie auf Temperaturen erhitzt, die höher liegen als die des sie umfangenden Glaskolbens, der nicht mehr durch den Willen des Adepten zusammengehalten wird?«

»Ich kann es mir vorstellen«, versicherte ich ihm.

Es fühlt sich so an wie gerade jetzt in meinem Inneren, dachte ich: wogende Gedanken, die Hitze der Scham, Wut über meine Unbeherrschtheit und der Zorn des Nichtwissens und des Nichtahnenkönnens, dazwischen Enttäuschung und Traurigkeit. Eine explosive Mischung!

»Giovanni, ich kann dir nicht versprechen, dass ich aufhören werde, dich zu lieben. So weit geht meine Selbstbeherrschung nicht. Du bist der Maestro: Ich werde tun, was du willst. Alles! Und ich werde gehen, wenn du mich darum bittest. Jederzeit!«, versprach ich ihm. »Aber nicht heute Nacht.«

Giovanni sah mich schweigend an, schien zu überlegen. Woran dachte er? Wie viel von dieser Vollmondnacht noch für das Entzünden des Athanors übrig war? Wie gern er seine Thesen mit mir diskutieren würde? Er litt, ich sah es ihm an. Seine Finger zitterten. Wie gern hätte er mich berührt! Seine Lippen waren halb geöffnet, wie zum Kuss, doch dann schloss er sie.

Ohne ein Wort zu sagen, erhob er sich, griff nach dem schwarzen Talar, der auf dem Teppich vor dem Bett lag, und begann sich anzukleiden. Noch während er die Silberknöpfe schloss, ging er zu einer Truhe und zog einen weiteren purpurfarbenen Talar hervor, den er neben mich auf das Bett legte. Es war ein hochgeschlossenes, bodenlanges Gewand aus einem schweren Material, das an Atlasseide erinnerte, mit einem Skapulier und Kapuze, der einem Dominikanerhabit ähnlich war.

»Zieh es an!«, befahl mir Giovanni. »Ich habe dieses Gewand getragen, als mein Maestro mich vor Jahren in die Geheimnisse der Alchemie einführte. Es besteht aus Asbestos, einem unbrennbaren Stoff aus China. Es wird dich gegen das Feuer schützen.«

Und gegen die Versuchung, dachte ich, als ich den Talar anzog und mich im Spiegel betrachtete. Die weite Robe verhüllte meine weiblichen Formen, das Skapulier ließ meine Schultern breiter erscheinen, und wenn ich die weite Kapuze überzog, verschwand mein Gesicht im Schatten. Die perfekte Transformation! Wer nicht genau hinsah, konnte mich für einen Kardinal in einer purpurroten Soutane halten.

Giovanni war schon an der Tür, als ich ihn fragte: »Wer war der Adept, der dich eingeweiht hat?«

»Maestro Leonardo«, sagte er. »Leonardo da Vinci.«

»Aus der Einheit bist du in die Welt gekommen, in die Einheit wirst du zurückkehren. Dein Verstand sucht den Weg und wird ihn finden. Dein Herz wird dich führen.« Mit diesen geheimnisvollen Worten nahm Giovanni mich als seine Schülerin in die Gilde der Alchemisten auf.

Dann kramte er aus einer Truhe in seinem Laboratorium ein Buch hervor, ein in Leder gebundenes Notizbuch, wie Bernardus Trevisanus es benutzt hatte. »Schreib alles auf, was dir wissenswert erscheint, Caterina«, riet er mir. »Verwende eine Sprache, die niemand außer dir versteht, oder eine Schrift, die nur du lesen kannst. Schau mich nicht so erstaunt an! Es ist zu deiner eigenen

Sicherheit. Deine Notizen sind wertlos für jeden, der sie nicht lesen kann. Deshalb schreibe ich meine Erkenntnisse in Symbolen nieder und Leonardo da Vinci in Spiegelschrift …«

Von Giovanni erfuhr ich, dass das Geheimnis der Herstellung von Schießpulver aus Salpeter, Holzkohle und Schwefel schon seit Jahrhunderten in Europa bekannt war und gar nicht aus China stammte. Die Alchemisten hätten es jedoch geheim gehalten, aus Angst, jemand könnte das explosive Pulver benutzen, um Menschen zu töten. Der englische Alchemist, der 1326 das Rezept und die Skizze einer Kanone veröffentlichte, verschwand danach spurlos. Er starb sicher nicht an den Symptomen der Weisheit …

Ich musste schwören, falls ich jemals den langen, steinigen Weg vom Neophyten zum Adepten zurücklegen sollte, als Maestra der Alchemie nicht mehr als einen einzigen Schüler auszubilden und in das Große Arkanum einzuweihen. Der Missbrauch des Arkanums wurde ebenso durch die Gilde geahndet wie der Missbrauch der Eucharistie, den der Apostel Paulus beschrieb: »Wer unwürdig von dem Brot isst und aus dem Kelch des Herrn trinkt, macht sich schuldig am Leib und am Blut Christi.«

Niemals, unter keinen Umständen, durften meine Aufzeichnungen Uneingeweihten in die Hände fallen! Ich schwor, die mir anvertrauten Geheimnisse zu wahren und meine Kenntnisse und Fähigkeiten im Sinne des Wissens, des Glaubens und der Wahrheit einzusetzen und zu vermehren.

Heute verstehe ich, was Giovanni mit dieser unbedingten Forderung meinte, denn mein Notizbuch, das ich in jener Nacht begonnen hatte, war mir nur wenige Wochen später gestohlen worden. Und ich wusste auch, von wem! Konnte er mit meinen Notizen etwas anfangen? Die Ungewissheit war schmerzhaft. Aber noch quälender war die Frage, die ich niemandem stellen konnte, ohne selbst in Gefahr zu geraten: die Frage, ob ich an dem Mord im Vatikan mitschuldig war …

Die Gilde der Alchemisten, jener geheimnisvolle Orden, dessen Anhänger in keinem Zunftregister der Welt verzeichnet waren: Wer gehörte dazu? Wer waren die Maskierten in der Bibliothek gewesen?

»Das waren Sandro Botticelli, Marsilio Ficino und mein alter Maestro Leonardo da Vinci«, verriet mir Giovanni. »Leonardo war für ein paar Tage in Florenz und bestand darauf, an deiner Initiation teilzunehmen.«

»Leonardo war hier?«, fragte ich fassungslos. »Ich hätte ihn sehr gern kennen gelernt …«

»Er reist morgen Früh zurück nach Mailand«, erklärte Giovanni bedauernd, als er meine Enttäuschung sah. »Du wirst ihn sicher eines Tages treffen.«

Diese Prophezeiung sollte sich erfüllen! Leonardo und ich – mit der Wucht von Urgewalten prallten wir aufeinander, rieben uns aneinander, sprühten Blitz und Donner. Er wurde einige Jahre später in Mailand mein Maestro – aber er hätte mich der Gilde gegenüber niemals als seine Schülerin bezeichnet.

Von Giovanni erfuhr ich, dass die Mitglieder der Gilde ein Mal im Monat zusammenkamen und dass er mich zu einem der nächsten Treffen mitnehmen wollte, um mich den Adepten vorzustellen. Außer Giovanni und Sandro Botticelli, der dem Orden vorstand, gehörten ihm noch Lorenzos Freund Marsilio Ficino an, der Naturforscher Giacolino della Stella, der Apotheker Luciano Palmieri, ein Franzose namens Geoffrey de Crécy, der seit Jahren in Florenz lebte, und ein bekannter Florentiner Buchhändler und Humanist: Gian Antonio Aleander.

Dann kniete er sich vor den Athanor, um das Feuer zu entfachen. Mit einem feierlichen »*Deo concedente* – wenn Gott es zulässt« begann er das Opus Magnum.

Ich schrieb alles in mein neues Notizbuch, was Giovanni tat.

Als Prima Materia wählte er getrocknete Rosenblüten. Er füllte den Alambic damit, versetzte die Blüten mit erhitztem Alkohol – er nannte die Flüssigkeit mit dem arabischen Wort *al-Qohl* – und ein herrlicher Duft zog durch das Laboratorium.

»Jetzt weiß ich, wie ein Alchemist Gold herstellt«, scherzte ich. »Stellen wir Parfum her? Kostbares Rosenöl und verführerischen Veilchenduft, den wir teuer verkaufen?«

Giovanni schüttelte lächelnd den Kopf und ging zu einem Regal an der Wand des Laboratoriums, das unter Fläschchen in allen Größen, Glaskolben, feuerfesten Tiegeln und Steinmörsern zusammenzubrechen drohte. Ein Totenschädel blickte als *Memento mori* vom obersten Regalbrett auf uns hernieder, ein ›Der Tod ist gewiss, die Stunde nicht‹ zwischen den Zähnen. Er ermahnte uns zu Selbstdisziplin, Neugier und einer zügigen Arbeitsweise. Sein leerer Blick wies hinüber zur kleinen Kapelle neben dem Laboratorium – *Ora et labora* – Bete und arbeite! –, in der immer ein paar Kerzen brannten. Ein ewiges Licht, wie im Athanor!

»Nein, wir stellen kein Parfum her, Caterina«, erklärte Giovanni. »Jedenfalls nicht heute Nacht. Wenn du daran irgendwann Spaß finden solltest, probiere es aus! Ich habe einige interessante Rezepte in meinem Notizbuch.«

»Warum aber gerade die Rose als Prima Materia?«, fragte ich, während Giovanni einige Fläschchen aus dem Regal nahm, im Schein der Kerzen betrachtete und wieder zurückstellte.

»In der Alchemie musst du deinen eigenen Weg gehen, nicht den eines anderen. Jeder Alchemist wählt seine eigene Prima Materia, seien es Rosenblätter oder Gold. Jeder von uns geht seinen eigenen Weg, auf dem ihm niemand folgen kann. Entscheidend für den Erfolg ist deine Geisteshaltung, deine Fähigkeit, dich auf die vor dir liegende Aufgabe zu konzentrieren, deine Selbstbeherrschung in der Meditation.«

Giovanni hatte Recht: Jeder von uns war seinen eigenen, einsamen Weg der Erkenntnis gegangen. Giovanni erhob sich durch seinen eigenen Willen zu Gott, um seine verlorene Seele zu suchen und die Liebe: das Verschmelzen mit Gott und die erotische Zärtlichkeit, nach der er sich so qualvoll sehnte. Leonardo entzauberte die Welt, zerlegte sie wie einen *Deus ex machina,* um sie anschließend – ohne *Deus* – in einem seiner Modelle *en miniature* nachzubauen: nicht weniger gefährlich und Furcht erregend als vorher. Aber eben ohne Gott. Mein Weg war … ist der längste von allen, weil ich nacheinander jeden Weg ging …

Giovanni hatte gefunden, was er suchte. Er reichte mir eine kleine Glasphiole, ohne dass sich unsere Finger dabei berührten. Ich zog den Korken heraus und atmete den köstlichen Duft ein. »Was ist das?«, fragte ich, wie berauscht.

»Es stammt aus dem alten Ägypten. Der wichtigste Bestandteil ist die Lotosblüte, aber der schwere Duft kommt eigentlich vom Nilschlamm. Ich habe das Rezept in einem alten Papyrus aus Alexandria gefunden. Die ägyptischen Tempelpriester benutzten dieses Parfum, während sie die Toten einbalsamierten. Ich möchte, dass du es trägst, während wir zusammen arbeiten.« Er wich meinem Blick aus. »Dein Duft würde mich zu sehr irritieren, wenn du neben mir stehst … und mich an die letzten Stunden erinnern«, sagte er. »Ich bin der Vollkommenheit noch nie so nahe gewesen!« Abrupt wandte er sich ab und kehrte zum Alambic mit den kochenden Rosenblüten zurück.

Dann erklärte er mir, dass wir während unserer Arbeit im Laboratorium Latein miteinander sprechen würden. Latein sei die Sprache der Wissenschaft. Sobald Angelo mich die griechische Grammatik gelehrt habe, würden wir uns auf Griechisch unterhalten, der Ausdrucksweise der Philosophie. »Und danach werde ich dich Hebräisch lehren, die Sprache der Religion«, kündigte er an.

»Die Alchemie ist keine Zauberei, keine schwarze Magie, kein Pakt mit Satan. Und sie ist auch nicht die Ars Aurifera, die Kunst des Goldmachens«, erklärte er mir. »Die Alchemie ist eine umfassende Wissenschaft: Sie ist Magie und damit experimentelle Naturwissenschaft. Sie ist die Philosophie, die nach dem Sinn, nach dem Sein, dem Wesen der Welt und der Stellung des Menschen im Universum fragt, die Ewige Philosophie, die *allen* Philosophen und *allen* Propheten der Welt gemeinsam ist. Sie ist Religion. Kunst. Meditation. Und geistige Entwicklung.«

»Also die Suche nach Vollkommenheit?«, fragte ich.

»Das Streben nach Vollkommenheit ist eines der furchtbarsten Leiden, die den Menschen befallen können«, warnte Giovanni. »Seine Symptome sind der Verlust der Selbstbeherrschung und des vernünftigen Denkens.«

Er zeigte mir seine Abschrift der Tabula Smaragdina. Der Legende nach wurde sie von Alexander dem Großen im Grab des ägyptischen Tempelpriesters Hermes Trismegistos gefunden. Er war der Begründer der Alchemie. Ursprünglich war die Tabula Smaragdina wohl eine Steintafel, auf der die hermetischen Gesetze, die die Welt zusammenhielten, eingeritzt waren. Als ich die heiligen Worte zum ersten Mal las, war ich verwirrt, denn sie ergaben keinen Sinn. Schon die erste Forderung des Hermes Trismegistos an seine Nachfolger war nicht erfüllbar: *Verum, sine mendacio, certum et verissimum.* Denn wie kann ein Alchemist »aufrichtig, ohne Täuschung, seines Selbst sicher und der Wahrheit verpflichtet« sein, wenn er sich durch einen undurchdringlichen Nebel von Geheimnissen, Wortspielen und Irreführungen, wie der der Fähigkeit zur Herstellung von Gold, vor der Verfolgung schützen muss?

Die Nacht ging viel zu schnell zu Ende, und der Morgen graute. Ich ritt nach Florenz zurück und versprach Giovanni, am Nachmittag, nach meiner Griechisch-Lektion bei Angelo und meiner Arbeit in der Bibliothek, zu ihm zurückzukehren.

»Du warst heute Nacht bei Giovanni, nicht wahr?«, fragte Lorenzo eine Stunde später beim gemeinsamen Frühstück.

Die Sonne war gerade erst aufgegangen, und wir waren allein im Speisesaal. Der Botschafter von Venedig war vor wenigen Tagen mit seinem Gefolge abgereist, Piero und Giuliano hielten sich in der Villa in Careggi auf, Alfonsina war vor zwei Tagen mit unserem Cousin Gian Giordano Orsini für einige Wochen nach Rom geritten, um ihre Verwandten zu besuchen.

Ich sah Lorenzo erschrocken an. Woher wusste er …?

Er lehnte sich auf seinem Sessel zurück und stocherte lustlos auf seinem Teller herum, während er mir hin und wieder einen forschenden Blick zuwarf. Sah ich schuldbewusst genug aus, um mich mit weiteren Fragen zu quälen?

»Heute Nacht war Vollmond. Hat er mit dem Opus begonnen?«

Ich zögerte: Doch wozu leugnen? »Ja.«

»Wie hast du Giovanni dazu gebracht, dich als Schülerin aufzunehmen, Caterina? Er arbeitet doch am liebsten allein.«

»Ich habe ihn mit allen meinen Kenntnissen und Fähigkeiten überzeugt«, gestand ich, und es war nicht einmal gelogen.

»Offensichtlich hat ihn das beeindruckt, denn sonst hätte er dich zurück nach Florenz eskortieren lassen. Wann wirst du ihn wiedersehen?«

»Heute Nachmittag, gleich nach der Arbeit in der Bibliothek und dem Griechisch-Unterricht.«

Lorenzo warf unwillig seinen Dolch auf den Tisch, als sei das Mahl beendet. Als ein Diener seinen Teller abräumen wollte, winkte er ihm ungeduldig ab. »Du fragst nicht nach meinem Einverständnis …«

»Nein, Lorenzo, ich frage nicht danach«, sagte ich leise, aber bestimmt. Es klang wie eine persönliche Unabhängigkeitserklärung. »Das ist eine Entscheidung, die ich selbst treffen muss. Und ich habe sie bereits getroffen.«

»Was ist zwischen Giovanni und dir?«, fragte er.

»Nichts«, versicherte ich ihm.

»Nichts außer langen Blicken, zärtlichen Berührungen und endlosen Diskussionen in der Bibliothek bis nach Mitternacht. Nichts außer zwölf durchwachten Nächten in deinem Zimmer. Nichts außer deinem nächtlichen Verschwinden in seine Villa in Fiesole. Nichts außer der Tatsache, dass du Giovannis *Conclusiones* auf meinem Lesepult gegen Marsilio Ficinos *Theologia Platonica* ausgetauscht hast. Nichts außer dem Faktum, dass du ein verbotenes Buch liest und den Kirchenbann riskierst.

Wenn Papst Innozenz erfährt, dass ich noch ein Exemplar der *Conclusiones* besitze, wird er meine Exkommunikationsbulle wegen Häresie gleich nach deiner siegeln. Ich war bereits einmal gebannt, und irgendwie werde ich es überstehen, aber Gianni wird als Kardinal nicht begeistert sein. Ebenso wenig wie Fra Savonarola und vierundneunzigtausendzweihundert Florentiner, über die das Interdikt gesprochen wird.«

Ich schwieg betroffen.

»Dass *du* eine Entscheidung getroffen hast, Caterina, weiß ich seit Giovannis Ankunft hier im Palazzo. Mich würde aber interessieren, welche Entscheidung *er* getroffen hat.«

»Ich verstehe nicht …«

»Angelo ist wie ein Bruder für mich, und er ist an meiner Seite an die Stelle deines Vaters Giuliano getreten. Aber Giovanni ist mein bester Freund, mein engster Vertrauter. Wir sprechen über alles. Ich hätte also nichts dagegen, wenn ihr …«

Ich auch nicht, Lorenzo! Glaub mir: Ich will Giovanni lieben, ihn küssen, ihn zärtlich berühren, ihn begehren und den Rest meines Lebens mit ihm verbringen! Aber ich kann es nicht! Ich *darf* es nicht!

»Giovanni und ich arbeiten zusammen. Er ist mein Maestro, ich bin seine Schülerin«, erklärte ich leise.

Lorenzos Blicken konnte ich nicht standhalten.

Er glaubte mir kein Wort.

Nach meiner Arbeit in der Bibliothek – ich hatte damit begonnen, das griechische Johannes-Evangelium zu kopieren – und nach einem vergnüglichen Mittagessen mit Niccolò Machiavelli, der eigentlich auf einen ebenso amüsanten Nachmittag mit mir gehofft hatte, kehrte ich in die Villa Pico in Fiesole zurück.

Giovanni nahm seine Aufgabe als mein Maestro sehr ernst. Er begann mich die Arkana zu lehren, die Geheimnisse, die der Adept an seinen Schüler weitergibt. Er legte mir die hermetischen Gesetze aus, erklärte mir die Atomtheorie des Demokritos und die drei Prinzipien Sulfur, Mercurius und Sal – Körper, Seele und Geist. Er machte mich mit Platons fünf Elementen vertraut – Feuer, Wasser, Luft, Erde und die *Quinta essentia:* das Leben. Und er ließ mich die sieben wichtigsten Transmutationen in mein Notizbuch schreiben, ausgehend von der Prima Materia: die *Solutio, Coagulatio, Calcinatio, Sublimatio, Separatio, Mortificatio, Coniunctio*. Die *Coniunctio,* die Fusion der Elemente nach der »Tötung« der Materie während der *Mortificatio,* sei das höchste Ziel des Alchemisten, deren Resultat das Leben selbst sei: *al-Iksir,* das *Elixirium vitae*.

Nach all den Schicksalsschlägen, nach all den Leiden der letzten Jahre weiß ich nun: Mein ganzes Leben war ein Opus Magnum – von der *Solutio,* dem Eintauchen in der Familie Medici, und der Auflösung von allem, was Caterina Vespucci zuvor ausgemacht hatte, von der Kristallisation meiner Persönlichkeit in den folgenden erbarmungslosen Transformationen der kommenden Jahre in Mailand und Rom – *solve et coagula!* –, bis zur *Mortificatio,* dem tragischen Tod von Papst Alexander, als er mir 1503 das *Elixirium* wegnahm, um es selbst zu trinken, und bis zur *Coniunctio,* der endgültigen Vereinigung mit meinem Geliebten.

Gott, der Große Alchemist, hat sein Werk an mir vollbracht. Er hat mich geprüft wie ein Stück Metall, das im Athanor erhitzt wird, um alles Überflüssige wegzubrennen, das Weiche, Nachgiebige herauszuschmelzen, um es zu formen, um es härter zu machen. Wenn es zerbricht, war es wertlos. Wenn es besteht, kann es zu einer scharfen Waffe geschmiedet werden. Gott hielt sich nicht zurück mit seinen grausamen Schlägen. Damals habe ich Ihn deshalb verflucht. Aber heute danke ich Ihm für seine Erbarmungslosigkeit, denn ich habe überlebt …

Beim gemeinsamen Abendessen gab Giovanni mir noch eine Einführung in die Ewige Philosophie, in der sich der Glaube aller Religionen und das Wissen aller Philosophien zu etwas denkbar Undenkbarem vereinigt hatten: einer Wahrheit mit tausend Facetten.

Bevor ich in den Palazzo Medici zurückkehrte, nagelte er die erste These, über die wir disputieren wollten, an die Tür seines Laboratoriums: »*Tat tvam asi* – Das bist du«. Als er mein verdutztes Gesicht sah, erklärte er mir, das sei ein Spruch aus einer buddhistischen Sutra: Du bist wie Gott. Dann ergriff er eine Feder und kritzelte etwas darunter: »Ich und der Vater sind eins.«

In den letzten Jahren hat Giovanni von zu vielen Früchten der Erkenntnis genascht, dachte ich in diesem Augenblick. Aber die Früchte, die er in den nächsten Wochen an mich weiterreichte, damit auch ich meinen Hunger nach Wissen an ihnen stillte, schmeckten wunderbar und machten mich satt.

Giovanni lehrte mich den Unterschied zwischen Sehen, Erkennen und dem Durchschauen des Unsichtbaren – des Weltgesetzes –, zwischen Hören, Verstehen und dem unbedingten Gehorsam gegenüber dem Unhörbaren – dem göttlichen Willen –, zwischen Fühlen, Wahrnehmen und dem Wahrmachen meiner Träume.

Er lehrte mich die Meditation und die Entwicklung der Willenskraft und erklärte mir den zweifachen Weg des Alchemisten. Die rein physische Veränderung der Prima Materia, die durch das Feuer transmutiert wird, bis sie zum *al-Iksir* wird, und die Veränderung des Alchemisten selbst durch Meditation, den Blick nach innen, durch Konzentration seiner selbst und Entwicklung seiner Willenskraft, sich und die Materie im Alambic zu beeinflussen.

Die Außenwelt sah immer nur die exoterische Tätigkeit im Laboratorium, die Operationen im Feuer des Athanors, doch die inneren Operationen des Alchemisten, die Reifung seiner Seele, blieben ihr verborgen. Uneingeweihte konnten nicht einmal ahnen, dass diese esoterische Wandlung in der Einsamkeit des Laboratoriums überhaupt stattfand – als Voraussetzung für die exoterische Verwandlung der Materie durch Willenskraft. Was sie sahen – oder zu sehen glaubten – waren geheimnisvolle Magie und satanische Praktiken.

»Lass dich nicht beirren auf deinem Weg zur Vollkommenheit«, ermahnte mich Giovanni. »Er ist schwierig, anstrengend und wird all deine körperlichen und seelischen Kräfte fordern. Du wirst stolpern und stürzen, immer wieder vom Weg abkommen und dich verirren. Aber hör nicht auf diejenigen, die dir sagen, wohin du gehen sollst. Denn das entscheidest allein du. Dein einziger Führer ist deine Intuition. Vertraue dir selbst! Erkenne, was in dir selbst liegt, und handele entsprechend! Und du wirst sein wie Gott.«

Wir trafen uns jeden Tag. Meist fand ich Giovanni lesend im Laboratorium, während er darauf wartete, dass sich die Substanz im Alambic veränderte. Warten, sagte er, sei die erste Lektion eines

Alchemisten. Die zweite Lektion sei zu erkennen, wann der richtige Augenblick gekommen sei, damit aufzuhören.

Anfang November, sechs Wochen nach meiner Rückkehr aus Pisa, war für mich die Zeit des Wartens vorbei, und aus einem unbestimmten Ahnen, aus einem vergeblichen Hoffen wurde Gewissheit.

In den vergangenen Wochen hatten Giovanni und ich die Prima Materia durch die *Solutio* transmutiert. Der Blütenduft war längst verflogen, und die Substanz erinnerte weder in Form noch Farbe an Rosenblüten. Die entstandene Tinktur stank entsetzlich nach Tod und Verwesung, so sehr, dass nicht einmal das ägyptische Parfum, das die Tempelpriester des Anubis vor dem Gestank der Mumien geschützt hatte, diesen aufdringlichen Geruch überdecken konnte. Giovanni schien es nichts auszumachen, aber ich musste mehrmals in den Garten flüchten, um mich zu übergeben.

Und die schwarze Pestmaske mit duftenden Kräutern im ledernen Schnabel, mit der sich ein Medicus gegen die gefährliche Infektion schützte, verschlimmerte alles nur noch: Ich rang nach Atem, mir wurde schwindelig, und ich brach zusammen.

Giovanni brachte mich an diesem Abend besorgt nach Hause.

»Ruhe dich ein paar Tage aus, Caterina! Du hast zu viel getan in den letzten Wochen. Lass dich von Angelo verwöhnen. Er liest dir sicher gern ein paar seiner Gedichte vor, während du im Bett liegst. Vergiss die Bücher in der Bibliothek! Das Johannes-Evangelium wird auch nächste Woche nicht zu Staub zerfallen sein. Und wenn du dich besser fühlst, dann komm zu mir zurück«, sagte Giovanni in einem Tonfall, dem ich nicht zu widersprechen wagte. Selbst wenn ich es gekonnt hätte.

Am nächsten Tag wurde es noch schlimmer! Beunruhigt stellte ich fest, dass ich mich auch übergab, wenn ich den Gerüchen im Laboratorium gar nicht ausgesetzt war. Eine furchtbare Ahnung stieg in mir auf. Ich begann zu rechnen. Nein, es konnte nicht sein! Es *durfte* nicht sein! Ich fragte Ginevra nach den Symptomen, die ihr nicht entgangen waren, und sie bestätigte mir meinen Verdacht:

Ich war schwanger …

… und verzweifelt.

Zu Angelos Erstaunen entwickelte ich in den nächsten Tagen ein großes Interesse an medizinischen Lehrbüchern von Albertus Magnus und Abu Ali Ibn Sina, Galenos und Hippokrates. Sie alle hatten die unterschiedlichsten Theorien, wie das neue Leben im Akt der Liebe entstand, wie es seine Seele empfing, wann es denken und fühlen konnte, aber sie hatten alle überhaupt keine praktischen Ratschläge, wie man es wieder … verlieren könnte.

Ich konnte Cesares Kind nicht zur Welt bringen!

Meine Affäre mit dem Bischof von Pamplona war beendet. Ich wusste nicht, ob ich ihn jemals wiedersehen würde. Und ich ahnte nicht, wie ein Kardinal Cesare Borgia reagieren würde, wenn ich eines Tages mit seinem Sohn im Arm in Rom auftauchen würde. Und selbst wenn er dem Kind ein liebevoller Vater wäre: Ich wollte mich nicht an ihn binden. Ich *durfte* es nicht. Die Beziehungen der Medici zu den Borgia waren mit Giulios Weihe, seiner Ernennung zum Prior in Capua durch Kardinal Rodrigo Borgia und Giannis Teilnahme am nächsten Konklave schon kompliziert genug. Da musste ich dem nächsten Papst nicht auch noch einen Enkel schenken!

Über die Bastarde der Signori de' Medici, Borgia und Sforza sah man in Florenz mit einem spöttischen Augenzwinkern hinweg – aber das uneheliche Kind einer Caterina de' Medici konnte nicht vor der Öffentlichkeit versteckt werden. Lorenzo würde mich verheiraten, bevor mein Zustand offensichtlich wurde. Vielleicht doch noch mit Giovanni Sforza oder mit Gian Giordano Orsini. Meine

Karriere als Gelehrte wäre beendet, bevor sie wirklich begonnen hatte.

Vor allem durfte Giovanni nicht erfahren, dass ich schwanger war. Unsere Beziehung, nicht nur die zwischen einem Maestro und seiner Schülerin, sondern auch unsere Freundschaft und unsere Liebe wären zum Scheitern verurteilt. Ich liebte Giovanni. Und wenn er sich mir auch entzog: Ich wollte ihn auf keinen Fall verlieren, nicht als Maestro, nicht als Geliebten, Angebeteten. Das hätte ich nicht ertragen.

Aber an wen konnte ich mich wenden? An Lorenzos Medicus Stefano della Torre? Nein, ausgeschlossen. Dann konnte ich auch gleich bei Lorenzo beichten. An Sandro Botticelli?

Oder sollte ich mich an Luciano Palmieri wenden, den bekanntesten Apotheker von Florenz? Luciano war Mitglied der Alchemistengilde – ich hatte ihn vor kurzem während eines Gildetreffens bei Sandro Botticelli kennen gelernt. Er verfügte über das notwendige medizinische Wissen, aber leider auch über ein sensibles Gewissen, wie ich während Fra Girolamos Predigten in San Marco feststellen konnte, als ich Luciano dort traf. Da ich ihm die Gründe für meine Entscheidung nicht erläutern konnte, ohne dass sie sein freundschaftliches Verhältnis mit Giovanni belasteten, brauchte ich sein Gewissen nicht unnötig zu strapazieren.

Es gab nicht viele, die ich sonst noch bitten konnte.

Nein, nicht viele. Nur einen Einzigen.

»Und wieso kommt Ihr ausgerechnet zu mir?« Er wirkte nicht sehr glücklich über meine Entscheidung.

»Weil Ihr mein Beichtvater seid. Aber vor allem, weil Ihr Medizin studiert habt …«

»Ich habe das Studium abgebrochen«, wandte er ein. Meinem Blick wich er aus.

»… und weil Ihr schon einmal unglücklich verliebt wart. Weil ich deshalb auf Euer Verständnis hoffe.«

Fra Girolamo sah mich überrascht an. Dann wandte er sich abrupt ab und lief wie gehetzt in seiner schmalen Zelle auf und ab, drei Schritte bis zum Fenster, drei Schritte zurück zur Tür.

Ich kniete noch immer auf den Steinfliesen vor seinem Betstuhl und wartete ab, wie er sich entscheiden würde.

Es war eisig kalt in Savonarolas Zelle und die karge Einrichtung – ein Schreibtisch, auf dem als einziges Buch die Heilige Schrift lag, ein hölzerner Faltstuhl und hinter einem halb geschlossenen Vorhang ein hartes Bett – tat ein Übriges, dass ich mich elend fühlte. Fra Girolamo hätte selbst einen hölzernen Crucifixus mit Korpus an der Wand für übertriebenen Luxus gehalten.

Vor dem Fenster blieb der Prior stehen und sah durch die beschlagenen Scheiben in den Kreuzgang des Konvents hinunter.

»Kenne ich den Vater?«, fragte er nach einem langen Schweigen.

Das erste hermetische Gebot forderte: *Verissimus esse* – Sei aufrichtig! Im Stillen dankte ich Gott, dass Fra Girolamo seine Frage nicht präziser formuliert hatte. »Ihr kennt ihn.«

Das war nicht einmal gelogen. Der Bischof von Pamplona hatte sich schon einige seiner Bußpredigten in San Lorenzo und San Marco angehört.

»O mein Gott!«, stöhnte Fra Girolamo, denn er musste annehmen, dass Giovanni der Vater meines Kindes war: sein bester Freund, den er seit Monaten zu bewegen versuchte, die Gelübde zu leisten und in den Konvent einzutreten. Wie enttäuscht musste der Frater nun sein! Ich hatte ihm erzählt, dass ich Giovanni beim Opus assistierte – irgendwann hätte er es ohnehin erfahren, denn Giovanni besuchte den Prior regelmäßig im Kloster. Die beiden hatten keine Geheimnisse voreinander. Aber Fra Girolamo würde Giovanni nichts von meiner Schwangerschaft verraten, denn er war an das Beichtgeheimnis gebunden …

Savonarola *musste* mir also helfen, auch gegen sein Gewissen, wenn er doch noch die Seele seines Freundes aus dem Fegefeuer sinnlicher Vergnügungen retten und ihn zum Frater machen wollte.

»Und er weiß nichts davon?«, fragte Fra Girolamo, die heiße Stirn gegen das gefrorene Fenster gelehnt. Die Scheibe beschlug unter seinem Atem.

»Nein! Und ich will es dabei belassen«, sagte ich entschlossen.

»Das wird wohl auch das Beste sein«, stimmte er zu. »Und was erwartet Ihr nun von mir?«

»Ich hoffe, dass Ihr mir ein Mittel, ein Gift, gebt, das …«

»Ich soll mich versündigen?«, brüllte er, ohne sich zu mir umzudrehen. Meinen Anblick ertrug er offenbar nicht. Hastig schlug er mit der Hand ein Kreuz. »Ihr verlangt nicht weniger, als dass ich einen Mord begehen soll, Caterina!«

»Nein, Prior! Das verlange ich *nicht*«, erinnerte ich ihn.

Überrascht sah er mich über die Schulter an. Unsere Blicke kreuzten sich wie zwei scharfe Klingen, schlugen Funken in dem Versuch, die Willensstärke des anderen zu erforschen. Schließlich wandte er sich wieder dem Fenster zu. Die Scheibe war durch seinen Atem mittlerweile so undurchsichtig, dass er draußen nichts erkennen konnte.

Die Glocken von San Marco begannen zu läuten, und er zuckte zusammen. Einige Augenblicke verharrte er reglos, den Kopf wie im Gebet geneigt, dann hob er die rechte Hand und wischte über die Scheibe. Er malte irgendetwas auf das beschlagene Glas. Schließlich drehte er sich zu mir um und kam zwei Schritte auf mich zu. »Ich kann Euch keine Absolution für eine Tat erteilen, die noch nicht begangen wurde. Bitte geht jetzt!«, forderte er mich auf. »Die Glocken rufen mich *wie alle Mönche* von San Marco zur Messe.«

Warum sagte er das? Als ich mich erhob, sah ich über seine Schulter hinweg, was er auf die Scheibe gemalt hatte: einen groben Lageplan des Konvents mit dem Kreuzgang und … der Apotheke! Darunter stand ein Wort: Cantarella.

Ich küsste ihn zart auf die Wange. »Gott wird es Euch vergelten!«

»Hoffentlich nicht«, sagte er leise.

Da ich nicht wusste, wie viel von dem Gift ich benötigen würde, nahm ich eine ganze Hand voll aus dem Gefäß im Apothekerregal. Ich ließ das weiße Pulver in mein Taschentuch rieseln, verknotete es sorgfältig und steckte es in den weiten Ärmel meines Kleides, bevor der Frater Infirmarius von der Abendmesse in seine Apotheke zurückkehrte.

Unauffällig verließ ich den Konvent und begab mich mit meiner wartenden Leibwache die Via Larga hinunter in Richtung Domplatz. In der Via dei Speziali besorgte ich mir eine halbe Stunde später bei Luciano Palmieri das Handbuch, das alle florentinischen Ärzte und Apotheker gemäß den Vorschriften ihrer Zunft zu benutzen hatten, wenn sie ihre Heilmittel und Kosmetika herstellten. Dann kehrte ich in den Palazzo Medici zurück.

Nach dem Abendessen und einer Unterhaltung mit Lorenzo und Angelo vor dem Kamin zog ich mich in mein Zimmer zurück.

Ich fand die Cantarella unter der Rubrik der tödlichen Gifte in Lucianos Apothekerhandbuch. Der Hauptbestandteil war weißes Arsen. Die Symptome: Magenkrämpfe, Darmblutungen, Erbrechen von schwarzem Blut, nach einem Tag unstillbare Blutungen an inneren Organen, nach einem weiteren Tag Erstickungsanfälle, weil auch die Lunge zu bluten begann. Mit anderen Worten:

Eine leichte Intoxikation durch Cantarella hatte dieselben Symptome wie eine Cholera-Infektion. Eine schwere Vergiftung war der grausamste Tod, den ich mir vorstellen konnte … nein! … den ich mir *in jener Nacht* vorstellen konnte – denn in den nächsten Jahren würde ich noch lernen, wozu ein Mensch fähig ist, wenn er seinen eigenen mit dem göttlichen Willen verwechselt.

Das Handbuch enthielt natürlich kein »man nehme …« zur Dosierung des todbringenden Giftes. Die tödliche Menge war angegeben, aber allein um diese genau abzumessen, hätte ich Lucianos Apothekerwaage benutzen müssen. Noch schwieriger war es zu entscheiden, wie viel weniger als die letale Dosis ich nehmen musste, um das Leben in mir zu töten, ohne mich selbst umzubringen. Die Hälfte, ein Drittel, ein Viertel?

Es war schon spät in der Nacht, als ich im Nachthemd fröstelnd an meinem Schreibtisch saß und auf das aufgeknotete Taschentuch mit dem tödlichen weißen Pulver starrte. Eine ganze Hand voll! Dem Rezeptbuch zufolge konnte ich mit dieser Menge hundert Menschen töten.

Mit zitternden Fingern griff ich nach einem Zinnbecher und füllte ihn mit kühlem Wasser aus der Glaskaraffe, die immer auf meinem Nachttisch stand. Ein furchtbarer Gedanke beschäftigte mich: Würde ich dem Ewigen Leben jemals wieder so nah sein wie in dieser Nacht? Ich war auf der Suche nach dem *Elixirium vitae* und trank vom *Elixirium mortis*. Das Ewige Leben – war das der Tod? Ist die Seele unsterblich? Gibt es eine Auferstehung, ein Leben nach dem Tod? Wenn ich das Gift falsch dosierte, würde ich das bald nicht nur glauben, sondern wissen …

Entschlossen zog ich meinen Dolch, tauchte die Spitze in das Wasser, ließ einen Tropfen in den Becher zurückfallen, berührte mit der Klinge das Gift. Eine winzige Menge blieb hängen. Ich rührte mit dem Dolch im Wasserbecher, bis sich die Cantarella aufgelöst hatte. Dann wischte ich die Klinge an einem Taschentuch ab, das ich ins Kaminfeuer warf, und hielt sie in die Flamme der Kerze auf meinem Schreibtisch, bis alle Spuren der Cantarella verbrannt waren.

»Gott, vergib mir!«, flüsterte ich, ergriff den Zinnbecher und trank ihn leer.

Gott vergab mir nicht.

Er war zornig und sandte Seine Engel an mein Bett, um mich leiden zu lassen. Und sie fanden Gefallen daran, mich zu quälen.

Während der ersten Stunde lag ich wach, starrte in den Brokathimmel des Bettes hinauf und versuchte zu fühlen, wo in meinem Körper die Schmerzen begannen. Es war im Magen. Er ballte sich wie eine Faust zusammen. Ich hatte während des Abendessens nur ein wenig trockenes Brot gegessen, sodass ich nicht viel in den Nachttopf übergab. Die Kerze auf meinem Nachttisch war noch keine Handbreit heruntergebrannt, als ich begann, Blut zu erbrechen.

Ich verlor viel Flüssigkeit. Zu viel! Das Bett war nass, nicht nur von meinem Fieberschweiß. Ich war durstig und musste trinken, um den Brand in meinem Inneren zu löschen.

Aber ich hatte die Karaffe auf meinem Schreibtisch stehen lassen, nachdem ich das Taschentuch mit dem Gift verknotet und in einer der kleinen verschließbaren Schubladen versteckt hatte. Das Schreibpult war fünf Schritte vom Bett entfernt. Als ich mich in den Kissen aufsetzte, begann sich die Welt um mich zu drehen – zuerst langsam, dann immer schneller, als ich versuchte, mich vom Bett zu erheben, um zum Schreibtisch zu gelangen.

Meine Knie trugen mich nicht, und ich rutschte kraftlos an der Bettkante hinab auf den kalten Boden. Trotz der Fieberhitze fror ich erbärmlich. Es war kalt in meinem Zimmer, denn ich hatte das Kaminfeuer ausgehen lassen.

Benommen kroch ich hinüber zum Tisch, zog mich daran hoch, bis ich davor kniete, tastete mit der rechten Hand nach der Karaffe, um den Zinnbecher zu füllen. Sie war zu schwer, und ich musste mich gegen den Schreibtisch lehnen und sie mit beiden Händen umfassen, um sie anheben zu können. Unerträglich laut, wie die dröhnenden Glocken von Santa Maria del Fiore, klapperte die Karaffe gegen den Zinnbecher.

Gierig trank ich, doch meine Lippen waren bereits so taub, dass die Hälfte des Wassers an meinen Wangen hinab bis zum Kinn lief und auf den Boden tropfte. Ich stellte den Becher zurück auf den Tisch und griff erneut nach der Karaffe. Ich musste mehr trinken! Ich richtete mich auf, zog das schwere Glasgefäß zu mir heran, um den Zinnbecher erneut zu füllen, als meine Knie unter mir nachgaben. Ich versuchte mich am Tisch festzuhalten. Vergeblich! Meine schweißnassen Finger glitten ohne einen Halt über die Tischplatte. Im Fallen riss ich die Karaffe mit.

Das Letzte, an das ich mich erinnern konnte, war das Zersplittern von Glas. Dann kamen die Engel …

Ginevra fand mich am nächsten Morgen bewusstlos in meinem Blut liegend. Eine der Glasscherben hatte sich in meinen Arm gebohrt, als ich vor dem Schreibtisch zusammengebrochen war.

Stefano della Torre, Lorenzos Medicus, brachte mich wenige Minuten später in mein Bett, das Ginevra frisch bezogen hatte. Seine Diagnose lautete: »Cholera.«

… jedenfalls hatte Lorenzo mir das später erzählt, denn ich konnte mich an nichts erinnern, was in dieser Nacht oder am folgenden Tag geschah. An nichts als die Engel, die an meinem Bett wachten.

Zwei Tage und drei Nächte schlief ich, dann erwachte ich in eine Wirklichkeit hinein, in der die Menschen viel zu laut sprachen und

Unsinn redeten. Die Worte, die mir wie Meereswogen entgegenbrandeten, ergaben keinen Sinn. Eine Gischt aus Fragen, auf die keine Antwort erwartet wurde. Beruhigende Worte, randvoll mit Gefühlen. Zarte Hände, die mich streichelten …

Als ich das nächste Mal die Augen aufschlug, saß Lorenzo an meinem Bett und hielt meine Hand, obwohl er befürchten musste, sich mit der Cholera zu infizieren. Ich sagte etwas, das ich selbst nicht verstand, und er gab mir zu trinken.

Dann war ich wieder eingeschlafen.

»Wie geht es dir?«, fragte Giovanni nach einem freundschaftlichen Kuss auf meine Wange.

»Es fühlt sich an, als lebte ich noch. Aber ganz sicher bin ich mir nicht …«, hauchte ich mit einem gequälten Lächeln.

Er zog sich mit dem Fuß einen Sessel heran und setzte sich, ohne meine Hand loszulassen, neben mein Bett.

»Wie geht es voran?«, fragte ich mit heiserer Stimme.

Giovanni sprach von der brennenden Taube, von der sich windenden Schlange, vom Tod des Drachen und vom Phoenix aus der Asche – verschlüsselte Beschreibungen der durchgeführten Transmutationen. »*Deo concedente* – wenn Gott will, werde ich heute Abend die *Separatio* beenden«, hoffte er.

Ich schloss die Augen und atmete tief durch. »Ich wünschte, ich könnte dir helfen«, seufzte ich. Und ich wünschte, ich würde verstehen, wovon Giovanni sprach …

»Das kannst du, Caterina: Tu mir den Gefallen und werde schnell wieder gesund.«

»Versprochen!«, lächelte ich schwach. »Ich möchte dich auch um einen Gefallen bitten, Giovanni.«

Er nahm meine Hand und küsste sie. Seine Lippen bewegten sich, als wollte er etwas sagen, doch er blieb stumm.

»Siehst du mein Notizbuch auf dem Tisch? Bitte schreibe auf, welche Operationen du durchführst. Damit ich es später nachlesen kann. Dann wird es so sein, als wäre ich dabei gewesen.«

»Ich werde alles aufschreiben«, versprach er. »Und, Caterina: Du bist dabei. Jeden Augenblick bist du bei mir.«

Warum ich weinte, weiß ich nicht mehr.

Drei Tage später wechselte Stefano della Torre den Verband an meinem Arm, wo ich mich an einer Scherbe der zerbrochenen Glaskaraffe verletzt hatte, und untersuchte mich gründlich.

»Ihr habt sehr viel Blut verloren, Madonna Caterina«, sagte der Medicus, als er seine Instrumente in seine Tragekiste packte. »Ihr müsst viel trinken, damit Ihr Euch wieder erholt. Ihr werdet sehen: In ein paar Tagen werdet Ihr aufstehen und das Bett verlassen können, als sei nichts geschehen. Allerdings ...«

»Darauf freue ich mich schon«, seufzte ich.

»... allerdings habe ich auch eine schlechte Nachricht für Euch.«

Erschrocken starrte ich ihn an. »Was ist ...?«

»Ich bedauere zutiefst, Euch sagen zu müssen, dass Ihr schwanger wart. Ihr habt während der Blutungen einen fünf oder sechs Wochen alten Foetus verloren. Es tut mir sehr Leid.«

Ich musste mich beherrschen, um nicht vor Glück laut zu lachen und dem Medicus um den Hals zu fallen. Es war überstanden!

»Aber das ist nicht das Schlimmste«, fuhr Stefano fort. »Ich muss Euch leider mitteilen, dass Ihr wahrscheinlich nie mehr Kinder bekommen könnt ...«

Nie mehr?, wollte ich fragen, aber die Worte zergingen geschmacklos auf meiner Zunge. Nie mehr!

»Weiß noch jemand außer Euch von meiner Schwangerschaft?«

»Seine Exzellenz weiß davon«, sagte der Medicus.

Ich ließ mich kraftlos in die Kissen zurücksinken. Nicht ausgerechnet Lorenzo!, dachte ich.

Nein, Gott hatte mir nicht vergeben. Er hatte nur geduldig abgewartet, bis ich mich erheben konnte, um Seine Schläge aufrecht stehend entgegenzunehmen.

Platons Geburtstag am 7. November 1491, der jedes Jahr von den Mitgliedern der Platonischen Akademie mit einer stimmungsvollen Lesung des *Symposion* in Lorenzos Bibliothek gefeiert wurde, hatte ich verpasst. Ich hatte mich so darauf gefreut, Lorenzo und seine Freunde mit einem spektakulären Auftritt als Sokrates' Freundin Diotima zu überraschen. Nun, dann würde ich diese Idee eben um ein Jahr verschieben. Wie konnte ich denn ahnen, dass im Palazzo Medici nie wieder Platons Geburtstag gefeiert werden würde …

Ein paar Tage später – ich machte, auf Angelo gestützt, meine ersten Schritte in Richtung Bibliothek – traf ein Brief von Gianni aus Pisa ein. Er erkundigte sich bei Lorenzo besorgt nach meinem Befinden und kündigte an, zu Weihnachten nach Hause zu kommen – vielleicht würde er auch ein paar Freunde mitbringen …

Nach meiner Genesung kehrte ich in die Villa Pico zurück, um Giovanni bei der *Mortificatio* zu helfen. Von den Weihnachtsvorbereitungen im Palazzo Medici bekam ich nur wenig mit. An Giulianos fröhlichem Maskenball nahm ich ebenso wenig teil wie an der Orgie, die Piero für seine Freunde veranstaltete und die lange nach Mitternacht zu einem ausschweifenden Saufgelage eskalierte, wie Lorenzo mir am nächsten Morgen mit einem feinen Lächeln berichtete:

»*Quant' è bella la giovanezza* – wie schön ist die Jugend! Mit zwanzig war ich genauso unbezähmbar wie Piero. Ich lag auch keine Nacht vor dem Morgengrauen im Bett – und dann auch nur selten in meinem eigenen. Lass ihn sein Leben genießen, Caterina! Piero wird früh genug erwachsen werden.«

Ich bezweifelte, dass Piero *jemals* erwachsen werden würde.

Er hatte sich seit Wochen einen Spaß daraus gemacht, mich zu provozieren. Piero machte sich darüber lustig, dass ich bei Angelo Griechisch lernte. Ob ich Homers *Odyssee* neu schreiben wollte, fragte er mich eines Tages gehässig: als endlose Reise einer Frau auf der Suche nach einem Mann, der *nicht* vor ihr davonlief. Er machte Bemerkungen über meine enge Beziehung zu Giovanni, und ich fragte mich, ob er von meiner Schwangerschaft wusste.

Seinen gemeinsten Scherz leistete er sich am 6. Dezember, am San-Nicola-Tag: Er schenkte mir eine enge Hose und ein Seidenhemd, das er von seinem Schneider für mich hatte anfertigen lassen. Dass ich über sein Geschenk nicht in Zorn geriet, irritierte ihn sehr, und als ich Hemd und Hose gleich anprobierte und Lorenzo über meinen Auftritt beim Abendessen als »Signor Cato de' Medici« Tränen lachte, wurde *er* zornig. Weil ich mich bei Tisch inszenierte wie Cato, der römische Feldherr und republikanische Gegner Caesars, oder einfach nur weil mir sein Geschenk wider Erwarten gefiel, habe ich nie herausgefunden.

Die enge Hose war unter dem langen roten Alchemistentalar sehr viel praktischer zu tragen als ein Kleid mit Spitze und aufgenähten Perlen. Ich wollte mir von der Schneiderin, die meine Roben entworfen hatte, eine passende Samtjacke nähen lassen, aber sie schüttelte nur ungläubig den Kopf.

Giulios Schneider war weniger zimperlich. Er arbeitete schnell und zuverlässig, und vor allem diskret. Er besorgte mir auch hohe Reitstiefel aus schwarzem Leder, die bis weit über die Knie reichten und den größten Teil meiner schlanken Beine verdeckten. Im Sommer konnte ich die weichen Stiefelschäfte nach unten krempeln, sodass eine bestickte Samtborte sichtbar wurde. Mein Entwurf eines Baretts mit eingenähter Maske aus schwarzem Samt bereitete dem Schneider einige Schwierigkeiten, aber schließlich lieferte er, was ich mir wünschte.

Ich war frei und konnte gehen, wohin ich wollte, wann ich wollte und mit wem ich wollte: inkognito.

Der Palazzo Medici war in heller Aufregung, als Giovanni und ich gegen Mittag des 24. Dezember im verschneiten Hof ankamen.

In den letzten Tagen hatten wir Tag und Nacht laboriert. Wir hatten beschlossen, die Arbeit während der Weihnachtsfeiertage zu unterbrechen. Giovanni wollte ein paar Tage im Palazzo bleiben, um in der Laurenziana Werke von Gerbert d'Aurillac und Arnoldus de Villanova zu studieren, während ich Sandro Botticelli in seinem Laboratorium besuchte, um ihn um Rat zu fragen. Die *Mortificatio,* die Operation zur Herstellung des *Aurum potabile,* bereitete Giovanni seit Wochen unerwartete Schwierigkeiten.

Der Majordomus, der mir unnötigerweise vom Pferd half, erzählte mir, ein Bote aus Pisa habe Seine Magnifizenz vor wenigen Minuten von der Ankunft Seiner Eminenz, Kardinal de' Medici, innerhalb der nächsten Stunde in Kenntnis gesetzt.

Gianni kommt nach Hause!, freute ich mich: Das wird ein fröhliches Weihnachtsfest.

Giovanni ließ seine Truhen in sein Refugium im zweiten Stock bringen und begab sich zu Lorenzo. Ich eilte in mein Zimmer, um mich umzuziehen. Ginevra flocht noch mit verbissenem Gesicht ein Perlenband in mein Haar, als aus dem Hof der Ruf erscholl: »Er kommt! Seine Eminenz ist da!«

Ich half Ginevra, die widerspenstigen Locken zu bändigen, dann eilte ich zu Lorenzo, der seinen Sohn oben an der Treppe erwartete. Er hatte zu große Schmerzen, um die Stufen hinabzusteigen und Gianni im Hof zu empfangen. Piero, Angelo und Giovanni standen neben Lorenzo.

Giuliano, der seinem älteren Bruder lachend entgegengeeilt war, kam Arm in Arm mit Gianni die Treppe hinaufgestürmt.

Lorenzo fiel vor seinem Sohn auf die Knie, um dessen Ring zu küssen. »Euer Eminenz, willkommen zu Hause!«

Gianni beugte sich liebevoll zu ihm hinunter. »Vater! Ich bitte dich, demütige dich nicht vor mir!« Er half Lorenzo beim Aufstehen und umarmte ihn herzlich.

»Ich freue mich, dass du gekommen bist«, flüsterte sein Vater.

»Und ich erst! Endlich kann ich nach Herzenslust in den neuen Büchern der Laurenziana stöbern. Wenn ich nach Pisa zurückkehre, werde ich etliche Pfund zugenommen haben: von den köstlichen Weihnachtsbraten und von dem Wissen aus den Büchern.« Gianni wurde ernst. »Aber noch mehr würde ich mich freuen, wenn du auch jemand anderem einen solch herzlichen Empfang bereiten würdest wie mir eben.«

»Jemand anderem, Gianni?«, fragte Lorenzo. »Wem?«

»Deinem ›verlorenen Sohn‹.«

Lorenzo blickte über Giannis Schulter und sah, wie Giulio langsam die Treppe heraufkam. Auch seine schwarze Soutane war schlammbespritzt, aber die Rubine des Kreuzes des Johanniterordens von Rhodos funkelten blutrot auf seiner Brust. Seine Hand umklammerte das Kreuz, als fürchtete er, Lorenzo könnte es ihm in seinem Zorn wegreißen.

Kardinal Rodrigo Borgia hat Giulio zum Ritter des Johanniterordens ernannt, dachte ich verwirrt. Giannis Stimme im bevorstehenden Konklave schien wichtiger zu sein, als ich zunächst angenommen hatte …

Lorenzo rührte sich nicht, als Giulio eine Stufe unter ihm stehen blieb und zu ihm aufsah. Er sagte kein Wort, als Giulio vor ihm auf die Knie fiel, seine Beine umfasste und weinte. »Bitte vergib mir! Ich konnte nicht anders handeln«, schluchzte Giulio und wischte sich mit dem Ärmel seiner Soutane die Tränen aus dem Gesicht. Wie sehr musste ihn Lorenzos Schweigen verletzen!

»Steh auf!«, befahl Lorenzo unwillig. »Ein Medici kniet nicht.«

Mein Bruder erhob sich, erklomm die letzte Stufe und wäre fast gestolpert, wenn Giuliano ihn nicht festgehalten hätte. Giulio war furchtbar aufgeregt! Ohne ein Wort der Vergebung schloss Lorenzo seinen Neffen in die Arme – wie einen Fremden, dem er Gastfreundschaft in seinem Haus gewährte.

Ich war betroffen: Lorenzo hatte Giulio nicht verziehen!

Als mein Bruder Piero und die anderen begrüßte, wandte sich Gianni an Lorenzo: »Ich habe einen Freund mitgebracht. Ich hoffe, du bist einverstanden, wenn er während der Weihnachtsfeiertage im Palazzo wohnt?«

»Deine Freunde sind mir immer willkommen, Gianni. Wer ist es?«

»Cesare Borgia, der Bischof von Pamplona.«

Erschrocken fuhr ich herum und sah Cesare die Treppe heraufkommen. Er hatte unten im Hof gewartet, bis sich die erste Aufregung um Giulios Rückkehr gelegt hatte.

Lorenzo ging ihm entgegen: »Wie schön, Euch kennen zu lernen, Euer Exzellenz! Seid willkommen in meinem bescheidenen Haus!«

Er verneigte sich, um den Ring des Bischofs zu küssen, aber Cesare entzog Lorenzo seine Hand. »Ich bitte Euch, Euer Magnifizenz! Keine Förmlichkeiten! Ich bin hierher gekommen, weil Gianni mir versprochen hat, dass ich in Eurem Palazzo für einige Tage dem Zeremoniell entkommen und ich selbst sein kann. Bitte nennt mich einfach Cesare – wie mein Vater, Kardinal Rodrigo Borgia, der Euch durch mich ein herzliches *Feliz Navidad* übermitteln lässt. Und die besten Wünsche für Eure Gesundheit.«

Lorenzo warf Giulio einen kurzen Blick zu. Er ahnte, wer meinen Bruder ordiniert und ihm das begehrte Johanniterkreuz verschafft hatte. »Ich danke Euch und Eurem Vater, Cesare«, erwiderte er mit einem maskenhaften Lächeln. »Noch heute werde ich Kardinal Borgia schreiben, um ihm für sein Wohlwollen gegenüber Giulio zu danken.«

»Es war ihm ein Vergnügen, Magnifico! Mein Vater ist überzeugt, dass die Medici und die Borgia sich in diesen stürmischen Zeiten gegenseitig eine helfende Hand reichen sollten …«

»Mit Fra Girolamo Savonarola muss ich allein fertig werden«, unterbrach Lorenzo ihn kühl.

Aus dem Augenwinkel nahm ich wahr, wie Giovanni, der hinter ihm stand, zusammenzuckte. Cesare schien den besorgten Blickwechsel zwischen mir und Giovanni zu bemerken, denn das Lächeln gefror auf seinen Lippen.

Lorenzo stellte Cesare seinen Söhnen Piero und Giuliano vor. Cesare begrüßte Angelo überschwänglich – »Mit großer Freude habe ich alle Eure Gedichte gelesen!« –, während er Giovanni nur die Hand reichte: »Euer Gnaden, ich bin einer Eurer größten Bewunderer! Der Inquisitionsprozess und Eure Exkommunikation durch Seine Heiligkeit haben mich ins Herz getroffen.«

Cesares Worte waren für Giovanni wie ein Schlag ins Gesicht. Die Erwähnung des päpstlichen Banns durch den Sohn des Vizekanzlers der Kirche war mehr als eine Beleidigung. Sie war eine Drohung an Giovanni, sich gut zu überlegen, was er weiter publizierte. Und mit wem er Freundschaft pflegte …

»Und das ist Caterina«, stellte mich Lorenzo schließlich vor.

»Caterina und ich haben uns in Pisa kennen gelernt. Wir sind gute Freunde«, lächelte Cesare, als er, statt meine Hand zu küssen, mich an sich zog und mir einen zärtlichen Kuss auf die Wange gab.

Lorenzo nahm die offensichtliche Vertrautheit zwischen Cesare und mir mit einem besorgten Stirnrunzeln zur Kenntnis.

Giovanni war zu dieser Zurückhaltung nicht fähig. Mit funkelnden Augen starrte er uns an.

»Ich dachte, du freust dich, wenn du mich wiedersiehst«, beschwerte sich Cesare, als er mich um Mitternacht an seinem Arm zu Fra Marianos Weihnachtsmesse in San Lorenzo geleitete.

Den Nachmittag über hatte es geschneit, und meine seidenen Schuhe waren nach zehn Schritten durchgeweicht. Wie sehr ich Cesare um seine Reitstiefel beneidete!

»Aber ich freue mich doch«, beteuerte ich. »Ich war nur so überrascht über deine Ankunft.«

»So wie der Conte von Concordia? Ich dachte, er bringt mich noch vor der Messe um …« Cesare verstummte, als er Savonarola im Schneetreiben vor der Kirche erkannte.

Lorenzo begrüßte den Prior mit einem eisigen Lächeln, dann ging er an ihm vorbei in die Kirche. Gianni lächelte Fra Girolamo freundlich zu, als dieser vor ihm auf die Knie fallen wollte. Giulio ließ sich von dem Frater segnen, was Lorenzo glücklicherweise nicht bemerkte, da er in der Kirche Fra Mariano da Genazzano begrüßte. Es wäre weder eine stille noch eine heilige Nacht geworden! Seit seiner Ankunft vor wenigen Stunden hatten Giulio und Lorenzo kein Wort miteinander gesprochen.

Giovanni und Fra Girolamo umarmten sich, und der Frater wünschte seinem Freund ein gesegnetes Weihnachtsfest, bevor er sich Cesare an meiner Seite zuwandte: »*Buon Natale*, Euer Exzellenz!« Savonarola fiel vor Cesare auf die Knie und küsste seinen Ring.

Cesare machte keine Anstalten, ihn davon abzuhalten, und ließ ihn, wie mir schien, besonders lange im Schnee knien.

Zu meiner Überraschung betrat Fra Girolamo nach uns die Kirche und stellte sich in die letzte Reihe der Gläubigen, die ehrerbietig eine Gasse bildeten, damit Seine Magnifizenz, Lorenzo de' Medici, Seine Eminenz, Kardinal Giovanni, die Familie und die Freunde des Magnifico bis vor die weihnachtlich geschmückte und von Kerzen erleuchtete Kanzel treten konnten.

Fra Mariano gab sich sehr viel Mühe mit seiner Christmesse. Er las mit seiner wohlklingenden Stimme aus dem Lukas-Evangelium, legte uns eloquent die Geburt Jesu Christi aus und fand amüsante Bezüge zum Mythos der Geburt Apollons als Sohn des Göttervaters Zeus. Er war bezaubernd, die Gläubigen hingen an seinen Lippen, er machte einen Scherz, und sie lachten, er war ernst, und sie betrachteten andächtig die herrlich funkelnden Schmuckstücke seiner Worte.

Lorenzo, der sich während der Messe auf Giovanni stützte, schien sich über Fra Marianos Predigt zu amüsieren, er schmunzelte sogar, als der Frater ohne mit der Wimper zu zucken Platon zitierte, der seiner Meinung nach ebenso gut geeignet war, die Gläubigen zum Schönen, Guten und Wahren hinzuführen wie die Evangelien. Er glaubte wie Giovanni, dass alle Religionen von *einer* göttlichen Offenbarung stammten, die von Juden, Muslimen und Christen nur auf unterschiedliche Weise ausgelegt wurde.

Fra Mariano war aufgeregt, geradezu flatterig, weil der Magnifico, der Kardinal de' Medici und der Bischof von Pamplona an der Weihnachtsmesse teilnahmen. Er begann sich in seinen eleganten lateinischen Sätzen zu verfangen und über Worte zu stolpern, als er Cesares Stirnrunzeln bemerkte und sich ganz auf die Reaktionen des Bischofs von Pamplona unterhalb der Kanzel konzentrierte. Und als der Augustinermönch schließlich den Dominikaner Fra Girolamo mit abwartend verschränkten Armen am Portal seiner Kirche erkannte, war es um seine Beherrschung geschehen.

Er, der eben noch in der Sprache der Engel die Liebe eines vergebenden Gottes verkündet hatte, war nicht einmal mehr fähig, einen verständlichen Satz in der Sprache der Menschen zu formulieren. Er, der die Evangelien in griechischer Sprache auswendig kannte und dessen vollendetes Latein selbst Cicero den blanken Neid ins Gesicht getrieben hätte, dachte, er würde seinem Freund Lorenzo de' Medici einen Gefallen tun, wenn er in seiner Predigt innehielt und den Dominikaner in Italienisch anbrüllte, die Heilige Messe nicht zu stören.

Lorenzo war Fra Marianos Auftreten auf der Kanzel mehr als peinlich. Er versuchte, den Augustiner zum Schweigen zu bringen, aber der steigerte sich in seinen Hass gegen den Dominikaner hinein, sodass schließlich die Unruhe in den Reihen der Gläubigen die Tiraden von der Kanzel übertönte.

Savonarola stand schweigend, besonnen und beherrscht in der letzten Reihe und ließ sich von Fra Mariano beschimpfen, obwohl er nichts getan hatte, um den Gottesdienst zu stören – nichts, als anwesend zu sein. Schließlich drehte er sich um und verließ ohne ein Wort die Kirche.

Giovanni stürzte mit gesenktem Blick seinem Freund hinterher.

Als auch Giulio ihm folgen wollte, hielt Gianni seinen Cousin am Arm zurück. In diesem Augenblick verhinderte er entschlossen ein Auseinanderbrechen der Familie Medici. Ich habe den sonst so fröhlichen und unbeschwerten Gianni nur noch ein einziges Mal so zornig gesehen wie an diesem Weihnachtsfest, als Giulio Savonarola hinterherlaufen wollte: Das war viele Jahre später, im Jahr 1518, als ein Kardinal ihm, Papst Leo X., vorschlug, den deutschen Augustinermönch Martin Luther mit einer Ernennung zum Kardinal in Rom zum Schweigen zu bringen, um die Einheit der Kirche zu retten …

Ein Tumult war in San Lorenzo entstanden. An eine Fortsetzung des Gottesdienstes war nicht mehr zu denken. Hilflos stand Fra Mariano auf seiner Kanzel und sah mit zornig geballten Fäusten zu, wie die ersten Gläubigen die Kirche verließen.

»Das ist ein wirklich fröhliches Weihnachtsfest«, grinste Cesare. »Ich habe das Vergnügen, im Palazzo und in der Kirche der Medici zweien der berühmtesten Ketzer zu begegnen: Giovanni Pico und seinem Freund Girolamo Savonarola. Aber damit nicht genug! Während der Heiligen Messe streiten sich Fra Mariano und Fra Girolamo. Ein denkwürdiges Wortgefecht zwischen einem Augustiner und einem Dominikaner – und das erste Mal, dass der Dominikaner im Disput gewinnt, weil er im richtigen Augenblick *geschwiegen* hat. Ich bin froh, dass ich Giannis Einladung angenommen habe. Verglichen mit Florenz ist Rom todlangweilig!«

Lorenzo stand mit geschlossenen Augen inmitten der wogenden Menge. Giovanni, auf den er sich während der Messe stützte, hatte die Kirche verlassen, und Angelo war bei Gianni, der noch immer Giulio zur Vernunft zu bringen versuchte. Niemand sah, wie Lorenzo schwankte. Das lange Stehen während der Predigt und sein Zorn über Fra Marianos Ausbruch gegenüber Savonarola hatten ihn geschwächt. Seine Hand griff ins Leere, als suchte er nach etwas, woran er sich festhalten konnte. Aber da war niemand!

»Lorenzo!«, flüsterte ich und legte meinen Arm um seine Schultern, um ihn vor dem Sturz zu bewahren. »Ich bin hier.«

Sein Lächeln war gequält: »Hilf mir, diese Kirche in Würde zu verlassen, Caterina! Ich habe Schmerzen, muss mich hinlegen …«

Wie blass er aussah! Wie zerbrechlich!

»Ich werde dich nach Hause bringen, Lorenzo«, versprach ich ihm.

An Cesare vorbei zog ich ihn zum nördlichen Kirchenportal, das zur Via San Gallo führte, wo sich das Gartentor des Palazzo Medici befand. Ich ahnte, dass Lorenzo nicht mehr in der Lage war, die wenigen Schritte um den Palazzo herum zum Portal zu gehen, und ich wusste, dass er den Kopf gesenkt hielt, damit niemand ihm seine Schmerzen – und seine Scham – ansah …

… aber alle anderen, die an jenem Abend in der Kirche waren, empfanden Lorenzo de' Medicis überstürzte Rückkehr in seinen Palazzo als Flucht vor Girolamo Savonarola.

Eine Stunde lang wachte ich an Lorenzos Bett, dann konnte ich das Stillsitzen, das Lauschen auf seinen Atem und das Warten nicht mehr ertragen. Während die anderen im Speisesaal versuchten, mit köstlich duftendem Weihnachtsbraten, gewürztem Wein, Lebkuchen und feierlichen Chorälen von Josquin Desprez in sinnlich-besinnliche Weihnachtsstimmung zu kommen, verließ ich – dieses Mal in Hemd und Hosen – den Palazzo und machte mich auf die Suche nach Giovanni.

Am Tor von San Marco teilte mir ein Frater mit, dass weder der Prior Savonarola noch der Conte von Concordia im Kloster wären. Als ich unbeherrscht fluchte, bekreuzigte sich der Frater und schlug das Tor des Konvents zu.

Wo, zum Teufel, waren die beiden hingegangen? Es war lange nach Mitternacht. Dunkel und eisig kalt lagen die verschneiten, menschenleeren Straßen vor mir. Die Trattorien hatten schon seit Stunden geschlossen, und nur die Kirchen waren in der Heiligen Nacht noch geöffnet. Wohin würde ein Dominikaner gehen? Sicher nicht in eine franziskanische oder augustinische Kirche. Den Weg quer durch Florenz bis Santa Croce oder Santo Spirito konnte ich mir also ersparen.

Im dichten Schneetreiben ragte Santa Maria Novella wie ein

Berg aus Eis vor mir aus den Schatten der Winternacht – die Fackeln am Gotteshaus waren erloschen. Ich stieß das Portal auf, und die bronzenen Torflügel fielen hinter mir ins Schloss.

Giovanni und Fra Girolamo hockten nebeneinander, an einen geschnitzten Betstuhl gelehnt, vor Masaccios Fresko der *Trinità*. Um sie herum brannte ein weiter Kreis von Kerzen, die sie offensichtlich – wie den Messwein in den beiden silbernen Bechern – aus der Sakristei entwendet hatten. Keiner von beiden war mit gutem Gewissen als nüchtern zu bezeichnen, aber Giovanni schenkte erneut Fra Girolamos Becher voll und redete auf ihn ein, als sei der Seelenfrieden des Priors ernsthaft in Gefahr.

»Eine seltsame Art, die Weihnachtsnacht zu feiern«, sagte ich, als ich in den Schein der Kerzen trat.

»Caterina!«, rief Giovanni erschrocken. »Was tust du hier?«

»Ich suche dich, Maestro. Lorenzo hatte während der Messe einen Zusammenbruch. Es ist schlimmer als je zuvor. Er liegt im Bett, spricht mit niemandem und hält die Augen geschlossen.«

»O mein Gott!« Giovanni sprang auf und stieß dabei den Silberbecher mit dem Messwein um, der rot wie Blut über die Steinplatten lief. »Wir müssen sofort in mein Laboratorium zurückkehren! Wir hätten das Opus nicht unterbrechen dürfen!«

»In der Heiligen Nacht?«, begehrte Fra Girolamo auf. Dass Giovanni Lorenzo helfen wollte, schien ihn weniger zu beunruhigen, als dass das *Opus Diaboli* in der Weihnachtsnacht vollendet werden sollte. »Bist du verrückt geworden, Giovanni? Du versündigst dich! Und Ihr auch, Caterina! Gott wird Euch strafen!«

»Wenn Gott mir vergelten will, dass ich versuche ein Leben zu retten, dann soll er es tun«, sagte ich trotzig. »Er hat mir einen freien Willen gegeben. Wenn es Ihm also nicht gefällt, dass ich Entscheidungen treffe, die Ihn zornig machen, hätte Er sich das vorher überlegen sollen.«

Müde starrte ich auf die brodelnde Materie im Alambic. Sie war zähflüssig wie erstarrende Lava und schwarz wie die Nacht. Auf der glatten Oberfläche glänzte das Licht der Kerzen im Laboratorium. Das Leuchten wurde stärker, je länger ich in den Glaskolben starrte. War es eine Sinnestäuschung – mit anderen Worten: Wunschdenken? Oder war dies das Licht, welches das Ende der *Mortificatio* anzeigte?

Ich sah mich nach Giovanni um. Er saß zusammengesunken in einem Sessel, die Füße bequem auf dem Tisch, das Buch, in dem er gelesen hatte, noch immer auf den Knien. Er schlief. Kleine Sünden wie eine private Eucharistiefeier in der Weihnachtsnacht vergab Gott eben nicht. Fra Girolamo würde in dieser Heiligen Nacht kein Auge zutun. Die Schmerzen der Geißelung würden ihn noch tagelang quälen …

Im Alambic hatte das Brodeln trotz der großen Hitze des Athanors aufgehört. Die schwarze Materie lag wie tot am Boden des Glaskolbens. Kein letztes Zucken, nichts! Das Leuchten war erloschen. Ich starrte in den Alambic, aber es gab eigentlich nichts mehr zu sehen, nichts außer einer erstarrten schwarzen Masse.

Das Experiment schien beendet. Und nun? Resigniert schlafen gehen und am nächsten Morgen von neuem beginnen? Nein, ich würde nicht aufgeben! Ich hatte mir geschworen, so lange gegen das Schicksal zu würfeln, bis mir das Ergebnis gefiel. Und *dieses* Ergebnis gefiel mir ganz und gar nicht.

Ich schlich hinüber zu Giovanni und nahm ihm vorsichtig das Buch aus den Händen. Er seufzte und drehte den Kopf, aber er schlief weiter, als ich zum Athanor zurückkehrte.

»Töte den Drachen!«, hatte Bernardus Trevisanus geschrieben. Ich hatte diese Anweisung an diesem Abend in mein Notizbuch kopiert – sie schien mir wichtig, lebenswichtig! »Töte ihn, bevor er sich mit dir vereinigt!« Wie der Held im Mythos die gefangene

Jungfrau aus der Gewalt des Drachens befreit, so erlöst der Alchemist durch die Tötung der Materie den *Spiritus mundi* aus seiner Gefangenschaft in der Materie. So weit die Theorie.

Genau das hatte ich getan. Die Materie war tot. Aber was sollte die Andeutung der Vereinigung bedeuten – war es eine körperliche, eine sexuelle Vereinigung: die *Coniunctio,* oder eine seelische Verbindung? Die Interpretation des kleinen, unscheinbaren Wortes »bevor« machte mir die meisten Schwierigkeiten. Benutzte Bernardo da Treviso das Wort konditional: »Töte ihn, damit er dich nicht tötet – damit du überlebst!« oder temporal: »Töte ihn, damit er sich dann mit dir vereinigen kann, damit die Macht und die Stärke des Drachens auf dich übergehen können! Auf diese Weise kannst du das *Aurum potabile* durch die Macht deines Willens erschaffen.«

… oder so ähnlich …

Enttäuscht klappte ich das Buch zu.

Jeder Alchemist muss seinen Weg selbst gehen: mit oder ohne seinen Drachen. Mein nächster Weg würde mich in ein weiches Bett führen. Ich wollte nur noch schlafen, ausruhen, an nichts mehr denken, nicht an Lorenzo, dessen unaufhaltsames Leiden nicht nur sein Ende, sondern auch das der ganzen Familie Medici bedeuten konnte, nicht an Cesare, dessen Auftauchen im Palazzo mich zutiefst erschreckt hatte, nicht an Giovanni, dessen körperliche Unnahbarkeit mich verletzte, und vor allem nicht an meine Niederlage gegenüber der Materie, mein Scheitern.

Die obersten Knöpfe meines Talars hatte ich bereits geöffnet. Als ich mich umwenden wollte, um das Laboratorium zu verlassen, nahm ich aus dem Augenwinkel etwas wahr – den Lichtreflex einer der Kerzen auf dem funkelnden Glas des Alambic?

Ich trat an den Athanor, so nah, dass mein Talar beinahe Feuer gefangen hätte, so nah, dass *ich selbst* zu brennen begann.

Die tote, schwarze Materie im Glaskolben hatte von innen heraus zu leuchten begonnen. Wie glühende Kohlen – aber das Licht war sehr viel heller! Fasziniert starrte ich in den Alambic. Das ist Aurora, die Morgendämmerung, die aus der Schwärze der Nacht aufsteigt, dachte ich. Immer mehr von der schwarzen Masse begann zu verglühen und sich zu verflüssigen …

»Giovanni!«, flüsterte ich bewegt. »Wir haben es geschafft …«

Er hörte mich nicht.

Nur mühsam konnte ich mich von der Transformation im Glaskolben losreißen. Ich eilte zu Giovanni und rüttelte ihn wach: »Wir haben es geschafft!«

Ungeduldig ergriff ich seine Hand und zog ihn aus dem Sessel hoch. Er folgte mir ein wenig benommen und schien noch nicht Herr seiner Sinne. Dann stand er neben mir und betrachtete mit zusammengekniffenen Augen das Glühen im Alambic.

»Ich muss dich leider korrigieren, Caterina! *Wir* haben es nicht geschafft«, sagte er, wie mir schien, ein wenig ärgerlich.

Ich starrte ihn entgeistert an.

»*Du* hast es geschafft, Caterina«, lachte er und umarmte mich. »Das ist das *Aurum potabile*!«

Ich war so glücklich, dass ich alles vergaß, was ich jemals irgendjemandem versprochen hatte. Ich fiel Giovanni um den Hals und küsste ihn.

Er schlang seine Arme um mich, hielt mich fest, erwiderte meine leidenschaftlichen Liebkosungen.

Zitternd vor Erregung sank ich zu Boden. Giovanni fiel mit mir auf die Knie und hörte nicht auf, mich zu küssen.

Ungeduldig öffnete ich die Knöpfe seines Talars, schob den schweren Stoff zur Seite, zerrte an der Schleife seines Seidenhemdes und ließ meine Hände über seine Brust gleiten.

Er half mir aus den Ärmeln meines Talars und öffnete mein Hemd.

Seine Hände, seine Lippen setzten mich in Flammen, heißer als das Feuer des Athanors, der eine Armlänge von uns entfernt flackerte. Auch Giovanni brannte lichterloh, als ich ihm das Hemd über den Kopf zog, wand sich unter meinen Händen, meinen Lippen, seufzte und zog mich ungeduldig auf seinen heißen Körper. Er war erregt, die Sinnlichkeit pulsierte heiß wie Lava durch seine Adern.

Ich öffnete mich ihm, und er glitt in mich hinein und zog die Knie an, um mir Halt zu geben. Unsere Arme und Beine waren ineinander verschränkt wie Hände im Gebet, als ich begann, mich zu bewegen. Er hatte etwas in mir entzündet, eine alles verzehrende Flamme, die gelöscht werden musste, bevor sie mich von innen heraus verbrannte.

Die Macht des Feuers beherrscht man mit einem Feuer, einer Leidenschaft, einer Lust, die man selbst unter Kontrolle hat. Ich beherrschte ihn völlig. Er seufzte wollüstig, als ich ihn küsste und streichelte, und er lächelte selig, als ich den Rhythmus beschleunigte.

Ich war zutiefst erregt, nicht nur von der Vorstellung, dass ich ihn beherrschte, dass ich ihn führte, wohin ich wollte, dass ich entschied, wann und wie er erlöst wurde. Und ich selbst meine Seelenruhe wiederfand. Nein, es war auch seine Sinnlichkeit, seine Leidenschaft, seine Fähigkeit zur Selbstaufgabe, die mich jede Bewegung genießen ließ, jeden atemlosen Kuss, jede zarte Berührung. Es war die Art, wie er seinen Kopf zurückwarf, um mir in die Augen zu sehen, um tief in meine Seele einzudringen, um sich von mir umfangen zu lassen, wie ich seinen Körper umfing. Es war die Art, wie er glückselig lächelte.

Wir vereinigten uns mit demselben heiligen Ernst, mit dem ein Priester im Gottesdienst die Wandlung durchführt. Er folgte mir hinauf in den Himmel, immer höher, bis in die kristallklaren Sphären der Ekstase, bis in die absolute Stille, wo selbst die eigenen Gedanken verstummen, wo das Wollen in der Unendlichkeit des Seins versiegt. In der Grenzenlosigkeit unseres Selbst verharrten wir, ich weiß nicht, wie lange. Ewigkeiten.

Wir hielten uns aneinander fest, um uns nicht wieder zu verlieren, ergaben uns dem herrlichen Empfinden des Einsseins mit dem anderen, der Verschmelzung unserer Körper zu einem einzigen, der Vereinigung unserer Gefühle zu einem einzigen Gefühl der Freude, der Glückseligkeit, der Liebe, der Lust, des Begehrens, der Agonie und der Ekstase und endlich, *endlich:* der Erlösung!

Keine schwermütige Besinnlichkeit, keine ausgelassene Fröhlichkeit – nur ein paar Stunden Schlaf: Das war alles, was ich wollte. Ein weiches Bett, ein heißes Bad, dann ein ausgiebiges Mittagessen mit Giovanni – in dieser Reihenfolge. Langsam stieg ich die Treppe des Palazzo Medici hinauf in den zweiten Stock und ging gedankenverloren den Gang entlang, der zu meinem Schlafzimmer führte.

In der ersten Morgendämmerung hatte der Himmel wie ein Opal gefunkelt, als Giovanni und ich von Fiesole nach Florenz zurückritten. Die fünfundzwanzig Phiolen mit dem noch glühend heißen *Aurum potabile* hatten wir in einer mit feinem Sand gefüllten Holzkiste verstaut, die Giovanni vor sich im Sattel hielt.

Lorenzo war wach gewesen, als wir ankamen.

Er hatte im Bett gelegen und seinem Sekretär Filippo einen Brief an Kardinal Rodrigo Borgia diktiert: »… danke ich Euch für die Wertschätzung meiner Person, Euer Eminenz, wie auch für das Wohlwollen gegenüber meinem Neffen, Pater Giulio …« Als ich mit Giovanni sein Schlafzimmer betreten hatte, hielt er inne: »Caterina – Giovanni! Wo wart ihr bloß die ganze Nacht!«

»Wir haben nach einem Geschenk für dich gesucht«, hatte ich geheimnisvoll lächelnd geantwortet. Während sich der Sekretär mit Pergament, Tintenfass und Feder zurückzog, hatte ich mich auf den Rand seines Bettes gesetzt. »*Buon Natale,* Lorenzo!«, hatte ich ihm gewünscht und ihn auf die Wange geküsst.

»Ein frohes Weihnachtsfest – wird es das, Caterina?«, hatte er gefragt. Hoffnungslos? Hatten die Schmerzen ihn die ganze Nacht über gequält? Er hatte so blass, so müde ausgesehen, so niedergeschmettert, so verzweifelt!

»Ja, das wird es, Lorenzo«, hatte ich ihm versprochen, als ich ihm eine der noch warmen Glasphiolen in die Hand drückte.

Ein fröhliches Weihnachten, ein sinnliches und besinnliches Fest: Dafür wollte ich sorgen. Sobald ich ausgeschlafen hatte. Lebkuchen und Gänsebraten, Singen und Tanzen, unbeschwerte Gespräche am flackernden Kamin, eine fröhliche Schneeballschlacht im Garten – Sorgen und Schmerzen waren im Palazzo Medici nicht zugelassen. Es sollte ein unvergessliches Fest werden! Und das wurde es auch: eine unauslöschliche, in mein Gedächtnis eingebrannte Erinnerung – aber anders, als ich es mir in diesem Augenblick vorstellen konnte …

Noch ganz erfüllt von Erinnerungen an die Nacht mit Giovanni, noch in längst verflogenen Empfindungen von Sinn und Sinnlichkeit schwelgend, erreichte ich die Tür meines Schlafzimmers, drückte die Klinke hinunter, öffnete und … blieb erschrocken stehen:

In meinem Bett lag Cesare!

Er schlief, den Kopf in die Kissen gelehnt, ein aufgeschlagenes Buch auf seinen Knien. Er war nackt.

Hatte er die ganze Nacht in meinem Bett auf mich gewartet?

Ich stand in der offenen Tür und wusste nicht, ob ich vorwärts gehen sollte – in die unvermeidliche Konfrontation mit Cesare – oder rückwärts. Doch ich wollte nicht vor ihm fliehen, und so schloss ich die Tür hinter mir.

Mit einem Seufzer erwachte Cesare. Er richtete sich in den Kissen auf und beobachtete, wie ich mich müde in meinen Lesesessel vor dem Kamin fallen ließ.

»Gut geschlafen?«, fragte ich ihn.

»Mehr als du jedenfalls«, antwortete er, ohne den Blick von mir zu lassen. »Du siehst erschöpft aus. Was immer du heute Nacht getan hast, es scheint sehr anstrengend gewesen zu sein …«

»Ich bin wirklich müde und würde gern ein paar Stunden schlafen«, unterbrach ich ihn ungeduldig.

Lächelnd hob er die Bettdecke, ließ mich seinen nackten Körper sehen, als erwartete er, dass ich mich zu ihm legte.

Ich schüttelte den Kopf.

»Ich werde alles tun, was du willst, *mi amor*«, lockte er mich.

»Ich will, dass du mein Bett verlässt, dich anziehst und gehst!«, forderte ich, während ich die Schnüre meines Seidenhemdes aufzog.

»Nein«, erwiderte er und ließ sich in die Kissen fallen. Er räkelte sich genüsslich, bevor er ein paar Handbreit zur Seite rutschte und erneut die Decke zurückschlug. »Wo immer du warst, Caterina, ob bei Giovanni Pico oder jemand anderem: Ich will es nicht wissen. Ich werde dich auch nicht fragen, wie ihr euch die Zeit vertrieben habt und ob du deinen Spaß dabei hattest. *¡Te quiero!* Ich liebe dich! Und ich vergebe dir, was immer du getan hast.«

»Das ist sehr großzügig von dir, *mi amor*«, sagte ich ironisch.

Ich war viel zu müde, um mit ihm ein erbittertes Wortgefecht auszutragen. Er würde gewinnen, da war ich ganz sicher. Ich dachte an das dritte Gebot, das Giulio mir in meiner ersten Nacht im Palazzo erklärt hatte: »Lerne die Kunst des Krieges! Verrate niemandem deine Stärke oder deine wahren Absichten, nicht einmal denjenigen, die du für deine Freunde hältst. Greif an, wenn der Gegner am wenigsten damit rechnet. Falls du im Kampf siegst: Vernichte deinen Feind! Aber zieh dich zurück, wenn du nicht gewinnen kannst.«

Genau das tat ich: Ich zog mich kampflos zurück.

Ich zog die Reitstiefel aus, ließ Hemd und Hose zu Boden fallen und glitt unter die Decke. In seinen Armen schlief ich ein …

… und erwachte, als Cesare an der Schulter wachgerüttelt wurde.

»*¡Excelencia!*«, flüsterte jemand.

Cesare, der seine Arme um mich geschlungen hatte, ließ mich los und drehte sich um. Ich blieb mit geschlossenen Augen liegen.

»*¿Qué pasó?*«, zischte er leise, um mich nicht zu wecken. »*¿Por qué me molestas?*«

»*Recién recibí una carta de su padre*«, sagte Micheletto leise.

»*¡Déme lo!*« Cesare entriss ihm das Pergament, zerbrach das Siegel und entfaltete das Schreiben.

Verschlafen wandte ich mich zu ihm um, zog das Laken über meine nackten Brüste und sah Micheletto an, der wie eine Marmorstatue neben meinem Bett stand und auf mich herabstarrte. Schließlich wandte er den Blick ab.

Cesare überflog den Brief seines Vaters, dann zerknüllte er wütend das Pergament und ließ sich mit geschlossenen Augen in die Kissen zurückfallen. »Verdammt!«, fluchte er ungehalten und schlug mit der Faust auf die Matratze.

»Schlechte Nachrichten?«, fragte ich.

»Wie man es nimmt«, seufzte Cesare. »Mein älterer Bruder Pedro Luis, der Herzog von Gandía, ist vor drei Jahren gestorben. Mein Vater will, dass ich sofort nach Rom komme. Pedro Luis' Nachfolge als spanischer Herzog muss geregelt werden. Mein Vater will König Fernando von Aragón bitten, meinen Bruder Juan zum neuen Herzog zu ernennen. Weil ich ja schon Bischof von Pamplona bin und ohnehin in absehbarer Zeit Kardinal werde. Das kann ich nicht zulassen! Ich bin nach Pedro Luis' Tod sein ältester Sohn.« Cesare war wütend. »Micheletto, geh packen! Wir reiten noch heute nach Rom.«

Micheletto verneigte sich und verschwand, während Cesare aus dem Bett sprang und sich hastig anzog.

Er schnürte den Kragen seines Hemdes, als er sich auf den Rand des Bettes setzte. »Gleich nach dem Mahl werde ich nach Rom aufbrechen«, sagte er entschlossen. »Ich gehe jetzt in mein Zimmer und komme etwas später zum Essen. Es wäre unklug, wenn wir beide gemeinsam im Speisesaal auftauchen. Das könnte zu hitzigen Auseinandersetzungen führen, für die ich im Augenblick keine Zeit habe.«

Ich nickte, ließ mich von Cesare küssen und sah ihm nach, als er leise die Tür hinter sich schloss. Dann zog ich mich an, wusch mir das Gesicht, richtete meine Haare und ging hinunter zum Mittagessen im festlich geschmückten Speisesaal.

Lorenzo empfing mich mit einem strahlenden Lächeln – gut gelaunt und frei von Schmerzen.

Es war Weihnachten – die Zeit der Wunder …

… und der Überraschungen!

Als ich nach dem Essen in mein Schlafzimmer zurückkehrte, traf mich der erste Schlag Gottes. Das also war Seine Rache!

Mein Zimmer sah aus wie Bernardo da Trevisos Laboratorium *nach* der Explosion. Die Kleidertruhen waren durchwühlt, mehrere Roben aus Atlas und Seide lagen über den Boden verstreut, dazwischen funkelten Perlen und Diamanten. Meine Bücher lagen um den Schreibtisch herum. Zum Glück waren die *Conclusiones* nicht darunter! Nach Lorenzos eindringlicher Warnung hatte ich das Buch in ein geheimes Versteck in seinem Studierzimmer gebracht – nachdem ich es gelesen hatte …

Eines der Bücher lag direkt vor dem Feuer. Offenbar war es in den Kamin geworfen worden, damit es Feuer fing. Aber nur ein Teil der Pergamentseiten war verkohlt. Ich hob es auf. Es war das Buch, in dem Cesare während der Stunden seines Wartens gelesen hatte: das Apothekerhandbuch. Er hatte es gefunden, obwohl es versteckt war!

Mit zitternden Fingern öffnete ich das Buch. Die Seite, die ich zuletzt gelesen hatte, war noch immer an der oberen Ecke markiert, aber der Knick war nicht mehr eingefaltet. Cesare hatte die Seite aufgeschlagen. Er wusste vom Gift Cantarella und von seinen Symptomen! Er hatte von Gianni erfahren, dass ich vor einigen Wochen schwer krank gewesen war. Und vermutlich ahnte er nun auch, warum. O mein Gott, dachte ich. Lass es nicht zu, dass Cesare herausfindet, dass ich …

Ich hatte den Zorn in seinen Augen gelesen, als er erfuhr, dass er bei der Ernennung des Herzogs von Gandía übergangen werden sollte. Wie sehr er seinen Bruder Juan hasste! Was würde er mit mir tun, wenn er erfuhr, dass ich sein Kind getötet hatte? Das Kind, das für ihn als künftiger Herzog ein Erbe gewesen wäre.

Wie gehetzt sah ich mich in meinem Zimmer um. Was hatte Cesare noch alles durchwühlt, nachdem er das Handbuch gefunden hatte? Wusste er, wonach er suchen sollte? Und … hatte er es gefunden? Ich eilte zum Schreibtisch. Die Schublade, in der ich vor Wochen das Taschentuch mit der Cantarella versteckt hatte, war aufgebrochen. Langsam, als wollte ich dem Rat *Carpe diem! Carpe momentum!* gehorchen und auch diesen furchtbaren Augenblick bis zur Neige auskosten, zog ich sie auf.

Sie war leer. Das Gift war verschwunden.

Ich hätte schreien können. Vor Wut über meine eigene Dummheit. Vor Zorn über Cesare. Vor Angst …

Es war eine Ahnung, die mich zum Bett zurückkehren ließ.

Cesare war erstaunt gewesen über das Wunder von Lorenzos Genesung in der Heiligen Nacht. Er war so schweigsam während des Essens, hatte den Blick gesenkt gehalten, hatte sich noch vor dem letzten Gang von Lorenzo und den anderen verabschiedet, um zu packen und nach Rom zurückzukehren …

Nein, er hatte keine Zeit verloren. Er war in mein Schlafzimmer zurückgekehrt und hatte mit seiner hektischen Suche begonnen. Er hatte gar nicht die Cantarella gesucht, als er das Gift in der verschlossenen Schublade meines Schreibtisches fand. Für ihn, der so sehr an die Macht des Schicksals glaubte, war die Cantarella nur ein verführerisches Lächeln der Göttin Fortuna.

Ängstlich zerrte ich am seidenen Laken, hob die Matratze meines Bettes hoch – und erstarrte.

Mein Notizbuch, in das Giovanni auf meinen Wunsch die alchemistischen Operationen für die Transmutation des *Aurum potabile* niedergeschrieben hatte, war verschwunden!

Es war ein fröhliches Weihnachtsfest – Niccolò Machiavelli und Sandro Botticelli waren im Palazzo, und Marsilio Ficino würde von Careggi nach Florenz kommen. Es wurden ein paar glückliche, unbeschwerte Tage … für alle anderen.

Während Angelo Verse dichtete und Michelangelo seine vor wenigen Tagen vollendete Madonna aus Marmor bewundern ließ, während Piero, Gianni und Giulio ihre Freunde Abend für Abend mit ausgelassenen Maskenbällen und prunkvollen Banketten unterhielten und Lorenzo Madonna Lucrezia Donati für ein paar Tage und Nächte in den Palazzo einlud, hatte ich Angst. Furchtbare Angst.

Ich war froh, dass Giovanni nicht in sein Laboratorium in der Villa Pico in Fiesole zurückkehrte. Er vergrub sich in der Bibliothek unter einem Berg von Büchern, sodass ich ihn nur zu den Mahlzeiten im Speisesaal zu sehen bekam – ich hätte ihm den Verlust des

Notizbuches beichten müssen. Mein geliebter Giovanni, mein eigener Maestro, hätte zusammen mit meinen Freunden Sandro Botticelli und Marsilio Ficino das Urteil der Gilde an mir vollstrecken müssen, denn ich hatte das Arkanum an einen Uneingeweihten verraten …

Lorenzo war bleich wie der Tod, als er uns ein paar Tage später, an Epiphanias, in seinem Audienzraum empfing. Angstvoll ahnte ich, was geschehen war, als ich neben Gianni vor seinem Schreibtisch Platz nahm.

»Setz dich!«, befahl Lorenzo Piero, der bei der Tür stehen geblieben war. »Wir haben etwas zu besprechen.«

Piero, der sich bereits für die feierliche Epiphanias-Prozession der Heiligen Drei Könige durch Florenz umgezogen hatte, erinnerte Lorenzo: »Die Prozession beginnt in einer halben Stunde! Es wird Zeit, dass ich zur Piazza della Signoria reite. Du hast mich gebeten, dich zu vertreten …«

»Ich kann mich erinnern, Piero«, unterbrach Lorenzo seinen Sohn ungeduldig. »Du wirst an der Prozession *nicht* teilnehmen!«

»Aber …«, begann Piero.

»Setz dich!«, kommandierte Lorenzo.

Verblüfft über den ungewohnten Befehlston ließ sich sein Sohn auf einem der Sessel neben Giovanni nieder. Angelo lehnte mit verschränkten Armen am Kamin des Audienzsaals.

Lorenzo erhob sich hinter seinem Schreibtisch und kam zu uns herüber. In der Hand hielt er ein gefaltetes Pergament mit einem zerbrochenen Siegel. »Heute Morgen traf ein Brief vom Leiter der Banca Medici in Rom ein. Wie ihr alle wisst, ist er mein Stellvertreter in Rom sowie im Vatikan. Er sandte mir den Bericht über ein Attentat auf Papst Innozenz.« Lorenzo schwieg und gab uns die Gelegenheit, die Konsequenzen eines solchen Mordanschlages für die

Familie Medici zu überdenken, dann fuhr er fort: »Ich werde euch den Brief vorlesen. Dann werden wir entscheiden, wie wir darauf reagieren.«

»Wir?«, echote Piero, als könnte er nicht glauben, dass Lorenzo uns irgendeine Entscheidung gemeinsam treffen ließ.

»Wir!«, bestätigte Lorenzo ernst und entfaltete das Pergament:

»Magnifico Lorenzo«, las er. »Bestürzende Nachrichten aus dem Palazzo Apostolico veranlassen mich, Euch umgehend zu schreiben, um Euch zu warnen. Seine Heiligkeit, Papst Innozenz, sollte heute Nacht vergiftet werden. Aber der Attentäter war – das vermutet der päpstliche Zeremonienmeister Johannes Burkhard – von einem Leibwächter des Papstes bei seinem Vorhaben gestört worden, sodass er seine furchtbare Tat nicht vollenden konnte. Seine Heiligkeit lebt, aber der Attentäter konnte entkommen.

Im Vatikan herrscht Chaos. Es heißt, dass sich bereits heute einige Kardinäle – darunter angeblich Rodrigo Borgia und Ascanio Sforza – getroffen haben, um über ein in Kürze bevorstehendes Konklave zu beraten. Als ob Seine Heiligkeit schon nicht mehr unter uns weilte! Ich halte das für ein Gerücht, das willentlich in Umlauf gebracht wurde, um Kardinal Borgia zu schaden. Er selbst trug diese Verleumdungen mit Fassung, als ich ihn heute Früh in seinem Arbeitszimmer traf. Kardinal Borgia lässt Euch durch mich seine herzlichen Grüße übermitteln: Er glaube *keinem* der Gerüchte! Schon gar nicht denen, die Euch betreffen.«

Im Audienzsaal herrschte atemlose Stille, als Lorenzo weiterlas:

»Johannes Burkhard scheint neben dem Vizekanzler Borgia der Einzige im Vatikan zu sein, der seinen klaren Verstand nicht verloren hat. Monsignor Burkhard hat eine Untersuchung des Attentates angeordnet. Die Ergebnisse hat er mir vor einer Stunde in einem geheimen Gespräch in meinem Arbeitszimmer im Kontor mitgeteilt. Er kam eigens her, um vertraulich mit mir zu sprechen.

Eine Analyse des verstreuten Pulvers auf dem Nachttisch und in der Glaskaraffe neben dem Bett des Papstes durch den Medicus Seiner Heiligkeit ergab, dass es sich um Cantarella handelt, ein tödliches Gift, dessen Symptome denen der Cholera ähneln. Und diese Cantarella ist nach einem Rezept hergestellt worden, das gemäß dem Handbuch der florentinischen Apothekerzunft nur in Florenz in dieser Weise angemischt wird. Der Verdacht liegt also nahe, dass die Gerüchte der Wahrheit entsprechen: Ein Florentiner hat versucht, Papst Innozenz umzubringen.

Aber nicht irgendein Bankier oder Kaufmann aus Florenz, sondern *der* Florentiner, der am meisten vom Tod Seiner Heiligkeit profitieren wird, weil er noch vor dem nächsten Konklave das angestrebte Bündnis mit Ludovico il Moro in Mailand eingehen könnte, um das bröckelige Fundament seiner Macht in Florenz zu stärken. *Der* Florentiner, der seinen Sohn als Kardinal ins Konklave schickt, um einen ihm genehmen Papst zu wählen. *Der* Florentiner, der sich in seinem Größenwahn, ohne einen offiziellen Titel und ohne irgendeine Rechtfertigung seiner Macht durch das Volk von Florenz, *Il Magnifico* nennt.«

Kapitel 6

»Habemus Papam!«

Lorenzo ließ den Brief sinken und sah mich scharf an.

Ich wich seinem Blick aus. Lorenzo weiß, dass ich schwanger war, dachte ich beunruhigt. Was weiß Lorenzo von der Cantarella in meinem Schreibtisch? Ahnt er, dass Cesare …

»Ganz offensichtlich sollte der Eindruck erweckt werden, *ich* hätte Papst Innozenz ermorden wollen«, sagte Lorenzo und wandte endlich seinen Blick von mir ab. »Ich glaube sogar, dass meine Diffamierung das erste Ziel des Attentäters gewesen war, und nur das zweite, Seine Heiligkeit aus dem Weg zu schaffen.«

»Aus dem Weg *wohin?*«, fragte Gianni.

»Zu den Stufen, die zum Thron Petri führen«, erklärte sein Vater.

»Was wirst du tun, Lorenzo?«, fragte Piero ernst.

»Was glaubst du, was ich tun *kann?*«

»Nach Rom reiten!«, forderte Piero hitzig. »Du musst mit Innozenz sprechen, ihm versichern, dass du unschuldig bist …«

»Nein, Piero!« Lorenzo zerschnitt die Argumente seines Sohnes mit einer Handbewegung wie ein Schwerthieb. »Ich kann einen weiteren Mordversuch an Innozenz nicht verhindern. Ich kann dem Mörder kein besseres Alibi liefern, als selbst nach Rom zu reisen, nachdem das erste Attentat gescheitert ist. Innozenz wird mir sicherlich die Audienz nicht verweigern. Er wird mich anhören. Er wird mir sogar glauben. Und sobald der abendliche Empfang im

Palazzo Apostolico beendet ist, wird sich Seine Heiligkeit in seine Räume zurückziehen. Am nächsten Morgen wird man ihn tot in seinem Bett finden. Und außerdem kann ich mich selbst im Vatikan nicht vor einem Anschlag schützen.«

»Dann werde *ich* nach Rom reiten«, schlug Piero vor.

»Nein, Piero!«, übertönte ihn Lorenzo. »Du wirst mich in die Villa in Careggi begleiten. Falls es in Florenz zu Unruhen kommt, sind wir dort sicher.«

»In zwei Wochen sind Wahlen«, erinnerte der besonnene Giuliano seinen Vater. »Wenn die Florentiner in deiner Abwesenheit einen Bannerträger wählen, der dir, dem Tyrannen, unter dem Einfluss von Savonarola die Rückkehr nach Florenz verweigert …«

Giulio wollte noch etwas zur Verteidigung von Fra Girolamo sagen, aber Lorenzo schnitt ihm das Wort ab.

»Savonarola wird Ruhe halten. Er ist ein vernünftiger Mann. Ich werde mit ihm reden«, versprach Lorenzo uns allen. Dann wandte er sich an Giulio: »Du wirst den Prior davon in Kenntnis setzen, dass ich mich mit ihm treffen will. Er soll einen Ort vorschlagen: den Garten von San Marco, das Kloster oder einen anderen Ort seiner Wahl. Ich werde zu ihm kommen, wenn er das wünscht.«

Giulio nickte bleich. Es war das erste Mal, dass Lorenzo mit ihm sprach, seit er an Weihnachten nach Hause zurückgekehrt war.

Verzweifelt dachte ich an Lorenzos »Flucht« vor Fra Girolamo am Weihnachtsabend. Giulio hatte mir erzählt, dass der Prior die Messe am nächsten Morgen im verschneiten Garten von San Marco zelebrieren musste, weil die kleine Kirche die Gläubigen nicht fassen konnte. Wie würden die Florentiner Lorenzos Rückzug nach Careggi kommentieren?

»Gianni und Giulio werden aus Sicherheitsgründen nicht nach Pisa zurückkehren«, fuhr Lorenzo fort. »Ihr werdet mit mir die nächsten Tage in der Villa in Careggi verbringen. Sobald du,

Gianni, endlich offiziell zum Kardinal ernannt wurdest, wirst du nach Rom abreisen und dich auf das Konklave vorbereiten.«

»Ja, Vater«, nickte Gianni.

»Giulio wird dich begleiten«, befahl Lorenzo.

»Ich darf nach Rom …?«, fragte mein Bruder mit großen Augen.

»Du wirst in Rom dein in Pisa begonnenes Studium fortsetzen, Giulio! Ich werde veranlassen, dass in den nächsten Wochen einige Professoren der Sapienza nach Rom zurückkehren, sodass du deinen Wünschen entsprechend Theologie und Kirchenrecht studieren kannst. Ich bitte dich jedoch, auch der juristischen Fakultät hin und wieder einen Besuch abzustatten und deine Nase in ein rechtsgelehrtes Buch zu stecken. Du sollst Piero hier in Florenz unterstützen, sobald er die Regentschaft übernimmt und Gianni aus dem Konklave gekommen ist.

Giulio, du bist Prior in Capua und Ritter des Johanniterordens. Das sind einflussreiche Positionen, und ich will, dass du sie entsprechend nutzt: nicht im Sinne von Kardinal Borgia, der dir diese Ämter und die damit verbundenen Einkünfte verschafft hat, sondern für das Überleben der Familie Medici.«

Entsetzt sah ich die anderen an. Sie starrten Lorenzo bleich und mit zusammengepressten Lippen an und erwarteten seine Entscheidungen. Aber hatte denn *keiner* von ihnen bemerkt, was ihr Vater, ihr Onkel, ihr Freund gerade gesagt hatte?

»Caterina!«, wandte sich Lorenzo an mich. »Du wirst mit Giovanni ebenfalls nach Careggi umziehen. Die Villa in Fiesole ist nicht sicher, wenn es zu Unruhen kommt.«

»Das ist unmöglich«, widersprach ich energisch. »Wir dürfen das Opus jetzt nicht unterbrechen! Und wir können nicht das gesamte Laboratorium in Kisten verpacken und nach Careggi …«

Hilfe suchend sah ich mich nach Giovanni um, aber der schwieg mit gesenktem Blick. Er konnte seinem Freund nicht in die Augen sehen, als der sein eigenes Todesurteil verkündete.

»Caterina, ich weiß, dass ich bald sterben werde«, sagte Lorenzo leise. Piero wollte etwas sagen, doch sein Vater unterbrach ihn, indem er die Hand hob. »Die erste Phiole *Aurum potabile* hat mir zwölf Tage meines Lebens geschenkt. Es waren zwölf herrliche Tage ohne Schmerzen. Es war eine wunderschöne Illusion! Doch die Zeit zerrinnt mir zwischen den Fingern. Wie mein Leben. Im Augenblick nehme ich an jedem Tag, den Gott mir noch gewährt, eine Phiole voll *Aurum potabile* zu mir. Du beherrschst die Arithmetik und kannst dir ausrechnen, wie lange ich noch zu leben habe.«

»Wir werden neues *Aurum* herstellen! In Careggi werden wir …«

»Es ist sinnlos, Caterina«, unterbrach er mich mit stoischer Ruhe. »Ich weiß, dass ich in wenigen Wochen sterben werde. Du kannst meinen Tod lediglich um ein paar Tage aufhalten.«

»Woher weißt du …?«, flüsterte ich bestürzt.

»Ich kann lesen. In der Laurenziana gibt es hervorragende alchemistische Werke. Ein sehr lesenswertes Buch hat Gerbert d'Aurillac geschrieben.«

»Du hast es die ganze Zeit gewusst?«, flüsterte Giovanni bleich.

»Ja, Giovanni! Ich weiß seit jenem Tag, als du mir die erste Phiole gegeben hast, dass ich sterben werde.«

»Es tut mir Leid …«, begann Giovanni.

»Was tut dir Leid, mein Freund?«, fragte Lorenzo sanft. »Dass du mir das wundervolle Geschenk von ein paar unbeschwerten Tagen ohne Schmerzen gemacht hast? Dass du mir Lebensfreude und Sinnlichkeit geschenkt hast? Oder dass du vergessen hast, das Buch von Gerbert d'Aurillac mit nach Fiesole zu nehmen, um mir lebenswichtige Informationen vorzuenthalten?«

Giovanni senkte betroffen den Blick, und Lorenzo fuhr, lässig an seinen Schreibtisch gelehnt, fort: »Ich bin wie Seneca der Meinung, dass der schönste Tod der ist, dem man ins Auge blicken kann. Er hatte seine Freunde zu einer philosophischen Disputation in seine Villa eingeladen, als ihm Neros Todesurteil überbracht wurde. Der Kaiser hatte ihm großzügig gestattet, die Todesart selbst zu wählen. Seneca bat seine Freunde, das Andenken an sein Leben und Sterben zu bewahren, und er ermahnte diejenigen, die weinten, die Lehren der Stoiker nicht ausgerechnet in der Stunde zu vergessen, in der Haltung bewahrt werden sollte.

Es ist mein Wunsch, so würdevoll wie Seneca zu sterben. Ich werde meine Angelegenheiten hier im Palazzo ordnen, Piero, Gianni und Giulio in die Regierungsgeschäfte der Republik Florenz einführen und dann schweigend zusehen, wie ihr alle das Werk fortsetzt, das mein Großvater, mein Vater und ich begonnen haben. Ich will, dass ihr zusammenhaltet. Ihr seid *eine* Familie! Nur so seid ihr Medici stark genug, meinen Tod zu überleben.

Und ich habe noch einen Wunsch. Ich will keinen von euch weinen sehen! Weder jetzt noch an meinem Totenbett.«

Unser Exodus musste unauffällig erfolgen, so unbemerkt wie Moses' Flucht aus Ägypten. Lorenzo und Piero verließen noch am selben Abend mit einigen Freunden Florenz und ritten im Galopp bis nach Careggi. Gianni und Giulio folgten ihnen am nächsten Tag ohne Eile mit einer Karawane von schwer beladenen Maultieren, um den Eindruck zu erwecken, sie würden mit ihrem Gepäck nach Pisa zurückkehren. In den Truhen befanden sich Dokumente aus dem Geheimarchiv des Palazzo, das Lorenzos Sekretär Filippo verwaltete, Verträge mit Mailand und Venedig, die Korrespondenz des Regenten mit Dogen, Herzögen und Päpsten, die Bilanzen der Banca Medici und Stapel von Büchern.

Während Gianni und Giulio nach Careggi unterwegs waren, verpackten Giovanni und ich den Alambic, die unzähligen Glaskolben, Solviergefäße und Mörser seines Laboratoriums in strohgefüllte Holzkisten, die zusammen mit fast hundert Folianten seiner Bibliothek während einer dunklen Neumondnacht heimlich nach Careggi geschafft wurden.

Wir packten noch die letzten Bücher in die Truhen, als kurz vor Mitternacht ein Bote aus Florenz in der Villa Pico eintraf. Der Majordomus informierte mich sofort, weil der Reiter angab, eine dringende Nachricht für mich zu haben, die keinen Aufschub duldete. Zuerst befürchtete ich, dass Fra Girolamo mir ins Gewissen reden und Lorenzo warnen wollte, weil er von der überstürzten Flucht des Magnifico erfahren hatte. Aber diesen Gedanken verwarf ich schon auf dem Weg in Giovannis Empfangsraum, wo der Bote auf mich wartete.

Als ich die Tür hinter mir schloss, erschrak ich: Er begrüßte mich auf Spanisch! Ein Brief von Cesare? War Innozenz gestorben? Ich entriss dem Boten das gefaltete Pergament und starrte auf das Siegel, das mir so vertraut war. Nein, es war nicht das Wappen der Borgia! Der Brief kam von Amerigo aus Sevilla.

Während der Majordomus den Spanier in die Küche führte, damit ihm dort eine warme Mahlzeit und ein Krug Wein serviert wurden, ließ ich mich in den Sessel hinter Giovannis Schreibtisch fallen, zerbrach mit zitternden Fingern Amerigos Siegel.

»Liebste Caterina«, las ich seine schwungvolle Handschrift. »Heute traf hier in Sevilla die frohe Botschaft ein, dass Seine Majestät, König Fernando von Aragón, am ersten Tag dieses Jahres das Emirat Granada erobert hat. Er ist am 2. Januar 1492 mit Königin Isabel in die Alhambra eingezogen. Die Reconquista ist nach achthundert Jahren maurischer Herrschaft in Spanien endlich beendet! Das christliche Banner weht über Granada. Was immer du von diesem furchtbaren Krieg in *Al-Andalus* hörst, mach dir keine Sorgen. Mir geht es gut! Umso mehr, als es nach der Eroberung der sagenhaften Reichtümer des Emirates Granada für König Fernando keinen Grund mehr gibt, die Ausstattung von Cristoforo Colombos Schiffen durch mein Handelskontor weiter hinauszuzögern. Es wird Zeit, dass Cristoforo endlich in See sticht, bevor es Sultan Bajazet einfällt, Frieden mit Papst und Kaiser zu schließen, und bevor König Fernando auf die Idee kommt, dass der Seeweg nach Westen gefährlicher und teurer sein könnte als der Landweg nach Osten. Dann würden die *Santa Maria*, die *Niña* und die *Pinta*, die seit Wochen im Hafen von Palos vor Anker liegen, niemals auf dem Atlantischen Ozean segeln …«

Erleichtert ließ ich das Schreiben sinken. Amerigo war in Sevilla angekommen und hatte sich sofort in seine Arbeit gestürzt. Der Krieg in Spanien war vorbei.

Ich fragte mich, ob Cesare sich gegen seinen jüngeren Bruder Juan durchgesetzt hatte und ob er als designierter Herzog von Gandía schon auf dem Weg nach Spanien war, um sich König Fernando in Granada vorzustellen …

In Careggi begannen Giovanni und ich einen verzweifelten Kampf gegen die Zeit. Und um das Leben, das Lorenzo unaufhaltsam durch die Finger rann. Wir versuchten die letzte Phiole mit *Aurum potabile* zum *Elixirium vitae* zu tingieren.

Während Lorenzo mit Piero, Gianni und Giulio über florentinische Außenpolitik und das Ergebnis der Wahlen im Januar sprach, arbeiteten Giovanni und ich Tag und Nacht, und als wir zwei Wochen später erkannten, dass es uns nicht gelingen würde, das *Elixirium* herzustellen, richteten wir im benachbarten Saal der Villa ein zweites Laboratorium ein, in dem ich während des Vollmonds das Opus Magnum von neuem beginnen sollte.

Ich arbeitete allein, suchte meinen einsamen Weg durch das Labyrinth des Wissens und orientierte mich an Giovannis Aufzeichnungen in meinem Notizbuch. Das Schreibheft, das ich mir in Florenz besorgt hatte, ähnelte jenem, das Cesare mir gestohlen hatte. Ich hatte Giovannis Aufzeichnungen zur Herstellung des *Aurum potabile* nach meiner Genesung aufmerksam gelesen und wusste, was ich zu tun hatte. Dass ich Giovanni zwischen den Transmutationen immer wieder um Rat fragte und seine Auskünfte fast wörtlich in mein neues Notizbuch niederschrieb, fiel ihm nicht auf. Auch nicht, dass ich gar nicht in meiner Spiegelschrift schrieb, sondern wie er in Symbolen …

Innerhalb von drei Wochen nach der *Solutio* der Prima Materia – ich hatte geschmolzenes Gold als Ausgangsstoff des Opus gewählt – war das neue Notizbuch vollständig auf dem Stand des gestohlenen Heftes. Ich verließ mein Laboratorium tagsüber nur zu den Mahlzeiten im Kreis der Familie oder um Giovanni aufzusuchen und zu sehen, wie weit er mit seinem Opus gekommen war. Nachts schlief ich kaum mehr als zwei oder drei Stunden in einem Raum, der direkt neben meinem Laboratorium für mich eingerichtet worden war.

Lorenzos Zustand verschlechterte sich von Tag zu Tag, bis es Giovanni erneut gelang, einige Phiolen mit *Aurum* zu tingieren. Mitte Februar fühlte er sich besser und ritt einige Stunden mit Angelo aus, lachte, scherzte, dichtete, aber am 5. März hatte er einen furchtbaren Anfall, der ihn für mehrere Tage ans Bett fesselte, ernst, schweigend, unwillig. Bis zum 8. März, dem Vorabend von Giannis feierlicher Investitur als Kardinal, hatte Lorenzo sich erholt, sodass er wieder aufstehen konnte. Dass er eine große Dosis Opium genommen hatte, erfuhr ich nicht von ihm selbst, sondern von seinem Medicus.

»Er hat einen Pakt mit Satan geschlossen«, tobte der Frater donnernd wie ein Gewitter über den Bergen von Fiesole, als er während des Abendessens mit fliegendem Habit in den Bankettsaal stürmte. Keiner von uns fragte, wer *er* war.

Fra Mariano da Genazzano, der am Abend vor Giannis Investitur mit einem höchst unheiligen Zorn nach Careggi gekommen war, berichtete uns von Fra Girolamos Bußpredigten in San Lorenzo.

Der Augustiner hatte nach seinem peinlichen Wutanfall am Weihnachtsabend und Fra Girolamos kampflosem Sieg dem Dominikaner seine eigene Kirche San Lorenzo, die größer war als San Marco, für dessen Fastenpredigten angeboten. Er wollte den Fehler wieder gutmachen, der dem Ansehen seines Freundes Lorenzo so sehr geschadet hatte, und sich mit Fra Girolamo versöhnen. Vielleicht würde der Dominikaner ja einlenken und sich in seiner Wortwahl zurückhalten …

Er tat es nicht.

Lorenzos absolute Prinzipienlosigkeit, sein unbedingter Glaube an das Nützliche, Mögliche, Machbare, waren dem dogmatischen Dominikaner ein schmerzhafter Dorn im Fleisch, weil Lorenzo prinzipiell allem widersprach, woran er selbst mit aller Leidenschaft glaubte. Eine Versöhnung schien unmöglich.

Der Andrang zu Savonarolas Fastenpredigten wäre größer denn je, berichtete Fra Mariano an diesem Abend zornig. Die apokalyptischen Drohungen und Prophezeiungen des Priors waren noch heftiger und eindringlicher als zuvor. Der Dominikaner – den Fra Mariano beschuldigte, einen Pakt mit Satan geschlossen zu haben, um Lorenzo zu stürzen – rief die Florentiner gegen den Tyrannen, der ihn heimlich aufgesucht hatte, um ihn mit Drohungen wie der Verbannung aus Florenz zum Schweigen zu bringen, und der – als er erkennen musste, dass der Prior nur Gott gehorchte – feige aus Florenz geflohen war, um sich in Careggi zu verstecken. An diesem Morgen hatte Fra Girolamo Lorenzo von der Kanzel herab aufgefordert, in die Stadt zurückzukehren, um sich seiner Verantwortung als selbst ernannter Regent von Florenz, als Tyrann von eigenen Gnaden, zu stellen.

Giulio hörte Fra Mariano nicht bis zu Ende an. Noch während des Abendessens floh er weinend vor Wut aus dem Speisesaal. Er hatte voller Hoffnung das geheime Treffen zwischen Lorenzo und Fra Girolamo am Epiphanias-Tag arrangiert, das der Dominikaner nun als Versuch einer Einschüchterung und als Gewaltherrschaft auslegte.

Giovanni saß wie erstarrt am Tisch und schien nicht mehr zu hören, was der Augustiner von seinem Freund Girolamo berichtete. Er schüttelte den Kopf und barg sein Gesicht in den Händen. So saß er minutenlang, reglos und bebend vor Zorn und Machtlosigkeit, während Fra Mariano die Tiraden des Priors von San Marco aus dem Gedächtnis rezitierte: Cosimo de' Medici habe Unrecht gehabt, als er sagte, dass Florenz nicht mit einem *Pater noster* regiert werden könnte. Er, Fra Girolamo Savonarola, sei überzeugt, dass *nur* ein Pater – und er ließ keinen Zweifel daran, wen er meinte – und ein Gebet die Republik noch retten könnten. Und der Tod des Tyrannen!

»Ich werde mir das nicht länger anhören!«, begehrte Piero auf und erhob sich von der Tafel. »Es hätte nie so weit kommen dürfen.«

»Was hätte ich dagegen tun sollen, Piero?«, konterte Lorenzo. »Setz dich und erkläre es mir! Das Opium hat offenbar meinen Verstand vernebelt – also sprich langsam, damit ich dir folgen kann, mein Sohn! Hätte ich Fra Girolamo verbannen sollen? Oder hätte ich ihn hinrichten lassen sollen? Um mit dieser unsinnigen Tat schließlich der Tyrann zu werden, für den er mich hält? Niemals! Was also hätte ich tun können?«

Piero schwieg und starrte seinen Vater an. In seiner Machtlosigkeit hatte er seine Hände zu Fäusten geballt.

»Genau *das* habe ich auch getan, Piero«, sagte Lorenzo verbittert. »Ich habe zornig geschwiegen.«

Wie Hephaistos, der griechische Gott des Feuers und der Schmiedekunst, kniete ich in dieser Nacht im flackernden Feuerschein vor dem Athanor und stocherte in der Glut, um sie weiter anzuheizen. Dankbar hüllte ich mich in den purpurroten Talar aus Asbestos, den Giovanni mir geschenkt hatte. Ohne diesen Schutz wären meine Kleidung und meine Haare längst in Flammen aufgegangen. Aber auch mit der Kapuze, den Handschuhen und den Augengläsern aus getöntem Glas war die Hitze im Laboratorium kaum zu ertragen.

Das Silber war in der feuerfesten Form bereits glutflüssig geworden, und das Gold schmolz wie weiche Butter in einer Bratpfanne. Ich gebe zu, diese *Solutio* war nicht gerade eine Transmutation aus einem Lehrbuch der Alchemie: Ich hatte zusammen mit Michelangelo und Giuliano da Sangallo, Lorenzos Architekt, vor wenigen Tagen eine Geschützgießerei außerhalb von Florenz besucht, in der Bronzestatuen und Kanonen gegossen wurden.

Die *Solutio,* die die Alchemisten Arnoldus de Villanova und Nicolas Flamel in ihren Werken beschrieben, ist die Auflösung der Prinzipien von Sol und Luna durch Mercurius. Ich hatte mir jedoch vorgenommen, Silber, Gold und Kupfer – Körper, Geist und Seele – zu verflüssigen, um sie zum Metall Elektrum zu verschmelzen und dann zu verfestigen. Das war kein alchemistischer Prozess, sondern ein Akt der Metallurgie. Mir war es gleichgültig, wohin der Wegweiser am Wegesrand wies, solange ich mein Ziel erreichen würde: die Erschaffung des *al-Iksir.*

Das Gold war jetzt geschmolzen. Es ruhte still in seinem Tiegel.

Das grün patinierte Kupfer in der dritten feuerfesten Form, die ich mir aus Giuliano da Sangallos Bronzegießerei bringen ließ, hatte einen höheren Schmelzpunkt als das Gold. Es glühte wie ein Stück Kohle, bevor es Funken stiebend in zwei Teile zerbrach und sich wie Eis in der warmen Frühlingssonne zu verflüssigen begann. Jetzt war es so weit!

Vorsichtig vermengte ich die drei glutflüssigen Metalle in einem feuerfesten Tiegel und verrührte sie langsam mit einem eisernen Stab, dessen Schmelzpunkt viel höher lag. Ich spürte die Hitze des Stabes durch den wattierten Handschuh hindurch, doch ich ertrug den Schmerz. Er war nichts im Vergleich zu Lorenzos Leiden …

Die drei Metalle Gold, Silber und Kupfer hatten sich verbunden. Das Elektrum war erschaffen – noch glühend wie die Welt an ihrem Anfang, als Gott Sein Opus begann, doch es war vollendet.

Während ich nach dem Gefäß mit *Aqua sapientiae* tastete, ließ ich das glühende Metall keinen Augenblick aus den Augen. Ich hatte den Morgentau, eine ganze Phiole voll, während der vorigen Nacht im Garten der Villa in Careggi gesammelt. Nun zog ich den Korken aus der Flasche und ließ ein paar Tropfen der *Aqua sapientiae* auf das glühende Elektrum fallen. Es zischte, ein feiner Nebelschleier stieg auf, dann waren die Tropfen verdunstet.

Das Elektrum kühlte mit einem eindrucksvollen Zischen und wie unter Qualen sich windend ab und verfestigte sich. Heißer Dampf verdeckte mir die Sicht und ließ die Gläser meiner Oculi beschlagen. Ich trat gebeugt einen Schritt zurück, um unter dem Nebel hindurchzutauchen, und riss mir die Augengläser von der Nase, um mein Werk betrachten zu können.

Ein Geräusch ließ mich herumfahren. Lorenzo stand schweigend in der Tür des Laboratoriums. Er hatte die Hand erhoben, um sich vor der Hitze zu schützen – oder vor etwas anderem?

Welch einen Anblick muss ich in diesem Augenblick geboten haben: Das flackernde Feuer im Athanor, das schemenhafte Schatten an die Wände des Laboratoriums zauberte … der undurchsichtige, feurig glühende Nebel … und ich im roten Talar, mich vor dem Feuer verneigend, um ihm meinen Respekt, meine Ehrfurcht zu erweisen! Es sah aus wie … wie eine Satansmesse!

Wie lange hatte Lorenzo mich beobachtet?

»Warum bist du nicht im Bett?«, fragte ich, um Fassung ringend. Ich dachte, Angelo hätte Lorenzo nach dem Abendessen in sein Schlafzimmer gebracht und mit ihm ein paar Verse von Petrarca gelesen. Warum war er mitten in der Nacht wieder aufgestanden?

Lorenzo hielt sich einen Augenblick am Türrahmen fest und starrte mich nachdenklich an, bevor er zu mir herüberhumpelte. Ich half ihm beim Hinsetzen.

»Was soll ich im Bett?«, fragte er mich gereizt, ohne seinen Blick vom Feuer zu lösen. »Ich kann noch lange genug stillliegen, sobald ihr den Sargdeckel zugenagelt habt.«

Ich sah ihn bestürzt an.

»Wie geht es dir?«, fragte er mich sanft und strich mir liebevoll über das Gesicht. »Du hast heute Abend kaum etwas gegessen. Du siehst blass aus. Wann hast du zuletzt in einem Bett geschlafen?«

»Was soll ich im Bett?«, zitierte ich ihn mit einem zynischen Unterton. »Ich kann noch lange genug schlafen, wenn ich das *Elixirium* gefunden habe.«

»Ich wünsche, dass du heute Nacht schläfst, Caterina! Morgen ist Giannis Kardinalsinvestitur in der Badia von Fiesole. Ich will, dass du mit deinem strahlenden Lächeln den Bannerträger, die Signori und alle Florentiner verzauberst, die an dieser feierlichen Zeremonie teilnehmen werden.«

»Ich kann hier nicht weg«, widersprach ich. »Gianni versteht das. Wir haben heute Nachmittag darüber gesprochen, dass ich nicht mitkomme …«

»*Ich* wünsche es, Caterina«, unterbrach mich Lorenzo. »Deine Anwesenheit an der Seite des Kardinals de' Medici ist wichtiger als alles andere!«

»Wichtig für wen?«, begehrte ich auf.

»Für uns Medici. Wir müssen Florenz zeigen, dass wir zusammenhalten. Tu es für mich«, bat mich Lorenzo.

Ich deutete auf das glühende Elektrum. »Ist Giannis Investitur wichtiger als *das alles*?«

»Ja, Caterina! Gianni wird nach dem Empfang nach Rom abreisen, Giulio wird ihn begleiten. Ich will, dass die Feierlichkeiten in Fiesole zu einer Demonstration der Macht der Medici werden. Ich selbst bin zu krank, um an der Messe in der Badia und dem Empfang teilzunehmen. Aber ich will, dass alle anderen Gianni durch ihre Anwesenheit ehren. Alle – auch du, Caterina!«

Erschöpft – ich weigerte mich, die Worte »desillusioniert« oder »resigniert« auf meinen Seelenzustand anzuwenden – sank ich auf einen hölzernen Hocker vor dem Athanor und barg für einen endlosen Augenblick mein glühendes Gesicht in den Händen.

»Du glaubst nicht daran, dass ich Erfolg haben werde, nicht wahr?«, fragte ich schließlich in das Schweigen hinein.

»Natürlich glaube ich das! Wir Medici sind erfolgreich in allem, was wir tun. Das Wort »Scheitern« hat seit Cosimo kein Medici mehr benutzt. Selbstverständlich wirst du eines Tages das *Elixirium vitae* finden. Aber nicht morgen oder übermorgen oder nächste Woche.« Er hob die Hand, als ich ihm ins Wort fallen wollte. »Ich habe selten jemanden kennen gelernt, der so hart arbeitet wie du, Caterina. Du isst nicht, trinkst nicht, schläfst nicht, bis du erreicht hast, was du willst. Du akzeptierst keine Entscheidung, die du nicht selbst getroffen hast. Du vergisst alles um dich herum, wenn du ein Ziel verfolgst. Vergiss nur nicht dich selbst! Nein, Caterina, hör mich bis zu Ende an!

Ich will, dass du morgen mit Gianni nach Fiesole reitest. Ich will, dass du neben ihm stehst, wenn er seinen Purpur empfängt. Ich will, dass du dein schönstes Kleid und dein bezauberndstes Lächeln trägst. Und ich will, dass du für einen Tag und eine Nacht aufhörst, um mich besorgt zu sein. Das ist mein Wunsch, und ich *hoffe,* dass du ihn respektierst.«

Am nächsten Morgen brachen wir vor Sonnenaufgang auf und ritten mit unserer bewaffneten Eskorte von Careggi nach Fiesole.

Aus Sicherheitsgründen fand Giannis Kardinalsinvestitur nicht im Dom Santa Maria del Fiore von Florenz statt, sondern in der Abteikirche von Fiesole. Lorenzo hatte Unruhen und Demonstrationen in der Stadt befürchtet, und er sollte Recht behalten. Aber anders, als er dachte …

Am 9. März 1492 betrat Giovanni de' Medici, Kardinaldiakon der römischen Kirche Santa Maria in Domnica, Prior eines Konvents bei Poitiers, Abt von Monte Cassino, die kleine Kirche in Fiesole, um den Ring eines Erzbischofs und den Kardinalspurpur entgegenzunehmen. Der neue Kardinalerzbischof von Aix-en-Provence wurde von den Gratulanten fast erdrückt, als er die Kirche wieder verlassen wollte, um zum festlichen Empfang in den Palazzo Medici zurückzukehren.

Der kurze Ritt nach Florenz wurde zur *Via triumphalis.* Der ganze Weg von Fiesole hinab zur Porta San Gallo war von jubelnden Menschen gesäumt, die Kardinal de' Medici sehen wollten, der die florentinischen Interessen in Rom vertreten würde – Rinaldo Orsini, der Erzbischof von Florenz, war kein Florentiner, sondern Römer. Ich sah in die vor Freude strahlenden Gesichter der Menschen, die uns in einer endlosen Prozession bis durch das Tor begleiteten: Keiner von ihnen schien ernsthaft zu glauben, dass der Magnifico versucht haben könnte, den Papst zu ermorden.

Selbst der Bannerträger von Florenz bereitete dem ersten Kirchenfürsten aus dem Hause Medici einen glänzenden Empfang im Palazzo della Signoria. Als Gianni nach den stundenlangen Huldigungen in den festlich geschmückten Palazzo Medici zurückkehrte, gaben ihm mehr als hundert Freunde der Familie das Ehrengeleit.

Im Lauf des Nachmittags trafen herrliche Geschenke ein, nicht nur aus Florenz sondern auch von den befreundeten Herrscherhäusern der Sforza, der Montefeltro, der Gonzaga und d'Este. Nachdem Gianni die Präsente zusammen mit seinen Freunden ausgiebig bewundert hatte, ließ er die kostbaren Geschenke in den Palazzo della Signoria bringen, um sie der Republik Florenz zur Verfügung zu stellen. Nur Aufmerksamkeiten, die ihm von der Familie und seinen Freunden geschenkt wurden, nahm er mit einem charmanten Lächeln an: ein kleines allegorisches Gemälde von Sandro Botticelli, einen nachdenklichen *Hercules Victor* von Michelangelo, eine handschriftliche Gedichtesammlung von Niccolò Machiavelli, ein kostbarer Crucifixus mit Diamanten und Rubinen von Piero und hundert andere schöne Dinge.

»Und was bekomme ich von dir, Caterina?«, scherzte Gianni, nachdem er die Kostbarkeiten angemessen gewürdigt hatte. Er ergriff meine Hand und zog mich zu Michelangelos *Hercules,* den ich vor Wochen bereits im Garten von San Marco bewundert hatte.

»Nichts, Gianni«, sagte ich. »Nur mich selbst.«

Er sah mich verblüfft an. »Dich?«

Was hatte er denn erwartet? Noch ein paar kostbare Handschriften, Gemälde und Skulpturen? Noch mehr Gold und Diamanten?

»Ich werde immer für dich da sein, Gianni! Ich werde hinter dir stehen und dir aufhelfen, wenn du stürzt. Und ich werde im Geiste bei dir sein, wenn du ins Konklave gehst. Und ich werde warten, bis du eines Tages als Heiliger Vater wieder herauskommst. Ich werde dich niemals allein lassen!«

Er schloss mich in die Arme. »Das ist das schönste Geschenk von allen«, flüsterte er bewegt. »Ich habe furchtbare Angst, nach Rom zu gehen … Lorenzo zu verlassen, ihm nicht mehr helfen zu können … Piero regieren zu lassen …«

»Ich weiß«, flüsterte ich zurück und hielt ihn fest. »Das solltest du auch, Eminenz! Hab so viel Angst, dass es für uns beide reicht!«

Gianni lachte geziert: »Aber am meisten fürchte ich mich vor dir, Caterina.« Er wies auf die Statue des *Hercules Victor.* »Michelangelo hätte dem strahlenden Sieger deine Züge geben sollen. Sein *Hercules* hat so wenig Angst wie du.«

»Du irrst, Gianni! Er hat panische Angst, aber er verbirgt seine Furcht hinter einem siegesgewissen Lächeln. Er wird gewinnen, aber nicht weil er stark und schnell ist, auch nicht, weil er ein Sohn der Götter und damit unbesiegbar ist, sondern weil er sich selbst beherrscht. Mit einem Lächeln.«

»So wie du jetzt gerade, Tochter der Medici«, sagte Gianni ernst.

Er reichte mir seinen Arm, und wir kehrten gemeinsam zu den Gästen zurück, die sich im Speisesaal versammelt hatten. »Caterina, versprich mir, dass du auch Lorenzo niemals allein lässt! Er braucht dich im Moment dringender als ich.«

»Ich werde bei ihm sein bis zu seinem letzten Atemzug«, versprach ich leise.

Das Festmahl an diesem Abend war eines der glanzvollsten, das jemals im Palazzo Medici veranstaltet wurde. Die Fürsten Italiens hatten nicht nur ihre Botschafter nach Florenz entsandt, sondern auch Verwandte. Ludovico hatte erneut Giovanni Sforza in den

Palazzo Medici geschickt. Francesco Gonzaga, der Marchese von Mantua, war mit seiner Gemahlin Isabella d'Este erschienen. Ihr Bruder, Alfonso d'Este, der älteste Sohn des Herzogs Ercole von Ferrara, war der begehrteste junge Mann des Abends, nachdem Herzog Guido den Besuch in Florenz kurzfristig abgesagt hatte. Er litt wie Lorenzo an der Gicht, und ein schmerzhafter Anfall hatte seine Abreise aus Urbino so lange verzögert, dass er schließlich daheim bleiben musste.

Niccolò war beeindruckt von der Versammlung der Fürsten im Palazzo Medici. Er nannte Giannis Kardinalswürde die Leiter, auf der die Medici den Himmel erklommen. Niccolò hatte Recht: An diesem Abend hatten wir den Zenit des Firmaments erreicht. Es war ein langer Weg gewesen von Averardo de' Medicis winziger Casa bis zum glanzvollen Palazzo in der Via Larga: nur wenige Schritte die Straße hinauf – aber ein langer Weg von einer unbekannten Kaufmannsfamilie, die ein paar zerfallene Häuser in Florenz besaß, bis in die höchste Hierarchie der Kirche, in die mit Giannis Kardinalsinvestitur an diesem Abend ein Mitglied der Familie Medici aufgenommen wurde.

Lorenzo hatte teuer dafür bezahlt, dass die Medici nun wie die Dynastien der Aragón von Neapel, der Sforza, der d'Este und Gonzaga einen Sitz im Kardinalskollegium innehatten.

Wenn er diesen Triumph der Medici doch nur miterleben könnte!, dachte ich immer wieder, während ich ausgelassen mit Alfonso d'Este tanzte, mit Giovanni Sforza, mit Gian Giordano Orsini, mit Francesco Gonzaga, mit Bischöfen, Erzbischöfen, Kardinälen, mit … ich weiß es nicht mehr! Ihr Ruhm ist verblasst, das Ansehen der Medici nicht. Das Lächeln ist uns nie vergangen – trotz allem, was in den nächsten Monaten in Florenz geschah …

Drei Tage später, am 12. März 1492, verließ Gianni in leuchtend purpurfarbenem Kardinalsornat in Begleitung von Giulio und Giuliano die Villa in Careggi und machte sich auf den Weg nach Rom. Lorenzo sah ihm vom Fenster seines Schlafzimmers aus nach, bis der lange Tross hinter den Hügeln verschwunden war.

Ahnte er, dass er seinen Sohn niemals wiedersehen würde?

Er wusste es.

Am Abend nach Giannis Abreise hatte Lorenzo einen so schweren Anfall, dass Angelo und Giovanni ihn ins Bett brachten. Marsilio Ficino, der nicht weit entfernt wohnte, diskutierte die halbe Nacht mit ihm, um ihn von seinen Schmerzen abzulenken. Am nächsten Morgen kamen seine Freunde von der Platonischen Akademie, um Lorenzo aufzuheitern. Es gelang ihnen nicht, weil sie selbst zu verstört und traurig waren, um einem Sterbenden ein Lächeln auf die Lippen zu zaubern.

Schließlich hatte Lorenzo, der die drückende Atmosphäre in der Villa spürte, der wusste, wie wir alle litten, Erbarmen mit uns und brachte seine Freunde durch Scherze zum Lachen. »Wer immer hofft, stirbt singend«, zitierte er mit einem fröhlichen Grinsen ein altes toskanisches Sprichwort. »Meine gute Laune müsst ihr totschlagen, bevor ihr mich ins Grab legt«, ermahnte er uns, »sonst werde ich in San Lorenzo keine Ruhe finden.«

Am 21. März verabschiedete sich Lorenzo von seinen Freunden und seiner Geliebten Lucrezia Donati, die tagelang an seinem Bett gewacht hatte, und schickte alle aus dem Haus. Er blieb allein mit Giovanni, Angelo, Piero und mir. Und sich selbst.

Stundenlang lag er auf seinem Bett, hielt die Augen geschlossen, als wollte er sich schon an die Finsternis gewöhnen, schwieg, dachte nach. Hin und wieder diktierte er Piero Anweisungen, die er nicht mehr selbst niederschreiben konnte. Seine Finger konnten keine Feder mehr halten. Dann lag er wieder still.

»*Quant' è bella la giovanezza* – wie schön ist die Jugend, die uns entflieht!«, sang Lorenzo leise und mit geschlossenen Augen eines seiner Sonette. »Wer fröhlich sein will, sei es! Über das Morgen gibt es keine Gewissheit.«

Angelo weinte, als der Leibarzt von Ludovico Sforza, den *Il Moro* aus Mailand geschickt hatte, am 5. April Lorenzos Schlafzimmer betrat. Er verschrieb dem Sterbenden eine Medizin aus zerstoßenen Perlen und Diamanten aus den Schatzkammern Mailands, die er in Lorenzos Krankenzimmer geräuschvoll mit seinem Mörser zerkleinerte. Doch Lorenzo weigerte sich, das kostbare Pulver einzunehmen. Angelo war so niedergeschmettert von dem Eigensinn seines Freundes, dass er mit Tränen in den Augen aus dem Schlafzimmer floh. Auch Giovanni konnte Lorenzo nicht dazu bringen, eine weitere Phiole *Aurum potabile* zu trinken oder wenigstens das Opium zu nehmen, das sein Medicus ihm geben wollte.

»Ich will bei klarem Verstand sterben«, forderte Lorenzo, »umgeben von Menschen, die bei Verstand sind. Also hört endlich alle auf mit eurem Totentanz um mein Bett!«

Er blieb bei Verstand, bis zur letzten Minute. Er fühlte, wie sein Körper verfiel, immer schwächer wurde, bis er kaum noch eine Hand heben konnte. Er sah, wie wir litten. Er hörte, wie wir hinter der geschlossenen Tür weinten. Aber während wir in der Agonie unserer Trauer von seiner wundersamen Genesung durch das Lebenselixier träumten, das wir am nächsten Tag zu finden hofften – und wenn nicht morgen, dann übermorgen! –, war er wacher als wir alle zusammen.

Am 8. April beichtete Lorenzo seine Sünden und empfing durch Fra Mariano die Sterbesakramente. Dann lag er schweigend auf dem Bett und schien auf etwas zu warten.

»Er wird kommen!«, flüsterte er immer wieder. »Er wird kommen!«

Und er kam. Die Sonne war bereits untergegangen, als Savonarola in das Schlafzimmer trat. Niemand hatte ihn gerufen, aber trotzdem war er gekommen. Er blieb in der Tür stehen, ohne ans Bett zu treten, ohne Lorenzo die Hand zu reichen, ohne ein Wort zu sagen. Das Schweigen zwischen Lorenzo und Fra Girolamo sagte mehr als tausend Worte. Es sprach von gegenseitigem Respekt, von Vernunft und Verantwortung.

»Gebt mir Euren Segen, Girolamo!«, bat Lorenzo.

Zögernd trat der Frater näher und ließ sich auf dem Rand des Bettes nieder. Er hielt Lorenzo den hölzernen Crucifixus hin, den er an einem Lederband unter dem Skapulier trug. »Haltet fest am Glauben, Lorenzo!«

»Das tue ich«, versprach dieser, als er das Kreuz küsste.

»Bessert Euch!«, forderte der Dominikaner.

»Ich will es versuchen«, lächelte Lorenzo müde. »Aber ich habe nicht mehr viel Zeit …«

»Begegnet dem Tod mit Mut!«

»Ich bin bereit, wenn es Gottes Wille ist, dass ich sterben soll«, hauchte Lorenzo, den seine Kräfte zusehends verließen.

»Dann werden Euch Eure Sünden vergeben, Lorenzo.«

Giovanni konnte angesichts der Versöhnung zwischen seinem Freund Girolamo und dem sterbenden Lorenzo die Tränen nicht mehr zurückhalten. Schluchzend eilte er aus dem Raum.

Fra Girolamo und Lorenzo beteten gemeinsam das *Pater noster*, dann erhob sich der Prior vom Bett und verließ nach dem »Vergib uns, wie auch wir vergeben« schweigend und mit gesenktem Blick das Sterbezimmer.

»Lasst mich jetzt allein!«, bat uns Lorenzo.

Piero, Angelo und ich erhoben uns und verließen den Raum. Lorenzo wollte keinen tränenreichen Abschied, und wir fügten uns seinem Wunsch. Ist nicht der Tod – Senecas Sterbenkönnen und

Sokrates' Sterbenwollen – die letzte Freiheit, die einzige Handlung, die uns von der Notwendigkeit des Handelns befreit: die Erlösung?

»Caterina!«, rief er mich zurück.

Ich wandte mich an der Tür zu ihm um.

»Eine einzige Verfehlung habe ich noch zu beichten«, flüsterte er.

»Soll ich Fra Girolamo zurückholen?«, bot ich ihm an. »Er ist noch im Hof …«

»Nein, Caterina! Ich habe sie nicht ihm zu beichten, sondern dir!«

»Mir?«, fragte ich verblüfft.

»Setz dich zu mir«, bat er mich, als er meine Hand ergriff. »Was ich dir jetzt erzählen werde … war die größte Verfehlung … die ich in meinem Leben begangen habe. Und doch hat sie mich am Ende glücklich gemacht …«

»Lorenzo, bitte schone dich.« Ich strich ihm sanft über das Haar.

»Nein, ich will … darüber sprechen, Caterina. Ich *muss*. Danach können wir uns beide … für den Rest unseres Lebens … anschweigen. Wie Giuliano, den du für deinen Vater hältst, mich angeschwiegen hat … Die Entscheidung liegt bei dir!«

»Ich verstehe kein Wort von dem, was du sagst, Lorenzo«, flüsterte ich sanft. »Was hast du denn so Furchtbares getan, dass dein Bruder und du derart in Streit gerietet?«

»Ich habe Giuliano verletzt … gedemütigt. Ich habe ihm … seine Geliebte … weggenommen«, flüsterte er. Er rang nach Atem, das Sprechen fiel ihm schwer. »Ich habe Simonetta so sehr geliebt.«

»Simonetta?«, fragte ich verblüfft. Hatte Lorenzo am Ende doch noch den Verstand verloren? Ich warf der Opiumflasche auf seinem Nachttisch einen flüchtigen Blick zu. Sie war halb leer.

»Ich hatte eine Affäre mit … Simonetta. Wir haben uns heimlich getroffen. Als Giuliano dahinter kam, gab es … gab es einen furchtbaren Streit zwischen uns.« Lorenzo weinte, und ich wischte ihm zärtlich die Tränen aus dem Gesicht. »Erst an Simonettas Grab konnten wir … uns die Hand reichen.«

Ich schwieg und versuchte zu begreifen, was er mir sagen wollte.

»Wenn ich gewusst hätte … dass Simonetta schwanger war … Ich hätte dich zu mir genommen, Caterina, das musst du mir glauben! Trotz meiner Auseinandersetzung mit meinem Bruder … Ich wusste, dass Gott mir vergeben hatte, als du plötzlich im Palazzo Medici aufgetaucht bist … Bitte vergib auch du mir, Caterina!«

»Was hätte ich dir zu vergeben, Lorenzo?«, fragte ich leise.

»Ich habe dir verschwiegen … dass du meine Tochter bist. Bitte verzeih mir! Ich konnte nicht anders handeln! … Du wärest so schnell aus meinem Leben verschwunden, wie du hineingeraten warst. Ich hätte dich an einen Gemahl wie Alfonso d'Este verloren … Ich habe gesehen, wie du dich gegen eine Ehe mit Giovanni Sforza gewehrt hast. Ich hätte … dein Unglück … nicht ertragen.« Er rang nach Atem.

Wie benommen starrte ich ihn an, unfähig ein Wort zu sagen. Nicht einmal eines der Vergebung.

Ich war seine Tochter!

»Warum hast du es all die Monate für dich behalten, Vater?«, fragte ich nach einer Weile. »Und warum erzählst du es mir jetzt?«

»Du hast das Recht, eine eigene Entscheidung zu treffen. Du hast dich … vor Monaten entschieden, nicht mehr Caterina Vespucci zu sein. Ich will, dass du dich heute Nacht entscheidest, ob du Giulianos oder meine Tochter sein willst … Siehst du das Pergament auf dem Tisch? Nimm es, Caterina! Es ist deine formelle Anerkennung als meine Tochter. Du kannst damit tun, was du willst. Zerreiße es oder zeige es der Welt!«

Ich trat an den Tisch und nahm das Pergament in die Hand. Dann kehrte ich zum Bett zurück. »Ich werde …«

»Ich will es nicht wissen, Caterina«, unterbrach er mich. »Ich bin sicher, dass du … was auch immer du tust … dich richtig entscheiden wirst … für den Frieden.«

Das war das letzte Wort, das Lorenzo sprach: Frieden.

Ich blieb neben seinem Bett stehen, bis er seinen Geist ausgehaucht hatte. Ich war so leer, dass ich keine Tränen mehr hatte. Dann beugte ich mich über ihn und schloss dem Mann, der für eine Stunde mein Vater gewesen war, die Augen. Die restlichen Stunden dieser Nacht verbrachte ich stehend vor seinem Bett.

Das war von nun an die Haltung, mit der ich Gottes unbarmherzige Schläge entgegennahm: aufrecht und stolz, unbesiegt und kein bisschen demütig.

Am nächsten Morgen wurde Lorenzos Leichnam nach Florenz gebracht und im Konvent von San Marco aufgebahrt.

Ich stand am Sarg meines Vaters und fühlte mich wie eine Schiffbrüchige, die nur einen Balken hat, an dem sie sich festhalten kann, die sich einredet, das eisig kalte Wasser, in dem sie hilflos treibt, sei warm, die hofft, bald gerettet zu werden. Die hofft, weil es das Letzte ist, was sie tun kann – nur um am Leben zu bleiben.

Der Bannerträger der Republik erschien gegen Mittag, um der trauernden Familie des Regenten sein Beileid auszusprechen. Er versuchte Piero zu überreden, Lorenzo ein Staatsbegräbnis zu ermöglichen, aber mein Cousin … mein Bruder weigerte sich. Lorenzo hatte ein Begräbnis als Florentiner Bürger gewünscht.

Nach Sonnenuntergang wurde der Sarg von acht Fackelträgern am Palazzo Medici vorbei zur Kirche San Lorenzo gebracht, wo Lorenzos Vater Piero, sein Großvater Cosimo und sein jüngerer Bruder Giuliano begraben lagen. Die stille Fackelprozession durch die

Straßen von Florenz war eindrucksvoll. Niemals zuvor und auch nie wieder danach habe ich die Via Larga so voller Menschen gesehen – nicht einmal, als dieselben, die sich in Ehrfurcht vor Lorenzos Sarg verneigten und ihm ihre tränenerstickten Segenswünsche hinterherriefen, uns ein paar Monate später mit Gewalt aus Florenz vertrieben.

Lorenzos Triumphzug war noch größer als der seines Sohnes Gianni genau einen Monat zuvor. Tausende gaben ihm das letzte Geleit und drängten sich in die Kirche San Lorenzo, um ihn ein letztes Mal zu sehen und Giovanni Picos Leichenrede zu hören, die an eine Heiligsprechung seines Freundes gemahnte.

Die Exequien waren sehr einfach, wie es der Magnifico gewünscht hatte, die Zeremonien schlicht, die Predigt Fra Marianos gnädig kurz. Es war kein Staatsbegräbnis, denn Lorenzo hatte nie einen offiziellen Titel innegehabt. Es war mehr als das! Es war eine beeindruckende Demonstration von Liebe, Respekt und ehrlicher Trauer einer ganzen Stadt.

Als Lorenzos Sarg in die Sakristei gebracht werden sollte, trat Savonarola aus der Menge der Trauernden. Piero zuckte wie vor Schmerz zusammen, doch ich hielt ihn am Arm fest, bevor er sich auf den verhassten Prior stürzen konnte.

Fra Girolamo fiel vor dem Sarg auf die Knie, um dem Toten die letzte Ehre zu erweisen. Ich trat zu ihm, um ihm aus seiner demütigen Haltung aufzuhelfen, aber er wehrte mich ab. Er wollte nicht, dass irgendjemand seine Tränen sah. Und so kniete ich mit gesenktem Kopf neben ihm, bis er sich beruhigt hatte.

»Ich danke Euch in seinem Namen«, flüsterte ich, als wir uns erhoben, der Sarg angehoben und weggetragen wurde.

Fra Girolamo sah mich lange an, dann nickte er, drehte sich mit einem traurigen Lächeln um und verließ die Kirche.

In dieser Nacht schrieb ich einen Brief nach Rom, um Gianni, Giuliano und Giulio vom Tod unseres Vaters und Onkels in Kenntnis zu setzen. Drei Mal begann ich diesen Brief, drei Mal zerriss ich ihn wieder. Was sollte ich schreiben? Wie er gestorben war? Welches seine letzten Worte waren? Nein, ich würde meinen Vater nicht kompromittieren, indem ich der Welt verkündete, wer ich wirklich war! Wozu denn? Ich würde das Geheimnis in meinem Herzen bewahren – Lorenzos letzte Zeilen an mich versteckte ich in meinem Notizbuch.

Mein Brief nach Rom war denkbar kurz:

»Lorenzo ist tot! Gott sei seiner Seele gnädig!«

Das waren die ersten Worte der furchtbaren Tragödie, die nun folgen sollte. Ich hätte schreiben sollen: »Gott sei uns allen gnädig!«

Ein paar Tage nach dem Begräbnis trafen die ersten Kondolenzschreiben im Palazzo Medici ein. Der König von Neapel, Ferrante von Aragón, schrieb: »Lorenzo de' Medici hat lange genug gelebt für seinen eigenen Ruhm, aber nicht für den Frieden in Italien. Gebe Gott, dass, nun da er tot ist, nicht andere zu tun versuchen, was sie nicht wagten, solange er lebte.«

Einer jener *anderen* schrieb mir aus Pisa: Cesare.

Er wollte mich treffen. In Florenz, in Pisa, in Rom oder wo auch immer ich wollte. Ich ließ seinen Brief unbeantwortet.

Ich begann zu leben. Ich meine, jede Stunde, jede Minute bewusst zu leben, mit kristallklarem Verstand und einem unbeugsamen Willen. Ich begann zu leben wie Lorenzo, dem die Zeit unaufhaltsam durch die Finger geronnen war – schneller, intensiver, kompromissloser.

Ich lernte zu sterben, als ich zu leben lernte. Deshalb, und nur deshalb, gelang es mir, das Ziel zu erreichen, ohne es jemals aus den Augen zu verlieren – ganz gleich wie lang der Weg war, ganz gleich wie viel Angst ich hatte.

Ich lernte zu handeln, zu kämpfen, zu siegen und zu verlieren, mit allen Konsequenzen: Ich übernahm Verantwortung und lud Schuld auf mich.

Ich lernte zu schweigen, aber nicht wortlos zu ertragen.

Trotz aller Befürchtungen verlief die Machtübernahme meines Bruders in Florenz ohne Schwierigkeiten. Piero musste nicht kämpfen wie Lorenzo, der um die Macht gerungen hatte, als sein Vater gestorben war. Piero musste sich nicht einmal entscheiden, ob er Florenz regieren wollte oder nicht.

Warum hat Lorenzo mir mit seinem letzten Atemzug das Geschenk des freien Willens gemacht und Piero eine eigene Entscheidung verweigert?, fragte ich mich verbittert. Was wäre uns alles erspart geblieben, wenn Gianni Florenz mit Vernunft und Selbstbeherrschung regiert hätte!

Wenige Tage nach Lorenzos Tod verabschiedete die Signoria ein Gesetz, das es dem zwanzigjährigen Medici erlaubte, seinem Vater nachzufolgen. Piero wurde Mitglied im Rat der Siebzig, obwohl er nicht gewählt worden war und das Mindestalter für die Kandidatur noch nicht erreicht hatte.

Piero musste nicht kämpfen, kein Machtwort sprechen, sich mit keinem der Signori ein Wortgefecht liefern, das ihn durch eine Niederlage Zurückhaltung und Demut gelehrt oder zumindest seine furchtbare Arroganz aus ihm herausgeprügelt hätte. Niemand widersprach ihm, als er der Regierung von Florenz seine neue Bündnispolitik erläuterte. Und er widersprach nicht seinen politischen Beratern, die schon Lorenzo zur Seite gestanden hatten. Er schlug ihnen im Sinn des Wortes die Tür vor der Nase zu und empfing sie nicht mehr in der Via Larga. Piero de' Medici traf seine Entscheidungen allein, wie ein souveräner Herrscher.

Vier Wochen nach Pieros Machtübernahme trafen Glückwünsche aus ganz Italien ein. König Charles von Frankreich nannte meinen Bruder in seinem eigenhändigen Schreiben *cher cousin et ami* – lieber Cousin und Freund. Vergeblich hatten Lorenzos Ratgeber Piero vor einem zu engen Bündnis mit Frankreich und Mailand gewarnt. Er warf sie hinaus, ohne sie bis zum bitteren Ende anzuhören.

Sogar unsere Cousins Lorenzino und Giannino de' Medici wandten sich von ihm ab. Und Michelangelo verließ den Palazzo Medici nach einem erbitterten Streit mit Piero.

Selbst Giovanni kam trotz meiner Bitten nur noch selten aus seiner Villa in Fiesole in den Palazzo – er litt darunter ebenso wie ich. Aber hätten wir uns in unserem Schmerz über Lorenzos Tod gegenseitig trösten können? Nein, wohl nicht, denn unsere heroische Untröstlichkeit schützte uns vor noch unberechenbareren Empfindungen. Wie seiner Liebe zu mir, die er sich selbst nicht eingestehen konnte – ganz zu schweigen von auch nur der leisesten Andeutung seiner verwirrten Gefühle mir gegenüber. Wie meinen gescheiterten Hoffnungen auf eine Liebesbeziehung mit Giovanni, meiner Traurigkeit ihn verloren zu haben, meiner Verzweiflung und meiner grenzenlosen Einsamkeit.

Ende Mai erklärte mir Niccolò Machiavelli, dass sich Florenz in zwei Lager zu spalten begann. Ein kleiner Teil der Florentiner liebte Piero nicht – ein größerer Teil hasste ihn. Verachtung und Hass sind gefährlich, wenn man versucht, eine Republik zu regieren. Aber sie allein reichen nicht aus, um den Sturz eines Herrschers herbeizuführen. Nur ein kräftiger Windstoß aus der falschen Richtung kann ein so großes Segelschiff, wie es die Macht der Medici in

Florenz war, in voller Fahrt aufhalten. Amerigo hätte gesagt: Der Wind kam querab aus Nordwesten. Aus Mailand und Frankreich.

Ludovico il Moro Sforza schloss im Mai 1492 ein Bündnis mit Frankreich, um König Charles VIII. bei seinen Erbansprüchen auf das Königreich Neapel zu unterstützen. Zur selben Zeit verhandelte Piero mit König Ferrante über ein Bündnis zwischen Neapel und Florenz. Herzog Alfonso von Kalabrien, der Thronerbe von Neapel, wollte Ludovico Sforza in Mailand stürzen und dessen Neffen wieder auf den Thron setzen: Gian Galeazzo Sforza, den rechtmäßigen Herzog und Gemahl von Isabella von Aragón – Herzog Alfonsos Tochter.

Als Piero über unseren Cousin Lionetto de' Rossi, den Leiter der Banca Medici in Lyon, hörte, dass am französischen Hof eine Invasion nach Italien geplant wurde, um Neapel zu erobern, hätte er dieser bedrohlichen Entwicklung zuvorkommen können, wenn er mit seinem *cousin et ami* Charles verhandelt hätte. Aber er tat nichts. Lionetto eilte nach Florenz, um mit Piero zu sprechen, aber der empfing ihn nicht.

Aber *ich* empfing Lionetto. Und er erklärte mir die komplizierten Verhältnisse am französischen Hof, die Erbansprüche Frankreichs auf Neapel und Mailand, das Verhältnis der französischen Kardinäle zu König Charles.

Gianni ist Erzbischof von Aix-en-Provence!, dachte ich alarmiert. Welche Konsequenzen hat das für das Konklave?

Lionetto kannte die Berater des französischen Königs persönlich und schlug vor, einige von ihnen zu bestechen, damit sie Charles die unsinnige Idee einer Invasion in Italien ausredeten – denn der König würde auf seinem Weg nach Neapel florentinisches Hoheitsgebiet durchqueren! Ich war so entsetzt über die zu erwartenden Plünderungen toskanischer Gebiete durch die französischen Söldner, dass ich Lionetto einfach weiterreden ließ.

Aber dann sagte er etwas, das mich aufhorchen ließ: »Ich könnte die Bestechungsgelder aus meinem privaten Vermögen vorschießen, Caterina. Ich bin sicher, dass wir uns auf einen vernünftigen Kreditzins einigen. Es bleibt ja in der Familie. Sprich mit Piero darüber!«

Ich wartete nicht, bis mein Bruder gnädig geruhte, mich zu empfangen, um am Ende entweder keine Entscheidung zu treffen oder Lionetto zu verärgern, sondern bat Francesco Sassetti, den Generaldirektor der Banca Medici, zu mir. Er kam eine Stunde später mit seinem Sekretär, der aus einer Truhe Kontobücher und Dokumente auf dem Tisch aufstapelte.

»Ihr habt mich falsch verstanden, Signor Sassetti«, sagte ich mit einem langen Blick auf das dicke Hauptbuch des Unternehmens. »Ich will die Bücher nicht überprüfen. Ich vertraue Euch. Ich will wissen, ob es wahr ist, was mein Cousin Lionetto mir über die Filiale in Lyon gesagt hat.«

Sassetti nickte. »Es ist wahr, Madonna Caterina. Die Filiale der Banca Medici in Lyon ist zahlungsunfähig.«

»Was ist mit der Niederlassung in Mailand? Könnte der dortige Filialleiter nicht …«

Sassetti schüttelte den Kopf: »Er hat Ludovico Sforza seit Jahren Kredite gegeben, die nie zurückbezahlt wurden. Selbstverständlich hat *Il Moro* auch nie Zinsen bezahlt.«

Lorenzo hatte sich die Freundschaft Mailands erkauft! Ich traute mich kaum zu fragen, aber ich tat es doch – ich musste die Wahrheit wissen, die ganze, schmerzhafte Wahrheit: »Was ist mit der Filiale in Rom?«

Sassetti hob beide Hände, die leeren Handflächen nach oben.

»Die Banca Medici ist also zahlungsunfähig?«, fragte ich nach.

»Nein, die Geschäfte werden weiter abgewickelt. Aber eben nicht mit unserem Geld«, erklärte mir Sassetti geduldig. »Der Magnifico hat in den letzten zwanzig Jahren für seine aufwändige Hofhaltung und seine Repräsentationspflichten gegenüber ausländischen Herrschern mehr Geld ausgegeben, als er hatte ...«

»Mit anderen Worten: Die Banca Medici ist ... bankrott?«

Sassetti legte mir das Hauptbuch vor und deutete auf eine Zahl am Ende der letzten Seite: »Diese Summe repräsentiert nicht das immense Vermögen der Medici, sondern die ... ähm ... *Schulden.*«

Ein paar Tage nach dieser Hiobsbotschaft, am 25. Juli 1492, verschied – für mich nicht unerwartet – Papst Innozenz VIII.

Er starb nicht friedlich, denn schon an seinem Totenbett stritten Rodrigo Borgia und Giuliano della Rovere derart hitzig um seine Nachfolge, dass der Sterbende beiden Kardinälen zu schweigen gebot. Der Bericht aus Rom las sich wie eine Komödie von Boccaccio:

Kardinal Borgia drängte den Papst, ihm die Schlüssel der Engelsburg auszuhändigen, Kardinal della Rovere nannte Rodrigo Borgia in beleidigendem Tonfall einen »getauften Juden«. Zornig fuhr ihn Kardinal Borgia an: »Wären wir nicht in Gegenwart Seiner Heiligkeit, würde ich Euch zeigen, wer von uns beiden Vizekanzler der Kirche ist!«, worauf Kardinal della Rovere erwiderte: »Wären wir nicht in Gegenwart Seiner Heiligkeit, würde ich Euch zeigen, dass ich keine Angst vor Euch habe!«

Dieses erste Wortgefecht um die Papstkrone gewann weder Rodrigo Borgia noch Giuliano della Rovere. Schon im Konklave nach Papst Sixtus' Tod im August 1484 waren die beiden Kontrahenten derart aufeinander losgegangen, dass letztlich keiner von ihnen die nötige Stimmenzahl auf sich vereinigen konnte. Schließlich wurde Kardinal Gian Battista Cibò aus Genua zum Pontifex Maximus gewählt, der die Nacht vor seiner Wahl damit verbrachte, ihm vorgelegte geheime Dokumente mit Versprechungen an die Kardinäle ungelesen zu unterzeichnen.

Der Kampf zwischen Rodrigo Borgia und Giuliano della Rovere würde erneut im Konklave ausgetragen werden, das am 6. August 1492 beginnen sollte.

Am nächsten Morgen brach ich nach Rom auf, um zwei Versprechen einzuhalten. Eines, das ich Gianni gegeben hatte, eines, das ich mir selbst gegeben habe.

Piero wollte aus Sicherheitsgründen in Florenz bleiben, bis er von mir Nachricht erhielt, wer der neue Papst war. Erst dann würde er mit einer florentinischen Gesandtschaft nach Rom aufbrechen, um dem neuen Pontifex anlässlich seiner Krönung zu huldigen.

Ich ritt nach Siena, wo ich im Palazzo der Familie Chigi in der Nähe der Piazza del Campo übernachtete. Die Chigi waren Bankiers in Siena und Rom, und die Brüder Sigismondo und Agostino Chigi – beide umschwärmte Junggesellen – galten als die beiden reichsten Männer Italiens. Obwohl ich in Florenz kein offizielles Amt innehatte und auch nur die illegitime Cousine des Regenten Piero de' Medici war, waren Sigismondo und Agostino Chigi bemüht, mir einen unvergesslichen Abend in ihrem Palazzo zu schenken. Sie vermieden galant jede Andeutung der immensen Schulden, die wir Medici bei der Banca Chigi hatten.

Als ich früh am nächsten Morgen zur Porta Romana im Süden der Stadt aufbrach, wurde der Campo bereits für den bevorstehenden Palio, das berühmteste Pferderennen Italiens, mit den Flaggen der Stadtviertel Sienas geschmückt. Ich ritt über die alte Römerstraße Via Cassia, als gelte es, den Palio zu gewinnen. Meine Begleiter und ich erreichten ohne Rast Orvieto und Viterbo, und erst lange nach Sonnenuntergang Bracciano, wo ich in der Festung der

Orsini übernachtete. Rinaldo Orsini, der Erzbischof von Florenz, war an diesem Abend vor den Unruhen in Rom nach Bracciano geflohen, während sich sein Cousin, Kardinal Gian Battista Orsini, in Rom auf die Papstwahl vorbereitete.

Gian Giordano versuchte mir während des Abendessens auszureden nach Rom zu reiten, aber als er feststellte, dass ich entschlossen war, das Konklave von der Piazza San Pietro aus zu verfolgen, bot er mir schließlich an, mich mit einer bewaffneten Eskorte zu begleiten.

Die Sonne stand im Zenit, als wir am nächsten Tag durch die Porta Flaminia nach Rom hineinritten. Hinter dem Augustinerkonvent Santa Maria del Popolo an der Aurelianischen Mauer überquerten wir einen weiten Platz, dessen geborstene Pflastersteine aus antiken Ruinen zu stammen schienen. Wir kämpften uns durch das Gewühl vor den Tischen der Geldwechsler, die in allen Sprachen dieser Welt ihr Angebot, Zechinen und Fiorini in Dukaten zu wechseln, hinausbrüllten. Wegen des bevorstehenden Konklaves waren viele Pilger nach Rom gekommen, aber auch Gesandtschaften aus Mailand, Venedig, Urbino und Neapel.

Das Echo der Gebete aus dem Konvent, das laute Feilschen an den Ständen der Händler, die Reliquien und Würste, Ablassbriefe und Wein zum Kauf anboten, das lockende Gemurmel der Huren und die toskanischen Flüche meiner Leibwächter klangen wie das Sprachgewirr von Babylon, mit dem Gott die Menschen strafte, als sie ihren Turm zu hoch in den Himmel bauen wollten. In Rom bestand diese Gefahr nicht, denn Rom hatte mit Babylon nichts gemein als den Ruf der Gottlosigkeit.

In der *Caput mundi,* der Hauptstadt der Christenheit, erinnerte nichts mehr an die einstige Größe als Machtzentrum des Imperium Romanum. Die Tempel und Kaiserpaläste waren zerstört, das Colosseum wurde als Steinbruch genutzt, das Forum Romanum war eine Weide für Kühe, auf dem Kapitol grasten Ziegen, die berühmten Gärten des Maecenas waren ein von Dornengestrüpp überwucherter Weinberg. *Sic transit gloria mundi!*

Meine Begleiter und ich ritten an der Tiberschleife entlang nach Süden, zum Florentinischen Viertel. Giannis großartiger Kardinalspalast stand nur wenige Schritte vom antiken Pantheon entfernt, das jetzt eine Kirche war: Santa Maria ad Martyres. Gian Giordano verabschiedete sich von mir, um zum Palazzo Orsini zu reiten, und ich lud ihn und Kardinal Gian Battista zum Abendessen ein. Dann stürmte ich die Treppe hinauf.

»*Was* soll ich tun?«, fragte Gianni wenige Minuten später.

Das Buch, das er in die Reisetruhe legen wollte, hielt er noch in der Hand, als mein Bruder sich zu mir umdrehte. Gianni packte für die Tage, die er im Konklave verbringen würde. Aus Sicherheitsgründen sollte es zum ersten Mal nicht im Lateranspalast, sondern in der Sixtina stattfinden. Die befestigte Kapelle war während der Unruhen neben der Engelsburg der sicherste Ort in Rom.

»Ich will mit Kardinal Giuliano della Rovere sprechen, Gianni. Ich bitte dich, ein geheimes Treffen zu arrangieren«, wiederholte ich.

»Aber wozu?«, fragte nun auch Giulio in einem Tonfall, als zweifele er an meinem Verstand.

»Weil Kardinal della Rovere mit dem Herzog Guido von Urbino verschwägert ist. Herzog Guido ist als Condottiere von Florenz ein verlässlicher Bündnispartner. Nicht einmal Seine Selbstherrlichkeit Piero hat es bisher geschafft, den Herzog zu verärgern. Nach Lorenzos Tod stehen wir vor einem politischen und finanziellen Abgrund, den wir nicht allein überwinden können. Wir können die helfende Hand, die uns sicher auf die andere Seite dieses Abgrunds bringen kann, nicht einmal bezahlen! Ich werde mit Giuliano della Rovere sprechen, weil er nach Rodrigo Borgia der mächtigste Mann im Vatikan ist, weil er nach Rodrigo Borgia der reichste Kardinal in Rom ist und damit unbestechlich.«

»Wenn er unbestechlich ist, Caterina …«, begann Gianni verwirrt, »… wie willst du …«

»Ich will ihm kein Geld anbieten, Gianni, sondern Macht.«

Am nächsten Morgen, dem Tag vor der Papstwahl, empfing mich Giuliano della Rovere, Kardinal von San Pietro in Vincoli, Erzbischof von Avignon, Bischof von Carpentras, Lausanne und einem halben Dutzend weiterer Bistümer, in seinem Palazzo.

Mich beunruhigte nicht die Tatsache, dass Giuliano della Rovere einer der mächtigsten Kardinäle der Kirche war. Auch sein aufbrausendes Temperament fürchtete ich nicht. Doch er war der Neffe von Lorenzos Todfeind Papst Sixtus IV. Sein Cousin Girolamo Riario war der Anstifter der Pazzi-Verschwörung gewesen, bei der mein Onkel Giuliano getötet worden war. Danach hatte Papst Sixtus Lorenzo exkommuniziert. Der Konflikt zwischen Sixtus, der das Patrimonium Petri ausweiten wollte, und Lorenzo il Magnifico, der eine politische Einheit für Italien anstrebte, um einer türkischen Invasion widerstehen zu können, hätte vor Jahren beinahe zum Krieg zwischen beiden geführt – ein römischer Witz besagte, der Heilige Vater sei so streitsüchtig gewesen, dass schon das Wort »Frieden« ihn krank gemacht hätte …

Hätte Lorenzo meinen Besuch bei Kardinal della Rovere für Verrat an meinem Onkel Giuliano und den anderen Opfern der Pazzi-Verschwörung gehalten? Würde Giuliano della Rovere, der Puppenspieler, der die Fäden der Marionette Papst Innozenz gezogen hatte, mich auslachen?

Der Kardinal war ein hoch gewachsener, hagerer Mann mit asketischen Gesichtszügen – mehr ein Condottiere als ein Kardinal!

Und wie ein Feldherr stürmte er vorwärts in der höflichen Konversation und stürzte sich *in medias res*. Seine herrische Frage nach dem Grund meines Besuchs hatte den scharfen Beigeschmack von Ungeduld. An wie vielen solcher geheimer Treffen hatte er in den letzten Tagen teilgenommen, welche unsinnigen Vorschläge waren ihm schon gemacht worden? Eines war sicher: Keine dieser Offerten war so absurd wie meine.

»Die Kandidatur von Giovanni de' Medici ist lächerlich! Er ist sechzehn Jahre alt und erst seit drei Jahren Kardinal.« Kardinal della Rovere verkniff sich die höhnische Bemerkung, dass er selbst vor drei Jahren im Konsistorium gegen die Ernennung meines Bruders gestimmt hatte. Er hieb mit der Faust auf die Armlehne und erhob sich von dem Sessel, auf dem er bisher gethront hatte – als sei die Audienz beendet.

Ich blieb sitzen, ließ mich nicht einschüchtern. Wir Medici hatten nichts zu verlieren, wenn er mir sein Nein entgegenschleuderte. Denn wir hatten schon beinahe alles verloren.

»Kardinal de' Medici wird im Konklave Stimmen gewinnen, die weder Euer Eminenz noch Kardinal Borgia wählen würden. Er wird diejenigen Kardinäle für sich gewinnen, die ihn wegen seiner Jugend für willenlos und beeinflussbar halten, die selbst die Macht ergreifen wollen, ohne sich offen mit Euch oder dem Vizekanzler anzulegen«, erklärte ich ruhig.

Kardinal della Rovere starrte mich schweigend an, dann wandte er sich abrupt ab und ging zum Fenster, um zur Engelsburg hinüberzusehen. Zumindest hatte er mir nicht sein Nein entgegengebrüllt oder mich aus seinem Palazzo werfen lassen.

»Im letzten Wahlgang wird er Euch seine Stimmen übertragen«, lockte ich ihn.

Der Kardinal lachte höhnisch, ohne sich zu mir umzudrehen. »Wie viele der fünfundzwanzig Wahlzettel werden das sein?«

»Für zwei kann ich garantieren. Giovanni de' Medici wird wie Gian Battista Orsini Euren Namen auf seinen Zettel schreiben.«

»Zwei Stimmen!« Giuliano della Rovere schien sich köstlich zu amüsieren, als hätte ich einen Scherz erzählt.

»Zwei Stimmen, vielleicht mehr, Euer Eminenz«, sagte ich energisch. »Ihr habt Rodrigo Borgia und Ascanio Sforza gegen Euch. Der Venezianer wird nicht für Euch stimmen, weil Ihr aus Savona stammt, das zu Genua gehört. Kardinal Aragón aus Neapel wird nicht für den Spanier Rodrigo Borgia stimmen. Und die Franzosen werden genau das Gegenteil von dem tun, was Neapel tut. Die Stimmen von Giovanni de' Medici und Gian Battista Orsini, mit denen Rodrigo Borgia fest rechnet, könnten den Ausschlag geben.«

Kardinal della Rovere sah nachdenklich aus dem Fenster. Die blutigen Unruhen, die Rom während jedes Konklaves erschütterten, wurden immer wieder von den Orsini angefacht, die sich für die wahren Machthaber in der *Caput mundi* hielten. Mit Kardinal Orsini an seiner Seite und mit den Söldnern von Virginio und Gian Giordano Orsini wäre der Beginn seines Pontifikates mit Sicherheit friedlicher und weniger blutig.

»Habt Ihr vor, mich zu ruinieren? Wie viel werden mich diese zwei Stimmen kosten?«, seufzte der Kardinal, als er sich schließlich zu mir umwandte.

»Nichts als ein Lächeln, Euer Eminenz«, versprach ich ihm. »Von Euch und Eurem Schwager, Herzog Guido. Piero de' Medici wird in der Signoria für eine Verlängerung des Vertrages mit dem Herzog als Condottiere von Florenz sorgen. Dafür garantiert Ihr als Papst, dass in der Via Larga ein Medici regiert ...«

»Einverstanden.«

»... dass die römische Filiale der Banca Medici die Geldgeschäfte Seiner Heiligkeit tätigt ...«

»Ja!«, rief er ungeduldig, um mich zum Schweigen zu bringen.

»... zu einem vernünftigen Zinssatz die Konten führt, die päpstlichen Bauprojekte finanziert, die Ablassgelder verwaltet ...«

»Ich schwöre es!«, rief er in gespielter Verzweiflung. »War das endlich alles?«

»Nein, Euer Eminenz! Ich verlange die bedingungslose Zusage Eures persönlichen Schutzes für Leben und Freiheit für mich und jeden, den ich Euch benenne. Und im Übrigen wünsche ich, dass die Exkommunikation von Giovanni Pico aufgehoben wird.«

»Habt Ihr oder Kardinal de' Medici in Pisa Kanonisches Recht studiert?«, fragte er mich sarkastisch, als er mir die Hand reichte. »Nun, Madonna Caterina, das Examen des Intrigierens habt Ihr eben gerade mit einem *summa cum laude* abgeschlossen.«

Am nächsten Morgen begann das Konklave mit dem feierlichen Einzug der Kardinäle in die Sixtina. Ich begleitete Gianni bis zum Portal, das eine Stunde später zugemauert wurde. Auf der Piazza San Pietro erwartete ich dann das Rauchsignal der ersten Wahl. Erleichtert stellte ich fest, dass der Rauch schwarz war: kein Ergebnis! Weder für Rodrigo Borgia noch für Giuliano della Rovere.

Am Nachmittag, nach dem zweiten Wahlgang, verließen reitende Boten den Vatikan in Richtung Norden und Süden. Den Kurier, den Ascanio Sforza zu seinem Bruder Ludovico nach Mailand geschickt hatte, ließ ich vor der Porta Flaminia abfangen. So erfuhr ich die ersten Gerüchte über die Verhandlungen in der Sixtina: Im ersten Wahlgang hatte Rodrigo Borgia sieben Stimmen erhalten, Giuliano della Rovere nur fünf, Kardinal Michiel aus Venedig sieben, Gianni keine einzige. Die zweite Abstimmung verschob die Fronten nur wenig. Auf Kardinal Borgia entfielen acht Stimmen, auf della Rovere nach wie vor fünf, Michiel erhielt immer noch sieben Stimmen, Gianni drei. Mein Bruder hielt sich an unsere Vereinbarung.

Als in der Sixtina die Lichter erloschen, kehrte ich mit Giulio in Giannis Kardinalspalast zurück und verbrachte eine schlaflose Nacht. Am nächsten Morgen wartete ich wieder auf die Rauchsignale, während Gian Giordano mich zu überzeugen versuchte, dass das Konklave noch tagelang dauern konnte.

Während der dritten und vierten Wahl kletterten wir zwischen den Ruinen des Forum Romanum herum, besichtigten das Colosseum und machten einen Ausflug in die Caracalla-Thermen. Wir lagen träge nebeneinander im Schatten der Zypressen und diskutierten über den Ausgang des Konklaves, als ein Bote aus dem Vatikan uns über die erneut durchgesickerten Ergebnisse informierte: Kardinal Borgia zehn Stimmen, della Rovere acht. Dann hörten wir zwei Tage lang nichts.

Gian Giordano zeigte mir das Pantheon, das nur ein paar Schritte von Giannis Kardinalspalast entfernt lag. Der antike Tempel, den Planetengöttern geweiht, war eintausendfünfhundert Jahre alt und hatte seitdem allen Stürmen der Zeit getrotzt, bis ihn Papst Bonifatius IV. zur Kirche Santa Maria ad Martyres weihte. Der Anblick der gigantischen Kuppel überwältigte mich. Ich beschloss, Michelangelo, der so sehr von Brunelleschis gewaltiger Domkuppel in Florenz beeindruckt war, davon zu berichten …

Die nächste bestürzende Meldung aus dem Konklave war, dass Kardinal Michiel aufgegeben hatte. Besorgt fragte ich mich, was in der Sixtina vorging. Auf wen würden sich die Kardinäle einigen? Auf den Stärksten unter ihnen? Oder auf den Schwächsten? Auf den Ältesten, der ein kurzes Pontifikat erwarten ließ, in dem die Kardinäle die Fronten neu abstecken konnten? Oder auf den Jüngsten, der leicht zu führen war?

»Weißer Rauch!« Giulio stand neben meinem Bett und zog mir die Decke weg. »Steh auf, Caterina! Sie haben gewählt.«

Ich sprang aus dem Bett, zog mich an und ritt mit Giulio zur Piazza San Pietro.

Über der Sixtina stieg noch immer weißer Rauch in die Morgendämmerung hinauf, um der Welt zu verkünden, dass das Konklave nach sechs Tagen und Nächten beendet war.

Die Piazza San Pietro füllte sich mit Menschen, die darauf warteten, dass der neue Papst erschien.

Schweigend standen Giulio und ich inmitten der aufgeregten Menge auf der Piazza und warteten.

Endlich erschienen die Kardinäle in purpurfarbenem Ornat auf der Loggia neben dem Portal der Kathedrale San Pietro. Ich erkannte Gianni und winkte, aber er sah mich nicht. Er hatte sich umgedreht und schien jemanden zu erwarten, der hinter ihm stand. Eine weiße Soutane tauchte aus den Schatten auf und verschwand wieder zwischen den purpurfarbenen Roben.

Schließlich trat einer der Kardinäle, ich glaube, es war Kardinal Michiel aus Venedig, an die Brüstung der Loggia und verkündete mit lauter Stimme *urbi et orbi: »Habemus Papam!* Wir haben einen Papst!« Man hörte ihm seine Erleichterung an, dass die schwierige Wahl nach sechs Tagen endlich beendet war. Warum hatte er selbst aufgegeben? Was war geschehen hinter dem zugemauerten Portal der Sixtina?

Ein hoch gewachsener, fülliger Mann in weißer Soutane trat neben ihn und hob beide Hände, um Rom und die Welt zu segnen.

Ich drängte mich durch die Reihen der Wartenden nach vorn, um ihn erkennen zu können.

Es war nicht Giuliano della Rovere!

Wie versteinert stand ich auf der Piazza und starrte hinauf zum neuen Papst, der fröhlich lachend winkte und immer wieder seinen Segen spendete.

Ein lächelnder Papst!, dachte ich verwirrt. Wie hat er die machtgierigen und ruhmsüchtigen Kardinäle von sich überzeugen können? Doch wohl nicht mit unbeschwerter Liebenswürdigkeit …

»Habemus Papam!«, wiederholte Kardinal Michiel mit lauter Stimme: »Kardinal Rodrigo Borgia ist Papst Alexander VI.«

Kapitel 7

Kampf dem Drachen!

Töte den Drachen!«, hatte Bernardo da Treviso geschrieben. »Töte ihn, bevor er sich mit dir vereinigt!« Doch wie sollte das geschehen? Der Drache, der mich bedrohte, war der stärkste und mächtigste Herrscher, der Führer der Christenheit. Dort oben stand er und winkte und lachte so ausgelassen, als hätte er gerade ein Pferderennen gewonnen.

Ich erinnerte mich an ein Gemälde von Sandro Botticelli in Lorenzos Audienzsaal, auf dem ein herrlicher Ritter in goldener Rüstung auf einem Pferd den Feuer speienden Drachen erlegt. Ich hatte keinen Ritter in meinem Gefolge. Weder Giovanni Sforza noch Gian Giordano Orsini hatte ich erhört – und auch nicht Niccolò Machiavelli. Nicht einmal Giovanni würde für mich kämpfen. Und mein allmächtiger und unfehlbarer Bruder Piero konnte es mit Cesare und seinem Unheiligen Vater nicht aufnehmen. Meinen Feldzug gegen den Drachen würde ich ohne einen Ritter in goldener Rüstung gewinnen müssen. Ich war sowieso nicht die verängstigte Prinzessin, die am Rand des Gemäldes abwartet, bis ihr Held mit seinem Schwert gesiegt hat. Nein, ich würde selbst den Drachen töten! Ohne Rüstung und ohne Schwert. Ich würde zuschlagen, wenn er am wenigsten damit rechnete. Im Schlaf. Im Bett.

Gianni beugte sich über die Brüstung der Loggia von San Pietro und gab mir das verabredete Zeichen, ihn in der Basilika zu treffen.

Ich winkte zurück, ignorierte den neben mir auftauchenden, noch ganz verschlafenen Gian Giordano und drängte mich durch die jubelnde Menge die Stufen hinauf zum Portal der Kathedrale. Dann durchquerte ich den von Arkaden gesäumten Brunnenhof, der wegen der frühen Morgenstunde noch in schwarze Schatten getaucht war, und betrat durch das Bronzetor die fünfschiffige Basilika. Niemand folgte mir.

Es war dunkel in der Kirche, und durch die zwölf kleinen Fenster unter den schiefen, ein Jahrtausend alten Dachbalken fiel kaum der goldene Schimmer des beginnenden Tages. Und doch konnte ich in der Finsternis erkennen, dass die Kirche eine Baustelle war. Die geborstenen Marmorsäulen des Mittelschiffs mussten abgestützt werden, mehrere Holzbalken bewahrten den morschen Dachstuhl vor dem Einsturz, die Fresken in der Apsis waren verblasst und der Verputz gerissen. Der Tempel Gottes war so einsturzgefährdet wie die ganze *Ecclesia Dei*.

Heilige Stille umfing mich – oder war es nur die Ruhe vor dem Sturm? Ich war allein mit Gott.

Mit geballten Fäusten stand ich vor dem Altar am Grab des Apostels Petrus und starrte wütend zu dem Mosaik eines Gottes hinauf, der, zornig über meinen trotzigen Eigenwillen, die Sinnhaftigkeit der Wahl Seines Stellvertreters auf Erden anzuzweifeln, im Licht der Altarkerzen zu mir herabfunkelte. Wir würdigten uns gegenseitig keines Wortes – kein Gebet um meinen Seelenfrieden, keine neuen Leidensankündigungen.

Als Gianni die Kirche betrat und auf mich zueilte, wandte ich mich um. Er ergriff meine Hand und zog mich in die Schatten einer Kapelle. Dort umarmte er mich und flüsterte: »Wo ist Giulio?«

»Er musste Gian Giordano abhalten, mir in die Kirche zu folgen.«

Giannis Lächeln war in der Finsternis von San Pietro kaum zu sehen, aber was ich erkennen konnte, sah aus wie das gequälte Lächeln eines Gefolterten, dem gesagt wurde, dass die Leiden schon bald enden werden – auf welche Art auch immer:

»Gestern Abend kam Kardinal Borgia auf fünfzehn Stimmen und erreichte fast die nötige Zweidrittelmehrheit. Giuliano della Rovere bat mich daraufhin zu sich, und wir diskutierten die halbe Nacht, was zu tun sei. Er erkannte, dass er weder siegen noch seinen Kontrahenten von einer Wahl abhalten konnte, und so kapitulierte er. Nach Mitternacht gingen wir – della Rovere, Orsini und ich – in Borgias Zelle, weckten den Kardinal und teilten ihm mit, das wir uns unterwerfen würden.

Kardinal della Rovere erhielt die Stellung eines Legaten in der alten Papstresidenz Avignon und eine strategisch wichtige Festung an der Straße nach Norden – nach Perugia, Siena und Urbino. Nachdem della Rovere schon die Festung von Ostia beherrscht und damit Roms Zugang zum Meer, ist er der festen Überzeugung, dass er Papst Alexander militärisch kontrollieren kann. Er war zufrieden mit dem Angebot und stimmte zu, als Borgia vorschlug, alle Kardinäle wecken zu lassen, um noch in der Nacht eine neue Abstimmung durchzuführen.«

»War Kardinal Borgia ärgerlich, weil du nicht für ihn gestimmt hast, obwohl er so viel für Giulio getan hat?«, fragte ich.

»Nein, überhaupt nicht! Kein Wort des Vorwurfs kam über seine Lippen. Er legte mir sogar einmal den Arm um die Schultern und nannte mich dem künftigen Vizekanzler Ascanio Sforza gegenüber »seinen lieben Sohn«, als wir während des letzten Wahlgangs in der Sixtina auf und ab gingen. Er weiß von meiner und Giulios Freundschaft mit Cesare. Auch ich habe wohlklingende Titel und geradezu märchenhafte Einkünfte aus verschiedenen Bistümern von ihm erhalten …«

Ich atmete auf und erzählte Gianni von meinem Plan – nicht

von dem, den Drachen zu töten, sondern von dem, das Ungeheuer zu besänftigen und in Sicherheit zu wiegen.

»Ich werde sofort aufbrechen«, sagte ich entschlossen. »Cesare wird heute in Siena sein – beim Palio. Agostino Chigi hat mir erzählt, dass er ihn eingeladen hat, in seinem Palazzo zu wohnen. Eine Gelegenheit zu siegen lässt Cesare sich nicht entgehen. Ich kann bis zum Abend in Siena sein und ihm von dem Triumph seines Vaters berichten.«

Giannis eindringliche Warnungen dröhnten in meinen Ohren wie die Glocken von San Pietro …

… als ich eine halbe Stunde später Rom durch die Porta Flaminia verließ. Ich ritt, als wäre Satan hinter mir her. Ich wollte unbedingt vor den Boten Papst Alexanders in Siena sein, die Cesare über die Wahl seines Vaters zum Pontifex Maximus informieren würden.

Zehn atemlose Stunden später, am späten Nachmittag, erreichten meine Begleiter und ich nach einem scharfen Ritt Siena.

Glühend wie eine neu gegossene Bronzeglocke lag die Sommerhitze über der Stadt. Die Tauben gurrten träge aus ihren Nestern zu den Gassen hinunter, und selbst die Katzen räkelten sich verschlafen im Schatten. Schwalben jagten durch die menschenleeren Straßen und schwangen sich wieder in den Himmel hinauf. Die Luft duftete betörend nach abendlichen Blüten, und hinter dem Horizont dröhnte der Donner eines herannahenden Gewitters.

Ich hatte keinen Zweifel, wo ich Cesare finden würde: auf der Piazza del Campo. Mit meinen Leibwächtern ritt ich zum Palazzo Chigi, überließ mein Pferd einem Stallknecht und sprach kurz mit dem Majordomus, damit er ein Zimmer für mich richtete. Dann begab ich mich durch die engen Gassen zum Campo.

In der Mitte des Platzes waren Barrikaden errichtet worden, hinter denen sich die Einwohner von Siena drängelten, um einen

Blick auf die mit Sand bestreute Rennbahn rund um die Piazza zu werfen, wo in wenigen Minuten das Rennen beginnen sollte. Unruhig tänzelten die Rennpferde über die Sandbahn, einige Reiter trabten ihre Runden, um die Tiere zu beruhigen.

Ich fand Agostino Chigi auf einer mit Flaggen geschmückten Tribüne direkt vor dem Palazzo Pubblico – nein, eigentlich fand er mich. Ein wenig verloren stand ich mitten auf der Rennbahn und beobachtete die Prozession der Fahnenwerfer der Stadtviertel, als ich ihn meinen Namen rufen hörte. Er umarmte mich zur Begrüßung und bat mich auf den Ehrenplatz neben sich.

»Wo ist Euer Bruder, Agostino?«, kam ich seiner Frage zuvor, wie mein Aufenthalt in Rom gewesen war.

»Sigismondo reitet im Rennen mit. Er ist dort drüben, auf der anderen Seite des Platzes.«

Dankbar nahm ich eine kühle Erfrischung an, die eine Dienerin mir reichte. Dann spähte ich über die Piazza, auf der Suche nach einem bekannten Gesicht. Die Fahnenträger der Stadtviertel warfen ihre riesigen Flaggen in den Himmel, fingen sie geschickt wieder auf, schwenkten die Banner knatternd im leisen Sommerwind, sprangen darüber hinweg, tauchten darunter hindurch, richteten sich auf und warfen die Fahnen erneut. Ein herrlicher Anblick! Die ganze Piazza war ein Meer aus Licht, Staub und Farben. Erneut zuckte ein greller Blitz über den sich in allen Schattierungen von Indigoblau und Gold verdüsternden Himmel über Siena.

In diesem Augenblick galoppierte Francesco Gonzaga, der Marchese von Mantua, an mir vorüber, um in einer Wolke aus goldenem Staub zu wenden und zur Westseite des Platzes zurückzukehren – in den Schatten.

Sigismondo hatte mich neben seinem Bruder gesehen und kam herübergeritten, um mich zu begrüßen. »Viel Glück!«, rief ich ihm nach, doch ein gewaltiger Donner übertönte meine Worte.

Cesare trabte heran und zügelte sein Pferd direkt vor Agostinos Loge. Er verneigte sich höflich vom Pferderücken aus. »Caterina! Welch eine Freude! Wie war es in Rom?«

Woher, zum Teufel, wusste er, dass ich in Rom gewesen war? Ich neigte geheimnisvoll lächelnd den Kopf: »Euer Eminenz! Ich hoffe, Ihr habt nach dem Rennen einen Augenblick Zeit für mich.«

Cesare hatte die förmliche Anrede als Kardinal bemerkt. Er konnte sich denken, was ich nach dem Palio mit ihm besprechen wollte. Hatte er doch an der Wahl seines Vaters nie einen Zweifel gehabt! Ein zufriedenes Lächeln umspielte seine Lippen: »Für gute Nachrichten und schöne Frauen, die sie mir überbringen, habe ich immer Zeit. Wenn du dich ein paar Minuten gedulden willst – ich habe ein Rennen zu gewinnen. Dann können wir meinen Sieg feiern. Die ganze Nacht ...«

»Ich werde auf dich warten«, versprach ich.

Er lachte übermütig in das Donnern des Gewitters hinein, neigte den Kopf, wendete sein Pferd und ritt zur Startmarke hinüber.

Ein paar Minuten später begann das Rennen unter dem lauten Gejohle der Zuschauer. Die Reiter hieben ihren Reittieren die Fersen in die Flanken und stürmten los. Sie ritten ohne Sattel, was den Wettkampf auf der mit losem Sand bestreuten Piazza gefährlich machte. Wenn einer der Reiter fiel oder sein Pferd strauchelte und stürzte, konnte er leicht unter die Hufe geraten und sich schwer verletzen.

Francesco Gonzaga führte für zwei Runden das Rennen an, dann überholte ihn Sigismondo in der scharfen Kurve vor dem Palazzo Pubblico. Cesare hielt sich dicht hinter ihm. Er lachte ausgelassen, als er so dicht an meiner Loge vorübergaloppierte, dass sein Stiefel die Absperrung streifte.

Er hätte sich verletzen können!, dachte ich ärgerlich – und war überrascht über mich selbst. War ich wütend, weil Cesare sich durch seine Tollkühnheit in Gefahr brachte? Oder war ich verwirrt, weil er noch immer solche Funken des Gefühls aus mir schlug? Ich hatte geglaubt, dass ich ihn nicht mehr liebte. Es wäre alles so viel einfacher gewesen – und weniger verwirrend –, wenn ich ihn gehasst oder verachtet hätte. Aber Cesare war mir selbst zu ähnlich, als dass ich ihn hassen konnte. Dieses Selbstgeständnis war bitter und süß zugleich.

Die vierte Runde war ein Zweikampf zwischen dem Marchese von Mantua und dem Bischof von Pamplona, die Seite an Seite in die Gerade vor dem Palazzo Pubblico einbogen. Francesco Gonzaga lenkte sein Pferd rücksichtslos gegen Cesares und versuchte, ihn von der Sandbahn zu drängen. Beinahe wäre Cesare gestürzt, aber dann wehrte er sich mit gezielten Schlägen seiner Reitgerte.

Dann lag der Marchese eine Pferdelänge vor dem Bischof. In diesem Augenblick geschah es: Cesare stürzte! Er fiel vom schweißnassen Pferderücken auf den Sandboden und wirbelte zur Seite, um den Hufen der nachfolgenden Pferde auszuweichen. Ein Aufschrei ging durch die Menge.

Ich sprang auf von meinem Sitz.

Cesare blieb einen Augenblick lang benommen liegen, dann erhob er sich.

Ich atmete erleichtert auf: Er war nicht verletzt!

Sein Pferd, nun ohne seinen Reiter, zog an Gonzaga vorbei und gewann das Rennen! Der Jubel der Sienesen war unbeschreiblich.

Eine kühle, erfrischende Windbö flog über die Piazza del Campo, wirbelte den Staub hinauf in den wolkenschwarzen Himmel.

»Es ist das erste Mal in der Geschichte des Palio, dass der Sieger seinen Sieg von der Tribüne aus beobachtet«, lachte Cesare vergnügt, als er neben mir auftauchte und sich den Staub von der Hose klopfte.

Ich ging auf ihn los: »Du verrückter …«, aber er schloss mich in seine Arme und küsste mich auf den Mund. Ich rang nach Atem und fragte: »Du bist abgesprungen, um zu gewinnen, nicht wahr?«

»Ja«, grinste er übermütig.

»Du hättest dich verletzen können!«

»Ja, hätte ich«, gab er zu. »Kein Spaß, kein Sieg ohne Risiko!«

Kein Sieg ohne die Gefahr zu stürzen, dachte ich. Spielte ich nicht letztlich mit demselben Einsatz wie Cesare?

Ich umarmte ihn und flüsterte ihm, unhörbar für alle Umstehenden, meine Nachricht ins Ohr. »Das Konklave ist seit dem Morgengrauen beendet. Dein Vater ist jetzt Papst Alexander VI.«

Und wie ein Zeichen Gottes unterstrich ein gewaltiger Donner meine Worte. Vom Himmel herabsteigende Erzengel und eine tosende Stimme aus dem Sturm hätten mich nicht mehr erschüttern können, als ich es nach der Wahl Papst Alexanders schon war.

Cesare küsste mich leidenschaftlich. Es schien ihm gleichgültig, wie viele Menschen ihm dabei zusahen. Seine Augen funkelten zufrieden, als er verschwörerisch flüsterte: »Lass uns meinen und den Sieg meines Heiligen Vaters heute Nacht feiern, Geliebte!«

Statt einer Antwort lächelte ich.

Ich war nicht nach Siena gekommen, um mit Cesare eine leidenschaftliche Nacht zu verbringen. Noch im Morgengrauen hatte ich auf der Piazza San Pietro geschworen, den Drachen zu töten – und nun wollte ich mich ihm hingeben? Hatte ich den Verstand verloren, ernsthaft in Betracht zu ziehen, mit Cesare in dieser Nacht in einem Bett zu schlafen? Es wäre ein Vergnügen, denn er war ein leidenschaftlicher, zärtlicher Liebhaber, aber ich ging auch ein enormes Risiko ein! Wenn Giovanni davon erfuhr … er war doch derjenige, den ich liebte, verehrte, anbetete … wenngleich ich auch keine Hoffnung hatte, dass er mir jemals mehr als ein Lächeln schenken würde …

Unter Cesares verführerischem Lächeln schmolz der letzte klägliche Rest meines Widerstandes dahin wie Schnee in der Sonne. Wie sehnte ich mich nach seinen zärtlichen Händen auf meiner Haut, seinen sinnlichen Lippen, seinem geflüsterten *»Te quiero«*. Ja, ich gestehe: Ich wollte geliebt und begehrt werden.

Die Nacht mit Cesare, versuchte ich mir einzureden, würde mich meinem Ziel einen Schritt näher bringen: dem Tod des glückselig schlafenden Drachen. Und ich nannte *ihn* verrückt …

Wie nicht anders zu erwarten war, protestierte Francesco Gonzaga, der das Rennen gewonnen hätte, wenn Cesare nicht vom Pferd gesprungen wäre, bei der Signoria gegen diese Regelverletzung. Die Signori wanden sich wie Schlangen im heißen Sand. Der Marchese von Mantua war ein einflussreicher Fürst, der Bischof von Pamplona war der Sohn des allmächtigen Vizekanzlers der Kirche – der Bote aus Rom war noch nicht eingetroffen. Mit keinem von beiden wollte es sich die Stadt Siena verderben. Das Urteil hätte auch König Salomon nicht besser sprechen können. Und die beiden Sieger des Rennens reichten sich die Hand.

Die ersten Tropfen des Gewitterregens fielen auf das Steinpflaster der Straße, als wir alle zu einer ausgelassenen Siegesfeier in den Palazzo Chigi zurückkehrten, wo auch Cesare und Francesco Gonzaga mit ihrem Gefolge wohnten.

Nicht mit einem und nicht mit tausend Worten kann ich sagen, was ich in dieser Nacht empfand. Wie Dante hatte ich den Weg verloren, wie Dante stieg ich hinab in das tosende Inferno meiner Gedanken und Erinnerungen – mein Führer war die Wahrheit … oder das, was ich dafür hielt. Immer wieder versuchte ich mir einzureden, ich täte es für meine Liebe zu Giovanni, der sich mir seit Lorenzos Tod mit einer Beharrlichkeit verweigerte, die mich verletzte, oder ich täte es, um den Sturz der Medici zu verhindern, für Gianni, Giulio, Piero, ich täte es, um den Drachen zu töten – nicht in dieser Nacht, aber irgendwann, eines Tages …

Dass ich es allein für mich selbst tat, weil ich Cesares Leidenschaft genoss wie ein heißes Bad an einem eisigen Wintertag, weil ich seine Hände, seine Lippen, seine Haare auf meiner Haut spüren, weil ich seine verliebten Worte hören wollte, weil ich die Liebe entbehrte wie ein Verdurstender in der Wüste das Wasser, weil ich einen flüchtigen, endlosen Augenblick in meinem Leben schwach sein durfte … konnte und wollte ich mir nicht eingestehen.

Der Regen prasselte gegen die Fensterscheiben des Palazzo Chigi. Der Sturm in meinem Inneren hatte sich mit derselben Heftigkeit entladen wie das Gewitter, das vor wenigen Stunden über die Stadt gefegt war. Cesare hatte meinen Körper und meinen Verstand Funken sprühen lassen. Welche Macht er über mich hatte!

Sein Gesicht ruhte neben mir auf dem Kissen. Sein Atem strich mir über die Wange, seine Augen waren geschlossen. Schlief er?

Ich beugte mich über ihn und strich über sein Haar, aber er wachte nicht auf. Ein verträumtes Lächeln umspielte seine Lippen.

Vor einem halben Jahr hätte ich Cesare am liebsten umgebracht. Er hatte an Weihnachten mein Zimmer verwüstet, mein Notizbuch an sich genommen, die Cantarella aus meinem Schreibtisch gestohlen und versucht, das Giftattentat auf Papst Innozenz meinem Vater anzuhängen. Und nun, ein halbes Jahr später, lag ich mit ihm im Bett, als wäre das alles nicht geschehen.

Ich ließ mich in die Kissen sinken. Verzweifelt – das war der passende Ausdruck für meinen Geisteszustand. Zornig über meine eigene Schwäche, mich ihm hingegeben zu haben, zweifelnd, was ich nun tun sollte.

Er wirkte so friedlich, als er nackt neben mir schlief. Es wäre so einfach, so lächerlich einfach gewesen, ihn in dieser Nacht zu töten. Mein Dolch lag auf dem Nachttisch neben der Kerze, Micheletto war in seinem Zimmer. Cesare war unbewaffnet in mein Schlafzimmer gekommen. Ein schneller Griff, ein Stoß, ein Röcheln – und es wäre vorbei! Vielleicht würde er noch etwas sagen, flüstern, keuchen, mich verfluchen, blutige Rache schwören.

Ich schloss die Augen und lag reglos neben ihm. Tränen liefen über meine Wangen. Ich konnte es nicht tun! Die Schuld, ihn zu töten, konnte ich nicht auf mich nehmen. Dafür musste ich mit dem *Mea culpa, mea maxima culpa* weiterleben, es *nicht* getan zu haben, es nicht einmal versucht zu haben. Handeln oder Nichthandeln: Ich weiß nicht, welche Sünde größer war. Verantwortung: das ist die Bereitschaft, die Schuld auf sich zu nehmen. Gott war grausam und erbarmungslos, denn Er hatte mir ein Gewissen geschenkt. Und ich erkannte, dass ich im Lauf der Jahre die meiste Schuld auf mich geladen hatte von uns allen … Cesare … Rodrigo … und mir.

An nichts mehr wollte ich denken! Nicht an Giovanni, nicht an Liebe und Treue, nicht an die Macht der Medici in Florenz und der Borgia in Rom, nicht an Pflicht, Verantwortung und Disziplin – nur noch an mich selbst.

Lange vor dem Morgengrauen weckte ich Cesare mit einem zärtlichen Kuss. Er erfüllte sehr leidenschaftlich jeden meiner Wünsche.

Glücklich und zufrieden schlief ich, eng an ihn geschmiegt, ein. Mein letzter Gedanke war: Wer von uns beiden – Cesare oder ich – war eigentlich der selig schlafende Drache?

Am nächsten Morgen brachen Cesare und ich sehr früh nach Florenz auf. Mein Geliebter brachte mich zum Palazzo Medici, wo er mit Piero, Giuliano und mir ein zwangloses Mittagessen im Familienkreis einnahm, dann ritt er weiter nach Pisa, um dem Befehl seines Vaters zu gehorchen, zu packen und in die Festung von Spoleto umzuziehen. Ich ahnte, dass Cesare diesem Wunsch seines Vaters nur widerwillig gehorchte. Er hatte seine Freiheit in Pisa zu sehr genossen, um sie nun mit einem Schulterzucken aufzugeben – aber die Chancen, die sich ihm in Rom als künftiger Erzbischof von Valencia und Kardinal boten, bewogen ihn, sich ohne Widerrede zu fügen.

Wir verabschiedeten uns im Hof des Palazzo. Er schloss mich in die Arme und hielt mich fest. Dann küsste er mich und ließ mich los. »Du wirst nun zu *ihm* zurückkehren, nicht wahr?«

Cesare und ich waren uns in allem so ähnlich, hatten dieselben Wünsche und Ziele und setzten im Lauf der Jahre dieselben Mittel ein, um sie zu erreichen. Doch Cesare war immer einen Schritt näher an der Wirklichkeit als ich. Er gab sich keinen Illusionen hin, mich an sich binden zu können.

Denn noch am selben Abend kehrte ich zu Giovanni zurück.

Nachmittags, als Piero für seinen Aufbruch nach Rom packte – er wollte als Botschafter von Florenz bei der Krönung des neuen Papstes anwesend sein –, teilte Angelo mir mit, dass er noch an diesem Tag ausziehen würde. Ich war fassungslos. Nach Michelangelos überstürztem Exodus zwei Tage nach Lorenzos Tod wollte nun auch Angelo den Palazzo verlassen!

»Wenn meine einzige Aufgabe darin besteht, ein zuverlässiger und rhetorisch geschulter Streitpartner für Seine Selbstherrlichkeit zu sein, bin ich hier überflüssig«, schimpfte Angelo ungehalten. »Ich bin doch nicht Pieros Hofnarr, der sich seine zweideutigen Scherze über mich und meinen Geliebten nachsichtig lächelnd anhört und auf ein Zeichen Seiner Exzellenz applaudiert. Ich werde als Professor an der Universität lehren und in der ersten Zeit bei Giovanni wohnen, bis ich einen eigenen Palazzo gefunden habe. Gib dir keine Mühe, Caterina. Mein Entschluss steht fest! Niemand braucht mich hier.«

»*Ich* brauche dich, Angelo«, wandte ich ein.

Wenn selbst Lorenzos engste Freunde wie Angelo und Giovanni sich von Piero abwandten, dann war alles verloren! Wieso hatte mein Bruder sich bloß mit Angelo angelegt – mit dem gebildeten, liebenswürdigen Angelo? Was war zwischen den beiden geschehen? Ging es wieder einmal um Michelangelo, den Piero aus nicht ganz selbstlosen Motiven zu überreden versuchte, in den Palazzo zurückzukehren? Nicht nur, weil er ihn liebte, ihn besitzen wollte wie eine seiner herrlichen Statuen, sondern auch, weil Michelangelo seit Monaten zu Savonarolas Jüngern gehörte.

»Wenn du gesagt hättest, dass *Piero* mich braucht, hätte ich gezögert«, widersprach Angelo. »Aber du, Caterina, brauchst mich am allerwenigsten. Du hast seit Wochen keinen Unterricht mehr genommen, weil du dich entweder in deinem Laboratorium vergraben hast, um Lorenzo zu retten, oder weil du Piero bei seiner Machtübernahme unterstützt hast, um die Medici vor dem Untergang zu bewahren.«

Noch nie hatte ich Angelo so zornig erlebt. Seine Hände zitterten, und er kämpfte mit den Tränen. Seit mein Großvater Angelo wie einen Sohn in diesem Palazzo aufnahm, hatte er mit seinem »Bruder« Lorenzo hier gelebt. Angelo war Piero ein Onkel gewesen, ein Erzieher, ein Freund. Lorenzos Tod hatte Angelo tief getroffen. Aber erst Pieros Eifersucht brachte ihn dazu, aus dem Haus zu fliehen, das zwanzig Jahre lang sein Heim gewesen war.

Lorenzos Freunde mieden den Palazzo Medici. Die Mitglieder der Platonischen Akademie kamen nicht mehr, unsere Cousins Lorenzino und Giannino sprachen kein Wort mehr mit Piero, Giovanni hatte sich in seine Villa in Fiesole zurückgezogen, Michelangelo war schon im April geflohen, und nun verließ auch noch Angelo den Palazzo. Es war wie in einem Theaterstück auf der Piazza Santa Croce, wo sich kurz vor dem tragischen Ende der Aufführung die Bühne leerte …

Irgendwann würden Piero und ich allein sein in diesem riesigen, leeren Haus, das noch vor einem Jahr voller Leben war – vor einem Jahr, als ich beschlossen hatte, Caterina de' Medici zu sein. In diesem Augenblick schwor ich mir, dass ich die Letzte sein würde, die Lorenzos Haus verließ. Selbst Piero würde vor mir gehen … nein: *fliehen!*

Als ich nach Cesares Aufbruch nach Pisa und Pieros Abreise nach Rom die Stille im Palazzo nicht mehr aushielt, ritt ich nach Fiesole. Ich setzte mich lieber mit meinen widerspenstigen Gefühlen für Giovanni und Cesare auseinander, um sie auf die eine oder andere Weise in die Knie zu zwingen, zu zerbrechen, damit sie mir nicht mehr wehtun konnten, als dass ich weiter in Lorenzos Arbeitszimmer herumsaß und die Totenmaske meines Vaters anstarrte oder ohne Angelo und Giovanni die Laurenziana aufräumte oder ohne Michelangelo im Garten von San Marco spazieren ging.

Irgendetwas musste ich *tun,* um dieser schmerzhaften Einsamkeit und dieser lähmenden Hoffnungslosigkeit zu entkommen, die schlimmer waren als jener Feuer speiende Drache, der in der letzten Nacht so friedlich neben mir geschlafen hatte.

Wie sehr freute ich mich nach dieser langen Zeit auf ein Wiedersehen mit Giovanni, auf ein gemeinsames Abendessen, auf einen Disput über eine seiner Thesen, auf ein langes Gespräch unter dem Kirschbaum in seinem Garten! Auf seine Hände, die meine hielten. Auf sein Lächeln. Auf einen magischen Augenblick, der uns alles vergessen ließ, was uns in den vergangenen Monaten auseinander gerissen hatte. Ich sehnte mich nach ihm. Ich hoffte, dass wir uns gegenseitig über Lorenzos Tod hinwegtrösten könnten, dass wir einander Halt geben würden. Dass wir die innere Ruhe wiederfinden würden. Und den Seelenfrieden. Und dass wir uns endlich unsere tiefen Gefühle füreinander eingestehen könnten, mit Worten und mit Zärtlichkeiten. Dass wir uns in die Arme des anderen fallen lassen könnten, ohne Angst, ins Bodenlose zu stürzen. Dass wir endlich, *endlich* lernen würden, uns zu lieben …

Wenn ich geahnt hätte, dass Gott an diesem herrlichen Sommerabend im August zum nächsten Schlag ausholte, um mich in die Knie zu zwingen, wäre ich nicht nach Fiesole geritten. Oder doch? Nur um Gott zu zeigen, dass ich nicht aufgab! Nur um Giovanni, der für mich verloren schien, weil er noch während meiner erbitterten Schlacht mit Gott auf Seine Seite gewechselt war, zurückzugewinnen! Welch grausames Opfer sollte diese Schlacht fordern …

Als ich vor der Villa Pico vom Pferd stieg, stand das Portal offen. Ein paar Diener luden offenbar sehr schwere Truhen von einem Wagen und schleppten sie ins Haus. Hatte Giovanni Gäste? Kam mein Besuch ungelegen? Ich ging hinein, als mir ein junger Mann entgegenstürmte und mich fast umrannte. Mein Fächer fiel zu Boden, und er machte keine Anstalten, ihn aufzuheben. Er starrte mich ungeduldig an, weil ich ihm im Weg stand, murmelte eine Entschuldigung und verschwand nach draußen. Ein Diener schloss mit einem Aufatmen das Portal hinter ihm. Der junge Mann schien mehrere Tage als Gast in der Villa verbracht zu haben.

Giovannis Majordomus trat zu mir und verneigte sich höflich: »Wie schön, Euch wieder in der Villa Pico begrüßen zu dürfen! Es war sehr einsam hier in den letzten Wochen.«

»Das bezweifele ich. Wer war denn dieser Haudegen?« Ich deutete vage in Richtung Hof, wo sich, dem unruhigen Wiehern der Pferde zufolge, der wartende Reisewagen des jungen Mannes in Bewegung setzte.

»Das war Gian Francesco Pico della Mirandola, der Conte von Concordia. Der Conte ist der Neffe von … *Signor* Giovanni Pico.«

Ich hob die Augenbrauen. »Der Neffe von Signor Pico? Bitte sagt mir: Was ist geschehen?«

Der Majordomus wirkte höchst unglücklich. »Der Conte … Signor Pico hat die Herrschaft über Concordia an seinen – bitte entschuldigt! – arroganten Neffen verkauft.«

»Verkauft?«, platzte ich heraus.

Er nickte und sah sich misstrauisch um, als befürchte er, belauscht zu werden. Von wem?, fragte ich mich: Von Giovanni? »Er hat Concordia für den lächerlichen Preis von zehntausend Fiorini an Gian Francesco Pico verkauft.« Er deutete auf die Truhen, in denen offenbar Goldmünzen waren. »Ludovico il Moro hat ein Mehrfaches dieses Preises geboten, denn das Herrschaftsgebiet der Pico liegt strategisch günstig zwischen Mailand und Venedig. Ich habe den Brief des Regenten selbst gelesen. Aber nein: Der Signore hat an seinen Neffen verkauft. Um frei zu sein.«

»Frei?«, fragte ich verdutzt. »Frei, wofür?«

»Was weiß denn ich!«, fuhr er auf wie eine Windbö. »Er diskutiert seine Entscheidungen nicht mehr mit mir, seit dieser … dieser Mönch hier das Regiment führt.«

»Welcher Mönch?«, fragte ich misstrauisch.

»Fra Girolamo Savonarola. Er hat einen schlechten Einfluss auf den Conte … auf *Signor* Pico«, verkündete der Majordomus seine Meinung. »Seit der Magnifico tot ist, ist er wie von Sinnen. Er schreibt keine Zeile mehr, obwohl er noch wenige Wochen zuvor wie besessen gearbeitet hat – als habe ein Neunundzwanzigjähriger nicht mehr lange zu leben! Stattdessen sitzt er nachdenklich im Laboratorium und sinnt über Gott und die Welt nach. Er betet stundenlang in der Kapelle, erscheint zu keiner Mahlzeit, isst kaum mehr als ein trockenes Stück Brot, trinkt keinen Wein und ist auch sonst sehr seltsam. Er hat sich in seinem Laboratorium eingeschlossen, während sein Neffe Gian Francesco Pico die Villa auf den Kopf gestellt hat.«

»Wie bitte?«, fragte ich. »*Was* hat er getan?«

»Der Conte hat den Signore beschwatzt, ihm Dokumente zu überlassen. Fragmente von Büchern, die der Signore begonnen, aber nicht fertig gestellt hat – und wohl auch nie fertig stellen wird. Gian Francesco Pico ist Philosoph – na ja, zumindest hält er sich dafür.« Der Majordomus holte tief Luft, um mir Zeit zu geben, über die Angemessenheit seiner Empörung nachzusinnen. »Wenn Ihr mich fragt: Der Conte hat die Manuskripte an sich genommen, um sie zu überarbeiten und als seine eigenen zu veröffentlichen. Das hat er schon einmal getan, vor einigen Monaten. Dieser Plagiator! Und der Signore schließt sich in seinem Laboratorium ein und tut, als bemerke er von alldem nichts.«

»Habt Ihr mit ihm gesprochen?«

»Selbstverständlich! Ich habe es versucht, aber er hat mir nicht zugehört. Er hat sich von so vielen Dingen getrennt in den letzten Wochen – *weltlichen* Dingen, meine ich. Es würde mich nicht wundern, wenn er zum ich weiß nicht wievielten Mal sein Testament ändert – zugunsten Gian Francesco Picos, diesem … diesem …!« Er rang nach Worten. »Nur Gott weiß, was der Signore da tut, er selbst scheint es nicht zu wissen. Er hat das Geld, die ganzen zehntausend Fiorini, Savonarola geschenkt!«

»Das kann nicht wahr sein! Ich werde mit ihm reden«, versprach ich und ging zum Laboratorium.

Ich klopfte, aber niemand forderte mich auf, einzutreten. Vielleicht wollte Giovanni seine Ruhe haben, nachdem sein unerträglicher Neffe abgereist war. Er hatte den Familiensinn eines Eremiten: Er liebte die Einsamkeit, die Stille, das Denken. Nur Freunde, die ähnlich wie er empfanden – Lorenzo und Angelo – waren ihm nahe. Ich klopfte erneut, dieses Mal lauter, fordernder. Keine Antwort. Die Tür war nicht verschlossen, also trat ich ein.

Giovanni war nicht da.

Im Alambic über dem lodernden Feuer schmauchte eine blutrote Masse vor sich hin, wand sich wie eine Schlange im Todeskampf, tränte eine wasserhelle Flüssigkeit aus. *Separatio* – die Trennung! Giovanni hatte das Opus von neuem begonnen. Ein Blick in den Steinmörser ließ mich erschauern. Als Prima Materia hatte er den Staub eines zertrümmerten Totenschädels gewählt. Sein *Memento mori,* der Totenschädel, der ihn jahrelang zu Selbstdisziplin und einer zügigen Arbeitsweise ermahnt hatte, lag zerschlagen auf dem Arbeitstisch. Giovanni experimentierte mit dem Tod! Ich kann das Entsetzen und die Angst, die in diesem Augenblick wie flüssiges Metall durch meine Adern rannen, auch heute, so viele Jahre später, nicht in Worte fassen.

»Giovanni!«, rief ich unruhig.

Keine Antwort.

Die Tür zum Garten stand offen, und ich ging hinaus.

Einige Schritte entfernt, in der Nähe der Gartenloggia, brannte ein Feuer. Ein Dominikaner stand mit dem Rücken zu mir und starrte in die Flammen, die aus einem Haufen Bücher und handschriftlicher Notizen emporzüngelten. Ein Windstoß trug einen brennenden Papierfetzen bis zu mir. Ich hob ihn auf. Es war der verkohlte Rest eines Sonetts. Die Bücher auf dem Scheiterhaufen: Das waren Giovannis Liebesgedichte.

Mein Zorn kochte über. Dieser verdammte Fra Girolamo! Wie konnte er es wagen! Beinahe hätte ich mich auf den Dominikanermönch vor dem Feuer gestürzt, so wenig hatte ich meine Gefühle unter Kontrolle. »Frater!«, rief ich, um Savonarola zur Rede zu stellen.

Der Mann im Dominikanerhabit drehte sich um, und ich erschrak. Es war nicht Savonarola!

»*Noch nicht*«, sagte Giovanni leise. »Noch bin ich kein Frater.«

Er hatte seine langen Haare kurz geschnitten, als sollte er noch an diesem Abend die Tonsur erhalten. Sein Anblick fügte mir körperliche Schmerzen zu. Ich kämpfte mit den Tränen, als ich die Hand ausstreckte, um sein schönes Gesicht zu berühren, doch dann zog ich sie zurück, als hätte ich sie mir verbrannt.

Giovanni stand vor mir wie die Statue eines Heiligen, unbewegt und unbeweglich. Er nahm mich nicht in den Arm, um meine Tränen zu trocknen, mich zu trösten, zu beschwichtigen, um mir irgendetwas zu erklären, was ich nicht verstehen *wollte*.

Trotzig wischte ich mir mit dem Ärmel die Tränen ab. »Du wirst die Gelübde ablegen?«

»Girolamo kommt nachher und …«

»Du wirst ins Kloster San Marco gehen?«, unterbrach ich ihn.

»Nein, Caterina! Ich werde in den ersten Monaten hier in der Villa bleiben, um meine Exerzitien zu machen. Ich werde hier in selbst gewählter Klausur leben. Girolamo ist damit einverstanden. In San Marco könnte ich meine Studien nicht fortsetzen …«

»Er ist damit *einverstanden?*«, flüsterte ich niedergeschmettert.

Mein Ringen mit Gott schien verloren, bevor es begonnen hatte. Er hatte sich meinen Geliebten genommen, um mich zu verletzen. Und dabei bediente Er sich seines willigen Werkzeugs Fra Girolamo.

»Ich verfluche Savonarola! Ich verfluche diese Geißel Gottes bis ans Ende aller Tage! Möge er im Fegefeuer brennen!«, schrie ich unbeherrscht. »Giovanni, welchen Einfluss hat dieser … dieser *Mensch* auf dich!«

Giovanni sah, wie ich litt. »Er ist ein Heiliger, Caterina«, versuchte er mich zu beruhigen. »Und er ist mein Freund. Im Übrigen habe ich diese Entscheidung selbst getroffen.«

»Wozu?«

»Ich bin exkommuniziert«, erklärte Giovanni geduldig. »Außerhalb der Kirche kann ich kein Seelenheil erwarten. Er gibt mir die Möglichkeit, meine Seele zu retten. Er gibt mir Hoffnung. Er gibt meinem Leben den Sinn, den es nach Lorenzos Tod verloren hat.«

»Wie kann ein anderer Mensch einem Leben Sinn geben? Wie kann er etwas tun, was du nicht selbst schaffst? Du *verschenkst* deine Verantwortung für dein Leben an einen anderen! Wirfst du ihm auch gleich deinen freien Willen, dein Gewissen und deine Menschenwürde hinterher, wenn du die Gelübde von Gehorsam, Armut und Keuschheit ablegst und damit vollkommen wirst?«, fragte ich zynisch. »Du wirst nicht vollkommen sein, Giovanni! Niemals! Fra Girolamo kann den Bann nicht aufheben.«

»Ich weiß«, flüsterte Giovanni resigniert.

»Dann lauf nicht wie dein Freund vor dem Leben und der Liebe davon, vergrabe dich nicht wie ein lebendiger Toter im Konvent. Bleib stehen und kämpfe, verdammt noch mal!«, schrie ich ihn an.

Er wich meinem Blick nicht aus: »Das habe ich lange genug getan. Gegen das Gelächter der Gelehrten, die mich für einen arroganten jungen Besserwisser hielten, gegen die Kirche, gegen die Verfolgung durch die Inquisition, gegen alles und jeden, der sich berufen fühlte, mich wegen meiner Irrtümer anzugreifen, ohne meine Thesen mit mir zu diskutieren. Mach mir also nicht den Vorwurf, ich hätte nicht gekämpft! Ich habe alle Schlachten geschlagen, die es zu schlagen gab. Ich bin müde, unendlich müde. Ich kehre dorthin zurück, wo ich hergekommen bin: Ich habe in Bologna mein Studium aufgenommen, weil ich Priester werden wollte. Gott will es so.«

»Er will es so?«, begehrte ich auf. »Giulio hat Er die Entscheidung überlassen, ob er Pater werden will oder nicht. Giulio hat das selbst entschieden. Ich kann nicht glauben, dass du deine Bestimmung Gott überlässt, Giovanni! Ich liebe dich«, schrie ich.

»Und ich liebe dich, Caterina.«

»Warum trägst du dann den Habit eines Mönchs?«

»Damit Er mir vergibt, wenn ich mich Seinem Willen unterwerfe.«

»Was hätte Er dir zu vergeben?«

»Dass ich dich mehr liebe als Ihn, Caterina«, sagte Giovanni leise. »Dass ich den Rest meines Lebens mit dir verbringen möchte, im Studium, im Disput, während wir das Opus vollenden. Und uns selbst.«

»Dann lass uns genau das tun, Giovanni«, forderte ich. »Lass uns einfach nur zwei Menschen sein, die einander lieben. Wir wissen alles, was es zu wissen gibt: dass wir uns lieben. Wozu brauchen wir den Stein der Weisen?«

»Er schenkt das Ewige Leben«, erinnerte er mich.

»Wozu brauche ich das Leben, wenn ich nicht lieben darf? Was ist das Leben ohne Liebe: die Einsamkeit, ein ewiges Suchen … nein, ich will nicht *la gloire immortelle,* Giovanni, ich will *dich!*«

Die Erkenntnis, dass Giovanni in seiner Verzweiflung nicht anders handeln konnte, war furchtbar. Seine Liebe zu mir hinderte ihn, sein Seelenheil zu finden. Seine Liebe zu mir machte das Opus Magnum unmöglich, an dessen Ende – mit Bernardo da Trevisos Buch schon in greifbarer Nähe – das Ewige Leben auf ihn wartete.

»Nein, Caterina, ich kann nicht! Ich werde heute Abend die Gelübde ablegen.«

Rasend vor Zorn rannte ich in das Laboratorium zurück, ergriff den Schürhaken des Athanors, stürzte in die kleine Kapelle nebenan und zertrümmerte den goldenen Crucifixus, warf die griechische Bibel auf den Boden, zerschlug die brennenden Altarkerzen.

Das heiße Kerzenwachs spritzte auf die mit biblischen Szenen geschmückten Wände und rann wie gerinnendes Blut über *Abrahams Opferung Isaaks* und *Hiobs Leiden an Gottes Unbarmherzigkeit.*

Warum, zum Teufel, müssen wir die Menschen, die wir am meisten lieben, verletzen und demütigen, nur um ihnen zu beweisen, wie sehr wir sie lieben? Warum halten wir sie fest, fesseln sie, stellen unerfüllbare Forderungen, warum verwehren wir ihnen den freien Willen und die Würde, um die wir selbst jede Minute unseres Lebens ringen? Warum? Liebe ist nichts, was bewiesen werden muss. Sie stellt keine Bedingungen. Sie fordert nicht, sie ist langmütig, gütig, sie erträgt alles, glaubt alles, hofft alles, erduldet alles.

Die Erkenntnis, dass ich mich in nichts, aber auch gar nichts, von meinem Bruder Piero unterschied, der in seinem verletzten Stolz um sich schlug, um wenigstens kämpfend seine Würde zu bewahren, ernüchterte mich, als hätte mir Giovanni eiskaltes Wasser ins Gesicht geschüttet. Ich ließ den Schürhaken fallen und betrachtete schwer atmend mein Werk der Zerstörung.

Ich fühlte mich elend. Aber dennoch viel besser als vorher. Ich hatte das Gefühl, Gott wenigstens einige seiner grausamen Schläge zurückgegeben zu haben, die mich in den letzten Monaten beinahe zerbrochen hätten. Beinahe!

Giovanni stand mit verschränkten Armen in der Tür und beobachtete mich. Es war etwas in seinem Blick, das mich niederschmetterte, als hätte eine Faust mich getroffen. Ich begann zu weinen. Um ihn. Um mich selbst. Ich sank auf die Knie und kroch zu ihm, aber er wich mir aus. Ich fasste den Saum seines Habits und versuchte ihn zu küssen, aber er riss ihn mir aus den zitternden Fingern.

Ich lag vor ihm auf den Knien und weinte, schrie, tobte, bis keine Träne mehr in mir war. Ich war wie ausgetrocknet, rang nach Atem, bekam keine Luft. Mein Körper zuckte und zitterte, ich schlug wieder um mich, um die Spannungen zu lösen, die mich gefangen hielten und doch für meinen aufrechten Gang verantwortlich waren. Dann wurde ich ruhiger, lag schließlich still auf den Steinfliesen der Kapelle, die Arme weit ausgebreitet, die Stirn auf die kühlen Steine gedrückt – wie im Gebet. Wer auf dem Boden liegt, kann nicht tiefer fallen, dachte ich in diesem furchtbaren Augenblick.

Giovanni kniete sich neben mich und hob mich auf. Er trug mich in sein Schlafzimmer und legte mich vorsichtig auf das Bett. Dann zog er mich aus, deckte mich zu und ließ mich allein. *Allein!*

Eine Stunde später, als ich ruhig geworden war und auch er seine Selbstbeherrschung zurückgewonnen hatte, kam Giovanni zurück und setzte sich auf das Bett. Sein Gesicht sah aus, als habe auch er geweint.

»Ich will wissen, Caterina, nicht glauben«, flüsterte er sanft und strich mir über das tränennasse Gesicht. »Und ich will, dass du verstehst …«

Giovanni war so sinnlich, hatte ein so starkes Bedürfnis nach Geborgenheit, Zärtlichkeit und erotischer Ekstase, dass ich mich fragte, wie er die Gelübde überhaupt ertragen konnte.

»Ich verstehe es aber nicht, Giovanni. Warum willst du die Gelübde ablegen? Wozu fliehst du vor der Welt? Und vor mir?« Ich presste die Lippen zusammen, um nicht erneut in Tränen auszubrechen.

»Ich fliehe nicht vor dir, Caterina«, erwiderte er ruhig, aber bestimmt, als verkündete er die neunhundertste These der *Conclusiones*, »sondern ich folge dir auf deinem Weg. Und du bist mir so weit voraus, dass ich mit dir kaum Schritt halten kann.«

»Ich verstehe nicht …«

»Du bist nicht auf der Flucht vor dir selbst, deinen eigenen Ansprüchen an dich, ein vollkommenerer Mensch zu werden. Du willst niemand anderer sein als ›Der ich bin‹.

Du lebst ohne Blick in die Vergangenheit, denn die hast du bereits erschaffen, und ohne Visionen für die Zukunft, denn das, was sein könnte, würde dich nur ablenken von dem, was ist. Du lebst und genießt dein Leben mit jedem Atemzug. Du versuchst nicht, deine tiefen Gefühle zu unterdrücken. Du weißt, was Angst, Trauer und Wut sind, wie Schuld und Gewissen sich anfühlen. Wenn du lachst, lachst du so herzlich, dass du mich mit deiner Lebensfreude ansteckst, und wenn du weinst, dann weinst du so herzzerreißend, dass ich mit dir weine.« Er strich sich über die Wange, als könnte er noch immer die heißen Tränen fühlen, die er vorhin vergossen hatte. Dann hatte er sich wieder unter Kontrolle:

»Du liebst vollkommen, bist zärtlich und leidenschaftlich zugleich. Du bist der beste Freund, den ich mir vorstellen kann. Du akzeptierst die Menschen, wie sie sind. Es macht dir Spaß, sie durch treffende Bemerkungen herauszufordern, damit sie ihren Schild der Selbstbespiegelung senken, aber statt sie zu verletzen und in die Knie zu zwingen, bringst du sie dazu, über sich selbst nachzudenken.

Mir hast du den Spiegel aus der Hand gerissen, in dem ich versucht habe zu erkennen, wer ich bin. Du liebst mich trotz meiner Unvollkommenheit. Du liebst mich, obwohl ich dich verletzt habe. Du liebst mich, obwohl du weißt, dass du mich nie für dich haben kannst.« Er schwieg einen Augenblick. »Ich versuche so zu sein wie du, aber ich kann es nicht. Ich muss meinen eigenen Weg finden.«

»Die *Via dolorosa* durch das Dornengestrüpp von Armut, Gehorsam und Keuschheit?«, fragte ich leise. »Der Mensch ist nicht zum Leiden geboren, Giovanni. Will Gott, der dich scheinbar unvollkommen schuf und der dich liebt, wie du bist, dass du dich in einen Habit hüllst, die Sinnlichkeit deines Körpers verleugnest, dich geißelst, um deine Sinne und deine Gedanken durch Schmerz zu betäuben? Will Gott, dass du dich selbst verleugnest, alles was du warst und alles was du bist, dass du strenge Ordensregeln ohne Widerrede akzeptierst und dich zum Stundengebet in der Basilika vor Ihm auf die kalten Steine wirfst? Will Gott, dass du auf alles verzichtest, was dieses Leben lebenswert macht – die Freude, das Lachen, die Liebe? Ist es Vollkommenheit, auf die eine Hälfte der Welt zu verzichten, um in der anderen zu leben – dich zu quälen?«

Giovanni schüttelte geduldig den Kopf. »Nein, das ist nur der Weg vom einen Extrem ins andere. Viele Fratres verwechseln das Werden mit dem Sein. Sie glauben, dass sie vollkommen sind, wenn sie den Habit der Armut tragen, gehorsam ihr Stundengebet verrichten und sich geißeln, um sich schmerzhaft daran zu erinnern, warum sie vor der Welt flohen.«

»Und was glaubst du?«

»Ich glaube an den Weg der Mitte, den Jesus und vor ihm Buddha gegangen sind. Der eine, Siddharta, hat seinen Palast verlassen, um asketisch zu leben, um Alter, Krankheit und Tod kennen zu lernen. Der andere, Rabbi Jeschua, hat in der Wüste die Askese aufgegeben und genoss sein Leben, um glaubwürdig von Liebe, Freude und Vergebung zu predigen. Beide Propheten haben beide Extreme *gelebt*, Haben und Nichthaben, Lust und Leid, Agonie und Ekstase, und erst dann konnten sie sich für das Weder-Noch entscheiden.« Giovanni sah mir fragend in die Augen: Verstand ich, was er mir sagen wollte? »Armut bedeutet nicht, nichts mehr zu besitzen, nicht einmal die Kleidung, die man trägt. Armut bedeutet nicht, zu frieren, zu hungern und zu dürsten. Jesus hat nie Armut, Entbehrung und Leiden gefordert – er und Siddharta haben den Reichtum verdammt. Das ist etwas völlig anderes. Besitz erfordert Aufmerksamkeit, belastet dich mit Sorgen, macht dir Angst, und nur aus dem einen Grund, weil du ihn verlieren könntest. Deshalb habe ich Gian Francesco meinen Titel und meinen Besitz verkauft und das Geld Girolamo gegeben. Ich will frei sein«, sagte er ruhig.

»Frei?«, fragte ich zweifelnd.

»Ich gehöre mir selbst, nicht mehr meinem Besitz. Nicht mehr meinen Sorgen, nicht mehr der Angst. Im Konvent *muss* ich nicht arm sein, Caterina, denn ich bringe kein Opfer, sondern gehe aus meinem eigenen freien Willen. Ich *darf* arm sein, denn ich werde versorgt und um meiner selbst willen geliebt, nicht weil ich Giovanni Pico della Mirandola, der reiche Conte von Concordia, bin, der sich alles kaufen kann – alles, bis auf seinen Seelenfrieden.«

»Seelenfrieden«, murmelte ich. »Glaubst du wirklich, dass du dich selbst erlösen kannst?«

»Wer, wenn nicht ich selbst?«, fragte Giovanni. »Ich muss diesen Weg gehen. Jesus sagte: ›Kehrt um und folgt mir nach.‹ Er sagte nicht: ›Wartet, ich werde euch durch meinen Opfertod erlösen.‹«

Giovanni sah das amüsierte Lächeln auf meinen Lippen und seufzte. »Danke, dass du wieder lachst, Caterina«, flüsterte er und küsste mich sanft.

»Du verstößt jetzt schon gegen deine Gelübde«, hauchte ich und erwiderte seinen Kuss.

»Ich bin kein Engel, Caterina. Ich kann nicht aufhören, ein Mensch zu sein. Ich kann nicht aufhören zu lieben. Ich will es auch nicht«, antwortete er zärtlich. »Ich muss nicht wählen zwischen meiner Liebe zu Gott und meiner Liebe zu dir. Ich liebe euch beide. Was ich aber lernen muss, ist, mich selbst zu lieben. Das, und nichts anderes, bedeutet die Keuschheit – nicht die sexuelle Enthaltsamkeit, die unschuldige Unberührtheit, sondern die Konzentration auf mich selbst, das Loslassen von allem, was ich nicht *haben* kann, was ich nicht *bin*.«

»Dein Entschluss steht also fest?«, fragte ich resigniert.

Giovanni litt unter meiner Hoffnungslosigkeit, ich sah es ihm an. Die innere Windstille schützte ihn nicht vor dem Wirbelsturm Caterina, der ihn mit sich zu reißen versuchte.

»Ja, mein Entschluss steht fest«, sagte er und küsste mich zart. »Halte mich nicht fest, Caterina«, flüsterte er, als er sich aus meiner Umarmung entwand. »Lass mich gehen!«

Es klopfte noch einmal, dieses Mal energischer, ungeduldiger.

Die Tür meines Laboratoriums war verriegelt. Ich wollte nicht öffnen. Nicht jetzt und nicht später. Ich konzentrierte meine Aufmerksamkeit wieder auf die Transmutation im Alambic und ignorierte den tobenden Piero draußen vor der Tür.

Mein Bruder hämmerte mit beiden Fäusten zornig gegen das schwere Eichenportal: »Öffne die Tür, verdammt!«, brüllte er. Dass ich ihn, den allmächtigen Regenten von Florenz, nach unserem Streit vor ein paar Tagen aus meinem Laboratorium verbannt hatte, erzürnte ihn maßlos – fast ebenso wie die Erkenntnis, dass er keine Macht über mich hatte.

Piero war vor wenigen Tagen mit Giulio von der feierlichen Krönung Papst Alexanders zurückgekehrt – Alexanders des Großen, wie er in Rom bereits begeistert genannt wurde.

Nicht einmal Amerigos begeisterter Brief aus dem spanischen Hafen Palos konnte meine Laune retten: Cristoforo Colombo war am 3. August 1492 endlich in Richtung Westen in See gestochen …

Giulio, bestürzt über meinen Zustand nach der Rückkehr aus Giovannis Villa, wollte mich mit einem gemurmelten »Der Herr hat gegeben, der Herr hat genommen, der Name des Herrn sei gepriesen!« aus dem Buch Hiob über meinen Verlust hinwegtrösten. Vergeblich! Als er die traurige Entschlossenheit in meinen Augen funkeln sah, hatte Giulio es schließlich aufgegeben, mir meinen

Brief an Cesare auszureden. Piero war zu einer solchen Zurückhaltung nicht fähig – wir hatten erbittert gestritten und uns nicht nur Beleidigungen an den Kopf geworfen. Mit dem gezielten Wurf eines Glaskolbens hatte ich meinen Bruder aus dem Laboratorium vertrieben.

Eine Stunde – eine winzige Insel in einem Meer aus Zeit – kann unserem Leben Sinn geben … oder nehmen! Alles schien ich in jener furchtbaren Stunde in Giovannis Villa verloren zu haben – alles, bis auf die Fähigkeit, mich mit irgendetwas abzufinden und die Bereitschaft, teuer zu bezahlen für das, was ich haben wollte. Cesare und ich waren uns in dieser Beziehung ähnlich: Alles oder nichts! Er würde mich verstehen, selbst wenn er über meine Bitte zornig und über meine Liebe zu Giovanni verstimmt wäre. Er würde mir helfen. Jedenfalls redete ich mir das ein …

Ich konzentrierte mich auf die schwefelgelbe Flüssigkeit im Alambic. Der Alkahest hatte das Elektrum und den Sulfur vollständig aufgelöst. Es war Zeit, mit der *Coagulatio* zu beginnen.

Piero trat nun mit seinen Stiefeln gegen die Eichentür meines Laboratoriums, um sich Gehör zu verschaffen. »Caterina!«, brüllte er. »Öffne die Tür! Du hast Besuch!«

»Verschwindet!«, fauchte ich, ohne von der Operation aufzusehen.

»Gilt dein Befehl auch für die Geister, die du riefst, Maestra?«, hörte ich Cesare hinter der verschlossenen Tür amüsiert fragen.

Cesare! Ich sprang auf, flog zur Tür, entriegelte sie und zog ihn ins Laboratorium. Dann knallte ich Piero, der ihn in die Kellergewölbe des Palazzo begleitet hatte, die Tür vor der Nase zu.

»Die Geister, die ich rief …?«, fragte ich, als ich mich Cesares Armen entwand.

Cesare zog ein Pergament hervor. Mein Brief, in dem ich ihn gebeten, nein: angefleht hatte, bei seinem Heiligen Vater ein Wort für Giovanni Pico einzulegen, damit die Exkommunikation aufgehoben würde. Mein verzweifelter Versuch, Giovannis Seele ... ihn selbst und seine Liebe zurückzugewinnen.

»Du klangst so niedergeschmettert, Caterina«, sorgte er sich. »Da habe ich beschlossen, dich auf meinem Weg von Pisa nach Spoleto zu besuchen. Aus nicht ganz selbstlosen Motiven, wie ich dir gestehen muss: Ich bin eifersüchtig.«

»Dazu besteht kein Anlass«, versicherte ich ihm. »Giovanni trägt nun den Habit eines Dominikaners.«

Cesare lachte, als hätte ich einen Scherz gemacht. »Na und? Ich bin Erzbischof von Valencia und Bischof von Pamplona – das hat dich glücklicherweise in Pisa nicht davon abgehalten, mit mir ...«

»Giovanni ist anders«, unterbrach ich ihn.

»Wenn er so fest im Glauben ist: Wie glaubst du, ihn mit der Aufhebung der Exkommunikation durch meinen Vater umstimmen zu können?«, fragte Cesare ernst.

»Er liebt mich«, beharrte ich stur.

Lange sah Cesare mich an – schweigend, aber nicht hoffnungslos.

»Ich liebe dich auch, Caterina«, sagte er leise. »Ich werde auf dich warten, egal wie lange es dauern wird.«

Cesare hielt sein Versprechen sein Leben lang.

Nach Lorenzos Tod wurden Savonarolas apokalyptische Visionen vom nahenden Unheil und vom bevorstehenden Gottesgericht bedrohlicher, seine ekstatischen Predigten über Gottes Zorn eindringlicher. Er drohte mit dem »Schwert Gottes, das im Himmel über Florenz hing«, prophezeite Stürme, Pest und Krieg.

»Tu Buße, Florenz, solange noch Zeit ist!«, schürte der blutig gegeißelte Prior von San Marco die Angst. Immer mehr Florentiner, unter ihnen Sandro Botticelli und Michelangelo, strömten sonntags in den Dom, um Gottes Wort von den aufgerissenen, blutigen Lippen des Fraters zu hören.

Savonarolas Prophezeiungen verstörten die Florentiner umso mehr, als die – allerdings vorhersehbaren – Ereignisse wirklich eintrafen. Der Tyrann Lorenzo de' Medici war im April gestorben, der Antichrist Papst Innozenz VIII. im Juli 1492. Verführt von Ludovico Sforza, bereitete sich der französische König auf einen Einmarsch in Italien vor.

Piero war machtlos gegen die Prophezeiungen des Priors von San Marco. Machtlos – aber nicht ohnmächtig. Im Dezember ließ Piero die Adventspredigten des Dominikaners verbieten. Ein lauter Aufschrei ging durch Florenz. Michelangelo, der auf mein Drängen in den Palazzo zurückgekehrt war, redete lange auf Piero ein. Er war ebenso fasziniert von Savonarola wie Sandro Botticelli.

Als selbst der besonnene Niccolò Machiavelli in der Adventszeit von einem gefährlichen Verlust von Macht und Ansehen der Medici sprach, redete ich mit meinem Bruder. Augustus habe aus dem Beispiel seines Onkels Julius Caesar gelernt: Er vermied dessen autokratischen Führungsstil und trat nicht als Diktator auf, sondern als Princeps, als Erster Mann im Staat. Ich warnte Piero eindringlich davor, aus der *res publica,* der Republik, eine *res populi,* eine Sache des Volkes, zu machen. Aber Seine Selbstherrlichkeit, Piero de' Medici, war unfehlbar – und uneinsichtig. Der Konflikt in der Familie war unvermeidlich.

Mit unseren Cousins Lorenzino und Giannino zerstritt sich Piero, als beide den Namen de' Medici ablegten, um sich fortan Popolani zu nennen. Aber auch mit Giulio, der jeden Tag aufsässiger wurde, stritt Piero, und mit Gianni in Rom, der offen gegen Entscheidungen seines Bruders als Familienoberhaupt der Medici opponierte. Mit mir lieferte sich Piero ohnehin laute Wortgefechte, weil ich es wagte, ihm zu widersprechen.

Savonarola war ein Heiliger, er lebte wie ein Heiliger und wollte wohl auch wie einer sterben. Sein übertriebenes Fasten, sein unermüdliches Streben nach Vollkommenheit und die ständige Überanstrengung seiner Kräfte schwächten seine Gesundheit. Dennoch setzte er entschlossen, geradezu verbissen, seinen Kreuzzug gegen Stolz, Eitelkeit und Verschwendung fort. Ich besuchte den Frater, um ihn zur Vernunft zu bringen – aber es war, als ob ich zu einem von Fra Angelicos verzückt lächelnden Engeln in den Zellen von San Marco sprach: Er würdigte mich keines Wortes. Und auch Giovanni redete auf ihn ein, aber Fra Girolamo demütigte ihn, verfluchte ihn und warf seinen fassungslosen Freund aus dem Kloster.

Ende April 1493 brachte mir mein Sekretär zwei Briefe in mein Arbeitszimmer. Ich war gerade mit der Niederschrift eines vor wenigen Stunden abgeschlossenen alchemistischen Experimentes beschäftigt und hoffte, der eine Brief sei die lang ersehnte Antwort von Johannes Trithemius, dem Abt des Klosters Sponheim bei Kreuznach, dem größten deutschen Alchemisten, auf meine Frage nach …

Geistesabwesend sah ich auf die Briefe in meiner Hand.

… auf meine Frage nach seiner theologischen Einschätzung, ob das Opus nicht letztlich ein Pakt mit Satan war, der den Adepten mit der *gloire immortelle* verführte, dem unsterblichen Ruhm …

Dann erkannte ich die vertrauten Siegelabdrücke. Nein, Johann von Trittenheim hatte mir nicht geschrieben. Die Briefe waren von Amerigo aus Barcelona und von Cesare aus Rom.

Ungeduldig riss ich meinem Sekretär die beiden Briefe aus der Hand, zerbrach Amerigos Siegel, entfaltete das Pergament so ungestüm, dass es beinahe zerriss, und begann zu lesen:

»Meine liebe Caterina! Es ist vollbracht: Cristoforo hat es geschafft! Am 15. März 1493 lief er nach acht Monaten mit der *Niña* und der *Pinta* wieder im Hafen von Palos ein. Welch ein Empfang für den spanischen Vizekönig der Inseln – hatte doch niemand ernsthaft mit seiner Rückkehr gerechnet! Doch jetzt ist er nicht mehr der unbekannte genuesische Wollhändler Cristoforo Colombo, nicht mehr der abenteuersüchtige Navigator Cristovão Colom, den König João von Portugal »exzentrisch« und »von seiner Idee besessen« nannte, sondern Seine Exzellenz, Don Cristóbal Colón, Vizekönig von Isabels und Fernandos Gnaden, Admiral des Weltmeeres. Und welch ein Abenteuer er zu erzählen hatte, als wir uns in Barcelona trafen: Wie Marco Polo scheint er in Asien gewesen zu sein – aber auf der Westroute!

Aber lass mich von Anfang an berichten! Am 3. August 1492 segelte Don Cristóbal mit drei Karavellen von Palos zu den Kanarischen Inseln, wo er frische Vorräte und Wasser an Bord nahm. Dann stach er Anfang September in Richtung Westen in See – ins Unbekannte!

Wegen der Passatwinde kam Don Cristóbal mit seinen Schiffen schnell voran, und bald waren die Inseln außer Sicht. Die Besatzungen wurden unruhig, denn niemand wusste, wie lange die Reise dauern und wo sie enden würde. Der Admiral hat mir sein Logbuch gezeigt, sodass ich nachvollziehen kann, wie er und seine Männer sich gefühlt haben, als die Schiffe bei abflauendem Wind die endlosen Algenfelder der Sargassosee durchquerten und am 19. September eine Flaute die Schiffe festhielt. Mit den Mannschaften, aber auch mit den beiden Kapitänen, hatte Don Cristóbal ernste Schwierigkeiten, obwohl viele Zeichen – Strömung, Algen, Treibholz – auf nahes Land hinwiesen. Das Wort Meuterei schwebte in der Luft wie das Geschrei der Möwen, die vom westlichen Horizont her auftauchten. Aber Don Cristóbal blieb fest in seinem Glauben an Toscanellis Theorie.

Die Spannung an Bord der Schiffe muss in jenen Tagen auf See unerträglich gewesen sein. Die Überfahrt dauerte nun schon vierzig Tage, und jeden Tag wurde Land gesichtet – Wunschvorstellungen, die mit Wolken, Treibholz und Luftspiegelungen verwechselt wurden. Die Enttäuschung hatte mit jedem neuen Ruf »Land in Sicht!« zugenommen. Dann, am 12. Oktober 1492, wurde zwei Stunden nach Mitternacht auf der vorausgegelnden *Pinta* der vereinbarte Kanonenschuss abgefeuert: Land voraus!

Nach Sonnenaufgang begab sich Don Cristóbal Colón, nunmehr Vizekönig von Indien, an den Strand, um die entdeckte Insel, die die Inder Guanahani nannten und er selbst San Salvador taufte, für die spanische Krone – und für sich selbst – in Besitz zu nehmen.

Aber die Terra Incognita war ganz anders, als Marco Polo uns berichtet hatte. Don Cristóbal fand keine Chinesen und Mongolen, sondern nackte Inder, die nichts von einem Khan in der fernen Stadt Khanbalik wussten. Kein Gold, keine Seide – dafür Glück und Zufriedenheit. Die nackten Wilden schliefen in Hängematten, rauchten friedlich Tabacco, aßen exotische Früchte und gegrillte Leguane. Hat Don Cristóbal das Paradies wiederentdeckt?

Er stach erneut in See. Wenn dies nicht das Festland von China oder Indien war, dann musste er sich nur wenige Seemeilen östlich von Japan befinden! Sein wichtigstes Ziel bestand nicht mehr darin, Asien auf der Westroute zu erreichen, sondern die von Marco Polo beschriebenen Schätze zu finden, die seinem Rang als Vizekönig die nötige Bedeutung verleihen würden.

Am 28. Oktober erreichte er mit seinen Schiffen eine Insel, die die Wilden Cuba nannten. Von hier aus dauere die Reise zum Festland, wo es Gold, Perlen und Gewürze im Überfluss gebe, nur noch zehn Tagesreisen, versicherten die Eingeborenen. Don Cristóbal segelte weiter und fand eine Insel, die er La Isla Hispañola nannte. Hier lief die *Santa Maria* in der Nacht vom 24. auf den 25. Dezember auf eine Sandbank und musste nach langem Ringen mit dem Meer aufgegeben werden. Alle Versuche, das Flaggschiff wieder flott zu machen, schlugen fehl. Panik brach aus so fern von der Heimat, aber Don Cristóbal gab nicht auf. Aus den Trümmern der *Santa Maria* ließ er auf der Insel eine Siedlung errichten. Zu Beginn des neuen Jahres konnten die beiden verbleibenden Schiffe in die Heimat segeln. Stürme trieben sie so weit nach Norden, dass sie bei Lissabon auf Land stießen. Am 15. März 1493 erreichte Don Cristóbal schließlich Palos und einen Monat später Barcelona, wo er von König Fernando in einem feierlichen Triumphzug empfangen wurde.

In Anwesenheit des gesamten Hofstaates wurde ihm die Ehre zuteil, von seinen Abenteuern zu berichten. Und weißt du, wie er seinen Bericht beendete? Er will wieder in See stechen! O Caterina, bete für mich! Ich würde ihn so gern begleiten …«

Ich ließ den Brief sinken. Beten? *Ich* soll Gott um irgendetwas *bitten?*, dachte ich zynisch: Das wäre der sicherste Weg zu verhindern, dass Amerigo eines Tages nach Westen segelte …

Der andere Brief war von Cesare. Ungeduldig riss ich das Siegel vom Pergament. Ich hoffte auf eine Nachricht, die ich seit Monaten vergeblich erwartete, und überflog sein Schreiben.

Cesare war seit Ende März in Rom, wo er sich auf seine Investitur als Kardinal vorbereitete. Seine »Exerzitien« schienen aus unzähligen Maskenbällen bei der Nobiltà von Rom, Banketten im Vatikan, Ausritten nach Tivoli und Ostia, Besuchen bei Kurtisanen, Stierkämpfen und anderen Vergnügungen zu bestehen. Er schien alle Todsünden zu begehen – außer der der Langeweile …

»Mein Vater hat Pläne!«, las ich Cesares schwungvolle Schrift – das Ausrufezeichen war so eindrucksvoll wie der Schiefe Turm von Pisa: »So viele, dass ich daran zweifele, ob er überhaupt noch schläft …« Sein jüngerer Bruder Juan, der Herzog von Gandía, sollte in wenigen Wochen Maria Enriquez, eine Cousine von König Fernando in Barcelona heiraten. »… und auch Lucrezia wird in ein paar Wochen heiraten: deinen Giovanni Sforza!«

Meinen Giovanni Sforza? Seine Formulierung klang so, als glaubte er, der Conte von Pesaro sei mein Geliebter gewesen. Hätte ich diesen furchtbaren Irrtum doch nur rechtzeitig aufgeklärt! Aber nicht Cesares Unterstellung einer Affäre mit Giovanni Sforza ärgerte mich, sondern das, was er *nicht* schrieb, machte mich zornig. Und weil ich seinen Brief aus Rom aus Enttäuschung, Wut und verletztem Stolz über sein Schweigen nicht beantwortete, kam alles, wie es kommen musste …

Mit keinem Wort hatte Cesare die Aufhebung von Giovannis Exkommunikation durch Papst Alexander erwähnt! Obwohl er mir versprochen hatte, sich für Giovanni beim Papst einzusetzen, bezweifelte ich in diesem Augenblick, dass Cesare mit seinem Vater gesprochen hatte – oder jemals sprechen würde. Denn wenn er Giovannis Seele rettete, würde er mich an ihn verlieren!

Zornig zerriss ich Cesares Brief und warf ihn ins Feuer.

Ich litt. Aber vielleicht litt Giovanni noch mehr als ich unter unserer platonischen Liebe – so nannte Angelo, der bei Giovanni in der Villa in Fiesole wohnte, unsere Beziehung.

Wir sahen uns wieder fast jeden Tag, experimentierten gemeinsam in seinem Laboratorium, lasen einander unsere Notizen vor, disputierten über Giovannis neunhundert Thesen und schwiegen gemeinsam. Wir liebten uns zu sehr, um uns aus dem Weg zu gehen, und so setzten wir mit einem heroischen Lächeln unsere *Via dolorosa* fort. Wir erforschten einander, wenn wir uns durch das reflektierende Glas des Alambic hindurch ansahen. Ich wollte seine geliebte Stimme hören, wenn wir redeten, diskutierten, stritten, wollte in seine tiefsten Gedanken eindringen, wenn wir schwiegen.

Ich litt. Denn auch Leiden ist eine Form der Lust.

Ende Juli 1493 traf ein weiteres Schreiben von Cesare aus Rom ein – mit einem Eilboten. Er schien verletzt, weil ich seinen letzten Brief monatelang nicht beantwortet hatte. Trotz des unausgesprochenen »Warum?« lud er mich ein, für einige Wochen nach Rom zu kommen. Er wollte wenige Tage später am Palio in Siena teilnehmen. Ob ich ihn nicht im Palazzo Chigi treffen könnte? Er sehnte sich nach mir und wollte mich wiedersehen, ganz gleich wie meine Antwort lautete …

Ich wollte den Brief schon wie den vorherigen zerreißen, als ich das Postscriptum unter der Unterschrift las: »Übrigens, das Inquisitionsverfahren gegen Giovanni Pico wurde vor wenigen Tagen durch meinen Vater niedergeschlagen. Das päpstliche Breve, das offiziell die Aufhebung der Exkommunikation bestätigt und ihm den päpstlichen Segen erteilt, wurde gestern gesiegelt. Ich dachte, du wolltest ihm das Breve selbst überreichen und sende es dir deshalb mit diesem Brief. Ich hoffe, du bist jetzt glücklich. Ich bin es nicht. Cesare.«

Die Splitter zerschlagener Hoffnungen sind scharfkantig, schmerzhaft. Sie stecken im Herzen, verletzen den Stolz, rühren zu Tränen und bringen den Menschen dazu, Dinge zu tun, die er nie tun würde, wenn er bei Verstand wäre.

Ich hatte gehofft, dass Giovanni sich mir freudig und dankbar zuwenden würde, wenn ich ihm von der Rettung seiner Seele vor der Verdammnis berichtete. Ich hatte ihm das päpstliche Breve gezeigt – und Cesares Brief. Und Giovanni hatte erkannt, dass er eben erst aus dem Fegefeuer entkommen war, um nun ins Inferno der Eifersucht zu fallen – er wusste, wie sehr Cesare mich liebte.

Ich hatte gehofft, ich hatte gelitten: vergeblich.

Giovanni, der seine Seele eben erst von Satan zurückerhalten hatte, verschenkte sie ohne zu zögern an Gott. Er versprach Savonarola, endgültig ins Kloster von San Marco einzutreten.

Ich hatte ihn verloren. Dieses Mal für immer.

Roma Aeterna! Rom enthüllte sich mir schöner und strahlender als je zuvor. Die Hauptstadt der Welt hatte sich verändert in dem einen Jahr, seit ich zuletzt hier gewesen war. Was hatte der lächelnde Papst alles erreicht in diesem einen Jahr seines Pontifikates? Auf den ersten Blick nicht viel. Die alte Basilika San Pietro drohte immer noch einzustürzen, und die losen Pflastersteine der Straßen waren nach wie vor unter einer Schicht Müll begraben. Aber die Menschen hatte er durch sein fröhliches Lachen verändert: Sie lächelten, sangen und schienen lebenslustig … ja: *glücklich* zu sein.

Konnte Papst Alexander auch mich glücklich machen? Sein Sohn bemühte sich nach Kräften, Nacht für Nacht.

Ich war nach Siena geflohen – anders kann ich meine überstürzte Abreise aus Florenz nicht bezeichnen. Ich hatte Cesare im Palazzo Chigi getroffen. Sein Ansinnen, ihn nach dem Palio nach Rom zu begleiten – »Wenigstens für ein paar Tage, Caterina!« –, schien mir in seiner Gegenwart nicht mehr so absurd. Wir hatten zwei aufregende Tage und drei leidenschaftliche Nächte in Siena verbracht, und ich genoss Cesares Aufmerksamkeit nach einem endlosen Jahr ohne Zärtlichkeit und ohne Liebe wie ein heißes, duftendes Bad nach einem langen Winterspaziergang. Dann waren wir über Montepulciano und Civita Castellana nach Rom geritten.

Überwältigt von der Großartigkeit der Sixtina blieb ich in der Kirche stehen. Cesare schob mich sanft vorwärts, durch die marmornen Chorschranken hindurch in den Altarraum.

Überrascht stellte ich fest, dass Papst Alexander eine Missa Solemnis zelebrierte. Was hatte ich erwartet: eine Satansmesse? Blut statt Wein? Schwefeldunst statt Weihrauchduft? Pentagramm statt Kreuz? Unterhalb der herrlichen Fresken – der *Versuchung Christi* und der *Prüfungen Mose,* die Sandro Botticelli vor zehn Jahren in der Sixtina gemalt hatte – saßen einige Kardinäle und Bischöfe und intonierten feierlich das *Te Deum.*

Mein Bruder Gianni sah verdutzt – erschrocken? – zu mir herüber, als ich mit Cesare während des Pontifikalamtes die Sixtina betrat. Seine Lippen formten eine unhörbare Frage: »Was tust du denn hier?« Kardinal Giuliano della Rovere, der neben ihm und Kardinal Gian Battista Orsini saß, folgte Giannis Blick, kniff die Augen zusammen, als glaubte er eine Vision zu sehen, dann zuckten seine Lippen amüsiert … verächtlich. Noch vor einem Jahr hatte ich mich mit ihm gegen Rodrigo Borgia verbündet, und nun schien er anzunehmen, dass ich rechtzeitig vor der Entscheidungsschlacht die Seiten gewechselt hatte.

Vor dem Altar stand der Papst, der Stellvertreter Christi, eher ein Nachfolger des Kaisers Konstantin als des Fischersohnes Petrus, vom Volk liebevoll Alexander der Große genannt, und schmetterte das *Te Deum* mit so lauter Stimme, dass Gott im Himmel ihn unmöglich überhören konnte.

Was für ein Mensch!, dachte ich. Geheimnisvoll. Lebendig. Seine majestätische Größe, seine kraftvollen Bewegungen, seine selbstbewusste Sinnlichkeit – er war zweiundsechzig Jahre jung – und sein bezauberndes Lächeln faszinierten mich. Ich starrte ihn an, begierig, ihn kennen zu lernen.

Cesare ergriff meine Hand. Bemerkte er das Zittern?

Seine Heiligkeit beendete die Messe mit einem »*Ite, missa est!* Geht, ihr seid entlassen!«, und die Kardinäle erhoben sich schweigend und strebten in Richtung Portal. Gianni wollte zu mir herüberkommen, um mich zu begrüßen, doch Papst Alexander war schneller. Er stürmte die drei Altarstufen herab, riss sich ungeduldig die Mitra vom Kopf und fegte mit wehender Soutane und Brokatmantel zu Cesare und mir herüber. Ein über den Verstoß gegen den feierlichen Ritus bestürzter Monsignore rannte hinter ihm her: Johannes Burkhard, der päpstliche Zeremonienmeister.

Papst Alexander schloss seinen Sohn in die Arme und küsste ihn auf beide Wangen: *»Laudetur Jésus Christus! Estoy tán contento que estás de vuelta en Roma, César. Te estuve esperando.«* Dann folgte eine Kaskade aus spanischen und italienischen Worten. Ich verstand nicht alles, obwohl Cesare mir ein wenig Spanisch beigebracht hatte – nur so viel: Der Vater hatte den Sohn ungeduldig erwartet.

»Und du bist Doña Catalina«, wandte sich der Heilige Vater auf Spanisch an mich. Ungeniert küsste er auch mich auf beide Wangen, ohne mir die Hand mit dem Fischerring zum Kuss zu reichen. »Aikateriné, die Reine, die Schöne. Santa Catalina, die Heilige.«

»Santa Catalina?«, fragte ich verwirrt. Catalina war die spanische Abwandlung meines Namens Caterina.

»So nennt César dich. Mein sonst so selbstbeherrschter Sohn gerät ins Schwärmen, wenn er von dir spricht. Du bist für ihn die Inkarnation der vier platonischen Tugenden: Weisheit, Tapferkeit, Besonnenheit, Gerechtigkeit und die Menschwerdung der drei Tugenden Thomas von Aquinos: Glaube, Hoffnung und Liebe, Inspiration jedes vernunftbegnadeten, jedes fantasiebegabten, jedes sinnlichen Mannes. Er hat Recht!«

»¡Muchas gracias, Santidad!«, war das Beste, was mir als Antwort auf diese Eloge einfiel.

Meine Hand hatte er nicht losgelassen. Er hielt sie in der seinen: warm, geborgen, sicher. »Ich würde mich freuen, wenn César und du, Catalina, heute Abend mit mir speisen würdet. Juan, Jofré und Lucrezia werden auch kommen …«

Aus dem Augenwinkel bemerkte ich, wie Cesare in gespielter Verzweiflung die Augen verdrehte und den Kopf schüttelte. Mit einem charmanten Lächeln erwiderte ich: »Sehr gern, Euer Heiligkeit.«

»Die Freude ist ganz auf meiner Seite, Catalina! Ich bin glücklich, dass César deinen Wünschen widerspruchslos gehorcht«, schmunzelte der Papst. »Ohne dich würde er niemals, nicht einmal unter Androhung der Exkommunikation, zum Essen bei mir erscheinen.«

In den päpstlichen Wohnräumen eine Treppe unterhalb von Cesares Wohnung herrschte seit einem Jahr der Maler Pinturicchio souverän über das Chaos. Die Wände im Arbeitszimmer und im Saal der Sibyllen waren bedeckt mit den Entwurfskartons für Freskenzyklen, die Werktische in den Sälen bogen sich unter Skizzen und Rötelzeichnungen, unzähligen Farbgefäßen, Reibmörsern und selbst gemachten Pinseln. Das Arbeitszimmer des Papstes, das *Sanctum Sanctorum* der Christenheit, das Cesare mir vorhin gezeigt hatte, war eine Abstellkammer für Wassereimer und Säcke mit Gipsmörtel für Pinturicchios Renovierung. Der Papst und sein Maler schienen trotz des Chaos gut miteinander auszukommen.

Mein Blick glitt über die halb vollendeten Deckenfresken im Saal der Heiligen. Gegenüber dem Fenster des Speisesaals hatte Pinturicchio den *Disput der Katharina von Alexandria* gemalt. Die Heilige mit Lucrezias langen blonden Haaren und ihrem schönen Antlitz steht vor dem Kaiser auf dem Thron von Konstantinopolis mit den Zügen ihres Bruders Cesare. Juan und Jofré sollten in einem anderen Fresko verewigt werden. Und auch Giulia Farnese, die »Braut Christi«, wie sie in Rom genannt wurde, war bereits als Madonna mit Kind von Maestro Bernardino gemalt worden – Giulia hatte Papst Alexander vor wenigen Monaten eine Tochter mit Namen Laura geschenkt.

Giulia Farnese war zwei Jahre älter als ich und mit neunzehn Jahren eine strahlende Schönheit. Neben La Bella Giulia, der Schönen und Anmutigen, kam ich mir vor wie eine ungelenke Stoffpuppe.

»Unsinn!«, flüsterte Cesare mir zu und küsste mich zart. »Giulia ist nur schön, solange sie den Mund hält.«

Juan, der Herzog von Gandía, der mir bei Tisch gegenübersaß, hatte Cesares und mein Tuscheln beobachtet. Er hatte wohl verstanden, was sein Bruder gesagt hatte, denn er verzog seine Lippen zu einem spöttischen Grinsen, was wiederum Cesare irritierte. Juan war wie ich siebzehn, doch die juwelenbestickte Brokatjacke nach spanischer Mode und die mit Saphiren besetzte Halskette ließen ihn älter wirken. Der Märchenprinz Juan hatte eine gewisse Ähnlichkeit mit meinem Bruder Piero: dieselbe Selbstherrlichkeit, dieselbe Gefallsucht.

Das gemeinsame Abendessen in den Privaträumen Papst Alexanders war ein Abschiedsmahl für Juan, der am nächsten Morgen nach Barcelona aufbrechen sollte, um die Cousine König Fernandos zu heiraten und in sein Herzogtum bei Valencia zurückzukehren.

Weder Lucrezia, die schweigsam und in sich gekehrt neben ihrem Bruder saß, noch ihr Gemahl Giovanni Sforza schienen über Juans Abreise besonders traurig zu sein. Der Conte von Pesaro schien sich an der päpstlichen Tafel ohnehin nicht wohl zu fühlen. Meinem Blick wich er aus, als würde er das Gerücht über seine angebliche Affäre mit mir kennen. Er und seine Onkel Ludovico il

Moro und Kardinal Ascanio hatten viel zu verlieren, wenn er seinen päpstlichen Schwiegervater verärgerte.

Die Tür des Saals der Heiligen wurde aufgerissen, und Seine Heiligkeit stürmte in den Speisesaal. Ich wollte mich erheben, aber Cesare legte seine Hand auf meinen Arm und hielt mich zurück.

Mit einem Blick erfasste Papst Alexander die Konstellation der Spielfiguren an seiner Tafel. Anstatt sich zum freien Sessel am Kopfende des Tisches zu begeben, wo für ihn gedeckt worden war, verwies er Cesare mit einem ungeduldigen Wink auf den Platz am Tischende. Dann ließ der Papst sich auf Cesares Sitz zwischen Giulia und mir an der Tafel nieder.

»Der ›spanische Kuhhandel‹ ist abgeschlossen«, lachte er übermütig und rieb sich die Hände. »So nannte Ascanio Sforza vor wenigen Minuten meine Vereinbarung mit Ferrante von Neapel. Er war so zornig, dass er nicht zum Essen kommen wollte.«

Jofré war sehr blass, sagte aber kein Wort. Und auch Giovanni Sforza schwieg mit verkniffenen Lippen.

»Kuhhandel?«, fragte Juan gedehnt. »Wen von uns hast du dieses Mal verkauft, Vater?«

»Ferrante und ich sind uns einig geworden, und auch Fernando hat mit einem wohlwollenden Lächeln sein Einverständnis gegeben. Jofré wird in wenigen Wochen Sancha heiraten, die Tochter Herzog Alfonsos von Kalabrien, des Thronerben von Neapel …«

König Ferrante hatte einer Verbindung der Borgia mit den verhassten Sforza von Mailand wohl ebenso wenig tatenlos zusehen wollen wie Kardinal Giuliano della Rovere, und hatte selbst diese Ehe vorgeschlagen, erklärte uns der Papst.

»Vater, du selbst hast gesagt: ›Rom ist eine freie Stadt – jeder kann tun und lassen, was er will.‹ Ich will nicht …«

Papst Alexander ignorierte den Protest seines jüngsten Sohnes und fuhr gelassen fort: »Lucrezias Ehebündnis mit den Sforza in Mailand ist geschlossen. Ludovico und Ascanio gehören nun *de facto* zu unserer Familie. Du wirst in die Dynastie der Aragón einheiraten. König Fernando braucht nicht nur meine päpstliche Unterstützung seiner Familie in Neapel gegen die französischen Erbansprüche, sondern auch meine wohlwollende Entscheidung zugunsten Spaniens Oberhoheit auf den von Don Cristóbal Colón entdeckten Indischen Inseln. Für diesen einen Federstrich auf der Weltkarte ist er bereit, dir Sancha zur Gemahlin zu geben – und außerdem das Herzogtum Squillace sowie den Titel des Bannerträgers des Königreichs Neapel …«

»Ich *will nicht* heiraten!«, protestierte der zwölfjährige Jofré. »Ich will meine Freiheit genießen wie Cesare und Juan. Sollte ich nicht Cesares abgelegte Soutane als Bischof von Pamplona auftragen?«, begehrte Jofré auf. »Ich bin kein Spielstein, den du nach Belieben …«

»Die Macht der Familie Borgia ist wie ein marmorner Triumphbogen«, unterbrach ihn sein Vater. »Aber der Bogen wird im Gegenwind der Geschichte und unter Savonarolas Posaunen einstürzen wie die Mauern von Jericho, wenn die Steine sich nicht gegenseitig stützen.«

»Amen!«, murmelte Cesare in seinen Weinbecher.

Sein Vater sah ihn irritiert an, dann winkte er der Dienerschaft, endlich das Mahl zu servieren.

Giovanni Sforza hielt den Blick gesenkt, während das Abendessen aufgetragen wurde. Es gab Fischsuppe nach einem Rezept aus Valencia, das Lieblingsessen des Papstes.

Während Seine Heiligkeit sich genüsslich über seinen Teller hermachte, verdrehte Cesare am Ende der Tafel die Augen und rührte lustlos mit seinem Löffel in der Suppe. In Erwartung eines weniger spartanischen zweiten Ganges aß ich nur wenig.

Doch an diesem Abend blieb ich hungrig. Ich war überrascht,

wie anspruchslos der Papst zwischen Pinturicchios Farbeimern lebte: Er aß nur ein Mal am Tag, und selbst während der großen Bankette im Vatikan habe ich ihn selten mehr als einen einzigen Teller leeren sehen – Fisch liebte er offenbar besonders.

Cesares Blick schien zu sagen: »Ich habe dich gewarnt! Nun löffele deine Suppe aus!« Mit einer unauffälligen Geste versprach er mir ein mehrgängiges Abendessen in seiner Wohnung, später! Und danach würden wir …

Ich sah auf: Giovanni Sforza starrte mich an, die Lippen geöffnet, als wollte er etwas sagen, doch dann schwieg er. Es war nicht einmal zwei Jahre her, dass er bei Lorenzo um meine Hand angehalten hatte. Und nun saßen wir gemeinsam beim Abendessen am Tisch der Borgia, er als Lucrezias Gemahl, ich als Cesares Geliebte. Lucrezia entging der Blickwechsel zwischen uns nicht.

Ihr Bruder Juan gehörte zu der Art von Männern, die nicht nur alles bemerken, sondern auch über alles eine Bemerkung machen müssen. Ich weiß nicht mehr, was er in den Raum warf, aber es war keine von den geistreichen Anmerkungen, die man in seine Sammlung von Aphorismen aufnehmen sollte. Diese Bemerkung über Giovanni Sforza und mich – gehässig oder einfach gedankenlos dahingesagt – wurde zum Fehdehandschuh zwischen Cesare und Juan.

Während sich seine Söhne Beleidigungen über den Tisch zuwarfen, schlürfte Alexander schweigend seine Suppe. Er war wohl der Meinung, dass das Gewitter irgendwann enden würde. Doch schließlich verlor er die Geduld und gebot Cesare und Juan mit donnernder, alles übertönender Stimme zu schweigen. Dann wandte Alexander seine Aufmerksamkeit mir zu und nahm mir damit die Gelegenheit, endlich das gefährliche Missverständnis aufzuklären, dass Giovanni Sforza in Florenz mein Geliebter gewesen war.

»César hat mir erzählt, dass du eine Schülerin von Giovanni Pico bist …«, begann der Papst seine Konversation.

»Das ist wahr, *Santidad*!«, nickte ich.

Doch bevor ich den dürren Strohhalm der Chance ergreifen konnte, ihm für die Aufhebung des Kirchenbanns über Giovanni zu danken und das Gespräch bei Tisch in eine andere Richtung zu lenken, fuhr er fort: »… und dass du die Kunst der Alchemie beherrschst.«

Unter dem fragenden Blick des Papstes erstarrte ich zu Eis, während ein heißer Strom von Lava durch meine Adern rann: »Auch das ist wahr, Euer Heiligkeit«, presste ich hervor.

»*¡Muy bien!* Dann wird es dich sicher freuen zu hören, dass ich mit dem Werk von Gerbert d'Aurillac vertraut bin. Papst Silvesters handschriftliche Notizen befinden sich in der Vatikanischen Bibliothek. Lass uns gelegentlich darüber diskutieren, Catalina!«

Ich war zutiefst beunruhigt: War das der Grund, warum Cesare mich nach Rom gebracht hatte?

»Halte dich von ihm fern!«, verlangte Cesare, als wir Stunden später nebeneinander in seinem Bett lagen.

Nach dem Abendessen waren wir in seine Wohnung zurückgekehrt. Er hatte mir unbeherrscht mein Kleid vom Körper gerissen, mich ungeduldig in sein Bett gezerrt und mich so ungestüm ›geliebt‹, als wollte er seine Wut an *mir* auslassen.

Zuerst dachte ich, Cesare meinte Giovanni Sforza. »Von wem soll ich mich fern halten?«, fragte ich.

»Von meinem Vater.«

»Wie bitte?«, fragte ich verdutzt.

»Er hat den ganzen Abend mit dir geflirtet. Und du hast …«

Ich entwand mich aus seiner Umarmung, setzte mich im Bett auf und zog das Laken um mich: »*Ich* habe nicht mit *ihm* geflirtet!«

»Ach nein?«, fauchte er. »Er hat deine Hand gestreichelt. Und Giulia saß mit Tränen in den Augen daneben und musste zusehen, wie ihr beide die Konversation bei Tisch allein bestritten habt.«

Im Mondlicht versuchte ich, Cesares Gesicht zu erkennen, aber er hielt sich mit Absicht im Schatten.

Tatsächlich waren Papst Alexander und ich die Einzigen gewesen, die diesen Abend genossen hatten – trotz meiner schockierenden Vermutung, Cesare habe mich nach Rom gebracht, um im Vatikan als Alchemistin für die Borgia zu arbeiten. Wir hatten über Gerbert d'Aurillac diskutiert, und Papst Alexander hatte versprochen, mir in den nächsten Tagen das fünfhundert Jahre alte Laboratorium Papst Silvesters zu zeigen.

Cesare und Juan hatten sich stundenlang angeschwiegen, Giovanni Sforza hatte es nicht einmal gewagt, das Salz für die Suppe zu erbitten, Lucrezia hatte mich mit einem rätselhaften Lächeln beobachtet, Jofré hatte still und in sich gekehrt versucht, sich an den Gedanken einer Ehe mit Sancha zu gewöhnen, und Giulia Farnese saß geknickt wie eine welkende Blume neben ihrem päpstlichen Liebhaber, der ganz in die Unterhaltung mit mir vertieft war.

»Er betrachtet mich als seine Schwiegertochter«, beruhigte ich ihn.

»Er versucht, dich in sein Bett zu bekommen!«

»Du hast zu viel getrunken!«, neckte ich ihn. »Wir haben uns über die *Unio mystica* unterhalten, die mystische Vereinigung, und nicht über eine leidenschaftliche Nacht in seinem Bett.«

»Ich kenne meinen Unheiligen Vater, Caterina«, erwiderte Cesare. »Aber wenn er dir zu nahe kommt, wird *er mich* kennen lernen.«

Am nächsten Morgen reiste Juan nach Spanien ab, um in Barcelona die Cousine des Königs von Aragón zu heiraten. Das junge

Paar würde in Spanien bleiben und im Palast von Gandía residieren. Begleitet wurde Juan von einer Karawane schwer beladener Maultiere, die sein Gepäck trugen: Perlen, Diamanten und Saphire von erlesener Schönheit, Pelze von Zobel und Hermelin, goldglänzende Brokatstoffe, Samt und Atlas, silberne Becher und Bestecke, orientalische Teppiche – Juan schien die Läden von Rom, Florenz und Venedig geplündert zu haben. Jede Menge guter Wünsche und besorgter Ratschläge hatte ihm der stolze Vater mitgegeben. Papst Alexander beobachtete den triumphalen Auszug seines Sohnes von der prächtig geschmückten Loggia von San Pietro aus. Juan war noch nicht an Bord der spanischen Galeone, als ihm der unruhige Vater einen Boten mit weiteren Verhaltensregeln nachsandte.

Ich war erleichtert, dass Juan Rom verlassen hatte – seine scharfkantigen Bemerkungen am Tisch des Papstes hatten mich ebenso erschreckt, wie sie Cesares Zorn erregt hatten.

Und ich war geradezu fröhlich, als mir Cesare beim gemeinsamen Abendessen in seiner Wohnung beiläufig mitteilte, dass Giovanni Sforza heimlich und ohne Eskorte von Rom nach Pesaro geflohen war – zwei endlose, glückliche Monate, bevor auch ich überstürzt aus dem Vatikan floh!

Meine unerwartet euphorische Reaktion auf Sforzas Verschwinden stimmte Cesare versöhnlicher, wenngleich er sich darin gefiel, noch zwei Tage und Nächte den Beleidigten zu spielen, den vernachlässigten Geliebten.

Ich genoss die Zeit in Rom mit allen Sinnen, aß und trank, lachte und liebte. Die Tage waren angefüllt mit Festlichkeiten für ausländische Botschafter, Banketten bei Erzbischöfen und Kardinälen, Zeremonien in San Pietro oder der Sixtina, Stierkämpfen auf der Piazza San Pietro, Pferderennen auf der Piazza Navona und einer Regatta auf dem Tiber. Ich ritt mit Jofré aus, besuchte Lucrezia und Giulia Farnese in ihrem Palazzo neben der Kathedrale, ging mit meinem Bruder Gianni und unserem Cousin, Erzbischof Rinaldo Orsini, in den Weinbergen des Gianicolo oder am Tiber spazieren, sah Cesare bei seinen täglichen Fechtstunden im Garten des Belvedere zu und spielte mit ihm Schlagball – wenn wir nicht gerade in seinem Bett herumtollten.

Ich sah den Papst hin und wieder während der Empfänge und nur selten während der Abendessen in seinen Räumen – Cesare mied die Einladungen seines Vaters wie Satan das Weihwasser. Alexander war zu beschäftigt, um mir Silvesters Laboratorium zu zeigen: mit Savonarola, der in Florenz wütete wie ein Hagelsturm, mit Giovanni Sforza, der sich in Pesaro verkrochen hatte wie eine Maus in ihrem Loch, mit Giuliano della Rovere in Ostia, Ludovico Sforza in Mailand und König Ferrante in Neapel …

Meine Anwesenheit im Vatikan war kein Geheimnis für Fama, die römische Göttin der Intrige. Die Gerüchteküche in Rom brodelte. Zuerst hielt ich die Zettel am *Pasquino,* der Marmorstatue des Menelaos in der Nähe der Piazza Navona, für den Scherz eines unbekannten Poeten: Er nannte mich *La Cardinala* – die Kardinälin! Die Verse waren boshaft, verletzend und entwürdigend. Ich war entsetzt, als Gianni mir die ersten Zettel zeigte. Doch als Nacht für Nacht neue Verse am *Pasquino* hingen, dachte ich an die Worte Senecas: »Unverwundbar ist nicht, wer nicht von Schlägen getroffen wird, sondern wer dadurch nicht zerbrochen wird.« Dann war ich eben *La Cardinala!*

»Hochachtungsvoll, Giuliano della Rovere«, las ich das Ende des Briefes vor, dann faltete ich das Pergament zusammen.

Cesare, der nackt neben mir im Bett lag, öffnete träge die Augen.

»Steht da wirklich ›voller Hochachtung‹? Nicht ›*Va all' inferno*‹?«

Ich reichte Cesare den Brief, den Della Rovere ihm aus seiner Festung in Ostia geschrieben hatte, aber er ignorierte ihn.

»Du bist nicht wütend?«, fragte ich erstaunt.

»Weshalb sollte ich wütend sein?«, murmelte Cesare, schlang den Arm um mich und küsste meine Schulter.

»Er hat dich beleidigt.«

Cesare drehte mich auf den Rücken und setzte seinen Feldzug zur Eroberung meines Körpers auf meinen Brüsten fort. Seine Zunge spielte mit meinen Rosenknospen, die sich unter seinen Lippen aufrichteten. Ich strich ihm über das Haar und räkelte mich seufzend in den Kissen.

»Nein, er hat nur vergessen, wie er selbst Kardinal geworden ist. Sein Onkel Sixtus hat ihn ernannt. Giuliano della Rovere hält sich für heiliger als Aurelius Augustinus.« Cesare widmete sich hingebungsvoll meinen Brüsten. Seine Hände wanderten in eindeutiger Absicht meine Schenkel entlang.

»Willst du seinen Brief beantworten?«, fragte ich und fächelte Cesare damit kühle Luft zu.

Er kniete zwischen meinen Schenkeln und zog mich zu sich heran, um mit seiner Zunge in meinem Bauchnabel zu spielen. »Wozu?«, murmelte er. »Um am Ende meine Niederlage einzugestehen, weil ich seine verletzenden Worte nicht noch überbieten kann? Ich lasse ihm seinen Triumph …« Cesare legte sich auf mich. »… und konzentriere mich lieber auf meine eigenen Siege.«

»Er intrigiert im Kardinalskollegium gegen dich«, warnte ich Cesare, den das herzlich wenig zu kümmern schien.

Er hielt inne und sah mich an. »Na und? Lass ihn doch. Sein Zorn über meine Nominierung zum Kardinal beeindruckt mich nicht. Wenn diese intrigante Schlange mir zur Abwechslung einmal verführerische Nettigkeiten ins Ohr gelispelt hätte, wäre ich maßlos verwirrt gewesen. Aber so? Lieber ein stolzer Feind, der mir aufrichtig ins Gesicht sagt, was er von mir und meinen Fähigkeiten hält, der mir den Dolch mit einem kalten Lächeln ins Herz rammt, als einer, der mich langsam mit seinen Lügen und einer Prise Cantarella im Wein vergiftet.« Er nahm mir ungeduldig den Brief aus der Hand, zerknüllte ihn und warf ihn schwungvoll aus dem offenen Fenster seines Schlafzimmers in den Garten hinunter. »Kardinal della Rovere kann *damit* nur die Tauben im Giardino del Belvedere aufschrecken.«

»Bitte sei vorsichtig«, bat ich ihn besorgt.

»Ich habe dir noch nie wehgetan, oder?«, fragte er und glitt langsam in mich hinein. »Ich dachte, es würde dir gefallen …«

»Das meinte ich nicht«, erinnerte ich ihn ernst.

»Ich weiß«, seufzte er und begann sich in mir zu bewegen.

Ungeduldig umfasste ich seine Schenkel und zog ihn näher an mich heran. Dann kreuzte ich meine Beine hinter seinem Rücken und hielt ihn fest. Er lachte übermütig, vergrub sein Gesicht in meinen Haaren und bewegte sich, schneller, ungeduldiger, fordernder.

Gemeinsam galoppierten wir über die weiten Felder des Elysions, setzten zum Sprung an und hielten uns schwer atmend am anderen fest, bis der letzte Funke der Lust verglommen war.

»Rom ist das Fegefeuer«, schrieb ich und naschte noch ein Stück Marzipankonfekt aus der Silberschale, »Rom ist das Purgatorium, wo all deine Sünden vergeben werden, sobald du sie fröhlich lachend begangen hast. Und Rom ist heiß wie die Hölle.«

Die Sonne neigte sich rot glühend über den Horizont und tauchte die Ewige Stadt in ihren Feuerschein. Und wie unter der atemberaubenden Septemberhitze aufjauchzend stürzten sich ein paar Schwalben zwitschernd vom Dach des vatikanischen Palastes in den Hof unterhalb von Cesares Schlafzimmerfenster, um über dem Belvedere-Garten ihre Runden zu drehen und sich fröhlich singend auf den Fenstersimsen der päpstlichen Wohnung einen Stock tiefer niederzulassen, wo sie besonders gern rasteten – wegen der Brotkrümel mit päpstlichem Segen auf dem Sims.

»Seht die Vögel des Himmels, die weder säen noch ernten und doch vom himmlischen Vater ernährt werden«: Dieses Jesus-Zitat schien Alexander nicht zu kennen, denn er kümmerte sich höchstpersönlich um die Schwalben auf dem Sims seines Arbeitszimmers – wie um alles, was in Rom, Neapel und Florenz, Italien und dem Rest der Welt geschah … oder *nicht* geschah!

Unermüdlich hielt er das Räderwerk der Weltpolitik in Gang – wie Sisyphos, der einen Felsbrocken auf den Gipfel eines Berges wälzen musste, von dem er immer wieder herabrollte. Alexander verstand es, gleich mehrere Steine zu bewegen – Venedig, Florenz, Neapel, Mailand – und zwei weitere durch die Magie eines Federstrichs auf der Weltkarte in der Schwebe zu halten – Spanien und Portugal. Vor nicht einmal einer Stunde hatte er im Audienzsaal, der sich direkt unter Cesares Schlafzimmer befand, den französischen Botschafter empfangen. Die Fenster standen wegen der Sommerhitze weit offen, und ich hatte die diplomatischen Unhöflichkeiten gehört, die sich der Botschafter Frankreichs und der Papst an den Kopf geworfen hatten. König Charles VIII. erhob noch immer energisch Anspruch auf das Königreich Neapel. Nun, da Jofré Borgia *per procura* mit der Tochter des Thronfolgers Alfonso verheiratet war, wurde Neapel ein Bündnispartner des Papstes …

Ich wischte mir den Schweiß von der Stirn, änderte meine liegende Haltung auf Cesares Bett, ohne das Tintenfass auf dem Kopfkissen umzustoßen, und schrieb Niccolò von meinen Abenteuern in Rom.

Mein schweres Brokatkleid hatte ich längst ausgezogen – ich lag nur mit dem seidenen Hemd bekleidet auf dem Bett und schrieb Briefe an Amerigo nach Sevilla, an den deutschen Alchemisten Johannes Trithemius nach Sponheim – er hatte endlich meinen Brief beantwortet: Das Opus Magnum sei *kein* Pakt mit Satan. Und dann verfasste ich einen Brief an Niccolò Machiavelli in Florenz.

Piero hatte ihn gebeten, mir nach Rom zu schreiben: Wann ich denn gedenke, nach Florenz zurückzukehren? Er habe etwas mit mir zu besprechen. Was das war, wusste Niccolò nicht, aber er flehte mich an, meine Reisetruhen zu packen. Ich sollte Piero zur Vernunft bringen. O Niccolò, wie soll ich denn vernünftig mit meinem Bruder reden, wenn er mir bei jedem unserer Wortgefechte droht, mich aus seinem Palazzo zu werfen und in die leer stehende Casa Vespucci zurückzuschicken! Niccolò wäre es gar nicht so unrecht gewesen, wenn Piero mich zornig aus der Via Larga verbannt hätte: Er hätte mir liebend gern ein Bett in seinem Palazzo angeboten. Mein treuer, hoffnungslos verliebter Niccolò …

Die Schreibfeder war stumpf geworden unter der Tintenflut meiner Worte. Ein erneutes Anspitzen mit dem silbernen Federmesser war sinnlos. Ich brauchte eine neue Feder. Ich erhob mich vom Bett und ging hinüber in Cesares Arbeitszimmer.

Sein Schreibtisch bog sich unter einem Berg Bücher und einer Lawine von spanischen Briefen, italienischen Dokumenten und lateinischen Urkunden mit langen Siegelgirlanden. Agostinos Einladungskarte zu seinem abendlichen Bankett lag zwischen einem Brief der Diözese Pamplona und einem Schreiben von König Fernando an Papst Alexander, in dem er gegen Cesares Ernennung zum Kardinal protestierte.

Cesare, der täglich mehrere Stunden seiner Korrespondenz widmete, hatte wegen seiner bevorstehenden Investitur seine administrativen Tätigkeiten als Erzbischof von Valencia nicht erledigen können. Am folgenden Abend sollten die Feierlichkeiten im Konsistorium der Kardinäle stattfinden – mit oder ohne Giuliano della Roveres Segen. Ich wusste nicht einmal, wo Cesare jetzt war: noch bei den Exerzitien in dem Kloster außerhalb von Rom, oder inspizierte er wegen der drohenden Invasion der Franzosen die päpstlichen Festungen in Umbrien? Seit Tagen hatte ich ihn nicht gesehen …

Ich zog mir den Sessel heran und nahm vor seinem Schreibtisch Platz. Das Bündel Schreibfedern war unter einem Stapel Bücher und Folianten begraben. Vorsichtig, um den schiefen Turm nicht zum Einsturz zu bringen, nahm ich ein Buch nach dem anderen in die Hand, um es zur Seite zu legen: Francesco Petrarca, Geoffrey Chaucer, Aeneas Silvio Piccolomini …

Ungläubig starrte ich auf das Buch, das ich in der Hand hielt. *Mein* Buch. Ich war zutiefst erschrocken und musste mich zusammenreißen, um nicht in Panik auszubrechen! Mit zitternden Fingern öffnete ich die ledernen Buchdeckel. Kein Zweifel: Es war das Notizheft, das Cesare mir in Florenz gestohlen hatte. Ich überflog Giovannis Notizen zu den Transmutationen, an denen er gearbeitet hatte, während ich mit Cantarella an mir selbst experimentierte und sterbenskrank in meinem Bett lag.

Nur zwei Jahre waren seitdem vergangen, und doch schien es mein halbes Leben zu sein. Was war alles geschehen in diesen Monaten! Ich hatte einen Vater gefunden und verloren: Lorenzo war gestorben. Mein Bruder Gianni war Kardinal geworden und nach Rom gegangen, mein Bruder Piero regierte nun Florenz. Rodrigo Borgia war Papst geworden und Girolamo Savonarola Prophet. Giovanni hatte sein Seelenheil gefunden – und ich hatte meines verloren.

Ängstlich presste ich das Notizbuch an meine Brust. Wieso, zum Teufel, lag es auf Cesares Tisch? Seit wann? Und: Sollte ich es finden? Wollte Cesare mir drohen, mir Angst machen? Wieder stieg in mir der Verdacht auf, er habe mich nach Rom gebracht, damit ich für seinen Vater das Opus Magnum durchführte, weil der Papst meine Notizen nicht verstehen konnte. In sechs Tagen, am 25. September 1493, war Vollmond, die Zeit, das Große Werk zu beginnen …

Erschrocken schlug ich mir die Hand vor den Mund: die Zettel am *Pasquino!* Die Verse über *La Cardinala!* War Cesare der Verfasser? Hatte er in seinen Versen auf den purpurfarbenen Talar in meiner Reisetruhe angespielt? Hatte er Micheletto nachts die Zettel am *Pasquino* ankleben lassen, damit Gianni sie dort am nächsten Morgen abriss und zu mir brachte?

Minutenlang saß ich wie erstarrt vor dem Schreibtisch, das Buch geöffnet auf meinen Knien. Die handbeschriebenen Seiten bewegten sich leise in der Abendbrise.

Niemals hätten meine Aufzeichnungen in die Hände von Uneingeweihten fallen dürfen! In der Nacht meiner Initiation hatte ich geschworen, das Arkanum zu wahren und meine Kenntnisse im Sinne des Wissens, des Glaubens und der Wahrheit einzusetzen und zu vermehren. Der Verlust der geheimen Notizen konnte mein Todesurteil durch die Gilde der Alchemisten bedeuten!

Was sollte ich tun? Was *konnte* ich denn überhaupt tun? Wenn die Gilde mich verurteilte und richtete, war auch Cesares Leben keinen Scudo mehr wert. Er hatte mir das Arkanum gestohlen. Und auch Giovanni – er war mein Maestro und trug für mich als seine Schülerin die Verantwortung – würde von seinen Freunden zur Rechenschaft gezogen werden: Sandro Botticelli, Leonardo da Vinci, Marsilio Ficino, Luciano Palmieri und all den anderen …

Und selbst wenn mein Fehler unentdeckt blieb: Ich durfte Cesare und seinem Vater nicht die Macht in die Hand geben, über die ich als Alchemistin verfügte. Ich konnte das Opus nicht beginnen … und doch könnte Cesare mich dazu zwingen! Es gab nur einen Weg: Ich durfte das Opus nicht *beenden*.

In der Nacht vor meiner Initiation hatte ich über zwei Thesen von Thomas von Aquino nachgedacht – »Glückseligkeit ist ein Akt des Intellekts« und »Alle Freiheit existiert im Verstand« –, ohne wirklich zu verstehen, was Giovanni mit ihrer Niederschrift in den *Conclusiones* gemeint hatte. Jetzt begriff ich plötzlich: die Wirklichkeit … die Wahrheit ist das, was ich selbst daraus mache.

Hastig räumte ich den Bücherstapel zur Seite, fegte einige gesiegelte Dokumente der Diözese von Valencia zu Boden und begann mit einer frisch gespitzten Feder und verwässerter Tinte – die Schrift im Notizbuch war schon etwas verblichen – meine eigenen Aufzeichnungen zu fälschen. Aus dem blassen Mondsymbol wurde eine Sonne, aus der Venus wurde Mars, und Jupiter wurde zu Saturn transformiert. Ich veränderte die Reihenfolge der Transmutationen, erhöhte die Temperatur des Athanors, verkürzte die Operationen, verlängerte die Wartezeiten um Stunden, Tage, Wochen.

Ich lächelte siegesgewiss, als meine Feder über das Pergament kratzte, hier und dort ein Ornament anfügte, da ein Symbol zu einem anderen transmutierte, als ich aus Allegorien Mysterien machte und aus Wahrheiten Lügen.

Meine Verschleierung der Wahrheit war fast beendet, als jemand an der Tür des Arbeitszimmers klopfte. Ich fuhr erschrocken auf und hätte beinahe das Notizbuch fallen lassen.

Gianni? Mein Bruder hatte versprochen, mich zum Abendessen abzuholen. Agostino Chigi hatte uns zu einem Bankett in den Weinbergen des Gianicolo eingeladen …

Es klopfte erneut. Energischer. »Signorina?«

Es war nicht Gianni! Vor der Tür von Cesares Arbeitszimmer stand Monsignor Burkhard, der päpstliche Zeremonienmeister. Und ich saß nur mit einem hauchzarten Seidenhemd bekleidet an

Cesares Schreibtisch und wühlte in den geheimen Papieren des Erzbischofs. Monsignor Burkhard, ein Deutscher mit marmornen Grundsätzen, und ich, die Geliebte des Papstsohnes, waren schon einmal während eines päpstlichen Banketts aneinander geraten. Meine Anwesenheit im vatikanischen Palast war ihm ein schmerzhafter Dorn im Fleisch. Wenn er mich hier fand …

Ich verbarg das Notizbuch unter dem Buch von Geoffrey Chaucer und rannte mit fliegendem Hemd zurück in Cesares Schlafzimmer, wo ich mich auf dem Bett in Szene setzte.

Zögernd, mit verächtlich verzogenen Lippen, trat der Zeremonienmeister ins Schlafzimmer und sah auf mich herunter. So erfüllt von Hass und Zorn musste Augustus auf die sterbende Kleopatra hinabgesehen haben, als er sie gefangen nehmen und nach Rom schleppen wollte. Wenn ich Johannes Burkhard angedeutet hätte, einen Selbstmord ernsthaft in Betracht zu ziehen, um ihm im Vatikan das Schlachtfeld zu überlassen: Er hätte mir selbst die giftige Schlange gebracht.

Den Unwillen, mit dem ich von meinem Brief an Niccolò aufsah, musste ich nicht spielen. »Was ist?«, fragte ich kurz.

»Seine Heiligkeit bat mich, Euch zu fragen, ob Ihr Lust hättet, heute Abend mit ihm zu speisen«, formulierte er umständlich und mit ehrwürdiger Missbilligung dieses ausgefallenen päpstlichen Ansinnens. Sein Blick saugte sich am dünnen, schweißfeuchten Stoff meines Hemdes fest.

Eigentlich hatte ich mich auf das Wiedersehen mit Agostino gefreut, auf ein ausgelassenes Bankett mit Musik und Tanz – der berühmte Komponist Josquin Desprez hatte sein Kommen zugesagt –, auf eine warme, sternenklare Nacht in den Weinbergen und eine späte Rückkehr in den Vatikan. Aber ich konnte die Bitte des Papstes unmöglich abschlagen. Seufzend fügte ich mich in mein Schicksal: An diesem Abend würde ich nach einem Teller valencianischer Fischsuppe hungrig zu Bett gehen müssen. Bevor ich mich für das Diner mit dem Papst mit rotem Atlas und Diamanten schmückte, bestellte ich bei Cesares Koch ein spätes Abendessen, das mir in seinem Arbeitszimmer serviert werden sollte. Nur zur Sicherheit.

Der Kammerdiener, der mich eine Stunde später am Eingang der Papstwohnung in Empfang nahm, führte mich ins Arbeitszimmer Seiner Heiligkeit und schloss hinter mir die Tür. Ich war allein. Wo waren die anderen Gäste? Wo war Papst Alexander?

Das Arbeitszimmer war einfach eingerichtet – ein gepolsterter Stuhl, ein breiter Schreibtisch, davor zwei Sessel. Maestro Pinturicchios Farbeimer und Mörtelsäcke waren verschwunden, die Deckenfresken in den letzten Wochen fertig gestellt worden: ein Zyklus der Allegorien der Dialektik, Grammatik und Rhetorik, der Musik, Arithmetik und Geometrie sowie der Astrologie – die mir ein wenig wie eine Alchemistin aussah …

»Welch eine Schönheit!«, hörte ich hinter mir eine Stimme.

Ich fuhr herum. In der offenen Tür zu seinem Schlafzimmer stand Papst Alexander. Er hatte sich umgezogen und trug nicht, wie üblich, die weiße Soutane aus schwerem Brokatstoff und die rote Mozzetta aus Samt und Hermelin, sondern eine dunkelblaue Atlasjacke mit elegantem Stehkragen. Auch ohne die weiße Soutane war er eine majestätische Erscheinung.

Ich dachte, er bewunderte die Schönheit der allegorischen Figuren an der Decke und lächelte zustimmend. Dass er mich meinen könnte, kam mir zuerst nicht in den Sinn.

»Wie schön, dass du gekommen bist«, freute er sich und führte mich an der Hand in den nächsten Saal. Die Sonne war vor einer Stunde untergegangen, dutzende von Kerzen tauchten den Raum in ein goldenes Licht.

»Wo sind die anderen Gäste?«, fragte ich. Als ich den gedeckten Tisch sah, blieb ich stehen.

»Es wird niemand mehr kommen«, sagte er. »Es ist Zeit, dass wir beide uns allein unterhalten. Ohne Julia. Und ohne César.«

Ich gestehe: Ich war aufgeregt, als ich am Tisch Platz nahm und wartete, bis er sich mir gegenüber niedergelassen und umständlich seinen Sessel an den Tisch gerückt hatte. Was hatte er vor? Was erwartete er von mir? Ich hatte mich bei ihm immer noch nicht bedankt für die Aufhebung der Exkommunikation von Giovanni …

»Du fragst dich sicher«, begann er, während er mir einen köstlich duftenden Montepulciano einschenkte, »warum ich dich heute Abend hergebeten habe.«

Ich nickte still, ohne seine Hand mit der Glaskaraffe aus den Augen zu lassen. Ich fragte mich auch, warum wir allein waren. Wieso war nicht einmal ein Diener anwesend?

Er schenkte sich selbst den Becher voll und lehnte sich auf seinem Sessel zurück, bevor er mir offenbarte: »Ich wollte dich um einen Rat bitten.«

»Um einen Rat, Heiliger Vater? Aber ich kann Euch nicht …«

»Hör auf, Catalina! Ich bezahle Monsignor Burkhard ein Vermögen, damit *er* mir die Laune verdirbt.«

»Ich erbitte Eure Verzeihung. Ich wollte mir nicht anmaßen …«

»Morgen werde ich César zum Kardinal machen«, unterbrach er mich. »Seine Ernennung hat im Kardinalskollegium große Aufregung verursacht. Als mein lieber Freund Giuliano della Rovere die Neuigkeit erfuhr, tobte er vor Zorn.«

»Kardinal della Rovere ist sehr temperamentvoll«, verteidigte ich meinen ehemaligen Verbündeten.

»Er ist furchtbar wütend. Er nannte Alessandro Farneses Ernennung zum Kardinal skandalös und bedachte Julias Bruder mit einer wenig schmeichelhaften Beleidigung. Noch weniger Gefallen fand der gute Giuliano an der Ernennung von Ippolito d'Este, dem Sohn des Herzogs von Ferrara, und der Nominierung von John Morton, dem Erzbischof von Canterbury. Meine Überlegungen, um des lieben Friedens willen König Charles' Kanzler Guillaume Briçonnet, Erzbischof von Saint-Malo, zum Kardinal zu machen, hat er auf das Schärfste verurteilt. Stell dir vor, er hat sich im Konsistorium auf ein Wortgefecht mit mir eingelassen und sich mit einer Hand voll aufsässiger Kardinäle gegen mich verbündet. Ich versprach ihm in meinem Zorn, noch einmal so viele Kardinäle zu nominieren, falls er die Liste der Ernennungen nicht unterschreibt.«

»Was hat er darauf erwidert?«, fragte ich gespannt. Giuliano della Rovere war ein ernst zu nehmender Gegner.

»Nichts. Er hat unterschrieben, nachdem Giovanni de' Medici eine Viertelstunde lang auf ihn eingeredet hat. Danach hat er sich grollend in seine Festung nach Ostia zurückgezogen.« Papst Alexander beobachtete mich über seinen Weinbecher hinweg. »Glaubst du, dass es klug von mir war, ihn zu verärgern?«

Wieso fragte er mich das? Bedächtig stellte ich meinen Becher auf den Tisch zurück, um Zeit zu gewinnen. »Ich denke, dass das Kardinalskollegium …«

»Wenn ich die offizielle Meinung des Kardinalskollegiums erfahren will, werde ich im Konsistorium danach fragen«, unterbrach er mich. »Wenn ich wissen will, was die Kardinäle wirklich denken, befrage ich den allwissenden Johannes Burkhard. Und wenn ich deine Meinung hören will, *Cardinala,* dann frage ich *dich.*«

Ich schnappte nach Luft. Also kannte er die Verse am *Pasquino!*

»Nein, Heiliger Vater, es war auf den ersten Blick nicht klug …«, platzte ich heraus.

War ich denn verrückt geworden, dem Papst zu sagen, er habe nicht klug gehandelt? Ich rechnete mit einem Wutausbruch, doch

Alexander verzog nur amüsiert die Lippen und wartete ab, was ich zu sagen hatte.

Zwei Diener brachten die Teller mit dem ersten Gang: gegrillter Schwan. Keine valencianische Fischsuppe an diesem Abend?

Ich holte tief Luft. »Della Rovere wird die Kardinäle gegen Euch aufwiegeln. Seinen Bündnispartner Neapel hat er nach Jofrés Heirat mit Sancha von Aragón an Euch verloren. Also wird er sich einen neuen Bündnispartner suchen.«

»Und wer könnte das sein?«, wollte er wissen, während er mit seinem Dolch den Schwan auf seinem Teller zerteilte.

»Frankreich.«

»Frankreich?«, fragte er genüsslich kauend und lehnte sich zurück, als erwartete er eine ausführlichere Antwort von mir.

»Ihr habt Erzbischof Briçonnet nicht ernannt, Heiliger Vater. Das wird König Charles verärgern, der als Verbündeter von Ludovico il Moro ohnehin nach Italien kommen will, um sich die Krone von Neapel zu holen. Mit den französischen Heeren im Rücken könnte Giuliano della Rovere Euch aus Rom verjagen und selbst Papst werden.«

»Dafür muss er sich im Konklave einer geheimen Wahl stellen«, wandte Alexander mit Blick auf meinen unberührten Teller ein. »Schmeckt dir der Schwan nicht?«

Ich nahm den Dolch und versuchte ein Stück des Bratens. Er war köstlich! »Della Rovere hat im Konklave viele Kardinäle hinter sich«, sagte ich, mutiger: Wenn er meine Meinung nicht hören wollte, sollte er mich eben nicht danach fragen!

»Und eben deshalb habe ich César, Alessandro Farnese und Ippolito d'Este ernannt. César wird die Wahl von della Rovere im nächsten Konklave vereiteln.«

»Damit er Euch auf den Heiligen Stuhl nachfolgt?«, fragte ich und tunkte ein Stück Schwanenfleisch in die Sauce.

Sein Lächeln war unergründlich. »Glaubst du also, dass es klug von mir war, Kardinal della Rovere zu verärgern?«

»Es war geradezu genial, Heiliger Vater«, lobte ich ihn mit einem verschmitzten Lächeln.

Er amüsierte sich über mein überschwängliches Lob.

»Liebst du César?«, fragte er, plötzlich wieder ernst. »Ich meine: Würdest du ihn heiraten und den Rest deines Lebens mit ihm verbringen wollen?« Sein Blick bohrte sich fragend in meinen.

Ich zögerte. »Nein.«

»Weil ich ihn morgen zum Kardinal mache?«, lauerte er.

»Nein, nicht deshalb. Ich würde Cesare auch nicht heiraten, wenn er Herzog irgendeines verblassten Tintenflecks auf der italienischen Landkarte wäre.«

»Eigensinnig wie eine Medici und erfrischend undiplomatisch. Du erinnerst mich an Lorenzo il Magnifico. Er war auch so stolz«, nickte der Papst nachdenklich, ohne mich aus den Augen zu lassen. »Nicht einmal der König von Frankreich würde es wagen, so mit mir zu sprechen.«

»Ich bin nicht der König von Frankreich«, erinnerte ich ihn.

»*¡Gracias a Dios!* Sonst müsste ich nicht nur befürchten, dass du Neapel eroberst, sondern auch ernsthaft erwägen, den päpstlichen Hof wieder nach Avignon zu verlegen«, konterte er mit einem Lächeln. Dann wurde er wieder ernst. »Ich will dich noch etwas fragen, Catalina: Glaubst du, du könntest mich eines Tages lieben?«

»Ich weiß es nicht«, gestand ich ehrlich. Gewiss, er war attraktiv, sinnlich, von majestätischer Erscheinung, hatte geschliffene Umgangsformen. Er brachte mich zum Lachen. Ich genoss die tiefsinnigen Gespräche mit ihm. Ich war geschmeichelt, dass er mich nach meiner Meinung fragte, dass er mich ernst nahm, dass ich offen aussprechen durfte, was ich dachte. Ich mochte ihn gern, sehr gern sogar. Aber er war der Papst. »Ich weiß es wirklich nicht«, wiederholte ich leise.

»Ein *No lo sé* ist kein *No!*«, folgerte er scharfsinnig.

»Nein«, bestätigte ich und legte den Dolch auf das bestickte Damasttischtuch.

»Was erschreckt dich an mir?«, wollte er wissen.

»Nichts. Ich habe keine Angst vor Euch.«

Er lachte amüsiert und ergriff meine Hand, um sie zart zu küssen. »Wenn dich nichts erschrecken kann: Was stört dich? Mein Alter? Ich könnte dein Vater sein …«

»Nein, das ist es nicht.« Ich drehte seine Hand, die meine hielt, sodass er den Fischerring betrachten konnte, das päpstliche Siegel mit dem Bild des Apostels Petrus und seinem Namen ALEXANDER VI. PONTIFEX MAXIMUS.

Der Papst zog den Ring vom Finger und legte ihn auf den Tisch zwischen uns. »Du könntest mich Rodrigo nennen«, schlug er mit einem Lächeln vor, »… zumindest wenn wir allein sind.«

»Werden wir denn allein sein?«

»Ich habe so etwas wie ein Privatleben, auch wenn Johannes Burkhard am liebsten auf meiner Bettkante sitzen würde, um meine nächtlichen Aktivitäten für sein Tagebuch zu protokollieren. Dieser verdammte Pedant schreibt alles auf, was ich tue – garniert mit jeder Menge Lügen.«

»Woher wisst Ihr das?«, fragte ich überrascht.

Er grinste belustigt. »Als Stellvertreter Gottes auf Erden erhebe ich den Anspruch, allmächtig, allwissend und unfehlbar zu sein.« Dann wurde er ernst. »Als Mensch sehne ich mich nach Liebe. Nach deiner Liebe, Catalina.«

»Und was würde Cesare dazu sagen, wenn ich mit seinem Vater ins Bett ginge?«, fragte ich.

»Wenn du willst, werde ich ihn als Kardinal nach Valencia versetzen. Dort kann er lamentieren und seine Wut an seinem Bruder Juan oder an König Fernando auslassen. Oder ich sende ihn mit Don Cristóbal Colón auf die Indischen Inseln, damit er dort ein bisschen missioniert.« Er reichte mir den Fischerring. »Wenn du willst, kannst du das Breve selbst siegeln.«

Ich begann zu lachen: Die Idee war zu absurd!

»Es ist mir ernst, Catalina!«, versicherte er mir, als ich ihm den Ring zurückgab.

»Mir auch, Rodrigo! Es ist spät. Ich gehe jetzt besser.«

Ich erhob mich, doch er blieb sitzen und ließ meine Hand nicht los. »Ist es klug, sich in dich zu verlieben?«, fragte er, als er zu mir aufsah.

Ich schüttelte den Kopf. »Nein, Rodrigo. Es ist sogar ausgesprochen unklug. Ich weiß nicht, wie das ist: zu lieben – ohne enttäuscht und ohne verletzt zu werden.«

»Wer hat dich so verletzt?«, fragte er sanft.

»Dein Sohn Cesare ist einer von ihnen«, schluchzte ich mit tränenerstickter Stimme, drehte mich um und floh aus dem Saal.

Ich konnte mich nicht länger beherrschen, nicht länger die Unnahbare spielen. Schluchzend rannte ich durch das päpstliche Arbeitszimmer, durch den Saal der Heiligen, bis ich die Treppe zu Cesares Wohnung erreichte. Dort ließ ich mich weinend vor Enttäuschung und zitternd vor Wut auf den Stufen nieder und lehnte mich gegen die kühle Wand.

Ich war verwirrt. Noch vor einem Jahr hatte ich geschworen, den Drachen zu töten, bevor er mich vernichtete! Dann hatte ich mich mutig in seine Höhle gewagt, hatte mit ihm gespeist, mich mit ihm unterhalten und ihn ein wenig gestreichelt, um schließlich vor ihm zu fliehen. Aber nicht, weil ich ihn fürchtete. Nein: weil er mich liebte! Und weil seine Liebe mir wehtat und mich mehr verletzte als sein Hass. Denn gegen meine eigenen Gefühle war ich wehrlos.

Eine Stunde lang saß ich auf den Stufen, trotz der Sommerhitze zitternd und frierend, bevor ich mir trotzig die Tränen abwischte und die Treppe hinaufstieg.

Nein, nicht heute Nacht!, dachte ich, als ich die Tür öffnete. Nicht ausgerechnet heute Nacht!

Es war lange nach Mitternacht, aber in Cesares Arbeitszimmer brannte noch Licht. Auf dem Schreibtisch ragte eine einsame Kerze in die Finsternis der Septembernacht. Die Fenster standen weit offen. Die Nachtluft war schwül und duftete nach Jasmin, im Belvedere-Garten zirpten ein paar Grillen. Am Horizont zuckten die ersten Blitze des nahenden Gewitters.

Leise huschte ich in das Arbeitszimmer, schloss die Tür hinter mir und zog die Schuhe aus, um auf dem Marmorboden kein Geräusch zu machen. Dann trat ich an den mit Papieren bedeckten Tisch.

Auf einem silbernen Tablett standen mehrere halb leere Teller mit den Resten einer mitternächtlichen Mahlzeit und eine geleerte Karaffe mit Rotwein: das Abendessen, das ich bei Cesares Koch für mich selbst bestellt hatte.

Cesare war zurückgekehrt!

Neben dem Tablett lag aufgeschlagen mein gefälschtes Notizbuch. Cesare hatte während des Essens darin geblättert. Das Tintenfass mit der wässrigen Tinte stand immer noch auf dem Tisch, die Feder lag daneben! Hatte er die Fälschungen bemerkt? Eine Seite war durch einen eingelegten Pergamentzettel markiert, der wütend zerknüllt und wieder glatt gestrichen worden war.

Mit zitternden Fingern hielt ich das Pergament in den flackernden Schein der Kerze. Es war die handschriftliche Einladungskarte zu Agostinos Bankett an diesem Abend. Schwach ließ ich mich auf den Stuhl vor dem Schreibtisch sinken.

Cesare war früher als erwartet zurückgekehrt. Auf dem Schreibtisch hatte er eine Mahlzeit vorgefunden. Ich war nicht da. Während er sich einen Becher Wein einschenkte und die Briefe durchsah, entdeckte er Agostinos Einladung. Ich würde wohl dort sein, dachte er. Er ritt zu Agostino, traf den besorgten Gianni und erfuhr, dass ich nicht zum Bankett erschienen war. Wütend war Cesare in den Vatikan zurückgekehrt. Während seines einsamen Nachtmahls hatte er im Notizbuch geblättert und Agostinos Einladung als Markierung zwischen zwei Seiten gelegt. Dann war er schlafen gegangen.

Ich hielt das Notizbuch in den zuckenden Schein der Kerze und sah, welche Seiten Cesare gelesen hatte. »Töte den Drachen!«, las ich Trevisanus' Worte in meiner eigenen Schrift. »Töte ihn, bevor er sich mit dir vereinigt!«

In der Ferne zerteilte der Donner des nahenden Gewitters die Stille der frühen Morgenstunden. Für einen Augenblick schloss ich die Augen und atmete tief die Nachtluft ein. Ein Windstoß löschte die Kerze auf dem Schreibtisch. Eine Weile saß ich still in der Dunkelheit und starrte auf das Verglimmen des Dochtes. Dann erhob ich mich und fügte mich in das Unvermeidliche. Ich zog das Atlaskleid und das seidene Hemd aus und schlich ins Schlafzimmer.

Cesare lag unter dem seidenen Laken. Ich glitt neben ihn.

Mit einem Seufzer erwachte er.

»Ich habe auf dich gewartet«, beschwerte er sich und setzte sich im Bett auf. »Wo, zum Teufel, warst du?«

Wozu ihn anlügen? Er würde es doch herausfinden: Johannes Burkhard würde sich einen Spaß daraus machen, Cesare einen ausführlichen schriftlichen Bericht zu überreichen, wo ich war. Und wie lange. Und mit wem. »Ich war bei deinem Vater.«

»Hat er dich zum Essen eingeladen?«, fragte Cesare wütend. »Ich nehme an, ihr habt noch mehr getan, als nur zu essen.«

»Wir haben uns unterhalten.«

Schweigend starrte er mich an.

»Dein Vater hat mich gefragt, ob ich dich heiraten würde.«

»Und was hast du ihm geantwortet?«, fragte er.

»Ich habe Nein gesagt.«

»Und …?«, lauerte er.

»Dann hat er mich gefragt, ob ich ihn eines Tages lieben könnte.«

»Und was hast du geantwortet?«, fauchte Cesare unbeherrscht.

In diesem Augenblick fühlte ich mich wie eine Jungfrau, die es in der Drachenhöhle allein und unbewaffnet mit *zwei* Drachen aufnimmt – mit Vater und Sohn. Ich sah nur einen Ausweg, um zu überleben: Ich musste aus der Höhle entkommen!

»Ich habe gesagt: Ich weiß es nicht!«

»Verdammt!«, explodierte Cesare. Er sprang aus dem Bett, wickelte sich hastig das Laken um die Hüften, griff nach seinem Dolch und stürzte aus dem Schlafzimmer. Die Tür des Arbeitszimmers schlug er hinter sich zu.

Dann war alles still, bis auf das Donnergrollen des Gewitters.

Ich erhob mich vom Bett und trat an das offene Fenster zum Hof. Von unten, aus Rodrigos Schlafzimmer, hörte ich die erregten Stimmen eines Wortgefechtes zwischen Vater und Sohn: Vorwürfe und Drohungen in allen Schattierungen der Eifersucht, des Eigensinns und des Trotzes.

Im Licht der Blitze über dem Horizont öffnete ich meine Reisetruhe, zerrte meinen purpurfarbenen Alchemistentalar und mein Notizbuch aus dem Geheimfach unter dem doppelten Boden und begann mich eilig anzuziehen. Ein seidenes Hemd, lange Hosen, Reitstiefel, eine schwarze Samtjacke. Dann warf ich den Talar über, nahm mein Buch und machte mich auf den Weg.

Am Tor des Vatikans würden die Wachen mich im Zwielicht der

Fackeln für einen Kardinal halten, der in den frühen Morgenstunden in seinen Palazzo in der Stadt zurückkehrte. Es hatte zu regnen und zu stürmen begonnen. Bald würde das Gewitter mit Blitz und Donner lostoben. Niemand würde mich aufhalten. In einer halben Stunde konnte ich schon auf dem Weg nach Florenz sein.

»Den Willigen führt das Schicksal, den Unwilligen schleppt es mit sich«, hatte Seneca geschrieben. Ich ging freiwillig, denn die Erde bebte, und der Treibsand, auf dem ich stand, war ins Rutschen gekommen.

»Kampf den Drachen!«, flüsterte ich, als ich lautlos die Tür hinter mir schloss. Meinen Kampf, den ich vor Monaten beendet hatte, würde ich wieder aufnehmen.

Dieses Mal gegen zwei Drachen!

Kapitel 8

Phoenix muss brennen

Ist dies das Höllenfeuer?«, hörte ich eine Stimme hinter mir.

Ich schreckte auf. Savonarola hielt den Türgriff noch in der Hand. Hatte Piero ihn gewarnt, hinter der schweren Eichenholztür meines Laboratoriums Deckung zu suchen, falls ich wieder mit Glaskolben und Schürhaken um mich warf?

»Ja, Frater«, antwortete ich und deutete auf die brennende Materie im Alambic. »Das Feuer der *Calcinatio* ist ein reinigendes Feuer.«

»Darf ich eintreten?«, fragte er. »Oder schleudert Ihr mir ein ›Verschwinde, Satan!‹ entgegen?«

»Falls Piero und Giulio Euch zu mir geschickt haben, um mich zur Vernunft zu bringen, ist Euer Besuch sinnlos«, klärte ich ihn auf. Seine Anspielung auf einen Pakt mit Satan ignorierte ich nach meinem Briefwechsel mit Johannes Trithemius großzügig. Dieser durch die Jahrhunderte abgenutzte Vorwurf war schon Papst Silvester gemacht worden.

»Ich bin gekommen, um das Feuer zu löschen«, offenbarte er mir und schloss die Tür hinter sich. Dann trat er neben mich, so nah am Athanor, dass sein Dominikanerhabit beinahe Feuer fing, und starrte in die Flammen.

Sein hageres, durch jahrelange Askese ausgezehrtes Gesicht schien im hellen Feuerschein von innen zu leuchten. Die schwarzen Augen funkelten hart und kalt, nicht mehr wie Funken sprühende Lava. Der Frater war beherrschter geworden, besonnener. War die Flamme des heiligen Zorns erloschen, die Florenz unter Androhung von Höllenqualen zu Buße und Umkehr gerufen hatte? Nein, sie glühte wie Lava unter der schneebedeckten Oberfläche des Vulkans, fraß sich heiß in sein Inneres hinein, zerschmolz ihn von innen her, bis er dem furchtbaren Druck nicht mehr widerstehen konnte. Wie gut ich dieses Gefühl kannte: Den Druck von innen nicht mehr aushalten zu können, ohne Funken zu sprühen, ohne zu explodieren. Noch ein Werkstück Gottes, das Seine Schläge hinnimmt, dachte ich, als ich den Frater betrachtete.

Er war also gekommen, um das Feuer zu löschen? Er meinte *nicht* das Feuer des Athanors. Wie das glühende Elektrum im Alambic war ich seit meiner Flucht aus Rom durch das Fegefeuer gegangen. Meine Seele brannte. Er hatte es bemerkt. Er war gekommen, um mir zu helfen.

»Das Feuer kann nicht gelöscht werden, bevor alles verbrannt ist, Frater«, sagte ich leise. »Hat nicht der Prophet Jesaja gesagt, dass der Mensch durch das innere Feuer – das Gewissen – bestraft wird: ›Geht hin in das Licht eures Feuers und in die Glut der Flammen, die ihr euch selbst angezündet habt‹?«

Ich hatte das Feuer auf dem Scheiterhaufen meiner Schuld selbst entzündet, in dem ich nun langsam ausbrannte.

»Wollt Ihr beichten, Caterina?«, bot er mir sanft an.

Wie ich dieses Priesterlächeln hasste, dieses überhebliche Lächeln, die von Gott verliehene Macht zu besitzen, Sünden zu vergeben! Dieses herablassende, anmaßende Belächeln meiner Seelenqual.

»Ich habe nichts getan, was Ihr mir vergeben könntet«, wehrte ich ihn ab.

Fra Girolamo lachte leise. »Aber offensichtlich habt Ihr etwas getan, das *Ihr Euch selbst* nicht vergeben könnt«, konterte er schlagfertig.

Ich wandte mich von ihm ab und schürte das Feuer im Athanor: »Phoenix muss brennen …«

»… um sich aus der eigenen Asche zu erheben?«, vollendete er meinen Satz. »Ihr lasst bei diesem Höllenfeuer ja nicht einmal genug Asche übrig, damit Phoenix wieder auferstehen kann. Gebt Euch selbst eine Chance, Caterina!«

Als ich nicht antwortete, nahm er auf einem Faltstuhl vor dem Athanor Platz und ordnete umständlich seinen Habit und die schwarze Perlenschnur des Rosenkranzes, den er am Gürtel trug. Er faltete die Hände wie zum Gebet, stützte sein Kinn auf die gekreuzten Finger und beobachtete mich.

»Was haben sie Euch in Rom angetan?«, fragte er in das Schweigen hinein.

»Nichts«, antwortete ich, ohne mich zu ihm umzuwenden. »Nichts, was ich mir nicht selbst angetan habe.«

»Giulio erzählte mir, dass Ihr aus Rom geflohen seid.« Er wollte mich zum Reden bringen. »Ihr habt Euch aus dem Vatikan geschlichen und seid zu Kardinal Giovanni geflohen. Im ersten Morgengrauen seid Ihr nach Ostia geritten und von dort mit dem Schiff nach Pisa gesegelt, weil Ihr befürchtetet, verfolgt zu werden. Giulio macht sich Sorgen, in welch aufgelöstem Zustand Ihr nach Florenz zurückgekehrt seid. Er kam heute Morgen vor der Messe besorgt zu mir.«

Wie gut, dass auch Giulio nicht die ganze Wahrheit kannte!

Ja, ich war in Ostia gewesen. Ja, ich hatte auf ein Schiff nach Pisa gewartet – aber nicht im Hafen, wie ich Giulio erzählt hatte, sondern in Giuliano della Roveres Festung. Was ich mit dem Kardinal zu besprechen hatte, ging weder Piero noch Giulio etwas an. Und von dem Sturm, der mein Schiff noch vor Pisa bis an die französische Küste bei Marseille abtrieb, wo die Galeone beinahe an den Klippen zerschellt wäre, hatte ich vorsichtshalber auch nichts erzählt. Die partielle Sonnenfinsternis am 10. Oktober 1493, dem Tag meiner Ankunft in Florenz, war ohnehin ein furchtbares Omen für meine Pläne. Dass sie für jemand anderen ein Zeichen war, ein Signal zum Handeln, eine göttliche Rechtfertigung für eine abscheuliche Tat, konnte ich ja nicht ahnen …

»Ich will nicht darüber sprechen«, erinnerte ich den Frater.

Er seufzte. »Hermetisch verschlossen wie der Alambic im Feuer!«

Ich beobachtete, wie das Elektrum und der Sulfur wie Butter zerschmolzen. Dann gab ich die von Basilius Valentinus vorgeschriebene Menge Antimon in den Glaskolben und wartete. Zuerst war nichts zu erkennen außer dem Hineinschmelzen des Antimons in die glühende Masse des Elektrums. Der Sulfur, das Symbol für das Streben nach Lust und Macht, war längst in einer blauen Stichflamme verbrannt. Die Läuterung der Materie begann. Das Antimon zog das Silber und das Kupfer aus dem Elektrum.

Fra Girolamo erhob sich und trat fasziniert neben mich, so nah, dass er mich fast berührte. »Was ist das?« Er deutete auf die glühende Masse unter dem funkelnden Metallschaum.

»Das ist Gold«, erklärte ich, aber es fiel mir schwer, ruhig zu bleiben. In meinem Inneren tobte ein ähnlich zerstörerischer Prozess wie im Glaskolben.

»Ihr könnt Gold herstellen?«, fragte der Frater begeistert. Er konnte seinen Blick nicht vom Alambic wenden.

Ich lächelte rätselhaft und verriet ihm nicht, dass das Gold schon vorher im Glaskolben gewesen war. Sollte er doch glauben, was er wollte!

»Ihr solltet nach Mailand reisen …«, begann er nach einer Weile.

»Nein!«, fuhr ich auf wie vorhin die Stichflamme des brennenden Schwefels.

»Um des Friedens willen flehe ich Euch an, Caterina! Diese diplomatische Mission ist für Florenz sehr wichtig.«

»Dann soll Piero selbst nach Mailand reiten.«

»Das ist ausgeschlossen, Caterina. Seine Exzellenz kann sich nicht in die Hände von Ludovico Sforza begeben. Nicht auszudenken, was geschehen könnte, wenn er gefangen genommen wird ...«

»Dann soll er Giulio nach Mailand schicken. Er vertritt Piero doch sonst auch bei allen passenden und unpassenden Gelegenheiten.«

»Ich bezweifele, dass es Giulio gelingen wird, Ludovico umzustimmen«, sagte Fra Girolamo. »Auch Kardinal Ascanio Sforza wird zur Hochzeit Maximilians von Habsburg mit Bianca Sforza in Mailand sein ...«

»Meine Fähigkeit, Wunder zu vollbringen, ist mir im Vatikan abhanden gekommen«, erklärte ich bissig.

»Ich glaube Euch kein Wort«, lachte er und deutete auf das Gold im Alambic. »Ich bitte Euch, Caterina: Sprecht mit Ludovico! Er ist verrückt geworden. *Il Moro* nennt den Dogen von Venedig seinen Kämmerer, König Charles von Frankreich seinen Kurier, den er rufen kann, wann es ihm beliebt, er nennt Papst Alexander seinen Seelsorger und Maximilian von Habsburg seinen Feldherrn. Es ist doch offensichtlich, was dieser größenwahnsinnige Sohn eines Condottiere vorhat, sobald das Ehebündnis seiner Nichte Bianca Sforza mit Maximilian von Habsburg geschlossen ist.

Ich flehe Euch an: Nehmt die Einladung nach Mailand an! Diese inoffizielle Mission ist die letzte Chance auf einen Frieden zwischen Ludovico und Piero. Ergreift den Strohhalm, den Seine Exzellenz nicht ergreifen *kann.* Für Florenz und die Medici! Florenz kann sich keinen Krieg mit Mailand leisten, ebenso wenig wie es sich die Medici leisten können, die Sforza gegen sich aufzubringen, ganz zu schweigen von den durch das Säbelgerassel beunruhigten Florentiner Kaufleuten und Bankiers. Die französische Invasion muss aufgehalten werden! Ein geplündertes, vergewaltigtes Florenz würde diesen Krieg nicht überleben.«

Die Hitze des Athanors glühte in meinem Gesicht. Das Feuer meines Zorns versengte meine Seele. »Doktor Savonarola, Ihr habt Medizin studiert! Hört auf, mein *Gewissen* zu sezieren, Ihr ... Ihr Seelendoktor!«, rief ich in gespielter Verzweiflung.

»Dann werdet Ihr also nach Mailand reisen«, lächelte er zufrieden über den Sieg seines Kreuzzuges um mein Seelenheil und erhob sich: »Gott ist mit Euch!«

Die Reise nach Mailand im November 1493 war die schlimmste meines Lebens, demütigender als Jahre später meine gewaltsame Verschleppung nach Rom durch Cesare. Im Gegensatz zu Ludovico besaß Cesare Stil, auch darin, mich seinem Willen zu unterwerfen.

Ich ritt mit meinem Gefolge – Ginevra war glücklich, als ich sie fragte, ob sie mich begleiten wollte – über Bologna, Modena, Parma und Piacenza nach Mailand. Die Burg von Mirandola, die Giovanni seinem arroganten Neffen, dem verkannten Genie und Möchtegern-Philosophen Gian Francesco Pico della Mirandola, verkauft hatte, mied ich ebenso wie das Schloss von Pavia, wo der rechtmäßige Herzog von Mailand, Gian Galeazzo Sforza, von seinem Onkel Ludovico gefangen gehalten wurde. Ich übernachtete mit Ginevra und meiner Eskorte in Dominikanerklöstern, die Fra Girolamo von seinen Wanderjahren durch die Lombardei kannte.

Am 29. November 1493, einen Tag vor der Trauung Maximilians mit Bianca, traf ich nach einer anstrengenden Reise in Mailand ein. Das Schneegestöber an der Porta Romana war so dicht, dass ich Maximilian beneidete, der in seiner Residenz in Wien geblieben war, um dort am wärmenden Kaminfeuer seine Gemahlin zu erwarten.

Durchgefroren vom eisigen Wintersturm und völlig durchnässt vom Schnee passierte ich die Porta Romana und ritt mit meinem Gefolge zur Piazza del Duomo. Ich war beeindruckt von der Stadt: Mailand schien ein Goliath zu sein im Vergleich zu dem kleinen David Rom. Mit seinen fast dreihunderttausend Einwohnern war es mehr als drei Mal so groß wie Florenz. Der noch nicht fertig gestellte Dom, ein Stein gewordenes *Gloria in excelsis Deo* aus Marmorspitzen und Eiszapfen, war die größte Kirche der Welt, größer als Santa Maria del Fiore in Florenz, aber in diesem Winter auch die kälteste: Der Dom war noch nicht vollendet.

Vorbei an der Corte Ducale, dem alten Herzogspalast, wo die Familie Visconti über Mailand geherrscht hatte, bevor Ludovicos Vater Francesco Sforza die Macht übernahm, ritt ich zur Filiale der Banca Medici.

Der Filialleiter empfing mich mit einem Becher gewürzten Glühweins und einem fröhlich flackernden Kaminfeuer. Noch wärmer war das Lächeln und die Umarmung meines Cousins Lionetto de' Rossi, des Filialleiters der Banca Medici in Lyon, der nach Mailand geeilt war, als er von meinem Kommen hörte. Er wollte, *musste* unbedingt mit mir sprechen: »Es ist dringend, Caterina!« Aber ich winkte todmüde ab: »Morgen!« Ich wollte nach der anstrengenden Reise nur noch in ein Bett fallen, die Decke über den Kopf ziehen und schlafen.

Doch der Mailänder Filialleiter erklärte mir umständlich, dass ich nicht, wie geplant, im Palazzo der Banca Medici übernachten sollte. Seine Hoheit, Ludovico Sforza, hatte darauf bestanden, dass ich mit meinem Gefolge im Castello Sforzesco nächtigte. Wenn ich gewusst hätte, was Piero hinter meinem Rücken in Florenz trieb, hätte ich Ludovicos Angebot mit einem liebenswürdigen, aber unerbittlichen Lächeln abgelehnt. Ich hätte mich noch am selben Tag durch den Schneesturm nach Florenz zurückgequält und meinen unzurechnungsfähigen Bruder persönlich umgebracht. Aber ich hatte keine Ahnung, und so lief ich in diese Falle …

Bianca Sforza und Ludovicos Gemahlin Beatrice d'Este hatten Erbarmen mit mir.

Ludovico, der an der prächtigen Hochzeitstafel seiner Nichte Hof hielt wie Seine Majestät höchstselbst, hatte mich bis auf ein paar bösartige Sticheleien bisher in Ruhe gelassen, im wahrsten Sinn des Wortes *allein* gelassen. Ich saß einsam und wie verlassen an der festlichen Tafel, ohne einen Herzog, Marchese oder Conte an meiner Seite, mit dem ich mich hätte unterhalten können. Wollte der Regent von Mailand mir die Haltung von Florenz und das Ansehen der Medici in Italien qualvoll anschaulich schildern? Wollte er mir Angst machen? Seine spitze Bemerkung bei unserer Vorstellung am Vorabend ließ darauf schließen:

»Ich freue mich, Euch kennen zu lernen, Signorina de' Medici«, hatte *Il Moro* mir ins Gesicht gelogen, als er meine Hand zum gehauchten Kuss an seine Lippen führte. Er war nicht erfreut gewesen, als sein Bruder, Kardinal Ascanio Sforza, mich ihm vorstellte. »Ich hoffe, Ihr werdet nicht enttäuscht sein vom Tisch der Sforza. Im Bett des Papstes war es sicher viel … *amüsanter*.«

Wie ein Blitz hatte es mich durchzuckt. Welch eine Unverschämtheit, mich vor seinem gesamten Hofstaat derart zu beleidigen! Meine Antwort war im Donnergrollen meines Hasses auf Ludovico und im Sturm meiner Gefühle bis zur Unverständlichkeit verweht worden.

»Aber ich versichere Euch, Ihr werdet Euch in Mailand nicht

langweilen! Darf ich Caterina zu Euch sagen?« Sein Paradiesschlangenlächeln war mir auf die Nerven gegangen. Warum hast du die Frucht nicht genommen, die ich dir angeboten habe?, schien er zu sagen. »Immerhin wäret Ihr vor zwei Jahren beinahe eine Sforza geworden … meine Nichte …«, zischelte er.

»Wie Ihr wünscht, Euer Hoheit«, hatte ich kühl geantwortet und ihm meine Hand entzogen. Ich hatte vor Wut gezittert. Am liebsten hätte ich ihm an den Kopf geworfen, dass er als Sforza nichts Besseres war als wir Medici. Nicht er war der Herzog, sondern sein Neffe Gian Galeazzo, den er in Pavia gefangen hielt, um an seiner Stelle zu herrschen. Sein Vater Francesco Sforza, ein berühmter Condottiere, hatte in Mailand die Macht ergriffen, sein Großvater hatte noch Schafe gehütet, als Cosimo de' Medici schon über ein Handelsimperium herrschte und als *Pater patriae* Florenz regierte. Ich hatte mich mühsam beherrscht, bis …

»Wusstet Ihr, Caterina, dass mein Neffe Giovanni hier in Mailand ist?« Ludovico hatte auf den Conte von Pesaro am anderen Ende des Saales gedeutet, der unruhig zu mir herüberblickte. Er war im August vor dem eifersüchtigen Cesare aus Rom geflohen, ich nur wenige Wochen später. Ein gemeinsames Schicksal verband uns. »*Er* freut sich darauf, Euch wiederzusehen, Caterina«, hatte ich erfahren. »Aber das zärtliche Wiedersehen mit Euch wird nicht lange dauern, denn er wird sofort nach Biancas Hochzeit nach Rom zurückkehren: in Lucrezias Bett. Ich hoffe, dass er es dort dieses Mal etwas länger aushält. Ich wäre Euch also dankbar, wenn Ihr ihn und seine Fähigkeiten in der Kunst der Liebe in den kommenden Nächten nicht übermäßig beanspruchen würdet …«

Seine anzügliche Bemerkung über meine angebliche Affäre mit dem Conte hatte ich heruntergeschluckt. Giovanni Sforza kehrte – freiwillig oder nicht – nach Rom zurück? Das konnte doch nur bedeuten, dass Rom und Mailand …

Ich besann mich und erhob mich von meinem Stuhl, als Bianca und Beatrice sich durch die Reihen der Tanzenden drängten und mit einem jungen Mann zu mir herüberkamen. Das erste Zeichen, dass jemand in diesem Saal meine Anwesenheit bemerkt hat, dachte ich. Ob dieser diplomatische Fehltritt Biancas auf dem spiegelglatten Parkett der Politik mit der komplizierten Schrittfolge ihres Onkels Ludovico abgestimmt war, der wie beim Saltarello schon mehrfach die Partner und Seiten gewechselt hatte?

Der Tag war eine einzige Katastrophe gewesen: für mich, für die Medici und für Florenz. Während der feierlichen Ferntrauung im Dom hatte ich *in der letzten Reihe* gestanden – welch ein Affront gegen die Republik Florenz! Und während der abendlichen Feier im Castello hatte Ludovico umsichtig verhindert, dass ein Kavalier den Mut fasste, mich zum Tanz aufzufordern. Giovanni Sforzas mitleidiger, fast entschuldigender Blick konnte meine Laune nicht heben, denn der Conte von Pesaro war zu ängstlich, um sich gegen seine Onkel Ludovico und Ascanio aufzulehnen, die mir bei der Pavane auf die Füße traten, um mich zum Stolpern zu bringen.

»Hoheit!«, murmelte ich artig und neigte den Kopf. Zu einem höfischen Knicks vor Bianca konnte ich mich nicht durchringen.

»Ich brauche Euch wohl nicht vorzustellen …«, lächelte Bianca wohlwollend und schob den jungen Mann, bei dem sie sich untergehakt hatte, in meine Richtung.

Im Gegensatz zu ihrem Onkel hatte Bianca Manieren. Und sie kannte die finanzielle Situation Ihres Gemahls Maximilian, der bei Jakob Fugger hoch verschuldet war. War sie deshalb so zuvorkommend zu mir, einer Vertreterin der Banca Medici, der größten Bank Italiens? Hoffte sie auf einen Kredit – vielleicht sogar zur Finanzierung eines Italienfeldzuges ihres Gemahls? Dass die Bank zahlungsunfähig war, schien sie nicht zu wissen …

Bianca und Beatrice entschwanden mit einem freundlichen Lächeln und schlenderten zu Beatrices Schwester Isabella d'Este, der Gemahlin des Marchese Francesco Gonzaga von Mantua, und ihrem Bruder Alfonso d'Este hinüber, dem Sohn des Herzogs von Ferrara. Sie wollten das mitternächtliche Feuerwerk im Garten des Castello bewundern, dessen erste Raketen Funken sprühend in den Nachthimmel hinaufzischten. Kein Wunder, dass ich Leonardo da Vinci nicht angetroffen hatte. Der Alchemist des Herzogs hatte im Garten des Castello die Inszenierung des Feuerwerks überwacht.

»Man überlässt uns gnädig unserem Schicksal«, grinste der junge Mann, der sich mehr für mich als für das Feuerwerk zu interessieren schien. »Leider war ich gestern Abend verhindert und konnte dich gleich nach deiner Ankunft nicht begrüßen. Ich muss mich für den furchtbaren Empfang durch Ludovico entschuldigen.«

Er war zweiundzwanzig, wirkte aber älter. Ich weiß nicht, ob es an seinen unergründlichen Augen in der Farbe der Lagune von Venedig lag oder an den durch die Gicht gebeugten Schultern, den zurückhaltenden Bewegungen, dem leichten Hinken, das ich von Lorenzo so gut kannte. Offensichtlich hatte er Schmerzen! Er hatte den ganzen Abend nicht getanzt, obwohl sich viele junge Madonnen in seiner Nähe herumgedrückt und auf eine Aufforderung zum Tanz gewartet hatten. Seine sinnlichen Lippen waren zusammengepresst, was seine Schönheit nicht beeinträchtigte, sondern ihn interessant und attraktiv machte. Unwiderstehlich. Geheimnisse haben mich schon immer fasziniert.

Wer war er? Wieso duzte er mich so unbefangen?

»Seid Ihr …?« Eine Rakete zerplatzte in einem roten Feuerball am Himmel und ließ helle Funken zur Erde niederregnen.

»Guidobaldo da Montefeltro, Herzog von Urbino«, stellte er sich mit einer angedeuteten Verbeugung vor.

»Ich bin …«

»... Caterina«, sagte er und umarmte mich wie eine Schwester, um mich zart auf beide Wangen zu küssen. »Wie schön, dich endlich kennen zu lernen!«

»Euer Hoheit!«, protestierte ich und entwand mich seiner Umarmung. »Wir können doch nicht ...«

Er lächelte nachsichtig. Die meisten Gäste drängten sich an den Fenstern des Saals, um das Feuerwerk zu betrachten. »Ich bitte dich, Caterina! Wir sind sozusagen Cousins.«

»Wie bitte?«, fragte ich überrascht.

»Mein Vater, Herzog Federico da Montefeltro, war der Taufpate von Lorenzo de' Medici. Wenn uns das nicht schon »verwandt« macht, dann doch wenigstens unser gemeinsames Ziel: der Kampf gegen die Borgia.« Er sprach so leise, dass seine Worte im lauten Geknatter von Leonardos Feuerwerkskörpern beinahe versickerten.

»Euer Magnifizenz! Ich ...«

»Ich heiße Guido«, unterbrach er mich. »Bei Giuliano hast du dich auch nicht mit unnötigen Schmeicheleien aufgehalten.«

»Giuliano?«, fragte ich verblüfft.

»Kardinal Giuliano della Rovere. Du hast drei Tage lang seine Festung in Ostia belagert und deine Forderungen gestellt, bevor du abgezogen bist und er wieder ruhig schlafen konnte.«

»Ich habe den Kardinal an seine Versprechen mir gegenüber erinnert!«, korrigierte ich den Herzog. Was mich, zugegeben, einige Mühe gekostet hatte – und ihn seine Nachtruhe.

»Nenn es, wie du willst, Caterina! Giuliano war beeindruckt ... um nicht zu sagen: überwältigt von deinem Charme und deinen Argumenten. Er sandte einen Boten nach Urbino, um mich über eure Vereinbarungen zu informieren. Und ich war neugierig, *La Cardinala* – so nannte Giuliano dich in seinem Brief – endlich kennen zu lernen. Ich weiß, du gehst ungewöhnliche Wege, die zu ungewöhnlichen Orten führen ...«

Ich wusste, was er meinte. Aber er hatte so viel Anstand, es nicht auszusprechen: das Bett des Papstes!

»… aber dass ich dich ausgerechnet hier treffen würde … und jetzt! Das ist nicht mutig, das ist gewagt! Es ist so heroisch wie töricht. Du hättest nicht nach Mailand kommen dürfen!«

»Was ist geschehen?«, fragte ich beunruhigt.

»Weißt du nicht, was Piero in Florenz treibt?«

Ich schüttelte den Kopf. So vieles wusste ich nicht! Und so vieles hatte ich nicht wissen wollen! Seit meiner Rückkehr aus Rom hatte ich mich in meinem Laboratorium eingeschlossen, war ich der Welt entflohen. Ich war vor der Verantwortung weggelaufen!

»Wir sollten nicht hier herumstehen wie zwei Marmorstatuen. Wir werden beobachtet«, murmelte er in Richtung Ludovico, der uns unwillige Blicke zuwarf. Ganz offensichtlich war er verärgert über mein Zusammentreffen mit dem Herzog von Urbino. »Lass uns tanzen!«, flüsterte Guido und führte mich in die Mitte des Saals.

Als wir die Pavane schritten, wartete ich ungeduldig, was er mir zu sagen hatte. Während einer engen Drehung, bei der sich unsere Körper berührten, begann er leise zu sprechen:

»Gestern Abend traf ein Bote aus Florenz ein. Ich lag mit einem schmerzhaften Gichtanfall im Bett, deshalb haben wir uns während des Banketts nicht getroffen. Aber ich wusste, dass du bereits im Castello Sforzesco angekommen warst, deshalb habe ich meinen Sekretär geschickt, um dich zu warnen. Doch er konnte dich nicht finden.«

Nach dem Bankett war ich unbemerkt aus dem Castello verschwunden. Ein Tanz mit Ludovico und eine weitere Demütigung wären mir unerträglich gewesen. Eigentlich hatte ich Leonardo da Vinci in seiner Werkstatt aufsuchen wollen, nachdem ich das herrliche Terrakottamodell seines *Cavallo,* einer gigantischen Reiterstatue von Herzog Francesco Sforza, im Hof des Castello gesehen hatte. Aber Leonardo war nicht zu Hause gewesen …

»Wovor sollte er mich warnen?«, fragte ich alarmiert, während wir schwungvoll die Seiten wechselten.

Guido lächelte für Ludovico und Ascanio, die misstrauisch jeden unserer Schritte verfolgten, als ob er mir ein paar Artigkeiten zuflüsterte und mir den tatkräftigen Beweis für Mitternacht versprach – in seinem Bett. Während wir durch den Saal tanzten, küsste er galant meine Hand, nur um mir dann, in ein verzücktes Lächeln verpackt, gnadenlos die Wahrheit zu sagen:

»Piero hat vor zwei Tagen ein Bündnis mit König Ferrante von Neapel geschlossen! Du hast mich richtig verstanden, Caterina! Etwas Dümmeres hätte er nicht tun können. Er bringt Mailand gegen sich auf, wenn er die jahrzehntealte Freundschaft der Medici mit den Sforza aufkündigt, nur weil er schlecht geträumt hat – von einer Vorherrschaft von Florenz in Italien. Indem er Neapel unterstützt, macht er sich Frankreich zum Feind. Der Papst wird bei einem Spiel mit *diesem* Einsatz nicht tatenlos zusehen. Und Maximilian von Habsburg würde bestimmt gern einmal die herrlichen Sommermonate in Italien verbringen …«

»O Gott! Nicht das auch noch!«, ächzte ich. »Piero zerstört das Gleichgewicht der Mächte in Italien, für das Lorenzo sein Leben lang gearbeitet hat.«

Und mich schickt er nach Mailand, um die Wogen zu glätten! Das ist eine Sturmfahrt mit unkalkulierbarem Risiko, dachte ich bestürzt. Oder – war das Risiko für Piero doch abschätzbar? *Wollte* er mich loswerden? Rechnete er damit, dass Ludovico mich gefangen nahm, wenn er von diesem absurden Bündnis zwischen Florenz und Neapel erfuhr? Dass er mich aus Rache vielleicht sogar ermordete? Hatte Ludovico deshalb darauf bestanden, dass ich im Castello übernachtete, wo ich ihm hilflos ausgeliefert war?

War es das, was Lionetto mir in der Banca Medici erzählen wollte? Aber er konnte unmöglich in Lyon von Pieros Verhandlungen mit König Ferrante von Neapel gehört haben … Was, zum Teufel, hatte Lionetto mir sagen wollen? Die Invasion der Franzosen …

Nun verstand ich, warum Giovanni Sforza nach Rom zurückkehrte! Ludovico schickte ihn als einen seiner Spielsteine quer über das Spielbrett Italien, auf die Seite der Borgia. Als Spion? Wie ich war er ein wertloser Spielstein, der geopfert werden konnte. Ich schwankte, musste mich am Herzog festhalten. »Bitte, Guido, hilf mir!«, flüsterte ich. »Bring mich hier heraus!«

Er hielt mich fest, presste mich an sich, während die Tänzer um uns herum ihre Pirouetten drehten. Dann küsste er mich ungestüm, seine Zunge umspielte meine Lippen, glitt in meinen Mund und rang spielerisch mit meiner, die ihm nur wenig Widerstand entgegensetzte. Seine Hand glitt über meine Brüste.

Ich war völlig überrascht. Fassungslos, weil ihm Ludovico und ungefähr dreihundert Gäste dabei zusahen, wie er mich ungestüm liebkoste. Sprachlos, weil er wirklich gut küsste.

»Bitte entschuldige, Caterina«, flüsterte er in mein Ohr. »Ich brauchte einen Vorwand, um noch während des Feuerwerks mit dir zu verschwinden. Niemand wird uns vor morgen Früh vermissen.« Er ergriff meine Hand und führte mich sanft, aber unnachgiebig gegen meinen halbherzig inszenierten Widerstand aus dem Saal.

Ich hatte gerade noch Zeit, der am Portal des Saales wartenden Ginevra eine Anweisung zuzuflüstern und zu hoffen, dass sie die Dringlichkeit verstand und entsprechend handeln würde …

Die anzüglichen Bemerkungen, die Guido und mir durch das Knattern von Leonardos Feuerwerksraketen hinterherwehten, und Ludovicos ungläubige Blicke ignorierten wir.

Nicht nur bei mir schien der Herzog von Urbino den Eindruck zu erwecken, er habe es eilig, mit mir in seinem Schlafzimmer in der Rocchetta des Castello Sforzesco zu verschwinden. Einige Diener wichen uns mit einem amüsierten Grinsen aus, als wir im Schein des Feuerwerks eilig den verschneiten Hof überquerten, durch das Portal der Rocchetta huschten, die Treppen hinaufflogen und Guido die Tür seines Schlafzimmers hinter uns zuknallte.

»Hier bist du sicher«, urteilte er nach einem raschen Blick durch das Schlafzimmer: ganz der siegesverwöhnte Condottiere, dessen Schlachtplan gar nicht scheitern *konnte*.

Sicher?, fragte ich mich im Stillen. Vor wem? Einem Mörder? Oder Guido, der ohne jede Verlegenheit und sehr großzügig seine Liebkosungen verteilte?

»Dreh dich um!«, befahl er mir.

Ich gehorchte, und er begann, die Schleifen meines Mieders zu lösen. »Was tust du?«, fragte ich.

»Wie fühlt es sich denn an?«, konterte er und ließ mein mit Perlen besticktes Atlaskleid achtlos zu Boden gleiten. Dann zog er mir mein Seidenhemd über den Kopf.

Wie die nackte Statue einer Liebesgöttin stand ich vor ihm, nur mit meinem Stolz bekleidet. Aber er würdigte mich keines Blickes, zog die Decke vom Bett, warf sie zu Boden, riss das Laken heraus, zerknüllte es, klopfte die Kopfkissen zurecht. Das Bett erinnerte an ein Schlachtfeld. Dann zog er sich aus: Degen, Stiefel, Brokatjacke, Hemd und Hose flogen quer durch den Raum. Ich sah ihm dabei zu. Ich wusste nicht, wo ich sonst hinstarren sollte.

»Und jetzt komm ins Bett!«, befahl er ungeduldig, nahm meine Hand und zog mich zwischen die zerwühlten Laken. Meinen Widerstand nahm er nicht ernst. Er küsste mich auf die Lippen, zerwühlte mein Haar.

Dann lehnte er sich seufzend in die Kissen zurück, schlug das Laken halb über seinen nackten Körper und nahm mich in den Arm. So fest, dass ich mich kaum bewegen konnte.

Mit dem Silberglöckchen auf dem Nachttisch klingelte er nach einem Diener. War er denn völlig verrückt geworden?

Ein Kammerdiener in der Livree der Sforza erschien in der Tür: »Euer Exzellenz?« Sein Blick saugte sich an unseren nackten Körpern und dem zerwühlten Laken fest.

»Bring uns Wein!«, kommandierte der Herzog, während seine Hände unter dem Laken umherwanderten. »Wir sind durstig.«

Der Diener verneigte sich, trat zur Kredenz an der gegenüberliegenden Wand, schenkte zwei Silberbecher mit Rotwein voll und brachte sie zu uns ans Bett.

»Wir wollen für den Rest der Nacht nicht mehr gestört werden«, erklärte der Herzog und entließ den Kammerdiener mit einer herrischen Handbewegung. Der Mann verschwand, mühsam ein Grinsen unterdrückend, während Guido das Laken zurückschob und meine nackten Brüste liebkoste.

Ich war sicher, dass Ludovico innerhalb der nächsten Viertelstunde erfuhr, wo ich die Nacht verbrachte.

»Bist du immer so stürmisch?«, fragte ich, als Guido sich seufzend neben mich in die Kissen sinken ließ.

»Nein«, gestand er ernst. »Im Bett lasse ich mir Zeit. Ich genieße es, wenn meine Geliebten auch ihren Spaß haben.«

»Der Kuss war völlig unnötig!«

»Nein, das war er nicht«, entgegnete er. »Du hast ihn nämlich genossen.«

»Das ist nicht wahr!«, widersprach ich energisch. »Erst ruinierst du meinen Ruf, indem du mich mit erschreckend eindeutigen Absichten vom Hochzeitsbankett fortschleppst, um mich dann gegen meinen Willen …«

»Deinen Ruf?«, lachte er spöttisch. »Deinen Ruf kann ich gar nicht ruinieren! Halb Italien verfolgt besorgt deine Affären – die andere Hälfte Italiens vergnügt sich damit, zu erraten, wen du als Nächsten verführst. Nach dem Conte Giovanni Sforza, Conte Giovanni Pico della Mirandola, Kardinal Cesare Borgia und selbst seinem Vater, Papst Alexander, kann *ich* deinem Ruhm nicht schaden. Auch wenn das harte Nachtlager des Herzogs von Urbino nach dem bequemen Bett des Papstes ein gesellschaftlicher Abstieg für dich ist.«

Ich war sprachlos! So sah er mich?

»Du …« Ich wollte ihn schlagen, aber er wich mir aus. In Ermangelung schlagkräftigerer Argumente ergriff ich das Kopfkissen und warf es über ihn, aber er entriss es mir, drückte mich mit beiden Armen auf die Matratze und küsste mich gleich noch einmal. Ich hatte keine Chance, seinen Lippen auszuweichen.

»*Buona notte,* Caterina«, flüsterte er in mein Ohr: »Träum was Schönes! Von einer Nacht mit mir, wenn du willst.« Dann erhob er sich vom Bett, um sich wieder anzuziehen.

»Was tust du?«, fragte ich alarmiert.

»Mir ein Bett für die Nacht suchen«, erklärte er gelassen, während er in die enge Hose stieg. »Ich habe keine Lust, vor der Tür meines eigenen Schlafzimmers zu nächtigen. Das würde *meinem* Ruf als begnadeter Liebhaber schaden.«

»Bitte geh nicht! Lass mich nicht allein!«, flehte ich ihn an. »Du kannst im Bett schlafen: Es ist breit genug für uns beide.«

»Unter einer Bedingung!«, forderte er.

»Welche?«, fragte ich schicksalsergeben.

»Du bestehst nicht auf einer Fortsetzung der Kissenschlacht.«

In dieser Nacht lag ich wach und starrte in die Finsternis. Ich zermarterte mir das Gehirn, ob es mir gelingen würde, am nächsten Morgen nach Florenz zu entfliehen, bevor Ludovico von dem

Bündnis meines Bruders mit Neapel erfuhr. Ginevra war mit meinem Gefolge in den befestigten Palazzo der Banca Medici geflohen – zumindest hoffte ich das! Guido hatte mir angeboten, mich in der Morgendämmerung ohne Eskorte unauffällig nach Florenz zurückzubringen. Aber selbst wenn wir dort ankamen: Was würde mich im Palazzo Medici erwarten? Wenn Piero mit meiner diplomatischen Mission nach Mailand geplant hatte, mich für immer loszuwerden, dann …

Ich lauschte auf Guidos tiefe Atemzüge. Er schlief, nicht einmal eine Armeslänge entfernt, neben mir im Bett.

Was riskierte er alles, um mir zu helfen! Ich meine: außer seinem Ruf als Liebhaber – für diese Bemerkung hätte ich ihn umbringen können! Er war neben *Il Moro* der mächtigste Herzog Italiens, sein Volk verehrte ihn – aber durfte er sich wegen mir mit Ludovico anlegen? Wusste er, in welchen Strudel von Intrigen er unvermeidlich gezogen wurde, wenn er mit mir aus Mailand floh?

Ich drehte mich auf die Seite und betrachtete ihn im Schein des verglimmenden Feuers im Kamin. Er schlief fest, sein schönes Gesicht in die Kissen vergraben. Dann zog ich die Decke über uns, schmiegte mich an seinen warmen Körper, schlief endlich ein …

… und träumte von einem schönen Helden mit blitzendem Schwert, der mich aus den Fängen eines verliebten Drachen rettete, als geräuschlos die Tür des Schlafzimmers geöffnet wurde.

Ich erwachte – nicht vom Knarren der Tür, sondern vom eisigen Luftzug, der ins Zimmer wehte – und wollte mich in die Decke wickeln, um mich vor der Kälte zu schützen, aber da war keine. Ich lag nackt neben Guido, dessen Arme mich fest umschlossen hielten. Die Laken lagen zerwühlt am Fußende des Bettes.

Jemand hatte den Raum betreten und verharrte lautlos im tiefen Schatten hinter der Tür. Das Feuer war ausgegangen, es war völlig still im Zimmer, und ich konnte seine Atemzüge hören.

Ich hielt den Atem an und tastete in der Finsternis nach meinem Dolch auf dem Nachttisch neben dem Bett, aber er war wie das Silberglöckchen unerreichbar. Ich konnte mich nicht genug bewegen, um ihn zu ergreifen. Guidos starke Arme hielten mich fest! Das war das Schlimmste: Ich, die sonst so großzügig mit spitzen Worten um sich warf und nicht nur mit scharfkantigen Argumenten zurückschlug, wenn sie angegriffen wurde, konnte mich nicht wehren! Wie erstarrt lag ich neben Guido und lauschte auf das Pochen meines Herzens, auf meinen aufgeregten Atem.

Ein Geräusch. Schritte. Er kam näher. Ein metallisches Zischen, als er den Dolch aus der Scheide zog.

Ich lag still, atmete tief und regelmäßig und tat so, als ob ich schlief. Was sollte ich anderes tun, als meine Panik herunterzuschlucken? Kein Seidenlaken verdeckte eine rasche Handbewegung, um Guido zu wecken, oder einen sanften Tritt mit dem Fuß, um ihn zu alarmieren. Ich hätte keine Zeit, mich zu ihm umzudrehen, um ihn wachzurütteln. Der Assassino wäre schneller.

Guido schlief, die Arme um mich geschlungen. Wovon träumte er?

Schritte, ganz nah! Der Attentäter stand im Schatten des Brokatvorhangs der Bettpfosten und sah in der Finsternis auf uns herab. Er beugte sich über uns, und ich versuchte, in der Dunkelheit sein Gesicht zu erkennen.

Ich drängte die wie heiße Lava aufsteigende Panik zurück. Wer schickte einen Mörder, um mich zu töten? Ludovico … oder Piero?

Wie eine tief Schlafende drängte ich mich gegen Guido und murmelte ein seliges »*Ti amo, mio caro!*«

Wenn er mich hörte, hatte er sich gut unter Kontrolle. Kein Schnaufen, keine Bewegung. Wenn er wach war: Verstand er, was ich ihm sagen wollte?

Der Assassino beugte sich über das Bett. Er war vorsichtig, weil er es mit zwei Opfern zu tun hatte. Er setzte das Knie auf die Matratze und stützte sich mit der Linken ab, um seinen Dolch über uns zu erheben.

In diesem Augenblick fuhr Guido hoch wie ein gereizter Tiger. Er griff hinter sich, fasste den Griff seines Schwertes …

Die Augen des Attentäters weiteten sich. Ich sah das Funkeln des Erschreckens, dass das Opfer sich wehrte, des Entsetzens über die Unvermeidlichkeit des eigenen Todes.

… dann schwang Guido das Schwert in einer weiten, halbmondförmigen Bewegung über unsere eng verschlungenen Körper hinweg – ein tonloses Zischen, kaum hörbar, ein leises Wehen wie der sanfte Hauch einer Sommerbrise …

Der Attentäter sah die Klinge kommen, die seine Halsschlagader durchschnitt und auch durch den Widerstand der Halswirbel nicht aufgehalten wurde. Seine Gesichtszüge, in der Finsternis nur schemenhaft zu erkennen, gefroren zu einer Maske des Todes.

Stille.

Dann zwei Geräusche. Der Dolch, der klappernd auf den Steinboden des Schlafzimmers fiel. Dann ein dumpfer Knall, der Aufprall eines zuckenden Körpers.

Guido ließ das Schwert fallen und sprang aus dem Bett.

Ich setzte mich auf. Mir war, als hätte ich eine ganze Karaffe Glühwein allein ausgetrunken. Die Welt drehte sich um mich, und ich ließ mich zitternd in die Kissen zurücksinken.

Guido überzeugte sich davon, dass der Assassino wirklich tot war, und durchsuchte seine Taschen. Was hoffte er zu finden: einen schriftlichen Mordauftrag? Ich schluckte eine entsprechend ironische Bemerkung herunter, während Guido mir half aufzustehen.

Als ich mit zitternden Knien vor ihm stand, umarmte er mich und presste meinen bebenden Körper an sich. »Du liebst mich also?«, fragte Guido in einem Tonfall, für den ich ihn am liebsten geschlagen hätte.

»Das habe ich gesagt, um dich zu wecken.«

»Schade«, sagte er bedauernd. »Es klang so … leidenschaftlich.«

Ich entwand mich seinen Armen und starrte in der Dunkelheit auf den Assassino hinunter, der ausgestreckt vor dem Bett lag.

»Hilf mir, ihn ins Bett zu legen!«, befahl Guido. Schon wieder dieser Kommandoton eines kampferprobten Condottiere!

Wir legten die Leiche des Attentäters auf den Bauch, vergruben das Gesicht halb im Kopfkissen und deckten den Toten bis zum Hals mit der Brokatdecke zu. Das Bett an seiner Seite war zerwühlt genug für … ja: für was?

»Der Herzog von Urbino hat sich heute Nacht tapfer geschlagen«, entfuhr es mir in einem Tonfall, der ihn provozieren sollte. »Seine Herrlichkeit schläft den Schlaf der Gerechten nach dem nächtlichen Ringen mit Madonna Caterina. Er will nicht gestört werden. Werden deine Diener das glauben?«

»Mein Sekretär Francesco Buffa nicht«, wurde ich belehrt. »Er kennt mich zu gut. Ich schlafe niemals bis Mittag, nicht einmal nach einer aufregenden Nacht in einem fremden Bett.«

»Aber …«, wandte ich ein.

»Wenn Francesco Buffa die Leiche findet, wenn er mich wecken kommt, wird er wissen, was zu tun ist«, beruhigte Guido mich. »Er ist mir treu ergeben. Er kann schweigen – vor allem meiner Gemahlin gegenüber. Er hat das Schweigen sozusagen erfunden.«

Schon wieder fliehen!

Glücklicherweise hatte ich den roten Talar und mein geheimes Notizbuch in meinem Laboratorium in Florenz gelassen, war nur mit wenig Gepäck nach Mailand gereist und lief nicht Gefahr, diese für mich lebenswichtigen Requisiten im Castello Sforzesco zurücklassen zu müssen.

Im ersten Licht des Tages verließen wir Guidos Schlafzimmer und schlichen zu den Ställen des Castello. Guido hatte mir Hemd und Hosen aus seiner Reisetruhe gegeben. Niemand beachtete uns, niemand hielt uns auf, als wir im dichten Schneetreiben zur Torre del Filarete, dem Wehrturm des Castello, ritten und das Tor öffnen ließen.

Bianca wollte nach ihrer Hochzeit nicht länger warten und hatte bereits am Abend den Befehl gegeben, dass der Hochzeitszug an diesem Morgen Mailand verlassen sollte. Der San Gottardo und der Brenner waren verschneit, und ihr Gemahl erwartete sie und die großzügige Mitgift von dreihunderttausend Dukaten ungeduldig in Wien. Es schneite seit Tagen und von Stunde zu Stunde verschlechterten sich die ohnehin schon gefährlichen Wege über die Alpenpässe.

Wir wurden durchgelassen, weil die Wachen annahmen, dass wir zu Biancas Eskorte gehörten. Eine halbe Stunde später lag Mailand hinter uns, als Guido und ich über die Straße nach Süden galoppierten.

In Pavia verloren sich unsere Spuren. Im dichten Schneetreiben waren wir selbst vom Weg abgekommen und hatten uns verirrt. Stundenlang kämpften wir uns durchnässt und halb erfroren durch Wind und Wetter.

Die eisige Kälte ließ uns die wärmende Nähe des anderen suchen. Wir ritten dicht nebeneinander, so nah, dass sich unsere Knie berührten, dass sich unsere Reitstiefel aneinander rieben.

Wenn man zu zweit durch das Inferno eines Eissturms reitet, wenn die eigene Stimme ohne ein Echo zwischen dem schneidend kalten Schneesturm und dem heißen Wirbelsturm der Gefühle verweht, wenn man den anderen und seine Reaktion – lächelt er oder verzieht er die Lippen? – zwischen den dicken weißen Flocken nicht erkennen kann, da hat man das Gefühl, als ob man zu sich selbst spricht. Dann steigen Gedanken aus der Tiefe auf, die sich wie von selbst zu Worten formen, zu Sätzen, die sich kataraktisch in Lebensläufe ergießen, in denen Fragen nach dem Wer?, Wann? und Warum? wie Eisschollen an der bewegten Oberfläche treiben, deren Antworten den Blick in die geheimnisvolle Tiefe der Seele nur erahnen lassen.

Guido erzählte mir von seiner schönen Mutter Battista Sforza, von seinem berühmten Vater Federico da Montefeltro, dem unbesiegbaren Condottiere, der Herzog von Urbino geworden war. Guido sprach von seiner ungeliebten Gemahlin Elisabetta, der Schwester des Marchese von Mantua – seine unglückliche Ehe war zumindest ein zuverlässiges Ehebündnis zwischen Urbino und Mantua. Und er vertraute mir seine Pläne als Herzog an: die Vertreibung der Borgia aus Italien, das enge Bündnis mit seinem Schwager Giuliano della Rovere, den er mit derselben Selbstverständlichkeit als den nächsten Papst bezeichnete, wie Cesare in Pisa von seinem Vater gesprochen hatte.

Über sich selbst, seine Gefühle, seine Hoffnungen und Ängste oder seine Sorgen sprach er nie. Wie in einer schimmernden Rüstung versteckte Guido sich mit heruntergeklapptem Visier hinter dem mächtigen Herzog von Urbino, dem unbesiegbaren Condottiere da Montefeltro, dem begnadeten Liebhaber Guido, dem humanistisch gebildeten Gelehrten – und ich fragte mich: Warum hatte er solche Angst verletzt zu werden?

Mit ein paar Bemerkungen versuchte ich, unter seinen herrlich funkelnden Harnisch zu gelangen, um *den Menschen* zu spüren, seine Wünsche und Begierden, seine Motivation, aber er senkte sofort seine Lanze und forderte mich mit einem Gegenangriff aus gut gezielten Fragen heraus – und er traf gut! Er wusste eine ganze Menge über mich, was mich überraschte. Aber er wollte noch viel mehr erfahren, und seine Fragen erstaunten mich, verwirrten mich: Ob nach meiner Flucht aus Rom meine Affäre mit Cesare nun beendet wäre? Wie mein Verhältnis zu Seiner Heiligkeit sei? Und was ich nach meiner Rückkehr nach Florenz tun wolle?

Wer mit erhobener Lanze angegriffen wird, hebt seinen Schild. Ich schwieg wütend und versteckte mich hinter einem geheimnisvollen Lächeln, das ich im Vatikan zur Perfektion gebracht hatte.

Schweigend ritten wir bis zur Abenddämmerung und rasteten erst in einer kleinen Herberge, als wir die Grenze zur Republik Genua hinter uns gelassen hatten. Der Wirt bot uns großzügig zwei Zimmer an, als ich mehrere Münzen auf den Tisch legte, doch Guido winkte zu meiner Überraschung ab. Getrennte Zimmer hätten zu viel Aufsehen erregt, erklärte er mir, als er nach einem heißen Bad neben mir im Bett lag. Ich war zu müde, um ihm zu widersprechen. Wozu auch? Nach unserem anstrengenden Ritt durch Eis und Schnee hatte er viel zu große Schmerzen, um mir in dieser Nacht gefährlich zu werden. Und durch seine Unverschämtheiten konnte er mich nicht mehr verwirren, als er es bereits getan hatte.

Schlaflos lag ich neben ihm und dachte nach. Wer hatte den Assassino geschickt, um mich zu ermorden?

War es Ludovico? Er hätte durch meinen Tod nichts gewinnen können – als Geisel wäre ich ihm sehr viel nützlicher gewesen, um Piero zu erpressen. Er hätte mich gefangen genommen und gequält, mich verhöhnt – aber nicht ermordet …

Und Cesare? Seine unbeherrschte Reaktion in der Nacht meiner Flucht aus Rom hatte mich zutiefst erschreckt. Nun, er war auf seinen Vater losgegangen, nicht auf mich. Aber ich hatte seinen Stolz verletzt. Cesares Rache konnte furchtbar sein …

Oder war es Piero? Diesen furchtbaren Gedanken wollte ich nicht zu Ende denken. Nicht mein eigener Bruder! Aber … er hatte Savonarola in mein Gewissen reden lassen, er hatte mich nach Mailand geschickt, er hatte gleichzeitig das Bündnis mit Neapel geschlossen, er hatte mich verraten, er hatte …

… das Laboratorium in meiner Abwesenheit durchsucht!

Ein furchtbarer Gedanke durchzuckte mich. Ich ahnte, was er gefunden hatte!

Am nächsten Morgen stiegen Guido und ich – sehr unausgeschlafen nach einer unruhigen Nacht – wieder in die Sättel und ritten nach Süden. Das Mittagessen nahmen wir im Hafen von Genua ein. Dann trabten wir die Riviera della Levante entlang und an den Marmorfelsen von Carrara vorbei nach Lucca, wo wir in der Pilgerherberge eines Klosters übernachteten.

»Du?«

Piero war blass, als ich wie eine Sturmbö in den tief verschneiten Garten des Palazzo Medici rauschte. Sein erschrockener Gesichtsausdruck lag nicht an dem Treffer von Michelangelos Schneeball in seinem Gesicht. Mein Bruder sah aus wie das personifizierte schlechte Gewissen. Er hatte offensichtlich nicht mit meiner Rückkehr gerechnet.

»Ich!«, bestätigte ich mit einem satanischen Lächeln.

Gianni, der sich mit Piero und Michelangelo eine fröhliche Schneeballschlacht im Garten geliefert hatte, umarmte mich stürmisch und hätte im Überschwang seiner Erleichterung beinahe Michelangelos Schneemann, die heroische Imitation seines *Hercules Victor*, umgerannt: »Ich danke Gott: Du lebst! Wir haben uns solche Sorgen gemacht.«

»*Wir?*«, fragte ich und sah Piero dabei an, der unruhig einen Schneeball von einer Hand in die andere schob, als wüsste er nicht, was er damit tun sollte.

Er konnte meinem Blick nicht standhalten. Schließlich warf er Gianni seinen Schneeball zu, um Guido zu begrüßen: »Exzellenz, welche Ehre für meinen Bruder und mich, Euch zu empfangen. Ich wusste nicht, dass Ihr nach Florenz kommen wolltet …« Mit einer fahrigen Geste klopfte er sich die Schneeflocken von der Kleidung.

»Unsere Abreise fand ein paar Tage früher als geplant statt«, bemerkte Guido mit einem spöttischen Grinsen. »Das Klima in Mailand war Caterina und mir ein wenig zu *eisig* und unserer Gesundheit ganz und gar nicht zuträglich.«

Piero verstand sehr wohl, was Guido mit seiner Bemerkung sagen wollte. Stirnrunzelnd bemerkte er, dass Guido meine Hand in der seinen hielt – um sie zu wärmen, selbstverständlich!

Mein Bruder wollte nur höflich sein und hoffte wahrscheinlich auf Guidos Wunsch, nach seiner überstürzten Flucht aus Mailand schnellstmöglich nach Urbino zurückzukehren, als er fragte: »Ihr werdet doch hoffentlich einige Tage im Palazzo Medici bleiben? Das Reisen ist um diese Jahreszeit eine Tortur.«

Guido setzte die Maske eines erfreuten Lächelns auf: »Wenn Ihr mich so herzlich bittet, Piero: mit Freuden! Ich sehne mich nach einer fröhlichen Schneeballschlacht und ein paar unbeschwerten Tagen in Florenz …«

Ich auch! Und wie ich mich nach Ruhe und Geborgenheit sehnte, nach der Wärme eines fröhlich flackernden Kaminfeuers und ein paar Stunden besinnlicher Einsamkeit! Aber daraus wurde nichts, jedenfalls nicht für mich.

Während Guido und Piero sich den Luxus eines dampfend heißen Bades gönnten, eilte ich, immer noch durchgefroren, in mein

Laboratorium. Ungeduldig drehte ich den Schlüssel im Schloss der schweren Eichentür. Ich öffnete …

… und blieb mit dem Kerzenleuchter im Türrahmen stehen.

Alles schien, wie ich es verlassen hatte. Das Feuer im Athanor war erloschen, die Materie im Alambic erkaltet, der Talar hing an seinem Haken, doch die Truhe mit meinem Notizbuch war … ich hob die Kerzen, um besser sehen zu können … war *aufgebrochen!*

Ich eilte zur Truhe, stellte den Leuchter auf den Steinboden und hob den Deckel an. Die Lade, in der ich meine alchemistischen Bücher und meine Notizen aufbewahrte, mein Allerheiligstes, war durchwühlt worden! Wer immer es gewesen war, hatte sich nicht die Mühe gemacht, nach seiner offenbar erfolgreichen Suche wieder aufzuräumen und die Folianten an ihren Platz zurückzulegen. Er hatte wohl nicht mit meiner Rückkehr gerechnet!

Oben auf dem ungeordneten Haufen von Büchern und Pergamenten lag aufgeschlagen mein Notizbuch. Einige Seiten waren zerknickt, als es eilig durchgeblättert wurde.

Piero war nicht an den Aufzeichnungen in meinem Notizbuch interessiert gewesen! Aus meinen Diskussionen mit Giovanni wusste er, dass er sie nicht lesen und schon gar nicht verstehen konnte. Und wozu auch? Er war der Herr von Florenz – es gab noch mehr Alchemisten: Giovanni Pico, Sandro Botticelli, Marsilio Ficino, Luciano Palmieri. Er hatte auch das Gold im Alambic nicht angerührt. Piero hatte etwas anderes gesucht. Etwas, das ich ständig bei mir trug – in meinem Notizbuch!

Hastig blätterte ich durch die Pergamentseiten, schlug das Buch dort auf, wo ich vor Monaten Lorenzos Sonette über Simonettas Tod zwischen die Seiten gelegt hatte und …

Lorenzos Testament war verschwunden! Piero hatte mir den Brief gestohlen, in dem er mich als seine Tochter anerkannte!

Was hatte mein Bruder vor? Wollte er mich erpressen? Oder

wollte er es nicht bei einer Drohung bewenden lassen? Wenn Piero Lorenzos Brief an mich vor der Signoria von Florenz verlas, war ich offiziell seine Schwester – und damit das Opfer heiratswilliger Signori, die weniger den Namen Medici als unseren Einfluss in Florenz und unser scheinbar unermessliches Vermögen heirateten. In jedem Fall war ich Pieros Marionette. Entweder er zwang mich, den Palazzo Medici und Florenz zu verlassen, um in das selbst gewählte Exil zu gehen, oder er verkaufte mich kurz entschlossen an irgendjemanden, der ihm nicht gefährlich werden konnte …

Und wenn Piero Lorenzos Brief nun einfach verbrannte? Dieser Gedanke war so furchtbar, dass er mir den Atem nahm. Ich könnte nie beweisen, dass ich Lorenzos Tochter war – es wäre, als hätte ich, Caterina de' Medici, niemals existiert! Ich, Caterina Vespucci, wäre eine Lügnerin, eine Erbschleicherin, die in den Palazzo gekommen war, um den Magnifico zu beerben. Starb nicht Lorenzo wenige Monate, nachdem ich aufgetaucht war? War er nicht noch Wochen vor seinem Tod gesund und fröhlich gewesen, hatte er nicht sogar noch mit Lucrezia Donati getanzt, gelacht und geliebt? Hatte ich ihm nicht immer wieder heimlich Phiolen mit einer geheimnisvollen, goldschimmernden Flüssigkeit gegeben? Das Wort »Mord« würde wie das Schwert des Damokles über mir hängen. Zudem war doch seit Jahren bekannt, dass Simonetta Vespucci zwar eine Affäre mit Giuliano hatte, nicht aber mit Lorenzo! Und außerdem starb Simonetta an der Schwindsucht und nicht während der Geburt einer Tochter. Ich, Caterina mit dem hässlichen Tintenfleck als Herkunftsbezeichnung, existierte also nicht, weil ich nicht existieren *konnte!*

Ich brach auf dem kalten Steinboden vor der Truhe zusammen und barg das Gesicht in meinen zitternden Händen. Piero hatte mir meinen Vater gestohlen! Meine Vergangenheit … und meine Zukunft! Er konnte mit mir tun, was er wollte: mich verbannen, mich des Mordes an Lorenzo anklagen, mich töten lassen. Niemand würde ihn dafür jemals zur Rechenschaft ziehen:

Denn ich, Caterina die Namenlose, *existierte* ja nicht!

Piero hatte den Assassino nach Mailand geschickt, um mich aus dem Weg zu schaffen!

Ich muss hier verschwinden, so schnell wie möglich!, war mein erster Gedanke, als ich hinter mir ein Geräusch an der offenen Tür hörte: »Caterina?«

Ich fuhr herum, meinen Dolch in der Hand.

Es war nicht Piero.

»Lionetto!«, rief ich erstaunt. »Wo kommst du denn her?«

Mein Cousin hatte eine gewisse Ähnlichkeit mit Michelangelos Schneemann, als er sich die Schneeflocken aus den Haaren strich: »Aus Mailand. Als ich von deiner und des Herzogs Flucht hörte, bin ich sofort nach Florenz aufgebrochen. Ich bin eben erst angekommen. Caterina, ich muss dringend mit dir sprechen!« Lionetto schloss mit einem Tritt die Tür hinter sich. »Allein.«

»Was ist denn los?«, fragte ich alarmiert.

Lionetto war mir von Lyon nach Mailand entgegengereist, als er von meiner Einladung zu Maximilians Hochzeit hörte. Und als er mich dort nicht sprechen konnte, war er mir durch den Schneesturm bis Florenz nachgeritten. Was war denn so wichtig? Hatte er von Pieros Plänen, mich zu ermorden, gewusst? War er vielleicht sogar eingeweiht gewesen?

Lionetto stand zwischen mir und der geschlossenen Tür …

»Können wir uns hier ungestört unterhalten?«, fragte er, während er die Tür des Laboratoriums verriegelte und einen Schritt auf mich zukam.

Als ich vor ihm zurückwich, blieb er verdutzt stehen und betrachtete den blitzenden Dolch in meiner Hand, der auf seine Kehle gerichtet war. »Caterina, um Gottes willen!«, protestierte er.

»Ich weiß von dem Anschlag auf dich im Castello Sforzesco! Ich versichere dir: Ich habe damit nichts zu tun!« Er zog seinen Dolch und warf ihn auf den Arbeitstisch, dann trat er mit erhobenen Händen einige Schritte zurück. »Ich will dich nicht ermorden«, versicherte er mir. »Und derjenige, der mich schickt, auch nicht.«

»Wer ist das?«, fragte ich, ohne meinen Dolch zu senken.

»Weißt du, wer Guillaume Briçonnet ist?«, begann er umständlich.

Ich nickte: »Er ist Erzbischof von Saint-Malo und Kanzler des Königs von Frankreich. Und beinahe wäre er Kardinal geworden.«

»Er war bei mir. In Lyon.«

»Verkauft die Filiale der Banca Medici in Lyon neuerdings Kardinalshüte?«, fragte ich ironisch. »Du bist Filialleiter, und ich will dir in deine Geschäfte nicht hineinreden, Lionetto, aber …«

»Hast du gehört, was ich gesagt habe, Caterina? Kanzler Briçonnet war bei *mir,* nicht ich bei *ihm.*«

»Und was wollte er?«, fragte ich misstrauisch.

Scheinbar belustigt von meiner Naivität hob Lionetto beide Hände zu einem »Na, was könnte er wohl wollen?«

»Er wollte Geld«, fügte er schließlich an, als ich nicht reagierte.

»Will er sich eine Purpursoutane *kaufen?*«, fragte ich.

»Nicht nur das Kardinalat, Caterina. Ganz Italien.«

»Lionetto, ich schätze deine Fähigkeiten als Bankier, aber als Orakel von Delphi wärest du unübertrefflich …«

»Würde es dir etwas ausmachen, wenn du den Dolch …?«, fragte er vorsichtig, und ich steckte die Klinge zurück in meinen Ärmel. Seufzend nahm er die erhobenen Arme herunter: »Briçonnet war im Auftrag von König Charles bei mir. Inoffiziell und inkognito. Charles will mit der Banca Medici ein Geschäft abschließen, das uns aus der finanziellen Misere retten, wenn nicht sogar vor dem Untergang bewahren könnte.« Lionetto holte tief

Luft. »Die Banca Medici soll den französischen Italienfeldzug finanzieren.«

Ich glaubte, mich verhört zu haben. »Bitte, *was* sollen wir tun?«

»Wir sollen in den bevorstehenden Sieg Frankreichs in Neapel investieren. Das ist, als ob wir … wie soll ich dir das erklären? … als ob wir Geschäftsanteile am Unternehmen Frankreich kaufen würden, mit Zinsen und garantierter Gewinnbeteiligung …«

»Ich nenne es Verrat an Italien!«, fuhr ich ihm in die Parade. »Ich nenne es einen Treubruch gegenüber der Republik Florenz, Verrat an den Ideen von Freiheit und Demokratie! Und es ist ehrlos gegenüber Lorenzo, der sein Leben lang für den Frieden in Italien gearbeitet hat, für ein Gleichgewicht der Mächte!«

»Wenn Charles in Italien einmarschiert – mit oder ohne den Kredit der Banca Medici –, wird Italien wie ein Kartenhaus in sich zusammenfallen, *comme ça*!« Lionetto schnipste mit den Fingern. »Das Gleichgewicht der Mächte ist gestört, seit in Neapel ein Aragón auf dem Thron sitzt und seit sich in Rom ein Borgia im Bett Petri amüsiert. Und seit Piero sich aufführt, als sei er der König von Italien. Caterina, bitte hör mir zu!

Wenn wir Charles' Feldzug nicht finanzieren, wird er die Filiale Lyon schließen und das nicht unerhebliche Vermögen konfiszieren. Das kostet ihn nicht mehr als ein Lächeln. Auch Briçonnet wird lächeln, denn unser Geld wird ihm im nächsten Konklave ein paar entscheidende Stimmen sichern. Die Schließung der Filiale wird dich nicht weiter interessieren, denn es sind ja *meine* Geschäftsanteile und nicht deine. Lass mich ausreden, bitte!

Mit der Schließung der Filiale Lyon werden alle anderen Niederlassungen finanzielle Probleme bekommen: Sevilla, London, Brüssel, Mailand, Rom. König Henry in London könnte auf dieselbe Idee kommen. Der Rosenkrieg der Fürstenhäuser Lancaster und York hat den englischen Staatshaushalt ruiniert. Ludovico il Moro hat seit Jahren keine Zinsen bezahlt und nimmt sowieso ständig neue Kredite auf, um die Mitgift für Bianca an Maximilian zahlen zu können. Und Papst Alexander wird mit unserem Geld einen Kreuzzug gegen Charles zur Rettung der Kirche finanzieren.

Wenn wir nicht in diesen Krieg investieren, Caterina, wird die Banca Medici bankrott sein, *c'est certain.* Pieros Macht in Florenz beruht nicht auf seinen überragenden Fähigkeiten als Regent, sondern auf unserem Vermögen. Wenn die Bank geschlossen wird, ist der Sturz der Medici nicht mehr aufzuhalten. Piero wird von seinem hohen Marmorsockel fallen und uns alle mitreißen.«

Lionetto hatte Recht in seiner Einschätzung der florentinischen Machtverhältnisse. Er war ein begnadeter Geschäftsmann, der Zinssätze verhandelte, bei denen anderen Bankiers schon schwindelig wurde, der – so erzählte man anerkennend hinter vorgehaltener Hand – nur mit Feder und Tintenfass auf seinem Schreibtisch noch Geld verdienen konnte. Aber an seiner Wortwahl musste Lionetto noch arbeiten!

»In den Krieg *investieren?*«, zweifelte ich.

»Charles hat von *Il Moro* bereits zweihunderttausend Dukaten erhalten. Du kannst dir ausrechnen, woher Ludovico das Geld hat: von der Banca Medici in Mailand. Der König hat bei der Filiale Lyon seine Kronjuwelen verpfändet. Sie liegen in meinem *Tesoro.* Bitte sei vernünftig, Caterina! Sprich mit Charles! Erzbischof Briçonnet hat mir versprochen, dass er dich empfangen wird.«

»*Mich?* Ich dachte, Francesco Sassetti führt als Generaldirektor die Geschäfte des Medici-Imperiums …«

»Sassetti ist tot. Er starb im August an der Malaria.«

»Das wusste ich nicht«, flüsterte ich betroffen. Sassetti starb, während ich mich in Rom amüsierte! »Wer führt die Bank jetzt?«

»Niemand.«

»Ich meine: Wer trifft die Entscheidungen?«

»Du«, hoffte Lionetto. »Piero tut es jedenfalls nicht.«

Ich schloss die Augen und ließ mich auf einen Stuhl sinken.

»Charles wollte nicht mit seinem *cher cousin et ami* Piero reden, sondern mit dir«, erinnerte mich Lionetto. »Er glaubt, dass du ihm nicht wie Piero ins Gesicht lügst, wenn du ihm die Hand küsst.«

»Werde ich ihm denn die Hand küssen?«, fragte ich und rieb mir die Augen. Ich war müde, furchtbar müde …

»Das solltest du in unser aller Interesse tun! Und vielleicht auch gleich noch ein paar andere Körperteile …«

Das sollte ich schon in meinem eigenen Interesse tun! Eine Reise an den Hof des französischen Königs wäre vielleicht nicht das Dümmste, was ich tun konnte. Mein Bruder hatte versucht, mich zu töten. Florenz war also ein gefährliches Spielfeld für mich. Hier konnte ich nicht bleiben. Aber auch Rom und Mailand waren lebensgefährlich …

Der Sturm der Geschichte verweht alle Spuren.

Das ist ein Naturgesetz, das viele Menschen, die so gern ihre eindrucksvollen Fußabdrücke hinterlassen würden, traurig stimmt. Aber nicht mich, denn diese Einsicht stimmt mich heute, so viele Jahre nach diesen Ereignissen im Winter 1493, geradezu euphorisch. Wenn man ein paar Stunden Zeit hatte, sich in einem eisigen Laboratorium an die eigene Nichtexistenz zu gewöhnen, und wenn der furchtbare Schmerz der Erkenntnis, dass man dem Tod näher ist als dem Leben, verglommen ist – dann macht es sogar Spaß, alle an der Nase herumzuführen.

Im Lauf der Jahre habe ich viel von Cesare gelernt: meine Grenzen zu erkennen, um sie schon am nächsten Tag zu überschreiten, mit vollem Risiko zu spielen, um zu überleben und – zu siegen. Die Kunst der Täuschung, die Unverfrorenheit, alle zum Narren zu halten, das Lächeln, die Maskerade und das Spielen einer Rolle hat er *von mir* gelernt.

Ich habe keine Spuren hinterlassen. Nie hat irgendjemand erfahren, dass ich inkognito in Frankreich war und was ich dort getan habe – mit einer Ausnahme: *Er* war selbst dort. Piero und Gianni haben nie herausgefunden, dass ich *nicht* all die Monate in Sevilla war, um bei Amerigo auf Cristoforo Colombos Rückkehr von seiner zweiten Indienreise zu warten, um ihn nach Handelsmöglichkeiten – indische Gewürze und chinesische Seide – für das bankrotte Medici-Unternehmen zu befragen.

Ich hustete mir die Seele aus dem Leib – »beeindruckend glaubwürdig«, wie Lionetto grinsend mein schauspielerisches Talent bewertete –, während ich Piero an diesem Abend am knisternden Kaminfeuer vom warmen Winter in Sevilla vorschwärmte, von blühenden Orangenbäumen an den Ufern des Guadalquivir, und wie gut mir die Reise täte, um mich von der überstürzten Flucht aus Mailand zu erholen …

Piero schien erleichtert, dass ich für ein paar Monate aus Florenz verschwand und nach Sevilla ging. Hoffte er, dass ich in Granada oder Córdoba oder am Königshof in Barcelona einen spanischen Granden kennen lernte, der mich in seine Burg verschleppte?

Am nächsten Morgen ritt ich mit Lionetto nach Pisa, um mich auf einer spanischen Galeone nach Sevilla einzuschiffen. Dort ging ich am 17. Dezember nach einer ruhigen Überfahrt allein an Land. Lionetto war von Pisa aus nach Lyon aufgebrochen, um wenig später Erzbischof Briçonnet in Orléans zu treffen und ihm meine Antwort zu unterbreiten.

Ich fand Amerigo im Kontor seines Unternehmens: *»¡Buenos Días, Señor Vespucci!«*

»Caterina!«, rief er erfreut, als er mich erkannte. »Was tust du denn in Sevilla?« Er sprang vom Schreibtisch auf und umarmte mich.

»Ich bin auf dem Weg nach Frankreich.«

»Frankreich liegt im Norden«, klärte er mich auf.

»Und Indien liegt im Osten, und doch segelt Don Cristóbal nach Westen. Manchmal sind Umwege Wege, um überhaupt anzukommen.«

Amerigo lud mich ein, ein paar Tage in Sevilla zu bleiben und mit ihm Weihnachten zu feiern. Die wenigen Tage der Ruhe und Besinnlichkeit, unsere Spaziergänge am Guadalquivir und unsere Gespräche im Hafen brachten mich auf andere Gedanken.

Am 10. Januar 1494 ging ich in Palos an Bord eines portugiesischen Seglers, der mich nach Nantes an der französischen Atlantikküste bringen sollte. Palos! Von hier aus war Cristoforo Colombo drei Monate zuvor zu seiner zweiten Reise nach Indien in See gestochen. Ich nahm genau denselben Weg: nach Westen. Wir segelten in den offenen Atlantik hinaus, wo noch zwei Jahre zuvor die Welt geendet hatte. Ein eisiger Wind wehte mir um die Nase, aber ich blieb an Deck, auch während des Sturms, der uns so weit nach Westen trieb, dass das Land außer Sicht geriet. Ein herrliches Gefühl! Die absolute Freiheit, das Losgelöstsein von allem! Es war … unbeschreiblich.

Ende Januar erreichte die Galeone Nantes. Ich ging an Land, um eine Barke zu besteigen, die mich die Loire hinauf bis nach Tours brachte. Dort hoffte ich, König Charles anzutreffen. Aber Seine Majestät war bereits vor Wochen abgereist – nach Orléans. Innerlich fluchend über die Angewohnheit des französischen Hofes, von einem Schloss zum nächsten zu ziehen, blieb ich zwei Tage in Tours, wo ich mich als die venezianische Gewürzhändlerin Carlotta ausgab.

Die Loire hinauf reiste ich weiter nach Orléans, wo Jeanne

d'Arc 1429 die Engländer besiegt hatte – damals stritten der Dauphin Charles VII. und Henry VI. von England um die Krone Frankreichs. Bin ich nicht in derselben Situation wie vor fünfundsechzig Jahren die junge Jeanne?, dachte ich, als ich ihrer in der Cathédrale Sainte-Croix von Orléans gedachte. Jeanne d'Arc brachte dem Dauphin die Krone Frankreichs, ich – wie Jeanne damals achtzehn Jahre alt – brachte dem König die Krone Neapels.

O Jeanne, was riskieren wir, wenn wir das Schicksal nicht demütig hinnehmen, wenn wir uns dagegen auflehnen, wenn wir die Initiative ergreifen, statt still zu sitzen und schweigend zu lächeln? Wenn wir, geblendet vom Glorienschein des Erfolges, die unvermeidlichen Konsequenzen unseres Handelns ignorieren?

König Charles war nicht mehr in Orléans, als ich dort ankam, und so reiste ich ihm bis Paris hinterher, wo er mich drei Wochen lang auf eine Audienz warten ließ.

Ich nutzte die Zeit und besuchte die Sorbonne, die Universität von Paris, wo ich, als der florentinische Student Cosimo, einige Vorlesungen hörte. War es erst drei Jahre her, dass ich Lorenzo angefleht hatte, mich in Pisa studieren zu lassen? Und nun war ich in Paris! Auf den harten Bänken der Sorbonne hatten vor mir Albertus Magnus, Thomas von Aquino und Roger Bacon gesessen! Und Giovanni! Ich genoss die drei Wochen des Wartens auf die Audienz bei Charles in vollen Zügen, hörte Vorlesungen, stöberte in den Buchläden des Quartier Latin und lernte, was es zu lernen gab. Ich war wie berauscht von meinem Glück.

Wenn ich nur geahnt hätte, dass die harten Bänke der Sorbonne *nicht* das höchste Glück waren!

Es war nach einer der Vorlesungen über Physik und Metaphysik, als ich *ihn* traf. Er hatte einen Buchladen mit Kopierwerkstatt im Quartier Latin, nicht weit von der Universität. Ich wühlte mich durch seinen Laden, zog unzählige Bücher aus den Regalen, um sie durchzublättern, und stieß auf ein handgeschriebenes Exemplar von Roger Bacons *Speculum Alchimiae* – The Mirror of Alchemy. Der Buchhändler, ein freundlicher Herr in den besten Jahren, beobachtete mich, während ich vorsichtig die Pergamentseiten umblätterte.

Doch dann entdeckte ich auf einem Tisch mitten im Laden einen viel kostbareren Schatz: einen großen Folianten, der nicht aus Pergamentseiten gebunden war, sondern aus einem Material, das mich an Papyrus erinnerte. Die Schrift, obwohl sehr alt, war gut lesbar. Die Texte waren in Griechisch und einer anderen Sprache, die ich nicht kannte. Auf der ersten Seite las ich, dass das Buch von einem Juden namens Abraham stammte – und meine Hände begannen zu zittern. Ich blätterte weiter und entdeckte die Verfluchung derjenigen, die das Buch lasen, ohne in die Mysterien eingeweiht zu sein. Neugierig, fasziniert, aufgeregt las ich weiter, Seite für Seite …

… bis mich schließlich der Buchhändler ansprach. Ob ich Student an der Sorbonne wäre? Ob ich mich mit der Kunst der Alchemie beschäftigte? Ob ich das geheimnisvolle Buch lesen könnte? Und ob ich verstünde, was ich las? Meine Antworten erstaunten ihn derart, dass er mich, den armen Studiosus, zum Essen einlud.

Und was er mir zu erzählen hatte, überraschte mich. Er zögerte zuerst, mir seine wahre Identität zu offenbaren, doch je länger wir nach dem Essen an der Seine spazieren gingen und uns unterhielten, desto mehr gewann ich sein Vertrauen. Er, der Eingeweihte, wusste, dass die Enthüllung der alchemistischen Arkana an eine nicht durch Meditation und Willenskraft vorbereitete Seele nur die innere Zerrissenheit verstärken würde. Er war fasziniert, als ich ihm erzählte, dass Giovanni Pico mein Maestro war und dass Sandro Botticelli und Marsilio Ficino zu meinen Freunden zählten, dass ich mit den Werken von Bernardo da Treviso, Gerbert d'Aurillac und Nicolas Flamel vertraut war.

Da endlich gestand er mir, wer er war: Maître Nicolas Flamel!

»*Vous êtes fou!*«, lachte ich ihn aus, während wir gemeinsam im Quartier Latin spazieren gingen, die Seine überquerten und am Louvre vorbeigingen. »Er ist 1418 gestorben.«

Ich glaubte ihm erst, als er mir im Laboratorium seine umfangreichen Notizen zeigte. Es stimmte: Er hatte wie Gerbert und Bernardo das *Elixirium vitae* gefunden!

Von meinen Gefühlen überwältigt hielt ich eine Phiole mit dem kostbaren *al-Iksir* in der Hand. Diese unscheinbare klare Flüssigkeit war das Ziel meiner Forschungen und Experimente!

Er bot mir ein Fläschchen an, eine Dosis Unsterblichkeit, aber ich lehnte es ab. Ich verstand, warum er es mir geben wollte, aber ich suchte nicht nur *l'immortalité*, sondern *la gloire immortelle*. Oder, wie Nicolas Flamel erkannte, nicht nur das Glück, sondern auch einen Grund, glücklich sein zu können. Zu dürfen.

»Ihr werdet es schaffen«, versprach mir Maître Nicolas nachsichtig lächelnd über meine Entschlossenheit. »Ihr werdet das *Elixirium* finden, *c'est certain*.«

»Wieso seid Ihr so sicher, Maître?«, fragte ich, als ich ihm die Phiole zurückreichte.

»Wenn ich Euch sage ›Ihr habt den Montparnasse bestiegen, als Ihr die Stufen der Sorbonne hinaufgestiegen seid‹, lacht Ihr mich aus.«

»Ich lache auch, ohne dass Ihr mir solchen Unsinn sagt«, neckte ich Maître Nicolas.

»Da ist es wieder – wenn Ihr lächelt! Ihr habt dieses geheimnisvolle Funkeln in Euren Augen. Ihr nehmt nichts an, was nicht aus Euch selbst kommt, was Ihr nicht selbst erschaffen habt. Ihr haltet die Unsterblichkeit in Händen und gebt mir doch das *Elixirium* zurück. Ihr wollt es selbst finden! Ihr habt Spaß an der alchemistischen Arbeit und Ihr empfindet Lust, die Arkana, die Gott in der Sprache der Naturgesetze chiffriert hat, zu entschlüsseln! Ihr werdet Euch nicht darauf beschränken, explosive Pulver zu mischen, um bunte Feuerwerksraketen in den Himmel zu schießen, oder Gold zu finden. Ihr wisst genau, dass die Unsterblichkeit nur ein Traum ist. Das *al-Iksir* verlängert das Leben, indem es die vitalen Funktionen anregt, aber es macht nicht unsterblich. Es führt uns Eingeweihte zurück in die Einheit, in die Ewigkeit, in die Gegenwart Gottes.

Ihr, Cosimo, wollt alles oder nichts. Das Stadium des ›Nichts‹ habt Ihr mit der *Calcinatio* bereits hinter Euch gelassen. Die Hälfte des Weges, der ausgetretene Pfad der Alchemisten, die Gold suchen, liegt hinter Euch, und der steile Anstieg in die einsamen Höhen wirklicher Kunst beginnt. Nun experimentiert Ihr mit dem ›Alles‹.«

Jeden Tag, den Seine Majestät mich warten ließ, wurde ich fröhlicher. Charles *konnte* mich nicht sofort nach meiner Ankunft in Paris empfangen und mir damit eingestehen, wie dringend er mich brauchte. Je mehr er mich demütigen wollte, desto weniger demütig wurde ich. Mit einer geradezu selbstverleugnenden Geduld ertrug ich die Launen des dreiundzwanzigjährigen Königs.

Wenn er Neapel erobern wollte: von mir aus! Letztlich war es gleichgültig, ob nun die Spanier oder Franzosen in Neapel regierten – es blieb eine Fremdherrschaft in Italien. Wenn er nach Neapel ziehen wollte, um sich die Krone zu holen: bitte schön! Das war einzig seine selbstherrliche Entscheidung, die weder ich noch Erzbischof Briçonnet ihm während unserer fast zweistündigen Audienz ausreden konnten.

Der einzige Grund, diesen unsinnigen Feldzug abzublasen, wären meine Bedingungen gewesen – »*Quelle impertinence!*«, wie Briçonnet meine unverschämten Forderungen und meine Unnachgiebigkeit nach der Audienz mit einem verbissenen Lächeln würdigte –, aber die schreckten Seine Majestät nicht: Er musste sich auf dem Thron von Frankreich halten. Guillaume Briçonnet wollte unbedingt der nächste Papst werden. Und ich war zu allem entschlossen, um die Regierung der Medici in Florenz zu erhalten. Das war ich Lorenzo schuldig.

Mit Cesares Schlachtruf auf den Lippen ergriff ich die Hand des Königs von Frankreich, als dieser der Welt seine Absicht verkündete, nach Italien zu marschieren: »Alles oder nichts!«

Von Lionetto, der mit mir in Paris weilte, erfuhr ich, dass wenige Wochen zuvor König Ferrante von Neapel gestorben war. Während sich Herzog Alfonso in Neapel auf seine Krönung vorbereitete, schickte Charles eine Delegation nach Rom, um die Krone für sich zu fordern. Für den Fall, dass Papst Alexander hierzu nicht bereit sein sollte, drohte Charles mit einem Konzil zur Absetzung des durch Simonie an die Macht gekommenen Rodrigo Borgia. Die Festung von Ostia soll unter dem lauten Lachen von Kardinal della Rovere gebebt haben – aber nicht lange, denn wenige Tage später floh er überstürzt aus Italien.

Alfonso von Kalabrien hatte Papst Alexander an die noch immer nicht vollzogene Ehe – den »spanischen Kuhhandel« – zwischen dem Papstsohn Jofré und seiner Tochter Sancha erinnert. Alfonsos Nachricht an den Papst war nicht in elegantem Latein, sondern in nüchternem Spanisch abgefasst, das in seiner Deutlichkeit kaum zu missverstehen war: Keine Krone für Alfonso – keinen Herzogstitel für Jofré. Alfonso hatte wirklich gute Karten in diesem Spiel um die Macht in Italien!

Aber auch Charles hatte ein paar Asse im Ärmel. Der Vizekanzler der Kirche, Ascanio Sforza, floh von Rom nach Mailand, und Kardinal Giuliano della Rovere traf nach einem kurzen Aufenthalt in der alten Papstresidenz von Avignon im Juni 1494, wenige Tage nach der Krönung Alfonsos zum König von Neapel, am französischen Hof ein, wo er mit allen Ehren empfangen wurde.

Ich hatte mich gerade von Charles verabschiedet, um nach über sechs Monaten Abwesenheit nach Florenz zurückzukehren, als ich im königlichen Vorzimmer allein auf Kardinal della Rovere traf.

»Caterina! Ihr seid in Paris? Ich hätte es wissen müssen, als mir Kanzler Briçonnet von *la belle Cathérine* vorschwärmte, der geheimnisvollen Händlerin aus Florenz«, rief er, als er mir in den Weg trat. »Womit, *ma chère Cathérine,* handelt Ihr denn?«

»Mit der Freiheit, Eminenz! Mit der Freiheit und Unabhängigkeit Italiens«, klärte ich ihn auf und wollte an ihm vorbeigehen.

»Kauft Ihr sie oder verkauft Ihr sie?«, fragte er scharf. »Welche *Position* nehmt Ihr an Charles' Hof ein? Seine Majestät soll kein so guter Liebhaber sein wie Seine Heiligkeit …«

Ich zitterte vor Wut und konnte mir meine zornige Replik nicht verkneifen: »Nein, Eminenz! Aber ich denke, *Euren* Ansprüchen wird sein Arsch genügen. Wenn ich Euch einen Rat geben darf: Das Knien ist eine dafür bestens geeignete Stellung.«

Im ersten Augenblick dachte ich, er würde mich schlagen, wie er es oft in meiner Anwesenheit mit seinem Gefolge getan hatte. Doch dann lachte er: »Ich knie nicht, Caterina, ich bin ein Kardinal …«

»… auf der Flucht!«, ergänzte ich unbarmherzig.

Keiner von uns beiden, weder Giuliano della Rovere noch ich, entschuldigte sich jemals beim anderen für die Beleidigungen, die wir uns im Louvre an den Kopf geworfen hatten. Wozu auch? So wussten wir doch wenigstens, wie der andere dachte.

»Wir sind *beide* geflohen«, erinnerte er mich, legte mir versöhnlich den Arm um die Schultern und lud mich zum festlichen Diner »derjenigen, die Italien ins Unglück stürzen wollen« in das Palais des Erzbischofs ein: »Wie wäre es, meine liebe Caterina, wenn wir heute Abend bei einem kühlen Châteauneuf-du-Pape aus den Weinbergen von Avignon Frieden schließen würden?«

Die Zweideutigkeit seines Vorschlages – er war Kardinallegat in Avignon und residierte im alten Papstpalast – war mir nicht entgangen: »Das, mein lieber Giuliano, fände ich großartig«, antwortete ich honigsüß. »Bei dieser Gelegenheit könnten wir auch Euren künftigen Namen als Papst festlegen. Wie wäre es mit Julius – wie der siegreiche Julius Caesar, der sich mit den Barbaren in Frankreich herumschlug, bevor er Rom eroberte?«

»Ihr triumphiert über mich, Caterina«, beschwerte er sich mit einem amüsierten Augenfunkeln.

»Das ist das Vorrecht des Siegers.«

»Wer wird das sein: der Sieger dieses Kampfes, der noch nicht einmal begonnen hat? Charles von Frankreich? Alfonso von Neapel? Fernando von Aragón? Oder Papst Alexander?«

»Ich, Giuliano! *Ich* werde der Sieger sein«, sagte ich selbstbewusst. »Ich kann gar nicht verlieren.«

Denn wer alles verloren hat – den Vater, den Bruder, den Geliebten –, kann nur noch gewinnen. Er muss nur bereit sein, das Letzte, was ihm geblieben ist, zu riskieren: das eigene Leben.

Am Morgen nach dem Abendessen mit Kardinal della Rovere und einem bewegenden Abschied von Nicolas Flamel reiste ich mit Lionetto zurück nach Lyon. Dort bestieg ich ein Schiff und fuhr die Rhône hinab, an Avignon und Arles vorbei nach Marseille, wo ich mich auf einem venezianischen Segler nach Pisa einschiffte. Als ich nach sechs Monaten Abwesenheit wieder in Florenz eintraf, erwartete mich eine Hiobsbotschaft:

Angelo war todkrank!

Nach meiner Ankunft im Palazzo Medici hatte ich keine Minute gezögert, erneut in den Sattel zu steigen, um nach Fiesole zu reiten. Ich gab der verstörten Ginevra Anweisung, meine Reisetruhen auf keinen Fall auszupacken und das Kästchen mit meinem Diamantschmuck, den Saphirringen und Perlen, für die Lorenzo vor drei Jahren ein Vermögen ausgegeben hatte, um aus mir eine Medici zu machen, sofort ins Laboratorium zu bringen.

Ginevra war in Tränen aufgelöst, weil sie nicht begriff, was ich vorhatte – ob ich wohl gleich wieder abreisen wollte? – und weil sie diesen Kommandoton eines Condottiere von mir nicht gewohnt war. In einer ruhigen Minute hätte ich mich bei ihr entschuldigt, wenn ich dazu Gelegenheit gehabt hätte. Aber die Ereignisse überstürzten sich in den nächsten Tagen.

Die Tränen, die mir über die Wangen liefen, wischte ich zornig mit dem Ärmel fort, als ich nach Fiesole aufbrach. Pieros Reaktion über meine überraschende Rückkehr »aus Sevilla« hatte mich entsetzt. Mein Bruder hatte mich angesehen, als sei sein innigster Wunsch, ich möge bei der Überfahrt ertrunken oder in Barcelona an meinen Intrigen erstickt sein, nicht in Erfüllung gegangen. Piero, der bei meiner Ankunft mit Gianni und Giulio im Garten Boccia spielte, hatte sich auch vor seinem Bruder und seinem Cousin nicht die geringste Mühe gegeben, seine zornige Verachtung und seinen Hass zu verbergen. In Giannis Blick las ich tiefe Betroffenheit über die unbeherrschte Reaktion seines Bruders.

Im Palazzo Medici und in Florenz würde ich meines Lebens nicht mehr sicher sein! Nie mehr. Ich trug nun ständig einen Dolch bei mir, den ich in den weiten Falten der Ärmel meiner Kleider verbarg. Eine zweite Klinge steckte entweder unter dem Rock oder, wenn ich wie an diesem Tag als Cato de' Medici gekleidet war, im ledernen Reitstiefel.

Nicht einmal eine Stunde nach meiner Ankunft in Florenz war ich durch die Porta San Gallo nach Fiesole galoppiert.

»Wie geht es Angelo?«, fragte ich Giovanni, als ich ihn in die Arme schloss. Er hatte nicht einmal die Kraft, sich gegen meine Zärtlichkeiten zu wehren.

Angelo lag, in den Habit eines Dominikaners gekleidet, mit geschlossenen Augen und zum Gebet gefalteten Händen in seinem Bett. Hatte er überhaupt bemerkt, dass ich gekommen war?

»Er hat den Lebenswillen verloren«, flüsterte Giovanni. »Angelo sehnt sich so sehr nach Lorenzo, nach seiner Liebe und nach Geborgenheit, dass er beschlossen hat zu sterben. Das Leben ist für ihn sinnlos geworden nach Lorenzos Tod.«

Ich war betroffen: Angelo hatte sich in seinem Schmerz selbst aufgegeben. Er besaß die unglaubliche Kraft eines Genies, sich selbst zu erschaffen und am Ende zu zerstören!

Sein Lebenslicht brannte herunter wie eine flackernde Kerze. Ich besuchte ihn jeden Tag, und es schmerzte mich zu sehen, wie er von Tag zu Tag schwächer wurde. Ich versuchte ihm Freude zu bereiten, indem ich ihm ein paar von Lorenzos Sonetten vorlas. Er lächelte glücklich – welche Seelenqualen musste ihn dieses Lächeln gekostet haben, das Giovanni und mich beruhigen sollte!

Wie konnte ich denn ahnen, dass ich, statt Angelos Schmerz zu lindern, mit Lorenzos fröhlichen Versen sein Leiden an der Einsamkeit bis zur Unerträglichkeit verstärkte!

Am 29. August 1494 begann König Charles mit seinem Heer von Grenoble aus mit der Überquerung der Alpen, die er wie vor ihm Hannibal überschritt – zwar ohne Kriegselefanten, aber mit einem ebenso Furcht erregenden Heer.

Und ich versuchte wie der römische Held Scaevola, meine Stadt vor der Eroberung und Plünderung durch die heranrückenden Barbaren zu schützen, indem ich meine Hand ins Feuer hielt. Zähneknirschend ertrug ich den Schmerz der hitzigen Worte, mit denen mich meine Cousins Giannino und Lorenzino demütigten, als ich sie um Geld bat. Um sehr viel Geld. Zornig erinnerten sie mich daran, dass Piero sie mit Verbannung bedrohte, nachdem sie nach einem Streit mit Piero den Namen Medici abgelegt hatten – ein lächerlicher Streit, der die Bezeichnung Prügelei verdient hätte, aber von Piero der Signoria gegenüber ein Attentat genannt wurde. Ich versprach meinen Cousins, mich für sie einzusetzen. Ein höhnisches Lachen war die Antwort, aber ich gab nicht auf.

Am 5. September, als Charles mit seinem Heer Turin erreichte, waren Giannino und Lorenzino auf dem Weg nach Cafaggiolo. Niccolò Machiavelli begleitete meine Cousins in ihre Villa außerhalb der Stadt. Unermüdlich bestürmte er mich, ich sollte ebenfalls Florenz verlassen – bis ich ihm zu schweigen gebot. Dabei hatte er wie immer Recht: Dies wäre der richtige Zeitpunkt gewesen! Doch was wäre geschehen, wenn ich mit Niccolò gegangen wäre?

Ich blieb in Florenz, verhandelte heimlich mit den einflussreichsten Bankiers und Kaufleuten von Florenz und bat sie, einem Konsortium florentinischer Banken beizutreten, das den französischen Feldzug finanzierte und mit zweihunderttausend Fiorini die Freiheit für Florenz erkaufte. *Libertà,* das war das Wort, das alle aufhorchen ließ. Warum sie mich nicht gleich hinauswarfen, konnte ich mir denken: Eine französische Invasion war eine gute Gelegenheit, Seine Selbstherrlichkeit für immer loszuwerden. Und mit Piero den ganzen arroganten Medici-Clan. Wenn ich mit meinem unsinnigen Vorschlag den Marmorsockel der Herrschaft von Cosimo, Piero und Lorenzo il Magnifico sprengte: Warum sollten sie mich davon abhalten?

Mitte September vernahm ich besorgt die Nachricht, dass Charles mit seinem Heer in Asti eingezogen war, wo er von Ludovico Sforza und Herzog Ercole d'Este von Ferrara wie der Befreier Italiens empfangen wurde, um nach Pavia geleitet zu werden, wo er die Nachricht von der Schlacht bei Rapallo erhielt.

Papst Alexander hatte ein Bündnis mit Alfonso von Neapel geschlossen – dem Einzigen, der es wagte, sich den Franzosen entgegenzustellen, trotz der bestürzenden Nachrichten über das hervorragend ausgerüstete französische Heer, dem die italienischen Republiken und Herzogtümer nichts entgegenzusetzen hatten. Bei Rapallo schlugen die Franzosen unter Herzog Louis von Orléans Alfonso vernichtend, und der König von Neapel musste sich zurückziehen – das französische Wort dafür heißt »fliehen« –, um die Verteidigung Neapels zu organisieren.

Spätestens nach der Niederlage von Rapallo konnte ich mir ausmalen, was die französische Invasion für Italien bedeutete. Dieser Krieg würde anders sein als alles, was Italien seit Hannibals Invasion erlebt hatte. Die italienischen Condottieri hatten ihre gut bezahlten Söldner bisher immer aus eigenem Interesse in der Schlacht geschont. Sie hatten Gefangene gemacht, die gegen Lösegeld nach einer mehr oder weniger komfortablen Zeit der »Gastfreundschaft« nach Hause geschickt wurden. Bei dieser italienischen, dieser zivilisierten Art der Kriegführung floss nur selten Blut. Die Franzosen waren anders. Wie ein Erdbeben erschütterte die Nachricht Italien, dass die Franzosen nach der Eroberung von Rapallo nicht nur die bewaffnete Besatzung der Festung, sondern auch Frauen und Kinder niedergemacht hatten.

Ich fühlte mich entsetzlich schuldig ... als hätte ich – und nicht Ludovico – die Franzosen ins Land gerufen. Als hätte ich Florenz an König Charles verkauft.

Was würde geschehen, wenn Piero den Franzosen Widerstand leistete? Nein, daran wollte ich nicht denken!

Wie ein Sieger zog König Charles in Piacenza ein: kampflos.

Italien zerbrach in ein buntes Mosaik von Fürstentümern ohne klar definierbare Farbe, ohne ein zusammenhängendes Muster. Eine Hand voll Spielsteine in der Hand des Eroberers, der sie nach Belieben neu an seine Mitspieler verteilen konnte, denn Italien leistete keinen Widerstand mehr.

Als Piero erfuhr, dass unsere Cousins Giannino und Lorenzino in Piacenza zu König Charles übergelaufen waren, dass Herzog Gian Galeazzo von Mailand kurz nach der Abreise Charles' aus Pavia an einem geheimnisvollen Fieber gestorben war und Ludovico Sforza als Herzog den Thron von Mailand bestiegen hatte, dass immer mehr Florentiner und mit ihnen Fra Girolamo die Franzosen als Befreier von der Tyrannei der Medici geradezu herbeisehnten, da sah mein Bruder den Treibsand, auf dem er stand, unter ihm weggleiten.

Savonarolas apokalyptische Prophezeiung vom Herbst 1491 hatte sich bewahrheitet! Die Sintflut war gekommen, die Franzosen würden in die Toskana einfallen wie die Heuschreckenplage in Ägypten. Als der Prior von San Marco am 21. September im Dom den Zorn Gottes beschwor, herrschte Grabesstille in der Basilika. »Tu Buße, Florenz!«, brüllte der Prophet von seiner Kanzel. »Siehe, das Schwert des Herrn ist gekommen, die Prophezeiungen haben sich erfüllt! Das Strafgericht hat begonnen! Die Zeiten des Singens und Tanzens sind vorüber. Die Stunde ist gekommen, um eure Sünden mit Strömen von Tränen zu beweinen! Denn der Herr sprach: Seht, ich will eine große Flut über das Land bringen.«

Es erstaunte mich nicht, dass sich das Kloster von San Marco füllte wie Noahs Arche kurz vor der Sintflut: Viele Florentiner legten die Mönchsgelübde ab. Unter ihnen war auch der todkranke Angelo, der sich in eine Zelle von San Marco zurückgezogen hatte, um endgültig der Welt zu entsagen.

In mein Laboratorium eingeschlossen, fieberte ich Tag für Tag der Nachricht aus Genua entgegen, dass das Geld des florentinischen Bankenkonsortiums eingetroffen war und dass es Charles übergeben werden konnte – als Lösegeld für Florenz. Vergeblich!

Stattdessen traf Charles' Forderung an Piero ein, Florenz solle sich seinem Heer ergeben, das sich bereits den Grenzen der Toskana näherte. Piero weigerte sich. Herzog Ludovico überredete König Charles, die Banca Medici in Lyon zu schließen und das Vermögen zu konfiszieren, wie der Herzog es bereits mit der Mailänder Filiale getan hatte. Die Schließung der Filiale Lyon wäre ein deutliches Signal an Florenz, dass der französische König nur gegen Piero, nicht gegen die Republik Florenz kämpfte.

Piero reagierte, wie Lorenzo es getan hätte. Er tat nichts, weil er nichts tun konnte, und spielte bis zum grandiosen Finale den Unbesiegbaren. Zugegeben, die Rolle stand ihm so vortrefflich wie seinem Vater – aber im Gegensatz zu Lorenzo kannte Piero seinen Text und sein Stichwort, die Bühne zu verlassen, nicht.

Während die Franzosen sich zum Angriff auf die Festung Sarzana an der Grenze der Toskana vorbereiteten, spielte Piero mit seinen Freunden Fußball auf der Piazza Santa Croce. Er verlor: das Spiel und die Festung Sarzana. Das Spiel war nicht wichtig, und die Festung hätte man nach dem Durchzug der Franzosen ohne Verluste zurückerobern können. Was viel tragischer war: Piero verlor seine Seelenruhe. Und mit ihr sein Ansehen in der Bevölkerung, den Respekt der Signori und damit die Macht in Florenz.

Dann, endlich!, traf von Lionetto die Nachricht ein, dass die genuesische Banca Soli das florentinische Geld erhalten hatte und es an Charles' Kanzler Briçonnet ausbezahlt hatte. Doch es war zu spät! Charles war in die Toskana eingefallen und marschierte in Richtung Pisa.

Ich hatte nur noch einen Gedanken: Ich musste Florenz vor der Vernichtung retten! Ich musste zu Charles. Sofort!

Schon hatte ich mein Notizbuch und den Talar eingepackt, um aufzubrechen, als es an der Tür meines Laboratoriums klopfte.

»Caterina?«, hörte ich Giovannis Stimme.

Ich öffnete die verriegelte Tür.

Giovanni war bleich wie der Tod. »Komm sofort!«

»Wohin?«, fragte ich verwirrt.

»Nach San Marco! Angelo will dich noch einmal sehen. Er stirbt.«

Angelo lag mit geschlossenen Augen in seiner Zelle. Fra Girolamo kniete vor dem Bett und betete mit ihm das *Pater noster*, als ich mit Giovanni eintrat. Als das Gebet beendet war, kniete ich neben Angelo nieder und küsste ihn sanft auf die Stirn.

»Jetzt sind alle bei mir, die mir noch etwas bedeuten«, flüsterte er. »Giovanni … und du, Caterina! Alle anderen habe ich verloren: Lorenzo … mein geliebter Michelangelo. Sie waren meine Familie …« Seine Stimme war so leise, dass ich ihn kaum verstand, als er nach einem Atemzug anfügte: »Ich bin frei – ich kann gehen.«

»Der Mensch ist niemals frei«, erinnerte ich ihn traurig.

Giovanni wandte sich schluchzend ab. Fra Girolamo legte den Arm um seine Schultern und redete leise mit ihm, während ich Angelos Hand hielt.

Mit einem zauberhaften Lächeln starrte er auf etwas, was wir nicht sehen konnten. Was wir nicht einmal erahnen konnten. Er streckte die Hand danach aus, schien glücklich zu sein. Endlich!

Angelos Lebenslicht erlosch still und leise. Den einen Moment brannte es noch, dann – nichts mehr. Nichts außer einem seligen Lächeln. Er war dem Leiden entflohen.

Angelos Tod brachte Giovanni völlig aus der Fassung. Er saß auf dem Rand des Bettes und weinte herzzerreißend. Meine tröstende Hand fegte er vom Ärmel seines Dominikanerhabits. Schließlich wischte er sich die Tränen ab, erhob sich und bat Fra Girolamo darum, ihm das Schweigegelübde abzunehmen. Dann verschwand er völlig aufgelöst in seiner Zelle, schloss sich ein und verdammte sich selbst zur Einsamkeit.

Nein, der Mensch ist nicht frei, dachte ich erschüttert, als ich mich schließlich von Angelos Sterbelager erhob und seine kalte Hand losließ. Keine Minute seines Lebens! Denn er *will* nicht frei sein!

Mit Tränen in den Augen kehrte ich in den Palazzo Medici zurück. Ich trauerte um Angelo. Und ich war zornig über Giovannis Rückzug ins Schweigen. Sein Abschied von mir, bevor er in seine Zelle floh, hatte mir fast das Herz zerrissen. Er war so selbstvergessen gewesen, so *abwesend* …

Als ich in den Hof des Palazzo stürmte, kam mir Piero mit seinem Gefolge entgegen. Beinahe hätte ich ihn umgerannt.

»Wo warst du, Caterina? Ich habe dich gesucht«, warf er mir vor.

Ich würdigte ihn keines Blickes. Hatte er sich seit Angelos Auszug aus dem Palazzo jemals um Lorenzos Freund gekümmert? Ich wollte an meinem Bruder vorbeigehen, doch er hielt mich am Ärmel fest: »Ich habe etwas mit dir zu besprechen. Allein.«

Seine Drohung überhörte ich in meinem Schmerz um Angelos Tod und meiner Besorgnis über Charles' Vormarsch. Ich ignorierte Piero, der sein Gefolge mit einer ungeduldigen Geste entließ, und stieg die Treppe hinunter zu meinem Laboratorium. Dass er mir folgte, bemerkte ich nicht, weil ich es nicht bemerken *wollte*. Sollte er doch ausreiten und sich mit seinen Freunden vergnügen, sollte er den unbesiegbaren Herrn von Florenz spielen!

»Caterina! Ich spreche mit dir«, erinnerte er mich ungehalten. »Würdest du gefälligst aufhören, mich wie Lorenzos Schatten zu behandeln?«

»Wenn du aufhörst, dich wie ein Schatten deiner selbst zu verhalten, dann rede ich mit dir!«, schrie ich ihn an und öffnete die Tür des Laboratoriums.

Er betrat hinter mir den Raum, bevor ich ihm die Tür vor der Nase zuschlagen konnte. Ich fuhr herum, als er das Schloss hinter sich verriegelte.

»So, und nun wollen wir uns endlich ungestört unterhalten«, drohte er mir. »In den letzten Wochen bist du mir ständig ausgewichen. Du hast an keiner gemeinsamen Mahlzeit teilgenommen und dich in deinem Laboratorium eingeschlossen. Du bist doch sonst nicht so ängstlich, Caterina!«

»Lass mich in Ruhe!«, schrie ich ihn an. Meine Stimme schwankte – ich hatte wirklich Angst. Was, zum Teufel, wollte er von mir?

»Du wirst in den nächsten Tagen noch genug Ruhe haben – so viel, dass du dich nach unserem Gespräch zurücksehnen wirst«, versprach er mir. »Ich will wissen, wo du warst.«

»In San Marco – Angelo ist tot«, warf ich ihm vor die Füße.

Falls Angelos Tod meinen Bruder in den Tiefen seiner Seele erschütterte, so ließ er es sich nicht anmerken. »Ich will nicht wissen, wen du alles in den letzten Wochen in Florenz besucht hast, Caterina. Glaubst du, ich weiß nicht, wie du hinter meinem Rücken intrigierst?«

Als er einen Schritt auf mich zukam, zuckte meine Hand zu dem Dolch in meinem Ärmel. Ich wich vor ihm zurück.

»Ich will wissen, wo du warst, als du angeblich nach Sevilla gereist bist«, brüllte er mich an. Die Zweifel schürten das Feuer seiner Wut – die Zweifel, aber nicht die Gewissheit!

Piero ahnte nicht, dass ich in Paris gewesen war, triumphierte ich – als ob mir das in diesem Augenblick etwas genützt hätte. Er wusste nichts von dem geheimen Bankenkonsortium, das den französischen Feldzug finanzierte, nichts von dem unentwirrbaren Netzwerk von Konten, über die die Fiorini unauffällig nach Genua transferiert worden waren. Er hatte keine Ahnung …

»Wo warst du? In Valencia bei Herzog Juan Borgia? Oder in Barcelona bei König Fernando? Was, zum Teufel, hast du in Spanien getrieben?«

Ich zog den Dolch und richtete ihn gegen meinen eigenen Bruder.

Piero lachte verächtlich. »Steck dein Spielzeug ein, Caterina! Du könntest dir selbst schaden, nicht nur, indem du dich oder mich damit verletzt. Ein Angriff auf den Herrn von Florenz könnte vor der Signoria als Hochverrat an der Republik ausgelegt werden. Deine Hintertreppenrevolution ist beendet!« Piero entwand mir den Dolch und steckte ihn in seinen Gürtel. »Du hast mit deinen Intrigen Florenz auf dem Gewissen! Mit deinem furchtbaren Ehrgeiz, mich zu stürzen, hast du die Macht der Medici zerstört! Du hast das Imperium zerschlagen, das drei Generationen Medici aufgebaut haben. Ich werde jetzt zu Charles reiten, um zu retten, was noch zu retten ist.« Er griff hinter sich und öffnete den Riegel der Tür. »Denk in Ruhe darüber nach, während du auf meine Rückkehr wartest, geliebte Schwester! Die Gedanken an das, was du zerstört hast, werden deine letzten sein!«

Das Zuschlagen der Tür und das Knirschen des Schlüssels im Schloss hatte etwas beängstigend Endgültiges.

Wann wird meine Familie anfangen, mich zu suchen?, fragte ich mich, als ich mich erschöpft auf eine meiner Reisetruhen neben der Tür des Laboratoriums sinken ließ – Ginevra hatte sie hierher schaffen lassen. Würden sie mich überhaupt vermissen? Ich hatte meiner Kammerdienerin den unmissverständlichen Befehl gegeben, meine Reisetruhen nicht auszupacken, und hatte mich ihr gegenüber auch nicht mit Erklärungen aufgehalten, ob ich denn sofort wieder abreisen wollte. Am liebsten hätte ich es getan! Meine Unberechenbarkeit war bei der Dienerschaft im Palazzo bekannt und bei meinen Leibwachen gefürchtet. Mit anderen Worten: Mir war alles zuzutrauen. Nachts allein durch Florenz zu irren. Inkognito abzureisen – nach Pisa, nach Siena, nach Rom, nach Sevilla oder ans Ende der Welt –, ohne irgendjemanden über meine Pläne in Kenntnis zu setzen: Ich hatte es schon so oft getan!

Niemand würde mich hier unten in den Kellergewölben hören, wenn ich gegen die Tür meines Laboratoriums trommelte. Niemand würde mich befreien. Genauso wenig würde mir irgendjemand eine wärmende Decke bringen, ein Kissen, etwas zu essen oder zu trinken oder eine Kerze. Oder Nachrichten, was draußen vor sich ging … Ich war allein. Verzweifelt.

Der Verrat, der das Medici-Imperium vernichtete – dieser Vorwurf schmerzte! Nicht, weil er mir im blinden Hass entgegengeschmettert wurde, nicht, weil er nicht wahr wäre, sondern weil er den Zweifel in mir weckte. Hatte ich mit meinen Verhandlungen mit König Charles, mit Erzbischof Briçonnet, mit Kardinal della Rovere nicht letztlich dasselbe getan wie Piero? Er hatte nur ein paar tragende Säulen verschoben: Florenz, Mailand und Neapel, was in Rom, Urbino und Venedig ein diplomatisches Beben hervorrief. Aber ich hatte die französischen Ideen einer Vorherrschaft in Europa unterstützt und damit das empfindliche Fundament Italiens untergraben und zum Einsturz gebracht …

Wie lange würde ich überleben?

Obwohl ich mein Laboratorium in den befestigten Kellergewölben des Palazzo eingerichtet hatte, war es doch einigermaßen komfortabel – immerhin hielt ich mich täglich mehrere Stunden hier auf, nahm sogar hin und wieder meine Mahlzeiten hier ein.

Es war genug Wasser da, um wochenlang überleben zu können.

Das offene Fass in einer Ecke des Raumes war randvoll. Wasser, viel Wasser, ist für einen Alchemisten überlebensnotwendig, um ein brennendes Laboratorium zu löschen. Nun, dieses Wasser würde meinen Durst löschen. Zu essen gab es dagegen nichts. Ich würde fasten müssen – es war nicht schlimm, dachte ich trotzig, wenn ich in den nächsten Tagen an Gewicht verlor, denn ich hatte in Paris ein wenig zugenommen.

Mein Vorrat an Kerzen würde nicht lange reichen. Ich musste sparsam sein. Ich würde nur zum Arbeiten ein Licht entzünden, versprach ich mir selbst. Holz, um den Athanor zu schüren? Es war nicht genug vorhanden, um es für mehrere Tage warm zu haben. Außerdem würde das Feuer zu viel Luft verbrauchen. Das Laboratorium hatte kein Fenster, und die Eichenholztür war verschlossen – ich musste also auf Wärme verzichten, um nicht in einigen Tagen zu ersticken.

Im Licht einer flackernden Kerze versuchte ich, mit meinem zweiten Dolch das Schloss der schweren Tür zu öffnen, es mit der scharfen Klinge aus dem Holz herauszukratzen, die Angeln aufzuhebeln. Erfolglos: Die Klinge brach nach nur einer Stunde ab.

Ich war gefangen in meinem eigenen Laboratorium!

Fieberhaft suchte ich nach einem Ausweg. Ich musste die Tür aufbrechen – aber womit? Der Schürhaken verbog, als ich versuchte, die schwere Tür aufzuhebeln.

Ich konnte Feuer legen, die Tür verbrennen. Doch ich würde ersticken, wenn die Eichenholztür brannte – wenn nicht vorher schon die brennbaren Flüssigkeiten wie das Griechische Feuer im Laboratorium entflammt wären.

Und dann kam mir die wahnwitzige Idee, die Tür zu sprengen. In meinem Notizbuch fand ich die Zusammensetzung des explosiven Pulvers: Schwefel, Salpeter und Kohle. Aber ich kannte das Mischungsverhältnis nicht, um eine Explosion hervorzurufen, mit der ich die Tür aufsprengen konnte, ohne den Palazzo in die Luft zu jagen, ohne durch die herumfliegenden Splitter zerplatzter Glaskolben getötet zu werden, ohne durch die Druckwelle der Explosion lebensgefährlich verletzt zu werden. Und es gab noch ein Problem: Ich hatte zwar Holz, aber keine Kohle.

Noch in derselben Nacht begann ich mit der Herstellung von Holzkohle. Es klingt so einfach, aber die Probleme schienen unüberwindlich: Üblicherweise wird getrocknetes Holz mit einer luftdichten und feuerfesten Schicht aus Lehmerde bedeckt und entzündet, um es zu verkohlen. Durch die Steuerung der Luftzufuhr kann verhindert werden, dass das Glühen erlischt oder das Holz zu Asche verbrennt. Ich hatte keinen Eimer voller Erde und nicht einmal genug Luft im Laboratorium. Bei der entstehenden Hitze der Verkohlung würde ich nach einigen Tagen qualvoll ersticken.

Trotzdem machte ich weiter. Bis zum Morgengrauen – mit anderen Worten: bis die erste Kerze heruntergebrannt war – versuchte ich, einige Holzsplitter im geschlossenen Alambic zu verkohlen. Das Holz verglühte nicht vollständig – die Ausbeute war lächerlich gering. Erschöpft schlief ich einige Stunden, um eine neue Kerze zu entzünden und mit meinem Experiment fortzufahren.

In der dritten Nacht begannen die Schmerzen.

Es war kalt im Laboratorium. Der Athanor brannte nicht mehr, weil ich jeden Holzspan für die Kohleherstellung benötigte, und die eisige Kälte kroch mir Stunde für Stunde schmerzhafter in die Glieder. Nur humpelnd, auf den Schürhaken des Athanors gestützt, konnte ich im Laboratorium auf und ab gehen, um mich warm zu halten. Wie Lorenzo!, schoss es mir durch den Kopf. Die unerträglichen Schmerzen in meinen Gliedern, die mich nach drei Tagen Gefangenschaft zur Unbeweglichkeit verdammten, waren die Gicht. Der schmerzhafte Beweis, dass ich eine Tochter der Medici war –

Lorenzos Tochter –, konnte nicht mehr als ein blasses Lächeln auf meine Lippen zaubern.

Im Schein einer Kerze begann ich zu lesen: Hiobs Geschichte sollte mich trösten. Sie bewirkte jedoch eher das Gegenteil, obwohl Hiob am Ende triumphiert hatte. Aber Hiob hatte bis zum Ende an die Gerechtigkeit Gottes geglaubt – ich tat das nicht. Und ich flüchtete mich nicht wie Hiob in die absurde Erkenntnis, dass Gottes Entscheidungen zu wunderbar sind, als dass ich sie begreifen könnte. Denn ich glaubte, dass es dem Menschen möglich ist, sich zu Gott zu erheben. Das heißt: Gott zu verstehen. Er hatte den Menschen nach Seinem Bild geschaffen, »als Abbild Gottes schuf Er ihn« – also mit einem Verstand, der Gott und sich selbst begreifen kann. Mit einem Gewissen. Und mit einem freien Willen. Dem Willen, die Leiden zu überleben.

Ein paar Tage später hatte ich genug Kohle verglüht und begann mit meinen Experimenten zur Herstellung des Schießpulvers. Meine Hände zitterten, und ich spürte, wie ich jeden Tag schwächer wurde. Die Kälte, die Dunkelheit, das tagelange Fasten und die furchtbaren Schmerzen zwangen mich in die Knie. Aber ich gab nicht auf. Trotz der Niederlagen, trotz der gescheiterten Experimente, trotz der Tatsache, dass meine Kohlevorräte mit jedem missglückten Versuch dahinschwanden und ich kaum noch Holz hatte, um neue Kohle herzustellen. Trotz der Tatsache, dass auch mein Kerzenvorrat immer kleiner wurde.

Und ohne Licht brauchte ich auch keine Kohle mehr, denn in der Finsternis konnte ich meine Experimente nicht fortsetzen …

Von der Katastrophe, die im Feldlager des französischen Königs geschah, habe ich erst Tage später erfahren – von Fra Girolamo.

Piero hatte den winzigen Strohhalm, den man nicht einmal mit viel Fantasie als Chance bezeichnen konnte, ergriffen und reiste mit einer Delegation nach Pisa, um mit Charles zu sprechen.

Piero bat den König um Vergebung, weil er es gewagt hatte, sich ihm und seinem Heer zu widersetzen. Er nahm die demütigenden Bedingungen wortlos an und überließ Charles die Städte Pisa und Livorno. Und obwohl Charles bereits das Lösegeld aus Florenz erhalten hatte, verlangte er weitere zweihunderttausend Fiorini. Piero kniete nieder und versprach alles, was Charles verlangte, um seinen Kopf aus der Schlinge zu ziehen.

Seine Verwandlung von einem unbeherrschbaren jungen Mann zum unbeherrschten Tyrannen von eigenen Gnaden fand ein überraschendes Ende, als er siegesgewiss nach Florenz zurückkehrte, um der Signoria zu berichten, wie mutig er die Republik und den Frieden gerettet hatte.

Über den Zorn der Ratsherren von Florenz war er aufrichtig verwundert. Ebenso wenig verstand Piero die Vorwürfe, der Regent von Florenz habe sich als unfähig erwiesen. Zornig verließ Piero den Ratssaal, um eine Stunde später mit einer bewaffneten Truppe wiederzukommen. Doch der Rat von Florenz verweigerte ihm mit Waffengewalt den Zutritt zum Palazzo della Signoria. Ein Offizier erklärte Piero, er dürfe den Palazzo nur allein und unbewaffnet durch eine Seitentür betreten. Piero begriff, was das bedeutete: Er war abgesetzt! Er floh in den Palazzo Medici und beriet sich mit seinen Freunden, ob er den Palazzo della Signoria mit Feuer und Schwert zurückerobern sollte.

Dann begannen die gewaltigen Glocken des Doms zu läuten. Ihr Dröhnen konnte ich sogar in meinem unterirdischen Verlies hören.

Angst ergriff mich: War das Läuten das Zeichen, dass die Franzosen Florenz angriffen? Stand Charles schon vor den Toren der Stadt? Ich musste zu ihm: Vielleicht war Florenz noch zu retten!

Ich dachte an Nicolas Flamels Worte, *»que l'alchimie est très dangereuse«*. Das war sie: lebensgefährlich! Aber ich musste es wagen! Jetzt oder nie! Ich hatte keine Zeit für weitere Experimente. Als ich schließlich die hastig gedrehte Lunte aus zerrissenen Stoffstreifen entzündete, flüsterte ich:

»Phoenix muss brennen, um aus seiner Asche aufzuerstehen.«

Kapitel 9

Auferstanden aus der Asche

Wenige Augenblicke später explodierte der mit dem Sprengstoff gefüllte Alambic. Und in einem Wirbel aus Feuer und Staub flogen die Splitter der Tür durch den Raum.

Dass in diesem Augenblick noch ein anderes Laboratorium explodierte, kann ich heute, so viele Jahre nach diesen Ereignissen, nicht einfach für einen tragischen Zufall halten oder für eine geheimnisvolle Verbindung von zwei Schicksalen: Denn er starb und ich überlebte und erhob mich aus der Asche meiner Vergangenheit. Nein, es war göttliche Vorsehung – auch wenn ich lange gebraucht habe, den tieferen Sinn zu begreifen: Es war ein Akt Seiner Gnade, uns beide nach Jahren des Ringens mit Gott und uns selbst aus einer Bestimmung zu erlösen, mit der wir uns niemals abfinden konnten …

Ich presste die Tasche mit meinem Schmuck, dem purpurfarbenen Talar und meinem Notizbuch an mich und rannte, humpelte, stolperte blind vom Staub und im dichten Rauch der Explosion hustend die Treppe hinauf. Beinahe wäre ich auf den Stufen gestürzt.

Schwankend stand ich im Hof, musste mich am marmornen *Herakles* festhalten, der siegessicher sein Schwert in den Himmel stieß. Keuchend rang ich um Luft, nach herrlicher klarer kalter Luft! Meine Knie und Hände zitterten, aber ich war unverletzt. Ich blickte zurück: Das Laboratorium war verwüstet. Eine feine Rauchwolke zog hinter mir die Treppe zum Hof hinauf. Ich atmete erleichtert auf: kein Feuerschein!

Es war niemand da, der die Flammen hätte löschen können. Der Innenhof des Palazzo lag verlassen da. Kein Sekretär stürzte aus dem Raum gegenüber, wo Besucher empfangen wurden, keine Bewaffneten bewachten den Zugang zum ersten Stock. Was war geschehen? Wo waren sie denn alle geblieben?

Obwohl ich von der Explosion noch ganz taub war, hörte ich zwischen dem Dröhnen der Domglocken Rufe von der Straße. Was war dort los? Waren die Franzosen in Florenz einmarschiert? War der Palazzo vielleicht schon geplündert worden?

Als ich Schritte auf der Treppe hörte, fuhr ich herum und griff nach dem Dolch in meinem Stiefel. Es war Gianni. Er rannte mit fliegender Soutane die Treppe zum Hof hinunter, zwei Stufen auf einmal nehmend. Hatte er die Explosion gehört? Die Rufe auf der Via Larga? Als er mich erkannte, blieb er stehen, starrte mich ungläubig an, dann kam er zu mir herüber. »Caterina! Um Gottes willen!« Er fing mich auf, als eine Schwäche mich in die Knie zwang, und umarmte mich. »Wo warst du bloß die ganze Zeit!«

Wie lange war ich lebendig begraben gewesen?, dachte ich verwirrt.

Ich stöhnte, und mein Bruder hielt mich fest, als fürchtete er, ich könnte mich umdrehen und gleich wieder fortgehen. »Wann bist du angekommen?«, fragte er und führte mich in Richtung Treppe.

»Ich …« Was sollte ich ihm sagen? »… eben erst.«

»Gerade noch rechtzeitig!« Gianni sah sich im Hof um, als suchte er jemanden. »Wo ist Herzog Guido?«

Ich sah meinen Bruder verdutzt an. »In Urbino, nehme ich an.«

»Hat er dich nicht nach Florenz begleitet?«, fragte Gianni in das durchdringende Glockengeläut hinein.

Ich schüttelte verwirrt den Kopf.

»Du hättest bei ihm in Urbino bleiben sollen. In Florenz herrscht das Chaos!«

Gianni glaubte, dass ich bei Guido in Urbino gewesen war! Warum auch nicht? Als ich mit ihm nach unserer Flucht aus Mailand in den Palazzo gekommen war, hatte er meine Hand gehalten – um sie zu wärmen, wie ich mir eingeredet hatte. Was lag näher als anzunehmen, ich wäre zu ihm geritten …

Giulio kam die Treppe heruntergestürzt. Er trug nicht die übliche violette Soutane, sondern schwarze Samthosen und ein nur nachlässig geschnürtes Hemd mit hochgekrempelten Ärmeln. In der Hand hielt er einen Degen. Als er Gianni und mich in enger Umarmung im Hof sah, kam er zu uns herüber. »Ich danke Gott, dass du zurückgekommen bist, Caterina! Gerade noch rechtzeitig. Es geht los!«

»Greifen die Franzosen an?«, fragte ich und deutete auf die Waffe in Giulios Hand. »Die Domglocken läuten Sturm …«

»Nein, Caterina: Es herrscht Aufruhr in Florenz. Piero ist vor einer Stunde von der Signoria zurückgekehrt. Der Rat hat ihn abgesetzt«, sagte Giulio. »Auf dem Rückweg von der Signoria ist er mit Steinen beworfen worden. Hör doch: Auf der Via Larga rufen sie *›Popolo e Libertà‹*!«

»Volk und Freiheit! Der Schlachtruf der Republikaner«, ächzte Gianni. »Das klingt nach Revolution.«

»Es ist nur eine Frage von Stunden, bevor die Florentiner den Palazzo stürmen«, erwiderte Giulio. »Die Dienerschaft ist bereits geflohen – einer nach dem anderen hat sich durch das Gartentor hinausgeschlichen. Wir sind allein. Und wir sind zu wenige, als dass wir uns gegen den aufgebrachten Pöbel auf der Straße verteidigen könnten. Es wird Zeit, dass wir verschwinden!«

»Wohin?«, fragte ich, entsetzt über die Vorstellung, den Palazzo

Medici mit Feuer und Schwert gegen das Volk verteidigen zu müssen. »Nach San Marco? Wird Savonarola uns helfen …?«

»Nein, er ist nicht dort«, zerbrach Giulio meine Hoffnungen. »Vor drei Tagen wurde eine neue Abordnung der Signoria unter der Führung von Fra Girolamo zu König Charles geschickt, um Florenz zu retten. Die Signori haben Savonarola aufgefordert, die Verantwortung zu übernehmen und die von ihm prophezeite Sintflut von Florenz abzuwenden. Er ist zurück aus Pisa, aber er ist nicht in San Marco. Ich war vorhin dort, als Piero zurückkehrte. Wir können nicht in Florenz bleiben – wir müssen nach Urbino!«

»Wir fliehen nicht«, entschied Gianni. »Vor der Gewalt weichen wir keinen Schritt zurück. Niemals! Du bringst Caterina zu den anderen …«

Wie ruhig er war, wie beherrscht!

»Was hast du vor?«, fragte ich meinen Bruder, der zu allem entschlossen schien.

»Ich gehe hinaus auf die Straße.«

»Das ist Wahnsinn!«, rief ich und hielt ihn am Ärmel fest.

»Es ist Wahnsinn zu fliehen, und es ist Wahnsinn zu bleiben.« Gianni riss sich von mir los, aber als er meinen Blick sah, hielt er inne. »In unserer Familie gibt es nur einen Verrückten, Caterina. Mein unzurechnungsfähiger Bruder sitzt oben in Lorenzos Audienzzimmer und ertrinkt fast in den Tränen des Selbstmitleids!« Gianni schnaufte verächtlich. »Ich weiß genau, was ich tue. Sie werden mir nichts antun«, tröstete er mich und küsste mich auf die Wange. Dann stürmte er über den Hof zum Gittertor unter dem Torbogen.

Als seine Purpursoutane in der tobenden Menge auf der Via Larga verschwand, wollte ich ihm nachlaufen, doch Giulio hielt mich fest. »Lass ihn, Caterina. Du kannst ihm nicht helfen. Du bist ja völlig erschöpft! Komm jetzt, ich bringe dich nach oben.«

Giulio schleppte mich die Treppe hinauf in Lorenzos Audienzraum. Ich fühlte mich zu schwach, um ihm und seinem eisernen Willen ernsthaft Widerstand zu leisten. Ich fühlte mich zu schwach, um die Stufen aus eigener Kraft hinaufzusteigen.

Als Giulio und ich den Audienzsaal betraten, saß Piero hinter Lorenzos Schreibtisch, das Gesicht in beide Hände gestützt. Giuliano und Michelangelo standen am offenen Fenster und sahen hinab auf die Via Larga, wo es, dem Geschrei zufolge, zu ersten Tumulten kam.

Als Piero seine Selbstbetrachtung aufgab und aufsah, wurde er blass. »Du lebst?«, flüsterte er fassungslos.

Ohne meinen Bruder auch nur eines Blickes zu würdigen, den er mit viel Fantasie als ein Lächeln der Vergebung auslegen konnte, eilte ich ans Fenster.

Unter mir tobte das Chaos. Eine wogende Menge bewaffneter Florentiner schob sich durch die Via Larga und riss alles mit sich, was sich ihr in den Weg stellte. Waffen wurden geschwungen, Rufe wurden laut: »Komm herunter, Magnifico Piero, und verantworte dich!« – »*Popolo e Libertà!* Volk und Freiheit!« – »Es lebe die Republik! Tod dem Tyrannen!«

Wo ist Gianni?, fragte ich mich betroffen. Er hatte sich unbewaffnet in diesen brodelnden Hexenkessel der Gefühle gestürzt. Ich lehnte mich weit aus dem Fenster, um ihn in der hin und her wogenden Menge zu suchen.

Dann sah ich ihn, inmitten eines Strudels aus Menschenleibern an der Loggetta an der Ecke der Via Larga. Gianni war auf die Steinbank gestiegen und sprach zur Menge. Was er sagte, konnte ich nicht verstehen. Worte flogen ihm entgegen, Fäuste reckten sich in den Himmel, Hände griffen nach ihm, um ihn herabzuzerren. Was sie herausforderte und ihren Zorn anstachelte, war seine Gewaltlosigkeit. Sie hatten auf Widerstand gehofft, um einen Grund zu haben, den Palazzo zu stürmen.

Mit großen Gesten redete Gianni auf die Menge ein, die sich um ihn versammelt hatte, die immer näher kam und ihn gegen die Steinquader in seinem Rücken drängte. Wieder flogen ihm Worte entgegen, die ihn aus dem Gleichgewicht zu bringen und zu verletzen schienen wie fliegende Steine. Schließlich hielt er inne, öffnete die Knöpfe seiner Soutane und ließ sie zu Boden gleiten.

»Was tut er denn?«, fragte Michelangelo neben mir am Fenster alarmiert. Er lehnte sich weiter hinaus, um besser sehen zu können.

»Er weiß genau, dass sie ihm nichts tun, weil er ein Kardinal ist«, erklärte Giulio fassungslos. »Das wagen sie nicht …«

»Er will von Mensch zu Mensch mit ihnen sprechen«, erklärte ich skeptisch. »Er hofft, sie zur Vernunft zu bringen.«

Vernunft!, dachte ich. Was ist das: Vernunft? Ist es vernünftig, wenn die Florentiner die Chance ergreifen, den selbstherrlichen Tyrannen Piero de' Medici mit Feuer und Schwert aus Florenz zu vertreiben? Ist es vernünftig, wenn sie die Freiheit erringen wollen? Ja! Ist es vernünftig, sich für Gewaltlosigkeit zu entscheiden, um am nächsten Morgen die Rache des Verratenen zu fürchten? Nein! Es gibt keine vernünftigen Revolutionen – mögen ihre Gründe noch so bedacht und so nachvollziehbar sein, ihr Beginn noch so notwendig, um die lang ersehnte Freiheit zu gewinnen. Ihr Ende wird unausweichlich gewaltsam sein. Blutig. Tödlich.

Piero drängte Michelangelo zur Seite und stellte sich neben mich an das Fenster, um zu Gianni hinunterzusehen, der mit erhobenen Händen zur Menge sprach. »Dieser Verräter!«, zischte Piero hasserfüllt. »Mein eigener Bruder! Er zieht seine Soutane aus, weil er glaubt, so die Macht in Florenz an sich reißen zu können. Hört ihr ihn ›*Popolo e Libertà!*‹ rufen? Dieser verdammte Verräter …«

Gianni ein Verräter? Ich fuhr herum und schlug Piero mit der geballten Kraft meines Zorns ins Gesicht. Er taumelte zurück und riss im Fallen beinahe Michelangelo mit. Seine Gemahlin Alfonsina schrie auf, als hätte ich *sie* geschlagen, Pieros Kinder weinten, als sie ihren Vater am Boden liegen sahen. Als Piero sich aufrichtete und ich sein vom Hass verzerrtes Gesicht sah, schlug ich gleich noch einmal zu.

Giulio ergriff meine erhobene Hand und riss mich von Piero weg: »Caterina, lass ihn …«

»Du verdammter Idiot!«, schrie ich Piero an, der von Michelangelo festgehalten wurde, damit er nicht mit seinem Dolch auf mich losging. »Wie kannst du es wagen, Gianni als Verräter zu bezeichnen! Er riskiert sein Leben, um deines zu retten. Obwohl es keinen Scudo mehr wert ist. Sie wollen *dich*. Und rate mal, was sie mit dir vorhaben. Sie hassen dich!«

»Von mir aus«, übertönte Piero mich mühelos. »Mögen sie mich hassen, wenn sie mich nur fürchten!«

»Das hat Caligula auch gesagt, bevor er vom Volk gerichtet wurde, das sich mit seiner tyrannischen Herrschaft nicht abfinden wollte«, schrie ich ihn zornig an und riss mich von Giulio los. »Wen viele fürchten, der muss viele fürchten!«

In seinem maßlosen Zorn stürzte sich mein Bruder auf mich, bevor Giulio sich zwischen uns werfen konnte. Pieros Faust traf mich im Gesicht, sein Siegelring riss mir die Lippen auf. Ich taumelte gegen Giulio, der mich auffing.

»Piero!«, brüllte Giulio und hielt mich fest. »Caterina hat Recht. Wir müssen etwas tun: Gianni steht dort unten allein und schützt unser aller Leben. Es wird Zeit, dass wir uns Gedanken machen, wie wir *seines* retten!«

»Wir müssen ihn in den Palazzo zurückholen«, schlug Giuliano entschlossen vor. »Dann schließen wir das Tor. Die Fortezza Medici kann einer Belagerung standhalten, bis wir alle – damit meine ich nicht nur Piero, sondern auch dich, Caterina! – uns wieder beruhigt haben …«

»Wer von uns wagt sich hinaus, um Gianni zu retten?«, fragte Giulio ungeduldig.

»Ich«, beschloss ich und ergriff den Degen, den Giulio auf Lorenzos Schreibtisch gelegt hatte. Mich hielt es keinen Augenblick länger in einem Raum mit Piero, meinem Bruder, der versucht hatte, mich zu töten, meinem Bruder, der es wagte, Gianni einen Verräter an den Medici zu nennen und in der Via Larga seinem unvermeidlichen Schicksal zu überlassen. Mit dem Handrücken wischte ich mir das Blut von den Lippen.

»Kommt nicht infrage«, protestierte mein Cousin und versuchte, mir die Waffe zu entwinden. »Das ist Wahnsinn! Du kannst dich kaum auf den Beinen halten. Du blutest. Du kannst nicht …«

Ich kann! Und ob ich kann! Ich hatte es meinem Bruder versprochen: »Ich werde immer für dich da sein, Gianni! Ich werde hinter dir stehen und dir aufhelfen, wenn du stürzt. Ich werde dich niemals allein lassen!« Und wenn es das Letzte war, was ich in diesem Leben tat. Viel mehr als ein Haufen Scherben – Splitter zerplatzter Träume, Trümmer eines zerstörten Laboratoriums – war davon ohnehin nicht mehr übrig. Ich entriss Giulio den Degen, stürmte aus dem Raum und stolperte die Treppe hinunter. Ob mir jemand folgte, war mir egal. Ich war wie von Sinnen und hatte nur noch ein Ziel: Gianni zu retten.

Im Hof riss ich die Tasche auf, die ich aus dem explodierten Laboratorium gerettet hatte, zerrte meinen purpurfarbenen Talar heraus, zog ihn über Hemd und Hose, nahm den Degen, dann eilte ich zum Gittertor im Torbogen.

Als ich hinaus auf die Via Larga trat, war ich umgeben von einer lärmenden, drängenden Menge Bewaffneter. Die Rufe *»Popolo e Libertà«* und das Dröhnen der Domglocken umfingen mich wie zuvor der laute Donner der Explosion. Ich drängte vorwärts, um zu Gianni zu gelangen. Er war so weit entfernt!

Als mich die ersten Männer erkannten, traten sie einen Schritt zurück. Sie wagten nicht, mich zu berühren. Mit all dem Blut im Gesicht musste ich wirklich Furcht erregend ausgesehen haben.

»*La Cardinala*«, hörte ich von allen Seiten, während die Menschen vor mir zurückwichen. Also waren die Verse vom *Pasquino* in Rom auch schon in den Straßen von Florenz breitgetreten worden!

Mein Herz raste, mein Kopf dröhnte von Pieros Schlag, und am liebsten hätte ich den Rückzug hinter das schützende Tor des Palazzo angetreten. Meine Hand, die den Degen hielt, zitterte. Aber schon das kleinste Zeichen von Unsicherheit oder Schwäche hätte zur gewaltsamen Erstürmung des Palazzo geführt. Ein kleiner Funke hätte genügt, um diese explosive Mischung aus Erregung, Hoffnungen und Ängsten in Brand zu stecken. Die Menge, unbeherrscht und unberechenbar, wäre über uns hergefallen. Also: Ruhe bewahren! Nicht stehen bleiben! Schritt für Schritt weitergehen!

Gebieterisch hob ich die Hand, als wollte ich geheimnisvolle Mächte zu Hilfe rufen, und die wogende Menge teilte sich vor mir wie das Meer vor Moses. Die Florentiner wichen zurück und bekreuzigten sich hastig, als ich langsam, ohne ein Wort zu sagen, die Via Larga hinunterschritt.

»Sie wagt es, allein den Palazzo zu verlassen! Hat sie denn keine Angst?«, hörte ich jemanden hinter mir flüstern. »Sie ist mit Satan im Bund!«

»Sie hat mit Papst Alexander Schwarze Messen gelesen«, antwortete jemand. »Man sagt, sie haben zusammen Blut getrunken, um Satan zu opfern, bevor sie sich einander hingaben.«

»Seht nur, das Blut auf ihren Lippen …!«

O mein Gott!, dachte ich. Seit der Explosion des Laboratoriums roch mein Talar tatsächlich ein wenig nach Schwefel …

Unaufhaltsam schritt ich weiter durch die Menge, bis ich die Loggetta an der Straßenecke erreichte. Gianni lehnte erschöpft an der Mauer. Vor ihm lag seine Soutane im Staub.

Dankbar ergriff mein Bruder die ausgestreckte Hand. Dann trat ich, ohne ihn loszulassen, einen Schritt nach vorn, um seine Soutane aufzuheben. Die Menge wich schweigend, beinahe scheu vor mir zurück. Die Domglocken waren mit einem letzten klagenden Laut verstummt. Eine Stille, intensiver und bedrohlicher als das Dröhnen der Glocken eben, legte sich wie ein Leichentuch über die Via Larga. Kein Geräusch war zu hören: kein Waffengeklirr, keine Rufe. Florenz hatte den Atem angehalten.

Jahrelang unterdrückte Verachtung, Hass auf den Tyrannen und der Wille, ihn nicht länger zu erdulden.

Die Stille hatte etwas Unwirkliches. Es war die Ruhe vor dem Sturm. Gleich würde etwas geschehen, sich mit furchtbarer Gewalt entfesseln, sich erregen, sich an der eigenen Kraft berauschen, sich mächtig fühlen, unüberwindlich, und wie ein tobender Orkan alles vernichten, was sich ihm in den Weg stellt.

Ich legte Gianni den Purpur um und zog ihn zum Tor des Palazzo. Ich weiß nicht mehr, wer sich an wem festhielt, um nicht zu stürzen und den anderen mit ins Verderben zu reißen. Sie hätten uns totschlagen können – warum sie es nicht taten, weiß ich nicht.

Giulio, der mir auf die Straße gefolgt war, geleitete Gianni und mich zurück in den Palazzo. Ich atmete erst wieder, als sich das schwere Bronzetor langsam hinter uns schloss und von Giulio und Michelangelo verriegelt wurde.

Dann schwankte ich, fiel … Gianni fing mich auf, als ich in den Abgrund der Ohnmacht stürzte.

Ich erwachte, als Ginevra ein kühles Tuch auf meine glühende Stirn legte. Sie ist wirklich wunderbar, dachte ich. Ich liege hier und muss mir um nichts in der Welt Gedanken machen, denn Ginevra kümmert sich um alles. Was für ein herrlich unbeschwertes Gefühl! Ich will es noch eine Weile genießen … ein paar Minuten … Aber dann öffnete ich doch die Augen.

Kein Kaminfeuer, nicht einmal eine Kerze brannte, und es war dunkel im Raum. In der Finsternis bemerkte ich, dass ich nicht auf dem Bett in meinem Schlafzimmer, sondern auf dem Teppich in Lorenzos Audienzraum lag.

An den Fenstern erkannte ich im Schein der Fackeln auf der Via Larga Giulio und Michelangelo, die unruhig zur Straße hinuntersahen. Sie flüsterten miteinander und deuteten immer wieder nach unten.

Gianni lief wie gehetzt im dunklen Raum auf und ab. Er hatte die Hände gefaltet und schien zu beten. »*Deus meus, ut quid dereliquisti nos?*«, betete er: »Mein Gott, warum hast Du uns verlassen?«

O Gianni, dachte ich: Ein wenig mehr Gottvertrauen wäre jetzt angebracht. Er hat mich doch noch nie verlassen. Es macht Ihm viel zu viel Spaß, mit mir zu spielen – oder gegen mich. Wirklich schlimm wird es doch erst, wenn Er das Interesse verliert, weil ich die Todsünde begangen habe, Ihn zu langweilen. Was bei meiner Art zu leben völlig ausgeschlossen ist!

»Sie ist wach«, rief Ginevra, als ich vor Schmerz zusammenzuckte, während sie mit einem Tuch das Blut von meinen aufgerissenen Lippen tupfte.

Gianni unterbrach sein Gebet und kniete sich neben mich.

»Wo ist Piero?«, fragte ich ihn undeutlich. Meine Lippen schmerzten bei jedem Wort.

»Er ist geflohen. Er hat mit Giuliano, Alfonsina und seinen beiden Kindern den Palazzo verlassen, während du mich gerettet hast.«

»Geflohen … wohin?«, fragte ich verwirrt.

»Er wollte nach Venedig, um den Dogen um Hilfe anzuflehen. Er sagte, er würde Florenz zurückerobern. Mit Feuer und Schwert. Von den Franzosen oder den Florentinern, das sei ihm gleichgültig.«

»Wieso seid *ihr* nicht geflohen?«, fragte ich.

Gianni strich mir über das Haar. »Du warst stundenlang bewusstlos. Du hättest dich nicht auf einem Pferd halten können. Wir wollten dich nicht zurücklassen, Caterina. Wenn wir diesen Palazzo verlassen, wenn wir aus Florenz fliehen, dann tun wir das gemeinsam. Oder gar nicht.«

Ich ließ mich zurücksinken, überwältigt von meinen Gefühlen.

Ginevra ergriff meine Hand. Warum war sie noch hier? Sie hätte doch längst weggehen können …

Giulio kniete sich neben Gianni. »Vor einer Stunde ist Fra Girolamo von der Signoria nach San Marco zurückgekehrt. Das Volk in den Straßen hat ihm zugejubelt wie einem siegreichen Feldherrn. Ich glaube, er hat König Charles eine seiner donnernden Bußpredigten gehalten. Florenz ist gerettet …«

»Wo ist Charles?«, fragte ich.

»In Pisa«, sagte Giulio.

»Ich muss zu ihm!«, murmelte ich und wollte mich erheben. »Wenn Charles mit seinem Heer schon vor den Toren von Florenz steht, gibt es noch Hoffnung. Ich werde zu ihm reiten und mit ihm sprechen …«

»Den Weg kannst du dir sparen«, entgegnete Gianni. »Charles führt keinen Krieg gegen Florenz. Er führt Krieg gegen uns Medici, fühlt sich von uns – und nicht nur von Piero – verraten. Weiß der Himmel, warum! Die Filialen in Lyon und Mailand sind geschlossen, das Vermögen ist konfisziert. Piero ist aus Florenz geflohen. Was glaubst du, was geschieht, wenn du Charles unter die Augen trittst?«

Ich wusste, warum Charles sich verraten fühlte. Florenz hatte trotz unserer Vereinbarung den französischen Truppen getrotzt. Charles wusste, dass Piero gestürzt worden war. Aber nicht ich war zu ihm gekommen, um ihm diese Nachricht zu überbringen und ihm die Unterwerfung anzubieten, sondern Savonarola, der ihm das Strafgericht Gottes androhte, wenn er sein Schwert gegen Florenz erhob. Kein Wunder, wenn Seine Allerchristlichste Majestät zornig war. Gianni hatte Recht: Ein Besuch bei Charles in Pisa war lebensgefährlich.

»Es gibt nur noch eine Möglichkeit: Wir müssen den Palazzo verlassen, bevor er gestürmt wird«, sagte Giulio.

»Wohin können wir denn gehen?«, fragte Michelangelo.

»Nach Urbino!«, beschloss Gianni, der immer noch annehmen musste, ich wäre gerade erst aus Urbino und aus dem Bett des Herzogs zurückgekehrt. »Herzog Guido wird uns helfen.«

Er klang so zuversichtlich! Ich schluckte meinen Zweifel hinunter, weil ich Gianni nicht noch mehr beunruhigen wollte. Würde Guido uns wirklich beistehen? Oder war sein Stolz verletzt, nachdem ich ihn nach meiner Rettung von Pieros Attentat in Mailand verließ, um nach Sevilla zu reisen, um mich ein halbes Jahr in Spanien zu amüsieren und – wie hatte Guido bei unserem Abschied gesagt: »Italien seinem Schicksal zu überlassen«? Die Stichelei war doch wieder nur eine zum Kampf gesenkte Lanze gewesen, um eine Verletzung seines Stolzes zu verdecken. Ich hatte Guido durch mein Verhalten nicht gerade ermutigt, irgendwelche Gefühle diesseits der Ironie für mich zu entwickeln.

Ein paar Minuten später packte ich meine Tasche: meinen Talar, das Notizbuch, meinen Schmuck und Giovannis *Conclusiones*, die ich aus dem geheimen Versteck in Lorenzos Studierzimmer geholt hatte. Ginevra sah mir traurig dabei zu, wie ich die Sachen in die Leinentasche stopfte. Sie hätte mir gern beim Packen geholfen – schließlich war das ihre Aufgabe –, sie schien sich aber nicht sicher zu sein, wie ich darauf reagiert hätte. »Ginevra!« Ich umarmte sie. »Warum bist du nicht gegangen, als noch Zeit war?«

»Wohin? Ich kann nicht einfach fortlaufen. Der Magnifico – Gott sei seiner Seele gnädig! – hat mir befohlen, für Euch zu sorgen.«

»Auch ich trage Verantwortung, Ginevra«, sagte ich. »Für dich und alle, die mir in den letzten Jahren treu gedient haben. Ich will, dass du dich in Sicherheit bringst, bevor wir den Palazzo verlassen. Wenn sie dich hier finden …«

Ginevra war zu allem entschlossen. »Ich werde nicht fliehen! Ich weiß, dass ich nicht mit Euch gehen kann – es wäre zu gefährlich für Euch. Ihr werdet durchkommen.«

»Ginevra, das ist Unsinn …«, protestierte ich.

Zum ersten Mal widersprach sie mir. »Nein, Madonna! Ich kann nicht gut reiten, ich würde hinter Euch zurückbleiben, und Ihr würdet auf mich warten und Euch in Gefahr bringen. Ich werde hier bleiben und Eure Flucht ermöglichen. Ich werde mich in einem Eurer herrlichen Atlaskleider am Fenster zeigen – ich meine: wenn Ihr gestattet. Sie werden glauben, ihr wäret noch alle hier im Palazzo.«

Gerührt schloss ich Ginevra in die Arme. Sie riskierte ihr Leben, um uns zu retten! »Danke, *mia cara.* Danke für alles«, flüsterte ich und küsste sie auf die Wange. »Viel Glück!«

Ginevra blieb zurück, als Giulio meine Hand ergriff und mich aus dem Audienzsaal und die Treppe hinunter in den Hof zerrte. Mit erhobenem Kopf stand sie am Fenster und blickte trotzig ihrem Schicksal entgegen.

Wir entkamen auf demselben Weg wie wenige Stunden zuvor Giuliano und Piero mit seiner Familie: durch das Gartentor. Wir sattelten vier Pferde in den Ställen hinter dem Palazzo – die Stallknechte waren wie die übrige Dienerschaft längst geflohen – und trabten an San Marco vorbei zur Porta San Gallo.

Das Tor stand offen, obwohl es bereits Nacht war. Nirgendwo war eine Stadtwache zu sehen. Wahrscheinlich versuchten die Bewaffneten, auf Befehl des Bannerträgers die unruhige Menschenmenge vor dem Palazzo Medici zu zerstreuen, um eine blutige Revolution zu verhindern.

Durch das Tor galoppierten wir hinaus in die Finsternis der Nacht. Während wir die Straße entlangritten, um über Bibbiena nach Urbino zu fliehen, dachte ich an Ginevra. Ginevra, die jetzt ich war. Ginevra, die am Fenster des Palazzo stand und allein durch ihre stolze Anwesenheit die Menschenmenge in Schach hielt. Was würde mit ihr geschehen, wenn der aufgebrachte Pöbel die Geduld verlor und irgendwann in dieser Nacht das Tor des Palazzo stürmte? O Ginevra, verzeih mir, dass ich dich verließ! Vergib mir, dass ich so egoistisch war, dein Geschenk an mich anzunehmen: mein Leben und meine Freiheit. Freiheit! Was war sie noch wert angesichts des Opfers, das Ginevra gebracht hatte?

Sie hatte uns gerettet. Uns alle. Gianni, Giulio, Michelangelo und mich. Viel war nicht übrig von der Herrlichkeit und dem Ruhm des Hauses Medici. *Sic transit gloria medicea.* Lorenzo war vor fast drei Jahren gestorben, sein Sohn und Nachfolger Piero war vor wenigen Stunden nach Venedig geflohen, Gianni, Giulio und ich waren auf der Flucht nach Urbino. Michelangelo würde uns in wenigen Stunden verlassen und nach Bologna gehen – es wäre sicherer für ihn, nicht mit uns gesehen zu werden. Angelo war gestorben und Giovanni …

Wo ist eigentlich Giovanni?, durchfuhr es mich. Ich zügelte mein Pferd und wendete mitten auf dem Weg.

Gianni tauchte neben mir auf. »Was ist los? Lahmt dein Pferd?«

»Nein, Gianni. Ich muss nach Fiesole, zu Giovanni«, erklärte ich entschlossen. »Er muss fliehen!«

»Giovanni kann für sich selbst sorgen …«, wandte Gianni zögernd ein. Ein wenig überzeugender Protest: Er hatte wirklich Angst um unseren Freund.

»Reitet voraus!«, forderte ich meinen Bruder auf. »Ich werde mit Giovanni nachkommen. Wartet nicht auf uns! Vielleicht müssen wir einen anderen Weg nehmen.«

»Caterina …«, begann Gianni, aber er wusste, dass jeder Einwand zwecklos war. Ich konnte Giovanni nicht seinem Schicksal überlassen.

»Wir sehen uns in Urbino«, versicherte ich ihm.

Gianni glaubte mir. Wie konnte er denn ahnen, dass ich dieses Versprechen gar nicht halten konnte! Wir würden uns nicht in einigen Tagen in Urbino wiedersehen, sondern erst Jahre später in Rom …

Als wäre Satan hinter mir her, galoppierte ich zurück nach Fiesole. Der Weg hinauf zur Villa Pico war mir noch nie so lang und steil erschienen wie in dieser Nacht. Im Schein der Mondsichel erreichte ich die Villa, sprang vom erschöpften Pferd und hämmerte mit beiden Fäusten gegen das Portal.

Niemand öffnete. Die Villa lag still und verlassen im Mondlicht.

War Giovanni mit seiner Dienerschaft bereits geflohen, als er von Pieros Flucht erfuhr? Wohin war er geritten?

Unschlüssig stand ich vor dem verschlossenen Portal. Die Fenster des Erdgeschosses waren vergittert, sodass ich nicht einmal eine Scheibe einschlagen konnte, um in die Villa zu gelangen.

Ich huschte um das Haus herum und betrat durch ein kleines Tor den Garten. Zwischen den Kirschbäumen und den Haselnusssträuchern hindurch schlich ich zu Giovannis Laboratorium. Ich ergriff einen handlichen Stein aus dem Rosenbeet, um die Scheiben einzuschlagen, doch das war nicht nötig. Die Glasscheiben lagen, im Mondlicht funkelnd, in Scherben auf dem Boden. Jemand ist vor mir hier gewesen!, dachte ich erschrocken. Jemand war in die Villa eingedrungen und ist vielleicht noch dort!

Mit dem gezogenen Degen in der Hand öffnete ich lautlos eine der Türen des Laboratoriums. Meine Schritte knirschten über den Steinboden. Überall lagen Glassplitter! Um Gottes willen, dachte ich, was ist denn hier geschehen?

Unter meinem Reitstiefel zerbarst eine große Scherbe mit einem lauten Knacken, das mir das Blut in den Adern gerinnen ließ.

Ich blieb stehen, hielt die Luft an, aber nichts rührte sich.

Vorsichtig, um mich trotz meiner ledernen Stiefel an den scharfkantigen Splittern nicht zu verletzen, durchquerte ich den finsteren Raum, öffnete die Tür zum Gang und lauschte. Alles war ruhig. Still wie in einem Grab.

Ich schlich weiter, entdeckte einen Leuchter und entzündete die Kerzen. Jeden Raum, von den Schlafzimmern bis zur Speisekammer hinter der Küche, durchsuchte ich, aber alles schien an seinem Platz zu sein. Also war die Villa nicht geplündert und verwüstet worden.

Sogar die Bibliothek war unberührt. Wenn Giovanni geflohen wäre, hätte er doch wenigstens ein paar Bücher mitgenommen. Der schwere Foliant von Gerbert d'Aurillac lag aufgeschlagen auf dem Lesepult, darunter Bernardo da Trevisos *Die sieben Siegel der Welt.* Niemals hätte Giovanni diese beiden Werke zurückgelassen.

Auf dem Schreibpult in der Bibliothek fand ich einen ungeordneten Haufen von Pergamenten. Ich wühlte mich durch die Seiten, bis ich den Anfang des Werkes fand. Giovanni hatte an einem neuen Buch gearbeitet?

Ich überflog die ersten handschriftlichen Zeilen: Die *Concordia* – so hatte Giovanni sein Werk genannt – war der Versuch, die Philosophien Platons und Aristoteles' mit der christlichen Theologie in Einklang zu bringen. Die *Concordia:* Welch sinniger Titel eines Werkes des Conte von Concordia. Seinen Adelstitel hatte Giovanni an seinen Neffen Gian Francesco verkauft, der nun als »Philosophenfürst« in der Burg von Concordia herrschte wie einst Marcus Aurelius über das Imperium Romanum, doch seine Berufung zur *Concordia,* der Einigung von Theologie und Philosophie, der Harmonie von Glauben und Wissen, hatte Giovanni nie aufgegeben.

Wo war er? Wo waren sein Majordomus und seine Diener?

Und wieso war das Laboratorium so verwüstet – die Glaskolben in Scherben auf dem Boden, die Fenster zerbrochen, das Feuer im Athanor erloschen? Der Hauch eines Gedankens wehte durch meinen Verstand. Eine vage Erinnerung … etwas, das Giovanni selbst mir einmal gesagt hatte, vor langer Zeit …

Das Laboratorium ist explodiert!, schoss es mir durch den Kopf. Ich nahm die Pergamente der unvollendeten *Concordia* an mich und eilte zurück in Giovannis Allerheiligstes.

Bei Kerzenlicht besehen war das Chaos größer als vermutet. Meine Schritte knirschten auf den Splittern zerborstener Glaskolben, als ich langsam mit erhobenem Leuchter durch den Raum ging. Neben einer Blutlache kniete ich nieder. Das Blut war kalt, aber noch nicht vollständig getrocknet. Die Explosion konnte noch nicht lange her sein. Ein paar Stunden vielleicht. Hatte einer der Glassplitter Giovanni verletzt? So viel Blut …

Ein Schimmern auf dem Boden erregte meine Aufmerksamkeit. Ich hob die Kerzen, um besser sehen zu können. Überall zwischen den Glasscherben lag feiner Staub wie frisch gefallener Schnee.

Eine Hand voll ließ ich durch meine Finger rinnen. Der Staub erinnerte mich an etwas, das ich schon einmal gesehen hatte … Ich starrte auf das funkelnde Pulver auf meiner Handfläche. Dann blies ich es fort, wie Giovanni es damals getan hatte, als wir uns beide um Mitternacht in der Bibliothek des Palazzo Medici getroffen hatten. Er hatte meine Hand ergriffen, sie sanft an seine Lippen gezogen und den feinen Staub, den er in den Ruinen von Bernardo da Trevisos Laboratorium gefunden hatte, in die Luft geblasen.

Ein Feuerwerk aus schillernden Lichtfunken schneite leise zu Boden. Damals hatte ich mich über den zauberhaften Anblick gefreut. Aber in dieser Nacht erschreckte er mich so sehr, dass ich zu zittern begann. Giovanni hatte Bernardo da Trevisos Notizen gelesen und seine Experimente wiederholt. Und wieder war der Alambic explodiert! Mit einem Mal wurde mir klar: Giovanni hatte das Lebenselixier gefunden.

Die Explosion des Laboratoriums ist das sicherste Indiz dafür, dass der Adept versucht hat, Gottes letztes Siegel zu entschlüsseln – das hatte Giovanni mir vor drei Jahren erklärt. Entweder er stirbt bei dieser Explosion, oder er verschwindet und täuscht seinen Tod vor. Aber irgendetwas war schief gegangen. So viel Blut! Giovanni war verletzt worden, vielleicht lebensgefährlich, aber er war nicht mehr hier. Also konnte sich das Notizbuch noch irgendwo in seinem Laboratorium befinden. Und tatsächlich: Ich fand es unter einem losen Stein hinter dem Altar seiner Kapelle.

Hastig blätterte ich durch die Notizen. Die Transmutationen waren sorgfältig aufgezeichnet. Er hatte die Operationen bis zur *Coniunctio* in allen Einzelheiten beschrieben. Die Notizen – vor allem aber die Marginalien – glichen erschreckend jenen von Maestro Bernardo: Nachdenklichkeit, Zweifel und trotzige Entschlossenheit, dieses letzte Geheimnis zu enträtseln.

An diesem Morgen hatte Giovanni den Athanor für die letzte Transmutation angeheizt, bis er glühte. Ungläubig starrte ich auf die Zeichnung, die er in sein Notizbuch gekritzelt hatte: das Bild von einem Mann und einer Frau, eng umschlungen und in sexueller Ekstase in der Tiefe des glühenden Alambic miteinander verschmelzend, um durch die Liebe etwas Neues zu erschaffen – das Leben. Es war nicht diese in der Alchemie übliche verschlüsselte Darstellung der *Coniunctio*, was mich so entsetzte – es waren die verzückten Gesichter, die er skizziert hatte. Giovanni hatte uns beide, glücklich und erlöst, in inniger Umarmung gezeichnet!

Er hatte seine Gefühle nicht mehr unter Kontrolle gehabt, als er diese Skizze anfertigte. Die Tinte war verlaufen: Er, der sich selbst in der Stunde nach Angelos Tod zum Schweigen verurteilt hatte, er, der mir vermutlich meine überstürzte Abreise nach Urbino nicht verzeihen konnte, hatte geweint!

Giovanni hatte an die *Coniunctio* gedacht, während er laborierte – an unsere erste Nacht, die Nacht meiner Initiation. Wir waren dem Glück so nah gewesen!

Die Skizze der Liebenden verschwamm vor meinen Augen. Tränen liefen über meine Wangen, und ich hatte nicht die Kraft, sie fortzuwischen. Ich sank in die Knie und weinte.

Ich wusste, welche Gedanken Giovannis Verstand zerrissen hatten, als der Alambic während der Fusion explodierte. Er hatte zwar geahnt, dass er mit der Transmutation Erfolg haben könnte, hatte sein Notizbuch in Sicherheit gebracht und hinter dem Altar der Kapelle versteckt. Aber er hatte nicht damit gerechnet, dass seine Unbeherrschtheit den Alambic sprengen würde, denn er war durch einen Splitter schwer verletzt worden.

Wo war Giovanni? In San Marco! Er ist bei Savonarola, dachte ich. Mit letzter Kraft hat er sich zu seinem Freund geschleppt. Savonarola hatte in Ferrara Medizin studiert, er konnte mit dem Skalpell umgehen und den Splitter entfernen. Aber an diesem Morgen war Fra Girolamo noch nicht wieder in Florenz gewesen!

Während ich mir die Tränen mit dem Ärmel meines Hemdes trocknete, stand mir immer noch dieses Bild vor Augen: die Skizze von Giovanni und mir in ekstatischer Umarmung. Doch dann verschwamm es und machte einem furchtbareren Gedanken Platz: Giovanni blutend, sterbend …

Hastig ließ ich eine Hand voll des schillernden Staubes aus Giovannis Alambic in ein Taschentuch rieseln, das ich sorgfältig verknotete. Dann rannte ich nach draußen zu meinem Pferd, stopfte die *Concordia,* Giovannis Notizbuch und das Pulver in meine Tasche und schwang mich in den Sattel.

Ich musste zurück nach Florenz!

Die Porta San Gallo war noch immer unbewacht – und sobald ich sie durchquert und die Ecke der Via Larga erreicht hatte, wusste ich auch, warum: Der Palazzo Medici wurde geplündert. Schon von weitem sah ich den Feuerschein der Fackeln auf der Straße und die wogende Menschenmenge vor dem Palazzo.

Einen Augenblick blieb ich stehen und dachte an Ginevra, die hinter uns zurückgeblieben war: »Herr, erbarme Dich ihrer!«

Dann überquerte ich die Via Larga und verschwand in den tiefen Schatten einer unbeleuchteten Seitenstraße, die nach Süden, zum Garten von San Marco, führte. Das Tor war nicht verschlossen, und ich band mein Pferd an einen der Kirschbäume, unter denen Giovanni und Fra Girolamo ihre endlosen Disputationen abgehalten hatten. Dann schlich ich zum Konvent an der Piazza San Marco, wo ich am Brunnen einige Schlucke Wasser trank. Ich hatte keinen Hunger, schon seit Tagen nicht mehr, aber einen unstillbaren Durst. Ich ließ mir das kalte Wasser über das vom scharfen Ritt erhitzte Gesicht laufen und bändigte meine langen Haare mit einem Seidenband. Dann schlich ich an den Mauern des Konvents entlang zur Kirche, aus der leiser Gesang erklang: die Mitternachtsmesse der Mönche.

Das Portal der Kirche war nicht abgeschlossen – Savonarola hatte noch nie Kirchenportale verschlossen und sich dahinter verbarrikadiert – und so trat ich leise in die Kirche, um die Messe nicht zu stören.

Es war sehr dunkel in der Basilika. Nur auf dem Altar brannten ein paar Kerzen, deren Licht nicht einmal bis in die letzte Reihe der betenden Dominikaner reichte. Wie ein Schatten verschwand ich zwischen den Weihrauchschwaden im linken Seitenschiff – dort, wo Angelo begraben sein musste. Ich kauerte mich hinter eine Säule und wartete, bis Fra Girolamo das *»Ite, missa est«* sprach und die verschlafenen Mönche in ihre Zellen zurückschlichen, um ein paar Stunden zu schlafen, bevor die Glocke sie im ersten Morgengrauen aus den Betten riss und zur Frühmesse rief.

Wie wird Fra Girolamo mich aufnehmen?, fragte ich mich unruhig. Der Frater empfing selbst seine Feinde. Aber wie würde er mir gegenübertreten, der Tochter der Medici? Würde er überhaupt mit mir sprechen oder mich gleich aus seiner Kirche hinauswerfen?

Während Savonarola die Kerzen auf dem Altar löschte, strich ich zärtlich über Angelos Grabplatte in der Kirchenwand. »Ich bin jetzt auch hier in San Marco, Angelo! Am Ende kommen wir alle hierher … um zu sterben«, flüsterte ich. Wie zum Abschied küsste ich den Marmor, der seine sterbliche Hülle bedeckte.

Die Schritte hinter mir hörte ich nicht.

Und so erschrak ich, als er mich ansprach: »Signore, die Messe ist beendet. Bitte geht jetzt, die Nacht ist gefährlich …« Er hielt inne, hob die Kerze, um mir ins Gesicht zu leuchten. »Caterina!«, rief er überrascht aus, als er mich erkannte. »Um Gottes willen! Ich hatte gehofft, dass Ihr mit Giulio aus Florenz geflohen seid … der Palazzo wird geplündert …«

»Ich bin zurückgekommen«, sagte ich. »Wo ist Giovanni? Er ist doch hier, nicht wahr?«

»Er kam heute Morgen, als ich noch im Palazzo della Signoria war. Sein Majordomus hat ihn hierher gebracht. Giovanni ist schwer verletzt.«

»Ich weiß, Prior. Ich war in der Villa und habe das Blut gesehen. Wie geht es ihm?«

»Das kann ich erst sagen, wenn ich morgen Früh den Splitter entfernt habe. Eine Glasscherbe steckt tief in seiner Brust, und bei Kerzenschein kann ich nicht genug erkennen, um sie zu entfernen. Wenn ich den Splitter einfach so herausziehe, könnte er verbluten.«

»Gibt es Hoffnung?«, fragte ich leise.

»Ich weiß es nicht«, sagte er ehrlich. »Aber ich hoffe und bete! Giovanni ist seit Stunden bewusstlos. Die Blutung hat aufgehört. Aber der Splitter steckt so fest, dass ich ihn nicht herausziehen kann. Es ist, als ob sein Herz ihn wie eine Faust festhält.«

»Ich will ihn sehen«, sagte ich und wollte am Prior vorbeigehen.

»Ausgeschlossen«, protestierte Fra Girolamo und hielt mich fest. »Ihr könnt nicht ins Kloster, Caterina! Ihr seid eine Frau.«

»Ich kann nicht in den Konvent hinein? Ich kann die Kirche aber auch nicht verlassen!«, konterte ich. »Wenn Ihr mich fortschickt, unterschreibt Ihr mein Todesurteil. Oder glaubt Ihr, es gelingt mir, ein zweites Mal aus Florenz zu fliehen?« Als ich sicher war, dass er sein Dilemma erkannt hatte, fuhr ich fort: »Ich bitte Euch um Asyl, Prior. Das dürft Ihr mir nicht verweigern!«

»Herr im Himmel!«, fluchte er und dachte fieberhaft nach. Als Frau durfte ich nicht hinein, als Medici konnte ich nicht hinaus. Schließlich ergriff er meinen Arm und zog mich in den finsteren

Kreuzgang des Klosters. Die Mönche waren in ihre Zellen verschwunden, und wir waren allein. »Ich werde Euch einen Mönchshabit geben, den Ihr tragen werdet, solange Ihr hier seid. Ihr werdet Euch die Haare schneiden – kurz, sehr kurz. Und ich werde Euch die Gelübde abnehmen«, flüsterte er.

»Gehorsam, Armut und Keuschheit?«, fragte ich verdutzt.

»Nein, Caterina. Ich will ja nichts Unmögliches von Euch verlangen«, erklärte er bissig. »Ihr werdet schwören, nichts zu tun, was die Fratres, Giovanni oder Euch selbst in Gefahr bringt. Ihr werdet geloben, die Ordensregeln einzuhalten, an den Gebeten und den Mahlzeiten teilzunehmen und zu schweigen. Und Ihr werdet versprechen, mich nicht in Versuchung zu führen …«

»In *Versuchung*?«, fragte ich.

»… Euch länger als nötig hier zu verstecken, als bis die Gefahr vorüber ist! Appelliert nicht an mein Mitgefühl, Caterina! Sobald in Florenz die Anarchie beendet und Ruhe eingekehrt ist, werdet Ihr verschwinden – aus dem Konvent und aus der Stadt.«

»Das werde ich tun«, versprach ich. »Ich schwöre es!«

»Und Ihr werdet nicht zurückkommen!«, ermahnte er mich. »Ihr werdet Florenz nicht mehr betreten. Nie mehr!«

»Nicht, wenn Ihr es nicht wollt, Prior«, gelobte ich ihm.

Ich habe mich an dieses Versprechen gehalten – vier Jahre lang. Als ich es dann brach, da war sein Wille wie sein Körper durch die Folter zerschmettert, und er war erleichtert, dass ich doch noch gekommen war, um ihm einen letzten Trost zu spenden.

Savonarola sah mir forschend ins Gesicht. Dann entschied er sich, mir zu glauben: »Wartet hier, ich bin gleich zurück.« Er verschwand in der Dunkelheit des Kreuzgangs und kehrte nach einigen Minuten mit einem Dominikanerhabit zurück.

»Zieht Euch aus! Alles: Hemd, Hosen, Stiefel. Und um Gottes willen, gebt mir den Degen. Ich werde ihn verstecken«, befahl er.

»Legt das Ordensgewand, das Skapulier und die Sandalen an. Und schneidet Euch die Haare, Fra Celestino.«

»Fra Celestino?«, fragte ich, um mich an den Klang des Namens zu gewöhnen. »Woher komme ich, und wohin gehe ich?«

»Das weißt du selbst am besten, Celestino: Du kommst von einer Pilgerfahrt nach Rom zurück. Jetzt willst du mit dem Segen des Papstes in deinen Konvent in Ferrara heimkehren. Und weil du gehört hast, dass die Franzosen die Lombardei besetzt haben, bist du zu mir gekommen. Wir sind Freunde. Am besten nennst du mich nicht Frater oder Prior, sondern Girolamo.«

In demütiger Zustimmung neigte ich den Kopf. Nun war ich also ein Mönch. Ein gehorsamer, schweigender Mönch.

»Ich erwarte dich in Giovannis Zelle, Celestino!«

Die Tür war nur angelehnt, und ich trat ohne Klopfen ein.

Girolamo kniete betend neben dem Bett, auf dem Giovanni in tiefer Bewusstlosigkeit lag. Still wartete ich neben der Tür, bis der Frater sein Gebet beendet hatte, dann trug ich die Tasche mit meinem Hemd, meiner Hose und den Stiefeln zum Fenster. Den Degen hatte Girolamo in seine Zelle gebracht.

Die Novemberkälte, die ich während meiner Flucht aus Florenz kaum gespürt hatte, obwohl ich weder Jacke noch Mantel trug, kroch mir die nackten Beine hinauf. Der grobe Stoff des Habits wärmte mich nicht. Ich fror – ob vor Kälte, Erschöpfung oder Einsamkeit, vermochte ich nicht zu sagen.

Ich kniete mich neben Girolamo vor das Bett und ergriff Giovannis Hand. Die Nähe des Fraters tat mir ebenso gut wie die Glut des Kohlebeckens, das er entzündet hatte, damit Giovanni es warm hatte. Mehr konnte er nicht für ihn tun.

Girolamo hatte ihm den Alchemistentalar und das Hemd ausgezogen, um die Wunde in seiner Brust freizulegen und das Blut abzuwaschen. Ein Glassplitter des Alambic, groß wie ein Eiszapfen und im Kerzenlicht ebenso kalt funkelnd, war direkt unterhalb des Herzens eingedrungen und steckte noch immer dort. Der Splitter hatte vermutlich das Herz verletzt und ließ sich nicht einfach herausziehen, ohne es zu zerfetzen.

»Wann wirst du operieren?«, fragte ich Girolamo.

»Morgen nach der Frühmesse, wenn die Sonne aufgegangen ist.«

Girolamo hatte Recht: Es würde eine schwierige Operation werden, die nur bei Tageslicht durchgeführt werden konnte. Der Frater hatte seine Instrumente schon bereitgelegt: Skalpell, Zange und … einen hölzernen Crucifixus. Befürchtete Girolamo, dass Giovanni die Operation nicht überlebte? Zorn stieg wie heiße Lava in mir hoch. »Ich werde dir assistieren«, beschloss ich.

»Du hast nicht Medizin studiert, Celestino«, wandte der Frater ein.

»Aber ich habe Alchemie studiert.«

»Du bist viel zu erschöpft von deiner Reise, Celestino. Ruh dich aus bis zur Frühmesse. Du kannst in meiner Zelle schlafen. Ich werde hier bei ihm wachen.«

»Ich werde Giovanni nicht allein lassen«, begehrte ich auf.

»Das hast du doch längst getan«, hielt er mir vor und erhob sich.

Fassungslos sah ich zu ihm auf. »*Was* habe ich getan?«

»Du hast ihn verlassen, als er dich am dringendsten gebraucht hat.«

Ich stand auf und ergriff seine Hand, die er mir entzog, als hätte er sich an mir verbrannt. »Ich verstehe nicht …«

»Giovanni war völlig verzweifelt nach Angelos Tod. Deine überstürzte Abreise nach Urbino hat ihn tief getroffen. In dem Augenblick, als er deine Hilfe brauchte, als Angelo hier in dieser Zelle starb, hast du ihn verlassen, um zu einem anderen zu gehen.«

»Aber, ich dachte …«, stotterte ich verwirrt. »Giovanni hat das Schweigegelübde abgelegt, nicht einmal eine Stunde nach Angelos Tod. Dann hat er sich in seinem Schmerz eingeschlossen …«

»Das Schweigen hielt er nur eine Nacht lang. Bis er mir seine Entscheidung mitteilte.«

»Welche Entscheidung?«, fragte ich schwach.

»Giovanni hat in jener Nacht beschlossen, das Kloster zu verlassen. Wir haben stundenlang geredet. Aber er war von seiner Entscheidung nicht mehr abzubringen …«

»Du hast ihn gehen lassen?«, fragte ich.

»Gott hat ihn gehen lassen«, erwiderte Girolamo leise. »Giovanni wollte frei sein. Er wollte zu dir zurückkehren. Er liebt dich – viel mehr als Gott.«

»Hat er dir das gesagt?«, fragte ich atemlos.

»Das musste er nicht. Ich weiß, was ein gebrochenes Herz ist.« Girolamo seufzte. »Giovanni hat die Beichte abgelegt und mich gebeten, von seinen Gelübden entbunden zu werden. Dann hat er seine Sachen gepackt und ist im Morgengrauen zum Palazzo Medici geritten. Aber du warst schon fort – nach Urbino, sagte ihm Kardinal de' Medici. Giovanni war völlig außer sich.«

Der Boden schien unter mir zu schwanken. Ich war unfähig, mich auf den Beinen zu halten, musste mich an Savonarola festhalten.

»Giovanni hat nach Urbino geschrieben, damit du zu ihm zurückkehrst. Es war ein endloser Brief, er hat ihn mir gezeigt. Ein einziges *Mea culpa, mea maxima culpa.* Aber du hast ihn ja nicht einmal einer Antwort gewürdigt.«

»Ich war nicht in Urbino«, flüsterte ich erschüttert.

»Das hat er auch gesagt: ›Vielleicht ist Caterina nicht dort.‹ Er gab die Hoffnung nicht auf und schrieb nach Rom, weil er dich im Vatikan vermutete. Cesare Borgia hat ihm geantwortet. Was der

Kardinal geschrieben hat, weiß ich nicht. Aber es hat Giovanni tief getroffen. Danach hat er seine Villa in Fiesole nicht mehr verlassen. Er hoffte auf deine Rückkehr, eines Tages, und hat wie ein Verrückter Tag und Nacht laboriert und gebetet, bis er vor Erschöpfung zusammenbrach.«

Bis er bei der letzten Transmutation seine Selbstbeherrschung verlor, weil er an mich dachte! Alles hatte er aufgegeben, um mich zurückzugewinnen – sogar Gott.

Girolamo hatte mich in seine Zelle geführt, wo ich mich todmüde auf seinem Bett zusammenrollte, während er mich mit einem dünnen Laken zudeckte. Dann hatte er den Vorhang seiner Schlafkammer zugezogen, die Bibel von seinem Schreibtisch genommen und die Zellentür hinter sich geschlossen. Er hielt Wache an Giovannis Bett.

Ich lag wach. Wie hätte ich in dieser Nacht schlafen können? An diesem Morgen – es war wirklich erst ein paar Stunden her! – war ich meinem Gefängnis im Palazzo Medici entkommen, nachdem ich die Tür aufgesprengt hatte. Ich war mit Schwefelgeruch am Talar und Blut im Gesicht durch die Straßen von Florenz gewandelt, und die Menschen waren furchtsam vor mir zurückgewichen. Meine Flucht und meine Rückkehr nach Florenz noch in derselben Nacht, um Giovanni zu finden. Welch ein Irrsinn! Nein, kein Irrsinn! Sondern das Vernünftigste, was ich jemals getan habe. Giovanni hatte Gott entsagt. Er wollte zu mir zurückkehren, hatte im Palazzo Medici nach mir gefragt und die erschütternde Antwort erhalten, ich sei abgereist. Wie sehr ihn diese Nachricht getroffen haben musste!

Aber es gab noch Hoffnung. Girolamo und ich würden nach der Morgenmesse den Splitter entfernen und Giovanni würde leben.

Mit diesem tröstenden Gedanken schlief ich endlich ein.

»Wann hast du zuletzt gegessen, Celestino?«, fragte Girolamo.

Seit der Operation waren drei Tage vergangen. Giovanni hatte überlebt, war aber noch nicht aus seiner Bewusstlosigkeit erwacht. Seit drei Tagen und Nächten saß ich neben seinem Bett, hielt seine Hand und flößte ihm Suppe und Wasser ein.

Ich sprach zu ihm und tat so, als antwortete er mir. Wir führten Gespräche, die wir vor Jahren hätten führen sollen, nach Lorenzos Tod. Wir sagten einander Dinge, die uns tief in unserem Inneren berührten, im Herzen, wo der Schmerz saß. Wir sagten einander Dinge, die mich zu Tränen rührten – nicht »Ich liebe dich« und »Ich will den Rest meines Lebens mit dir verbringen« oder »Ich werde dich nie wieder allein lassen« oder ähnlich sinnlose Versprechen, leicht dahingesagt im Rausch der Gefühle – sondern Worte wie: »Verzeih mir, denn ich habe dich verletzt!« und »Lass mich los, damit ich aus freiem Willen zu dir zurückkehren kann!«

Ich hielt seine Hand und betrachtete sein Gesicht, war voller Hoffnung, dass er schon im nächsten Moment die Augen öffnete und mich anlächelte.

»Celestino!«, fuhr mich der Prior an, und ich sah auf.

Girolamo hielt mir eine Schüssel mit Haferbrei und einen Holzlöffel hin, aber ich winkte ab. »Ich bin nicht hungrig.«

»Sei vernünftig! Du hast seit Tagen nichts mehr gegessen. Sieh dich nur an, du bist so dünn und zerbrechlich geworden. Die Fratres reden über dich und deine asketische Lebensweise. Sie halten Fra Celestino für einen Heiligen.«

Ich schüttelte den Kopf.

»Weißt du noch, was du mir in der Nacht deiner Ankunft im Konvent versprochen hast, Celestino? Du hast mir geschworen, kein Aufsehen zu erregen. Du hast gelobt, die Ordensregeln einzuhalten und mich nicht in Versuchung zu führen, dich aus dem Konvent zu werfen. Auch wenn du einen himmlischen Namen trägst, bist du ein Mensch. Mit einem Körper, der hungert und dürstet und friert. Gib dich nicht selbst auf! Und wenn es nur ein Löffel voll ist – ich bitte dich: iss!«

Er tauchte den Holzlöffel in den Haferbrei und fütterte mich wie ein Vater sein eigensinniges Kind. Ich wich ihm aus, aber er hielt mich fest, sodass ich ihm nicht entkommen konnte. Die Hälfte des Breis verschmierte in meinem Gesicht, aber mit der Geduld eines Engels wischte Girolamo mir die Lippen ab. Dann schenkte er mir einen Becher mit Wasser voll und reichte ihn mir: »Trink!«

Ich trank. Den ganzen Becher auf einmal. Nur, damit er mich in Ruhe ließ. Allein mit Giovanni. Wir hatten uns noch so viel zu sagen …

Dann brach ich zusammen – »Endlich!«, hatte Girolamo später erleichtert gesagt –, sank in die Knie und übergab mich. Mein Magen rebellierte gegen die ungewohnte Speise, wie mein Verstand gegen Girolamos Worte aufbegehrte.

»Ich habe mich nicht aufgegeben«, würgte ich hervor, während er mir aufhalf.

»Nachdem wir das nun geklärt haben, wünsche ich, dass du mich ins Refektorium begleitest«, sagte er. »Auf einen zweiten Löffel Haferbrei. Danach verordne ich dir Bettruhe. Du kannst in meiner Zelle schlafen. Wenn ich dich vor dem Vesperläuten hier an Giovannis Bett oder wieder in der Kirche auf dem kalten Boden im Gebet finde, kannst du dich auf etwas gefasst machen: meinen unheiligen Zorn! Ich finde deine Askese und dein selbstverleugnendes Verhalten *unerträglich*!«

Ich lächelte todmüde.

Savonarola konnte sich nicht damit abfinden, dass irgendjemand vollkommener war als er. Unerträglich vollkommen – so hatte ihn sein Prior in Ferrara genannt. Er ertrug es nicht, denn *ich* hatte meinen Stolz abgelegt, als ich mich in San Marco vor Gott demütigte.

Mein Lächeln irritierte ihn, und er packte mich am Ärmel, um sich, wenn schon nicht durch Worte, so doch wenigstens durch Taten Gehorsam zu verschaffen. »Ein Frater wird bei Giovanni Wache halten, und sobald er die Augen öffnet, wird er uns Bescheid sagen. Und jetzt komm, du … du *Heiliger!*«

Zwei Tage später kehrte Giovanni ins Leben zurück. Es war kurz vor Mittag – ich hatte seit Mitternacht Wache gehalten, und Girolamo wollte mich nach der Siesta ablösen, damit ich ein paar Stunden schlafen konnte. Ich saß an Giovannis Bett und betete, als er zum ersten Mal die Augen aufschlug.

Ich war so vertieft in meine eigenen Gedanken, dass ich es erst gar nicht bemerkte. Erst als er sich bewegte und mich, den Frater neben seinem Bett, mit heiserer Stimme um einen Schluck Wasser bat, sprang ich auf.

»Giovanni!«, flüsterte ich bewegt. »Gott hat mich erhört!«

Er starrte mich an, erkannte mich erst nicht im Dominikanerhabit.

»Caterina?«, fragte er, als könnte er nicht glauben, was er sah. »Deine Haare … deine wunderschönen Locken …«

Ich ergriff seine Hand, die in mein kurzes Haar fassen wollte, und küsste sie unter Tränen.

»Du bist es wirklich«, seufzte er und zog mich zu sich herunter, um mich zu küssen.

Sein Kuss war nur ein Hauch von Sinnlichkeit. Aber er war ein Versprechen, nein, mehr – er war Hoffnung! Ich beugte mich über ihn und erwiderte seinen Kuss zärtlich, strich ihm liebevoll über das Haar und weinte hemmungslos, bis meine Tränen seine Wangen netzten.

Wir konnten nicht voneinander lassen, küssten uns die Tränen aus dem Gesicht, streichelten uns zärtlich und flüsterten, ich weiß nicht was. Noch nie zuvor waren wir uns so nahe gewesen! Nicht einmal in jener Heiligen Nacht, als wir uns einander mit Leib und Seele geschenkt hatten. Trotz seiner Schmerzen legte er seine Arme um meine Schultern und zog mich zu sich herunter, um mich zu küssen.

In diesem Augenblick wurde die Tür der Zelle aufgerissen, und jemand stürmte in den Raum. »Wo ist er …?«, hörte ich eine Stimme, die dann erschrocken verstummte.

Ich fuhr herum.

Gian Francesco Pico della Mirandola, der Conte von Concordia, Giovannis eingebildeter Neffe, stand mitten in der Zelle – hinter ihm Girolamo, der mich wütend anfunkelte, während er mit einem energischen Tritt die Tür hinter sich schloss. Zwei küssende Fratres mit erschreckend eindeutigen Absichten – kein Wunder, dass der Prior zornig war.

Ich trat einen Schritt zurück und verbarg mein Gesicht hinter der Kapuze meines Skapuliers, um die Freude auf meinen Lippen über Giovannis Rückkehr ins Leben, die Tränen der Rührung und das blanke Entsetzen in meinen Augen über Gian Francesco Picos unerwartetes Erscheinen in der Zelle hinter einer Schicht schwarzen Wollstoffs zu verbergen. Girolamo hatte ihn durch einen Boten über Giovannis lebensgefährlichen Zustand informiert – aber dass der Conte persönlich nach San Marco kommen könnte, hatten weder Girolamo noch ich erwartet.

Gian Francesco Pico rauschte an mir vorbei, ohne mich eines Blickes zu würdigen. Wie ein Geier auf die Beute stürzte er sich auf seinen Onkel: »*Deo gratias:* Ihr lebt! Ich war erschüttert, als ich die Botschaft des Priors las, und bin sofort aufgebrochen. Ich verspreche Euch, dass ich Euch hier herausholen werde. Im Castello von Mirandola, in einem vom Kaminfeuer geheizten Schlafzimmer, in einem weichen Bett, bei herrlichem Essen und einem guten Tropfen Montepulciano werdet Ihr Euch bald erholen«, versprach er Giovanni. »Mit einer ebenso *hingebungsvollen* Pflege«, stichelte er in meine Richtung.

»Euer Gnaden«, begann Savonarola. »Ich halte es für gefährlich, Signor Pico nach Mirandola zu bringen. Er ist zu schwach für die lange Reise und …«

»Unsinn, Prior«, unterbrach ihn der Conte mit befehlsgewohnter Stimme. »Vielleicht ist er zu schwach, sich gegen aufdringliche Fratres an seinem Bett zu wehren …« Sein Blick funkelte in meine Richtung. »… aber es ist besser, wenn er nach Hause in das Castello Pico kommt. Dort werde ich für ihn sorgen.«

Ja, dachte ich, ganz sicher wirst du das! Du wirst Giovanni hingebungsvoll pflegen, damit er dir auch noch den Rest seines Vermögens überschreibt, bevor es an seinen Freund Girolamo fällt. Und während Giovanni im Opiumrausch vor sich hin döst, räumst du seine Villa in Fiesole aus und schaffst die kostbare Bibliothek, die alchemistischen Notizen und Giovannis Aufzeichnungen nach Mirandola, um sie für dich selbst zu verwenden. *La gloire immortelle:* Du suchst den unsterblichen Ruhm nicht, indem du deinen eigenen Weg der Erkenntnis gehst, sondern indem du die Gedanken deines berühmten Onkels stiehlst, dich mit seinen Lorbeeren und seinen genialen Ideen schmückst! Nur mühsam konnte ich meine Wut unterdrücken.

Entschlossen griff der Conte nach der Leinentasche, die er für die seines Onkels hielt, um sie an sich zu nehmen und in Sicherheit zu bringen, bevor der Prior auf die Idee kam, etwas für sich zu behalten, was ihm nicht zustand. Er hatte sie schon geöffnet, um den Inhalt zu inspizieren, als ich das Wort ergriff – die Tasche war mein gesamter Besitz!

»Bitte verzeiht, Euer Gnaden«, wagte ich zu sagen, »aber diese Tasche gehört mir.« Ein Bettelmönch, der seinen Besitz verteidigte? Das war absurd …

Der Conte zog Giovannis *Conclusiones* hervor – mit einem triumphierenden Blick, für den ich ihn am liebsten geschlagen hätte. »Wie kommt ein Mönch zu einem so ketzerischen Buch?«

Ich nahm den Fehdehandschuh auf, was sollte ich denn anderes tun? Ich meine: außer zu schweigen – was Girolamo mir mit dem Zeigefinger vor den geschlossenen Lippen sehr eindringlich anriet. »Das Buch gehört mir. Giovanni hat es mir gegeben«, fauchte ich.

Gian Francesco Picos Hand tauchte wieder in die Tiefen meiner Tasche. Er zog die Pergamentseiten der *Concordia* hervor, warf einen Blick auf die Handschrift und blätterte durch die Seiten. »Hat er Euch das auch gegeben? Das Manuskript ist noch nicht vollendet – warum sollte er es Euch überlassen?«

Etwas Intelligenteres als »Giovanni bat mich um meine Meinung« fiel mir nicht ein.

Der Conte lachte höhnisch. »Einen Mönch?«, warf er mir verächtlich vor die Füße. »Er fragt einen *Dominikaner* nach seiner Meinung zu Büchern, die von der Kirche verdammt sind? Warum sollte er das tun? Mein Onkel sprach davon, dass er eine Schülerin aufgenommen hat, um mit ihr seine alchemistischen Geheimnisse zu teilen – das habe ich schon für verrückt gehalten! Caterina ist aus Florenz geflohen, wie ich vorhin erfahren habe. Wenn irgendjemand außer mir ein Recht auf seine Werke hat, dann sie. Wer, zum Teufel, seid Ihr, dass Ihr behauptet, die *Conclusiones* und die *Concordia* von meinem Onkel bekommen zu haben?«

»Ich bin …«, brauste ich auf und beherrschte mich mühsam, als ich Girolamos warnenden Blick sah. »Ich bin Fra Celestino.«

Giovanni lag auf seinem Bett und verfolgte entsetzt unseren Streit. Er hatte bis jetzt geschwiegen, hatte erstaunt beobachtet, wie ich mir die Kapuze des Skapuliers über den Kopf zog und mich in den Hintergrund der Szene zurückzog, als Gian Francesco die Bühne betrat und die Hauptrolle an sich riss. Er hatte erkannt, dass ich in San Marco die Rolle eines Mönches spielte, hatte gehört, dass Caterina aus Florenz geflohen war, hatte einen langen Blick mit seinem Freund Girolamo gewechselt, der unauffällig nickte.

»Fra Celestino hat Recht, Gian Francesco. Ich habe ihm die *Concordia* gegeben, damit er sie liest …«, begann Giovanni mit schwacher Stimme.

»Ihr hättet sie mir geben sollen«, sagte der Conte beleidigt. »Ich hätte sie ebenso gut lektorieren können. Nun, das kann ich ja in den nächsten Wochen nachholen … Wir werden in Mirandola über Eure Thesen diskutieren.« Gian Francesco Pico hob meine Tasche hoch. »Ist hier noch etwas drin, was Euch nicht gehört, Frater?«

»Nein!« Ich entriss ihm die Tasche.

»Dann ist ja alles geklärt«, sagte der Conte.

»Nichts ist geklärt, Gian Francesco. Ich werde nicht mit dir nach Mirandola gehen. Nicht heute und nicht morgen«, entschied Giovanni. Seine Stimme war atemlos und zittrig, seine Entschlossenheit aber unverrückbar wie ein Felsen. »Und wenn es mir in einigen Tagen besser geht, schon gar nicht!«

Überrascht starrte Gian Francesco auf Giovanni hinunter, mit dessen Widerstand er nicht gerechnet hatte.

»Gib Fra Celestino die Bücher zurück!«, befahl er seinem Neffen.

Widerwillig gehorchte Gian Francesco. Aber er gab sich noch lange nicht geschlagen in diesem Kampf um das Erbe seines berühmten Onkels. »Nun gut«, murmelte er. »Ich unterwerfe mich Euren Wünschen! Ich werde hier im Kloster bleiben, bis es Euch besser geht. Körperlich … *wie geistig*!«

Gian Francesco Pico hielt seinen Onkel offensichtlich für unzurechnungsfähig. Er entriss Girolamo die Verantwortung für Giovannis körperliche und geistige Genesung und quälte uns weiterhin mit seiner Anwesenheit im Konvent.

Für den Rest des Nachmittags verbannte mich der Conte aus der Zelle des Kranken. Als ich mich weigern wollte zu gehen, zog mich Girolamo mit sanfter Gewalt aus dem Raum.

Ich litt unter der Trennung von Giovanni. Wie gehetzt rannte ich durch den Konvent und konnte doch nirgendwo Ruhe finden. In der Apotheke beobachtete ich den Frater Infirmarius, wie er in seinem Steinmörser Pulver zerrieb und mischte, und sah die Cantarella oben im Regal, dachte an mein und Cesares Kind, das nie gelebt hatte, und floh aus der Apotheke. In der Basilika ging ich Gott auf die Nerven, weil ich Ihm zum ich weiß nicht wievielten Mal erzählte, was Giovanni und ich vorhatten, wenn Er uns endlich gehen ließ.

Nach dem Stundengebet irrte ich durch den Kreuzgang, auf der Suche nach einer Beschäftigung, die mich von den furchtbaren Gedanken an die französische Invasion ablenkte. Wie mir Girolamo nach dem Mittagessen mitteilte, war Charles nur noch zwei Tage von Florenz entfernt. Ich wollte mit Giovanni noch vor dem französischen Einmarsch aus der Stadt verschwinden, um uns eine »Audienz« bei Charles zu ersparen. Denn ich konnte mir lebhaft vorstellen, was er mit mir zu tun gedachte, wenn ich ihm in die Hände fiel.

Eine Weile sah ich den Schneeflocken beim Fallen zu, dann ging ich hinauf in die Bibliothek des Konvents, um mich dort auszutoben. Vergeblich: Angelo hatte während seines Aufenthaltes in San Marco die Bibliothek aufgeräumt. Jeder Foliant lag exakt dort, wo er hingehörte. Ich blätterte einige Bücher durch, las hier ein Kapitel, dort einen Absatz. Für das Stundengebet kehrte ich in die

Kirche zurück, verschonte Gott mit weiteren Forderungen, aß mit Girolamo im Refektorium einen Teller Brotsuppe und erwartete sehnsüchtig das Nachtgebet.

Sobald Gian Francesco Pico sich zur Ruhe begeben hatte, schlich ich in Giovannis Zelle. Er hatte den Nachmittag über geschlafen, weil er ahnte, dass ich nachts zu ihm kommen würde. Er erwartete mich. Wir flüsterten eine Weile miteinander, ganz leise, sodass uns niemand hören konnte. Ich hielt seine kalte Hand. Trotz des Kohlebeckens fror er in der eisigen Zelle, und so legte ich mich neben ihn auf das Bett und breitete die Wolldecke über uns. Wir wärmten uns gegenseitig. Hielten uns aneinander fest.

Die Mitternachtsmesse verschlief ich in seinen Armen.

Dann kam der 17. November. Seit der Operation war eine Woche vergangen, aber Giovanni hatte sich noch nicht so weit erholt, dass er das Krankenlager verlassen konnte, um auch nur ein paar Schritte zu gehen. Ein Ritt durch den Schneesturm über die verschneiten Pässe nach Urbino wäre sein sicherer Tod gewesen.

Am Vortag hatte Girolamo seinem Freund eine Dosis Digitalis gegeben, um das Herz zu stärken, aber die Wirkung war die von Leonardos Feuerwerksraketen: eindrucksvoller Effekt, aber sinnlos. Für ein paar Stunden saß Giovanni im Bett, löffelte seine Suppe, scherzte und lachte und machte uns allen Hoffnung, dass er bald aufstehen würde, doch dann brach er zusammen und schlief den Rest des Nachmittags. Und die halbe Nacht.

Als Girolamo an diesem Morgen vom Palazzo della Signoria zurückkehrte und mir mitteilte, dass Charles am späten Nachmittag in Florenz einziehen würde, geriet ich in Panik.

Nur ein Wunder konnte Giovanni noch retten.

Also vollbrachte ich ein Wunder.

Mit dem geheimnisvollen Pulver aus Giovannis Laboratorium

stürmte ich in die Apotheke. Girolamo hielt den neugierigen Frater Infirmarius in Schach, der unbedingt wissen wollte, was Fra Celestino in seiner Apotheke tat, während ich Glaskolben aus den Regalen holte, ein Feuer entzündete und zu laborieren begann.

Die Alchemie ist eine kreative Wissenschaft, keine analytische. Aber ich musste herausfinden, woraus der Staub bestand. Ich musste sichergehen, dass er Giovanni nicht umbrachte, wenn ich ihm von der Tinktur zu trinken gab.

Ich bat Girolamo um *Aqua vitae*, um den Staub aufzulösen. Er protestierte: Er habe doch keinen Aquavit im Konvent!

»Auch nicht zu ›medizinischen‹ Zwecken?«, fragte ich mit einem feinen Lächeln. Er murmelte etwas, was ich nicht verstand und vermutlich auch nicht verstehen sollte, verschwand und kehrte erstaunlich schnell mit einer Karaffe voll Branntwein zurück, die er wohl aus seiner Zelle geholt hatte. Medizin?, lachte ich im Stillen: Du Seelendoktor!

Der Staub löste sich in der Hitze des Feuers schnell auf, die resultierende Tinktur war transparent und völlig geruchlos. Sie war, trotz des Alkohols in der Tinktur, nicht brennbar. Und sie fiel auch nach einer Stunde intensiven Anstarrens nicht aus. So weit zur wissenschaftlichen Analyse. Und nun?

»Wir müssen auf Gott vertrauen«, murmelte Girolamo resigniert.

»Das tun wir seit einer Woche«, wies ich ihn schärfer als beabsichtigt zurecht. »Wir flehen Ihn an, aber Er scheint nicht geneigt, deshalb Seine Wunder ein wenig effizienter zu vollbringen.«

Meine Wortwahl überhörte er gnädig. »Du kannst es nicht trinken, um herauszufinden, wie es wirkt«, warnte er mich eindringlich. »Wenn es nun tödlich ist …«

»Wenn dir etwas Besseres einfällt: Sag es mir!«

Er lief wie gehetzt durch die kleine Apotheke: fünf Schritte in die eine Richtung, Kehrtwendung, fünf Schritte in die andere Richtung. Über eine Lösung stolperte er dabei nicht. An der offenen Tür blieb er stehen, sah Gian Francesco Pico unauffällig und betont unabsichtlich im Kreuzgang vor der Apotheke herumlungern, um zu erfahren, woran der Prior und der geheimnisvolle Fra Celestino laborierten, zog unwillig die Stirn in Falten – und traf eine Entscheidung:

»*Ich* werde es trinken.«

Die Tinktur war, für was ich sie hielt.

Obwohl Giovannis Laboratorium bei der letzten Transmutation explodiert war, hatte die *Coniunctio* stattgefunden. Als der Alambic platzte, und seine Scherben durch den Raum flogen, war das Elixier fest geworden und als feiner Staub zu Boden gerieselt. Das dachte ich jedenfalls.

Girolamo hatte nach dem Mittagessen in seiner Zelle ein paar Schlucke des Elixiers getrunken. Dann war er ohnmächtig zusammengebrochen, und ich hatte Mühe gehabt, ihn in sein Bett zu legen. Als er am späten Nachmittag wieder erwachte, fühlte er sich entspannt, euphorisch und »sehr lebendig!«. Die Wirkung war so, wie Nicolas Flamel sie mir in Paris beschrieben hatte: Es war wirklich das Lebenselixier!

Obwohl bereits die ersten Franzosen durch die Straßen zogen, um ihre Kreidekreuze an die Häuser zu malen, die sie besetzen würden, wollten wir noch warten. Giovanni schlief, nachdem Gian Francesco ihn verlassen hatte, und wir wollten ihn noch nicht wecken. Er musste bei Kräften sein, wenn er von dem Elixier trank, sonst konnte es ihn umbringen. Schließlich hatten nur wenige Schlucke den gesunden und unversehrten Girolamo in tiefe Ohnmacht sinken lassen.

Der Prior und ich saßen in seiner Zelle und schwiegen gemeinsam. Wir waren uns sehr nahe gekommen in den letzten Tagen,

Worte waren überflüssig geworden. Meine Dankbarkeit für das, was er getan hatte, für die Gefahren, die er auf sich genommen hatte, um mir zu helfen und um Giovanni das Leben zu retten, konnte ich mit Worten nicht ausdrücken. Aber er verstand mich auch so.

»Was werdet ihr tun, wenn ihr in Urbino seid?«, fragte er in das Schweigen hinein.

»Nichts«, sagte ich. »Nichts, als das Leben zu genießen.«

Girolamo lachte amüsiert und glaubte mir kein Wort.

»Der Mensch braucht keine Antworten, um Frieden zu finden, Girolamo. Er muss nur mit dem Fragen aufhören. Der einzige Sinn, den unser Leben hat, ist der, den wir selbst ihm geben.«

»Und du bist ein Maestro der Sinnfindung«, lachte er und erhob sich. »Lass uns nach der Messe herausfinden, ob du auch ein Maestro in der Kunst der Heilung bist.«

Girolamos gute Laune war ansteckend. Die Messe, die er zelebrierte, war die ergreifendste, an der ich jemals teilgenommen habe. Nicht weil er wie üblich das Strafgericht Gottes ankündigte, sondern weil er von Gnade und Vergebung predigte!

Nach der Messe gingen wir gemeinsam zur Apotheke, um das Elixier zu holen … und erstarrten.

Das Schloss war während des Gottesdienstes aufgebrochen worden! Wir fanden unsere schlimmsten Befürchtungen bestätigt: Die Karaffe mit der wasserklaren Flüssigkeit war verschwunden.

Wir sahen uns an, verloren keine Zeit mit Fragen wie »Wer?« und »Warum?«, und stürmten die Treppe hinauf in Giovannis Zelle.

Girolamo, der seinem Freund nicht mehr von der Seite wich, vollzog die Sterbesakramente und nahm ihm die Beichte ab. Auf die Frage nach seinem Glauben antwortete Giovanni: »Ich glaube nicht nur, ich weiß.«

Wen die Götter lieben, den rufen sie bald zu sich. Lorenzo war dreiundvierzig, Angelo vierzig, Giovanni einunddreißig, als sie abberufen wurden. Ihr Leben war viel zu kurz.

Gott hat Giovanni geliebt. Das glaube ich nicht nur, das weiß ich, denn Er hat ihn zu sich gerufen, bevor er seinen Zenit überschritten hatte. Ist das Sein Erbarmen angesichts unseres Strebens nach Erfolg, nach Macht, nach Vollkommenheit, und wenn uns das nicht mehr genügt: nach der Überschreitung unserer eigenen Grenzen, der triumphalen Selbstvernichtung, die uns unvermeidlich ins Inferno führt? Ist das Seine Gnade, in der Blüte des Lebens zu sterben, ohne Schmerzen und mit einem fröhlichen Lächeln auf den Lippen, und Alter und Krankheit und geistigen Verfall nicht mehr erleiden zu müssen?

Nun, darüber würde ich den Rest meines Lebens nachdenken – also: nur ein paar Jahre. Denn die restlichen Tropfen des Elixiers, die Gian Francesco Giovanni nicht mehr geben konnte, bevor ich ihm die Karaffe entriss, habe ich weggeschüttet. Ich wollte nicht unsterblich sein, wenn Giovanni nicht bei mir war.

Sein Sterben war gnädig kurz. Er hatte keine Schmerzen, war euphorisch, aber innerlich aufgewühlt. Er redete, versprühte seinen Geist in einem Feuerwerk aus Worten, scherzte mit Girolamo, diskutierte mit mir nur so zum Spaß die These: »Es gibt ein Leben nach dem Tod« und schloss den Disput mit einem fröhlichen »*Quod non est demonstrandum, sed erit experiendum* – was nicht erst bewiesen werden muss, sondern was ich erfahren werde«. Giovanni wusste, dass er sterben würde. Und er sah dem Tod gelassen entgegen, mit einem zauberhaften Lächeln auf den Lippen.

Gemeinsam erinnerten wir uns an jenen magischen Augenblick, als wir uns im Hof des Palazzo Medici zum ersten Mal sahen. Wir waren beide wie verzaubert. Ich hatte ihn angestarrt, als befürchtete ich, dass dieser wundervolle Mensch im nächsten Augenblick wieder aus meinem Leben verschwinden könnte. Und auch er hatte mich angesehen, unfähig auch nur ein Wort zu sagen oder sich von mir abzuwenden. Es war ein endloser Augenblick in unserem Leben. Und dieser unvergessliche Augenblick war wie unser ganzes Leben gewesen: Wir hatten uns angesehen, verliebt, verzaubert, fasziniert, und waren doch unfähig gewesen, uns aufeinander einzulassen, mit allen Konsequenzen, uns wirklich zu *berühren*, nicht nur mit den Händen, sondern auch mit den Seelen.

Er starb, wie er lebte: Er ließ los. Erst meine Hand. Dann seine Seele.

Giovanni Pico della Mirandola, bis zum letzten Atemzug im vollen Besitz seiner geistigen Kräfte, starb in der Nacht des 17. November 1494. Die offizielle Todesursache, die der Prior von San Marco wenige Stunden später während der Totenmesse verkündete, war Herzversagen.

Während Gian Francesco Pico mehr von seiner Enttäuschung als von wirklicher Trauer überwältigt am nächsten Morgen abreiste, begruben wir Giovanni direkt neben Angelo in einer Nische der Basilika von San Marco.

An den feierlichen Exequien, die Fra Girolamo zusammen mit Erzbischof Guillaume Briçonnet in San Marco zelebrierte, nahm auch König Charles von Frankreich teil, der am Vortag im Palazzo Medici Quartier genommen hatte. Und ich, Fra Celestino, hielt während der Messe mit Tränen in den Augen die Leichenrede – eine »Rede über die Würde des Menschen«.

Noch in derselben Nacht verließ ich Florenz. In der Tasche über meiner Schulter trug ich meinen Talar, mein Notizbuch, Giovannis alchemistische Notizen, die *Conclusiones* und meinen Degen. Die *Concordia* hatte mir Gian Francesco Pico gestohlen, meinen Schmuck hatte ich bis auf meinen Saphirring bei Girolamo zurückgelassen. Diamanten sind ungeweinte Tränen!, dachte ich. Ich brauchte die Diamanten, Rubine, Smaragde und Perlen nicht mehr, denn ich war keine Medici mehr. Und wenn ich auf der Flucht gefangen genommen wurde, konnten die einzigartigen Schmuckstücke mich verraten.

Die Lebenden und die Toten, Girolamo, Giovanni, Angelo, Lorenzo und sogar den eigensinnigen Fra Celestino ließ ich hinter mir zurück. Kostbare Erinnerungen an eine herrliche Zeit. Eine großartige Vergangenheit als Tochter der Medici: Pflichten, Verantwortung und Disziplin. Aber auch Fehler und Schuld.

Ich schwang mich in den Sattel und trabte durch die Reihen der nach Florenz einmarschierenden Franzosen, durch eine Menge winkender Florentiner, die König Charles lachend und singend als Befreier von der Tyrannei begrüßten – Niccolò Machiavelli und meine Cousins Lorenzino und Giannino standen am Straßenrand, aber sie erkannten mich nicht. Ich galoppierte einer ungewissen, aber deshalb nicht weniger abenteuerlichen und aufregenden Zukunft entgegen:

Denn ich, Caterina Vespucci, war doch immer noch dieselbe.

Wohin sollte ich gehen? Diese Frage stellte ich mir erst, nachdem ich Florenz im dichten Schneetreiben verlassen hatte.

Nach Rom – zu Cesare? Nach Urbino – zu Guido? Nein, ich wollte ganz neu anfangen. In Mailand.

Wie Phoenix erschuf ich mich selbst neu, als ich mich aus den Ruinen meiner Vergangenheit befreite, die Asche verglühter Hoffnungen abschüttelte und mich hinaufschwang auf den Gipfel unsterblichen Ruhmes.

Während Charles von Florenz aus in Richtung Rom zog, um seinen Traum von einer französischen Vorherrschaft in Italien zu verwirklichen, verkaufte ich in Mailand meinen Saphirring, der mir zweihundert Dukaten einbrachte, mietete die ehemalige Bottega eines Malers und richtete dort, hinter der Kirche Santa Maria delle Grazie, mein neues Laboratorium ein.

Ich wollte kein Aufsehen erregen. Und das gelang mir auch einige Monate – bis ich meine Anwesenheit in Mailand mit einem eindrucksvollen Knall offenbarte: Mein Laboratorium explodierte mit einem Donnerschlag, den man bis Rom hören konnte …

Am Tag vor Weihnachten gab ich meine letzten Dukaten aus. Ich kaufte eine ganze Kiste dicker Kerzen, einen Schinken aus Parma, Oliven, Brot, Hefe, ein Fass Wein und etliche Säcke Zucker. Der Händler, der mir den Zucker auf einem Eselskarren anlieferte, fragte mich, ob ich einen Bäckerladen aufmachen wollte. Aber als er keinen einzigen Mehlsack in meinem Laboratorium entdecken konnte, zog er verwirrt ab.

Nach der Christmesse am Heiligen Abend schloss ich mich in mein Laboratorium ein und begann mit der Herstellung großer Mengen von Alkohol, der Grundlage des Parfums, das ich aus getrockneten Blüten destillieren wollte, um es zu verkaufen.

Amerigos erste Lieferung getrockneter Orangenblüten traf Ende Januar über Genua in Mailand ein. Dann folgten in regelmäßigen Abständen weitere Säcke voller Veilchenblüten aus Sevilla, Rosenblätter aus Valencia, Vanilleschoten aus dem Orient, Zimtstangen aus China, Weihrauch aus Arabien und anderer exotischer Düfte und Ingredienzien wie Iriswurzel, Ambra und Moschus. Amerigo, der von der Revolution in Florenz erfahren hatte, war erleichtert, endlich wieder von mir zu hören, und half mir gern.

Meist laborierte ich an zwei Operationen gleichzeitig: an der Destillation von Parfum vorn im Laden, wo ich auch die Glasphiolen verkaufte, und an der Transmutation der Prima Materia im Laboratorium, das durch eine feuerfeste Tür vom Laden abgetrennt war. Ich experimentierte mit einigen Rezepten, die ich Giovannis Notizbuch entnahm. Vor allem der ägyptische Duft der Tempelpriester des Anubis hatte meine Neugier geweckt, aber auch die *Elixiria* der erotischen Liebe sowie die tödlichen Gifte aus dem Extrakt bitterer Mandeln und aus der Essenz von Pfirsichkernen.

Wie besessen arbeitete ich, um zu vergessen. Aber alles, was ich tat, erinnerte mich schmerzhaft an Giovanni: Der Duft des ägyptischen Parfums beschwor die Nacht meiner Initiation, die Liebeselixiere erinnerten mich an meine unsterbliche Liebe für Giovanni. Wie sehnte ich mich nach seinen zärtlichen Berührungen, nach seinen Küssen, nach seinen sanften Worten! Wie sehr entbehrte ich seine Anwesenheit. Ich fror vor Einsamkeit. Ich stürzte mich in meine Arbeit, laborierte bis zum Umfallen, bis ich zu müde war, um nachts wach zu liegen und an ihn zu denken … wie er vom *Elixirium* getrunken hatte … wie er zum letzten Mal meine Hand losgelassen hatte.

Ich litt. Die Schmerzen der Gicht in meinem Körper waren unerträglich geworden. Die Gefangenschaft im Kellergewölbe des Palazzo Medici, die Dunkelheit, das Fasten, die Seelenqualen über Giovannis Tod, der Ritt nach Mailand durch den Schneesturm, das stundenlange Laborieren in der eisig kalten Bottega – all das hatte meinen Körper geschwächt. Mehr als einmal wünschte ich mir eine Phiole mit *Aurum potabile,* um wenigstens für ein paar Stunden schmerzfrei zu sein. Um schlafen zu können. Um vergessen zu können. Vielleicht, um wie Lorenzo sterben zu können – mit Würde. Es wäre so einfach, den Schmerz und das Leiden loszulassen … die Einsamkeit …

Nach dem Durchzug der Franzosen durch Mailand hatte eine unstillbare Gier nach Luxus und Zerstreuung die Reichen und Mächtigen erfasst. Meine Kundschaft wuchs von Tag zu Tag. Zuerst kamen nur einige Madonnen der Mailänder Nobiltà in meinen Laden, schnupperten an diesem Flakon und rochen an jener Phiole und kauften so viel, dass ich mit der Destillation nicht schnell genug war, obwohl ich Tag und Nacht arbeitete.

Vielleicht waren es nicht meine Parfums, vielleicht nicht die provozierenden Namen wie *La Séduction* – die Verführung, *Vanità* – die Eitelkeit oder *Peccato* – die Todsünde, sondern meine Produktionsschwierigkeiten, die schließlich nicht nur die Nobiltà von Mailand, sondern auch die Desmoiselles aus dem Gefolge der französischen Offiziere in meinen Laden lockten, der rasend schnell zum Treffpunkt der gehobenen Gesellschaft avancierte. Meine Kreationen *Passione* – die Leidenschaft, und *Discéndere all'Inferno* – der Abstieg ins Inferno, waren etwas völlig anderes als die unschuldigen Veilchen- und Lavendeldüfte aus der Provence. Ich konnte mich vor Nachfragen und Bestellungen kaum retten, hatte kaum Zeit, mich um den Kauf von Glasphiolen aus Murano zu kümmern oder um die Ingredienzien für die Kreation neuer Parfums, und musste schließlich widerwillig das Feuer im Athanor löschen, mit dem ich die *Separatio* durchführen wollte.

Als dann noch Herzog Ludovico eines Tages selbst dem Rat seiner Gemahlin Beatrice folgte und mit seinem Gefolge meinen Laden stürmte, waren meine Geldsorgen vorbei, und ich konnte meine Schulden bei Amerigo tilgen.

Glücklicherweise betrat Seine Herrlichkeit den Laden nicht selbst – was wäre geschehen, wenn er mich erkannt hätte? –, sondern schickte einen seiner Gefolgsleute, Baldassare Castiglione aus Mantua, zu den Verhandlungen an die Front. Castiglione kaufte in Kenntnis von Ludovicos verwöhntem Geschmack den Laden leer. Meine ausgefallenen Parfums mussten Ludovico ebenso beeindruckt haben wie mein Verhandlungsgeschick, denn nur wenige Wochen später wurde ich zur Hoflieferantin der Sforza ernannt. Und Fortuna lächelte – mit einem ironischen Augenzwinkern.

Ein Duft hatte es Ludovico besonders angetan, ein schweres, die Sinne betörendes Parfum. Den Mengen nach zu urteilen, die er bei mir bestellte, musste er darin täglich baden – und den Rest trinken. Er ließ schriftlich anfragen, wie das Parfum genannt werde. Ich antwortete Seiner Herrlichkeit – ich gestehe: Tränen lachend –, die kostbarste meiner Tinkturen sei »*Veleno* – Gift«.

Der Herzog verstand meinen Humor – wenn auch nicht in allen Schattierungen. Denn er konnte ja nicht ahnen, welches die geheimen Ingredienzien meines die Sinne betörenden »Giftes« waren, das auch als Aphrodisiakum eine im Wortsinn befriedigende Wirkung zeigte: Herzogin Beatrice und Seiner Herrlichkeit Geliebte Cecilia Gallerani wurden gleichzeitig schwanger. Der Herzog nannte mich fortan anerkennend »seine Giftmischerin«.

Dass dieser gut gezielte Schuss gegen Ludovico eines Tages nach hinten losgehen würde, hätte ich mir eigentlich denken können …

Mitte Juli 1495 antwortete Girolamo endlich auf meinen Brief, in dem ich ihm mitgeteilt hatte, dass ich nach Mailand gegangen war. Ich zerbrach das Siegel und las sein Schreiben, während ich im Laboratorium den Athanor für die *Separatio* anfeuerte.

Celestino, schrieb er mir:

Welche Freude, von dir zu hören! Wenn man von einem einzigen Satz über dich selbst auf drei eng beschriebenen Pergamentseiten überhaupt davon sprechen kann, dass ich nun wüsste, wie es dir geht. Aber ich kann es mir denken, denn ich weiß, wie sehr du Giovanni geliebt hast. Er fehlt mir ebenso wie dir!

Bitte verzeih, dass ich dir nicht sofort geantwortet habe, aber ich habe unglaublich viel zu tun und finde nur noch selten Zeit für ein ruhiges Gespräch mit Gott oder einen langen Brief an dich. Was in den letzten Monaten nur ein schlechtes Gewissen war, wird mir nun zur brennen-

den Seelenqual, zum Fegefeuer, das auch mit Weihwasser nicht mehr zu löschen ist.

Wie es mir geht, willst du wissen? Eine solch komplizierte Frage lässt sich nicht mit einem Wort beantworten. Die Fastenzeit schien mir dieses Jahr länger als jemals zuvor. Unerträglich lang. Aber es ist nicht meine Unfähigkeit zur Entsagung und zum Opfer, die mir Sorgen macht. Ganz im Gegenteil. Ich bringe Opfer. Ich verleugne täglich meinen Wunsch nach Ruhe und Besinnung, ich verleugne mich selbst, indem ich seit König Charles' Abzug nach Rom und Neapel versuche, in Florenz Ordnung zu schaffen. Ich, der dominikanische Frater, der der Welt entsagt hatte! Welch seltsame Wirkung das »Wasser des Lebens« auf mich hat!

Gott hat mich versucht. Und Er tut es noch. Wie gern wollte ich aus Steinen Brot machen, um den Armen zu helfen! Denn Gottes Wort bringe ich ihnen jeden Tag. Wie gern würde ich mich an der Neubildung der Regierung beteiligen, wie es mir die Signori nach der Flucht des Tyrannen angeboten hatten. Ich gestehe: Ich war stolz, als der Bannerträger mir diese Verantwortung anbot. Ich war so stolz, dass ich wie berauscht von Ruhm und Macht nach San Marco zurückgekehrt bin, um ernsthaft mein Gewissen zu befragen. Doch nach einer Nacht des Ringens kam ich zu dem Schluss: Ich konnte es nicht tun. Ich war vor Jahren der Welt entflohen und hatte mich in einen Konvent zurückgezogen – wie sollte ich, ein Frater, nun Florenz regieren? Und doch: Wäre eine Ablehnung dieser Verantwortung nicht ebenso stolz gewesen, geradezu selbstgefällig?

Gott versuchte mich auf grausame Weise: Ich konnte die Verantwortung nicht ablehnen, nicht gegen mein Gewissen. Und ich war mir über die Folgen vom ersten Tag an klar. Wenn ich mich in die Dornen der florentinischen Politik stürzte, würde ich mich verletzen und leiden. Ich würde meine Hoffnung auf meinen Seelenfrieden, auf meine innere Freiheit und die Loslösung von der Welt aufgeben, ein für alle Mal. Ich würde mich einmischen in Streitigkeiten von Parteien, von denen keine einzige meine eigene Überzeugung vertritt, ich würde mithelfen, eine Tyrannis durch eine andere zu ersetzen. Eine Aufgabe, an der ich scheitern muss. Nicht, weil sie gewaltig ist, nein, weil ich genau das tun muss, was ich an Papst Alexander und seinen Kardinälen immer kritisiert habe: Ich muss die Welt reformieren, nicht die Kirche.

Ich fühlte mich wie ein zum Tode verdammter Märtyrer, als ich mich schließlich entschied, dieses Kreuz auf mich zu nehmen.

Es gab so unendlich viel zu tun. Doch die politische Neuordnung war für mich nur der erste Schritt einer notwendigen moralischen Reform. Deshalb, und nur deshalb, ließ ich mich auf dieses Machtspiel ein. Ich konnte mein Ideal von der Freiheit verwirklichen. Der neue Regent von Florenz war kein Medici und auch nicht Girolamo Savonarola: Es war Jesus Christus!

Drei Monate nach der Vertreibung der Medici hatte Florenz eine neue Verfassung nach venezianischem Vorbild, das Rechtssystem war reformiert, das Steuersystem vereinfacht, das Bankwesen nach der Schließung der Banca Medici neu geordnet, und eine allgemeine Amnestie für die Feinde der Republik war erlassen.

Und ich habe mir Feinde gemacht, die erbittert gegen meinen Glauben an Einigkeit und Frieden kämpfen. Und gegen mich, den Frater, der sich anmaßt, Florenz als Gottesstaat zu regieren. Ihre Waffen sind die bösartigen Intrigen gegen mich: »Machtergreifung« nennen sie das, was ich getan habe. Augustiner und Franziskaner, aber auch einige Dominikaner stimmten in das Geschrei mit ein, das in einem Konzil von Theologen unter Vorsitz eines Dominikaners im Palazzo della Signoria gipfelte. Dieses »Konzil« wollte mich, den Mönch, der Gehorsam, Armut und Abkehr von der Welt gelobt hatte, wegen meiner Einmischung in die florentinische Politik zur Rede stellen. Als hätte ich es nicht von Anfang an gewusst! Aber ich ließ mich von ihnen nicht in die Rolle eines Märtyrers drängen.

Du hattest Recht, Celestino, als du dem sterbenden Angelo sagtest, der Mensch sei nicht frei, keinen Augenblick seines Lebens. Heute habe ich am Grab des Magnifico gebetet. Wie gut ich Lorenzo nun verstehen kann – seine Verbitterung über meine Angriffe, sein Schweigen. Ich tue nun dasselbe, weil ich nicht anders kann. Ich will aufhören, aber man lässt mich nicht. Die Fesseln des Gewissens binden mich wie Sisyphos an meine Aufgabe, die mich nicht mehr zur Ruhe kommen lässt. Wohin führt dieser Weg? Wohin führt deiner, Celestino?

Ich ließ den Brief sinken und starrte ins Feuer des Athanors.

Nein, Girolamo, der Mensch ist nicht frei. Aber er hat das Recht, an seiner Aufgabe zu zweifeln, sie mit Gott zu diskutieren. Wer sich selbst nicht infrage stellt, ist stolz. Wer nicht an der Aufgabe zweifelt, ist unwürdig und unfähig sie zu erfüllen.

Dann las ich weiter:

Alle Wege führen nach Rom. Wenn auch nicht für mich und dich, so trifft diese Redensart doch zumindest auf König Charles zu. Er zog am 31. Dezember 1494 mit seinem Heer in der Heiligen Stadt ein. Papst Alexander flüchtete in die Engelsburg und rief Sultan Bajazet, einen Ungläubigen, gegen den Allerchristlichsten König von Frankreich zu Hilfe. Unglaublich, aber wahr! Schließlich einigten sich der Papst und der König auf einen Waffenstillstand, und Charles verließ Rom in Richtung Neapel. König Alfonso dankte im Januar zugunsten seines Sohnes Ferrantino ab – doch auch der floh aus Neapel. Und so machte es sich Charles VIII. im Mai 1495 auf dem Thron von Neapel bequem. Aber nicht lange!

Charles ist der Sieger, und er ist es doch nicht. Denn Gott strafte die Franzosen für ihr schändliches Verhalten in Neapel mit einer furchtbaren Krankheit, der Syphilis, die die Franzosen heimsucht wie die biblischen Plagen Ägypten. Charles hat verloren, weil er Gott, den Papst und Italien gegen sich hat, und so trat er vor wenigen Wochen den Rück-

zug nach Norden an. Piero de' Medici, der immer noch auf eine Rückeroberung von Florenz mithilfe des französischen Heeres hofft, ist bei ihm.

Am 5. Juli wurde Charles in der Schlacht von Fornovo in der Emilia durch den Marchese von Mantua geschlagen – er musste sich zurückziehen. Gelobt sei Gott: Charles flieht aus Italien! Italien ist gerettet! Ich weiß nicht, wann er Mailand erreicht, und ich habe keine Ahnung, wie Herzog Ludovico ihn empfangen wird. Ich weiß auch nicht, ob Piero ihn nach Paris begleiten wird. Sei vorsichtig, Celestino! Verschwinde aus Mailand, bis die Gefahr vorüber ist! Ich bete für dich. Florenz, Juli 1495. Girolamo.

Post Scriptum: Ein junger Mann, Niccolò Machiavelli, war vor einigen Wochen bei mir. Er hat nach dir gefragt – ob ich wüsste, wohin du geflohen bist. Er wusste, dass Piero bei Charles ist und dass Kardinal Giovanni und Giulio irgendwo in Deutschland herumreisen. Machiavelli schien sich große Sorgen zu machen: Er war ganz verzweifelt, weil er seit Monaten nichts von dir gehört hatte, weder ob du lebst, noch ob du tot bist. Ich habe ihm gesagt, dass ich von dir gehört hätte, und er beruhigte sich ein wenig. Soll ich ihm sagen, wo du bist?

Ich faltete den Brief zusammen und legte ihn auf meinen Arbeitstisch. Niccolò hatte nach mir gefragt! Gianni und Giulio waren in Sicherheit! Ich hätte erleichtert aufatmen können. Wenn, ja wenn! Piero war bei Charles, und der französische König floh aus Italien. Wenn einer von beiden mich hier in Mailand fand …

Ich war unruhig, als ich mich der Operation der *Separatio* zuwandte, die ich an diesem Tag endlich durchführen wollte. Ich starrte in den Alambic und versuchte, mich auf die Aufgabe zu konzentrieren. Immer wieder eilten meine Gedanken zurück zu Girolamos Brief.

Im Feuer erhitzt, im Eis gekühlt, hatte ich wochenlang alles Überflüssige von der Materie abgeschmolzen und sie auf sich selbst reduziert, um die *Separatio* durchzuführen. Bisher erfolglos. Die Materie sollte sich beim Erhitzen trennen: in einen flüchtigen Teil, der verschwindet, und einen materiellen Rückstand, der im Alambic zurückbleibt – brennende Erinnerungen an eine unerfüllte Liebe und die auskühlende Asche eines Menschen. Es musste getrennt werden, was Gott zusammengefügt hatte: Giovanni und mich. Durch die *Separatio* hoffte ich, von den quälenden Erinnerungen an Giovanni loszukommen, ihn von mir abzutrennen wie die »brennende Taube«, die während der Erhitzung aus der »sich windenden Schlange« entwich.

Wie oft hatte ich in den vergangenen Monaten an Giovanni gedacht. Ich blätterte in seinem Notizbuch mit den letzten Aufzeichnungen vor der Explosion seines Laboratoriums. Wie oft hatte ich seine letzte Skizze angestarrt: Giovanni und ich in ekstatischer Umarmung in der *Coniunctio*.

Tränen liefen über meine Wangen, während ich sanft über die Federzeichnung strich. Über Giovannis Gesicht. Über eine Idee von Glück, jenseits der Angst und des Zweifels, über eine Idee von innerem Frieden, jenseits des Handelnwollens, Handelnmüssens, jenseits aller Konsequenzen. Ich schlug das Notizbuch zu und wartete, dass sich die »brennende Taube« aus der »sich windenden Schlange« löste. Vergeblich! Ich konnte Giovanni einfach nicht aus meinem Herzen reißen und vergessen …

Hoffnungslos warf ich das Notizbuch in die Flammen des Athanors.

O Gott, dachte ich erschrocken, was tue ich nur! Mit dem Schürhaken zog ich das Buch wieder aus dem Feuer. Hastig löschte ich die brennenden Seiten, fiel auf die Knie, presste das Buch weinend an mich.

In diesem Augenblick geschah es. Ich verlor die Kontrolle.

Der Alambic überhitzte sich, die »brennende Taube« stieg auf, die »Schlange« reckte sich ihr hinterher, wand sich wie unter Qualen, dehnte sich aus, immer weiter, bis sie den Glaskolben sprengte. Scherben flogen durch den Raum, die glühende Materie glitt ins Feuer, wo sie sich weiter erhitzte. Dann explodierte auch der Athanor mit einem Donnern, das mich fast taub machte.

Innerhalb von wenigen Augenblicken stand das Laboratorium in Flammen. Ich schlug die Kapuze des purpurfarbenen Talars hoch, dessen unbrennbarer Asbestos-Stoff mich vor dem Feuer schützte. Ich musste hier heraus, so schnell wie möglich!

Mit erhobenen Armen, um mein Gesicht vor der Feuerglut zu schützen, eilte ich zum Arbeitstisch, um auch Giovannis *Conclusiones* vor der Vernichtung zu retten. Die anderen Bücher brannten bereits, als ich mein Notizbuch an mich riss und aus dem Inferno flüchtete, bevor auch der vordere Teil meines Ladens, wo ich die Flaschen mit dem Alkohol für die Herstellung des Parfums lagerte, in Flammen aufging. Wenn der Alkohol Feuer fing, war ich verloren! Ich würde ersticken, verbrennen …

Das Feuer fraß sich rasend schnell vorwärts. Der Arbeitstisch, Bücher, Pergamente – alles stand in Flammen. Ich floh durch das Inferno, bis ich eine Wand erreichte, an der ich mich entlangtastete. Wegen der sengenden Hitze hielt ich die Augen geschlossen und bemühte mich, nicht die Orientierung zu verlieren.

Dort war die Tür! Ich schlüpfte hindurch und schlug die schwere Eichenholztür zu.

Dann stürmte ich durch meinen Laden, stieß in meiner Eile ein Regal mit Flakons um, die am Boden zerschellten. Der Alkohol verteilte sich in einer Pfütze auf dem Boden, netzte meinen Talar.

In dem Augenblick, als ich die Straße erreichte, entzündete sich das Laboratorium in einer gigantischen Stichflamme. Die glutheiße Druckwelle presste mich gegen die Hauswand gegenüber, raubte mir den Atem, entzündete den Saum meines Talars.

Ich stolperte ein paar Schritte die Straße hinunter in Richtung der Kirche Santa Maria delle Grazie, löschte den brennenden Alkohol auf dem Stoff und dankte Gott für die Errettung aus diesem Inferno.

Männer rannten schreiend an mir vorbei. »Feuer, Feuer!«-Rufe erklangen von überall her. Wie erstarrt stand ich mit den Büchern im Arm und starrte in die Flammen. Um mich herum tobte das Chaos, Wasser wurde herangeschafft, um den Brand zu löschen, der mit der Heftigkeit eines Feuersturms auf die benachbarten Häuser überzugreifen drohte. Männer drängten sich um mich, stießen mich zur Seite, brüllten mich an, mich in Sicherheit zu bringen.

Erst als mir ein Mann die Hand auf die Schulter legte, erwachte ich aus meiner Trance. Er fragte: »Ist das dein Feuer?«, und deutete an mir vorbei auf das brennende Laboratorium.

Ich nickte und dachte über die seltsame Wortwahl nach: »mein Feuer«. Woher wusste er …? Ich drehte mich zu ihm um und betrachtete sein Gesicht im hellen Feuerschein.

Im ersten Augenblick dachte ich: Er ist Hermes Trismegistos. Sein schulterlanges Haar und sein gepflegter Bart, der ihm bis über die Brust reichte, ließen ihn älter erscheinen, als er war. Weiser. Die opalblauen Augen mit den feinen Lachfältchen in den Augenwinkeln machten diesen Eindruck sofort wieder zunichte. Ein Weiser? Nein: ein Narr!, dachte ich. Ein Narr, der sich selbst nicht ernst nimmt. Seine Kleidung war auffällig wie die eines Narren: hautenge weiße Hosen, ein viel zu kurzes französisches Doublet aus zartrosa Seide. Er hatte sich in eine Wolke *Vanità* gehüllt, die seine Eitelkeit noch unterstrich. Woher hat er mein Parfum?, fragte ich mich verwirrt. Er ist doch nie in meinem Laden gewesen …

»Ein ziemlicher Hokuspokus, den du da veranstaltest«, beschwerte er sich grinsend. »Lass uns verschwinden, bevor wir noch mehr Aufsehen erregen.«

»Wer bist du?«, fragte ich, als er meine Hand ergriff, um mich zu führen, irgendwohin.

»Du kennst mich. Wir sind uns schon einmal begegnet. Damals war dein Auftritt etwas weniger spektakulär …« Er deutete lässig auf das Feuer hinter mir. »… aber ebenso beeindruckend.«

Ich starrte ihn an, versuchte mich zu erinnern.

»Du sagtest: Ich weiß, dass ich nichts weiß«, half er meinem Gedächtnis nach. »Ich habe erkannt, dass es unermesslich viel gibt, von dem ich nichts weiß. Und ich ahne, dass da noch unendlich viel mehr ist, von dem ich nie wissen werde, dass es überhaupt existiert. Ich glaube, aber ich will wissen!« Er sah mich an. »Du hast in den vergangenen drei Jahren bei Giovanni eine Menge gelernt. Nur mit dem Feuer umzugehen, daran solltest du unbedingt noch arbeiten. Nur zu deiner eigenen Sicherheit!«

Ich wusste, wer er war!

»Du bist Leonardo?«, fragte ich und gab mir selbst die Antwort: »Leonardo da Vinci!«

Kapitel 10

Ein Fegefeuer der Eitelkeiten

Wohin führst du mich?«, fragte ich, als Leonardo und ich eine Weile schweigend nebeneinanderher gegangen waren. Er marschierte so zielstrebig voran, dass ich kaum mit ihm Schritt halten konnte.

»Woher soll ich das wissen?«, antwortete er, ohne mich anzusehen.

Wollte er mich falsch verstehen? Ich sah ihn forschend an, doch Leonardo wich meinem Blick aus. Er wollte nicht mein Führer sein wie Vergilius, der in der *Divina Commedia* Dante zu seinem Läuterungsberg geführt hatte. Er wollte nur ein paar Schritte mit mir gehen. Dass er mich dann doch zu meinem Berg führte, damit ich mich von seinem Gipfel ins Inferno meiner Gefühle herabstürzen konnte, entsprang wohl der resignierten Einsicht, dass er mich nicht anders retten konnte …

»Ich meine: Wohin gehen wir?«, korrigierte ich mich.

»Zur Santa Maria delle Grazie«, murmelte er. »Ich arbeite dort.«

Ein paar Schritte vor uns ragte die Kirche in den Himmel – nein, eigentlich die halbe Kirche. Vor einigen Jahren hatte Ludovico il Moro Altarraum und Apsis der Basilika abreißen lassen, um von Donato Bramante eine Grabkapelle für die Sforza errichten zu lassen. Die Kuppel war noch im Bau.

Als wir den Konvent der Dominikaner durch das Seitenportal betraten, fragte er mich: »Woran hast du eigentlich gearbeitet, als dein Laboratorium Feuer fing?«

»An der *Separatio.* Aber leider nicht besonders erfolgreich.«

»Ach nein?«, grinste er, während wir einen Saal durchquerten. »Und ich dachte, es wäre die beeindruckendste *Separatio,* die ich je gesehen habe. Ein richtiges Feuerwerk!«

»Und woran laborierst du gerade, Maestro?«, fragte ich.

Er schob mich in das Refektorium von Santa Maria delle Grazie und deutete auf die Wand.

Die eine Seite des Saals war mit dem farbigen Entwurf eines Freskos bedeckt. Leonardo hatte mit durchscheinender Farbe dreizehn Figuren an die frisch verputzte Wand gebannt: Jesus und seine Jünger beim Letzten Abendmahl. Ich legte meine Bücher auf einen Arbeitstisch, dann trat ich näher, um die skizzierten und schwach kolorierten Personen zu betrachten.

Das Bild war ein Zitat aus den Evangelien. Leonardo hatte das Letzte Abendmahl in dem Augenblick festgehalten, als Jesus verkündete: »Einer unter euch wird mich verraten.« Die Dramatik des Entwurfs entstand aus den unterschiedlichen Reaktionen der Jünger auf diese furchtbare Ankündigung: Mutlosigkeit, Trauer, Wut, Verzweiflung, Verwirrung, Entsetzen, Erbitterung, Hoffnungslosigkeit und Unglauben. Aber auch die Bereitschaft zu handeln: Petrus neigt sich vor, um dem Jünger neben Jesus etwas zuzuflüstern, und stößt dabei Judas zur Seite. Selbst seine düsteren, satanischen Züge wirken betroffen. Er scheint zu fragen: »Bin ich es, Rabbi?«

Die Haltung, die Perspektive und die Farbigkeit des Entwurfes sind das Werk eines wahren Maestro, dachte ich.

»Was glaubst du zu sehen?«, fragte Leonardo, der mich mit abwartend verschränkten Armen beobachtet hatte.

Was ich zu sehen *glaubte?* Welch eine Frage!

»Du hast das Abendmahl im dramatischsten Augenblick gemalt.« Ich trat einen Schritt an die Skizze heran, die an manchen Stellen nur schemenhaft zu erkennen war, um zu sehen, was Petrus in der Hand hielt. Und um Judas in die Augen zu sehen – wohin blickte er?

»Und was siehst du wirklich in diesem Bild?«, wollte Leonardo wissen.

»Die *Separatio*. Du arbeitest wie ich an der *Separatio*«, erklärte ich. »Das Letzte Abendmahl ist Jesu Trennung von der Welt.«

Leonardo beobachtete mich – amüsiert, wie mir schien.

»Dein Fresko ist ein verschlüsseltes Lehrbuch der Alchemie«, erklärte ich bewundernd. »Die Jünger sind die zwölf möglichen Transmutationen, für die – bis auf die letzten drei – keine Reihenfolge vorgeschrieben ist. Die letzten drei Transformationen sitzen direkt neben Jesus: Petrus, die *Separatio*, vor ihm eine Hand mit dem Messer, dem Symbol der Trennung. Dann: Judas, die *Mortificatio*, die Tötung der Materie. Daneben der Lieblingsjünger mit zum Gebet gefalteten Händen: die *Coniunctio*. Schließlich Jesus selbst, das Ziel der Läuterung: das *Elixirium vitae*.«

»Ich bin beeindruckt von deinen analytischen Fähigkeiten«, gestand Leonardo zufrieden lächelnd.

»Und ich bin beeindruckt von deiner unglaublichen Impertinenz. Du malst Maria Magdelena als Lieblingsjünger: als ob sie und Jesus miteinander geschlafen hätten.«

»Sie war der Jünger, den Jesus liebte«, rechtfertigte sich Leonardo.

»Aber die allergrößte Frechheit«, unterbrach ich ihn, »ist dieser Jesus mit *deinen* Gesichtszügen!«

»Dir entgeht nichts, nicht wahr?«

»Nein. Nichts. Ich bin sogar fähig, das Undenkbare zu denken, Leonardo. So wie du. Ich will deine Schülerin werden!« Ich fragte nicht, und ich bat nicht. Ich forderte nicht. Nein, ich forderte ihn heraus: Wagst du es, dich als mein Maestro mit mir zu messen?

»Du weißt, dass ich Giovanni ausgebildet habe. Jeder Maestro hat nur einen Schüler – das schreibt die Gilde vor«, antwortete Leonardo. War da Bedauern in seinem Blick?

»Also gut«, gab ich großzügig nach. »Dann nicht als Schülerin, sondern als Assistentin.«

»Ich habe einen Assistenten: Giacomo Salai.« Er sah meine Enttäuschung und fuhr fort: »Aber ich mache dir einen anderen Vorschlag. Du hast drei Jahre Lehrzeit hinter dir. Du hast deine Prüfung zur Maestra noch nicht abgelegt. Du könntest deine Examination bei mir durchführen. Ich bin Gildemeister in Mailand, wie Sandro Botticelli in Florenz. Wenn du die Prüfung bestehst, könnten wir wie Kollegen zusammenarbeiten. Das ist ein Experiment, das mich interessiert: Wir versuchen, ob wir zusammen laborieren können, ohne dass die Funken fliegen.«

»Das wäre … fantastisch!«, freute ich mich.

»Unter einer Bedingung!« Er hob mahnend den Finger.

»Jede!«, rief ich euphorisch.

»Ich akzeptiere kein anderes Ergebnis als *summa cum laude*.«

Ich ignorierte den Einwand. »Wann wirst du mich prüfen?«

»Komm um Mitternacht in meine Werkstatt im Palazzo Vecchio«, hatte Leonardo mich gebeten.

Ich schlich durch die tiefen Schatten des Domes, der über mir in den Nachthimmel ragte. Lautlos huschte ich über die Piazza del Duomo zur Südseite der Kathedrale, zum alten Herzogspalast. Der Nachtwächter, der mit einer Fackel von der Residenz des Erzbischofs herüberkam, hatte mich nicht gesehen.

Ein paar Schritte noch, dann verschwand ich in der Dunkelheit des Portals. Das Tor war nicht verschlossen – wie Leonardo versprochen hatte. Ich schlich in den Hof.

Im Palazzo Vecchio hatten die Visconti und Sforza als Herzöge von Mailand residiert, bis der Hof ins großartige Castello Sforzesco umgezogen war. Ludovico hatte seinem Alchemisten vor wenigen Wochen einige der leer stehenden Räume als Laboratorium angeboten, und Leonardo hatte nur zu gern seine alte Bottega in der Nähe der Bronzegießerei für das *Cavallo* verlassen, die ihm längst zu eng geworden war. Nun residierte der »Fürst von Vinci« seiner Ansicht nach standesgemäß im alten Palazzo Ducale.

Vom Hof aus betrat ich seine Räume im Westflügel des weiträumigen Palastkomplexes.

Im ersten Saal hatte Leonardo seine Werkstatt eingerichtet. Hier arbeitete er an den Gussformen seines *Cavallo,* dessen gigantisches Terrakottamodell ich vor zwei Jahren im Castello Sforzesco gesehen hatte. »*La mia fabbrica* – meine Werkstatt«, so hatte Leonardo an diesem Nachmittag diesen Saal voller Stolz genannt. Doch das Terrakottamodell war von französischen Söldnern beschädigt worden, und in ganz Mailand gab es seit der französischen Invasion und der Herstellung von Kanonen nicht genug Bronze, um das Reiterstandbild Francesco Sforzas zu gießen.

Im nächsten Saal befand sich Leonardos Malerwerkstatt. Aus der Dunkelheit ragten zwei große Ölgemälde ins Licht der Kerzen. Eine *Anbetung der Magier,* ganz in Schwarz und Gold gehalten, aber *non finito,* als hätte der Maestro die Lust am Entwurf verloren, daneben eine *Madonna in der Felsgrotte,* an der er offenbar noch arbeitete.

Die hohen Wände waren bedeckt mit kolorierten Entwurfskartons für weitere Gemälde. Im düsteren Schein der Kerzen auf dem Arbeitstisch erkannte ich etliche Selbstporträts von Leonardo. Die Neigung des Kopfes und die Haltung der Hände legten Zeugnis ab, wofür der Maestro diese Skizzen verwenden wollte – für das Fresko des *Abendmahls* in Santa Maria delle Grazie. Dazwischen sah ich Entwürfe der Transmutationen. Besonders Judas – die *Mortificatio* – schien ihn zu faszinieren.

Zwischen den mit Leim an der Wand befestigten Skizzen hingen Federzeichnungen einer seltsamen Maschine mit mehreren Flügeln, deren Funktion ich auf den ersten Blick nicht entschlüsseln konnte. Ungläubig starrte ich auf die Pergamente. Es war … ein Fluggerät!

Neben den Skizzen der Flugmaschine hingen noch andere Entwürfe, unter anderem ein großes, im Wind geblähtes rotes Segeltuch, an dem ein Mensch hing, der sich von irgendwo herabstürzte. Darunter stand ein Wort in Spiegelschrift: Fallschirm.

Fluggerät und Fallschirm, dachte ich kopfschüttelnd. Was für eine Überheblichkeit!

»Leonardo?«, rief ich, während ich in den nächsten Saal ging.

Keine Antwort.

War ich zu früh gekommen? Er hatte mich gebeten, auf ihn zu warten, falls er noch nicht da war. Aber wo, zum Teufel, trieb sich Leonardo um Mitternacht in Mailand herum?

Beinahe wäre ich über die gespannte Schnur gestolpert. Noch während ich über den Sinn eines derartigen Sicherungssystems nachdachte, hörte ich ein leises Zischen direkt neben mir. Ich hatte von Leonardos erschreckendem Humor gehört und war auf alles gefasst – von einer Schlange, die mich in Versuchung führte, nach den verbotenen und gefährlichen Früchten des Wissens zu greifen, bis zu einem *Deus ex machina,* der mich erschrecken und auf die Probe stellen sollte.

Wagenden hilft das Glück!, dachte ich und wartete ab, was geschehen würde.

Eine kleine Flamme wanderte durch den dunklen Raum, entfernte sich von mir und entzündete zwei schmale Spuren aus Funken sprühendem Schwarzpulver, die wiederum etwas entflammten, das länger als nur einen Augenblick brannte. Im weißlich-blauen Feuerschein erkannte ich Leonardos Weg der Erleuchtung: ein schimmernder Pfad aus flüssigem Quecksilber, der quer durch den Raum zu einer verschlossenen Tür führte. Ein herrlicher Anblick!

Lächelnd erinnerte ich mich an den Weg der Erleuchtung in der Nacht meiner Initiation durch Giovanni: eine lange Kette von Lichtern, die mich bis zur finsteren Bibliothek führte, wo ich geprüft werden sollte. Leonardos Einfall war nicht weniger originell. Aber viel gefährlicher. In dieser Nacht war schon der Weg die Prüfung.

Wenn ich, einem ersten überwältigenden Eindruck folgend, demütig die Schuhe ausgezogen und mit nackten Füßen den Pfad des Lichts beschritten hätte, würde ich die letzte Frage der Prüfung nicht mehr erlebt haben. Das flüssige Quecksilber war hochgiftig. Tödlich! Heute Nacht kann ich mich auf einiges gefasst machen, dachte ich. Die Examination wird nicht einfach! Was hatte Leonardo sich noch einfallen lassen?

Langsam ging ich *neben* dem Weg der Erleuchtung weiter zur verschlossenen Tür. Sollte ich klopfen, bevor ich eintrat? Ich verwarf den Gedanken und stieß die Tür auf.

Dieser Raum war unverkennbar das Studierzimmer eines Alchemisten. Auf einem Tisch stapelten sich Bücher und gerollte Pergamente. Fasziniert wühlte ich mich immer tiefer in den Bücherhaufen. Welche Schätze des Wissens lagen hier vor mir ausgebreitet!

»Rühr die Bücher nicht an«, hörte ich eine Stimme hinter mir.

Überrascht fuhr ich herum, einen Folianten im Arm. Leonardo stand mit verschränkten Armen in der Tür zum nächsten Raum und sah mir zu, wie ich ohne Erlaubnis in seinen Büchern stöberte.

»Leonardo! Hast du mich erschreckt ...«, seufzte ich.

»Wirf es weg!«, befahl er, ohne sich zu rühren.

»Wegwerfen, aber wieso? Das Buch ist wertvoll, einzigartig ...«

»Du hast mich verstanden! Wirf das Buch fort, wirf sie alle weg!«

Mit einem dumpfen Knall landete der Foliant auf dem Steinboden des Saales.

»Das war ein Teil der Prüfung, nicht wahr?«, fragte ich. »Was hast du geprüft, Leonardo: meinen Gehorsam?«

»Nein, ich wollte sehen, ob du es schaffst, dich von dem Ballast der Gedanken zu befreien, die nicht deine eigenen sind. Zeig mir dein Notizbuch!«, forderte Leonardo.

Ich zog das Buch aus meiner Tasche, in die ich alles gestopft hatte, was ich wenige Stunden zuvor aus den rauchenden Ruinen meines Laboratoriums gerettet hatte, und gab es ihm. Er blätterte eine Weile darin, las einige Rezepte, Aufzeichnungen zu Transmutationen, flüchtige Gedanken, die ich niedergeschrieben hatte. Schließlich klappte er es zu. »Du bist weit gekommen in diesen drei Jahren, obwohl du das Opus immer wieder neu begonnen hast.«

Ja, dachte ich ein wenig stolz, ich bin mit neunzehn Jahren weiter gekommen, als mancher Adept mit neunzig.

»So, und nun sag mir, welchen Unsinn du bei Giovanni gelernt hast«, verlangte er.

Ich glaubte, mich verhört zu haben: *»Unsinn?«*

Dann berichtete ich von meiner Lehrzeit bei Giovanni. Er hatte mir die Transformation des suchenden Menschen zu Selbsterkenntnis und Selbsttranszendenz gezeigt. Als handelndes Wesen.

»Giovanni war ein Mystiker. Die Erkenntnisse, die er glaubte, im Rausch der Ekstase der Gottesnähe zu finden, waren wunderschöner und in poetische Worte gepresster Unsinn!«, lautete Leonardos vernichtendes Urteil. Ich wollte aufbegehren, aber er unterbrach mich: »Hör auf, ›San Giovannis‹ neunhundert Dogmen nachzubeten, und beginne zu *denken*«, fuhr er mich an. Er tippte mir mit dem Finger an die Stirn. »*Tota libertas est in ratione* – die Freiheit ist im Verstand, Caterina, nicht im Fühlen. Sag mir, was du gelernt hast! Und komm mir nicht wieder mit Sokrates' Wortspiel: ›Ich weiß, dass ich nichts weiß‹. Das war doch nur ein Scherz von ihm! Dies ist keine Initiationsprüfung, wo auswendig gelerntes Wissen abgefragt wird. Es ist deine Examination zur Maestra, deine Transformation zum Adepten der Alchemie!«

Leonardo hatte Recht, und diese Erkenntnis traf mich wie ein Schlag ins Gesicht. Ich hatte die ganze Zeit Weisheit mit Wissen verwechselt, mit der Erkenntnis des Sokrates, niemals auch nur ahnen zu können, was ich alles nicht wusste. Weisheit war mehr als das. Wissen war lehrbar und lernbar: exoterische, also weltliche Wissenschaft, Philosophie und Theologie. Weisheit war innere, esoterische Erfahrung, Einsicht – Handeln und Geschehenlassen im rechten Verhältnis. Was für eine Närrin ich gewesen war!

Er stand vor mir und beobachtete mich. Er ahnte wohl, was in mir vorging. »Was weißt du über den Menschen?«, fragte er etwas versöhnlicher.

»Ich verstehe nicht …«

»Was ist der Mensch? Und strapaziere meine Geduld nicht mit Unsinn wie: *Homo est animal,* ein gefallener Engel und ein göttliches Tier, ein Spiegelbild Gottes. Wer also bist du?«

»Caterina«, sagte ich.

»Das ist dein Name, aber nicht dein *Ich.*«

Was wollte er denn hören? Die Verwirklichung aller seiner Möglichkeiten, so hatte Aristoteles den Menschen definiert. Aber der Mensch war mehr. *Ich* war mehr!

»Der Mensch ist die Überschreitung der von Gott festgelegten Grenzen seines Selbst, wenn er sich aus eigener Kraft zum Göttlichen erhebt. Um Ihm nahe zu sein. Um Ihm ähnlich zu sein«, antwortete ich.

»Nicht schlecht – für den Anfang«, meinte Leonardo. »Dann lass uns heute Nacht ein paar dieser Grenzen überschreiten. Komm mit!« Er winkte mir, ihm zu folgen.

Der nächste Saal war völlig finster. Keine Kerze brannte. Trotzdem verband Leonardo mir mit einem schwarzen Tuch die Augen.

Ich stolperte vorwärts, bis ich an einen Arbeitstisch stieß. »Was ist das?«, fragte ich, als meine Hand etwas Kaltes berührte.

»Sag du es mir!«, forderte er von der anderen Tischseite.

Mit beiden Händen tastete ich, berührte etwas und … zuckte zurück. »Das ist eine Leiche«, stieß ich hervor, bemüht, mein Entsetzen zu unterdrücken. »Eine junge Frau, noch nicht lange tot. Sie ist kalt, aber die Leichenstarre ist noch nicht gewichen.«

Deshalb hatte Leonardo die Examination auf Mitternacht gelegt! Doch woher hatte er die Leiche? Aus dem Ospedale Maggiore, dem Krankenhaus von Mailand, das nur ein paar Straßen entfernt lag! Aber das Sezieren von Leichen war streng verboten, nicht einmal einem Chirurgen des Ospedale war es gestattet …

Leonardo ergriff etwas, das auf dem Tisch lag, und drückte es mir in die Hand. Ich ertastete es und beinahe hätte ich mich geschnitten: Es war ein Skalpell. Er erwartete also allen Ernstes, dass ich an dieser Leiche herumschnitt, sie von einem Menschen zu einem Klumpen Fleisch transformierte?

»So, und nun kommen wir zur Examination«, kündigte Leonardo wie ein Professor an der Sorbonne die Magisterprüfung an. »Ich werde dir drei Fragen stellen. Wenn du sie beantworten kannst, hast du die Prüfung bestanden und darfst dich Maestra nennen.«

»Wie lautet die erste Frage?«, seufzte ich. Warum fragte ich überhaupt – ich konnte es mir doch denken!

»Erste Frage: Was ist der Mensch?«

Ich dachte an das Fresko in Santa Maria Novella in Florenz, wo ich Giovanni und Girolamo in der Weihnachtsnacht gefunden hatte. Der Maler Masaccio hatte ein Skelett gemalt, eine Mahnung an die Vergänglichkeit irdischen Strebens, darunter die Inschrift: ICH

WAR, WAS DU BIST, DU WIRST SEIN, WAS ICH BIN. Aber nein: Leonardo war lange genug in Florenz gewesen – er kannte dieses Fresko.

Ich tastete mit der Linken über den kalten Körper der Toten und unterdrückte mühsam die aufsteigende Übelkeit. Es war nicht das Sterben, was mich so erschreckte: Ich hatte Lorenzo sterben sehen und Angelo und Giovanni, hatte ihre Hand gehalten bis zum letzten Augenblick, hatte ihre Augen geschlossen. Ich hatte den Attentäter im Castello Sforzesco sterben sehen, den Guido mit einem einzigen Schwerthieb getötet hatte. Der Tod gehörte zum Leben. Was mich so fassungslos machte, war mein eigenes Handeln: Ich nahm der jungen Frau ihre Würde. Das Letzte, was sie im Tode noch besitzen konnte.

Widerwillig setzte ich das Skalpell an und öffnete den Körper mit einem tiefen und langen Schnitt. Dann griff ich in die kalte Höhle und tastete nach dem Herzen, das still und tot in meiner Hand lag. Ein Stück Fleisch, ohne Funktion. Ohne Gefühle.

Ich verlangte nach einer Säge, und Leonardo half mir, den Schädel der Toten zu öffnen. Dann strich ich mit den Fingern über die Windungen des Gehirns. Wann war der letzte Gedanke entflohen?, fragte ich mich. Und was war geblieben? Eine sterbliche Hülle, ohne Aufgabe, ohne Streben nach … ja, wonach?

»Der Mensch ist nur die Prima Materia«, sagte ich. »Er kann nicht fühlen und nicht denken. Das kann nur das Bewusstsein, die Seele, die transformiert wird. Ich bin nicht mein Körper, bin nicht meine Gefühle und auch nicht mein Verstand. Ich bin nicht der Name, den ich trage und auch nicht die Rolle, die ich spiele.«

»Zweite Frage: Wer bist du?«, setzte Leonardo die Prüfung fort.

Mensch, erkenne dich selbst, dann wirst du Gott erkennen! Ich musste herausfinden, wer ich wirklich war. Nicht, wer ich war, als ich beschloss, nicht mehr Caterina Vespucci zu sein. Nicht, wer ich wurde, als ich aufhörte, Caterina de' Medici zu sein. Sondern wer ich war, bin und immer sein werde.

Ja, ich hatte den Text meiner Rollen immer perfekt beherrscht. Ich war so sehr in meinen Rollen aufgegangen, dass ich mich selbst dabei vergessen hatte: Pflicht, Verantwortung und Disziplin. Nein: Selbstverleugnung! Ich hatte mich verkleidet wie im Karneval: In Rom war ich die Kardinälin, in Mailand die Giftmischerin des Herzogs, in Paris der Studiosus und in San Marco ein Mönch. Alles Schein statt Sein, dachte ich. Die Person hinter dieser spiegelnden Oberfläche, in der der Betrachter sehen konnte, was er sehen *wollte,* war nicht zu erkennen.

Caterina, die Abwesende. Caterina, die Unbekannte. Die nicht Existierende. Piero hatte mir meine Identität geraubt – niemals konnte ich beweisen, dass ich Lorenzos Tochter war. Niemals konnte ich *irgendetwas* beweisen.

Ich hatte mich im Labyrinth meines Lebens verirrt, und mir schien, dass ich immer noch in die falsche Richtung ging.

»Ich bin …«, begann ich, zögerte, schwieg.

Leonardo nahm mir das Skalpell aus der Hand: »Wer bist du, dass du dich in der *Mortificatio* töten willst?«, wiederholte er seine Frage. Nun verstand ich ihn.

»Ich kann mich nicht nur aus meinem eigenen Willen zu Gott erheben, mit Ihm reden, sodass Er mir antwortet, die Aufgabe erfüllen, die Er mir gegeben hat – oder mich Ihm widersetzen«, flüsterte ich. »Ich kann auch in die tiefste Tiefe meines Selbst hinabsteigen. Es ist ein finsterer Abgrund, die Stufen sind steil und schlüpfrig, und ich kann leicht fallen auf dem Weg nach unten. Denn ich habe nichts, woran ich mich festhalten könnte, um nicht abzustürzen, nichts, was mir den Weg zurück ins Licht weist.«

»Doch, der Mensch hat etwas«, widersprach Leonardo und ergriff meine Hand. Er führte sie in die offene Bauchhöhle der Toten und legte sie sanft auf die Gebärmutter. Dann drückte er mir das Skalpell wieder in die Hand.

Ich öffnete die Gebärmutter mit einem langen Schnitt und tastete nach dem Foetus.

Ungeborenes Leben. Hoffnung. Sinn?

Leonardo war ein ebenso guter Seelenarzt wie Girolamo. Er hatte meinen Zustand erkannt: Einsamkeit mit allen zugehörigen Symptomen – Hoffnungslosigkeit, Ruhelosigkeit, Arbeitswut, Selbstverleugnung.

Er wusste ja nicht, dass ich nie mehr schwanger werden konnte. In diesem Augenblick wurde mir die furchtbare Bedeutung dieser Tatsache bewusst. Ich würde nie Kinder haben können! Als Lorenzos Arzt mir das nach meiner Genesung mitteilte, war ich erleichtert gewesen. Meiner Karriere als Gelehrte, als Alchemistin stand nichts mehr im Weg!

Aber nun? Ich hätte schreien können in meiner Hoffnungslosigkeit: Ich hatte nicht nur meine Identität verloren – ich würde auch nichts hinterlassen! Nichts, was an mich erinnerte. Nichts, was ich erschaffen hatte. Denn selbst wenn ich am Ende aller Transmutationen die *Coniunctio,* die Vereinigung mit dem Geliebten durchführte – die Frage, wer das nach Giovannis Tod sein würde, konnte ich nicht einmal beantworten! –, wäre die Vereinigung lustvoll … aber sinnlos, denn ich konnte nicht schwanger werden! Weisheit ist: Erkennen, Verstehen und *Integrieren.* Werde ich jemals das *al-Iksir* finden?, fragte ich mich verzweifelt.

Leonardo entwand mir das Skalpell, bevor ich mich selbst verletzen konnte. Dann nahm er mir das Tuch ab, mit dem er mir die Augen verbunden hatte. Er schloss mich in seine Arme und hielt mich fest. Offenbar ahnte er, was in mir vorging. Ich vergrub mein Gesicht in seinen langen Haaren und weinte.

»Es gibt noch eine dritte Frage«, erinnerte er mich sanft.

»Wie lautet sie?«, fragte ich mit einem Schluchzen in der Stimme.

»Die dritte Frage lautet: Was wirst du tun?«

»Das höchste Glück ist, *sich selbst* zu genügen«, sagte ich trotzig. »Ich werde weiter laborieren.«

Er lachte leise. »Ist das ein stoisches ›Kämpfe gegen dich selbst!‹ auf dem endlosen Weg zur Vollkommenheit?«

»Nein, Leonardo. Es ist ein: ›Befreie dich selbst!‹ Von allem. Vor allem von der Erwartung, jemals etwas vollenden zu können oder jemals selbst vollkommen zu werden.«

Leonardo grinste, und ich verstand, warum. Er war bekannt dafür, dass er viele Gemälde nicht zu Ende malte, sondern sie, wie die *Anbetung der Magier,* im Zustand des *Nonfinito* beließ.

»Ich glaube, wir werden gut zusammenarbeiten, weil wir viel voneinander lernen können, *Maestra*«, lächelte er. »Zumindest, bis wir beide das Stadium unserer höchsten Unvollkommenheit erreicht haben ...«

Individualismus, ob er sich nun in Leonardos Eitelkeit und seinem ausgetüftelten Persönlichkeitskult oder in meinem Stolz und der Verklärung meiner selbst zeigte, ist eine Form der Unvollkommenheit. Und wenn der Individualismus zum Glaubensbekenntnis erhoben wird, prallen die Ikonen wie Urgewalten aufeinander. So wie Leonardo und ich.

Wir waren wie Feuer und Wasser. Die Explosionen zwischen uns entluden sich mit Blitz und Donner und wirbelten im Laboratorium eine Menge Staub auf. Meist flüchtete Giacomo Salai, Leonardos junger Assistent, während unserer Wortgefechte aus dem Raum, um nicht in die Schusslinie scharfer und verletzender Worte zu geraten.

Ich kann mich nicht erinnern, dass Leonardo und ich auch nur ein Mal einer Meinung gewesen waren, nachdem ich in den Palazzo Ducale gezogen war. Nicht über die Durchführung der letzten drei Transmutationen *Separatio, Mortificatio* und *Coniunctio,* nicht über die gemeinsamen Mahlzeiten – er war Vegetarier – und schon gar nicht über die Zeit der Nachtruhe. Die Inspiration sei ein Kind der Nacht, pflegte er zu sagen. Und die geduldige Beharrlichkeit sei ein Kind des Tages, konterte ich schlagfertig.

»O Gott, ich danke Dir, dass Du mir diese Frau geschickt hast, die mich durch ihre Unfehlbarkeit an meine eigene Unvollkommenheit erinnert. Ich wollte schon verzweifeln, weil ich dachte, ich hätte nichts mehr zu lernen!«, rief er nach einem unserer erbitterten Wortgefechte aus. Dann zog er sich beleidigt in seine Werkstatt zurück und bastelte stundenlang an seiner Flugmaschine.

In einem unserer »Fegefeuer der Eitelkeiten« hatte ich Leonardo energisch aufgefordert, seinen Schüler Giacomo Salai zu entlassen, weil er weder für die Kunst der Alchemie noch für die Kunst der Malerei das geringste Talent besaß, doch er schleuderte mir sein zorniges Nein entgegen. Als der Feuersturm sich gelegt hatte, bat er mich, ihn für ein paar Tage zu begleiten. Er wollte mir etwas zeigen.

»Wohin wirst du mich führen?«, fragte ich zum zweiten Mal.

Doch dieses Mal erwiderte er: »Zu deinem Läuterungsberg. Es wird Zeit, dass wir beide dem Inferno entkommen. *Ich* will es nicht länger ertragen.«

Am nächsten Morgen brachen wir auf. Wir ritten zum Lago Maggiore, wo wir die erste Nacht unter einem funkelnden Sternenhimmel am Seeufer verbrachten. Am Abend lagen wir an einem prasselnden Feuer und blickten hinauf zu den Sternen. Wehmut überfiel mich, als ich mich erinnerte, wie oft Amerigo mir als Kind auf den Hügeln über Florenz die Sterne gezeigt hatte.

Noch vor Sonnenaufgang brachen Leonardo und ich auf, ließen den Lago Maggiore hinter uns und ritten ein westlich gelegenes Tal hinauf, bis wir ein kleines Dorf erreichten. Es bestand aus einigen Häusern piemontesischer Bergbauern, die auf den Almen ihre Kühe weideten.

In der Osteria erzählte Leonardo den mit offenem Mund und glänzenden Augen lauschenden Bergbauern fantastische Geschichten von einer angeblichen Orientreise. Er schrieb in Mailand an einem Roman und wollte die Szenen – wie sonst seine Bildentwürfe für Gemälde und Fresken – hinsichtlich Haltung, Perspektive, Farbigkeit des Erzählstils und Dramatik prüfen. Die Bauern glaubten ihm jedes Wort, und der Maestro, der Poet sein wollte, war zufrieden. Sie waren sogar so beeindruckt von seinen Reisen ans Ende der Welt, dass sie sich – und ihn – fragten, was der Maestro denn nun in ihrem kleinen Dorf am *anderen* Ende der Welt wollte.

»Mein Freund und ich werden morgen den Berg am Ende des Tals besteigen«, erklärte Leonardo und trank noch einen Schluck Bier.

Schlagartig war es still in der Osteria. Alle starrten uns an, als hätten wir völlig den Verstand verloren. Und, ehrlich gesagt: Ich sah Leonardo ebenso überrascht an. Er hatte mir nicht gesagt, was er vorhatte.

»Das ist völlig unmöglich«, erklärte uns einer der Bergbauern. »Da kann niemand hinauf. Es gibt keinen Weg.«

»Wenn wir den Gipfel erreicht haben, gibt es einen Weg«, konterte Leonardo scharfsinnig.

»Der Berg ist zu hoch. Dort oben kann niemand überleben.«

»Die Vögel können es«, widersprach Leonardo.

»Der Berg ist zu steil. Habt Ihr Euch einmal den senkrechten Steilabbruch und die Eisfelder auf der Ostflanke angesehen? Da steigt niemand hinauf. Völlig unmöglich.«

»Völlig unmöglich«, das war ein Wort, das Leonardo und mich nicht aufhalten konnte. Meist erreichte es das Gegenteil dessen, was beabsichtigt war: uns zur Vernunft zu bringen.

Als Leonardo und ich uns in das Gastzimmer zurückzogen, um schlafen zu gehen, fragte ich: »Warum hast du mir nicht gesagt, was du vorhast? Dass du diesen Berg besteigen willst?«

»Ich will ihn ja nicht besteigen, Caterina. Du willst ihn besteigen«, geruhte er mir zu erklären, während er es sich im Stroh gemütlich machte und sich in seine Decke wickelte. »Und was du willst oder nicht willst, weißt du selbst am besten – jedenfalls verkündest du es täglich mir und dem Rest der Welt.«

»*Ich* will diesen Berg besteigen?«, fragte ich verblüfft. »Und wozu sollte ich das tun?«

»Wozu ist Moses auf den Berg Sinai gestiegen und Dante auf seinen Läuterungsberg?«, fragte Leonardo.

Ich befürchtete, dass ich etwas viel Erschreckenderes finden würde als einen brennenden Dornbusch oder die Vision des geliebten und verlorenen Menschen. Ich fürchtete weder Gott, mit dem ich vor Monaten endlich Frieden geschlossen hatte, noch eine Strafpredigt, wie sie Beatrice ihrem Geliebten Dante gehalten hatte, denn ich war Giovanni treu geblieben in meiner unsterblichen Liebe zu ihm. Nein, es war etwas viel Beängstigenderes, was ich dort oben zu finden fürchtete: mich selbst.

»Sag du es mir, allwissender Leonardo: Wozu sind Moses und Dante hinaufgestiegen?«, fragte ich schicksalsergeben.

Leonardo lächelte rätselhaft: »Um wieder herunterzukommen.«

Noch vor Sonnenaufgang brachen wir auf. Die Pferde hatten wir im Stall der Herberge zurückgelassen.

Jeder von uns trug einen schweren Rucksack. Leonardo hatte sich einen Skizzenblock, Kohlestifte, Vorräte, Wasser und Brennholz für zwei Personen und drei Tage aufgebürdet, und ich schleppte eine Decke und eine Tasche voller Seidenstoff. Wie viele Hosen, Seidenhemden und Jacken will Leonardo denn auf dem Berg tragen, wenn er, der Gipfelstürmer, sich selbst porträtiert? Soll ich ihm vielleicht auch noch den Spiegel vorhalten?, fragte ich mich ärgerlich, beschränkte mich aber darauf, ihm einige bissige Bemerkungen über seine Eitelkeit hinterherzuwerfen, doch er zuckte nur mit den Schultern und ging voraus.

Am Ufer eines reißenden Baches ließen wir eine verlassene Alm hinter uns und wanderten immer weiter, bis wir zu einer abgegrasten Weide kamen. Immer höher stiegen wir durch die blühenden Wiesen, durchquerten verstreute Kuhherden, umgingen einen felsigen Grat und rasteten nach drei Stunden Aufstieg zum ersten Mal am Rand des Gletschers. Während ich an einem Kanten Schwarzbrot knabberte, glitt mein Blick über den zerfurchten Firn und die senkrechten Felszinnen hinauf zum Gipfel, der scheinbar unerreichbar über uns in den tiefblauen Sommerhimmel ragte.

Dann durchquerten wir den Gletscher. Das ist so leicht dahingesagt. Vier Worte: Wir durchquerten den Gletscher. Vier Worte: Weicher Tiefschnee, blankes Eis, tiefblaue Gletscherspalten, brüchige Schneebrücken. Vier Worte: Unerfahren, unerschrocken und im Grunde unwissend, aber mit einer gehörigen Portion Überlebenswillen, kämpften wir uns durch das zerklüftete Eisfeld. Aber der Gletscher war erst der Anfang.

Der gesamte Aufstieg war ein heroisch inszenierter Selbstmord. Leonardo und ich waren auf dem besten Weg, uns zugrunde zu richten. Unser Tod wäre so spektakulär gewesen, wie es unserem extravaganten Geschmack für dramatische Inszenierungen entsprach. Auch wenn niemand unsere zerschmetterten, erfrorenen Leichen finden würde …

Wir stiegen hinauf zu einem Felssporn, der höher als Giottos

Campanile in Florenz über einem Schotterfeld geborstener Felsen aufragte, umkletterten ihn, um zu einer Felsterrasse zu gelangen, wo wir erneut rasteten. Die Sonne neigte sich bereits über den Horizont, und es wäre Irrsinn gewesen, an diesem Tag noch weiter zu gehen. Wir schlugen unser Lager auf. Mit anderen Worten: Ich breitete die Decke auf den Felsenboden, und Leonardo entzündete im Schutz einer Felswand ein Feuer, auf dem wir unsere Abendmahlzeit zubereiteten.

Die untergehende Sonne, die wir von unserem Lagerplatz an der Ostflanke des Berges nicht sehen konnten, zauberte ein glühendes Inferno in Rot und Gold an den Abendhimmel, das bis zur letzten Schattierung meinem Seelenzustand entsprach. Sobald es dunkel war, rollten Leonardo und ich uns in die Decke und wärmten uns gegenseitig.

Die aufgehende Sonne fand uns schon beim Aufstieg durch die gewaltige Eismauer der Ostwand. Ein unvergesslicher Anblick, der für all die Torturen entschädigte – die eisige Kälte, die Schmerzen in Händen und Füßen, die tränenden Augen und die Atemnot!

Durch eine steil aufsteigende Rinne, die von Eis- und Steinlawinen geformt schien, kletterten, nein: rutschten wir Schritt für Schritt vorwärts. Wir gingen angeseilt, aber ich fragte mich, ob wir uns hätten retten können, wenn wir wirklich ausgerutscht wären, oder ob wir einfach nur beide miteinander in den Tod gestürzt wären. Nach der Rinne ging es noch zwei Stunden durch die Felsen – eine mühsame Kletterei, deren Eintönigkeit nur von einem Eissturz unterbrochen wurde, vor dem wir unter einen Felsüberhang flohen. Dann hatten wir endlich den Felsgrat erreicht, der zum Gipfel hinaufführte.

Wir hatten es geschafft: Der Berg war bezwungen! Jedenfalls dachte ich in diesem Augenblick, dass es der Berg war, gegen den ich gekämpft hatte …

Die Sonne stand im Zenit und warf keine Schatten, als ich mich erschöpft und keuchend in den Schnee sinken ließ, um die grandiose Aussicht vom Gipfel zu genießen. Ich fürchtete, dass Leonardo gleich wieder absteigen wollte, deshalb schnallte ich meinen Rucksack gar nicht erst ab.

Mir war schwindelig, und mein Herz raste. Nicht nur wegen der dünnen Luft und der ungewohnten Anstrengung, Leonardos Rucksack voller Eitelkeiten einen Berg hinaufzuschleppen. Nicht nur, weil mir die ganze Welt zu Füßen lag oder ich dem Himmel so nah war. Sondern weil ich in diesem Moment glücklich war. Unbeschreiblich glücklich! Ein seltener, ein kostbarer Augenblick!

Über mir der Himmel, unter mir die Welt. Damit war im Grunde alles gesagt. Alles, bis auf dieses euphorische Gefühl, mich von allem gelöst zu haben – wie damals, als das Schiff im Sturm auf den Atlantik hinausgetrieben worden war und ich zum ersten Mal in meinem Leben kein Land sehen konnte.

Leonardo hockte neben mir im Schnee und skizzierte mit schnellen Schraffuren die schneebedeckten Berge, die unter uns aufragten, den klaren und unendlichen Himmel, der über uns leuchtete wie ein blauer Opal. Am Ende doch kein triumphierend lächelndes Selbstporträt?, dachte ich enttäuscht. Wofür, zum Teufel, hatte ich dann seine Sachen auf den Berg geschleppt?

Ich erhob mich, obwohl meine Knie zitterten, und ging ein paar Schritte. Meine Stiefel sanken tief in den unberührten Schnee. War vor mir schon einmal ein Mensch hier oben gewesen? Vermutlich nicht. Auf einen Berg zu steigen war ebenso verrückt wie … wie nach Westen zu segeln, um nach China zu gelangen.

Leonardo hatte seinen Skizzenblock wieder im Rucksack verstaut und trat neben mich.

»Und nun?«, fragte ich ihn. »Auf welchem Weg steigen wir wieder hinunter?«

»Ich habe entschieden, auf welchem Pfad wir aufsteigen. Du bestimmst, wie wir wieder absteigen«, erklärte er großzügig. »Es ist ja *dein* Berg.«

»Ich verstehe nicht …«, begann ich.

»Es führt immer nur ein Weg auf einen Berg. Aber es führen viele verschiedene wieder hinunter. Vom Gipfel aus, wo es niemand lange aushält, führt *jeder* Weg nach unten, zurück ins Leben. Sie sind nur unterschiedlich lang und gefährlich.

Auf dem Gipfel gibt es kein Ziel mehr – außer lebendig unten anzukommen. Das Ziel, der Gipfel, war nur ein Orientierungspunkt an deinem Horizont, der deinem Weg die Richtung gab. In Wirklichkeit ist der Weg das Ziel, und das scheinbare Ziel ist nur das Ende des einen Weges und der Beginn eines neuen. Da es also völlig sinnlos ist, möglichst schnell am Ende des einen und am Anfang des nächsten Weges zu sein, kannst du dir ein wenig Zeit lassen und den Aufstieg genießen, die Aussicht bewundern und dich bemühen, die Dinge am Wegesrand – winzige Blüten von Glück – nicht unbesehen zu zertrampeln.

Wenn du auf dem Gipfel angekommen bist, gibt es kein Ziel mehr – keine Transmutation, keine Erfüllung, kein anderes Glück als das, angekommen zu sein. Und keine andere Freiheit als die, den Weg des unvermeidlichen Abstiegs selbst wählen zu dürfen.« Leonardo deutete nach Westen. »Wenn du in diese Richtung läufst – das ist der bequeme Weg – überquerst du den Gletscher dort unten. Wenn du in dieses Tal dort drüben hinabsteigst«, Leonardo deutete nach Norden, »dann erreichst du nach ein paar Stunden Wanderung die Rhône. Flussabwärts, hinter Genève, wendest du dich nach Nordwesten, bis du Paris erreichst. Dort kannst du an der Sorbonne deine Verehrung von »San Giovanni« endlos fortsetzen und – wenn es dir Vergnügen bereitet – Maître Nicolas Flamel bis zum Funkenflug reizen, wie du es mit mir versucht hast.«

»Es tut mir Leid, wenn ich dich verletzt habe, Leonardo«, entschuldigte ich mich für meine Launen. »Ich wollte nicht ...«

»Doch, *mia cara,* du *wolltest.* Und wie du dich mit mir streiten wolltest! Du hast dich an mir gerieben, bis die Funken flogen und Giacomo in Deckung ging. Du hast dich an mir wund gerieben, damit du den Schmerz über Giovannis Tod verdrängen kannst, damit du überhaupt noch Leben in dir spürst!«

Ich hielt die Luft an, wollte protestieren, doch er unterbrach mich:

»Du streitest mit mir, weil ich nicht wie Giovanni bin. Ich werde dir etwas verraten, Caterina: Ich bin nicht Giovanni, und ich will auch nicht sein wie er! Ich bin ich!«

»Leonardo ...«, versuchte ich ihn zu beschwichtigen.

»Und ich streite mit dir«, übertönte er mich mühelos, »weil ich Mitleid mit dir habe. Du tust mir Leid. Es kostet mich den letzten Nerv, aber irgendjemand muss dir Widerstand leisten und dir einen Halt geben, bevor du dich in den Abgrund stürzt. Denn stürzen wirst du.«

Ich starrte ihn an und versuchte zu verstehen, was er mir sagen wollte.

»Giovanni ist tot«, erklärte er mit einem Ausdruck in den blauen Augen, der mir Angst machte.

»Ich liebe ihn«, rief ich. »Ich kann ihn nicht vergessen.«

»Ich habe ihn auch geliebt, Caterina. Er war mein Schüler, mein Freund. Gott weiß, wie sehr ich ihn geliebt habe.« Leonardo sah mir in die Augen, und ich ahnte, wie Leonardo Giovannis Schönheit verehrt, nein: angebetet hatte. Giovanni hatte ihn zurückgewiesen! »Die unsterbliche Liebe ist tödlich, denn sie führt ins Inferno«, erklärte Leonardo leise. »Hör auf, deinem Geliebten nachsterben zu wollen, indem du dich selbst aufgibst, indem du *sein* Leben lebst, nicht deines. Daran ist nichts Heroisches, nichts Würdevolles.«

Ich sank in den Schnee und barg mein Gesicht in den Händen.

Leonardo setzte sich neben mich und legte tröstend den Arm um mich. »Wenn wir sagen: Ich liebe dich, dann meinen wir eigentlich: Verlass mich nicht, denn ich brauche dich. Ist das Liebe? Ist das Freiheit?«

Ich schüttelte den Kopf, ohne ihn anzusehen.

»Nein, das ist keine Liebe«, beantwortete er seine Frage selbst. »Das ist nichts als Angst vor der Einsamkeit. Wer sich selbst liebt, muss keine Angst haben, mit sich selbst allein zu sein.«

»Ich bin einsam, Leonardo«, presste ich unter Qualen hervor. Das war schwieriger als eine lange Beichte bei Girolamo.

»Ich auch, Caterina. Ich bin auch einsam. Aber im Gegensatz zu dir versuche ich, mich selbst zu lieben. Du nennst es Eitelkeit, Stolz, Überheblichkeit, die kapriziösen Launen eines Genies. Von mir aus: Nenn es, wie du willst. Es ist eben mein Weg. Und ich habe mich entschieden, ihn nicht allein zu gehen. Als du mich vor einigen Tagen zornig aufgefordert hast, Giacomo wegzuschicken, hast du mich verletzt. Deine scharfkantigen Worte haben eine tiefe Wunde gerissen. Ich liebe Giacomo.«

»Du liebst ihn?«, fragte ich verdutzt.

»Ich liebe ihn, ich meine: nicht so leidenschaftlich wie ich Giovanni geliebt habe, aber ich empfinde Herzlichkeit, Wärme, Zärtlichkeit für ihn. Er ist gnadenlos untalentiert in der Kunst der Alchemie und der Malerei, er ist ungebildet, vorlaut, faul und er bestiehlt mich, er intrigiert gegen mich und tut auch im Bett nicht immer, was ich wünsche. Aber ich liebe ihn. Nicht im Sinne von »haben wollen« oder »von ihm abhängig sein«, sondern von »nötig haben«, um Demut zu lernen. Und – weiß Gott – ich bin demütig und geduldig geworden, seit ich diesen kleinen Satan kenne. Ich habe nicht versucht, ihn zu ändern. Ich habe mich selbst geändert, weil ich ihn liebe.«

Ich starrte ihn an, unfähig, auch nur ein Wort zu sagen.

»Und dich mag ich auch, Caterina. Sehr sogar. So sehr, dass ich mich auf diese endlosen Streitereien mit dir einlasse. So sehr, dass ich mein Leben riskiere und mit dir auf diesen Berg steige, damit du deinen Weg selbst wählen kannst.«

Ich wischte mir die Tränen aus dem Gesicht. »Den leichten Weg über das Eis hast du mir gezeigt. Den Weg nach Paris. Welches ist der andere Weg?«

Leonardo nahm meine Hand und zog mich auf die andere Seite des Gipfels. Dann deutete er nach unten, die senkrecht abfallende Felswand entlang. »Dies ist der schwierige Weg. Er führt zurück nach Mailand. Er führt zu dir selbst.«

Ich blickte vorsichtig in den Abgrund hinab, wollte einen Schritt zurücktreten, doch Leonardo schob mich erbarmungslos an die Felskante heran. Ich stolperte, und mein Fuß glitt über den Rand. Um ein Haar wäre ich abgestürzt, aber Leonardo hielt mich fest.

Ich schloss die Augen und stellte mir vor, wie ich fallen würde. Wie ich in den Tod stürzen würde, um im Sterben mit Giovanni vereint zu sein wie Dante mit seiner Beatrice. Ich hatte keine Angst, obwohl der schwere Rucksack mich nach hinten zog. Wie lange würde Leonardo mich noch halten können?

»Öffne die Augen!«, befahl Leonardo. »Schau hinab in den Abgrund.«

Ich sah hinunter auf die scharfkantigen Felsen und das zerklüftete Schneefeld tief unter mir.

»Dein Sturz ist unvermeidlich, Caterina. Ich werde dich loslassen, und du wirst fallen, sehr tief fallen. Ob du lebend unten ankommst, ist allein deine Entscheidung.« Er griff an meinen Rucksack und drückte mir eine dünne Schnur in die Hand. »Solltest du dich während deines Sturzes aus dem Himmel entscheiden, dass du leben willst, dann zieh an dieser Leine.«

Ich starrte ihn verständnislos an, dann ergriff ich das Band mit der rechten Hand. Was hatte er vor?

»Ich hoffe, dass du die richtige Entscheidung triffst …« Leonardo zog mich an sich und küsste mich wie zum Abschied auf beide Wangen. Dann stieß er mich mit aller Gewalt von sich.

Ich stolperte, rutschte ab, meine Stiefel traten ins Leere, und ich stürzte in den Abgrund.

Der freie Fall konnte nicht länger als ein paar Herzschläge gedauert haben. Aber die Zeit zerdehnte sich zur Unendlichkeit, faltete sich ein und schloss Erinnerungen – die Szenen des Dramas, das ich »mein Leben« nannte – in sich ein. Die Bilder waren deutlicher als die Wirklichkeit, die Geräusche sanfter, die Düfte berauschender, die Lust intensiver, die Gedanken klarer. Ich hatte nicht das Gefühl zu stürzen, sondern zu schweben, als ob ein Engel mich festhielt, damit ich in Ruhe über alles nachdenken konnte, bevor ich unten aufprallte.

Mein ganzes Leben zog in einem einzigen Augenblick an mir vorüber und verdeckte mir den Blick auf die Wirklichkeit, den Blick in den tödlichen Abgrund. Alles erlebte ich noch einmal – alles, was ich in meinem Leben getan hatte und auch alles, was ich *nicht* getan hatte, woran ich Schuld hatte. Handeln und Nichthandeln, Geschehenlassen aus Unwissenheit, Konsequenzen, Leid und Schuld. Tod. Aber auch Achtsamkeit und Vergebung. Liebe. Ein Leben voller glücklicher Augenblicke: *Carpe diem! Carpe momentum!*

Seltsamerweise waren es nicht nicht die tiefen Momente in diesem Meer aus Erinnerungen, die mich berührten – nicht meine Entscheidung, Lorenzo mit meiner Herkunft als eine Medici zu konfrontieren, nicht der Augenblick, als er mir mit seinem letzten Atemzug gestand, mein Vater zu sein, nicht die Nacht meiner Initiation in Giovannis Armen. Nichts von alledem. Sondern es war die schimmernde Gischt an der bewegten Oberfläche meines Lebens, winzige Augenblicke, angefüllt mit Gefühlen.

Freundschaft: Der Augenblick, als Girolamo mich zum ersten Mal Celestino nannte und mich schwören ließ, nichts zu tun, was mich in Gefahr bringen könnte. Ausgelassenheit: Ein Wortgefecht mit Guido, meine hingeworfenen Bemerkungen, die ihn zum Lachen bringen sollten, trotz seiner Schmerzen. Lebensfreude: Cesare und ich unbeschwert lachend im strömenden Gewitterregen über Pisa, als könnten uns Blitz und Donner nichts anhaben. Glückseligkeit: Giovannis Strahlen, als ich ihm die Aufhebung seiner Exkommunikation überreichte, dieses glückliche Lächeln, dieser zum Himmel gerichtete Blick, als er vor lauter Freude das päpstliche Breve wegwarf, um mich zu umarmen. Und Hoffnung: Lorenzos fröhliches *»Quant' è bella la giovanezza«* und sein letztes Lächeln, bevor er starb.

Es sind nicht die tiefen Augenblicke, die uns so kostbar sind. Nicht die turbulenten Kurswechsel unseres Lebens, nicht die quälenden Entscheidungen, ob wir handeln sollen oder nicht. Es sind nicht Hoffnungslosigkeit, Trauer und Zorn, es sind nicht einmal die Momente der Vergebung, an die wir uns erinnern. Es sind die glücklich lächelnden Lippen, die strahlenden Augen, die zarten Umarmungen und die leidenschaftlichen Küsse, nach denen wir uns in der Stunde des Todes zurücksehnen. Und die Liebe.

Mein Leben war bis zur letzten Minute angefüllt mit diesen schönen Erinnerungen. Wenn alles gesagt und getan ist und kein Wunsch mehr offen bleibt, dann ist es Zeit zu gehen.

Doch es gibt noch eine Sache, dachte ich, eine einzige, die ich gern herausfinden würde. Nur, um nicht im quälenden Zustand der Neugier zu sterben. Was wird geschehen, wenn ich an der Leine ziehe? Ich spürte das Band in meiner Hand, schloss die Finger um das im Wind flatternde Ende und zog daran.

Ein Ruck ging durch meinen Körper, als etwas aus meinem Rucksack herausgerissen wurde. Ich wirbelte herum und sah überrascht nach oben: Über mir am Himmel entfaltete sich eine riesige Blüte aus roter Seide. Es war … Leonardos Fallschirm!

Leonardo brauchte zwei Stunden, um vom Fels herabzusteigen und zu mir zu gelangen. Ich lag wie ein gefallener Engel im Schnee und starrte in den Himmel hinauf. Das Alleinsein tat sehr gut. Ich wollte gar nicht mit ihm reden.

Worüber auch? Es war alles gesagt:

»Geht es dir gut?«, hatte er gerufen.

»Nein!«, hatte ich geantwortet.

»Dann besteht ja noch Hoffnung«, hatte er lachend heruntergebrüllt und mit dem Abstieg begonnen.

»Nein, es geht mir fantastisch«, hatte ich zu mir selbst gesagt, als ich mich in den Schnee zurücksinken ließ. »Und ich würde es jederzeit noch einmal tun!«

Mit geschlossenen Augen lag ich im weichen Schnee und genoss die warme Nachmittagssonne, als Leonardo endlich neben mir auftauchte. Mit einem dramatischen Seufzer ließ er sich neben mich fallen.

Ich richtete mich auf und sah auf ihn hinunter. »Leonardo?«

»Mhm?«, antwortete er müde, ohne die Augen zu öffnen.

»Danke für die danteske Lektion auf dem Berg, für den Stoß und für den Fall. Danke für die Erkenntnis, dass mein Leben noch einen Sinn hat. Und danke für deine Geduld, deine Vergebung und deine Liebe.«

»Gern geschehen«, murmelte Leonardo. »Hör schon auf, bevor ich auf die Idee komme, dir auch zu danken: für die Erkenntnis, dass Hybris, die Selbstüberhebung des Menschen, und Nemesis, der unvermeidliche Sturz, untrennbar zusammengehören wie zwei

Seiten eines Berges.« Er erhob sich und klopfte sich den Schnee von der Hose und den Stiefeln. »Lass uns verschwinden, Caterina. Dieser Berg ist die Hölle.«

Ich sah zu ihm auf: »Und ich dachte, er wäre das Paradies.«

Bei unserer Rückkehr nach Mailand Ende August – Leonardo und ich hatten einige unbeschwerte Sommertage am Lago Maggiore verbracht – erwartete mich ein Schreiben von Girolamo in meiner Wohnung im Palazzo Vecchio.

Ungeduldig riss ich das Siegel ab und begann zu lesen, doch dann stutzte ich, hielt inne, wendete den Brief und starrte auf die Anschrift. Girolamo hatte sein Schreiben an Celestino gesandt. Aber wieso war der Brief in der Corte Vecchia abgegeben worden? Siedend heiß durchfuhr es mich: Wer hatte Kenntnis davon, dass Celestino und Caterina ein und dieselbe Person waren? Und noch beunruhigender: Wer wusste noch, dass die aus Florenz geflohene Caterina de' Medici inkognito im Palazzo Vecchio von Mailand lebte? Meine *Separatio* und der Brand meines Laboratoriums schienen mehr Aufsehen erregt zu haben, als ich zunächst angenommen hatte.

Aber dann verwarf ich den Gedanken an die Gefahr einer Entdeckung. Ich lief im Palazzo Ducale meist in offenem Hemd, engen Hosen und Stiefeln herum, weil es praktischer und bequemer war als ein Kleid mit engem Mieder und langem Rock. Meine Haare waren in dem Jahr seit meinem Aufenthalt als Fra Celestino in San Marco noch nicht wieder lang gewachsen, und man hätte mich ohne weiteres für einen jungen Mann halten können. In einem Haushalt von hübschen jungen Männern, wie Leonardo ihn führte, fiel ich nicht auf. Vielleicht hatte Giacomo Salai, Leonardos Gehilfe, den Brief angenommen, weil er dachte … ja, was? … weil er dachte, dass eine Frau, die sich wie ein Mann kleidete, nicht nur ein Geheimnis hatte, sondern auch einen zweiten Namen … Dieser eifersüchtige kleine Satan spionierte mir nach!

Ich begann Girolamos Brief zu lesen:

Er war gedrückter Stimmung. Sehnsüchtig vermisste er die emotionale Windstille von San Marco, seit der Konvent – wie zuvor der Palazzo Medici – zum Machtzentrum an der Via Larga geworden war und der Sturm der Gefühle direkt in seiner Zelle tobte. Nirgendwo schien er noch Ruhe zu finden, nicht in der Beichte, nicht im Gebet, nicht in der festen Burg seines Glaubens und schon gar nicht in seiner »Fortezza« San Marco.

Er fühlte sich von den unablässigen Angriffen gegen seine Person als dominikanischer Mönch, gegen seinen Charakter und seine notwendigen politischen Entscheidungen an die Wand gedrängt, und er begann zurückzuschlagen und sich gegen die schmerzhaften Verletzungen zu wehren. Er rüstete sich mit einem glänzenden Harnisch aus Pflichten und Verantwortlichkeiten für die Republik, ließ sein Banner der Gottesherrschaft über Florenz im Wind der Geschichte wehen und hielt sich selbst für moralisch unangreifbar. Seine trotzige Haltung – »Wenn die Signori nichts Besseres zu tun haben, als mich zu kritisieren, sollen sie es tun. Ich habe eine Republik zu reformieren« – erinnerte mich an Lorenzo, der sich vier Jahre zuvor mit ähnlichen Worten über den Prior von San Marco erregt hatte.

Unter dem politischen Druck wurde aus dem mahnenden Propheten ein zorniger Krieger Gottes. Girolamo stürmte ungestüm auf jedes Schlachtfeld, ließ sich hitzig auf jedes Wortgefecht ein und verteidigte die Souveränität der Republik Florenz und seine Ideen zur Reform der Kirche mit unbeugsamer Kampfeslust – sogar gegen Papst Alexander, der ihn im Juli 1495 nach Rom befahl.

Der Frater sollte sich vor Seiner Heiligkeit für seine apokalyptischen Prophezeiungen und seine Anmaßung, Florenz als Gottesstaat zu regieren, rechtfertigen. Der »geliebte Sohn« – so nannte ihn das päpstliche Breve – lehnte höflich, aber bestimmt mit einem Hinweis auf seine angegriffene Gesundheit die anstrengende Reise nach Rom ab. Worauf ihm ein fürsorglicher Pontifex – aus Rücksicht auf das Wohlbefinden des *Frater in Christo* – sehr freundlich, aber nicht weniger nachdrücklich nahe legte, die »Verkündigung von Gottes unerforschlichem Willen« zu unterlassen.

»Alexander erteilt mir Predigtverbot!«, wetterte Girolamo ungehalten in seinem Brief. »Er gebietet mir zu schweigen, bis meine Lehren von einer Kommission aus Kardinälen überprüft sind. Als wäre ich ein von Gott verlassener und jeder tieferen Einsicht unfähiger Ketzer – wie Giovanni, der 1487 von der Inquisition verurteilt wurde! Der Papst will mir das Wort verbieten, weil er Florenz in ein Bündnis gegen Frankreich zwingen will. Für die Einheit Italiens! Um eine erneute Invasion nach Italien abzuwehren und um die Souveränität des Kirchenstaates unter der Herrschaft der Borgia zu garantieren. So ein Unsinn: Alexander will Florenz annektieren. Und ich bin ihm dabei im Weg. Er droht mit meiner Exkommunikation, aber ich werde nicht nach Rom gehen, um als Märtyrer zu sterben. Niemals! Darauf kann er bis zu seiner Heiligsprechung warten!«

Was ist der Name des Menschen?

Ich hatte in den letzten Jahren so oft meinen Namen gewechselt, war Caterina gewesen, Catalina, Cathérine, Carlotta, war Cato, Cosimo und Celestino gewesen, dass es mir nichts ausmachte, es erneut zu tun. Ich hätte nur gern mehr Zeit gehabt, über meinen neuen Namen nachzudenken …

An diesem Nachmittag hatte ich endlich die *Separatio* erfolgreich abgeschlossen und eilte in Leonardos Wohnung im Westflügel des Palazzo Vecchio, um ihm die freudige Mitteilung zu machen, als ich im Hof überraschend Baldassare Castiglione in die Arme lief. Er wollte ebenfalls zu Leonardo, um ihm eine Nachricht des Herzogs zu überbringen.

Den Talar hatte ich in meinem Laboratorium zurückgelassen. Ich trug nur ein nachlässig geschnürtes Seidenhemd, eine enge Hose und Stiefel, und meine Haare wehten offen im Herbstwind: Es war ein Wunder, dass er mich überhaupt erkannte. Wir waren uns zuletzt in meinem Laden hinter der Kirche Santa Maria delle Grazie begegnet, wo er für Ludovico meine Parfums gekauft hatte. Danach war er noch einige Male vorbeigekommen, angeblich um einen Duft für sich selbst zu finden. Er war nicht eitel, und so hatte es mich gewundert, wie lange er sich jeweils in meinem Laden aufgehalten hatte, ohne das ihm genehme *Profumo* zu finden. Das ihm genehme *Parlando* fand er wohl jedes Mal, sonst wäre er nicht wiedergekommen.

»Ihr?«, fragte er verblüfft.

Am liebsten wäre ich geflohen, denn ich konnte mir vorstellen, dass er Herzog Ludovico gleich nach seiner Rückkehr ins Castello erzählen würde, dass ich trotz der Explosion meines Laboratoriums noch lebte und im Palazzo Vecchio wohnte. Aber wohin hätte ich gehen sollen? Ich hatte keine Lust, schon wieder meine Sachen zu packen und zu verschwinden. Also blieb ich stehen und ließ mich von ihm anstarren.

So unangenehm war es nicht, als seine eisblauen Augen bewundernd an mir herabglitten wie an einer Statue der nackten Aphrodite. Castiglione war zwei Jahre jünger als ich, also siebzehn. Der Cousin des Marchese von Mantua war vor einigen Monaten nach Mailand gekommen, um am Hof von Herzog Ludovico seine humanistische Bildung zu vervollständigen. Vor allem aber studiere er aufmerksam die mailändische Intrigenpolitik.

Männer wie Giovanni Sforza und Gian Giordano Orsini neigten dazu, durch aufwändige perlenbestickte Kleidung, kostbaren Diamantschmuck oder unverfrorenes Auftreten die Aufmerksamkeit der Gesellschaft auf sich zu ziehen, aber Baldassare Castiglione hatte das nicht nötig. Er trug eine elegant geschnittene Jacke aus schwarzem Atlas und nur einen unauffälligen Siegelring an der rechten Hand. Auf den ersten Blick war er kein schöner Mann, aber es lag eine zurückhaltende Eleganz in seinen Gesten und ein unglaublicher Charme in seinem Lächeln, die ihn mir sympathisch machten.

»Ihr seid Caterina, die ›Giftmischerin‹ des Herzogs!« Sein Blick glitt über meine hautenge Kleidung, die nur wenig seiner Fantasie überließ – und Baldassare hatte viel Fantasie, wie ich feststellen sollte. »Euer Laden ist vor einigen Monaten abgebrannt. Seine Hoheit hat eine Untersuchung angeordnet, und es hieß, Ihr wäret bei der Explosion getötet worden. Eure Leiche sei bis zur Unkenntlichkeit verbrannt.«

»Ich konnte dem Feuer entkommen«, gestand ich.

Er zögerte, als wüsste er nicht, ob und wie er die nächste Frage stellen sollte. Am Ende entschloss er sich, nur auf das Fragezeichen zu verzichten. »Bei der Untersuchung hat sich herausgestellt, dass Caterina gar nicht Euer richtiger Name war. Eine Caterina Vespucci war in Mailand nicht gemeldet.«

Ich sah ihn überrascht an. Was weiß er?, fragte ich mich. »Nein …«, begann ich zögernd und dachte über die Konsequenzen dieser Vorsichtsmaßnahme nach meiner Flucht aus Florenz nach: ein Prozess wegen Steuerbetruges? Oder schlimmer: die Anklage wegen eines Giftattentates auf Ludovico – im Duft *Veleno* war genug Arsen, das bei einer Untersuchung nachgewiesen werden konnte … Das Motiv? Rache!

»Ich wusste es! Caterina ist nicht Euer Name«, triumphierte Baldassare Castiglione. »Als ich Euch zum ersten Mal sah, wusste ich, dass Euch ein Geheimnis umgibt. Das hat mich neugierig gemacht. Wie heißt Ihr wirklich?«

Was ist der Name des Menschen?, durchzuckte es mich. Sein Schicksal?

»Cassandra«, war der einzige Name, der mir in diesem Augenblick einfiel. Ich hatte das Epos der Belagerung von Troja schon als Kind gelesen und entschieden, dass die kluge Cassandra mir mehr imponierte als Hector und Achilleus, Agamemnon und Menelaos und all die anderen heroischen Idioten, die nichts als Rache und Ehre und Eroberung im Kopf hatten. Cassandra sollte mein *nom de guerre* sein.

»Cassandra«, wiederholte Castiglione spielerisch, als müsste er den Geschmack von Mandelkonfekt auf seiner verwöhnten Zunge prüfen. »Ein schöner Name. Ein tragischer Name. Cassandra prophezeite den Untergang Trojas, aber niemand glaubte ihr. Was prophezeit Ihr, meine schöne Amazone? Den Untergang Mailands?«

»Nein«, lächelte ich geheimnisvoll. »Ich werde mich bemühen, mein Laboratorium nicht noch einmal in die Luft zu sprengen. Mailand wird also noch ein paar Jahrhunderte existieren.«

Er grinste amüsiert. Sein ursprüngliches Anliegen schien er völlig vergessen zu haben. »Woher kommt Ihr, Cassandra?«

»Aus Vinci«, erklärte ich. Das würde ebenso meinen toskanischen Akzent erklären wie meinen Aufenthalt bei Leonardo.

»Cassandra da Vinci«, sagte er. »*Cassandra vincerà* – Cassandra wird siegen.«

Ich lachte über sein Wortspiel. »Den trojanischen Krieg hat sie nicht gewonnen …«

»Ach nein? Ich dachte, sie hätte dem Sieger den Kopf verdreht.«

»Ihr seid nicht Agamemnon, Signor Castiglione. Ihr müsst mich also nicht fürchten.«

»Ich habe keine Angst vor Euch!«, lachte er übermütig. »Es wäre mir ein Vergnügen, mich von Euch besiegen zu lassen.«

»In welcher Disziplin, mein Held?«, neckte ich ihn. »Im olympischen Wettkampf oder in der philosophischen Disputation?«

»*Jede* Disziplin, Cassandra. Die Kunst des Krieges, die Kunst des Denkens oder die Kunst der Liebe, ganz wie Ihr wünscht«, erklärte er mit einem so charmanten Lächeln, dass ich ihm wegen seiner Unverfrorenheit nicht einmal böse sein konnte.

»Also gut«, forderte ich ihn heraus. »Dann wähle ich den Pentathlon, den Fünfkampf.«

»Laufen, Diskos- und Speerwerfen, Weitspringen und Ringen?«, fragte er verblüfft.

»Nein, Signore: Die philosophische Disputation, das Fechten mit Wort und Schwert, der Marathonlauf eines durchtanzten Abends, der *nicht* in meinem oder Eurem Bett enden wird.«

Er verzog keine Miene. »Und die fünfte Disziplin?«

»Geduld, Ausdauer und … viel Fantasie.«

Baldassare ertrug meine Launen mit bemerkenswerter Gelassenheit. Es war mehr als zwei Jahre her, seit ich Cesare in Rom verlassen hatte, und ein endloses Jahr, seit Giovanni meine Hand zum letzten Mal losgelassen hatte. Doch so sehr ich mich auch nach Leidenschaft und Zärtlichkeit, nach Verständnis und Geborgenheit sehnte: Baldassares Freundschaft war mir wichtiger als eine stürmische Affäre, der Rausch einer Nacht und eine verlegene Trennung im Morgengrauen, ohne dem anderen in die Augen zu sehen. Ich wollte ihm die Chance geben, all die Splitter des zersprungenen Spiegels meines Selbst kennen zu lernen, in denen er sich spiegeln wollte, all die funkelnden Facetten, die ihn so faszinierten, damit er sich dann entscheiden konnte, ob er meine scharfen Kanten ertragen wollte. Ich machte es ihm nicht leicht, aber er gab nicht auf, denn er wusste, *warum* ich ihn auf Distanz hielt: Er glaubte wie ich an die freie Selbstbestimmung des Menschen und befolgte – das war sein erstes Gebot – nur die Regeln, die er selbst aufgestellt hatte. Sein zweites Gebot lautete: Tu, was immer du willst, und gewähre dieses Recht auf Freiheit auch jedem anderen.

Baldassare war ein Maestro des *Bel vivere.* Er hatte sich in den Kopf gesetzt, mir Freude zu bereiten, mich zu beeindrucken, mich zu überraschen, mich zu verzaubern, und das gelang ihm. Immer. Er kam täglich zur selben Zeit in den Palazzo Vecchio, und jedes Mal brachte er mir etwas mit, einen Gedichtband von Petrarca, eine Schachtel Marzipankonfekt oder eine besonders schöne Vase aus Murano. Die Geschenke waren kostbar und geschmackvoll und immer so gewählt, dass ich mich zu nichts verpflichtet fühlen musste. An manchen Abenden ließ er von seinen Dienern ein mehrgängiges Abendessen zubereiten und den Tisch mit einem weißen Damasttischtuch, silbernen Kerzenleuchtern und Tellern und Gläsern aus Empoli decken, um die halbe Nacht mit mir zu speisen und bei einem Glas Montepulciano zu diskutieren.

Wir sprachen über alles, was uns bewegte, während wir am Po entlangwanderten oder nach Novara, Pavia oder Bergamo ausritten. Wir besuchten Leonardo in Santa Maria delle Grazie und sahen zu, wie er das *Abendmahl* malte. Die endlosen Gespräche mit ihm waren kein philosophischer Disput, wie ich ihn mit Giovanni geführt hatte, und auch keine wissenschaftliche Differenz, wie ich sie mit Leonardo beim Abendessen führte. Sie waren persönlicher … intimer. Sie hatten weder Gott noch die Welt zum Thema, sondern nur uns selbst.

Anfang Dezember bat ich Baldassare, mir Fechtstunden zu geben. Die geschmeidigen Bewegungen mit der schweren Waffe würden meinen schmerzenden Gliedern gut tun, hoffte ich. Baldassare sah mich erstaunt an, als ich diesen Wunsch äußerte, mit ihm zu fechten, und machte noch größere Augen, als ich ihm meinen Degen zeigte, den ich aus Florenz mitgebracht hatte.

»Du besitzt einen Degen, Cassandra?«, fragte er, als er ihn umdrehte und die kostbaren Verzierungen am Griff bewunderte. »Er ist schön.«

»Er ist scharf«, entgegnete ich.

Baldassare lachte und ließ ihn durch die Luft wirbeln, um zu spüren, wie er in der Hand lag. »Beherrschst du die Kunst des Krieges, Amazone?«

»Nur die Kunst des Überlebens.«

Von nun an fochten wir jeden Tag. Mir tat die Bewegung im Innenhof des Palazzo nach dem langen Stillsitzen in meinem Laboratorium gut. Auch Baldassare schien es zu genießen, mich zu berühren, um meine Haltung zu korrigieren, meinen Schwertarm zu führen oder meine Schritte zu lenken. Ich wurde beweglicher und kräftiger, und einmal gelang es mir durch einen Trick, ihm den Degen aus der Hand zu schlagen und ihn lachend mit der Waffe zu bedrohen. Furchtlos stürzte er vorwärts, drängte mich gegen eine der Säulen des Hofes und hielt mich fest, sodass ich ihm nicht entkommen konnte. Er stand direkt vor mir, presste seinen vom Kampf erhitzten Körper gegen meinen, und in diesem Augenblick glaubte ich, er würde mich küssen. Aber er ließ mich los und trat zurück.

Ein paar Tage später brachte er zwei Masken mit. »Im Castello wird morgen ein Maskenball stattfinden. Willst du mich begleiten?«, fragte er.

Ich zögerte, nicht nur, weil ich fürchtete, dass Ludovico oder Kardinal Ascanio mich erkennen könnten, sondern vor allem, weil ich nicht wusste, was Baldassare mit dieser Einladung bezweckte. Bisher war unsere Beziehung eine liebevolle Freundschaft gewesen, keine erotische Affäre, trotz der Berührungen während des Fechtens. Er hatte zwar immer wieder seinen Charme an mir ausprobiert, aber bisher hatte ich seinen Verführungskünsten widerstanden. Ein Maskenball im Castello, auf dem ich in einem weit ausgeschnittenen Kleid mit ihm tanzen würde, wäre etwas anderes. Ich fürchtete, dass sich unsere Beziehung verändern könnte.

Er ahnte, was in mir vorging, und zeigte mir die mitgebrachten Masken: Ich sollte als Cassandra von Troja auftreten, mit einem silbernen Harnisch, einem Helm mit rotem Federbusch und einem Schwert. Er wollte Agamemnon von Mykenai sein und ebenfalls eine Rüstung und einen griechischen Helm tragen, der das Gesicht verdeckte. Küsse sind damit ausgeschlossen, dachte ich, und willigte schließlich ein, ihn ins Castello Sforzesco zu begleiten.

Und eigentlich war ich ihm dankbar, dass er mich zu dieser Entscheidung gedrängt hatte, denn ich amüsierte mich nicht nur mit Baldassare bei einem hervorragenden mehrgängigen Abendessen mit einem köstlichen Wein, bei Musik und Tanz, bei witzigen Spielen, unterhaltsamen Theateraufführungen und einem Feuerwerk, sondern vor allem über Ludovicos und Ascanios immer wieder zu mir herüberirrende Blicke, die zu erraten versuchten, wer sich hinter der Maske der Cassandra verbarg.

Anfang März 1496 kam Baldassare missgelaunt in mein Laboratorium. In der Hand hielt er einen Brief.

»Für dich«, erklärte er knapp, gab ihn mir aber nicht. »Leonardos Faktotum Giacomo hat ihn mir eben in die Hand gedrückt. Dieser Brief sei vorhin für dich abgegeben worden. Ob ich ihn dir geben würde – dann könnte er sich den Weg sparen.«

Es war eine unglaubliche Frechheit von Giacomo, Signor Castiglione einen Brief in die Hand zu drücken, damit er ihn mir gab. Aber war das der einzige Grund für Baldassares schlechte Laune? Wieso entledigte er sich nicht einfach seines Auftrages und gab mir den Brief?

Baldassare ließ sich auf einen Stuhl fallen und drehte das Pergament in der Hand, als wüsste er nicht, was er damit anfangen sollte. Was verstörte ihn so?

»Ich würde gern die Wahrheit erfahren, Cassandra: Wer ist Niccolò Machiavelli?«

Ich starrte erst Baldassare an, dann den Brief. Niccolò hatte mir geschrieben? In den vergangenen Monaten hatte er immer wieder kurze Nachrichten gesandt, die in Girolamos Briefe eingefaltet waren. Was war in Florenz geschehen, dass Niccolò mir zum ersten Mal direkt schrieb? Was war mit Girolamo, mit seinem Streit mit dem Papst – warum schrieb er mir nicht?

»Niccolò ist ein Freund aus Florenz«, erklärte ich dem offensichtlich eifersüchtigen Baldassare.

»Ein Freund. In Florenz«, murmelte er und glaubte mir kein Wort. »Du hast mir nicht erzählt, dass du in Florenz warst …«

Du weißt so vieles nicht!, dachte ich.

»… oder dass du dort Freunde hast.«

»Du hast keinen Grund zur Eifersucht«, versicherte ich ihm.

»Ach nein?«, fragte er. »Dann erklär mir bitte, wer derjenige ist, an den dieser Brief gerichtet ist: Wer ist Celestino?«

Wie gebannt starrte ich auf das gefaltete Pergament in seiner Hand und schwieg. Seinem fragenden Blick wich ich aus. Ich konnte ihm mein Geheimnis nicht verraten, ohne ihn und mich selbst in Gefahr zu bringen.

Als ich nicht antwortete, erhob er sich und warf zornig den Brief auf den Tisch. Er kam einen Schritt näher, aber ich wich vor ihm zurück. Er blieb vor mir stehen, betrachtete mich aufmerksam.

»Aber mehr als alles andere interessiert mich die Frage: Wer ist Cassandra?«, fragte er leise. »Sag mir: *Wer bist du?*«

»Ich frage nicht nach dem *Wer?*, sondern nach dem *Du!*. Solltest du dich entscheiden, meine Frage zu beantworten, weißt du, wo du mich findest, Caterina, Celestino, Cassandra oder wer auch immer du bist«, hatte Baldassare gefaucht, dann war er wütend abgezogen und hatte die Tür hinter sich zugeschlagen. Ich war zusammengezuckt, als ob ich aus einem Albtraum erwachte.

Wie gehetzt lief ich in meinem Schlafzimmer auf und ab und drehte Niccolòs Brief in meiner Hand.

Was sollte ich tun? Ich wollte Baldassare nicht verlieren – seine Freundschaft bedeutete mir sehr viel. Ich konnte und wollte ihn nicht erneut irreführen. Aber wenn ich ihm erzählte, wer ich wirklich war: Würde er mir überhaupt glauben? Was würde er tun, wenn er die Wahrheit wüsste – mir vergeben, mich verraten?

Verwirrt ließ ich mich auf einen Stuhl sinken und riss Niccolòs Brief auf. Er hatte Unglaubliches zu berichten, und ich verstand, warum er sein Schreiben nicht Girolamo anvertraut hatte.

Papst Alexander hatte Savonarolas Lehren einer dominikanischen Kommission vorgelegt, um sie zu prüfen und, falls möglich, zu widerlegen. Die Kommission hatte wider Erwarten Girolamos Lehren anerkannt. Die moralischen Reformen in Florenz standen im Einklang mit dem Willen Gottes und Seines Stellvertreters. Papst Alexander wollte den Prior von San Marco mit einem Kardinalspurpur versöhnen und schickte einen Dominikaner nach Florenz, um Savonarola das Breve der Investitur zu überbringen und die einzige Bedingung des Papstes vorzutragen: Er möge seine Wortwahl überdenken. Er sollte aufhören, den Untergang der Kirche zu prophezeien. Als Kardinal könnte er die Kirchenverwaltung reformieren – mit engagierter Unterstützung Seiner Heiligkeit.

Girolamos Antwort an den Papst war kurz: »Komm zu meiner nächsten Predigt im Dom von Florenz«, hatte er geantwortet: »Da wirst du meine Antwort hören!« Girolamo ignorierte das Predigtverbot und schleuderte Blitz und Donner gegen den Pontifex. Ende Februar 1496 kam es zum offenen Bruch zwischen dem Prior und dem Papst. Während einer feurigen Predigt im Dom verweigerte Girolamo Savonarola dem Papst Gehorsam – er fühlte sich nur Gott und seinem Gewissen verpflichtet. Ein paar Tage später wurde ein Attentat auf ihn verübt, das der Prior nur mit viel Glück überlebte.

Ich ließ Niccolòs Brief sinken und versuchte, mir Rodrigos fröhliches und unbeschwertes Lächeln vorzustellen und Girolamos nachsichtige Geduld – aber irgendwie wollte es mir nicht gelingen. Ich hatte geglaubt, beide gut zu kennen. Was trieb sie bis an den Rand ihrer selbst, dass sie derart aufeinander losgingen? Ein Attentat! Ich konnte mir einfach nicht vorstellen, dass Rodrigo den Befehl gegeben hatte, Girolamo zu ermorden. Oder doch? Selbst die Kardinäle Ascanio Sforza und Giuliano della Rovere fürchteten den Zorn des Papstes so sehr, dass sie nach Mailand und Avignon geflohen waren …

Wohin trieben wir alle wie ein Segelschiff im Sturm? Wir logen, betrogen, täuschten, drohten und mordeten, um zu schützen, was doch gar nicht wir selbst waren: Macht, Einfluss, Ruhm, Ehre, Stolz, Unabhängigkeit und Glaube. Und einen Namen, durchzuckte es mich. Was veranlasste mich, entgegen dem Gebot des *verissimus esse* Baldassare monatelang zu belügen und sein Vertrauen zu missbrauchen? Und was brachte ihn dazu, derart wütend die Tür hinter sich zuzuschlagen?

Eine Weile saß ich unbeweglich und dachte nach. Es schien nur eine Möglichkeit zu geben, das Riff, das unter den Wellen lauerte, zu umschiffen. Amerigo hätte gesagt, ich müsste mir einen ruhigen Ankerplatz suchen, um dem Sturm zu entkommen.

Ich las weiter:

»Stell dir vor, ich habe gestern Michelangelo in Florenz getroffen. Er ist vor einigen Wochen aus Bologna zurückgekehrt. Doch er will nicht in Florenz bleiben, sondern in ein paar Wochen nach Rom gehen – Piero, Kardinal Giovanni und Monsignore Giulio sollen dort sein. Ich kann Michelangelos Entschluss verstehen. In Florenz ist nichts mehr so wie früher, als Lorenzo noch lebte: Seit die Demokratie eine Theokratie geworden ist, herrschen Armut und Hunger. Savonarola zerreibt sich an der Aufgabe, die Not zu lindern, aber er schafft es nicht. Das Volk beginnt, sich von ihm abzuwenden, und ich frage mich: Hat Gott sich bereits von ihm abgewandt? Am liebsten würde ich auch weggehen, zu Kardinal Giovanni nach Rom oder zu dir nach Mailand, aber ich kann Florenz nicht verlassen. Nicht, ohne wenigstens den Versuch zu machen, ein wenig Ordnung in das Chaos zu bringen …«

Nachdem ich den Brief zu Ende gelesen hatte, faltete ich ihn zusammen und warf ihn ins Feuer des Kamins.

Auch ich hatte meine Entscheidung getroffen. Ich machte mir nicht einmal die Mühe, mich umzuziehen, sondern sattelte mein Pferd und ritt zum Castello Sforzesco.

Das Versteckspiel war zu Ende.

Ich galoppierte durch das Tor des Castello, bevor einer der Bewaffneten auf die Idee kam, mich aufhalten zu wollen. Im Hof sprang ich vom Pferd und verschwand in der Rocchetta, wo sich Baldassares Wohnung befand.

Ich rannte die Treppe hinauf, riss die Tür auf und stürmte in den Raum, dann schloss ich sie mit einem kräftigen Tritt und lehnte mich dagegen.

Baldassare, der am Schreibtisch saß, blickte überrascht auf. »Du?«

»Ich, Caterina.«

Er starrte mich an, irritiert.

In diesem Augenblick wurde erneut die Tür geöffnet, und zwei Wachen stürzten in den Raum. »Signore! Ist alles in Ordnung? Dieser junge Mann hat die Wachen am Tor beinahe umgeritten. Wir dachten, er ... *Dio mio!* Es ist eine Frau! ... *sie* würde den Herzog ermorden wollen ...«

»Es ist alles in Ordnung«, sagte Baldassare, ohne mich aus den Augen zu lassen. Mit einem ungeduldigen Wink scheuchte er die Bewaffneten aus dem Raum.

Sie wandten sich um und warfen mir einen neugierigen Blick zu, den ich nicht geruhte, zu erwidern. Ich nahm an, dass sie den Vorfall melden würden. Falls sie mich von meinem letzten Besuch erkannt hatten – Lionetto hatte mir erzählt, dass meine spektakuläre Flucht aus dem Castello für einiges Aufsehen gesorgt hatte –, blieb nicht allzu viel Zeit ...

»Caterina?«, wandte sich Baldassare an mich, sobald wir allein waren. »Ist das dein Name?«

»Ja.«

»Das freut mich«, erwiderte er. »Caterina gefällt mir viel besser als Cassandra. Es klingt nicht so tragisch.«

Ich rang mich zu einem freudlosen Lachen durch. »Nein, an Caterina ist nichts Tragisches. Nicht, wenn du den Namen so liebevoll aussprichst. Das Schicksalhafte liegt immer in der Komplexität der Wahrheit, die so viele Facetten hat: Ich bin Caterina de' Medici.«

»Das ist ...«, begann er, verschonte mich aber mit einem ungläubigen »unmöglich«.

»... die Wahrheit«, versicherte ich ihm.

Er ließ mich ausreden, ohne mich zu unterbrechen. Ich ersparte ihm alle Einzelheiten, die ihn nur beunruhigen würden. Was ich ihm erzählte, war irritierend genug. Und er verschonte mich mit Fragen wie »Warum?« und »Wozu?«. Erst als ich geendet hatte, stellte er mir eine Frage:

»Und warum brichst du nun dein Schweigen, Caterina?«

»Es war die Frage, die du mir gestellt hast: Wer bist du? Du hast nicht nach dem *Wer* gefragt, sondern nach dem *Du*«, erwiderte ich. »Ich habe mich erinnert, wie ich selbst vor Jahren genau dieselbe Frage an Lorenzo gestellt habe. Allerdings habe ich nicht nach dem *Ich* gefragt, sondern nach dem *Wer*.«

»Und wie war die Antwort?«, fragte Baldassare.

»Es war dieselbe: Das, was ich sein will, und das, was ich bin, sind identisch. Das ist mir heute klar geworden. Ich will mich nicht mehr verstecken. Denn ich bin die ich bin: Caterina de' Medici.«

In diesem Augenblick wurde die Tür aufgerissen, und Herzog Ludovico stürmte in den Raum. Als er mich erkannte, blieb er stehen. »Ich wollte es nicht glauben«, flüsterte er. »Ich habe gesagt: Es kann nicht sein, dass sie in Mailand ist. Das wagt sie nicht!«

»Und doch bin ich hier, Euer Gnaden«, erklärte ich ruhig.

»Welch eine Freude Euch zu sehen«, sagte er sarkastisch.

»Ihr lügt so charmant, Euer Gnaden, dass ich Euch fast glauben könnte«, erklärte ich mit einem eisigen Lächeln.

»Wozu?«, wollte er wissen. »Um Euch an mir zu rächen, weil die Medici aus Florenz vertrieben worden sind?«

»Nein, Euer Exzellenz. Ich wollte in Mailand neu anfangen …«

»Haltet mich nicht für einen Narren, Caterina!«, unterbrach er mich wütend. »Neu anfangen? Was?«

»Das Opus Magnum«, verriet ich ihm mit einem rätselhaften Lächeln. »Ich bin Maestra der Ars Aurifera.«

»Die Ars Aurifera – die Kunst des Goldmachens? Was soll der Unsinn? Maestro Leonardo versichert mir immer wieder, dass der beste Alchemist kein Gold herstellen kann. Das ist doch nur ein Versuch von Euch, mich milde zu stimmen, mich neugierig zu machen, damit ich Euch nicht nach Florenz ausliefere. Oder nach Rom.«

»Leonardo hat Recht, Euer Gnaden. Ein Alchemist kann kein Gold herstellen. Er kann seine Fähigkeiten sehr viel besser einsetzen, indem er Parfums herstellt. Denn so sichert er sich nicht nur ein regelmäßiges Einkommen aus den herzoglichen Schatzkammern, sondern auch seine persönliche Sicherheit, die durch den Herzog von Mailand garantiert wird.«

»*Was?*«, brüllte Ludovico. »*Ich* garantiere für Eure Sicherheit? Habt Ihr den Verstand verloren?«

»Nein, aber Ihr offensichtlich, Euer Gnaden, wenn Ihr glaubt, Euch mit mir, Eurer ›Giftmischerin‹, anlegen zu können.«

Bleich ließ sich auf einen Stuhl sinken. »Das Parfum! Ich hatte nach seinem Namen gefragt, und Ihr habt mir geschrieben, es heiße *Veleno* – Gift. Das war kein Scherz, nicht wahr?«

»Nein, Euer Hoheit. Das ist die bittere Wahrheit. *Veleno* enthält Arsen und noch einige andere, geheime Ingredienzien wie Belladonna, die die lustvollen Nebenwirkungen eines Aphrodisiakums haben. Ihr habt sicher Verständnis dafür, wenn ich Euch nicht das ganze Rezept verraten will. Bei der Dosis, in der Ihr *Veleno* benutzt und offensichtlich auch zu Euch nehmt, solltet Ihr die Einnahme nicht reduzieren oder gar absetzen, Euer Gnaden. Für die Folgen kann ich nicht garantieren. Das heißt: Doch, ich kann.«

»Ihr droht mir?«, brauste er auf.

»Warum sollte ich?«, lächelte ich freundlich. »Ich muss Euch nicht drohen, denn Ihr seid ein umsichtiger Herrscher, Euer Exzellenz, und wisst selbst am besten, was Ihr tut. Dass König Charles Euch bei seiner Flucht aus Italien nicht den Kopf abgerissen hat, um ihn als Souvenir mit nach Paris zu nehmen, spricht für Euch und Euer diplomatisches Geschick. Nun beweist auch mir dieselbe Einsicht! Garantiert mir meine Freiheit und persönliche Unversehrtheit, und ich schenke Euch Euer Leben.«

»Gibt es ein Gegengift?«, fragte er, die Hände um die Armlehnen seines Sessels verkrampft.

»Nein. Ihr braucht also Eurem Medicus nicht zu drohen.«

»Was werdet Ihr tun, Caterina?«

»Ich werde mit meinem Laboratorium vom Palazzo Vecchio ins Castello Sforzesco umziehen und Euch genug *Veleno* herstellen, dass Ihr täglich darin baden könnt.«

Ich schwieg und gab Ludovico die Möglichkeit, das ganze Ausmaß seines Dilemmas zu erkennen. Wenn er mich tötete oder nach Florenz oder Rom auslieferte, würde er sterben – egal, ob ich nun *Veleno* hergestellt hatte oder nicht. Aber das war noch nicht alles: Er würde auch sterben, wenn jemand anders erfuhr, dass ich in Mailand war und mich zu töten oder zu entführen versuchte. Im Grunde durfte er mir nicht einmal die Laune verderben …

Ich warf Baldassare einen entschuldigenden Blick zu, und als er mit einem Lächeln antwortete, wandte ich mich zum Gehen. Ich war schon an der Tür, als Ludovico mich zurückrief:

»Wohin wollt Ihr?«, fragte er alarmiert. Er hatte wirklich Angst, ich könnte verschwinden.

»Zum Palazzo Vecchio, Euer Gnaden«, erklärte ich. »Es ist sicher in Eurem Sinne, wenn ich die zerbrechlichen Glaskolben meines Laboratoriums selbst einpacke. Mit ein wenig freundlicher Unterstützung von Eurer Seite könnte ich bereits morgen mit der Herstellung von *Veleno* beginnen. Das wird einige Tage dauern. Ich nehme an, dass nicht mehr viele Flakons übrig sind …«

Ludovico war sehr großzügig in der Ausstattung meiner Wohnung im Castello, die in unmittelbarer Nähe seiner eigenen Räume lag: Er wollte sicher sein, dass ich Tag und Nacht für ihn erreichbar war. Da das auch meiner Sicherheit diente, hatte ich nichts einzuwenden. Mein Laboratorium war nicht so weitläufig wie die leer stehenden Säle in der Corte Vecchia, aber immer noch großzügiger ausgestattet als die Kellergewölbe des Palazzo Medici. Aus Sicherheitsgründen hatte ich es nicht in der Nähe der herzoglichen Räume eingerichtet, sondern im stark befestigten Turm der Rocchetta, der nicht nur einem Kanonenbeschuss von außen, sondern auch einer Explosion von innen standhalten konnte. Von den beiden Fenstern aus hatte ich einen herrlichen Blick über den Garten des Castello.

Hin und wieder besuchte mich Ludovico dort, während ich tingierte, und lud mich zum Abendessen ein. Nachdem er sich damit abgefunden hatte, dass er mich brauchte, hatte sich unser Verhältnis geändert. Wir gingen artig miteinander um, wie die Etikette es vorschrieb, und ich nahm am höfischen Leben teil wie Baldassare und jeder andere Gast der aufwändigen Hofhaltung der Sforza. Ich ritt mit Ludovico aus und besuchte mit ihm Leonardo in Santa Maria delle Grazie, um das Abendmahlfresko zu bewundern – aber nur, wenn er mich darum bat.

Die Herzogin Beatrice war ausgesprochen freundlich zu mir, obwohl sie mich für eine der Geliebten ihres Gemahls hielt. Seit ich die Dosis *Veleno* erhöht hatte, die Ludovico täglich zu sich nahm, beglückte er nicht nur seine Gemahlin Beatrice und seine Favoritin Cecilia Gallerani, sondern auch Lucrezia Crivelli, eine der Hofdamen der Herzogin. Er war im Bett so unersättlich, dass Beatrice froh war, wenn er nicht bei ihr schlief und sich mit Madonna Cecilia, Madonna Lucrezia oder mir amüsierte …

Ludovico hatte bemerkt, dass ich die Dosis erhöht hatte, aber er schwieg und genoss seine Freuden. Was hätte er auch sagen sollen? Die Antwort auf die Frage, wann das tödliche Quantum erreicht war, hätte ich ihm sowieso nicht verraten.

Mitte November brachte Baldassare von einem seiner Besuche bei Leonardo im Palazzo Vecchio einen Brief für mich mit, der dort für Celestino abgegeben worden war.

Der Absender zauberte ein Lächeln auf meine Lippen: Das Schreiben war von Niccolò.

Baldassare ließ sich missgelaunt auf dem Stuhl gegenüber meinem Schreibtisch nieder und machte keine Anstalten, den Raum zu verlassen.

»Willst du mir zusehen, wie ich den Brief lese?«, fragte ich irritiert.

»Er ist von Niccolò Machiavelli«, warf er mir eifersüchtig vor.

Mein »Was geht dich das an?« schluckte ich herunter, weil ich Baldassare nicht noch mehr aufregen wollte.

Er thronte auf seinem Sessel, hielt die Arme verschränkt und ließ mich nicht aus den Augen. »Er liebt dich«, fuhr er mich an.

»Ja, Inquisitor, du hast Recht in diesem Anklagepunkt. Ich gestehe: Niccolò liebt mich«, antwortete ich bissig. Ich war Baldassares dramatische Eifersuchtsszenen leid. Sobald ich auch nur in Betracht zog, mit einem anderen als ihm zu tanzen, zu flirten oder zu scherzen, spielte er den Beleidigten. Seine Ehre war empfindlicher als Cesares Stolz. »Wie lautet die nächste Anklage, Inquisitor: Dass *du* mich liebst? Ich gestehe: Ich habe in den letzten Monaten eine Sturzflut von Sonetten gelesen, die du für mich geschrieben hast. Und zudem bekenne ich, mich über die Sonette gefreut zu haben. Ich habe sogar die Verfehlung begangen, einige von ihnen zu beantworten. Ich hoffe auf eine gerechte Strafe.«

Beschämt senkte er den Blick. »Bitte entschuldige, Caterina. Ich habe mich vergessen.«

»Schon gut«, nahm ich seine Entschuldigung großzügig an. »Abgesehen von deinem Stolz ist ja nichts Wichtiges zu Bruch gegangen.«

»Nein …«

»Wenn du nichts Besseres vorhast, könntest du hier warten, bis ich den Brief von Niccolò gelesen habe«, schlug ich mit einem charmanten Lächeln vor. »Danach können wir ausreiten. Du wolltest mich auf die Dachterrasse des Doms führen und hast mir einen wundervollen Blick über Mailand versprochen.«

»Ich habe nichts Besseres vor«, versicherte er mir, streckte die Beine aus und machte es sich auf dem Sessel bequem. »Wenn du mich so freundlich bittest, warte ich gern ein paar Minuten, bis du fertig bist.«

Manchmal sind Umwege Wege, um überhaupt dorthin zu kommen, wohin man will, dachte ich. Ich seufzte und entfaltete Niccolòs Brief.

»Celestino *mio*«, schrieb er. »Ich sende dir meine Grüße aus Rom. Was ich dort will, fragst du? Keine Angst, ich bin nicht vor Savonarola aus Florenz geflohen – obwohl das Leben dort für mich immer gefährlicher wird. Meine Verbindung zu den Medici ist allgemein bekannt. Immer wieder gibt es Aufstände gegen den Tyrannen Savonarola. Er hat es noch nicht geschafft, den letzten Rest von Demokratie ans Kreuz zu nageln, aber sie ist blutig gegeißelt und liegt sterbend am Boden.

Ganz Italien verfolgt atemlos das Duell zwischen Papst und Prior. Alle wissen, dass es bei diesem moralischen Ringkampf nicht um Fragen des Glaubens geht, sondern um Macht. Savonarola hat bisher verhindert, dass Florenz der Liga gegen Frankreich beitrat. Die Signoria fürchtet, dass der Papst Piero de' Medici wieder an die Macht bringen will. Das klingt absurd, scheint es aber nicht zu sein, denn Papst Alexander hat vor wenigen Wochen Maximilian von Habsburg zu einem Italienfeldzug eingeladen. Der offizielle Grund war, ihn in Rom zum Kaiser zu krönen, und Maximilian stimmte sofort zu.

Aber Alexander ist ein praktisch denkender Mensch: Mit dem Kaiser als seinem Condottiere würde er Florenz in die Knie zwingen und mit Gewalt ins Bündnis gegen Frankreich drängen. Welche Rolle Piero dabei spielen soll, weiß wohl niemand außer Seiner Heiligkeit, der im Augenblick *alle* Spielfiguren auf dem Spielbrett Italien in der Hand hat. Während Maximilian Livorno belagerte, bedrohte das Heer des Papstes von Siena aus Florenz. In der Stadt brach die Panik aus. Ich habe ein paar Sachen in eine Tasche geworfen und bin nach Rom aufgebrochen.

Michelangelo, der hier in Rom im Palazzo des Kardinals Riario wohnt, weigert sich, mit mir über Savonarola zu reden – er, der ihm früher nachgelaufen war! Und auch im Palazzo von Kardinal Giovanni ist Florenz kein Thema, es sei denn, Magnifico Piero erklärt uns beim Abendessen seinen neuesten Schlachtplan zur Rückeroberung der gesamten Toskana. Man könnte den Eindruck haben, sein künftiges Herrschaftsgebiet reiche vom Meer bis jenseits der Alpen, Venedig sei der künftige Seehafen von Florenz und Mailand seine Sommerresidenz. Piero ist so betrunken, dass er nicht mehr weiß, was er da redet. Seine Rückkehr nach Florenz bedeutet ihm so viel wie seine Anerkennung als Mensch.

Er leidet sehr unter der Missachtung durch die italienischen Fürsten, die ihn nicht unterstützen wollen. Wozu auch? Nur damit Piero noch unsinnigere Bündnisse eingeht als das mit Neapel oder jenes mit Frankreich und noch mehr Herrscher verärgert als nur Ludovico in Mailand oder Guido in Urbino?

Verbittert hat sich Piero in den Palazzo Medici in Rom zurückgezogen und geht dem Kardinal auf die Nerven. Die Familie Medici hat kein Geld mehr, keinen einzigen Fiorino. Der gesamte Haushalt des Kardinals ist verpfändet: das Tafelsilber, die orientalischen Teppiche, der Ring des Kardinals, selbst Giovannis Bett gehört nicht mehr ihm. Das nimmt er mit einem typisch mediceischen Lächeln hin – die Eskapaden seines Bruders kann er jedoch nicht akzeptieren, vor allem nicht die Beleidigungen, die Piero ihm an den Kopf wirft. Er nennt Kardinal Giovanni einen Verräter an den Medici.

Wenn Piero einmal nüchtern ist und sich vor dem Mittag aus seinem Bett bequemt, sucht er zum Glück seine Freunde heim und hält sie durch großartige Reden vom Essen ab. Wenn er am Nachmittag zurückkommt, zieht er sich in sein Zimmer zurück, um sich zu vergnügen. Nach dem Abendessen, wo er uns die neuesten Pläne zur Machtübernahme in Florenz erklärt, verschwindet er wieder zu seinen Freunden, die ihm am Spieltisch das letzte Hemd ausziehen.

Piero ist nicht nur als Regent gestürzt, er fällt auch als Mensch immer tiefer in einen finsteren Abgrund. Wie gut für ihn, dass du nicht in Rom bist. Du würdest ihm beibringen, was es heißt, ein Sohn des Magnifico zu sein. Der Kardinal ist zu krank, um Piero eine Strafpredigt zu halten: Seit Wochen liegt er mit Schmerzen im Bett und kann sich kaum noch bewegen. Wir fürchten um sein Leben.

Herzog Guido war vor einigen Tagen in Rom. Er hat nach dir gefragt – ob wir wüssten, wo du bist und ob du noch lebst. Als Kardinal Giovanni traurig den Kopf schüttelte, schien der Herzog sehr bestürzt. Ich habe geschwiegen, obwohl es mir schwer fiel.

Herzog Guido wird mit Juan Borgia, dem Herzog von Gandía und neuen Bannerträger der Kirche, der vor wenigen Wochen aus Spanien nach Rom zurückgekehrt ist, gegen Virginio und Gian Giordano Orsini ziehen, um sie wegen ihres Verrates zu bestrafen: Sie waren während der französischen Invasion zu Charles übergelaufen. Die beiden Herzöge haben die Stadt in einem Triumphzug verlassen, dass man glauben könnte, sie hätten schon den Sieg errungen. Ganz Rom war auf den Straßen, und selbst der Papst und die Kardinäle haben dieser grandiosen Inszenierung der Macht der

Borgia zugesehen. Nur einer fehlte – Kardinal Cesare Borgia liegt krank zu Bett. Ein geheimnisvolles Leiden hat ihn niedergeworfen. Im Vatikan flüstert man sich zu, er habe die Syphilis. Er hat hohes Fieber und ist zu schwach, um das Bett zu verlassen.

Sobald der Sturm in Florenz sich gelegt hat, werde ich zurückreiten. Dort werde ich auf einen Brief von dir warten – ich habe so lange nichts von dir gehört, dass ich mir Sorgen mache.

Rom, 2. November 1496. Dein umherirrender Niccolò.«

Gedankenvoll faltete ich den Brief zusammen.

»Du machst dir Sorgen, ich sehe es dir an. Was ist geschehen?«, fragte Baldassare, der mich während des Lesens beobachtet hatte. »Caterina? Was ist mit dir?«, sorgte er sich, als ich nicht sofort antwortete.

»Meinem Cousin Gianni geht es sehr schlecht. Niccolò fürchtet um sein Leben. Ich würde am liebsten nach Rom reiten, um bei ihm zu sein. Ich habe Gianni versprochen, ihm zur Seite zu stehen und ihm aufzuhelfen, wenn er stürzt. Ich habe ihm geschworen, ihn nicht allein zu lassen. Während unserer Flucht aus Florenz konnte ich dieses Versprechen nicht einhalten, aber nun …«

»Wenn du Mailand verlässt, kannst du dein Testament machen«, warnte mich Baldassare. »Ludovico wird dich nicht gehen lassen. Nicht, solange er glaubt, dass er stirbt, wenn du nicht in seiner Nähe bist.«

»Aber ich kann nicht stillsitzen und …«, begehrte ich auf.

»Weiß der Kardinal, dass du in Mailand bist?«, unterbrach er mich.

»Nein.«

»Willst du es ihm sagen?«

»Nein. Aber ich würde ihm gern mitteilen, dass ich am Leben bin und dass es mir gut geht. Das wird ihn beruhigen.«

»Du kannst nicht nach Rom schreiben. Das ist zu gefährlich,

denn damit verrätst du deinen Aufenthaltsort. Und dich hier in Mailand zu finden ist einfach«, wandte er ein. »Aber ich habe eine Idee: Du schreibst eine Nachricht an deine Familie, und ich werde sie zusammen mit einem Begleitschreiben an meinen Cousin Francesco Gonzaga nach Mantua senden. Ich wollte ihm sowieso schreiben. Er hat von deiner *Vanità* gehört und bat mich um einen Flakon.«

»Nach Mantua?«, fragte ich zweifelnd.

»Der Marchese kann deinen Brief mit einem weiteren Begleitschreiben an seine Schwester, die Herzogin Elisabetta, nach Urbino senden. Wenn sie den Brief an ihren Gemahl Guido weiterleitet, der sich in Umbrien aufhält, um den Orsini ein wenig Vernunft einzuprügeln, kann der Brief noch vor Weihnachten in Rom sein …«

»… und niemand wird herausfinden, von wo aus er geschickt wurde«, ergänzte ich.

Am nächsten Morgen sandte Baldassare einen Boten mit einer Tasche voller versiegelter Briefe nach Mantua. Dann begann das Warten, nicht auf eine Antwort – denn wie sollte Gianni mir schreiben? –, aber auf neue Nachrichten aus Rom. Ich sorgte mich um meinen Bruder, den die Gicht niedergeworfen hatte. Ich wusste, wie Lorenzo gelitten hatte und welche Schmerzen ich selbst bei kaltem Winterwetter ertrug, aber Gianni schien das Bett nicht einmal verlassen zu können.

Und was war mit Cesare? Unter welcher Krankheit litt er, der immer so voll unbändiger Lebensfreude gewesen war? Zu meinem Erstaunen stellte ich fest, dass ich mir auch um ihn Sorgen machte. Was empfand ich noch für Cesare nach meiner Flucht aus Rom vor über drei Jahren? War es Zuneigung und Zärtlichkeit … oder Mitleid?

Baldassare war mir in diesen Adventswochen ein hingebungsvoller Freund. Mit derselben Entschlossenheit, mit der Leonardo mir auf dem Berg einen Stoß versetzt hatte, stürzte er sich mit mir in den Weihnachtstrubel des Castello Sforzesco. Er ließ mir keine Minute zum Nachdenken: »Wozu denn? Du kannst Kardinal Giovanni nicht helfen, nicht einmal wenn du an seinem Bett sitzt und seine Hand hältst.«

Die Silvesternacht war ein Fest, das ich nie in meinem Leben vergessen werde. Ich tanzte mit Baldassare und gegen Mitternacht auch mit Herzog Ludovico, der, nicht mehr ganz nüchtern, hemmungslos mit mir flirtete. Beatrice war zum dritten Mal schwanger von Ludovico, und ich vermutete, dass er verzweifelt ein Bett für die Nacht suchte – Cecilia Gallerani war vor einigen Wochen mit einem Conte verheiratet worden und hatte sich aus dem Castello und dem Bett des Herzogs zurückgezogen, und seine Favoritin Lucrezia Crivelli war nach einem Streit mit ihm nicht zum Fest erschienen.

Ludovico wirbelte mich ausgelassen herum und machte sich wohl schon mit dem Gedanken vertraut, heute Nacht in meinem Bett zu schlafen, als Beatrice während des Saltarello stürzte.

Die Musik brach mit einem klagenden Laut ab, ein Raunen ging durch die Reihen der Tanzenden. Ludovico ließ mich los und eilte zu seiner Gemahlin, die bleich am Boden lag. Die Wehen hatten eingesetzt, obwohl sie erst im siebten Monat schwanger war.

Während Leonardos großartiges Feuerwerk mit lautem Knattern das Jahr 1497 begrüßte, wurde Beatrice in ihre Räume gebracht. Ludovico wachte ängstlich an ihrem Bett. Das Kind wurde am nächsten Morgen tot geboren, die Herzogin rang noch zwei Tage und Nächte um ihr eigenes Leben und verlor den Kampf.

Ludovico war untröstlich – trotz seiner Affären hatte er Beatrice sehr geliebt. Nach dem Tod der Herzogin veränderte sich das Leben im Castello. Ludovico, der zuvor an nichts geglaubt hatte, als seine eigene Macht und Herrlichkeit, wurde auf eine selbstzerstörerische Weise demütig. In Beatrices Tod sah er eine Strafe Gottes, die ihm für seine Überheblichkeit auferlegt wurde. Er schloss sich in seinen Räumen ein, erschien zu keiner Mahlzeit und hüllte sich in ein zerrissenes Gewand. Er war nur noch ein Schatten seiner selbst. Botschafter, die mit Beileidsbekundungen aus Ferrara, Mantua und Urbino gekommen waren, warteten vor seiner Tür, ohne von ihm empfangen zu werden. Anfang Februar sprach sein Medicus zum ersten Mal davon, dass Ludovico »an der Schwelle zum Wahnsinn stehe«, als er sich sein eigenes Grab neben dem von Beatrice unter Bramantes Kuppel in Santa Maria delle Grazie herrichten ließ.

In jenen düsteren Tagen war ich eine der wenigen, die den dichten Schleier seines Leides durchdringen konnten. Sein Leben lag in meiner Hand, und er vertraute mir außer seinem Leben auch noch sein Seelenheil an, als ich ihm energisch ein Fläschchen Opium entriss, an dem er sich festhielt. Ich redete auf ihn ein, ins Leben zurückzukehren – schließlich habe er ein Herzogtum zu regieren. Ich redete auf ihn ein, weil ich fürchtete, er würde wie Piero immer tiefer in seinem Selbstmitleid versinken und sich am Ende selbst zerstören. Zumindest redete ich mir ein, dass ich es deshalb tat. Lange konnte ich mir selbst nicht eingestehen, dass ich es tat, weil er den gleichen Fehler machte wie ich, als ich Giovanni verloren hatte. Der Herzog war maßlos – im Glück, als er Maximilian seinen Condottiere und Papst Alexander seinen Seelsorger nannte, wie im Leid, als er wie Dante seine geliebte Beatrice zur Göttin erhob. Zuerst hörte er nicht zu, wenn meine Worte auf ihn einprasselten wie ein Gewitterregen, und starrte schweigend und in sich gekehrt Beatrices Bild an, aber eines Tages warf er mich nach einer meiner dantesken Strafpredigten wütend hinaus.

Ich ging – mit einem Lächeln. Wenn er sich aufregte, hatte er sich noch nicht aufgegeben.

Der Hof von Mailand, früher ein herrliches Paradies mit glänzenden Banketten und der aufwändigsten Hofhaltung von ganz Italien, ein Zentrum des Humanismus und des kultivierten *Bel vivere*, war zu einer düsteren Hölle geworden. Viele, die sich zuvor in Ludovicos Ruhm und Macht gesonnt und die von den Brotkrümeln von seiner großartigen Tafel gelebt hatten, verließen nun das Castello Sforzesco, das zum stillsten Ort in ganz Mailand geworden war. Ich blieb, trotz allem. Wohin hätte ich auch gehen sollen? Nach Florenz, wo mir die Hinrichtung drohte? Nach Rom, von wo ich vor fast vier Jahren geflohen war?

Mailand war meine neue Heimat. Die Stadt gefiel mir ebenso gut wie meine Wohnung im Castello. Meine Freunde waren hier: Leonardo und Baldassare. Ich konnte in meinem Laboratorium in Ruhe arbeiten, besuchte inkognito Vorlesungen an der berühmten Universität von Pavia und lernte neue Freunde kennen: Luca Pacioli, den Mathematiker, der bei Leonardo aus und ein ging, Donato Bramante, den genialen Architekten des Herzogs, der für ihn die Kuppel von Santa Maria delle Grazie baute, und viele andere, die noch nicht aus Mailand geflohen waren, um woanders ihr Glück zu suchen.

In jenen stillen Monaten widmete ich mich meinen Studien, um herauszufinden, was die Welt zusammenhielt. Tief war ich in das Labyrinth des Wissens vorgedrungen, viel zu tief, um wieder umzukehren, aber weit genug, um die verborgene Mitte finden zu können. Ich glaubte nicht nur, ich wusste: Gott hatte dieses herrliche Labyrinth errichtet und versteckte sich am Ende des Irrganges. Ich las viel in der Bibel, einem wahren Handbuch der Alchemie, und vollzog Moses' Experiment der Verwandlung von Nilwasser in Blut und Jesu Wandlung von Wasser in Wein nach. »Alchemistische Spielereien«, urteilte Leonardo lachend, »aber sehr eindrucksvoll.« Nach meinen »Wundern« beschäftigte ich mich mit der Ars Magica des Gerbert d'Aurillac, der Magie als angewandter Naturwissenschaft, und diskutierte mit Leonardo nächtelang über Zufall und Notwendigkeit.

Wie Leonardo begann ich, mich nicht nur mit der Medizin zu beschäftigen, die Werke des Galenos und des Abu Ali Ibn Sina zu lesen, sondern auch den menschlichen Körper zu sezieren. Und ich beschäftigte mich mit der Mathematik. Mit Leonardos Freund, dem Mathematiker Luca Pacioli, diskutierte ich über die Magie der arabischen Zahl null, die, obwohl sie das Nichts repräsentierte und im Grunde gar nicht existierte, so viel Macht besaß, jede andere Zahl zu potenzieren oder durch Multiplikation zu negieren. Welch ein faszinierendes Analogon zu mir selbst, die auch nicht existierte und durch ihr Wissen doch so viel Macht besaß!

Es war kurz vor Mitternacht, als ein Diener mein Laboratorium betrat. Müde starrte ich in den Alambic und bemerkte seine Anwesenheit erst gar nicht. Ich hatte gelesen: Auf meinen Knien lag aufgeschlagen Albertus Magnus' *Physica,* in der der Dominikaner das Wissen der Welt zusammengetragen hatte. Albertus' Werk war inspirierend, faszinierend, geradezu erleuchtend, aber es beantwortete mir nicht die Frage, die mich zurzeit am meisten quälte: »Warum nicht?«. Während dieser düsteren Wochen nach Beatrices Tod laborierte ich an der *Mortificatio,* aber sie gelang mir nicht. Ich hatte drei Mal versucht, die Materie zu töten – aber ohne Erfolg.

»Signorina?«, erinnerte mich der Diener an seine Anwesenheit.

»Was ist?«, fragte ich ungeduldig. Herzog Ludovico hatte an diesem Abend bereits zwei Mal nach mir gefragt, und ich hatte ihm ausrichten lassen, dass ich später zu ihm kommen würde: Er möge sich in Geduld üben.

Der Diener reichte mir ein gefaltetes Pergament. »Dieser Brief ist vor wenigen Minuten am Tor des Castello für Euch abgegeben worden. Er scheint dringend zu sein. Immerhin ist es schon Mitternacht …« Er verschwand und schloss leise die Tür des Laboratoriums hinter sich.

Eine Nachricht von Niccolò? Freudig erregt entfaltete ich das Schreiben. Dass der Brief nicht gesiegelt war, hätte mich eigentlich misstrauisch machen müssen. Aber ich war so begierig, von Niccolò oder von Gianni zu hören, dass ich darauf nicht achtete.

Die Nachricht war in einer beinahe unleserlichen, zittrigen Schrift hingekritzelt:

»Ich brauche dich! Gott hat mich verlassen – wenn auch du mich verlässt, könnte ich es nicht ertragen. Hilf mir, wie ich dir geholfen habe. Ich warte auf dich im Palazzo Vecchio. Ich flehe dich an: Komm sofort!«

Die Unterschrift war ein zitteriges C oder G mit einer abgebrochenen Verzierung oder einem unvollendeten zweiten Buchstaben. Wer war C oder G?, durchfuhr mich das Entsetzen. Wer wusste denn, dass ich in Mailand war, außer …

Gianni?

War er so krank, dass er mich um Hilfe bat? Um *Aurum potabile?* Nein, er kannte die Nebenwirkungen, die unweigerlich zum Tod führen würden. Und wenn er so krank war, dass er verzweifelte, würde er mich bitten, zu ihm nach Rom zu kommen. Nein, Gianni hatte mir nicht geschrieben.

Girolamo!

Es war in Florenz Brauch, während des Karnevals auf der Piazza della Signoria Feuer zu entzünden, um die ausgelassen getanzt wurde. Auch Girolamo hatte am 7. Februar ein solches Freudenfeuer entzündet, aber es war ein Fegefeuer der Eitelkeiten gewesen. Nach einer flammenden Predigt auf der Piazza della Signoria – er zitierte das Lukas-Evangelium: »Ich bin gekommen, um Feuer auf die Erde zu werfen. Wie froh wäre ich, wenn es schon brennen würde!« – hatte er auf einem gigantischen Scheiterhaufen bestickte Seidenstoffe und kostbaren Atlas verbrannt, erotische Kunstwerke, Marmorstatuen und wertvolle Gemälde, ketzerische und frivole Bücher, Musikinstrumente, Würfel, Schachspiele aus Elfenbein, aufwändige Perücken, Parfums, Spiegel und Karnevalsmasken. Girolamo hatte sein *Purgatorium vanitatis* entzündet, um Florenz zu reformieren.

War er dieses Mal in seinem heiligen Zorn zu weit gegangen? Hatten die Florentiner gegen diese erbarmungslose Zerstörung von Schönheit und Gelehrsamkeit, den Ikonen des florentinischen Humanismus, protestiert und sich gegen den fanatischen Frater erhoben? Hatte Girolamo aus der Stadt fliehen müssen? War er zu mir gekommen, damit ich ihn versteckte, wie er mir während meiner Flucht aus Florenz geholfen hatte?

Ich musste sofort zu ihm! Und so eilte ich in meine Wohnung, zog mir Hemd, Hosen und Reitstiefel an, gürtete mich mit meinem Degen und ritt mitten in der Nacht ohne Begleitung durch die stillen Straßen von Mailand zum Palazzo Vecchio.

Im Hof sprang ich aus dem Sattel und sah mich um. Die Arkaden waren in tiefe Schatten getaucht, und nur aus den Fenstern von Leonardos Bottega fiel ein schwacher Lichtschein auf das Steinpflaster. Wahrscheinlich experimentierte Leonardo wieder mit den Ölfarben für das Fresko des *Abendmahls,* das ihm so viele Sorgen bereitete. Die Farben, deren Rezept er einem Buch von Plinius entnommen hatte, hielten nicht auf der Wand. Wie auch?, dachte ich: Er malt ja die *Separatio* … die Vergänglichkeit …

Ich band mein Pferd an einen Haltering im Hof und stieg die

dunkle Treppe zu den Räumen hinauf, in denen ich bis vor einem Jahr gelebt hatte. Mein ehemaliges Laboratorium war leer geräumt. Niemand war hier, und so ging ich von Raum zu Raum, um Girolamo zu suchen.

Ich fand ihn im Schlafzimmer. Er lag, in einen weiten schwarzen Mantel gehüllt, auf dem Bett und starrte die brennende Kerze auf dem Nachttisch an. Ich konnte sein Gesicht nicht sehen, aber er war offensichtlich völlig erschöpft von der Reise und zitterte am ganzen Körper. Hatte er Fieber? War er verletzt? Er hatte nicht einmal die Kraft, sich zu mir umzudrehen, als ich den Raum betrat.

Ich setzte mich neben ihn auf das Bett und legte ihm die Hand auf die Schulter.

»Ich bin gekommen«, flüsterte ich, um ihn nicht zu erschrecken.

Sanft drehte ich ihn zu mir um. Und erstarrte, als ich ihn erkannte. Es war nicht Girolamo. Es war …

»Cesare!«, flüsterte ich fassungslos.

Kapitel 11

Quo vadis, homine?

»Cesare! Um Gottes willen, was ist mit dir?«, fragte ich, als ich im Kerzenschein sein schweißnasses Gesicht sah.

Aus dem Augenwinkel nahm ich wahr, wie ein dunkler Schatten hinter mir den Raum betreten hatte. Erschrocken fuhr ich herum. Es war sein Leibwächter Micheletto. Der Brief war eine Falle gewesen, die Cesare mir gestellt hatte! Ich sprang vom Bett auf und zog meinen Degen, um mich gegen den Angriff zu wehren.

Cesare stöhnte und hob abwehrend die Hand. »Steck den Degen weg, Caterina. Micheletto wird dir nichts tun. Er brachte mich hierher und hat auch meine Nachricht im Castello abgegeben.«

Sein Gesicht war blass und durchscheinend wie Alabaster. Er schien hohes Fieber zu haben. Und er war dünn geworden. Zerbrechlich. Aber noch zerschlissener war seine Seele.

Ich warf den Degen auf das Bett und kniete mich neben ihn. Er war wirklich krank. Wie hatte er in seinem Zustand die weite Reise von Rom nach Mailand überhaupt schaffen können?

Er griff nach meiner Hand, um sie zu küssen, aber ich entzog sie ihm, um mich nicht zu infizieren.

»Es ist nicht die Syphilis, Caterina«, flüsterte er heiser. »Ich war in Neapel, aber ich habe mich nicht angesteckt. Es ist Gift …«

»Gift?«, fragte ich und wischte ihm den Schweiß aus dem Gesicht.

Er nahm meine Hand, presste sie an seine glühende Wange

und ließ sie nicht mehr los. »Jemand trachtet mir nach dem Leben. Im Sommer wurde ein Anschlag auf Juan verübt, und man versucht, mir dieses Attentat in die Schuhe zu schieben – als wollte ich meinen eigenen Bruder umbringen, um Herzog von Gandía und Bannerträger der Kirche zu werden. Welch ein Unsinn!« Das Reden strengte ihn an, und er rang nach Atem. »Ich bin Erzbischof von Valencia, einer der mächtigsten Kardinäle in Rom und mit Sicherheit der reichste. Nur ein Einziger hat Macht über mich: mein Vater. Warum also sollte ich mich König Fernando unterwerfen, der so aufgebracht gegen meine Kardinalsinvestitur protestiert hat? Er würde mir als Herzog von Gandía das Leben zur Hölle machen.«

Glaubte ich Cesare? Ja, ich vertraute ihm. Nicht nur, weil ich spürte, dass er mich nicht anlog, sondern weil ich ihm glauben wollte. »Hingen die Zettel mit den Verdächtigungen am *Pasquino*?«, fragte ich.

»Ja, wie damals die Satiren gegen dich als *La Cardinala*.«

Mein Herz krampfte sich zusammen. Ich hatte vermutet, dass Cesare die Verse an den *Pasquino* gehängt hatte!

»Wen verdächtigst du?«, fragte ich bestürzt.

»Es gibt viele, die mir nach dem Leben trachten. Gian Giordano Orsini, der während der französischen Invasion zum Verräter wurde, ist einer von ihnen. Giovanni Sforza hasst mich derart, dass er mich allzu gern in Todesqualen vor sich auf dem Boden kriechend sehen möchte. Und Johannes Burkhard ist zornig, seit er bei der Kardinalsernennung von Guillaume Briçonnet übergangen wurde. Er wäre gern Erzbischof von Saint-Malo geworden, als mein Vater Briçonnet ernannte, während Charles im Januar 1495 mit seinen Kanonen die Engelsburg belagerte. Burkhard hatte die abgelegte Soutane des Erzbischofs schon über dem Arm, als mein Vater sie ihm wieder wegnahm, um sie jemand anderem zu geben. Du meine Güte, war Burkhard wütend. Ich vermute, dass er sich rächen will.«

»Wie?«

»Die Cantarella, die ich dir vor fünf Jahren in Florenz gestohlen habe, ist aus meinem Schreibtisch verschwunden. Nur wenige haben Zutritt zu meiner Wohnung im Vatikan.«

»Und einer von ihnen ist Johannes Burkhard«, ergänzte ich nachdenklich. »Der allmächtige und allwissende …«

»… und allgegenwärtige Zeremonienmeister des Papstes. Bitte hilf mir, Caterina! Du bist die Einzige, der ich außer meinem Vater vertrauen kann.«

»Kannst du das, Cesare?«, fragte ich ernst.

»Ja, ich vertraue dir. Du hättest mich schon so oft töten können. Du wirst es auch jetzt nicht tun, wenn ich dir hilflos ausgeliefert bin.«

»Und wie soll ich dir helfen? Ich kenne mich mit Gift nicht aus …«

Er lachte gequält. »Das sagst du: die Giftmischerin des Herzogs, die *Veleno* in so großen Mengen herstellt, dass es sogar in Rom verkauft wird, die in Florenz so viel Cantarella in ihrem Geheimfach verwahrte, dass man damit hundert Menschen töten kann, die ein Apothekerhandbuch unter ihrem Bett versteckte und darin gelesen hatte, die sogar die Cantarella an sich selbst ausprobiert hat, um mein Kind zu töten.«

Ich schnappte nach Luft, aber bevor ich etwas erwidern konnte, fuhr er fort: »Bitte, Caterina, ich habe im Augenblick keinen Sinn für diese Art von Humor! Jederzeit gern, aber nicht heute. Auch wenn ich in deiner Hand bin: Spiel bitte nicht mit mir! Ich liebe dich.«

Ich wollte ihm so gern helfen, denn mir war klar, wie furchtbar er sich fühlte. Aber seine Anwesenheit in Mailand hatte mich zutiefst erschreckt. »Nach meiner Flucht aus Rom liebst du mich noch immer?«, zweifelte ich.

»Ja, von ganzem Herzen. Ich war wie von Sinnen, als ich in jener Nacht in mein Schlafzimmer zurückkehrte und du verschwunden warst. Ich habe dich bei Gianni gesucht, aber du warst nicht da. Dann habe ich einen Boten nach Florenz geschickt, aber auch dort bist du nicht aufgetaucht ...«

»Ich war nach meiner Flucht ein paar Tage in Ostia«, gestand ich. »Dann habe ich ein Schiff nach Pisa genommen. Erst Wochen später war ich wieder in Florenz.«

Er nickte. »Dann hörte ich, dass du zu Maximilians Hochzeit nach Mailand eingeladen warst. Und schon einen Tag später warst du wieder verschwunden – mit Herzog Guido. Wenig später erfuhr ich, du wärest für einige Wochen nach Sevilla abgereist. Aber auch dort konnte ich keine Spur von dir finden. Meine Boten waren in Córdoba, Granada und Valencia. Dann vermutete ich, du hättest meinen Bruder Juan in Gandía besucht. Ich habe ihm geschrieben, aber auch er wusste nichts.«

Nein, natürlich nicht, dachte ich. Als Cesares Boten aus Sevilla nach Rom zurückkehrten, war ich ja bereits in Paris gewesen ...

»Kannst du dir vorstellen, wie verzweifelt ich war, als ich Monate später einen langen Brief von Giovanni Pico erhielt? Er fragte mich, ob ich wüsste, wo du dich aufhieltest. Du wärest nach Angelo Polizianos Tod überstürzt nach Urbino abgereist, aber Herzog Guido hätte ihm geschrieben, du wärest dort niemals angekommen. Ich habe einige Tage gezögert, aber dann habe ich ihm geantwortet: Ich wüsste nicht, wo du dich aufhieltest. Und wenn du in den Vatikan zurückgekehrt wärest, sei das deine Entscheidung, die er zu respektieren habe, so wie du dich damit abfinden musstest, dass er als Dominikaner nach San Marco ging.«

Kein Wunder, dass Giovanni völlig von Sinnen war, als er Cesares Brief erhalten hatte!

»Als Charles in Italien einmarschierte, warst du plötzlich wieder da. Gianni hat mir erzählt, wie du ihm auf der Via Larga das Leben gerettet hast, wie ihr zusammen aus Florenz geflohen seid und wie du zurückgeritten bist, um Giovanni Pico zu retten. Du hattest versprochen, ihm nach Urbino zu folgen, aber du bist nie dort angekommen. Niemand wusste, ob du lebst oder getötet wurdest. Ich habe dich in Bologna gesucht, in Ferrara und Mantua, in Venedig und Urbino – nichts. Kein Lebenszeichen.«

»Und wie hast du mich am Ende gefunden?«, fragte ich.

»Dein Brief an Gianni hat mich zu dir geführt.«

»Aber …«

»Es war sehr geschickt, das gebe ich zu. Du hast den Brief über Francesco Gonzaga in Mantua und Elisabetta in Urbino an Guido gesandt. Ende Januar kam er im Feldlager bei Bracciano an, wo Guido und Juan die Festung der Orsini belagerten. Juan hat ihn mir geschickt. Er wusste, dass ich verzweifelt nach dir suchte.«

»Juan?«, fragte ich verblüfft. »Wieso liest Juan die Post des Herzogs von Urbino?«

»Juan ist Bannerträger der Kirche und damit Oberkommandierender der päpstlichen Truppen. Der Brief hätte eine geheime Nachricht an den Herzog sein können. Sie warteten auf Verstärkung der Belagerungstruppen, auf Pferde aus Urbino und Kanonen aus Mantua.«

»Aber … der Brief war an Guido gerichtet.«

»Herzog Guido ist ein Gefangener der Orsini.«

Ich zuckte zusammen, als hätte Cesare mich geschlagen. Er sah mein Erschrecken und fuhr fort: »Er und Juan wurden von den Orsini in der Schlacht vernichtend geschlagen. Juan wurde verwundet, Guido gefangen genommen. Mach dir keine Sorgen um ihn, Caterina: Es geht ihm gut, und außer seinem Stolz als unbesiegbarer Condottiere ist nichts verletzt.«

Ich atmete auf. »Hast du meinen Brief an Gianni weitergeleitet?«, fragte ich, um Cesares forschenden Blicken zu entgehen, was ich für Guido empfand – außer Anteilnahme an seinem Schicksal.

»Ja, Gianni weiß, dass du lebst und dass es dir gut geht.«

»Weiß er auch, dass du in Mailand bist?«, hoffte ich auf eine Nachricht von meinem Bruder.

»Nein, das weiß niemand außer meinem Vater. Offiziell liege ich krank in meinem Bett und bin für niemanden zu sprechen.«

»Nicht einmal für Sancha?«, konnte ich mir nicht verkneifen zu fragen. »Ich habe von deiner Aufsehen erregenden Affäre mit Jofrés Gemahlin gehört. Kardinal Ascanio ließ es sich nicht nehmen, mir von eurer *Liaison amoureuse* zu erzählen.«

»Du meine Güte, Caterina!«, seufzte er. »Es ist fast vier Jahre her, seit du mich verlassen hast, und ich hatte keine Hoffnung, dich wiederzufinden. Nach Giovanni Picos Brief … Es hat mich tief verletzt, dass er annahm, dich zurückgewinnen zu können. Ich war einsam und unglücklich.«

»Sie ist die Gemahlin deines Bruders«, warf ich ihm vor.

»Na und? Was geschehen ist, ist geschehen. Und es war schön, solange es gedauert hat. Als ich krank wurde, hat sie mich verlassen. Sie zog es vor, fortan in Juans Bett zu schlafen. Du hast keinen Grund, eifersüchtig zu sein.«

»Ich bin nicht eifersüchtig«, wies ich ihn schärfer als beabsichtigt zurecht. Ich versuchte, ihm meine Hand zu entziehen, aber er hielt sie nur umso fester.

»Doch, bist du. Und wie!«, seufzte er erschöpft und irgendwie glücklich. Ein zauberhaftes Lächeln trat auf seine Lippen. »Du liebst mich, obwohl du mich verlassen hast. Nichts hat sich zwischen uns geändert. Und deshalb vertraue ich dir. Hilf mir!«

»Ich weiß nicht, wie …« Ich überlegte: »Ich brauche das Handbuch der Florentiner Apothekerzunft, um ein Mittel gegen das Gift zu finden. Du bist offensichtlich seit Wochen vergiftet worden. Der wichtigste Bestandteil der Cantarella ist Arsen, das der Körper nur sehr langsam ausscheidet. Deshalb reichten wenige Gaben, vielleicht im Wein oder im Mandelkonfekt, damit du immer wieder einen Anfall deiner geheimnisvollen Krankheit hattest. Die Symptome einer chronischen Arsenvergiftung ähneln denen der Syphilis: geistige Verwirrtheit bis zum Delirium, hohes Fieber, grausame Schmerzen, schließlich Herzversagen und Tod.«

»Mein Medicus meinte, ich hätte die Syphilis. Er hat mich mit Arsen behandelt …«

Mitleidig den Kopf schüttelnd stellte ich mir die Torturen vor, die Cesare während dieser äußerst schmerzhaften Behandlung seines Medicus erdulden musste.

»Dann danke Gott, dass du noch lebst, Cesare. Das Arsen hätte dich umbringen können. Und wenn nicht das Gift, dann die Therapie selbst. Der Schock hätte zum Herzversagen führen können.« Ich sah ihn voller Mitgefühl an. »Ich werde versuchen, deinen Körper vom Gift zu reinigen, aber dafür benötige ich das Apothekerhandbuch.«

»Ich werde nach Florenz reiten und das Buch besorgen«, bot Micheletto an. »In vier Tagen kann ich wieder hier sein.«

»Versucht es in drei Tagen zu schaffen«, bat ich ihn, während ich mich erhob. »Der Kardinal ist zwar nicht mehr in Gefahr, die tödliche Dosis zu bekommen, aber seine Organe sind durch die lange Einnahme der Cantarella derart geschädigt und sein Körper ist durch die Behandlung seines Medicus so geschwächt, dass er nach der anstrengenden Reise von Rom nach Mailand auch ohne eine weitere Vergiftung jederzeit zusammenbrechen kann. Reitet noch heute Nacht! Ich werde Euch einen Brief mitgeben, sodass Ihr das Buch schnell und ohne viele Fragen bekommt.«

Ich setzte mich an den Schreibtisch, um eine kurze Nachricht zu verfassen.

»An wen schreibst du, Caterina?«, fragte Cesare vom Bett aus.

»An Girolamo Savonarola. In seiner Apotheke in San Marco gibt es ein Apothekerhandbuch. Er wird es Micheletto mitgeben, wenn ich ihn darum bitte.« Ich signierte meine Nachricht an Girolamo mit »Celestino« und reichte Micheletto das Pergament, das er faltete und in die Tasche steckte.

Er brach sofort auf, und ich blieb mit Cesare allein zurück.

»Du stehst in Verbindung mit Savonarola?«, fragte Cesare ungläubig den Kopf schüttelnd. »Wenn das mein Vater wüsste, wäre er außer sich ...«

»Dann erzähle es ihm einfach nicht«, riet ich Cesare.

»Er wird nach dir fragen, Caterina. Er weiß, dass ich hier bin, um dich zu treffen. Er liebt dich immer noch.«

»Und ich dachte, er beglückt wie Göttervater Zeus gleich mehrere Geliebte«, konnte ich mir nicht verkneifen zu sagen. Die Gerüchte über die päpstlichen Affären hatte der Sturm über Rom, Florenz und Mailand bis ins Castello Sforzesco geweht, wo sie während der Abendessen an der herzoglichen Tafel nicht nur von Kardinal Ascanio genüsslich mit fantasievollen, geradezu spektakulären Details ausgeschmückt wurden.

»Er ist allein, Caterina. Seit er Giulia Farnese nach einem Streit fortgeschickt hat, ist er sehr einsam. Er hat sich verändert, seit du Rom verlassen hast. Er ist sensibler geworden, ungeduldiger, und manchmal vergisst er sich. Seine Ohnmachtsanfälle wurden häufiger in den letzten Monaten, besonders, seit ich krank bin und nicht an seiner Seite stehen kann, um ihm ein paar seiner Pflichten abzunehmen. Er spricht oft von dir, wenn wir allein sind.«

»Hat er dir erzählt, was in jener Nacht geschehen ist, als ich bei ihm war?«

»Ja, wir haben darüber gesprochen. Er war sehr enttäuscht, dass du ihn verlassen hast.«

»Ich liebe ihn nicht.«

»Ich weiß. Deshalb habe ich die Hoffnung noch nicht aufgegeben.«

Cesare lag frierend auf dem Bett und wickelte sich in seinen Mantel, als könnte er so das Zittern und Zucken seiner Glieder vor mir verbergen. Er brauchte dringend Wärme – ein Feuer im Kamin und ein heißes Bad. Aber es war kein Holz vorhanden, um ein Feuer zu entzünden. Und ich hatte keinen Eimer, um heißes Wasser für die Badewanne in der Ecke des Raumes zu holen. Ich erhob mich vom Rand des Bettes.

»Du verlässt mich?«, fragte Cesare, als er die Augen öffnete.

Ein neuer Anfall ließ ihn vor Schmerz mit den Zähnen knirschen. Stöhnend wälzte er sich auf dem Bett hin und her. Seine Arme und Hände zuckten, und er griff nach meiner Hand, um sich an mir festzuhalten.

»Ich bin gleich zurück«, versprach ich ihm und strich ihm zärtlich eine Haarsträhne aus dem schmerzverzerrten Gesicht.

»Ich werde auf dich warten«, stöhnte er. »Versprochen!«

»Du würdest in deinem Zustand auch nicht besonders weit kommen, *mi amor.* Du brauchst also nicht vor mir zu fliehen.«

Cesare verzog die Lippen zur gequälten Imitation eines Lächelns, und ich küsste ihn zart. Er versuchte, die zitternden Arme um mich zu legen, um mich festzuhalten, aber ich entwand mich ihm.

»Hör nicht auf mit deiner Therapie«, scherzte er atemlos. »Nach deinem Kuss geht es mir schon viel besser.« Wie zum Beweis versuchte er sich aufzurichten, doch dann brach er zusammen und sank stöhnend zurück.

»Bitte unternimm keine Heldentaten!«, bat ich ihn und verließ das Schlafzimmer. Ich rannte die Treppe hinunter, überquerte den Hof und betrat Leonardos Räume.

Der Maestro stand am Schreibpult seines Studierzimmers. Seine Feder kratzte über das Pergament seines Arbeitsheftes. Als er mich bemerkte, ließ er die Feder sinken: »Was machst du denn hier, mitten in der Nacht?«

»Leonardo, ich brauche deine Hilfe. Ich benötige ein Fläschchen Belladonna, eine Decke und ein Kissen, eine Flasche Aquavit und Giacomo.«

Leonardo sah mich ungläubig an. Dann zuckten seine Lippen amüsiert: »Reicht dir die Aufmerksamkeit des Herzogs nicht mehr? Willst du nun auch Giacomo den Kopf verdrehen?«

»Ich brauche die Belladonna nicht als Aphrodisiakum, um Giacomo zu verführen«, erklärte ich ungeduldig. »Sondern als Arznei gegen eine chronische Arsenvergiftung. Das Kissen und die Decke sind nicht für mich. Der Aquavit ist für eine medizinische Abreibung. Und Giacomo soll in meinem Schlafzimmer Feuer machen und Wasser für die Badewanne holen. Und es wäre nett, wenn du ihm einen Tritt in den wohl geformten Hintern gibst, damit das alles noch heute Nacht passiert.«

»Hat Herzog Ludovico versucht, sich mit *Veleno* umzubringen?«, fragte Leonardo alarmiert, während er die Feder ins Tintenfass steckte und seine tintenschwarzen Finger mit einem Tuch abwischte.

»Es ist nicht Ludovico. Cesare Borgia liegt halb tot in meinem Bett.«

Leonardo reagierte sofort. Er eilte in sein Schlafzimmer, kramte in einer Truhe und kam mit einem Fläschchen Belladonna zurück, das er für kosmetische und erotische Zwecke benutzte. Ich riss es ihm aus der Hand und stürmte zurück in meine Wohnung.

Cesare wand sich noch immer vor Schmerzen, als ich mich auf das Bett setzte und die Phiole entkorkte. Ich richtete ihn auf, lehnte sein Gesicht gegen meine Schulter und gab ihm ein paar Tropfen der Tinktur auf die Zunge.

Er ließ sich kraftlos zurückfallen. »Was ist das?«, ächzte er.

»Belladonna«, erwiderte ich, während ich die Phiole verschloss.

»Willst du mich umbringen?«, fragte er.

»Dazu hättest du die ganze Flasche austrinken müssen, Cesare. Die Belladonna wird dein Zittern und die Schmerzen erträglich machen. Du wirst müde werden und endlich ruhig schlafen.«

»Ich will nicht schlafen, ich will dich ansehen«, hauchte Cesare und tastete nach meinem Gesicht. »Wie schön du bist! Du hast dich sehr verändert in diesen vier Jahren. Du bist stärker geworden … ernsthafter … intensiver … und schöner als je zuvor.«

»Die Belladonna scheint zu wirken: Du redest Unsinn.«

»Ja, ich bin verrückt, Caterina – nach dir«, hauchte er. »Und ich war wahnsinnig, die Suche nach dir jemals aufgegeben zu haben.«

Wenig später erschien Giacomo mit den ersten beiden Eimern heißen Wassers, die er schwungvoll in die Badewanne kippte, während er Cesare und mir neugierige Blicke zuwarf. Dann machte er Feuer im Kamin und verschwand wieder, um wenig später mit weiteren Eimern Wasser wiederzukommen.

Während ich Cesare entkleidete, brachte Giacomo zwei Kissen und zwei Decken. Nahm Leonardo an, dass ich die Nacht mit Cesare in einem Bett verbringen wollte? Zuerst war ich darüber verärgert, aber dann dachte ich: Er hatte Recht. Wo sollte ich auch sonst schlafen? Ich konnte ihn nicht allein lassen.

Mit Giacomos Hilfe schleppte ich Cesare zur Badewanne vor

dem prasselnden Kaminfeuer. Er stöhnte vor Schmerz, als er in das heiße Wasser eintauchte, und wurde fast ohnmächtig. Dann schickte ich Giacomo fort, um den Aquavit zu besorgen, mit dem ich Cesare nach dem Bad abreiben wollte, um die Ausscheidung des Giftes über die Haut anzuregen. Für eine Salzlösung als Brech- und Abführmittel zur Entgiftung der Organe war er viel zu gebrechlich.

Cesare war so geschwächt, dass er in der Wanne nicht sitzen konnte. Er rutschte immer tiefer und drohte zu ertrinken, als ich seine Schultern umfasste und ihn festhielt.

Trotz seiner Schmerzen schien er die Berührung meiner Hände zu genießen, denn er lächelte selig. Die Verkrampfungen in seinen Gliedern hatten sich gelöst, und ich fasste ins Wasser, um seine Beine auszustrecken, damit er sich an der Wand der Wanne abstützen konnte. Er war erregt von der Belladonna, die zusammen mit dem Arsen in seinem Körper für eine eindrucksvolle Erektion sorgte. Lustvoll drängte er sich gegen meine Hand, aber ich zog sie zurück. Das Letzte, was er brauchte, war Aufregung. Und das Letzte, was ich brauchte, war ein mit letzter Kraft um seine Lust und sein Leben ringender Cesare.

Er schlief wie ein Toter. So tief und fest wie vermutlich seit Wochen nicht mehr. Schlaflose Unruhe war eines der ersten Symptome der Arsenvergiftung.

Seltsamerweise hatte ich in dieser Nacht dieselben Symptome: Ich war zutiefst beunruhigt über Cesares Zustand, sowohl vor als auch nach der Belladonna-Dosis, ich war aufgewühlt, erregt und konnte keinen Schlaf finden. Ich saß an seinem Bett und beobachtete ihn: sein schönes Gesicht, das sonst vor Lebenslust glühte und nun so blass und durchscheinend war … seine dunklen Augen, die so verführerisch funkeln und Witz versprühen konnten und nun geschlossen waren … seine sinnlichen Lippen, die so gut küssen konnten und nun wegen der unerträglichen Schmerzen fest zusammengepresst waren. Ich streichelte sanft sein Gesicht.

Was ist aus dir geworden, Cesare?, fragte ich mich. Ein mächtiger Kardinal. So mächtig, dass man dich töten will. So gefährlich, dass man durch langsame Vergiftung erst deinen Stolz brechen und deine Würde vernichten muss, bevor man dich durch die letzte Dosis Gift erlöst. Ein ohnmächtiger Mensch, ohne Selbstvertrauen und ohne Selbstbeherrschung. Unfähig zum aufrechten Gang. Unfähig, klar zu denken. Aber noch voller Hoffnung, dass er die Hand ausstreckte, um mich um Hilfe zu bitten.

Ich konnte Cesare nicht seinem Schicksal überlassen. Ich wollte ihm helfen, egal welche Folgen das für mich hatte, wenn Ludovico erfuhr, dass ich Cesare im Palazzo Vecchio versteckte. Aus Mitleid?, fragte ich mich. Nein, aus Liebe. Ich liebte Cesare. Ich genoss seine Nähe, seine Lebenslust, seine Zärtlichkeit, wenn er bei mir war, und ich vermisste ihn, wenn er nicht da war. Ich wollte nicht länger auf ihn und sein zärtliches »*Te quiero*« verzichten.

Und so erhob ich mich von meinem Sessel und kroch unter Cesares Decke, um ihn zu wärmen.

Und mich selbst.

Cesares Kuss weckte mich. Er hatte die Arme um mich gelegt und mich an sich gedrückt, während ich schlief. Ich wusste nicht, wie lange er schon wach war und mich angesehen hatte.

Die Sonne war längst aufgegangen und tauchte den Raum in ein rotgoldenes Leuchten, das Cesares Gesicht wie flüssiges Metall glühen ließ.

»Wie fühlst du dich?«, fragte ich ihn und strich ihm über die Stirn.

»Fantastisch«, lächelte er gequält. »Ich bin neben dir aufgewacht. Davon habe ich geträumt, seit du mich verlassen hast.«

»Ich glaube dir ja viel, aber nicht, dass du ein Träumer bist.«

»Dann kennst du mich aber schlecht«, flüsterte er und küsste mich. »Ich habe so viele Träume, dass sie für uns beide reichen würden.«

In diesem Augenblick klopfte es. »Caterina?«

Es war nicht Giacomo mit dem Frühstück, sondern Baldassare! Hastig sprang ich aus dem Bett und eilte zur Tür, bevor er ohne Aufforderung den Raum betrat und mich mit Cesare im Bett fand. Nicht auszudenken, was dann geschehen würde!

Baldassare war beunruhigt. »Um Gottes willen, Caterina! Warum versteckst du dich hier? Ludovico hat nach dir gefragt. Ich habe dich gesucht, bevor er ganz Mailand auf den Kopf stellt, um dich zu finden und mit Gewalt ins Castello zurückzuschleppen. Leonardo hat mir gesagt, dass du hier bist. Sag mir: Was tust du hier?«

Baldassare betrachtete mein zerknittertes Hemd, die Falten in der Hose – offensichtlich hatte ich in der Kleidung geschlafen. Dann warf er einen neugierigen Blick über meine Schulter durch die offene Tür ins Schlafzimmer. Bevor ich antworten konnte, fragte er: »Wer ist das?«, schob mich zur Seite und stürmte an mir vorbei in den Raum. Vor dem Bett blieb Baldassare stehen und starrte mit einem Furcht erregenden Gesichtsausdruck auf Cesare hinab. »Wer ist dieser Mann in deinem Bett? Ist das Niccolò?«, fragte er zornig.

Cesare sah Baldassare verwirrt an. Er schien zu überlegen, wer Niccolò war und warum er mit ihm verwechselt wurde. Und wer eigentlich der Mann war, der so ungestüm in mein Schlafzimmer stürmte, als sei sein Eindringen eine mühevoll errungene Selbstverständlichkeit.

»Ja«, sagte ich, um Baldassare zu beruhigen. Ein Nein hätte ihn vermutlich noch mehr erregt und tausend weitere Fragen aufgeworfen, auf die ich keine Antworten hatte.

»Dann ist die Zeit der Sehnsucht und der zärtlichen Briefe also vorbei?«, fauchte er, dann drehte er sich um und rannte aus dem Raum, als wären alle drei Furien hinter ihm her.

Cesare durfte sich auf keinen Fall aufregen. Ich wusste, wie unerträglich ihm meine enge Freundschaft mit Niccolò war. Und jetzt, als er in meinem Bett lag, für Niccolò gehalten zu werden ... von einem anderen Mann, der offensichtlich eifersüchtig und zornig war ... der ein Vertrauter von mir war, dem ich hinterherlief, um ihn zu beruhigen ... das musste Cesare schmerzen.

Trotzdem folgte ich Baldassare. An der Treppe zum Hof holte ich ihn ein. »Warte!«, rief ich und hielt ihn am Ärmel fest.

Er blieb stehen und drehte sich auf der obersten Stufe zu mir um.

»Ich weiß, wie verletzt du sein musst, Baldassare. Und wie zornig, ihn in meinem Bett zu finden. Aber ich versichere dir, es ist heute Nacht nichts geschehen, weswegen ich nicht mehr in den Spiegel schauen könnte.«

Er wandte den Blick ab, riss sich von mir los. Aber er floh nicht die Treppe hinunter. Offenbar wollte er doch hören, was ich ihm zu sagen hatte.

»Mein Freund ist schwer krank, er braucht meine Hilfe, und ich habe sie ihm nicht verweigert. Du hättest dasselbe getan, wenn ich dich gebeten hätte, mir zu helfen.« Meiner Frage fehlte ein Fragezeichen, aber sie war so formuliert, dass er antworten musste.

Er zögerte. »Ja ...«, begann er.

»Du bist mein Freund, Baldassare. Und deshalb bitte ich dich um einen Gefallen. Vergiss für einen Augenblick deine Eifersucht und hab Geduld mit mir.«

»Geduld?«, fragte er.

»Ich bitte dich um ein paar Tage Zeit. Damit kannst du sein Leben retten.« Eindringlich bittend sah ich Baldassare an: Nicht auszudenken, was geschehen würde, wenn Cesare Kardinal Ascanio in die Hände fiel.

»Was soll ich tun?«, fragte er schließlich schicksalsergeben.

»Nichts, Baldassare. *Nichts*.«

»Und wenn Ludovico oder Ascanio nach dir fragen?«

»Dann sagst du ihnen, dass ich für ein paar Tage in Leonardos Laboratorium arbeite. Und dass ich nach Abschluss des Experiments in wenigen Tagen ins Castello zurückkehren werde.«

»Wirst du das?«, zweifelte er. Sein Blick irrte über meine Schulter zur offenen Schlafzimmertür ein paar Schritte hinter mir.

»Wenn du tust, worum ich dich bitte, werde ich zurückkommen. Wenn ich mit meinem Freund vor Ludovico fliehen muss, wirst du mich nicht wiedersehen.«

Er hatte verstanden. »Du bist manchmal erschreckend konsequent«, beschwerte er sich. Hoffnungslos, wie mir schien.

»Wie wirst du dich entscheiden?«, fragte ich, als er zögernd die ersten Stufen hinabstieg.

Er blieb stehen, drehte sich um und sah zu mir empor: »Ich werde den Blick in den Spiegel üben, Caterina. Nur um sicherzugehen, dass ich mir auch morgen noch in die Augen schauen kann.«

Cesare sprudelte wie ein Gebirgsbach. Trotz seiner Erschöpfung war er innerlich so aufgewühlt, dass er keine Ruhe finden konnte. Ich gab es auf, ihn zum Schlafen zu überreden, und hörte einfach zu, während er erzählte. Er sprach von sich selbst, seinem Leiden und seinem Aufbegehren gegen das Leiden, aber auch von seinem Glauben und seinen Hoffnungen, von seinen Wünschen und Zielen. Wie lange hatten sich die Gefühle in ihm angestaut, um die Worte mit derart kataraktischer Gewalt aus ihm herauszupressen?

»Der Schicksalsweg des Priesters ist die Berufung eines Menschen durch Gott, nachdem er sich aus freiem Willen für diesen

Weg entschieden hat«, sagte Cesare, den Blick zum Betthimmel gerichtet. »Die Entscheidung, in der Nachfolge Jesu Christi das Kreuz auf sich zu nehmen, soll *freiwillig* erfolgen – wie bei Giulio, dem diese Gnade zuteil wurde. Er wurde berufen. Er ist mit Leib und Seele Priester. Er will nichts anderes sein. *Ich* durfte nicht entscheiden, ob ich Bischof von Pamplona, Erzbischof von Valencia oder Kardinal werden wollte. Das hat mein allmächtiger Vater für mich getan.

Ich bin nicht durch Gott erwählt, und Er führt mich auch nicht. Immer wieder komme ich vom Weg ab, weil ich das Ziel aus den Augen verloren habe. Ich habe keine Orientierung mehr, weiß nicht mehr, warum ich diesen endlosen und einsamen Weg überhaupt gehe. Oder wohin ich gehe.«

Für einen Augenblick schloss er die Augen, als müsste er sich erst besinnen, was so hell in ihm loderte und ihn von innen heraus verbrannte, was ihn quälte. »Ich will die Soutane ablegen, die mir zu eng ist, die mich bei jedem meiner Schritte stolpern lässt«, begehrte er auf. »Ich will nicht länger auf meine Freiheit verzichten, will endlich eigene Entscheidungen treffen, dafür die Verantwortung tragen und mit den Konsequenzen leben. Du hast mich gefragt, was ich tun will, Caterina: Ich will meinen Glauben und meine Würde als Kardinal gegen die *Glaubwürdigkeit* eintauschen.«

»Noch nie zuvor ist ein Kardinal von seinem Amt zurückgetreten!«

»Na und? Dann bin ich eben der Erste, der diese Entscheidung trifft«, entgegnete Cesare müde. »Jeder muss für sich entscheiden, was ihm angemessen ist. Ich bewundere Giovanni Pico, weil er den Mut hatte, unbeirrbar seinen Weg zu gehen, und als er erkannte, dass er nirgendwohin führt, umzukehren, um nach dir zu suchen. Auch ich ertrage die geistige Windstille nicht mehr. Ich will das

Leben in mir spüren, ich will lieben und geliebt werden«, sagte er. »Ich sehne mich so sehr nach Liebe, dass ich verrückt werden könnte!«

»Aber dein Vater liebt dich«, versuchte ich ihn zu trösten.

»Das ist keine Liebe, Caterina. Das ist eine Rechtfertigung meiner Existenz. Ich bin das Kind eines Priesters. *Per definitionem* existiere ich also nicht.«

Er fühlt dasselbe wie ich!, dachte ich erschüttert. Für uns ist das Handeln die Rechtfertigung des Seins, das nicht sein darf.

»Als Kind hatte ich keinen Vater, der mir das Laufen und den aufrechten Gang beigebracht hat, der mir aufgeholfen hat, wenn ich stürzte, der mit mir spielte oder mich liebte, weil ich sein Sohn war«, fuhr Cesare leise fort. »Mein Vater, der Kardinal, war so fern und so unerreichbar wie Gott – und sein Wille geschah wie der Wille des Allmächtigen.

Ich bin in einem Kloster geboren. Als ich sieben Jahre alt war, wurde ich Apostolischer Protonotar. Mit sechzehn war ich Bischof von Pamplona, mit siebzehn Erzbischof von Valencia, mit achtzehn Kardinal. Ein kometenhafter Aufstieg in den vatikanischen Himmel, nicht wahr? Aber die Luft hier oben ist sehr dünn und sehr kalt.

Mein Vater gewährt mir, was ich brauche, er verweigert mir keinen Wunsch, er verteidigt mich gegen die Angriffe der Feinde, die ich mir bei der Erfüllung meiner Aufgabe unweigerlich mache, er sorgt sich um mich wie um Juan und Lucrezia und Jofré, er achtet mich als seinen Sohn, und er respektiert meine Entscheidungen, auch wenn er sie nicht immer versteht. Er hört auf meinen Rat, er schätzt meine Kenntnisse und Fähigkeiten und nennt mich das Schwert in seiner Hand. Mit anderen Worten: Er braucht mich. Er benutzt mich, wie er ein Schwert führt, wenn er eine Schlacht gewinnen will, oder wie er den Fischerring gebraucht, wenn er eine seiner unfehlbaren Entscheidungen siegeln will. Er benutzt mich, als ob ich ihm gehöre. *Aber er liebt mich nicht.* Denn wenn er es täte, würde er mich gehen lassen.«

»Was wirst du tun, wenn du den Purpur ausgezogen hast?«

»Ich werde mir wie Francesco Sforza oder Federico da Montefeltro ein Herzogtum erobern: Mailand oder Urbino. Such dir eines aus, das dir gefällt – ich werde es für dich erstürmen.«

»Du bist verrückt«, lachte ich.

»Und dann heiraten wir …«

»Ich würde dich nie heiraten, du Verrückter«, erklärte ich, und es klang fast wie ein Versprechen.

»… und setzen einen ganzen Palast voller Kinder in die Welt. Stell dir vor, lauter kleine fröhliche Medici-Borgias, die den Palazzo Ducale auf den Kopf stellen.«

Ich fühlte mich, als hätte Cesare mir seinen Dolch in die Brust gerammt. Ein Kind – mein sehnlichster Wunsch! Der einzige Wunsch, der niemals in Erfüllung gehen konnte. Ich wandte den Blick ab, damit Cesare die Tränen in meinen Augen nicht sah.

»Ich kann keine Kinder bekommen«, sagte ich leise.

Er sah mich betroffen an. »Es tut mir Leid«, sagte er zart und wischte mir eine Träne von der Wange.

»Ich bin selbst schuld. Als ich das Leben in mir tötete, habe ich auch die Hoffnung zerstört.«

»Hoffnung gibt es immer, solange wir leben und lieben«, versuchte er mich zu trösten. »Erst wenn die Liebe stirbt, verlöscht auch die Flamme der Hoffnung. Aber ohne Liebe und Hoffnung können wir ohnehin nicht leben.« Er hielt meine Hand und küsste sie. »Komm zu mir zurück. Ich werde alles für dich aufgeben, wenn du nur zu mir zurückkehrst, um mich zu lieben.«

Überwältigt von meinen Gefühlen beugte ich mich über ihn und strich sanft über sein Haar, aber er schlang seine Arme um meine

Schultern und zog mich zu sich herunter, um mich zu küssen. Seine Zunge glitt erwartungsvoll über meine Lippen, bis ich sie öffnete und seinen Kuss erwiderte, dann drang sie ein, rang spielerisch mit meiner Zunge, bis sie ihren Widerstand aufgab. Ein sanftes Rieseln, wie von einem warmen Sommerregen, lief über meine Haut, als seine zärtlichen Hände meinen Körper in Besitz nahmen und mich streichelten.

»Das sind die Nebenwirkungen der Belladonna …«, warnte ich ihn. »Du solltest vorsichtig sein, Cesare!«

Er lachte übermütig: »Das sind die Nebenwirkungen meiner *Bella donna.* Nur du kannst eine solche Wirkung auf mich haben. Und ich werde ganz vorsichtig sein, versprochen! Ich werde dir nicht wehtun. Niemals.«

Er war zutiefst erregt, als er an den Schleifen meines Hemdes zog und seine Hand unter den Stoff schob. Fordernd. Ungeduldig.

»Komm …«, hauchte er und küsste mich an der Stelle hinter dem Ohr, die so empfindlich war.

Ich wehrte ihn ab, aber er wusste, dass mein Widerstand nicht ernst gemeint war. Er spielte auf mir wie auf einem Musikinstrument, wusste genau, wo er mich berühren musste, um eine herrliche Melodie aus zarten Gefühlen der Sehnsucht, inniger Sinnlichkeit, Lust und Begehren zu spielen. Und er war ein begnadeter Spieler.

Er zog mir das Hemd über den Kopf und ließ die Hände über meine nackte Haut gleiten, dann zog er mich auf seinen glühenden Körper. Während wir uns küssten, öffnete er den Verschluss meiner Hose, die er langsam nach unten schob.

»Komm zu mir zurück …«, flüsterte er mir ins Ohr. »Erlöse mich!«

Ich befreite mich aus den Hosenbeinen, trat die Hose auf den Boden und kroch nackt zu Cesare unter die Decke.

Er umarmte mich und setzte ungestüm seine Liebkosungen fort. Seine Hände glitten über meinen Rücken, meine Schenkel und zogen mich zu sich heran, bis keine Hand und kein Gefühl mehr zwischen uns passte. Dann schob er ein Knie zwischen meine Beine und lehnte sich gegen mich. Ich lachte über seine Ungeduld und legte meinen Schenkel über seine Hüfte. Langsam glitt er in mich hinein und presste mich an sich, ohne mit dem Küssen aufzuhören, dann hielt er inne und betrachtete mich.

»Darf ich dir eine komplizierte Frage stellen, Caterina?«

»Du darfst«, lächelte ich. Ich wusste, was er mich fragen wollte.

»Liebst du mich?«, fragte er.

»Ja, Cesare, ich liebe dich.«

Er zog seinen Rubinring vom Finger, ergriff meine Hand und steckte ihn mir an. Es war sein Kardinalsring. Dann hielt er mich fest und begann mit seinen lustvollen Bewegungen, die meinen Verstand in Flammen setzten.

Ich war mir des Risikos meiner eigenen Vergiftung bewusst, jederzeit. Aber ich konnte nicht anders. Ich wollte es nicht. Ich sehnte mich so sehr nach seiner alles überwältigenden Liebe, seinen Lippen und seinen Händen, seinen Blicken, seinen Gefühlen, seinem gehauchten *»Te quiero«*, dass alles andere seine Bedeutung verlor.

Wir entzündeten uns aneinander, bis wir lichterloh brannten, wir rangen schwer atmend um jeden Funken der Lust, als wir immer höher flogen, bis hinauf in den Himmel, wo Raum und Zeit aufhören, wo wir selbst aufhören und alles, was wir nicht selbst sind – unsere Wünsche, unsere Hoffnungen, unser Begehren, wo wir den anderen erkennen als das, was er ist: unser Ebenbild – was wir sein wollen, was wir sind.

Wir hatten die ganze Nacht für uns selbst, unsere Gedanken, unsere Sinnlichkeit, unsere Leidenschaft. Ich weiß nicht mehr, wie oft wir einander in dieser unvergesslichen Nacht schenkten. Oder in den folgenden.

Nach drei Tagen kehrte Micheletto mit Girolamos Apothekerhandbuch aus Florenz zurück. Ich zog mich in Leonardos Laboratorium zurück und blätterte darin, ohne ein effektives Gegengift zu finden. Zwei Mittel, Opium und Sulfur, kamen gemäß Girolamos Brief in Betracht, doch sie hatten selbst erhebliche Nebenwirkungen: bei der Gabe von Opium erst Euphorie, dann Bewusstseinsverlust bis zum Delirium, Lähmungen, Krämpfe und steigendes Fieber, und unter quälenden Attacken von panischer Todesangst schließlich der erlösende Atemstillstand – bei einer Dosis Sulfur Wahnideen bis zur Idiotie, Verlust des Sehvermögens, Atemnot und Erstickungsanfälle, Austrocknung des Körpers, schließlich Bewusstlosigkeit und Tod.

Im Grunde konnte ich also wählen, auf welche Art ich Cesare umbrachte. Oder mich selbst, denn ich litt wie er am Fieber und den Symptomen einer leichten Arsenvergiftung.

Wie froh war ich, dass Cesare mich nicht beobachtete, als ich bedrückt das Buch zuschlug und auf den Arbeitstisch warf. In den letzten Monaten hatte ich mich ausführlich mit der Spagyrik, dem medizinischen Zweig der Alchemie beschäftigt, und trotzdem hatte ich das Gefühl, nichts zu wissen, nichts, nichts, nichts. Wie ein Tiger in seinem Käfig lief ich in Leonardos Laboratorium auf und ab, auf der Suche nach einem Ausweg. Ich wollte einfach nicht akzeptieren, dass ich keine andere Alternative hatte als Opium oder Sulfur.

Doch dann hielt ich inne: Gift sollte mit Gift behandelt werden? Ich dachte an die Medizin des Arztes Galenos: *Contraria contrariis curantur* – eine Krankheit wird durch ihr Gegenteil, eine andere Krankheit, geheilt, die ihre Symptome aufhebt. Opium und Sulfur waren nicht die *Contraria* zu Arsen, sondern hatten ähnlich furchtbare Symptome und eine letztlich tödliche Wirkung. Sie waren weder *Contraria* noch *Similia* zu den Symptomen des Arsens und deshalb wahrscheinlich nicht so wirksam wie …

Mir stockte der Atem.

Hastig kehrte ich zurück zum Arbeitstisch und schlug die Dosierungen der Gegengifte nach. Sie waren gemäß dem hermetischen Gesetz gering, aber noch groß genug, um furchtbare Nebenwirkungen zu haben. Und wenn ich nun …

Eines der Gesetze der Spagyrik, der alchemistischen Heilkunde, besagte, dass ein Mittel, das Krankheitssymptome bei einem Gesunden hervorrief, dem Kranken mit denselben Symptomen helfen müsse, da es die Selbstheilungskräfte anregte und den Lebenswillen stärkte. Ursache und Wirkung und deren Verkehrung ins Gegenteil. Mit Hippokrates' Worten: *Similia similibus curantur* – die Symptome durch ihre Ursache heilen. Durch eine winzige Dosis Arsen!

Ich schickte Giacomo ins Castello Sforzesco und erklärte ihm, was er mir aus meinem Laboratorium bringen sollte.

Zwei Stunden später gab ich Cesare einen Schluck der Medizin, die ich hergestellt hatte.

»Was ist das?«, fragte er, nachdem er getrunken hatte.

Ich sagte es ihm: Ein Tropfen *Veleno,* das nur Spuren von Arsen enthielt, hundertfach verdünnt mit Aquavit.

»Dein *Aqua vitae* schmeckt hervorragend«, grinste er übermütig, »Es könnte Tote lebendig machen. Und jeden, der noch ein wenig Leben in sich spürt, umbringen.«

»Meinst du, ich sollte mehr herstellen und es verkaufen?«, ging ich auf seinen Scherz ein.

»In Rom könntest du als Giftmischerin ein Vermögen machen …«, stöhnte Cesare unter Schmerzen, als sich sein Magen verkrampfte, »Du könntest … dein *Aqua vitae* und dein *Veleno* … ausschließlich für den Vatikan produzieren … und hättest einen reißenden Absatz.« Er sank kraftlos in die Kissen zurück und schloss die Augen. Schweiß rann über seine heiße Stirn.

Während er sich vor Schmerzen wand, hielt ich seine Hand. Mehr konnte ich nicht für ihn tun, denn das einzige Mittel, das ihm Linderung gebracht hätte, wäre Opium gewesen. Die tödliche Dosis.

Nach zwei Stunden verschlimmerte sich sein Zustand erschreckend schnell. Er stöhnte wie unter der Folter, während er sich wild im Bett hin und her warf. Micheletto und ich hatten Mühe, ihn festzuhalten, damit er sich nicht selbst verletzte. Sein Fieber stieg immer weiter. Ich ließ Giacomo Eis aus den Kühlkammern des Castello besorgen und rieb Cesare damit ab. Er litt, doch er ertrug die Schmerzen ohne Lamentieren. Wie ein Ertrinkender sich an den treibenden Überresten seines gesunkenen Schiffes festhielt, klammerte er sich an die Hoffnung auf ein neues Leben.

Während der Nacht besserte sich sein Befinden. Er atmete ruhiger, die Schmerzen ließen nach, das Fieber sank ein wenig. Gegen Morgen bat er mich um eine zweite Dosis, und ich gab ihm einen weiteren Schluck der Medizin. Wieder trat nach zwei Stunden eine dramatische Verschlimmerung ein, die mich um sein Leben fürchten ließ, aber er erholte sich schneller als beim ersten Anfall. Nach einem dritten Schluck verfiel er trotz der Schmerzen, die ihn immer wieder quälten, in eine euphorische Stimmung.

Ich mahnte ihn, zur Ruhe zu kommen und ein paar Stunden zu schlafen, aber er winkte fröhlich ab: »Schlafen kann ich noch, wenn du meinen Sargdeckel zugenagelt hast.«

Am nächsten Abend ging es ihm so gut, dass er das Bett verlassen konnte. Ich half ihm die Treppe hinunter, und wir gingen ein wenig im Hof des Palastes spazieren. Er stützte sich auf mich, nicht weil er zu schwach war, sondern weil er mich festhalten wollte. Auf seinen Wunsch führte ich ihn in Leonardos Wohnung, wo der Maestro uns erwartete.

»Du weißt, wer ich bin?«, fragte Cesare, als Leonardo auf die Knie fiel und ihm die Hand küsste.

»Ja, Euer Eminenz«, antwortete Leonardo, während er sich erhob.

»Ich danke dir für deine Verschwiegenheit, Maestro. Sie hat mir das Leben gerettet.« Cesare legte Leonardo die Hand auf die Schulter und ging mit ihm zu den Gussformen des *Cavallo* hinüber. »Das Reiterstandbild von Francesco Sforza wäre großartig geworden. Ich bin beeindruckt. Die Gussformen sind ja größer als die für Kanonen. Du verstehst dich auf die Kunst des Bronzegusses?«

»Ja, Euer Eminenz. Leider ist das Terrakottamodell für das *Cavallo* während der französischen Invasion beschädigt worden.«

»Kannst du es reparieren?«, fragte Cesare, während er mit beiden Händen die Miniaturversion des Tonmodells streichelte, als wäre es ein wirkliches Pferd.

»Ja, Euer Herrlichkeit. Aber Herzog Ludovico hat nicht genug Bronze, um die Statue seines Vaters in dieser Größe fertigen zu lassen. Während der Invasion hat er Kanonen gießen lassen.«

»Ich wünsche, dass du das Modell des Pferdes reparierst, Maestro Leonardo. Für die Gussformen von Francesco Sforza werde ich allerdings keine Verwendung haben.«

Leonardo war verwirrt. »Ich verstehe nicht …«

»Ich werde dir selbst Modell sitzen. Und dann können wir uns in Ruhe über *all das* unterhalten.« Cesare machte eine weite Armbewegung, die den ganzen Saal umfasste. Er hatte die Skizzen an den Wänden bemerkt und riss ein mit Leim an der Wand befestigtes Pergament ab. »Was ist das hier?«

»Eine Maschine, die Griechisches Feuer in eine belagerte Stadt schießt«, erklärte Leonardo seine Erfindung.

»Und das hier?« Cesare riss eine weitere Skizze von der Wand.

»Eine Kanone, die jede Stadtmauer in wenigen Minuten sturmreif schießt.«

»Ich bin beeindruckt.« Cesare legte Leonardo den Arm um die Schulter und ging ein paar Schritte mit ihm. »Ich suche einen fähigen Militäringenieur, der nicht nur fantastische Skizzen zeichnet, sondern seine Maschinen auch so bauen kann, dass sie funktionieren. Kennst du Giuliano und Antonio da Sangallo aus Florenz? Und Donato Bramante aus Urbino? Wen kannst du mir guten Gewissens empfehlen?«

Leonardo zögerte keinen Augenblick: »Mich.«

Cesare lächelte über Leonardos Selbstbewusstsein. »Gut, mein Freund. Ich werde dich rufen lassen, wenn ich dich brauche. In der Zwischenzeit beginnst du damit, die Gussformen meines *Cavallo* vorzubereiten.«

Cesare verabschiedete sich sehr herzlich von Leonardo. Dann verließen wir die Werkstatt und traten in den Hof hinaus.

Er lehnte sich gegen eine Säule der Arkaden und sah in den rotglühenden Himmel hinauf. Eine Weile stand er so, unbeweglich, nachdenklich. »Ich werde im Morgengrauen aufbrechen«, sagte er schließlich so leise, als fürchtete er, mich mit unserer erneuten Trennung zu verletzen. »Warum kommst du nicht mit mir nach Rom?«, fragte er mich, als hätte ich ihm die Antwort nicht schon letzte Nacht gegeben.

»Weil ich in Mailand zu Hause bin, Cesare. Die Stadt gefällt mir, ich fühle mich hier wohl, meine Freunde sind hier …«

»Ist Herzog Ludovico dein Freund? Oder Kardinal Ascanio?«, versuchte er mich zu provozieren – erfolglos.

»… mein Laboratorium …«, fuhr ich unbeirrt fort.

»Das kann in ein paar Tagen schon im Vatikan sein.«

»... und weil ich nicht schon wieder fliehen will. Ich habe einen Ort gefunden, an den ich gehöre. Das ist Mailand.«

Er schwieg, überlegte wohl, ob es einen Ort gab, an den *er* gehörte. Er sehnte sich so sehr danach, aus dem Windschatten seines Vaters zu treten, um sich durch den Sturm zu kämpfen und einen Ort zu finden, den er sein Zuhause nennen konnte. »Wenn der Prophet nicht zum Tempel kommt, dann muss sich der Tempelpriester wohl zum Propheten begeben. Wenn du nicht mit mir nach Rom zurückkehrst, werde ich nach Mailand kommen.«

»Du willst Mailand erobern? Mit Leonardos Belagerungsmaschinen?«, lachte ich. Ich nahm ihn nicht ernst. Ich hätte es tun sollen! Ich hätte seine Worte für die Wahrheit und nichts als die Wahrheit halten sollen! »Es wird Ludovico aber gar nicht gefallen, wenn *du* im Castello regierst«, sagte ich.

Cesare lachte übermütig. »Ich werde mit ihm reden. Nach Beatrices Tod ist er ein gestrandetes Wrack. Er ist unfähig zu irgendeiner vernünftigen Entscheidung. Das Exil in Pavia kann so unerträglich nicht sein: ein schöner Palast, eine großzügige Apanage für seine aufwändige Hofhaltung ... und seine Geliebten kann er meinetwegen mitnehmen.« Er schlang beide Arme um mich und zog mich an sich. »Ich bringe nämlich meine eigene mit.«

»Du solltest die Eroberung von Mailand vielleicht noch etwas verschieben«, neckte ich ihn. »Zumindest so lange, bis dein Fieber gesunken und dein Verstand zurückgekehrt ist.«

Im Morgengrauen ritt Cesare mit Micheletto nach Genua, um sich nach Ostia einzuschiffen. Dann hörte ich wochenlang nichts von ihm – nicht einmal die gewohnten Gerüchte über sein extravagantes Liebesleben oder die üblichen Verdächtigungen über eine blutige Vendetta im Vatikan. Was war mit Cesare? Hatte er mit seinem

Vater über seine Pläne gesprochen, den Kardinalspurpur abzulegen? Wie hatte Rodrigo auf diesen Entschluss reagiert? Hatten die beiden gestritten?

Am Karfreitag beschloss Giovanni Sforza, die feierliche Pilgerfahrt durch die sieben Kirchen Roms zu machen, stieg auf sein Pferd und verschwand aus Rom. Ohne zu rasten ritt er nach Pesaro und sandte seinem Onkel Ludovico eine Nachricht, dass er im Vatikan nur mit knapper Not einem Giftanschlag der Borgia entkommen war. Rein zufällig habe er ein Gespräch zwischen Cesare und Lucrezia belauscht, in dem der Kardinal seiner Schwester mitteilte, die »Heilige Familie« habe beschlossen, ihn zu ermorden. Ludovico zeigte mir Giovanni Sforzas Brief, den ich ungläubig las. Ich war entsetzt. Es konnte nicht sein! Oder doch? Wollte Cesare den Conte vergiften, um Pesaro zu annektieren? Dieser winzige Tintenklecks auf der italienischen Landkarte hatte mit Giovanni Sforzas Flucht aus Rom eine wichtige strategische Bedeutung als Seehafen bekommen.

Eine Sturzflut von Briefen traf in den folgenden Tagen aus Pesaro im Castello ein. Giovanni Sforza flehte seinen Onkel an, Papst Alexander zu bewegen, dass er Lucrezia nach Pesaro schickte. Der Papst weigerte sich und bestand darauf, dass sein Schwiegersohn nach Rom zurückkehrte. Doch der verkroch sich ängstlich in seinem Palazzo und antwortete auf keines der päpstlichen Breves.

Alexander ärgerte sich mit diesem Gordischen Knoten nicht viel länger herum als Alexander der Große: Er zerhieb ihn mit einem Schlag. Er schickte Fra Mariano da Genazzano, der mittlerweile General der Augustiner geworden war, nach Pesaro, um den eigensinnigen Schwiegersohn von der Annullierung der Ehe mit Lucrezia in Kenntnis zu setzen.

Ludovico tobte, als er davon erfuhr. Alexanders Absichten waren erschreckend eindeutig. Der Cousin von König Charles, Louis von Orléans, hatte durch seine Großmutter Valentina Visconti einen Anspruch auf Mailand. Falls die Franzosen erneut in Italien einfielen, um sich für die demütigende Niederlage beim letzten Feldzug zu rächen, wollte der Papst nicht an die Sforza gebunden sein. Mit anderen Worten: Alexander suchte einen neuen, zuverlässigeren Bündnispartner, und Lucrezia sollte eine andere Ehe eingehen. Aber mit wem? Mit Neapel! Federico, der Onkel des abgesetzten und geflohenen Königs Ferrantino, sollte in wenigen Wochen von Cesare zum neuen König von Neapel gekrönt werden. Was lag näher als zu vermuten, dass nach Jofré nun auch Lucrezia einen Aragón heiraten sollte?

Aber was war mit Cesare? Steckte er wirklich hinter dem angeblichen Attentat auf den Conte von Pesaro? Ich begann zu zweifeln. An Cesares Absichten und an seiner Aufrichtigkeit.

Dann, Ende Mai 1497, traf ein Brief für mich ein. Ein Diener brachte ihn mir, als ich spät von einem Abendessen mit Ludovico und Ascanio in meine Räume zurückkehrte. Der Herzog und der Kardinal waren beunruhigt über die Entwicklung in Pesaro. Das Abendessen war eine Krisensitzung gewesen, um zu entscheiden, wie die Sforza auf diese Bedrohung reagieren sollten. Müde saß ich kurz vor Mitternacht in meinem Sessel am Kamin und starrte in die Flammen, als ein Diener mir das Schreiben überreichte.

Der Brief war an mich adressiert: Caterina de' Medici, Castello Sforzesco, Mailand. Eine Nachricht von Cesare?, hoffte ich. Wie gern hätte ich seine Version des angeblichen Mordanschlages auf Giovanni Sforza gelesen! Mit zitternden Fingern drehte ich das Schreiben um: Es war nicht Cesares Siegel, sondern Amerigos. Ich schluckte meine Enttäuschung über Cesares Schweigen hinunter und riss das Wachssiegel ab, um den Brief zu lesen:

Meine liebe Caterina, hatte Amerigo geschrieben,

ich muss dir ein Geständnis machen. Ich habe nie verstanden, warum du Mailand nicht mehr verlassen willst. Du hast gesagt: »Ich habe alles verloren, meine Familie, meine Heimat Florenz, selbst meinen Namen. Und doch habe ich gewonnen: meine Freiheit«. Wie gut ich dich jetzt verstehen kann! Denn auch ich bin jetzt frei zu tun, was ich schon so lange tun will. Vor wenigen Wochen erfuhr ich, dass das Medici-Kontor in Sevilla geschlossen wird. Ich war traurig, denn das bedeutete, dass ich nach Florenz zurückkehren müsste. Ich habe die Geschäfte abgewickelt und meine Truhen gepackt. Und wurde von Tag zu Tag trauriger. Ich wollte nicht zurückkehren. Nicht, nachdem ich schon so weit gekommen war!

Fortuna hatte ein Einsehen. Zufällig traf ich zwei Männer, die eine Seereise nach Westen machen wollen: Vincente Yañez Pinzón, der schon mit Cristoforo Colombo nach Indien gesegelt war, und Juan Diaz de Solis. Sie haben nicht viel Geld für ihre Expedition, und daher suchten sie jemanden, der ihnen beim Kauf von Schiffen und bei der Ausrüstung der Expedition hilft. Ich habe sofort zugesagt, die Ärmel hochgekrempelt und mit der Arbeit begonnen. Meine Entschlossenheit hat Pinzón und de Solis derart beeindruckt, dass sie mich nur wenige Tage später fragten, ob ich sie begleiten will. Du brauchst nicht viel Fantasie, um zu erraten, wie meine Antwort lautete.

Caterina, du kannst dir nicht vorstellen, wie glücklich ich bin! Meine Truhen sind schon an Bord. Über mir, an Deck, höre ich, wie die Matrosen das Schiff klar zum Auslaufen machen. Die letzten Vorräte werden an Bord gebracht. Innerhalb der nächsten Stunde werden wir in See stechen. Pinzón und de Solis kommandieren zwei der drei Karavellen. Das Kommando auf dem Flaggschiff hat ein Mann, der in Sevilla gestrandet schien, der aber nun seine Träume verwirklicht und nach Westen segelt, weiter als Cristoforo Colombo jemals gereist ist: Ich, Amerigo Vespucci, Kapitän und nach König Fernandos Willen Piloto Mayor meiner klei-

nen Flotille. Cadiz, 10. Mai 1497. Amerigo, der glücklichste Mensch der Welt.

Post Scriptum: Den nächsten Brief schreibe ich dir aus China oder vom Ende der Welt.

Nicht nur Amerigo schien eine Entscheidung getroffen zu haben, seinem Leben einen neuen Kurs und ein neues Ziel zu geben. Mitte Juni traf in Mailand die bestürzende Nachricht ein, dass Herzog Juan Borgia ermordet worden war.

Am 7. Juni hatte Papst Alexander seinen Sohn zum Herzog von Benevento, einer Festung der Kirche, gemacht. Der spanische Botschafter hatte im Namen von König Fernando dagegen protestiert, Kirchenbesitz an den Sohn des Papstes zu verschenken. Der Vizekanzler der Kirche, Kardinal Ascanio, der sich in Rom aufhielt, um anlässlich der Scheidung von Giovanni Sforza und Lucrezia Borgia zu retten, was noch zu retten war, beleidigte Juan Borgia während eines Banketts wenige Tage nach der Abreise des spanischen Botschafters derart, dass dieser das Schwert gegen den Kardinal erhob. Eine Auseinandersetzung zwischen den Sforza und den Borgia schien unvermeidlich.

In der Nacht des 14. Juni, eine Woche nach diesem Streit mit Ascanio in dessen Kardinalspalast, verschwand Juan spurlos. Er befand sich mit Cesare auf dem Rückweg von einem Bankett zum Vatikan, als er vor dem Palazzo des Vizekanzlers stehen blieb, überraschend sein Gefolge entließ und sich von Cesare verabschiedete: Er habe in dieser Nacht noch etwas zu erledigen. Cesare soll versucht haben, seinen Bruder zurückzuhalten, aber der schien zu allem entschlossen. Nur einen Bewaffneten nahm er als Leibwache mit, als er in der Dunkelheit verschwand. Als Juan bis zum Nachmittag des 15. Juni noch nicht wieder aufgetaucht war, wurde der Papst unruhig, und als am Abend der Leibwächter ermordet aufgefunden wurde, geriet er in Panik. Die Straßen der Stadt wurden zwei Tage lang durchsucht, die Palazzi der Kurtisanen, Ascanios Kardinalspalast und die Residenz des spanischen Botschafters. Schließlich wurde auch der Tiber mit Netzen abgesucht. Man fand Juan, der von neun Dolchstichen getötet worden war, im Schlamm des Flusses.

Zunächst wurde Ascanio Sforza verdächtigt, Juan ermordet zu haben. Alexander nahm an, dass sein Sohn in jener Nacht den Kardinal aufsuchen wollte, um sich für die Beleidigungen zu rächen. Im Kardinalspalast sei er von Ascanios Leibwache überwältigt und erstochen worden. Man fand Juans Leiche in der Nähe einer Villa am Tiberufer, die dem Kardinal gehörte. Doch Juan hatte viele Feinde, und wer immer sein Mörder war, wusste, dass in dem Durcheinander der Scheidung Sforza-Borgia, dem Bündnis Borgia-Aragón, dem Streit König Fernandos mit Papst Alexander die absurdesten Vermutungen aufgestellt wurden, die seine eigenen blutigen Spuren verwischen würden.

Nachdem Kardinal Ascanio als Verdächtiger ausgeschieden war, bezichtigte der Papst Herzog Guido, sich an Juan für die Schmach der Gefangennahme durch die Orsini gerächt zu haben, und schließlich auch Giovanni Sforza, der von Pesaro aus *urbi et orbi* verkündete, seine Scheidung von Lucrezia sei nur vom Papst beabsichtigt, damit Kardinal Cesare sich ungehindert mit seiner eigenen Schwester im Bett vergnügen könnte, wie er es zuvor mit Sancha, der Gemahlin seines Bruders Jofré, getan hatte. Lucrezia sei bereits schwanger von Cesare. Im Übrigen glaube er, dass der Kardinal seinen eigenen Bruder Juan ermordet habe, um Herzog zu werden und nicht, weil er wegen Juans Affäre mit Sancha eifersüchtig war. Zu zarten Gefühlen wie Liebe und Leidenschaft sei ein blutgieriger Assassino wie Cesare Borgia, der seine satanischen Pläne selbst seinem Unheiligen Vater gegenüber mit Androhung von Gewalt durchsetzte, nicht fähig.

Ich dachte an die Auseinandersetzungen, die ich zwischen Juan und Cesare erlebt hatte. Sie waren an der Tafel des Papstes derart aufeinander losgegangen, dass ihr Vater ihnen zu schweigen gebieten musste. Aber würde Cesare wirklich seinen Bruder ermorden, um zu erreichen, was ihm sein Vater offensichtlich verwehrte? Er trug ja immer noch die verhasste Soutane und sollte in wenigen Wochen nach Neapel reisen, um Federico zu krönen.

Wenige Tage nach Juans Tod ließ Papst Alexander die Nachforschungen nach dem Mörder seines Sohnes überraschend einstellen. Glaubte auch er, dass Cesare der Mörder war? Ascanio berichtete in einem Schreiben aus Rom, dass Vater und Sohn kein Wort mehr miteinander sprachen.

Warum leugnete Cesare die Tat nicht? Warum rechtfertigte er sich nicht? Wieso schrieb er mir nicht, um wenigstens *mir* alles zu erklären? Er hätte mir doch bloß andeuten müssen, dass er diejenigen, die er verdächtigte, ihn zu vergiften, auch für die Mörder seines Bruders hielt: Ich hätte ihm geglaubt. Ich hätte ihm geglaubt, weil ich ihm glauben *wollte.* Aber kein Wort von ihm, bis er als Kardinallegat zur Krönung nach Neapel abreiste und sein Vater verkündete, der Mörder seines Sohnes könnte nicht gefunden werden. *Roma locuta, causa finita* – Rom hat gesprochen, die Sache ist erledigt. Mit anderen Worten: *Basta!*

Was, zum Teufel, ging in Rom vor?

Als ich auch aus Neapel keinen Brief von Cesare erhielt, wurde ich jeden Tag ein bisschen wütender. Hatte er am Ende die Bluttat doch geplant? Hatte er, als er todkrank um meine Hilfe bat, mein Vertrauen missbraucht? Hatte er mich getäuscht, als er über die Vorwürfe lachte, er würde seinem Bruder nach dem Leben trachten, weil er den Titel des Herzogs von Gandía erben wollte? Hatte er mich belogen, als er sagte, er wolle die Purpursoutane ablegen? Hatte er mich *benutzt?*

Er hatte mir seinen Kardinalsring gegeben. Waren wir … verlobt? »Ich werde dich nach Rom holen«, hatte er beim Abschied gesagt. Wenn er sein Versprechen, mich zu heiraten, ernst gemeint hatte, warum redete er dann nicht mit seinem Vater? Warum verzichtete er nicht auf den Kardinalspurpur? Selbst wenn er mir geschrieben hätte, wenn er es gewagt hätte, sich mir gegenüber zu rechtfertigen: Ich hätte den Brief von einem Herzog Cesare oder einem Kardinal Cesare in meinem Zorn zerfetzt und ungelesen verbrannt!

Warum deckte der Papst den Sohn, der den Bruder ermordet hatte? Konnte er nicht anders handeln, weil er Cesare brauchte? Konnte er nichts anderes tun als zornig zu schweigen und sich in der Seele verwundet zurückzuziehen, um zu trauern? Nach dem Tod von Pedro Luis und Juan als Herzöge von Gandía ruhten Rodrigos Hoffnungen auf der Gründung einer Dynastie der Borgia in Spanien oder Italien auf Cesare als Ältestem seiner Söhne.

Als Ascanio wenige Wochen später aus Rom berichtete, dass der Papst plante, Cesare nach dem Verzicht auf den Kardinalspurpur mit Carlotta von Aragón zu verheiraten, der Tochter König Federicos, um ihm damit Ansprüche auf das Königreich Neapel zu verschaffen, tobte ich vor Zorn über Cesare, weil er mich benutzt, für wertlos befunden und weggeworfen hatte. Ich weinte bittere Tränen der Enttäuschung: Ich hatte ihm geglaubt, dass er mich liebte. Wie hatte ich nur einen Augenblick annehmen können, ich bedeutete ihm etwas!

Als möglicher Thronerbe von Neapel sollte Cesare Bannerträger der Kirche werden. Jofré wollte der Papst nach seiner Scheidung von Sancha als Kardinal das Erzbistum von Valencia geben, und Lucrezia sollte nach ihrer Trennung von Giovanni Sforza mit Sanchas Bruder Alfonso von Aragón, dem Herzog von Bisceglie, verheiratet werden.

Alles ändert sich, nichts bleibt, wie es war, hatte Herakleitos gesagt. Und doch bleibt es immer dasselbe. Denn *wir* sind dieselben. Menschen auf der Suche. Wir suchen nach Liebe und Geborgenheit, nach Anerkennung und Selbstbestätigung, und immer wieder nach etwas, das nicht wir selbst sind: Macht über die anderen, damit sie uns nicht wehtun können.

Girolamo Savonarolas Exkommunikation durch Alexander im Sommer 1497 erschreckte mich zutiefst. Der Papst hatte den Frater, der das demütige Schweigen verlernt hatte, mit dem Bann belegt. Gianni hatte dagegen protestiert – ohne Erfolg. Selbst Piero hatte seine Stimme erhoben: Der Prior sei ein Freund der Familie Medici. Nachdem Piero einige Wochen zuvor erneut versucht hatte, Florenz zurückzugewinnen und mit seinem Heer vor den Stadttoren kläglich gescheitert war, brachen Aufstände gegen Girolamo los, und die Signoria beschuldigte ihn als Sympathisanten der Medici.

Girolamo geriet in die Schusslinie aller Parteien: derjenigen, die die Rückkehr der Medici herbeisehnten, derjenigen, die die Gottesherrschaft abschaffen wollten, und derjenigen, die wie Niccolò Tag und Nacht dafür arbeiteten, dass Florenz wieder eine Republik wurde. Jede dieser Parteien plante Girolamos Sturz.

An Weihnachten predigte der Prior von San Marco trotz des päpstlichen Banns im Dom von Florenz und teilte die Kommunion aus. Sechs Monate lang hatte er über seinem Dilemma geschwiegen, hatte gefastet und gebetet, bis er vor Erschöpfung zusammenbrach, bis Gott ihm offenbarte, es sei seine Pflicht, dem Papst zu trotzen. Die Zeit des erzwungenen Waffenstillstands war nun vorüber. Der Papst forderte die Signoria von Florenz auf, den aufsässigen Prior entweder nach Rom auszuliefern oder selbst gefangen zu setzen, anderenfalls drohe der Stadt der Kirchenbann. Die Antwort des Priors war ein gigantisches Fegefeuer der Eitelkeiten, das wie im Vorjahr auf der Piazza della Signoria entzündet wurde.

Niccolò schrieb mir im März 1498, dass Alexander den Frater nicht wegen seiner Lehren verdamme, sondern weil er sich weigerte, die Exkommunikation anzuerkennen – und damit die Autorität des Papstes. Der Pontifex erklärte sich bereit, die Exkommunikation aufzuheben, wenn Girolamo sich ihm unterwarf.

Das Letzte, was Alexander will, ist aus Savonarola einen Märtyrer zu machen, schrieb Niccolò besorgt über den Eigensinn des Priors, *aber Fra Girolamo setzt seine flammenden Predigten gegen Rom fort. Ich glaube, er weiß nicht, was er tut. Stell dir vor, Celestino, er hat heute den Papst exkommuniziert!*

Ich warnte Girolamo in einem dreiseitigen Brief, einen Schwerthieb nicht mit dem Schwert, und den Bannfluch nicht mit dem Bann zu beantworten. Die Einzigen, die bei diesem unsinnigen Kampf Schaden an ihrer Seele nahmen, seien die beiden Kämpfenden. Denn beide, Papst und Prior, würden verlieren: ihre Selbstbeherrschung, ihr Ansehen und am Ende ihre Macht.

Girolamo antwortete mir nur wenige Tage später: *Der Zweifel ist der erste Schritt zur unvermeidlichen Niederlage. Ich zweifle nicht, weder an mir selbst noch an meinem Glauben. Wir werden sehen, ob Gott oder die Menschen mächtiger sind. Wenn der Papst gegen mich ist, dann ist er gegen Gott. Ich fürchte mich nicht, denn Er wird siegen.*

Die Signoria griff ein, bevor das Interdikt über Florenz verhängt wurde. Eine Auslieferung des Priors nach Rom kam wegen der befürchteten Aufstände seiner Anhänger nicht infrage. Doch die Signori wussten, dass der Papst mit Piero in engem Kontakt stand und fürchteten eine vom Papst unterstützte Rückkehr der Medici. Also verboten die Signori dem Frater das Predigen. Am 18. März 1498 hielt Girolamo seine letzte Messe, nicht ohne bei dieser Gelegenheit die Könige von Frankreich, Spanien und England aufzufordern, den Ketzer auf dem Stuhl Petri durch ein Konzil zu stürzen.

Celestino, sorgte sich Niccolò in seinem nächsten Schreiben, *in Florenz regiert nicht mehr Gott, sondern Satan. Der Irrsinn greift um sich wie eine tödliche Seuche. Im März forderte ein Franziskaner Savonarola heraus: Er sollte die Wahrheit seiner Lehre durch die Feuerprobe beweisen – er selbst wollte denselben Weg durch die Flammen beschreiten. Fra Domenico von San Marco erbot sich, anstelle von Savonarola durchs Feuer zu gehen, doch dieser Vorschlag wurde von den Franziskanern, die den Prior offensichtlich brennen sehen wollen, verächtlich abgelehnt. Die Signoria sah in der Feuerprobe eine Möglichkeit, Savonarola auf spektakuläre Weise loszuwerden, ohne ihn an den Papst auszuliefern und sich damit dem Willen Roms zu unterwerfen und die Souveränität der Stadt zu gefährden. Aber Savonarola weigerte sich, durchs Feuer zu gehen, nachdem Gerüchte laut wurden, er könne durch einen satanischen Zauber seinen Mönchshabit gegen die Flammen schützen.*

Celestino, ich sage dir: Dieser Mann hatte keine Chance, selbst wenn er wie Jesus über das Wasser des Arno gewandelt wäre. Was auch immer er tut – er ist verloren. Entweder er geht durchs Feuer und stirbt, oder er schreitet durch die Flammen und überlebt, dann ist er mit Satan im Bund und wird auf dem Scheiterhaufen verbrannt. Brennen wird er also in jedem Fall.

Was für ein Mensch! Savonarola ahnte wohl, was geschehen würde, aber er trug es mit Fassung. Er schritt mit so viel Würde durch die aufgebrachte Menge auf der Piazza della Signoria, die ihn während der Feuerprobe brennen sehen wollte, dass ich ihn trotz all seiner Verfehlungen bewundere. Sie bewarfen ihn mit Steinen und noch verletzenderen Worten, aber er ging allein und ohne den Schritt zu beschleunigen zurück nach San Marco.

Noch in derselben Nacht rief die Menge vor dem Konvent nach Popolo e Libertà *– wie damals, in der Nacht der Vertreibung der Medici aus Florenz. Steine flogen durch die Kirchenfenster, dann wurde San Marco von der aufgebrachten Menge gestürmt. Die Dominikaner wehrten sich mit silbernen Kerzenständern und hölzernen Crucifices gegen die Angreifer und trieben sie mit Gewalt zurück auf die Via Larga. Savonarola, der in seiner Zelle gebetet hatte, gebot den Kämpfenden Einhalt und ergab sich den Bewaffneten der Signoria. Er und zwei seiner Fratres wurden in Ketten gelegt.*

Unter der Folter wurde Savonarola des Menschseins überführt, der menschlichen Fehlbarkeit und Zerbrechlichkeit. Er gestand, dass während seiner Regentschaft viele Dinge geschehen waren, die das Gegenteil von dem waren, was er für Florenz und Italien erhofft hatte. Dieser irrende Mensch wird am 23. Mai auf der Piazza della Signoria hingerichtet werden. Celestino, es ist unglaublich, wozu Menschen fähig sind, wenn sie ihr Wollen mit dem göttlichen Willen verwechseln! Was immer der Frater getan hat – ich bezweifle, dass das Gottes Wille ist. *Papst und Prior werden zu Märtyrern ihrer eigenen Prinzipien.*

Florenz, 15. Mai 1498. Dein entsetzter Niccolò.

Wie ein gereizter Tiger lief ich vor der Tür des Saals auf und ab. Die neugierigen Blicke der anderen Wartenden, Botschafter aus Neapel, Urbino und Venedig, ignorierte ich. Zwei Monsignori beobachteten mich und tuschelten hinter vorgehaltener Hand miteinander. Hatten sie mich erkannt?

Aus dem Inneren des Saals erklang ein erregtes Stimmengewirr. Hatte der spanische Botschafter es erneut gewagt, dem Papst zu widersprechen? Meine Hoffnung sank: Wie wütend würde er sein, wenn er den Botschafter hinausgeworfen hatte? Und wie zornig, wenn er mich sah? Was wollte ich ihm überhaupt sagen – falls er geruhte, mich zu empfangen?

Erschöpft von der Reise ließ ich mich auf einem Sessel nieder. Ich war sofort aufgebrochen, als ich Niccolòs letzten Brief erhalten hatte, war nach Genua geritten, hatte dort ein spanisches Schiff bestiegen und war nach Ostia gesegelt, wo ich an diesem Morgen von Bord gegangen war. Und nun wartete ich vor dem Thronsaal auf den Papst und fragte mich zum ersten Mal, ob ich richtig gehandelt hatte. Das Urteil über Girolamo war bereits gefällt. Was konnte ich denn noch erreichen? Nichts. Außer mein Gewissen zu beruhigen.

Das Portal des Thronsaals öffnete sich. Das Konsistorium war beendet. Die ersten Kardinäle strömten aus dem Saal: Alessandro Farnese, Ippolito d'Este und Gian Battista Orsini, die mich in meinem scharlachroten Faltenmantel nicht erkannten. Ein paar Schritte hinter ihnen eilte Cesare aus dem Saal. Er blieb verdutzt stehen und starrte mich an, dann kam er zu mir herüber.

»Caterina, was machst du in Rom?«, fragte er leise und küsste mich wie einen Freund auf die Wange.

Ich entwand mich seiner Umarmung. Was für eine Begrüßung nach einem Jahr der Trennung! Als hätte er mir seit unserem Abschied in Mailand hundert Briefe geschrieben und mich angefleht, zu ihm nach Rom zu kommen. Stattdessen wollte er Carlotta von Aragón heiraten.

»Ich will mit deinem Vater sprechen«, murmelte ich kühl.

Einen Augenblick lang war ich versucht, ihm seinen Kardinalsring zurückzugeben, nein: zornig ins Gesicht zu werfen, doch dann entschied ich mich dagegen. Denn damit hätte ich doch nur zugegeben, dass ich ihn für einen Verlobungsring gehalten, dass ich auf Cesare gewartet hatte und dass ich zutiefst enttäuscht von ihm war. Nein, niemals! Niemals würde ich diese Schwäche zugeben. Nicht vor ihm und nicht vor mir selbst.

Gianni hatte mich gesehen und eilte zu uns herüber, bevor Cesare antworten konnte. Er drängte sich zwischen uns, umarmte mich stürmisch, wirbelte mich herum und küsste mich auf beide Wangen. »Ich bin so froh, dich zu sehen. Ich habe so lange nichts von dir gehört. Geht es dir gut? Wo hast du bloß all die Jahre gesteckt? Warum hast du nie geschrieben? Wieso bist du in Rom? Wie lange bleibst du? Hast du gehört, was in Florenz los ist?«

»Eine Menge Fragen, Gianni«, lachte ich. »Ja, mir geht es gut. Ich lebe im Castello Sforzesco in Mailand, und es gefällt mir dort, sodass ich nur wenig Sehnsucht nach den schwülen Nächten in Rom verspüre.« Ich sah Cesare herausfordernd an, aber er wich meinem Blick aus. Er spürte, dass ich wütend auf ihn war. Und er ahnte wohl auch, warum. »Ja, ich habe gehört, was in Florenz los ist. Deshalb bin ich hier. Ich werde mit Alexander sprechen.«

»Diese Demütigung kannst du dir ersparen, Caterina«, seufzte Gianni. »Ich habe alles versucht. Weder Piero noch ich haben mehr erreicht, als dass der Vulkan bebte und heiße Lava spuckte.«

»Mit dem Feuer kann ich umgehen«, erinnerte ich meinen Bruder.

Dann verabschiedete ich mich von Gianni, ließ Cesare ohne ein weiteres Wort stehen, und betrat den päpstlichen Thronsaal. Dort fand ich nur den spanischen Botschafter und ein paar Mitglieder seiner Delegation. Señor de la Vega war sichtlich erregt von der Unterredung mit dem Papst, als er seine Befehle zur Abreise nach Spanien erteilte, um Fernando von den neuesten machtpolitischen Ideen »dieses verdammten Ketzers auf dem Thron Petri«, »dieses Möchtegern-Königs von Italien«, »dieses Antichristen« zu berichten. Für die anderen Beschimpfungen, mit denen de la Vega Seine Heiligkeit bedachte, reichte mein Spanisch nicht aus.

Ich befürchtete, dass Rodrigo nach dieser Unterredung mit dem spanischen Botschafter mit mir nicht ausgerechnet über Fra Girolamo sprechen wollte. Trotzdem ging ich weiter, durchquerte den Thronsaal und verließ ihn durch die Tür, die zu den päpstlichen Räumen führte.

Johannes Burkhard hielt mich auf, als ich Rodrigos Wohnung betreten wollte. Er betrachtete mich wie einen giftigen Skorpion, der ihn jeden Moment stechen konnte. Ich sah ihm an, dass er mich am liebsten hinausgeworfen hätte, aus der päpstlichen Wohnung, aus dem Vatikan und aus Rom. Doch schließlich trat ein verächtliches Lächeln auf seine Lippen, und er ließ mich zum Papst. Ich würde mich im Arbeitszimmer und Schlafzimmer Seiner Heiligkeit ja bestens auskennen …

Warum er mich vorließ, konnte ich mir denken: Er dachte, Rodrigo würde mich schon zurechtstutzen, wenn ich unangemeldet in seiner Wohnung auftauchte. Also hatte Rodrigo schlechte Laune!

Ich fand ihn im Arbeitszimmer. Er saß an seinem Schreibtisch und schrieb an einem Pergament, als ich nach einem leisen Klopfen eintrat. Er sah nicht auf, war ganz in seine Gedanken vertieft.

»Hast du einen Augenblick Zeit?«, fragte ich nach einer Weile.

Er sah auf und erkannte mich trotz der Kleidung. Kein »Wie schön dich zu sehen!«, kein »Wo warst du bloß all die Jahre?«, kein »Ich habe dich vermisst!«. Er starrte mich an, während ich an der Tür verharrte und auf ein Zeichen von ihm wartete, näher zu treten. Er schien zu überlegen, was das war: Zeit für etwas zu haben.

»Was willst du?«, fragte er schließlich, als er die Schreibfeder unwillig auf den Tisch warf und sich auf seinem Sessel zurücklehnte. Die Tinte tropfte vom Gänsekiel auf das Schriftstück und hinterließ einen verlaufenden Fleck.

»Ich will um Vergebung bitten«, sagte ich, als ich ohne Aufforderung an seinen Schreibtisch trat. Ich blieb davor stehen, ohne mich zu setzen.

»Um Vergebung?«, fragte er und starrte mich an. »Du hast mich verletzt, als du vor fünf Jahren ohne ein Wort Rom verlassen hast. Der Schmerz ist in den letzten Jahren auch nicht durch einen Brief von dir, eine Erklärung deiner überstürzten Entscheidung, mich zu verlassen, ein Wort der Liebe oder ein Versprechen, zurückzukommen, erträglicher gemacht worden. Die Wunde ist noch nicht verheilt. Sie fängt gerade in diesem Augenblick wieder an, höllisch wehzutun.« Er deutete auf sein Herz. »Aber ich vergebe dir, wenn du mir versprichst, dass du in Rom bleibst.«

Ich nahm auf dem Sessel vor seinem Schreibtisch Platz. »Ich bin nicht gekommen, um Vergebung für mich selbst zu erbitten. Sondern für Girolamo Savonarola.«

Unbeherrscht sprang er von seinem Stuhl auf und ging zum offenen Fenster. Eine Weile sah er schweigend den Tauben zu, die Brotkrümel von seinem Fenstersims pickten. »*Diese* Vergebung ist nicht möglich«, sagte er nach einer Weile, ohne sich zu mir umzudrehen.

»Ich appelliere nicht an Seine Heiligkeit, Papst Alexander VI., einem Ketzer Gnade zu gewähren, sondern an den Menschen Rodrigo Borgia. An deine Vernunft: Lass Girolamo Savonarola nicht als Märtyrer sterben!«, drang ich in ihn.

Er wandte sich zu mir um und lehnte mit verschränkten Armen am Fenstersims. »Du appellierst an meine *Vernunft*, Catalina? Piero de' Medici schwatzte mir die Ohren voll von seiner großartigen Rückkehr nach Florenz – als Regent von meinen Gnaden, als mein Bündnispartner gegen Frankreich, als mein Condottiere im bevorstehenden Krieg. Giovanni de' Medici hat von Gnade und Vergebung für Fra Girolamo gesprochen und mir Zitate aus dem Neuen Testament um die Ohren gehauen – als sei ich Pilatus, der Jesus Christus persönlich ans Kreuz nagelt. Fra Mariano da Genazzano, der Ordensgeneral der Augustiner, hat mich auf Knien angefleht, Italien von diesem gefährlichen Ketzer zu befreien. Und der Botschafter von Florenz hat sich vor mir gewunden wie eine Schlange, als ich ihm mit dem Interdikt drohte, wenn die Signoria den Frater nicht in Ketten nach Rom ausliefert. Aber an meine *Vernunft* hat noch niemand appelliert«, sagte er, ohne mich aus den Augen zu lassen. »Ich sage dir: Die Verurteilung von Girolamo Savonarola ist die vernünftigste Entscheidung meines Lebens.«

»Weil er dich in seinen Predigten angegriffen hat?«, fragte ich, enttäuscht über seine Unnachgiebigkeit.

»Nein, Catalina. Nicht deswegen. Ich habe gesagt, dass Rom eine weltoffene Stadt ist und dass jeder reden und schreiben kann, was er will. Dasselbe Recht hat auch Savonarola in Florenz. Er kann mich beschimpfen, wie er will. Ich habe mir seine Tiraden sechs Jahre lang geduldig angehört, und manchmal habe ich mich über ihn und seinen Zorn amüsiert. Er kann mich Antichrist nennen oder Lucifer – es ist mir egal. Er kann über das Bett des Papstes reden, aber nicht über seinen Thron, den Stuhl Petri.«

»Ich werde mit ihm sprechen«, bot ich ihm an. »Er wird auf mich hören. Und widerrufen.«

Rodrigo schüttelte den Kopf, ob über Girolamos Eigensinn oder über meinen Vorschlag, wusste ich nicht. »Ich habe nichts dagegen, wenn sich die Schafe meiner Herde in der Nähe des Gatters herumdrücken, um ein bisschen Freiheit zu atmen, um zu sehen, wie es draußen, außerhalb der Weide, ist. Ich habe auch nichts dagegen, wenn die Schafe hin und wieder einen übermütigen Ausbruch wagen, weil das Gras dort draußen so saftig grün ist und die Blumen verführerisch duften. Ich habe dasselbe getan, als ich jung war. Wie oft mussten mich meine eigenen Hirten, Pius, Sixtus und Innozenz, einfangen und ermahnen. Aber dieses Schaf Savonarola hält sich mittlerweile ständig außerhalb des Gatters auf und ist nicht gewillt, zur Weide zurückzukehren. Nun heulen die hungrigen Wölfe, und du bittest mich, den Hirten, dieses uneinsichtige, stolze, eigensinnige ›verlorene Schaf‹ zurückzuholen.

Nein, das werde ich nicht tun. Und ich werde dir auch sagen, warum: Es war seine Entscheidung, die Weide zu verlassen. Ich habe mit der Exkommunikation das Tor geöffnet, und er ist tapfer hinausgetrabt. Das Tor stand monatelang offen, und er hätte demütig zurückkehren können. Aber er hat sich entschieden, draußen weiterzublöken und nicht auf das Heulen der Wölfe zu hören, die er mit seinem Geschrei angelockt hat.«

Ich schwieg.

»Ich habe meinen Schafen das Blöken nicht verboten. Keinem von ihnen, weder Giuliano della Rovere noch Ascanio Sforza, weder Mariano da Genazzano oder Girolamo Savonarola. Sie haben ihren Hirten kritisiert, haben ihn unfähig genannt, die Herde zusammenzuhalten oder das Gatter instand zu setzen, haben sich über ihn amüsiert, weil er ein Mensch ist. Aber dieses Schaf, Catalina, hat nicht den Hirten Rodrigo Borgia und seine Fähigkeiten zum Hüten der Herde infrage gestellt, sondern die Funktion des Hirten selbst.«

»Und deshalb schickst du deine *Domini canes,* deine dominikanischen Bluthunde, um das verirrte Schaf zum Schweigen zu bringen«, begehrte ich auf.

»Ich habe keine andere Wahl, Catalina. Jahrelang habe ich ihn predigen lassen, dass es die Pflicht des Gläubigen sei, Gott mehr zu ehren als einen Menschen, auch wenn er wie ich als Sein Stellvertreter handelt. Ich habe seine Diffamierungen geduldig ertragen, weil ich bei mir dachte: Wenn du Papst wärest, Girolamo, würdest du dasselbe tun wie ich. Du würdest andere Worte wählen, um deine Entscheidungen zu rechtfertigen, aber letztlich würdest du genauso entscheiden. Aber du bist nicht Papst, sondern ich, und deshalb hast du das Recht, nicht zu verstehen, was ich tue. Aber Fra Girolamo hat – Verständnis oder nicht – die Pflicht zu gehorchen.« Rodrigos Faust schlug auf das Fenstersims, und die erschreckten

Tauben stoben flatternd davon. Er schwieg eine Weile, dann fuhr er fort:

»Ich hatte gehofft, Savonarola würde sich unterwerfen, und wir könnten die ganze Angelegenheit bei einem Becher Chianti in Ruhe besprechen. Wenn er mir auch nur ein kleines Zeichen der Unterwerfung angeboten hätte, wäre ich ihm den ganzen Weg bis Florenz entgegengekommen, um endlich Frieden zu schließen. Aber nein! Er leugnet die Rechtsgültigkeit seiner Exkommunikation.« Noch nie hatte ich Rodrigo so wütend gesehen. Er verschränkte die Arme und starrte mich an:

»In den letzten Monaten ist diese disziplinarische Frage zu einer dogmatischen geworden, die ich nicht länger tolerieren kann. Fra Girolamo reklamiert für sich die Autorität des persönlichen Urteils, das unantastbare Recht auf Gewissensfreiheit. An die Gefahr eines erneuten Kirchenschismas scheint er dabei nicht zu denken. Vielleicht aber doch: Will er vielleicht Gegenpapst werden und die Kirche reformieren? Fra Girolamo hat mir mit einem Konzil gedroht und Spanien, Frankreich und England gegen mich aufgehetzt. Aus einem akademischen Streit, wer wen exkommunizieren darf, ist mittlerweile die Gefahr einer gewaltsamen Kirchenspaltung geworden. *Das* kann ich nicht dulden, Catalina. Ebenso wenig, dass er den französischen König nach Italien zurückruft, um mich abzusetzen.

Italien liegt seit der Invasion von 1494 noch immer schwer verwundet am Boden. Italien leidet unter Pest und Syphilis, unter Hunger, Missernten und Geldentwertung, ganz zu schweigen von zerbrochenen Bündnissen, die seine Stabilität gefährden. Einen zweiten Angriff der Franzosen, wie Fra Girolamo ihn nicht nur prophezeit, sondern geradezu heraufbeschwört, kann Italien nicht überleben.«

Ich senkte den Kopf, um seinem Blick auszuweichen. »König Charles ist tot«, wagte ich zu sagen. »Er starb letzten Monat.«

Rodrigo verbiss sich in seinen Zorn. »Sein Cousin, Herzog Louis von Orléans, wird ihm auf den Thron nachfolgen. Er hat seine Erbansprüche auf Neapel und Mailand bereits angemeldet, weil er weiß, dass ich César mit Carlotta von Aragón verheiraten will, um ihn als Thronerben von Neapel einzusetzen. Ein Krieg mit König Louis um Neapel und Mailand ist unabwendbar. Aber statt Italien gegen diese Bedrohung zu einen, riskiert dieser wahnsinnige Dominikaner eine Kirchenspaltung und damit die Vernichtung des mächtigsten Staates in Italien, des Patrimonium Petri. Er weiß offensichtlich nicht, was er tut.«

»Aber …« Meine Gedanken stolperten über meine Worte. »Aber wenn du ihn zum Märtyrer machst …«

»Ich?«, erregte sich Rodrigo. »*Ich* mache ihn zum Märtyrer?« Der Papst stürmte zu seinem Schreibtisch zurück und zog, nein: riss ein Pergament aus einem Haufen von Schriftstücken, die zu Boden flatterten. »Lies! Das ist die Mitschrift einer seiner Predigten im Dom von Florenz.«

Ich überflog die Seite. Unverkennbar, das waren Girolamos Tiraden. In meinen Gedanken konnte ich den Donnerhall seiner Stimme hören, als ich seine Worte las: »Der Herr schwingt Seine Waffe, und wenn Er sie gebraucht hat, legt Er sie nicht nieder, sondern wirft sie fort. So war es mit dem Propheten Jeremia: Als Er ihn gebraucht hatte, warf Er ihn fort, auf dass er gesteinigt werde. So wird es auch mit dieser Waffe geschehen. Wenn Er sie geschwungen hat, wird Er sie fortwerfen. Zu Dir wende ich mich, o Herr, Du bist für die Wahrheit gestorben. Und ich flehe Dich an, lass auch mich für die Wahrheit sterben.«

»O mein Gott!«, flüsterte ich, als ich Rodrigo das Pergament zurückgab.

»Ja, das habe ich auch gesagt, als ich das gelesen habe. Er macht sich selbst zum Märtyrer und zwingt mich, ihn zu verurteilen. Er weiß genau, was ihm bevorsteht. Sein Kreuz hat er sich selbst aufgerichtet.«

»Und du richtest ihn, wie Pilatus Jesus Christus gerichtet hat.«

»Ich richte ihn nicht. Das tut die Signoria von Florenz«, entgegnete Rodrigo. »Die Florentiner waren so ungeduldig, diesen Propheten loszuwerden, dass die Signoria nicht einmal Zeit hatte, eine Ermächtigung aus Rom für das Gerichtsverfahren gegen einen Priester einzuholen. Sie haben ihn gefangen gesetzt und gefoltert, ohne mich, den Papst, um Erlaubnis zu bitten. Ich habe sie gewähren lassen, bis sie zu ihrem Urteil kamen …«

»… das mit deinem eigenen übereinstimmte: Tod auf dem Scheiterhaufen«, platzte ich heraus. Ohnmächtige Wut erfüllte mich, weil es mir nicht gelungen war, Rodrigo zu besänftigen und Girolamos Leben zu retten.

»Ich kann und will und werde dieses Urteil nicht mehr revidieren«, erklärte der Papst.

Ich sah ihm in die Augen und nickte, dann erhob ich mich. »Ich bin hierher gekommen, um Gnade für Girolamo zu erbitten. Ich verstehe, dass du nicht anders handeln kannst, Rodrigo. Und ich hoffe auf dein Verständnis, dass auch ich tun muss, was ich für richtig halte. Vergib mir, denn ich werde nach Florenz reiten, um Girolamo in seinen letzten Stunden beizustehen.« Ich wandte mich zum Gehen.

»Du kannst nicht nach Florenz! Das ist viel zu gefährlich. Du bist eine Medici«, rief er mir nach. An der Tür hatte er mich eingeholt, und ich blieb stehen. Er griff nach meiner Hand und zog mich an sich. »Muss ich dich in die Engelsburg sperren, um dich von diesem Wahnsinn abzuhalten? Bitte geh nicht!«, flüsterte er, als er mich an sich drückte. »Ich würde es nicht ertragen, wenn dir etwas geschieht.«

»Ich werde nach Florenz reiten, Rodrigo. Und wenn es das Letzte ist, was ich tue. Ich werde Girolamo beistehen.«

Er fragte mich nicht, ob ich nach Rom zurückkehren würde, denn er ahnte, wie meine Antwort sein würde. »Lass mich dir wenigstens ein paar Bewaffnete mitgeben, die dein Leben schützen«, bat er mich besorgt.

»Nein, Rodrigo. Ich erbitte etwas anderes von dir.«

Eine Stunde später war ich allein auf dem Weg nach Florenz. Im Gepäck hatte ich ein päpstliches Beglaubigungsschreiben für Fra Celestino und einen Dominikanerhabit. Ich ritt, als wäre Satan hinter mir her, und übernachtete in einem Dominikanerkloster. Ich galoppierte die Via Cassia entlang über Siena nach Florenz, wo ich am 22. Mai, dem Tag vor Girolamos Hinrichtung, völlig erschöpft von diesem Gewaltritt, kurz vor Sonnenuntergang die Porta Romana durchquerte.

Die schwarze Kapuze des Ordensgewandes hatte ich über den demütig geneigten Kopf gezogen, als ich durch die Via Romana in Richtung Ponte Vecchio ritt. Niemand erkannte mich, als ich den Arno überquerte, mich mit meinem Pferd durch das Gassengewirr kämpfte und im schwindenden Licht der letzten Sonnenstrahlen nach vier Jahren des Exils zum ersten Mal wieder die Piazza della Signoria betrat.

Ich fühlte mich seltsam verloren in Florenz. Wie ein Schilfrohr, das aus dem Uferschlamm des Arno gerissen worden war, um an einer anderen Stelle des Lebensflusses eingepflanzt zu werden. Hatten meine zerrissenen Wurzeln jemals Halt gefunden in Mailand? Oder trieb ich, das ausgerissene Schilfrohr, immer weiter mit der Strömung des Flusses?

Florenz hatte sich nicht verändert. Alles war wie früher, als die Stadt meine Heimat gewesen war: die Palazzi der großen florentinischen Familien rund um die Piazza, die Wehrtürme mit ihren im Wind wehenden Flaggen, die mit Statuen geschmückte Loggia, der

Palast der Signoria, Donatellos marmorner Löwe, das Symbol der Republik. Florenz würde sich niemals verändern, nicht in fünfhundert Jahren. Und doch war alles anders, nach nur vier Jahren. Die Menschen hatten sich verwandelt.

Sie machten mir Angst. Nicht weil ich fürchtete, erkannt und hingerichtet zu werden. Sondern weil ich sah, was sie aus sich selbst gemacht hatten. Verwirrte, verschreckte, verängstigte Menschen, die einen Propheten verehrt hatten, weil er ihnen das Seelenheil versprach, die ihren Propheten verurteilten, weil sie den Glauben an ihn verloren hatten, die ihn richteten, weil sie Angst hatten, am Ende selbst gerichtet zu werden. Verwirrte, verschreckte, verängstigte Menschen, fehlbar in ihrem Urteil, verwegen in der Wahl ihrer Waffen, die Schuld von sich abzuwenden. *Quo vadis, homine* – Wohin gehst du, Mensch? Und wie weit willst du noch gehen?

In der Mitte des Platzes war ein Scheiterhaufen errichtet worden. Ich lehnte mich im Sattel zurück und sah hinauf zum Turm des Palazzo della Signoria, wo Girolamo gefangen gehalten wurde.

Nachdenklich überquerte ich die Piazza und ritt durch die Via dell'Anguillara in Richtung Santa Croce. Die Schatten der Abenddämmerung senkten sich über die Stadt, als ich vor Niccolòs Palazzo vom Pferd sprang.

Niccolò, seit den Wahlen im März Mitglied der Regierung von Florenz, verschaffte mir Einlass in den Palazzo della Signoria. Er war nicht glücklich über mein plötzliches Auftauchen in Florenz und fürchtete um mein Leben. Und als ich ihm erklärte, was ich vorhatte, sah er mich nur kopfschüttelnd an. Traurig. Und verzweifelt über meine Entschlossenheit. Aber wenn Niccolò mir nicht geholfen hätte, wäre ich, der Dominikanermönch, nicht bis in Girolamos Zelle gelangt. Die Signoria war wegen der Androhung des

Interdikts nicht besonders gut auf den Papst zu sprechen, und Niccolò musste seinen ganzen Einfluss beim Bannerträger geltend machen, um mich in jener Nacht hinauf in den Turm zu bringen.

Mit einer Fackel in der Hand stieg ich die enge Wendeltreppe hinauf in Girolamos Verlies. Ein Wächter öffnete die schwere Tür des Gefängnisses, und ich trat ein. Hinter mir wurde das eiserne Schloss wieder verriegelt.

Girolamo kauerte auf dem Steinboden, den Rücken gegen die Wand gelehnt, auf den Knien mehrere Pergamente. Als er mich im Schein der Fackel sah, ließ er vor Schreck Feder und Tintenfass fallen und hob beide Arme. »Lass mich in Ruhe!«, schrie er mich an. »Hör auf, mich zu quälen!« Dann griff er nach dem ausgelaufenen Tintenfass und warf es nach mir. Geschwächt und gebrochen von der Folter, hatte er nicht genug Kraft, mich zu treffen. Aber die Tinte spritzte über mein Gesicht und den schwarz-weißen Habit.

Ich bewegte mich nicht, um ihn nicht noch mehr in Panik zu versetzen, und die Tinte lief wie kalte Tränen über mein Gesicht. »Ich bin nicht Satan«, flüsterte ich sanft.

Girolamo war zerbrochen, körperlich wie geistig. Er lehnte sich zitternd gegen die Wand und wich vor mir zurück, als ich einen Schritt näher treten wollte. »Verschwinde!«, brüllte er mich an. »Lass mich in Frieden!«

Er rang um seinen Glauben – nicht den an Gott, denn den hatte er nie verloren, sondern den Glauben an sich selbst. Sein Gewissen lastete wie ein schwarzer Schatten auf ihm. Wie im Delirium brüllte er: »Erlöse mich, o Herr!«

Ich kniete mich neben ihn und packte ihn bei den Schultern. »Girolamo, bitte beruhige dich. Ich bin es: Celestino.«

Er starrte mich an, als hätte ich Hebräisch mit ihm geredet. Im Schein der Fackel suchten seine Augen die meinen. Dann erkannte er mich endlich. »Celestino!«, flüsterte er bewegt. »Warum bist du zurückgekommen?« Er ergriff meine ausgestreckten Hände und zog mich zu sich auf den Steinboden.

»Ich bringe dir die Absolution.«

»Von Papst Alexander?«, fragte er zweifelnd. Aber war das ein Schimmer von Hoffnung in seiner Stimme?

»Nein, Girolamo. Du hast ihm, indem du ihn exkommuniziert hast, jedes Recht abgesprochen, dir zu vergeben.«

»Von wem ist dieser Brief?«, fragte Girolamo, als ich ihm Rodrigos Zeilen in die Hand drückte. Er kniff die Augen zusammen und las im Schein der Fackel die wenigen Worte, die Rodrigo eigenhändig auf das Pergament gekritzelt hatte. Als er die Unterschrift sah, brach Girolamo in Tränen aus. Immer wieder flog sein Blick über den Brief, und er zitierte schluchzend den letzten Satz:

»Girolamo, ich vergebe dir. Rodrigo Borgia.«

Dann brach Girolamo unter Tränen zusammen, als sei dies die größte Demütigung seines Lebens. Der Mensch Rodrigo hatte ihm vergeben, der Papst Alexander VI. konnte es nicht.

Ich legte ihm den Arm um die Schulter und ließ ihn weinen, bis er sich beruhigte und mit dem Ärmel seines Habits die Tränen aus dem Gesicht wischte.

»Würdest du mit mir beten, Celestino?«, bat er mich.

»Ich bin kein Priester«, wandte ich ein.

»Nein, du bist viel mehr. Ein Freund.« Er griff nach einem Haufen ungeordneter Pergamente, die neben ihm lagen. »Seit ich auf meine Hinrichtung warte, habe ich über den fünfzigsten Psalm *Miserere* meditiert. Würdest du mit mir im Gebet die ersten Zeilen meiner Gedanken lesen?«

Ich kniete mich neben ihn auf den kalten Boden des Verlieses und las gemeinsam mit ihm:

»Ich Unglücklicher verging mich gegen den Himmel und die Erde und stehe jetzt allein und ohne Hilfe da. Wohin soll ich gehen?

Wohin mich wenden? Zu wem soll ich fliehen? Wer wird sich meiner erbarmen? Zum Himmel wage ich meine Augen nicht zu erheben, denn schwer habe ich mich gegen Dich versündigt, o Herr. Und auf der Erde finde ich keine Zuflucht mehr. Was bleibt mir zu tun? Soll ich zweifeln? Niemals! Denn Du bist barmherzig. So komme ich voll Schmerz und Reue zu Dir, denn Du allein bist noch meine Hoffnung. Sei mir gnädig in Deiner unendlichen Güte! Schenke mir Frieden!«

Girolamo bekreuzigte sich nach dem Amen. »Glaubst du, Er vergibt mir meine Irrtümer und Verfehlungen?« Er wich meinem Blick aus, als fürchtete er sich vor der Antwort.

»Du bist Sein Prophet. Warum sollte Er dir nicht vergeben?«

Girolamo seufzte: »Ich bin kein Prophet, Celestino, und ich war nie einer, obwohl ich es selbst lange geglaubt habe. Ich hielt mich für von Gott erwählt, Seinen unerforschlichen Willen zu erkennen. Ich hielt mich für ausersehen, Sein Wort zu verkünden und schließlich wegen des Unglaubens der Menschen daran zugrunde zu gehen wie alle Propheten vor mir. Jetzt weiß ich nicht mehr, was Gott wollte und was nicht, und was ich selbst wollte. Mein eigenes Gewissen schreit lauter als Er in seinem Zorn über mein Versagen, und ich kann nicht verstehen, was Er mir sagt.«

»Er sagt: Was immer du getan hast, Girolamo, Ich vergebe dir.«

»Wieso sollte Er das tun?«, zweifelte der Frater.

»Er war hungrig, und du hast Ihm zu essen gegeben, Er war durstig, und du hast Seinen Durst gestillt. Er war nackt, arm und ohne Arbeit, und du hast dich um Ihn gesorgt und bemüht. Er war im Gefängnis, und du hast Ihn freigelassen. Du fragst: Wann war das? Ich habe doch nur meinem Gewissen entsprechend gehandelt, die Not zu lindern. Ich habe Ordnung geschaffen, wo Chaos war. Und ich war friedfertig, als die Schwerter gezogen wurden. Ich habe versucht, die gewalttätigen und zerstörerischen Ausschreitungen nach der Flucht der Medici zu verhindern und für Ruhe und Ordnung und ein bisschen Selbstachtung der Menschen zu sorgen. Ich habe versucht, die Notwendigkeit von Frömmigkeit, Bescheidenheit und Nächstenliebe den Menschen begreiflich zu machen, und deshalb musste ich einem unwürdigen Papst ungehorsam sein.

Ich sage dir, Girolamo, was du einem Seiner Kinder getan hast, das hast du für Ihn getan. Wenn Er dir nicht vergibt, weiß ich nicht, warum Er Seinen Sohn in die Welt geschickt hat, um solchen Unsinn von Liebe und Vergebung zu verbreiten.«

Girolamo schwieg eine Weile. »*Ich* habe nicht Liebe und Vergebung gepredigt«, kam er schließlich zur Einsicht.

»Nein, diese Worte habe ich nie von dir gehört«, stimmte ich zu. »Aber entscheidend ist am Ende, wie du gehandelt hast. Ich will nicht für Lorenzo sprechen, der dir in der Stunde seines Todes vergeben hat, oder für Angelo und Giovanni, die beide als Dominikaner in San Marco starben, nicht für Giulio, der dich wie einen Vater liebt, sondern nur für mich selbst.

Du hast meinen Hunger gestillt und meinen Durst gelöscht, du hast mir deinen Habit gegeben, als ich nichts anzuziehen hatte, und mir dein Bett angeboten, als ich nicht wusste, wo ich schlafen sollte. Du hast mich gegen meine Verfolger geschützt, hast mich unter großen Gefahren im Konvent versteckt und hättest am Ende sogar deinen Freund Giovanni gehen lassen, damit wir glücklich werden konnten. Kein Mensch kann mehr für einen anderen tun, als was du für mich getan hast, Girolamo.«

Schweigend starrte er den hölzernen Crucifixus an, den er am Band um den Hals trug. Er hielt ihn vor sein Gesicht und betrachtete den hingerichteten Menschensohn von allen Seiten.

»Hast du Angst, Girolamo?«, fragte ich nach einer Weile.

»Ich habe grauenvolle Angst. Nicht vor dem Sterben, nicht vor den Schmerzen des Feuers auf dem Scheiterhaufen. Ich habe

Angst, dass ich nicht so würdig sterben kann wie Lorenzo, Angelo oder Giovanni. Sie werden mich lebendig verbrennen. Ich weiß nicht, ob ich die furchtbaren Schmerzen ertragen kann, ohne den Herrn um Erlösung anzuflehen, ohne ein ›Mein Gott, warum hast Du mich verlassen?‹ in den Himmel hinaufzubrüllen. Ein einziger Augenblick der Schwäche, ein Stolpern, ein Schrei in der Stunde meines Todes kann alles zerstören, was mein Leben … was *mich* ausgemacht hat.«

»Die Florentiner werden sich an dich erinnern.«

»Werden sie das? An wen werden sie sich erinnern?«, fragte er verbittert. »An Savonarola, der in Florenz die Gottesherrschaft aufrichtete – an den fanatischen Propheten, der wie ein Tyrann regierte? An Fra Girolamo, der auf der Piazza della Signoria die Fegefeuer der Eitelkeiten entzündete – an den Zerstörer von allem, was dem florentinischen Humanismus heilig ist? Oder an den aufsässigen dominikanischen Mönch, der es wagte, sich mit dem Papst anzulegen, das Interdikt für Florenz riskierte, im theologischen Zweikampf unterlag und deshalb als Ketzer hingerichtet und verbrannt wurde? Wenn es das ist, was von mir bleibt, dann ist es besser, wenn ich vergessen werde. Dann war mein Leben sinnlos …«

»Kein Leben ist sinnlos, Girolamo. Und kein Tod ist vergeblich. Jeder von uns hat eine Bestimmung. Manche Aufgaben sind leicht zu erfüllen, erfordern nicht mehr als ein Lächeln und erlösen uns, bevor wir unseren Weg zu Ende gegangen sind. An anderen Aufgaben scheitern wir immer wieder, und sie kosten uns das Lebensglück, die Liebe, die Würde, das Leben. Und trotzdem müssen wir sie erfüllen, um in der Stunde unseres Todes, wenn wir den gewundenen Weg unseres Lebens gegangen sind, wir selbst zu werden. Das ›Werde der du bist!‹ ist das einzig Unvermeidliche in unserem Leben, das ›Sei du selbst!‹ ist die letzte Transmutation unseres Seins.«

Er fiel zurück in sein Schweigen und starrte den Gekreuzigten in seiner Hand an. Dann barg er sein Gesicht in den Händen und weinte wie unter Qualen.

Tröstend umarmte ich ihn, und seine Tränen netzten mein Gesicht. Dann ließ er mich los, richtete sich auf und wischte sich über die Augen. »Danke, dass du mich in dieser Stunde ertragen hast, Celestino: meine Tränen, meine Zweifel und mein Selbstmitleid. Danke, dass du mit mir gebetet und mir die Kraft gegeben hast, meinen Weg bis zu Ende zu gehen. Von nun an werde ich keine Tränen mehr vergießen, sondern mein Blut.«

Der Wächter öffnete mit lautem Schlüsselgerassel die Tür des Verlieses. Es war so weit: Ich musste gehen.

»Gott segne und beschütze dich, Girolamo«, flüsterte ich und ließ seine Hand los. Dann erhob ich mich. »Ich werde heute Nacht darum bitten, dass Er dich nicht lange leiden lässt.«

Die Piazza war ein wogendes Meer aus Menschenleibern, als Girolamo gegen Mittag des nächsten Tages aus dem Palazzo della Signoria geführt wurde. Das Urteil wurde verlesen: Tod durch Erhängen am Galgen, dann Verbrennen auf dem Scheiterhaufen.

Girolamo war überrascht. Er suchte mein Gesicht in der Menge, um mir mit einem Lächeln für diesen Tod zu danken, den ich in der Nacht dem Bannerträger abgerungen hatte.

Girolamo Savonarola ging seinem Tod mit einer Würde entgegen, die die Wartenden auf der Piazza enttäuschte. Sie hatten erwartet, dass der Frater demütig wäre, weil er seine Macht und sein Selbstvertrauen verloren hatte, oder ängstlich, weil er sich von Gott verlassen glaubte. Gelassen ertrug er, wie ihm der Crucifixus abgenommen wurde, das schwarze Skapulier, der weiße Habit. Wie ihm seine Priesterwürde genommen und er von der streitbaren Kirche geschieden wurde. Nackt wie Gott ihn erschaffen hatte, ertrug er die Beleidigungen und Demütigungen der Florentiner, während er gemessenen Schrittes zu seinem Galgen in der Mitte der Piazza ging.

»Prophet Girolamo! Jetzt wäre es Zeit für ein Wunder!«, brüllte ein junger Mann, als Savonarola auf das Podest des Galgens stieg und die Schlinge um seinen Hals gelegt wurde. Andere stimmten ein: »Heiliger Girolamo, zeig uns deine Macht und steig herab von deinem Scheiterhaufen!«

Mit Niccolò drängte ich mich durch die Menge, bis ich direkt unterhalb der Richtstätte stand. Ich trug den Dominikanerhabit und hatte die schwarze Kapuze tief über das Gesicht gezogen, deshalb erkannte Girolamo mich nicht sofort, als sein Blick über die hasserfüllte Menge glitt.

Doch dann sah er, wie ich ihm mit ausgestrecktem Arm etwas reichen wollte. Er versuchte danach zu greifen – vergeblich. Der Henker entriss mir den hölzernen Crucifixus und reichte ihn Girolamo. Ein glückliches Lächeln huschte über das Gesicht des Fraters, als er sein eigenes Kreuz erkannte, das ich an diesem Morgen aus seiner Zelle in San Marco geholt hatte.

Noch während sich die Worte eines Gebetes auf seinen Lippen formten und er den Gekreuzigten küsste, wurde er mit einem Ruck hochgezogen. Er ließ das Kreuz nicht los, machte keinen Versuch, den Strick um seinen Hals zu erreichen. Er zappelte und zuckte, das Symbol seines unerschütterlichen Glaubens in der zum Himmel ausgestreckten zitternden Hand, er rang um jeden Atemzug, kämpfte um jeden Funken Leben. Sein Gesicht wurde blass, die Augen glasig, er rang nach Atem. Dann wurde er ruhiger, richtete den Blick zum Himmel und hauchte mit einem letzten Atemzug seine Seele aus.

Das Kreuz fiel zu Boden.

Die Menschen auf der Piazza starrten hinauf zu ihrem hingerichteten Propheten, dessen sterblicher Körper im leisen Sommerwind am Galgen hing, dessen unsterbliche Seele nach Meinung der meisten Anwesenden wohl schon auf dem Weg ins Feuer des Infernos war, um dort bis ans Ende aller Zeit zu büßen. Wofür? Für welche Verfehlungen und Irrtümer des Gewissens? Für welche selbst gewählte Pflicht und Verantwortung?

Verlegenes Schweigen. Verhaltene Gesten.

Gedanken an Schuld und Sühne?

Aber kein Wort der Vergebung. Keine Gnade. Keine Liebe.

Nicht einmal Verantwortung für das, was man selbst getan hatte.

Das Feuer des Scheiterhaufens wurde entzündet.

Die Flammen knisterten durch das lastende Schweigen, entzündeten die irrenden Gedanken und verbrannten die Erinnerung an eine andere Zeit – eine Zeit, in der niemand ein Täter und alle nur Opfer waren.

Ich blieb bei Girolamo, bis seine Leiche zur Unkenntlichkeit verbrannt war, bis die Flammen erloschen, bis seine heiße Asche in den Arno gestreut wurde, bis sich die Schatten der Abenddämmerung über den Fluss senkten.

Kapitel 12

»Alle Wege führen nach Rom«

Glück – was ist das? Ist Glückseligkeit das Ziel des Lebens? Oder nur eine zufällige Nebenwirkung eines gelungenen, eines erfolgreichen und unbeschwerten Daseins?

Was sezierte Leonardo mit seinem Skalpell, was erschuf Baldassare mit der Tinte seiner Schreibfeder, was suchte ich im Feuer meines Athanors? Das vollkommene Glück – nichts zu wollen, nichts zu sollen? Den Seelenfrieden? Oder doch nur *la gloire immortelle?*

»Der Mensch braucht keine Antworten, um Frieden zu finden. Er muss nur mit dem Fragen aufhören. Der einzige Sinn, den unser Leben hat, ist der, den wir selbst ihm geben«, hatte ich in San Marco zu Girolamo gesagt, kurz bevor Giovanni starb. Damals hatte ich fest daran geglaubt, dass ich es eines Tages schaffen würde, mit dem Fragen aufzuhören, zur Ruhe zu kommen. Doch kann man wirklich glücklich sein, wenn alle Fragen beantwortet sind? Wenn die endlose Suche beendet ist? Ich konnte es nicht.

Ich war nur glücklich, solange ich noch Ziele hatte, die ich erreichen wollte, wenn ich noch nicht angekommen war und am Wegesrand nach immer neuen Antworten suchen konnte.

Wie oft ich in Mailand an der Transmutation der *Mortificatio* gescheitert war, weiß ich nicht mehr. Es machte mir nichts aus, ganz im Gegenteil: Es beruhigte mich, dass die Experimente monatelang misslangen. Denn was hätte ich getan, wenn ich mit zweiundzwanzig Jahren das Lebenselixier gefunden hätte? Wie hätte ich den endlosen Rest meines Lebens verbracht? Und vor allem: mit wem?

Ich war glücklich in Mailand. So glücklich wie noch nie zuvor in meinem Leben. Schließlich hatte ich fast alles vollbracht, was ich erreichen wollte: Ich hatte in den letzten Jahren unendlich viel Wissen erworben, hatte mich mit Philosophie und Theologie befasst, hatte zusammen mit Leonardo naturwissenschaftliche Studien betrieben und Gerbert d'Aurillacs Magie erlernt, hatte mich mit Medizin beschäftigt, hatte mit Luca Pacioli über die Mathematik und die universelle Harmonielehre diskutiert und hatte von Donato Bramante vieles über die Kunst der Malerei gelernt: die Haltung des Menschen und seine Perspektive auf die Welt, die ihn umgibt. Ich war eine angesehene Gelehrte, eine Maestra der Alchemie und konnte mit Ludovicos Unterstützung Vorlesungen an der Universität besuchen, wenn mir der Sinn danach stand.

Nur etwas fehlte zur Vollkommenheit: ein Geliebter, ein Mensch, den ich lieben durfte, ohne über die Folgen nachzudenken, dem ich mich anvertrauen konnte, bei dem ich ganz ich selbst sein durfte, und … ein Kind. Der Wunsch nach einem Sohn oder einer Tochter, die nach mir meine Arbeit fortsetzen konnten, wurde von Tag zu Tag drängender. Aber ich hoffte vergeblich, denn in den leidenschaftlichen Nächten mit Cesare im Palazzo Vecchio war ich nicht schwanger geworden. Traurig musste ich mir eingestehen: Ich hatte es doch von Anfang an so gewollt.

Nicolas Flamel hatte in Paris erkannt, dass ich nur glücklich sein konnte, nein: durfte, wenn ich einen hinreichenden Grund dazu hatte. Nun, den hatte ich. Ich *wollte* glücklich sein.

Ungläubig sah Ludovico auf seinen Arm hinunter. Er war gestolpert und gestürzt, mehr aus Überraschung über meinen unerwarteten Angriff als aus Schwäche. Er richtete sich auf, ließ mit schmerzverzerrtem Gesicht den Degen fallen, krempelte den Ärmel hoch und betrachtete die Wunde, die ich ihm beigebracht hatte. Sie war nicht tief, aber das Blut lief ihm über die Hand.

Schwer atmend stand ich vor ihm. Er hatte mich quer über den Hof der Rocchetta gescheucht, bevor ich mich ernsthaft zu wehren begann. Seine Leibwächter beobachteten uns, jederzeit bereit in den Kampf einzugreifen, um dem Herzog das Leben zu retten.

»Es tut mir Leid, Euer Gnaden«, sagte ich und reichte ihm die Hand, um ihm aufzuhelfen.

Er winkte ab und erhob sich. »Wieso glaube ich Euch das nicht?«, fragte er bissig, während er den Staub von seiner Hose klopfte.

Ein Herbstblatt hing am Hemd des Herzogs, und ich entfernte es. Er sah mich dabei betroffen an, als sei ihm die Berührung meiner Hand unangenehm.

»Mir schien, es hat Euch sogar Spaß gemacht, mich stürzen zu sehen«, warf er mir vor.

»Das ist nicht wahr, Euer Exzellenz!« Ich untersuchte die blutende Wunde. Er wollte mir seine Hand entziehen, aber ich hielt sie fest. »Wollt Ihr aufhören?«, fragte ich besorgt. »Die Verletzung ist …«

»Ihr glaubt doch nicht im Ernst, Caterina, dass ich *jetzt* aufhöre, nachdem ich gestürzt bin?«, unterbrach er mich gereizt. »Damit würde ich Euch kampflos den Sieg überlassen! Nein, *mia cara,* so schnell gebe ich nicht auf. Jedenfalls nicht in *dieser* Disziplin.«

Ich ahnte, was er meinte. Seine Versuche, in mein Bett zu kommen, waren gescheitert. Seit meiner Rückkehr aus Florenz hatte er nicht mehr an meine Schlafzimmertür geklopft. Aber es war kein kampfloser Rückzug, denn er wollte mich seinem Willen unterwerfen – und wenn es beim Zweikampf mit dem Degen war. Aber ich leistete ihm erbittert Widerstand.

Herausfordernd hob ich meine Waffe und bedrohte ihn spielerisch damit. »Hört auf zu *reden,* Euer Gnaden!«, provozierte ich ihn.

Er hob seine Waffe auf und ging auf mich los. Unsere Klingen sprühten Funken, als sie mit aller Gewalt aufeinander prallten. Keuchend trieben wir uns gegenseitig über den Hof, duckten uns unter den Tiefschlägen hindurch und hieben auf einander ein, als wollten wir unser Leben verteidigen. Ich war überrascht über seine ungebändigte Wut. Seit wir miteinander fochten, war er noch nie so ungestüm auf mich losgegangen. Was war bloß geschehen?

Seit meiner Rückkehr aus Florenz Anfang Juni 1498 war ein halbes Jahr vergangen. Ich war nach Girolamos Hinrichtung einige Tage bei Niccolò geblieben. Er hatte mich in Ruhe um den Freund trauern lassen, obgleich er meinen Schmerz nicht verstand. Niccolò war erleichtert über den Tod des Fraters, war aber taktvoll genug, seine Gefühle vor mir zu verbergen.

Wenige Tage nach Girolamos Tod hatte Florenz eine neue Regierung gewählt, und Niccolò Machiavelli wurde zum Staatssekretär der Republik ernannt. Schon am Tag seines Amtsantritts begann er engagiert mit seinen Reformen.

Niccolò war ein pflichtbewusster und gewissenhafter Staatssekretär, er arbeitete fleißig, gründlich und zuverlässig. Anstatt wie viele andere seine Macht auszunutzen, übernahm er entschlossen Verantwortung, traf unvermeidliche Entscheidungen und handelte. Freiheit, Würde und Souveränität, das waren seine Ziele – jedoch nicht für sich, sondern für Florenz. Sich selbst, seine körperlichen Bedürfnisse, seine eigenen Wünsche und Ziele, vergaß er bei seiner Arbeit allzu oft. Zum Glück ließ ihm seine Verantwortung kaum Zeit, sich einsam zu fühlen.

Herzog Ludovico dagegen fühlte sich nach Beatrices Tod einsam und von Gott verlassen und suchte meine Nähe – zumindest sagte er mir, dass er so empfand. Wie konnte ich denn ahnen, dass er mich seit meiner Rückkehr aus Florenz nur misstrauisch beobachtet hatte! Wir führten endlose Gespräche, wenn er mir während meiner Experimente im Laboratorium Gesellschaft leistete – meine Versuche mit Spiegeln zur Brechung des Lichts in die Farben des Spektrums und mit geschliffenen Linsen zur Potenzierung des Lichts faszinierten ihn. Ludovico und ich ritten oft gemeinsam aus, und eines Tages bot er sich mir als Fechtpartner an, als Baldassare im Sommer Francesco Gonzaga und Isabella d'Este besuchte. Baldassare wollte im nächsten Frühjahr nach Mantua zurückkehren, um in die Dienste des Marchese zu treten.

Wieder ging Ludovico auf mich los, dieses Mal mit Worten: »Was ist zwischen Euch und Cesare Borgia?«, wollte er wissen, während er einen Angriff vortäuschte.

»Nichts«, antwortete ich und wehrte seinen Degen ab. Ich wich einen Schritt zurück und ließ ihn ins Leere laufen.

»Ihr wart seine Geliebte«, keuchte Ludovico und verfolgte mich. »Was empfindet Ihr für ihn?«

Ich parierte seinen Schlag. »Nichts.«

Ludovico trat einen Schritt zurück, um aus der Reichweite meines Degens zu kommen, blieb stehen und betrachtete mich aufmerksam. »Dann regt es Euch nicht auf, wenn Ihr hört, dass er vor wenigen Wochen den Kardinalspurpur abgelegt hat und Anfang Oktober nach Frankreich abgereist ist, um nach seiner Hochzeit mit Charlotte d'Albret Herzog von Valence zu werden?«

Zögernd ließ ich den Degen sinken. Ludovico beobachtete mich lauernd. Wieso provozierte er mich derart?

»Ich habe mich für ihn gefreut, als König Louis XII. ihm diesen Titel verliehen hat«, gab ich Ludovico eine unverfängliche Antwort. »Charlotte d'Albret ist die Schwester des Königs von Navarra, sie ist mit König Louis von Frankreich verwandt. Damit hat Cesare mehr oder weniger starke Ansprüche auf den Thron beider Reiche.« Als Ludovico mich offensichtlich unzufrieden mit dieser Machtverschiebung in Richtung Frankreich anstarrte, fuhr ich fort:

»Etwas Besseres hätte ihm nicht passieren können: König Fernando hat sich geweigert, Cesare als Herzog von Gandía zu akzeptieren. Er hat sich deshalb mit Papst Alexander angelegt, weil er dessen Sohn einen Brudermörder nannte, dem er nicht noch den Titel und den Besitz des Ermordeten hinterherwerfen wollte. Wenn Cesare Herzog von Gandía geworden wäre, hätte er sich mit Fernando herumschlagen müssen, und wenn er Carlotta von Aragón geheiratet und es vielleicht bis auf den Thron von Neapel geschafft hätte, würde er sich mit König Louis auseinander setzen müssen, der Anspruch auf Neapel erhebt.«

»Und auf Mailand. Louis ist der Enkel einer Visconti, die vor den Sforza in Mailand geherrscht haben«, fügte Ludovico an. »Er hat mich für abgesetzt erklärt und nennt sich Herzog von Mailand.«

Ich antwortete nicht und beobachtete Ludovico, der einige Schritte im Hof auf und ab ging. Schließlich blieb er vor mir stehen: »Louis droht, nach Italien zu marschieren und Mailand zu erobern. Danach will er sich die Krone von Neapel holen, wie es Charles vor ihm versucht hat.«

»Louis kann vor lauter Säbelrasseln sein eigenes Wort nicht verstehen. Und selbst wenn das Waffengeklirr in Chinon für einen Augenblick aufhören würde, könnte Louis nur Giuliano della Roveres und Cesare Borgias Worte hören, die ihn unablässig zur Eroberung von Mailand drängen«, sagte ich. »Wollt Ihr nun weiterkämpfen oder nicht?« Ich hob den Degen.

Er missverstand mich. »Ich werde nicht aufhören zu kämpfen, Caterina, niemals«, sagte er entschlossen. »Bis zum letzten Blutstropfen werde ich Mailand gegen einen Angriff der Franzosen verteidigen. Sagt mir: Welche Rolle wird Cesare Borgia als Herzog von Valence bei dieser Invasion spielen?«

»Er wird nach Italien zurückkommen und sich hier ein Herzogtum erobern. Ich kann mir nicht vorstellen, dass er mit Charlotte und seinen Kindern die Sonnenuntergänge über dem Tal der Rhône genießen will.«

»Nein, vermutlich nicht. Er wird gegen Italien kämpfen. Giuliano della Rovere hat sich mit ihm versöhnt, als er ihn in Avignon traf. Dieser verdammte Verräter!«, fluchte Ludovico ungehalten über die politische Kehrtwendung des Kardinals. Er schlug mit der flachen Klinge seines Degens gegen seinen Stiefel. »Wie werdet *Ihr* Euch verhalten, Caterina, wenn Cesare nach Mailand kommt, um mich zu stürzen?«

»Ich verstehe nicht …«

»Ihr tragt seinen Ring.« Ludovico deutete auf Cesares Kardinalsring, der seit jener leidenschaftlichen Nacht im Palazzo Vecchio meinen Finger schmückte. »Ascanio sagte mir, dieser Ring gehörte Cesare. Ihr tragt ihn seit mehreren Monaten, und ich frage mich immer öfter, wie Ihr ihn bekommen habt. War Cesare inkognito in Mailand, um gegen mich zu intrigieren? Habt Ihr ihn vor mir versteckt, weil Ihr wusstet, dass ich ihn töten würde?« Er wartete, ob ich auf diese Anschuldigung des Hochverrats antworten würde, doch ich schwieg. »Was bedeutet dieser Ring, Caterina: eine Verlobung? Und vor allem: Was bedeutet er Euch?«

»Er ist eine Erinnerung«, erklärte ich.

»An eine Affäre mit Kardinal Cesare?«, fragte Ludovico scharf. »Die mit Herzog Cesare nach seiner Rückkehr nach Italien fortgesetzt wird?«

»Nein«, verwahrte ich mich energisch. Ich widersprach nicht nur, weil Ludovico mich des Hochverrats anklagen konnte, wenn ich auch nur in Erwägung zog, in Cesares Bett zurückzukriechen, sondern auch, weil es das Letzte war, was ich tun wollte. Zu wütend war ich über das, was er getan hatte, und zu enttäuscht über das, was er *nicht* getan hatte. Wenn Cesare nicht eines Tages allein in seinem Bett schlafen wollte, sollte er Charlotte anders behandeln als mich, die er auf so demütigende Weise *benutzt* hatte.

»Giulio de' Medici war vor einigen Tagen hier in Mailand«, warf Ludovico mir vor die Füße. »Was wollte er?«

»Mich besuchen«, erwiderte ich. »Ich habe Giulio seit unserer Flucht aus Florenz vor fünf Jahren nicht gesehen.«

»Er brachte Euch keine Nachricht von Papst Alexander?«, fauchte er mich an. »Die Medici haben sich auf die Seite der Borgia geschlagen, um die Herrschaft über Florenz zurückzugewinnen. Warum bloß werde ich den Gedanken nicht los, dass Giulio Euch die Anweisungen Seiner Heiligkeit überbracht hat, wie Ihr Euch im Falle der Eroberung von Mailand verhalten sollt? Wenn Ihr mich umbringt – ob durch Gift oder bei einer unserer Fechtstunden –, wäre für Louis und Cesare der Weg frei, Mailand zu erobern. Und ein dankbarer Papst würde dafür sorgen, dass wieder ein Medici in Florenz regiert ...«

»Ihr redet Unsinn, Euer Gnaden«, versuchte ich ihn zu beschwichtigen. Die Wortwahl war vielleicht nicht ganz passend, doch dafür umso eindeutiger. Eine Anklage wegen Hochverrats durfte ich auf keinen Fall riskieren. Angesichts der Tatsache, dass mein ehemaliger Geliebter Mailand bedrohte und den Herzog stürzen wollte, war mir das Todesurteil sicher.

»Wie wollt Ihr mich umbringen, Caterina?«, fragte er unbeeindruckt von meinem Protest. »Ein Stolpern, ein schneller Stoß während einer unserer Fechtstunden? Ihr hättet mich vorhin töten können. Ihr fechtet so gut, dass meine Leibwächter keine Chance gehabt hätten, mir das Leben zu retten. Oder wollt Ihr Euch nicht die Hände schmutzig machen und erhöht unmerklich die Arsendosis im *Veleno,* um mich aus meiner Abhängigkeit von Euch zu erlösen?«

»Ihr habt eine blühende Fantasie, Euer Exzellenz«, wehrte ich die Verdächtigungen scherzhaft ab. »Habt Ihr schon einmal daran gedacht, Schriftsteller zu werden?«

Er lachte trocken. »Ideen für ein Drama hätte ich genug. Ich bin nur noch nicht sicher, ob es eine Komödie wird, die die menschlichen Schwächen des Heroen aufdeckt, oder eine Tragödie, die mit der Niederlage des Helden im Zweikampf endet. Und eine wichtige Frage ist noch nicht beantwortet: Wer ist der Held, der scheitern muss? Cesare Borgia oder ich?«

»Wollt Ihr allen Ernstes einen Rat von mir, Euer Gnaden, wie Ihr das Drama der Einigung Italiens inszenieren sollt? Mit diesem Thema haben sich schon etliche Autoren erfolglos herumgequält: Papst Sixtus, Papst Alexander, Lorenzo de' Medici und Francesco Sforza. Selbst Charles VIII. hat sich an einer leider misslungenen Inszenierung versucht«, sagte ich schärfer als beabsichtigt. »Ich schlage vor, dass Ihr die Rolle des siegreichen Feldherrn mit Euch selbst besetzt.«

»Und welche Rolle spielt Ihr, Cassandra da Vinci?«

Ich schnappte nach Luft. Baldassare musste ihm erzählt haben, wie er mich damals im Palazzo Vecchio traf: »Keine, Exzellenz. Ich habe aufgehört, Rollen zu spielen und Masken zu tragen.«

»*Cassandra vincerà* – Cassandra wird siegen«, sagte er misstrauisch. »Cassandra hatte den Untergang Trojas vorhergesagt, und als die Stadt brannte, wurde sie die Geliebte des Eroberers.«

»Das ist eine Legende! Ein Epos von Homer, dem der Dichter Aischylos ein tragisches Ende gegeben hat.«

»*Ihr* schreibt Euer Drama selbst, Caterina. Vor fünf Jahren seid Ihr unter einem falschen Namen nach Mailand gekommen. Ihr habt Euch mein Vertrauen erschlichen, mich erpresst und durch das Arsen im *Veleno* von Euch abhängig gemacht. Ihr habt Euch mit den Borgia verbündet, um mich als Herzog von Mailand zu stürzen und zu ermorden …«

»Nein!«, fuhr ich ihm in die Parade.

»Ich weiß, dass Ihr im Mai inkognito in Rom wart, als Ihr ohne meine Erlaubnis Mailand verlassen habt. Ihr hattet eine Audienz bei Papst Alexander. Ascanio hat mir darüber berichtet. Anschließend seid Ihr nach Florenz geritten.«

Ich wollte etwas erwidern, aber er schnitt mir das Wort ab: »Ihr habt in Florenz die Rückkehr der Medici vorbereitet, nachdem Piero bei seiner Eroberung der Stadt gescheitert ist. Ihr habt dafür gesorgt, dass dieser verrückt gewordene Prior hingerichtet wurde, und dass Niccolò Machiavelli, ein Freund der Familie Medici, als Staatssekretär an die Macht kam. Dann seid Ihr nach Mailand zurückgekehrt, um mich zu ermorden, damit die Medici Florenz zurückerobern können.«

»Das ist absurd«, rief ich. Ich war erschrocken über seine Anschuldigungen.

»Ja, das finde ich auch, Caterina. Es ist völlig absurd, aber eben deshalb beunruhigt es mich. Die Verbindung der Medici mit den Borgia ist gefährlich, nicht nur für die Sforza oder die Aragón, sondern für ganz Italien. Und am Ende auch für die Medici, die in die Via Larga zurückkehren werden – um ihre letzte Ruhe dort zu finden. Die Borgia werden die Medici verraten, wie wir Sforza von ihnen verraten wurden.«

»Ihr redet Unsinn!«, wies ich ihn zurecht.

»Cesare hat Euch verraten und Eure Gefühle verletzt, als er nach Frankreich ging, um Charlotte d'Albret zu heiraten.« Ludovico wollte mir mit seiner Bemerkung wehtun. Und das gelang ihm! »Oder wollt Ihr leugnen, dass Ihr Euch über ihn geärgert habt, weil er Euch mit seinem Ring und seinem Versprechen sitzen ließ?« Als ich ihm zornig antworten wollte, unterbrach er mich: »Was sollte Cesare oder seinen Vater daran hindern, Euch erneut zu verraten, zu verletzen und am Ende zu töten?«

Ich war viel zu verstimmt durch Cesares Verhalten mir gegenüber, als dass ich darauf eine Antwort gehabt hätte.

»Ihr hasst ihn«, versuchte Ludovico mir einzureden.

»Nein, ich hasse ihn nicht. Ich liebe ihn nur nicht mehr.«

Ludovico nahm mir den Degen aus der Hand, als fürchtete er, ich könnte auf ihn losgehen, wenn er mir mein künftiges Schicksal offenbarte.

»In den nächsten Monaten werdet Ihr sehr viel Gelegenheit haben, Euch über Eure Gefühle für ihn klar zu werden, Caterina. Ihr werdet das Castello nicht mehr verlassen«, entschied der Herzog, während er seine Leibwächter herbeiwinkte. »Ich werde Euch als Geisel hier behalten. Wenn dem Herzog von Valence auch nur ein klein wenig an Euch liegt, wird er Louis davon abhalten, Mailand anzugreifen. Oder mich auch nur zu verärgern.«

Ich war seine Gefangene, wie Ludovico mein Gefangener war.

Er hatte mir verboten, das Castello zu verlassen, und zwang mich unter Androhung von Gewalt, weiter *Veleno* herzustellen. Er hatte den Befehl gegeben, mich zu töten, sobald die ersten Anzeichen einer Vergiftung bei ihm auftraten.

Ludovico war abhängig von mir. Er glaubte, ohne *Veleno* nicht leben zu können, er glaubte, ohne mich als Geisel Mailand gegen Cesare nicht halten zu können. Die Erkenntnis seiner eigenen Unfreiheit machte ihn launisch, unerträglich und unberechenbar. Mehr als ein Mal gerieten wir in heftigen Streit, schrien uns an, gingen aufeinander los.

Die Tage vergingen, jeder bis zur letzten Minute angefüllt mit meinen Gedanken an eine Flucht. Sie verwehten wie das Herbstlaub, wurden zu Wochen und Monaten.

Anfang Dezember fiel der erste Schnee. Sehnsüchtig starrte ich aus dem Fenster auf die rieselnden Schneeflocken. Im Castello war es trotz der Kaminfeuer so eisig kalt, dass ich gern ein paar Stunden ausgeritten wäre, um mich ein wenig zu bewegen und aufzuwärmen. Die Schmerzen in meinen Gelenken kehrten zurück – stärker als je zuvor.

Ob Cesare von meiner Gefangenschaft wusste, konnte ich nicht ahnen, denn Ludovico händigte mir meine Post nicht aus. Allerdings glaubte ich nicht, dass Ludovico ihn bereits von meiner Gefangennahme unterrichtet hatte. Diesen gut überlegten, aber nicht ungefährlichen Spielzug wollte er wohl erst wagen, wenn er von Louis und Cesare *ash-Shah mat* gesetzt worden war. Weder Gianni noch Niccolò schrieben mir in diesen Monaten, und so nahm ich an, dass Ludovico meine Briefe an sie verbrannt hatte. Aber ich erfuhr auch so, welcher Sturm über Italien hinwegfegte: König Louis rüstete zum Krieg.

Eine Tür fiel ins Schloss. Ich hielt den Atem an. Schritte von Stiefeln auf den Stufen, die zu meinem Laboratorium im Turm führten! In der Finsternis versuchte ich, etwas zu erkennen: Vergeblich! Mein Herz schlug schneller. Der Mann blieb stehen und klopfte leise an der Tür. Er rief meinen Namen und klopfte energischer, als ihm niemand öffnete. Es war Ludovico!

Was würde er tun? Die Tür des Laboratoriums aufbrechen lassen? Oder erst mein Schlafzimmer durchsuchen? Wie viel Zeit hatte ich, bis er meine Flucht entdeckte und mich suchen ließ? Ich hielt den Atem an, drückte mich tiefer in die Schatten der Arkaden.

Zwanzig Schritte von mir entfernt, im Innenhof der Rocchetta, saßen drei Bewaffnete und würfelten im Schein einer Fackel. Sie tranken und unterhielten sich nur leise, um den Herzog, dessen Räume im oberen Stockwerk lagen, nicht zu stören. Dass Seine Herrlichkeit noch nicht schlief und mich in meinem Laboratorium suchte, konnten sie ja nicht wissen.

Ich musste mich beeilen. Ludovico würde nicht ruhen, bis er mich gefunden hatte. Unter den Arkaden schlich ich weiter, huschte lautlos von Schatten zu Schatten und erstarrte, als sich einer der Wächter erhob und in meine Richtung kam. Hatte ich ein Geräusch gemacht? Ich drückte mich an die Wand und verschmolz mit den Schatten. Glücklicherweise trug ich in dieser Nacht schwarze Hosen und eine enge dunkelblaue Samtjacke ohne auffällige Stickereien.

Der Mann war bis auf wenige Schritte herangekommen und blieb an einer der Arkadensäulen stehen. Sein Blick versank in der tiefen Finsternis jenseits des Feuerscheins. Hatte er mich gesehen?

Das Geplätscher auf den Steinfliesen des Hofes ließ mich erleichtert aufatmen. Ihn wohl auch, denn die drei schienen mehr als einen Becher Wein getrunken zu haben. Er schloss die Hose, streckte sich genüsslich und kehrte zu den anderen und zum Würfelspiel zurück. Ich verharrte noch einige Minuten unbeweglich im Schatten und wartete, bis die Unterhaltung wieder aufgeflammt war. Dann schlich ich weiter.

Gerade hatte ich das Tor erreicht, als ich erneut Schritte hörte, energischer, schneller als zuvor. War meine Flucht bereits entdeckt worden? Ich verwarf diesen Gedanken. Die schwere Eichenholztür des Laboratoriums war verschlossen, und es würde einige Zeit dauern, sie aufzubrechen.

Wahrscheinlich glaubte Ludovico nicht, dass ich so verrückt war, in einer hellen Vollmondnacht die Flucht zu versuchen. Eigentlich hätte er mich mittlerweile besser kennen müssen …

Lautlos huschte ich durch den Torbogen hinaus in den weiten Innenhof. Fackeln beleuchteten die drei Stockwerke hohen, wehrhaften Mauern, die einer Belagerung trotzen, aber meine Flucht nicht verhindern konnten. Der Torre del Filarete, der auf der anderen Seite des Hofes nur von wenigen Fackeln beleuchtet in den Nachthimmel ragte, war bewacht, und das Tor zur Stadt war verschlossen. Auf den direkten Weg musste ich also dieses Mal verzichten. Bei meinem letzten Fluchtversuch vor einigen Tagen hatte ich mich als Gemüsehändlerin verkleidet, die ihre Waren ins Castello gebracht hatte und bei Sonnenuntergang ganz selbstverständlich in die Stadt zurückkehren wollte …

Dieser Weg war mir nun durch fünf Bewaffnete versperrt, die das Tor bewachten. Auch die Aufgänge zu den überdachten Wehrgängen oben auf den hohen Mauern, die den Hof begrenzten, waren gesichert. Dort konnte ich unmöglich hinauf – jedenfalls nicht auf dem üblichen Weg über die Treppen.

Ich wartete, bis der Vollmond hinter einer Wolke verschwand, dann rannte ich so schnell ich konnte mit der Leinentasche auf dem Rücken quer über den Hof zur Nordostmauer und drückte mich in den Schatten einer Befestigung. Eilig entrollte ich das Seil mit dem eisernen Haken, den ich im Feuer des Athanors aus einem Schürhaken geformt hatte. Er war stark genug, mein Gewicht zu tragen.

Ich steckte die selbst gebaute Feuerwerksrakete drei Schritte von der Mauer entfernt in den Sand, veränderte den Neigungswinkel ein wenig und befestigte den Haken und das Seil direkt unterhalb des Zündkörpers. Dann sandte ich ein Stoßgebet in den Himmel, dass meine Berechnungen zum Neigungswinkel und zur Menge des Sprengstoffs im Zündkörper stimmten: so viel, um Haken und Seil in die Höhe zu reißen, so wenig, dass es nicht explodierte. Ich entzündete den kurzen Docht, der fauchend zu brennen begann, und trat zwei, drei Schritte zurück, ohne den schützenden Schatten unterhalb der Mauer zu verlassen.

Zischend entflammte das Pulver, das ich in der vorigen Nacht gemischt hatte, und die Rakete schoss in den Nachthimmel. Wie der Schwanz des Drachen flog das Seil hinter dem Feuerschweif her. Die Rakete landete ausgebrannt irgendwo auf der anderen Seite der Festungsmauer. Nur ein leiser Schwefeldunst kündete von ihrer Flugbahn. Ich begann, das Seil Elle um Elle einzuholen, bis der eiserne Haken am Dach des Wehrgangs hängen blieb. Das Seil straffte sich.

Ich warf einen Blick über meine Schulter: Alles war ruhig, niemand hatte das leise Zischen der Rakete gehört, den sprühenden Lichtfunken am Himmel bemerkt. Der Wehrgang über mir war nicht besetzt, die Wachen hockten vermutlich im Turm und spielten Karten oder vergnügten sich anderweitig.

Armlänge um Armlänge kletterte ich an der Mauer empor. Immer wieder glitt das raue Seil durch meine Hände und meine Finger, Arme und Schultern schmerzten von der ungewohnten Anstrengung, aber ich zog mich höher und höher. Gerade als ich meine Stiefel über die Brüstung des Wehrganges schwingen wollte, wurde das Alarmsignal gegeben.

Meine Flucht war entdeckt worden!

Ich rutschte über die Brüstung und ließ mich auf den Boden des Wehrgangs fallen. Schwer atmend lag ich dort und wartete ab, was geschehen würde.

Die Bewaffneten, die die Aufgänge zu den Mauern bewacht hatten, stürmten Befehle brüllend zum Tordurchgang der Rocchetta, den ich vor wenigen Minuten durchquert hatte. Rufe wie »Sucht sie!« und »Sie darf nicht entkommen!« wehten zu mir herauf. Als könnten sie mich jetzt noch aufhalten!

Ich schloss die Augen und versuchte mir vorzustellen, wie Ludovico, wütend über mein Verschwinden, aber auch ängstlich, ich könnte dieses Mal entkommen sein, seine Offiziere anbrüllte, mich zu ihm zurückzubringen.

Bisher waren alle meine Fluchtversuche gescheitert. Das Castello Sforzesco war wegen der bevorstehenden Invasion eine der bestbewachten Festungen Italiens – was mich nicht davon abhielt, trotzdem immer wieder die Flucht zu versuchen. Nicht nur, weil ich die Unfreiheit nicht ertrug, nicht nur, weil es mich furchtbar langweilte, jeden Tag in den Alambic zu starren, in dem sich doch nichts veränderte, sondern weil ich Ludovico ärgern wollte. Ich wusste, dass er den Befehl gegeben hatte, mich nicht zu töten, aber vor allem wusste ich, in welche Panik er verfiel, wenn ihm gemeldet wurde, ich sei aus dem Laboratorium verschwunden, und niemand wusste, wo ich war. Vor allem aber wollte ich ihm beweisen, dass er meinen Willen nicht brechen konnte.

In dem Durcheinander aus rennenden Männern, gezogenen Schwertern und Fackeln bemerkte niemand, wie ich den Haken an einer der schmalen Schießscharten des Wehrgangs befestigte, mich durch die enge Öffnung hinausschob und am Seil hinabglitt. Endlich!, dachte ich, atmete tief die Luft der Freiheit ein und streckte meine schmerzenden Glieder.

Freiheit! Selbstbestimmung! Dieses überwältigende Gefühl wollte ich genießen – solange es andauerte.

Dann machte ich mich auf den Weg zur Santa Maria delle Grazie. Noch während ich durch die unbeleuchteten Seitenstraßen ging, galoppierten mehrere Bewaffnete durch die stillen Gassen, die mich offensichtlich in der Stadt zu finden hofften, noch während das Castello nach mir abgesucht wurde. Ludovico scheint wirklich langsam die Nerven zu verlieren!, dachte ich.

Gerade als ich aus einer unbeleuchteten Gasse auf die breite Straße hinaustrat, die nach Westen zur Santa Maria delle Grazie führte, hörte ich Hufschläge auf dem Steinpflaster hinter mir. Ich wirbelte herum: Die Palazzi zu beiden Seiten der Straße waren mit Fackeln an den Fassaden erleuchtet. Die Reiter kamen näher. Wohin sollte ich mich wenden? Ich rannte los, in westlicher Richtung, hastete über das holperige Steinpflaster, stolperte, fing mich wieder und hetzte keuchend weiter, bis ich im letzten Augenblick in einem unbeleuchteten Torbogen eines Palazzo verschwand. Nach Atem ringend presste ich mich gegen das Bronzetor. Augenblicke später galoppierten die Reiter an mir vorbei, ohne mich zu sehen.

Wenig später erreichte ich die Kirche. Es war lange nach Mitternacht, und ich hoffte inständig, Leonardo wäre noch nicht in den Palazzo Vecchio zurückgekehrt. Leise betrat ich das Refektorium. Er war noch da! Im Schein mehrerer Kerzen stand Leonardo auf dem Gerüst und malte gedankenverloren die Gesichtszüge Christi im *Letzten Abendmahl*.

Müde, aber gut gelaunt ließ ich mich auf einen Stuhl fallen und beobachtete ihn.

Er hatte mich bemerkt, legte Pinsel und Farbgefäß beiseite und sprang vom Gerüst. »Gefällt es dir?«, fragte er. Er wischte sich die farbfeuchten Finger an einem Leinentuch ab, während er ohne Eile zu mir herüberkam. Meine Anwesenheit schien ihn kein bisschen zu überraschen.

»Es ist außergewöhnlich! Ich wollte es unbedingt sehen.«

»Bist du *deshalb* aus dem Castello geflohen?«, fragte der Maestro.

»Ich wollte sehen, wie du die *Separatio* vollbringst. Du wirst das Fresko heute Nacht fertig stellen.«

»Nicht, wenn du mich von der Arbeit abhältst.«

»Ich werde nicht lange bleiben«, versprach ich ihm.

»Natürlich nicht! Sie werden dich finden und zurückbringen.«

Die Wachen des Herzogs fanden mich nur wenige Minuten später. Zehn Bewaffnete stürmten mit gezogenen Schwertern in den Saal und versperrten die Fluchtwege. Die Tatsache, dass ich innerhalb der Kirche Anspruch auf Asyl hatte, schien sie nicht weiter zu kümmern. Kardinal Ascanio hätte mich sowieso mit einem entschuldigenden Lächeln seinem zornigen Bruder ausgeliefert.

Seufzend, als hätte ich früher mit ihrem Erscheinen gerechnet, erhob ich mich und trat ihnen entgegen, um mich von ihnen widerstandslos zurück ins Castello führen zu lassen.

Wohin hätte ich auch fliehen sollen?

Ludovico tobte, als er mich sah. Wie ein gereizter Tiger lief er in seinem Audienzsaal auf und ab und warf mir zornige Blicke zu.

Was ihn am meisten ärgerte, war nicht, dass ich immer wieder zu fliehen versuchte, dass er meinen Willen nicht brechen konnte, oder dass er bei meinem Verschwinden jedes Mal in Todesangst verfiel, sondern dass seine Bewaffneten mich immer wieder fanden und zurückbrachten, sobald ich die sicherste Festung Italiens verlassen hatte – als ob ich gar nicht fliehen *wollte.* Es brachte ihn in Rage, dass ich an meinem stundenlangen Versteckspiel in den Straßen von Mailand auch noch Spaß zu haben schien.

Ich demütigte den Herzog, indem ich ihm bewies, dass Mauern einen freien Menschen nicht einsperren können. Denn: *Tota libertas est in ratione* – die Freiheit existiert nur im Verstand.

Die Wochen und Monate vergingen. Der Frühling ging in den Sommer über, der Sommer in den Herbst.

König Louis hatte Mitte Juli 1499 sein Heer über die Alpen geführt, um mit Herzog Cesare und Kardinal Giuliano della Rovere in seinem Gefolge erneut in Italien einzufallen. Ludovico konnte der Invasion nichts entgegensetzen und zog seine Truppen zurück, um Mailand zu verteidigen.

Er war völlig isoliert auf dem Schlachtfeld Italien – sein Schwager, der Marchese Francesco Gonzaga von Mantua, und sein Schwiegervater, Herzog Ercole d'Este von Ferrara, hatten sich mit Frankreich verbündet. Niccolò Machiavelli verhandelte offen mit König Louis, und auch von Papst Alexander war keine Hilfe zu erwarten. Und selbst der durch die Franzosen bedrohte König von Neapel zeigte keine Sympathien für den Herzog von Mailand, der fünf Jahre zuvor siegesgewiss König Charles nach Italien geholt hatte. Ludovico schien das Spiel verloren zu haben, bevor der erste Spielzug gemacht wurde.

Als Genua sich kampflos ergab, ergriff Ludovico die Panik. Er sandte einen Boten zu Cesare, um dem Herzog von Valence mitzuteilen, dass ich Ludovicos Geisel war. Glaubte er ernsthaft, Cesare würde das Lösegeld zahlen und Mailand verschonen? Oder wollte er nur Zeit gewinnen, um Maximilian von Habsburg nach Italien zu holen? Doch auch der hatte Besseres zu tun, als Mailand zu retten – er kämpfte verbissen gegen die aufsässigen Schweizer, die sich vom Römisch-deutschen Reich unabhängig erklärt hatten.

Hat Ludovico eine Antwort auf sein Ultimatum erhalten?, fragte ich mich, als der Herzog mich Ende September zu sich rufen ließ. Ich war im Laboratorium gewesen, als ein Diener erschien, um mich zu ihm zu bringen.

Ich gebe zu: Ich war beunruhigt, als ich den Audienzsaal betrat, in dem Ludovico auf mich wartete. Würde Cesare bezahlen, um mich lebend zurückzubekommen? Und welches Schicksal drohte mir, wenn er sich weigerte, die Summe aufzubieten?

Ludovico war gereizt, das spürte ich sofort, als ich den Saal betrat. Mit einer herrischen Geste scheuchte er seine Gefolgsleute aus dem Saal. Irgendetwas war geschehen, und er suchte nach Worten, um es mir zu erzählen.

»Cesare hat das Ultimatum beantwortet«, sagte er schließlich, als wir allein waren. »Er ist zu keinen Verhandlungen bereit. Er schreibt: ›Mailand gehört König Louis, und Caterina gehört mir‹.«

»Sind *das* seine Worte?«, fragte ich verärgert.

Was bildete dieser selbstverliebte, ruhmsüchtige Narcissos sich eigentlich ein? *Ich gehörte ihm* – wie ihm sein Schloss in Valence gehörte, sein Titel, seine Pferde, sein Schmuck?

»Wollt Ihr seinen Brief lesen?«, fragte Ludovico.

Ungestüm entriss ich ihm den Brief und zerfetzte ihn.

In diesem Augenblick wurde die Tür des Audienzsaales aufgerissen und einer der Offiziere des Herzogs stürmte herein. »Die Franzosen greifen an, Euer Herrlichkeit! Sie stehen vor den Mauern von Mailand«, keuchte er. »Und die Venezianer greifen von Osten aus an! Die Festungen um Mailand sind gefallen. Wir sind eingeschlossen und müssen uns auf eine Belagerung vorbereiten!«

Ludovico stand wie erstarrt. Mit einem so schnellen Angriff von zwei Seiten hatte er offenbar nicht gerechnet. Das Castello war mit Waffen und Lebensmitteln für eine dreijährige Belagerung gut ausgerüstet, aber der Herzog hatte nicht genug einsatzbereite Truppen, um den schnell vorrückenden Franzosen und Venezianern ernsthaft Widerstand zu leisten.

Ludovico zog seinen Degen, packte meinen Arm und riss mich mit Gewalt an sich, als wollte er sein Leben mit dem meinen schützen.

»Lasst die Pferde satteln!«, befahl der Herzog, der zu allem entschlossen schien. »Wir nehmen das Gold und meinen Schmuck mit. Alles andere werden wir hier zurücklassen.«

»Wer aus Eurem Gefolge …«, begann der Offizier seine Frage.

»Niemand! Habt Ihr nicht verstanden, was ich gerade gesagt habe?«, brüllte der Herzog. »Ich werde nur das mitnehmen, was ich wirklich gebrauchen kann. Mein Gefolge gehört im Augenblick nicht dazu.«

Der Offizier nickte ergeben und eilte aus dem Raum.

»Ihr wollt fliehen?«, fragte ich ungläubig.

»Ich reite nach Innsbruck, um Maximilian um Unterstützung zu bitten. Und Ihr werdet mich begleiten!« Um mich von der Ernsthaftigkeit seiner Absicht zu überzeugen, drückte er mir die Klinge an die Kehle.

Einen Augenblick lang dachte ich daran, nach dem Dolch in meinem Ärmel zu greifen, um mich gegen die gewaltsame Entführung zu wehren. Aber sein Argument, ihn zu begleiten, war überzeugender: Die scharfe Klinge schnitt in die Haut meiner Kehle.

Ludovico zerrte mich aus dem Audienzsaal, schleppte mich mit Gewalt die Treppe hinunter in den Hof, wo die Pferde vorgeführt wurden. Einer seiner Leibwächter reichte ihm die Zügel seines Hengstes, und er schwang sich in den Sattel, während mir einer der Offiziere den Steigbügel hielt, weil mich der weite Alchemistentalar beim Aufsteigen behinderte.

Unruhig sah ich mich um, betrachtete die aufgeregten Gesichter der Männer, die Ludovicos Leben und sein Gold während der Flucht nach Tirol schützen sollten. Schwerter klirrten, Pferde scheuten. Diener mit Wertgegenständen unter dem Arm rannten durch den Hof. Hatte die Plünderung des Palastes durch die Dienerschaft schon begonnen?

Die Bewaffneten wurden ungeduldig, mahnten zur Eile, als Leinensäcke mit Golddukaten und eine schwere eisenbeschlagene Kiste, die wohl den wertvollen Diamantschmuck des Herzogs enthielt, auf Maultiere verladen wurden. Das Tor des Castello wurde geöffnet. Schwerter wurden gezogen, Zügel ergriffen.

Was sollte ich tun? Ich konnte unmöglich mit Ludovico fliehen! Selbst wenn wir es noch vor dem ersten Schnee über den Brenner schafften: Was sollte ich in Innsbruck? Oder in Wien? Schon wieder von vorn anfangen? Ich könnte nie wieder nach Mailand zurückkehren, wenn ich jetzt floh. Cesares Rache über meinen vermeintlichen Verrat wäre furchtbar. Ebenso wenig könnte ich nach Rom oder Paris gehen oder nach Florenz. Aber was war die Alternative zur Flucht? Die französischen Eroberer freundlich winkend zu begrüßen, die mir schon vor fünf Jahren bei ihrem Einmarsch in Florenz alles genommen hatten, was ich besaß? Demütig zu lächeln, wenn Cesare mich wieder »in Besitz nahm«, notfalls mit Gewalt, falls ich ihm im Bett Widerstand leistete? Nein, lächeln werde ich nicht!, schwor ich mir.

Mit einem Satz sprang ich vom Pferd und wäre beinahe gestürzt, als ich mich durch die Reihen der scheuenden Pferde und rennenden Diener drängte, einen Pferdeknecht mit der Schulter anrempelte und umwarf, zwischen zwei verblüfften Leibwächtern des Herzogs hindurchhuschte, um rennend, stolpernd, mich wieder aufraffend durch das Tor in die Rocchetta zu flüchten.

Ludovico wendete fluchend sein Pferd, galoppierte hinter mir her und versuchte mich aufzuhalten, doch ich war schneller. Ich stürmte durch das Tor, überquerte den Hof, rannte zwei Stufen auf einmal nehmend die Treppe hinauf, wohin er mir mit seinem Pferd nicht folgen konnte, verschwand in meinem Laboratorium, schlug die schwere Tür hinter mir zu und verriegelte sie.

Erschöpft sank ich vor der Tür zu Boden und rang nach Atem.

Ich bin frei!, dachte ich erleichtert, als niemand versuchte, die Tür zu öffnen, um mich gegen meinen Willen nach Innsbruck zu entführen.

Doch war ich das wirklich: frei?

Am 6. Oktober 1499 ritt Louis als siegreicher Eroberer in die Stadt ein, die er nicht erobert hatte und die nicht besiegt war. Mailand hatte ihm nach Ludovicos Flucht kampflos die Tore geöffnet.

Nach seinem triumphalen Einzug betrat Louis das Castello Sforzesco zusammen mit Herzog Cesare, Kardinal Giuliano della Rovere, dem Marchese von Mantua und dem Herzog von Ferrara und ihrem Gefolge. Ich beobachtete von einem der Fenster im ersten Stock aus, wie sie im Hof von ihren Pferden sprangen. Baldassare war im Gefolge seines Cousins Francesco Gonzaga ebenfalls nach Mailand gekommen.

Vor Leonardos *Cavallo,* dem Reiterstandbild von Ludovicos Vater Francesco Sforza, blieb Louis bewundernd stehen. Langsam schritt er um das Terrakottamodell herum. Cesare trat zu ihm, und die beiden unterhielten sich. Schließlich winkte der französische König einen Armbrustschützen seiner Leibwache heran und deutete auf das Bildnis Francesco Sforzas. Ein gezielter Schuss aus der Armbrust zertrümmerte das Gesicht, ein zweiter Pfeil zerstörte den Kopf aus Terrakotta, der zu Boden stürzte.

Louis schien sich über diese unsinnige Tat zu amüsieren, legte Cesare den Arm um die Schultern und flüsterte ihm wohl ein paar Worte ins Ohr. Der Herzog lachte höflich über den Scherz des Königs und sagte etwas, was Louis erheiterte. Die beiden scheinen sich ja prächtig zu verstehen!, dachte ich beunruhigt. Dann verpasste der König dem herabgestürzten Kopf einen verächtlichen Tritt und verschwand mit seinem Gefolge in Richtung der Empfangssäle des herzoglichen Palastes.

Giuliano della Rovere trat zu Cesare und redete auf ihn ein. Der Herzog von Valence schüttelte den Kopf und winkte ab. Er deutete auf den zerschmetterten Kopf und antwortete dem Kardinal mit Worten, die dem offensichtlich nicht gefielen. Giulianos resignierte Gesten schienen zu sagen: Tu doch, was du willst! Aber wundere dich nicht, wenn mit dir am Ende dasselbe geschieht.

Wenn ich doch nur verstehen könnte, was die beiden sich hinter Louis' Rücken zu sagen hatten! Aber allein die Tatsache, *dass* sie sich etwas zu sagen hatten, war schon interessant …

Cesare hatte eine Bewegung hinter den Fenstern des herzoglichen Palastes wahrgenommen und sah zu mir empor. Ich trat einen Schritt zurück, um nicht entdeckt zu werden. Nach einem langen Blick in meine Richtung verließ Cesare mit dem Kardinal den Hof und trat durch das Tor in den Palast.

Er hatte sich bei Giuliano untergehakt und war in eine Unterhaltung mit ihm vertieft, als sie langsam die Treppe heraufkamen. »… aber im Augenblick hat Louis die Macht, ob es uns gefällt oder nicht. Er kann Italien erobern, wenn er will. Er hat die Befehlsgewalt über das größte Heer in Europa. Wir sollten diese Macht für uns und unsere Ziele nutzen«, erklärte Cesare. »Wir haben lange genug gewartet …«

Ich erwartete die beiden in meinem schönsten Brokatkleid und mit dem Diamantschmuck, den Ludovico mir vor Jahren geschenkt hatte, auf der obersten Stufe der Treppe zum Audienzsaal.

Cesare sah mich zuerst, blieb verdutzt stehen, als ich ihm nicht entgegenging, dann fing er sich. »Caterina! Verteidigst du das Castello Sforzesco allein gegen die Eroberer?«, rief er fröhlich.

»Wenn es sein muss«, gab ich schlagfertig zurück.

Cesare ließ den Kardinal stehen und stürmte die Treppe hinauf. Dann riss er mich in seine Arme und küsste mich leidenschaftlich. »Caterina, *mi amor*«, flüsterte er. »Ich habe mir Sorgen um dich gemacht, als ich Ludovicos Ultimatum erhielt. Geht es dir gut?«

»Wenn ich wieder Luft zum Atmen bekomme, wird es mir gleich noch viel besser gehen«, ächzte ich und entwand mich seinen Armen. Ich hatte das Mieder schmerzhaft eng geschnürt, denn ich wollte an diesem Tag besonders verführerisch aussehen. Ich trug das schwere Kleid, das meine weiblichen Reize hervorhob, obwohl mir ein Hemd und bequeme Hosen lieber gewesen wären. Ich hasste Ludovicos Diamanten, aber ich trug sie. Für *ihn!* Nur damit er erkannte, was er verloren hatte.

Ich ließ Cesare stehen und begrüßte Giuliano della Rovere mit einem strahlenden Lächeln. Der Kardinal ergriff meine Hand und küsste sie mit einem amüsierten Augenfunkeln. Er hatte die Spannungen zwischen mir und Cesare bemerkt und gedachte offensichtlich, die Situation hemmungslos auszunutzen. »Wie schön, Euch wiederzusehen, *ma chère*«, flüsterte er gerade so laut, dass Cesare seine Worte verstehen konnte, zog mich an sich und gab mir einen freundschaftlichen Kuss auf die Wange.

Cesare starrte mich an, als traute er seinen Augen nicht.

Ich konnte nicht anders, ich war viel zu wütend auf ihn, um die Gelegenheit, ihn zu ärgern, ungenutzt verstreichen zu lassen. »Giuliano, die Freude ist ganz auf meiner Seite«, versicherte ich dem Kardinal und erwiderte seinen Kuss.

Cesare packte mich am Arm und zog mich mit sich fort. Er war misstrauisch gegenüber Giuliano und zornig über die Demütigung, die ich ihm zugefügt hatte, als ich den Kardinal freundlicher begrüßte als ihn.

»Du tust mir weh!«, fauchte ich.

Cesare schob mich in Ludovicos Audienzraum und schloss die Tür mit einem gezielten Tritt. Giuliano blieb hinter uns zurück. »Tu so etwas nie wieder!«, brüllte er mich an wie ein Tiger, dem die Beute weggenommen wird.

»Was soll ich nie wieder tun?«, schrie ich in derselben Lautstärke zurück. »Mit einem anderen Menschen als meinem Herrn und Gebieter sprechen? Hast du den Verstand verloren, als Louis dich zum Herzog machte, Euer Exzellenz? Oder hast du ihn in deiner Hochzeitsnacht mit Charlotte verloren, *Monsieur d'Albret*?«

Im ersten Moment dachte ich, er würde mich schlagen, und ich wich einen Schritt zurück, wie ich es in den Fechtstunden mit Baldassare gelernt hatte. Er hielt inne, starrte mich an und bebte vor Zorn. Dann atmete er tief ein, um sich zu beruhigen. »Du bist eifersüchtig auf Charlotte!«, vermutete er. »Du bist wütend, weil ich sie geheiratet habe und nicht dich.«

»Ich bin nicht wütend auf dich«, schleuderte ich ihm entgegen. Mein Temperament ging mit mir durch. Lange aufgestaute Gefühle brachen mit vulkanischer Gewalt hervor und formten sich zu Worten, heiß wie Lava. »Ich empfinde auch keinen Hass, weil du mich getäuscht hast, weil du mich benutzt hast, weil du mich verlassen hast. Nein, Cesare: Ich *verachte* dich für das, was du uns angetan hast, mir und deiner Charlotte. Sie tut mir Leid: Du bist kein bisschen in sie verliebt. Du hast sie doch nur geheiratet, um als Herzog von Valence ein Bündnis mit Frankreich zu schließen, damit du dir mit Louis' wohlwollender Unterstützung dein eigenes Herzogtum in Italien erobern kannst, und um Charlotte zu schwängern, damit sie dir einen Erben schenkt. Und wie ich höre, waren beide Vorhaben erfolgreich.«

Er musste sich beherrschen. »Du hast Recht, Caterina, ich liebe Charlotte nicht. Aber dich liebe ich. Daran hat sich nichts geändert, ob ich nun Kardinal oder Herzog bin.«

»Du liebst mich nicht, du … du selbstverliebter Narcissos!«, schrie ich ihn unbeherrscht an. Mir war es egal, wer draußen vor der Tür des Audienzsaals unserem lauten Wortwechsel lauschte. »Du weißt doch gar nicht, was Liebe ist. Du nimmst dir einfach die Dinge, die dir gefallen, und du benutzt die Menschen, als wären sie Spielfiguren auf dem Spielbrett der Macht. Ich bin keines von deinen Spielzeugen! *Ich gehöre dir nicht!*«

»Du gehörst mir. Du trägst meinen Ring«, brüllte er.

Ich zog ihn vom Finger und warf ihm den Kardinalsring ins Gesicht. »Nimm ihn zurück!«, schrie ich.

Der Ring fiel auf den Marmorboden, der Rubin sprang beim Aufprall aus der Fassung. Cesare verzog keine Miene, machte keine Anstalten, den Ring oder den Rubin aufzuheben.

»Macht, das ist es, was dich interessiert!«, warf ich ihm vor. »Nicht Liebe! Du willst herrschen, als Kardinal, als Herzog. Du willst die Menschen beherrschen, die dir wehtun könnten, weil sie genauso stark sind wie du. Oder stärker!« Ich ließ offen, wen von uns ich für den Stärkeren hielt, aber das Funkeln in seinen Augen bewies mir, dass er mich sehr wohl verstanden hatte. »*Mich* wirst du nicht beherrschen, du machtgieriger und ruhmsüchtiger Conquistador!«

»Du irrst, Caterina!«, lächelte er kalt, griff in den Ausschnitt meines Kleides und zerriss den Seidenstoff mit einem heftigen Ruck, der mich stolpern ließ. »Ich *werde* dich beherrschen!«

Erschrocken wich ich vor ihm zurück, aber er kam mir nach, die Hand immer noch in der weichen Seide vergraben, an der er weiter zog, bis mir das Kleid von den Schultern glitt. Sein Blick war Furcht erregend. Ich stieß mit dem Rücken gegen Ludovicos Schreibtisch und blieb stehen. Cesare war direkt vor mir, presste sich gegen meinen zitternden Körper. Er war erregt.

Mit einem Ruck riss er mir das seidene Unterkleid herunter, dann umfasste er meine Hüfte, hob mich auf den Tisch und drängte sich zwischen meine nackten Beine.

Ich versuchte, ihn zu schlagen oder nach ihm zu treten, aber er hielt mich auf dem Tisch fest und fluchte unbeherrscht über meine unsinnigen Bemühungen, eine Vergewaltigung zu verhindern.

Während er ungeduldig am Verschluss seiner Hose herumnestelte, rutschte ich über die polierte Tischplatte, um ihm zu entkommen, doch ich hatte keine Chance. Grob packte er meine Schenkel und zog mich mit einem Ruck zu sich heran.

Panisch tastete ich nach einem silbernen Tintenfass, mit dem ich mich hätte wehren können, nach einem Papiermesser, nach einer gespitzten Schreibfeder, aber der Tisch war leer, schon vor Tagen von der Dienerschaft geplündert.

Sein brutales Eindringen fühlte sich an wie ein Dolchstoß.

Ich unterdrückte ein schmerzhaftes Stöhnen, weil ich ihm keine Genugtuung über meine Erniedrigung geben wollte. Ich sah ihn an, ließ ihn die ganze Zeit nicht aus den Augen.

Zornig erwiderte er meinen Blick, während er sich zu bewegen begann. Er hielt meine Schenkel fest und stieß mit brutaler Gewalt in mich hinein, als wollte er mich für meinen Ungehorsam und meine Aufsässigkeit strafen, als wollte er mich für meinen Mangel an Unterwürfigkeit demütigen und zur Vernunft bringen, nie wieder das Wort oder die Hand gegen ihn zu erheben.

Dass ich ihm Widerstand leistete, schien ihn nur noch mehr zu erregen. Er blickte mich unverwandt an, um sich keine meiner Reaktionen entgehen zu lassen. Seine Lippen waren leicht geöffnet, sein Gesicht war verzerrt. Er atmete schwer, und all seine Muskeln waren zum Zerreißen angespannt. Doch empfand er wirklich Lust bei dem, was er mir antat, um meinen Willen zu brechen, meinen eigensinnigen Stolz zu vernichten, um mich ihm zu unterwerfen?

Die Tür des Saals wurde aufgerissen, und Giuliano della Rovere stürmte herein. Er hatte vor der Tür des Audienzraums unserem erbitterten Wortgefecht gelauscht, und als es plötzlich still wurde, war er beunruhigt. Schließlich hatte er mir vor Jahren versprochen, mein Leben zu schützen. Nun stand er im Saal und wusste nicht, was er tun sollte. Den Blick, den er Cesare zuwarf, konnte ich nur als entsetzt bezeichnen. Aufbrausend wie ein Sturmwind griff er nach seinem Dolch.

Ich warf ihm einen flehenden Blick zu, nichts zu unternehmen, während Cesare gebieterisch die Hand hob, um den aufgebrachten Kardinal abzuhalten, ihn so kurz vor der Erreichung seines Ziels bei seinem Vorhaben zu stören. Nicht auszudenken, was geschehen wäre, wenn Giuliano della Rovere Cesare in diesem Augenblick von mir heruntergezerrt hätte. Die beiden wären mit ihren Waffen aufeinander losgegangen, und alles wäre nur noch schlimmer geworden, als es ohnehin schon war!

Als Giuliano mit geballten Fäusten und zitternd vor Wut stehen blieb und mir nicht zu Hilfe kam, wandte ich mich wieder Cesare zu, der keuchend über mir aufragte. »Du tust mir weh«, flüsterte ich zwischen zwei Stößen. »Aber du tust mir noch mehr Leid.«

Er brüllte vor Zorn, stieß ein letztes Mal zu, rang nach Atem und zog sich grob aus mir zurück. Während er seine Kleidung in Ordnung brachte, wandte er sich Giuliano zu. »Was ist, Eminenz? Konntet Ihr Euch nicht gedulden, bis ich mit ihr fertig bin?«

Dann rauschte er zornig aus dem Raum, um seine Wut an jemand anderem auszulassen.

Giuliano half mir auf und reichte mir die Reste meines zerrissenen Kleides. »Caterina, ich …«, setzte er zu einer Entschuldigung an, aber ich gebot ihm zu schweigen. Das Letzte, was ich jetzt hören wollte, waren Worte des Mitgefühls.

Mit zitternden Knien glitt ich von der Tischkante und hielt mich an ihm fest, um nicht umzufallen. Dann hüllte ich mich fröstelnd vor Kälte, die tief aus meinem Inneren aufstieg, in die seidenen Fetzen meines Kleides und die zerschlissenen Reste meines Stolzes. Die Kälte in mir ließ mich zittern, aber irgendwie schaffte ich es, mich aufzurichten, einen Schritt nach dem anderen zu gehen.

Nur mit dem Stolz einer Medici bekleidet, schritt ich an König Louis vorbei, der mit seinem Gefolge gerade die Treppe heraufgekommen war. Er erkannte die Situation und neigte voller Anerkennung artig den Kopf vor mir. Ich erwiderte seinen Gruß mit allem Selbstbewusstsein, das ich in diesem Augenblick aufbringen konnte. An den Kardinälen Guillaume Briçonnet und Georges d'Amboise vorbei, die mir fassungslos nachblickten, stieg ich ohne zu stolpern und gemessenen Schrittes die Treppe hinauf und verschwand in meinem Schlafzimmer.

Erst als ich die Tür hinter mir zugeschlagen hatte und erschöpft auf dem Boden zusammenbrach, liefen die Tränen über meine Wangen. Ich weinte, bis der Schmerz in meinem Körper verklungen war, bis die furchtbaren Gedanken, die mich quälten, endlich verstummt waren, bis ich nichts mehr in mir spüren konnte. Nichts, was ich nicht spüren *wollte.*

Irgendwann war ich eingeschlafen. Zusammengerollt lag ich auf den Steinfliesen, als es an der Tür klopfte. Ich schrak auf, als Cesare in den Raum trat.

In den Schatten der Abenddämmerung war sein Gesicht nicht zu erkennen. Was, zum Teufel, wollte er?

»Verschwinde aus meinem Leben!«, rief ich.

»Louis wünscht, dass du heute Abend mit ihm speist«, sagte er. Diese Idee des Königs schien ihm überhaupt nicht zu gefallen. »Er will seinen Sieg über Mailand feiern.«

»Von mir aus kann Seine Majestät heute Abend schon mal seinen Sieg über Neapel feiern!«, schrie ich ihn an. »Was soll ich auf diesem Bankett? Mich vor allen anwesenden Kardinälen und Herzögen von dir demütigen lassen? Oder bin ich die Beute des Siegers? Schlafe ich heute Nacht in Louis' Bett?«

Er zögerte. Hätte ich doch nur sein Gesicht sehen können!

»Nein, Caterina!«, erwiderte er leise, beschwichtigend. »Louis will dich kennen lernen. Er deutete an, er hätte schon viel von dir, *la belle Cathérine,* gehört. Dein Auftritt heute Morgen hat ihm imponiert.«

»So, hat er das?«, fragte ich scharf. »Er muss sich vortrefflich amüsiert haben, wenn er ausgerechnet *dich* zu mir schickt. Sag deinem König, dass ich nicht kommen werde, um mich erneut demütigen zu lassen.«

»Ich verstehe, dass du wütend bist …«, begann er.

»Dein Verständnis und dein Mitgefühl sind mir nichts mehr wert!«, schrie ich ihn an. »Verschone mich also mit derartigen Belanglosigkeiten!«

»Würdest du eine Entschuldigung auch für bedeutungslos halten?«, fragte er leise. War das Reue in seiner Stimme?

»Nein.«

»Ich entschuldige mich für mein Verhalten. Es tut mir Leid, was ich dir angetan habe.« Als ich nicht reagierte und ihn nur weiter zornig anfunkelte, fiel er auf die Knie und ergriff meine Hände. »Caterina, vergibst du mir?«

»Nein.«

Er war ehrlich überrascht. »Aber du hast gesagt, eine Entschuldigung …«

»Du verwechselst *deine* Entschuldigung deines demütigenden Verhaltens mit *meiner* Vergebung deiner Absicht, mich mit Gewalt deinem Willen zu unterwerfen. Das ist ein himmelweiter Unterschied!«, fuhr ich ihn an. »Was du getan hast, kann weder entschuldigt noch vergeben werden. Du hast es getan, und damit hast du mich verloren!«

Er erhob sich und starrte auf mich herunter. Seine Augen funkelten. Vor Zorn oder vor Enttäuschung über meine Unnachgiebigkeit?

»Du irrst, *mi amor*«, sagte er schließlich, als er sich wieder unter Kontrolle hatte. »Du verkennst mich und die gefährliche Lage, in der du dich befindest. Du bist meine Gefangene, und ich werde dich mit nach Rom nehmen. Wenn es sein muss, ohne deine Vergebung und gegen deinen Willen.«

»Dir Widerstand zu leisten wird mir ein Vergnügen sein.«

»Ich werde deinen stolzen Eigensinn brechen«, versprach er mir. »Beim Abendessen oder im Bett, ganz nach Belieben.«

Obwohl ich seinem Wunsch entsprach und mit einem strahlenden Lächeln zum Bankett Seiner Majestät erschien, verdarb ich Cesare an diesem Abend gründlich die Laune.

Louis hatte mich gebeten, neben ihm an der Tafel Platz zu nehmen. Der König war Mitte dreißig, hoch gewachsen, athletisch schlank und überraschend gut aussehend. Sein Cousin Charles hatte ihm von mir erzählt, und nun wollte er mich kennen lernen. Er nannte mich *ma chère cousine* und behandelte mich überaus zuvorkommend. Das peinliche Verhalten des Herzogs von Valence an diesem Morgen war ihm sichtlich unangenehm. Er vermied es, Cesare während des achtzehngängigen Diners anzusprechen oder auch nur eines Blickes zu würdigen. Cesare warf mir immer wieder wütende Blicke zu, weil ich mich im Gespräch mit Seiner Allerchristlichsten Majestät offensichtlich exzellent amüsierte. Mein Französisch war mehr als rostig, aber Louis sah es mir nach und wechselte bald aus Höflichkeit in die lateinische Sprache.

Das einzige Gesprächsthema des Abends war die Frage, welche Wirkung die Annexion Mailands durch Louis und die ständige Anwesenheit eines französischen Heeres unter dem Kommando seines Condottiere Gian Giacomo Trivulzio auf Italien hatte. Die Stimmung während des hervorragenden Essens war gelöst, fast heiter in Erinnerung an den kampflosen Sieg über Ludovico il Moro, aber die Angst und das Misstrauen der anwesenden Herrscher und Heerführer war spürbar. Dass der König Cesare an diesem Abend mit Nichtachtung strafte, ließ Francesco Gonzaga und Ercole d'Este aufatmen, hatten sie doch zuvor argwöhnisch die Ehrungen und Freundschaftsbekundungen bemerkt, mit denen Louis den Sohn des Papstes vor allen anderen Fürsten auszeichnete. Jeder wusste von Alexanders Wunsch, in Italien ein Herzogtum für Cesare zu schaffen, um ihn als künftigen Bannerträger der Kirche in seiner Nähe zu wissen, und jeder ahnte, dass es bei einem Herzogtum nicht bleiben würde. Denn zu oft hatte Alexander von einer Einigung Italiens gesprochen. Unter der Herrschaft des Papstes.

Ich fragte mich, wann der naive und ganz auf den Herzog von Valence vertrauende Louis herausfand, dass ein König Cesare von Italien nicht das war, was er eigentlich wünschte, angesichts seiner eigenen Pläne einer französischen Herrschaft in Mailand und Neapel. Ein erneuter Krieg wäre unvermeidlich.

Während ich nach dem Essen mit Louis tanzte und er artig mit mir flirtete, versuchte Francesco Gonzaga den erbosten Cesare zu beschwichtigen. Baldassare, der neben dem Marchese an der Tafel saß, sah mich lächelnd an. Als ich seinen Blick erwiderte, gab er mir ein Zeichen. Ich nickte.

Nach dem Tanz verabschiedete ich mich von Seiner Majestät, um mich in mein Zimmer zurückzuziehen: Ich sei erschöpft von den Aufregungen des Tages. Louis wünschte mir »*Bonne nuit!*« und entließ mich sehr freundlich. Bevor Cesare, der durch Francesco Gonzaga abgelenkt war, aufspringen konnte, um mich zu meinen Räumen zu begleiten, stand Baldassare an meiner Seite, nahm meinen Arm und führte mich aus dem Saal.

»Es tut mir Leid, ich konnte nicht früher mit dir sprechen«, flüsterte er, während wir einen tobenden Cesare hinter uns ließen, der von Francesco Gonzaga aufgehalten wurde. »Ich habe gehört, was heute Morgen geschehen ist. Wie geht es dir?«

»Was glaubst du denn, wie es mir geht?«, gab ich zurück.

Baldassare blieb stehen und umarmte mich. »Bitte entschuldige, Caterina, die Frage war gedankenlos. Ich wollte dir nicht wehtun.«

Obwohl er mich festhielt, wehrte ich mich nicht, denn ich konnte mich für einen Augenblick an ihn lehnen, ohne zu stürzen.

»Kann ich etwas für dich tun, Caterina?«, fragte er sanft und strich mir zärtlich über die Wange.

Seine liebevolle Zuneigung berührte mich so, dass ich beinahe wieder in Tränen ausgebrochen wäre. Unfähig, ein Wort zu sagen, schüttelte ich nur den Kopf.

»Soll ich ihn heute Nacht umbringen?«, bot er mir an, um mich aufzuheitern. Als ich gequält lächelte, fuhr er leise fort: »Der Marchese bat mich, dir zu sagen, falls du seine Hilfe benötigst, könntest du auf ihn zählen …«

»Sag ihm, dass ich ihm für sein Angebot danke. Ich weiß es zu schätzen, dass er mich in Mantua so freundlich aufnehmen will. Aber ich muss meinen Weg allein gehen.«

»Deinen Weg, Caterina? Wohin?«, fragte er verwirrt.

»Nach Rom. Alle Wege führen nach Rom.« Ich zwang mich zu einem Lächeln, als ich Baldassares betroffenes Gesicht sah. »Alle Wege führen nach Rom – aber sie *enden* dort nicht!«

Während Gian Giacomo Trivulzio Mailand und die Lombardei besetzte, schickte Louis seinen General Stuart d'Aubigny nach Süden, um Neapel zu erobern. Cesare erhielt vom französischen König ein Heer, das dem Marchese von Mantua den Neid ins Gesicht trieb. Oder war es die Angst? Mit seiner neuen Streitmacht wollte sich Cesare ein Herrschaftsgebiet in der Romagna erobern, die mit kleinen Fürstentümern übersät war »wie eine Schale mit reifem Obst«, so drückte Cesare sich spöttisch aus: »Ich muss nur zugreifen und mir nehmen, was ich will.«

Die Fürsten, die über die romagnolischen Städte herrschten, waren seit Jahrhunderten Lehensträger der Kirche. Ihre Beziehungen zu Rom waren undurchsichtig und kompliziert, und so fiel es Alexander nicht schwer, in einer Bulle festzustellen, die Abmachungen seien seit Jahren nicht eingehalten worden. Im Oktober entließ er Giovanni Sforza, den Conte von Pesaro, Caterina Sforza, die Contessa von Imola und Forli, und die Herren von Faenza, Cesena und Rimini aus dem Lehensverhältnis.

Wenn es Cesare gelang, sich die »Früchte aus der Obstschale« zu nehmen, würde ihn die strategische Bedeutung eines neuen Herzogtums Romagna zu einem der mächtigsten Herrscher Italiens machen, zum direkten Nachbarn von Francesco Gonzaga und Ercole d'Este. Von der Romagna aus ließe sich Bologna leicht erobern, dann Siena und schließlich auch Florenz und Urbino. Einer »Einigung« Italiens stände dann nichts mehr im Weg.

Während Louis vor dem ersten Schnee über die Alpenpässe nach Frankreich zurückkehrte, ritt Cesare mit seinem Heer und seiner Gefangenen über die Via Emilia nach Osten. Wir standen schon vor Imola, als er eine Nachricht von seinem Vater erhielt und sofort beschloss, die Belagerung aufzuschieben, um mit mir nach Rom zu reiten.

Was ihn auf diese irrsinnige Idee brachte, weiß ich nicht, aber Cesare glaubte allen Ernstes, mich zurückgewinnen zu können, während er sich Italien unterwarf. Hielt er sich als Eroberer für so unwiderstehlich, dass er glaubte, ich würde freiwillig zu ihm ins Bett kriechen und um seine Liebe flehen?

Cesare hoffte, dass ich ihn wieder lieben würde, wenn er nur zärtlich war, sooft er mit mir schlief. Er sprach sogar von einer gemeinsamen Zukunft, während wir nach Rom ritten – als wäre er nicht mit Charlotte verheiratet, als erwartete sie nicht sein Kind. Ich ließ ihn reden.

Erschöpft vom Liebesakt lag er neben mir in dem breiten Bett, den Kopf halb im Kissen vergraben. Schlief er? Ich drehte mich zu ihm um und zog die Decke höher. »Cesare?«

»Mhm?«, murmelte er aus den Tiefen des Kissens.

»Bist du fertig mit mir?«, fragte ich in gespielter Ergebenheit. »Oder willst du noch ein drittes Mal?«

Verschlafen öffnete er die Augen und sah mich verblüfft an.

»Dann, nehme ich an, bin ich wohl entlassen und kann gehen.« Ich schlug die Decke zurück und wollte mich erheben, aber er hielt mich fest.

»Caterina!«, sagte er und küsste zärtlich meine Schulter. »Warum willst du mir wehtun? Bitte bleib bei mir heute Nacht.« Er zog mich zu sich herunter. »Ich will mit dir reden, ohne dass wir uns gleich wieder anschreien. Können wir nicht Frieden schließen? Der Krieg mit dir bringt mir keinen Spaß.«

»Weil du ihn nicht gewinnen wirst?«, konterte ich.

Der Hieb saß, ich sah es ihm an. »Weil ich ihn bereits verloren habe. Weil ich *dich* verloren habe. Ich will nicht länger mit dir streiten, Caterina. Das ertrage ich nicht.« Er schloss mich in seine Arme. »Komm zurück zu mir!«, flüsterte er in mein Ohr. »Lass dich von mir lieben, so wie früher.«

Ich wich seinem Kuss aus und wandte das Gesicht ab. »Es ging dir nie um mich«, warf ich ihm vor. »Du hast nie mit Caterina geschlafen, sondern immer nur mit der Tochter der Medici.«

»Und du hast deinem Namen alle Ehre gemacht«, sagte er anerkennend. »Auch im Bett.«

»Die Nächte in Pisa – du warst nicht in mich verliebt.«

»Nein, ich wollte dich verführen, in mein Bett bekommen, ein bisschen Spaß mit dir haben. Und wir hatten unseren Spaß, damals in Pisa. Aber als du nach Florenz zurückgekehrt warst, da habe ich dich vermisst. Und als ich hörte, dass du mit dem Tode gerungen hattest, da hat es mir fast das Herz zerrissen. Ich hatte keine Ahnung, was das heißt: zu lieben. Oder geliebt zu werden. Sich fallen lassen zu können und aufgefangen zu werden. In den Armen eines geliebten Menschen im tiefen Gefühl der Geborgenheit einzuschlafen. Als ich dich mit Giovanni Pico sah, wusste ich, dass ich dich liebe. Du hast mich gelehrt, wie man liebt.«

»Ich?«, fragte ich verblüfft.

»Ich habe gesehen, wie du Giovanni Pico geliebt, ja geradezu angebetet hast. Alle anderen Männer existierten für dich nicht mehr. Ich auch nicht. Das hat mich eifersüchtig gemacht, ich gebe es zu. Und ich war glücklich, als ›San Giovanni‹ sich entschloss, als Frater nach San Marco zu gehen, und du aus lauter Trotz nach Rom gekommen bist, um dich mit mir zu trösten. Ich dachte wirklich, wir hätten eine gemeinsame Zukunft.«

»Du hast mir in Mailand ein Versprechen gegeben, das du nicht eingehalten hast«, erinnerte ich ihn.

»Ich war verzweifelt gewesen, als du vor Jahren aus Rom geflohen warst und ich dich nicht finden konnte. Und ich war so glücklich, als ich dich in Mailand wiedersah. Mein Versprechen, dich zu heiraten, war ernst gemeint.« Er strich mir mit dem Finger sanft über die Lippen, die Nase, die Augenbrauen, wie damals in jener leidenschaftlichen Nacht in Mailand. »Ich bin nach Rom zurückgekehrt und habe mit meinem Vater darüber gesprochen. Er war … verletzt. Der Gedanke, dich zur Schwiegertochter zu bekommen, gefiel ihm nicht, und er brüllte mich unbeherrscht an. Nach Juans Ermordung haben wir uns noch mehr zerstritten, weil er mir vorwarf, ich hätte meinen leichtsinnigen Bruder nicht vor den Attentätern beschützt. Aber nicht einmal er hätte Juan davon abhalten können, nachts allein durch Rom zu gehen.«

»Ich dachte …«, begann ich betroffen.

»Dass ich Juan ermordet habe?«, fragte er. »Das scheint ganz Italien zu glauben. Nein, ich habe meinen Bruder nicht umgebracht. König Fernando wollte Juan als Herzog von Gandía loswerden und meinen Vater und mich als zuverlässige und glaubwürdige Bündnispartner in Verruf bringen. Meine Ehe mit Carlotta von Aragón ist nicht geschlossen worden, weil Fernando es mit seinen bösartigen Intrigen verhindert hat. Und selbst meine Heirat mit Charlotte d'Albret drohte zu scheitern. Fernando erhebt Anspruch auf Neapel. Juans Ermordung war eine Warnung an meinen Vater, seine Hoffnungen nicht auf ein vereinigtes Italien unter der Herrschaft der Borgia zu setzen.«

»Dein Vater und du – ihr habt euch gestritten?«, fragte ich.

»Mein Rücktritt als Kardinal verzögerte sich von Monat zu Monat, weil mein Vater nicht auf mich verzichten wollte – nach Juans Tod erst recht nicht. Ich wurde immer ungeduldiger, und mein Vater reagierte immer gereizter, weil er sich im Konsistorium auf mich verließ. Schließlich aber gab er meinem Drängen nach – unter der Bedingung, dass ich Carlotta von Aragón heiratete. Ich war wütend auf ihn, dass er mir nicht einmal die Entscheidung überließ, wen ich heiraten wollte. Aber noch zorniger war ich, als Carlotta verkündete, sie wollte nicht *La Cardinala* werden.

Genau in diesem Augenblick kamst du überraschend nach Rom, bist an mir vorbei zu meinem Vater gestürmt, ohne mich auch nur eines Wortes zu würdigen. Dann warst du wieder verschwunden. Mein Vater war nach der Audienz mit dir wie verwandelt. Ich war aufgebracht. Was hattet ihr besprochen? Mein Vater hat es mir nie gesagt. Stattdessen hat er die Verhandlungen mit Frankreich aufgenommen, um mit Louis eine Hochzeit zwischen mir und Charlotte d'Albret zu vereinbaren. Er hat mich an Louis *verkauft*!«, regte sich Cesare auf. Er ließ sich in die Kissen sinken und strich sich mit beiden Händen über das Gesicht. »Vor meiner Abreise nach Frankreich habe ich dir geschrieben, um dir alles zu erklären, aber ich habe keine Antwort von dir erhalten. Ich war – um es in einem Wort auszudrücken – enttäuscht.«

»Ich war Ludovicos Gefangene. Er hat meine Briefe abgefangen«, erinnerte ich ihn.

»Wie sollte ich das ahnen, Caterina? Ich dachte, du wärest wütend auf mich, und das konnte ich sehr gut verstehen. Dann habe ich dir aus Lyon geschrieben, aus Chinon und schließlich, nach der Hochzeit mit Charlotte, von meinem Schloss in Valence – wieder keine Antwort.« Er seufzte und erinnerte sich an seine Enttäuschung über mein monatelanges beharrliches Stillschweigen. »Ich habe mich auf unser Wiedersehen in Mailand gefreut. Ich wollte mit dir reden, um dir alles zu erklären. Du kannst dir nicht vorstellen, wie entsetzt ich war, als ich dann Ludovicos Boten mit seinem Ultimatum empfing, dass er dich als Geisel festhielt und nur gegen ein Lösegeld und die Zusicherung, Mailand zu verschonen, freilassen würde.

Dann kam die Nachricht von Ludovicos Flucht. Die Stadt öffnete die Tore. Ich hoffte, dich im Castello zu finden, sehnte mich nach einem Wiedersehen nach all den Monaten. Und dann dein Empfang an der Treppe. Ich fühlte mich, als hättest du mir mit aller Kraft deinen Dolch in den Bauch gerammt. Ich war … verletzt … verbittert. Ich wusste doch nicht, dass du meine Briefe nie erhalten hattest. Und ich war betroffen, wie gut du dich mit Giuliano della Rovere verstehst. Ich war zornig, weil ich all die Monate auf deine Liebe gehofft hatte, weil ich mich auf eine zärtliche Umarmung gefreut hatte, und du plötzlich vor mir standest und mich wie eine Furie angeschrien hast. Ich war wie von Sinnen. Ich liebe dich, Caterina!«

»Das hast du mir sehr nachdrücklich bewiesen!«

»Es tut mir Leid, was ich dir angetan habe. Es tut mir unendlich Leid. Ich würde es gern wieder gutmachen, aber ich weiß nicht, wie! Sag es mir! Ich werde jeden deiner Wünsche erfüllen.«

»Jeden?«, fragte ich.

»Jeden«, versprach er.

»Dann gib mir meine Freiheit zurück! Lass mich gehen, Cesare!«

»Nein, diesen Wunsch kann ich dir nicht erfüllen.« Enttäuscht darüber, dass ich nichts anderes wünschte als meine Freiheit, nichts, das er mir schenken durfte, erklärte er nach einem kurzen Zögern: »Ich werde dich in den Vatikan bringen.«

»In wessen Bett werde ich dort schlafen?«, fragte ich mit Worten, die schärfer und verletzender waren als die Klinge meines Dolches. »In deinem oder deines Vaters Bett?«

Er zuckte zusammen, als ob ich ihn geschlagen hätte. »In deinem eigenen, Caterina«, erklärte er leise. »Du wirst eigene Räume beziehen, mit einem Laboratorium. Mein Vater hat schon alles vorbereitet. Du wirst in dem Laboratorium arbeiten, in dem schon Papst Silvester das *Elixirium* gefunden hat.«

Drei Tage waren seit unserer Ankunft im Vatikan vergangen.

Cesare und ich waren inkognito nach Rom gekommen, wo Rodrigo seinen Sohn ungeduldig erwartete. Gleich nach dessen Ankunft hatte er sich mit ihm in sein Arbeitszimmer zurückgezogen. Weiß der Himmel, was die beiden drei Tage lang zu besprechen hatten.

Da Cesare so schnell nach seiner Ankunft verschwunden war, hatte mich Lucrezia ihrem Gemahl Alfonso von Aragón vorgestellt, dem Neffen des Königs von Neapel. Und ihrem Sohn, dem drei Wochen alten Rodrigo.

Ich erinnerte mich, wie Lucrezia mir die Hand auf den Arm gelegt hatte, als sie mein Gesicht sah. Beim Anblick des kleinen Rodrigo liefen mir heiße Tränen über die Wangen. Ich würde nie Kinder haben!

»Willst du ihn einmal nehmen, Caterina?«, hatte sie sanft gefragt. Nachdem ich mir trotzig die Tränen aus dem Gesicht gewischt hatte, reichte sie mir, ohne meine Antwort abzuwarten, ihren Sohn.

Du kleines Bündel Mensch, hatte ich gedacht, als ich den kleinen Rodrigo im Arm hielt: Jetzt liegst du still und schweigst und betrachtest fasziniert die Welt um dich herum, die so fremd und unverständlich ist und die du so gern erkunden möchtest. Dann lernst du laufen und sprechen, nur um herauszufinden, dass es besser ist, wenn du stillsitzt und schweigst und die Welt um dich herum beobachtest, die nur fremder und unverständlicher wird, je tiefer du in sie eindringst. Versuche niemals zu verstehen, warum die Menschen tun, was sie tun … was sie einander antun.

Mit dem Finger hatte ich ihm über das weiche Haar gestrichen, die kecke Nase, und ich hatte eine seiner winzigen Hände ergriffen. Er hatte die Lippen zu einem verträumten Lächeln verzogen und meinen Finger festgehalten. Ich hatte ihn an mich gedrückt, als wäre er mein Sohn, und ihn zart geküsst.

Lucrezia hatte mich gerührt umarmt. »Ich ahne, wie sehr du dich nach einem Kind sehnst, Caterina«, hatte sie geflüstert und mir liebevoll mit ihrem Taschentuch die Tränen aus dem Gesicht gewischt. »Du kannst den kleinen Rodrigo jederzeit sehen und mit ihm spielen. Jederzeit!«

»Das ist sehr freundlich von dir«, hatte ich ihr gedankt.

»Nein, Caterina, es ist sogar ausgesprochen eigennützig. Dann besuchst du mich wenigstens hin und wieder, und wir können reden.«

»Reden?«, hatte ich gefragt. »Worüber?«

»Über dich. Über mich. Und über diejenigen, die uns davon abhalten, frei zu sein«, hatte sie so leise geflüstert, dass uns niemand verstehen konnte. »Caterina, ich bin froh, dass du wieder im Vatikan bist. Ich habe sonst keine Freundin, der ich vertrauen kann. Giulia Farnese hat Rom bald nach dir verlassen und ist zu ihrem Gemahl zurückgekehrt, Jofrés Gemahlin Sancha hat mittlerweile mit jedem meiner Brüder geschlafen. In wessen Bett sie sich derzeit von den Strapazen ihrer Liebesabenteuer mit den Borgia ausruht, kann ich nur ahnen, aber ich befürchte das Schlimmste. Ihr kann ich mich nicht anvertrauen.«

»Wieso solltest du *mir* vertrauen, Lucrezia? Ich war Cesares Geliebte. Und nun bin ich seine Gefangene.«

»Eben deswegen kann ich mich dir anvertrauen, Caterina. Wir sind in derselben Lage.«

Immer wieder dachte ich über Lucrezias Worte nach, während ich mich in Papst Silvesters Laboratorium einrichtete und die mittlerweile per Schiff aus Mailand eingetroffenen Säcke, die Amerigo mir von seiner letzten Reise mitgebracht hatte, und die Kisten mit meinen eigenen Glaskolben auspackte.

War Lucrezia eine Gefangene, wie ich? Sie wurde zu Ehebündnissen gezwungen und mit Männern verheiratet, die sie nicht heiraten wollte. Sie hatte Giovanni Sforza nicht geliebt. Und Alfonso von Aragón? Nun, den attraktiven und charmanten Alfonso, den schönen Märchenprinzen aller nächtlichen Wunschträume, hätte *keine* Frau aus ihrem Bett gejagt. Auch ich nicht. Alfonso und Lucrezia schienen sehr verliebt und glücklich zu sein. War also diese erzwungene Ehe gar nicht der Anlass zu ihrem Bedürfnis, sich mir anzuvertrauen? Hatte ich sie missverstanden? Aber was meinte sie dann, als sie sagte, wir wären in derselben Lage …

»Gefällt es dir?«, hörte ich eine Stimme hinter mir.

Ich erschrak so, dass ich beinahe den Alambic fallen gelassen hätte. Der Papst stand in der Tür meines Laboratoriums und beobachtete mich, wie ich die Glaskolben installierte. Ich hatte sein Kommen nicht bemerkt. Er hatte die weiße Soutane abgelegt und trug einen langen schwarzen Talar, der sich von meinem nur in der Farbe unterschied. Unter dem Arm hielt er ein zerlesenes Notizbuch. »Gefällt dir das Laboratorium?«, fragte er.

»Gerberts fünfhundert Jahre alter Alambic ist gesprungen und damit nutzlos, und sein Athanor erreicht nicht die nötige Temperatur für die letzten Transmutationen«, fasste ich meinen ersten Eindruck zusammen. »Die Glaskolben sind kürzlich benutzt worden. Für die Herstellung einer Tinktur.« Ich sah ihn scharf an.

»Ich habe tingiert«, erklärte er, als könnte ich mir das nicht denken. »Ich habe versucht, mit den Rezepten aus deinem Notizbuch Gold herzustellen.« Er wies auf mein altes Buch mit den gefälschten Rezepturen.

»Und ist es dir gelungen?«

»Nein. Ich habe alles Mögliche gefunden, aber kein Gold. Obwohl ich die Schriften von Basilius Valentinus und Guido de Montanor studiert habe, die sehr genaue Anweisungen hinterlassen haben, ist es mir nicht gelungen. Und die alchemistischen Aufzeichnungen von Ibn Tufail habe ich, ehrlich gesagt, nicht verstanden …«

»Gold? Ist das alles, was du willst?«, fragte ich. »Kein *Aurum potabile,* kein *Elixirium vitae,* keinen *Lapis philosophorum*?«

»Im Augenblick würde mich Gold glücklich machen. Ich muss Césars Feldzüge in der Romagna finanzieren.«

Ich griff in die Tasche und drückte ihm einen Golddukaten in die Hand. »Mein Beitrag zur Vergrößerung des Kirchenstaates. Mehr habe ich nicht. Den Ablassbrief mit der Quittung brauche ich nicht. Ich schenke ihn dir.«

Er überhörte meine spitze Bemerkung. »Eine Goldmünze wird kaum reichen, um ein Heer anzuwerben.«

»Ich werde kein Gold herstellen, Rodrigo«, erklärte ich ungeduldig. »Wenn du darauf bestehst, dass ich meine magischen Fähigkeiten unter Beweis stelle und du dich von mir betrügen lassen willst, dann kann ich dir noch heute aus Arsen und Schwefel Auripigment herstellen, das *aussieht* wie Gold. Das ist die magische Ars Aurifera, die Kunst des Goldmachens: eine Lüge. Wenn du Gerberts Schriften aufmerksam gelesen hast, weißt du, dass die Herstellung von reinem Gold unmöglich ist. Selbst wenn du mich in die Engelsburg sperrst, wie Cesare mir angedroht hat: Ich kann und will und werde kein Gold machen.«

Er sah mich nachdenklich an, sagte aber nichts. Meine eigensinnige Weigerung machte ihn nicht einmal wütend. Offensichtlich lag ihm mehr an der Wahrheit als am Rausch der Macht.

»César hat mir erzählt, du hättest in Mailand bei Leonardo da Vinci die Examination zur Maestra der Alchemie abgelegt. Er war ganz begeistert von den Kenntnissen und Fähigkeiten dieses Spinners und hat mir von dessen Griechischem Feuer vorgeschwärmt. Aber als ich hörte, dass Maestro Leonardo noch an der *Separatio* herumlaboriert, war ich froh, dass César dich als Alchemistin in den Vatikan brachte. Woran arbeitest du?«

»An der *Mortificatio*«, erklärte ich. Wenn er in meinem Notizbuch blätterte, würde er es ohnehin herausfinden.

»Ich auch«, erwiderte er.

»Du?«, fragte ich überrascht. »Wenn du allein so weit gekommen bist, wozu brauchst du mich?«

»Weil mir dieses Experiment bisher misslungen ist.«

»Kein Wunder«, sagte ich und deutete auf den Alambic. »Gerberts Laboratorium ist nach fünfhundert Jahren in einem gefährlichen Zustand. Sei froh, dass der Athanor nicht die erforderliche Temperatur erreicht. Du hättest dich in die Luft sprengen und die *Mortificatio* mit einem grandiosen Sühneopfertod an dir selbst vollziehen können.«

Betroffen sah er mich an. »Ist das die Wahrheit?«, fragte er.

»Nichts als die Wahrheit, Rodrigo.«

»¡Muy bien!«, sagte er. »Ich hatte keinen Maestro, der mich in die Mysterien einführte. Mein ganzes Wissen verdanke ich den Schriften von Gerbert d'Aurillac, Guido de Montanor und dem Benediktinermönch Basilius Valentinus. Du hattest zwei berühmte

Maestros: Giovanni Pico und Leonardo da Vinci. Ich will, dass du meine Maestra wirst. Ich will, dass du mich führst.«

Ehrlich gesagt, war ich fasziniert von der Vorstellung, den Papst als Schüler anzunehmen. Am schwierigsten war für mich nicht die Entscheidung, Rodrigo eine Macht zu verleihen, die er ohne mich nicht hätte, ohne auch nur ahnen zu können, was er damit anfangen würde. Nein, es war die Tatsache, dass ich in meinem Leben nur *einen einzigen* Schüler ausbilden durfte, die mich wochenlang zögern ließ. Denn wenn ich mich für Rodrigo entschied, führte ich meinen Wunsch nach einem Sohn oder einer Tochter, die nach meinem Tod mein Werk fortführen könnten, *ad absurdum.* Trotz meines wochenlangen Zögerns bedrängte Rodrigo mich nicht. Er wusste, dass seine Initiation allein in meinem Ermessen lag, und ließ mich in Ruhe nachdenken.

Während der Weihnachtsfeiertage, als Cesare in der Romagna die Stadt Forli belagerte, besuchte ich fast täglich Lucrezia und Alfonso in ihrem Palazzo. Stundenlang spielte ich mit ihrem Sohn Rodrigo, trug den Kleinen herum, wenn er schrie, wiegte ihn in den Schlaf, während ich mich mit Lucrezia unterhielt. Manchmal blieb ich zum Abendessen, bei dem meist Gäste des Herzogspaares anwesend waren – Maler, Dichter, Gelehrte, neapolitanische Offiziere aus Alfonsos Gefolge.

Dass Alfonso und ich uns gut verstanden, schien Lucrezia nicht zu stören. Sie war nicht einmal eifersüchtig, als Alfonso begann, mich zart auf die Wange zu küssen, wenn wir uns im Vatikan begegneten, oder er sich mit einem Becher Wein zu uns setzte, während Lucrezia und ich uns unterhielten. Oder wenn er mich spätabends in meine Wohnung im Vatikan zurückbrachte.

Als meine Vertrautheit mit Lucrezia immer enger wurde, erkannte ich, dass ich nie zuvor in meinem Leben eine Freundin gehabt hatte, der ich mich anvertrauen konnte. Ich hatte in einer Welt der Männer gelebt, in Amerigos Haus, in Lorenzos Palazzo mit meinen Brüdern und meinem Cousin, mit meinen Freunden Angelo und Giovanni, Girolamo, Leonardo und Baldassare. In Mailand hatte ich mit Bianca Sforza und Beatrice d'Este verkehrt, doch immer hatte ich mich mehr zu Männern hingezogen gefühlt, die meine Freundschaft suchten, ohne gleich einen ausgeklügelten Schlachtplan für die Eroberung meines Schlafzimmers zu entwerfen.

Lucrezia war ganz anders als ich: ruhig, besonnen und sanft. Ich mochte sie sehr und genoss die Liebe und das Vertrauen, das sie mir schenkte – eigennützig, wie sie mit einem Lächeln betonte, denn sie sei schließlich eine Borgia.

Nach dem Epiphanias-Gottesdienst in der Kathedrale – der Papst hatte für die tausende Pilger, die zu Beginn des Heiligen Jahres 1500 nach Rom gekommen waren, eine beeindruckende Messe gehalten – ergriff Lucrezia meine Hand und zog mich mit sich in ihren Palast, der nur wenige Schritte entfernt war.

»Sprich mit mir!«, verlangte sie, als wir die schweren Brokatkleider abgelegt und es uns im seidenen Unterkleid vor dem flackernden Kamin unter einer Hermelindecke nebeneinander gemütlich gemacht hatten.

»Worüber?«, fragte ich verblüfft und trank einen Schluck des gewürzten Glühweins, um mich aufzuwärmen.

»Das will ich von dir hören, Caterina. Sag mir, was mit dir geschehen ist. Was hat Cesare dir angetan?«

»Cesare?«, stellte ich mich unwissend. »Was meinst du?«

»Im Zweifelsfall war es immer mein großer Bruder«, seufzte Lucrezia. »Das war schon so, als wir noch klein waren und uns um Holzpferdchen gezankt haben. Denk dir etwas ganz Furchtbares aus: Er hat es getan. Womit hat er dich in Mailand so verletzt, Caterina?«

»Ich bin nicht …«, begann ich halbherzig.

Aber Lucrezia hatte kein Erbarmen. »Du lässt dich von Alfonso küssen, hältst seine Hand und genießt seine liebevollen Aufmerksamkeiten, obwohl du weißt, dass Cesare einen Tobsuchtsanfall bekommt, wenn er es erfährt. Du willst dich mit Alfonso an meinem Bruder rächen, nicht wahr?«

»Lucrezia, bitte glaube mir: Ich habe keine Affäre mit Alfonso«, beteuerte ich. »Ich liebe ihn nicht, ich meine: Ich will nicht mit ihm ins Bett …« Tränen rannen über meine Wangen, und ich wischte sie trotzig ab. »Es ist nur eine zärtliche Freundschaft.«

»Das weiß ich«, beruhigte sie mich. Dabei legte sie mir den Arm um die Schultern und zog mich an sich.

An ihrer Seite weinte ich mich aus. Ich erzählte ihr alles, was in Mailand zwischen Cesare und mir geschehen war. Ich sprach von meinen Gefühlen ihrem Bruder gegenüber, von meinen Hoffnungen und Ängsten und meiner grenzenlosen Einsamkeit. Lucrezia unterbrach mich nicht ein einziges Mal, während ich sie mit meinen Tränen und Gefühlen beinahe ertränkte. Sanft strich sie mir über das Haar und küsste mich, während ich in die Flammen des Kamins starrte und mir alles von der Seele redete, was mir das Herz zerriss.

»Wie konnte er dir das antun!«, flüsterte sie und wischte mir eine Träne aus dem Gesicht. Dann umarmte sie mich. »Caterina, ich habe Angst vor ihm. Furchtbare Angst …«

Mit weit ausgebreiteten Armen lag Rodrigo in seinem schwarzen Talar vor mir auf dem Boden und wartete nach seinem Gebet darauf, sich erheben zu dürfen. Wohl zum hundertsten Mal seit meiner Ankunft in Rom vor einigen Wochen fragte ich mich, ob ich richtig handelte.

Die Vorstellung, einen Papst zum Schüler zu haben, reizte meinen Ehrgeiz. Ich mochte Rodrigo und genoss die Arbeit mit ihm: Während der letzten Wochen war er oft spätabends in mein – er sagte: *unser* – Laboratorium gekommen, um mit mir zu experimentieren. Und ich war fasziniert von der Idee, ihn gemäß den hermetischen Geboten auszubilden und das uralte Wissen zu erhalten und weiterzugeben. Aber ich hatte auch Angst: Wie würde er die Arkana, die dem eingeweihten Adepten so viel Macht verliehen, nutzen? Einen Augenblick lang hatte ich in Erwägung gezogen, ihn zu täuschen, ihn mehr zu verwirren als zu lehren, doch diesen Gedanken verwarf ich schnell wieder. Nicht weil ich fürchtete, dass er dahinter kommen würde, sondern weil ich nur diese eine Chance in meinem Leben hatte, mein Wissen weiterzugeben. Mochte es in die richtigen Hände fallen! Und es war meine, allein meine Verantwortung als Maestra, genau das sicherzustellen.

»Erhebe dich!«, befahl ich ihm schließlich.

Ächzend richtete er sich auf, bis er vor mir kniete. Ich half ihm auf. »Wirst du mich jetzt examinieren, Maestra?«, fragte er.

Ich nickte kurz. »Deine Aufgabe besteht aus zwei Teilen: einer Frage und einer Antwort.«

Er sah mich verblüfft an. »Einer Frage *und* einer Antwort?« Als ich nickte, fragte er: »Wie lautet die Aufgabe?«

»Der Mensch ist geboren, die Welt zu verändern und sie in einen Zustand höherer Vollkommenheit zu transmutieren«, sagte ich.

»Ist das die Frage oder die Antwort?« Verwirrt dachte er eine Weile über den Satz nach. War es ein Zitat aus den Evangelien oder den alttestamentlichen Prophetenbüchern von Jesaja oder Jeremia? Ein Lehrsatz von Thomas von Aquino oder Aurelius Augustinus? Die Erkenntnis eines muslimischen Mystikers? Ein gnostisches *Credo?* Mystische Kabbala? Oder …

»Das ist das Gebot des Alchemisten – das ethische Gesetz, das er während all seiner Bemühungen unbedingt einhalten muss, um …«

»*Um was?*«, lauerte ich. Eine falsche Antwort, Rodrigo, und ich werde dich nicht lehren! Das schwöre ich im Angesicht Gottes!

»… um …« Er hielt inne, weil er ahnte, was für ihn auf dem Spiel stand. Um das *al-Iksir* zu finden und unsterblich zu werden? Um Gold herzustellen und reich zu werden? Um die *gloire immortelle* zu gewinnen? »… um durch die Transmutationen der Materie im Alambic und der Vervollkommnung seiner selbst … die Welt …«

»Vergiss Gott nicht!«, erinnerte ich ihn. Mein Tonfall war nicht gerade ermutigend.

»… die von Gott erschaffene Welt … zu vervollkommnen.«

»Ist *das* deine Antwort, Rodrigo?«, fragte ich scharf. »Du willst Gottes Werk verbessern? Du willst sein wie Gott? Du willst Ihn noch übertreffen? Für eine solche Antwort haben Alchemisten auf dem Scheiterhaufen der Inquisition gebrannt!«

»Du versuchst, mich irre zu machen!«, beschwerte er sich: »Das *ist* meine Antwort.«

»Ich akzeptiere sie, Rodrigo«, nickte ich ohne einen Hauch eines anerkennenden Lächelns. Ich war ja mit ihm noch nicht zu Ende! »Und nun kommt der zweite Teil der Prüfung.« Ich führte Rodrigo zum Arbeitstisch und deutete auf drei Gegenstände, die dort lagen: »*In hoc signo vinces* – In diesem Zeichen wirst du siegen. Wähle!«

Rodrigo starrte mich an. »Das sind die göttlichen Worte, die Kaiser Konstantin vor der Entscheidungsschlacht hörte und die ihn zum Christentum bekehrten.« Dann blickte er auf die drei Gegenstände auf dem Werktisch: eine Rose, ein Schwert, ein hölzernes Kreuz.

»Das sind die Symbole für … Glaube, Hoffnung, Liebe … oder … Eros, Kosmos, Logos … oder … Liebe und Hass, Gut und

Böse, Gott und Satan.« Er ergriff das hölzerne Kreuz und hob es empor. »In diesem Zeichen des Glaubens und der Hoffnung siegte Konstantin. Mithilfe des Schwertes.« Er legte das Kreuz neben das Schwert. Doch dann besann er sich und legte die rote Rose quer über die scharfe Klinge des Schwertes: »Die Liebe siegt über die Gewalt? Vergebung ist möglich …«

Mit einem amüsierten Lächeln beobachtete ich, wie er Rose, Kreuz und Schwert in immer neue Konstellationen verschob.

»In diesem Zeichen wirst du siegen«, murmelte er. Dann kam ihm die Erleuchtung. »Das *vincere,* das Siegen, ist falsch an der Frage. Es gibt kein Zeichen, kein Symbol des Sieges: weder die Rose noch das Schwert oder das Kreuz. Weder der Glaube und die Hoffnung noch die vergebende Liebe oder der vernichtende Hass sind die *ultima ratio* und können am Ende triumphieren. Es ist etwas, das ich *tun* muss. Es ist eine Handlung … eine Entscheidung, die ich treffen muss.« Entschlossen fegte Rodrigo Rose, Schwert und Kreuz mit einer einzigen Armbewegung vom Arbeitstisch. Klappernd fiel das Schwert zu Boden, der Griff zerbrach das Holzkreuz, und die scharfe Klinge zerschnitt die Blütenblätter der Rose.

Rodrigo kniete sich vor mir auf den Boden und neigte den Kopf. »In diesem Zeichen wirst du siegen: Demut! Ich muss mich demütigen, ich muss mich einer höheren Macht beugen, um mich selbst zu vervollkommnen.«

Abwartend stand ich vor ihm. Ich wollte sehen, was er als Nächstes tat, bevor ich mich zu seiner Antwort äußerte. Aber dass er mich, seine Maestra, als höhere Gewalt bezeichnete, war ein erster Schritt. Ja, ich besaß die beängstigende Macht über Leben und Tod. Über *seinen* Tod. Und damit eine furchtbare Verantwortung.

Erwartungsvoll streckte er mir seine Hände entgegen. »*Acceptasme?* Nimmst du mich als deinen Schüler an?«

Ich nahm seine Hände in die meinen. »*Accepto.*«

Während Rodrigo das Gelübde des *verum, sine mendacio, certum et verissimum* ablegte, fragte ich mich erneut, wie ein Alchemist »aufrichtig, ohne Täuschung, seines Selbst sicher und der Wahrheit verpflichtet« sein konnte, wenn er überleben wollte. Ich jedenfalls war nicht aufrichtig, als ich mich entschloss, den Papst als Schüler aufzunehmen, denn ich tat es nicht um seiner selbst willen, sondern um in ihm ein mächtiges Werkzeug zu haben, falls Cesare mein Leben bedrohte. Ich wusste, auf welch gefährliches Spiel ich mich da einließ. Denn je mehr Geheimnisse ich Rodrigo verriet, je mehr Wissen er besaß, desto weniger brauchte er mich …

Nach dem Gelübde wollte ich Rodrigo aufhelfen: Er war mittlerweile siebzig Jahre alt. Aber er schüttelte ungeduldig meine Hand ab. »Es schien dir Spaß zu machen, mich so lange vor dir im Staub liegen zu sehen«, beschwerte er sich über die demütigenden Zeremonien der Initiation.

»Wenn es dir in meinem Laboratorium zu schmutzig ist, könntest du als mein Schüler zum Besen greifen und ein wenig Staub aufwirbeln …«, neckte ich ihn.

Er ignorierte meine Bemerkung. »Die Zeremonien erinnern mich an meine Papstwahl«, erklärte er. »Damals verbrannte allerdings Johannes Burkhard einen Zettel mit meinem Namen und rief: ›*Sic transit gloria mundi* – so vergeht der weltliche Ruhm‹.« Mit einer weiten Geste schloss er das ganze Laboratorium in seine Worte mit ein: »Aber hier wird *la gloire immortelle,* der weltliche Ruhm, erschaffen!«, rief er begeistert. »Und so manch anderes Toxikum, das den Geist vernebelt.«

Er ging an den Apparaturen zur Herstellung von *Veleno* und *Vanità* und einem Stapel gnostischer und kabbalistischer Schriften vorbei zu einem Topf mit einer dunkelbraunen Flüssigkeit, die seit Stunden auf dem Feuer vor sich hin simmerte. Insgeheim fragte ich mich, wie lange er mein Studium von Werken stillschweigend ignorieren oder aus eigenem Interesse dulden und sogar ermutigen würde, die durch die Kirche verboten waren. Jedes einzelne dieser Bücher konnte mein Todesurteil durch die Inquisition bedeuten, und er war schließlich der Papst …

»Was ist das?«, fragte Rodrigo neugierig und deutete auf die Flüssigkeit. »Es duftet verführerisch!«

»Götternahrung«, erklärte ich wahrheitsgemäß.

»Götternahrung? Hast du heute Nacht das *Elixirium* gefunden?«

»Nein, Rodrigo. Das ist *Chocolatl,* ein berauschender Trank, den mein Cousin Amerigo Vespucci auf seiner Reise nach Indien kennen gelernt hat. Als er nach Spanien zurückkam, hat er mir einen Sack dieser Bohnen nach Mailand geschickt. Heute Nacht habe ich ein wenig damit experimentiert.«

Rodrigo tauchte den Finger in die warme Masse und naschte von der *Chocolatl.* »Hmmm … wirklich gut«, fand er und suchte nach einem Löffel, um mehr zu probieren. »Woraus besteht diese … diese *Cioccolata*?«

»Aus den gerösteten und gemahlenen Bohnen des *Cacauatl*-Baums, der in den von Amerigo entdeckten Ländern wächst. Ich habe das Pulver mit Butter und Zucker verrührt und mit rotem Chili-Pfeffer abgeschmeckt.«

»Es schmeckt ganz hervorragend!«, meinte Rodrigo und tauchte seinen Löffel zum vierten Mal in die bittersüße Masse. »Ich glaube, du hast einen Weg gefunden, Gold zu machen, Maestra. Wir verkaufen diese *Cioccolata.* Was hältst du von dieser Idee?«

»Das solltest du nicht mich fragen, Rodrigo, sondern deinen Bankier Agostino Chigi. Der muss nämlich erst einmal eine Flotte von Schiffen finanzieren, die über den Ozean segelt, um die *Cacauatl*-Bohnen nach Europa zu bringen. Bis du Agostino überredet hast, hat Cesare halb Italien erobert.«

»Agostino ist ein Genießer, lass ihn die *Cioccolata* probieren.« Er naschte einen weiteren Löffel voll. »Im Übrigen hast du mit deiner Einschätzung von Cesares Fähigkeiten als Feldherr Recht. Er hat nach Imola nun auch Forli erobert und Caterina Sforza gefangen genommen.«

Rodrigo beobachtete mich, während er den Löffel wieder eintauchte. Caterina Sforza war seit einigen Jahren mit meinem Cousin Giannino verheiratet und damit meine Cousine. Ihre Gefangennahme war eine mehr oder weniger direkte Konfrontation der Familie Medici durch die Borgia, gegen die Gianni und Piero erfolglos protestiert hatten.

»Hat diese *Cioccolata* eigentlich Nebenwirkungen?«, fragte Rodrigo, während er den Löffel ableckte. »Ich meine: außer der berauschenden und überaus stimulierenden Wirkung?«

»Sag du es mir!«, forderte ich ihn auf.

Er sah mich sprachlos, fast erschrocken an, und in diesem Augenblick wurde ihm bewusst, wie leicht ich ihn hätte vergiften können. »Du hast selbst nicht davon gekostet?«, fragte er schließlich.

»Nein, Rodrigo. Du lässt ja fast nichts übrig.«

Er reichte mir den Löffel, und ich probierte von der *Cioccolata.*

»Köstlich, nicht wahr?«, fragte er sichtlich beruhigt. »Das wird César gefallen. Er wird in ein paar Tagen nach Rom zurückkehren.«

Ich zuckte zusammen, aber Rodrigo bemerkte es nicht.

»Ist Italien denn schon erobert?«, fragte ich ironisch.

Rodrigo nahm mir ungeduldig den Löffel aus der Hand, um selbst wieder zu naschen. »Nein, noch nicht. Aber Ludovico il Moro ist nach Mailand zurückgekehrt, und César musste sein französisches Heer in die Lombardei schicken, damit Trivulzio die Stadt für Louis zurückerobert. Und ohne Heer kann er die Romagna nicht unterwerfen. In ein paar Tagen wird er nach Hause kommen.«

Während Rodrigo gierig die heiße *Cioccolata* auslöffelte, dachte ich an meinen Besuch bei Lucrezia am Abend zuvor.

Sie hatte mir gestanden, wie sehr sie Cesares Rückkehr nach Rom fürchtete. »Alfonso und mein Bruder verstehen sich nicht«, hatte sie gesagt. »Hast du gesehen, wie Cesare bei eurer Ankunft im November Alfonso und den kleinen Rodrigo angesehen hat? Er missgönnt uns unser Glück. Er hat Charlotte geheiratet, doch er liebt sie nicht, obwohl sie ihm den Herzogstitel verschafft hat und ihm bald einen Erben schenken wird. Dich liebt er, aber er kann dich nicht haben, nicht mit Zärtlichkeit und nicht mit Gewalt. Er ist einsam und zutiefst unglücklich. Ich habe Angst vor ihm.«

Ich auch, dachte ich. Nicht weil er sich in den letzten Jahren verändert hätte und ein anderer geworden war. Sondern weil er tiefere Spuren hinterließ. Intensivere Gefühle als Zärtlichkeit und Freundschaft, Verbitterung und Hass. Schmerzen tief in meiner Seele.

Wir waren unversöhnt auseinander gegangen, als er im November in die Romagna zurückgekehrt war, um seinen Feldzug fortzusetzen. Wenn er nach Rom kam, dann …

Ja, auch ich hatte Angst.

Cesares Einzug in Rom am 26. Februar 1500 wäre eines aus Gallien zurückkehrenden Julius Caesar würdig gewesen. In einem herrlichen Triumphzug betrat der siegreiche Feldherr die Stadt, bejubelt vom römischen Volk, das die Straßen von der Porta Flaminia bis zur Piazza San Pietro säumte.

Nach dem Empfang des Herzogs von Valence durch Seine Heiligkeit fand ein Maskenball in der Papstwohnung statt. Es war Karneval, der im Heiligen Jahr besonders ausgelassen gefeiert wurde.

Rodrigo war derart guter Laune, als hätte er wieder von der *Cioccolata* genascht. Er hatte sich bei Giulia untergehakt, flirtete ungeniert mit der Geliebten, von der er sich vor Jahren getrennt hatte, und versuchte sie offenbar davon zu überzeugen, wie gut ihr eine Nacht in seinem Bett täte.

Seit ich wieder in Rom war, hatte Rodrigo einige Male vergeblich versucht, mich zu verführen. Und nun, da Cesare in den Vatikan zurückgekehrt war, richteten sich alle seine Hoffnungen wieder ganz auf La Bella Giulia.

Gianni und Giulio standen mit Kardinal Orsini und mit einem Becher Wein an den Fenstern des Saals und tuschelten über den verliebten Papst, der mit jedem Tag jünger zu werden schien. Gianni, der als Apostel Petrus auftrat, hielt sich als Medici wie immer an keine Etikette: Die Einladung hatte römische Masken gefordert. Dass *ich* mich nicht daran hielt, schien jeder zu erwarten.

Mein Bruder Piero, ausnahmsweise einmal nüchtern, ging Giuliano della Rovere auf die Nerven, indem er ihm ausführlich von seinem Treffen mit König Louis erzählte. Im Gegensatz zu dem bedauernswerten Giuliano, der mir Hilfe suchende Blicke zuwarf, wusste ich, dass Pieros Geschichte keine Pointe hatte. Auch wenn es immer wieder interessant war, sie von Piero zu hören, denn jedes Mal war sie anders. Dramatischer. Unglaublicher. Ich warf Giuliano ein entschuldigendes Lächeln zu, das so viel besagte wie: »Sei tapfer, mein Ritter. Ich rette dich später«, nahm mir einen Becher vom Tablett und schlenderte hinüber zu Lucrezia und Alfonso.

»Salve, Pompeius!«, begrüßte ich Alfonso, der mich auf die Wange küsste. »Du bist mutig, auf Caesars Empfang die Maske seines Feindes zu tragen.«

Alfonso grinste frech. »Welche Maske hätte ich sonst tragen sollen: die des Brutus, die des Cassius, oder hätte ich mich als Cato verkleiden sollen? Sie alle waren Gegner Caesars, die seine Macht fürchteten. Auch mein lieber Schwager hat ein unvergleichliches Talent, sich Feinde zu machen.« Mit einem übertrieben demütigen

Lächeln prostete er Cesare zu, der am anderen Ende des Saals Hof hielt, und trank seinen Becher in einem Zug leer.

Er schwankte leicht, und ich stützte ihn. »Was ist mit dir, Alfonso: Bist du betrunken?«, fragte ich.

»Nur von deiner Schönheit, Kleopatra«, grinste er übermütig. »Hat dir heute schon irgendjemand zu Füßen gelegen und den Boden geküsst, auf dem du wandelst, o Königin?«

»Nein, Alfonso«, antwortete ich ärgerlich. Wie konnte er sich so gehen lassen! Er war wütend über Cesares triumphale Rückkehr aus der Romagna, aber war das ein Grund, sich derart zu betrinken?

»Nicht einmal der Herr über Leben und Tod, der allmächtige Caesar?«, fragte er nach und deutete mit einer fahrigen Geste auf seinen Schwager, der irritiert zu uns herüberstarrte.

»Nein, Alfonso. Ich habe Cesare noch nicht gesprochen, seit er wieder in Rom ist. *Mio caro*, wie wäre es, wenn Lucrezia und ich dich jetzt nach Hause bringen?«

»Fliehen, vor Caesar? Niemals!«, begehrte er auf. »Dieser verdammte …«

Lucrezia verdrehte die Augen, als Cesare neben uns auftauchte und seine Schwester auf die Wange küsste. »Welches Komplott gegen Caesar wird hier geschmiedet? Ihr seht aus, als wäret ihr euch noch nicht einig, wer von euch den ersten Dolchstoß führt.«

Alfonso funkelte Cesare wütend an. Lucrezia legte ihm beruhigend die Hand auf den Arm, um ihn von einer zornigen Entgegnung abzuhalten. Ihrem Bruder entging das nicht.

Mit einem unverschämten Grinsen wandte er sich an mich. »Würdest du mich anhören, bevor du dich mit meinen Feinden verbündest?«, flüsterte er so laut, dass Lucrezia und Alfonso ihn verstehen konnten. Dann packte er mich am Arm und zog mich unerbittlich mit sich fort.

Rodrigo starrte uns mit einem besorgten Stirnrunzeln hinterher.

Wir betraten das päpstliche Arbeitszimmer. Cesare schloss die Tür hinter sich und lehnte sich dagegen, sodass ich ihm nicht entkommen konnte. Seine Rüstung mit dem roten Samtmantel und den gestickten Lorbeerblättern auf der Tunika schimmerte im goldenen Licht der Abenddämmerung.

»Was soll das, Caterina? Ist das eine Verschwörung, um mir den Abend zu verderben?« Seine Fröhlichkeit war gespielt. Er war angespannt, gereizt, misstrauisch, trotz seines Triumphes. Hatte er Angst? Angst zu stürzen und alles wieder zu verlieren, was er erreicht hatte? Angst vor der Einsamkeit des Mächtigen? War ihm an diesem Abend bewusst geworden, wie viele Bewunderer er hatte, die ihm genau das erzählten, was er hören wollte, und wie wenige Freunde, die ihm offen und ehrlich die Wahrheit sagten?

»Ich weiß wirklich nicht, was du von mir erwartest, mein Gebieter«, verhöhnte ich ihn. »Reicht es dir nicht, wenn ich schweige und deine Eskapaden mit Caterina Sforza nicht kommentiere? Ihr hattet ja offenbar viel Spaß miteinander, nicht nur während der Belagerung von Forli, sondern auch hinterher in deinem Bett. Der französische Botschafter bemerkte vorhin, Caterina Sforza habe eine Schwäche für jüngere Liebhaber. Und mit dir in ihrem Bett könnte sie sich endlich nach Herzenslust austoben. Er schwieg und errötete, als er sich besann, wer ich bin … *war.*«

»Ja, sie hat mit mir geschlafen«, gestand er. »Aber nicht, weil ich sie gezwungen hätte. Sie war der Meinung, sie könnte mich verführen und beherrschen.«

»Welch ein Irrsinn, dich beherrschen zu wollen«, höhnte ich.

Er schwieg und beobachtete mich von der Tür aus.

»Und welch eine irrige Vorstellung von dir, mich mit dieser Affäre demütigen zu können. Ganz Italien weiß, was ihr zwei in deinem

Feldlager getrieben habt. Selbst dein Vater, der dir sonst liebevoll jede deiner Eskapaden nachsieht, war völlig außer sich. Wenn du einen der wenigen Freunde, die du noch hast, auch noch verlieren willst, dann kriech zurück in ihr Bett.«

Er war ehrlich überrascht über meine heftige Reaktion. »Bist du meine Freundin, Caterina?«

»Warum stellst du deine Frage so, dass du ein Ja als Antwort bekommst? Hast du Angst vor mir?«, forderte ich ihn heraus.

»Ja«, gestand er ehrlich. »Ja, ich habe Angst vor dir. Ich habe mich gefragt, wie du mich empfangen würdest.« Als ich nicht antwortete, fuhr er fort: »Und ehrlich gesagt, war ich eben mehr als überrascht, dich bei Alfonso zu sehen. Auf wessen Seite stehst du eigentlich?«

»Ich verstehe nicht …«

»Alfonso hat vor einigen Wochen versucht, mich mit Gift zu töten. Und ich frage mich: Woher hat er es? Von dir?«

Entsetzt über seine Vermutung starrte ich ihn an, dann fasste ich mich. »Wenn ich beschlossen hätte, dich zu töten, stündest du jetzt nicht vor mir, Cesare«, klärte ich ihn auf. »Sondern du würdest dich unter Schmerzen vor mir auf dem Boden winden und mich um Erlösung von deinen Leiden anflehen.«

Er lachte trocken. »Ich glaube dir jedes Wort«, gestand er. »Solltest du dich eines Tages entscheiden, mich umzubringen, dann sieh mir dabei in die Augen. Wenn ich irgendetwas hasse, dann ist es Falschheit.«

Ich starrte ihn nur zornig an.

Mit einem resignierten Schnauben wandte er sich ab und trat an eines der Fenster zum Belvedere-Garten. »Welch eine Ironie! Am Tag meines Triumphes frage ich mich: Ist es das alles wert?« Er starrte hinaus in den Garten. Im Licht der untergehenden Sonne glühte sein Gesicht wie geschmolzene Bronze. Die Enttäuschung und die Wut über meine Unnachgiebigkeit funkelten in seinen Augen, als er weitersprach:

»Ich habe mein Leben lang gekämpft. Um Liebe, um Anerkennung, um Macht. Um alles, was ein glückliches Leben ausmacht. Einsam habe ich meinen Kampf geführt. Meinen Vater habe ich nie um irgendetwas gebeten. Ich wollte es allein schaffen.« Er atmete tief seine Erinnerungen ein. »Ich war einsam, bis ich dich kennen lernte. Auf einmal war alles anders. Ich wusste plötzlich, wofür ich kämpfte. Ich wollte dich für mich allein haben. Ich weiß, wie weh ich dir damit getan habe. Es ist mir bewusst geworden, als Caterina Sforza versucht hat, mich zu erobern, wie ich ihr Reich erobert habe, mich zu besitzen, wie ich sie besitze: als meine Gefangene.« Er drehte sich zu mir um, als erwartete er eine Antwort, aber ich schwieg.

»Der Mensch strebt immer nach dem, was er nicht haben kann. Ich habe immer davon geträumt, bewundert und geliebt zu werden. Ich wollte erfolgreich sein. Ich habe geträumt …« Er zögerte. »Aber wer braucht Träume? Sie werden irgendwann zu Obsessionen, denen man nicht mehr entkommen kann. Der unmögliche Traum von Macht und Einfluss und Freiheit. Ja, Caterina, ich träume von der *Freiheit*.«

Ich lachte, als hätte er einen Scherz gemacht. »Freiheit? Ein schöner Traum, Cesare. Träume ihn, solange du kannst. Das Erwachen wird furchtbar sein.«

Er lehnte am Fenster und starrte mich nachdenklich an, beide Hände auf das Fenstersims gestützt.

»Ich bin der, der ich sein wollte«, fuhr er nach einer Weile fort. »Ich bin kein Kardinal mehr. Ich habe mein ganzes Leben hinter mir zurückgelassen, um aus dem Windschatten meines allmächtigen Vaters zu treten. Louis hat mich zum Herzog von Valence ernannt, mein Vater wird mich in einigen Tagen zum Bannerträger der Kirche machen. Ich bin Statthalter der Romagna, und wenn im nächsten Jahr die Eroberungen abgeschlossen sein werden, wird er ... werde ich mich selbst zum mächtigsten Herzog in Italien machen. Ich bin, wer ich immer sein wollte.«

Unbeweglich wie eine Statue stand er da am Fenster im Licht der untergehenden Sonne. Unberührbar, wie aus noch nicht ausgekühltem Metall gegossen. Unzerstörbar?

Wohin treibt uns unser grenzenloser Ehrgeiz, die Sucht, nichts als wir selbst sein zu wollen, uns keinem anderen Willen zu unterwerfen als unserem eigenen?, dachte ich in diesem Augenblick. Wohin hat es Girolamo geführt? Wohin wird es Cesare führen? Und mich selbst?

»Ich tue, was ich immer tun wollte, und trotzdem habe ich das Gefühl, dass ich nichts gewonnen habe«, fuhr Cesare fort. »Nichts! Denn ich bin immer noch nicht frei. Ich schlafe allein und bei verschlossener Tür und muss fürchten, dass mich der Gemahl meiner Schwester umbringt, weil er sich von mir und meinen Visionen bedroht fühlt. Ich tue, was ich tun muss, und blicke nicht zurück – vielleicht aus Angst, jemand könnte hinter mir stehen und mir seinen Dolch in den Rücken rammen, um anschließend zu behaupten, er hätte immer gewusst, dass ich stürzen würde.

Versteh mich nicht falsch, Caterina: Ich bin nicht unzufrieden mit dem, was ich in dieser kurzen Zeit erreicht habe. Ich bin ein erfolgreicher Feldherr, ein angesehener Fürst. Eine goldschimmernde Ikone des Erfolgs, der wichtigsten Gottheit im Pantheon des *Rinascimento.* Aber eben eine Ikone – selbstbeherrscht, diszipliniert, verantwortungsbewusst und ohne Emotionen, die meine Freunde und Feinde doch nur erschrecken könnten. Und ohne Liebe.« Er lauschte auf das fröhliche Gelächter, das vom benachbarten Saal herüberwehte.

»Wie viele sind heute gekommen, um mich zu sehen? Um mich

zu ehren? Um mich hinter vorgehaltener Hand mit einem höflichen Lächeln zu diffamieren? Niemand liebt mich, keiner von ihnen, weder mein Vater noch meine intrigante Schwester oder ihr selbstgefälliger Gemahl. Sie alle fürchten mich, weil ich das tue, wovon sie immer nur geträumt haben. Sie ziehen meinen Namen durch den Schmutz, weil sie glauben, dass ich so weniger gefährlich bin, dass sie so Macht über mich haben. Aber sie bewundern mich auch, weil ich alles erreichen kann, wenn ich es nur will. Und wenn ich Opfer bringe. Aber sie lieben mich nicht, weil ich bin, wie ich bin. Nein, sie *hassen* mich, *weil ich nicht bin wie sie*.« Er schlug mit der Faust auf das Fenstersims, fuhr sich über das Gesicht und wandte sich zum Fenster, damit ich nicht sah, wie er mit den Tränen rang. Als er sich beruhigt hatte, drehte er sich wieder zu mir um:

»Nein, Caterina, ich bin nicht der, der ich sein wollte. Ich wollte dich lieben, bis der Tod uns trennt. Ich wollte mit dir zusammen unsere Kinder erziehen und ihnen all das geben, was ich vermisst habe. Ich wollte …« Er seufzte, fuhr sich mit der Hand über die Augen. »Wir hatten so viele Gefühle …«

»Und nun stehen sie zwischen uns, Cesare. Sie verwirren uns. Mich jedenfalls«, erklärte ich.

»Glaubst du, dass eine Versöhnung zwischen uns möglich ist?«, fragte er, während er ein paar Schritte auf mich zukam.

Ich wich ihm nicht aus. »Ich führe keinen Krieg gegen dich.«

»Obwohl dein Vater dir geraten hätte, es zu tun?«, konterte er.

Erschrocken zuckte ich zusammen. Was wusste er? Hatte Piero ihm erzählt, dass Lorenzo mein Vater war?

»Mein Vater?«, fragte ich und sah ihm in die Augen. »Ja, er hätte mir geraten, dir erbitterten Widerstand zu leisten.«

»Aber du hast dich nicht daran gehalten.«

»Jeder spielt das Spiel nach seinen eigenen Regeln«, entgegnete ich, als wüsste er das nicht längst.

»Nach welchen Regeln spielst du, Caterina?«, wollte er wissen.

»Regel eins: Erkenne, dass du allein bist. Vertraue niemandem. Regel zwei: Versprich niemandem etwas, nicht einmal wenn du gedenkst, dieses Ehrenwort zu halten. Und glaube keinem Versprechen, das dir gegeben wird. Regel drei: Lass dich nie zwei Mal von demselben Freund verraten. Regel vier: Sei jederzeit bereit, alles aufzugeben, um etwas Neues zu beginnen. Regel fünf: Streiche das Wort ›gesellschaftliche Konventionen‹ aus deinem Wortschatz. Tu, was du willst!«

»Das sind Spielregeln, die ich akzeptieren kann«, sagte er leise und reichte mir die Hand, um mit mir Frieden zu schließen.

Zögernd ergriff ich sie, und er zog mich an sich, umarmte mich und küsste mich leidenschaftlich.

Wie lange wir so standen und uns aneinander festhielten, weiß ich nicht mehr. Die Zeit schien stehen geblieben, bis die Sonne untergegangen war.

Die Erkenntnis, dass wir einfach nicht voneinander lassen konnten, wie sehr wir uns auch aneinander verletzten, war schmerzhafter als das Eingeständnis der eigenen Schwäche, unserer unstillbaren Sehnsucht nach Liebe nachgegeben zu haben.

Cesare blieb für mehrere Monate in Rom. Wir setzten unsere Beziehung fort, aber es war nicht wie früher. Die Gefühle waren schärfer, intensiver, lustvoller, wie *Cioccolata* mit rotem Chili-Pfeffer, und wir hatten viel Spaß miteinander, wenn wir nicht gerade miteinander stritten. Wir stritten ebenso oft, wie wir uns anschließend wieder versöhnten. Wir rieben uns derart aneinander, dass mehr als einmal die Funken flogen, und streichelten und küssten anschließend gegenseitig die tiefen Wunden, die unsere Worte gerissen hatten.

Wenn die Liebe zur Leidenschaft geworden ist und man erkennt, dass man nicht mehr voneinander lassen kann, weil der Schmerz unverzichtbar wird, um das Leben in sich zu spüren, dann wird das Leiden zur Lust.

Ich glaube nicht, dass irgendjemand verstand, welches Spiel wir da miteinander spielten. Oder warum.

Aber wussten wir denn selbst, was wir da taten?

Kapitel 13

Dantes Inferno

Noch heute erinnere ich mich genau an den Tag, an dem alles begann, an den grauenvollen Tag, an dem der Wind sich erhob, um wie ein alles vernichtender Wirbelsturm zu wüten, um mit zerstörerischer Gewalt alles mit sich zu reißen, was sich ihm in den Weg stellte. Alfonso. Guido. Und mich.

Es war ein unerträglich heißer Tag Mitte August. An diesem Morgen war ich schon schweißgebadet aufgewacht, denn die Nacht hatte keine Abkühlung gebracht. Vom Tiber her stieg eine atemberaubende, feuchtheiße Schwüle hinauf zum Vatikan – die Malaria regierte die Stadt wie eine biblische Plage. Hunderte Menschen waren ihr bereits zum Opfer gefallen.

Mit päpstlicher Sondergenehmigung sezierte ich seit dem frühen Morgen eine Leiche, um die Ursache für die furchtbare Krankheit zu finden. Ich verzweifelte fast. Mein ganzes medizinisches Wissen aus den Büchern von Galenos und Ibn Sina, meine spagyrischen Forschungen, die Leichensektionen mit Leonardo in Mailand – alles war nutzlos. Ich konnte einfach nichts finden … ich wusste ja nicht einmal, wonach ich suchen sollte …

Mit einem letzten Schnitt durchtrennte ich die Arterien und hob das Herz aus der dunklen Höhlung des Brustkorbs. Ich betrachtete es von allen Seiten, konnte aber keine krankhafte Veränderung feststellen, also legte ich es vorsichtig auf einen Teller, um es später zu zerlegen. Dann wandte ich mich wieder den inneren Organen zu. Die Leber schien vergrößert. Ich griff nach dem Skalpell und trennte sie vorsichtig heraus.

»Wie zärtlich du mit ihm umgehst«, hörte ich Cesare hinter mir. Hatte ich sein Klopfen überhört?

Ich legte die herausgeschnittene Leber neben das ausblutende Herz und wandte mich zu ihm um. »Das ist keine Zärtlichkeit, Cesare. Das ist Respekt vor der Würde des Toten.«

Cesare nahm mich fest in den Arm und küsste mich zart. »Du lässt nicht viel von ihm übrig, was man als ›würdevoll‹ bezeichnen könnte.« Er deutete auf das sezierte Gehirn.

Erschöpft ließ ich mich auf einen Hocker neben dem Arbeitstisch fallen, auf dem die Leiche lag, warf das Skalpell auf den Tisch und fuhr mir über das schweißnasse Gesicht.

Cesare sah mich irritiert an und wischte mir mit einem Leinentuch Blut von der Stirn. »Du siehst blass aus, Caterina«, urteilte er besorgt und strich mir sanft über das Gesicht. »Ein Spaziergang im Garten würde dir gut tun. Der Leichengestank ist ja unerträglich.«

Ich lächelte müde und deutete entschuldigend auf Leber und Herz des Toten, die ich noch sezieren wollte, bevor es im Laboratorium zu dunkel wurde. »Cesare, ich muss …«

»… endlich einmal an mich selbst denken«, vervollständigte er meinen Satz, ergriff meine Hände und zog mich hoch. »Es nützt niemandem, wenn du vor Erschöpfung zusammenbrichst oder selbst krank wirst.« Er half mir aus dem weiten Habit, den ich über Hemd und Hose trug, und warf ihn nachlässig über einen Stuhl. Dann schlang er die Arme um mich und küsste mich: »Komm!«

Seufzend folgte ich ihm aus dem Laboratorium. Als wir in den Hof hinaustraten, war es, als prallte ich gegen eine massive Wand aus Hitze. Im Höllenfeuer des rotgoldenen Sonnenuntergangs rang ich nach Luft.

Cesare hielt mich fest. »Hast du Fieber? Hast du dich in den letzten Tagen bei meinem Vater infiziert?«, fragte er besorgt.

»Ich weiß es nicht«, sagte ich. »Gestern war ich sehr lange bei ihm. Er wollte unbedingt wissen, wie die Experimente vorangehen. Als ich ihm sagte, ich hätte immer noch nicht herausgefunden, was diese Malaria genau ist, ob giftige Dämpfe vom Tiber oder einfach nur diese unerträgliche Hitze, die das Blut zum Kochen bringt und den Körper überhitzt, war er enttäuscht.«

Während wir langsam Arm in Arm zum Belvedere hinübergingen, sah ich an der Fassade des Palastes hinauf. Die Fenster von Rodrigos Schlafzimmer standen weit offen, und ich glaubte, Lucrezia gesehen zu haben, die zu uns heruntersah. In den letzten Tagen war sie ihrem Vater nicht von der Seite gewichen.

Nein, Rodrigo war nicht *enttäuscht* gewesen, dass meine Experimente misslangen, denn er gab sich keiner Täuschung hin. Er war krank. Und er war zornig über seine eigene Schwäche, seine Niederlage unter die Krankheit, die ihn zum Stillliegen verdammte. Und zum Nachdenken über etwas, über das er lieber nicht nachdachte: seinen Tod.

Dass er mir gestattet hatte, im Vatikan eine Leiche zu sezieren, war wohl weniger ein Zeichen seiner Hoffnung auf baldige Genesung als Ausdruck seiner Furcht, in den nächsten Tagen im Fieberwahn zu sterben, wenn ich nicht erfolgreich war.

»Was du tust, ist gefährlich«, sagte Cesare besorgt, während wir Arm in Arm zum Heckenlabyrinth des Belvedere hinübergingen. »Du experimentierst in deinem Laboratorium mit dem Tod.«

»Deinem Vater geht es nicht gut. Sein Fieber ist in den letzten Tagen noch gestiegen. Er spricht kaum ein Wort, jedenfalls nicht mit Lucrezia, Sancha oder mir. Mit Gott dagegen führt er endlose Verhandlungen. Ich mache mir Sorgen um ihn. Wenn er stirbt …«

»… dann ist alles vergeblich gewesen«, ergänzte Cesare missmutig. »Ich bin Bannerträger der Kirche und damit ist die geistliche und weltliche Macht der *Ecclesia Dei* in den Händen der Borgia. Ich bin Herzog von Valence, aber meine Macht ist noch nicht gefestigt – Louis kann mir jederzeit meine Titel nehmen. Wenn mein Vater stirbt, wird nichts bleiben. Nichts.«

Seit Cesares Rückkehr aus der Romagna und seiner Ernennung zum Bannerträger war es Rodrigos Ziel gewesen, seinen ältesten Sohn zum Herrscher eines italienischen Staates zu machen, dessen Souveränität unangetastet bleiben würde, selbst wenn sein päpstlicher Vater eines Tages starb und ein mächtiger Kardinal wie Giuliano della Rovere ihm als Pontifex nachfolgen sollte. Die erzwungene Untätigkeit während der letzten Monate, als Trivulzio Mailand für Louis zurückeroberte, als der gestürzte Ludovico als Gefangener nach Frankreich gebracht wurde, hatten Cesare nachdenklich gemacht. Unruhig. Gereizt. Er brannte darauf, mit seinem französischen Heer in die Romagna zurückzukehren, um die Eroberung seines künftigen Herrschaftsgebietes fortzusetzen.

»Glaubst du nicht, dass auch ich etwas zu verlieren habe, wenn dein Vater stirbt?«, fuhr ich ihn an. Was glaubte Cesare denn, warum ich mir in meinem Laboratorium die Nächte um die Ohren schlug, um ein Heilmittel gegen die Malaria zu finden, wieso ich Leichen sezierte und mit dem Tod meine Experimente machte? Weil ich den Nervenkitzel der Gefahr einer Infektion genoss?

»Bitte entschuldige, Caterina. Ich bin gereizt. Ich habe heute Nacht kaum geschlafen. Ich habe auf dich gewartet, aber du bist nicht gekommen …« Er umarmte mich und küsste mich. Dass wir das Heckenlabyrinth noch nicht erreicht hatten und vom Palazzo Apostolico aus gut zu sehen waren, kümmerte ihn nicht weiter.

»Ich war bei Alfonso«, erklärte ich mit fester Stimme.

Im ersten Moment dachte ich, Cesare würde mich schlagen, aber dann beherrschte er sich, ließ mich los und betrachtete den glutroten Sonnenuntergang. »Wie geht es meinem ›geliebten Schwager‹?«, murmelte er.

»Die Wunde an der Hüfte macht ihm immer noch zu schaffen. Er vertraut keinem Medicus und bat mich, sie mir anzusehen. Sein Bein sieht furchtbar aus und fühlt sich wohl auch so an. Alfonso hat seit dem Attentat Schmerzen. Ich bezweifle, dass er je wieder laufen kann, ohne zu hinken. Selbst das Reiten wird ihm Schwierigkeiten bereiten. Lucrezia ist besorgt. Sie glaubt …«

»… dass Alfonso im Bett seine Leistung nicht mehr bringen kann? Ich dachte, seine wichtigsten Teile seien unverletzt geblieben!«, spottete Cesare gehässig. Dabei sah er mich scharf an, als vermutete er, ich hätte mich letzte Nacht von der Funktionsfähigkeit eben jener Teile persönlich überzeugt.

»Lucrezia glaubt, dass du hinter dem Attentat auf Alfonso steckst«, fuhr ich unbeirrt fort. Eine Eifersuchtsszene zwischen Cesare und mir wollte ich unseren Zuschauern, die uns von den Fenstern des Palazzo aus beobachteten, nicht bieten. »Sie hat mir gestern unter Tränen erklärt, du habest versucht, Alfonso umzubringen.«

Vor einigen Tagen war Alfonso auf den Stufen von San Pietro überfallen worden, als er von einem Abendessen mit dem Papst in seinen Palazzo zurückkehren wollte. Gegen Mitternacht hatten sich mehrere als Pilger verkleidete Attentäter auf ihn gestürzt und ihm mit ihren Degen furchtbare Wunden beigebracht. Da die Attentäter Alfonso für tot hielten, hatten sie ihn auf der Piazza San Pietro liegen lassen und waren geflohen. Wie lange er so gelegen hatte, wusste er selbst nicht, doch schließlich raffte er sich auf und schleppte sich zurück in die Wohnung des Papstes, wo er seinem Schwiegervater zu Füßen sank.

Der erschrockene Rodrigo hatte Alfonso ein Zimmer in seiner eigenen Wohnung zugewiesen, wo er sich von seinen Wunden erholen sollte. Er ließ das Krankenzimmer bewachen und verbot unter Todesstrafe das Tragen von Waffen im Palazzo Apostolico.

Trotz der hingebungsvollen Pflege von Lucrezia und Sancha, die ihm Tag und Nacht Gesellschaft leisteten, genas Alfonso nur langsam von seinen Wunden. Er mied den Medicus Seiner Heiligkeit und ließ nur mich und meine spagyrischen Tinkturen an sich heran.

Cesare schnaubte abfällig. »Sag Lucrezia: Wenn ich die Absicht hätte, Alfonso umzubringen, würde ich es nicht bei einem misslungenen Attentatsversuch belassen, sondern die Sache zu Ende bringen. Nein, lass es, Caterina. Ich sage es ihr heute Abend selbst. Ich sehe sie während des Banketts bei Agostino Chigi. Wenn ich in die Romagna zurückkehre, will ich Ruhe vor diesen ewigen Intrigen haben. Ich bin es leid, dass meine eigene Schwester gegen mich intrigiert.«

»Sie intrigiert nicht, Cesare. Sie hat Angst vor dir.«

»Was habe ich getan, dass meine kleine Schwester Angst vor mir hat?«, brauste Cesare auf. Sein verschwitztes Gesicht schimmerte im Licht des Höllenfeuers am Horizont.

»Seit dem Attentat auf Alfonso glaubt sie, dass du auch deinen Bruder Juan ermordet hast«, sagte ich ruhig, aber entschlossen, ihm die Wahrheit zu sagen.

Er sah mich betroffen an. »*Ich?* Aber …«

»Auch dein Bruder Jofré glaubt, dass du Juans Mörder bist.«

»Jofré glaubt …« Cesare schwankte, musste sich an mir festhalten. Der Marmorsockel, auf dem er scheinbar unangreifbar stand, begann zu wanken. Er atmete schwer, als bereitete ihm der Unglaube seiner eigenen Familie seelische Schmerzen, und sah mich Hilfe suchend an. »Und was glaubst du, Caterina?«

Nachdenklich sah ich ihn an. Was hatte er denn bloß? Wieso war er in letzter Zeit so sensibel, so verletzlich ... so misstrauisch?

»Ich weiß nicht, was ich glauben soll«, antwortete ich.

Er sank in die Knie und hielt sich an mir fest. »Meine eigene Familie verrät mich ... Lucrezia ... Jofré ...« Er rang um Atem, um Fassung. »Und selbst *du* zweifelst an meinen Worten, Caterina!«

Es war ein schwerer Schlag, ich sah es ihm an. Er kniete vor mir im Gras und sah zu mir auf. Ich hockte mich neben ihn und umarmte ihn. Aus Mitgefühl? Ja, aus Mitgefühl, denn ich konnte mir vorstellen, wie er sich in diesem Augenblick fühlte: von allen verkannt, verachtet, verlassen. Einsam, grenzenlos einsam.

Ich kannte dieses furchtbare Gefühl, nur noch mich selbst zu haben, diesen Schmerz, der die Seele zerfetzt, der in die Knie zwingt, demütig macht. Und stark.

Er wandte den Blick ab und ließ sich ins Gras zurücksinken, damit ich seine Tränen nicht sah.

»Ich zweifle an deinen Worten und Taten, Cesare. Aber ich *verzweifle* nicht an dir«, sagte ich.

Er wandte sich zu mir um. »Nach allem, was ich dir angetan habe, bist du die Einzige, die zu mir hält?«, fragte er, während er sich im Gras aufsetzte. »Warum tust du das? Ich will dein Mitleid nicht!«

»Ich habe schon vor Jahren aufgehört, Mitleid mit irgendjemandem zu haben, Cesare. Jeder Mensch ist selbst verantwortlich für das, was er sagt oder wie er handelt. Ich bin es, du bist es. Wir tragen alle unseren Teil der Schuld, aber wir müssen damit weiterleben, bis ein zorniger Gott über uns richtet. Oder ein triumphierender Satan. Ich leide selbst genug, als dass ich noch das Leid eines anderen Menschen auf mich nehmen könnte. Oder wollte.

Ich weiß nicht, ob du deinen Bruder ermordet hast. Aber ich glaube, ich *hoffe,* dass du es nicht getan hast.« Er wollte etwas sagen, aber ich küsste ihm seine Antwort von den Lippen. »Frag mich nie, was *ich* getan habe!«, forderte ich. »Oder was ich noch tun werde.«

»Glaubst du, dass Geheimnisse eine solide Grundlage für eine Liebesbeziehung sind?«, wollte er wissen, und ich fragte mich, welche Antwort er von mir erwartete. Meine angebliche Beziehung zu Alfonso war doch kein Geheimnis im Vatikan! Nicht nachdem Johannes Burkhard jedem, der es hören wollte, verkündete, uns *in flagrante delicto* überrascht zu haben, bei was auch immer er glaubte gesehen oder gehört zu haben: zärtliche Berührungen, geflüsterte Versprechen?

Als ich schwieg, fuhr Cesare fort: »Ich verspreche es: Ich werde dich niemals nach den Leichen in deinem Keller fragen. Ich meine: Jedenfalls nicht, bevor sie zu stinken anfangen und du mich bittest, sie bei Nacht und Nebel fortzuschaffen.«

Ich lachte.

Er zog mich an sich, um mich zu küssen. »Ich würde es nicht ertragen, dich noch einmal zu verlieren!«

Zart erwiderte ich seine Liebkosungen. »Ich will dich auch nicht verlieren, *mi amor.* Dafür bist du ein viel zu guter Liebhaber!«, flüsterte ich ihm ins Ohr. »Bei meinen verwöhnten Ansprüchen würde es mir schwer fallen, einen neuen Geliebten zu finden … der so gut aussieht wie du … so mächtig ist … so reich … und so in mich verliebt. Ich denke, ich würde mich vorerst mit Giuliano della Rovere trösten«, neckte ich ihn. »Ich kann ihn ja heute Abend während des Banketts fragen, ob er mich will …«

»Das wagst du nicht!«, lachte Cesare über meinen Scherz und hielt mich fest, zog mich zu sich herunter ins warme Gras und küsste mich leidenschaftlich. Welch einen Anblick müssen wir den Beobachtern hinter den Fenstern des vatikanischen Palastes geboten haben!

Der Pfeil aus der Armbrust verfehlte uns nur um Haaresbreite. Er zischte über meine Schulter hinweg und blieb eine Handbreit neben uns im Gras stecken.

Ein Anschlag auf Cesare?, dachte ich im ersten Augenblick. Oder galt der Schuss uns beiden?

Ich war zu erschrocken, um Furcht zu empfinden.

Cesare ließ mich los und sprang auf. Er riss den Pfeil aus dem Boden, dann wandte er sich zum Palazzo Apostolico um. »Dieser verdammte Verräter!«

Ich erhob mich und sah ebenfalls zum Palast hinüber. Wegen der schwülen Sommerhitze standen alle Fenster weit offen. Der Schuss hätte von überall her kommen können.

Ich ahnte, was er vorhatte, und versuchte, ihn aufzuhalten, aber er riss sich los und stürmte aus dem Garten. Ich lief hinter ihm her. Wie ein entfesselter Wirbelwind rannte er die Treppen des Palazzo hinauf, drang an Adriano da Corneto, dem päpstlichen Sekretär, vorbei in Rodrigos Wohnung ein. Dann fegte er in Alfonsos Schlafzimmer.

Alfonso lag angezogen auf seinem Bett und unterhielt sich mit seiner Schwester Sancha. Lucrezia war wohl noch bei ihrem Vater, der nebenan mit Fieber im Bett lag.

»Mein lieber Cesare! Was verschafft mir die Ehre deines Besuches?«, fragte Alfonso überrascht, als er den Schwager zornig sein Schlafzimmer betreten sah. Sein Seidenhemd war wegen der Hitze bis zur engen Hose offen, aber er machte auch in meiner Gegenwart keine Anstalten, seinen nachlässigen Aufzug in Ordnung zu bringen.

»Ich will mich von dir verabschieden, mein lieber Alfonso«, erwiderte Cesare erstaunlich ruhig.

»Verabschieden?«, fragte Alfonso verwirrt, während er ein Kissen in seinem Rücken zurechtklopfte. »Du verlässt uns?«

»Nicht ich werde gehen, Alfonso. Sondern du.« Cesare stürzte sich auf den Herzog, packte ihn bei den Schultern, zerrte ihn hoch und schlug auf ihn ein. Alfonso taumelte rückwärts in die Kissen und hatte wegen seiner Wunden Mühe, sich aufzurichten, um sich gegen Cesare zu wehren. Aber Alfonsos tägliche Waffenübungen verliehen ihm eine unglaubliche Stärke. Er stieß Cesare, der ihn mit seinem Gewicht niederdrückte, zurück. Sancha und ich versuchten die beiden zu trennen. Erfolglos.

Wie zwei Gladiatoren schlugen die beiden Herzöge aufeinander ein. Keiner von beiden trug einen Dolch, aber beide waren in der Kampfkunst geschult und kannten die Schwachstellen des Gegners.

Sancha warf sich auf Cesare, um ihn von ihrem Bruder herunterzuzerren, und schrie mich an, ich sollte Hilfe holen. Zornig schlug sie auf ihren ehemaligen Geliebten ein, aber der beachtete ihre Schläge gar nicht. Mit einer lässigen Bewegung schob er Sancha von sich und widmete seine Aufmerksamkeit wieder Alfonso, der keuchend nach Atem rang.

Lucrezia erschien in der Tür, alarmiert durch die Kampfgeräusche in der päpstlichen Wohnung. Sie schrie auf und warf sich zwischen ihren Bruder und ihren Gemahl. »Hör auf, du … du Mörder!«, schrie sie Cesare an. Als der nicht reagierte, erhob sie die Hand gegen ihren Bruder, doch ein einziger Schlag ihres Bruders ließ sie zurücktaumeln und zu Boden stürzen.

Alfonso warf sich zornig auf Cesare: »Lass sie in Ruhe, du verdammter …«

In der Ferne grollte drohend der Donner eines heraufziehenden Gewittersturms.

Hilflos sah ich zu, wie Cesare und Alfonso miteinander rangen.

Ihre Glieder ineinander verhakt, fielen sie gemeinsam vom Bett auf den Boden und schlugen dort weiter aufeinander ein. Was sollte ich tun? Mich mit den beiden auf dem Boden herumwälzen? Durch mein jahrelanges Fechten war ich stärker als Lucrezia und Sancha, schneller, unerschrockener, aber was sollte ich gegen diese beiden Verrückten ausrichten? Ich musste verhindern, dass sie sich gegenseitig umbrachten! Aber wie?

Der Pfeil! Ich musste die Armbrust finden!

Ich sprang zu einer Truhe vor dem offenen Fenster und öffnete sie. Es lagen nur ein paar Bücher darin. Dann lief ich an den Ringenden vorbei zum breiten Bett und schlug die zerwühlte Brokatdecke zurück. Dort, unter dem Bett, lag die Armbrust. Sie war geladen und gespannt, aber ein Pfeil fehlte. Also doch! Alfonso hatte auf Cesare geschossen, um ihn zu töten. Ich war fassungslos. Was taten sie einander an? Und wozu?

Mit der Armbrust in der Hand trat ich zu den beiden Kämpfenden. Ich legte Cesare die Hand auf die Schulter, und tatsächlich hielt er für einen Augenblick irritiert inne.

»Hast du auf Cesare geschossen?«, fragte ich Alfonso, der schwer atmend am Boden lag. Ein gewaltiger Donner übertönte fast meine Frage. Ich reichte Alfonso die Hand, um ihm auf die Beine zu helfen. Schwankend richtete er sich auf, hielt sich an mir fest. Seine Wunde am Bein hatte wieder zu bluten begonnen.

Er antwortete mir nicht, sah mich nur mit einem unendlich traurigen Blick an, der zu sagen schien: Misch dich nicht ein, Caterina. Du kannst das Unvermeidliche nicht aufhalten. Du verletzt dich nur selbst, wenn du es versuchst.

Da Alfonso schwieg, wollte Cesare, der sich ebenfalls erhoben hatte, wieder auf ihn losgehen, aber ich hielt ihn mit ausgestrecktem Arm auf. »Sancha?«, fragte ich scharf. »Hat dein Bruder diesen Pfeil abgeschossen?«

»Ich weiß es nicht!«, rief Alfonsos Schwester. »Ich bin eben erst gekommen. Alfonso hat fest geschlafen, als ich vor einer Stunde nach ihm sah …«

Ein heißer Windstoß, der direkt aus der Hölle zu kommen schien, fegte durch den Raum, gefolgt von einem gewaltigen Donnerhall. Das Gewitter kam immer näher.

»*Geschlafen?* Du warst wohl müde von letzter Nacht. Caterina kann manchmal sehr anstrengend sein. Hat sie deine Kräfte heute Nacht im Bett überfordert?«, höhnte Cesare und stieß Alfonso von sich. Er taumelte rückwärts gegen mich und hätte mich fast umgerissen.

Entsetzt starrte ich Cesare an. Glaubte er im Ernst, ich wäre in der letzten Nacht mit Alfonso im Bett gewesen?

Lucrezia rannte panisch aus dem Raum, um ihren Vater um Hilfe gegen den verrückt gewordenen Bruder zu bitten. Sancha folgte ihr mit einem angsterfüllten Blick in Rodrigos Schlafzimmer.

Ich stand hinter Alfonso und wollte ihn von Cesare wegziehen, aber der kam drohend immer näher, bis ich stolperte und Alfonso mit mir auf das Bett riss. Er lag hilflos auf mir, schlug um sich, und ich konnte mich unter ihm nicht bewegen.

Cesare ragte über uns auf wie der heraufziehende Gewittersturm, der alles mit sich reißt, was sich ihm in den Weg stellt. Draußen zuckten die ersten Blitze über Rom, rissen die Sturmböen an den offenen Fensterläden, hier drinnen waren wir unseren Gefühlen hilflos ausgeliefert.

Noch während Alfonso sich zu erheben versuchte, ließ Cesare sich auf ihn fallen und drückte ihn nieder. Unter dem Gewicht von zwei Männern rang ich nach Atem, schrie ihn an, von Alfonso abzulassen, aber er lächelte nur.

Ängstlich rief ich: »Cesare! Komm zur Vernunft!« Ich brüllte ihn an, trat nach ihm, als er nicht aufhörte, auf Alfonso einzuschlagen, bis er sich kaum noch wehrte. Jeder seiner brutalen Schläge in Alfonsos blutüberströmtes Gesicht drang durch meinen Körper.

Alfonso lag halb auf mir, sein Kopf ruhte an meiner Schulter. Blut lief über seine Lippen und tropfte auf die weiße Seide meines Hemdes. Er stöhnte vor Schmerz.

Ein Blitz erhellte Cesares Gesicht. Mit einem Furcht erregenden Lächeln kniete er über unseren Körpern. Dann schlang er seine Arme um Alfonso, als sei er zur Besinnung gekommen, als wollte er dem Gestürzten aufhelfen. Alfonso wollte sich wehren, doch er hatte keine Chance.

»Der Narr hatte seinen Auftritt«, sagte Cesare in das Donnergrollen hinein. »Es war eine würdelose Inszenierung, die mich kein bisschen amüsiert hat. Der Narr kann gehen.«

Cesare riss Alfonsos Kopf herum, presste sein Gesicht in die Kissen und brach ihm mit einem gewaltigen Ruck das Genick. Sein Rückgrat zerbrach wie der Ast eines Baumes unter der Gewalt eines Sturmes.

Mit einem grauenhaften Röcheln hauchte Alfonso an meiner Schulter sein Leben aus.

Er war tot!

Rodrigo, auf Lucrezia und Sancha gestützt, stolperte in den Raum. Er war schweißüberströmt, atmete schwer und war noch immer vom hohen Fieber geschwächt. Lucrezia hatte ihn aus dem Bett gezerrt, damit er ihr gegen ihren Bruder beistand. Schwankend stand er in der Tür und bedachte Cesare mit einem langen Blick.

Er schwieg. Doch sein Blick sagte mehr als tausend Worte.

Dann brach der Sturm los.

Der Tod macht uns lebendig, dachte ich. Der Tod macht uns sinnlich und lässt uns gierig nach dem Leben greifen. Trotz des Gewittersturms war die Nacht unerträglich heiß, und ich hatte mir das schwere Brokatkleid vom Leib gerissen.

Vollkommen nackt saß ich auf einem Sessel am Fenster meines Schlafzimmers und starrte in den strömenden Regen hinaus, der keine Abkühlung brachte. Die Regentropfen rauschten nieder und spritzten vom Fenstersims bis zu mir herüber. Ich erschauerte.

Erst vor wenigen Stunden hatte ich den toten Alfonso in den Armen gehalten. Ich fuhr mir über das Gesicht, um nicht wieder zu weinen. Ich hatte keine Tränen mehr, jedenfalls keine der Trauer. Mein Erschrecken über Alfonsos Tod und meinen Zorn auf den Mörder wollte ich nicht in Tränen ertränken.

Lucrezia hatte sich wenige Schritte entfernt in meinem Bett zusammengerollt und trotz der unerträglichen Schwüle die Decke bis zum Kinn hochgezogen. Sie hatte endlich aufgehört zu weinen. Schlief sie? Ich hatte ihr, nachdem ich sie in meine Wohnung gebracht hatte, Opium gegeben, damit sie Ruhe fand. Rodrigo war viel zu krank, um sich um seine Tochter zu kümmern, die hysterisch schreiend vor seinen Füßen zusammengebrochen war. Und Cesare war wohl erleichtert, dass ich mich um seine weinende Schwester sorgte und sie in dieser Nacht nicht allein ließ.

Ich zog die Beine an, lehnte meinen Kopf gegen die hohe Rückenlehne des Sessels und wickelte mich in die tiefen Schatten der Nacht wie in eine schützende Decke, starrte in den niederrauschenden Regen hinaus und spürte fast schmerzhaft das Leben in mir. Wieso, dachte ich, macht uns der Tod so lebendig?

Alfonsos Begräbnis noch in der Nacht war würdelos gewesen. Nur wenige Menschen hatten von ihm Abschied genommen, während ein ängstlicher Priester ein paar Worte murmelte, die ohnehin niemand verstand. Welch ein Glück für Lucrezia, dass ich ihr mit einer Dosis Opium diesen grausamen Anblick ersparte. Sie hatte fest geschlafen, während wir Alfonso begruben. Wir!, dachte ich. *Wir?* Rodrigo war zu schwach gewesen, seinen Schwiegersohn auf dessen letztem Weg zu begleiten, und Cesare hatte sich rechtzeitig besonnen, den Abend bei Agostino Chigi zu verbringen und sich dort zu betrinken. Abgesehen vom Gefolge des Herzogs von Bisceglie waren seine Schwester Sancha und ich die einzigen Trauernden gewesen.

»Caterina? Bist du da?«, flüsterte Lucrezia. Sie hatte sich im Bett aufgesetzt und starrte durch die Finsternis.

»Ja, ich bin hier«, sagte ich laut, um den Regen zu übertönen.

»Ich habe Angst«, hauchte sie so leise, dass ich sie kaum verstehen konnte. »Bitte lass mich nicht allein!«

»Ich werde nicht weggehen, Lucrezia«, versprach ich ihr.

Ein Schmerz durchzuckte mich wie ein Dolchstich. Ich würde nicht gehen? Was versprach ich ihr da? Meine Sachen packen, aus dem Vatikan fliehen, Cesare für immer verlassen und nie mehr zurückkehren – das war es doch, was ich in dieser furchtbaren Nacht am liebsten getan hätte.

»Was machst du da am Fenster?«, fragte sie. »Kannst du nicht schlafen?«

»Ich *will* nicht schlafen. Nicht heute Nacht.«

Lucrezia schwieg eine Weile. In der Finsternis versuchte ich, ihr Gesicht zu erkennen.

»Du hast Alfonso geliebt, nicht wahr?«, fragte sie leise. Als ich nicht antwortete, fuhr sie fort: »Er war in dich verliebt, das weiß ich. Hattet ihr eine Affäre?«

»Nein.«

»Warum nicht?«, wollte sie wissen.

»Weil wir dich nicht verletzen wollten. Du hast in den letzten Monaten so oft davon geredet, mit Alfonso nach Neapel zu gehen, um dort mit ihm glücklich zu werden. Und er selbst wünschte sich nichts sehnlicher, als an den Hof seines Onkels zu gehen, um aus dem Vatikan … aus dem Inferno … zu entkommen.«

Lucrezia schwieg eine Weile. »Caterina, ich hätte mich nicht zwischen euch gestellt.«

Mein »Aber warum?« schwebte unausgesprochen zwischen uns.

»Ich will dich nicht auch noch verlieren«, schluchzte sie unter Tränen. »Alles habe ich heute Nacht verloren. Meinen Vater, meinen Bruder, meinen Gemahl. Meine Lebensfreude. Meine Hoffnungen auf eine glückliche Zukunft mit Alfonso, irgendwo weit weg von Rom.«

Ich setzte mich auf den Rand des Bettes und umarmte sie tröstend. »Lucrezia, ich werde dich nicht verlassen.«

Sie richtete sich auf und schlang ihre Arme ungestüm um meine Schultern. Ihre Tränen netzten meine nackte Haut. Sie ließ mich nicht los, als sie sich weinend in die Kissen zurücksinken ließ. Ich legte mich neben sie auf das Bett. Ihr Kopf lag an meiner Schulter, und sie drängte sich Schutz suchend an mich.

»Du bist ganz nass«, sagte sie, als sie sich an mich schmiegte. »Selbst deine Haare sind tropfnass, Caterina.«

»Ich war draußen im Regen«, murmelte ich. Aber die vom Himmel herabstürzende Sintflut hatte Alfonsos Blut nicht abwaschen können …

»Was meintest du, als du sagtest, du habest deinen Vater verloren?«, fragte ich.

»Er hat Cesare befohlen, Alfonso zu ermorden«, schluchzte sie.

»Was?«

»Hast du nicht seinen Blick gesehen, als er den toten Alfonso in deinen Armen auf dem Bett hingestreckt sah?«, schniefte sie.

Ja, ich hatte seinen Blick gesehen. Ich hatte ihn *gespürt.* Wie die Klinge eines Dolches.

Lucrezia schmiegte sich an mich. »Woher wusste Cesare, dass Alfonso von seinem Schlafzimmerfenster aus auf ihn geschossen hatte? Jeder, der Zutritt zum Palast hat, hätte es tun können. Selbst die Monsignori Johannes Burkhard und Adriano da Corneto, der Sekretär meines Vaters.«

»Aber …«, begann ich, bevor ich den Gedanken zu Ende gedacht hatte.

»Und wieso hast gerade *du* die gespannte Armbrust in Alfonsos Bett gefunden? Du, Caterina! Cesare wusste, wie Alfonso und du zueinander standet. Er wusste von eurer zärtlichen Freundschaft. Ich habe euch vom Schlafzimmerfenster meines Vaters aus gesehen, wie ihr im Garten spazieren gegangen seid und wie ihr euch geküsst habt. Ich nehme an, sämtliche Monsignori und Kardinäle haben an den Fenstern gestanden und euch bei dieser Farce zugesehen. Eine überzeugende Vorführung mit engagierten Darstellern. Es wirkte alles sehr leidenschaftlich.«

Der Spaziergang mit mir im Garten, das Attentat auf Cesare – war das alles nur eine perfekte Inszenierung, um den Mord an Alfonso zu rechtfertigen? Und Cesares erschrockene Reaktion auf meine Worte, seine Familie hätte ihn verlassen, seine Schwäche, seine kaltblütige Provokation meines Mitgefühls: Er wollte, dass ich ihm hinterherlief, um ihn von der unsinnigen Tat abzuhalten. Er *wollte,* dass ich, Cesares Geliebte, Alfonsos Angebetete, Lucrezias Freundin, die Vertraute des Papstes, die Armbrust im Bett fand. Caterina, *vera, sine mendacio, certa et verissima* und damit über jeden Zweifel erhaben, hatte die Mordwaffe bei Alfonso gefunden. Das Atmen fiel mir schwer, ich war zu Tode erschrocken über die Kaltblütigkeit dieses Mordes.

»War es wirklich Alfonso, der auf Cesare geschossen hat?«, flüsterte Lucrezia. »Alfonso war ein guter Schütze. Er hätte Cesare nicht verfehlt. Oder war es Micheletto, der von Cesares Wohnung aus auf ihn geschossen hat, um ihm einen Vorwand zu geben, Alfonso aus dem Weg zu räumen? Hatte Micheletto *vor* dem Attentat die Armbrust unter dem Bett versteckt, während Alfonso schlief?«

»Aber warum?«, fragte ich. »Warum musste Alfonso sterben?«

»Er war meinem Vater und meinem Bruder im Weg. Seit Sancha Cesare verlassen hat, um in Juans Bett zu kriechen, und seit Carlotta von Aragón den Mut hatte, ihm die Ehe zu verweigern, die ihm die Thronfolge Neapels eingebracht hätte, darf der Name Aragón in seiner Gegenwart nicht mehr genannt werden. Als mein Vater dann Alfonso als meinen Gemahl vorschlug, ist er explodiert. Du hättest meinen Vater und meinen Bruder erleben sollen – der Vatikan bebte.« Lucrezia seufzte. »Alfonso ist der Neffe des Königs von Neapel. Cesare ist Herzog von Valence und damit Gefolgsmann von Louis, der die Krone Neapels für sich will. Keine Krone Neapels für Louis – kein Herzogtum für Cesare, weder in Frankreich noch in Italien. Kein französisches Heer für seine Eroberungen – keine Krone für Cesare.«

Ich nickte: Lucrezias Argumente waren logisch – unerbittlich und grausam, erschreckend und menschenverachtend logisch.

Alfonso und ich hatten vor Wochen darüber gesprochen, wie er sich fühlte, wenn er allein und fern von Neapel jeden Tag Entscheidungen des Papstes miterleben musste, die den Untergang der Aragón zum Ziel hatten. Er hatte in San Pietro neben Cesare gestanden, als dessen Vater ihn, den Freund und *cher cousin* von König Louis, zum Bannerträger der Kirche ernannte, zum Herzog der Romagna. Es war wie damals bei Giovanni Sforza, der aus Rom fliehen musste, weil Rodrigo beschlossen hatte, dass die Sforza nicht länger in Mailand herrschen sollten. Alfonso hatte Angst gehabt, furchtbare Angst. Wie oft hatten wir darüber gesprochen, wenn wir allein waren … nein: *allein zu sein glaubten.*

»Alfonso war nur eine Spielfigur in diesem Spiel um die Macht«, flüsterte Lucrezia. »Eine wertlose, ersetzbare Figur, die entfernt werden musste, um einen Spielzug zu machen in Richtung Sieg.«

»Ersetzbar?«, echote ich fassungslos. »Glaubst du, dein Vater will dich wieder verheiraten, um ein neues Bündnis einzugehen?«

»Ja, natürlich. Aber ich will nicht, nie wieder. Die Männer, die es wagen, mich zu heiraten, leben gefährlich. Giovanni musste aus Rom fliehen, und als er sich weigerte zurückzukommen, hat mein Vater die Scheidung ausgesprochen, um mich an Neapel zu verkaufen. Alfonso hat sich seinem Willen nicht unterworfen. Er hat mich zu sehr geliebt. Dafür musste er sterben.«

»Ich verstehe nicht …«, sagte ich verwirrt.

»Wieso glaubst du, hat Cesare zugesehen, als Alfonso und du derart vertrauten Umgang miteinander hattet? Eine Affäre mit dir, der Geliebten meines Bruders, eine einzige leidenschaftliche Nacht in deinem Bett, und mein Vater hätte meine Ehe mit Alfonso geschieden und ihn nach Neapel verbannt. Wegen Untreue oder weiß der Himmel was. Meinem fantasiebegabten Vater wäre da sicher etwas eingefallen. Das hätte Aufsehen erregt, aber nicht mehr als meine Scheidung von Giovanni wegen angeblichen Nichtvollzugs der Ehe. Bitte glaube mir: Ich hätte mich nicht zwischen euch gestellt, Caterina. Denn eine Nacht mit dir hätte Alfonso das Leben gerettet!«

Der Regen hatte endlich aufgehört, irgendwann während der frühen Morgenstunden, als Lucrezia und ich Arm in Arm in meinem Bett gelegen hatten. Tiefrot wie eine Feuersbrunst ging die Sonne über Rom auf.

Ich saß allein in meinem Laboratorium, starrte in das Feuer des Athanors und dachte nach:

Cesare hatte mich kaltblütig benutzt, um sein Spiel zu spielen. Als er es nicht schaffte, mich in Alfonsos Bett zu locken, um ihn auf elegante Art loszuwerden, hatte ich ihm ein Motiv gegeben, Alfonso töten zu können, als ich die Armbrust fand.

Ich war mehr als zornig über meine Ohnmacht, mit der ich mich von Tag zu Tag tiefer in diesem Geflecht aus Lügen und Täuschungen verstrickte. Die Erkenntnis, dass ich selbst wie Alfonso ersetzbar war, hatte mich zutiefst erschreckt.

Ich dachte an Flucht. Doch wohin sollte ich gehen? Wo sollte ich mich verstecken? Wer sollte ich dieses Mal sein? Nicht mehr Caterina, Catalina, Cathérine, Carlotta, Cassandra, Cato, Cosimo und Celestino. Wer, zum Teufel, sollte ich sein? Wer *wollte* ich denn sein, außer ich selbst. Nein, ich konnte nicht fliehen.

Ich hatte eine Entscheidung getroffen: Ich hatte Lucrezia versprochen, bei ihr zu bleiben.

Aber ich musste noch eine weitere Entscheidung treffen …

Ich blätterte wieder im Folianten auf meinem Arbeitstisch und überflog Ibn Tufails Aufzeichnungen zur *Mortificatio*.

»Das Ziel des Opus ist die Erlösung der Seele …«, las ich. Und zwei Zeilen weiter: »… ist schwierig und voller Hindernisse und Gefahren. Noch während der ersten Transmutationen begegnet der Alchemist dem Drachen. Diese Begegnung bringt immer das Leiden.« Ibn Tufail schrieb, dass das Leiden erst mit der *Mortificatio*, der Tötung der Materie im Alambic beendet werden könnte. »Die vorletzte Transmutation ist die Erfahrung des Todes, im Alambic wie in der Wirklichkeit. Sie ist die schwierigste aller Operationen, denn sie ist kein Sieg des Alchemisten über die Materie, sondern seine Niederlage.«

Seine Niederlage!, dachte ich. Du hast Recht, Ibn Tufail, die

Mortificatio ist eine Demütigung für jeden, der wie ich beharrlich versucht, sie durchzuführen. Ich wusste nicht mehr, wie oft ich in den letzten Jahren versucht hatte, das Experiment zu Ende zu führen. Immer wieder hatte ich von vorn begonnen und war an derselben Stelle gescheitert: Ich erkannte das erste Licht der aufsteigenden Morgenröte im Alambic – dann nichts mehr. Das Licht war erloschen, die Materie tot, das Experiment gescheitert, die Alchemistin erschöpft und so wütend, dass sie sich schwor, gleich am nächsten Morgen von vorn zu beginnen. Nur um wieder zu scheitern. Und noch einmal. Monatelang.

Was, zum Teufel, sollte ich denn lernen? Die Niederlage zu akzeptieren? Sollte ich aufgeben zu kämpfen? Sollte ich mich mit der Wirklichkeit abfinden und den Versuch aufgeben, sie verändern zu wollen? Sollte ich aufhören zu fragen, um Antworten zu finden, die mir gefielen? War es das, was den weisen Adepten ausmachte: rechtzeitig aufzuhören mit allem? Wie Sokrates zu bekennen, dass man nicht alles weiß, dass man nicht über alles Macht hat?

War es weise, die Dinge geschehen zu lassen, ohne sie verändern zu wollen, sie zu akzeptieren, hinzunehmen, zu erleiden, ohne sich für den Mord an einem zärtlich geliebten Menschen rächen zu wollen?

Entnervt klappte ich das Buch zu und fuhr mir mit beiden Händen über das Gesicht. Wozu das alles?, fragte ich mich. Wozu quälte ich mich Tag für Tag? Wozu hatte ich mir all mein Wissen erworben, wenn ich es doch nie an mein Kind weitergeben konnte?

Wenn ich ehrlich war, musste ich zugeben, dass ich mich doch bereits in Mailand damit abgefunden hatte, dass ich das Elixier des Lebens niemals finden würde. War es nicht besser, jetzt aufzugeben, die Hoffnung auf ein Kind, das Sehnen nach Liebe, die Möglichkeit der Unsterblichkeit, mein ganzes Leben, bevor mein

Name, mein Wissen und meine Macht noch weiter missbraucht wurden?

Nein, ich durfte Rodrigo nicht weiter lehren, ich durfte ihm nicht noch mehr Macht geben, indem ich ihm den Weg zur Unsterblichkeit zeigte!

Warten, hatte Giovanni in Florenz gesagt, sei die erste Lektion eines Alchemisten. Die zweite Lektion sei, zu erkennen, wann der Augenblick zum Handeln gekommen sei. Nun wusste ich, welches die dritte und schwierigste Lektion war: Das Aufhören aus freiem Willen. Denn was ist grausamer, als nicht fertig zu werden mit dem, was man tun muss, tun kann und von ganzem Herzen tun will?

Entschlossen löschte ich das hell flackernde Feuer im Athanor mit einem Eimer Wasser und erlöste die Materie im Alambic aus ihren Qualen.

Und mich selbst.

Kleopatra hätte in Rom keinen eindrucksvolleren Auftritt inszenieren können als ich an diesem Abend im Palazzo della Rovere. Mein purpurrotes Atlaskleid war mit gutem Gewissen als gewagt zu bezeichnen, der Ausschnitt war tief, das Mieder so eng geschnürt, dass ich kaum Luft bekam. Die Blicke aller Anwesenden waren mir sicher, und ich genoss ihre ungeteilte Aufmerksamkeit, als ich kurz vor Mitternacht während des Banketts in den Saal schwebte.

Gianni, der sich gerade mit Giuliano della Rovere unterhielt, sah erschrocken auf, als ich den Saal betrat. Er wusste wie alle anderen Anwesenden, was am vorigen Abend im Vatikan geschehen war, und war nun erstaunt, mich bei Giulianos Bankett zu treffen. Giulio saß bleich wie der Tod neben seinem Cousin und starrte mich an.

Giuliano hatte sich erhoben und kam mir entgegen, um mich zu begrüßen. »Wie schön, dass du gekommen bist. Ich habe gehört, was geschehen ist. Wie geht es dir?«

»Es geht mir gut, Giuliano.«

»Bist du sicher?«, zweifelte er.

»Ganz sicher! Ich bin sehr *lebendig*, wie sollte es mir da nicht gut gehen! Ich bin dankbar und genieße jeden Tag, den Gott und Sein Stellvertreter auf Erden, Cesare Borgia, mir schenken. Wie kann ich denn wissen, wann Seine Selbstherrlichkeit entscheidet, dass ich wie Herzog Alfonso entbehrlich werde?«, sagte ich so laut, dass mich alle verstanden.

Ein Raunen wehte durch die Reihen der Gäste. Weingläser wurden ungeleert zurückgestellt, alle hielten den Atem an, um sich nur ja kein Wort unserer Unterhaltung entgehen zu lassen. Mein Blick glitt über die Gesichter, die mich anstarrten.

Giulianos Freund Agostino Chigi, der Bankier des Papstes, war gekommen, Kardinal Gian Battista Orsini und mein Cousin Rinaldo Orsini, der Erzbischof von Florenz, mein Cousin Gian Giordano Orsini, der Conte von Bracciano, Erzbischof Adriano da Corneto, der Sekretär und Vertraute des Papstes, der für seine Dienste in Kürze mit dem Kardinalspurpur ausgezeichnet werden sollte, Fra Mariano da Genazzano, der Ordensgeneral der Augustiner und ein alter Freund der Familie Medici, Gianni, Giulio und … Herzog Guido!

Was will Guido in Rom?, fragte ich mich. Sucht er Verbündete gegen die Borgia – so wie ich?

Ein leises Lächeln umspielte Giulianos Lippen, als er meine Blicke bemerkte – und Guidos Reaktion auf mein plötzliches Auftauchen. Giuliano gönnte mir meinen Auftritt aus vollem Herzen! Er hatte dieses Spiel schon zu oft selbst gespielt, um meinen Eröffnungszug nicht als grausame Rache zu erkennen.

Mit einem unergründlichen Lächeln führte er mich an seine

Abendtafel. Gianni rückte ein wenig zur Seite, um mir Platz zu machen, und Giuliano schob einen Stuhl hinter mich und half mir beim Hinsetzen. Dann nahm er neben mir Platz.

Es war ein vergnüglicher Abend, trotz allem. Ich amüsierte mich, weil ich mich amüsieren *wollte.* Weil ich glücklich aussehen wollte, fröhlich, furchtlos. Und unzerbrechlich.

Gianni und Giulio bestürmten mich unablässig, ich möge sie in den Palazzo Medici begleiten, um dort die Nacht zu verbringen. Und ich sollte um Gottes willen aufhören, mich in Lebensgefahr zu begeben, indem ich daran dachte, nach diesem Abend in den Vatikan zurückzukehren und Cesare unter die Augen zu treten. Sie waren besorgt, hatten Angst um mich und verstanden nicht, warum ich tat, was ich tat. Warum ich es tun musste, um meine Freiheit zurückzugewinnen, meine Selbstachtung, meine Würde.

Den ganzen Abend tanzte ich mit Gian Giordano, der mir eine beeindruckende Zahl von Komplimenten ins Ohr flüsterte, aber es nicht wagte, während des Saltarello weiter als bis zu einem vertrauten Tuscheln zu gehen. Er trat mir nicht, wie vor Jahren in Florenz, auf die Füße, damit ich mich an ihm festhalten musste, um nicht zu stolpern, und er berührte mich auch nicht wie früher. Hatte er Angst vor Cesare?

Während Gian Giordano mich herumwirbelte, saß Guido still in einem Sessel, trank Wein und beobachtete uns. Aber er kam nicht zu mir herüber und forderte mich auf, mit ihm zu tanzen, brachte mir kein Glas Wein und entführte mich nicht auf die Terrasse, um mit mir den Mond zu betrachten.

Diese Aufgabe übernahm nur zu gern Agostino Chigi. Wir saßen eine halbe Stunde im nächtlichen Garten und unterhielten uns, dann kehrten wir in den Bankettsaal zurück. Guido saß immer noch in seinem Sessel, starrte mich an und war ein bisschen betrunkener als zuvor.

Die letzten Gäste verabschiedeten sich erst lange nach Mitternacht. Gianni und Giulio hakten sich bei mir unter, um mich mit sanfter Gewalt in den Palazzo Medici zu schleppen, aber ich weigerte mich zu gehen. »Die Nacht ist doch noch lange nicht vorbei!«, sagte ich. Gianni erbot sich zu bleiben, bis ich gehen wollte. Er würde mich im Morgengrauen mit seiner Leibwache in den Vatikan zurückeskortieren, falls ich das dann noch immer wünschte. Ich dankte ihm, umarmte meinen Bruder, genoss einen Augenblick seine Herzlichkeit – und schob ihn dann aus dem Saal.

Als die letzten Gäste gegangen waren, verschwand Giuliano in sein Schlafzimmer und überließ Guido und mich unserem Schicksal. Guido wohnte im Palazzo seines Schwagers und hatte es offensichtlich nicht eilig, ins Bett zu kommen.

Würde er *jetzt* mit mir reden?

Er schloss hinter Giuliano die Tür des Bankettsaals und lehnte sich einen Augenblick dagegen, als müsste er sich besinnen, dass ich immer noch da war. Dann ließ er sich auf einen Stuhl mir gegenüber am anderen Ende der Tafel fallen. Ohne mich aus den Augen zu lassen, schenkte er sich ein herumstehendes Weinglas voll und trank.

Wir hatten den ganzen Abend lang kein Wort gewechselt. Er hatte keine Anstalten gemacht, sich mir zu nähern oder mir auch nur ein Lächeln zu schenken. Ich verstand sein zurückhaltendes Benehmen. Er hatte mich nicht aus den Augen gelassen, als Gian Giordano während der Pavane mit mir tuschelte, als ich mit Agostino in den Garten verschwand, während ich mir Rinaldos Tiraden über Niccolò Machiavelli und die Signoria von Florenz anhörte, als mein Bruder versuchte, mich unverwundet vom Schlachtfeld zu bringen. Er hatte nur dagesessen und mich beobachtet. Und dabei hatte er ein Glas Wein nach dem anderen getrunken.

Ich erhob mich von meinem Platz und ging langsam die Tafel entlang zu Guido, der lässig die Füße auf den Tisch gelegt hatte und mir mit einem unergründlichen Blick entgegensah. Ich nahm ihm sein Weinglas aus der Hand, trank es bis zum letzten Tropfen leer und stellte es auf den Tisch hinter mir.

Guido lehnte sich auf seinem Sessel zurück, und ich griff in die Atlasfalten meines Rocks und setzte mich rittlings auf seinen Schoß. Während ich mich vorbeugte, um ihn zu küssen, öffnete ich die Silberknöpfe seiner Jacke. Meine Hände schoben den Stoff zurück, zerrten ungeduldig das Seidenhemd aus der Hose und fuhren über die nackte Haut.

Guido genoss jede meiner Bewegungen. »Gestatte mir eine Frage: Was willst du von mir?«

»Deine Freundschaft, Guido.«

Er lachte trocken. »So wie du den ganzen Abend die Freundschaft von Giuliano della Rovere, Agostino Chigi, Gian Giordano Orsini und ungefähr einem halben Dutzend mächtiger Kardinäle, einflussreicher Erzbischöfe und eines streitbaren Augustinergenerals gesucht hast?«

Ich legte ihm den Finger auf die Lippen, und er schwieg. Er wehrte sich auch nicht, als ich die Verschlüsse seiner engen Hose öffnete. Er lehnte sich zurück und ließ mich gewähren. Dass die Diener mit verstohlenen Blicken in unsere Richtung die Tafel abzuräumen begannen, schien ihn nicht weiter zu stören.

Er nahm die Füße vom Tisch und richtete sich auf. Seine Finger tasteten nach den Schleifen meines Mieders und zogen sie langsam, fast bedächtig auf, während meine Hände über die nackte Haut seiner Brust streichelten. Er zitterte vor Erregung und erschauerte wie unter einem kühlen Luftzug, als ich sanft die Stelle hinter seinem Ohr küsste, die so furchtbar kitzelig ist.

Mit beiden Händen hob er meine Brüste aus dem Mieder meines Kleides und begann sie zu streicheln und mit Küssen zu bedecken. Ich seufzte, als seine sinnlichen Lippen, seine weiche Zunge meine Rosenknospen umspielten.

Er war zutiefst erregt und genoss in vollen Zügen die Bewegungen, die ich auf ihm machte, die ihn weiter stimulierten. Seine Männlichkeit pulsierte heiß wie ein Vulkan zwischen meinen Beinen. Schließlich fasste er unter meine Schenkel und zog mich zu sich heran. Ich hob die Knie an, richtete mich auf und ließ ihn in mich hineingleiten.

Die letzten Diener verließen fluchtartig den Bankettsaal und schlossen leise die Tür hinter sich.

Guido lachte über meine Ungeduld, aber es war nichts Fröhliches in seiner Stimme. »Wollen wir wetten, wie viele anzügliche Verse und Zettel über unsere Affäre morgen Früh am *Pasquino* hängen? Der Herzog von Urbino und die Geliebte des Herzogs der Romagna, der so gern Urbino zu seiner Hauptstadt machen würde …«

»Der *Pasquino* wird morgen Früh unter einem Berg von Papier zusammengebrochen sein«, prophezeite ich.

Er schnaufte, als ich mit meinen Bewegungen begann. »Ist das deine Absicht? Aufmerksamkeit zu erregen? Rom zu schockieren?«

»Ja.« Ich küsste ihn auf den Mund.

»Das ist dir gelungen! Rom *ist* schockiert.«

»Und du? Bist du auch schockiert?«

»Ich bin … überrascht. Und fasziniert.«

Eine Weile trabten wir langsam über die weiten Felder der Lust, streichelten uns mit Händen und Lippen, küssten uns, dann begann ich, in einen leichten Galopp zu fallen. Ich legte meine Arme um seine Schultern und hielt mich an ihm fest, während wir schneller und schneller in den kristallklaren Himmel hinaufstiegen, immer höher, bis wir gemeinsam zum Sprung ansetzten und uns in die bodenlose Tiefe fallen ließen.

Schwer atmend hatte ich mein Gesicht an seiner Schulter vergraben. Er hielt mich fest, streichelte mich, liebkoste meine nackte Schulter.

»Ich liebe schnelle Ritte«, bekannte er. »Du hast keine Zeit vergeudet, ans Ziel zu kommen. Nach all den Jahren des Schweigens tauchst du hier auf wie ein hungriger Tiger, der Beute gewittert hat, reißt mir die Kleider vom Leib und fällst über mich her …«

»Dein Widerstand war wirklich nicht sehr überzeugend, Guido«, neckte ich ihn. Dein ›Nein, Caterina, bitte tu mir das nicht an!‹ habe ich, während du mit mir um deine Unschuld gerungen hast, nicht gehört. Tut mir Leid.«

Ich erhob mich und stieg von ihm herunter.

Während ich mein Atlaskleid in Ordnung brachte und das Mieder schnürte, fragte er irritiert: »Was wirst du nun tun?«

»Ich werde mich anziehen, dir einen Abschiedskuss geben, mein strahlendstes Lächeln aufsetzen und in den Vatikan zurückkehren.«

»Das ist nicht dein Ernst!«, protestierte er.

»Das ist mein voller Ernst. Ich werde Cesare ins Gesicht sagen, was ich getan habe. Ich werde ihn verlassen. Heute Nacht.«

Guido ließ sich bestürzt gegen die Lehne zurücksinken. »Du hast mich verführt, um *ihn* zu demütigen?«

»Ja«, gestand ich.

Guido stöhnte. »Und wenn ich mich nicht darauf eingelassen hätte?«

»Dann wäre ich zu Giuliano gegangen.«

»Du wärest mit Giuliano ins Bett gegangen?«, fragte er ungläubig. »Und wenn er dich fortgeschickt hätte?«

»Ich hätte mit dem gesamten Kardinalskollegium geschlafen, um mich an Cesare zu rächen.«

Er schwieg schockiert. Schließlich fragte er: »Wieso wurde ausgerechnet *mir* die Ehre zuteil, als dein ›Ritter für eine Nacht‹ Seine Selbstherrlichkeit demütigen zu dürfen?«

»Weil es mit dir am meisten Vergnügen bringt.« Ich küsste ihn spielerisch auf die Lippen. »Und ich dachte, du würdest auch ein bisschen Spaß haben.«

Er schüttelte den Kopf. »Wenn ich dich nicht seit Jahren kennen würde, Caterina, würde ich dich für ebenso skrupellos in der Wahl deiner Waffen halten wie Cesare. Bei unserem ersten Treffen in Mailand ...«

»Das ist ein halbes Leben her.«

»Sieben Jahre.«

»Sieben Jahre, die mich verändert haben, Guido. Cesare sagte mir einmal vor Jahren in Pisa, dass der Mensch alles tun und werden kann, wenn er es nur will. Er muss der Göttin Fortuna nur seine Zweifel und Hemmungen opfern. *Ich* lege auch noch meine Hoffnungen und meine Gefühle auf diesen Blutopferaltar.«

»Ich muss zugeben, dass die Opferzeremonie eben sehr eindrucksvoll war«, gestand er leise.

War er verletzt durch mein Verhalten? Nein, das war es nicht. Er war schockiert gewesen, aber gleichzeitig fasziniert von meiner Willensstärke. Und er hatte es genossen, sich von mir verführen zu lassen. Es war meine letzte Bemerkung gewesen, dass ich meine Gefühle opferte, die ihn zusammenzucken ließ.

Was empfindet er für mich?, fragte ich mich verwirrt. Wie konnte meine trotzige Bemerkung ihn so treffen?

Verwirrt und betroffen, nein: beschämt über mein Verhalten ihm gegenüber stand ich vor ihm, als er sich seufzend erhob und seine Kleidung in Ordnung brachte. »Ich werde dich jetzt zu Cesare zurückbringen«, versprach er mir. War da ein leises Zittern in seiner Stimme? Er wich meinem Blick aus.

Ich wollte ihn trösten, ihn aufmuntern, seine Traurigkeit zerstreuen, aber was sollte ich sagen? Dass ich mich gefreut hatte, ihn nach sieben Jahren wiederzusehen? Dass ich seine Hände, seine Lippen, seinen Körper, seine Leidenschaft und seine Sinnlichkeit genossen hatte? Dass ich von meinen eigenen Gefühlen verwirrt war und keinen klaren Gedanken fassen konnte? Dass ich nicht freiwillig in den Vatikan zurückkehrte? Worte, nichts als Worte! Er musste mich doch nur ansehen, um das zu fühlen, zu wissen. Aber er wich mir aus.

»Du hast mir in Mailand das Leben gerettet«, sagte ich, um das Schweigen zwischen uns zu brechen. »Ich habe dir noch nicht einmal dafür gedankt.«

»Ich dachte, du hättest *mir* das Leben gerettet«, erwiderte er. »Zumindest nahm ich das an, bis wir in Florenz ankamen und du ohne Abschied nach Sevilla abgereist bist, als ob …« Er verstummte und wandte sich ab.

»Als ob *was?*« Ich hielt ihn am Ärmel fest.

»Als ob nichts zwischen uns gewesen wäre. Kein endloses Gespräch während eines Schneesturms, das mich die Schmerzen und die Kälte vergessen ließ, keine Nächte mit dir in einem Bett.

Du hast mir in Mailand das Leben gerettet, Caterina. Ich dachte, ich könnte nicht mehr lieben. Meine vielen Affären, die alle nicht länger als nur ein paar leidenschaftliche Nächte gedauert haben, bis ich meine Geliebten wieder fortschickte – das war alles nur eine Flucht vor meiner unglücklichen Ehe mit Elisabetta. Eine Flucht vor mir selbst. Das alles hatte mit Liebe, mit Zärtlichkeit oder Hingabe nichts zu tun. Ich wollte das Leben in mir spüren, ich wollte die Qualen der Einsamkeit in der Ekstase der Lust ertränken wie in einem Becher berauschenden Weins. Ich habe mir eingeredet, verliebt zu sein, und doch wollte ich immer die Freiheit haben, jederzeit gehen zu können und nichts zu hinterlassen als die enttäuschten Tränen einer jungen Frau, die sich eine Nacht lang für mehr als nur eine flüchtige Affäre des Herzogs hielt.

Du hast mich auferweckt von den Toten, Caterina, hast mich zur Besinnung gebracht, hast mir gezeigt, was mir fehlte und was ich mir all die Jahre so sehnlich gewünscht hatte. Du hast mir deine tiefsten Gefühle gezeigt und mit beiden Händen in meinen gewühlt, bis ich nicht mehr wusste, wie mir geschah, nur um mich am nächsten Morgen in Florenz zu verlassen, um nach Sevilla zu gehen. Dass du Piero nicht die Wahrheit gesagt hast, warum du Florenz verlassen wolltest, konnte ich ja noch verstehen. Aber dass du mich derart *sitzen gelassen* hast, nach all dem, was zwischen uns in Mailand geschehen war, das hat mich tief verletzt.«

Ich starrte ihn an, unfähig etwas zu sagen.

»Ich hatte geglaubt, wir könnten …« Er brach ab und überlegte, ob es sich lohnte, mit mir über seine Gefühle zu sprechen. Oder ob die Wunden nur wieder zu schmerzen begannen. Dann fuhr er entschlossen fort: »Aber dann tauchte plötzlich Lionetto de' Rossi im Palazzo auf, und du hattest nichts Eiligeres zu tun, als mit ihm zu verschwinden. Sechs Monate später hat mir Giuliano aus Paris nach Urbino geschrieben und mir mitgeteilt, er hätte dich getroffen. In Paris – mit Lionetto! Du hättest ihm gesagt, du würdest am folgenden Tag mit ihm Paris verlassen, um nach Florenz zurückzukehren.«

»Lionetto war nicht mein Geliebter. Er ist mein Cousin«, sagte ich leise. Ich war mehr bestürzt über seine Enttäuschung als über die Tatsache, dass Guido von meiner Reise nach Paris wusste.

»Ich weiß. Gianni hat es mir gesagt«, seufzte Guido. »Kurz nach deiner Rückkehr nach Florenz erhielt ich einen langen Brief von Giovanni Pico. Er schrieb, du wärest nach Angelo Polizianos Tod überstürzt nach Urbino geritten. Noch nie in meinem Leben habe ich einen solchen Brief gelesen, Caterina. Giovanni Pico war zu aufgewühlt, um dir selbst zu schreiben. Deshalb bat er mich, dir zu sagen, du mögest zu ihm zurückkommen. Ich sollte dich für ihn um Vergebung bitten. Ich sollte …« Er wandte das Gesicht ab. »Ich sollte vor dir auf die Knie fallen und dich in seinem Namen anflehen, zu ihm zurückzukommen. Kannst du dir vorstellen, wie ich mich gefühlt habe, als ich diese Zeilen las?«

Ich antwortete nicht. Was auch?

»Die Erkenntnis, dass er sich entschlossen hatte, alles aufzugeben, um mit dir zu leben, war schmerzhaft. Aber noch quälender war die Frage, wo du warst. Denn in Urbino bist du nie angekommen. Ich habe Bewaffnete losgeschickt, den ganzen Weg nach Florenz, die dich suchen sollten: vergeblich. Ich habe Giovanni Pico einen besorgten Brief zurückgeschrieben, der ihn wohl ziemlich verstört hat, wie Gianni mir später gestand.

Du bliebst verschwunden, bis zu jenem furchtbaren Tag der Vertreibung der Medici. Gianni hat mir erzählt, wie ihr aus Florenz geflohen seid, wie du umgekehrt bist, um Giovanni Pico zu retten. Du wolltest nach Urbino kommen, sobald du ihn gefunden hattest, aber du bist dort nie angekommen.

Ich habe mir furchtbare Sorgen um dich gemacht. Wieder habe ich Bewaffnete nach Florenz geschickt, die dich suchen sollten. Nichts. Kein Lebenszeichen. Der Palazzo Medici war geplündert, König Charles hatte dort Quartier genommen. Niccolò Machiavelli wusste nicht, wo du warst, ob du lebst oder ob du gefangen und hingerichtet worden warst, ebenso wenig deine Cousins Giannino und Lorenzino. Und auch meine Nachforschungen bei Savonarola verliefen im Sand. Von ihm erfuhr ich lediglich, dass Giovanni Pico wenige Tage zuvor in San Marco gestorben war, während König Charles in Florenz einzog. Warum er mir das geschrieben hat, weiß ich nicht. Vielleicht sollte mich das trösten.«

Ich war wie benommen. »Nach Giovannis Tod bin ich nach Mailand geflohen, um ein neues Leben zu beginnen. Ich war dort fünf Jahre lang …«

… glücklich? Ich zögerte. Sollte ich Guido sagen, dass ich in Mailand zufrieden gewesen war und gar nicht mehr fortgehen wollte? Nein, das würde ihn verstimmen, und letztlich klang es nur wie eine Rechtfertigung, dass ich nicht wie versprochen nach Urbino gekommen war.

»Ich habe gehört, was Cesare dir in Mailand angetan hat«, sagte er. »Giuliano hat es mir erzählt. Ich war entsetzt. Aber noch bestürzter war ich, als ich hörte, du wärest mit ihm nach Rom gegangen, und ihr hättet euch wieder versöhnt.«

Ich wandte mich ab, damit er die Tränen in meinen Augen nicht sah. Er trat hinter mich und umarmte mich. »Vergib mir, Guido«, seufzte ich.

»Ich habe dir nichts zu vergeben«, flüsterte er und liebkoste meine Schulter. Dann drehte er mich zu sich um und küsste mich zart auf die Lippen. »Ich liebe dich.«

Ich starrte ihn an, verwirrt. Dann sagte ich leise: »Ich bin niemand, den man ohne Gefahr lieben kann. Die Rose hat spitze Dornen, an denen du dich verletzen kannst.«

»Die Dornen einer Rose sind eine Herausforderung, aber kein Hindernis. Sie machen die Rose schöner, begehrenswerter. Und sie machen das Pflücken der Rose zu einem einzigartigen Erlebnis.«

»Liebe mich nicht, Guido!«, bat ich ihn. »Es ist lebensgefährlich, sich auf mich einzulassen.«

»Ich fürchte mich nicht vor Cesare.«

»Du wirst morgen nach Urbino zurückkehren, sagte mir Giuliano vorhin.«

Er zögerte, dann nickte er. »Cesare wird in wenigen Tagen in die

Romagna aufbrechen, um seine Eroberungen fortzusetzen. Daher kann ich nicht länger in Rom bleiben. Ich muss zurück nach Urbino.«

Ich küsste ihn auf die Lippen. »Vergiss mich!«, flüsterte ich. »Wir werden uns so schnell nicht wiedersehen, Guido.«

»Ich werde dich vergessen«, versprach er mir. »Jede Nacht, bevor ich einschlafe, werde ich dich vergessen!«

Am nächsten Morgen fiel mir Lucrezia erleichtert um den Hals, als ein Diener mich in ihr Schlafzimmer führte. Ihr Bett sah zerwühlt aus, als hätte sie während der Nacht kein Auge zugetan. Sie war noch nicht angezogen.

»Caterina, da bist du ja!«, seufzte sie. »Ich habe mir solche Sorgen um dich gemacht. Cesare war gestern Abend hier. Er hat dich gesucht und war ganz verzweifelt, als er dich nicht fand …«

»Ich habe ihn verlassen«, sagte ich.

Sie starrte mich an, als hätte sie meine Worte nicht verstanden. »Verlassen?«, flüsterte sie atemlos. »Für immer?«

Ich wandte mich ab, damit sie meine Tränen nicht sah. In ihrer Trauer um ihren ermordeten Gemahl wollte ich sie nicht noch durch meine aufgewühlten Gefühle belasten. Nicht, solange ich selbst nicht wusste, was mir das Herz zerriss. Verwirrung, Verlorenheit, Selbstzweifel?

Lucrezia umarmte mich. »Ich freue mich für dich!«

Ihre Nähe, ihre Zuneigung taten mir gut, und ich nahm sie dankbar an, obwohl ich sie nicht verdient hatte. Nein, ich war ihrer Liebe nicht würdig. Ich würde ihr nur wehtun, wie ich Guido wehgetan hatte. Und Giovanni. Und Cesare. Wie ich jedem Menschen wehtat, der mir seine Hand reichte: Leonardo, Baldassare, Niccolò. Cesare hatte Recht, wir waren uns zu ähnlich …

Tränen der Verzweiflung liefen wieder über meine Wangen.

»Caterina! Was ist denn los?«, flüsterte Lucrezia betroffen. »Habt ihr gestritten?«

»Nein«, schluchzte ich.

»Hat Cesare dich geschlagen oder …?«

»Nein.«

»Um Himmels willen, was ist denn geschehen?«

»Er hat mir vergeben«, schluchzte ich. »Er hat mich mit seiner Vergebung gedemütigt!« Ich ließ mich auf das Bett sinken, fiel in die Kissen und barg mein Gesicht in meinen Händen. Ich hätte schreien können!

Lucrezia legte sich neben mich und umarmte mich. Wie den kleinen Rodrigo wiegte sie mich, um mich zu beruhigen. »Weine, Caterina! Halte deine Tränen nicht zurück! Lass dich fallen, ich werde dich auffangen.« Sie küsste mich auf die Wange, während sie mich hielt.

»Lass mich, Lucrezia. Ich werde dir nur wehtun!« Ich wollte mich aus ihrer Umarmung lösen und aufsetzen, aber sie drückte mich nur umso fester an sich.

»Lass mich bitte selbst entscheiden, was ich ertragen kann und was nicht«, bat sie mich freundlich, aber bestimmt. »Alfonsos Tod ist entsetzlich. Ich weiß nicht, wie ich ohne ihn und seine Liebe weiterleben soll. Das Einzige, was mich aufrecht hält, ist der Hass auf Cesare und die Gewissheit, dass du Alfonso geliebt hast und Cesare für diesen Mord verfluchst. Ich weiß, dass ich nicht allein bin in meinem Schmerz. Ich war so glücklich, als du mir eben gesagt hast, du hättest ihn verlassen. Aber dich so todunglücklich zu sehen, das ertrage ich nicht auch noch. Bitte sag mir, was geschehen ist.«

Ich presste mein Gesicht in die Kissen, weinte still vor mich hin. Lucrezia strich mir sanft über das Haar und wartete geduldig ab, bis ich den furchtbaren Druck nicht mehr aushielt und die Worte aus mir heraussprudelten. Ich erzählte ihr von der Nacht mit Guido. Ich ließ nichts aus, weder das, was ich Guido angetan hatte, noch was ich jetzt, nach unserem Gespräch bis zum Morgengrauen im Garten des Palazzo della Rovere, für ihn empfand. Wenn Lucrezia schockiert war, dann verbarg sie ihre Gefühle gewissenhaft vor mir.

»Danke, dass du mir die Wahrheit gesagt hast, Caterina«, murmelte sie. »Ich kann verstehen, warum du es getan hast.«

Ich wandte ihr das Gesicht zu. »Du kannst es *verstehen*?«, fragte ich erstaunt über ihr Geständnis. »Ich habe deinen Bruder gedemütigt.«

»Ich bewundere dich, dass du den Mut hast, dich mit Cesare anzulegen. Ich wünschte, ich wäre in meinem Zorn ebenso unerschrocken wie du.«

O Lucrezia, ich habe furchtbare Angst, auch wenn du es mir nicht anmerkst!, dachte ich und brach erneut in Tränen aus.

Sie strich mir eine Haarsträhne aus dem Gesicht. »Was ist mit dir?«, hauchte sie.

Für einen Augenblick schloss ich die Augen, um mich zu besinnen. »Nach unserem Gespräch im Garten hat mich Guido im Morgengrauen zum Vatikan gebracht. Dann ist er mit seiner Eskorte nach Urbino aufgebrochen, und ich bin in meine Wohnung zurückgekehrt. Ich fand Cesare in meinem Bett.«

»O mein Gott!«, seufzte Lucrezia voller Mitgefühl.

»Offenbar hatte er die ganze Nacht auf mich gewartet. Er lag nackt in die Laken gewickelt und umarmte das Kissen, während er fest schlief. Es sah aus, als ob … als ob er *mich* umarmte. Ich glaube, er hatte geweint …« Ich atmete tief durch und versuchte einen neuen Sturzbach von Tränen zurückzuhalten. »Im Schlafzimmer verstreut lagen zerknüllte, zerrissene Zettel, die wohl seine Diener vom *Pasquino* abgerissen hatten, während sie nachts in der Stadt nach mir suchten.« Giuliano della Roveres Gäste hatten nach dem Bankett keine Zeit verloren, meinen Feldzug gegen Cesare zu kommentieren, meine Strategie und meine Taktik in allen sinnlichen Details zu erläutern.

»Er wusste es!«, flüsterte Lucrezia.

»Ja, er wusste, was ich getan hatte. Er erwachte, als ich das Schlafzimmer betrat.«

»Was hat er gesagt?«, fragte Lucrezia gespannt.

»Nichts. Kein Wort. Er hat mich nur schweigend angesehen, als ich ihm sagte, dass ich gekommen sei, um mich von ihm zu verabschieden. Ich habe ihm ins Gesicht gesagt, dass ich ihn verlasse. Dann habe ich mich umgedreht und wollte gehen.«

»Du hast ihn gedemütigt«, flüsterte Lucrezia.

Ich nickte, dann besann ich mich und schüttelte den Kopf. »Er hat dasselbe mit mir getan, Lucrezia. Er rief mir nach: ›Warum?‹ Ich blieb stehen und drehte mich zu ihm um: ›Ich ertrage dich nicht mehr.‹ Er sagte: ›Ich liebe dich, Caterina! Was immer du getan hast, ich verzeihe dir. Komm zurück zu mir!‹ ›Du vergibst mir?‹, habe ich ungläubig gefragt, und er antwortete: ›Wenn eine Affäre mit Herzog Guido das ist, was du willst, dann werde ich nichts dazu sagen. Genieße dein Vergnügen und amüsiere dich mit ihm. Und wenn du anfängst, dich mit ihm zu langweilen, dann komm zu mir zurück!‹«

»*Das* hat mein Bruder gesagt? ›Amüsiere dich mit Herzog Guido‹?«, fragte Lucrezia verwirrt.

»Das hat er gesagt. Ich habe ihn wütend angeschrien: ›Du vergibst mir eine Affäre mit Guido? Wer bin ich denn, dass ich um deine Erlaubnis frage, wenn ich mit irgendjemandem ins Bett gehen will? Ich gehöre dir nicht!‹«

Ich gehöre ja nicht einmal mir selbst!, dachte ich und begann wieder zu weinen. Ich tat Dinge, die ich nicht getan hätte, wenn ich bei Verstand wäre. Ich benutzte einen anderen Menschen, um meine Rache zu befriedigen, verletzte seine zartesten Gefühle, vergewaltigte seine Selbstachtung, und als ich selbst so verwirrt war, dass ich nicht mehr weiter wusste, dann schickte ich ihn fort nach Urbino, damit er mich vergaß. Welch ein Irrsinn!

Ich war unfähig weiterzusprechen. Lucrezia umarmte mich und ließ mich weinen und meine Erinnerungen in Tränen ertränken.

»Bitte verlass mich nicht!«, hatte Cesare gefleht. »Ich liebe dich!«

»Du liebst nicht mich«, hatte ich ihn angeschrien. »Du liebst nur dich selbst – in mir! Du spiegelst dich in mir, weil du sicher bist, dass ich dir immer die Wahrheit über dich sagen werde.«

»Du hast Recht: Ich besitze mich selbst, wenn ich dich besitze. Ich bin ganz bei mir selbst, wenn ich bei dir bin. Ja, Caterina, wir sind uns ähnlich. Wir können nicht ohne einander leben, da wir unser Spiegelbild im anderen lieben. Wir gehören zusammen. Das ist es, was uns mit Gewalt auseinander reißt und doch immer wieder zusammenbringt.«

Ich hatte verächtlich gelacht: »*Ich* kann ohne dich leben.«

»Nein, das kannst du nicht«, hatte Cesare entgegnet. »Denn du siehst dich selbst, wenn du mich ansiehst. Du erkennst, was du alles hinter dir gelassen hast, welche Grenzen du längst überschritten hast, ohne es zu merken, und du erschrickst vor deiner eigenen Intensität. Du erträgst dich selbst nicht mehr! Aber vor dir selbst kannst du nicht weglaufen. Und vor mir auch nicht.«

Wie lange ich geweint habe, weiß ich nicht mehr. Irgendwann waren meine Tränen versiegt, meine Gefühle ausgebrannt.

Nein, vor mir selbst konnte ich nicht weglaufen.

Tränen sind die Waffen einer Frau, die sich nicht demütigen, die sich nicht beherrschen lässt. Ich hatte Tränen immer für ein Zeichen der Schwäche gehalten, für Selbstmitleid. Lucrezia bewies mir, dass Tränen Stärke waren, Trotz und Selbstachtung.

Eigensinnig und aufsässig, so nannte Rodrigo seine Tochter. Er verstand ihre Trauer um Alfonso nicht. Es waren Lucrezias trotzige Tränen, die verhinderten, dass sie in einen tiefen Abgrund fiel.

Mit einem triumphierenden Lächeln erklärte sie mir wenige Tage nach meiner Trennung von Cesare, ihr Vater habe die Geduld verloren und sie aus Rom verbannt. Sie fiel mir um den Hals und wirbelte mich herum.

»Ich bin verbannt!«, rief sie, und ich fragte mich, ob sie in ihrer Trauer den Verstand verloren hatte. »Er schickt mich in die Burg von Nepi, damit ich dort zur Besinnung komme.«

»Was heißt das?«, fragte ich. Ich würde sie verlieren, wenn sie aus Rom fortging!

»Exodus!«, rief sie und fiel mir wieder um den Hals. »Wir sind frei! Endlich! Wir brechen morgen auf.«

»*Wir?*«, fragte ich.

»Er will, dass du mich ins Exil begleitest.«

Am frühen Morgen verließen wir Rom: Sancha, Lucrezia und ich. Bewaffnete Reiter eskortierten uns bis zur Stadt Nepi, die wir einen Tag später erreichten.

Die Burg von Nepi war gut befestigt, die Räume waren groß und für eine Festung sogar gemütlich eingerichtet. Die Aussicht über eine stille, geradezu melancholische Landschaft war Ehrfurcht gebietend. Die Ausritte in die Umgebung versprachen interessant zu werden: Es gab magische Heilquellen, die ich erforschen konnte, geheimnisvolle Höhlen, die bis tief in die Erde hinabreichten. Der Eingang zu Dantes Inferno schien hier nicht mehr weit entfernt.

Mit dem wenigen Gepäck, das ich aus Rom mitgebracht hatte, hatte ich eines der Turmzimmer mit einem herrlichen Blick über die umbrischen Hügel bezogen. In diesen Raum zog ich mich zurück, wenn ich allein sein wollte, um nachzudenken, wenn ich las oder wenn ich meine Gedanken niederschrieb. Viel gab es in Nepi nicht zu tun, denn mein Laboratorium und meine Bücher waren in Rom zurückgeblieben.

Nach der Beendigung der *Mortificatio* am Morgen nach Alfonsos Ermordung und nach dem Erlöschen des Feuers in meinem Athanor war ich nicht mehr in mein Laboratorium zurückgekehrt. Es war zu viel geschehen: die Nacht mit Guido, meine Trennung von Cesare, mein Umzug in Lucrezias Palazzo, dann die Verbannung. Ich wusste nicht, was Rodrigo nach meiner Abreise aus Rom mit meinem Laboratorium vorhatte.

Heute frage ich mich, was geschehen wäre, wenn ich nach meiner Entscheidung, mich von Cesare zu trennen und den Athanor zu löschen, mein Laboratorium noch einmal betreten hätte. Ich hätte mich nicht nach Nepi abschieben lassen. Ich wäre in Rom geblieben, trotz allem. Ich hätte weiterlaboriert, tagelang, nächtelang, ohne müde zu werden. Aber ich konnte das alles nicht wissen – weder was sich im Alambic befunden hatte, noch woran Rodrigo nun allein weiterarbeitete …

Anfang Oktober 1500, einen Monat nach unserer Ankunft in Nepi, verließ Cesare Rom, um zu seinem Heer in die Romagna zurückzukehren. Die Streitmacht, die er befehligen sollte, hatte die Stärke von fast zehntausend Söldnern: mehrere Hundert schwer bewaffnete Reiter, sechstausend spanische, italienische, französische und schweizerische Fußsoldaten und mehr als genug schwere Artillerie, um Italien zu erobern. Cesares Offiziere waren berühmte, in der Schlacht erprobte Condottieri: Vitellozzo Vitelli, Oliverotto da Fermo, Paolo und Francesco Orsini, Gian Paolo Baglioni und der gefürchtete Micheletto.

Cesare zog mit seinem Heer über die Via Flaminia nach Norden, in Richtung Siena, als er überraschend, von nur wenigen Leibwächtern begleitet, nach Nepi ritt, um seine Schwester zu besuchen und sich selbst zum Abendessen einzuladen.

Zunächst weigerte ich mich, an diesem Mahl teilzunehmen, aber Lucrezia redete so lange auf mich ein, Cesare nicht zu verärgern, bis ich schließlich nachgab und bei Tisch erschien. Ich schwieg während des Essens, erwiderte keinen seiner Blicke, ignorierte seine Gesten.

Er erschreckte mich zutiefst. Wie sehr er sich verändert hatte in den wenigen Wochen, in denen wir uns nicht gesehen hatten! Er war nicht mehr der heitere, lebensfrohe und durch nichts zu erschütternde junge Mann, dessen unermüdliche Kräfte in der Stierkampfarena oder bei Fechtstunden seine Bewunderer erstaunte, dessen Sinnlichkeit die Frauen faszinierte, die den Boden küssten, auf dem Seine Herrlichkeit wandelte.

Cesare trug schwarzen Atlas, war blass, ernst, schweigsam. Die schwarze Samtmaske, hinter der er sich versteckte, nahm er auch während des Essens nicht ab. Er war selbstbeherrscht und zeigte nicht den Hauch einer Emotion, obwohl seine Fäuste geballt und seine Muskeln zum Zerreißen gespannt waren, als er mir nach dem Essen in mein Turmzimmer folgte, um allein mit mir zu reden.

Ich wollte ihm die Tür vor der Nase zuschlagen, aber er schob seinen Stiefel vor, stieß die Tür auf und betrat den Raum.

»Verschwinde!«, schrie ich ihn an und versuchte, an ihm vorbei aus dem Schlafzimmer zu fliehen.

»Nicht bevor du mir gesagt hast, wie es dir geht«, hielt er mich auf.

Was sollte denn diese Frage? Als ob es Seine Selbstherrlichkeit interessierte, wie sich irgendjemand auf dieser Welt fühlte!

»Ich bin einsam und langweile mich hier zu Tode«, fauchte ich.

»Ich auch, Caterina«, sagte er leise.

»Du bist einsam? Ich habe gehört, du hattest fünf Geliebte in den letzten drei Wochen«, schrie ich ihn an.

»Sie sind nichts. Ein weiterer sinnlicher Gang nach einem hervorragenden Abendessen, der nach einer Stunde konsumiert ist. Sie entspannen mich, aber sie befriedigen mich nicht. Denn sie fordern mich nicht mit allen meinen Sinnen heraus und leisten keinen Widerstand, wie du es getan hast. Sie sind auf demütigende Weise nur an einem bestimmten *Teil* von mir interessiert.«

»Lass mich raten: an deiner Macht, deinem Namen? Ich habe gehört, deine Bettlaken werden in Rom als Trophäen gehandelt.«

Cesare stöhnte und wandte sich ab. Schließlich nahm er seine schwarze Maske ab und drehte sich zu mir um. »Ich werde dich freilassen, wenn du zu mir zurückkommst«, versprach er.

»Va all' inferno!«

»Da bin ich schon – in der Hölle«, sagte er hoffnungslos.

»Ich auch! Dann sollten wir uns im Fegefeuer nicht zu nahe kommen«, wies ich ihn ab. »Verschwinde aus meinem Leben!«

Er setzte seine Maske auf und verließ schweigend das Turmzimmer. Eine Stunde später kehrte er mit seiner Eskorte zu seinem Heer zurück, das er in den folgenden Tagen in Richtung Pesaro führte, wo Giovanni Sforza seinen Zorn zu spüren bekam.

Der Conte floh vor seinem ehemaligen Schwager nach Mantua, wo ihm Francesco Gonzaga Asyl gewährte. Nicht nur Mantua, sondern auch Ferrara, Bologna und Florenz verfolgten zum Kampf gerüstet die Eroberungen Cesares, der mit erhobenem Schwert und dem Schlachtruf der römischen Legionen *»Roma Victor!«* wie der König von Italien in Pesaro einmarschierte.

Schwer atmend vom langen Ritt sprang ich aus dem Sattel. Ein Bewaffneter ergriff die Zügel und führte das erschöpfte Tier über den Burghof in Richtung Stall. Trotz aller Proteste des Kastellans war ich allein ausgeritten, um mich ein wenig auszutoben, denn mir fehlten meine täglichen Fechtstunden, und die Schmerzen der Gicht quälten mich in diesem kalten und nebelig-feuchten November ebenso wie die Untätigkeit. Meine Stiefel waren schlammbespritzt, die Hosen feucht vom stundenlangen Nieselregen, das Hemd unter der Samtjacke war nass geschwitzt vom schnellen Ritt. Ich sehnte mich nach einem heißen Bad und einem Abendessen, denn ich war seit dem frühen Morgen unterwegs gewesen.

Als ich die Treppe zu meinem Turmzimmer hochstürmen wollte, trat mir ein Diener entgegen. »Ein heißes Bad!«, befahl ich, während ich die Knöpfe der nassen Jacke öffnete und an ihm vorbeieilen wollte.

Er hielt mich auf und schwenkte ein gefaltetes Stück Pergament. »Ihr habt Besuch, Signorina. Er wartet im Turmzimmer auf Euch.«

»Wer?«, fragte ich verblüfft.

»Er hat seinen Namen nicht genannt. Er ist ganz in schwarzen Samt gekleidet und trägt eine Maske, um nicht erkannt zu werden. Dies soll ich Euch geben, wenn Ihr zurückkommt.« Er reichte mir das Pergament.

Ich riss ihm die Nachricht aus der Hand, entfaltete das schmale Pergament und las: »Ich kann dich nicht vergessen. Ich muss mit dir reden.« Wütend zerknüllte ich die Nachricht und stürmte die Treppe hinauf zu meinem Zimmer.

Er kann mich nicht vergessen!, dachte ich zornig, während ich die Stufen hinaufrannte. Ebenso wenig, wie ich ihn vergessen kann! Aber ich *versuche* es wenigstens! Wieso, zum Teufel, bist du gekommen? Bildest du selbstverliebter Narcissos dir wirklich ein, ich werde mich dir unterwerfen wie Giovanni Sforza? Nein, *mi amor*, das werde ich nicht tun!

Ich riss die Tür auf und rauschte wie eine eisige Windbö in mein Schlafzimmer. Er hatte mir den Rücken zugewandt und sah aus dem Fenster über die umbrischen Hügel. Er trug einen weiten schwarzen Mantel, der seine hoch gewachsene Gestalt fast völlig verhüllte, ein schwarzes Samtbarett, eine schwarze Maske, die sein Gesicht verdeckte.

»Was willst du von mir?«, schrie ich ihn an. »Zwischen uns ist alles gesagt! Ich habe dem nichts mehr hinzuzufügen!« Mit einem gezielten Wurf landete das zerknüllte Pergament im Kaminfeuer und ging in Flammen auf.

»Ich schon!«, entgegnete er, während er sich zu mir umdrehte und die Maske abnahm.

»Guido!«, flüsterte ich. »Ich … habe dich für Cesare gehalten.«

»Ich dachte schon, du würdest mich hinauswerfen, ohne mich anzuhören«, sagte er. »Ich muss mit dir reden.«

Ich stand neben der Tür, ging ihm keinen Schritt entgegen. Ich war viel zu überrascht von seinem unerwarteten Auftauchen.

Er kam langsam auf mich zu. »Darf ich dich küssen?«

Verlegen wegen meiner nassen Kleider nickte ich, und er schloss mich sanft in die Arme und küsste meine Lippen. »Ich habe dich vermisst, Caterina. Jeden Tag und jede Nacht. Ich habe versucht, dich zu vergessen, aber ich konnte es nicht. Ich musste dich wiedersehen.«

Ich befreite mich aus seiner Umarmung und trat ein paar Schritte zurück. »Hältst du es für eine gute Idee, hierher zu kommen?«, fragte ich.

Er war verstimmt. Zwei Tage lang war er durch Schlamm und eisigen Regen geritten, um mich zu sehen. Trotz der Bedrohung durch Cesare hatte er sein Herzogtum verlassen. Offensichtlich hatte er eine andere Begrüßung erwartet: einen wenn schon nicht leidenschaftlichen, so doch wenigstens freundschaftlichen Empfang. Und was tat ich? Ich kam ihm keinen Schritt entgegen. Ja, er war enttäuscht, als er sich seufzend in den Sessel am Kaminfeuer fallen ließ.

Schweigend sah er mir zu, wie ich mir die nasse Samtjacke auszog, das verschwitzte Hemd, die schlammbespritzten Stiefel und die engen Hosen, wie ich die aufgesteckten Haare schüttelte und mich abtrocknete. Dann zog ich mir ein seidenes Unterkleid über und ging mit offenem Haar zum wärmenden Feuer hinüber. Ich nahm die Hermelindecke vom anderen Sessel, breitete sie auf den warmen Steinfliesen vor dem Kamin aus und wickelte mich in den Pelz, um mich aufzuwärmen.

Guido starrte mich an: »Können wir uns vernünftig unterhalten?«

»Wenn du deshalb zwei Tage geritten bist, dann darfst du das Thema unserer Unterhaltung vorschlagen«, erklärte ich großzügig.

»Das Thema heißt: Cesare.«

»Ich diskutiere mit dir über alles, Guido, über Philosophie und Theologie, über Naturwissenschaften und Mathematik, Alchemie und Magie, über alles, was dich interessiert. Aber nicht über Cesare. Denn dieses Mysterium begreife ich nicht. Und ich *will* es auch nicht verstehen.«

»Ich fürchte, dass er Urbino angreifen wird, sobald er die Romagna erobert hat. Forli und Imola hat er bereits eingenommen, Pesaro, Rimini und Cesena haben sich ihm unterworfen. Ich weiß nicht, wohin er sich als Nächstes wenden wird.« Als ich nicht antwortete und beharrlich ins Feuer starrte, erhob er sich von seinem Sessel und hockte sich neben mich vor den Kamin. Er küsste meine nackte Schulter. »Bitte hilf mir, Caterina!«

»Wie?«, fragte ich. »Erwartest du, dass ich zum Schwert greife und gegen Cesare in die Schlacht ziehe?«

»Nein, obwohl du die Kunst des Krieges beherrschst. Ich will, dass du mein Schwert im Kampf gegen Cesare bist, dass du mit mir kommst.« Er strich mir eine nasse Haarsträhne von der Schulter und küsste mich sanft.

»Du beherrschst die Kunst des Krieges aber auch sehr … hmmm … überzeugend, Guido«, gestand ich, ihm etwas versöhnlicher gesonnen. Er küsste wirklich gut! »Vor allem die Kunst, mich zu etwas zu verführen, das ich nicht tun will.«

»Er wird sein Schwert nicht gegen dich erheben, Caterina. Dazu liebt er dich noch immer viel zu sehr.«

»Liebe in dieser Intensität ist ähnlich schmerzhaft wie Hass. Mit dem einen Unterschied: Hass hat nicht so viele scharfe Kanten wie die Liebe, an denen man sich verletzen könnte«, erklärte ich ihm. »Hass ist erfrischend unkompliziert, erfordert nicht so viel umsichtiges Geschick wie die Kunst des Liebens. Hass ist die Erlösung aus dem endlosen Leiden einer ausgebrannten Liebe.«

»Mein Gott!«, stöhnte er. »Was für ein Wahnsinn!«

»Das ist es, Guido. Wahnsinn! Und aus diesem sehr einfachen Grund ist es keine kluge strategische Entscheidung, mich zu bitten, mit dir nach Urbino zu gehen. Selbst wenn unsere Beziehung eine Zukunft hätte, trotz deiner gescheiterten Ehe mit Elisabetta, trotz meiner Trennung von Cesare, trotz unserer verletzten Gefühle, trotz unserer verständlichen Bedenken, ob wir es erneut wagen sollten, uns mit Leib und Seele auf einen anderen Menschen einzulassen: Ich würde nicht mit dir kommen, Guido. Ich darf es nicht. Cesare würde in Urbino keinen Stein auf dem anderen lassen. Und das, was von deinem Herzogtum übrig bleibt, wenn er damit fertig ist, lohnt nicht den Aufwand eines Interdiktes durch den Papst, weil du mir, einer Verbannten, geholfen hast.«

Er ließ sich auf den weichen Pelz zurücksinken und starrte ins Feuer. »Du hast Recht, Caterina«, sagte er nach einer Weile. »Wie hatte ich auch nur einen Augenblick annehmen können, dass wir beide so etwas wie eine Liebesbeziehung haben könnten. Wie sehr habe ich mich während meiner einsamen Nächte nach dir gesehnt, nach deiner Wärme, deiner Zärtlichkeit, deiner Leidenschaft, nach deinem Eigensinn, nach …« Er besann sich. »Ich habe mich sogar auf einen hitzigen Streit mit dir gefreut, Caterina. Und auf die anschließende Versöhnung in meinem Bett. Oder in deinem. Ich habe dir eine großzügige Wohnung im Palazzo Ducale einrichten lassen, mit viel Platz für dein Laboratorium, so als würdest du in den nächsten Tagen dort einziehen. Was für ein verdammter Narr ich war!« Er schloss die Augen, als könnte er meinen erstaunten Blick nicht ertragen.

Ich wusste nicht, was ich sagen sollte. Er hatte wirklich geglaubt, ich würde mit ihm gehen! Und nun war er so enttäuscht über mein unvermeidliches Nein, so verwirrt von seinen Gefühlen für mich, so zornig über seine Ohnmacht gegenüber Cesare, dass er mir Leid tat. Ich legte mich neben ihn und umarmte ihn tröstend.

Er ließ es geschehen. Wie er es auch geschehen ließ, als ich ihm die Haare aus der Stirn strich und ihn küsste.

Eine Weile lagen wir nebeneinander vor dem knisternden Feuer und hielten uns aneinander fest, streichelten uns mit Händen und Lippen und Gefühlen.

In dieser Nacht liebten wir uns mit einer Leidenschaft und Hingabe, als wäre es das Letzte, was wir in unserem Leben tun wollten. Im Rausch der Sinnlichkeit wollte ich die Enttäuschung, den Schmerz und die Einsamkeit vergessen.

Danach lagen wir vor dem Feuer und starrten in die Flammen. Er hielt mich in seinen Armen; und obwohl ich es hasste, festgehalten zu werden, genoss ich seine Berührungen. »Du hast vorhin geweint, Caterina«, flüsterte er und küsste mich zart. »Habe ich dir wehgetan?«

Stumm schüttelte ich den Kopf.

»Habe ich irgendetwas getan, das dich verletzt hat?«

Ich rang wieder mit den Tränen. »Es hätte nie geschehen dürfen, Guido …«

… denn nun, mein Geliebter, wird alles nur noch schlimmer – der Abschied, ohne dir in die Augen zu sehen, die Trennung, dann nach Monaten das Eingeständnis der Hoffnungslosigkeit unserer Beziehung und wieder diese furchtbare, alle Sinne betäubende Einsamkeit …

Guido ließ mich los, als hätte er sich an mir verbrannt, richtete sich auf und starrte in die Flammen. Er hatte sich zu weit auf das Schlachtfeld vorgewagt und war empfindlich getroffen worden.

»Es tut mir Leid, wenn ich dich enttäuscht habe, Caterina«, sagte er nach einem unerträglich langen Schweigen. »Bis eben hielt ich mich für einen zumindest befriedigenden Liebhaber. Aber mit dem spanischen Temperament eines Cesare Borgia kann ich mich offensichtlich nicht messen.« Ohne mich anzusehen, erhob er sich, um sich anzukleiden.

Ich hielt ihn fest und sah zu ihm auf. »Guido, bitte! So waren meine Worte nicht gemeint. Ich wollte dich nicht verletzen. Ich war so verzweifelt, weil ich deine Liebe so sehr genossen habe. Es war so unglaublich schön, dich zu spüren, deine Wärme, deine Nähe. Du warst so zärtlich, als du meine Tränen geküsst hast. Und ich war so enttäuscht, weil ich nicht mit dir gehen kann. O Guido, ich habe mich so sehr danach gesehnt, zu vergessen …«

»Zu vergessen? *Ihn* zu vergessen? Das bin ich für dich: Vergessen? Dass du mich nicht liebst, nicht so wie Cesare, damit kann ich mich abfinden. Aber ich hätte nicht gedacht, dass du so grausam sein kannst, Caterina. Es gab einen Augenblick, da dachte ich, du würdest lernen mich zu lieben. Ich habe wirklich gehofft, dass wir beide die Stärke haben, uns aufeinander einzulassen ... uns zu ertragen.« Er starrte mich an. »Du hattest Recht, als du sagtest, dass unsere Beziehung keine Zukunft hat, weil wir uns viel zu sehr wehtun werden. Wir haben schon in der ersten Nacht damit angefangen.« Er riss sich von mir los und kleidete sich an.

Ich war unfähig, auch nur ein Wort zu sagen, viel zu erschrocken über seine unbeherrschte Reaktion.

»Ich werde versuchen, dich zu vergessen!«, versprach er mir, bevor er seine Maske aufsetzte und die Tür hinter sich zuknallte.

Drei Tage lang war ich nicht ansprechbar. Ich erschien zu keiner Mahlzeit, lag in meinem Bett und weinte. Lucrezia kam, um nach mir zu sehen, und ich stellte mich krank, um meine Ruhe zu haben, um mich zur Kerkerhaft mit mir selbst zu verurteilen, um mich mit Selbstzweifeln zu foltern. Lucrezia bestand darauf, mich gesund zu pflegen, aber sie wusste ja nicht, woran ich litt. Wie auch? Gegen das, was mich quälte, gab es keine Medizin.

Am Abend des fünften Tages nach Guidos überstürzter Abreise kam sie mit einem päpstlichen Breve in der Hand in mein Schlafzimmer. Sie war zutiefst besorgt. Und so fürchtete ich zuerst, Guidos Anwesenheit in Nepi sei entdeckt und Rodrigo gemeldet worden. Oder war Guido gefangen genommen und nach Rom in die Engelsburg gebracht worden? Ich hatte Lucrezia trotz unserer innigen Freundschaft nicht gestanden, dass er mich in Nepi besucht hatte. War sie deshalb so verstimmt?

Lucrezia ließ sich in den Sessel vor dem Kaminfeuer fallen und hob das Pergament mit einer ganzen Girlande von Siegeln der päpstlichen Kanzlei. »Seine Heiligkeit befiehlt«, sagte sie. »So beginnt dieses Breve.«

»So beginnt üblicherweise ein päpstliches Breve«, erinnerte ich sie. Zum Teufel mit den Formalien: Was stand in diesem Brief?

»Ich hätte erwartet, dass mein Heiliger Vater mir selbst schreibt. Aber nein, er lässt einen päpstlichen Befehl verfassen.«

»Nur um sicherzugehen, dass du gehorchst. Verrätst du mir, wie wir Seine Heiligkeit glücklich machen können?«, fragte ich.

Lucrezia war sehr ernst. Hatte sie Angst? Als sie nicht gleich antwortete, nahm ich ihr das Breve aus der Hand und überflog den Text mit dem Apostolischen Segen und lateinischen Formulierungen, die Cicero zur Verzweiflung gebracht hätten. Mich auch. Es war allerdings weniger die Grammatik als der Inhalt, der mich entsetzte:

»Seine Heiligkeit befiehlt die sofortige Rückkehr nach Rom.«

Kapitel 14

Wenn ich alle Geheimnisse wüsste und die Liebe nicht hätte, dann wäre ich nichts

Stöhnend vor Schmerz sank ich zurück in die Kissen. Nicolaus hatte seine Untersuchung abgeschlossen und erhob sich von meinem Bett. Still, fast traurig. Meinem Blick wich er aus. Aber ich wusste auch so, was er mir sagen würde. Ich spürte es. In jedem Knochen, jedem Muskel, jedem Gelenk meines Körpers.

»Nicolaus? Hast du die weite Reise von Padua nach Rom gemacht, um mich jetzt anzuschweigen? Ich weiß, dass ich bald sterben werde, also sag mir die Wahrheit: *Wann?*«

Traurig sah er mich an: »In sechs Monaten, vielleicht früher.«

Ich schloss die Augen. Das war es also. Sechs Monate. Vielleicht weniger. Den Frühling würde ich in Ferrara verbringen, den Sommer in Rom. Sollte ich vor meiner Abreise nach Ferrara festlegen, wo ich begraben werden wollte? Da musste ich nicht lange überlegen: Das antike Pantheon war wohl ein angemessener Ort. Rodrigo würde mir ein Grab im Pantheon nicht verwehren, wenn ich ihn darum bat. Eine schöne Idee, im Tempel der antiken Götter begraben zu sein, die im Lauf der Jahrhunderte zu den Prinzipien der Alchemie geworden sind: Mars und Venus, Merkur und Saturn, die Prinzipien der Zerstörung und der Neuerschaffung. Ein würdiger Ort für meine letzte Ruhe. Ruhe! Wie sehnte ich mich danach, dem Wirbelwind aus Fragen und Antworten zu entkommen, die immer neue Fragen nach sich zogen! Wie sehr vermisste ich die innere Windstille, die Freiheit von meinen unerträglichen Schmerzen, die mich seit Wochen ans Bett fesselten und die mir fast den Verstand raubten.

Seit meiner Rückkehr aus der Verbannung in der Burg von Nepi vor einem Jahr war mein Zustand von Tag zu Tag schlechter geworden. Der Winter in Rom war ungewöhnlich kalt gewesen, und das stundenlange Tingieren mit Rodrigo im Laboratorium nicht gerade Balsam für meine schmerzenden Glieder. Dann, im letzten Sommer, mein dramatischer Zusammenbruch in der Sixtina, als Rodrigo während der Missa solemnis am Altar die Wandlung durchführte. Ein wirklich passender Augenblick für einen derartigen Anfall! Wenn Cesare mich nicht aufgefangen hätte, wäre ich einfach umgefallen. Seitdem kamen die Schmerzattacken der Gicht mehr oder weniger regelmäßig, obwohl ich schon seit Monaten nur vegetarische Speisen zu mir nahm und den Wein mied wie Satan das Weihwasser. Es nützte nichts. Ich war zur Marmorstatue meiner selbst erstarrt. Der Schmerz fraß sich durch meinen Körper, jeden Tag nahm er sich ein Stückchen mehr von mir. Irgendwann würde er das Herz erreichen – das wäre der Moment …

»Schläfst du, Caterina?«, fragte Nicolaus besorgt.

»Nein, ich gewöhne mich schon einmal an die Finsternis der Hölle«, murmelte ich mit geschlossenen Augen.

… das wäre der Moment, wenn ich sterben würde. Nicolaus hatte vorhin im Scherz behauptet, wenn er meine Leiche sezieren dürfte, würde er sicher kein Herz finden … vielleicht einen *Deus ex machina* oder einen Abakus, aber kein Herz aus Fleisch und Blut: »Du behandelst deinen Körper wie eine Mechanik, die man benutzt, bis sie irgendwann zerschlissen ist und dich durch Schmerzen an sein Vorhandensein erinnert. Dein Verstand ist wie ein funkelnder Diamant, Caterina, aber dein Körper, der Tempel deiner Seele, verfällt.«

Wie Recht Nicolaus hatte! Ich verbarg die Wahrheit über mich selbst unter einem undurchsichtigen Schleier. Aber eines Nachts würde ich darunter blicken … und hoffen, nicht den Verstand zu verlieren …

Eine neue Schmerzattacke ließ mich aufstöhnen. Meine Beine zuckten. Ich krallte die Hände in die Bettdecke und versuchte so etwas wie ein fröhliches Lächeln zustande zu bringen. Ein vergeblicher Versuch, wie ich Nicolaus' besorgtem Blick entnahm. »Das Schicksal zwingt dich in die Knie, Caterina«, hatte er noch vor einer Stunde gesagt – wie wahr!

Wortlos ging er zum Nachttisch neben meinem Bett, öffnete die Flasche mit dem Opium und ließ ein paar Tropfen in einen Zinnbecher fallen. Er füllte den Becher mit kaltem Wasser aus einer Karaffe und richtete mich auf, damit ich das Opium schluckweise trinken konnte. Dann klopfte er das Kissen hinter meinem Rücken zurecht, half mir mich hinzulegen und wandte sich abrupt ab. Dieses verräterische Funkeln in seinen Augen – waren das Tränen?

Ein Jahr zuvor hatte ich Nicolaus an der Universität von Rom kennen gelernt, wo er als Professor Mathematik, Astronomie und Astrologie lehrte und gleichzeitig Kanonisches Recht und Medizin studierte. Wie ich interessierte er sich für alles: Theologie, Philosophie, Naturwissenschaften. Wir hatten uns von Anfang an gut verstanden, und so hatte ich ihn eingeladen, mich in meinem Laboratorium im Vatikan zu besuchen. Wir hatten endlos über Gott und die Welt diskutiert, während ich versuchte, das *Aurum potabile* zum *Elixirium* zu tingieren, oder wir die Planeten Mars und Venus am Sternenhimmel betrachteten.

Wenige Wochen später war Nicolaus nach Krakau zurückgekehrt, nur um im Herbst nach Padua zu kommen und sein Medizinstudium mit dem Doktorgrad zu beenden. Als er in Padua von meinem Zusammenbruch in der Sixtina hörte, war er sofort nach Rom geeilt, um mich zu besuchen. Und jetzt, im Januar 1502, war er wieder hier. Dieses Mal als mein Medicus, der mir sagen musste, dass ich nicht mehr lange zu leben hatte. Ich sah ihm an, wie sehr ihn das quälte.

Unruhig lief er in meinem Schlafzimmer auf und ab. »Ich halte deine Reise nach Ferrara für Wahnsinn. Kannst du nicht …?«

»Nein, Nicolaus, ich werde morgen abreisen«, sagte ich bestimmt. »Und wenn es das Letzte ist, was ich in diesem Leben tue. Ich bin mit meinen Freunden Baldassare Castiglione und Leonardo da Vinci verabredet. Ich will sie noch einmal sehen, bevor ich sterbe.«

»Es hat geschneit, Caterina«, versuchte er mich zur Vernunft zu bringen. »Die Straßen sind nass und schlammig, beinahe unpassierbar. Die Kälte ist furchtbar. In deinem Zustand ist diese Reise Selbstmord.«

»Du *willst* es nicht verstehen, nicht wahr?«, fragte ich ihn ungeduldig. Das Opium vernebelte meinen Verstand – wie zuvor der Schmerz. »Ich habe mich entschieden und würde mich freuen, wenn du das akzeptieren könntest, ohne es mir wieder ausreden zu wollen. Du hast mir vorhin selbst bestätigt, was ich seit Wochen vermutet habe: Ich habe nur noch wenige Monate zu leben, und ich will nicht in diesem Bett sterben.

Ich werde nach Ferrara gehen … bitte unterbrich mich nicht! … Ich werde mir an einer der berühmtesten Universitäten Italiens Studenten auswählen, die ich lehren kann. Ich will nicht, dass all meine Forschungen vergeblich waren. Dass ich das Opus Magnum nicht zu Ende führen kann, obwohl ich bereits vor Monaten die *Mortificatio* vollbracht habe, ist für mich schwer zu akzeptieren, Nicolaus, aber *das* würde ich nicht ertragen. Ich will mein Wissen weitergeben. Und um es aufzuschreiben, reicht meine Lebenszeit nicht mehr aus.«

»Albertus Magnus hat zwanzig Jahre gebraucht, sein allumfassendes Wissen aufzuschreiben«, wandte er ein. »Du weißt nicht viel weniger als er. Wie willst du in sechs Monaten …«

»Ich werde eben damit anfangen. Was gibt es Schlimmeres, als eine Sache nicht zu Ende zu bringen? Ich verrate es dir: nicht einmal damit *angefangen* zu haben. Ich werde die Akademie in Rom gründen, die schon Gerbert d'Aurillac geplant hatte, bevor er Papst wurde. Er hat nur davon geträumt, doch ich werde es *tun*.«

Nicolaus unterbrach seine Wanderung durch mein Schlafzimmer am Fenster, stützte sich auf das Fenstersims und sah nachdenklich hinaus. Die vereisten Scheiben beschlugen unter seinem Atem. Schließlich sagte er: »Als du mir gesagt hast, dass du mit Lucrezia Borgia nach Ferrara reisen wirst, habe ich … nun ja … habe ich ein Horoskop erstellt, um zu wissen …«

»Um *was* zu wissen, Nicolaus? Ob ich reisen sollte oder nicht? Ich habe Lucrezia versprochen, sie zu ihrer Hochzeit mit Alfonso d'Este zu begleiten. Ich habe mir selbst versprochen, nach Ferrara zu gehen, um mir Schüler zu suchen und mit nach Rom zu nehmen. Und was sollte ich denn am Ende anderes erleben als meinen Tod? Um das zu wissen, brauche ich kein Horoskop, sondern eine ordentliche Untersuchung meines Medicus. Und dein Todesurteil war erschreckend eindeutig.«

Meine Wortwahl kränkte ihn. Er zog die Schultern hoch, wandte mir den Rücken zu und schien zu überlegen, ob nicht jedes weitere Wort überflüssig war. Ich hatte mich mit dem Sterben abgefunden. Schon seit Wochen dachte ich an nichts anderes. Mein Urgroßvater Cosimo, mein Großvater Piero, mein Vater Lorenzo, ich selbst: Wir gingen alle elend an der Gicht zugrunde. Aber *ich* wollte nicht im Bett sterben, niemals!

Ich besann mich. »Du hast mir bisher keines deiner Horoskope gezeigt, Nicolaus. Mich interessiert, wie du deine astrologischen Berechnungen anstellst«, meinte ich etwas versöhnlicher.

Vom Fenster aus warf er mir einen Blick zu, in dem ich Erschrecken über meinen Zynismus, aber auch Hoffnung las. Er zog ein gefaltetes Pergament aus der Innentasche seines Gelehrtentalars und kam zu mir herüber. Er reichte mir das Horoskop, und ich entfaltete mit steifen Fingern den großen Bogen, den ich kaum festhalten konnte.

Nicolaus hatte ein großes Quadrat gezeichnet, das ein kleineres, auf einer Ecke stehendes Parallelogramm beinhaltete. Die astrologischen Zeichen Mars, Venus und Saturn waren mit roter Tinte untereinander verbunden, mit den Symbolen für Quadrat und Trigon und Winkelangaben versehen, die mir nichts sagten. Mit Divination, der Erforschung der Zukunft durch die Astrologie, hatte ich mich im Gegensatz zu Giovanni nie ernsthaft beschäftigt. Ich hatte es immer vorgezogen, meine Zukunft selbst zu gestalten.

Ich reichte ihm das Pergament zurück: »Ich weiß damit nichts anzufangen, Nicolaus. Wärest du so nett, es mir zu erläutern?«

»Das ist dein Horoskop für das Jahr 1502 in Synastrie … bitte entschuldige: im Vergleich mit deinem Geburtshoroskop. Ich habe mit den Geburtsdaten gerechnet, die du mir genannt hast: April 1476, Florenz. Deine Sonne steht im Zeichen Widder, dein Aszendent in den Fischen. Feuer und Wasser, Anfang und Ende, Schöpfung und Vernichtung. Die unergründliche Tiefe unter dem heißen Lavastrom deines Temperamentes. Kein Wunder, dass du leidest. Ein faszinierendes Horoskop.«

»Es freut mich, wenn dir mein Horoskop gefällt«, seufzte ich und ließ mich in die Kissen zurücksinken, um ihm zuzuhören.

»Deine Lernaufgabe besteht darin, nichts mehr zu wollen und nichts mehr zu sollen, sondern die Dinge, über die du keine Macht hast, nur noch geschehen zu lassen. Das fällt dir schwer, weil das Gefühl der Macht, zu erschaffen und zu vernichten und das Vernichtete neu zu erschaffen, so verführerisch ist. Das ist ein schmerzhafter Prozess, der dich nicht zur Ruhe kommen lässt, aber er hält dich am Leben.«

»*Das* wusste ich auch ohne Horoskop, Nicolaus.«

Er ließ sich nicht beirren: »Zur Zeit deiner Geburt stand die Venus im Zeichen Stier. Das bedeutet große Sinnlichkeit und Hingabe gegenüber den Menschen, die du liebst, und Herzlichkeit und Loyalität gegenüber den Menschen, die du als deine Freunde erwählt hast. Dein Mars und dein Saturn …«

»Nicolaus!«, ermahnte ich ihn. »Bitte erkläre mir nicht die letzten sechsundzwanzig Jahre meines Lebens.«

»Ungeduldig wie immer«, seufzte er und besann sich. Dann wies er auf drei Symbole am Rand des Horoskops. »Das bedeutet, dass Venus im März 1502, also in zwei Monaten, mit der Venus deines Geburtshoroskops in Konjunktion geht, im Zeichen Stier, im zweiten Haus. Das zweite Haus«, Nicolaus deutete auf eine Ecke der Skizze, »ist ein Abschnitt des Horoskops, der den materiellen, geistigen, seelischen oder spirituellen Bereich repräsentiert.«

Venus in Konjunktion mit sich selbst?, dachte ich überrascht. *Coniunctio.* Das Ende des Weges …

»Und was heißt das in normal verständlichem Latein?«, fragte ich.

»Liebe, sehr viel Liebe, unglaublich viel Liebe«, sagte Nicolaus.

»Du glaubst, dass ich mich in Ferrara *verlieben* werde?«, fragte ich verwirrt. »In wen?«

»Das steht nicht in den Sternen, Caterina. Das entscheidest allein du. Die Sterne sagen dir nur, wann etwas möglich sein wird.«

»Nicolaus, wie viel ist ›unglaublich viel Liebe‹? Wird es für ein paar Wochen Glück reichen?«

»Wenn ich alle Aspekte zur Venus berücksichtige, einen sanften und zurückhaltenden Mars und einen völlig verwirrten Saturn, dann würde ich behaupten, dass du den Mann triffst, mit dem du den Rest deines Lebens verbringen willst. Allerdings …« Er zögerte. »Ich weiß nicht, wie lange du glücklich sein wirst. Im Juni gibt es einen sehr schlechten Aspekt, der …«

»Ja?«, drängte ich ihn. »Der was?«

»Jemand, der dir sehr nahe steht, wird sterben. Oder du selbst.«

Ich seufzte. »Im Juni. Das sind noch sechs Monate.«

»Es tut mir Leid, Caterina … Das Schicksal ist grausam. Ich hätte dir dieses furchtbare Wissen gern erspart …«

»Aber wieso? So weiß ich doch wenigstens, wie viel Zeit mir noch bleibt, um zu vollenden, was ich begonnen habe …«

Cesare war leise eingetreten. Als ich sein ernstes Gesicht sah, fragte ich mich, wie lange er unserem Gespräch zugehört hatte. Unter dem Arm trug er eine lackierte Kassette aus Walnussholz mit einem sehr schönen Messingschloss, die er auf das Bett stellte.

Nicolaus sprang auf und verneigte sich vor dem Herzog. »Euer Gnaden!«, flüsterte er.

»Würdet Ihr Madonna Caterina und mich für einen Augenblick allein lassen, Doktor …«

»Copernicus«, stellte sich Nicolaus selbst vor. »Ich bin Kanonikus in Frauenburg, Euer Magnifizenz. Ich bin der Neffe des Bischofs von Ermland und …«

»… der Mann, der behauptet, dass sich die Erde um die Sonne dreht. Caterina hat mir davon berichtet. Sehr beeindruckend! Geradezu revolutionär. Wir sollten uns darüber in Ruhe unterhalten …« Mit einem Wink scheuchte Cesare Nicolaus aus dem Raum.

Der nickte verlegen und zog sich zurück, während ich das Horoskop unauffällig unter meiner Decke verschwinden ließ.

Cesare setzte sich zu mir auf das Bett und nahm meine Hand. »Wie geht es dir heute?«

»Ich will dich nicht mit meiner Leidensgeschichte langweilen.«

»Ich bin gekommen, um mich von dir zu verabschieden und um einen letzten heroischen Versuch zu unternehmen, dich von diesem Wahnsinn abzuhalten.«

»Lass es, Cesare.«

»Ich könnte dir bei Strafe der Exkommunikation verbieten, Rom zu verlassen.«

»Was hast du davon, außer Scherereien? Bis das Verfahren eingeleitet ist, bin ich tot. Im Fegefeuer bin ich schon, und in die Hölle komme ich sowieso. Bemühe dich also nicht!«

Er schwieg eine Weile. »Ich wollte dir sagen, dass ich mich entschlossen habe, Lucrezias Hochzeitszug morgen das Ehrengeleit zu geben. Kardinal Ippolito d'Este und ich werden euch einige Meilen begleiten und dann nach Rom zurückkehren. Wir werden morgen Mittag also nur wenig Zeit haben, um uns voneinander zu verabschieden.« Er sah mich traurig an. »In wenigen Wochen werde ich mit meinem Heer in die Romagna zurückkehren. Die Eroberungen sind abgeschlossen, und ich werde einige Monate in Cesena bleiben, um dem Herzogtum eine ordentliche Regierung zu geben und mit Leonardo da Vinci als meinem Militäringenieur die Festungen zu inspizieren, bevor ich im Sommer wieder aufbreche. Dorotea und Girolamo werden mich begleiten …«

Cesare hatte Dorotea Caracciolo, die junge Frau eines venezianischen Offiziers, ein Jahr zuvor beim Karneval in Urbino kennen gelernt. Wenige Wochen später hatte er sie entführen und in sein Feldlager in der Romagna bringen lassen. Die Affäre der beiden hatte fast zu einem diplomatischen Konflikt zwischen Venedig und Rom geführt. Maximilian von Habsburg hatte Tränen gelacht, König Louis mehr oder weniger amüsiert gegen die Entführung protestiert, König Fernando hatte über die Umgangsformen der Borgia geschimpft, und selbst Rodrigo hatte getobt, als er von der Aufsehen erregenden Affäre erfuhr. Im letzten November hatte Dorotea Cesare einen Sohn geschenkt, Girolamo – seinen Erben.

Cesare war ganz vernarrt in seinen Sohn. Er trug den kleinen Girolamo auf dem Arm durch den Palazzo Apostolico und spielte mit ihm, so oft er Zeit hatte. Ich hatte Girolamo ebenso gern wie Lucrezias Sohn Rodrigo. Er war der Grund, dass Cesare und ich endlich Frieden geschlossen hatten. Cesare brachte den Kleinen manchmal mit, wenn er mich besuchte. Wie oft hatte ich in den letzten Wochen daran gedacht, als ich Girolamo im Arm hielt, dass Cesares und mein Kind jetzt schon zehn Jahre alt wäre …

»Dorotea liebt dich wirklich, Cesare«, sagte ich. »Sie hat mir vor einigen Tagen anvertraut, dass sie wieder schwanger ist. Sie ist so glücklich!«

»Ist sie das?«, zweifelte er und küsste meine Hand. »Natürlich freut sie sich darauf, Rom zu verlassen. Sie mag dich sehr, Caterina, und doch sehnt sie sich danach, mich für sich allein zu haben. Sie betet darum, dass ich dich eines Tages vergessen kann, und sie hofft, dass das in Cesena möglich ist. Irgendwann.«

»Und nur um sicherzugehen, dass dieses unmögliche Unterfangen auch gelingt, hast du deiner Gemahlin Charlotte geschrieben, sie möge als Herzogin der Romagna zu dir kommen, mit deiner Tochter Louise d'Albret …«, lächelte ich, und er wandte den Blick ab. »Cesare?«

»Ja?«

»Werde glücklich!«

Er lächelte traurig. »Ich weiß nicht, ob wir uns jemals wiedersehen, Caterina.«

Ich ergriff seine Hand und zog ihn zu mir herunter. Ich küsste ihn sanft, und er umarmte mich. Schließlich richtete er sich auf und zog die lackierte Holzkassette, die er mitgebracht hatte, zu sich heran.

»Das schickt dir mein Vater.«

»Was ist das?«, fragte ich gespannt.

Cesare öffnete den Deckel und ließ mich in die mit weißem Sand gefüllte Kassette blicken. »Fünfundzwanzig Phiolen *Aurum potabile*. Er sagte, du wüsstest, wozu du es brauchen kannst.«

»Ja, das weiß ich, Cesare. Sag ihm, dass ich ihm danke.«

»Sag es ihm selbst, er kommt nachher noch zu dir. Im Augenblick muss er sich mit dem Botschafter von Ferrara und Lucrezias neuem Schwager, Kardinal Ippolito d'Este, herumschlagen. Danach wird sich Lucrezia von ihm verabschieden. Ich soll dir sagen, dass er gern mit dir zu Abend essen würde.«

Ich nickte. »Darüber würde ich mich freuen.«

»Ich richte es ihm aus.« Cesare druckste herum. Es war alles gesagt, aber er wollte offensichtlich noch nicht gehen. Er sah mich an, und ich hatte das Gefühl, er würde gleich in Tränen ausbrechen. »Du wirst das *Aurum* nehmen, nicht wahr?«, fragte er leise.

Einen Augenblick lang dachte ich an Lorenzo, dem das *Aurum potabile* die letzten Monate erträglich gemacht hatte. »Ja, Cesare, wenn ich den Schmerz nicht mehr ertrage.«

Dass ich die erste Phiole des *Aurum potabile* nur zwei Monate später nehmen würde, konnte ich ja nicht ahnen. Und *weshalb*, schon gar nicht. Denn damals glaubte ich nicht an Nicolaus' wunderschöne Prophezeiung von der großen Liebe. Noch nicht!

Cesare beugte sich über mich, um mich auf die Lippen zu küssen. *»¡Vaya con Dios, mi amor!«*, flüsterte er bewegt. »Ich danke dir für deine Vergebung, deine Liebe und deine Freundschaft. Trotz allem bist du nie an mir verzweifelt. Ich liebe dich und werde dich immer lieben. Möge Gott dir gnädig sein und dich nicht länger leiden lassen. *¡Vaya con Dios!*«

Mit Tränen in den Augen erhob er sich und ging.

Trotz des dichten Schneetreibens erkannte ich auf der Loggia der Kathedrale von San Pietro Rodrigo im päpstlichen Ornat. Er stand inmitten seiner Kardinäle und sah mit seiner Tiara so majestätisch aus wie Gottvater, als er den Segen spendete. Dabei winkte er uns entgegen jedem päpstlichen Zeremoniell zu. Ein paar Schritte neben ihm sah ich Gianni im weiß verschneiten Kardinalsornat und Giuliano della Rovere, dem Wind und Wetter nichts auszumachen schienen.

Der Abschied von Gianni am vorigen Abend war mir schwer gefallen. Er hatte so verloren auf meinem Bett gesessen und meine Hand nicht mehr losgelassen. Dabei stellte er sich wohl dieselbe Frage wie ich: Würde ich jemals nach Rom zurückkehren?

Nachdem Gianni gegangen war, hatte ich mit Rodrigo zu Abend gegessen. Er hatte die meiste Zeit geredet, um ja kein Schweigen zwischen uns aufkommen zu lassen. Über meine *Mortificatio,* die ich unwissentlich an dem Morgen nach Alfonsos Tod vollbrachte, über das in dieser Transmutation entstandene *Aurum potabile,* das er mir auf meine Reise – meine letzte Reise? – mitgeben wollte, über seine einsamen Nächte im Laboratorium, über seine Hoffnung, dass ich Leonardo überreden konnte, in den Vatikan zu kommen, um mein Werk fortzusetzen. Rodrigo wollte seine Examination zum Maestro der Alchemie bei ihm ablegen. Zum Abschied hatte er mich auf die Wange geküsst und, wie immer seit wir uns kannten, ›*Hasta mañana!*‹ geflüstert: »Bis morgen, Catalina!« Dass er davon überzeugt war, mich nicht wiederzusehen, wollte er mir offensichtlich nicht eingestehen.

Ich lehnte mich in die Kissen der Sänfte und schloss einen Moment lang die Augen. Lucrezia, die neben mir saß, zog fröstelnd die Hermelindecke höher. Sie war so traurig, dass sie kein Wort herausbrachte. Durch das Fenster der Sänfte winkte sie ihrem Vater zu.

Von der Spitze der langen Karawane mit hundertzwanzig Maultieren, die Lucrezias Gepäck und die Truhen mit den hunderttausend Dukaten Mitgift trugen, mit hundert Gefolgsleuten Herzog Ercole d'Estes, die nach Rom gekommen waren, um Lucrezia nach Ferrara zu holen, mit zweihundert Gefolgsleuten des Herzogs der Romagna, mit Kardinälen und Bischöfen, die Lucrezia auf päpstlichen Befehl das Ehrengeleit geben sollten, kam Cesare auf einem herrlichen schwarzen Hengst angetrabt.

Vor dem Fenster der Sänfte zügelte er sein Pferd und verneigte sich höflich. Dann beugte er sich aus dem Sattel zu mir herunter und flüsterte: »*¡Buenos Días!*, du schönste aller Frauen. Ich denke an nichts anderes als an dein Lächeln. Ein Wort von dir, und wir fliehen gemeinsam aus Rom. Ich kenne da ein verstecktes Liebesnest …«

Lachend winkte ich ab: »Deine Verführungskünste sind legendär, und ich verstehe, dass dir Herzensbrecher die Frauen Roms zu Füßen liegen, aber ich muss dankend ablehnen, Exzellenz.«

Er beugte sich zu mir herunter und küsste mich auf die Lippen. Dann richtete er sich im Sattel auf und hob den Arm – das Signal zum Aufbruch. Die Karawane setzte sich in Bewegung.

Lucrezia begann leise zu schluchzen, während unsere von Maultieren getragene Sänfte über die Piazza San Pietro schaukelte. Ich nahm sie in den Arm und ließ sie weinen: um ihren Vater, den sie wohl nie wiedersehen würde, um den kleinen Rodrigo, den sie in Rom zurücklassen musste, weil ihr Gemahl Alfonso d'Este darauf bestanden hatte. Lucrezia war froh, Rom endlich den Rücken zu kehren, die Erinnerungen an Alfonso von Aragón, an den grauenvollen Mord hinter sich zu lassen. Aber sie hatte furchtbare Angst vor der Ankunft in Ferrara, vor ihrem Gemahl Alfonso, dem Sohn des Herzogs Ercole d'Este, den sie noch nie gesehen hatte und der sich monatelang gegen eine Heirat mit ihr gewehrt hatte – er fürchtete wohl dasselbe Schicksal wie Giovanni Sforza und Alfonso von Aragón zu erleiden.

Vor allem aber scheute Lucrezia sich vor den prunkvollen Hochzeitsfeierlichkeiten im herzoglichen Palast – Alfonso und Lucrezia waren seit Weihnachten nur *per procura* verheiratet – und vor den hochrangigen Hochzeitsgästen wie der Herzogin Elisabetta von Urbino, der Marchesa Isabella d'Este von Mantua, der *Prima donna* Italiens in Fragen des guten Geschmacks, die eifersüchtig darüber wachte, wer das aufwändigste Kleid trug, den kostbarsten Schmuck, und wer die schönsten, anmutigsten, adeligsten Ehrendamen im Gefolge hatte und den begehrenswertesten Geliebten im Bett.

Während ich Lucrezia im Arm hielt, nahm ich Abschied von Rom, das ich vielleicht nie wiedersehen würde. Rom, die Ewige, Rom, die Schöne, Wahre, Gute, Rom, die Furchtbare. Himmel und Hölle. Anfang und Ende. Liebe, Hass und Mord. Aber auch die Hoffnung auf Unsterblichkeit. Ich schwieg, während wir die Via Alessandrina hinab, an der Engelsburg vorbei, über den Tiber bis zur Porta Flaminia ritten.

Irgendwann tauchte Kardinal Ippolito d'Este neben der Sänfte auf und fragte nach unserem Befinden, dann ritt er wieder an die Spitze des Hochzeitszuges zu seinen Brüdern Ferrante und Sigismondo, die die Gemahlin ihres Bruders Alfonso heimholten.

Gegen Mittag verabschiedete sich Cesare im dichten Schneetreiben von seiner Schwester und mir und kehrte mit Kardinal d'Este nach Rom zurück. Lucrezia und ich verbrachten die Nacht in einer Burg an der Via Flaminia, teilten uns ein Bett in einem eisig kalten Zimmer ohne Kamin und wärmten uns gegenseitig. Und tuschelten miteinander, bis wir einschliefen.

Am nächsten Morgen brachen wir in der kalten Morgendämmerung auf. Es schneite immer noch. Wir reisten über Civita Castellana nach Spoleto und übernachteten in der Burg. Der Kastellan hatte Erbarmen mit uns und ließ ein Feuer im Kamin des Schlafzimmers entzünden. In dieser Nacht schlief ich wenigstens ein paar Stunden, obwohl Lucrezia sich unruhig hin und her wälzte.

Ein paar Meilen hinter Foligno betraten wir das Herzogtum Urbino. Die Herzogin Elisabetta erwartete uns mit ihrem Gefolge in Gubbio. Nach endlosen Begrüßungsreden stieg Elisabetta zu Lucrezia in die Sänfte, um sie nach Urbino zu geleiten, und ich quälte mich in den Sattel meines Pferdes.

Bis zu unserer Ankunft in Urbino zwei Tage später hatte ich viel Zeit zum Nachdenken. Über Guido. Und über Elisabettas Auftreten mir gegenüber. Wusste sie, was in Nepi zwischen ihrem Gemahl und mir geschehen war? Lucrezia hatte mich der Herzogin beim gemeinsamen Abendessen in Gubbio vorgestellt, und Elisabetta war mir gegenüber freundlich, ja geradezu herzlich gewesen. Wir unterhielten uns stundenlang, verstanden uns gut, lachten und scherzten, aber am Ende des Abends wusste ich immer noch nicht, was sie im Stillen über mich dachte.

Guido ahnte nicht, dass ich nach Urbino kommen würde. Wie würde er auf meine Anwesenheit reagieren? Dieses Mal trafen wir uns nicht heimlich wie in der Burg von Nepi, sondern vor den neugierigen Augen von mehreren Hundert urbinischen, ferraresischen und römischen Gefolgsleuten, die ihre Herren mit pikanten Details einer spektakulären Affäre unterhielten, garniert mit Halbwahrheiten und Lügen.

Guido war so wütend gewesen, als er mich in Nepi verlassen hatte: Er hatte gesagt, dass er mich vergessen wollte. Seitdem hatte er mir nicht geschrieben, obwohl er mit Giuliano della Rovere in regem Briefwechsel stand. Ich war verunsichert. Ängstlich? Ja, ich gestehe: Ich hatte Herzklopfen vor diesem Wiedersehen.

Wir erreichten das tief verschneite Urbino am 18. Januar 1502.

Die Stadt war nicht groß, aber stark befestigt. Wie ein Schwalbennest hing sie über dem Abgrund. Seit meinen Gesprächen mit

Lorenzos Architekt Giuliano da Sangallo in Florenz und Leonardo und Donato Bramante in Mailand verstand ich genug vom Festungsbau, um zu erkennen, dass dieses trotzige Urbino im Sturm nicht einzunehmen war.

Die beiden eleganten Türme des Palazzo Ducale ragten hoch über die Dächer der Stadt und die sie umgebenden Hügel auf. Die gewaltigen Wehranlagen unterhalb des Palazzo und das Stadttor hätten selbst Leonardos Belagerungsmaschinen standgehalten. Alles war genau so, wie Guido es mir beschrieben hatte.

Ich folgte Lucrezias Sänfte, als der Hochzeitszug das Stadttor durchquerte, die steile Straße hinaufzog, sich an der Piazza nach rechts wandte und der Via Ducale folgte. Die Straßen von Urbino waren mit Girlanden in Form der Wappen der Borgia und der d'Este, mit lorbeerbedeckten Bögen und Statuen aus Pappmaché geschmückt. Zu beiden Seiten der Gassen standen freundlich winkende Menschen, die Lucrezia als künftige Herzogin von Ferrara begrüßten.

Dann kam der Dom von Urbino in Sicht und dahinter der herrliche Palazzo Ducale. Wie oft hatte Donato Bramante mir von diesem Wunderwerk der Architektur vorgeschwärmt!

Guidos Vater, der Herzog Federico da Montefeltro, hatte vier Jahrzehnte lang in Urbino regiert. Seiner humanistischen Bildung und seiner Begeisterung für Kunst und Architektur verdankte Urbino seinen Ruhm als glanzvollster und kultiviertester Fürstenhof Italiens. Jeder Stein des Palazzo Ducale atmete Gelehrsamkeit und Toleranz.

Und ich hatte Mailand für den Mittelpunkt der kultivierten Welt gehalten! Urbino war stiller, nachdenklicher, bescheidener, von geradezu eleganter Schlichtheit. Und doch lebensfroher. Mit einem Wort: Urbino gefiel mir. Ich verliebte mich vom ersten Augenblick an in dieses kostbare Juwel einer Stadt.

Auf der verschneiten Piazza vor dem Palazzo Ducale kam der endlose Hochzeitszug zum Stehen. Herzog Guido, in einen schwarzen Samtmantel mit Goldstickerei und Hermelin gehüllt und umringt von seinem Gefolge, trat ein paar Schritte vor und half Lucrezia und Elisabetta aus der Sänfte. Er begrüßte die künftige Herzogin von Ferrara mit einem galanten Handkuss, dann wandte er sich seiner Gemahlin Elisabetta zu, die er auf die Wange küsste, während er ihr ein paar Worte zuflüsterte. Sie nickte lächelnd und legte ihm vertraulich die Hand auf den Arm.

Ich saß wie festgefroren im Sattel und wartete, bis einer der Reitknechte des Herzogs mir vom Pferd half. Ich starrte Guido an – neidisch, wie ich gestehen muss. Wenn *das* eine unglückliche Ehe war, dann waren meine Erwartungen wohl all die Jahre zu hoch gewesen! Guido und Elisabetta liebten sich nicht, aber war nicht gerade das die beste Voraussetzung für eine lange und innige Freundschaft?

Bitte, Guido, flehte ich im Stillen, dreh dich um und sieh mich an!

Überall um mich herum stiegen Ferraresen und Römer von ihren Pferden, die von Dienern weggeführt wurden, um in den Ställen des Palazzo Ducale abgesattelt zu werden. Vivat!-Rufe wehten über den Platz, Pferde wieherten unruhig in dem unzeremoniellen Durcheinander, als Guido zu Ferrante und Sigismondo d'Este hinüberging, um sie freundlich zu begrüßen.

Guido, flehte ich, sieh mich an!

Da wandte er sich um und erwiderte meinen Blick, erstaunt, mich in Lucrezias Gefolge zu sehen. Er zögerte, wusste offensichtlich nicht, wie er auf meine überraschende Anwesenheit in Urbino reagieren sollte. Doch dann kam er entgegen dem herzoglichen Protokoll zu mir herüber. »Caterina!«, flüsterte er und hob mich vom Pferd.

Meine Beine schmerzten vom stundenlangen Ritt im Schneesturm, und beinahe wäre ich gestürzt, aber Guido hielt mich fest. »Du hast Schmerzen«, sagte er. »Kannst du gehen?«

Er stützte mich, als ich einen Schritt vorwärts machte. Ich spürte, dass mehrere Hundert Blicke auf uns gerichtet waren. Guido schien das nicht zu stören. Er fing mich auf, als ich auf dem Kopfsteinpflaster der Piazza stolperte. Schwungvoll nahm er mich auf seine starken Arme und trug mich über den kleinen Platz zum Portal des Palazzo Ducale. Es waren nur wenige Schritte, aber sie führten quer durch die Ewigkeit und noch ein Stückchen weiter.

Er sprach kein Wort, sah mich auch nicht an. Ich wollte ihm so viel sagen: »Du hast mir gefehlt, Guido!« und »Es tut mir Leid, was ich dir angetan habe!« und »Ich sehne mich nach dir. Werden wir ein wenig Zeit für uns haben, bevor ich wieder aufbrechen muss?«, aber es blieb ungesagt, denn auch ich schwieg, legte den Kopf an seine Schulter und genoss seine Wärme, seinen Duft, seine Kraft, während er mich an Lucrezia und Elisabetta vorbei in den Hof des Palazzo trug, durch die Arkaden, die Treppen hinauf bis in den Thronsaal, wo er mich vorsichtig auf den Boden stellte. Dann trat er einen Schritt zurück und winkte einem Diener, der mir einen Sessel brachte, damit ich mich setzen konnte.

Ein junger Mann im Talar eines Medicus eilte herbei.

»Ein heißes Bad sofort nach den Zeremonien, um die Schmerzen zu lindern«, befahl ihm der Herzog. »Anschließend eine sanfte Ölmassage, die mir selbst so gut tut, ein leichtes Abendessen, ein loderndes Feuer im Kamin meines Schlafzimmers, zwei zusätzliche Kissen in meinem Bett und meine warme Hermelindecke für die Nacht.« Dann wandte Guido sich zu mir. »Antonio ist mein Leibarzt. Er wird sich um dich kümmern, Caterina.«

Bevor ich ihm danken konnte, hatte er sich umgedreht und ging

Lucrezia und Elisabetta entgegen, die mit ihrem Gefolge die Treppe hochgekommen waren und nun den Thronsaal betraten.

Während der endlosen Begrüßungszeremonien hatte ich darauf gewartet, später einen Augenblick mit Guido allein zu sein, um mit ihm zu reden, hatte mich sogar auf ein formelles Abendessen im Bankettsaal des Palazzo Ducale in Anwesenheit von Lucrezias Gefolge gefreut, doch meine Hoffnungen wurden enttäuscht, als Guido der überraschten Lucrezia verkündete:

»Mein Haus ist Euer Haus, meine Stadt ist Eure Stadt, Exzellenz. Ich überlasse Euch und Eurem Gefolge meinen bescheidenen Palast. Meine Gemahlin Elisabetta und ich ziehen uns zurück. Wir werden im Kloster von San Bernardino außerhalb der Stadtmauern von Urbino übernachten. *Buona notte!*«

Er warf mir einen langen Blick zu, verneigte sich galant vor Lucrezia, nahm Elisabettas Hand und führte sie ohne ein weiteres Wort aus dem Thronsaal. Die Tränen in meinen Augen sah er nicht mehr.

Eine Stunde lang lag ich allein in seinem Bett und starrte in die Finsternis. Ich genoss das herrliche Gefühl der Schmerzfreiheit – das heiße Bad und die Massage mit gewärmtem Öl hatten mir gut getan. Nachdem der Medicus verschwunden war, hatte mir ein junger Mann aus dem Gefolge des Herzogs beim Abendessen Gesellschaft geleistet. Er hatte sich mir als Maestro Raffaello Santi vorgestellt – er war neunzehn Jahre alt, der Hofmaler des Herzogs und ein Freund von Francesco della Rovere, einem Neffen von Giuliano della Rovere und Guido. Der *Duchino,* der »kleine Herzog« Francesco, war der designierte Nachfolger des kinderlosen Herrschers von Urbino.

Maestro Raffaello hatte sich jede Mühe gegeben, mir einen schönen Abend zu bereiten. Es schien ihm nichts auszumachen, dass ich mich auf ihn stützte, während er mir die prachtvollen Säle des Palazzo Ducale zeigte, die herrlichen Madonnenbilder und Porträts, die er im Auftrag des Herzogs gemalt hatte. Schließlich hatte er mich zurück zum Schlafzimmer des Herzogs geführt, wo er sich mit einem formvollendeten Handkuss von mir verabschiedet hatte.

Ich starrte an die Decke und dachte an Guido, der mir besorgt um meine Gesundheit seinen Medicus und sein weiches Bett überlassen hatte, sein wärmendes Kaminfeuer, sein Silbergeschirr und seinen gut aussehenden und charmanten Hofmaler, seine seidenen Kissen, seine warme Hermelindecke, alles – nur nicht sich selbst. Der Empfang war mehr als kühl gewesen. Ich weiß nicht, was ich erwartet hatte, aber ich war zutiefst enttäuscht.

Sicher, er war überrascht gewesen, mich zu sehen, doch er hatte mir keinen Kuss gegeben, nicht einmal einen gehauchten Handkuss. Stattdessen hatte er mich in seine Arme genommen und durch seinen Palast getragen, ohne ein Wort zu sagen. Meinem Blick war er ausgewichen. Meinen Gefühlen auch. Wie verletzt er immer noch war seit unserer letzten Trennung in jener furchtbaren Nacht in Nepi und meiner überraschenden Rückkehr aus der Verbannung in den Vatikan. Sicher wusste er durch seinen Schwager Giuliano della Rovere von meinem vertrauten Umgang mit Rodrigo, von meiner Versöhnung mit Cesare und seinen häufigen Besuchen mit seinem kleinen Sohn Girolamo.

Obwohl ich von der langen Reise erschöpft war, erhob ich mich vom Bett und trat an das Fenster, wo sich mir ein herrlicher Blick über die mondbeschienenen Hügel um Urbino bot.

Nicht einmal eine Meile entfernt, auf der anderen Seite der Stadt, lag das Kloster von San Bernardino. Und zum hundertsten Mal in dieser Nacht überlegte ich, was ich tun sollte. Ich wollte, nein: ich *musste* mit ihm reden, bevor wir am nächsten Morgen in

Richtung Romagna aufbrachen. Der Herzog von Urbino würde Lucrezias Hochzeitszug zwar bis Pesaro das Ehrengeleit geben, aber angesichts seines großen Gefolges war es wohl kaum möglich, ihn allein zu sprechen. Ich hatte keine Ahnung, ob die Gefühle, die uns vor Monaten zusammengebracht hatten, im eisigen Schweigen der letzten Monate verwelkt waren, und ich wusste nicht, was ich eigentlich noch für ihn empfand. Aber ich war entschlossen, diesen scheinbar unüberwindlichen Berg von Missverständnissen zu überwinden, der zwischen uns stand, bevor ich nach Ferrara abreiste und Guido nie mehr wiedersah.

Ich rief einen der Diener des Herzogs und befahl ihm, mein Pferd satteln zu lassen und mich nach San Bernardino zu begleiten. Dann kleidete ich mich an und ritt kurz vor Mitternacht durch die Porta Lavagine über die verschneite Straße zum Kloster. Ein Franziskanerfrater führte mich zum Portal der Kirche und ließ mich eintreten.

Guido war nicht allein. Der junge Mann, der mir auf seinen Befehl beim Abendessen in meinen Räumen Gesellschaft geleistet hatte, stand neben ihm am Altar, auf dem eine einzige Kerze im eisigen Luftzug der Kirche vor sich hin flackerte.

»… ganz begeistert vom Palazzo, Exzellenz«, berichtete Maestro Raffaello dem Herzog. »Wir haben uns gut unterhalten. Sie hat nach Eurem Vater gefragt, nach Herzog Federico. Ich habe ihr die beiden Porträts Eurer Eltern von Piero della Francesca gezeigt, die im Audienzsaal hängen. Dann habe ich sie zu Eurem Schlafzimmer zurückgebracht und ihr eine gute Nacht gewünscht.«

»Wie geht es ihr?«

»Besser als heute Nachmittag. Lachen ist die beste Therapie.«

»Worüber hat sie denn gelacht?«, fragte Guido irritiert.

»Ich habe ihr erzählt, dass ich nach Florenz gehen will, um die Malweise von Giotto und Masaccio zu studieren. Und um mich mit den größten Maestros zu messen: Sandro Botticelli und Michelangelo Buonarroti, der vor einigen Monaten aus Rom nach Florenz zurückgekehrt ist. Mein Ehrgeiz schien sie zu amüsieren. Sie sagte: Ich erinnere sie an Michelangelo, der für sie so etwas wie ein Bruder sei.«

»Im Gegensatz zu mir scheinst du dich heute Abend offensichtlich amüsiert zu haben, Raffaello! Hat sie nach mir gefragt?«

»Nein, Euer Gnaden.«

Guido schwieg. War er enttäuscht? Im flackernden Kerzenschein konnte ich sein Gesicht nicht erkennen.

Ich stand in den tiefen Schatten jenseits des Lichts. Das Portal der Kirche war nur angelehnt, und im Kreuzgang warteten der Diener, der mich hergebracht hatte, und der Frater auf mich, bis meine nächtliche Unterredung mit dem Herzog beendet wäre und ich nach Urbino zurückkehren würde. Entschlossen fasste ich den Türgriff und schloss das Kirchenportal mit einem vernehmlichen Geräusch, das wie Donnerhall durch die stille Kirche wehte.

Guido fuhr herum. »Caterina!«, rief er, als er mich im düsteren Lichtschein erkannte. Dann scheuchte er den Maestro mit einer ungeduldigen Geste aus der Kirche: »Lass uns allein, Raffaello!«

Als er gegangen war, fragte ich: »Ein netter junger Mann, Guido. Sehr gebildet, sehr interessiert, sehr galant, ein schönes Gesicht, sinnliche Lippen, formvollendete Manieren. Ein Mann zum Verlieben. Ich bin beeindruckt. Ist er der tapferste Krieger, den du gegen mich in die Schlacht schicken kannst, um vor mir in ein Kloster zu entfliehen?«

»Ich fliehe nicht vor dir.«

»Du kommst mir aber auch nicht einen einzigen Schritt entgegen.«

»Ich weiß wirklich nicht, was du erwartet hast, Caterina. Und ehrlich gesagt bin ich es leid, irgendwelche Erwartungen zu erfüllen.«

»Ich habe keine Erwartungen, Guido. Jetzt nicht mehr.«

Die Kerze auf dem Altar flackerte unruhig, während er mich anstarrte. Sein Gesicht lag im Schatten. »Giuliano hat mir geschrieben, wie es dir geht. Er deutete mit sehr bewegenden Worten an, dass der Medicus Seiner Heiligkeit glaubt, du hättest nur noch ein Jahr zu leben.«

»Sechs Monate«, korrigierte ich ihn. »Vielleicht weniger.«

»O Gott!« Er wandte sich ab, und im Lichtschein der Kerze sah ich einen Augenblick sein Gesicht. Mein Schicksal, das ihm selbst in einigen Jahren bevorstand, erschreckte ihn, und meine Gelassenheit erstaunte ihn.

»Ich reise nach Ferrara, um an der Universität Schüler zu suchen, denen ich mein Wissen weitergeben kann.«

»Ich dachte …«, begann er und drehte sich zu mir um.

»Was dachtest du?«

»… dass du zu *ihm* in die Romagna reist. Giuliano hat mir geschrieben, dass du dich mit ihm versöhnt hast.« War das Resignation in seiner Stimme? Hätte ich doch nur sein Gesicht sehen können!

»Ja, wir haben uns die Hand gereicht«, erwiderte ich mit fester Stimme.

»Du hast ihm einen Mord vergeben«, warf mir Guido vor.

»Was hätte ich denn sonst tun sollen? Cesare Borgia umbringen? Hätte mich das zu einem besseren Menschen gemacht, als der, der ich bin, der ich schon immer war? Sollte ich einen Mord mit einem Mord sühnen? Hätte ich mein Leben lang gegen ihn kämpfen sollen? Ja, ich habe mich mit Cesare versöhnt.«

»Giuliano hat mir geschrieben, dass ihr euch beim Abschied in Rom in aller Öffentlichkeit geküsst habt. So wie früher. Seine Heiligkeit und das gesamte Kardinalskollegium haben von der Benediktionsloggia aus zugesehen.«

»Du bist erstaunlich gut informiert.«

»Das ist für mich als Herzog von Urbino lebenswichtig.«

Ich trat ganz nah vor ihn und sah ihm in die Augen. »Guido, ich liebe ihn nicht mehr. *Dich* liebe ich – bis der Tod uns trennt.«

Meinem Kuss wich er aus. »Das ist so erschreckend kurz, Caterina!«, seufzte er und wandte sich ab. »Sechs Monate: zu kurz zum Leben, zu lang zum Sterben.«

Ein eisiger Windhauch fuhr durch die leere Kirche, ließ die Kerze auf dem Altar panisch flackern.

»Aber lang genug für ein paar Wochen Liebe. Wie sehne ich mich nach langen Gesprächen mit dir am Kaminfeuer, nach Nächten voller Sinnlichkeit in deinem Bett. Ich habe dich so sehr vermisst, Guido, deine Wärme, deine Nähe, deine Liebe, deine leidenschaftlichen Küsse, deine zärtlichen Hände. Ich habe drei Tage lang geweint, als du mich in Nepi verlassen hast. Und die letzten vierzehn Monate, neunundzwanzig Tage und zwei Stunden habe ich versucht, dich zu vergessen.«

Die Kerze erlosch mit einem letzten Flackern im Wind. Der Mond verbarg sich hinter einer Schneewolke, und nachtschwarze Finsternis hüllte uns ein. Als Guido schwieg, sprach ich weiter:

»Du hast mir bei deinem überstürzten Aufbruch gesagt, dass wir uns wehtun würden, immer wieder, und dass wir bereits in der ersten Nacht unserer Beziehung damit angefangen hatten. Du hattest Recht, Guido. Ich habe versucht, dich zu vergessen, bin wieder in den Vatikan gezogen und habe Cesare vergeben. Er besucht mich oft mit seinem kleinen Sohn, wir scherzen und lachen, als wäre nichts zwischen uns geschehen. Ich habe wirklich versucht, dich zu vergessen, Guido, aber ich kann es nicht. Ich liebe dich!«

Er antwortete nicht, ordnete in der eisigen Finsternis der Kirche seine eigenen verwirrten Gefühle. Mein »*Ti amo!*« schwebte haltlos zwischen uns und wehte mit unserem Atemhauch fort ins Nichts.

Warum schwieg er? Hätte ich doch nur sein Gesicht sehen können! Aber der Mond verweigerte sich uns mit einer Beharrlichkeit, die ich nur als schicksalhaft bezeichnen kann. Ein leiser Schimmer des Mondscheins hätte ausgereicht, um seine Tränen zu sehen …

Enttäuscht ließ ich ihn in der Finsternis zurück und stolperte zum Portal, wo der Diener im Kreuzgang auf mich wartete. Als ich die Kirchentür öffnete, glaubte ich hinter mir ein Schluchzen zu hören, aber ich blieb nicht stehen. Ich hatte keine Kraft mehr, mich an seiner Unnachgiebigkeit erneut zu verletzen. Also ließ ich die Tür hinter mir ins Schloss fallen und winkte dem Diener, dass ich in den Palazzo zurückkehren wollte.

Nicolaus Copernicus ist ein mathematisches Genie, dachte ich, aber an seinen astrologischen Berechnungen muss er noch arbeiten. Die Liebe meines Lebens? Nein! Die *Coniunctio* der Venus mit sich selbst ist ein erbarmungsloser Absturz in die Tiefe des Schmerzes, sonst nichts.

Am nächsten Morgen brach der Hochzeitszug in Richtung Norden auf. Elisabetta reiste mit Lucrezia in der Sänfte, Guido begleitete uns mit einer Eskorte Bewaffneter bis Pesaro.

Er wich mir aus und achtete darauf, dass wir niemals allein waren. Meine Blicke erwiderte er nicht. Er war blass, ungeduldig und brüllte seine Befehle wie ein Condottiere, der in die Schlacht zieht. Er litt, ich sah es ihm an, und es lag wohl nicht daran, dass er die Nacht auf dem harten Lager einer Klosterzelle verbracht hatte oder dass ihm die Winterkälte und der lange Ritt dieselben Schmerzen bereiteten wie mir.

Vor den Toren von Pesaro verabschiedete er sich höflich von Lucrezia und erklärte ihr, dass sie während ihrer Weiterreise über die

Via Emilia an Rimini, Forli, Imola und Bologna vorbei nach Ferrara das Gebiet ihres Bruders, des Herzogs der Romagna, betrat. Er wünschte ihr eine sichere Reise, küsste ihre Hand und stieg wieder in den Sattel, ohne mich eines einzigen Blickes zu würdigen. Dann galoppierte er mit seinen Begleitern davon. Ich sah ihm nach, bis er im dichten Schneetreiben verschwunden war.

»Und? Wie gefällt er dir?«, fragte ich neugierig, als Lucrezia sich in mein Zimmer schlich und lautlos die Tür hinter sich schloss.

Sie kroch zu mir ins Bett und schmiegte sich an mich. »Er ist unglaublich attraktiv. Er hat gute Manieren. Ich hoffe, die legt er nicht mit Hemd und Hosen ab, wenn er in der Hochzeitsnacht zu mir ins Bett kommt.«

Leise lachend drehte ich mich auf die Seite, um sie zu umarmen. Ich war froh, dass Lucrezia und Alfonso d'Este sich so gut verstanden. Der Sohn des Herzogs Ercole war an diesem Abend, zwölf Tage nach unserer Abreise aus Urbino, ohne Ankündigung und ohne großes Gefolge von Ferrara nach Bologna geritten, um seine Gemahlin kennen zu lernen.

Sein ungestümes Auftreten hatte Lucrezia fast in Panik versetzt. Sie war müde von der Reise, blass, ungeschminkt, ihr Haar war vom Sturm zerzaust, und sie hatte nur ein seidenes Unterkleid getragen, weil sie nach einem heißen Bad früh ins Bett gehen wollte, um am nächsten Morgen ausgeruht zu den Hochzeitsfeierlichkeiten in Ferrara anzukommen. Sie wollte ihren Gemahl vom ersten Augenblick an beeindrucken, nachdem Alfonso sich monatelang einer Heirat mit ihr widersetzt hatte. So war sie sichtlich erregt über sein unangemeldetes Erscheinen in Bologna und zappelte herum, als eine Dienerin versuchte, ihr Haar in Ordnung zu bringen und ihren Wangen ein bisschen Farbe zu verleihen. Dann war sie ihrem Bräutigam entgegengeflattert wie eine aufgescheuchte Taube.

Doch offensichtlich hatte ihr das zweistündige Gespräch mit ihm einige Ängste genommen.

Ich küsste sie herzlich. »Ich wünsche dir alles Glück der Welt!«

»Nein, nicht alles Glück, Caterina. Die Hälfte schenke ich dir«, rief sie übermütig. »Ich würde dich gern mal wieder lachen sehen. Seit Urbino bist du … so still, so nachdenklich. Du sprichst kaum ein Wort mit mir. Was ist geschehen?«

»Nichts, gar nichts.«

Sie drehte sich auf den Bauch, verschränkte die Hände unter dem Kinn und sah mich über das Kopfkissen hinweg an. »Genau das scheint mir das Problem zu sein: dieses scheinbar so unüberwindliche ›Nichts‹.«

Ich antwortete nicht.

»Du warst in jener Nacht in Urbino bei ihm im Kloster, nicht wahr?«, bohrte sie nach.

Ich nickte mit Tränen in den Augen. »Ich habe ihm gesagt, dass ich ihn liebe. Ich glaube, er hat geweint. Ich habe ihn endgültig verloren.«

Lucrezia wischte mir die Tränen aus dem Gesicht. »Würdest du mir eine einfache und für mich verständliche Antwort auf eine Frage geben, die du ›kompliziert‹ nennen wirst?«

Ich nickte.

»Warum bist du mit mir nach Ferrara gekommen, statt in Urbino zu bleiben? Und wieso steigst du nicht auf dein Pferd und reitest so schnell du kannst zu ihm zurück?«

»Ich habe dir versprochen, dich nach Ferrara zu begleiten …«

»Ich entbinde dich von deinem Versprechen«, unterbrach sie mich.

»… und ich habe Angst.«

»*Du* hast Angst? Die unerschrockene Caterina, die in ihrem Laboratorium mit Gift und Sprengstoff herumlaboriert, die tapfere

Caterina, die immer wieder aus der sichersten Festung Italiens ausgebrochen ist, nur um Ludovico il Moro zu ärgern, die sich mit meinem Heiligen Vater derart angelegt hat, dass er sie für ein halbes Jahr nach Nepi verbannte, die sich nach Alfonsos Tod mit meinem selbstherrlichen Bruder gestritten hat, bis im Vatikan die Funken flogen und alle in Deckung gingen, diese Caterina fürchtet sich? Wovor hast du Angst? Dass Guido dich demütigt und sagt: ›Verschwinde aus meinem Leben‹? Oder ist es vielmehr deine Furcht, dass er es doch wagen, ja, Caterina, ich sagte: *wagen* könnte, dich zu lieben und von dir verletzt zu werden, weil du heroisch um dich schlägst, um genau das zu verhindern?«

»Was?«, hauchte ich erschüttert.

»Du willst nicht geliebt werden«, sagte sie erbarmungslos. »Jedes Mal wenn Cesare dir sein ›*Te quiero!*‹ ins Ohr flüstert, weist du ihn zurück. Du verkriechst dich in deine Einsamkeit wie andere Menschen hinter Ruhm und Ehre, hinter leuchtenden Brokatstoffen, funkelndem Diamantschmuck und Karnevalsmasken. Und sobald dir irgendjemand zu nahe kommt, sobald irgendjemand dich liebenswert finden könnte, bestrafst du ihn für sein Mitgefühl. Nein, Caterina, lass mich ausreden! Ich weiß nicht, was du getan haben könntest, dass du derart selbstverachtend über dich richtest und keinem Menschen die Chance gibst, dich aus deiner Einsamkeit zu befreien. Ich habe mich monatelang bemüht, aber ich verstehe dich nicht mehr. Kein bisschen.«

Ich barg mein Gesicht in den Händen und weinte still vor mich hin. Sie umarmte mich und wiegte mich wie ein kleines Kind. »Weine, *mia cara*«, flüsterte sie. »Weine um dich selbst! Aber nicht weil du in einigen Monaten unter Qualen sterben wirst. Sondern weil du schon längst tot bist.«

In meiner Wut wollte ich sie anschreien, wollte ich sie schlagen, doch ich brachte nicht mehr als ein Schluchzen zustande. Lucrezia hielt mich fest und ließ mich weinen. Wie lange wir so lagen, weiß ich nicht mehr. Sie strich mir über das Haar und küsste mich auf die heiße Stirn.

Dann erhob sie sich vom Bett, und ich dachte schon, sie wollte mich verlassen. Aber sie ging hinüber zur der Holzkassette mit den fünfundzwanzig Phiolen *Aurum* und stellte sie neben mich. Daraufhin öffnete sie eine Kleidertruhe und stöberte darin herum, zog einige Hemden und Hosen und meine Reitstiefel hervor und warf sie neben mich auf das Bett. Meine Samtmaske flog quer durch den Raum und landete oben auf dem ungeordneten Haufen. Meine Brokatkleider stopfte sie zurück in die Truhe, ebenso die Bücher, die ich aus der vatikanischen Bibliothek mitgenommen hatte.

Ich setzte mich im Bett auf und beobachtete Lucrezia, wie sie durch mein Schlafzimmer wirbelte, Truhen öffnete und weitere Kleidungsstücke auf das Bett schleuderte. Schließlich stopfte sie den ganzen Haufen in eine Satteltasche.

»Was tust du?«, fragte ich nach einer Weile.

»Ich packe deine Sachen. Du wirst im Morgengrauen nach Urbino aufbrechen«, entschied sie. »Wenn du schnell reitest, kannst du in zwei oder drei Tagen bei ihm sein.«

»Aber …«

»Ich ertrage dich nicht mehr, Caterina«, erklärte Lucrezia mit der Erbarmungslosigkeit einer Borgia. »Und ich hoffe, dass Guido dich länger als ein paar Tage aushält. Entschuldige bitte: Eigentlich sollte ich mit dir hoffen, dass er es *nicht* tut. Denn nur dann kannst du nach Herzenslust unglücklich sein.«

Ich starrte sie an.

Lucrezia kniete sich auf das Bett und umarmte mich herzlich. »Das wolltest du doch hören, nicht wahr?«, flüsterte sie.

Im Morgengrauen brach ich auf, die Via Emilia entlang nach Osten. Hinter meinem Sattel waren die von Lucrezia so liebevoll gepackte Satteltasche und die mit Sand gefüllte Kassette mit den Glasphiolen festgeschnallt. Ich trug meine schwarze Maske und einen weiten Mantel, sodass ich nicht auf den ersten Blick als Frau zu erkennen war. Obwohl ich einen feurigen Hengst ritt und nur wenig Gepäck bei mir hatte, kam ich nur langsam voran – am ersten Tag nur bis Faenza, wo ich in einem Pferdestall übernachtete, am zweiten Tag bis Rimini, wo ich in einem Kloster eine schlaflose Nacht verbrachte.

Während meines einsamen Rittes hatte ich viel Zeit nachzudenken. Ich war froh, dass Lucrezia mich fortgeschickt hatte. Ich war sogar dankbar für ihre grausamen Worte, die mich tief in meiner Seele getroffen hatten. Sie liebte mich, so sehr, dass sie fortan auf unsere enge Freundschaft verzichtete, damit ich glücklich werden konnte. Der Abschied im Morgengrauen war uns beiden nicht leicht gefallen, und ich musste ihr versprechen, so bald wie möglich zu schreiben.

Mein Ritt durch das Inferno meiner Gedanken, quer durch die Romagna, an der Küste entlang bis Pesaro und von dort nach Urbino dauerte drei Tage. Drei endlose Tage.

Die Sonne war längst untergegangen, als ich das Stadttor von Urbino erreichte. Beinahe hätte ich mich in der Dunkelheit auf der Straße zwischen Pesaro und Urbino verirrt, aber dann fand ich meinen Weg im Mondlicht wieder. Das Tor war geschlossen, und ich trat mit den Stiefeln dagegen und rief, um Aufmerksamkeit zu erregen.

Schließlich öffnete sich das schwere Stadttor einen Spalt breit und ein Wächter steckte seinen Kopf heraus. »Was wollt Ihr? Warum macht Ihr solchen Lärm?«

»Lasst mich in die Stadt. Ich will mit Herzog Guido sprechen«, verlangte ich. Eine Hand voll Golddukaten überzeugte ihn von der unaufschiebbaren Dringlichkeit meines Anliegens bei Seiner Exzellenz.

Der Wächter begleitete mich, wohl weniger aus Furcht vor einem Attentat auf den Herzog als in der Hoffnung auf eine weitere Goldmünze. Durch die von Fackeln erleuchteten Gassen der Stadt führte er mich bis zum Palazzo Ducale, wo er mich beim Sekretär Seiner Exzellenz melden ließ.

Guido empfing mich in seinem Audienzraum. Offenbar hatte er so spät noch gearbeitet – sein Schreibtisch war von einem Haufen Schriftstücken bedeckt.

Er stand am Fenster und wandte mir den Rücken zu, als sein Sekretär mich in den Saal führte, und er drehte sich auch nicht um, als die Tür hinter mir geschlossen wurde.

»Was willst du?«, fragte er.

Ich erschrak über seinen Tonfall, ließ mich aber nicht beirren. »Ich will dich etwas fragen, Guido.«

Keine Reaktion, außer einem »Was?«

»Ich würde gern wissen, ob es den Raum noch gibt, von dem du mir in Nepi erzählt hast. Den du für mich eingerichtet hattest, weil du glaubtest, ich würde mit dir nach Urbino gehen.«

»Ja, den gibt es noch«, murmelte er mit gesenktem Kopf. Sich zu mir umzudrehen fiel ihm schwer. Noch. Ich ließ ihm Zeit. »Ich habe das Bett, die Truhen und die Gemälde selbst ausgesucht. Und ich hatte gehofft, es würde dir gefallen«, fuhr er fort, als er das Schweigen nicht mehr ertrug.

»Hättest du etwas dagegen, wenn ich dort eine oder mehrere Nächte verbringe, bevor ich … endgültig abreise?«

Er verstand sehr wohl, was ich sagen wollte, obwohl ich die Worte Sterben und Tod sorgsam vermied. Seine Schultern zuckten. Schluchzend schüttelte er den Kopf.

»Wenn du es wünschst, werde ich dir für die Zeit meines Aufenthaltes in Urbino aus dem Weg gehen, Guido. Du wirst nicht einmal merken, dass ich da bin – das verspreche ich dir. Und wenn ... wenn ich dann eines Tages ... abreise ... für immer fortgehe ..., dann werde ich das ganz still und leise tun. Ich will dir nicht mehr wehtun. Nie mehr.«

Er drehte sich zu mir um. Tränen liefen über sein Gesicht. Er rang um Worte, um Haltung. Ich trat zu ihm und küsste ihm zart die Tränen von den Wangen. Er umarmte mich und hielt mich fest, als wollte er mich nie wieder loslassen.

In jener Nacht liebten wir uns mit einer Ernsthaftigkeit und einer selbstverlorenen Seelenruhe, als hätten wir alle Zeit der Welt – den ganzen Rest unseres Lebens.

Wir lagen eng umschlungen nebeneinander in seinem Bett. Ich hatte ein Bein über seine Hüfte gelegt und ihn tief in mich eindringen lassen. Er umarmte mich, atmete tief den Duft meines Haares und streichelte mich, während er fast unmerklich begann, sich zu bewegen.

Mit den Fingerspitzen wischte ich ihm die Tränen aus seinem Gesicht und küsste ihn.

»O Gott, Caterina, wie sehr ich dich liebe!«, hauchte er, ohne mit seinen sinnlichen Bewegungen aufzuhören. »Die letzten Tage und Nächte nach deiner Abreise nach Ferrara waren unerträglich. Ich war so überrascht, als ich dich plötzlich in Lucrezias Gefolge sah, ich war so erschrocken über die Funken, die du aus mir herausschlugst: verwirrte Gefühle, Sehnsucht nach deiner Zärtlichkeit und grenzenlose Angst vor der Einsamkeit. Ich war verunsichert, wie ich mich dir gegenüber verhalten sollte, nachdem ich mich entschlossen hatte, mit Elisabetta ins Kloster zu gehen, um Lucrezia den Palazzo zu überlassen. Ich habe Raffaello zu dir geschickt, damit er dich zu mir führen kann, und ich war maßlos enttäuscht, als er mir berichtete, du hättest nicht nach mir gefragt. Ich habe im Kloster von San Bernardino auf dich gewartet, denn ich wollte dir die Entscheidung überlassen, ob du zu mir kommst.

Dann standest du plötzlich vor mir, und ich wusste nicht mehr, was ich dir eigentlich sagen wollte. Deine Gelassenheit angesichts deines nahen Todes hat mich zutiefst erschreckt. Sechs Monate, vielleicht weniger. Ich habe geweint, als du mir sagtest, dass du mich liebst. Ich war so euphorisch … so traurig … so glücklich. Aber bevor ich meine verwirrten Gefühle selbst ganz verstand, bevor ich mich auf deine Liebe einlassen konnte, bist du verschwunden, wie du gekommen warst.«

»O Guido, ich dachte, dass du mich nicht mehr liebst.«

»Ich habe dich in all den Monaten nicht vergessen, meine Geliebte. Ich wollte dich zärtlich im Arm halten, so wie jetzt, dich küssen, dich lieben …«

»Liebe mich, Guido!«, flüsterte ich.

Er zog mich noch näher an sich und küsste mich leidenschaftlich. Unmerklich beschleunigte er seine lustvollen Bewegungen.

Unaufhaltsam stiegen wir gemeinsam hinauf in den Himmel, wo Wollen und Sollen ihre Bedeutung verlieren, wo die Agonie endet und die Ekstase beginnt, immer höher hinauf im Aufwind der Lust, der Befreiung entgegen, der Erlösung, dem Seelenfrieden.

Noch nie habe ich das Gefühl des Einsseins so überwältigend erlebt wie in dieser Nacht. Eng ineinander verschlungen wurden unsere Körper zu einem Körper, verschmolzen unsere Seelen zu einer Seele. Wir waren zwei Liebende in *Coniunctio* mit sich selbst.

Die Wochen in Urbino waren sinnlich und unvergesslich schön. Heiße Bäder, Ölmassagen, gutes Essen und unglaublich viel Liebe ließen mich eine Zeit lang meine Schmerzen vergessen.

Guido war ständig in meiner Nähe, auch wenn ich einen Tag im Bett verbringen musste. Er ließ dann seinen Schreibtisch in sein Schlafzimmer bringen, um mich nicht allein zu lassen. Manchmal unterbrach er seine Arbeit und legte sich eine Weile neben mich, um mich einfach nur anzusehen. »Ich bin so glücklich«, flüsterte er dann und küsste mich. Wir redeten und redeten, streichelten uns mit Worten und Blicken.

Abends zeigte er sich ungeniert mit mir bei Staatsempfängen und Banketten. An der großen Tafel saß ich nicht auf dem Sessel neben ihm, wo sonst Elisabettas Platz war, sondern ihm gegenüber, damit er mich den ganzen Abend über ansehen konnte, ohne die Tischgespräche mit den Botschaftern von Venedig, Florenz oder Siena zu vernachlässigen. Während der Konzerte im Saal der Engel legte er den Arm um mich, und ich lehnte ganz unbefangen an seiner Schulter, während wir der herrlichen Musik von Josquin Desprez und Guillaume Dufay lauschten.

»Bleibst du über Nacht, *Bella donna,* oder reist du heute noch ab?«, flüsterte er mir dann zu und küsste mich. Es war ein Spiel zwischen uns: meine Abreise nach dem fernen Alexandria am folgenden Tag, meine Suche nach der antiken Biblioteca Alexandrina. Natürlich verschob ich meine Abreise von einem Tag auf den nächsten: »Nein, *mio caro,* ich bleibe noch eine Nacht«, antwortete ich ihm. »Dann schick all deine Liebhaber weg«, flüsterte er mit einem verführerischen Lächeln. »Ich komme heute Nacht zu dir.«

Es war ein Spiel, ein lächerlicher Versuch, meinen Tod zu verdrängen, aber irgendwie machte es Spaß, weil es unserer Beziehung eine Leichtigkeit verlieh, die alle überraschte, die uns vorher gekannt hatten. Wir hatten uns beide verändert: Wir waren fröhlicher, glücklicher, ja: leichtsinniger als jemals zuvor in unserem Leben.

Als Anfang März der Schnee geschmolzen war, ritten Guido und ich nach Fossombrone, ein paar Meilen von Urbino entfernt, wo Guido eine Villa besaß, die leichter beheizt werden konnte als die herrlichen, aber im Winter kühlen Säle des Palazzo Ducale. Wir verbrachten dort eine sinnliche Woche ohne Hofzeremoniell, ohne großes Gefolge und ohne Regierungsgeschäfte, bis ein besorgter Brief von Giuliano della Rovere aus Savona eintraf: Der Kardinal war nach einem erbitterten Streit mit Papst Alexander wieder einmal aus Rom geflohen und schrieb, »Seine Majestät, König Cesare« plane einen Feldzug gegen Siena, Perugia, Camerino und Senigallia, um sich Italien zu unterwerfen. Ein Angriff auf Urbino könne nicht ausgeschlossen werden. Guido zögerte keine Minute und kehrte sofort mit mir in die Stadt zurück.

Arm in Arm schlenderten Guido und ich langsam die Gasse hinunter zum Markt vor der Kirche San Francesco. Es war ein herrlicher Frühlingstag Mitte März, die Sonne schien warm aus einem wolkenlosen Himmel. Tief atmete ich die süße Frühlingsluft ein und genoss die Sonnenstrahlen auf meinem Gesicht.

Guido war beliebt bei seinem Volk und bewegte sich in der Öffentlichkeit so zwanglos, wie Lorenzo es in Florenz getan hatte. Die Leibwache diente ihm eher dazu, den Weg durch die Menschenmenge zu bahnen und seine Einkäufe nach Hause zu bringen, als dass sie im Notfall sein Leben gegen einen Attentäter schützen konnte.

Während wir die Straße vom Palazzo Ducale am Dom vorbei zum Markt hinabgingen, grüßte Guido Bekannte, schüttelte unzählige Hände und nahm kleine Geschenke entgegen, die er in den Palazzo bringen ließ, um sie abends an die Armen zu verteilen.

Ein kleiner Junge, vielleicht vier oder fünf Jahre alt, mit einem Holzpferdchen unter dem Arm, lief ungestüm auf uns zu. Guido ließ mich los und beugte sich zu dem Kleinen hinunter, der ihm mit ein paar gestammelten Worten das Pferdchen schenken wollte.

Gerührt sah ich zu, wie Guido sich mit dem Kleinen unterhielt: »Ein schönes Pferd! Was willst du einmal werden, junger Mann?«

»Condottiere, wie Ihr!«, war die Antwort.

Guido lachte. »Dann behalte dein Pferd, du wirst es in der Schlacht benötigen. Ich habe keine Kinder, die damit spielen könnten.«

Wie ein Blitz durchfuhr es mich: Guido sehnte sich wie ich nach Kindern. Ich musste ihn nur ansehen, wie ernsthaft er sich mit dem Jungen unterhielt, um das zu erkennen. Mir wurde schwindelig, und ich musste mich an ihm festhalten.

Guido richtete sich auf und stützte mich. Besorgt fragte er: »Was ist, Caterina? Sollen wir in den Palazzo zurückkehren? Willst du dich hinlegen?«

»Nein, Guido. Es wird schon gehen«, flüsterte ich. Dass ich an diesem Tag schon drei solcher Anfälle hatte, verschwieg ich ihm.

Der kleine Junge trat schüchtern vor mich und hielt mir wortlos sein Holzpferdchen entgegen. Offensichtlich nahm er an, dass ich auf seinem Pferd sicher in den Palazzo zurückkehren konnte. Ich brach fast in Tränen aus, als Guido »das Geschenk für die Madonna Caterina« nun doch von dem Jungen annahm und mir überreichte.

Ich presste das Holzpferd an mich, während Guido und ich weiter zum Markt gingen. Er hatte den Arm um mich gelegt und stützte mich, damit mein schmerzhaftes Humpeln nicht so offensichtlich war. Der kleine Junge folgte uns bis zur Kirche San Francesco, vor deren Portal die Marktstände errichtet waren, und Guido kaufte ihm eine Hand voll gebrannter Mandeln.

Der Markt war ein Fest für die Sinne. Die Tische bogen sich unter den herrlich duftenden Köstlichkeiten: saftige Schinken aus

Norcia, würzige Salsiccia-Würste aus Umbrien, Salamis, Pecorino, Ziegenkäse, grüne und schwarze Oliven, getrocknete Steinpilze, in duftendes Öl eingelegte weiße und schwarze Trüffel aus dem nahen Dorf Acqualagna.

Zur großen Freude der Händler probierte Seine Exzellenz von einer Wildschwein-Salami und einem Käse in Walnussblättern, naschte Oliven, spuckte wie alle anderen die Kerne auf die Straße, fand alles hervorragend und kaufte den Markt leer. Dass uns halb Urbino dabei zusah, wie er mir auf offener Straße eine Olive in den Mund steckte und mich küsste, schien ihn nicht im Mindesten zu kümmern. Ganz im Gegenteil: Ich glaube, er wollte, dass jeder sah, wie glücklich er mit mir war.

Und Elisabetta?

»Sie ist in Mantua, bei ihrem Bruder Francesco Gonzaga. Nach Lucrezias Hochzeit ist sie mit ihrer Schwägerin Isabella d'Este dorthin gereist, um einige Wochen mit ihrer Familie zu verbringen. Sie hat mir geschrieben, dass sie noch einige Wochen in Mantua bleiben wird«, erklärte mir Guido, während er kandierte Mandeln probierte. »Sehr lecker. Willst du mal kosten?« Er reichte mir eine Mandel.

»Weiß sie von mir?«, fragte ich, während wir zum nächsten Stand schlenderten.

»Ich habe Elisabetta geschrieben, dass du hier bist. Aber das wusste sie schon von Lucrezia.«

Er hatte mir nicht gesagt, dass er seiner Gemahlin von seiner Geliebten geschrieben hatte! Ich folgte ihm, als er von Stand zu Stand weiterging. »Und wie reagiert sie darauf?«

»Sie wünscht mir viel Glück.«

Ungläubig schüttelte ich den Kopf. »Sie hat nichts dagegen, dass wir …«

»Nein, warum sollte sie?«, fragte Guido erstaunt. Als er mein verwundertes Gesicht sah, nahm er mich in den Arm und küsste mich. »Elisabetta hat dich während der Reise nach Ferrara kennen gelernt, Caterina. Sie schätzt dich, bewundert dein Wissen als Universalgelehrte und weiß, dass du das Bett mit mir teilst, aber nicht den Thron von Urbino. Sie steht nicht zwischen uns.

Und im Übrigen genießt Elisabetta ihre Zeit in Mantua mit einem gut aussehenden und sehr verliebten jungen Mann namens Giacolino, einem meiner Offiziere. Wir leben beide nach dem Wort von Lorenzo Valla: ›Wenn zwei Menschen einander lieben, wie kann es da ein Dritter, verheiratet oder nicht, wagen, sich zwischen sie zu stellen?‹ Wir haben beide keine Geheimnisse voreinander. Und ich hoffe …« Er unterbrach sich, starrte mich entsetzt an. »Caterina! Was ist mit dir? Du bist plötzlich so blass …«

Der Schmerz durchfuhr mich wie ein greller Blitz, der die Nacht erleuchtet, und er hörte einfach nicht mehr auf. Ich schwankte. Warum musste mich der Anfall, der schlimmste meines Lebens, ausgerechnet in diesem Augenblick des Glücks, der Freude und der Erleichterung über Elisabettas unerwartete Reaktion in die Knie zwingen? Ich schloss die Augen, taumelte, stolperte, griff ins Leere.

Guido fing mich auf, bevor ich stürzen konnte, und hielt mich fest. »Kannst du in den Palazzo zurückkehren, Caterina?«, fragte er besorgt.

Ich schüttelte den Kopf, ohne die Augen zu öffnen. Nein, ich wollte die besorgten, verstörten Blicke der Urbiner nicht sehen, die Guido und mich eben noch in inniger Umarmung bewundert hatten. Das ertrug ich nicht!

Als die Knie unter mir nachgaben, nahm Guido mich auf seine Arme und trug mich ein paar Schritte weiter zu Raffaellos Haus, das der Kirche von San Francesco gegenüberlag.

Die Leibwächter stürmten an uns vorbei, rissen die Haustür auf, damit der Herzog eintreten konnte, riefen den Maestro, der in seiner Werkstatt im Erdgeschoss gemalt hatte, und der hinter uns die Treppe zum oberen Stockwerk hinaufeilte.

»Ein Bett!«, kommandierte der Herzog, und Raffaello führte ihn in sein Schlafzimmer, wo Guido mich vorsichtig hinlegte und sich dann vor das Bett kniete. »Caterina, um Gottes willen, kannst du mich hören?«

Ich nickte stumm, ohne die Augen zu öffnen. Ich wollte nicht weinen, nein, verdammt, ich wollte nicht weinen! Trotz der Schmerzen, trotz des demütigenden Zusammenbruchs in den Straßen von Urbino, trotz meines mittlerweile lebensgefährlichen Zustandes. Das konnte ich Guido nicht antun! Die letzten Wochen mit ihm waren die schönsten meines Lebens gewesen. War dies der unvermeidliche Absturz aus dem Himmel?

»Raffaello, bring mir Wasser!«, befahl Guido, und ich hörte, wie der Maestro den Raum verließ und kurz darauf mit einem Zinnbecher zurückkehrte. Guido zog eine Phiole aus der Tasche und goss Opium in den Becher, ohne sich die Mühe zu machen, die Tropfen zu zählen. Dann half er mir auf und setzte mir den Becher an die Lippen, damit ich davon trinken konnte.

Das Opium machte alles nur noch schlimmer. Der Schmerz war heftiger als je zuvor und drohte mich wie unter der Folter bei lebendigem Leib zu zerreißen. Meine Glieder zuckten, ich schlug um mich, als Guido mich festhalten wollte, um mich zu beruhigen, ich schrie vor Zorn über den Verlust meiner Selbstbeherrschung, ich weinte, lehnte mich gegen mein Schicksal auf und brach schließlich erschöpft zusammen und wurde ohnmächtig.

Erst Stunden später erwachte ich in Guidos Bett im Palazzo. Es war dunkel im Raum, nur eine Kerze brannte auf dem Nachttisch neben dem Bett. Von irgendwoher erklang leise Musik, Gesang und Lautenspiel.

Guido lag neben mir auf dem Bett. Als ich die Augen aufschlug, beugte er sich über mich. »O Gott, ich danke Dir! Du hast meine Gebete erhört!«, flüsterte er erleichtert. Sanft strich er mir über das Gesicht. »Ich habe mir solche Sorgen gemacht. Wie geht es dir?«

»Ich glaube, ich lebe noch«, meinte ich in einem Anflug von Zynismus. »Jedenfalls *fühle* ich mich lebendig.«

»Hast du Schmerzen?«

»Und wie.«

»Willst du noch ein wenig Opium?«

»Nein, Guido. Die Dosis, die du mir heute Morgen gegeben hast, hätte ausreichen müssen, um mich für einige Stunden von meinen Qualen zu erlösen. Doch sie hat nichts genützt. Ganz im Gegenteil: Der Opiumrausch hat die Schmerzen nur noch verstärkt und mir fast den Verstand geraubt. Es ist sinnlos«, presste ich hervor.

»O mein Gott!« Er ließ sich neben mich in die Kissen sinken, wandte das Gesicht ab.

Ich lag eine Weile still und lauschte. Weinte er? Wenn, dann ließ er es sich jedenfalls nicht anmerken. Leise wehte eine Melodie in den Raum, zart, süß, wie der Gesang von Engeln.

»Was ist das für Musik, Guido?«, fragte ich. »Hat der Empfang für den Botschafter der Romagna schon begonnen?«

»Ja, vor zwei Stunden«, murmelte er ins Kissen.

»Und wieso bist du nicht im Bankettsaal, um ihn zu empfangen?«, fragte ich.

»Weil ich dich in dieser Nacht nicht allein lassen wollte, Caterina. Mein Neffe Francesco vertritt mich.«

»Hältst du es angesichts von Cesares Feldzügen für vernünftig, ihn derart zu beleidigen, indem du seinen Botschafter nicht empfängst und stattdessen mit mir im Bett liegst?« Als er schwieg, fuhr ich fort: »Guido, bitte hör auf, dir um mich Sorgen zu machen, und sorge dich lieber um Urbino.«

»Caterina ...«

»Bitte lass mich allein, Guido! Ich würde gern noch ein wenig schlafen. Empfange den Botschafter der Romagna und lass ihn Cesare meine herzlichen Grüße bestellen.«

Er zögerte, dann seufzte er: »Wie du willst.« Nachdem er mich geküsst hatte, erhob er sich und verließ schweigend das Schlafzimmer.

Ich blieb allein mit meinen Tränen.

Was mute ich ihm mit meiner Anwesenheit im Palazzo zu?, fragte ich mich. Der Anfall wenige Stunden zuvor war lebensgefährlich gewesen. Guido liebte mich so sehr, dass er nicht von meiner Seite wich, während ich schlief, und dabei sogar eine Verstimmung des Herzogs der Romagna in Kauf nahm. Ich war nicht nur eine Belastung für Guido, der jederzeit mit meinem Tod rechnen musste: Meine Anwesenheit war auch gefährlich für Urbino. Das wurde mir in diesem Augenblick klar.

Was tue ich eigentlich hier?, fragte ich mich. Wir hatten doch von Anfang an gewusst, dass uns nicht mehr als ein paar Wochen Glück blieben. Der Anblick des kleinen Jungen an diesem Morgen hatte mir fast das Herz zerrissen: Ich würde Guido keine Kinder schenken können. Ich könnte ihm niemals die Geliebte sein, mit der er die nächsten Jahre verbringen wollte. Mit einem Wort: Ich war eine Belastung für Guido und eine Gefahr für den Herzog von Urbino.

Und was wollte *ich* eigentlich noch? Mein Verstand war durch das Opium so vernebelt, dass ich in den nächsten Wochen keine Chance mehr haben würde, mein Wissen aufzuschreiben oder einen Schüler zu lehren und in die Mysterien einzuweihen, bevor es zu spät war.

Vielleicht war es wirklich das Beste, ohne Abschied von Guido zu gehen – den Zeitpunkt der Abreise selbst zu wählen, bevor der Tod mich gegen meinen Willen mit sich nahm.

Ich trocknete meine Tränen. Ganz still lag ich auf dem Bett und lauschte der fröhlichen Musik, die aus dem Bankettsaal zu mir herüberdrang. Ich stellte mir vor, wie Guido während des Empfanges mit galanten Komplimenten um sich warf, sich von schönen, jungen Madonnen zum Tanz auffordern ließ und während des Saltarello bedauerte, dass er mit mir nicht tanzen konnte. Ich hoffte, er würde dem Botschafter der Romagna meine Grüße an Cesare ausrichten. Und dass sein Entsetzen und seine Trauer …

»Vergib mir, Geliebter!«, flüsterte ich. »Vergib mir, dass ich dir das alles angetan habe!«

Ich schob die Brokatdecke zurück und richtete mich auf. Langsam rutschte ich zwischen den seidenen Laken hindurch, bis ich den Rand des Bettes erreicht hatte. Meine Beine waren so steif, dass ich sie nicht bewegen konnte. Aufstehen oder gehen war ausgeschlossen. Ich musste kriechen. Nun gut, diese letzte Demütigung des Schicksals würde ich auch noch hinnehmen. Ich ließ mich auf den Teppich vor dem Bett fallen. Der Schmerz des Aufpralls nahm mir den Atem, und so lag ich eine Weile still auf dem Boden.

Stöhnend drehte ich mich auf den Bauch, richtete mich auf und zog mich vorwärts in Richtung der Kassette aus Walnussholz, die neben einer Büchertruhe an der Wand des Schlafzimmers abgestellt war. Das Holzpferdchen des kleinen Jungen stand auf der Truhe. Guido hat es wohl dorthin gestellt, dachte ich, während ich mühsam über die Steinfliesen kroch.

Es dauerte eine halbe Ewigkeit – ich dachte zynisch: den Rest meines Lebens –, bis ich die Truhe erreicht hatte, mich abstützte und aufrichtete, den Deckel der Holzkassette öffnete und nach der ersten Phiole *Aurum potabile* griff. Meine Hände zitterten so stark, dass ich sie beinahe zerbrochen hätte, als ich versuchte, den Korken aus der Glasflasche zu ziehen. Mit den Zähnen gelang es mir schließlich, die Phiole zu entkorken. Ich richtete mich an der Büchertruhe auf und trank die kleine Flasche mit fünf Schlucken leer. Die honiggelbe Flüssigkeit war süß, mit einem bitteren Nachgeschmack. Wie das Leben!, dachte ich und griff nach der zweiten Phiole, die ich gierig leerte.

Die Wirkung des *Aurum potabile* war verblüffend. Alles war plötzlich so hell und klar, als hätte jemand gesagt: »Es werde Licht!«, und alle Schatten verschwanden. Ich hatte das Gefühl, in zwei Wirklichkeiten zu sein, die gleichzeitig existierten, die sich gegenseitig überlagerten, wie … ja, wie was? Agonie und Ekstase? Leben und Tod? Mit zitternden Händen griff ich nach der dritten Phiole und trank sie leer. Als ich mich aufrichtete, um nach dem vierten Fläschchen zu greifen, brach ich zusammen. Im Fallen riss ich das Holzpferdchen mit und begrub es unter mir auf den kalten Steinfliesen, als ich ohnmächtig wurde.

Guido war zutiefst erschüttert über meinen Selbstmordversuch, aber er verlor kein Wort darüber. Er ersparte mir Unsinnigkeiten wie: »Tu so etwas nie wieder!«, denn er wusste, warum ich es getan hatte. Er hielt mich einfach nur im Arm, als ich erwachte, drückte mich an sich, liebkoste mich und schwieg.

Schon wenige Stunden nach meinem Erwachen fühlte ich mich besser. Die Schmerzen ließen nach, und ich konnte mich wieder bewegen. Ich konnte aufstehen, aus eigener Kraft. Ein herrliches Gefühl! Ich war lebendig wie noch nie zuvor, geradezu berauscht von der Intensität des Lebens in mir. So musste Lorenzo empfunden haben, als Giovanni ihm die erste Phiole gegeben hatte! Und Lorenzo hatte nur eine einzige getrunken … nicht drei.

Ich hatte überlebt. Und ich genoss das Gefühl, lebendig zu sein, in vollen Zügen. Doch der bittere Nachgeschmack des *Aurum* blieb: Wenn die letzten zweiundzwanzig Phiolen aufgebraucht waren, würde ich in einigen Wochen sterben. Nicolaus' Horoskop würde sich bewahrheiten. Unausweichlich.

»Geliebte! Komm um Mitternacht in die Kathedrale. Ich will dir etwas zeigen«, hatte auf dem Pergament gestanden. Sonst nichts. Nicht einmal eine Unterschrift. Aber ich wusste auch so, dass Guido es geschrieben hatte. Ein Diener hatte mir seine Nachricht während des endlosen Banketts für den französischen Botschafter unauffällig unter den Silberteller geschoben, während er mein Kristallglas mit Wasser füllte. Guido hatte mich geheimnisvoll angelächelt, während ich die Nachricht las. Das war irgendwann zwischen dem vierzehnten und fünfzehnten Gang gewesen.

Kurz vor Mitternacht erhob er sich und bat die Anwesenden, noch sitzen zu bleiben und den Abend zu genießen. Dann verabschiedete er sich höflich vom französischen Botschafter und gab vor, sich in seine Räume zurückzuziehen. Wenig später erhob sich auch Maestro Raffaello und verschwand aus dem Bankettsaal. Sein Freund Francesco della Rovere sah ihm verblüfft nach. Raffaello war üblicherweise einer der letzten Gäste, die nach Hause gingen. Francesco zuckte mit den Schultern, ließ sich sein Weinglas nachschenken und widmete sich wieder ganz der Unterhaltung. Er schien es zu genießen, Louis' Gesandten mit seinem fließenden Französisch zu beeindrucken, das er während seiner Ausbildung in Paris gelernt hatte.

Als auch ich mich um Mitternacht erhob und, ein Gähnen andeutend, von den Gästen verabschiedete, sah Francesco mich irritiert an. Irgendetwas ging hier vor, und niemand hatte ihn eingeweiht! Ärgerlich wünschte er mir eine gute Nacht.

Ich verließ den Bankettsaal, durchquerte die Loggia und stieg langsam die Treppen hinunter in den von unzähligen Fackeln beleuchteten Innenhof des Palastes. Während der letzten beiden Stunden voller tödlich langweiliger Gespräche hatte ich mich hundert Mal gefragt, was Guido mit mir um Mitternacht in der Kathedrale wollte. Trotz der späten Nachtstunde war das Tor noch immer geöffnet. Als ich an den Bewaffneten vorbeigehen wollte, hielten sie mich auf. Ich erklärte ihnen, dass ich nur die wenigen Schritte zur Kirche hinübergehen wollte, die, von Fackeln beleuchtet, auf der anderen Seite der kleinen Piazza in den klaren Nachthimmel ragte. Verblüfft stellte ich fest, dass hinter den hohen Kirchenfenstern ein düsterer Lichtschein flackerte.

Die Wachen ließen mich gehen, denn – im Gegensatz zu Florenz, Mailand und Rom, wo die Nächte tödlich sein konnten – war Urbino sogar um Mitternacht sicher. Ich genoss die milde Luft dieser herrlichen ersten Nacht im Mai, atmete tief ein und lauschte dem fröhlichen Klang der Musik, die aus den offenen Fenstern des Bankettsaals bis auf die Piazza hinauswehte.

Leise schob ich das Portal des Doms auf, trat in die Kirche …

… und blieb überwältigt stehen.

Der Boden der Kathedrale war von einem Teppich aus Blüten bedeckt. Zu beiden Seiten des Weges, der zum Altar führte, brannten in regelmäßigen Abständen Kerzen, die mit Wachs auf dem Marmorboden befestigt waren und die Kirche in ein sanftes goldenes Licht tauchten. Ein herrlicher Anblick!

Guido, der neben dem Portal auf mich gewartet hatte, umarmte mich. »Gefällt es dir?«

»Es ist großartig!«, flüsterte ich und küsste ihn.

»Du hast mein dunkles Leben erleuchtet wie diese Kerzen, Caterina. Und seit du bei mir bist, weiß ich, was Glück ist.« Er nahm meine Hand, als wollte er mit mir tanzen. »Lass uns ein Stück dieses Weges gemeinsam gehen«, murmelte er geheimnisvoll und führte mich über den Blütenteppich. »Ich habe eine Überraschung für dich!«

Neugierig folgte ich ihm bis vor den Altar, sah mich um, konnte aber nichts entdecken, was nicht während meines letzten Besuchs zur Sonntagsmesse schon dort gewesen war. Bis auf …

Raffaello trat aus den tiefen Schatten und kam zu uns herüber. In der Hand hielt er eine kleine Schatulle aus getriebenem Silber. Direkt vor uns blieb er stehen und reichte Guido das Kästchen.

»Das hier wollte ich dir zeigen, Caterina«, sagte Guido leise und öffnete den Deckel. Im Schein der Kerzen erkannte ich zwei Ringe auf blauem Samt. Jeder der beiden Ringe bestand aus zwei Reifen, einem silbernen und einem goldenen, die endlos ineinander verflochten waren.

»Mein Gott, ist das schön!«, hauchte ich andächtig.

»Raffaello hat sie entworfen und anfertigen lassen.«

»Sie sind das Wundervollste, das ich je gesehen habe!«

»Das Wundervollste, das ich je gesehen habe, bist du, meine Geliebte.« Guido küsste mich leidenschaftlich.

Dann nahm er einen der beiden Ringe und steckte ihn mir an den Finger. »Caterina, mit diesem Ring bekenne ich dir meine unsterbliche Liebe. Ich will dich lieben und ehren, ich will bei dir sein und dich niemals verlassen, bis ans Ende aller Tage«, sagte er laut und deutlich. »Dies schwöre ich vor Gott und der Welt.« Als ich ihn sprachlos anstarrte, fuhr er fort: »Du weißt, dass ich dich nicht heiraten kann, Caterina. Aber dieser Ring und meine Liebe sind das Beste, was ich dir anbieten kann. Ich meine: außer mir selbst.«

Gerührt starrte ich auf den geflochtenen Ring an meiner Hand. Zwei Schicksale, untrennbar miteinander verwoben. Welch ein Symbol! Raffaello war wirklich ein Genie!

Ohne lange zu überlegen, nahm ich den zweiten Ring und steckte ihn Guido an den Finger. »Guido, mit diesem Ring bekenne ich dir meine unsterbliche Liebe. Ich werde dich lieben, in den Zeiten des Glücks und in den Zeiten des Leids. Ich werde bei dir sein, bis der Tod uns auseinander reißt. Meinen Schwur besiegele ich mit diesem Kuss.« Ich umarmte Guido und küsste ihn leidenschaftlich.

Unglaublich viel Liebe hatte Nicolaus mir versprochen. Ja, er hatte Recht. Es war mehr, als ich mir je hätte vorstellen können. Guido und ich waren voneinander wie berauscht, als wir Arm in Arm und glücklich lachend in den Palazzo zurückkehrten.

Diese herrliche Nacht schien mir die schönste meines Lebens zu sein. Aber ich sollte mich irren!

Zwei Wochen später stellten sich die ersten Symptome meiner Krankheit ein. Die drei Phiolen *Aurum potabile* schienen in den letzten Wochen seltsame Veränderungen in meinem Körper hervorgerufen zu haben. Zuerst dachte ich, ich hätte innere Blutungen, als ich die ersten Tropfen schwarzen Blutes auf meiner Kleidung fand. Aber ich verzichtete darauf, Guido zu beunruhigen, indem ich mich von seinem Medicus Antonio untersuchen ließ. Nach drei Tagen hörten die Blutungen wieder auf. Da die Schmerzen in meinen Muskeln und Gelenken nur langsam wiederkehrten, aber noch auszuhalten waren, und ich auf keinen Fall eine weitere Phiole *Aurum* zu mir nehmen wollte, bevor es nicht absolut notwendig war, vergaß ich den Zwischenfall wieder.

Abgesehen von einem unbändigen Heißhunger ging es mir gut. Ich hatte seit meiner Ankunft in Urbino Anfang Februar zugenommen, sodass mir einige der Kleider, die Guido mir hatte anfertigen lassen, zu eng wurden, aber das kümmerte mich wenig. Ich trug ohnehin fast ständig Hemd und Hosen, da ich oft mit Guido ausritt und wir sogar hin und wieder im Hof gegeneinander fochten, sodass ich hoffte, das Gewicht bald wieder zu verlieren.

»Mir gefällst du so, Caterina! Dein Gesicht ist weicher, deine Augen funkeln vor Lebenslust. Dein Körper ist weiblicher, sinnlicher«, gestand mir Guido eines Abends im Bett, »und unwiderstehlich erotisch!« – was er mir Nacht für Nacht sehr leidenschaftlich bewies.

Ende Mai kamen die seltsamen Symptome wieder: Schwindel, Schmerzen im Unterleib, Übelkeit, Erbrechen. Sind das die Nebenwirkungen des *Aurum potabile?*, fragte ich mich verwirrt. Lorenzo hatte nie darunter gelitten. War es nun so weit? Sollte ich die nächste Phiole leeren? Nein, damit wollte ich so lange wie möglich warten.

Beunruhigt rief ich nach dem Medicus, der mich noch gründlicher untersuchte als Nicolaus in Rom. Offensichtlich wollte Antonio ganz sicher sein, bevor er mir das Ergebnis seiner Untersuchung mitteilte. Das, wie ich insgeheim befürchtete, wieder einmal erschreckend eindeutig sein dürfte.

»Wann war Euer letzter Mondzyklus?«, fragte er, als er seine Untersuchungen abgeschlossen hatte.

»Vor fast elf Jahren. Allerdings hatte ich vor einigen Wochen leichte Blutungen und Krämpfe. Ich habe die Symptome für die Nebenwirkungen des Opiums gehalten …«

Erst sah er mich ratlos an, murmelte ein unverständliches »Elf Jahre – unglaublich!«, doch dann lächelte er. War das ein vom Medicus verordnetes Lächeln, um eine Sterbende zu trösten? Oder einfach nur Mitleid?

»Nun spannt mich nicht auf die Folter, Antonio! Wie lange noch?«, fragte ich ungeduldig.

»Ich würde sagen …« Er begann im Kopf zu rechnen und nahm seine Finger dabei zu Hilfe. »… es sind noch sechs Monate bis zur Geburt.«

Ich glaubte mich verhört zu haben. »Wie bitte?«

»Ihr seid im dritten Monat schwanger!«, klärte er mich mit einem strahlenden Lächeln auf.

Guido und ich waren wie von Sinnen vor Glück. Im Rausch unseres ungläubigen Staunens über dieses Wunder und unserer unbeschreiblichen Freude genossen wir eine sorgenfreie Woche in seiner Villa in Fossombrone, fernab vom Hofzeremoniell und seinen Pflichten als Herzog.

Tausend Gedanken stürmten auf mich ein, Sehnsüchte, Wünsche, Ängste und Hoffnungen wirbelten durcheinander, die ich erst einmal in Ruhe ordnen musste. Die verträumte Stille von Fossombrone tat mir gut, und ich hatte viel Zeit zum Nachdenken, während wir Hand in Hand am Metauro spazieren gingen, über diese schönste aller Lebensaufgaben sprachen und großartige Pläne schmiedeten, nachdem wir uns im dichten Uferschilf geliebt hatten. So viel Liebe! So viel Freude!

Als ich begriff, dass ich schwanger war, dass ich nach all den Jahren des Wartens, des Sehnens, des Hoffens endlich mein Ziel erreicht hatte, erblühte ich wie eine Rose – das waren Guidos Worte, nicht meine. Aber es stimmte. Ich fühlte das neue Leben, körperlich wie geistig, genoss das Gefühl schwanger zu sein und die berauschende Freude der Fruchtbarkeit.

Guido kümmerte sich liebevoll um mich, war ständig um mich, besorgt und zärtlich. Er staunte, wie sehr mich die Schwangerschaft veränderte. »Ist *La Tigressa* gezähmt?«, neckte er mich manchmal, wenn wir im Bett lagen und er mich im Arm hielt, woraufhin ich ihn lachend anfauchte wie eine wilde Tigerin, ihm spielerisch das Gesicht zerkratzte, ein wenig an ihm zu knabbern begann und zwischen den Kissen mit ihm rang, bis er erschöpft, aber lächelnd aufgab. Er ließ mich immer gewinnen. Er wusste, warum …

Ich war froh, dass wir für ein paar Tage nach Fossombrone geritten waren. Ich hätte meinen euphorischen Zustand nicht hinter einem geheimnisvollen Lächeln verbergen können, wenn wir im Palazzo von Urbino geblieben wären. Guido hatte sich entschlossen, meine Schwangerschaft geheim zu halten und nur Elisabetta und Francesco davon in Kenntnis zu setzen. Bis Dezember waren es noch sechs endlose Monate. Und es waren nur noch zweiundzwanzig Phiolen *Aurum* übrig …

Liebe und Sehnsucht haben Kriege ausgelöst und Frieden ermöglicht, haben Sonette gedichtet, Madrigale komponiert, herrliche Gemälde gemalt und würdige Grabmäler erschaffen. Der Krieg um Troja begann mit der Sehnsucht zwischen Paris und Helena, und die Schlacht um Alexandria endete mit der unsterblichen Liebe zwischen Marcus Antonius und Kleopatra. Dantes Liebe, *l'amor che move il sole e l'altre stelle,* bewegte die Sonne und die anderen Sterne. Die Liebe erträgt alles, glaubt alles, hofft alles, hält allem stand, hatte Paulus gesagt. Und sie hört niemals auf.

Cesares Liebe zu mir war unsterblich. Aber das verstand ich erst, als es zu spät war …

An einem wunderschönen Sommertag Anfang Juni ritten Guido und ich von Fossombrone ein paar Meilen den Metauro entlang zum Meer, wo wir stundenlang am Strand spazieren gingen und später ein vorbereitetes Mahl einnahmen. Während der Abenddämmerung liebten wir uns im warmen Sand, und die Wellen der Flut umspülten unsere Beine.

Als wir später eng ineinander verschlungen an einem Feuer am Strand lagen und den Sternenhimmel über uns betrachteten, sprach Guido von meinem Sohn als dem *Duchino,* dem kleinen Herzog, seinem Erben: »Ich will, dass er Federico heißt, wie mein Vater«, erklärte er mir.

»Und ich will, dass er Lorenzo heißt«, konterte ich mit einem Lächeln und küsste ihm die Zustimmung von den Lippen.

»Also gut: Federico Lorenzo da Montefeltro, Herzog von Urbino«, seufzte er. »Der Name des größten Condottiere und der des weisesten Herrschers Italiens vereint! Welch ein schicksalhafter Name für einen Herzog!«

»Du irrst!«, nahm ich ihm den Wind aus den Segeln. »Mein Sohn heißt Federico Lorenzo *de' Medici,* mein Liebster.«

Lachend legte er seine Arme um mich und zog mich an sich. Ich schmiegte den Kopf an seine Schulter. Er zog etwas aus dem Ärmel seiner Jacke und überreichte es mir.

»Was ist das?«, fragte ich verblüfft und drehte ein gerolltes und gesiegeltes Stück Pergament in meiner Hand, ohne es zu öffnen.

»Mit diesem Dokument nehme ich dich formell in meine Familie auf und verleihe dir meinen Namen. Du darfst dich fortan Caterina da Montefeltro nennen. Ich meine: falls du das willst. Wenn du diesen Namen annimmst, werde ich das morgen an jeder Straßenecke in Urbino verkünden lassen.«

»O Guido, ich weiß nicht, was ich sagen soll …«, begann ich bewegt. Caterina da Montefeltro? Guido bekannte sich nicht nur durch einen Ring und einen mitternächtlichen Schwur seiner unsterblichen Liebe zu mir – er wollte ganz Italien unmissverständlich zeigen, dass wir zusammengehörten!

Ein Traum war in Erfüllung gegangen … Ich hatte mit meinem Selbstmordversuch die *Mortificatio* an mir selbst vollbracht, hatte das *Aurum* getrunken, das alles geheilt hatte, was die Cantarella elf Jahre zuvor in Florenz zerstört hatte. Ich hatte mit Guido die *Coniunctio* vollzogen und war schwanger. Er wollte den Rest meines Lebens mit mir verbringen. Und nun schenkte er mir auch noch seinen Namen.

»Als eine Montefeltro wird man dich dem Protokoll entsprechend mit Exzellenz anreden«, erklärte mir Guido. »Und während der Abwesenheit der Herzogin, die sich ja immer noch in Mantua aufhält, kommandierst du die Truppen und übernimmst den Oberbefehl über die Verteidigung von Urbino, falls ich gefangen genommen oder getötet werde. Francesco ist noch zu jung für diese Verantwortung. Ich lege mein Reich in deine Hände.«

»Ich bin nicht sicher, ob das eine weise Entscheidung ist, Guido«, sagte ich ernst.

»Ich habe keine Angst, dass du mich stürzen könntest, um Piero auf den Thron von Urbino zu bringen«, grinste er.

»Piero?«, lachte ich. »Da würde ich doch lieber selbst regieren. Nein, Guido: Du willst mich gegen Cesare in die Schlacht schicken.« Als er nicht antwortete, fuhr ich fort: »Cesare hat seinen Feldzug begonnen. Die Romagna hat er längst erfolgreich erobert und aus einer Hand voll verfeindeter Fürstentümer ein Herzogtum gemacht. Ferrara ist seit Lucrezias Heirat mit Alfonso d'Este unter dem Einfluss der Borgia. Nur Bologna, Camerino, Senigallia und Urbino sind noch nicht unterworfen.

Cesare kommandiert als Bannerträger der Kirche das größte Heer, das Italien je gesehen hat, mit der schlagkräftigsten Artillerie und den bestbezahlten Söldnern, die hinter ihm stehen wie ein Mann. Und im Augenblick ist er auf dem Weg über die Via Flaminia von Spoleto nach Foligno. Ich muss kein Condottiere sein, um mir denken zu können, was er vorhat.«

Guido starrte schweigend ins Feuer, als überlegte er, was er mir sagen durfte und was nicht, um mich nicht unnötig aufzuregen. Dann begann er: »Cesare hat mich um freien Durchzug seiner Truppen durch das Herzogtum Urbino gebeten. Und um militärische Unterstützung bei der Eroberung von Camerino. Er will meine Kanonen, um die Festung von Camerino sturmreif zu schießen.«

»Um Gottes willen!«, flüsterte ich. Camerino war nur ein paar Meilen von Urbino entfernt, und Guidos Nichte Fioretta war mit dem Sohn des Regenten der Stadt verheiratet.

»Ich brauche deinen Rat, Caterina! Soll ich ihm meine Kanonen geben, die besten von ganz Italien? Soll ich die Festung Urbino ihrer Verteidigung berauben, mich mit Cesare verbünden, damit er Urbino in Ruhe lässt? Soll ich um des Friedens willen meine Souveränität als Herzog aufgeben und mich ihm unterwerfen?«

Ich richtete mich auf und sah ihn ernst an. Der Feuerschein spiegelte sich in seinen Augen, als er meinen Blick erwiderte. »Als Lehensfürst des Kirchenstaates kannst du dem Bannerträger des Papstes deine Unterstützung nicht verweigern, Guido. Du würdest deine Exkommunikation und das Interdikt riskieren. Und Cesare würde Urbino erobern und keinen Stein auf dem anderen lassen.«

»Ich soll ihm also meine Kanonen geben und ihm Urbino auf dem Präsentierteller offerieren, in der Hoffnung, dass er das mächtigste Herzogtum Italiens *nicht* an sich reißt?«, fragte Guido. Ärgerlich warf er ein Stückchen Holz ins Feuer. »Wenn er Urbino unterworfen hat, liegt die gesamte Toskana offen vor ihm. Was kommt als Nächstes? Florenz?

Von der Eroberung deiner Heimatstadt hält ihn doch nur die Tatsache ab, dass Louis seine Gemahlin Charlotte d'Albret und seine Tochter Louise in Valence als Geiseln festhält, damit Cesare sich nicht zu viel vom Kuchen Italien nimmt und sich gierig auf seinen eigenen Teller legt. Wenn Cesare Urbino und Florenz unterwirft, kann er Louis aus Italien vertreiben, und alle Absprachen zwischen Spanien und Frankreich hinsichtlich einer freundschaftlichen Teilung des Kuchenstückchens Neapel wären hinfällig. Das Königreich Neapel wäre dann nur noch die Garnierung auf seinem Teller. Er könnte sich zum König von Italien machen.« Guido ließ sich müde in den Sand zurückfallen und sah hinauf in den Sternenhimmel. »Caterina, was soll ich tun?«

Am nächsten Morgen kehrten wir nach Urbino zurück. Guido schickte einen Reiter nach Mantua, um Elisabetta zu bitten, bei ihrem Bruder, dem Marchese, zu bleiben. Ein weiterer Bote sollte den Dogen von Venedig um Unterstützung bitten. Dann sandte er Cesare zähneknirschend seine Kanonen, damit er Camerino einnehmen konnte.

Cesare bedankte sich ein paar Tage später mit einem überaus freundlichen Brief bei Guido, »dem einzigen Bruder, den er in Italien hatte«. Mich ließ Cesare herzlich grüßen.

»Was hältst du davon?«, fragte Guido, als ich Cesares Zeilen gelesen hatte. Abwartend lehnte er sich auf der Holzbank gegen die Klosterwand zurück und beobachtete meine Reaktion, während er von den Oliven naschte.

Sein Neffe Francesco, der uns an diesem herrlichen Juniabend auf unserem Ausritt zum Kloster von San Bernardino begleitet hatte, wo wir im schattigen Obstgarten zu dritt zu Abend speisten, riss mir den Brief aus der Hand, um ihn selbst zu lesen. Seit er wusste, dass ich mit dem *Duchino* schwanger war, und mein Sohn – nicht er selbst – der Erbe des Herzogtums sein würde, waren die Launen des Zwölfjährigen kaum zu ertragen.

»Ich traue dem Frieden nicht«, gab ich zu und sah den Vögeln nach, die aufgeregt zwitschernd aus den Obstbäumen aufflogen und in Richtung der untergehenden Sonne verschwanden. Was hat sie so erschreckt?, fragte ich mich im Stillen. Und: Was erschreckt *mich* so?

Guido spießte mit seinem Dolch ein Stück Pecorino auf und steckte es in den Mund. Mir war der Appetit auf Schinken, Salami und Brot vergangen, und ich steckte meinen Dolch ein.

»Ich traue Cesare auch nicht«, sagte Guido ernst. »Aber was soll ich tun? Ich habe ihm freien Durchzug durch das Herzogtum gestattet. Er ist in Fossombrone, wie er es angekündigt hatte, um sich während der Sommerhitze einige Tage zu erholen, bevor er nach Camerino marschiert. Und er schreibt liebenswürdige Briefe, die keinen Angriff meinerseits rechtfertigen. Was soll ich denn tun? Ihn zum Abendessen nach Urbino einladen?«

»*Diese* Einladung würde ich nicht ablehnen, Exzellenz«, hörte ich eine Stimme hinter mir.

Ich fuhr herum und erkannte Cesare in seiner Rüstung, den Helm unter den Arm geklemmt, die Hand am Schwert. Er hatte sich uns im Schatten der Obstbäume des Klostergartens unbemerkt genähert. Hinter ihm trat Micheletto mit dem gezogenen Schwert zwischen den Bäumen hervor. Ein Gedanke schoss mir durch den Kopf: Wie konnte Cesare so schnell, und vor allem unbemerkt, von Fossombrone nach Urbino gelangen?

Guido sprang auf und ergriff seinen Dolch, um auf Cesare loszugehen, als zehn Bewaffnete zwischen den Bäumen hervorkamen, um den Herzog von Urbino gefangen zu nehmen. Francesco zog seinen Degen, um sich gegen die Angreifer zu wehren.

»Flieht!«, rief ich Guido und Francesco zu. »Rettet euer Leben!«

Guido zögerte, um mich besorgt. »Nun geh endlich!«, schrie ich ihn an und rannte selbst an Cesare vorbei in Richtung unserer Pferde, die an der Klostermauer angebunden waren. Ich prallte mit der Schulter so hart gegen seinen Brustpanzer, dass er strauchelte. Aber er fing sich, griff nach dem Ärmel meines Seidenhemdes, um mich aufzuhalten, doch der weiche Stoff zerriss zwischen den Fingern des eisernen Handschuhs.

»Verdammt!«, fluchte er ungehalten, als ich ihm entwischte. »Bleib stehen, Caterina. Ich werde dir nichts tun!«

»*Va all' inferno!*«, schrie ich ihn an und rannte zu meinem Pferd. Mein Degen behinderte mich beim Aufsteigen, aber es gelang mir, mich in den Sattel zu schwingen, bevor Cesare mich erreichte. Als ich mein Pferd wendete, sah ich, wie Guido und Francesco ebenfalls auf ihre Pferde sprangen. Weitere Bewaffnete rannten nun von allen Seiten in den Klostergarten, um Guido gefangen zu nehmen. Das Kloster war umstellt!

»Komm mit uns, Caterina!«, rief mir Guido zu und streckte die Hand nach mir aus.

»Nein, Geliebter. Ohne mich seid ihr schneller! Flieht, ich halte ihn auf«, rief ich. Bevor Guido mich zur Vernunft bringen und sein Leben riskieren konnte, um mich zu retten, wendete ich mein Pferd, hieb ihm die Absätze meiner Reitstiefel in die Flanken, hielt auf zwei verblüffte Bewaffnete zu, die mir im letzten Augenblick auswichen, und setzte in einem gewaltigen Sprung über die Feldsteinmauer des Obstgartens.

Quer über eine Schafweide stürmte ich in Richtung der Mauern von Urbino, die nur eine Meile entfernt waren, und erreichte die Straße. In gestrecktem Galopp raste ich die steile Allee hinauf zum Stadttor, als ich hinter mir Hufgetrappel hörte. Ich wandte mich um. Es war Cesare, der seinen Helm weggeworfen hatte, um mir auf seinem Schlachtross zu folgen! Er war allein. Die Bewaffneten jagten offensichtlich hinter Guido und Francesco her, die in Richtung der Festung San Leo flohen.

Noch während ich die Allee zwischen San Bernardino und der Porta Lavagine entlanggaloppierte, hörte ich Kanonendonner. Cesare griff Urbino an! Mit Guidos eigenen Kanonen! Mein Zorn verlieh mir Flügel, und ich trieb meinen Hengst an. Ein zweiter Kanonenschuss, dieses Mal auf der anderen Seite der Stadt. Der Palazzo Ducale wurde beschossen! Ich überlegte fieberhaft, wie viel Zeit mir noch blieb, in die Stadt zu kommen, bevor die beiden Stadttore während des Angriffs geschlossen wurden. Die steile Straße machte eine Kehre, die letzte vor dem Stadttor. Kieselsteine spritzten in alle Richtungen, als ich mein Pferd herumriss und auf das Tor zugaloppierte.

Es war geschlossen!

Ich habe keine Möglichkeit, mich dem Torwächter bemerkbar zu machen, schoss es mir durch den Kopf, während ich immer noch auf das Tor zuraste. Da ich wie ein Mann gekleidet war, würde der Offizier mich nicht erkennen und das Stadttor für mich öffnen, damit ich in die Stadt gelangte. Es war ein verlockender Gedanke, dass Cesare mich bis in die Stadt verfolgen könnte und er *mein* Gefangener wäre. Aber so unvorsichtig würde er nicht sein!

Unablässig dröhnten die Kanonen und spuckten Feuer. Beißender Rauch quoll wie dichter Nebel mit dem Sommerwind den Hügel hinauf über die Straße. Ein Einschlag neben dem Tor! Ein Krachen, Staub, niederprasselnde Ziegel, Schreie von der Stadtmauer.

Ein Pfeil aus einer Armbrust schoss eine Handbreit über meinen Kopf hinweg. Dann ein weiterer. Ich duckte mich tief über den Hals meines Pferdes. Ein dritter Pfeil verfehlte mich nur knapp. Mein Herz raste. Cesare war dicht hinter mir. In einigen Augenblicken würde er mich eingeholt haben!

Kurz entschlossen riss ich meinen Hengst in einem Wirbel aus Sand herum und galoppierte direkt auf Cesare zu, sodass er keine Chance hatte, sein Pferd zu wenden oder mich zu packen und aus dem Sattel zu reißen. Erst im letzten Augenblick wich ich ihm aus – fast hätten sich unsere Steigbügel ineinander verhakt! – und huschte an dem verblüfften Cesare vorbei, zurück, dorthin, woher ich gekommen war. Auf halbem Weg zum Kloster bog ich von der befestigten Straße ab und raste zwischen den Bäumen einen schmalen Feldweg entlang. Ich hoffte inständig, dass er in Richtung der Festung San Leo führte und nicht nach einigen hundert Schritten in einem undurchdringlichen Brombeergebüsch endete!

»Caterina!«, rief Cesare hinter mir. »Warte! Ich werde dir nichts tun!« Der Donner der Kanonen, die nun Urbino beschossen, übertönte fast seine Stimme.

Nein, dachte ich zornig, wer tut schon einer Geisel etwas an, wenn das Lösegeld ein ganzes Herzogtum ist?

Cesare kam immer näher, war nur noch eine Pferdelänge hinter mir. Unter meinem eigenen keuchenden Atem konnte ich deutlich das Donnern der Hufe seines schweren Schlachtrosses auf dem weichen Boden hören, das metallische Geräusch seiner schweren Rüstung, sein Schnaufen.

Meine Gedanken eilten meinem galoppierenden Pferd voraus: Im Schutz der Abenddämmerung musste ich versuchen, ihm zu entkommen! Ich durfte ihm nicht in die Hände fallen, selbst wenn er mich nicht töten würde!

Panisch riss ich an den Zügeln meines Pferdes, verließ den Weg, wandte mich nach Osten und galoppierte quer über eine blühende Wiese, immer noch hügelabwärts, setzte mit einem gewaltigen Sprung über einen umgestürzten Baumstamm, durchquerte einen schmalen Bachlauf und stürmte auf der anderen Seite den Hügel hinauf. Mein Pferd schnaubte unter der Anstrengung, aber es gehorchte mir.

Cesare galoppierte neben mir den Hügel hinauf, als ich überraschend meinen Hengst zügelte, wendete und in einer anderen Richtung an ihm vorbeiraste. Laut fluchend folgte er mir.

»Wer hat dir Furie eigentlich das Reiten beigebracht?«, rief er hinter mir her, als ich zwischen den Bäumen verschwand.

Unter den niedrig hängenden Ästen musste ich mich tief über die Mähne meines Pferdes ducken, um nicht vom Peitschenhieb eines Zweiges aus dem Sattel gerissen zu werden. Cesare holte mich ein, galoppierte neben mir her. Ich zog meinen Degen. Der Pfad durch den Wald war so schmal, dass unsere Pferde und unsere Knie sich mehr als einmal aneinander rieben. Er versuchte, mir die Waffe zu entreißen, und verletzte sich dabei.

»Glaub ja nicht, dass du mir entkommen kannst!«, rief Cesare zornig. Seine Hand blutete trotz des eisenbewehrten Lederhandschuhs.

Ich achtete nicht auf ihn und suchte nach einem Ausweg, zwischen den Bäumen hindurch, zurück zum Bach. Wenn es mir gelang, ihn abzuhängen …

Er ritt so dicht neben mir, dass unsere Steigbügel sich ineinander verhakten. Ich schlug nach ihm, damit er von mir abließ, aber er ergriff meine Hand mit dem Degen und entwand ihn mir. Dann umfasste er meine Hüfte, um mich zu sich auf das Pferd zu reißen. Ich wehrte mich, und er konnte mich nicht fest genug packen, um mich aus dem Sattel zu heben.

In diesem Augenblick stolperte mein Pferd über eine Wurzel, fing sich, strauchelte erneut, knickte schließlich ein und ging zu Boden. Cesare, der im letzten Augenblick seinen Arm um mich gelegt hatte, riss mich vom stürzenden Pferd, aber er konnte mich nicht festhalten und trotz seines eisernen Handschuhs entglitt ich ihm.

Ich rutschte seitlich von seinem galoppierenden Pferd, das wegen der unerwarteten Gewichtsverlagerung zu straucheln begann, wurde gegen einen Baum geschleudert, stürzte schreiend vor Schmerz zu Boden und landete in einem Brombeergestrüpp, das mir die schützend hochgerissenen Arme und das Gesicht zerkratzte, aber verhinderte, dass ich mir das Genick brach.

Ich sah noch, wie Cesare sein Pferd zügelte, aus dem Sattel sprang und erschrocken meinen Namen in die Dämmerung hinausbrüllend zu mir herüberrannte, neben mir auf die Knie fiel, um mir aufzuhelfen …

… dann wurde ich bewusstlos.

Gott war gnädig mit mir: Er ließ mich mein unausweichliches Schicksal, die schlimmste Nacht meines Lebens, nicht erleben, nicht *erleiden.* Denn *das* hätte ich nicht ertragen, ohne Ihn bis zur Stunde meines Todes zu verfluchen.

Kapitel 15

Tanz der Schatten

Seufzend rang ich mich aus den Tiefen des Schlafes empor in den düsteren Kerzenschein des Schlafzimmers. Ich lag im Bett. Nackt.

Jeder Muskel meines Körpers schmerzte, und ich war so erschöpft, als hätte mich mein wilder Ritt um die halbe Welt und wieder zurück geführt. Vielleicht konnte ich noch ein paar Stunden schlafen, es war ja noch finstere Nacht …

Das Kratzen einer Feder auf Pergament schreckte mich auf.

Cesare saß im Kerzenschein an Guidos Schreibtisch und arbeitete. Konzentriert las er Dokumente, wobei er sich Notizen machte. Hatte er die Regierungsgeschäfte von Urbino bereits übernommen?

Stöhnend ließ ich mich zurücksinken, und er sah auf: »Caterina! Du bist wach!« Er steckte die Feder ins Tintenfass, kam zu mir herüber und setzte sich auf das Bett. Behutsam ergriff er meine Hand, beugte sich über mich und küsste mich so vorsichtig, als könnte mir selbst dieser Hauch einer Liebkosung unerträgliche Schmerzen bereiten. »Wie geht es dir?«, flüsterte er.

»Mir tut alles weh, was nur wehtun kann«, seufzte ich.

»Du hättest nicht vor mir fliehen sollen, Caterina. Ich hätte dir nichts getan. Dein Sturz war … gefährlich«, sagte er, ohne mich anzusehen. »Du warst zwei Tage lang bewusstlos.«

Er schien mir etwas sagen zu wollen, wusste aber nicht, wie. Was hatte er bloß? Irgendetwas war geschehen, etwas Furchtbares. Und es war nicht die leere Phiole, die auf dem Nachttisch lag … die vierte Flasche *Aurum potabile* … der vierte Schritt ins Jenseits …

»Willst du ein wenig Opium gegen die Schmerzen?«, bot er mir an. Als ich den Kopf schüttelte, erklärte er, als er meinen Blick zur leeren Phiole bemerkte: »Ich habe dir *Aurum* gegeben, weil ich fürchtete, du würdest verbluten. Dabei habe ich gesehen, dass du in den letzten Wochen bereits drei Phiolen genommen hattest …«

Ich nickte, und er wich meinem Blick aus.

»Wie geht es Guido?«, fragte ich beunruhigt.

»Er ist geflohen«, murmelte Cesare, ohne mich anzusehen.

Guido lebte!, freute ich mich im Stillen. Ob er es schaffen würde, sich mit Francesco bis Venedig oder Mantua durchzuschlagen?

Hatte die Tatsache, dass der Herzog von Urbino dem Eroberer entkommen war, Cesare derart aus der Fassung gebracht, dass er meinen Blick vermied? Er war unruhig, verunsichert … und unerwartet freundlich, ja: liebevoll um mich besorgt. Was war bloß geschehen?

»Er wäre nicht geflohen, wenn ich ihn nicht weggeschickt hätte«, sagte ich. »Ein paar Minuten mehr, und ich hätte Urbino erreicht und gegen dich verteidigt. Die Festung ist für eine dreijährige Belagerung ausgerüstet.« Als ich seinen zweifelnden Blick sah, fügte ich an: »Troja hat zehn Jahre standgehalten.«

»Helena verteidigt Troja, während Paris flieht? Homer hätte Tränen gelacht«, scherzte er, aber es war nichts Fröhliches in seiner Stimme.

»Helena hätte das Trojanische Pferd nicht vom Strand in die Stadt gezogen«, erklärte ich trotzig. Offensichtlich nahm er an, ich hätte keine Ahnung von der Kunst des Krieges. Aber wer, wie ich, einen Feldherrn wie Giuliano della Rovere zu seinen Freunden zählte, wer sich jahrelang mit Ludovico il Moro herumgeschlagen hatte und einem Bruder wie Piero de' Medici seine Rachefeldzüge zur Rückeroberung von Florenz wieder ausreden musste, der verstand eine ganze Menge von Überraschungsangriffen auf unbekannten Schlachtfeldern und der Durchschlagskraft von Kanonen. Und wer, wie ich, einige Monate im Vatikan gelebt und überlebt hatte, der beherrschte auch die Kunst der Verstellung und des Intrigierens und besaß unendlich viel Geduld …

»Nein, vielleicht hätte die kluge Helena die Täuschung der Griechen durchschaut. Aber ist dir schon einmal in den Sinn gekommen, dass *du selbst* das Trojanische Pferd warst?« Als ich ihn verwirrt ansah, fuhr er fort: »Wenn du nicht hier in Urbino gewesen wärest, hätte Guido mir doch niemals freiwillig seine Kanonen anvertraut. Er hätte mich mit einer Salve empfangen, deren Donnerhall man bis Rom hätte hören können. *Du* hast ihm geraten, mir die Kanonen zu geben, nicht wahr?«

Ich stöhnte. Vor Wut über Cesares Kriegstaktik. Vor Zorn über mich selbst. »Du verdammter Eroberer! Du kommst einfach hierher und nimmst, wonach dir der Sinn steht.«

»Ich nehme mir nur, was mir ohnehin gehört«, erwiderte er erstaunlich ruhig, als wollte er mich nicht unnötig aufregen.

»Ich gehöre dir nicht!«

»Aber Urbino gehört mir. Urbino ist ein Lehen der Kirche. Guido hat es eigenmächtig an sich gerissen und regiert wie ein souveräner Herrscher. Ich nehme es ihm wieder weg …«

»… um es für dich selbst zu behalten, du … du Eroberer!«

»Ich *bin* die Kirche, Caterina«, murmelte er, den Blick abgewandt. »Ich bin der Sohn des Papstes, der Bannerträger der Kirche und seit meiner Geburt das Eigentum meines allmächtigen Vaters und seiner allgegenwärtigen Kirche. Ich kann ihr nicht entkommen. Gott weiß, wie oft ich es versucht habe.« Endlich wandte er sich um und sah mir in die Augen. »Einen Eroberer – so nennst du mich? Du hast Recht. Ich habe eine Vision von einem vereinigten Italien, von Frieden und Freiheit. Lorenzo hat diesen Traum vor mir geträumt. Ich tue, wovon er immer nur geredet hat!«

»Um welchen Preis?«, warf ich ihm vor. »Du führst Krieg!«

»Um den Preis des Friedens, Caterina«, erklärte er mir geduldig. »Seit ich die Romagna erobert habe, herrschen dort Zufriedenheit und Wohlstand. Frieden! Es gab in den letzten zwei Jahren nicht einen Aufstand gegen mich als Herzog der Romagna. Die Menschen sind froh, dass ich sie von den Tyrannen befreit habe und ihnen eine vernünftige Staatsverfassung gegeben habe, die Willkür ausschließt und Freiheit und Gleichheit vor dem Gesetz garantiert. Dein Freund Machiavelli hat mir geschrieben, um mich zu diesem Schritt zu beglückwünschen. Ich führe Krieg, damit die d'Este, Gonzaga, Montefeltro, Orsini und Aragón endlich aufhören, sich gegenseitig zu vernichten.«

»Eine schöne Vision«, sagte ich müde. »Aber du wirst scheitern.«

»Ich *kann* Italien unterwerfen, und ich *werde* es einigen«, versprach er mir hitzig.

»Selbstverständlich wirst du das, Cesare. Daran habe ich keinen Zweifel. Du hast die Romagna und Urbino erobert – du wirst Florenz unterwerfen, du wirst die Franzosen aus Mailand und die Spanier aus Neapel vertreiben, du wirst dich mit dem Dogen von Venedig und mit Maximilian von Habsburg herumstreiten, und am Ende wirst du dir die Krone von Italien aufsetzen. Ja, Cesare, du kannst Italien unterwerfen, und du wirst es einigen. Und *dann* wirst du scheitern!

Dein Weg führt dich immer tiefer in die Einsamkeit des Mächtigen, der Italien eroberte, der Ruhm und Ehre gewann und eine Krone, der alles und jeden vernichtet und unterworfen hat, der keinen Gegner mehr hat als sich selbst, mit dem er sich auseinander setzen kann. Ich weiß, dass du ein besonnener Regent bist, den das Volk liebt, ein exzellenter Heerführer, der jedes Schlachtfeld siegreich verlässt. Du erreichst alles, was du dir vornimmst, aber trotzdem wirst du scheitern. Du hast einen Gegner, den du auf dem Schlachtfeld nicht besiegen kannst, Cesare. Dich selbst.«

Er schwieg, sah mich traurig an und nickte dann. »Vor Jahren habe ich dir in Pisa gesagt, dass der Mensch alles tun und werden kann, wenn er es nur will. Er muss der Göttin Fortuna nur seine Zweifel und Hemmungen opfern.« Er zögerte, doch dann fügte er hinzu: »Und seinen Seelenfrieden.«

In diesem Augenblick wirkte er so traurig, so unglücklich, so einsam, dass er mir Leid tat. Ich zog ihn zu mir herunter, um ihn zu trösten. Er legte sich neben mich auf das Bett und schlang seine Arme um mich.

»Deinen Seelenfrieden?«, fragte ich beunruhigt. »Was ist geschehen?«

»Es tut mir Leid, Caterina. Es tut mir so Leid. Ich wollte das nicht«, flüsterte er, während er sein Gesicht im Kissen vergrub. »Bitte vergib mir! Ich habe dir alles genommen, was du …« Er sprach nicht weiter, wich meinem Blick aus. »Guido … deinen Sohn.«

Ich starrte ihn entsetzt an. »Meinen … Sohn?«, flüsterte ich.

Er lag neben mir, nicht einmal eine Handbreit entfernt, aber er konnte mich nicht ansehen, als er weitersprach. »Du bist vom Pferd gestürzt, als ich dich während deiner Flucht zu mir in den Sattel reißen wollte.«

»Ich erinnere mich. Du hast dein Pferd gewendet und bist zu mir herübergekommen. Von da an weiß ich nichts mehr.«

»Ich habe dich in die Arme genommen und den ganzen Weg bis zum Bach hinuntergetragen. Du hast gestöhnt vor Schmerz, obwohl du bewusstlos warst. Ich dachte zuerst, du hättest dich im

Brombeergestrüpp verletzt. Aber als ich dich am Bach ins Gras legte, bemerkte ich in der Abenddämmerung … das viele Blut.«

»Blut?«, hauchte ich. Nein, nicht das!, wollte ich schreien.

»Ich habe dich ausgezogen, um dich zu untersuchen. Es war niemand in der Nähe, der mir hätte helfen können. Die Stadttore von Urbino waren geschlossen. Mein Medicus war im Feldlazarett auf der anderen Seite der Stadt«, sagte er traurig. »Ich habe in Pisa ein paar Vorlesungen in Medizin gehört. Und ich habe bei Girolamos Geburt Doroteas Hand gehalten, deshalb wusste ich, was zu tun war. Deine Wehen waren sehr stark … du hast vor Schmerz gestöhnt …«

»Nein …«, flüsterte ich.

»Es tut mir unendlich Leid, Caterina.« Er umarmte mich, wohl um mir nicht in die Augen sehen zu müssen. »Sein Herz schlug noch, ich konnte es fühlen, als ich ihn in der Hand hielt. Eine Hand voll Mensch. Seine Augen waren offen, und er schien mich anzusehen. Dann starb er, während ich ihn zum Bach hinuntertrug, um ihn zu taufen … Es war kein Priester in der Nähe …«

»Nein!«, schrie ich meinen Schmerz in die unermessliche Leere hinein, die plötzlich in mir herrschte.

Cesare ließ mich nicht los, presste mich an sich, damit ich mich nicht selbst verletzte. »Es tut mir Leid. Ich weiß, wie sehr du dir ein Kind gewünscht hast«, versuchte er mich zu trösten.

Verzweiflung, Wut, Trauer, Verbitterung, Einsamkeit – diese Gefühle wirbelten wie ein Sturm in mir. Wohin waren das Glück und die Freude verschwunden, die ich gespürt hatte, als ich Guido in diesem Bett geliebt hatte, als wir später zum Kloster geritten waren … Er war geflohen, und ich wusste nicht, ob ich ihn jemals wiedersehen würde. Und mein Kind … meine Vision vom Seelenfrieden … mein Herzenswunsch nach Glück und Liebe … meine Sehnsucht, nie mehr in meinem Leben allein zu sein … war tot!

»Komm zu mir zurück, Caterina!«, flüsterte er, als er mich umarmte. »Du wirst wieder einen Sohn haben …« Sein Versprechen besiegelte er mit einem Kuss.

Ich schüttelte langsam den Kopf. »Nein, Cesare. Dafür reicht meine Zeit nicht mehr aus, selbst wenn ich noch einmal schwanger werden sollte«, sagte ich resigniert.

Cesare sah mich unendlich traurig an. »Dann werde ich dir meinen eigenen Sohn Girolamo geben«, sagte er in dem Versuch, mich zurückzugewinnen. »Du hast ihn doch immer so gern gehabt, wie ein eigenes Kind. Du könntest ihn adoptieren …«

»Du … du gibst mir deinen eigenen Sohn … als Ersatz für meinen?«, fragte ich ungläubig.

»Dein Sohn hätte unser Kind sein können, Caterina. Ich leide mit dir. Ich bin schuld an deinem Sturz, und ich weiß nicht, wie ich deinen Verlust anders wieder gutmachen soll.«

»Hast du mit Dorotea darüber gesprochen? Was sagt sie dazu?«, fragte ich, bestürzt über diese unsinnige Idee.

»Dorotea hat mich nach der Geburt unserer Tochter Camilla verlassen. Vor ein paar Wochen ist sie zu ihrem Gemahl nach Venedig zurückgekehrt. Ich bin wieder allein.«

»Das tut mir Leid«, sagte ich und strich ihm über das Gesicht.

»Komm zu mir zurück!«, flüsterte er. »Ich liebe dich! Ich lasse mich von Charlotte scheiden, verzichte auf das Herzogtum Valence. Wir werden heiraten und …«

»Nein, Cesare«, unterbrach ich ihn, aber er ließ sich nicht beirren:

»… und wir werden in Urbino wohnen. Oder in Florenz. Oder gefällt dir Mailand besser? Wo immer du willst, meine Geliebte. Überall, nur nicht in Rom!«

Ich legte ihm einen Finger auf die geöffneten Lippen, und er schwieg, als er meinen ernsten Blick sah. »Ich werde mit dir nirgendwohin gehen, Cesare. Ich trage Guidos Ring an der Hand und seine Liebe im Herzen. Ich habe ihm meine unsterbliche Liebe bekannt und geschworen, ihn zu lieben, in den Zeiten des Glücks und in den Zeiten des Leids. Ich habe ihm versprochen, an seiner Seite zu stehen und ihn nicht zu verlassen, niemals, bis der Tod uns auseinander reißt. Ich trage nicht nur seinen Ring, sondern auch seinen Namen.«

Er sah mich an, als hätte ich ihn geschlagen. Tränen rannen über sein Gesicht, als er sich in die Kissen fallen ließ. Eine Weile lag er mit geschlossenen Augen neben mir, dann wischte er sich trotzig das Gesicht ab, erhob sich vom Bett und ging schweigend zur Tür des Schlafzimmers. Dort drehte er sich zu mir um: »Die Eroberung von Urbino sollte die Stunde meines größten Triumphes sein«, murmelte er. »Nun weiß ich, dass es meine größte Niederlage ist.«

Einige Tage später hatte ich mich von meinem Sturz so weit erholt, dass ich aufstehen und mit Niccolò und Leonardo in den Garten des Palazzo Ducale gehen konnte, um mich zu zerstreuen und nicht ständig an den Tod meines Kindes, die Vernichtung all meiner Hoffnung auf Glück und Freude und mein eigenes qualvolles Sterben denken zu müssen. Ich konnte das Stillliegen nicht mehr ertragen, das Warten auf den Tod, und schon gar nicht die furchtbare Leere in mir, die sich langsam mit Hoffnungslosigkeit, Verzweiflung und Zorn zu füllen begann – und mit Hass. Eine explosive Mischung von Gefühlen – ein kleiner Funke genügte!

Cesare war mir tagelang aus dem Weg gegangen und hatte mich nicht empfangen: »Seine Exzellenz arbeitet und will nicht gestört werden« und »Seine Herrlichkeit bespricht sich mit seinen Condottieri« und »Seine Magnifizenz schläft und will auf keinen Fall geweckt werden« waren die häufigsten Ausreden, mit denen mich sein Sekretär immer wieder fortschickte, sobald ich den Wunsch äußerte, mit Cesare zu reden. Er wusste genau, was ich von ihm wollte! Sein Schweigen war schmerzhafter als ein gebrülltes Nein.

Leonardo war vor einigen Tagen als Cesares Militäringenieur nach Urbino gekommen, um die Festung zu inspizieren und Karten von der Gegend zu zeichnen. Sein überraschender Besuch an meinem Krankenbett hatte mir gut getan, denn Leonardo hatte mich aus der Windstille meiner Gedanken gerissen. Er hörte mir geduldig zu, ließ mich weinen, hielt meine Hand, ließ mich meinen Zorn hinausschreien und tat nichts, um mich mit sinnlosen Worten wie »Alles wird gut, *mia cara!*« zu beruhigen. Er wartete ab, bis ich leer war, bis ich keine Tränen mehr hatte, und keine Worte. Leonardo war ein großartiger Maestro, der die Alchemie der Gefühle beherrschte!

Niccolò befand sich auf Cesares Wunsch als florentinischer Botschafter in Urbino. Erst nach seiner Abreise aus Florenz hatte er von Guidos Sturz erfahren, als ein Eilbote der Signoria ihn beauftragte, Cesare im Namen der Republik Glückwünsche zur Eroberung der Stadt auszusprechen. Niccolò war vier Tage nach Guidos Flucht in Urbino eingetroffen, ohne eigentlich zu wissen, was Cesare von ihm wollte. In den letzten Stunden hatte er mehrmals mit ihm gesprochen, um ihn davon abzuhalten, nach der Eroberung von Arezzo vor einigen Tagen auch noch Florenz anzugreifen.

Cesare hatte in anmaßendem Ton verlangt, ihm Guido auszuliefern, aber Niccolò hatte ihm ruhig erklärt, dass der gestürzte Herzog nicht in Florenz wäre. Niccolò hatte mir von diesem seltsamen nächtlichen Treffen erzählt, von Cesares unnachgiebigem, arrogantem Auftreten, aber auch von dem tiefen Eindruck, den der Herzog der Romagna auf ihn gemacht hatte:

Einerseits empfand Niccolò tiefe Bewunderung für Cesares Erfolge auf den Schlachtfeldern Italiens wie auch auf dem spiegelblanken Parkett der Politik. Andererseits fürchtete er ihn, denn er spürte, wie gut der Herzog der Romagna die Kunst beherrschte, Menschen für sich zu gewinnen, um sie für die eigenen Ziele einzusetzen. Cesare hatte Niccolò mehr oder weniger deutlich erklärt, dass er bei einem Angriff auf Florenz mit der Unterstützung von König Louis rechnen konnte und dass sein künftiger Statthalter in der Via Larga kein anderer als Piero de' Medici sein würde.

Sichtlich geschockt von dieser Drohung saß Niccolò neben mir im Schatten des Palastgartens und berichtete von seinem letzten Treffen mit Cesare. Während ich ihm zuhörte, beobachtete ich Leonardo, der wenige Schritte entfernt zu den Türmen des Palazzo hinaufstarrte und mit zusammengekniffenen Augen die Schwalben beobachtete. Hin und wieder warf er die Skizze eines fliegenden Vogels mit weit ausgebreiteten Schwingen auf seinen Malblock – offensichtlich arbeitete er immer noch am Prototypen seines Fluggerätes.

»Ich verstehe Cesare nicht, kein bisschen«, seufzte Niccolò, der ebenfalls zu Leonardo hinübersah. Die beiden hatten sich vor zwei Tagen in Urbino kennen gelernt und verstanden sich auf Anhieb. »Ich dachte, er liebt dich. Aber er hält dich wie eine Gefangene. Als ich es wagte, ihn um deine Freilassung zu bitten, hat er mich zornig angefaucht, ich sollte mich gefälligst um meine eigenen Angelegenheiten und die der Republik Florenz kümmern.«

»Er wird mich nicht freilassen, Niccolò. Er hofft, dass Guido sich ihm ergibt, wenn er mich als Geisel behält«, erklärte ich so ruhig, als hätte ich mich mit meinem Schicksal bereits abgefunden.

Niccolò sah mich überrascht an, als glaubte er nicht an meine wundersame Bekehrung zum Fatalismus. »Wird der Herzog das tun?«, zweifelte er.

Ich schüttelte den Kopf. »Natürlich nicht! Guido wird Cesare bis zu seinem letzten Atemzug Widerstand leisten. Das weiß Cesare, deshalb hält er mich als Geisel fest, um Guido von einem Angriff auf Urbino abzuhalten, der mich das Leben kosten könnte. Cesare will Guido einen ehrenvollen Titel geben, wenn er auf das Herzogtum verzichtet und seine Festungen kampflos übergibt. Er will ihm sogar den päpstlichen Dispens für eine Scheidung von Elisabetta besorgen, damit Guido mich heiraten kann.«

»Das muss ihn eine ziemliche Überwindung gekostet haben«, vermutete Niccolò.

»Er konnte mir nicht einmal ins Gesicht sehen, als er mir in zwei Sätzen erklärte, was er vorhatte. Er weiß, dass er mich endgültig an Guido verloren hat. Die Zeit rinnt ihm durch die Finger, genau wie mir. Wenn Guido das Friedensangebot nicht annimmt, während ich hier in Urbino Cesares Geisel bin, werde ich sterben. Ich habe Cesare gesagt, dass ich drei Phiolen des *Aurum potabile* getrunken habe, und er selbst hat mir eine vierte Phiole eingeflößt, als nach der Fehlgeburt meine Blutungen nicht mehr aufhörten. Vier Phiolen! Du weißt, was das bedeutet, Niccolò. Und er weiß es auch.

Wenn ich das *Elixirium vitae* nicht finde, werde ich in wenigen Wochen sterben, sobald die restlichen einundzwanzig Phiolen verbraucht sind. Aber das Laboratorium ist in Rom. Wenn Cesare mich aber nach Rom gehen lässt, werde ich vielleicht leben – aber nicht mit ihm. Er verliert also in jedem Fall. Das macht ihn so furchtbar wütend …«

»… ungeduldig und gereizt«, ergänzte Leonardo, der mit seinem Skizzenbuch unter dem Arm näher getreten war. »Cesare weiß nicht, wo Herzog Guido sich aufhält. Oder was er vorhat. Ich habe heute Morgen mit ihm gesprochen: Cesare gerät in Panik, weil er Urbino zwar erobert hat, aber die Stadt im Fall eines Gegenangriffs nicht verteidigen kann. Das hügelige Gelände des Herzogtums ist gegen feindliche Angriffe nicht zu halten. Und Guido war ein äußerst beliebter Herrscher. Cesare sieht in dir als seine Geisel die einzige Chance, ihn nach Urbino zurückzulocken, um ihn gefangen zu nehmen und einen Krieg zu verhindern. Er weiß, dass er dein Todesurteil in der Hand hält und dass die Tinte schon auf das Pergament tropft.«

»Was wirst du tun, Caterina?«, fragte Niccolò besorgt.

»Was kann ich denn tun, *mio caro?* Ich werde warten …«

»… bis Cesare die Nerven verliert und dich freiwillig gehen lässt?«, fragte Niccolò gespannt. »Oder bis dein Ritter Guido zurückkommt, um dich aus den Fängen des Drachen zu befreien?«

Ich lächelte geheimnisvoll: »… bis ich mit dem Warten aufhöre. Bis ich mit dem Handeln beginne.«

Leonardo lächelte wissend über diese schwierige Lektion des Alchemisten. »Kann ich dir beim ›Warten‹ helfen?«, fragte er leise. »Nach ich weiß nicht wie vielen gescheiterten Versuchen bin ich mittlerweile sehr erfahren in der Durchführung der *Mortificatio*.«

Ich schüttelte den Kopf. »Nein, Leonardo. Aber danke, dass du gefragt hast.«

»Seltsam …«, sinnierte Niccolò, offensichtlich irritiert über Leonardos Wortspiel, dessen Sinn er nicht verstand, »aber das waren auch Cesares Worte: ›Was kann ich denn anderes tun als warten?‹ Es klingt, als spieltet ihr miteinander ein Spiel …«

»Aber es *ist* ein Spiel«, sagte ich. »Ein Spiel um Leben und Tod.«

»Ihr seid verrückt, alle beide!«, erklärte Niccolò kopfschüttelnd.

»Nein, *mio caro*. Er ist verrückt, sich mit mir auf dieses unsinnige Spiel einzulassen. Denn ich kann nur gewinnen, da ich bereits alles verloren habe. Aber er kann nur verlieren, denn er hält sich für den Sieger.«

Niccolò war sehr besorgt um mich, als er sich am nächsten Morgen von mir verabschiedete. Er musste dringend nach Florenz zurückkehren: Cesare hatte der Signoria gedroht, und zwei seiner Condottieri standen mit ihrem Heer vor den Toren der Stadt.

Leonardo zögerte seine Abreise Tag für Tag hinaus, doch dann sandte Cesare ihn Mitte Juli ungeduldig in die Romagna, wo er Festungen inspizieren und Karten zeichnen sollte. Leonardo war traurig, denn er wusste, welches Schicksal mir bevorstand: Einundzwanzig Phiolen *Aurum*, einundzwanzig Wochen zu leben – viel zu wenig Zeit, um das *Elixirium* zu finden. Und ohne mein Laboratorium unmöglich.

Die Wochen seit Cesares Eroberung von Urbino waren die schlimmsten meines Lebens. Ich wartete – auf den nächsten Anfall, der mich in die Knie zwingen würde, auf die Einnahme der nächsten Phiole *Aurum*, die mich dem Tod wieder einen Schritt näher bringen würde, auf eine Gelegenheit zur Flucht, auf … ja, auf was? Ich konnte nichts tun, als hilflos zuzusehen, wie Cesare seine Befehle als Herzog von Urbino unterschrieb, wie er Guidos Palazzo plünderte und die kostbaren Möbel, Gobelins, das Tafelsilber und den Schmuck in die Romagna bringen ließ. Die Gefolgsleute und die Dienerschaft – Kammerdiener, Zofen, Sekretäre, Köche und Reitknechte – verließen einer nach dem anderen fluchtartig den Palast, um ihr Glück woanders zu suchen. Wie vor acht Jahren, als die Medici aus Florenz vertrieben wurden, wie vor drei Jahren, als Ludovico aus Mailand geflohen war.

Cesare weigerte sich, mich zu empfangen, ließ sich mit immer unsinnigeren Ausreden verleugnen. Immerhin, dachte ich wütend, macht er sich noch die Mühe, sein Nein mit halbherzigen Ausflüchten und Rechtfertigungen zu garnieren! Er wusste genau, was er mir mit meiner Gefangennahme antat, doch er konnte mir nicht in die Augen sehen und mir mein Todesurteil selbst überreichen. Er besuchte mich auch nicht, als ich wenige Tage nach Leonardos Abreise zusammenbrach und eine fünfte Phiole nehmen musste. Ende

Juli reiste er in die Romagna ab, ohne sich von mir verabschiedet zu haben.

Ich blieb allein zurück mit dem Echo meiner Schritte in einem leeren Palazzo, dem Grabmal meiner Liebe! Aber nicht lange …

Hastig wickelte ich die zwanzig Glasphiolen in eines meiner Seidenhemden, damit sie während der Flucht nicht zerbrachen, und steckte das fest zusammengeknotete Bündel in eine Leinentasche, die ich mir umhängte. Dann klopfte ich die Kissen des Bettes zurecht, breitete das Laken und die Brokatdecke über die Kissen und betrachtete mein Werk. Sehr überzeugend: Madonna Caterina schläft tief und fest nach einem erneuten schweren Anfall ihrer furchtbaren Krankheit. Mein Auftritt an diesem Abend vor meinen Bewachern war überzeugend gewesen – Baldassare hätte über meine dramatische Inszenierung beim Abendessen Tränen gelacht! Cesare würde wohl nicht lachen, wenn er von meiner mitternächtlichen Flucht aus dem Palazzo erfuhr …

Ich löschte die Kerze und öffnete lautlos die Tür des herzoglichen Schlafzimmers. Alles war ruhig. Leise trat ich in den benachbarten Audienzraum, der völlig leer geräumt war, und schloss die Tür hinter mir. Dann schlich ich weiter zum Saal der Engel. Den direkten Weg durch die nächtliche Loggia zur Treppe in den Hof hinunter wagte ich nicht. Das Tor des Palastes war bewacht. Eine Flucht durch das Portal war unmöglich. Wenn ich entdeckt wurde, und mein Täuschungsmanöver misslang, würde Cesare mir keine zweite Chance zur Flucht lassen.

Aber es gab einen anderen Weg. Er führte durch einen Seitenflügel des Palastes, eine Treppe hinunter bis in die benachbarte Kathedrale. In den letzten Monaten war ich mit Guido oft durch diesen Gang zur Sonntagsmesse im Dom gegangen. Den Schlüssel zu der verborgenen Tür hatte mir niemand abgenommen.

Das Portal der Kathedrale war nicht verschlossen, und die Domfassade konnte von den Bewaffneten vor dem Palasttor auf der anderen Seite der Piazza nicht überwacht werden.

Unbemerkt verließ ich die Kirche und spähte vorsichtig um die Ecke. Alles war ruhig. Meine Flucht war noch nicht entdeckt worden. Ich verschmolz mit den Schatten und schlich lautlos die menschenleere Via Ducale hinunter zur Kirche San Francesco. Von dort führte eine steile Gasse hinunter bis zum Stadttor. Vier Wächter saßen im Schein mehrerer Fackeln, würfelten und waren schon lange nicht mehr nüchtern, was ich ihrem übermütigen Lachen entnehmen konnte. Ich hielt mich in den Schatten jenseits des Lichtscheins, während ich mich an der Stadtmauer entlang der Porta Lavagine näherte. Neben dem Tor war eine kleine Andachtskapelle in die Stadtmauer eingelassen. Ich zog mich auf das windschiefe Ziegeldach, richtete mich vorsichtig auf und kletterte von der Kapelle auf die Zinnen der Stadtmauer. Eine Weile lag ich dort oben flach auf dem Bauch und versuchte meinen Atem unter Kontrolle zu bekommen – und einen Blick in den schwarzen Abgrund unter mir zu werfen. Die Stadtmauer war hoch, sehr hoch, und ich hatte kein Seil, nicht einmal ein zusammengeknotetes Bettlaken, um mich daran herunterzulassen. Ich musste springen. Ins Ungewisse. Aber das wäre ja nicht das erste Mal in meinem Leben …

Dann richtete ich mich auf, presste die Leinentasche mit beiden Armen an mich, sandte ein Stoßgebet zum Himmel und sprang. Mit einem gewaltigen Satz landete ich auf beiden Füßen und rollte mich über die Schulter ab, wie ich es in den Fechtstunden gelernt hatte. Dann kauerte ich eine Weile bewegungslos im Gras und lauschte. Aber alles blieb still: Kein Alarm! Ich schnallte mir die Tasche auf den Rücken und folgte der Straße im Mondlicht hügelabwärts in Richtung des Konvents von San Bernardino.

Der Prior, ein Freund der Familie Montefeltro, gab mir ein gesatteltes Pferd, Brot und eine Wasserflasche, einen zerschlissenen Franziskanerhabit und seinen Segen. Als ich hastig meine Satteltaschen packte, bemerkte ich zu meinem Entsetzen, dass bei meinem Sprung von der Stadtmauer zwei Phiolen mit *Aurum* zerbrochen waren. Im Stillen fluchend packte ich die verbleibenden achtzehn Fläschchen in eine der ledernen Taschen, die ich hinter dem Sattel aufschnallte. Dann verließ ich den Konvent noch in der Nacht in Richtung Süden, obwohl dieser Weg der gefährlichste war. Auf meinem Weg nach Gubbio und weiter über Assisi nach Perugia musste ich die Stellungen von Cesares Heer umgehen. Der Weg an der Küste entlang wäre sicherer gewesen – aber ich zog es vor, den direkten Weg zu gehen.

Ich ritt die ganze Nacht hindurch, rastete den folgenden Tag in einem Wald, durchquerte die tiefen, bewaldeten Schluchten des Apennin, verließ hinter Gubbio die Via Flaminia und bog über die Höhenwege nach Perugia ab. Ich mied Herbergen und, obwohl ich einen Franziskanerhabit trug, das Kloster von Assisi und schlief im Freien. Hinter Perugia folgte ich dem Tiber bis vor die Tore von Orvieto, dann ritt ich weiter nach Viterbo, bis ich nach vier Tagen endlich Bracciano erreichte.

Gian Giordano Orsini war wohl ebenso überrascht, als ich vor ihm stand und die Kapuze des Franziskanerhabits vom Kopf zog, wie ich, als ich Giuliano della Rovere bemerkte, der gerade mit meinem Cousin zu Abend speiste, als ich in den Saal geführt wurde.

Giuliano war am Vortag aus Mailand gekommen, wo er sich mit König Louis getroffen hatte. Er hatte gute Nachrichten für mich, als er mich zur Begrüßung umarmte: »Ich habe Guido in Mailand gesehen. Er und Francesco konnten Cesares Verfolgern entkommen. Vor einigen Tagen war er bei Louis im Castello, um ihn um Unterstützung gegen Cesare zu bitten.«

»Ich danke Gott, dass er lebt«, seufzte ich.

»Er hat nach dir gefragt, Caterina, aber ich wusste nicht, wie es dir geht – nur, dass Cesare dich in Urbino als Geisel festhält. Wirst du zu ihm gehen?«

Ich schüttelte entschlossen den Kopf. »Nein, Giuliano.«

»Aber …«, begann der Kardinal verwirrt. »Wohin, zum Teufel, willst du denn?«

»Nach Rom.«

»Rom ist dein sicherer Tod!«, warnte er mich. »Papst Alexander wird dich …«

»Rom ist meine einzige Chance zu überleben«, unterbrach ich ihn. »Rodrigo Borgia wird mir nichts tun, denn er braucht mich so dringend, wie ich ihn brauche. Wie die Luft zum Atmen.«

Ich erklärte Giuliano, was ich tun musste, und er wurde bei jedem meiner Worte unruhiger. Als ich das Elixier erwähnte, sprang er auf und rannte wie gehetzt durch den Saal.

»Rodrigo Borgia wird nicht ewig leben«, beruhigte ich ihn.

»Und wenn du tatsächlich das scheinbar Unmögliche vollbringst und das Lebenselixier findest – was dann? Er wird es dir niemals freiwillig überlassen. Die Nacht deines Triumphes wirst du nicht überleben, Caterina!«, warnte mich der Kardinal.

Müde schüttelte ich den Kopf. »Du irrst, Giuliano. Rodrigo Borgia wird sterben, sobald er nach der Unsterblichkeit greift. Für mich gibt es nichts Schlimmeres, als nicht zu Ende zu bringen, was ich begonnen habe. Er wird mich davon nicht abhalten!«

»Wenn du den Papst umbringst, wird sich Cesare an dir rächen«, warnte mich Gian Giordano besorgt. »Ich kann dich nicht schützen, Caterina. Cesare und ich gehören beide dem Orden von San Michele an.« Gian Giordano deutete auf das kostbare Ordensband auf seiner Brust. »Wir dürfen nicht das Schwert gegeneinander erheben.«

»Ich habe mächtige Freunde. In Rom und in Florenz. Und auch der nächste Papst wird mich unterstützen«, beruhigte ich ihn.

»Ach ja? Hat dich der Heilige Geist erleuchtet, Kardinälin de' Medici?«, fragte Giuliano bissig. »Wer ist das: der nächste Papst?«

»Du.«

Er sah mich überrascht an. »Was ist mit Giovanni de' Medici?«, fragte er nach einer Weile.

»Er ist siebenundzwanzig. Wenn du Papst wirst, kannst du, nein: *wirst* du ihn zu deinem Vizekanzler ernennen. Gianni wird dann dein Nachfolger als Pontifex.«

Giuliano verkniff sich ein Lachen. »Und für wann planst du das nächste Konklave? Denn noch lebt Rodrigo Borgia.«

»Ja, Giuliano. Noch lebt er.«

»Du meinst es wirklich ernst«, stellte er fest.

»Todernst.«

Ich machte mir keine Illusionen, was geschehen würde, wenn ich das Lebenselixier wirklich fand. Rodrigo würde versuchen, es mir wegzunehmen. Und ich würde keine andere Wahl haben, als ihn zu töten. Ja, es war mir todernst.

Besorgt um meine Sicherheit erbot sich Gian Giordano, mich mit einer bewaffneten Eskorte nach Rom zu begleiten, aber ich lehnte ab. Am nächsten Morgen brach der Franziskanermönch Fra Celestino in einem zerschlissenen Habit allein von der Festung Bracciano nach Rom auf. Am späten Nachmittag durchquerte ich unerkannt die Porta Flaminia und ritt die Via Alessandrina entlang zum Vatikan.

Wenig später verlangte ein sehr anmaßender Fra Celestino bei einem sprachlosen Adriano da Corneto eine Audienz bei Seiner Heiligkeit:

»Sagt ihm, er soll zu mir ins Laboratorium kommen!«

Und er kam, nur wenige Minuten später. Ich hatte gerade meine Tasche mit den Phiolen auf dem Arbeitstisch ausgepackt, als Rodrigo hereinstürmte. Er umarmte mich ungestüm. »*¡Gracias a Dios!* Du bist wieder in Rom!«, flüsterte er mir ins Ohr, als er mich auf die Wange küsste. »César hat mir aus Urbino geschrieben, dass du deinen Sohn verloren hast. Das tut mir unendlich Leid, Catalina. Ich weiß, wie sehr du dir ein Kind gewünscht hast.«

»Danke, Rodrigo.« Ich versuchte gar nicht erst, mich aus seiner Umarmung zu befreien. Warum auch? Nach meiner Flucht aus Urbino hatte ich eine andere Begrüßung erwartet und war überrascht, wie zärtlich, wie liebevoll er mich umarmte. So hatte er sich vor einem halben Jahr von mir verabschiedet, als ich nach Ferrara aufgebrochen war. Rodrigo war sichtlich erleichtert, dass ich zu ihm nach Rom geflohen war und nicht zu Guido ins Exil.

»César hat mir geschrieben, du hättest *Aurum potabile* genommen. Wie geht es dir?«, fragte er besorgt.

»Im Augenblick habe ich keine Schmerzen, Rodrigo. Es geht mir gut. Aber die Zeit zerrinnt mir zwischen den Fingern. Ich werde noch heute mit dem Tingieren beginnen.«

»Wie viele Phiolen sind noch übrig?«, fragte er.

»Achtzehn.«

»O mein Gott!«, stöhnte er. »Ich habe in den vergangenen Monaten die restlichen fünf Phiolen verbraucht, die du mir bei deiner Abreise nach Ferrara geschenkt hattest. Vergeblich!« Er schüttelte traurig den Kopf. »Selbst wenn wir beide gleichzeitig die Transmutationen in Gerberts und deinem Laboratorium durchführen, wird die Zeit nicht ausreichen. Jeder von uns benötigt ein Fläschchen, um tingieren zu können. Damit bleiben nur sechzehn Phiolen für dich. Vier Monate, vielleicht weniger, wenn die Experimente weiterhin misslingen …«

Noch in derselben Nacht begannen Rodrigo und ich einen verzweifelten Kampf gegen die Zeit – und um das Leben, das wie der rieselnde Sand in einem Stundenglas unaufhaltsam durch meine Finger rann. Wir zogen uns in unser Laboratorium zurück, und Rodrigo begann mit dem Tingieren des *Elixirium vitae.* Fünf Mal hatte er diese Operation in den letzten Monaten erfolglos abbrechen müssen, fünf Phiolen und fünf Chancen waren unwiederbringlich vertan.

Während er das *Aurum* im Glaskolben erhitzte, wühlte ich mich durch meine alchemistischen Werke, um das Rezept des Sonnenelixiers zu finden, einer Tinktur, die ähnlich stimulierende, heilende Eigenschaften hatte wie das *Aurum.* Zwar hatte ich keine Ahnung, welche Wirkung die Anwendung beider Mittel auf mich haben würde, doch ich war entschlossen, es auszuprobieren.

Noch in der Nacht stellte ich in meinem Destillationskolben das Sonnenelixier her, das ich im Morgengrauen in Flaschen abfüllte, um es für einige Tage im Licht der Sonne potenzieren zu lassen. Fünf Tropfen des *Elixirium solaris* in Quellwasser gelöst hatten eine beruhigende Wirkung, eine höhere Dosis war stimulierend und konnte – so hoffte ich – die Wirkung des *Aurum* unterstützen und mein Leben um einige Wochen verlängern.

Während ich das Sonnenelixier in die geschliffenen Kristallkaraffen füllte, dachte ich nach. Ich offenbarte Rodrigo mein jahrhundertealtes geheimes Wissen, zeigte ihm in meinem Notizbuch meine Hoffnungen und intimsten Gedanken, tingierte gemeinsam mit ihm das *Elixirium vitae,* um mein Leben zu retten – aber welch gefährliche Waffe gab ich ihm damit in die Hand! Immer wieder dachte ich daran, was in dem wundervollen, grauenvollen Augenblick geschehen würde, wenn einer von uns beiden das Lebenselixier gefunden hatte …

»Du hast die ganze Nacht kein Wort gesprochen«, schreckte

mich Rodrigo aus meinen Gedanken auf. Er saß in einem Sessel vor dem Athanor, hatte die Hände über dem Bauch wie zum Gebet gefaltet und schien mich schon eine ganze Weile zu beobachten. »Was ist in Urbino zwischen César und dir geschehen, Catalina? Als du vor einem halben Jahr Rom verlassen hast, dachte ich, ihr hättet euch endlich als das erkannt, was ihr seid: zwei Schwerter, in derselben Form gegossen, mit demselben Hammer zu einer scharfen Klinge geschmiedet. Ihr seid euch zu ähnlich, um euch nicht zu bekämpfen. Dieselbe Härte des Stahls, die Funken schlagen lässt, dieselbe Schärfe der Klinge, die tiefe Wunden reißt, derselbe unbeugsame Wille zum Sieg, der das Schwert führt, dieselbe Getriebenheit, die euch zwingt, immer wieder aufeinander einzuschlagen. Dieselbe Fähigkeit … nein: denselben *Willen* zur Vergebung, und trotzdem kämpft ihr weiter. Was ist geschehen?«

»Es war ein Schlag zu viel«, sagte ich leise und ließ mich auf dem Sessel neben ihm nieder. »Ein schmerzhafter Schlag. Alles, was Cesare mir vorher in seinem gekränkten Stolz angetan hat, waren nur Kratzer an der Oberfläche meines Harnischs. Schmerzhaft, aber harmlos. Aber *dieser* Stich ging tief, bis ins Herz.«

Er ergriff meine Hand, küsste sie und betrachtete Guidos Ring. »Du trauerst um deinen Sohn und gibst César die Schuld …«

»Nein, Rodrigo. Ich mache Cesare keinen Vorwurf, weil er Urbino erobert hat, denn ich verstehe, warum er es tat. Ich gebe ihm auch nicht die Schuld am Tod meines Kindes. Jeder von uns hat getan, was er tun musste: Ich bin geflohen, und er ist mir nachgeritten. Ich bin gestürzt, und er hat sich liebevoll um mich gekümmert. Er konnte mir nicht einmal in die Augen sehen, als er mir sagen musste, dass ich mein Kind und meine Hoffnungen auf ein Leben mit Guido verloren hatte. Nein, das ist es nicht, was zwischen uns steht.

Ich verdamme ihn dafür, dass er mich nicht gehen ließ, weder zu Guido ins Exil, noch nach Rom, um mein Leben zu retten – obwohl meine Gefangenschaft sinnlos war und wir uns nur gegenseitig wehtaten. Er bezeichnete seinen Sieg über Urbino als seine größte Niederlage, weil er erkannte, dass er mich an Guido verloren hatte. Endgültig. *Das* hat er mir nicht verziehen. Es ging nie darum, Guido in die Knie zu zwingen. Cesare wollte *mich* demütigen, weil ich ihm eine Niederlage beigebracht hatte.«

»Dann habt ihr also begonnen, mit euren scharfen Klingen aufeinander einzuschlagen, bis die Funken fliegen?«

»Ich hasse Cesare, wie ich noch nie einen Menschen gehasst habe«, gestand ich. »Hass ist die Erlösung nach den endlosen Leiden einer bis zur Unkenntlichkeit ausgebrannten Liebe.«

»Welch ein Ende einer großen Liebe!«, seufzte Rodrigo.

»Nein, Rodrigo, der Hass ist noch nicht das Ende. Er ist erst der Anfang«, murmelte ich. »Cesare und ich – für uns beide gibt es nichts Schlimmeres, als eine Sache, die wir uns vorgenommen haben, nicht zu Ende zu bringen.«

Töte den Drachen!, hatte Trevisanus geschrieben: Töte ihn, Caterina, bevor er sich mit dir vereinigt! Töte ihn, damit er dich nicht tötet – damit du überlebst!

Rodrigo sah mich erschrocken an, wollte etwas sagen, schwieg dann aber. Er wollte keinen von uns beiden verlieren, das sah ich seinem Blick an. »Ich war traurig, als du vor acht Monaten Rom verlassen hast, um zu sterben. Ich habe geweint, als ich auf der Loggia von San Pietro stand und du mit Lucrezia im dichten Schneetreiben verschwunden warst. Ich dachte, mein Herz würde erfrieren«, begann er nach einem langen Schweigen das Chaos seiner eigenen Gefühle zu offenbaren. »Als ich hörte, dass Lucrezia dich nach Urbino zu Herzog Guido gehen ließ, war ich wütend. Auf Lucrezia. Auf dich. Und noch zorniger auf Herzog Guido, als ich hörte, dass ihr in der Kathedrale von Urbino Ringe getauscht hattet und du jetzt seinen Namen trägst. In meiner Enttäuschung habe ich César gestattet, nach Urbino zu marschieren, um die Stadt zu erobern. Ich wollte dich zurückhaben. So wie er. Ich habe César aufgefordert, dich nach Rom gehen zu lassen. Als ich hörte, du hättest einen schweren Anfall gehabt und *Aurum* genommen, habe ich César gedroht – vergeblich. Sein Eigensinn, mit dem er dein Leben aufs Spiel setzte, hat mich wütend gemacht. Drei Mal habe ich ihn aufgefordert, dich freizulassen, aber er hat meine Befehle ignoriert, als hätte er sie nie erhalten.« Rodrigo schlug mit der Faust auf die Sessellehne:

»Ich bin seine Eigenmächtigkeiten langsam leid. Als Johanniter verkleidet ist er vor einigen Tagen zu Louis nach Mailand geritten. Was der Bannerträger der Kirche und der französische König miteinander zu besprechen haben, weiß ich nicht. Ich bin der Papst und sein Vater, aber er informiert mich nicht einmal über seine Pläne. Er muss die Fragen des spanischen Botschafters im Konsistorium ja auch nicht beantworten«, donnerte Rodrigo. »Er tut einfach, was er will. Und er glaubt, dass ich ihm das durchgehen lasse. Aber da irrt er sich. Ich werde seinen Ungehorsam nicht mehr länger dulden!«

»Cesare ist in Mailand?«, fragte ich bestürzt.

»César *war* in Mailand, um Louis zu treffen. Und um Herzog Guido durch sein plötzliches Erscheinen derart zu erschrecken, dass er überstürzt nach Venedig geflohen ist. César *war* zwei Tage später bei Lucrezia in Ferrara. Dann *war* er in Imola. Wo er jetzt ist, weiß ich nicht«, sagte Rodrigo ungehalten.

Guido ist in Venedig!, dachte ich erleichtert. Er wird den Dogen um Unterstützung gegen Cesare bitten. O Guido, mein Geliebter …

Auch in den folgenden Tagen und Nächten dachte ich oft an Guido, während ich in den Alambic mit der sich windenden Materie starrte oder in Giovannis Notizbuch mit seinen Aufzeichnungen zur letzten Transmutation blätterte.

Obwohl Giovanni die Operationen bis zur *Coniunctio* in allen Einzelheiten beschrieben hatte, gelang sie mir nicht. Seine Randnotizen, die Zweifel, die Ungewissheit, die trotzige Entschlossenheit, die ihn während seiner letzten Tage gequält hatten, erschreckten mich. Auch ich hatte den Athanor für die letzte Operation angeheizt, bis er glühte. Auch ich starrte auf die Zeichnung, die Giovanni in sein Notizbuch gekritzelt hatte: das Bild von zwei Liebenden, eng umschlungen und in sexueller Ekstase in der Tiefe des Alambic ineinander verschmelzend, um durch die Selbstaufgabe, durch die Liebe etwas Neues zu erschaffen: das Leben.

Was trieb mich dazu, mit Feder und Tinte in Giovannis Notizbuch herumzukritzeln und mit ein paar Federstrichen seine verzückten Gesichtszüge in Guidos seliges Lächeln zu verwandeln? Ich kannte doch die Macht von Liebe und Sehnsucht, die Troja und Alexandria und Urbino zu Fall brachte! Der Verlust der Selbstbeherrschung hatte Giovanni das Leben gekostet …

»Vergib mir, Guido!«, flüsterte ich, als ich seinen Ring vom Finger zog, zwischen die Seiten von Giovannis Notizbuch legte und es schloss, wie ein weiteres Kapitel meines Lebens. »Ich liebe dich, Guido! Aber ich muss dich vergessen, wenn ich leben will!«

Aber so oft ich mich in den folgenden Wochen Tag für Tag mit der *Coniunctio* herumquälte, so oft ich Nacht für Nacht Guido zu vergessen suchte, es gelang mir nicht. Ich arbeitete bis zur völligen Erschöpfung, vergrub mich in einen Stapel alchemistischer Bücher, schlief nur zwei oder drei Stunden während der Nächte – aber vergeblich! Ich lebte wie ein Asket, wie ein Eremit, um Kräfte zu sammeln für das Opus, und Rodrigo war besorgt, weil ich von Tag zu Tag blasser und stiller wurde.

»Warum gehst du nicht schlafen, Caterina?«, fragte er mich eines Nachts. »Wem nützt es, wenn du im Laboratorium vor körperlicher und geistiger Erschöpfung zusammenbrichst?«

»Ich kann noch lange genug schlafen, wenn ich das Elixier gefunden habe.«

Er ertrug meine zornige Entschlossenheit mit einem ungläubigen, mitleidigen Lächeln, als ich ihm offenbarte: »Ich werde ganz von vorn anfangen!« und damit begann, jedes verfügbare alchemistische Werk zu lesen, auch die Folianten, die ich bereits auswendig kannte. Ich ging nacheinander *jeden* Weg durch die Transmutationen, irrte durch ein wahres Labyrinth von Philosophie, Theologie und Magie, folgte Irrwegen, kehrte um, verlor die Richtung, begann von vorn, tastete mich Schritt für Schritt durch die Finsternis, um am Ende nirgendwo anzukommen. Ich steckte fest im Labyrinth von *zu viel* Wissen. Wo war das Licht, das mir meinen Weg erleuchten konnte, das mich aus der Finsternis erlösen konnte?

Mensch, erkenne dich selbst! – Diese uralten, rätselhaften Worte gingen mir nicht mehr aus dem Sinn. Aber was bedeuteten sie? Den Blick in jenen tiefen, düsteren Spiegel, vor dem ich mich so sehr fürchtete, dass ich – wie Lucrezia mir in Bologna vorgeworfen hatte – jeden Menschen, der sich in mir zu spiegeln versuchte, mit Gewalt von mir stieß. Paulus schrieb an die Korinther: »Wir sehen durch einen Spiegel ein dunkles Bild. Ich werde mich erkennen, wie ich erkannt worden bin«. Was würde *ich* erkennen, wenn ich einen Blick riskierte?

Ich hatte gelernt zu denken, zu handeln, zu kämpfen, zu gewinnen und zu verlieren. Ich hatte gelernt, Verantwortung zu übernehmen, und ich hatte Schuld auf mich geladen. Jahrelang hatte ich mit einem quälenden *Mea culpa, mea maxima culpa* in meinem Gewissen weitergelebt. Das Fegefeuer der Sühne hatte den Spiegel in mir blind gemacht. Dante Alighieris Vers »Du ewiges Licht ruhst in dir selbst, verstehst, erkennst dich, bist erkannt, verstanden …« ergab für mich keinen Sinn, denn mein Spiegel fing keinen Lichtschimmer mehr auf. In mir selbst war es finster geworden.

Es war kein Wunder, dass die Vereinigung mit Guido gescheitert war. Denn ich musste die *Coniunctio* von Licht und Schatten erst in mir selbst durchführen! Girolamo hatte sich am Anfang über das selbstbewusste »Ich bin der ich bin« eines in Gott geborgenen Menschenkindes Caterina amüsiert, aus dem in den letzten Jahren ein demütiges »Ich bin die ich bin, die ich schon immer war und immer sein werde« geworden war: ein stilles, resigniertes Martyrium. Es wurde Zeit, dass ich aufhörte, mich selbst zu bestrafen für das, was ich war, und für das, was ich sein *konnte,* und endlich akzeptierte, wer ich wirklich war: Licht *und* Schatten.

Der Mensch kann doch immer nur das finden, wonach er sucht: Als ich bei einem jüdischen Alchemisten las, dass das *Aurum potabile* seinen Namen gar nicht dem lateinischen Wort *Aurum* – Gold, dem Symbol Ewigen Lebens, verdankte, sondern dem hebräischen Wort *ha-Our* – Licht, also »trinkbares Licht« bedeutete, wusste ich, was ich zu tun hatte. Und ich war verzweifelt genug, es zu versuchen.

Mit geschlossenen Augen presste ich mein Kinn gegen die kalten Bodenplatten. Die Muskeln in meinen Schultern und Armen schmerzten, als würde ich eine schwere Last tragen. Wie oft hatte ich in der Kirche San Marco demütig so gelegen – in den endlosen Nächten, als ich mit Girolamo um Giovannis Leben betete!

Seit einer halben Ewigkeit lag ich unbeweglich mit weit ausgebreiteten Armen auf dem Boden des Pantheons, auf der im flackernden Kerzenlicht schimmernden Marmorplatte im marmornen Quadrat direkt unterhalb der Kuppelöffnung. Ich war umgeben von einem weiten Kreis von zwölf brennenden Kerzen.

Wie der Mensch aus Leonardos Skizze des menschlichen Proportionsschemas lag ich auf dem Boden des Pantheons: ein menschliches Pentagramm in einem Kreis in einem Quadrat. Das Quadrat ist das Zeichen der Welt, der Materie, des Wissens, der Kreis das Symbol für den Himmel, für Gott, für den Glauben, das Pentagramm der bewusste Mensch, der eingeweihte Adept der Alchemie, zwischen beiden Welten. Der weite Kreis aus zwölf Kerzen umgab ein Sextagramm aus Symbolen, das Sinnbild der alchemistischen Transmutationen. Und wenn man die Kuppel, die sich im Zenit über mir wölbte, im Nadir zu einer Kugel ergänzte, lag ich genau in deren Zentrum, im Mittelpunkt des Universums.

Das Pantheon, das ich mir vor Monaten als Grabmal ausgesucht hatte, war ein würdiger Ort für das, was ich vorhatte!

Leonardo hätte sich wahrscheinlich amüsiert, wenn er mir in dieser finsteren Neumondnacht assistiert hätte. Und selbst wenn er Angst gehabt hätte: Er hätte versucht, mich mit einem Scherz aufzuheitern und aus meiner furchtbaren Stimmung zu reißen. Ja, ich bekenne: Ich hatte eine Höllenangst!

Mein Vorhaben war gefährlich – das wusste ich. Nicht nur die Gefahr einer Entdeckung durch die Inquisition, die mich auf den Scheiterhaufen führen konnte, nicht nur die ernüchternde Erkenntnis, dass mein Sterben nicht mehr aufzuhalten war, beunruhigte mich zutiefst: In den letzten drei Monaten seit meiner Rückkehr nach Rom waren fünf Phiolen *Aurum* verbraucht worden, dreizehn waren noch übrig. Nur ein einziges der fünf Fläschchen hatte ich getrunken, die Anfälle hatte ich zähneknirschend ertragen. Wovor ich wirklich Angst hatte, war, den Verstand zu verlieren, wenn ich …

Ein fernes Donnergrollen rollte durch die Dunkelheit jenseits des Kerzenscheins. Im ersten Augenblick dachte ich, Satan würde erscheinen, aber ich ließ mich nicht beirren.

Kein Licht ohne Finsternis. Keine Finsternis ohne Licht. Das eine kann das andere nicht besiegen – es kann ohne das andere nicht einmal existieren. Das Böse lässt sich nicht zerstören, ohne das Gute zu vernichten. Liebe und Hass – alles ist eins.

Tief atmete ich ein, spürte den Schmerz in mir, genoss das mystische Gefühl des Einsseins mit – ja, womit? Mit Gott *und* Satan? Eine Weile lag ich so, dann richtete ich mich mühsam auf, kniete mich auf den Marmorboden, breitete meine Arme wie zum Gebet aus, den Blick zur Kuppelöffnung über mir gerichtet, in der ich den Nachthimmel erkennen konnte. Ich war im Innersten aufgewühlt, zitterte, bebte.

Mit geschlossenen Augen und flüsternder Stimme zitierte ich den Text der Tabula Smaragdina, das Glaubensbekenntnis des Alchemisten: »*Quod est inferius, est sicut quod est superius, et quod est superius, est sicut quod est inferius.* Was unten, ist gleich dem, was oben, und was oben, ist gleich dem, was unten.«

Ein Schatten fiel über mich, verdeckte das Licht der flackernden Kerzen, aber ich setzte mit geschlossenen Augen mein hermetisches Gebet fort: »Es steigt von der Erde zum Himmel empor, schwebt wieder zur Erde herab und empfängt die Kraft des Oberen und des Unteren. So wirst du den Ruhm und die Herrlichkeit der ganzen Welt haben. Alle Finsternis wird dich verlassen …«

»Caterina, um Gottes willen!«, hörte ich einen entsetzten Ruf.

Geblendet vom Kerzenlicht öffnete ich die Augen und sah zu ihm auf. »Gianni!«, flüsterte ich.

Das ferne Donnergrollen, das ich vor wenigen Augenblicken gehört hatte, war das Öffnen des schweren Bronzeportals gewesen, als Gianni das Pantheon betrat!

»Ich habe dich gesucht, Caterina. Seine Heiligkeit sagte mir, dass du hier in Santa Maria ad Martyres wärest …«

»Dann hat Rodrigo dir sicher auch gesagt, dass ich bei den Zeremonien nicht gestört werden will!«, fuhr ich meinen Bruder an, der erschrocken vor mir zurückwich.

»Caterina, weißt du, was du da tust?«, fragte er atemlos und deutete auf den weiten Kreis der zwölf Kerzen, auf die sieben Symbole der alchemistischen Prinzipien, auf Licht und Schatten. »*Quod est inferius, est sicut quod est superius:* Du setzt Gott mit Satan gleich! Bist du verrückt geworden? Du rufst die Macht des Fürsten der Finsternis an! Für den Ruhm der Welt, *la gloire immortelle!* Du zelebrierst eine … eine Satansmesse!«

Bevor ich antworten konnte, rannte Gianni wie von Furien gehetzt durch das Pantheon und zerstörte den magischen Kreis der Symbole. Was glaubte er denn, damit zu erreichen? Außer seine Furcht zu besiegen, indem er zerstörte, was ihn ängstigte?

Ich erhob mich und strich den Stoff meines Talars glatt. »Ich kann mir vorstellen, wie das alles auf dich wirken muss, Gianni. Mitternacht, die Kerzen, die Symbole, der Ort …« Ich deutete auf den zerstörten magischen Zirkel. »Könntest du dich bitte beruhigen und vernünftig mit mir reden …«

»Vernünftig?«, brüllte er mich an. »Wer von uns beiden hat wohl den Verstand verloren?«

»Du, da du es bist, der hier wie ein Verrückter wütet«, erklärte ich ruhig. Ich deutete auf den Kreis der zwölf Kerzen: »›Ich bin das Licht der Welt. Wer mir nachfolgt, wird nicht in der Finsternis sein, sondern das Licht des Lebens haben‹, sagte Jesus. Licht und Finsternis sind die zwei Gesichter Gottes! Gianni, bitte glaube mir …« Als ich einen Schritt auf ihn zu trat, wich er ängstlich zurück, um mir nicht zu nahe zu kommen. Er wagte es nicht, mich zu berühren, als sei ich im Bund mit Satan.

»Danke, Gianni! Ich danke dir für dein unerschütterliches Vertrauen in meinen Glauben und meine Vernunft«, sagte ich verbittert. Gianni verstand nicht, was ich tat, weil er es nicht verstehen wollte. Weil er Angst hatte. »Was willst *du* eigentlich mitten in der Nacht im Pantheon?«

»Eigentlich war ich auf dem Weg in den Vatikan, um dich zu besuchen. Ich wollte dir etwas bringen. Aber in deinem Laboratorium warst du nicht. Papst Alexander erklärte mir, du wärest hier in Santa Maria ad Martyres, um zu beten. Mehr sagte er nicht. Und wenn ich es mir recht überlege, wusste er wahrscheinlich gar nicht, was du hier tust, sonst hätte er dich davon abgehalten.« Gianni seufzte über meine Unvernunft. »Da habe ich mich auf den Weg zurück in die Stadt gemacht, um dich zu suchen … und um dir das hier zu geben.«

»Was ist das?«, fragte ich.

»Ein Brief von Guido.«

Überrascht sah ich ihn an. »Aus Venedig?«

»Aus Urbino. Vor zwei Wochen, am 18. Oktober, hat er die Stadt zurückerobert. Guido ist von eigenen Gnaden wieder Herzog von Urbino. Er schreibt dir, damit du zu ihm zurückkommst!«

Gianni hielt mir Guidos Brief hin. Als ich ihn nicht nahm, fasste er meine Hand und gab ihn mir. Gedankenverloren starrte ich auf das gefaltete Pergament in meiner Hand, unfähig es zu öffnen, um Guidos Zeilen zu lesen. Nein, ich konnte es nicht!

»Lies!«, befahl Gianni ungeduldig, entfaltete den Brief und hielt ihn mir vor das Gesicht, sodass ich lesen *musste.* Hoffte er, dass Guidos Worte mich aus meinem Wahn, mit Satan einen Pakt schließen zu wollen, herausreißen konnte?

Ich nahm den Brief und starrte auf die Zeilen, ohne sie wirklich zu lesen. Ich war wie besinnungslos. Mit allem hatte ich gerechnet: dass Lucrezia mir einen Brief schickte, nachdem sie vor einigen Wochen ihr Kind verloren hatte, dass Cesare nach Rom zurückkehrte … aber nicht, dass Guido mir schrieb. Ich hatte vor Monaten seinen Ring abgelegt, hatte ihn zwischen die Seiten von Giovannis Notizbuch gelegt, hatte ernsthaft versucht, ihn zu vergessen. Und unser Kind. So viel Freude, so viel Glück! Und nun dieser Brief! Er wollte, dass ich zu ihm zurückkam. Nach Urbino, wo ich so glücklich gewesen war. O Guido, es ist unmöglich! Ich kann Rom nicht verlassen! Ich war den Tränen nah. Nein, ich wollte diesen Brief nicht lesen. Er würde alles nur noch schwerer für mich machen!

Gianni, der mein Zögern missverstand, bückte sich nach einer brennenden Kerze, damit ich besser sehen konnte. Mit zitternden Händen hielt ich das Pergament ins Licht. Die Worte verschwammen vor meinen Augen, doch schließlich begann ich zu lesen:

Anfang Oktober hatte Guido Venedig verlassen, um sich in der Festung von Gian Battista Orsini in der Nähe von Perugia mit einigen von Cesares Feldherren zu treffen, die sich gegen ihn verschworen hatten: meine Cousins Kardinal Gian Battista Orsini, Erzbischof Rinaldo Orsini, Francesco Orsini, der Herzog von Gravina, Paolo Orsini, der Conte von Palombara, der Condottiere Giulio Orsini, sowie Cesares Offiziere Vitellozzo Vitelli, Gian Paolo Baglioni und Oliverotto da Fermo. Andere Signori, die von den Borgia entmachtet worden waren, hatten Vertreter entsandt: Giovanni Bentivoglio von Bologna und Pandolfo Petrucci von Siena. Seit Guidos Vertreibung aus Urbino und der Eroberung von Camerino fragten sich die Signori, wann sie vom ewig hungrigen Drachen Cesare verschlungen werden würden. Besonders beunruhigt waren die Orsini, die mit Frankreich verbündet waren und deshalb nicht gegen Cesare als Herzog von Valence kämpfen konnten, ohne sich mit Louis anzulegen. Diese geheime Versammlung war gefährlich für Cesare, denn gemeinsam geboten die Verschwörer über Streitkräfte, die den seinen weit überlegen waren. Ein Sturz der Borgia stand unmittelbar bevor!

Mit zitternden Händen ließ ich den Brief sinken. Wenn die Verschwörer sich gegen Cesare wandten, der sich in der Romagna aufhielt, war Rom schutzlos. Ein Sturz Rodrigo Borgias wäre unvermeidlich. Guido hatte Recht: Es wäre wirklich eine gute Entscheidung, möglichst bald aus Rom zu verschwinden, bevor das Inferno losbrach. Unruhig fuhr ich mir mit der Hand über die Stirn: … aber ich konnte doch nicht! Dann las ich weiter:

Am 6. Oktober hatte Guido die Festung von San Leo im Sturm genommen und Cesares Condottiere Micheletto aus dem Herzogtum vertrieben …

»… und wenige Tage später betrat ich Urbino. Welch ein Empfang! Das Volk stand oben auf der Stadtmauer und winkte, als ich mit meinem Gefolge durch die Porta Lavagine ritt. In den Straßen wurde getanzt, und es dauerte eine halbe Stunde, bis ich den Palazzo Ducale erreichte. Ich weiß nicht mehr, wie viele Hände ich geschüttelt habe, Caterina. Oder wie oft ich umarmt und geküsst wurde. Ich habe die Augen geschlossen und mir vorgestellt, du würdest mich umarmen und küssen. O Geliebte, wie sehr ich dich vermisst habe! Die Monate des Exils in Venedig waren endlos lang! Meine einsamen Nächte in einem großen Bett und die Liebeslieder der unter meinem Fenster vorbeirudernden Gondolieri waren unerträglich!

Der Palazzo Ducale ist leer geräumt. Cesare hat alles fortgeschleppt, die Möbel und Teppiche, das Tafelsilber, meine Kleider, meinen Schreibtisch, die Porträts meiner Eltern. Nur meine Erinnerungen nicht, mein Gedenken an eine wundervolle Zeit mit dir. Geliebte Caterina, wie sehne ich mich nach deinem unbeschwerten Lachen, nach Liebe, Glück und Freude! Komm zurück und fülle mein leeres Haus mit Leben. Komm so schnell wie möglich! Ich liebe dich. Guido.«

Hemmungslos schluchzend ließ ich den Brief sinken. Er entglitt meiner Hand und fiel zu Boden.

O Guido, es ist unmöglich!, dachte ich. Ich kann Rom nicht verlassen! Wenn ich nach Urbino gehe, werde ich in wenigen Wochen sterben. Selbst wenn Rodrigo mir gestatten würde, ein paar Phiolen *Aurum* mitzunehmen: Wie lange würden sie reichen? Und wenn ich nicht mehr in Rom bin, könnte Rodrigo vielleicht in wenigen Monaten das *Elixirium vitae* tingieren. Er hat meine Notizbücher – verfügt über all mein Wissen. Nein, ich muss in Rom bleiben, um das zu verhindern!

Der Vatikanische Hügel war mein Läuterungsberg. Er war nicht so hoch wie der Berg, den ich sieben Jahre zuvor mit Leonardo bestiegen hatte, aber die Luft war dünner und raubte mir den Atem. Meine Bewegungen waren vorsichtiger, denn jede Entscheidung, was ich tun sollte, war lebensgefährlich. Ich konnte jederzeit stürzen! Was hätte ich darum gegeben, noch einmal auf dem Gipfel zu stehen und wählen zu können, auf welcher Seite ich absteigen wollte: über den vereisten Gletscher in Richtung Paris, um dort in Ruhe als Alchemistin zu arbeiten, oder über den steilen Felsgrat in Richtung Rom. Mein Sturz mit Leonardos Fallschirm und mein Aufprall auf dem Schneefeld war nichts gegen das, was ich in jenen Wochen in Rom erlebte. Lucifers Absturz aus dem Himmel – so nannte Giulio meine nächtlichen Aktivitäten im Pantheon.

Gianni und Giulio machten sich Sorgen um mich. Ich glaube, sie hielten mich für verrückt: Ich hatte auf der Flucht vor Cesare mein Kind verloren. Ich hatte Guido verlassen, die Liebe meines Lebens. Offensichtlich stand ich auf der Seite der Borgia. Ich verbrachte die Tage damit, unverständliche Bücher zu lesen, verbotene magische Rituale und Satansmessen durchzuführen. Und in den Nächten arbeitete ich mit Rodrigo im Laboratorium am *Opus Diaboli,* um geheimnisvolle, gefährliche Elixiere zu tingieren.

Ja, ich stand am Abgrund. Aber nicht weil die Beschuldigungen gegen mich, die Nacht für Nacht am *Pasquino* angeklebt wurden, wahr gewesen wären. Oder weil die Inquisition mich verfolgt hätte, denn das wagten die Fratres nicht. Sondern weil Gianni und Giulio mir nicht glaubten. Sie verstanden nicht, warum ich mit meinem Laboratorium nicht in den Palazzo Medici umzog. Sie verstanden nicht, warum ich bei Rodrigo im Vatikan blieb, trotz aller Gerüchte, die in Rom über uns kursierten, über leidenschaftliche Nächte in seinem Bett und einen Pakt mit Satan.

Die Zettel am *Pasquino* waren voller Hass … und voller Angst. Die Farbe meiner Augen, meines Haares, mein schmerzhaftes Hinken, mein Ruf als Ludovicos Giftmischerin, meine schwarzen Masken, die Kleidung, die ich trug – all das wurde gegen mich verwendet.

Als ich zum ersten Mal »Satans Tochter« genannt wurde, brach ich zusammen. Der Einzige, der mich auffing, als ich stürzte, der Einzige, der mich tröstete, war Rodrigo, der selbst als Antichrist beschimpft wurde. Er saß stundenlang neben mir und hielt meine Hand, als ein schwerer Anfall mich ans Bett fesselte.

Der schmerzhafteste Schlag war jedoch die Erkenntnis, dass meine Familie – Piero, Gianni und Giulio – sich von mir abwandte, mich verachtete, mich, den gefallenen Engel, verleugnete und mir aus dem Weg ging, als hätte ich die Pest nach Rom gebracht. Dass ich immer noch lebte – »Lorenzo wäre doch schon längst qualvoll gestorben«, hatte Gianni mich angebrüllt –, konnte nicht mit rechten Dingen zugehen. Niemand schien sich über meinen Willen zu überleben und meine Fähigkeit, Schmerzen zu ertragen, zu freuen – am allerwenigsten Gianni.

Guido schrieb mir zwei lange Briefe aus Urbino und bat mich, flehte mich an, zu ihm zurückzukehren. Ich antwortete nicht. Ich fand keine Formulierungen, in die ich meine Gefühle verpacken konnte, fand keine Worte, die ihn nicht verletzt hätten. Was hätte ich ihm schreiben sollen? »Ich bin einsam, und ich werde verrückt vor Sehnsucht, wenn ich an dich denke« oder »Ich komme zu dir, wenn ich mein Werk vollendet habe« oder »Geliebter, wir werden uns nie mehr wiedersehen, denn es sind nur noch wenige Phiolen Leben übrig. Vergiss mich!«

Von Niccolò, der sich als florentinischer Botschafter bei Cesare in Imola aufhielt, erfuhr ich, dass das Bündnis der Condottieri gegen Cesare zerbrach. Einer nach dem anderen erschien in Imola, um mit Cesare Frieden zu schließen. Aber die Verträge, die zwischen dem Herzog der Romagna und seinen abtrünnigen Feldherren geschlossen wurden, waren das Papier nicht wert, auf dem sie geschrieben waren. Den Verrätern blieb nichts anderes übrig, als Cesare um Gnade zu bitten. Sie hatten gegen ihn rebelliert, um sich selbst und ihre Herrschaften vor der Vernichtung zu bewahren. Nun schlossen sie aus demselben Grund Frieden mit ihm. Cesare zeigte sich großmütig, vergab ihnen – hinter seiner schwarzen Maske lächelnd – den Verrat und erneuerte sehr generös ihre Condotta-Verträge. Die Condottieri, die Guido geholfen hatten, Urbino zurückzuerobern, zogen ein paar Tage später ihr Schwert gegen den Herzog.

Anfang Dezember musste Guido zum zweiten Mal aus Urbino fliehen. Über Gian Giordanos Boten erhielt ich ein Schreiben von Giuliano della Rovere aus Savona, mit der Nachricht, dass Guido erneut nach Venedig geflohen war. Guido schrieb mir nicht mehr. Offenbar war er zu verbittert über mein Schweigen.

Mitte Dezember erhielt ich von Niccolò die erschreckende Nachricht, dass Cesare mit seinem Heer von der Romagna nach Süden zog: »Niemand weiß, was er vorhat. Er weiht niemanden in seine Pläne ein. Er erteilt seine Befehle, wenn ihn die Notwendigkeit dazu zwingt. Er handelt mit einer erschreckenden Plötzlichkeit, gibt seine Anordnungen erst unmittelbar vor der Ausführung bekannt, nicht früher. Mit gezielten Terrorakten wie der Ermordung eines seiner Vertrauten, der ihn verraten hatte, verbreitet er absichtlich Furcht und Schrecken. Er macht mir Angst, denn ich habe keine Ahnung, was er vorhat oder wohin er zieht.«

Nach Rom?, dachte ich. Um seinen Triumph über Guido mit dem Lorbeer seines Sieges über mich zu krönen? Der Kampf mit Cesare schien unvermeidlich …

Das Weihnachtsfest, das Fest der Liebe und der Versöhnung, war das furchtbarste meines Lebens. Ich saß allein in meinem Laboratorium und rang mit den Tränen, mit den Schmerzen eines erneuten Anfalls und mit der Einsamkeit. Ich hatte mich entschlossen, nicht an der Christmesse in San Pietro teilzunehmen. Wäre ich hingegangen, hätte es wieder Gerede gegeben. Aber da ich am Gottesdienst nicht teilnahm, gab es neue Gerüchte, was ich in der Heiligen Nacht wohl getrieben haben mochte. Denn meine wundersame Genesung von dem schweren Anfall, dessen Spuren im Laboratorium erkennbar waren – ich hatte bei meinem Sturz mehrere Glaskolben mitgerissen und zerbrochen –, konnte ja nichts anderes sein als eine Erneuerung meines Paktes mit Satan …

In jenen furchtbaren Tagen war Rodrigo der einzige Freund, der mir blieb. Ich weiß nicht, was ich getan hätte, wenn er nicht für mich da gewesen wäre, wenn er mir nicht geduldig zugehört hätte, als ich von meinen Gefühlen sprach, wenn er sich nicht wenigstens bemüht hätte, mich zu verstehen. Seine liebevolle Freundschaft war wie die warme Frühlingssonne, die das Eis der Einsamkeit schmelzen ließ, und seine beharrlichen Versuche, mich in sein Bett zu bekommen, amüsierten mich.

Rodrigo fand mich schön und begehrenswert, obwohl ich hinkte, und mein furchtbarer Ruf schien ihm nichts auszumachen. Ich weiß nicht, warum er sich auf dieses gefährliche Spiel mit mir einließ. Ich habe die Antwort nie für wichtig genug befunden, um die Gefühle zwischen uns mit einer derart belanglosen Frage wie »Liebst du mich noch immer?« zu zerstören. Liebe und die unsinnige Hoffnung auf Glück hätten unsere Beziehung nur unnötig kompliziert. Er war für mich da, wenn ich ihn brauchte, und das genügte mir. Dann war die Einsamkeit erträglicher.

Was war diese innige Freundschaft mit Rodrigo anderes, als ein Versuch, mich als Mensch zu fühlen, der trotz allem, was er tut, trotz allem, was er *ist*, geliebt wird! Ein heroischer Versuch, mir ein klein wenig Stolz und Selbstachtung zu bewahren …

… und im Grunde tat Cesare in der eroberten Stadt Senigallia dasselbe, als er die Condottieri, die ihn wenige Wochen zuvor verraten hatten, unter dem Vorwand eines freundschaftlichen Abendessens – »um die bestehenden Missverständnisse ein für alle Mal aus der Welt zu schaffen« – in eine tödliche Falle lockte und von Micheletto hinrichten ließ.

In jener furchtbaren Nacht starben Vitellozzo Vitelli und Oliverotto da Fermo, die sich aus Furcht erneut gegen Cesare verschworen hatten, und wenige Tage später meine Cousins Paolo und Francesco Orsini, der Herzog von Gravina.

Als Gian Battista und Rinaldo Orsini beim Papst gegen die Ermordung von Francesco und Paolo protestierten, wurden sie auf Rodrigos Befehl festgenommen. Gian Battista, das Familienoberhaupt der Orsini, wurde in die Engelsburg gebracht, Rinaldo in einem Verlies im Vatikan festgehalten. Als Gian Battistas Bruder

Giulio Orsini gegen die Inhaftierung Protest erhob, und der Papst einen Aufstand der Orsini in Rom befürchtete, verschwand auch er hinter den Mauern des Castel Sant'Angelo.

Ehrlich gesagt, war ich überrascht, als mir die Einladung in den Palazzo Medici überbracht wurde. Seit Monaten hatte ich kein Wort mit Gianni oder Giulio gesprochen, obwohl ich sie hin und wieder in den Loggien des Vatikans traf. Aber die handschriftliche Nachricht stammte auch nicht von ihnen, sondern von Piero:

»So geht es nicht weiter. Komm heute um Mitternacht in den Palazzo Medici. Wir müssen reden. Piero.«

Eigentlich hatte ich keinen Grund, Piero zu trauen. Was war geschehen, dass er über seinen eigenen Schatten sprang und mit mir reden wollte? Und was wollte er, das Oberhaupt unserer Familie, mit mir besprechen? Das war doch keine Einladung zu einem fröhlichen Abendessen im Kreis der Familie! Ich dachte an Cesares liebenswürdigen Brief an Guido – einen Tag bevor er Urbino eroberte. Und ich dachte an Cesares Einladung zum Abendessen an seine Condottieri – eine Stunde bevor er sie hinrichten ließ.

War Pieros Einladung in den Palazzo Medici ein erneuter Versuch, mich loszuwerden? Pieros Attentate auf mich in Mailand und Florenz waren gescheitert. Versuchte er es noch einmal?

Mein Ansehen in Rom und mein furchtbarer Ruf schadeten Piero, wenn er als Regent nach Florenz zurückkehren wollte, ebenso wie Gianni und Giulio, die die Himmelsleiter ihrer Karriere im Vatikan hinaufstolperten. Ich war ihnen im Weg zu Macht und Ansehen und einer triumphalen Rückkehr unserer Familie nach Florenz.

Ich war misstrauisch – doch meine Neugier, was Piero mit mir zu besprechen hatte, war größer als die Angst um mein Leben. Also bewaffnete ich mich, befahl meiner Leibwache, mich zu begleiten, und ritt in jener eisigen Februarnacht zu Giannis Kardinalspalast.

Piero erwartete mich im Hof und half mir beim Absteigen. Dann umarmte er mich und küsste mich auf beide Wangen. »Danke, dass du gekommen bist. Wir haben uns seit Wochen nicht gesehen …«

Mein Bruder hatte mir mit seiner Einladung in den Palazzo Medici das Spielfeld vorgegeben, auf dem wir unser Spiel beginnen würden – welches auch immer das war: Intrigen, Verrat oder Mord. Aber *ich* würde die Regeln bestimmen. Und *ich* machte den ersten Zug. »Du scheinst dich ja wirklich zu freuen, mich zu sehen, Piero«, warf ich ihm mit einem sarkastischen Lächeln vor die Füße. »Ungefähr so wie Judas, als er Jesus im Garten mit einem freundschaftlichen Kuss begrüßte.«

Piero sah mich überrascht an, wollte etwas sagen, besann sich aber und schwieg. Offensichtlich wollte er keinen Streit provozieren. Jedenfalls nicht schon im Hof, vor der Dienerschaft. Er reichte mir den Arm und half mir die Treppe hinauf.

Ein Diener öffnete uns die Tür von Pieros Arbeitszimmer und rückte mir einen gepolsterten Ledersessel zurecht. Schweigend nahm ich vor dem Schreibtisch Platz. Mein Bruder stand abwartend am Fenster und sah hinaus, bis der Diener den Raum verlassen hatte. Dann wandte er sich zu mir um.

»Dein Verhalten eben hat mich erschreckt«, gestand er leise.

»An *dein* Verhalten habe ich mich mittlerweile gewöhnt«, konterte ich. »Was hattest du denn erwartet?«

»Ich weiß es nicht«, seufzte er. Dann schwieg er, als suchte er in seinem diplomatischen Wortschatz nach einem neuen Auftakt für unsere Friedensverhandlungen.

Keinen Schritt ging ich ihm entgegen. Ich lehnte mich auf meinem Sessel zurück und genoss seine sichtliche Unruhe. Was war bloß los mit ihm? Irgendetwas war geschehen … irgendetwas beunruhigte ihn, das sah ich ihm an. Er brauchte mich, vermutete ich, aber er wusste nicht, wie er es mir sagen sollte. Und er durfte mich auf keinen Fall verärgern …

Schließlich blieb er vor mir stehen. »Caterina, lass uns endlich Frieden schließen.« Er streckte die Hand aus, aber ich ergriff sie nicht.

»Du hast mir in Florenz den Krieg erklärt, als ich es wagte, in den Palazzo Medici zu kommen. Du hast zwei Mal versucht, mich umzubringen, weil ich Lorenzos Tochter bin. Du hast mich jahrelang verachtet, gedemütigt oder ignoriert, weil du nicht gegen mich gewinnen konntest. *Du* bittest *mich* um Frieden?«

»Glaubst du denn nicht, dass eine Versöhnung zwischen uns möglich ist?«, fragte er. Seine Hand hielt er immer noch ausgestreckt, aber ich beantwortete seine Geste weiterhin mit einem Schweigen. »Lass uns Frieden schließen, Caterina!«, bat er mich eindringlich. »Wir Medici müssen einig sein, wenn wir überleben wollen.«

»Da wir gerade vom Frieden und Einigkeit in der Familie Medici sprechen: Muss ich nicht mehr fürchten, von dir ermordet zu werden? Oder von Gianni beschuldigt zu werden, mit Satan persönlich ins Bett zu gehen? Was ist mit Giulio? Wird er aufhören, mir mit der Inquisition zu drohen? Werdet ihr alle aufhören, mich wie eine Aussätzige zu behandeln?«

»Bitte vergib uns …«, begann Piero. »Wir haben dir Unrecht getan.«

»Worte, Piero. Nichts als Worte!«, schrie ich ihn an. Ich war viel zu wütend über das Verhalten meiner Familie während der letzten Monate, als dass ich ihm glauben wollte.

Piero ging zu seinem Schreibtisch und holte aus einer kleinen verschließbaren Kassette ein gefaltetes Pergament. »Das wollte ich dir zurückgeben. Ich habe es dir vor Jahren weggenommen.«

Ich entriss ihm das Blatt, entfaltete es und sah überrascht auf.

»Das ist Lorenzos Brief, in dem er mich als seine Tochter anerkennt.«

»Ich gebe ihn dir zurück. Als Zeichen meines guten Willens.«

Ich faltete das Pergament umständlich zusammen und dachte nach. Piero schien es wirklich ernst zu meinen, wenn er mir nach all den Jahren meine Identität zurückgab. Im Grunde war es mir gleichgültig, was er mit dem Testament meines Vaters tat: ob er es verbrannte, es mir zurückgab oder mich nach all den Jahren offiziell als Lorenzos Tochter anerkannte. Das Testament hatte für mich jede Bedeutung verloren. Ich würde sowieso bald sterben.

Während ich das Dokument in die Tasche steckte, fragte ich: »Wer weiß noch davon, dass ich Lorenzos Tochter bin?«

»Niemand.«

»Was ist mit Gianni und Giulio?«

»Sie haben keine Ahnung«, versicherte mir Piero.

»Ich glaube, dass Cesare eine Vermutung hat, wer ich bin. Hast du mit ihm über mich gesprochen, als du ihn damals am Hof von Louis in Chinon getroffen hast?«

Piero schüttelte den Kopf. »Nein, Caterina. Er kann unmöglich wissen, dass du Lorenzos Tochter bist.«

»Ich will, dass meine Identität weiterhin geheim bleibt: Ich bin Caterina Vespucci, Giuliano de' Medicis illegitime Tochter. Lorenzo hat mich in seiner Großzügigkeit als eine Medici anerkannt. Und jetzt trage ich den Namen Montefeltro.«

»Wie du willst«, seufzte mein Bruder. Er war erleichtert, als ich ihm endlich die Hand reichte.

»Aber deswegen hast du mich nicht hergebeten, nicht wahr?«, fragte ich ihn. »Denn um mit mir Frieden zu schließen, hättest du zu mir kommen müssen.«

Piero sah mich betroffen an. »Nein«, druckste er herum, »wir haben noch etwas anderes mit dir zu besprechen …«

»*Wir?*«, fragte ich scharf. »Wer ist ›wir‹?«

Piero ging zur Tür seines Arbeitszimmers, die zum benachbarten Saal führte, und öffnete sie. Wir wurden erwartet.

Als ich vor Piero den Raum betrat und die Anwesenden erkannte, dachte ich verbittert: Piero hat mich in eine Falle gelockt! Erst verführt er mich mit der Rückgabe von Lorenzos Testament zu einem Handschlag, einem Bündnis, dann setzt er mir den Dolch an die Kehle und stellt seine Forderungen!

Mein Blick glitt über die Anwesenden. Gianni stand mit Giulio am flackernden Kamin und sah mir beunruhigt entgegen, als ich mit Piero den Raum betrat. Gian Giordano Orsini war angespannt, das sah ich ihm an: Er konnte kaum stillsitzen. Neben ihm hatte Erzbischof Adriano da Corneto Platz genommen und starrte mich zitternd vor Aufregung an. Seine Hände umklammerten die Lehnen seines Sessels. Adriano war Rodrigos Sekretär und Vertrauter, den er aus Dankbarkeit für dessen Loyalität wenige Wochen später zum Kardinal ernennen wollte.

Ein junger Mann trat auf mich zu. »Es freut mich, dich endlich kennen zu lernen, Caterina. Ich bin dein Cousin Niccolò Orsini, Conte von Pitigliano und Condottiere der Republik Venedig.«

Ich nickte ihm zu, ignorierte den Stuhl, den Piero mir höflich anbot, und wandte mich an alle Anwesenden: »Ich weiß, was ihr von mir wollt. Lasst es uns kurz machen, denn es ist schon spät. Ich schlage daher vor, dass ich euch die Peinlichkeit eurer Bitte erspare, auf die meine Antwort Nein lauten wird.«

Sie starrten mich an, erschrocken über meine Entschlossenheit.

Ein leises Lachen ließ mich herumfahren. Im Schatten einer Fensternische lehnte Giuliano della Rovere.

Gian Giordano war aufgesprungen und drängte seinen Cousin Niccolò zur Seite. »Du musst es tun, Caterina! Kardinal Gian Battista, Kardinal Rinaldo und Giulio Orsini sind Gefangene der Borgia. Sie werden hingerichtet werden wie Francesco und Paolo! Willst du ihren Tod auf dem Gewissen haben?«

»Ich?«, wies ich meinen Cousin zurecht. »Ich bringe niemanden um, weder Gian Battista noch Rinaldo oder Giulio. Und Rodrigo Borgia schon gar nicht!«

»In Bracciano hast du versprochen, dass Rodrigo Borgia nicht mehr lange leben wird!«, erwiderte er hitzig.

»Ich kann mich nicht erinnern, dir oder Giuliano ein Datum für das nächste Konklave genannt zu haben!«, konterte ich. »Wenn ihr also schon Einladungskarten für die Krönungsfeierlichkeiten verschickt, ist das etwas voreilig! Es wäre nett, wenn ihr künftig derartige Aktionen mit mir abstimmen würdet, wenn ich dabei eine der beiden Hauptrollen, nämlich die der Papstmörderin, übernehmen soll.«

Giuliano trat zwischen uns und hielt Gian Giordano davon ab, in seinem unbeherrschten Zorn auf mich loszugehen. Mein Cousin war durch die Ermordung von Francesco und Paolo und die Gefangennahme der beiden Kardinäle und Giulio Orsinis aufgebracht und sann auf Rache an den Borgia.

Niccolò Orsini trat auf mich zu. »Caterina, bitte entschuldige Gian Giordanos Zorn. Wir sind alle beunruhigt wegen unserer Cousins. Die Gefangenen der Borgia kommen selten lebendig und unversehrt aus der Engelsburg heraus. Wir haben lange beraten, ob wir dich fragen sollen, uns zu helfen, denn wir kennen dein … ähm … Verhältnis zu Rodrigo Borgia. Aber glaube mir, wir hätten dich nicht hergebeten, wenn es einen anderen Weg gäbe, Gian Battista, Rinaldo und Giulio Orsini das Leben zu retten …«

»Es gibt immer einen anderen Weg, Niccolò«, sagte ich und griff in die Tasche meiner Jacke, um eine Goldmünze hervorzuholen. Ich warf sie ihm zu. »Tu es selbst, Condottiere! Für einen Dukaten bekommst du in jeder Apotheke in Rom so viel Cantarella wie du willst. Für die tödliche Dosis wird es sicherlich reichen.«

»Du genießt sein Vertrauen, Caterina!«, begann Niccolò. »Nur du kommst nah genug an ihn heran, ihm das Gift in den Wein …«

»Nein!«, fuhr ich ihm in die Parade.

»Wir wissen alle, was du zu verlieren hast«, versuchte mich Niccolò wie ein kampferprobter Condottiere aus der Reserve zu locken, doch ich ließ mich nicht provozieren.

»Ich habe nichts zu gewinnen, wenn ich ihn töte«, erklärte ich.

»Was verlangst du, Caterina? Nenne uns deinen Preis!«, eröffnete Niccolò die Verhandlungen über die dreißig Silberlinge, die Rodrigo das Leben kosten sollten. »In bin vom Dogen der Republik Venedig ermächtigt, jeder Forderung zuzustimmen.«

»Nicht für eine Million Dukaten, Niccolò! Ich bin nicht käuflich. Ich werde an eurer Verschwörung nicht teilnehmen. Und ich sage euch auch, aus welchem Grund: Weil ihr mich nicht gefragt habt, *warum* ich Rodrigo Borgia nicht umbringen kann und will.«

Und auch jetzt brachte keiner von ihnen dieses vergessene und doch so wichtige Wort »Warum« über die Lippen.

»Wenn ich heute Nacht Rodrigo Borgia ermorde: Was dann? Dann wird in zehn Tagen das nächste Konklave stattfinden. Giuliano wird es sicherlich freuen, denn er kann sich den langen Rückweg ins Exil nach Savona ersparen.«

Giuliano, der wieder mit verschränkten Armen in seiner Fensternische lehnte, beobachtete mich scharf, während ich weitersprach:

»Da sich auch die meisten der französischen Kardinäle zurzeit in Italien befinden, werden sie rechtzeitig in Rom sein. Es dürfte also ein kurzes Konklave werden, nicht nur, weil Cesare mit seinem Heer vor den Toren Roms steht und keinen Stein auf dem anderen lassen wird, wenn sein Vater ermordet wird.

Ein Konklave in der Sixtina wird einer Belagerung und einem

Beschuss aus Cesares Kanonen nur ein oder zwei hektische Wahlgänge lang standhalten, befürchte ich. Es wird also wahrscheinlich eine Papstwahl per Akklamation werden.« Giuliano nickte nachdenklich, sagte aber nichts. »Wie wir alle wissen, hat Rodrigo Borgia Adriano und die anderen neuen Kardinäle, die mit dem Kauf ihres Amtes Cesares Feldzüge zur Eroberung Italiens finanzieren sollen, noch nicht ernannt. Es werden also kaum spanische Kardinäle in Rom sein, die Papst Alexander nachfolgen können.«

Ich blickte in die Runde und ließ ihnen ein wenig Zeit zum Nachdenken. Adriano erwiderte meinen Blick. Dann fuhr ich fort:

»Da nach dem Tod von Rodrigo Borgia dann also König Louis als Cesares Verbündeter die stärkste Macht in Italien sein wird, schlage ich vor, dass ihr alle schnellstmöglich Französisch lernt. Denn wenn Kardinal d'Amboise, Louis' engster Vertrauter, dank der schlagkräftigen Argumente von Cesares Kanonen per Akklamation Papst wird, könnte er sich den gut befestigten Papstpalast von Avignon als Residenz aussuchen. Wie wir alle wissen, lebt man in Rom gefährlich, weil die Orsini keinen Frieden halten können. Gian Giordano, lass mich ausreden!«, herrschte ich meinen Cousin an, der mir ins Wort fallen wollte. Gian Giordano war ein Verbündeter von König Louis: Natürlich schmeckten ihm meine Worte nicht!

»Und wenn dann mit einem französischen Papst endlich der Widerstand Italiens gebrochen ist, wird Louis von der Lombardei aus in Richtung Süden marschieren«, fuhr ich fort. »Mailand ist fest in der Hand der Franzosen, und Florenz kann ohne Frankreich nicht überleben. Neapel hat aufgehört, ein selbstständiges Königreich zu sein, und ist zum Zankapfel zwischen Frankreich und Spanien geworden. Das restliche Italien – Umbrien, die Marken und die Romagna – hat sich Cesare unterworfen: der Herzog von Valence, *le cher cousin et ami du Roi Très Chrétien.*

Louis wird Italien erobern. Und kein machtverliebter und ruhmsüchtiger italienischer Fürst wird sich ihm kampflos ergeben oder ihm auf dem Schlachtfeld ausweichen, wie die Römer Hannibal ausgewichen waren, um ihn jahrelang ins Leere laufen zu lassen. Einen nach dem anderen wird Louis entmachten und ins Exil schicken, wie Spielfiguren im Shah-Spiel, weil wir nie gelernt haben, einig zu sein, und weil auf dem italienischen Spielbrett der Macht jede Figur, auch die ganz kleinen, ihr eigenes Spiel spielt, statt sich auf die mächtige Figur des Papstes im Hintergrund und auf seine Pferde und Türme zu verlassen. Und deshalb wird Italien erobert.«

Piero wollte etwas sagen, aber dann besann er sich und schwieg.

»Ja, vielleicht könnten wir Gian Battista, Rinaldo und Giulio Orsini das Leben retten, indem wir Rodrigo Borgia töten, bevor er den Befehl zur Hinrichtung gibt«, erklärte ich. »Ihr sagt: drei Leben gegen eines? Ich aber sage: drei Leben gegen die Plünderung von Rom, gegen ein Massaker, gegen den unvermeidlichen Krieg mit Louis. Deshalb … Lass mich gefälligst ausreden, Gian Giordano!«, fuhr ich meinen wütenden Cousin an:

»*Deshalb* werde ich Rodrigo Borgia nicht nur heute Nacht nicht vergiften, sondern sein Leben mit meinem gegen jedes Attentat schützen. Er mag ein Unheiliger Vater sein, aber das waren die meisten seiner Vorgänger auch. Er ist kein Despot wie Giulianos Onkel Sixtus IV., der seine Macht durch eine blutige Vendetta und ein Attentat auf Lorenzo und Giuliano de' Medici im Dom von Florenz sichern wollte, er ist kein Inquisitor wie Innozenz VIII., kein Kreuzritter wie Pius II. ›Rom ist eine freie Stadt – jeder kann tun und lassen, was er will‹ – dieser Spruch ist von ihm.

Und er hat es sogar geschafft, aus Rom eine friedliche Stadt zu machen – ich meine: soweit es die Orsini zuließen. Selbst seine Feinde geben zu, dass er Rom beherrscht wie noch kein Papst vor ihm. Er hat zusammen mit Cesare aus der Kirche eine unabhängige militärische Macht gemacht, die sich weder von Frankreich und Spanien noch vom Möchtegern-Kaiser Maximilian in die Knie zwingen lässt.

Er, der Spanier, versucht wie Lorenzo vor ihm, Italien in Frieden zu einigen. Dass die Fürsten ihm den Krieg erklären, weil sie ihn mit ihrem eigenen zu kurz geratenen Maß messen und ihn für einen machtgierigen Tyrannen halten, und er Cesare auf das Schlachtfeld Italien schicken muss, um sie zur Vernunft zu bringen, ist nicht seine Schuld. Dass einer dieser Fürsten in seinem Wahn, unbesiegbar zu sein, die Franzosen ins Land rief, konnte er nicht verhindern. Und dass er es in all den Jahren noch nicht geschafft hat, die Franzosen wieder hinauszuwerfen und die Spanier gleich hinterher, bereitet ihm von uns allen wohl die meisten schlaflosen Nächte. Vor allem jetzt, nachdem sich Cesares Condottieri aus eigenen Machtinteressen gegen ihn verschworen haben und Cesare ermorden wollten. Diese unglaubliche Dummheit haben Francesco und Paolo Orsini mit ihrem Leben bezahlt! Rodrigo Borgia konnte doch nicht anders handeln, als sie für ihren Verrat zu richten!«

Gianni sah mich blass, ja geradezu entsetzt an, als ich weitersprach:

»Nein, Papst Alexander ist ganz sicher kein Heiliger. Aber er hat auch nie behauptet, einer zu sein. Er ist ein sehr liebenswerter Mensch, ein verlässlicher Freund, wenn man sein Vertrauen besitzt. Ich sage euch: Rodrigo Borgia ist der vernünftigste Papst, den wir seit langem hatten. Und ihn wollt ihr umbringen? *Ich nicht.*« Mit einem Seitenblick auf Giuliano in den tiefen Schatten der Fensternische fügte ich hinzu: »Ich hoffe, dass der nächste Papst ebenso besonnen sein wird.«

Dann wandte ich mich an Gian Giordano: »*Jetzt* bin ich fertig!«

Doch bevor mein Cousin mich in einer Flut wütender Worte ertränken konnte, fuhr Giuliano mit einer herrischen Geste dazwischen: »Ich will allein mit Caterina reden. Lasst uns allein!«

Schweigend verließen Piero, Gianni und Giulio, Gian Giordano und Niccolò Orsini sowie Adriano da Corneto den Raum. Wie ich vermutet hatte: Giuliano war der Puppenspieler, der alle Fäden in der Hand hielt!

»Eine beeindruckende Rede«, urteilte Giuliano, als die anderen gegangen waren. »Cato hätte im Senat von Rom nicht überzeugender sprechen können, um zu *verhindern*, dass Karthago zerstört wird.«

»Hast du ernsthaft geglaubt, ich werde Rodrigo heute Nacht töten?«, fragte ich.

»Ehrlich gesagt: nein. Und ich verstehe deine Gründe«, seufzte er. Giuliano ging ein paar Schritte, den Blick zu Boden gewandt, als suchte er zu seinen Füßen nach den Worten für seine nächste Frage: »Sag mir, Caterina: Wie ist dein Verhältnis zu Rodrigo Borgia? Liebst du ihn?«

»Ja, in gewisser Weise.«

Giuliano sah mich irritiert an. »In *welcher* Weise?«

»›Richtet nicht, dann werdet ihr nicht gerichtet. Verurteilt nicht, dann werdet auch ihr nicht verurteilt. Erlasst einander die Schuld, dann wird auch euch die Schuld erlassen.‹ Wenn du solchen Unsinn vorher noch nicht gehört hast, dann schlag nach bei Lukas, Kapitel 6.«

»Gehst du mit ihm ins Bett?«, präzisierte Giuliano seine Frage.

»Nein, Inquisitor.«

»Ist es wahr, dass ihr nachts im Pantheon Satansmessen feiert?«

»Nein, Inquisitor.«

Wenige Tage zuvor hatte ich Rodrigo im Pantheon examiniert und ihn zum Maestro der Alchemie gemacht. Trotz meiner Zweifel hatte ich mich dafür entschieden. Mein Wert als seine Maestra sank für ihn mit jedem Tag, an dem er tiefer in das Labyrinth des Wissens vordrang und versuchte, mithilfe meiner Notizen das *Elixirium* zu tingieren. Eines Tages würde er mich nicht mehr brauchen. Aber ich brauchte ihn wie die Luft zum Atmen.

»Wie ernst ist dir das Versprechen, dass du sein Leben mit deinem schützen wirst?«, wollte Giuliano wissen.

»Todernst – was diese unsinnige Verschwörung betrifft, die ins Chaos führen wird«, antwortete ich. »Und um gleich deine nächste Frage zu beantworten, Inquisitor: Ja, ich werde Rodrigo irgendwann töten. Das ist unvermeidlich, wenn ich überleben will.«

Er sah mich nachdenklich an, dann wandte er sich ab und ging ein paar Schritte. Schließlich blieb er vor mir stehen. »Ich werde Guido und die anderen über deine Entscheidung unterrichten.«

»Guido?«, fragte ich leise. »Geht es ihm gut?«

Giuliano nickte: »Er wäre heute Abend gern hier gewesen. Aber es wäre für ihn zu gefährlich, Venedig zu verlassen. Cesare hat sämtliche Wege nach Rom unter seiner Kontrolle.« Giuliano sah mich forschend an. »Guido hat nach dir gefragt …«

»Bitte sag ihm, dass er sich um mich keine Sorgen machen muss.«

»Sonst nichts? Kein ›Ich liebe dich‹. Kein ›Ich sehne mich nach dir‹?«, fragte Giuliano.

»Nein.« Ich zögerte, aber dann stellte ich die Frage doch: »Sollst du mir von ihm etwas ausrichten?«

»Nein«, gestand der Kardinal.

War ich enttäuscht? Ja, ich war traurig. Aber was hatte ich denn erwartet? Ich hatte keinen von Guidos Briefen mit seinen Bitten, zu ihm zurückzukommen, beantwortet. Was er von mir aus Rom hörte, musste ihn verbittern. Und dass ich seinen Ring nicht trug, würde Guido in den nächsten Tagen von Giuliano erfahren …

»Was für eine große Liebe, wenn ihr euch auch ohne Worte versteht«, seufzte der Kardinal.

Ich sah ihn erstaunt an. Guido liebte mich noch?

Als ich mich von Giuliano verabschiedete, umarmte er mich und hielt mich eine Weile. Dann küsste er mich zärtlich auf die Wange. »Diesen Kuss soll ich dir von Guido geben.«

Weinend wollte ich mich abwenden, aber Giuliano hielt mich fest. Mit dem Finger fuhr er ganz zart über mein Gesicht und fing eine meiner Tränen auf. »Ich werde Guido diese Träne als deine Antwort schicken. Ich glaube, sie sagt mehr als tausend Worte.«

Ich nickte.

»Gute Nacht, Caterina. Schlaf gut!«, sagte Giuliano zum Abschied.

Ich schüttelte den Kopf: »Erst wenn alles vorbei ist.«

Aber es war ja erst der Anfang vom Ende, und so hatte ich keine ruhigen Nächte. Denn wenige Tage später starb Kardinal Gian Battista Orsini unter mysteriösen Umständen in der Engelsburg, und ich machte mir die schlimmsten Vorwürfe.

Schon am nächsten Morgen wehte das geflüsterte Wort »Cantarella« durch die Straßen von Rom. Und das Gerücht, dass Rodrigo den Kardinal ermordet hatte, um sich seines Vermögens zu bemächtigen, wirbelte im Vatikan eine Menge Staub auf – und andere Namen: Kardinal Gian Battista Ferrari, der im letzten Sommer an der Malaria gestorben war, Kardinal Juan Lopez, der im Sommer 1501 verschied, Kardinal d'Almeida, Kardinal Zeno … und Kardinal Giovanni Michiel ging es schon seit Wochen nicht gut … Wurde er etwa auch vergiftet?

Das Kanonische Recht untersagte es den Kardinälen, ohne ausdrückliche Genehmigung des Papstes ihr Vermögen per Testament ihrer Familie zu hinterlassen. Ihr gesamter Besitz, bis zum letzten

Dukaten, fiel rechtmäßig an die Kirche zurück. Von der korrekten Auslegung des Kanonischen Rechts bis zum Verdacht des Giftmordes war nur ein kleiner Schritt. Und so wurde der Verdacht zum Gerücht und das Gerücht zur Meinung. Der Schritt vom Glauben bis zur beweisbaren Wahrheit des vorsätzlichen Mordes an den Kardinälen war unvermeidlich.

Warum hatte Rodrigo, wenn er wirklich ein Giftmörder war, nie versucht, seine mächtigsten Feinde zu ermorden: Girolamo Savonarola, Ascanio Sforza und Giuliano della Rovere?

Und dann teilte Rodrigo mir eines Abends mit, Cesare würde nach Rom zurückkehren …

Cesares Einzug nach Rom wenige Tage später glich dem Triumphzug eines römischen Feldherrn. Aber kein Sklave flüsterte ihm ins Ohr: »Bedenke, dass du nur ein Mensch bist!«, während er mit seiner prächtigen Eskorte im Licht von hundert Fackeln die Via Alessandrina vom Tiber heraufttrabte und die Römer auf beiden Seiten der Straße fröhlich winkten und ihm zujubelten. In den Wochen seit der Ermordung seiner Condottieri in Senigallia hatte er Gian Paolo Baglioni aus Perugia vertrieben und Pandolfo Petrucci aus Siena, hatte er Umbrien und einen Teil der Toskana unterworfen.

Die Kanonen der Engelsburg donnerten ihren Salut für den Bannerträger der Kirche in den eisigen Februarhimmel, und eine weiße Rauchwolke stieg über der Festung auf. Jeder neue Donnerschlag ließ mich zusammenzucken. Das *Aurum* – und die Anspannung, Cesare gegenüberzutreten – hatte mich in den letzten Wochen sensibel gemacht: Der Lärm fügte mir beinahe körperliche Schmerzen zu.

Ich hielt mich im Schatten hinter den Arkaden von San Pietro verborgen, als Cesare unten auf der Piazza vom Pferd stieg und langsam die Treppe emporschritt, um seinen Vater zu begrüßen, der ihn im vollen Ornat mit seinen Kardinälen erwartete.

Obwohl ich mich auf Cesares Eintreffen im Vatikan vorbereitet hatte, als wollte ich gegen ihn in den Krieg ziehen, war ich unruhig. Ich hatte meinen Cousin, den Condottiere Giulio Orsini, in der Engelsburg besucht, wo er noch immer festgehalten wurde. Wir hatten uns lange unterhalten, waren im Garten und auf dem Dach der Festung spazieren gegangen. Der Kommandant des Castel Sant'Angelo war so freundlich, mich bei meinem nächsten Besuch bei Giulio Orsini mit einem selbstgefälligen Lächeln durch »seine« Engelsburg zu führen – ich bestaunte alles gebührend, vor allem seinen aufgeblasenen Stolz, stellte unglaublich törichte Fragen zu den Befestigungen, die Leonardo und Donato Bramante in die Verzweiflung getrieben hätten, registrierte in Gedanken die Größe und Ausrichtung der Geschütze auf den Festungswällen, berechnete ihre Reichweite und stellte fest, wo der Passetto, der Geheimgang zwischen dem Palazzo Apostolico und der Engelsburg das Castel Sant'Angelo erreichte und wie er gesichert war. Als ich mich vom Kommandanten verabschiedete, funkelten seine Augen wie die Golddukaten in dem großzügig gefüllten Beutel, den ich ihm überreichte: für seine Loyalität.

Ich hatte die Dukaten mit vollen Händen um mich geworfen, um den Kommandanten und einige seiner Offiziere zu bestechen. Außerdem hatte ich damit Cesares Schneider ermuntert, für mich zu arbeiten. An alles hatte ich gedacht, sogar an den Schlüssel zu den geheimen Türen des Passetto, den ich schon seit Tagen immer bei mir trug – aber hatte ich auch an die Wirkung gedacht, die mein Auftritt auf Cesare haben würde?

Tagelang hatte ich darüber nachgedacht, wie ich ihm entgegentreten würde: als die verführerische Caterina de' Medici, als die stolze Signorina da Montefeltro? Was sollte ich anziehen: ein kostbares Brokatkleid, dessen weiter Rock mein Hinken verdeckte, dessen tiefer Ausschnitt ihm den Verstand raubte, oder Hemd und Hose und einen Degen, um ihm zu zeigen, dass ich mich vor ihm nicht fürchtete und es jederzeit mit ihm aufnehmen konnte? Nein, weder die Rolle der Verführerin noch die der Kriegerin hätten die Wirkung erzielt, die ich beabsichtigte. Wir waren gleich stark … gleich schwach – und das wollte ich ihm eindrucksvoll beweisen.

Es gibt nur einen Weg, die Angst zu besiegen – stell dich ihr! Setz dich mit ihr auseinander! Frag dich, warum du Angst hast! Und dann hör auf damit!, dachte ich, während ich unruhig an meiner Kleidung herumzerrte und darauf wartete, dass Cesare die Mitte der Treppe erreichte. Ich spähte wieder um die Ecke, und zuckte zusammen, als ein weiterer Kanonendonner von der Engelsburg herüberwehte.

Es war Karneval, und Cesare war maskiert. Aber er trug keine Karnevalsmaske, um jemand anderer zu werden, um die anderen zu täuschen, um seinen Spaß zu haben, weil er nicht erkannt wurde, sondern die schwarze Samtmaske, die er seit Monaten, seit unserer Auseinandersetzung in Urbino, nicht mehr abgesetzt hatte. Was mich erschreckte, war die Tatsache, dass er sich maskierte, um erkannt zu werden … um *er selbst* sein zu können. Dass ihm diese absurde Maskerade Vergnügen bereitete, bezweifelte ich.

Entschlossen trat ich aus den Schatten der Arkaden in das eisblaue Licht der Abenddämmerung und erwartete Cesare auf der obersten Stufe der Treppe von San Pietro.

Er sah mich sofort – ein schwarzer Schatten inmitten eines Meeres aus violetten und purpurfarbenen Soutanen. Er blieb mitten auf der Treppe stehen und sah zu mir hoch. Sein Gefolge wartete ab, was geschehen würde, während seine Leibwache einen engen Kordon um ihn bildete, um ihn vor mir zu schützen.

Wenn ich doch nur sein Gesicht gesehen hätte, als er mich erkannte – und in mir sich selbst: einen schwarzen Schatten, ein maskiertes Gesicht, beherrschte Gesten. Auch er konnte mein Gesicht nicht sehen. Und trotzdem wusste er, wer ich war. *Was* ich war: sein Spiegelbild.

Mit einer herrischen Handbewegung gebot er seiner Leibwache, die Degen zu senken, und kam mir Stufe um Stufe entgegen, ohne mich aus den Augen zu lassen.

Ich zog den Degen und hob ihn hoch, wie ein Condottiere, der das Signal zu einem Angriff geben wollte. Natürlich konnte ich von den Festungsmauern der Engelsburg nicht gesehen werden, aber die Bewaffneten, die ich auf dem Dach des Passetto postiert hatte, konnten mich sehr gut beobachten, ohne selbst von der Piazza aus gesehen zu werden.

Nur wenige Augenblicke nach meinem Befehl beendete der Kommandant der Engelsburg den Salut für den Bannerträger. Die Stille nach dem Lärm der Kanonen war ohrenbetäubend. Selbst die Vivat!-Rufe von der Piazza versanken in einem endlosen Augenblick der Atemlosigkeit.

Cesare war stehen geblieben, hatte seinen Vater irritiert angesehen, aber Rodrigo wusste von nichts und zuckte mit den Schultern. Unruhe breitete sich unter den Kardinälen und in Cesares Gefolge aus, als er weiter die Stufen hinaufschritt.

Ich steckte meinen Degen ein und ging ihm entgegen, bis wir uns gegenüberstanden.

»Auferstanden von den Toten?«, begrüßte er mich, eine Hand am Degen, die andere angespannt, bereit zum Ziehen der Waffe.

»Nein, Cesare, nur zur offensichtlichen Enttäuschung aller Trauernden immer noch am Leben«, konterte ich.

»Du hast eine seltsame Art, dich zu amüsieren – auf meine Kosten«, sagte er kalt. »Gibt es noch mehr Überraschungen als das Mysterium schweigender Kanonen?«

»Wenn du heute Abend ein Wunder erwartest, wie die spektakuläre Verwandlung von Wasser in *Aqua vitae*, muss ich dich leider enttäuschen. Aber du darfst gespannt sein«, versprach ich ihm. »Dir wird sicherlich nicht langweilig in Rom.«

»Das, *mi amor*, war mein Leben mit dir noch nie. Die Todsünde der Langeweile hast du noch nie begangen. Ich bin, ehrlich gesagt, nicht sicher, ob ich mich über diese Art von Überraschungen freuen soll.«

Mein Lachen über seine Wut war schicksalsverachtender Zynismus: Mein Leben verbrannte im Alambic, Phiole für Phiole. Es waren nur noch vier Fläschchen *Aurum potabile* übrig. Es waren nicht diese vier Phiolen, die mich erschreckten, denn ich hätte jederzeit mehr tingieren können, um den Verfall meines Körpers aufzuhalten. Es war die grausame Tatsache, dass ich zwar meine Schmerzen ertragen konnte, aber dass die am Ende tödlichen Nebenwirkungen des *ha-Our*, des Lichts, mir langsam den Verstand vernebelten. Licht und Schatten, untrennbar verbunden!

»Ich weiß es auch nicht«, erklärte ich ehrlich. *»Noch nicht.«*

»Während ich mit Italien beschäftigt war, scheinst du den Vatikan erobert zu haben. Kommandierst du neuerdings die Kanonen der Engelsburg? Du bist gefährlich, Caterina.«

»Du bist großzügig in deinen Komplimenten, Cesare!«

»Bist du meine Feindin?«

»Diese Entscheidung überlasse ich dir«, verwirrte ich ihn. Dann hob ich die Hand und gab dem Kommandanten der Engelsburg das Signal, mit dem Salut fortzufahren.

Ich spürte Cesares Blick wie einen Dolch in meinem Rücken, als ich mit betonter Gelassenheit die Treppe von San Pietro zur Piazza hinabstieg, während die Zeremonien nach dieser kurzen Unterbrechung fortgesetzt wurden, als wäre nichts geschehen. Und während ich die Stufen hinabschritt, fragte ich mich, was ich mit meiner kleinen Inszenierung eigentlich erreicht hatte. Cesare hatte vor Wut gebebt, konnte sich nur mühsam beherrschen! War es wirklich das, was ich wollte: Wind säen, um Sturm zu ernten?

Der Sturm brach los, nicht einmal zwei Stunden später. Aber anders, als ich erwartet hatte. Und viel überwältigender.

Eine Stunde nach der Begrüßungszeremonie auf den Stufen von San Pietro fand im Vatikan ein Bankett zu Ehren des Bannerträgers statt. Es war Karneval: Die Kardinäle und Monsignori hatten sich umgezogen und erschienen in ihren Kostümen mit ihren Geliebten am Arm im Bankettsaal, um mit dem Papst und seinem Sohn einen ausgelassenen Abend mit köstlichem Essen, Musik und Tanz zu verbringen. Und insgeheim warteten sie während der zwanzig Gänge des Banketts mit einem gehässigen Lächeln darauf, dass der Sturm zwischen Cesare und mir losbrach und einen von uns mit sich in den Abgrund riss …

Cesare saß auf dem Ehrenplatz neben seinem Vater und warf mir vom anderen Ende der Tafel Blicke zu, die ich erwiderte. Gianni, der neben mir saß, war beunruhigt, besorgt. Er hatte keine Ahnung, was ich vorhatte, und schien das Unerwartete von mir zu erwarten.

Trotz oder vielleicht gerade wegen meiner inneren Unruhe war es ein herrlicher Abend. Ich genoss das hervorragende Essen – gebratenen Pfau in einer dunklen Sauce, gerösteten Fasan mit Pastinaken, Flusskrebse in Weinsauce, mit Maronen gefüllte Wachteln, knusprig gegrilltes Spanferkel, Forellen aus dem Arno, Trüffelpastete, Feigenkompott, exotisches Obst wie Datteln aus Nordafrika und viele andere Köstlichkeiten. Ich probierte auch alle drei Weine, die an diesem Abend serviert wurden.

Gianni beobachtete mich mit wachsender Besorgnis. Wenn ich mich auf derart gefährliche Weise amüsierte, konnte ich leicht einen neuen Anfall erleiden. Er wollte mir das Weinglas wegziehen, aber ich nahm es ihm wieder aus der Hand und trank es leer.

Cesare beobachtete mich unverwandt über die Tafel hinweg.

Als die Diener das Silbergeschirr abgetragen hatten, erhoben sich die meisten Gäste von der Tafel, um zu tanzen. Ich blieb sitzen und beobachtete die Paare bei einer langsamen spanischen Pavane, einem schnelleren italienischen Passamezzo und einer ausgelassenen Tarantella – und ich sah zu Cesare hinüber, der auf seinem Platz saß und immer wieder zu mir herüberstarrte.

Der Herzog der Romagna wurde von drei hübschen Madonnen belagert, die sich kichernd bemühten, für diese Nacht sein Bett zu erobern. Er lachte mit ihnen, warf mit galanten Komplimenten um sich, genoss ihre wenig zurückhaltende Aufmerksamkeit, ließ sich von ihnen berühren, zufällig, absichtlich, an der Hand, am Arm, am Knie, ließ sich zu tiefen Einblicken in die gewagten Ausschnitte ihrer Kleider verführen, schien aber seine endgültige Wahl noch nicht getroffen zu haben: eine von ihnen oder alle drei?

Ich *hatte* mich entschieden, als ich mich erhob und die Tafel entlang zu ihm hinüberschlenderte.

Die Madonnen traten zur Seite und versanken in einem formvollendeten höfischen Knicks vor mir. »Eure Exzellenz!«, flüsterten sie.

Mit einer knappen Geste entließ ich sie, um mit Cesare allein zu sein, und sie zogen ab. Dann wandte ich mich an ihn: »Ich habe beschlossen, dich zu retten.«

»Das war sehr umsichtig von dir«, meinte er ironisch. »Ich wusste gar nicht, wie ich ihnen entkommen kann, ohne dass sie mich bis in mein Bett verfolgen, um mir dort die Kleider vom Leib zu reißen und über mich herzufallen.«

»Wäre dir das so unangenehm?«, lachte ich. »Ich halte dir den

Rücken frei, wenn du mir einen Tanz versprichst. Die Pavane gefällt mir. Lass uns tanzen!«

»*Du* forderst mich zum Tanz auf?«, fragte er ungläubig.

Schweigend reichte ich ihm meine Hand. Da erhob er sich und führte mich quer durch den Saal auf die Tanzfläche. Während der Pavane versuchte ich, mir mein Hinken nicht anmerken zu lassen.

»Sie beobachten uns«, flüsterte Cesare nach einem verstohlenen Blick über die Schulter.

»Nein, Cesare: Sie beobachten *mich*. Diese Aasgeier wollen wissen, ob ich stolpere und stürze. Das wäre für sie *die* Attraktion des Abends. Du brauchst mir also nur beim Tanzen auf die Füße zu treten, um mir meine Würde zu nehmen.«

»Weißt du, was das Problem bei einem Tanz auf spiegelglattem Parkett ist, Caterina? Wenn einer stürzt, reißt er den anderen mit.«

»Dann lass uns aufpassen, was wir tun, Cesare.«

Er hatte verstanden, was ich sagen wollte, und hielt mich fest, sodass ich nicht fallen konnte. Während einer engen Drehung flüsterte er: »Sie sind enttäuscht. Offenbar haben sie ein Degenduell erwartet oder ein Wortgefecht, aber nicht, dass wir heute Abend miteinander tanzen.«

»Tust du immer, was man von dir erwartet?«, fragte ich, als ich einen Tanzschritt auf ihn zu machte. Dabei sah ich ihm tief in die Augen.

Er lachte. »Nein, nie. Und ich kann mich nicht erinnern, dass *du* jemals auch nur versucht hast, die Erwartungen von irgendjemandem zu erfüllen – am allerwenigsten meine.«

»Glaubst du, dass unsere Beziehung in Glück und Unglück dann fast zwölf Jahre gehalten hätte? Nein, Cesare: Wir wären nicht an unseren Gefühlen, an Liebe und Hass gescheitert, sondern an der Langeweile!«

Beim Wort »gescheitert« war er mitten in der Pavane stehen geblieben und sah mich an, während die anderen um uns herumwirbelten und uns neugierige Blicke zuwarfen.

Ich trat ganz nah an ihn heran, so nah, dass unsere Körper sich beinahe berührten. Hätte ich doch nur sein Gesicht sehen können! »Würdest du mir eine einfache Antwort auf eine komplizierte Frage geben, Cesare?«, bat ich ihn.

Er zögerte, doch dann sagte er: »Ja.«

Ich umarmte ihn, zog an den Seidenbändern, die seine Maske hielten, und nahm sie ihm ab.

Dann lehnte ich mich gegen ihn und küsste ihn leidenschaftlich. Als ich mich von ihm löste, las ich in seinen Augen: »Warum?«

So fassungslos hatte Cesare ausgesehen, als wir nebeneinander auf Guidos Bett gelegen hatten, als ich ihm sagte, dass ich mit ihm nirgendwohin gehen würde, weil ich Guidos Ring an der Hand trug und seine Liebe im Herzen! Er hatte geweint, dann hatte er mir gestanden, dass ich ihm in der Stunde seines Triumphes die größte Niederlage beigebracht hätte, weil ich ihn endgültig verlassen hatte. Danach hatte er nie mehr mit mir gesprochen – bis vor zwei Stunden auf den Stufen von San Pietro. Ja, er war erschrocken über meinen Kuss.

Aber dann besann er sich, nahm mir die Maske ab, zog mich ungestüm an sich und küsste mich ebenso leidenschaftlich.

»Ist das die Antwort, die du erwartet hattest?«, flüsterte er.

»Nein, *mi amor.* Das ist die Antwort, auf die ich nicht zu hoffen wagte. Nicht nach allem, was im letzten Jahr geschehen ist.«

»Ich hätte dich freigelassen, Caterina, nachdem ich von meinem Besuch bei Louis zurückgekehrt war. Er hat mich in aller Form darum gebeten. Du hast damals in Mailand einen unvergesslichen Eindruck auf ihn gemacht. Als ich aus Urbino hörte, dass du nach Rom geflohen warst und dass dir nichts geschehen ist, war ich erleichtert. Denn durch deine Flucht haben wir beide gewonnen –

keiner von uns musste sich dem Willen des anderen unterwerfen. Vergib mir meinen Stolz!«, flüsterte er und küsste mir die Worte der Vergebung von den Lippen.

Die Musik hatte längst aufgehört, im Saal herrschte atemloses Schweigen, dessen Echo von den Wänden widerhallte: »Warum?«

Eng umschlungen tanzten wir unseren eigenen Tanz, einen Tanz der schwarzen Schatten, drehten uns in inniger Umarmung langsam um uns selbst, küssten uns und vergaßen für einen endlosen Augenblick die Welt um uns herum.

Aus dem Augenwinkel nahm ich wahr, dass Rodrigo zu seinem Sessel zurückgekehrt war, um Cesare und mich zu beobachten. Gianni und Piero starrten mich fassungslos an. Ich redete mir ein, dass es mir gleichgültig war, was sie – und Guido – über mich dachten, aber es war mir nicht egal. Ihr Unverständnis und ihre Verachtung schmerzten mich fast so sehr wie der Gedanke an Guido. Guido, mein Geliebter, vergib mir!

Cesare war erregt, das spürte ich deutlich, als wir eng umschlungen unseren eigenartigen Tanz ohne Schrittfolge und ohne Musik fortsetzten. »Wie denkst du über einen geordneten Rückzug? Wir könnten das Schlachtfeld gemeinsam verlassen …«, flüsterte er.

Ich lachte an seiner Schulter. »Wohin willst du entfliehen?«

»Dorthin, wo ich dir keinen Widerstand mehr leisten kann.«

»Ich nehme deine bedingungslose Kapitulation an«, erklärte ich großzügig unsere Auseinandersetzung für beendet.

Cesare und ich prallten aufeinander wie ein Gewittersturm, in dem sich die Spannungen mit Blitz und Donner entluden. Das Verlangen raubte mir fast den Verstand.

Keuchend rangen wir miteinander um jeden Funken Lust, an dem wir uns entzünden konnten, um jedes bisschen Gefühl, das uns bewies, dass wir noch am Leben waren. Wir wirbelten uns herum, küssend, lachend, atemlos, wanden unsere schweißnassen Körper umeinander, unsere Glieder miteinander verwoben, zitternd, bebend, seufzend im Rausch der Lust, wir streichelten uns, zärtlich, liebevoll, mit Händen und Lippen und Haaren, mit unserer glühenden Haut, wir flüsterten, hauchten Versprechungen, seufzten, stöhnten vor Wollust, rieben uns aneinander, sinnlich, wild, unbezähmbar, trieben uns gegenseitig in die Ekstase, drangen tief in die Gefühle des anderen ein, liebten uns lachend, weinend, wussten nicht mehr, wessen Tränen wir küssten, die eigenen oder die des anderen, weinten vor Enttäuschung, vor Einsamkeit, vor Glückseligkeit, stiegen immer höher hinauf, und noch höher, ungeduldig, fordernd, gierig. Lebendig! Und ohne die lähmende Angst, nie mehr lieben zu können und nie mehr geliebt zu werden.

Wie berauscht ich von ihm war! Immer höher stiegen wir hinauf in die himmlischen Sphären, wo Liebe und Hass aufhören und zur Ekstase werden. Dann ließ ich mich fallen, ohne das Gefühl zu haben, abzustürzen, ins Bodenlose zu fallen, in den Abgrund. Denn er fing mich auf, hielt mich fest, ließ mich nicht mehr los.

Eine Weile lagen wir so, unfähig, uns voneinander zu trennen. Zu intensiv waren die Gefühle, die uns verbanden.

»Halt mich fest!«, seufzte ich.

»Früher hast du es gehasst, wenn ich dich festgehalten habe«, flüsterte er und presste mich an sich.

Eng umschlungen lagen wir eine Weile, dann rollte ich mich von ihm herunter in die Kissen und zog die Decke über uns.

»Caterina?«, fragte er nach einer Weile.

»Mhm«, murmelte ich erschöpft, das Gesicht im Kissen vergraben.

Er strich mir das zerwühlte Haar aus dem Gesicht. »Bitte verstehe mich nicht falsch, aber ich würde gern wissen, warum du es getan hast. Warum bist du zu mir zurückgekehrt?« Er küsste mich zart.

Seufzend drehte ich mich um. »Warum, willst du wissen? Weil ich mich selbst zum Egoismus bekehrt habe. Ich friere vor Einsamkeit: Guido ist in Venedig im Exil, und meine Familie hatte sich monatelang von mir abgewandt und war nicht für mich da, als ich sie am dringendsten gebraucht habe. So hatte ich in den letzten Monaten viel Zeit zum Nachdenken, was ich mit dem Rest meines Lebens anfangen will.

In den letzten Monaten habe ich mein Leben zu Ende gedacht. Ist das nicht furchtbar? Wenn alles schon festgelegt ist, wenn es keine Überraschungen mehr gibt, keine unerwarteten Freuden, keine wirklich wichtigen Entscheidungen, die wieder alles infrage stellen, wovon du geträumt hast. Wenn es nur noch Stillstand gibt, nur noch ein ängstliches Starren auf das Ende, die Stunde deines Todes, die Besorgnis um deine Würde im Sterben, und wenn die Gedanken beginnen, sich zu wiederholen, immer und immer wieder. Das ist der Anfang vom Ende. Wenn du dieses Stadium erreicht hast, kannst du es eigentlich gleich selbst zu Ende bringen.«

»O mein Gott!«, seufzte er betroffen und strich mir liebevoll über das Gesicht. »Was hast du alles ertragen in den letzten Monaten!«

»Glück macht süchtig, Cesare: nach immer mehr Glück. Es ist wie beim *Aurum* – am Ende kommt man nicht mehr davon los. Man will die Augenblicke des vollkommenen Glücks immer wiederholen, wie die Phasen der Schmerzfreiheit im Rausch des *Aurum*, aber Glück lässt sich nicht wiederholen. Du kannst es nur immer neu erschaffen, mit einem anderen Menschen. Ich war unglaublich glücklich in Urbino – wie kann ich das vergessen oder diesen Zustand nicht immer wieder erleben oder neu erschaffen wollen?« Seufzend räkelte ich mich in die Kissen. Dann sprach ich leise weiter:

»Ich sehne mich nach Liebe, nach Glück, nach Freude. Das ist doch das Wichtigste im Leben: die Liebe – nicht der Hass. Ich will lieben und geliebt werden. Anders kann ich nicht mehr leben. Ich will keine Zeit mehr vergeuden, indem ich jemanden hasse, weil er ist wie er ist. Hass ist sinnlos, führt nirgendwohin, nicht einmal in die süße Befriedigung nach einer heroisch inszenierten Rache.«

»Ich dachte wirklich, du würdest mich hassen«, meinte er. »Nach all dem, was ich dir angetan habe …«

Ich verschloss seine Lippen mit einem Kuss. »Wenn ich dich hassen würde, Cesare, wäre das die Verschwendung von Gefühlen, von Zeit, und die Vernichtung einer Beziehung, die seit fast zwölf Jahren alle Stürme überlebt hat: Krieg, Vertreibung, Flucht, Gefangenschaft, Leiden. Das ist unser halbes Leben, Cesare! Soll ich mein Leben verleugnen? Nein! Es ist zu wenig davon übrig, als dass ich auch nur auf eine Minute davon verzichten wollte.

Ich habe die Wahl, weiter *Aurum* zu nehmen und in einigen Monaten in geistiger Umnachtung zu sterben, allein, von allen verlassen, von *mir selbst* verlassen, oder kein *Aurum* mehr zu nehmen und bei klarem Verstand für immer zu gehen – aber schon in wenigen Wochen. Ich habe mich entschieden.

Und ich habe mich endlich damit abgefunden, dass ich Guido in der kurzen Zeit, die mir noch bleibt, nicht wiedersehen werde. Glaube mir: Es war nicht einfach für mich, denn ich kann Guido nicht erklären, warum ich tue, was ich tue. Ich weiß selbst nicht genau, was ich fühle: Ich habe ihn verlassen, und doch bin ich in Gedanken ständig bei ihm. Ich habe … auf ihn verzichtet, obwohl ich ihn vermisse und mich nach ihm sehne. Ich liebe ihn von ganzem Herzen. Aber wie soll ich diese verwirrten Gefühle denn in Worte verpacken, die ihn in ihrer Unbestimmtheit noch mehr verletzen würden als mein Schweigen.«

Er sah mich betroffen an, und ich strich ihm sanft über das Gesicht.

»Versteh mich nicht falsch, Cesare: Ich bin nicht verzweifelt. Jetzt nicht mehr. Ich bin glücklich, dass du mich noch immer willst. Sehr glücklich. Ich *will* glücklich sein, ich will in den letzten Wochen meines Lebens Spaß haben, Hunger und Durst, Lachen, Freude, Zärtlichkeit und Lust. Ich will das Leben in mir spüren, es genießen, solange es geht. Ich habe erkannt, dass du derjenige bist, der mich dazu bringt, zu tun, wozu ich fähig bin, der mich ertragen kann, der mich jeden Tag über meine eigenen Grenzen hinaustreibt, der mit mir Schritt halten kann, wenn ich vorauseile, der auf mich wartet, wenn er vor mir ankommt, und vor allem: der weiß, *wohin* wir beide eigentlich gehen.

Ich habe keine Zeit mehr zu verschwenden, Cesare. Aber meine Liebe ist etwas, das ich gern verschenken würde. Bis nichts mehr davon übrig ist, das ich mit ins Grab nehmen könnte.«

Kapitel 16

Der Tod des Drachen

Cesare riss mich mit sich in ekstatische Höhen. Die Monate mit ihm waren eine herrliche Zeit, eine Zeit der Liebe, der Lust und der Freude – wenn auch mit dem bitteren Nachgeschmack des *ha-Our* auf meinen Lippen.

Während des Karnevals amüsierten wir uns auf Maskenbällen und aufwändigen Banketten in den Palazzi der Kardinäle und derjenigen, die es in nächster Zeit werden wollten, bei Pferderennen auf der Piazza Navona und bei Stierkämpfen vor der Basilika von San Pietro. Und als die ersten warmen Sonnenstrahlen die Natur wachküssten, ritten wir oft stundenlang aus – ein Mal sogar bis Nepi, wo wir zwei sorglose Tage ohne Zeremoniell und zwei herrlich schlaflose Nächte voller Leidenschaft verbrachten.

Cesare warf mit beiden Händen die Golddukaten um sich, bestellte bei seinem Schneider Hemden, Jacken, Hosen und Stiefel nach der neuesten römischen Mode, plünderte die Läden der Juweliere und der Handschuhmacher, ließ sich neue Masken anfertigen – alle in schwarzem Samt. Mich überschüttete er mit Geschenken: kostbare französische Parfums, Flakons mit Rosenöl, einen Saphirring, der die Hand eines Kardinals schmücken konnte, eine Ghirlanda mit Perlen und Diamanten, spanische Fächer, ganze Ballen von Atlasseide, kostbare venezianische Brokatstoffe, Spitze aus Burano und Borten mit Perlenstickerei für neue Kleider, die ich wahrscheinlich nie tragen würde. Aber das schönste Geschenk war ein temperamentvoller schwarzer Hengst aus der berühmten Zucht von Francesco Gonzaga in Mantua.

Rodrigo, der sich noch wenige Wochen zuvor über seinen eigensinnigen Sohn erregt hatte, erduldete nun fröhlich lächelnd Cesares Launen und erfüllte ihm jeden noch so ausgefallenen Wunsch. Cesare war der Stärkere, und Rodrigo wusste es. Das päpstliche Heer unterstand Cesares Befehl, und Rodrigo konnte den Feldzug niemand anderem anvertrauen, nicht einmal seinem Sohn Jofré, der sich bei der Belagerung der Festungen der Orsini im März und April nicht gerade als umsichtiger Feldherr hervorgetan hatte. Mit anderen Worten: Cesare hatte seinen Vater fest in der Hand und herrschte uneingeschränkt im Vatikan.

Für die Welt waren Vater und Sohn einig und unzertrennlich – aber ich wusste, dass die Materie im Alambic ihrer Beziehung seit Jahren im tiefsten Inneren glühte und dass die Temperatur – der Freiheitsdrang, die Enttäuschung, der unbeherrschte Zorn – nur noch ein wenig erhöht werden musste, um die *Separatio* zu vollenden. Rodrigo verstand nicht, dass sein Sohn endlich aus seinem Schatten heraustreten, sich von ihm lösen wollte. Und Cesare löste sich nur unter Qualen von seinem Vater.

Als durch Vermittlung von König Louis am 11. April 1503 ein Waffenstillstand zwischen den Borgia und den Orsini unterzeichnet wurde, schlossen auch Cesare und sein Vater endlich Frieden. Giulio Orsini wurde aus der Engelsburg entlassen und kehrte in seine Festung nach Pitigliano zurück. Gian Giordano wurde aus der Ewigen Stadt verbannt und zog sich nach Vicovaro östlich von Rom zurück, während seine Festung Bracciano an die Kirche fiel. Kardinal Rinaldo wurde freigelassen – nach einer längeren Aussprache mit dem Papst nahm er wieder an den Sitzungen des Konsistoriums teil.

Und so endete dieser unsinnige Krieg, der Vater und Sohn entzweit hatte, der Orsini, Medici und Borgia zu Feinden machte. Vor allem aber war ich erleichtert, dass die Verschwörung zur Ermordung des Papstes durch die Freilassung unserer Cousins Giulio und Rinaldo überflüssig geworden war. Das glaubte ich jedenfalls …

Nach dem Waffenstillstand mit den Orsini war Ruhe eingekehrt in den Straßen von Rom. Die Borgia waren auf der Höhe ihrer Macht, niemand wagte es, sie herauszufordern. Sie wurden bewundert, geliebt, verehrt wie Ikonen des *Bel vivere*, der Lebensfreude, der Großzügigkeit, des eleganten Geschmacks – und sie wurden gefürchtet. Denn anders als viele, die sie in den Straßen Roms mit offenem Mund anstarrten, hatten sie den Mut zu sein, was sie sein wollten.

Die Zeit ist der mächtigste Gegner des Menschen. Sie lässt sich auf keine Verhandlungen und auf keinen Waffenstillstand ein.

Es gelang mir, innerhalb weniger Wochen weitere Phiolen *Aurum* zu tingieren. Die Dosis, die ich nun zu mir nahm, war gefährlich hoch: nicht nur wegen der Atemnot und des Herzrasens, die mich nachts in Panik versetzten, sondern vor allem, weil ich schlimmste Entzugserscheinungen hatte, wenn ich das *ha-Our* nicht nahm. Ich hatte mich an die berauschende Wirkung gewöhnt und nahm im Lauf der Monate Dosen zu mir, die jeden anderen Menschen umgebracht hätten.

Die grausame Erkenntnis, dass ich ohne *ha-Our* nicht mehr leben konnte, dass ich süchtig danach war, dass ich abhängig war und ausgeliefert, entsetzte mich zutiefst. Zwar hatte ich seit Monaten gewusst, dass es unvermeidlich dazu kommen würde, doch das machte meine Ohnmacht für mich nicht erträglicher.

Trotz der furchtbaren Nebenwirkungen des *ha-Our* war ich noch in der Lage, im Laboratorium zu arbeiten. Aber meine Konzentrationsfähigkeit ließ nach. Ich vergaß vieles, und das Schlimmste daran war, dass ich *wusste,* dass ich es vergaß. Langsam den Verstand zu verlieren – das ist die letzte Demütigung, die das Schicksal mir noch antun konnte!

Auch Cesare zerrann die Zeit wie Sand zwischen den Fingern. Noch in diesem Sommer wollte er die Toskana erobern. Er wusste, dass Florenz unter dem Schutz von König Louis stand, der sein Heer in der Lombardei zusammenzog, um nach Süden, nach Neapel zu marschieren. Wenn Cesare Florenz angriff, läge sein eigenes Herzogtum Romagna wie reifes Obst auf dem Silberteller. Cesare hatte mir Louis' Brief gezeigt, in dem der König von Frankreich seinen Herzog warnte, Florenz zu bedrohen. Er habe Mittel, Cesare innerhalb einer Woche alles wegzunehmen, was er ihm in den letzten drei Jahren zu erobern erlaubt hatte. Cesare antwortete, dass sein Heer in Umbrien stehe, nicht in der Toskana – zur Erläuterung fügte er seinem Schreiben eine Karte von Italien bei: eine Unverschämtheit!

Noch während der Bote zu Louis unterwegs war, bereitete Cesare sich vor, mitten im Galopp die Pferde zu wechseln. Er trat in Verhandlungen mit den Spaniern, die auf dem besten Weg waren, die französische Besatzung aus Neapel zu vertreiben. Er wusste, dass er Louis' Wunsch nach der Krone von Neapel noch einmal zu seinem Vorteil ausnutzen konnte. Als Bannerträger der Kirche, mit dem größten Heer Italiens unter seinem Kommando, mit dem Papst hinter sich, der ihm jedes gewünschte Breve unterschrieb, hatte Cesare den Zenit seiner Macht erreicht. Louis brauchte Cesare, wenn er durch Italien marschieren wollte.

In den ersten beiden Juliwochen schickte Cesare die ersten Truppenkontingente nach Perugia, das strategisch günstig an der Grenze der Toskana lag. Louis schwieg. Anders als Niccolò Machiavelli, denn in Florenz brach die Panik aus.

Ende Juli war Cesare immer noch in Rom, und niemand wusste, was er tun würde. Er war gereizt, wartete auf etwas. Die Spanier hatten ihm Unterstützung gegen Louis in der Toskana versprochen, aber die traf nicht ein. Die Tage vergingen, und seine Stimmung wurde immer unbeherrschter. Sollte er nach Norden reiten und sich mit Louis aussöhnen, der ihn als seinen Gefolgsmann zwingen würde, ihn nach Neapel zu begleiten? Oder sollte er nach Süden reiten, um den Spaniern zu helfen, die Franzosen zu vertreiben – damit würde er einen offenen Bruch mit Louis riskieren!

Am 5. August traf in Rom die bestürzende Meldung ein, dass die Franzosen mit einem gewaltigen Heer von Mailand aus auf dem Marsch in Richtung Rom waren. Louis zwang Cesare zum Handeln …

… und noch jemand anderen …

»Stell dir vor, geliebte Caterina, heute wäre der letzte Tag deines Lebens. Was würdest du tun, bevor wir dich mitnehmen?«, fragte mich Giovanni. Er saß auf meinem Bett und strich mir sanft das wirre, schweißnasse Haar aus dem Gesicht. Seine zärtlichen Berührungen taten mir unendlich gut.

»Nichts, Giovanni«, antwortete ich. »Ich habe alles getan. Nehmt mich bitte mit!«

»Noch nicht, Caterina«, sagte Lorenzo ernst, der auf der anderen Seite des Bettes saß. Ich sah ihn genauso deutlich vor mir wie Giovanni, wie Angelo, der am Fenster lehnte und mich schweigend beobachtete, wie Girolamo, der mich vom Fußende des Bettes aus mit einem derart unglücklichen Gesicht ansah, als sollte er mir gleich die Sterbesakramente erteilen.

»Du hast dein Leben noch nicht zu Ende gelebt«, sagte Lorenzo sanft. »Noch hast du die Wahl, was du tun willst. Giovanni hat vor Jahren gesagt: Es steht dem Menschen frei, sich durch seinen eigenen Willen zu Gott zu erheben. Und ich sage dir: Es steht dem Menschen ebenso frei, sich selbst zu zerstören. Wähle!«

Giovanni beugte sich über mich: »Wenn dies also dein letzter Tag wäre«, flüsterte er. »Was würdest du tun …?«

»Eure Exzellenz?«, riss mich einer meiner Kammerdiener leise flüsternd aus meiner Vision.

Ich schreckte aus meinem Dämmerzustand zwischen Schlafen und Wachen und öffnete verwirrt die Augen. Die Traumbilder von Lorenzo und Giovanni waren verschwunden. Noch spürte ich Giovannis zärtlichen Kuss auf meinen Lippen, die Berührung seiner Hände auf der Haut, atmete den Duft seines Haares …

Ich holte tief Luft. »Was ist?«, seufzte ich und zog, noch ganz benommen, die dünne Seidendecke über meine nackten Brüste. Ich war schweißnass vor Fieber.

»Seine Eminenz, Kardinal de' Medici wartet. Er wünscht, mit Euch zu sprechen, Exzellenz«, erklärte mir der Diener.

Stöhnend vergrub ich mein Gesicht in den Kissen. Gianni! Was wollte er denn? Warum ließ er mich nicht in Ruhe? Er wusste doch, wie es mir ging. Beunruhigt wegen des französischen Vormarsches hatte er mich an diesem Morgen nach der Konsistoriumssitzung besucht, und wir waren im Garten spazieren gegangen. Er war doch dabei gewesen, als ich eine Dosis *ha-Our* genommen hatte, weil ich die Schmerzen nicht mehr ertrug und den Rückweg zum Palazzo aus eigener Kraft nicht mehr schaffen konnte. Er hatte mich doch selbst ins Bett gebracht. Er kannte doch die Nebenwirkungen … dass ich für Stunden nicht ansprechbar sein würde … dass ich Ruhe brauchte … schlafen wollte … Wahrscheinlich machte Gianni sich Sorgen und wollte nach mir sehen, weil Cesare an diesem Abend nicht da war.

»Ich werde Seine Eminenz empfangen«, beschloss ich. »Bitte lass ihn herein.«

Der Diener verneigte sich und öffnete die Schlafzimmertür, damit Gianni eintreten konnte.

Mein Bruder stürmte in mein Schlafzimmer, scheuchte den Diener ungeduldig hinaus und schloss die Tür, um sich einen Augenblick dagegenzulehnen und mich zu betrachten. Wahrscheinlich wollte er nur hören, ob der Diener auf der anderen Seite der Tür lauschte. Dann kam er zu mir herüber, setzte sich auf den Rand des Bettes und nahm meine Hand. »Wie geht es dir?«, fragte er besorgt.

»Fantastisch«, lächelte ich verbissen und setzte mich auf.

Gianni klopfte ein Kissen zurecht und stopfte es mir hinter den Rücken. »Wenn es dir so gut geht, warum hast du Cesare dann heute Abend nicht zu dem Bankett bei Adriano begleitet?«

An diesem Abend gab Kardinal Adriano da Corneto, der ehemalige päpstliche Sekretär, im Garten seiner prächtigen Villa ein Bankett für den Papst, den Herzog der Romagna und einige ausgewählte Vertraute und Freunde. Cesare hatte mich gebeten, ihn zu begleiten, um auf andere Gedanken zu kommen, aber ich hatte abgelehnt. Die schwüle Augusthitze machte mir zu schaffen, ich hatte Fieber, war todmüde und wollte schlafen …

Gianni wartete meine Antwort gar nicht erst ab: »Komm mit mir und amüsiere dich bei Adriano. Die Ablenkung wird dir gut tun. Die Gäste sind gute Freunde von dir, und die meisten von ihnen haben heute Abend die höfische Etikette zu Hause vergessen. Keine Spur von Zeremoniell, obwohl Seine Heiligkeit anwesend ist! Tu dir selbst einen Gefallen und komm mit! Du könntest ein wenig mit Agostino Chigi flirten, ein bisschen mit Ippolito d'Este herumstreiten, dich amüsieren … Es ist ein schönes Fest mit fröhlicher Musik und Tanz …«

»Ich kann nicht tanzen«, murmelte ich.

»Unsinn! Ich weiß, dass du über einen erstaunlichen Willen verfügst, Caterina. Du *willst* nicht, das ist alles. Und *ich* will nicht, dass du heute Abend hier ganz allein in deinem Bett liegst.«

»Allein – das bin ich mein halbes Leben gewesen, Gianni. Diese eine Nacht werde ich wohl auch noch überleben!«

»Überleben …?«, hauchte er erschrocken. Im Schein der Kerze auf meinem Nachttisch sah ich, wie er blass wurde, als er mich anstarrte. Was hatte er plötzlich? Was hatte ich denn gesagt …?

Wieso drängte mich Gianni, ihn zu diesem Bankett zu begleiten? Weshalb war er noch während des Essens auf sein Pferd gestiegen und von Adrianos Villa zum Vatikan herübergeritten, als er erkannte, dass Cesare ohne mich gekommen war?

Ich verstand nicht, warum er wollte, dass ich auf Adrianos Feier das hervorragende Mahl genoss, den eisgekühlten Wein trank, mich mit seinen hochrangigen Gästen amüsierte – Kardinäle, Monsignori, Botschafter – und so schickte ich ihn wieder weg.

Und ich verstand es nicht einmal, als Rodrigo und Cesare in den frühen Morgenstunden krank in den Vatikan zurückkehrten. Beide hatten die erschreckenden Symptome einer Vergiftung mit Cantarella. Sie mussten sich immer wieder übergeben und lagen trotz der Sommerhitze zitternd und frierend und mit hohem Fieber im Bett. Am späten Nachmittag wurde Rodrigo ohnmächtig.

Was war während des Banketts in Adrianos Villa geschehen? Hatte der Kardinal Rodrigo und Cesare vergiftet? Adriano war wegen Cesares bevorstehendem Feldzug in der Toskana zutiefst beunruhigt, denn er fürchtete, wie Kardinal Giovanni Michiel, der im April überraschend gestorben war, und wie mein Cousin Gian Battista Orsini von Rodrigo vergiftet zu werden.

Wenn Adriano starb, würde auch sein immenses Vermögen – immerhin fast hundertfünfzigtausend Dukaten –, wie zuvor Kardinal Michiels und Kardinal Orsinis gesamter Besitz, an die Kirche fallen und Cesares Feldzug finanzieren. Adriano war in den letzten Wochen seit seiner Investitur Ende Mai immer wieder in Todesangst gewesen, wenn er über Magenbeschwerden klagte. Auf die Idee, dass seine Magenkrämpfe vielleicht von der Angst herrührten und nicht umgekehrt, kam er offensichtlich nicht! Die neun neuen Kardinäle waren von Cesare ausgewählt worden, der auch die zu zahlenden Summen – in Adrianos Fall mehr als zwanzigtausend Dukaten – festgesetzt hatte und die Kardinäle nach ihrer feierlichen Investitur zu einem aufwändigen Bankett in seine Räume einlud. Einige Male hatte ich mich mit Adriano unterhalten, als wir im Heckenlabyrinth des Belvedere spazieren gingen, und er hatte mir seine Furcht gestanden. Offenbar vertraute er mir immer noch. Aber warum?

Und was hat Gianni damit zu tun?, fragte ich mich. Ich dachte an die Verschwörung der Medici, Orsini und della Rovere, Rodrigo zu ermorden. Hatten sie ihre Mordpläne gegen Rodrigo doch nicht aufgegeben? Aber warum, zum Teufel, sollte ich an Cesares Seite an diesem Bankett teilnehmen? Sollte auch ich vergiftet werden, weil ich Rodrigos Vertraute war und Cesares Geliebte, weil ich einflussreich war und gefährlich, weil ich von der Verschwörung wusste, mich aber weigerte, Rodrigo zu ermorden, weil …? Tausend Gründe – doch keiner von ihnen würde Gianni dazu bringen, mich zu verraten …

Aber noch mehr verwirrte mich die Tatsache, dass Rodrigo und Cesare sich erstaunlich schnell von dem Giftattentat erholten. So schnell, dass mir der Verdacht kam, sie sollten gar nicht ermordet werden. Und wieso war Adriano selbst krank geworden und lag mit hohem Fieber im Bett? Er kannte die Cantarella – wir hatten uns oft in meinem Laboratorium unterhalten.

Würden ihm in seiner Panik zwei derart gefährliche Fehler unterlaufen, erst Rodrigo und Cesare mit einer viel zu niedrigen Dosis Cantarella zu vergiften und dann selbst von den vergifteten Speisen zu essen und sie dann seinen Gästen anzubieten? Nein, ganz sicher nicht! Ich hatte Adriano während unserer oft stundenlangen Dispute als besonnenen, umsichtigen, beherrschten Mann kennen gelernt. Er sagte nicht immer, was er dachte, aber er meinte immer, was er sagte – anderenfalls schwieg er mit einem undurchsichtigen Lächeln.

Und wieso waren Gianni und Piero ebenfalls vergiftet, wenn auch nicht so lebensbedrohlich wie Adriano, Rodrigo und Cesare?

Und wieso war Giulio, der nicht krank geworden war, obwohl auch er an der Feier teilgenommen hatte, am nächsten Morgen spurlos aus Rom verschwunden?

Und wieder die Frage: Warum wollte Gianni mich unbedingt zu diesem Bankett schleppen? Mir fiel nur eine Antwort ein: Ich sollte ebenfalls vergiftet werden, um nicht in Verdacht zu geraten, von dieser Verschwörung gewusst zu haben. Aber wenn das Attentat auf Rodrigo und Cesare *kein* Mordversuch war, was war es dann? Und wer – außer Adriano, der selbst mehr tot als lebendig zu Bett lag – steckte dahinter?

»… ist der Zeitpunkt gekommen, da der Adept die Lehrbücher der Alchemie verbrennen sollte, da er alles vergessen muss, was sein Maestro ihn gelehrt hat, um seinen eigenen Weg zur Erlösung zu finden«, schrieb ich mit kratzender Feder in das Buch. »Die *Via dolorosa* des Adepten besteht aus sieben Transmutationen. Die *Coniunctio,* die Vereinigung, ist die letzte Transformation seiner Seele.«

Dann steckte ich die Feder in das Tintenfass und lehnte mich einen Augenblick auf meinem Sessel zurück. Meine Hand schmerzte vom langen Schreiben, die Schultern waren verspannt, weil ich mich so lange über das Buch gebeugt hatte.

Seit einigen Wochen schrieb ich alles nieder, was ich wusste. Ich hatte meine Notizen geordnet, Giovannis Aufzeichnungen, die

Schriften von Gerbert d'Aurillac, Albertus Magnus, Basilius Valentinus, Ibn Tufail und all den anderen großen Maestros der Alchemie, und versuchte nun zu retten, was noch zu retten war, bevor der Sturm des Vergessens mein Wissen vernichtete.

Müde rieb ich mir die Augen, dann warf ich einen Blick hinüber zum Athanor, wo die abgeschmolzene Glasphiole im Feuer vor sich hin glühte. Anders als Giovanni, der versucht hatte, das *Aurum* im offenen Alambic zu tingieren, hatte ich mich entschlossen, die Tinktur in einer hermetischen Phiole zu erhitzen, deren offenes Ende ich im Feuer abgeschmolzen und luftdicht versiegelt hatte. Wenn das Elixier explodierte, flogen zumindest nicht so viele Glassplitter durch das Laboratorium …

Wenn … wenn … Das war wieder eine von meinen Visionen: Wenn ich das *Elixirium* fand …

In Nicolas Flamels Laboratorium in Paris hatte ich eine Phiole des *al-Iksir* in der Hand gehalten. Eine unscheinbare klare Flüssigkeit, das Ziel meiner Forschungen, meiner Experimente, der Grund, dass ich noch immer lebte, weil ich die endlose Suche nie aufgegeben hatte. Maître Nicolas hatte mir ein Fläschchen angeboten, aber ich hatte es ihm zurückgegeben. Denn damals hatte ich nicht *l'immortalité* gesucht, sondern einen Grund, glücklich sein zu dürfen, indem ich das Elixier selbst fand, und damit *la gloire immortelle,* und nicht, indem ich es mir von Nicolas Flamel schenken ließ. Wie viel Lebenszeit hatte ich in Paris noch gehabt – eine halbe Ewigkeit! Und nun? Ein paar Tage, wenn ich Glück hatte!

»Ihr werdet es schaffen«, hatte mir Maître Nicolas versprochen. Lorenzo war kurz vor seinem Tod ebenso zuversichtlich gewesen: »Das Wort ›Scheitern‹ hat seit Cosimo kein Medici mehr benutzt. Selbstverständlich wirst du eines Tages das *Elixirium vitae* finden. Aber nicht morgen oder übermorgen oder nächste Woche.«

Aber ich war gescheitert! Meine Lebenszeit war abgelaufen, und ich hatte das Elixier nicht gefunden. Und zum ich weiß nicht wievielten Mal stellte ich mir die Frage: Sollte ich nach Paris reiten und Nicolas Flamel um eine Phiole Leben bitten, solange mir noch Zeit blieb? Und wieder war die Antwort dieselbe, die Maître Nicolas mir schon in Paris gegeben hatte: »Ihr nehmt nichts an, was nicht aus Euch selbst kommt, was Ihr nicht selbst erschaffen habt – Ihr haltet die Unsterblichkeit in Händen und gebt mir doch das Elixier zurück. Ihr wollt es selbst finden!«

Ja, das wollte ich! Nicht um des Ruhmes willen, denn *la gloire immortelle* war mir bereits sicher, da Rodrigo mir versprochen hatte, meine umfassenden wissenschaftlichen Aufzeichnungen und meine niedergeschriebenen Meditationen veröffentlichen zu lassen. Ich hatte mich auch schon für einen Titel entschieden: *Die Erkenntnis von Kosmos, Logos und Eros*. Das Buch sollte noch in diesem Jahr in Rom gedruckt werden. Nach meinem Tod …

Wieder griff ich nach der Feder, um meine Arbeit fortzusetzen. Es war noch so viel zu tun! Der weite Ärmel meines Talars glitt über die Pergamente vor mir auf dem Tisch, blieb an einer Seite hängen. Ein verknicktes Papier fiel zu Boden. Ich hob es auf, entfaltete es: Es war Lorenzos Testament.

Piero hatte es mir im Februar zurückgegeben. Ich hatte es in eines meiner Bücher gelegt und dann vergessen – zu viel war geschehen in den letzten Wochen seit meiner Versöhnung mit Cesare. Ich starrte auf das Pergament, unfähig, mich von Lorenzos Worten zu lösen, die mich zu seiner Tochter machten.

Ich hätte es verbrennen sollen, dachte ich. Am Tag nach Lorenzos Tod, an dem Tag, als ich mich entschieden hatte, es niemals zu benutzen, hätte ich es ins Feuer werfen sollen!

Selbstvergessen faltete ich das Pergament wieder zusammen, erhob mich und ging hinüber zum Athanor. Ich weiß nicht mehr, was ich dachte, oder ob ich überhaupt an irgendetwas dachte, als ich

Lorenzos letzte Zeilen an mich in die Flammen warf und zusah, wie sie sich zusammenrollten und verbrannten.

Ich kniete vor dem Athanor und starrte nachdenklich in die Flammen, als Rodrigo das Laboratorium betrat. Unter dem Arm trug er einige Blätter Pergament und in der Hand eine Feder.

»Wie kommst du voran mit dem *Chaos?*«, fragte er mit Blick auf das Durcheinander von Pergamenten auf meinem Schreibtisch. »Chaos« – das war seine Bezeichnung für das Buch über *Kosmos, Logos und Eros,* das ich verfasste. Erst vor zwei Tagen hatte Rodrigo mich damit aufgezogen, dass nicht einmal Albertus Magnus verstanden hätte, was ich da niederschrieb.

»Ich beherrsche *Chaos und Kosmos,* Rodrigo. Ich denke, ich werde die *Genesis* heute Nacht beenden und mir morgen einen freien Tag gönnen«, scherzte ich.

Wenn ich nur geahnt hätte, wie sich meine Worte bewahrheiten sollten! Ich würde in dieser Nacht die Genesis vollenden … die sieben Transmutationen, die unvermeidlich ins Unglück führten.

»Was machst *du* eigentlich um diese Zeit noch im Laboratorium?«, fragte ich ihn müde. »Es ist schon spät …«

»Ich kann nicht schlafen, es ist viel zu heiß.« Rodrigo deutete auf die Pergamente unter seinem Arm. »Das ist die Rede anlässlich der morgigen Feier zum elften Jahrestag meiner Papstkrönung. Ich will sie nochmals überarbeiten. Wenn du gestattest, leiste ich dir ein wenig Gesellschaft. Trotz des Feuers im Athanor ist es hier kühler als in meinem Arbeitszimmer.«

Ich war froh über sein unerwartetes Erscheinen, schob das Chaos meiner Pergamente zur Seite und schaffte auf dem Tisch Platz, damit er seine Rede überarbeiten konnte. Dann setzte er sich mir gegenüber an den Schreibtisch und vertiefte sich in seine Arbeit, las, korrigierte ein paar Worte, strich ganze Absätze. Eine Weile arbeiteten wir schweigend, jeder tief in seinen Gedanken versunken.

Noch während ich über das Analogon der Genesis – sechs Transmutationen in sechs Tagen, dann die *Coniunctio* der Menschen am achten Tag – nachdachte, um es niederzuschreiben, glitt mein Blick zum Athanor hinüber …

Ich traute meinen Augen nicht!

Das *ha-Our* in der hermetischen Phiole hatte sich verändert – wie unzählige Male zuvor, als es in der Hitze zu schwarzer Asche verbrannte. Aber dieses Mal …

Fasziniert legte ich die Feder aus der Hand, erhob mich und ging zum Athanor hinüber.

Rodrigo sah auf: »Was ist …?« Dann wanderte sein Blick zur hermetischen Phiole. »O mein Gott!«, entfuhr es ihm. Er sprang auf, stieß dabei seinen Stuhl um, der laut polternd zu Boden fiel, und eilte zu mir herüber, um ins Feuer zu starren. »Ist das …?«

»Ja, das ist es«, flüsterte ich ergriffen.

Es war ein langer Weg, dachte ich. All die Leiden waren nur die geistige Vorbereitung auf diesen wundervollen Augenblick, um ihn würdigen zu können. Wie das ganze Leben doch immer nur die Vorbereitung auf einen einzigen Augenblick unbeschreiblicher Glückseligkeit war, den man nur in seiner ganzen unfasslichen Schönheit erfahren konnte, wenn man das Leiden kennen gelernt hatte, das Unglück, den Schmerz, die Verzweiflung, die Hoffnungslosigkeit, die Trennung vom Geliebten.

»Du hast es geschafft!«, rief Rodrigo. »Unglaublich: Das ist das *Elixirium vitae!* Wie es in den Büchern beschrieben wird!«

Mein Herz raste vor Erregung. Wie gebannt stand ich vor dem Athanor und starrte in die kleine Phiole hinein, in der sich das goldfarbene *ha-Our* in das wasserklare *al-Iksir* verwandelte. Ohne Explosion!, dachte ich verwirrt. Verwundert. Und so ergriffen von der Bedeutung dieses Augenblicks, dass ich nicht länger über diese Tatsache nachdachte. Ein verhängnisvoller Fehler!

Wie von Sinnen vor Glück dachte ich: O Gott, ich danke Dir für Deine Barmherzigkeit, mich zu retten, mir im letzten Augenblick mein Leben zu schenken, meinen Seelenfrieden! Ich werde leben! Mein Werk vollenden!

Wie hatte ich mich zwölf Jahre lang nach diesem Augenblick gesehnt! Welche Leiden hatte ich auf mich genommen, um dieses letzte, dieses schönste aller Ziele zu erreichen! Die Suche, das endlose Fragen war vorbei! Endgültig vorbei! Ich hatte die Antwort gefunden! Ich war so überwältigt von meinem Glück, dass meine Knie zu zittern begannen, und ich mich an Rodrigo festhalten musste.

An mir vorbei trat er ganz nah an den Athanor. Beinahe hätte seine Soutane Feuer gefangen. Wie gebannt starrte er auf die wasserklare Flüssigkeit. Dann griff er zu der Metallzange, um die hermetisch versiegelte Phiole aus den glühenden Klammern zu lösen. Mit einer zweiten Zange hob er die Phiole aus der Hitze des Feuers.

»Endlich!«, flüsterte er, wandte sich ab und ließ mich stehen, um die Phiole zum Tisch zu tragen.

Ich folgte ihm, misstrauisch: Warum gab er sie mir nicht? Es war mein *al-Iksir!* Sollte sich nun bewahrheiten, was ich all die Monate befürchtet hatte? Nein, nicht das! Nein, Rodrigo, zwinge mich nicht zu tun, was ich nicht tun will!

Ich trat ihm in den Weg: »Bitte gib mir die Phiole!«, verlangte ich mit ausgestreckter Hand.

»Nein!« Er schüttelte den Kopf und wollte an mir vorbeigehen.

»Rodrigo, du weißt, wie dringend ich das Elixier brauche, um zu leben …«, flehte ich ihn an, aber er beachtete mich nicht und ging zum Schreibtisch hinüber, um die Phiole dort abzulegen.

Ich war traurig, unendlich traurig. Die Stunde meines größten Triumphes war die Stunde meiner Niederlage. Natürlich würde Rodrigo nicht zulassen, dass ich diese einzige Phiole Lebenselixier trank! Ich hatte es doch die ganze Zeit gewusst. So wie er. Ich war traurig und enttäuscht, derart benutzt, betrogen, ja: *verraten* worden zu sein. Sein Nein war mein Todesurteil!

»Rodrigo ...«, begann ich erneut. »Bitte gib mir die Phiole!«

Er wich einen Schritt zurück, als ich langsam mit ausgestreckter Hand auf ihn zuging. »Niemals!«

Mit einer schnellen Bewegung, die ich während meiner Fechtstunden mit Baldassare, mit Ludovico, mit Guido tausend Mal geübt hatte, zog ich meinen Dolch aus dem Ärmel, warf mich gegen ihn, sodass er überrascht zurücktaumelte, drückte ihn mit dem Gewicht meines Körpers gegen den Arbeitstisch, setzte meinen Dolch an seine Kehle. Dann zog ich seine eigene Klinge aus der Scheide an seinem Gürtel und warf sie in hohem Bogen auf die andere Seite des Laboratoriums, wo sie klappernd zu Boden fiel.

»Rodrigo, ich habe keine Wahl ...«, drohte ich ihm. »Gib mir das, was mir gehört!«

»Nein!«, ächzte er mit der Klinge meines Dolches an seiner Kehle.

Er wusste, dass ich ihn nicht kaltblütig töten würde. Und ich wusste, dass er das glühend heiße Elixier nicht trinken konnte. Noch nicht! Und selbst wenn es abgekühlt gewesen wäre, hätte ihn die Dosis ohnmächtig zusammensinken lassen – wie damals Girolamo in San Marco, als er nur einen Schluck von Giovannis Elixier getrunken hatte. Ich könnte Rodrigo dann in meinem rachsüchtigen Zorn töten. Nein, er konnte es jetzt nicht trinken! Und ich konnte ihn nicht töten, denn dann würde er die Phiole fallen lassen und sie würde zerbrechen.

Ash-Shah mat!, dachte ich. *Dieser* weiße König würde nicht zögern, die schwarze Königin, die ihn bedrohte, vom Spielfeld zu werfen, um sein eigenes Leben zu retten! Nein, dachte ich, ein *ash-Shah mat* reicht nicht. Ich muss ihn töten ...

In diesem Augenblick öffnete sich die schwere Eichenholztür des

Laboratoriums. *»Padre, recién recibí un ultimátum del Rey de Francia …«*, hörte ich Cesare hinter mir sagen.

Ich fuhr herum.

Cesare stand in der offenen Tür und starrte mich an. Überrascht. Entsetzt, als er die Situation erkannte.

»Bleib stehen, Cesare!«, schrie ich ihn an. Ich wirbelte herum, den Dolch immer noch an Rodrigos Kehle, und zog ihn einige Schritte mit mir fort, weg vom Schreibtisch, der mich behinderte.

»Um Gottes willen, Caterina!«, flüsterte Cesare betroffen. »Ich will dir nichts tun.«

»Leg deinen Degen ab!«, forderte ich.

»Tu, was sie sagt!«, befahl Rodrigo seinem zögernden Sohn, als sich die Klinge meines Dolches tiefer in die Haut seiner Kehle bohrte. Blut tropfte über meine Hand auf seine weiße Soutane.

Cesare gehorchte. Ohne mich und die Phiole in Rodrigos Hand aus den Augen zu lassen, schnallte er seinen Gürtel ab und ließ den Degen zu Boden fallen. Dann trat er ihn mit seinem Stiefel zu mir herüber, ohne dass ich ihn dazu aufgefordert hätte. Der Degen rutschte klappernd über den Boden und blieb zwei Schritte hinter mir liegen. Ich machte nicht den Fehler, mich umzudrehen, um ihn aufzuheben. Denn darauf hätte Cesare nur gewartet.

»Und jetzt deinen Dolch!«, kommandierte ich. »Aber langsam, damit ich sehen kann, was du tust.«

Cesare spannte seine Muskeln an, rührte sich aber nicht, bis sein Vater ihn ängstlich aufforderte, sein Leben zu retten.

Mit einem Furcht erregenden Blick warf Cesare den Dolch auf den Boden und hob beide Arme, um mir zu zeigen, dass er nun unbewaffnet war. Er stand immer noch vor der offenen Tür – und war mir damit im Weg.

»Und jetzt geh von der Tür weg und komm langsam zu mir herüber!«, befahl ich. »Ein falscher Schritt, und dein Vater stirbt.«

»Dann wird die Phiole zu Boden fallen und zerbrechen …«, erinnerte mich Cesare mit einem eiskalten Lächeln. Aber er kam langsam mit erhobenen Armen zu mir herüber, um mir den Weg zur Tür freizugeben.

Doch dann stürmte er plötzlich vorwärts, einen Schritt, zwei Schritte, wie beim Fechten, wenn er seine Gegner angriff, um sie in die Ecke zu drängen, zu entwaffnen und in die Knie zu zwingen. Ich hatte oft genug gegen ihn gefochten, um zu wissen, was er vorhatte. Ich versuchte Rodrigo zur Seite zu zerren und zu Boden zu werfen, doch ich war nicht schnell genug. Cesare stürzte zu seinem Vater, entriss ihm die heiße Phiole, rempelte gegen seine Schulter, um ihn umzuwerfen. Rodrigo verlor das Gleichgewicht und fiel gegen mich, riss mich fast um.

Das war der entscheidende Augenblick für Cesare, seinen Degen zu ergreifen, der zwei Schritte entfernt hinter mir lag.

»Lass deinen Dolch fallen, Caterina! Du kannst nicht gewinnen!«, forderte er, die heiße Phiole in der erhobenen Hand. Wie immer trug er Samthandschuhe, aber der Schmerz des glühenden Glases musste unerträglich sein. Er verzog die Lippen zu einem Furcht erregenden Lächeln aus Höllenqualen, als er mir die Spitze seines Degens an die Kehle setzte. Die scharfe Klinge ritzte die Haut, und Blut tropfte mir in den Kragen meines Talars. Ein kleiner Stoß – und ich wäre sofort tot!

Ich gab Rodrigo frei, der sich stöhnend hinter den Schreibtisch flüchtete. Mit dem Dolch in der Hand stand ich Cesare gegenüber, der seinen Degen jetzt auf mein Herz gerichtet hielt. Ich konnte keinen Schritt machen, ohne in die Klinge zu laufen. Zwei Schritte hinter mir befand sich die Mauer des Laboratoriums. Ich konnte nirgendwohin ausweichen, stand im wahrsten Sinne des Wortes mit dem Rücken an der Wand.

Nein, Cesare würde mich nicht leben lassen. Ich war viel zu gefährlich. Unberechenbar. Verzweifelt. Und noch dazu zornig, weil ich von seinem Vater verraten worden war. Nein, er *durfte* mich nicht leben lassen. Ich sah es in seinem bedauernden Blick.

Und dann tat ich das Unerwartete. Ich hob meinen Dolch, als wollte ich Cesare zum Kampf herausfordern, und warf ihn in Richtung Rodrigo, der hinter dem Schreibtisch erschrocken zur Seite sprang. Damit hatte Cesare tatsächlich nicht gerechnet. Überrascht ließ er den Degen sinken und sah zu seinem Vater hinüber.

Im selben Augenblick rannte ich mit fliegendem Talar los, vorbei an Cesare, der mich nicht festhalten konnte, da er in der einen Hand seinen Degen und in der anderen Hand die zerbrechliche Phiole hielt, die er nicht fallen lassen durfte.

Ich floh aus dem Laboratorium, gewann kostbare Augenblicke, da Cesare erst die Phiole seinem Vater übergab, um mir dann mit gezücktem Degen hinterherzurennen. Mit flatterndem Talar lief ich den Gang entlang, und zwei Stufen auf einmal nehmend die gewundene Treppe hinunter, die zu Rodrigos Wohnung führte. Hinter mir hörte ich Cesares schwere Schritte auf den Stufen. Ich riss die Tür zur Papstwohnung auf, wobei ich möglichst viel Lärm machte, huschte dann lautlos weiter die Treppe hinunter und betete inständig, Cesare möge glauben, ich sei durch Rodrigos Wohnung geflohen, die einen zweiten Ausgang zum alten Palast von Papst Nikolaus hatte. Von dort hätte ich durch die Loggia in den Geheimgarten entwischen können, der ein Tor zur Piazza San Pietro hatte. Das wäre der kürzeste Fluchtweg gewesen …

Auf der Treppe blieb ich stehen und lauschte. Alles war ruhig – abgesehen von meinem keuchenden Atem. Wahrscheinlich tat Cesare dasselbe: Er lauschte in der Finsternis auf meine Schritte, meinen Atem, das leise Rascheln meines Talars.

Mein Herz raste, und mir war schwindelig. Ich lehnte mich gegen die kühle Wand des Treppenhauses und schloss für einen kurzen Moment die Augen. Dann eilte ich weiter die Treppe hinunter, die zur Bibliothek hinabführte. Lautlos öffnete ich die Tür und trat in den dunklen Lesesaal. Die Tür am anderen Ende führte durch einen schmalen Geheimgang in die Sixtina. Das war der Weg, den Rodrigo nahm, wenn er in der Kapelle eine Messe las. Ich riss die Tür auf und verschwand im schmalen Korridor, dann lief ich ein paar Stufen hinauf und stand im Altarraum.

Hinter mir blieb alles ruhig. Cesare würde nicht den Fehler machen, mich zu warnen, dass er hinter mir her war. Und so verlor ich keine Zeit und eilte am Altar vorbei zum anderen Ende der Kapelle. Das Tor war unverschlossen. Der Saal dahinter lag in tiefer Dunkelheit. Ich wandte mich nach rechts, in Richtung der Basilika von San Pietro, die nur wenige Schritte entfernt war. Durch diesen Saal ging Rodrigo zum Dom hinüber, wenn er von der Loggia aus seinen Segen spenden wollte. Ich rannte weiter – trotz der Dunkelheit konnte ich die Treppe hinauf zur Loggia erkennen, die Tür rechts führte zum Arkadenhof der alten Basilika. Von dort aus konnte ich zum Bronzetor gelangen – aber das war nachts verschlossen!

Ich rannte quer über den Hof, stolperte auf den unebenen Bodenplatten, rappelte mich auf, eilte weiter, tauchte in den Schatten der Säulengänge, blieb stehen, wartete, versuchte im Innenhof meinen Verfolger zu erkennen, sah nichts, hörte nichts, dann huschte ich in die Basilika, eilte durch das Mittelschiff, vorbei an Michelangelos *Pietà*, bog nach links in die Kapelle ab, in der vor drei Jahren Alfonso begraben worden war. Dann zog ich meinen Talar aus, wickelte ihn mir um den rechten Arm, kletterte über das Marmorsims von Alfonsos Grab hinauf zum Fenster und schlug es ein und sprang.

Gerade als ich wenige Augenblicke später in die Via Alessandrina einbiegen wollte, um zum Tiber zu gelangen, wurde das Tor neben der Kathedrale geöffnet. Bewaffnete mit hell leuchtenden

Fackeln in den Händen stürmten im Galopp über die Piazza San Pietro. Ich verschmolz mit den Schatten in einem Torgang, bis die Reiter vorüber waren. Sie galoppierten zur Engelsburg, und ich folgte ihnen.

Ich war völlig außer Atem, blieb aber nicht stehen, bis ich die Engelsburg passiert und den Fluss überquert hatte. Vor mir hörte ich Hufgetrappel, laute Rufe, sah den Feuerschein der Fackeln in der Via Papalis, die sich vor mir bis zur Piazza Venezia erstreckte. Wussten sie, wohin ich unterwegs war?

Ich hielt inne, lauschte den sich entfernenden Rufen, den aufgeregt wiehernden Pferden, dem Hufgetrappel auf dem Kopfsteinpflaster. Dann ging ich weiter, versuchte meinen keuchenden Atem zu beruhigen – und den stechenden Schmerz in meinem rechten Bein. Ich begann zu humpeln, musste mich an der Hauswand festhalten, um nicht zu stürzen, bog in die unbeleuchtete Via dei Coronari ein und tastete mich Schritt für Schritt in Richtung Pantheon vor.

Wieder Rufe, dieses Mal näher! Fackelschein drang aus der Gasse, die rechts zur Piazza Navona führte. Offenbar hatten meine Verfolger jemanden aufgegriffen, den sie für mich hielten. Ein gequälter Schrei zerriss die Stille der Nacht. Gelächter. Zornige Flüche. Cesares Befehle schienen erschreckend endgültig zu sein!

Panisch rannte ich los, stolperte in der Dunkelheit beinahe über eine streunende Katze, die mich wütend anfauchte und ihre Krallen nach mir schlug. Ich trat nach ihr, dann hastete ich weiter. Hoffentlich hatte keiner meiner Verfolger die fauchende Katze gehört und folgte mir, um nachzusehen, wer in dieser dunklen Straße mitten in der Nacht ohne Fackeln und ohne Leibwache unterwegs war! Ich musste vorsichtiger sein!

Meine Knie zitterten, als ich endlich den Palazzo Medici erreichte. Mit den Stiefeln trat ich gegen das schwere Bronzetor, das einer

Belagerung standgehalten hätte. Ich wagte nicht, laut zu rufen, deshalb war es ein Wunder, dass mir nach nur wenigen Tritten geöffnet wurde – als ob ich erwartet worden wäre!

Ein Diener zog das Tor auf, sah mich verblüfft an, als hätte er auf jemand anderen gewartet. Sofort führte er mich zu Pieros Sekretär, Bernardo da Bibbiena.

»Ich muss sofort mit Piero oder Giovanni sprechen!«, forderte ich, während ich unruhig in Pieros Arbeitszimmer auf und ab lief. Ich war völlig erschöpft, aber ich konnte nicht stillsitzen.

»Das ist leider nicht möglich«, erklärte Bernardo, während er den Kragen des Hemdes schloss, das er sich übergeworfen hatte, als der Diener ihn weckte. »Seine Exzellenz und Seine Eminenz sind heute Nacht ausgegangen.«

»Wo ist Giulio?«, wollte ich ungeduldig wissen.

»Der Monsignore ist heute Abend ebenfalls nicht da.«

»Wo sind sie?«, verlangte ich zu wissen.

Er zögerte. »Es tut mir Leid, Exzellenz. Aber das kann ich Euch nicht sagen« meinte er bedauernd. Er hätte mir wohl gern geholfen, aber offensichtlich hatte er andere Anweisungen.

»Wie bitte?«, herrschte ich ihn an. »Könnt Ihr es nicht sagen, oder wollt Ihr es mir nicht sagen?«

»Ich *darf* es nicht, Exzellenz«, wand er sich.

»Nicht einmal mir?«, hakte ich argwöhnisch nach.

Er zögerte wieder: »Vor allem Euch nicht … ähm … Das waren die Worte Seiner Eminenz.«

Müde sank ich auf einen Stuhl. Ich dachte nach. Gianni konnte doch nicht wissen, dass ich in dieser Nacht unangemeldet im Palazzo auftauchen würde! Wieso hatte er Bernardo verboten, mir zu sagen, wo er, Piero und Giulio waren? Log Bernardo? Oder wollte er mir etwas sagen, *ohne* etwas zu sagen? Piero, Gianni und Giulio waren fortgegangen. Mitten in der Nacht. Und niemand sollte wissen, wo sie waren. Ich schon gar nicht. Das konnte doch nur bedeuten … Ich dachte an den Abend, als Gianni mich zu Adrianos Fest schleppen wollte. Ich hatte vergiftet werden sollen, um nicht in Verdacht zu geraten, von der Verschwörung gewusst zu haben …

Nun wusste ich, wo ich Piero, Gianni und Giulio finden würde! Und dort war ich im Gegensatz zum Palazzo Medici sicher! Er hatte es mir versprochen!

In den frühen Morgenstunden lag der Palazzo della Rovere scheinbar verlassen vor mir. Die Fenster waren nicht erleuchtet, das Tor war verschlossen. Nichts ließ darauf schließen, dass Giuliano in Rom war. Aber von Schein und Sein ließ ich mich nicht mehr täuschen. Mit beiden Fäusten hämmerte ich energisch gegen das Tor.

Ein Diener öffnete mir und ließ mich in den von Fackeln erleuchteten Hof treten. Ein schneller Blick ins obere Stockwerk verriet mir, dass die Innenläden der Fenster geschlossen waren. Ein feiner Lichtschimmer fiel durch die Ritzen.

Der Bedienstete bedauerte, dass Seine Eminenz nicht in Rom sei. Ich müsste doch wissen, dass er im Exil in Savona …

Ich ließ den verdutzten Mann stehen und humpelte die Treppe hinauf zum Saal, wo Giuliano seine Gäste empfing. Ich hielt mich nicht mit Klopfen auf und trat ein. Dann schloss ich die Tür hinter mir und lehnte mich zitternd vor Erschöpfung dagegen.

»… und deshalb *müssen* wir handeln!«, hörte ich Gian Giordano Orsini sagen. Er stand mit dem Rücken zu mir und erläuterte den anderen offenbar gerade seinen Plan.

»Caterina!«, rief Gianni erschrocken, der von seinem Sessel aufgesprungen war. Piero, der mir den Rücken zugedreht hatte, fuhr herum und starrte mich ungläubig an. Giulio war sehr blass. Niccolò Orsini sah mich beunruhigt an, Kardinal Adriano zitterte, als sei ihm Satan erschienen.

Und dann sah ich *ihn*. Guido!

Ich schwankte, musste mich festhalten, sonst wäre ich gestürzt.

Guido starrte mich schweigend an und kam mir keinen Schritt entgegen. Ich konnte ihm ansehen, wie sehr ihn mein Verhalten der letzten Monate verletzt hatte. Wie enttäuscht und verbittert musste er über mein monatelanges Schweigen und meine Affäre mit Cesare sein!

»Guido, mit diesem Ring bekenne ich dir meine unsterbliche Liebe«, hatte ich in der Kathedrale von Urbino gesagt: »Ich werde dich lieben, in den Zeiten des Glücks und in den Zeiten des Leids. Ich werde bei dir sein, bis der Tod uns auseinander reißt.« Meinen Schwur hatte ich mit einem Kuss besiegelt. Wie lange war das her! Mehr als ein Jahr …

Seinen Ring, das Symbol zweier Schicksale, die untrennbar miteinander verwoben waren, trug ich seit Monaten nicht mehr. Ich hatte ihn abgelegt, um Guido zu vergessen und um das Lebenselixier zu finden. Vergeblich! Keinen seiner Briefe hatte ich beantwortet. Und schließlich hatte ich mich damit abgefunden, dass ich Guido in der kurzen Zeit, die mir noch blieb, nicht mehr wiedersehen würde, und dass er mich hasste für das, was ich getan hatte.

Vergessen hatte ich Guido nie, nicht einmal, wenn ich mit Cesare im Bett lag. Guido lag immer neben uns. Nacht für Nacht. Ich hatte ihn verlassen und hatte es doch nicht getan. Ich hatte mir so sehr gewünscht, *er* würde mit mir lachen und vergnügt herumtollen, *er* würde mich streicheln, mich küssen, mich lieben und mir zärtliche Worte ins Ohr flüstern, während er mich im Arm hielt, dass es mir fast das Herz zerrissen hatte.

Und nun stand er unerwartet vor mir!

O Guido, vergib mir!, dachte ich: Ich habe getan, was ich tun musste. Ich hatte doch keine Hoffnung mehr, dich wiederzusehen!

Ich habe mich so sehr nach dir gesehnt, dass ich mich mit Cesare eingelassen habe! Bitte, Guido, versuche mich zu verstehen! Verzeih mir …

Ich stolperte auf ihn zu, aber er wandte sich abrupt ab. Im Schein der Kerzen sah ich die Tränen in seinen Augen.

O Gott, warum tust Du mir das an?, dachte ich, während ich mit der Hand nach einem Halt tastete: Warum demütigst Du mich in dieser Nacht, indem Du mir das Lebenselixier im Augenblick meines Triumphes wegnimmst, indem Du mich durch den Verrat meines Freundes Rodrigo zum Tode verurteilst, indem Du meinen Geliebten Cesare zu meinem Feind machst und mir nun auch noch Guido wegnimmst, die Liebe meines Lebens, die Erinnerung an ekstatisches Glück und Freude und unglaublich viel Zärtlichkeit, meine Hoffnung auf eine Versöhnung mit ihm? Wozu, Gott, wozu nimmst Du mir alles, was ich noch hatte?

Giuliano, der den Blickwechsel zwischen Guido und mir bemerkt hatte, eilte besorgt zu mir. »Caterina, was ist geschehen?«

»Ich musste fliehen. Cesare ist auf mich losgegangen. Ich werde verfolgt. Er lässt mich in der ganzen Stadt suchen«, erklärte ich noch immer atemlos. Mehr konnte und wollte ich ihnen nicht sagen. Dankbar nahm ich Giulianos Arm, als er mich zu einem Sessel führte.

Guido hatte sich in den Schatten einer Fensternische zurückgezogen und beobachtete mich stumm. Er hielt die rechte Hand so vor dem Mund, dass ich sein Gesicht nicht sehen konnte. Sein Ring funkelte im Kerzenschein. Weinte er?

Giuliano sah mich entgeistert an. »Warum will er dich töten?«

»Weil ich für ihn gefährlich bin. Wenn ich es bis ins französische Feldlager schaffe und Louis von Cesares Verhandlungen mit den Spaniern erzähle, dann bedeutet das Cesares Untergang. Und damit den Sturz des Papstes.«

Bleich sank Giuliano auf den Stuhl neben mir. »Mit den Spaniern verhandelt er? Um Gottes willen!«

»Wir müssen handeln!«, drängte Gian Giordano, der von seinem Stuhl aufgesprungen war. »Heute Abend findet die Feier anlässlich Rodrigo Borgias Krönung vor elf Jahren statt. Lasst uns endlich zu Ende bringen, was wir begonnen haben …«

Ich sah ihn erstaunt an. Dann dämmerte mir die Wahrheit: »Das Bankett bei Adriano … die angeblichen Vergiftungen …«

»Du weißt davon?«, fragte Giuliano verblüfft. Und als ich nickte, fuhr er fort: »Das Giftattentat auf die Borgia soll heute Abend während der Feierlichkeiten im Vatikan stattfinden. Das Bankett bei Adriano war nur das dramatische Vorspiel für den Sturz der Familie. Adriano hatte die harmlosen Vergiftungen während seiner Feier inszeniert, um den Mord an Papst Alexander als Akt der Selbstverteidigung erscheinen zu lassen. Seit Wochen hat er verkündet, dass die Borgia ihn vergiften wollten, um an sein Vermögen zu kommen. Es ist alles vorbereitet. Das vergiftete Konfekt ist bereits im Vatikan.«

Giuliano blieb bei mir in dieser Nacht. Er hielt meine Hand, während ich mich weinend in die Kissen drückte.

Guido hatte sich geweigert, mit mir zu sprechen. Als ich auf ihn zugehen wollte, um ihm alles zu erklären, hatte er sich umgedreht und war mit Tränen in den Augen vor mir – und seinen eigenen Gefühlen – geflohen. Noch in den frühen Morgenstunden hatte er sein Pferd bestiegen und den Palazzo verlassen. Niemand wusste, wohin er verschwunden war.

Ich war zusammengebrochen unter dem Ansturm meiner Gefühle. Zuerst die Hoffnungslosigkeit, mein Leben nicht zu Ende leben zu können, nur noch ein paar Tage zu haben. Dann der schönste Augenblick in meinem Leben, als ich das Lebenselixier fand. Die

Chance auf Leben, auf Schmerzfreiheit, auf Freude und Glück. Rodrigos Verrat. Cesares Degen auf meiner Brust. Die Flucht durch Rom. Und dann: Guido! Die Überraschung, ihn zu sehen. Die Freude, dass es ihm gut ging. Die Hoffnung ... Und dann die Enttäuschung, als er sich von mir abwandte – schweigend und mit Tränen in den Augen, als hätte ich ihm den Dolch ins Herz gestoßen. Sein Verschwinden hatte mich zutiefst erschüttert.

Giuliano hatte mich ins Bett gebracht, während Piero, Gianni und Giulio am frühen Morgen in den Palazzo Medici zurückkehrten. Ich bezweifelte, dass sie in dieser Nacht vor dem Attentat auf die Borgia auch nur eine Stunde Schlaf finden würden.

Giuliano hielt es für sicherer, wenn ich die Nacht in seinem Kardinalspalast verbrachte und nicht mit Piero und den anderen in den Palazzo Medici zurückkehrte. Hier würde Cesare mich nicht finden. Und vielleicht würde Guido zurückkehren ...

Aber er kam nicht. Und er blieb auch den ganzen nächsten Tag verschwunden.

An jenem Abend des 11. August 1503 speisten Giuliano und ich allein im großen Bankettsaal seines Kardinalspalastes. Wir bemühten uns beide, den anderen nicht merken zu lassen, was in uns vorging. Vergeblich!

Giuliano hatte den Tisch für drei Personen decken lassen – auf diese Weise wollte er mir zeigen, wie sehr er hoffte, nein: daran glaubte, dass Guido zurückkommen würde. Den ganzen Abend starrte ich auf den leeren Stuhl mir gegenüber und dachte an ihn, um mich von den furchtbaren Gedanken an das Bankett im Vatikan abzulenken:

Gianni und Adriano an der Seite des fröhlichen Papstes, der an diesem Abend sein Thronjubiläum feierte. Der spanische und der französische Botschafter, die sich um ein Bündnis mit dem mächtigen Borgia-Papst bemühten. Rodrigos Triumph, beide gegeneinander auszuspielen. Ein köstliches Mahl. Wunderbarer Wein. Ausgelassene Stimmung. Und das vergiftete Konfekt, von dem Rodrigo und Cesare essen würden. Ich sah beide vor mir, wie sie sich erbrachen, fiebernd zu Bett gebracht wurden, sich unter Schmerzen wanden, immer schwächer wurden, das Bewusstsein verloren …

Und noch ein anderer Gedanke ließ mich in jener schlaflosen Nacht nicht zur Ruhe kommen: Hatten Rodrigo und Cesare das Lebenselixier vor der Feier getrunken? Oder war die versiegelte Glasphiole, die mir das Leben retten konnte, noch unversehrt? Rodrigo kannte die Nebenwirkungen des *al-Iksir:* die stundenlange Ohnmacht – ich hatte ihm selbst davon erzählt. Hatte er es gewagt, das Elixier zu trinken, oder wollte er damit bis nach der Feier warten, um den triumphalen Abend mit einem Schluck Unsterblichkeit zu beenden? Mit anderen Worten: Hatte ich noch eine Chance, mein Leben zu retten?

Gianni berichtete uns am Morgen nach dem Bankett im Vatikan, dass Rodrigo und Cesare die Feier schon vor Mitternacht verlassen hatten, um sich zurückzuziehen, und dass beide blass, unruhig, ja geradezu gereizt gewesen wären. Gegen Mittag erschien Adriano aufgeregt im Palazzo, um uns mitzuteilen, dass die Tore des Vatikans geschlossen wären und niemand mehr hinein- oder herausgelassen würde. In den Straßen Roms werde bereits das Gerücht erzählt, dass der Papst vergiftet worden wäre, bewusstlos im Bett liege und mit dem Tode ringe.

Nicht einmal mein schmerzhafter Anfall am frühen Abend und die Dosis Opium, die Giulianos Medicus mir gab, konnten mich jetzt noch davon abhalten, was ich tun musste. Ich hatte keine Zeit mehr zu verlieren!

Niemand wusste, was ich vorhatte, als ich in den frühen Morgenstunden den Palazzo verließ. Ich war aufgestanden, hatte mich angekleidet, war die Treppe in den Hof hinuntergeschlichen und hatte der Wache befohlen, das Tor zu öffnen. Dann war ich in der Finsternis der Nacht verschwunden – wie Guido zwei Nächte zuvor.

Der Kommandant der Engelsburg war so besorgt über die Gerüchte aus dem Vatikan, dass er mich sofort empfing, als ich mich bei ihm melden ließ. Er erinnerte sich noch sehr gut an den großzügig gefüllten Beutel Golddukaten, den ich ihm bei meinem letzten Besuch gegeben hatte – für seine Loyalität. Und mein kostbarer Saphirring überzeugte ihn von meiner Entschlossenheit, in dieser Nacht trotz der geschlossenen Tore in den Vatikan zurückzukehren. Seine letzten Zweifel schwanden, als ich ihm meinen Schlüssel zu den beiden Türen des Passetto zeigte, den ich seit Monaten bei mir trug, um im Fall eines französischen Angriffs in die Engelsburg fliehen zu können. Dass ich in dieser Nacht den geheimen Gang in der anderen Richtung benutzen würde, hatte ich nicht ahnen können!

Der Kommandant führte mich zum Passetto, öffnete die Tür und verschloss sie hinter mir wieder. Dann tastete ich mich durch die Finsternis des endlosen Korridors, bis ich nach einer Viertelstunde das verschlossene Tor auf der anderen Seite erreichte. Die Tür war von innen nicht verriegelt, und so betrat ich den dunklen Raum dahinter, der trotz der Alarmbereitschaft unbewacht war. Wie ein Schatten huschte ich die Gänge entlang und die Treppen hinauf, bis ich die Tür zu meinem Laboratorium erreichte. Ich lauschte. Alles war ruhig. Niemand hatte mich bemerkt. Dachte ich.

Behutsam öffnete ich die schwere Tür, versuchte das leise Quietschen der gusseisernen Türangeln zu vermeiden und betrat den dunklen Raum. Ich schlich hinüber zum Arbeitstisch, wo die mit Sand gefüllte Holzkassette mit den fünf Phiolen *Aurum potabile* stand, die noch übrig waren. Erleichtert seufzte ich auf.

Ich öffnete die Kiste, holte die erste Phiole hervor, zog den Korken heraus und trank sie in nur drei Schlucken leer. Dann griff ich zum nächsten Fläschchen, entkorkte es und leerte es ebenso gierig. Einen Augenblick musste ich mich am Tisch festhalten, denn die Wirkung setzte sofort ein – wie damals in Urbino, als ich versucht hatte, mich mit *ha-Our* selbst zu vergiften.

Mit einer dritten Phiole in der Hand kniete ich mich vor den erloschenen Athanor, um ihn erneut zu entzünden und noch in dieser Nacht die letzte Transmutation zu wiederholen. Trotz der Gefahr der Entdeckung war das stundenlange Tingieren weniger gefährlich, als in dieser Nacht Rodrigos und Cesares Wohnungen zu durchsuchen, um festzustellen, ob sie das Elixier getrunken hatten oder nicht. Als das Feuer brannte, klemmte ich die Phiole in die Halterung oberhalb des Athanor.

In diesem Augenblick flog die Tür des Laboratoriums auf, und zehn Bewaffnete stürmten herein. Sie hatten ihre Schwerter gezogen.

»Auf Befehl Seiner Exzellenz nehme ich Euch fest!«, klärte mich der Offizier auf und nahm mir meinen Dolch ab. »Ihr seid angeklagt, einen Mordanschlag auf Seine Heiligkeit und Seine Exzellenz, Herzog Cesare, verübt zu haben.«

Ich war viel zu benommen von den Nebenwirkungen des *ha-Our,* um mich gegen die Gefangennahme zu wehren. Gegen zehn Bewaffnete hatte ich ohne eine Waffe ohnehin keine Chance, und für eine erneute Flucht war ich viel zu schwach.

»Wohin bringt Ihr mich?«, fragte ich, als ich nicht wie erwartet zum Passetto geführt wurde, um ohne Aufsehen in einem Verlies der Engelsburg zu verschwinden, sondern zu Cesares Wohnung.

»Seine Magnifizenz wünscht Euch zu sehen«, wurde ich aufgeklärt.

Cesare hatte offensichtlich mit meiner Rückkehr ins Laboratorium gerechnet und mir eine Falle gestellt. In meiner Verzweiflung, das Elixier zu finden, um mein Leben zu retten, war ich hineingerannt! Aber wozu, zum Teufel, wollte er mitten in der Nacht mit mir sprechen? Ein Wink von ihm, und ich würde für immer in einem Verlies der Engelsburg verschwinden. Oder wie Juan als Leiche aus dem Tiber gefischt werden. Oder wie Alfonso hingerichtet werden … Was wollte Cesare von mir?

Und eine noch erschreckendere Frage: Wieso lebte er eigentlich noch? Die großzügig bemessene Dosis Cantarella im vergifteten Konfekt hätte ihn und seinen Vater noch während der Nacht umbringen müssen …

Cesare lag im Bett, als ich in sein Schlafzimmer geführt wurde. Er lehnte in den Kissen, schweißüberströmt, fiebrig, zittrig und so schwach, dass er kaum die Hand heben konnte, um die Bewaffneten ungeduldig aus dem Raum zu scheuchen. Er wollte allein mit mir reden.

»Du bist zurückgekommen …«, ächzte er mit heiserer Stimme.

»Ja, ich bin zurückgekommen«, sagte ich.

»… um dein Werk zu vollenden«, stöhnte er unter Schmerzen. Er wand sich in den Kissen, bis die Krämpfe vorüber waren. »Du bist der einzige Mensch, dem ich in meinem Leben vertraut habe, Caterina. Nicht einmal auf Lucrezia oder meinen Vater habe ich mich jemals so verlassen wie auf dich. Wir sind uns so ähnlich«, keuchte er verbittert. Das Sprechen fiel ihm schwer, und immer wieder rang er nach Atem. »Wie konntest du mir das antun?«

»Was habe ich dir angetan, Cesare?«, fuhr ich ihn zornig an. »*Du* hast *mir* die Phiole weggenommen, um das Elixier selbst zu trinken. Damit hast du mich zum Tode verurteilt.«

»Unsinn!«, schrie er mich an. »Du hast versucht, meinen Vater und mich zu vergiften! Zuerst habe ich meine Ohnmacht, mein Fieber und die Schmerzen für die Symptome der Cantarella gehalten und vermutet, ich sollte an jenem Abend vor aller Augen mit Wein oder Konfekt vergiftet werden. Ich kann mich noch gut an die Tage und Nächte in Mailand erinnern, als ich sterbenskrank im Bett lag und du mich gepflegt hast. Aber es war nicht die Cantarella, die mich in die Knie zwang, denn sonst wären mein Vater und ich längst unter Qualen gestorben.«

Nein, Cesare litt tatsächlich nicht an den Symptomen der Cantarella! Hatte er gar nicht von dem vergifteten Konfekt gegessen? Gianni hatte berichtet, dass Cesare und Rodrigo sich bereits vor Mitternacht zurückgezogen hatten. Und ich ahnte auch, warum! Sie waren begierig darauf, das Elixier zu trinken, denn Cesare wollte am nächsten Morgen nach Norden aufbrechen, um mit Louis zu sprechen, der ihm ein Ultimatum gestellt hatte. Nur wegen der Feier seines Vaters hatte er seine Abreise verschoben.

»Du hast versucht, meinen Vater und mich mit dieser Tinktur zu vergiften, die wir für das *Elixirium vitae* hielten!«, warf er mir vor, während ihn ein neuer Anfall heimsuchte.

»Das ist nicht wahr!«, schrie ich ihn an. »Ich habe deinen Vater angefleht, mir die Phiole zurückzugeben, weil ich sonst sterben werde. Ich wollte das Lebenselixier selbst trinken! Aber er hat sich geweigert. Frag ihn selbst!«

»Das kann ich nicht. Er ist seit gestern bewusstlos. Er stirbt.«

»O mein Gott«, stöhnte ich.

»Du hast aus dem *Aurum potabile* ein Gift hergestellt, um zu verhindern, dass er dir das *Elixirium vitae* wegnimmt, sobald du es gefunden hast«, schleuderte Cesare mir entgegen. »Du wolltest uns kaltblütig ermorden, um es für dich allein zu haben!« Sein Gesicht war schweißüberströmt. Erschöpft schloss er die Augen, dann fuhr er fort: »Monatelang hast du mich getäuscht, hast mir die Rolle der qualvoll Sterbenden vorgespielt, hast sehr eindrucksvoll eine Phiole nach der anderen im Athanor verbrannt. Und ich Narr habe dir geglaubt! Deine Inszenierungen waren wirklich glaubwürdig!«

Ich schüttelte den Kopf: »Das ist nicht wahr, Cesare! Das Elixier war nicht vergiftet. Bitte glaube mir …«

»Nein, Caterina. Warum sollte ich dir auch nur ein Wort glauben?«

»Das ist *deine* Version der Wahrheit. Wenn du glaubst, dich an mir für meinen Verrat rächen zu müssen, bevor du stirbst, dann tu es. Ich habe ohnehin nicht mehr lange zu leben, wenn ich das Elixier nicht finde. Du raubst mir also nur ein paar Tage voller Qualen. Wenn du mich hinrichten musst, dann tu es heute Nacht und erspare mir eine Gefangenschaft in einem finsteren Verlies der Engelsburg, deren tödliches Ende du sowieso nicht mehr erleben würdest.«

Er schwieg überrascht. Hatte er eine tränenreiche, ängstliche Beteuerung meiner Unschuld erwartet, die es ihm erlaubt hätte, mich zu verachten, mich zu hassen, mich zu demütigen und am Ende in den Staub zu treten? Oder hatte er sich von mir ein trotziges Geständnis erhofft, das meine schnelle Hinrichtung rechtfertigen würde, ohne dass er allzu lange darüber nachdenken musste, was er noch für mich empfand nach all den Jahren unserer Freundschaft … unserer Liebe? Was immer er erwartet hatte: *Damit* hatte er nicht gerechnet!

»Du glaubst mir kein Wort, nicht wahr? Du hältst mich für schuldig. Und du hast Recht, Cesare: Ich *bin* schuldig. Ich bekenne, mich geirrt zu haben, als ich dachte, ich hätte das Lebenselixier gefunden. Ich bekenne, deinen Vater nicht gewarnt zu haben, die Tinktur zu trinken – ich hätte ahnen müssen, dass sie *nicht* das Elixier war. Aber ich war zu überwältigt von meiner Freude und meinen Hoffnungen, dass ich nicht daran gedacht habe. Und ich bekenne, dass ich es ihm weggenommen hätte, wenn du mich nicht daran gehindert hättest.«

»Hättest du ihn getötet?«, lauerte er.

»Ich weiß es nicht«, gestand ich ehrlich. »›Ein Leben für ein anderes‹ ist ein Spiel ohne Gewinner.

Ich bin gescheitert auf meinem Weg, das Lebenselixier zu finden. Diese Erkenntnis ist demütigend genug! Erspare mir also, dich noch *vor mir* an den Folgen meines Irrtums qualvoll sterben zu sehen. Ich liebe dich zu sehr, als dass ich deinen Tod ertragen könnte.«

Er sah mich ungläubig an, erkannte aber, dass ich es ernst meinte.

»Wir sind beide in derselben hoffnungslosen Lage, Cesare. Uns beiden rinnt die Lebenszeit durch die Finger, ohne dass wir selbst etwas daran ändern könnten. Diese Ohnmacht ist das Schlimmste, nicht wahr? Stillzuliegen und auf das Ende zu warten. Aber du kannst mich retten, wie ich vielleicht dich retten kann.«

»Wie?«, fragte er.

»Du sagst, dein Vater sei bewusstlos. Er kann also nicht ins Laboratorium gehen. Ich könnte wenigstens versuchen, das Elixier zu finden, das uns retten kann. Dich, mich und deinen Vater.«

»Du willst zu Ende bringen, was du begonnen hast. Du willst uns beide umbringen …«, begann er.

»Nein, Cesare. Vor drei Tagen war ich mir so sicher gewesen, das Elixier gefunden zu haben, dass ich es selbst getrunken hätte. Was glaubst du, warum ich deinen Vater zwingen wollte, es mir zurückzugeben? Ich brauche es, um zu überleben. Ich war verzweifelt, weil er mich verraten hat – nach all den Jahren unserer Freundschaft! Das ist *meine* Version der Wahrheit.«

»Warum bist du geflohen, wenn du ihn nicht töten wolltest?«

»Weil du mich mit deinem Degen bedroht hast. Ich sah keine andere Möglichkeit, mein Leben zu retten«, erklärte ich.

»Und warum bist du heute Nacht zurückgekehrt?«

»Aus demselben Grund. Ich wollte versuchen, in dieser Nacht eine weitere Phiole herzustellen. Die letzte Transmutation vor drei Tagen hat nur wenige Stunden gedauert, und so hoffte ich, es erneut zu schaffen, bevor ich entdeckt werde. Oder bevor ich sterbe.« Ich schwieg eine Weile, dann fuhr ich entschlossen fort: »Dass du mich in deinem Zorn hinrichten willst, kann ich verstehen. Ich kann dich nicht davon abhalten. Aber du weißt selbst, wie unerträglich es für dich sein wird, mich sterben zu sehen. Denn zusehen wirst du, nicht wahr?« Als er langsam nickte, fuhr ich fort: »Als ich dich nach Alfonsos Tod verlassen habe, hast du mir erwidert, dass wir ohne einander nicht leben können, weil wir unser Spiegelbild im anderen lieben. Wir gehören untrennbar zusammen. Du hast damals gesagt: »Vor dir selbst kannst du nicht weglaufen. Und vor mir auch nicht«.

Cesare, du kannst mich nicht loswerden, indem du mich umbringst. Ich werde immer noch da sein – in deinen Gedanken!«

Er nickte still.

»Wenn du mich erst nach deinem Tod hinrichten lässt, ersparst du dir den furchtbaren Anblick, mich vor dir sterben zu sehen. Wenn du überlebst, habe ich dich nicht vergiftet. Wenn du stirbst, werde auch ich sterben. Ich glaube, dass das eine Vereinbarung ist, mit der wir beide *leben* können ...«

Das Laboratorium war mein Gefängnis – als ob es das nicht vom ersten Tag an gewesen wäre!

Nach einem kurzen Besuch an Rodrigos Bett – er war noch immer bewusstlos, und die Ärzte flatterten aufgeregt um ihn herum – wurde ich ins Laboratorium eskortiert. Die Tür blieb unverschlossen, und ich durfte mich innerhalb des Vatikans frei bewegen, so wie immer. Ich wäre sowieso nicht geflohen.

Das Feuer im Athanor war ausgegangen. Ich entzündete es erneut und begann damit, die erste der letzten drei Phiolen *ha-Our* im Feuer abzuschmelzen, hermetisch zu verschließen und zu tingieren. Dann vergrub ich mich in einem Berg von Büchern, um herauszufinden, warum ich gescheitert war.

Ich vertiefte mich in die Schriften über die sieben kosmischen Prinzipien, die magischen Operationen, die Macht des Geistes über die Materie. Es gab sieben Transmutationen, die die Materie im Alambic – und den Menschen – veränderten, aber unzählige Wege, die Stufen der Erkenntnis und der Schöpfung hinaufzusteigen. Die alchemistischen Texte, die diesen Weg beschrieben, waren dunkel und unverständlich. Kaum ein Alchemist stimmte mit einem anderen überein. Jeder kämpfte sich allein durch dieses Dornengestrüpp aus Glauben und Wissen.

Der Tag verbrannte wie die Materie in der Phiole. Ich las, bis mir die Augen tränten. Am späten Nachmittag besuchte ich Rodrigo, der immer noch nicht erwacht war. Ich blieb eine Stunde bei ihm, dann kehrte ich ins Laboratorium zurück, um ein oder zwei Stunden zu schlafen, um weiterzumachen mit dem, was ich vor zwölf Jahren begonnen hatte. Zwölf Jahre! Mein halbes Leben!

Ich war todmüde – von den Anstrengungen der letzten Tage, von den Gefühlen, die mein Herz zerrissen: die Gedanken an Guido, an den sterbenden Rodrigo, an den kranken Cesare … an mich selbst, die ich von Stunde zu Stunde schwächer wurde. Ich rollte mich auf der schmalen Liege im hinteren Teil des Laboratoriums zusammen, wo ich in den letzten Jahren schon unzählige Nächte verbracht hatte, und schlief ein.

Ich erwachte im ersten Tageslicht und erschrak, als ich mich nicht bewegen konnte. Mein Körper war wie zu Stein erstarrt. Jede Bewegung schmerzte mich, und das Aufstehen schien unmöglich. Aber das Wort »unmöglich« hatte mich noch nie von irgendetwas abgehalten! Nur mit Mühe schaffte ich es, mich umzudrehen, mich auf den Boden fallen zu lassen und zur Holzkassette auf dem Arbeitstisch hinüberzukriechen. In meiner Verzweiflung nahm ich eine weitere Phiole *ha-Our.* Eine war noch übrig … ein paar Stunden Lebenszeit.

Als die Schmerzen nachgelassen hatten, setzte ich mich an meinen Arbeitstisch, blätterte in Giovannis Aufzeichnungen, erinnerte mich an viele Experimente, die wir in Florenz zusammen durchgeführt hatten. Dann die Notizen zur *Separatio* und seine Hoffnungslosigkeit, mich verloren zu haben, die *Mortificatio* und seine Umkehr zur Welt und zu mir. Schließlich die Erschaffung des weißen Pulvers in der letzten Operation. Seine *Coniunctio* war eine gewaltige Explosion gewesen …

Ich stutzte, blätterte nochmals zurück und starrte auf die Skizze von Giovanni und mir – von Guido und mir – in inniger Umarmung. Giovannis Alambic war explodiert, als er in der Agonie seiner Gefühle diese Skizze gezeichnet hatte, weil er sich nach mir sehnte, weil er mich nicht hatte, weil wir *getrennt* waren.

Nun erkannte ich, welchen Fehler ich gemacht hatte: Ich hatte nicht bedacht, dass in der Alchemie – wie in der Welt – nicht nur die logisch nachvollziehbaren Gesetze von Ursache und Wirkung existieren, sondern Ereignisse auch synchron ablaufen können – gleichzeitig, ohne aufeinander einen erkennbaren Einfluss auszuüben. Zufall und Notwendigkeit! Oder eben Magie …

Das ist es!, dachte ich atemlos. Die Explosion war eine unkontrollierte *Separatio* gewesen, die das entstandene Elixier – das giftige Elixier – in das weiße Pulver verwandelte, das ich auf dem

Boden von Giovannis Laboratorium gefunden hatte. Und das ich Tage später in der Apotheke von San Marco zum Lebenselixier tingierte, indem ich es … ja: indem ich es erneut zusammenführte – in einer *zweiten Coniunctio!*

Wie gebannt starrte ich in den Athanor, in dessen Feuer die hermetische Phiole vor sich hinglühte, und überlegte. Meine Gedanken waren logisch nachvollziehbar, kein Zweifel. Aber waren sie deshalb auch *wahr?*

Ich dachte an den altägyptischen Osiris-Mythos: An Seths Zerstückelung des sterblichen Körpers von Osiris, die *Separatio,* an Osiris' qualvollen Tod, die *Mortificatio,* und die *Coniunctio,* als Isis die im ganzen Land verstreuten Teile wieder zusammenfügte und Osiris damit unsterblich machte. Aber das war ja nicht das Ende ihrer Liebe: Osiris und Isis überwanden den Tod und fanden erneut zueinander, in einer *zweiten Coniunctio:* Ihr Kind Horus war das Ergebnis dieser Vereinigung!

Ein Mythos – oder eine symbolische Anweisung des ägyptischen Tempelpriesters Hermes Trismegistos?

Ich schlug die Bibel auf und las im Buch Genesis, wie Gott Sein Werk vollbracht hatte. Er hatte sechs Transmutationen beendet, bevor Er am siebten Tag ruhte – auch der Große Alchemist wartete. Dann, am achten Tag – Genesis Kapitel 2 – die erste *Coniunctio* zwischen den beiden Menschen. Sieben Transmutationen, dachte ich: Sieben! Aber dann las ich weiter: Die Versuchung und der Fall des Menschen. Gottes Drohung, dass der Mensch *sterben* wird, wenn er von den Früchten der Erkenntnis isst. Dann weiter: »Denn Staub bist du, und zu Staub musst du werden« – die Vernichtung der Materie in der *Mortificatio.*

Dann die *Separatio* – die Vertreibung des Menschen aus dem Paradies, damit er werden konnte, was er ist: ein sterblicher Mensch, ein ewig suchender Mensch, der den Weg zurück ins Paradies nicht finden kann und deshalb das Glück jeden Tag neu erschafft … in sich selbst … mit einem anderen Menschen …

Mit zitternden Händen blätterte ich um. Da war es: Kapitel 4, Vers 1: die *zweite Coniunctio,* die endgültige Vereinigung der Menschen nach der Vertreibung aus dem Paradies …

Das Opus hatte zehn Stufen, nicht sieben: nach der ersten *Coniunctio* und der Herstellung der giftigen Tinktur, des *Elixirium mortis,* musste die Materie erneut getrennt werden und die *Mortificatio* ertragen, um am Ende zum *Elixirium vitae* zu werden.

Nun wusste ich, was ich zu tun hatte …

Am späten Nachmittag gelang es mir erneut, das *ha-Our* zum *Elixirium mortis* zu tingieren. Ich nahm die Phiole mit der wasserhellen Tinktur vorsichtig aus dem Feuer und ließ sie abkühlen, während ich Rodrigo besuchte. Die Ärzte hatten ihn wieder zur Ader gelassen, und er war so schwach, dass er nur ganz flach und unregelmäßig atmete.

In meiner Wut warf ich die beiden Ärzte hinaus, um mit Rodrigo allein zu sein. Sie stürmten zu Cesare, der wenige Augenblicke später Micheletto zu mir schickte, um zu sehen, was ich im päpstlichen Schlafzimmer tat. Als Micheletto eintrat, hielt ich Rodrigo im Arm und redete beruhigend auf ihn ein, um ihn ins Leben zurückzuholen. Er starrte mich ungläubig an und verschwand wortlos, um Cesare zu berichten, was ich tat. Er kam nicht wieder, also ließ Cesare mich gewähren.

Ich hielt Rodrigo fest und sprach mit ihm, als ob er mir antworten könnte. Ich erzählte ihm von meinen Erkenntnissen zur Trennung und Wiedervereinigung der Materie und erklärte ihm, wie ich ihn und Cesare retten wollte.

Ein Stöhnen war Rodrigos erstes Lebenszeichen, nachdem ich ihm etwas von meinem Sonnenelixier eingeflößt hatte. Er wand sich vor Schmerzen, aber ich hielt ihn fest, wiegte ihn, streichelte ihn, flüsterte ihm besänftigende Worte zu.

Als die Sonne unterging, erwachte er endlich aus seiner Ohnmacht. Eine Stunde später saß er aufrecht in seinem Bett und lächelte.

Als Cesare diese freudige Nachricht überbracht wurde, sandte er Micheletto zu mir: Er wollte mit mir zu Abend essen.

Aber ich war nicht hungrig und schickte Micheletto mit einer Nachricht zu Cesare zurück: »Ich habe keine Zeit für ein Abendessen. Ich habe nicht einmal mehr Zeit zum Schlafen. Wenn du mir danken und etwas Gutes tun willst, dann sende mir eine Flasche Opium. Ich habe Schmerzen.«

Dann kehrte ich in mein Laboratorium zurück.

Am nächsten Morgen ging es Rodrigo so gut, dass er im Bett saß und Karten spielte. Er aß und trank, und das Fieber sank. Aber Cesares Zustand verschlechterte sich im Lauf des Nachmittags so dramatisch, dass sein Medicus um sein Leben fürchtete.

Micheletto brachte mich zu ihm, doch Cesare nahm meine Anwesenheit an seinem Bett gar nicht wahr. Ich legte mich neben ihn, hielt ihn im Arm … und schlief dabei vor Erschöpfung ein.

Erst nach Mitternacht schlich ich in mein Laboratorium zurück – Micheletto musste mich stützen. Ich nahm eine weitere Dosis Opium und starrte ins Feuer des Athanors, in dem mein Leben verbrannte. Die *Separatio* vollzog sich langsam, aber stetig.

Was dann unvermeidlich geschehen musste, hätte ich mir eigentlich denken können …

Am Abend des 16. August war die *Separatio* abgeschlossen – mein Laboratorium war nicht explodiert! Nach einem großzügigen Schluck aus der Opiumflasche – ich hielt mich nicht mehr damit auf, Tropfen zu zählen – begann ich mit der *Mortificatio*, erhitzte die Materie im Feuer, bis sie sich unter Qualen zu winden begann.

Während der Nacht stieg das Fieber bei Cesare. Er warf sich stöhnend in seinem Bett hin und her, kämpfte gegen die Schmerzen, gegen die Demütigung durch das Schicksal, gegen die Ohnmacht. Ich saß eine Stunde an seinem Bett, bis er sich wieder beruhigt hatte und still zwischen den zerwühlten Laken lag.

In den frühen Morgenstunden des 17. August brach Rodrigo zusammen. Er blieb den ganzen Tag besinnungslos. Am Morgen des 18. August lasen fünf Kardinäle die Messe in seinem Schlafzimmer. Dann erhielt er die letzte Ölung, während im Vatikan bereits das Chaos herrschte.

Papst Alexander VI., mein Freund und mein Schüler Rodrigo Borgia, starb während der Abenddämmerung des 18. August 1503. Ich weinte, als ich während seiner letzten Atemzüge seine Hand hielt. Er, der mächtigste Papst seit Jahrzehnten, war allein, von allen verlassen. Die meisten Kardinäle und Monsignori waren panisch aus dem Vatikan geflohen, als sie hörten, dass er die Sterbesakramente erhalten hatte.

Ich hielt den Sterbenden im Arm, als plötzlich die Tür aufgerissen wurde und Micheletto mit ein paar Bewaffneten ins Schlafzimmer stürmte. Ich dachte zuerst, er sollte mich auf Cesares Befehl in die Engelsburg schleppen, doch er beachtete mich gar nicht. Er ließ die Papstwohnung nach Golddukaten und Schmuck durchsuchen, Schränke und Truhen aufbrechen und durchwühlen und alles fortschleppen: Juwelen im Wert von zweihunderttausend Dukaten, fast hunderttausend Dukaten in Gold, das päpstliche Siegel, wichtige Dokumente. Seine Beute brachte er hinauf in Cesares Wohnung – »auf Befehl Seiner Exzellenz«, wie er mir sagte. In seiner Eile übersah er den Tesoro im Schlafzimmer, in dem Rodrigos Tiara und sein persönlicher Schmuck aufbewahrt wurden. Dann verschwand Micheletto, wie er gekommen war, und ließ mich mit dem Sterbenden allein.

Sic transit gloria mundi – der Name, der Ruhm, die irdischen Schätze und alles, wofür man ein Leben lang gekämpft hat, alles vergangen. Was für ein Tod, dachte ich, wenn du in der Stunde, da du deinen letzten Atemzug tust, von allen verlassen wirst, wenn dein Name zum Fluch wird!

Ich saß wohl eine Stunde an Rodrigos Bett, bevor Johannes Burkhard, der erst kurz zuvor in den Vatikan zurückgekehrt war, mich fast mit Gewalt aus dem Schlafzimmer entfernte, um den Leichnam für das Begräbnis vorzubereiten und den Fischerring mit dem Siegel Papst Alexanders VI. zu zerbrechen.

Welche Demütigung, Rodrigo nicht mehr retten zu können, hilflos seinem Sterben zusehen zu müssen. Aber als ich an diesem Abend still in mein Laboratorium zurückschlich, erkannte ich, dass ich an diesem Abend die *Mortificatio* beendet hatte. Die Materie in der Phiole war schwarz.

Der Drache war tot!

Als ich Cesare eine Stunde später besuchte, um ihm zu sagen, dass sein Vater gestorben war, und er erkannte, wie schlecht es mir selbst ging, schluckte er sämtliche Vorwürfe und Anschuldigungen wie bittere Medizin herunter. Er sagte kein Wort, als ich mich auf den Rand seines Bettes setzte, und sah mich nur traurig an. Ihm war klar, dass er alles verloren hatte.

Er ergriff meine Hand, um sich im Bett aufzurichten. Ich half ihm auf und stopfte ein Kissen hinter seinen Rücken. »Erinnerst du dich an den Morgen in Pisa, als wir den Schiefen Turm bestiegen haben?«, fragte er leise, während er sich zurücklehnte.

Ich nickte: »Du bist wie ein Verrückter die Stufen hinuntergerannt.«

»›Der Abstieg geht immer schneller als der Aufstieg‹, habe ich damals gesagt. ›Und am schnellsten geht es, wenn man stolpert und fällt‹, hast du geantwortet. ›Wenn man stolpert, ist man so gut wie tot. Den Sturz aus dieser Höhe überlebt niemand‹, habe ich erwidert. Ja, Caterina ich bin gestolpert und gestürzt. Und ich falle immer noch und warte auf den schmerzhaften Aufprall, der mir das Genick brechen wird. Und niemand ist da und hält mich fest.«

»*Ich* bin da, Cesare«, erinnerte ich ihn.

»Immer noch?«

»Immer noch.« Ich zog die Phiole aus der Tasche und drückte sie ihm in die Hand.

Er sah das Fläschchen betroffen an. »Die letzte Phiole *Aurum potabile*?«, fragte er ungläubig. »Du gibst sie mir?«

»Ja.«

Cesare war zu verwirrt, um sich auf eine sinnlose Diskussion mit mir einzulassen, wer von uns beiden das *ha-Our* trinken sollte. Er versuchte, den Korken herauszuziehen, aber seine Finger zitterten, und beinahe hätte er das Fläschchen fallen gelassen.

Ich nahm sie ihm aus der Hand, öffnete sie und reichte sie ihm, damit er davon trank. »Ein langes Leben, Glück und Zufriedenheit«, wünschte ich ihm.

»Glaubst du immer noch daran?«

»Noch lebe ich. Solange ich atme, werde ich nicht aufhören zu hoffen. Die Hoffnung musst du totschlagen, bevor du meinen Sargdeckel zunagelst. Sonst werde ich nicht zur Ruhe kommen.«

Cesare ließ mich nicht aus den Augen, während er die Phiole an die Lippen setzte und gierig den ersten Schluck trank, dann noch einen und noch einen. Dann ließ er das Fläschchen sinken und gab es mir zurück. »Die andere Hälfte ist für dich, Caterina.«

Mit Tränen in den Augen nahm ich ihm die Phiole aus der Hand und trank sie leer.

Dann nahm er wieder meine Hand und zog mich zu sich herunter, um mich zart zu küssen. Ich ließ mich neben ihn auf das Bett sinken und umarmte ihn. In seinen Armen schlief ich erschöpft ein.

Er schlief noch, als ich erwachte. Sein Gesicht lag an meiner Schulter, seinen Arm hatte er um mich geschlungen. Ohne ihn zu wecken, befreite ich mich aus seiner Umarmung und erhob mich, um für die letzte Transmutation ins Laboratorium zurückzukehren.

Mit Giovannis Notizbuch kniete ich mich vor den brennenden Athanor, riss die Seite mit seiner Skizze der beiden Liebenden heraus, zerriss das Bild von Guido und mir in inniger Umarmung in zwei Teile und warf sie ins Feuer. Dann wartete ich. Stundenlang.

Gegen Abend schickte Cesare Micheletto zu mir mit einer Einladung zum Abendessen: Er fühle sich so wohl, dass er zum ersten Mal seit Tagen das Bett verlassen könne. Ich hätte am liebsten abgelehnt, weil ich das Laboratorium nicht mehr verlassen wollte, aber dann ging ich doch zu ihm.

Das Essen war hervorragend, der Wein berauschend. Cesare war in einer euphorischen Stimmung – eine der Nebenwirkungen des *Aurum potabile.* Es ging ihm viel besser: Das Fieber war gesunken, das Zittern seiner Hände und die furchtbaren Schmerzen hatten aufgehört.

Wir genossen die Gegenwart des anderen und schenkten uns einen schönen Abend – als ahnten wir beide, dass es unser letzter sein würde.

In den frühen Morgenstunden geschah das Wunder! Die Materie in der hermetischen Phiole, die während der *Separatio* die Farbe von Blut hatte, die während der *Mortificatio* schwarz wie verbrannte Asche gewesen war, wurde hell und klar wie Wasser. Wie die gelöste Prima Materia, aus der ich das *al-Iksir* tingiert hatte.

Ich hatte das Elixier gefunden! Die Katharsis war beendet.

Ich kann nicht in Worte fassen, was ich in diesem Augenblick fühlte – sie wären ähnlich farblos und unscheinbar gewesen wie das *Elixirium* in der Phiole. Ein Chaos von Gefühlen tobte in mir.

Weinend kroch ich zum Athanor – ich hatte nicht mehr die Kraft aufzustehen. Ich hob die heiße Phiole aus ihrer Verankerung heraus, um sie auf dem Steinboden abkühlen zu lassen.

Dann ließ ich mich auf den Boden sinken und starrte sie an.

Ich fühlte mich unbeschreiblich leicht, nicht nur wegen der Dosis *ha-Our*, die ich wenige Stunden zuvor genommen hatte.

O Gott, es war vollbracht!

Als ich nicht länger warten wollte, richtete ich mich auf, ergriff die Phiole, zerbrach den hermetischen Verschluss und trank gierig die wenigen Schlucke der immer noch heißen Flüssigkeit.

Dann legte ich mich auf den Boden, schloss die Augen und wartete auf meine Auferstehung.

Als die Sonne aufging, erwachte ich in ein neues Leben hinein. So kam es mir vor, als ich mich noch ganz benommen von den Nebenwirkungen des *al-Iksir* aufsetzte. Alles war irgendwie … *anders.* Die Wirklichkeit war so sichtbar, hörbar, fühlbar, so gegenwärtig, die Farben waren heller und strahlender als zuvor, die Geräusche klarer, dass ich noch einmal die Augen schließen musste, weil ich dachte, ich hätte eine Vision. Aber es war kein sinnlicher Rausch des verklärten Verstandes wie nach der Einnahme von Opium. Nein, da war noch etwas anderes, jenseits des Sehens, des Hörens und des Fühlens. Gott?

Gott, der Große Alchemist, hat sein Werk an mir vollbracht. Er hat mich geprüft wie ein Stück Materie, die im Feuer des Athanors erhitzt wird, um alles Überflüssige wegzubrennen, das Weiche, das Nachgiebige herauszuschmelzen, um sie durch Schläge zu formen, um sie härter zu machen. Der Große Alchemist quälte seine Materie durch zehn grausame Transmutationen hindurch, ertränkte sie in Gefühlen, verbrannte sie in einem vernichtenden Feuer aus Selbstzweifeln, trennte sie immer wieder von allem, woran sie sich festhielt, weil sie es für einen Teil von sich selbst hielt, und ließ sie immer wieder wie Phoenix aus der eigenen Asche zum Himmel aufsteigen, damit sie von dort aus eigenem freien Willen den Weg zurück ins Feuer fand, um am Ende das werden zu können, was sie war, was sie ist, was sie immer sein wird. Um bereit zu werden für … ja, wofür? Gott hat sich mit seinen Schlägen, die mich formen sollten, nie zurückgehalten. Wie oft habe ich Ihn deshalb verflucht – aber ich habe Ihn nicht angefleht, mich zu verschonen. Doch an diesem Tag dankte ich Ihm für seine Erbarmungslosigkeit, denn ich hatte überlebt. Und Er hatte mir das Kostbarste geschenkt, was ein Mensch besitzen kann.

Nicht vergänglichen Ruhm, nicht Macht, nicht Reichtum, sondern:

Zeit – unendlich viel Zeit! Etwas Wertvolleres gibt es nicht.

Ich weiß nicht mehr, wie lange ich mit geschlossenen Augen auf dem Boden lag. Doch schließlich erhob ich mich und begann, das Laboratorium aufzuräumen, das Chaos der letzten Tage zu beseitigen, die Bücher zu schließen.

Ich musste nachdenken, Ordnung in das Chaos meiner Gedanken bringen. Während des letzten Jahres in Rom hatte ich mich auf die Aufgabe konzentriert, das *al-Iksir* zu finden, hatte ich versucht, mit Cesare für den kurzen Rest meines Lebens glücklich zu sein. Nicht einen Augenblick lang hatte ich mir Gedanken gemacht, was ich tun würde, wenn ich es wirklich fand.

Wie Cesare musste ich noch vor dem nächsten Konklave den Vatikan verlassen. In Rom wollte ich nicht bleiben. Aber wohin ich gehen wollte, wusste ich noch nicht. Vielleicht nach Venedig, um ein paar Monate in der Serenissima zu verbringen? Während des Winters konnte ich ein Schiff nach Alexandria nehmen, um nach den Spuren der antiken Biblioteca Alexandrina zu suchen …

Es war ein Spiel gewesen zwischen Guido und mir: meine Abreise nach Alexandria am folgenden Tag. Ich hatte die Reise von einem Tag auf den nächsten verschoben … O Guido! Wie schön war die Zeit in Urbino gewesen. So viel Glück! So viel Freude!

Ganz in Gedanken schlug ich Giovannis Notizbuch auf, aber die Skizze von Guido und mir als zwei Liebende in inniger Umarmung hatte ich herausgerissen und im Feuer des Athanors verbrannt. Nichts blieb mir von ihm – bis auf seinen Ring. Er lag noch immer zwischen den Seiten des Notizbuches, wo ich ihn hineingelegt hatte, als ich ihn vom Finger zog, um Guido zu vergessen. Ich hatte ihn nie vergessen, nicht einen Tag lang …

Ich nahm den Ring und steckte ihn ein.

Dann schlug ich Giovannis Notizbuch zu und legte es auf den Stapel der anderen alchemistischen Werke in der Büchertruhe. Es war wie ein letzter Abschied von meinem geliebten Giovanni, von Gerbert und Albertus und Thomas, die mir in den letzten Jahren gute Freunde geworden waren, von all den anderen, die mich auf meinem langen Weg begleitet haben. Ich schloss die Truhe und erhob mich. Dann packte ich sie an einem der Griffe und zog sie aus dem Laboratorium – sie war zu schwer, um sie anzuheben. Ein Diener eilte herbei, und ich befahl ihm, die Büchertruhe in den Palazzo Medici schaffen zu lassen. Er wartete, während ich eine Nachricht für Gianni auf ein Pergament kritzelte, dann verschwand er mit der Truhe, dem Brief und der großzügigen Entlohnung.

Ich schloss die Tür hinter ihm, lehnte mich dagegen und betrachtete mein Laboratorium. Den Athanor. Die Glasgefäße, Phiolen, Destillierkolben, Solvierschalen, Mörser. Und die Flaschen im Regal an der gegenüberliegenden Wand. Spagyrische Heilmittel, tödliche Gifte, Parfums, Griechisches Feuer. Das alles konnte ich nicht zurücklassen – es war zu gefährlich, wenn es bei der bevorstehenden Plünderung in die falschen Hände fiel.

Ich ergriff den Schürhaken, schlug auf die Fläschchen und Phiolen ein und riss sie aus dem Regal. Sie fielen zu Boden und zerbarsten. Das Griechische Feuer spritzte über die Steinplatten.

Dann trat ich einen Schritt zurück, entzündete das Feuer und betrachtete mein Werk. Die Flammen schlugen hoch bis zur Decke des Raumes, fraßen sich wie ein Feuer speiender Drache durch den Raum und verbrannten meine Vergangenheit.

Es war gefährlich im Laboratorium, aber ich wollte noch nicht gehen und die Tür für immer hinter mir zuschlagen. Ich wollte es *sehen, hören, fühlen:* das Feuer der *Separatio*.

Plötzlich wurde die Tür aufgerissen, und Cesare stürmte atemlos in den Raum. »Was, zum Teufel, tust du?«, rief er erschrocken und zog mich aus dem Inferno der Flammen.

Diener drängten sich an uns vorbei, um das Feuer unter Kontrolle zu bringen. Aber mit dem Wasser, mit dem sie das Griechische Feuer löschen wollten, entflammten sie es nur heißer und vernichtender. Alle Versuche, die lodernden Flammen zu ersticken, waren sinnlos. Es würde aufhören zu brennen, wenn es ausgebrannt war – nicht früher.

»Und was, zum Teufel, tust *du* hier?«, fragte ich Cesare, als er mich ein paar Schritte mit sich fortzog.

»Ich kann nicht länger hier im Vatikan bleiben. Die Kardinäle bereiten sich auf das Konklave vor und haben mich aufgefordert, den Palast zu verlassen. Ich war gerade beim Packen, als ich die aufgeregten Rufe der Diener hörte, es brenne im Laboratorium.« Ich sah ihm an, wie schwach er noch war, wie zittrig, und doch hatte er keinen Augenblick gezögert, um mich aus den Flammen zu retten.

Ich strich ihm zart über das Gesicht. »Wohin gehst du, Cesare?«

»Ich weiß es nicht«, sagte er. »Ich breche heute noch nach Nepi auf. Dort warte ich ab, bis das Konklave beendet ist. Und dann? Keine Ahnung. Wohin wirst du gehen?«

»Ich weiß noch nicht. Es gibt etwas, was ich gern tun würde. Die Herstellung von Glück und Zufriedenheit, von Seelenfrieden, ist die schwierigste Operation des Alchemisten. Ich will sie wagen!«

Er sah mich lange an, dann umarmte er mich – zum letzten Mal. »Ich habe alles verloren, Caterina. Alles, sogar meine Hoffnung. Aber meine Erinnerungen kann mir niemand wegnehmen, meine Erinnerungen an das Kostbarste, was ich je besessen habe, ohne es jemals zu besitzen: Dich, meine geliebte Caterina.«

»Vergiss mich!«

»Nein, niemals! Ich werde mich immer an dich erinnern. Jeden Tag meines Lebens.« Er besiegelte dieses Versprechen mit einem leidenschaftlichen Kuss.

Ich weiß nicht mehr, wie lange wir so standen, dem Feuer so nah, dass es uns fast verbrannte. Wir umarmten uns und ergaben uns unseren überwältigenden Gefühlen des Sichfindens im anderen.

Dann entwand ich mich seinen Armen, strich ihm liebevoll über die Wange, wischte ihm mit meinem Ärmel die Tränen aus dem Gesicht, küsste ihn zum Abschied. »Niccolò Machiavelli hat einmal gesagt, das Glück sei wie ein reißender Strom. Ich wünsche dir, dass du eines Tages diesen Fluss findest, Cesare. Und wenn du ihn gefunden und von seinem berauschenden Wasser getrunken hast und du ein paar Schritte hineingegangen bist, um das Glück zu spüren, dann erinnere dich an meine Worte: Bleib in der Nähe des Ufers, wo das Wasser ruhig und tief ist, wo du ohne die Gefahr zu ertrinken schwimmen lernen kannst, und halte dich von den Stromschnellen fern. Denn zu viel Glück reißt ins Verderben.«

Mit einem traurigen Lächeln nickte er. Seine Tränen funkelten im Licht der Flammen. Er ließ meine Hand nicht los, zog mich erneut an sich, um mich zu küssen. »Ich habe Angst, Caterina«, flüsterte er. »Zum ersten Mal in meinem Leben habe ich Angst.«

»Ich auch, Cesare. Furchtbare Angst«, gestand ich. *»¡Vaya con Dios!«* Ich riss mich von ihm los, verließ ihn – zum letzten Mal. Ich habe Cesare in meinem ganzen Leben nie wiedergesehen.

Ich wandte mich um und machte den ersten Schritt auf einem langen Weg, dessen Ziel ich nicht kannte. Noch nicht.

In Rom herrschte das Chaos. Der Vatikan, in dem sich nur noch Cesare und ein paar seiner Gefolgsleute aufhielten, wurde von den Orsini belagert. Das Tor war geschlossen, und ich entschied mich für den Weg durch den Passetto in die Engelsburg. Der Kommandant gab mir ein Pferd und öffnete das Tor, um mich entkommen zu lassen.

Im Galopp überquerte ich den Tiber, bog in die Via dei Coronari ein, vorbei an der Piazza Navona, bis ich den Palazzo Medici erreichte. Ich stieg nicht ab, verharrte nur eine Weile und überlegte, ob Gianni meine Nachricht und die Büchertruhe wohl erhalten hatte.

»Viel Glück im Konklave, Gianni!«, flüsterte ich. Dann wendete ich mein Pferd und trabte die Straße hinunter in Richtung Porta Flaminia, um Rom zu verlassen.

Ich folgte dem Tiber stromaufwärts, galoppierte über die Wiesen am Flussufer, genoss den Wind auf meinem Gesicht, öffnete das Seidenband, das meine Haare bändigte, und schüttelte sie übermütig.

Die Sonne stand im Zenit, als ich zum ersten Mal rastete. Ich legte mich in den Schatten eines Baumes und genoss die Ruhe.

Die Grillen zirpten neben mir im Gras, die Vögel zwitscherten ein fröhliches Lied. Der Wind duftete nach trockener Erde, nach Gras … nach Leben. Ich lag auf dem Boden, sah hinauf in den indigofarbigen Himmel und fühlte mich so frei wie noch nie zuvor.

Die Vergangenheit hatte aufgehört zu existieren, die Zukunft hatte noch nicht begonnen. Und niemand wusste, wo ich war. Ehrlich gesagt, wusste ich das selbst nicht, da ich mich entschlossen hatte, keiner Straße zu folgen, die irgendwohin führte.

Nach einem kargen Mahl aus Brot und Wasser, das der Kommandant mir mitgegeben hatte, schwang ich mich wieder in den Sattel und folgte dem Tiber flussaufwärts, bis die Sonne unterging. Die warme Sommernacht verbrachte ich unter einem funkelnden Sternenhimmel.

Die aufgehende Sonne fand mich schon wieder im Sattel. An diesem zweiten Tag erreichte ich Perugia, wo ich ein paar Stunden rastete. In einer Osteria erfuhr ich, dass Gian Paolo Baglioni in die Stadt zurückgekehrt war und wieder die Macht übernommen hatte. Als sich die Nachricht vom Tod Papst Alexanders wie ein Lauffeuer in Italien verbreitete, waren alle von den Borgia vertriebenen Machthaber aus dem Exil in ihre Herrschaftsgebiete zurückgekehrt, ohne auf nennenswerten Widerstand durch Cesares Heer zu stoßen. Herzog Guido war zwei Tage zuvor mithilfe venezianischer Truppen nach Urbino zurückgekommen.

Nach einem ausgiebigen Mittagessen machte ich mich wieder auf den Weg, verließ Perugia und folgte dem Tiber bis nach Città di Castello, wo ich übernachtete. Am Morgen des dritten Tages ritt ich die steile Straße zum Pass hinauf, der Umbrien von den Marken trennt. Ich stieg ab und genoss eine Weile den Blick in die Unendlichkeit: auf der einen Seite die Weite der sanften umbrischen Hügel, die mich ein wenig an die vertraute Landschaft der Toskana erinnerten, auf der anderen Seite die schroffen Berge des Apennin, die tiefen grünen Täler, die sich bis zum Meer erstreckten, dessen sommerliches *Sfumato* ich am Horizont schon erkennen konnte.

Der Abstieg war noch steiler als der Aufstieg zum Pass. Ich folgte dem Weg durch ein bewaldetes Tal – durch einen transparenten Vorhang aus Licht, als die Strahlen der im Zenit stehenden Sonne durch die Blätter auf die Straße hinabschienen. Neben mir rauschte der Metauro in Richtung Meer, als ich mein Pferd antrieb. Ich wollte noch vor Sonnenuntergang ankommen.

Ich erreichte das Stadttor von Urbino, als es gerade für die Nacht geschlossen werden sollte. Aber die Wachen erkannten mich und ließen mich ein. Ich trabte die steile Gasse hinauf, erwiderte die neugierigen Blicke und das herzliche Lächeln derjenigen, die mich wiedererkannten, winkte ein paar Kindern zu, die hinter mir herrannten, wandte mich an der Piazza vor der Kirche San Francesco nach links und ritt die Via Ducale hinauf, am Dom vorbei, zum herzoglichen Palast. Die Wachen ließen mich durch das große Tor bis in den Hof reiten, wo ich vom Pferd sprang. Der Diener, der die Zügel ergriff, wunderte sich darüber, dass ich kein Gepäck hatte. Während er meinen Hengst in den Stall führte, stieg ich langsam die Treppe in den ersten Stock hinauf.

Zur Verblüffung der Dienerschaft ließ ich mich bei Francesco Buffa melden, dem Sekretär des Herzogs. Ich erklärte ihm, dass ich eine Audienz bei Seiner Herrlichkeit wünschte. Wenn möglich, noch an diesem Abend. Es würde nicht lange dauern. Ein paar Minuten …

»Ihr braucht doch keine Audienz, Euer Exzellenz!«, versicherte mir Buffa, »Ihr könnt doch gleich zu ihm …«, aber ich bestand darauf, bei Guido angemeldet zu werden. *Er* sollte entscheiden, ob er mich sehen wollte oder nicht.

Während Buffa verschwand, um Guido über meine Anwesenheit im Palazzo zu unterrichten, schritt ich langsam durch die Säle, die ich einige Monate lang bewohnt hatte, nur begleitet vom Echo meiner Schritte. Die Räume waren nach der Plünderung durch Cesare immer noch erschreckend leer. Guido war erst drei Tage zuvor zurückgekehrt.

Francesco Buffa fand mich in der Loggia. »Seine Magnifizenz ist bereit, Euch zu empfangen«, erklärte er mir.

»Wann?«

»Sofort«, erwiderte Buffa, führte mich zum Audienzsaal des Herzogs und öffnete mir galant die Tür.

Guido stand am Fenster und betrachtete den wie flüssiges Gold leuchtenden Sonnenuntergang über den Hügeln um Urbino. Er drehte sich nicht um, als ich den Saal betrat und hinter der Tür stehen blieb.

»Was willst du?«, fragte er nach einer Weile.

Sein Tonfall erschreckte mich, und ich schluckte alles herunter, was ich ihm hatte sagen wollen. Dass ich ihn liebte. Dass ich ihn vermisst hatte. Dass ich mich nach ihm gesehnt und mich monatelang in den Schlaf geweint hatte, weil ich ihn nicht vergessen konnte. Dass ich ihn um Vergebung bat für das, was ich ihm angetan hatte. Tausend Worte. Und noch mehr Gefühle.

Aber er wandte sich nicht zu mir um, starrte in den leuchtenden Sonnenuntergang, als könnte er meinen Anblick nicht mehr ertragen. Als sei ihm die Erinnerung an das Glück, die Freude, die Sinnlichkeit, die wir im anderen gefunden hatten, unerträglich in seiner Einsamkeit.

Ich war traurig, unendlich traurig. Ich rang mit den Tränen und brachte kein Wort heraus.

Als ich schließlich zu seinem Schreibtisch hinüberging, spannte er die Schultern an und hielt sich am Fenstersims fest, als fürchtete er, ich könnte ihn berühren, umarmen, küssen oder ihm meine Liebe gestehen, als hätte er Angst, unter dem Ansturm seiner eigenen Gefühle zusammenzubrechen.

Ich küsste seinen Ring wie zum Abschied, dann legte ich ihn auf seinen Schreibtisch, wandte mich um und ging langsam, zögernd zur Tür, um für immer aus seinem Leben zu verschwinden.

Die Klinke hatte ich schon in der Hand, als er sich überrascht umdrehte und den Ring auf dem Tisch entdeckte.

»Caterina!«, rief er mich zurück.

Ich wandte mich zu ihm um.

»Du gibst mir den Ring zurück?«, fragte er leise.

»Ich habe ihn vor einem Jahr abgenommen, als ich keine andere Möglichkeit mehr sah, als dich zu vergessen, Guido. Ich hatte keine Hoffnung mehr, dich wiederzusehen. Es tut mir Leid, wenn ich dich enttäuscht habe. Bitte vergib mir, indem du ihn zurücknimmst. Ich verspreche dir, dass ich dich nie mehr unglücklich machen werde. Leb wohl!« Ich öffnete die Tür, um zu gehen, doch ich zögerte einen Augenblick, als ich sah, wie er weinte.

Wie gern hätte ich ihn umarmt, ihm die Tränen aus dem Gesicht geküsst, und mich von ihm küssen lassen, umarmen, lieben. Wie sehnte ich mich nach ihm! Nach seiner Zärtlichkeit, seiner Stimme, seinen geflüsterten Worten …

»Caterina, ich will dich nicht verlieren. Nicht schon wieder! Das würde ich nicht ertragen!«, schluchzte er. »Bitte verzeih mir meine Reaktion bei deinem Eintreten, aber ich war so überrascht, als ich hörte, du wärest zurückgekommen.« Er fuhr sich über die Augen. »Als ich dich vor ein paar Tagen in Rom sah, glaubte ich, den Verstand zu verlieren. Während der endlosen Nächte im Exil in Venedig habe ich mir eingeredet, ich würde dich nicht mehr lieben, weil du mich verlassen hast, um wieder bei *ihm* zu sein. Aber als ich dich in Rom plötzlich vor mir stehen sah, da bin ich vor meinen eigenen Gefühlen geflohen …«

Seine Schultern zuckten, und Tränen liefen über sein Gesicht. »Vergeblich! Ich bin zurückgeritten in den Palazzo della Rovere, ich wollte zu dir zurückkehren, ich wollte dir meine Liebe gestehen, dich umarmen, küssen, lieben, dich mit mir nehmen – aber du warst nicht mehr da. Giuliano wusste nicht, wohin du mitten in der Nacht verschwunden warst. Aber ich wusste es: zu *ihm.* In jener Nacht dachte ich, ich werde verrückt! Ich war untröstlich, weil ich dich durch mein Verhalten derart verletzt hatte. Giuliano hat mir von deinem Zusammenbruch erzählt. Caterina, vergib mir!«

Guido war zu mir zurückgekommen! Und ich war nicht mehr da gewesen …

Ich ging zu ihm hinüber und umarmte ihn. »Guido, ich liebe dich! Ich habe dich nicht verlassen – ich habe auf dich verzichtet. Ich werde nie aufhören, dich zu lieben, auch wenn ich nicht mehr bei dir sein werde«, flüsterte ich. »Ich habe dir den Ring zurückgegeben, damit du mich vergessen kannst.«

Er umarmte mich und zog mich an sich, hielt mich fest, als wollte er mich nie wieder loslassen.

»Caterina, mit diesem Ring habe ich dir meine unsterbliche Liebe bekannt. Ich wollte dich lieben und ehren, ich wollte bei dir sein und dich niemals verlassen, bis ans Ende aller Tage. Daran hat sich nichts geändert. Ich kann dich nicht vergessen. Mein Leben ist ohne dich, dein Lachen, deine Zärtlichkeit und deine Liebe so leer wie dieser Palazzo. Ich kann ohne dich nicht glücklich sein. Bitte bleib bei mir!« Dann ergriff er meine Hand und steckte mir den Ring wieder an. Und als ich hemmungslos zu weinen anfing, küsste er mir die Tränen aus dem Gesicht.

Wir waren glücklich, uns endlich wiedergefunden zu haben, so unbeschreiblich glücklich.

In der Ekstase jener wundervollen Nacht schafften Guido und ich gemeinsam die schwierigste aller Transmutationen: das Mysterium der Erschaffung von Glück aus Liebe, Freude und Sinnlichkeit.

Und wir erschufen so viel von diesem kostbaren und doch so vergänglichen Lebenselixier, dass es für viele Jahre reichte …

Die handelnden Personen
(sortiert nach Vornamen)

Agostino Chigi	Bankier des Papstes, 1465–1520
Alexander VI.	Rodrigo Borgia, 1431–1503, Papst Alexander VI. (1492–1503)
Alfonso von Aragón	Herzog von Bisceglie, Gemahl von Lucrezia Borgia, Neffe des Königs von Neapel, 1481–1500
Alfonso d' Este	Sohn des Herzogs von Ferrara, Lucrezia Borgias Gemahl, 1476–1534
Amerigo Vespucci	Florentinischer Seefahrer und Entdecker, 1454–1512
Angelo Poliziano	Dichter und Gelehrter, 1454–1494
Ascanio Sforza	Kardinal, Bruder von Herzog Ludovico il Moro, 1455–1505
Baldassare Castiglione	Dichter und Diplomat, 1478–1529
Cesare Borgia	Herzog der Romagna und von Valence, ehem. Kardinalerzbischof von Valencia, Papst Alexanders VI. Sohn, 1475–1507
Charles VIII.	König von Frankreich 1470–1498, König seit 1483
Cristoforo Colombo	lat. Christopherus Columbus, span. Cristóbal Colón, 1451–1506
Elisabetta Gonzaga da Montefeltro	Herzogin von Urbino, Guidobaldo da Montefeltros Gemahlin, 1471–1506
Fra Girolamo Savonarola	Dominikanischer Mönch und Bußprediger, 1452–1498
Francesco Gonzaga	Marchese von Mantua, Isabella d'Estes Gemahl, 1466–1519

Gian Giordano Orsini	Conte von Bracciano
Giovanni de' Medici, Gianni	Lorenzo de' Medicis Sohn, 1475–1521, Papst Leo X. (1513–1521)
Giovanni Pico della Mirandola	Humanist und Philosoph, Conte von Condordia, 1463–1494
Giovanni Sforza	Conte von Pesaro, Neffe von Ludovico il Moro und Kardinal Ascanio Sforza, Gemahl von Lucrezia Borgia, 1466–1510
Giuliano della Rovere	1443–1513, Papst Julius II. (1503–1513)
Giuliano de' Medici (der Ältere)	Lorenzo de' Medicis jüngerer Bruder, Giulio de' Medicis Vater, 1453–1478
Giuliano de' Medici (der Jüngere)	Lorenzo de' Medicis Sohn, Giovanni de' Medicis Bruder, 1479–1516
Giulio de' Medici	Lorenzo de' Medicis Neffe, 1478–1534, Papst Clemens VII. (1523–1534)
Guidobaldo da Montefeltro, Guido	Herzog von Urbino, 1472–1508
Innozenz VIII.	1432–1492, Papst seit 1484
Ippolito d'Este	Kardinal, Alfonso d'Estes und Isabella d'Estes Bruder, 1479–1520
Isabella d'Este	Francesco Gonzagas Gemahlin, 1474–1539
Jofré Borgia	Papst Alexanders VI. Sohn, 1481– 1517
Juan Borgia	Herzog von Gandía, Papst Alexanders VI. Sohn, 1476–1497
Leonardo da Vinci	Florentinischer Maler und Wissenschaftler, 1452–1519
Lorenzo de' Medici	Lorenzo il Magnifico, Regent von Florenz, 1449–1492
Louis XII.	König von Frankreich, 1462–1515, König seit 1498
Lucrezia Borgia	Papst Alexanders VI. Tochter, 1480–1519
Ludovico il Moro Sforza	Herzog von Mailand, 1452–1508
Maximilian I. von Habsburg	1459–1519, König seit 1486, Kaiser seit 1508

Michelangelo Buonarroti	Florentinischer Bildhauer und Maler, 1475–1564
Niccolò Machiavelli	Florentinischer Staatssekretär und Schriftsteller, 1469–1527
Piero de' Medici	Regent von Florenz, Lorenzo de' Medicis Sohn, 1471–1503
Rodrigo Borgia	1431–1503, Papst Alexander VI. (1492–1503)
Sancha von Aragón	Tochter des Königs von Neapel, Gemahlin von Jofré Borgia, 1478–1506

Ein Genie der Malerei und der Liebe

Barbara Goldstein
DER MALER DER LIEBE
Historischer Roman
768 Seiten
ISBN 3-404-15281-6

Raffaello Santi, ein junger, ehrgeiziger Maler, kommt 1504 nach Florenz, um sich mit den größten Maestros der italienischen Renaissance des Cinquecento, Leonardo da Vinci und Michelangelo, zu messen. Er lernt Felicia della Rovere kennen, die Tochter von Papst Julius II., und folgt ihr nach Rom, obwohl sie mit einem Orsini verheiratet ist. Dort wird er als Maler, Dichter, Archäologe und Architekt des neuen Petersdomes umschwärmt, wird er zum Vertrauten von Päpsten, Fürsten und Bankiers. Doch bald steht Raffaello im Mittelpunkt der blutigen Auseinandersetzung zwischen den Medici und den della Rovere um die Macht im Vatikan. Seine unsterbliche Liebe zu Felicia della Rovere treibt ihn an den Rand des Abgrunds ...

Bastei Lübbe Taschenbuch

Eine verschwundene Reliquie, finstere Gestalten und ein mutiger Archivar im mittelalterlichen Köln

Richard Dübell
IM SCHATTEN
DES KLOSTERS
Historischer Roman
320 Seiten
ISBN 3-404-15441-X

Köln im Jahre 1193: Bruder Ulrich, Archivar des Klosters Sankt Albo, wird mit einer heiklen Mission bertraut. Er soll die jüngst entwendete Reliquie des Klosters, den Schädel des Namenspatrons, wiederbeschaffen. In Begleitung Rinaldos, eines durchtriebenen italienischen Sängers, und Jörgs, eines unglücklichen Kreuzritters, dringt Ulrich in die für ihn Schrecken erregenden Gassen Kölns vor. Schon bald weiß er nicht mehr, was er glauben soll. Er ist sich nur in einer Sache sicher: Die geheimnisvolle junge Frau, die ihm immer wieder über den Weg läuft, will ihn töten – und er hat keine Ahnung, warum ...

Bastei Lübbe Taschenbuch

Ein spannender und farbenprächtiger Roman um eine Liebe, die nicht sein soll

Julie Harris
IM ZEICHEN
DER FEHDE
Historischer Roman
576 Seiten
ISBN 3-404-15446-0

Frankreich im 13. Jahrhundert: Adelina ist das einzige Kind des Lehnsherrn Robert de Polignac. Später soll sie Christian heiraten, einen der zwei Neffen von Robert, der als Ritter in den Kreuzzügen kämpft. Als Heranwachsende ist jedoch Geoffrey, der kleinere und zartere der beiden Brüder, nicht nur Opfer ihrer Streiche, sondern ihr bester Freund. Geoffrey und Adelina fühlen sich im Laufe der Jahre immer mehr zueinander hingezogen. Doch das Schicksal will es anders: Geoffrey soll ins Kloster, und als Christian aus dem Krieg gebrochen und seelisch verstört zurückkehrt, wird Adelina dem Sohn des Nachbarn und Erzfeindes versprochen, um eine schon lange schwelende Fehde zu beenden ...

Bastei Lübbe Taschenbuch